Das Buch
Sie werden etliche schlaflose Nächte haben… Ralph Roberts hat sie bereits.

Zuerst fällt es ihm schwer einzuschlafen. Dann wacht er immer früher auf. Früher und früher. Aber das ist noch nicht der Punkt, an dem er anfängt, seltsame Dinge zu sehen: Farben, Formen und ein eigenartiges Schimmern um seine Freunde. Ganz zu schweigen von den kleinen kahlköpfigen Ärzten, die ständig auf der Bildfläche erscheinen, wenn es einen Toten gibt. Der eine schaut besonders böse drein, und er hält ein rostiges Skalpell umklammert. Doch all das geschieht erst später…

Ein Übel von unvorstellbaren Ausmaßen hat sich seinen Weg in die Stadt gebahnt. Ralph hat nur eine Chance, es zu überwältigen. Beim Kartenspiel. Der Einsatz ist hoch. Wie immer, wenn man um Menschenleben spielt. Mit einem Joker im Spiel, einem kahlköpfigen mit einem rostigen Skalpell. SCHLAFLOS ist ein Alptraum im Wachzustand, in dem der Meister des Horrors und der Spannung auch diesmal dafür garantiert, daß keiner seine Ruhe finde, auch der Leser nicht.

Der Autor
Stephen King alias Richard Bachman gilt weltweit unbestritten als der Meister der modernen Horrorliteratur. Seine Bücher haben eine Weltauflage von 100 Millionen weit überschritten. Seine Romane wurden von den besten Regisseuren verfilmt. Geboren 1947 in Portland/Maine, schrieb und veröffentlichte er schon während seines Studiums Science-Fiction-Stories. 1973 gelang ihm mit *Carrie* der internationale Durchbruch. Alle folgenden Bücher (*Friedhof der Kuscheltiere, Es, Sie, Christine* u. v. a.) wurden Bestseller, die meisten davon liegen im Wilhelm Heyne Verlag vor. Stephen King lebt mit seiner Frau, der Schriftstellerin Tabitha King, und drei Kindern in Bangor/Maine. »Stephen King ist ein Geschichtenerzähler, ein intelligenter, gewitzter, hochspezialisierter Handwerker – der Handwerker des Schreckens.« *(Süddeutsche Zeitung)*

STEPHEN KING

SCHLAFLOS
INSOMNIA

Roman

Aus dem Amerikanischen von
Joachim Körber

WILHELM HEYNE VERLAG
MÜNCHEN

HEYNE ALLGEMEINE REIHE
Nr. 01/10280

Titel der Originalausgabe
INSOMNIA
erschienen im Verlag Viking Penguin Inc., New York

Umwelthinweis:
Das Buch wurde auf
chlor- und säurefreiem Papier gedruckt.

10. Auflage

Printed in Germany 1999
Umschlagillustration: Ferenc Regös
Umschlaggestaltung: Werbeagentur Hauptmann & Kampa, CH-Zug
Satz: Leingärtner, Nabburg
Druck und Bindung: Ebner Ulm

ISBN 3-453-12449-9

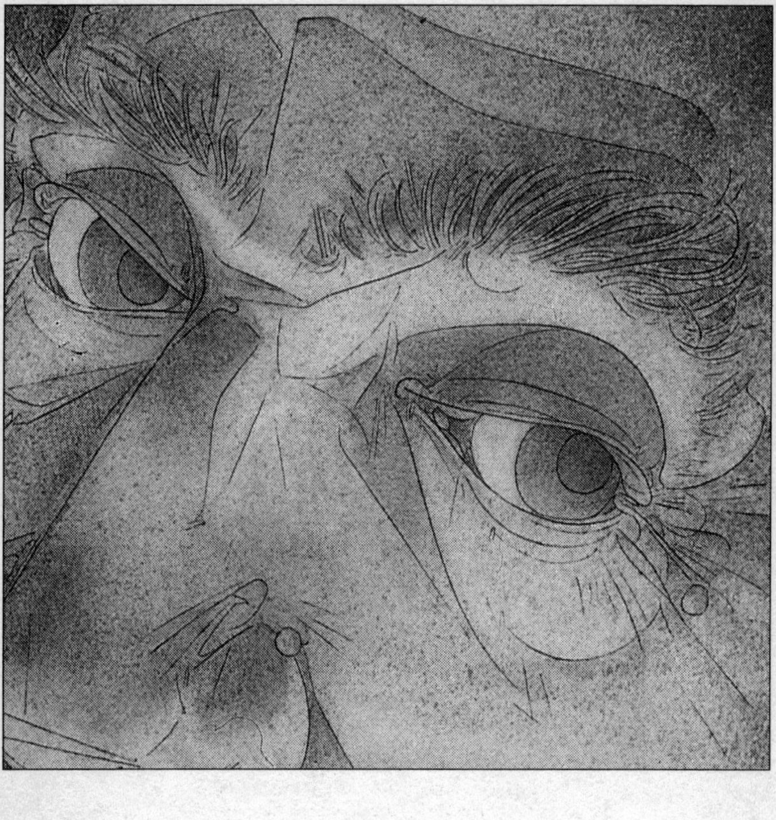

Für Tabby … und für Al Kooper,
der das Spielfeld kennt.
Nicht meine Schuld.

Prolog

Die Todesuhr wird aufgezogen (I)

Alter ist eine vom Tod umgebene Insel.

Juan Montalvo
Über die Schönheit

I

Niemand – am allerwenigsten Dr. Litchfield – sagte Ralph Roberts frei heraus, daß seine Frau sterben würde, aber die Zeit kam, da begriff es Ralph, ohne daß sie es ihm sagen mußten. Die Monate zwischen März und Juni waren eine nervenaufreibende, hektische Zeit in seinem Kopf – eine Zeit von Besprechungen mit Ärzten, von abendlichen Krankenhausbesuchen mit Carolyn, von Reisen zu anderen Krankenhäusern in anderen Staaten, um spezielle Tests durchzuführen (Ralph verbrachte einen Großteil dieser Reisen damit, daß er Gott für Carolyns Blue Cross/Major Medical-Krankenversicherung dankte), von persönlichen Recherchen in der öffentlichen Bibliothek von Derry, wo er zuerst nach Lösungen, die die Spezialisten übersehen haben könnten, und später nur noch nach Hoffnung suchte und sich an Strohhalme klammerte.

Diese vier Monate waren, als würde er betrunken durch einen bösen Jahrmarkt geschleppt werden, wo die Leute auf den Karussells wirklich schrien, wo sich die Leute wirklich im Spiegellabyrinth verirrten und die Einwohner der Freak Alley einen mit falschem Lächeln in den Gesichtern und Entsetzen in den Augen ansahen. Ralph sah das alles Mitte Mai, und als der Juni kam, war ihm klar geworden, daß die Werfer entlang der medizinischen Mittellinie nur Quacksalbereien zu verkaufen hatten, und der fröhliche Quickstep der Drehorgel konnte nicht mehr über die Tatsache hinwegtäuschen, daß die Melodie, die aus den Lautsprechern drang, der Trauermarsch war. Es war ein Jahrmarkt, durchaus; der Jahrmarkt der verlorenen Seelen.

Ralph verdrängte diese gräßlichen Bilder – und die noch gräßlichere Schlußfolgerung, die hinter ihnen lauerte – den ganzen Frühsommer des Jahres 1992 hindurch, aber als der Juni in den Juli überging, wurde das schließlich unmöglich. Die schlimmste Sommerhitzewelle seit 1971 rollte über das mittlere Maine hinweg, und Derry simmerte in Hitzeflimmern, Luftfeuchtigkeit und Tagestemperaturen um die fünfunddreißig Grad vor sich hin. Die Stadt – schon unter günstigsten Bedingungen nicht gerade eine überschäumende Metropole – verfiel in völlige Lethargie, und in dieser drückenden Stille hörte Ralph Roberts zum erstenmal das Ticken der Todesuhr und begriff, daß beim Übergang des kühlen, tiefen Grüns des Juni in die brütende Hitze des Juli Carolyns Chancen auf Null gesunken waren. Sie würde sterben. Wahrscheinlich nicht diesen Sommer – die Ärzte behaupteten, daß sie noch ein paar Asse im Ärmel hätten, und Ralph war überzeugt, daß das stimmte –, aber diesen Herbst oder Winter. Seine langjährige Lebensgefährtin, die einzige Frau, die er jemals geliebt hatte, würde sterben. Er versuchte, den Gedanken zu verdrängen, und schalt sich einen morbiden alten Narren, aber im resignierten Schweigen der heißen Tage hörte Ralph das Ticken überall – es schien sogar in den Wänden zu sein.

Am lautesten ertönte es aber aus Carolyn selbst, und wenn sie ihm das gelassene, blasse Gesicht zuwandte – um ihn zu bitten, das Radio einzuschalten, damit sie zuhören konnte, während sie Bohnen fürs Essen schälte, oder ins Red Apple zu gehen und ihr ein Eis am Stiel zu kaufen –, konnte er sehen, daß sie es auch hörte. Er sah es in ihren dunklen Augen, anfangs nur, wenn sie klar war, aber später auch wenn ihre Augen von den Schmerzmitteln umwölkt waren, die sie bekam. Da war das Ticken schon sehr laut geworden, und wenn Ralph in den heißen Sommernächten, da selbst ein einziges Laken zehn Pfund zu wiegen schien und er glaubte, daß jeder einzelne Hund in Derry den Mond anheulte, neben ihr im Bett lag, da lauschte er ihm, dem Ticken der Todesuhr in Carolyn, und ihm schien, als müßte sein Herz vor Kummer und Angst zerspringen. Wieviel würde sie leiden müssen, bevor das Ende kam? Wieviel würde *er* leiden müssen? Und wie sollte er nur ohne sie leben können?

Während dieser seltsamen, kummervollen Zeit begann Ralph auch in den heißen Sommernachmittagen und langen dämmerigen Abenden zunehmend längere Spaziergänge zu machen und kam manchmal so erschöpft zurück, daß er nicht einmal mehr essen konnte. Er rechnete damit, daß Carolyn ihn wegen dieser Ausflüge beschimpfen würde, daß sie sagen würde: *Warum läßt du das nicht bleiben, du dummer alter Mann? Du wirst dich umbringen, wenn du weiter bei dieser Hitze spazierengehst!* Aber sie sagte nie etwas, und allmählich erst ging ihm auf, daß sie es nicht einmal wußte. Daß er ausging – ja, das wußte sie. Aber nichts von den vielen Meilen, die er zu Fuß ging, und auch nicht, daß er häufig vor Erschöpfung zitterte und einem Hitzschlag nahe war, wenn er nach Hause kam. Früher hatte Ralph immer geglaubt, sie würde alles sehen, selbst wenn er seinen Scheitel einen Zentimeter versetzt trug. Jetzt nicht mehr; der Tumor in ihrem Gehirn hatte ihr die Beobachtungsgabe gestohlen, wie er bald ihr Leben stehlen würde.

Und so ging er spazieren und genoß die Hitze, obwohl ihm manchmal schwindlig wurde und seine Ohren klingelten, er genoß sie, gerade *weil* sie seine Ohren zum Klingeln brachte; manchmal klingelten sie stundenlang so laut, und seine Kopfschmerzen pochten so heftig, daß er das Ticken von Carolyns Todesuhr nicht mehr hören konnte.

Er wanderte in diesem heißen Juli fast durch ganz Derry, ein alter Mann mit schmalen Schultern und schütterem weißen Haar und großen Händen, die immer noch aussahen, als wären sie zu harter Arbeit fähig. Er ging von der Witcham Street bis zu den Barrens, von der Kansas Street bis zur Neibolt Street, von der Main Street bis zur Kissing Bridge, aber am häufigsten trugen ihn seine Füße die Harris Avenue entlang nach Westen, wo die immer noch wunderschöne und heißgeliebte Carolyn Roberts ihr letztes Jahr in einem Nebel von Kopfschmerzen und Morphium verbrachte, zur Harris Avenue Extension und dem Derry County Airport. Er ging die Extension entlang – die baumlos und damit der unbarmherzigen Sonne völlig ausgeliefert war –, bis er spürte, wie seine Knie weich wurden, dann erst kehrte er um.

Er verweilte oft an einem schattigen Picknickplatz in der Nähe des Flughafeneingangs, um wieder zu Puste zu kommen. Nachts war dies ein Teenagertreffpunkt für Liebesspiele und zum Trinken, wo Rap aus Gettoblastern dröhnte, aber tagsüber gehörte der Platz fast ausschließlich einer Gruppe von Ralphs Freunden, die Bill McGovern immer die »Harris Avenue Altvorderen« nannte. Die Altvorderen trafen sich zum Schachspielen, zum Rommèspielen oder einfach nur zum Quasseln. Ralph kannte viele seit Jahren (mit Stan Eberly war er sogar in die Grundschule gegangen) und fühlte sich wohl bei ihnen … solange sie nicht zu naseweis wurden. Die meisten wurden es nicht. Sie waren zum überwiegenden Teil Yankees von altem Schrot und Korn, die in dem Glauben aufgezogen worden waren: Worüber ein Mann nicht sprechen will, das geht nur ihn etwas an.

Bei einem dieser Spaziergänge fiel ihm zum erstenmal auf, daß mit Ed Deepneau, einem Nachbarn aus seiner Straße, etwas nicht stimmte.

2

Ralph war an diesem Tag viel weiter die Harris Avenue Extension entlanggegangen, was möglicherweise daran lag, daß Gewitterwolken die Sonne verdeckten und eine kühle, wenn auch sporadische Brise zu wehen angefangen hatte. Er war in eine Art Trance gefallen, hatte an nichts gedacht, nichts gesehen außer den staubigen Spitzen seiner Converse-Turnschuhe, als die United-Airlines-Maschine 16:45 von Boston dicht über ihm dahinflog und ihn mit dem vibrierenden, markerschütternden Heulen ihrer Jetturbinen in die Wirklichkeit zurückholte.

Er sah der Maschine nach, wie sie über die alten Eisenbahnschienen von GS&WM und den Sturmzaun flog, der die Grenze des Flughafengeländes umgab, sah sie der Landebahn entgegensinken, sah die blauen Rauchwölkchen, als die Reifen aufsetzten. Dann schaute er auf die Uhr, stellte fest, wie spät es geworden war, und betrachtete mit großen Augen das orangefarbene Dach des Howard Johnson's an der Straße. Er war tatsächlich in einer Trance gewesen; er hatte fünf Meilen zurückgelegt und nicht das geringste Gefühl dafür gehabt, wie die Zeit verging.

Carolyns Zeit, flüsterte eine Stimme tief in seinem Kopf.

Ja, ja, Carolyns Zeit. Sie lag wahrscheinlich im Apartment und zählte die Minuten, bis sie wieder eine Darvon Complex nehmen konnte, und er befand sich auf der anderen Seite des Flughafens ... fast auf halbem Weg nach Newport.

Ralph sah zum Himmel hinauf und nahm zum erstenmal wirklich die purpur-schwarzen Gewitterwolken zur Kenntnis, die sich über dem Flughafen auftürmten. Sie brachten keinen Regen, nicht unbedingt, noch nicht, aber *falls* es regnete, würde er mit ziemlicher Sicherheit davon überrascht werden; es gab nirgendwo einen Unterschlupf zwischen hier und dem kleinen Picknickplatz an der Startbahn 3, und selbst dort stand nur ein baufälliger kleiner Unterstand, der immer schwach nach Bier roch.

Er warf dem orangefarbenen Dach noch einen Blick zu, dann streckte er die Hand in die rechte Hosentasche und fühlte nach dem Bündel Banknoten mit dem silbernen Geldclip, den Carolyn ihm zum Fünfundsechzigsten geschenkt hatte. Nichts würde ihn daran hindern, zu dem HoJo zu gehen und ein Taxi zu rufen ... abgesehen vielleicht von den Blicken, mit denen der Fahrer ihn betrachten würde. Dummer alter Mann, würden die Augen im Rückspiegel sagen. Dummer alter Mann, bist viel weiter gelaufen als de an so 'nem heißen Tag hättest sollen. Wenn de geschwommen wärst, wärste ersoffen.

Paranoid, Ralph, sagte ihm die Stimme in seinem Kopf, und jetzt erinnerte ihn ihr glucksender, leicht gönnerhafter Ton an Bill McGovern.

Nun, vielleicht, vielleicht auch nicht. So oder so, er beschloß, das Risiko mit dem Regen einzugehen und zu Fuß nach Hause zu gehen.

Und wenn es nicht nur regnet? Letzten Sommer hat es so sehr gehagelt, daß im August einmal sämtliche Fenster an der Westseite zertrümmert wurden.

»Dann soll es hageln«, sagte er. »So leicht bekomme ich keine blauen Flecken.«

Ralph ging an der Böschung der Extension langsam Richtung Stadt zurück, wobei seine alten hohen Turnschuhe kleine, ausgetrocknete Wölkchen im Staub aufwirbelten. Er konnte das erste Donnergrollen im Westen hören, wo sich die Wolken zusammengezogen hatten. Die Sonne war verdeckt, weigerte sich aber, kampflos aufzugeben; sie umrahmte die Gewitterwolken mit gleißenden goldenen Streifen und schien durch vereinzelte Risse zwischen den Wolken wie der gebrochene Lichtstrahl eines riesigen Filmprojektors. Ralph freute sich, daß er beschlossen hatte zu laufen, obwohl er Schmerzen in den Beinen und ein konstantes, bohrendes Stechen unten im Rücken spürte.

Wenigstens eines, dachte er. *Heute nacht werde ich schlafen. Heute nacht werde ich schlafen wie ein verdammter Stein.*

Die Randzone des Flughafens – hektarweise trockenes braunes Gras, in das die rostigen Eisenbahnschienen eingesunken waren wie die Überreste eines alten Wracks – lag jetzt links von ihm. In weiter Ferne, jenseits des Sturmzauns, konnte er die United 747 erkennen, gerade noch so groß wie ein Kinderspielzeug, die auf die kleine gemeinsame Schalterhalle von United und Delta zurollte.

Ralphs Blick fiel auf ein anderes Fahrzeug, ein Auto, welches den General Aviation Terminal verließ, der an diesem Ende des Flughafens stand. Es fuhr über den Asphalt auf den kleinen Lieferanteneingang zu, der zur Harris Avenue Extension führte. Ralph hatte in letzter Zeit eine Menge Fahrzeuge diesen Eingang passieren gesehen; er lag nur rund siebzig Meter von dem Picknickplatz entfernt, wo sich die Harris Avenue Altvorderen trafen. Als sich das Auto dem Tor näherte, erkannte Ralph den alten rostigen Datsun von Ed und Helen Deepneau ... und der hatte einen Affenzahn drauf.

Ralph blieb an der Böschung stehen und merkte nicht, daß er die Hände ängstlich zu Fäusten geballt hatte, als das kleine braune Auto ohne zu bremsen auf das geschlossene Tor zuraste. Um das Tor von außen zu öffnen, brauchte man eine Magnetkarte; im Inneren wurde es von einer Lichtschranke erledigt. Aber die Lichtschranke befand sich dicht am Tor, sehr dicht, und bei der Geschwindigkeit, die der Datsun hatte ...

Im letzten Augenblick (so schien es Ralph jedenfalls) kam das kleine braune Auto knirschend zum Stillstand, kleine blaue Rauchwolken stoben von den Reifen auf, bei denen Ralph an die Landung der 747 denken mußte, dann rollte das Tor langsam in seiner Schiene beiseite. Ralphs Fäuste entspannten sich.

Ein Arm wurde auf der Fahrerseite des Datsun herausgestreckt, winkte auf und ab und drängte das Tor offenbar, sich gefälligst zu beeilen. Das hatte etwas so Absurdes, daß Ralph lächeln mußte. Aber das Lächeln verschwand, bevor auch nur eine Spur der Zähne zu sehen war. Es wehte immer noch ein frischer Wind von Westen, wo die Gewitterwolken sich auftürmten, und der trug die kreischende Stimme des Fahrers im Datsun mit sich:

»Du elendes verschissenes Miststück! Du Aas! Leck mich am Arsch! Beeil dich! Beeil dich, du dreckige stinkende Fotze! Scheißding! Dreckschleuder! Arschloch!«

»Das kann nicht Ed Deepneau sein«, murmelte Ralph. Er setzte sich ohne es zu merken wieder in Bewegung. »Das *kann* er nicht sein.«

Ed war Chemiker in den Hawking Forschungslabors in Fresh Harbor, einer der freundlichsten, anständigsten jungen Männer, die Ralph jemals kennengelernt hatte. Er und Carolyn hielten große Stücke auf Eds Frau Helen und deren neugeborenes Baby Natalie. Ein Besuch von Natalie gehörte zu den wenigen Dingen, die noch imstande waren, Carolyn ihre Lage vergessen zu lassen, und da Helen das spürte, brachte sie sie häufig vorbei. Ed beschwerte sich nie. Ralph wußte, es gab Männer, die es nicht gern gesehen hätten, wenn die Missus jedesmal, wenn das Baby etwas Neues und Entzückendes machte, zu den alten Leuten in der Straße lief, besonders wenn die Großmama-Figur in dem Bild schwer krank war. Ralph hatte sich gedacht, daß Ed niemanden zum Teufel wünschen könnte, ohne deshalb eine schlaflose Nacht zu haben, aber …

»Du dreckiges Hurenstück! Beweg deinen verschissenen Arsch, hast du gehört? Arschficker! Fotzenhammer!«

Aber er hörte sich auf jeden Fall wie Ed an. Selbst aus zwei- bis dreihundert Metern Entfernung, und so weit war er noch entfernt, hörte er sich so an.

Jetzt legte der Fahrer des Datsun den Gang ein wie ein Halbstarker an der Ampel, der darauf wartet, daß das Licht grün wird. Abgaswolken furzten aus dem Auspuff. Kaum war das Tor so weit aufgegangen, daß der Datsun passieren konnte, schnellte dieser nach vorne, quetschte sich mit aufheulendem Motor durch die Öffnung, und dabei konnte Ralph den Fahrer deutlich sehen. Er war jetzt so nahe, daß kein Zweifel mehr bestehen konnte; es handelte sich tatsächlich um Ed Deepneau.

Der Datsun holperte die kurze, ungeteerte Strecke zwischen dem Tor und der Harris Street Extension entlang. Plötzlich ertönte eine Hupe, und Ralph sah einen blauen Ford Ranger, der auf der Extension nach Westen fuhr und das Lenkrad herumreißen mußte, um dem heranbrausenden Datsun auszuweichen. Der Fahrer des Pickup sah die Gefahr zu spät, und Ed sah sie offenbar überhaupt nicht (erst später überlegte sich Ralph, daß Ed den Ranger möglicherweise absichtlich gerammt haben könnte). Einem kurzen Quietschen von Reifen folgte ein hohler Knall, als die Stoßstange des Datsun in die Seite des Ford rammte. Die Haube des Datsun wurde zusammengedrückt, dann sprang sie auf und schnellte ein wenig hoch; Scheinwerferglas rieselte auf die Straße. Einen Augenblick später standen beide Fahrzeuge reglos mitten auf der Straße, ineinander verkeilt wie eine seltsame Skulptur.

Ralph blieb vorerst stehen, wo er war, und sah zu, wie sich ein Ölfleck unter dem vorderen Ende des Datsun bildete. Er hatte einige Verkehrsunfälle in seinen fast siebzig Jahren gesehen, die meisten Blechschäden, einer oder zwei ernst, und es verblüffte ihn immer wieder, wie schnell sie passierten und wie wenig dramatisch sie abliefen. Es war nicht wie in einem Film, wo die Kamera alles in Zeitlupe zeigen konnte, und nicht wie eine Videokassette, wo man sich immer wieder ansehen konnte, wie das Auto über die Klippe stürzte, wenn man wollte; normalerweise sah man nur eine Reihe aufeinander zurasender Schlieren, gefolgt von der raschen und tonlosen Abfolge von Geräuschen: quietschende Reifen, der hohle Knall von Metall, das auf Metall prallt, das Klirren von Glas. Dann, *voilà – tout finis*.

Es gab sogar eine Art Verhaltensmaßregel für so eine Situation: Wie Sie sich bei Zusammenstößen mit geringer Geschwindigkeit verhalten sollten. Selbstverständlich gab es das, überlegte Ralph. Wahrscheinlich fanden jeden Tag ein Dutzend Zusammenstöße in Derry statt, im Winter wahrscheinlich doppelt soviel, wenn es schneite und die Straßen glatt wurden. Man stieg aus, man traf sein Gegenüber an der Stelle, wo die beiden Fahrzeuge zusammengeprallt waren (und wo sie in den meisten Fällen noch ineinander verhakt waren), man sah sich den Schaden an, man schüttelte die Köpfe. Manchmal – sogar ziemlich häufig – wurde diese Phase der Begegnung von wütenden Worten begleitet: Schuldzuweisungen wurden ausgesprochen (häufig grob), Fahrkünste in Zweifel gezogen, rechtliche Schritte angedroht. Ralph vermutete, was die Fahrer wirklich sagen wollten, ohne es unumwunden auszusprechen, war: *Hör zu, du Idiot, du hast mir einen verdammten Schrecken eingejagt!*

Der letzte Schritt dieses unglücklichen kleinen Tanzes war der Austausch von Versicherungskarten, und an diesem Punkt bekamen die Fahrer normalerweise ihre mit ihnen durchgehenden Gefühle wieder unter Kontrolle ... immer vorausgesetzt, daß niemand verletzt worden war, was hier der Fall zu sein schien. Manchmal schüttelten die betroffenen Fahrer sich zum Abschied sogar die Hände.

Ralph bereitete sich darauf vor, das alles von seinem Beobachtungsposten keine hundertfünfzig Meter entfernt mit anzusehen, aber sobald die Fahrertür des Datsun aufging, wurde ihm klar, daß es hier anders laufen würde – daß der Unfall womöglich noch nicht vorbei war, sondern immer noch andauerte. Auf jeden Fall sah es nicht so aus, als würde sich jemand am Ende *dieser* Festivitäten die Hände schütteln.

Die Tür schwang nicht auf, sie *flog* auf. Ed Deepneau sprang heraus und blieb dann einfach stocksteif neben seinem Auto stehen, wo er die schmalen Schultern vor dem Hintergrund der dunklen Wolken krümmte. Er trug verblichene Jeans und ein T-Shirt, und Ralph überlegte sich, daß er Ed bis zum heutigen Tag nie in einem Hemd gesehen hatte, das man nicht vorne knöpfen konnte. Und er trug etwas um den Hals: ein langes, weißes Etwas. Einen Schal? Es sah wie ein Schal *aus*, aber warum sollte jemand an einem so heißen Tag einen Schal tragen?

Ed stand einen Moment neben seinem verwundeten Auto und schien in jede Richtung zu sehen, nur nicht in die richtige. Die störrischen kleinen Locken seines schmalen Kopfs erinnerten Ralph daran, wie Hähne ihre Höfe absuchten und nach Eindringlingen und Störenfrieden Ausschau hielten. Etwas an dieser Ähnlichkeit erfüllte Ralph mit Unbehagen. Er hatte Ed noch nie so gesehen, und er schätzte, das Unbehagen hing damit zusammen, aber nicht *nur*. Die Wahrheit war schlicht und einfach: Er hatte überhaupt *noch nie* jemand, der so aussah, gesehen.

Der Donner grollte jetzt lauter im Westen. Und näher.

Aus dem Mann, der aus dem Ranger ausstieg, hätte man zwei Ed Deepneaus machen können, möglicherweise drei. Sein gewaltiger, feister Bauch hing über den umgerollten Saum der grünen Kordsamthose; und er hatte Schwitzflecken so groß wie Eßteller unter den Achseln seines weißen Hemds mit dem offenen Kragen. Er klappte den Schirm der West Side Gardeners Mütze zurück, damit er sich den Mann genauer ansehen konnte, der ihn volle Breitseite erwischt hatte. Sein kantiges Gesicht war totenbleich, abgesehen von glänzenden farbigen Flecken auf den Wangen, wie Rouge, und Ralph dachte: *Das ist ein Spitzenkandidat für einen Herzanfall. Wenn ich näher dran wäre, könnte ich todsicher die Falten in seinen Ohrläppchen sehen.*

»He!« schrie der vierschrötige Kerl Ed an. Die Stimme, die aus der breiten Brust und dem gewaltigen Oberkörper kam, klang grotesk dünn, fast piepsig. »Wo hast du denn'n Führerschein her? Vom Versandhaus?«

Eds kreisender, nickender Kopf zuckte sofort in die Richtung, aus der die Stimme ertönt war – schien fast darauf einzuschwenken wie ein vom Radar geleiteter Düsenjäger –, und nun konnte Ralph zum erstenmal richtig in Eds Augen sehen. Er spürte Schrecken in der Brust auflodern und rannte plötzlich zur Unfallstelle. Derweil ging Ed auf den Mann im schweißnassen weißen Hemd und der Mütze zu. Er ging mit steifen Beinen und gereckten Schultern, ganz anders als sein gewohntes, lässiges Schlurfen.

»Ed!« rief Ralph, aber die frische Brise – inzwischen kalt und regenschwanger – schien die Worte mit sich zu reißen, bevor sie richtig aus seinem Mund gekommen waren. Ed drehte sich auf jeden Fall nicht um. Ralph zwang sich, schneller zu laufen, und vergaß seine schmerzenden Beine und das Pochen unten im Rücken. Er hatte Mordlust in Eds aufgerissenen, starren Augen gesehen. Er besaß überhaupt keine einschlägigen Erfahrungen, mit denen er sein Urteil hätte begründen können, aber er glaubte nicht, daß man einen derart unverhohlenen Blick falsch interpretieren konnte; es war der Blick von Kampfhähnen, wenn sie sich mit aufgerichteten, messerscharfen Sporen aufeinander stürzten. »Ed! He, Ed, warte! Ich bin es, Ralph!«

Nicht einmal ein Blick zurück, obwohl Ralph jetzt so nahe war, daß Ed ihn gehört haben mußte, Wind hin oder her. Der vierschrötige Mann drehte sich auf jeden Fall um, und Ralph konnte Angst und Unsicherheit in seinen Augen sehen. Dann wandte sich der Vierschrötige wieder an Ed und hob beschwichtigend die Hände.

»Hören Sie«, sagte er. »Wir können miteinander reden ...«

Weiter kam er nicht. Ed machte einen weiteren raschen Schritt vorwärts, hob eine schlanke Hand – in der sich zunehmend verdüsternden Atmosphäre wirkte sie übertrieben weiß – und schlug dem Vierschrötigen damit über den mehr als markanten Kiefer. Das Geräusch hörte sich wie das Luftdruckgewehr eines Kindes an.

»Wie viele hast du umgebracht?« fragte Ed.

Der Vierschrötige drückte den Rücken an die Seite des Pickup; sein Mund stand offen, seine Augen waren groß. Ed unterbrach seinen merkwürdig steifen Gang keinen Moment. Er lief zu dem anderen Mann, stand Bauch an Bauch mit ihm und schien überhaupt nicht zu bemerken, daß der Fahrer des Lasters zehn Zentimeter größer und hundert Pfund oder mehr schwerer war. Ed hob die Hand und schlug ihn wieder. »Komm schon! Spuck's aus, tapferer Junge – *wie viele hast du umgebracht?«* Seine Stimme schwoll zu einem Kreischen an, das im ersten ehrfurchtgebietenden Donnerschlag des Gewitters unterging.

Der Vierschrötige stieß ihn weg – eine Geste, die nicht Aggression, sondern einfach Angst ausdrückte –, und Ed taumelte rückwärts gegen die eingedrückte Schnauze seines Datsun. Er schnellte sofort wieder mit geballten Fäusten nach vorne und nahm offensichtlich all seine Kräfte zusammen, um sich auf den Vierschrötigen zu stürzen, der mittlerweile mit schiefsitzender Schildmütze und an den Seiten und am Rücken heraushängendem Hemd an seinen Laster gelehnt stand. Eine Erinnerung schoß Ralph durch den Kopf – ein Kurzfilm mit den drei Stooges, den er vor Jahren gesehen hatte; Larry, Curly und Moe spielten Anstreicher, ohne eine Ahnung zu haben –, und er verspürte eine plötzliche Aufwallung von Sympathie für den Vierschrötigen, der absurd und zu Tode geängstigt zugleich aussah.

Ed Deepneau sah alles andere als absurd aus. Mit den gefletschten Zähnen und dem starren Blick erinnerte Ed mehr denn je an einen Kampfhahn. »Ich weiß, was du getan hast«, flüsterte er dem Vierschrötigen zu. »Was hast du gedacht, ist das für eine Komödie? Hast du geglaubt, du und deine Schlächterfreunde würden für immer damit durchkom ...«

In diesem Augenblick traf Ralph dort ein, schnaufend wie ein alter Karrengaul, und legte Ed einen Arm um die Schultern. Die Hitze unter dem dünnen T-Shirt war beängstigend; es war, als würde man den Arm um einen Heizofen legen, und als Ed sich umdrehte und ihn ansah, hatte Ralph den vorübergehenden (aber unvergeßlichen) Eindruck, daß er auch direkt in einen Heizofen blickte. Er hatte noch nie eine derart allumfassende, vernunftlose Wut in zwei Menschenaugen gesehen; hätte nie vermutet, daß so eine Wut existieren könnte.

Ralphs erste Reaktion war zurückzuweichen, aber er unterdrückte sie und blieb felsenfest stehen. Er hatte den Eindruck, wenn er zurückweichen würde, würde sich Ed wie ein tollwütiger Hund auf ihn stürzen und beißen und kratzen. Das war selbstverständlich absurd; Ed war Chemiker, Ed war Mitglied des Book of the Month Club (von der Sorte, die stets die zwanzig Pfund schwere Geschichte des Krimkriegs kauften, die sie scheinbar immer als Alternative zum Hauptvorschlagsband anzubieten schienen), Ed war Helens Mann und Natalies Dad. Verdammt, Ed war sein Freund.

... aber dies hier war nicht Ed, und das wußte Ralph genau.

Statt zurückzuweichen, beugte sich Ralph nach vorne, packte Ed an den Schultern (so heiß unter dem T-Shirt, so unvorstellbar, pulsierend heiß) und drehte sein Gesicht so, daß es den Vierschrötigen vor Eds unheimlich starrem Blick verbarg.

»Ed, laß das!« sagte Ralph. Er sprach mit der lauten, aber gelassenen und festen Stimme, die seiner Ansicht nach für Leute mit hysterischen Anfällen geeignet war. »Alles in Ordnung! Hör auf!«

Einen Augenblick veränderten sich Eds starre Augen nicht, aber dann wanderte sein Blick über Ralphs Gesicht. Das war nicht viel, aber Ralph verspürte dennoch gelinde Erleichterung.

»Was ist denn mit dem los?« fragte der Vierschrötige hinter Ralph. »Ist er verrückt, was meinen Sie?«

»Mit ihm ist alles bestens, da bin ich ganz sicher«, sagte Ralph, obwohl er sich ganz und gar nicht sicher war. Er sagte es aus dem Mundwinkel heraus, wie ein Schauspieler in einem schlechten Gefängnisfilm, und ließ Ed dabei nicht aus den Augen. Er *wagte* nicht, ihn aus den Augen zu lassen – ihm schien, als wäre der Blickkontakt der einzige Einfluß, den er auf den Mann hatte, und selbst der war mehr als fragwürdig. »Nur durcheinander wegen dem Unfall. Er braucht ein paar Sekunden, bis er sich beruhigt hat ...«

»Frag ihn, was er da unter der Plane hat!« schrie Ed plötzlich und deutete über Ralphs Schulter. Wie auf einen Fingerzeig hin, donnerte es wieder. Blitze zuckten, und einen Augenblick zeichneten sich die Narben von Eds Pubertätsakne als deutliches Relief ab wie eine seltsame organische Schatzkarte. »Hey, hey, Susan Day!« sang er mit einer seltsam kindlichen Stimme, bei der Ralph Gänsehaut auf den Unterarmen bekam. »How many kids did you kill today?«

»Der ist nicht durcheinander«, sagte der Vierschrötige. »Er ist verrückt. Und wenn die Polizei hier ist, werde ich dafür sorgen, daß er eingesperrt wird.«

Ralph sah sich um, und sein Blick fiel auf die blaue Segeltuchplane, die über die Ladefläche des Pickup gespannt war. Sie war mit hellgelben Schnüren festgebunden. Runde Formen zeichneten sich darunter ab.

»Ralph?« fragte eine zaghafte Stimme.

Er sah nach links und erblickte Dorrance Marstellar – mit über Neunzig locker der älteste der Harris Avenue Altvorderen –, der unmittelbar hinter dem Laster des Vierschrötigen stand. Dorrance hielt ein Taschenbuch in seinen wächsernen, leberfleckigen Händen, und er walkte es nervös und verpaßte dem Buchrücken eine Spezialmassage. Ralph vermutete, daß es sich um einen Gedichtband handelte, denn etwas anderes hatte er den alten Dorrance nie lesen sehen. Vielleicht las er auch gar nicht; vielleicht hielt er die Bücher nur gerne in Händen und betrachtete die kunstvoll aneinandergereihten Worte.

»Ralph, was ist denn los? Was geht hier vor?«

Über ihnen zuckten Blitze, ein purpurweißes Fauchen von Elektrizität. Dorrance sah auf, als wüßte er nicht genau, wo er sich befand, wer er war oder wen er vor sich sah. Ralph stöhnte innerlich.

»Dorrance ...«, begann er, aber dann duckte sich Ed unter ihm durch wie ein wildes Tier, das nur stillgehalten hat, um wieder zu Kräften zu kommen. Ralph taumelte, dann stieß er Ed gegen die eingedrückte Haube seines Datsun zurück. Er war zutiefst erschrocken und wußte nicht, was er als nächstes tun sollte oder wie er es tun sollte. Zuviel spielte sich auf einmal ab. Er konnte spüren, wie die Muskeln in Eds Armen unter seinem Griff vibrierten; es war fast, als hätte der Mann einen der Blitze verschluckt, die gerade über den Himmel zuckten.

»Ralph?« fragte Dorrance mit derselben ruhigen, aber besorgten Stimme. »Ich an deiner Stelle würde ihn nicht mehr anfassen. Ich kann deine Hände nicht sehen.«

Na großartig. Noch ein Irrer, um den er sich kümmern mußte. Das hatte ihm gerade noch gefehlt.

Ralph betrachtete seine Hände, dann den alten Mann. »Wovon redest du, Dorrance?«

»Deine Hände«, sagte Dorrance geduldig. »Ich kann deine Hände nicht ...«

»Das hier ist nichts für dich, Dor – warum haust du nicht ab?«

Daraufhin wurde die Miene des alten Mannes etwas heller. »Ja!« sagte er im Tonfall von jemand, der gerade eine große Erleuchtung gehabt hat. »Genau das sollte ich tun!« Er entfernte sich, und als es das nächstemal donnerte, zuckte er zusammen und hielt sich das Buch über den Kopf. Ralph konnte die hellroten Buchstaben des Titels sehen: *Buckdancer's Choice.* »Das solltest *du* auch tun, Ralph. Du solltest dich nicht in langfristige Angelegenheiten einmischen. Dabei kann man immer auf die Schnauze fallen.«

»Was meinst du –«

Aber bevor Ralph zu Ende sprechen konnte, drehte ihm Dorrance den Rücken zu und schlurfte zum Picknickplatz zurück, während sein weißer Haarkranz – dünn wie das Haar auf dem Kopf eines neugeborenen Babys – von der Brise des aufziehenden Sturms zerzaust wurde.

Ein Problem gelöst, aber Ralphs Erleichterung war nur von kurzer Dauer. Ed hatte sich vorübergehend von Dorrance ablenken lassen, aber jetzt sah er den Vierschrötigen wieder so mordlüstern an, daß kleine Dolche aus seinen Augen zu schießen schienen. »Fotzenlecker!« spie er aus. »Du hast deine Mutter gefickt und ihre Fotze geleckt!«

Der Vierschrötige zog die Stirn kraus. »*Was!*«

Ed sah wieder zu Ralph, den er jetzt zu erkennen schien. »Frag ihn, was unter der Plane ist!« schrie er. »Oder noch besser, laß es dir von dem mörderischen Schwanzlutscher zeigen!«

Ralph sah den vierschrötigen Mann an. »Was haben Sie denn unter der Plane?«

»Was interessiert *Sie* das?« fragte der Vierschrötige wahrscheinlich als Versuch, trotzig zu klingen. Er sah den Blick in Ed Deepneaus Augen und wich weitere zwei Schritte zur Seite aus.

»Mich nicht, ihn schon«, sagte Ralph und nickte mit dem Kinn in Eds Richtung. »Helfen Sie mir einfach, ihn zur Vernunft zu bringen, okay?«

»Sie kennen ihn?«

»Mörder!« wiederholte Ed, und diesmal schnellte er so ruckartig unter Ralphs Händen durch, daß dieser einen Schritt zurückwich. Aber es tat sich was, oder nicht? Ralph fand, daß der furchteinflößende, leere Blick aus Eds Augen verschwand. Es schien ein bißchen mehr *Ed* in ihnen zu sein als vorher ... vielleicht war das aber auch nur Wunschdenken. »Mörder, *Baby*mörder!«

»Herrgott, was für ein Irrenzirkus«, sagte der Vierschrötige, aber er ging zum hinteren Ende des Lastwagens, zog eine der Schnüre heraus und klappte eine Ecke der Plane zurück. Darunter lagen vier Preßspanfässer mit der Aufschrift UNKRAUT WEG. »Organischer Dünger«, sagte der Vierschrötige und sah von Ed zu Ralph und wieder zu Ed. Er berührte den Schirm seiner West-Side-Gardeners-Mütze. »Ich habe den ganzen Tag an neuen Blumenbeeten vor der Derry Psych gearbeitet ... wo *Sie* auch mal einen Urlaub vertragen könnten, mein Freund.«

»Dünger?« fragte Ed. Er schien zu sich selbst zu sprechen. Er griff sich mit der linken Hand langsam an die Schläfe und fing an zu reiben. *»Dünger?«* er hörte sich wie ein Mann an, der eine simple aber bahnbrechende wissenschaftliche Entdeckung in Frage stellt.

»Dünger«, stimmte der Vierschrötige zu. Er sah Ralph wieder an und sagte: »Der Typ ist krank im Kopf. Wissen Sie das?«

»Er ist verwirrt, das ist alles«, antwortete Ralph unbehaglich. Er lehnte sich über die Seite des Lastwagens und klopfte mit den Fingern auf ein Faß. Dann drehte er sich zu Ed um. »Fässer mit Dünger«, sagte er. »Okay?«

Keine Antwort. Ed hob die rechte Hand und rieb sich die andere Schläfe. Er sah aus wie ein Mann, der eine schreckliche Migräne bekommt.

»Okay?« wiederholte Ralph sanft.

Ed machte einen Moment die Augen zu, und als er sie wieder aufschlug, bemerkte Ralph einen Glanz darin, den er für Tränen hielt. Ed streckte die Zunge heraus und leckte sich zaghaft zuerst den einen Mundwinkel, dann den anderen. Er nahm ein Ende seines Seidenschals und strich sich damit über die Stirn, und da sah Ralph, daß mehrere chinesische Schriftzeichen in Rot darin eingestickt waren, direkt am Saum.

»Ich glaube, womöglich …«, begann er, aber dann verstummte er. Seine Augen wurden wieder groß und nahmen den Ausdruck an, der Ralph nicht gefiel. »Babys!« krächzte er. »Habt ihr mich verstanden? Babys!«

Ralph schubste ihn zum dritten- oder viertenmal gegen das Auto – er hatte nicht mitgezählt. »Wovon redest du, Ed?« Plötzlich kam ihm ein Gedanke. »Ist es wegen Natalie? Machst du dir Sorgen wegen Natalie?«

Ein verhaltenes, listiges Lächeln spielte um Eds Lippen. Er sah an Ralph und dem Vierschrötigen vorbei. »Dünger, hm? Nun, wenn es weiter nichts ist, macht es Ihnen sicher nichts aus, eins aufzumachen, oder?«

Der Vierschrötige sah Ralph unbehaglich an. »Der Mann braucht einen Arzt«, sagte er.

»Schon möglich. Aber er hatte sich schon etwas beruhigt, dachte ich … *könnten* Sie eines der Fässer öffnen? Dann würde es ihm bestimmt besser gehen.«

»Na klar, warum auch nicht. Wenn schon, denn schon.«

Wieder zuckte ein Blitz, wieder ertönte ein heftiger Donnerschlag – diesmal schien er über den ganzen Himmel zu rollen –, und ein kalter, dicker Regentropfen fiel auf Ralphs verschwitzten Nacken. Er schaute nach links und sah Dorrance Marstellar am Eingang des Picknickplatzes stehen, Buch in der Hand, und ängstlich zu ihnen herübersehen.

»Sieht so aus, als würde es gleich Katzen hageln«, sagte der Vierschrötige, »und ich darf das Zeug nicht naßwerden lassen. Das löst eine chemische Reaktion aus. Also sehen Sie schnell rein.« Er tastete einen Moment zwischen der Seitenwand und einem der Fässer, dann brachte er eine Brechstange zum Vorschein. »Ich muß so verrückt sein wie er, daß ich mich darauf einlasse«, sagte er zu Ralph. »Ich meine, schließlich war ich nur auf dem Weg nach Hause und hab mich um meine Angelegenheiten gekümmert. *Er* hat *mich* gerammt.«

»Los«, sagte Ralph. »Es dauert ja nur einen Augenblick.«

»Klar«, entgegnete der Vierschrötige verdrossen, drehte sich um und schob die Brechstange unter den Deckel des ersten Fasses, »aber die Erinnerung wird mich ein Leben lang begleiten.«

Da ließ ein neuerlicher Donnerschlag den Tag erbeben, daher hörte der Vierschrötige nicht, was Ed Deepneau als nächstes sagte. Aber Ralph, und dem lief dabei ein eiskalter Schauer über den Rücken.

»Diese Fässer sind voller toter Babys«, sagte Ed. »Wirst schon sehen.«

Der Vierschrötige ließ den Deckel des ersten Fasses aufschnappen, und die Überzeugung in Eds Stimme war so groß, daß Ralph halb damit rechnete, ein Durcheinander von Ärmchen und Beinchen und kahle kleine Köpfe zu sehen. Statt dessen sah er eine Mischung feiner blauer Kristalle und braunen Staubs. Der Geruch, der von dem Faß aufstieg, war voll und torfig, mit einem schwachen chemischen Beigeschmack.

»Sehen Sie? Zufrieden?« fragte der Vierschrötige, der sich direkt an Ed wandte. »Also bin ich doch nicht Ray Joubert oder dieser Dahmer. Was sagt man dazu!«

Eds Gesicht hatte wieder den verwirrten Ausdruck angenommen, und als wieder ein Donnerschlag ertönte, zuckte er leicht zusammen. Er beugte sich nach vorne, streckte eine Hand nach dem Faß aus und sah den Vierschrötigen dann fragend an.

Der große Mann nickte ihm fast mitfühlend zu, fand Ralph. »Klar, fassen Sie es nur an, mir egal. Aber wenn es regnet, während Sie die Hand voll haben, tanzen Sie wie John Travolta. Es ätzt.«

Ed streckte die Hand in das Faß, nahm etwas von der Mischung und ließ sie zwischen den Fingern durchrieseln. Er warf Ralph einen verwirrten Blick zu (der auch eine Spur Verlegenheit enthielt, fand Ralph), dann bohrte er den Arm bis zum Ellbogen in das Faß.

»He!« rief der Vierschrötige. »Das ist kein Karton Cracker Jack!«

Einen Augenblick breitete sich das listige Grinsen wieder in Eds Gesicht aus – ein Ausdruck, der sagte: *Ich kenne bessere Tricks als den* –, aber dann gewann wieder Verwirrung die

Oberhand, als er weiter unten auch nichts anderes als Dünger fand. Als er den Arm aus dem Faß herauszog, war dieser staubig und roch nach der Mischung. Eine weitere Donnersalve explodierte über dem Flughafen. Im anschließenden Blitzschlag sahen die Gesichter von Ed und dem Vierschrötigen wie überbelichtete Fotos aus.

»Ich warne Sie, entfernen Sie das von Ihrer Haut, bevor es regnet«, sagte der Vierschrötige. Er griff zum offenen Beifahrerfenster des Ranger hinein und holte eine McDonalds-Tüte heraus. Darin kramte er und brachte ein paar Papierservietten zum Vorschein, die er Ed reichte, worauf dieser anfing, den Düngerstaub von seinem Unterarm zu reiben wie ein Mann in einem Traum. Derweil setzte der Vierschrötige den Deckel wieder auf das Faß, hieb ihn mit einer gewaltigen, leberfleckigen Faust fest und warf dabei rasche Blicke zum dunklen Himmel. Als Ed die Schulter seines weißen Hemds berührte, erstarrte der Mann, wich aus und sah Ed argwöhnisch an.

»Ich glaube, ich muß mich bei Ihnen entschuldigen«, sagte Ed, und Ralph fand, daß sich seine Stimme zum erstenmal völlig klar anhörte.

»Sie sind ja ein Herzblatt«, sagte der Vierschrötige, aber er hörte sich erleichtert an. Er spannte die Plastikplane wieder und zurrte sie mit einer Reihe rascher, zielstrebiger Griffe fest. Als er ihm zusah, fiel es Ralph wie Schuppen von den Augen, was für ein verschlagener Dieb die Zeit doch war. Einst hätte er die Schnur mit demselben Geschick festziehen können. Heute konnte er sie immer noch binden, aber er hätte mindestens zwei Minuten und vielleicht drei seiner besten Flüche dafür gebraucht.

Der Vierschrötige schlug auf die Plane, dann drehte er sich zu ihnen um und verschränkte die Arme vor seinem gewaltigen Brustkorb. »Haben Sie den Unfall gesehen?« fragte er Ralph.

»Nein«, sagte Ralph sofort. Er hatte keine Ahnung, warum er log, aber die Entscheidung dazu kam ohne Zögern. »Ich habe gerade zugesehen, wie das Flugzeug gelandet ist. Die United.«

Zu seiner völligen Überraschung wurden die roten Flecken auf den Wangen des Vierschrötigen größer. *Du hast auch zugesehen!* dachte Ralph plötzlich. *Und du hast nicht nur zugesehen, wie sie gelandet ist, sonst würdest du nicht so erröten … du hast ihr nachgesehen, wie sie zum Terminal gerollt ist!*

Diesem Gedanken folgte eine vollkommene Offenbarung: der Vierschrötige glaubte, daß der Unfall seine Schuld gewesen war, oder daß der oder die ermittelnden Polizisten es dahingehend interpretieren könnten. Er hatte das Flugzeug beobachtet und Eds tollkühne Fahrt zum Lieferantentor heraus und die Extension entlang gar nicht mitbekommen.

»Hören Sie, es tut mir *wirklich* leid«, sagte Ed aufrichtig, aber in Wirklichkeit sah er mehr als zerknirscht, er sah betroffen aus. Plötzlich fragte sich Ralph, wieweit er diesem Ausdruck trauen konnte, und ob er wirklich die geringste Ahnung hatte

(Hey, hey, Susan Day)

was hier vorgefallen war … und wer, zum Teufel, war überhaupt Susan Day?

»Ich habe mir den Kopf am Lenkrad gestoßen«, sagte Ed, »und ich schätze, das hat mir die Birne wirklich durchgeschüttelt.«

»Ja, das glaube ich auch«, sagte der Vierschrötige. Er kratzte sich am Kopf, sah zum dunklen, verhangenen Himmel hinauf und dann wieder zu Ed. »Sollen wir uns einigen, Freund?«

»Ja? Und was wäre das für eine Einigung?«

»Tauschen wir einfach Namen und Telefonnummern aus, statt die ganze Scheiße mit der Versicherung abzuziehen. Dann gehen Sie Ihrer Wege und ich meiner.«

Ed sah Ralph, der die Achseln zuckte, unsicher an, dann wieder den Mann mit der West-Side-Gardeners-Mütze.

»Wenn wir die Cops einschalten«, fuhr der Vierschrötige fort, »sitze ich nicht schlecht in der Scheiße. Wenn sie nachfragen, werden sie als erstes erfahren, daß ich letztes Jahr in einen schweren Unfall verwickelt war und mit einem provisorischen Führerschein fahre. Sie werden mir Ärger machen, obwohl ich auf der Hauptstraße war und Vorfahrt hatte. Verstehen Sie, was ich meine?«

»Ja«, sagte Ed, »ich denke schon, aber der Unfall war allein meine Schuld. Ich bin viel zu schnell gefahren …«

»Der Unfall selbst ist wahrscheinlich gar nicht so wichtig«, sagte der Vierschrötige, der mißtrauisch zu einem näherkommenden Kleinbus sah, der an der Böschung hielt. Er sah Ed wieder an und fuhr hektisch fort. »Sie haben etwas Öl verloren, aber es hat aufgehört zu tropfen. Ich wette, Sie könnten damit nach Hause fahren … wenn Sie hier in der Stadt wohnen. Sie wohnen doch hier in der Stadt?«

»Ja«, sagte Ed.

»Und ich würde mich an der Reparatur beteiligen, bis fünfzig Piepen oder so.«

Ralph hatte wieder eine Offenbarung; nur damit ließ sich der plötzliche Sinneswandel des Mannes erklären, der von Trotz zu etwas wie Einschmeichelei ging. Ein Unfall letzten Winter? Ja, wahrscheinlich. Aber Ralph hatte noch nie von einem provisorischen Führerschein gehört und fand, daß das mit ziemlicher Sicherheit Quatsch war. Der alte Mr. West Side Gardeners war ohne Führerschein gefahren. Und was die Situation noch komplizierter machte: Ed sagte die Wahrheit – der Unfall *war* einzig und allein seine Schuld gewesen.

»Wenn wir einfach weiterfahren und es dabei bewenden lassen«, fuhr der Vierschrötige fort, »müßte ich die Sache mit meinem Unfall nicht nochmal erklären, und *Sie* müssen nicht erklären, warum Sie aus Ihrem Auto gesprungen sind, mich geschlagen und etwas von einer Wagenladung toter Babys gefaselt haben.«

»Habe ich das wirklich gesagt?« fragte Ed, der sich bestürzt anhörte.

»Das wissen Sie doch ganz genau«, antwortete der Vierschrötige grimmig.

Eine Stimme mit weichem französisch-kanadischen Akzent fragte: »Alles in Ordnung 'ier, Leute? Niemand verletzt? … Eee, Ralph! Bist du das?«

Auf dem Kleinbus, der an den Straßenrand gefahren war, stand Trockenreinigung Derry, und Ralph erkannte den Fahrer als einen der Brüder Vachon aus Old Cape. Wahrscheinlich Trigger, der jüngste.

»Ja«, sagte Ralph, ging, ohne zu wissen warum oder sich nach dem Grund zu fragen, zu Trigger, legte ihm einen Arm um die Schultern (dafür war heute sein Tag, schien es) und führte ihn in Richtung des Wäschereiwagens zurück.

»Die Jungs okay?«

»Bestens, bestens«, sagte Ralph. Er drehte sich um und sah, daß Ed und der Vierschrötige neben dem Kleinlaster standen und die Köpfe zusammensteckten. Ein weiterer kalter Regenschauer fiel hernieder und prasselte wie ungeduldige Finger auf die blaue Plane. »Blechschaden, mehr nicht. Sie einigen sich gerade.«

»Schön, schön«, sagte Trigger Vachon beruhigt. »Wie geht's der 'übschen kleinen Frau, Ralph?«

Ralph zuckte zusammen und fühlte sich plötzlich wie ein Mann, dem in der Mittagspause einfällt, daß er vergessen hat, den Herd abzuschalten, bevor er zur Arbeit gegangen ist. »Mein Gott!« sagte er, sah auf die Uhr und hoffte auf 17:15 Uhr, höchstens 17:30. Aber er sah, daß es zehn Minuten vor sechs war. Zwanzig Minuten über der Zeit, wo Carolyn darauf wartete, daß er ihr eine Tasse Suppe und ein halbes Sandwich brachte. Sie würde sich Sorgen machen. Bei den Blitzen und dem Donner, der durch das Apartment hallte, würde sie wahrscheinlich regelrecht verängstigt sein. Und wenn es regnete, würde sie die Fenster nicht schließen können; sie hatte fast keine Kraft mehr in den Händen.

»Ralph?« fragte Trigger. »Was ist denn los?«

»Nichts«, sagte er. »Ich bin nur spazierengegangen und habe jedes Zeitgefühl verloren. Dann ist dieser Unfall passiert, und … könntest du mich nach Hause fahren, Trig? Ich bezahle es dir.«

»Mußt mir nix zahlen«, sagte Trigger. »Liegt auf meinem Weg. 'üpf rein, Ralph. Glaubst du, die Jungs kommen zurecht? Gehn nicht aufeinander los oder so?«

»Nein«, sagte Ralph. »Glaube ich nicht. Einen Moment noch.«

»Klar.«

Ralph ging zu Ed. »Alles in Ordnung? Könnt ihr euch einigen?«

»Ja«, antwortete Ed. »Wir werden uns privat einigen. Warum auch nicht? Letztlich läuft es nur auf ein paar Glasscherben hinaus.«

Er hörte sich an, als wäre er wieder ganz der Alte, und der große Mann im weißen Hemd betrachtete ihn fast mit so etwas wie Respekt. Ralph fühlte sich immer noch unbehaglich und verwirrt angesichts des Vorfalls hier, aber er beschloß, es dabei bewenden zu lassen. Er mochte Ed Deepneau sehr, aber Ed Deepneau war diesen Sommer nicht seine größte Sorge; das war Carolyn. Carolyn und das Ding, das angefangen hatte, spät nachts in den Wänden ihres Schlafzimmers zu ticken – und in ihrem Inneren.

»Prima«, sagte er zu Ed. »Ich muß nach Hause. Ich mache Carolyn neuerdings das Essen, und ich bin viel zu spät dran.«

Er drehte sich um. Der vierschrötige Mann hielt ihn mit der ausgestreckten Hand auf. »John Tandy«, sagte er.

Er schüttelte die Hand. »Ralph Roberts. Freut mich, Sie kennenzulernen.«

Tandy lächelte. »Unter den Umständen bezweifle ich das irgendwie ... aber ich bin echt froh, daß Sie dazugekommen sind. Einen Moment dachte ich wirklich, wir würden in den Clinch gehen.«

Ich auch, dachte Ralph, sagte es aber nicht. Er sah Ed an und betrachtete das ungewohnte T-Shirt, das an Eds spindeldürrer Taille klebte, und den weißen Seidenschal mit den roten chinesischen Schriftzeichen darauf. Der Ausdruck in Eds Augen gefiel ihm nicht ganz, als sie einander ansahen; möglicherweise war Ed doch noch nicht ganz der alte.

»Sicher, daß alles okay ist?« fragte Ralph ihn. Er wollte gehen, wollte nach Hause zu Carolyn, und doch zögerte er irgendwie. Das Gefühl blieb, daß diese Situation alles andere geklärt war.

»Ja, bestens«, sagte Ed hastig und schenkte ihm ein breites Lächeln, das nicht bis in die dunkelblauen Augen drang. Sie studierten Ralph eindringlich, als wollten sie erkunden, wieviel er gesehen hatte … und an wieviel

(Hey, hey, Susan Day)

er sich später erinnern würde.

3

Das Innere von Trigger Vachons Kleinbus roch nach sauberer, frisch gebügelter Kleidung, ein Geruch, der Ralph aus unerfindlichen Gründen immer an frisch gebackenes Brot erinnerte. Es gab keinen Beifahrersitz, daher blieb er mit einer Hand am Türgriff und der anderen am Rand eines Dandux-Wäschekorbs stehen.

»Mann, das sah vielleicht merkwürdisch aus da 'inten«, sagte Trigger, der in den Außenspiegel sah.

»Du hast ja keine Ahnung«, antwortete Ralph.

»Isch kenne den Mann, der den Reisbrenner gefahren 'at – Deepneau ist sein Name. 'at eine 'übsche kleine Frau, bringt manschmal Sachen vorbei. Normalerweise scheint er ein netter Kerl zu sein.«

»Heute war er auf jeden Fall nicht er selbst«, sagte Ralph.

»'atte 'ummeln im Arsch, was?«

»Ich glaube eher, das war ein ganzer Ameisenhaufen.«

Darüber mußte Trigger laut lachen und schlug auf das abgegriffene Plastik des großen Lenkrads. »Ganzer Ameisen'aufen! Schön! Schön! Das muß isch mir merken!« Trigger wischte sich die tränenden Augen mit einem Taschentuch, das fast so groß wie eine Tischdecke war. »'at ausgesehn, als wäre Mr. Deepneau aus der Lieferantenzufahrt des Flug'afens gekommen.«

»Das stimmt.«

»Man braucht einen Paß dafür«, sagte Trigger. »Was meinst du, wie 'at Mr. Deepneau einen Paß bekommen?«

Ralph dachte stirnrunzelnd darüber nach, dann schüttelte er den Kopf. »Ich weiß nicht. Darüber habe ich gar nicht nachgedacht. Ich muß ihn fragen, wenn ich ihn das nächstemal sehe.«

»Mach das«, sagte Trigger. »Und frag ihn, wie es den Ameisen geht.« Das löste eine erneute Lachsalve aus, die wiederum das obligatorische Taschentuch noch einmal in Aktion treten ließ.

Als sie von der Extension auf die Harris Avenue abbogen, brach das Unwetter schließlich los. Es hagelte nicht, aber der Regen fiel als außergewöhnlicher Sturzbach, und zwar anfangs so heftig, daß Trigger den Wagen fast bis auf Schritttempo bremsen mußte. »Mann!« sagte er ehrfürchtig. »Das erinnert misch an den großen Sturm von '85, als die 'albe Innenstadt in den Kanal gestürzt ist! Erinnerst du disch, Ralph?«

»Ja«, sagte Ralph. »Hoffentlich passiert es nicht wieder.«

»Nee«, sagte Trigger, der grinste und an den hektisch rudernden Scheibenwischern vorbeisah, »sie 'aben das Abwassersystem inzwischen völlisch renoviert. Super!«

Die Kombination von kaltem Regen und warmem Innenraum ließ die Windschutzscheibe beschlagen. Ohne nachzudenken streckte Ralph einen Finger aus und malte Zeichen in den Dampf:

神

»Was ist das?« fragte Trigger.

»Weiß ich nicht. Sieht chinesisch aus, nicht? Das war auf dem Schal, den Ed Deepneau getragen hat.«

»Kommt mir irgendwie bekannt vor«, sagte Trigger und sah es wieder an. Dann schnaubte er und fuchtelte mit einer Hand. »'ör mir zu, ja? Isch kann nur eins auf schinesisch sagen, nämlisch Moo-goo-gai-pan!«

Ralph lächelte, schien aber kein Lachen mehr in sich zu haben. Es war wegen Carolyn. Nachdem sie ihm wieder eingefallen war, mußte er immerzu an sie denken – mußte sich immerzu vorstellen, daß die Fenster offenstanden und die Vorhänge wie Geisterarme von Edward Gorey wehten, während der Regen ins Zimmer prasselte.

»Wohnst du immer noch in dem zweistöckigen 'aus gegenüber vom Red Apple?«

»Ja.«

Trigger fuhr an den Bordstein, wo die Reifen des Lastwagens gewaltige Wasserschleier aufspritzten. Es regnete immer noch in Strömen. Donner grollte, Blitze zuckten über den Himmel.

»Solltest besser noch ein, zwei Minuten 'ier bei mir bleiben«, sagte Trigger. »Wird gleisch weniger.«

»Schon gut.« Ralph glaubte, daß nichts und niemand ihn noch eine Sekunde länger in dem Kleinbus halten konnte, nicht einmal Handschellen. Aus seiner Sorge war eine nagende Überzeugung geworden. »Danke, Trig.«

»Moment mal! Isch geb dir 'n Stück Plastik – das kannst du über'n Kopf ziehen wie eine Regen'aube!«

»Nein, schon gut, kein Problem, danke, ich will nur ...«

Er schien unmöglich beenden zu können, was er sagen wollte, und jetzt verspürte er so etwas wie Panik. Er schob die Beifahrertür des Kleinbusses in ihrer Schiene zurück, sprang hinaus und stand bis zu den Knöcheln im kalten Wasser, das in den Gully strömte. Er winkte Trigger noch einmal zu, ohne sich umzudrehen, dann eilte er den Weg entlang zu dem Haus, in dem er und Carolyn nebst Bill McGovern wohnten, und tastete unterwegs schon nach dem Schlüssel in der Tasche. Als er die Stufen zur Veranda erreichte, sah er, daß er sie nicht brauchen würde – die Tür war nur angelehnt. Bill, der unten wohnte, vergaß oft, sie abzuschließen, und Ralph wiegte sich lieber in dem Glauben, daß er es gewesen war, und nicht Carolyn, die hinausgegangen war, um ihn zu suchen, und vom Sturm überrascht worden war. Das war eine Möglichkeit, an die Ralph nicht einmal denken wollte.

Er eilte ins halbdunkle Foyer, zuckte zusammen, als Donner ohrenbetäubend über ihm dröhnte, und ging zur ersten Treppenstufe. Dort verweilte er einen Moment, die Hand auf dem Pfosten des Geländers, und hörte zu, wie das Regenwasser aus seiner durchnäßten Hose und dem Hemd auf den Hartholzboden tropfte. Dann ging er hinauf, aber obwohl er laufen wollte, konnte er einfach nur schnell gehen. Das Herz schlug ihm rasch und heftig in der Brust, seine durchnäßten Turnschuhe waren klamme Anker aus Segeltuch, die an seinen Füßen zogen, und aus einem unerfindlichen Grund sah er vor sich, wie Ed Deepneau den Kopf gedreht hatte, als er aus dem Datsun ausgestiegen war – die knappen, ruckartigen Bewegungen, mit denen er aussah wie ein Kampfhahn, der Streit sucht.

Die dritte Stufe quietschte laut, wie immer, und dem Geräusch folgten oben hastige Schritte. Sie brachten keine Erleichterung, denn er wußte sofort, daß es nicht Carolyns Schritte waren, und als sich Bill McGovern mit blassem, sorgenvollen Gesicht unter dem Markenzeichen seines Panamahuts über das Geländer beugte, überraschte es Ralph im Grunde genommen nicht. Er hatte den ganzen Weg von der Extension gespürt, daß etwas nicht stimmte, oder? Ja. Aber unter den gegebenen Umständen hatte das kaum etwas mit Hellseherei zu tun. Wenn einmal etwas richtig schiefgelaufen war, hatte er festgestellt, dann gab es keine Möglichkeit mehr, etwas zu ändern, dann ging es einfach immer weiter schief. Er vermutete, daß er das so oder so schon immer gewußt hatte. Er hätte nur nie vermutet, wie lange dieses Schiefgehen dauern konnte.

»Ralph!« rief Bill herunter. »Gott sei Dank! Carolyn hat ... nun, ich schätze, es ist eine Art Anfall. Ich habe gerade 911 gerufen und sie gebeten, einen Krankenwagen zu schicken.«

Ralph stellte fest, daß er den Rest der Stufen doch hinaufrennen konnte.

4

Sie lag halb in der Küche und halb draußen, und das Haar hing ihr ins Gesicht. Ralph fand, daß das etwas besonders Gräßliches hatte; es sah schlampig aus, und wenn Carolyn etwas nicht war, dann schlampig. Er kniete sich neben sie und strich ihr das Haar aus Augen und Stirn. Die Haut unter seinen Fingern fühlte sich so kalt an wie seine Füße in den durchnäßten Turnschuhen.

»Ich wollte sie auf die Couch legen, aber sie ist zu schwer für mich«, sagte Bill nervös. Er hatte seinen Panama abgenommen und fingerte nervös am Hutband herum. »Mein Rücken, du weißt ja …«

»Ich weiß, Bill, schon recht«, sagte Ralph. Er schob die Arme unter Carolyn und hob sie hoch. Sie kam ihm überhaupt nicht schwer vor, sondern leicht – fast so leicht wie eine Pusteblume, die geöffnet und bereit ist, ihre Fäden dem Wind anzuvertrauen. »Gott sei Dank, daß du hier warst.«

»Um ein Haar wäre ich weg gewesen«, entgegnete Bill, der Ralph ins Wohnzimmer folgte und sich dabei unentwegt an seinem Hut zu schaffen machte. Ralph mußte an den alten Dorrance Marstellar mit seinem Gedichtband denken. *Ich an deiner Stelle würde ihn nicht mehr anfassen*, hatte der alte Dorrance gesagt. *Ich kann deine Hände nicht sehen.* »Ich war auf dem Weg nach draußen, als ich ein lautes Plumpsen hörte … das muß sie gewesen sein, als sie gestürzt ist …« Bill sah sich in dem dunklen Wohnzimmer um, sein Gesicht wirkte abgelenkt und aufmerksam zugleich, seine Augen schienen nach etwas zu suchen, das nicht da war. Dann strahlte er. »Die Tür!« sagte er. »Ich wette, sie steht noch offen! Es regnet rein! Bin gleich wieder da, Ralph!«

Er eilte hinaus. Ralph bemerkte es kaum; der Tag hatte die surrealistischen Aspekte eines Alptraums angenommen. Das Ticken war das Schlimmste. Er konnte es jetzt so laut in den Wänden hören, daß nicht einmal der Donner es übertönen konnte.

Er legte Carolyn auf die Couch und kniete sich neben sie. Ihre Atmung war flach und schnell, der Atem roch fürchterlich. Aber Ralph wandte sich nicht davon ab. »Bleib da, Liebes«, sagte er. Er nahm eine ihrer Hände – die fast so klamm wie ihre Stirn war – und küßte sie sanft. »Du mußt dableiben. Es ist gut, alles ist gut.«

Aber es war nicht gut, das tickende Geräusch bedeutete, daß *nichts* gut war. Und es war auch nicht in den Wänden – es war nie in den Wänden gewesen, sondern nur in seiner Frau. In Carolyn. Es war in seiner Liebsten, sie ging von ihm fort, und was sollte er nur ohne sie anfangen?

»Bleib einfach da«, sagte er. »Bleib da, hast du mich verstanden?« Er küßte ihre Hand wieder und drückte sie an die Wange, und als er die Sirene des näherkommenden Krankenwagens hörte, fing er an zu weinen.

5

Im Krankenwagen, der durch Derry raste, kam sie zu sich (die Sonne schien schon wieder, die nassen Straßen dampften), und zuerst redete sie solchen Unsinn, daß Ralph sicher war, sie hätte einen Schlaganfall gehabt. Als sie gerade anfing, deutlich zu sprechen, überkam sie ein zweiter Anfall, und sowohl Ralph wie auch einer der Notärzte waren erforderlich, sie festzuhalten.

Es war nicht Dr. Litchfield, der am frühen Abend zu Ralph ins Wartezimmer im zweiten Stock kam, sondern Dr. Jamal, der Neurologe. Jamal unterhielt sich mit leiser, besänftigender Stimme mit ihm und sagte, Carolyns Zustand hätte sich stabilisiert, sie würden sie über Nacht hierbehalten, für alle Fälle, aber am Morgen könnte sie nach Hause. Sie würde neue Medizin bekommen – Tabletten, die teuer waren, ja, aber gleichzeitig wunderbar.

»Wir dürfen die Hoffnung nicht verlieren, Mr. Roberts«, sagte Dr. Jamal.

»Nein«, sagte Ralph. »Das dürfen wir nicht. Wird so etwas noch einmal vorkommen, Dr. Jamal?«

Dr. Jamal lächelte. Er sprach mit einer leisen Stimme, die durch seinen sanften indischen Akzent noch tröstlicher wirkte. Und obwohl Dr. Jamal ihm nicht frei heraus sagte, daß Carolyn sterben würde, kam er der Wahrheit näher als jeder andere in den langen Jahren, die sie um ihr Leben gekämpft hatte. Die neuen Medikamente, sagte Jamal, würden wahrscheinlich weitere Anfälle verhindern, aber ihr Zustand hätte ein Stadium erreicht, wo alle Prognosen »mit Vorsicht zu genießen« seien. Unglücklicherweise wuchs der Tumor trotz aller Gegenmaßnahmen, die sie ergriffen hatten.

»Als nächstes könnten sich motorische Probleme zeigen«, sagte Dr. Jamal mit seiner tröstlichen Stimme. »Und ich fürchte, das Augenlicht hat nachgelassen.«

»Kann ich die Nacht mit ihr verbringen?« fragte Ralph leise. »Sie wird besser schlafen, wenn ich da bin.« Nach einer Pause fügte er hinzu: »Und ich auch.«

»Selbstverständlich«, sagte Dr. Jamal. »Das ist eine gute Idee!«

»Ja«, sagte Ralph niedergeschlagen. »Das finde ich auch.«

6

Und so saß er neben seiner schlafenden Frau, lauschte dem Ticken, das nicht in den Wänden war, und dachte: *Eines nicht allzu fernen Tages – vielleicht diesen Herbst, vielleicht diesen Winter – werde ich wieder mit ihr in diesem Zimmer sitzen.* Das schien keine Spekulation zu sein, sondern eine Prophezeiung, und er beugte sich hinüber und legte den Kopf auf das weiße Laken über der Brust seiner Frau. Er wollte nicht wieder weinen, konnte es aber trotzdem nicht verhindern.

Das Ticken. So laut und konstant.

Ich würde gerne zu fassen bekommen, was dieses Geräusch macht, dachte er. *Ich würde es zertreten, bis es nur noch aus Scherben am Boden besteht. Gott ist mein Zeuge, daß ich es tun würde.*

Kurz nach Mitternacht schlief er auf seinem Stuhl ein, und als er am nächsten Morgen aufwachte, war es so kühl wie seit Wochen nicht mehr, und Carolyn war wach, bei Sinnen und strahlte. Sie schien fast gar nicht krank zu sein. Ralph nahm sie mit nach Hause und begann mit der nicht unerheblichen Aufgabe, ihr die letzten Monate so angenehm wie möglich zu machen. Es dauerte eine ganze Weile, bis er wieder an Ed Deepneau dachte; selbst als er die Blutergüsse in Helen Deepneaus Gesicht sah, dauerte es eine ganze Weile, bis er wieder an Ed dachte.

Als der Sommer zum Herbst wurde und der Herbst Carolyns letztem Winter entgegendämmerte, wurden Ralphs Gedanken immer mehr von der Todesuhr beherrscht, die lauter und lauter zu ticken schien, obwohl sie langsamer wurde.
Aber er hatte keine Probleme zu schlafen.
Das kam erst später.

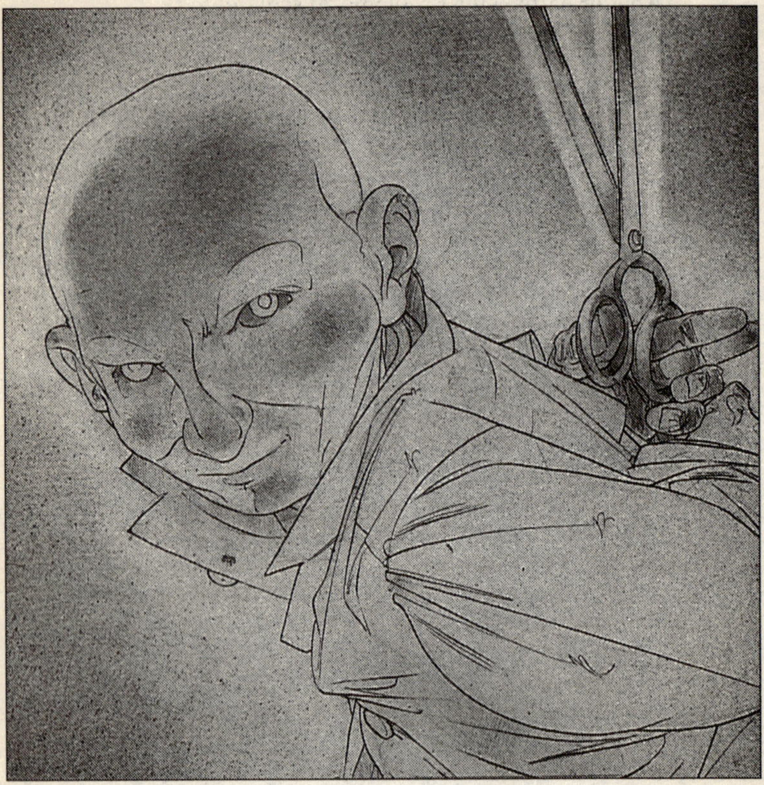

Erster Teil

Kleine kahlköpfige Ärzte

Es existiert ein Abgrund zwischen denen, die schlafen können, und denen, die es nicht können. Das ist eine der großen Unterscheidungen der menschlichen Rasse.

Iris Murdoch
Nonnen und Soldaten

Kapitel 1

1

Etwa einen Monat nach dem Tod seiner Frau litt Ralph Roberts zum erstenmal in seinem Leben an Schlaflosigkeit.

Das Problem war anfangs noch unerheblich, aber es wurde immer schlimmer. Sechs Monate nach den ersten Störungen seines bis dato ungetrübten Schlafzyklus' hatte Ralph einen Zustand des Elends erreicht, den er kaum aussprechen, geschweige denn akzeptieren konnte. Gegen Ende des Sommers 1993 fragte er sich allmählich, wie es sein würde, seine verbleibenden Jahre auf Erden mit aufgedunsenen Augen in einem Nebel des Wachseins zu verbringen. *Selbstverständlich würde es nicht soweit kommen,* sagte er sich, *es kommt nie soweit.*

Aber stimmte das? Er wußte es wirklich nicht, das war das Teuflische daran, und die Bücher zum Thema, die ihm Mike Hanlon in der öffentlichen Bibliothek von Derry gab, halfen ihm nicht weiter. Es gab mehrere über Schlafstörungen, aber sie schienen einander zu widersprechen. Manche nannten Schlaflosigkeit ein Symptom, andere eine Krankheit, und mindestens eines einen Mythos. Das Problem ging aber noch weiter; soweit Ralph den Büchern entnehmen konnte, schien sich niemand hundertprozentig sicher zu sein, was Schlaf überhaupt war, wie er funktionierte und was er bewirkte.

Er wußte, er sollte aufhören, den Amateurforscher zu spielen, und zum Arzt gehen, aber das fiel ihm überraschend schwer. Er vermutete, daß er immer noch einen Groll gegen Dr. Litchfield hegte. Immerhin war es Litchfield gewesen, der Carolyns Gehirntumor anfänglich als nervöse Kopfschmerzen abgetan hatte (und Ralph vermutete, daß Litchfield, Zeit seines Lebens Junggeselle, tatsächlich geglaubt haben könnte, es handle sich bei Carolyns Kopfschmerzen lediglich um einen gelinden Anfall von Hitzewallungen), und er war es auch gewesen, der sich medizinisch gesehen so rar machte, wie er nur konnte, als Carolyns *wahre* Diagnose schließlich feststand. Ralph war überzeugt, wenn er den Mann unverblümt danach fragen würde, würde Litchfield sagen, daß er den Fall an Jamal abgegeben hatte, den Spezialisten ... alles ganz ordentlich und vorschriftsmäßig. Ja. Aber Ralph hatte es sich zur Aufgabe gemacht, Litchfield bei den wenigen Gelegenheiten im Zeitraum zwischen Carolyns ersten Anfällen letzten Juli und ihrem Tod im März, wo er den Arzt gesehen hatte, direkt in seine Augen zu schauen, und er glaubte, eine Mischung aus Unbehagen und Schuldgefühlen in diesen Augen zu erkennen. Es waren die Augen eines Mannes, der mit aller Gewalt zu vergessen suchte, daß er Scheiße gebaut hatte. Ralph vermutete, er konnte Litchfield nur deshalb ansehen, ohne ihm die Fresse polieren zu wollen, weil ihm Dr. Jamal versichert hatte, eine frühere Diagnose hätte wahrscheinlich nichts ändern können; als Carolyns Kopfschmerzen anfingen, war der Tumor schon ziemlich groß gewesen und hatte zweifellos schon kleine Salven bösartiger Zellen in andere Bereiche des Gehirns geschickt wie tödliche kleine Care-Pakete.

Ende April war Dr. Jamal weggezogen, um eine Praxis im südlichen Connecticut aufzubauen, und Ralph vermißte ihn. Er glaubte, mit Dr. Jamal hätte er über seine Schlaflosigkeit reden können, und er glaubte auch, Jamal hätte ihm auf eine Weise zugehört, wie Litchfield es nicht wollte ... oder konnte.

Im Spätsommer hatte Ralph genug über Schlaflosigkeit gelesen und wußte, daß der Typus, mit dem er geschlagen war, obwohl keineswegs selten, weitaus weniger häufig vorkam als die gewöhnliche langsame Schlaflosigkeit. Menschen, die nicht unter Schlaflosigkeit litten, befanden sich normalerweise sieben bis zwanzig Minuten nach dem Zubettgehen im ersten Schlafstadium. Langsame Schläfer dagegen brauchten manchmal bis zu drei Stunden, bis sie unter die Oberfläche eintauchten, und während normale Schlafende etwa fünfundvierzig Minuten nach dem Eindösen ins dritte Schlafstadium sanken (das in manchen Büchern Theta-Schlaf genannt wurde, wie Ralph herausfand), brauchten langsame Schläfer normalerweise noch einmal eine Stunde, um dorthin zu gelangen ... und in vielen Nächten schafften sie es gar nicht. Sie erwachten unausgeruht, manchmal mit verschwommenen Erinnerungen an unangenehme, wirre Träume, und häufig mit dem Eindruck, daß sie die ganze Nacht wachgelegen hätten.

Nach Carolyns Tod litt Ralph zunächst an vorzeitigem Wiedererwachen. Er ging an den meisten Abenden nach den Nachrichten um elf Uhr ins Bett und schlief fast sofort ein, aber statt pünktlich um 6:55 Uhr zu erwachen, fünf Minuten bevor der Wecker klingelte, wachte er um sechs auf. Zuerst führte er das lediglich darauf zurück, daß er mit einer leicht vergrößerten Prostata und einem siebzig Jahre alten Nierenpaar leben mußte, aber er schien nie *so dringend* gehen zu müssen, wenn er aufwachte, und selbst wenn er das bißchen abgelassen hatte, das sich angesammelt hatte, konnte er nicht mehr einschlafen. Er lag einfach in dem Bett, in dem er so viele Jahre lang mit Carolyn gelegen hatte, und wartete darauf, daß es fünf vor sieben wurde (zumindest Viertel vor), damit er aufstehen konnte. Schließlich gab er sogar den Versuch auf, wieder einschlafen zu wollen; er lag einfach nur da, verschränkte die Hände mit den langen, leicht geschwollenen Fingern auf der Brust und sah mit Augen, die sich so groß wie Türknaufe anfühlten, zur schattigen Decke hinauf. Manchmal dachte er an Dr. Jamal da unten in Westport, der mit seinem sanften und tröstlichen indischen Akzent sprach und sich sein kleines Stück des amerikanischen Traums aufbaute. Manchmal dachte er an die Orte, die er und Carolyn in alten Zeiten besucht hatten, und einer, der ihm immer wieder einfiel, war ein heißer Nachmittag am Sand Beach in Bar Harbor, wo sie beide in Badesachen unter einem großen bunten Sonnenschirm an einem Picknicktisch gesessen, frittierte Muscheln gegessen, Budweiser aus Flaschen mit langen Hälsen getrunken und zugesehen hatten, wie Segelboote über den dunkelblauen Ozean dahinzogen. Wann war das gewesen? 1964? 1967? Spielte das eine Rolle? Wahrscheinlich nicht.

Die Veränderungen in seinem Schlafschema hätten an sich auch keine Rolle gespielt, wenn es dabei geblieben wäre; Ralph hätte sich nicht nur mit Wohlbehagen, sondern mit Dankbarkeit damit abgefunden. Alle Bücher, die er in diesem Sommer durchstöberte, schienen eine Weisheit des Volksmunds zu bestätigen, die er sein ganzes Leben lang gehört hatte – die Leute schliefen weniger, wenn sie älter wurden. Wenn eine Stunde Schlaf pro Nacht weniger der einzige Preis sein sollte, den er für das fragwürdige Vergnügen bezahlen mußte, »siebzig Jahre jung« zu sein, würde er ihn mit Freuden bezahlen und sich glücklich schätzen.

Aber es blieb *nicht* dabei. In der ersten Maiwoche erwachte Ralph um 5:15 Uhr durch das Zwitschern der Vögel. Ein paar Nächte lang versuchte er es mit Ohrenstöpseln, obwohl er von Anfang an bezweifelte, daß das funktionieren würde. Es waren nicht die gerade zurückgekehrten Vögel, die ihn weckten, auch nicht die vereinzelten Laster mit ihren Fehlzündungen auf der Harris Avenue draußen. Er hatte immer zu den Leuten gehört, die mitten in einer Marschkapelle schlafen konnten, und er glaubte nicht, daß sich daran etwas geändert hatte. Die Veränderung war in seinem Kopf vonstatten gegangen. Da drinnen befand sich ein Schalter, etwas drückte jeden Tag ein bißchen früher darauf, und Ralph hatte nicht die geringste Ahnung, wie er etwas dagegen tun konnte.

Im Juni schrak er wie ein Stehaufmännchen um 4:30, spätestens 4:34 Uhr aus dem Schlaf hoch. Und Mitte Juli – nicht ganz so heiß wie der Juli '92, aber immer noch heiß genug, recht schönen Dank – war er um vier Uhr wach. In diesen langen Nächten, in denen er zu wenig Platz in dem breiten Bett beanspruchte, wo er und Carolyn in so vielen heißen (und kalten) Nächten miteinander geschlafen hatten, überlegte er sich allmählich, daß das Leben zur Hölle werden würde, sollte der Schlaf sich endgültig von ihm verabschieden. Bei Tageslicht konnte er immer noch über die Vorstellung lachen, aber er fand einige schlimme Wahrheiten über F. Scott Fitzgeralds dunkle Nacht der Seele heraus, und den Hauptgewinn bekam folgende: Um 4:15 Uhr am Morgen scheint alles möglich zu sein. *Alles*.

Bei Tag konnte er sich einreden, daß er lediglich eine Veränderung seines Schlafrhythmus durchmachte, daß sein Körper auf ganz normale Weise auf eine Anzahl großer Veränderungen in seinem Leben reagierte, deren größte die Pensionierung und der Tod seiner Frau waren. Manchmal benutzte er das Wort »Einsamkeit«, wenn er über sein neues Leben nachdachte, aber er scheute vor dem gräßlichen Wort zurück, das mit »D« anfing, und versteckte es im tiefsten Fach seines Unterbewußtseins, wann immer es einen Augenblick in seinen Gedanken aufblitzte. Einsamkeit war okay. Depressionen waren es eindeutig nicht.

Vielleicht brauchst du mehr Bewegung, dachte er. *Vielleicht solltest du spazierengehen, wie letzten Sommer. Schließlich hast du ein ziemlich ereignisloses Leben geführt – du stehst auf, ißt Toast, liest ein Buch, siehst etwas fern, holst dir zum Mittagessen ein Sandwich gegenüber im Red Apple, beschäftigst dich ein bißchen im Garten, gehst in die Bibliothek oder besuchst Helen und das Baby, wenn sie zu Hause sind, ißt zu Abend, sitzt auf der Veranda und besuchst eventuell McGovern oder Lois Chasse eine Weile. Und dann? Du liest noch ein bißchen, siehst noch ein bißchen fern, spülst das Geschirr, gehst ins Bett. Ereignislos.* Langweilig. *Kein Wunder, daß du so früh aufwachst.*

Nur war das Quatsch. Sein Leben hörte sich ereignislos *an*, richtig, kein Zweifel, aber in Wirklichkeit war es das nicht. Der Garten war ein gutes Beispiel. Was er da draußen tat, würde ihm nie irgendwelche Preise einbringen, aber es war auch weitaus mehr als nur »herumtüfteln.« An den meisten Nachmittagen jätete er, bis Schweiß einen dunklen Baumumriß auf dem Rücken des Hemds und feuchte Ringe unter den Achseln bildete, und wenn er wieder ins Haus ging, zitterte er nicht selten vor Erschöpfung. »Strafe« wäre wahrscheinlich ein treffenderes Wort gewesen als »tüfteln«, aber Strafe wofür? Daß er vor der Dämmerung aufwachte?

Ralph wußte es nicht, und es interessierte ihn auch nicht. Die Arbeit im Garten beanspruchte einen erheblichen Teil des Nachmittags, sie lenkte ihn von Dingen ab, über die er lieber nicht nachdenken wollte, und das reichte aus, die schmerzenden Muskeln und die gelegentlich vor seinen Augen tanzenden schwarzen Punkte zu rechtfertigen. Er begann seine ausgiebigen Ausflüge in den Garten kurz nach dem vierten Juli und setzte sie den ganzen August hindurch fort, lange nachdem das Frühgemüse geerntet und das Spätgemüse durch die Dürre hoffnungslos vertrocknet war.

»Du solltest damit aufhören«, sagte Bill McGovern eines Abends zu ihm, als sie auf der Veranda saßen und Limonade tranken. Es war Mitte August, und Ralph wachte jeden Morgen gegen 3:30 Uhr auf. »Es scheint abträglich für deine Gesundheit zu sein. Schlimmer, du siehst wie ein Irrer aus.«

»Vielleicht *bin* ich ein Irrer«, antwortete Ralph kurz angebunden, und sein Tonfall oder der Ausdruck in seinen Augen mußten überzeugend gewesen sein, denn McGovern wechselte das Thema.

2

Er fing wieder an spazierenzugehen – nicht die Marathons von 1992, aber normalerweise schaffte er zwei Meilen täglich, wenn es nicht regnete. Seine übliche Route führte ihn zum pervers benannten Up-Mile Hill, zur öffentlichen Bibliothek von Derry und dann zu Back Pages, einem Antiquariat und Zeitschriftenladen an der Ecke Witcham und Main.

Back Pages stand neben einem vollgestopften Trödlerladen namens Secondhand Rose, Secondhand Clothes, und als er eines Tages im August seines Mißvergnügens an diesem Geschäft vorbeiging, sah Ralph ein neues Plakat zwischen veralteten Ankündigungen von Bohnenmahlzeiten und uralten Kirchentreffen – so aufgeklebt, daß es etwa die Hälfte eines vergilbten Pat-Buchanan-for-President-Plakats verdeckte.

Die Frau auf den beiden Fotos im oberen Teil des Plakats war eine hübsche Blondine Ende Dreißig oder Anfang Vierzig, aber der Stil der Fotos – ernste Totale links, ernstes Profil rechts, bei beiden ein nüchterner weißer Hintergrund – war so beunruhigend, daß Ralph wie angewurzelt stehenblieb. Auf den Fotos sah die Frau aus, als gehörte sie an die Wand eines Postamts oder in ein Fernseh-Dokudrama … und das war, wie der Text des Plakats deutlich machte, kein Zufall.

Die Fotos hatten seine Aufmerksamkeit erweckt, aber der Name der Frau hielt ihn fest.

GESUCHT WEGEN MORDES
SUSAN EDWINA DAY

stand in großen schwarzen Buchstaben am oberen Rand. Und unter den simulierten Fahndungsfotos, in Rot:

BLEIB AUS UNSERER STADT WEG!

Ganz unten auf dem Plakat stand noch eine Zeile Kleingedrucktes. Ralphs Nahsicht hatte seit Carolyns Tod ziemlich nachgelassen – war mit Pauken und Trompeten zum Teufel gegangen wäre vielleicht ein zutreffenderer Ausdruck gewesen –, daher mußte er sich nach vorne beugen, bis seine Stirn die schmutzige Scheibe von Secondhand Rose, Secondhand Clothes berührte, bevor er sie entziffern konnte:

Mit Unterstützung des Maine LifeWatch Komitees.

Weit hinten in seinem Kopf flüsterte eine Stimme: *Hey, hey, Susan Day! How many kids did you kill today?*

Susan Day, fiel Ralph wieder ein, war eine politische Aktivistin entweder aus New York oder aus Washington, eine Frau mit schneller Zunge, die Taxifahrer, Friseure und Bauarbeiter mit Helmen regelmäßig zum Wahnsinn trieb. Aber er konnte nicht sagen, warum ihm gerade dieser spezielle Knittelvers in den Sinn gekommen war; er erinnerte ihn an irgend etwas, das ihm nicht einfallen wollte. Vielleicht wandelte sein Verstand einfach nur den alten Protestspruch aus den sechziger Jahren ab, der gelautet hatte: *Hey, hey, LBJ! How many kids did you kill today?*

Nein, das ist es nicht, dachte er. *Nahe dran, aber kein Treffer. Es war …*

Kurz bevor sein Gehirn den Namen Ed Deepneau aushusten konnte, sagte eine Stimme fast unmittelbar hinter ihm: »Erde an Ralph, Erde an Ralph, bitte kommen, Ralphie-Baby!«

Ralph wurde aus seinen Gedanken geschreckt und drehte sich um. Er stellte erschrocken und amüsiert fest, daß er fast im Stehen eingeschlafen war. *Herrgott,* dachte er, *man weiß nie, wie wichtig Schlaf ist, bis man keinen mehr bekommt. Dann kippt auf einmal der Boden, und alle Ecken werden irgendwie rund.*

Es war Hamilton Davenport, der Inhaber von Back Pages, der ihn angesprochen hatte. Er bestückte den Bibliothekswagen, den er vor seinem Geschäft stehen hatte, mit Taschenbüchern in grellen Umschlägen. Die alte Maiskolbenpfeife – für Ralph hatte sie immer wie der Schlot eines Modellbaudampfers ausgesehen – steckte in seinem Mundwinkel und stieß kleine Wölkchen blauen Rauchs in die heiße, klare Luft aus. Winston Smith, sein alter grauer Kater, saß in der offenen Tür des Geschäfts und hatte den Schwanz um die Pfoten gewickelt. Er sah Ralph mit gleichgültigen gelben Augen an, als wollte er sagen: *Du glaubst, daß du weißt, wie es ist, alt zu sein? Ich bin hier, um dir zu beweisen, du hast keinen* blassen Schimmer, *wie es ist, alt zu sein.*

»Mann, Ralph«, sagte Davenport. »Ich muß deinen Namen mindestens dreimal gerufen haben.«

»Ich schätze, ich war geistesabwesend«, sagte Ralph. Er ging an dem Bibliothekswagen vorbei, lehnte sich an den Türrahmen (Winston Smith behielt seinen Platz mit königlicher Gleichgültigkeit bei) und nahm die beiden Zeitungen, die er jeden Tag kaufte: den *Boston Globe* und *USA Today*. Dank Pat, dem Zeitungsjungen, wurde die *Derry News* direkt ins Haus geliefert. Er erzählte den Leuten manchmal, daß er eine der drei Zeitungen nur zur Erheiterung las, aber er hatte sich nie entscheiden können, welche das war. »Ich habe in …« Er verstummte, als ihm Ed Deepneaus Gesicht einfiel. Von Ed hatte er das garstige kleine Lied im letzten Sommer gehört, draußen am Flughafen, und es war kein Wunder, daß er eine Weile gebraucht hatte, bis er die Erinnerung ausgegraben hatte. Ed Deepneau war der letzte Mensch auf der Welt, von dem man so etwas erwartete.

»Ralphie?« sagte Davenport. »Du hast gerade wieder abgeschaltet.«

Ralph blinzelte. »Oh, entschuldige. Ich habe in letzter Zeit nicht besonders gut geschlafen, wollte ich sagen.«

»Scheißspiel … aber es gibt schlimmere Probleme. Trink ein Glas warme Milch und hör dir eine halbe Stunde, bevor du ins Bett gehst, ruhige Musik an.«

Ralph hatte allmählich festgestellt, daß jeder in Amerika offenbar ein Privatrezept gegen Schlaflosigkeit hatte, eine Art Schlafzauber, der seit Generationen weitergereicht wurde wie die Familienbibel.

»Bach ist gut, Beethoven, und William Ackerman ist auch nicht schlecht. Aber der wahre Trick ...« Davenport hob beschwörend einen Finger, um seinen Worten Nachdruck zu verleihen, »... besteht darin, während dieser halben Stunde *nicht vom Sessel aufzustehen.* Um nichts auf der Welt. Geh nicht ans Telefon, zieh den Hund nicht auf und laß den Wecker nicht raus, komm nicht auf die Idee, dir die Zähne zu putzen ... *nichts!* Und wenn du *dann* ins Bett gehst ... bumm! Weg wie nichts!«

»Und wenn man in seinem Lieblingssessel sitzt und plötzlich feststellt, daß einen die Natur ruft?« fragte Ralph. »Das kann ziemlich schnell gehen, wenn man in meinem Alter ist.«

»Dann mach in die Hose«, antwortete Davenport ohne mit der Wimper zu zucken und fing an zu lachen. Ralph lächelte, aber mehr aus Pflichtgefühl. Seine Schlaflosigkeit war mittlerweile kein bißchen spaßig mehr für ihn. »In die *Hose!*« prustete Ham. Er schlug auf den Bibliothekswagen und schüttelte den Kopf.

Ralph sah auf die Katze hinunter. Winston Smith erwiderte den Blick gelassen, und für Ralph schienen die ruhigen gelben Augen zu sagen: *Ja, er ist ein Trottel, aber er ist* mein *Trottel.*

»Nicht schlecht, hm? Hamilton Davenport, der Meister der schlagfertigen Antwort. Mach in die ...« Er schnaubte wieder vor Lachen, schüttelte den Kopf und nahm die beiden Dollarscheine, die Ralph ihm entgegenstreckte. Er steckte sie in die Tasche seiner kurzen roten Schürze und gab etwas Wechselgeld heraus. »Kommt das hin?«

»Auf jeden Fall. Danke, Ham.«

»Hm-hmm. Spaß beiseite, versuch das mit der Musik. Es funktioniert wirklich. Glättet die Hirnwellen oder sowas.«

»Mach ich.« Und das Vertrackte daran war, er würde es wahrscheinlich ausprobieren, so wie er schon Mrs. Rapaports Zitrone-und-heißes-Wasser-Rezept und Shawna McClures Rat probiert hatte, wie er sein Denken klären könnte, indem er seine Atmung verlangsamte und sich auf das Wort *cool* konzentrierte (nur wenn Shawna das Wort aussprach, hörte es sich wie *cuhhhh-oooooooooool* an). Wenn man es mit einer langsamen, aber unbarmherzigen Erosion seines gesunden Schlafs zu tun hatte, sah jedes Hausmittel gut aus.

Ralph wollte sich abwenden, überlegte es sich dann aber anders. »Was ist mit diesem Plakat nebenan?«

Ham Davenport rümpfte die Nase. »Dan Daltons Laden? Da schau ich überhaupt nicht rein, wenn es sich vermeiden läßt. Verdirbt mir den Appetit. Hat er etwas Neues und Ekelerregendes im Schaufenster?«

»Ich *glaube,* es ist neu – es ist nicht so vergilbt wie die anderen, und außerdem ist kaum Fliegendreck darauf. Sieht aus wie ein Steckbrief, aber das Plakat zeigt Susan Day.«

»Susan Day auf einem – verflucht!« Er warf einen finsteren, humorlosen Blick auf das Geschäft nebenan.

»Was ist sie, Präsidentin der National Organization of Women, oder so?«

»Ex-Präsidentin und Gründerin von Sisters in Arms. Autorin von *Der Schatten meiner Mutter* und *Lilien im Tal* – das ist eine Studie über geprügelte Frauen, und warum so viele sich weigern, die Männer zu verpfeifen, die sie prügeln. Ich glaube, dafür hat sie den Pulitzerpreis gewonnen. Susie Day ist augenblicklich eine der drei oder vier politisch einflußreichsten Frauen in Amerika, und sie kann auch so gut schreiben, wie sie denkt. Dieser Clown *weiß,* daß ich eine ihrer Petitionen gleich neben der Ladenkasse liegen habe.«

»Was für Petitionen?«

»Wir versuchen, sie zu einem Vortrag hierherzuholen«, sagte Davenport. »Du weißt doch, daß die Recht-auf-Leben-Fraktion letztes Weihnachten einen Bombenanschlag auf WomanCare versucht hat, oder?«

Ralph sah im Geiste argwöhnisch in die schwarze Grube, in der er Ende 1992 gelebt hatte, und sagte: »Nun, ich erinnere mich, daß die Polizei einen Mann mit einem Kanister Benzin auf dem Parkplatz des Krankenhauses geschnappt hat, aber ich wußte nicht …«

»Das war Charlie Pickering. Er ist Mitglied von Daily Bread, einer der Recht-auf-Leben-Gruppen, die da draußen die Streikposten am Marschieren halten«, sagte Davenport. »Sie haben ihn dazu angestiftet – glaub mir. Aber dieses Jahr werden sie sich nicht mit Benzin abgeben; sie wollen den Stadtrat dazu bringen, die Bezirksvorschriften zu ändern und WomanCare einfach rauszudrängen. Und möglicherweise gelingt ihnen das auch. Du kennst ja Derry, Ralph – es ist nicht gerade eine Hochburg des Liberalismus.«

»Nein«, sagte Ralph mit einem schwachen Lächeln. »Das ist es nie gewesen. Und WomanCare ist eine Abtreibungsklinik, oder nicht?«

Dave warf ihm einen ungeduldigen Blick zu und nickte mit dem Kopf in Richtung von Secondhand Rose. »So sagen Arschlöcher wie *der da* dazu«, sagte er, »nur benutzen sie lieber das Wort *Fabrik* statt *Klinik*. Sie übersehen alles andere, das WomanCare macht.« Für Ralph hörte sich Davenport ein wenig wie der Fernsehsprecher an, der zwischen dem Sonntagnachmittagsfilm laufmaschenfreie Strumpfhosen anpries. »Sie machen Familienberatung, sie kümmern sich um miß-brauchte Frauen und Kinder, und sie leiten ein Frauenhaus drüben an der Stadtgrenze von Newport. Sie haben ein Hilfszentrum für Vergewaltigungsopfer im städtischen Gebäude beim Krankenhaus und eine Telefonbetreuung rund um die Uhr für vergewaltigte und mißhandelte Frauen. Kurz gesagt, sie stehen für alles, bei dem Marlboro-Männer wie Dalton Backsteine scheißen.«

»Aber sie *machen* Abtreibungen«, sagte Ralph. »Deshalb die Demonstranten, richtig?«

Ralph kam es so vor, als würden seit Jahren Demonstranten vor dem flachen, unscheinbaren Backsteingebäude auf und ab gehen, in dem WomanCare untergebracht war. Ihm kamen sie immer zu blaß vor, zu fanatisch, zu mager oder zu fett, zu überzeugt, daß sie Gott auf ihrer Seite hatten. Auf den Transparenten, die sie trugen, standen Sachen wie AUCH DIE UNGEBORENEN HABEN RECHTE oder LEBEN, WAS FÜR EINE WUNDERBARE ENTSCHEIDUNG oder der unsterbliche Klassiker ABTREIBUNG IST MORD! Mehrmals waren

Frauen, die die Klinik aufgesucht hatten – die in der Nähe des Derry Home lag, aber nichts damit zu tun hatte, glaubte Ralph – mit Plastikbeuteln beworfen worden, in denen sich rot gefärbter Sirup Marke Karo befand.

»Ja, sie führen Abtreibungen durch«, sagte Ham. »Stört dich etwas daran?«

Ralph dachte an die vielen Jahre, die er und Carolyn versucht hatten, ein Baby zu bekommen – Jahre, die nichts weiter als mehrere Fehlalarme und eine einzige katastrophale Fehlgeburt nach fünf Monaten hervorgebracht hatten – und zuckte die Achseln. Plötzlich schien der Tag zu heiß und seine Beine zu müde zu sein. Der Gedanke an den Rückweg – besonders die Strecke den Up-Mile Hill hinauf – hing im hinteren Teil seines Verstands wie etwas, das an einer Leine mit Angelhaken aufgehängt worden ist. »Herrgott, ich weiß nicht«, sagte er. »Ich wünschte mir nur, die Leute wären nicht immer so … so schrill.«

Davenport grunzte, ging zum Schaufenster seines Nachbarn und betrachtete das Plakat mit dem getürkten Steckbrief. Während er es studierte, kam ein großer, blasser Mann mit Ziegenbärtchen – die absolute Antithese des Marlboro-Manns, hätte Ralph gesagt – aus den dunklen Tiefen von Secondhand Rose wie ein Vaudevillegespenst, das ein bißchen schimmlig an den Rändern geworden ist. Er sah, was Davenport studierte, worauf ein knappes, mißfälliges Lächeln seine Mundwinkel kräuselte. Ralph fand, es war die Art von Lächeln, die einen Mann ein paar Zähne oder eine gebrochene Nase kosten konnte. Besonders an einem knallheißen Tag wie heute.

Davenport deutete auf das Plakat und schüttelte heftig den Kopf.

Daltons Lächeln wurde breiter. Er machte eine Geste mit den Händen zu Davenport – *Wen interessiert einen Scheißdreck, was du denkst?* sagte die Geste – und verschwand wieder in den Tiefen seines Ladens.

Davenport kam zu Ralph zurück, und rote Flecken brannten auf seinen Wangen. »Das Bild dieses Mannes müßte im Lexikon direkt neben *Arsch* abgebildet sein«, sagte er.

Genau das, was er von dir denkt, könnte ich mir vorstellen, dachte Ralph, sagte es aber selbstverständlich nicht.

Davenport blieb vor dem Bibliothekswagen mit Taschenbüchern stehen, steckte die Hände unter der roten Schürze in die Taschen und betrachtete verdrossen das Plakat von

(hey hey)

Susan Day.

»Nun«, sagte Ralph, »ich sollte lieber wieder ...«

Davenport riß sich aus seiner Verdrossenheit. »Geh noch nicht«, sagte er. »Unterschreib zuerst meine Petition, ja? Das würde meinen Morgen wieder etwas aufpolieren.«

Ralph trat nervös von einem Fuß auf den anderen. »Normalerweise lasse ich mich nicht in Konfrontationen wie diese hineinziehen ...«

»Komm schon, Ralph«, sagte Davenport mit einer Seien-wir-doch-vernünftig-Stimme. »Wir sprechen nicht von Konfrontationen; es geht nur darum: Wir müssen dafür sorgen, daß die armen Irren von Daily Bread – und politische Neandertaler wie Dalton – nicht ein wirklich nützliches Frauenzentrum dichtmachen können. Ich verlange ja nicht von dir, daß du Versuche mit chemischen Kampfstoffen an Delphinen unterstützt.«

»Nein«, sagte Ralph. »Eindeutig nicht.«

»Wir hoffen, daß wir bis zum ersten September fünftausend Unterschriften an Susan Day schicken können. Wird wahrscheinlich nichts nützen – Derry ist nichts weiter als ein Fliegenschiß auf der Landkarte, und wahrscheinlich ist sie bis ins nächste Jahrhundert ausgebucht –, aber ein Versuch kann nicht schaden.«

Ralph überlegte sich, ob er Ham sagen sollte, daß die einzige Petition, die er unterschreiben wollte, eine an die Götter des Schlafs wäre, ihm die drei Stunden Ruhe in der Nacht wiederzugeben, die sie ihm gestohlen hatten, aber dann sah er dem Mann ins Gesicht und beschloß, es bleiben zu lassen.

Carolyn hätte diese verdammte Petition unterschrieben, dachte er. *Sie hat Abtreibung nicht gutgeheißen, aber sie hat es auch nicht gutgeheißen, daß Männer nach Hause kommen, wenn die Bars schließen, und ihre Frauen und Kinder mit Fußbällen verwechseln.*

Das war sicher richtig, aber es wäre nicht der Hauptgrund dafür gewesen, daß sie unterschrieben hätte; sie hätte es wegen der vagen Möglichkeit getan, einen authentischen Wirbelwind wie Susan Day persönlich und aus der Nähe zu sehen. Sie hätte es aus der tief verwurzelten Neugier getan, die wahrscheinlich ihr offenkundigster Charakterzug gewesen war – etwas so Starkes, daß nicht einmal der Hirntumor es hatte abtöten können. Zwei Tage vor ihrem Tod hatte sie die Kinokarte, die er als Lesezeichen benützte, aus dem Taschenbuch gezogen, das er auf ihrem Nachttisch hatte liegen lassen, weil sie wissen wollte, in welchem Film er gewesen war. Es war *Eine Frage der Ehre* mit Tom Cruise gewesen, und er war erstaunt und betroffen, wie sehr ihm die Erinnerung daran weh tat. Selbst heute tat sie noch weh wie der Teufel.

»Klar«, sagte er zu Ham. »Ich unterschreibe mit Vergnügen.«

»Prima!« rief Davenport und schlug ihm auf die Schulter. Der düstere Gesichtsausdruck wich einem Grinsen, aber Ralph fand, daß die Veränderung nicht unbedingt zum Besseren war. »Komm in meine Lasterhöhle!«

Ralph folgte ihm in den Laden, der nach Tabak roch und um neun Uhr morgen nicht besonders lasterhaft wirkte. Winston Smith floh vor ihnen und blieb nur einmal stehen, um sie mit seinen uralten gelben Augen anzusehen. *Er ist ein Trottel, und du bist auch einer,* schien dieser Abschiedsblick zu sagen. Unter den gegebenen Umständen war das eine Schlußfolgerung, der Ralph nicht unbedingt widersprechen wollte. Er klemmte seine Zeitungen unter den Arm, beugte sich über das linierte Blatt auf dem Tresen neben der Registrierkasse und unterschrieb die Petition, die Susan Day bat, nach Derry zu kommen und zur Verteidigung von WomanCare zu sprechen.

3

Den Up-Mile Hill hinauf ging es besser, als er erwartet hatte, und als er die Kreuzung Witcham und Jackson überquerte, dachte er: *Na also, das war ja gar nicht so schlimm, es war …*

Plötzlich stellte er fest, daß seine Ohren klingelten und seine Beine unter ihm angefangen hatten zu zittern. Er blieb auf der anderen Seite der Witcham stehen und preßte eine Hand auf das Hemd. Er konnte das Herz unmittelbar darunter schlagen spüren; es hämmerte mit einer unregelmäßigen Heftigkeit, die angsteinflößend war. Er hörte Papier rascheln und sah eine Werbebeilage aus dem *Boston Globe* fallen und schaukelnd in den Rinnstein fallen. Er wollte sich bücken, um sie aufzuheben, ließ es aber bleiben.

Keine gute Idee, Ralph – wenn du dich bückst, wirst du höchstwahrscheinlich hinfallen. Ich würde vorschlagen, du läßt die Beilage für die Straßenreinigung liegen.

»Ja, okay, gute Idee«, murmelte er und richtete sich wieder auf. Schwarze Punkte tanzten vor seinen Augen wie ein surrealistischer Krähenschwarm, und einen Moment war Ralph überzeugt, er würde schließlich auf der Werbebeilage landen, egal was er tun oder lassen mochte.

»Ralph? Alles in Ordnung?«

Er schaute vorsichtig auf und erblickte Lois Chasse, die auf der anderen Seite der Harris Avenue und einen halben Block von dem Haus entfernt wohnte, das er sich mit Bill McGovern teilte. Sie saß auf einer der Bänke vor dem Strawford Park und wartete wahrscheinlich auf den Canal Street Bus, mit dem sie Richtung Innenstadt fahren konnte.

»Klar, bestens«, sagte er und setzte die Beine in Bewegung. Ihm war, als würde er durch Sirup waten, glaubte aber, daß er es bis zu der Bank schaffte, ohne eine allzu schlechte Figur abzugeben. Aber als er sich neben sie setzte, konnte er ein dankbares Stöhnen nicht unterdrücken.

Lois Chasse hatte große, dunkle Augen – die man »Spanish Eyes« genannt hatte, als Ralph noch ein Kind war –, und er wettete, daß sie in den Köpfen vieler junger Männer herumgespukt hatten, als Lois noch die High School besuchte. Sie waren immer noch der interessanteste Zug an ihr, aber Ralph gefiel der Ausdruck von Sorge nicht besonders, den er jetzt in ihnen sah. Das war … was? *Ein bißchen zu gutnachbarlich für meinen Geschmack,* war der erste Gedanke, der ihm einfiel, aber er war nicht sicher, ob das der *richtige* Gedanke war.

»Bestens«, wiederholte Lois.

»Klar doch.« Er holte das Taschentuch aus der Gesäßtasche, vergewisserte sich, daß es sauber war, und wischte sich damit über die Stirn.

»Ich hoffe, du nimmst mir meine Offenheit nicht übel, aber du siehst *nicht* bestens aus, Ralph.«

Ralph nahm ihr ihre Offenheit übel, wußte aber nicht, wie er es ihr sagen sollte.

»Du bist blaß, du schwitzt, und du bist ein Umweltverschmutzer.«

Ralph sah sie erstaunt an.

»Etwas ist aus deiner Zeitung gefallen. Ich glaube, es war eine Werbebeilage.«

»Tatsächlich?«

»Du weißt genau, daß es so war. Entschuldige mich einen Augenblick.«

Sie stand auf, ging über den Gehweg, bückte sich (Ralph stellte fest, daß ihre Hüften zwar ziemlich breit, ihre Beine aber noch bewundernswert straff für eine Frau waren, die mindestens achtundsechzig sein mußte) und hob die Werbebeilage auf. Sie kam damit zur Bank zurück und setzte sich.

»Da«, sagte sie. »Jetzt bist du kein Umweltverschmutzer mehr.«

Er mußte unwillkürlich lächeln. »Danke.«

»Nichts zu danken. Ich kann den Maxwell House-Coupon brauchen. Und den für Hamburger Helper und Diet Coke. Ich bin so *fett* geworden seit Mr. Chasse gestorben ist.«

»Du bist kein bißchen fett, Lois.«

»Danke, Ralph, du bist der vollendete Gentleman, aber wechseln wir das Thema nicht. Du hast einen Schwindelanfall gehabt, richtig? Du bist sogar fast umgekippt.«

»Ich habe nur Luft geholt«, sagte er steif und beobachtete einen Haufen Kinder, die vorne im Park Baseball spielten. Sie gaben sich echt Mühe, lachten und wuselten herum. Ralph beneidete sie um ihre funktionstüchtigen Klimaanlagen.

»Luft geholt, was?«

»Ja.«

»Nur Luft geholt.«

»Lois, du hörst dich wie eine kaputte Schallplatte an.«

»Nun, die kaputte Schallplatte wird dir etwas sagen, okay? Du bist *verrückt,* daß du bei dieser Hitze den Up-Mile Hill raufgehst. Wenn du spazierengehen willst, warum dann nicht wie früher auf der Extension, wo es flach ist?«

»Weil mich das an Carolyn erinnert«, sagte er, und ihm gefiel der steife, fast grobe Ton nicht, mit dem es herauskam, aber er konnte nichts dagegen tun.

»O Scheiße«, sagte sie und berührte kurz seine Hand. »Tut mir leid.«

»Ist schon gut.«

»Nein, ist es nicht. Ich hätte es wissen müssen. Aber wie du gerade ausgesehen hast, das ist auch nicht gut. Du bist keine zwanzig mehr, Ralph. Nicht einmal vierzig. Ich will nicht sagen, daß du nicht gut in Form bist – jeder kann sehen, daß du für jemand in deinem Alter toll in Form bist –, aber du solltest besser auf dich achten. Carolyn hätte gewollt, daß du besser auf dich achtgibst.«

»Ich weiß«, sagte er, »aber ich bin wirklich ...«

... in Ordnung, wollte er sagen, aber dann sah er von seinen Händen auf in ihre dunklen Augen, und was er da sah, machte es ihm einen Augenblick unmöglich, weiterzusprechen. Auch in *ihren* Augen stand die Erschöpfung geschrieben, sah er ... oder war es Einsamkeit? Vielleicht beides. Auf jeden Fall war das nicht das einzige, das er sah. Er sah auch sich selbst.

Du bist albern, sagten die Augen, in die er sah. *Vielleicht sind wir es beide. Du bist siebzig und Witwer, ich bin achtundsechzig und Witwe. Wie lange sollen wir abends noch auf deiner Veranda sitzen – mit Bill McGovern als ältester Anstandsdame der Welt? Ich hoffe, nicht mehr allzu lange, weil wir beide nicht mehr gerade frisch von der Stange sind.*

»Ralph?« sagte Lois plötzlich besorgt. »Alles in Ordnung?«

»Ja«, sagte er und sah wieder auf seine Hände. »Ja, klar.«

»Du hast einen Gesichtsausdruck gehabt, als ob ... nun, ich weiß auch nicht.«

Ralph fragte sich, ob das Zusammenwirken von Hitze und dem Spaziergang den Up-Mile Hill hinauf sein Gehirn *doch* ein bißchen durcheinandergebracht hatte. Schließlich war das *Lois*, die McGovern immer (mit einer klein wenig sardonisch hochgezogenen linken Augenbraue) »unsere Lois« nannte. Und ja, okay, sie war immer noch gut in Form – feste Beine, ansehnlicher Busen und diese bemerkenswerten Augen –, und möglicherweise würde es ihm nichts ausmachen, sie mit ins Bett zu nehmen, und möglicherweise würde es ihr nichts ausmachen, mitgenommen zu werden. Aber was würde danach kommen? Wenn sie die Kinokarte sah, die aus dem Buch herausragte, das er gerade las, würde sie sie auch herausziehen, weil sie zu neugierig war, welchen Film er gesehen hatte, um auf sein Lesezeichen zu achten?

Ralph glaubte nicht. Lois' Augen waren bemerkenswert, und er hatte mehr als einmal festgestellt, wie sein Blick das V ihrer Bluse hinunterwanderte, wenn sie zu dritt auf der vorderen Veranda saßen und an kühlen Abenden Eistee tranken, aber er hatte eine Ahnung, daß der kleine Mann den großen Mann auch mit siebzig noch in Schwierigkeiten bringen konnte. Alt zu werden war keine Entschuldigung dafür, sorglos zu werden.

Er stand auf und spürte, wie Lois ihn ansah, weshalb er sich besonders um eine aufrechte Haltung bemühte. »Danke für deine Anteilnahme«, sagte er. »Möchtest du einen alten Mann die Straße hoch bringen?«

»Danke, aber ich fahre in die Innenstadt. Sie haben ein wunderschönes rosa Garn im Sewing Circle, und ich habe an einen Teppich gedacht. Derweil werde ich einfach hier auf den Bus warten und mich über meine Gutscheine freuen.«

Ralph grinste. »Mach das.« Er sah zu den Kindern auf dem Baseballfeld. Vor seinen Augen startete ein Junge mit einem außergewöhnlichen roten Haarschopf vom dritten Mal, warf sich mit dem Kopf voran nach vorne und prallte mit einem vernehmlichen *Klonk* mit den Schienbeinschonern des Fängers zusammen. Ralph zuckte zusammen und dachte an Krankenwagen mit Blinklichtern und heulenden Sirenen, aber der Rotschopf sprang lachend wieder auf die Füße.

»Hast nicht berührt, du Flasche!« rief er.

»Einen Scheißdreck hab ich!« antwortete der Fänger beleidigt, aber dann fing er auch an zu lachen.

»Wünschst du dir manchmal, du wärst auch noch in dem Alter, Ralph?« fragte Lois.

Er dachte darüber nach. »Manchmal«, sagte er. »Meistens sieht es mir einfach zu anstrengend aus. Komm heute abend vorbei, Lois – setz dich eine Weile zu uns.«

»Könnte ich machen«, sagte sie, und Ralph ging die Harris Avenue entlang, spürte den Blick ihrer bemerkenswerten Augen im Rücken und gab sich große Mühe, ihn geradezuhalten. Er dachte, daß es ihm ziemlich gut gelang, aber es war Schwerstarbeit. Er hatte sich in seinem ganzen Leben noch nie so müde gefühlt.

Kapitel 2

1

Ralph vereinbarte keine Stunde nach seiner Unterhaltung mit Lois auf der Parkbank einen Termin mit Dr. Litchfield; die Arzthelferin mit der kühlen, sexy Stimme sagte ihm, sie könnte ihn am nächsten Dienstag vormittag um zehn eintragen, ob es ihm recht wäre, und Ralph sagte ihr, das wäre astrein. Dann legte er auf, ging in sein Wohnzimmer, setzte sich in den Sessel mit Blick auf die Harris Avenue und dachte daran, wie Dr. Litchfield den Gehirntumor seiner Frau anfangs mit Tylenol-3 und Broschüren über verschiedene Entspannungstechniken behandelt hatte. Dann ging er weiter zum Ausdruck in Litchfields Augen, als die Magnetresonanztomographietests die bösen Ergebnisse der CAT-Scans bestätigt hatten … den Ausdruck von Schuldbewußtsein und Unbehagen.

Auf der anderen Straßenseite kamen ein paar Kinder, die bald wieder in der Schule sein würden, mit Schokoriegeln und Slurpies aus dem Red Apple. Während Ralph ihnen zusah, wie sie auf ihre Fahrräder stiegen und in der grellen Elf-Uhr-Hitze davonfuhren, dachte er, was er immer dachte, wenn die Erinnerung an Dr. Litchfields Augen an die Oberfläche kam: daß es höchstwahrscheinlich eine falsche Erinnerung war.

Es ist so, alter Freund, du wolltest, *daß Litchfield unbehaglich aussieht … aber noch mehr wolltest du, daß er schuldbewußt aussieht.*

Wahrscheinlich war das zutreffend, wahrscheinlich war Carl Litchfield eine Seele von Mensch und ein super Arzt, aber Ralph stellte trotzdem fest, daß er eine halbe Stunde später wieder in Litchfields Praxis anrief. Er sagte der Arzthelferin mit der sexy Stimme, daß er gerade in seinen Terminkalender gesehen und festgestellt hätte, daß nächsten Dienstag um zehn doch nicht so gut wäre. Er hätte an dem Tag einen

Termin bei der Fußpflege, den er vollkommen vergessen hätte.

»Mein Gedächtnis ist nicht mehr, was es einmal war«, sagte Ralph zu ihr.

Die Arzthelferin schlug nächsten Donnerstag um zwei vor.

Ralph entgegnete, er würde zurückrufen.

Lügen haben kurze Beine, dachte er, als er den Hörer auflegte, langsam zum Sessel zurückging und sich darauf niederließ. *Du bist fertig mit ihm, oder nicht?*

Er ging davon aus. Nicht, daß Dr. Litchfield deswegen schlaflose Nächte haben würde; wenn er überhaupt an Ralph dachte, dann als einen alten Tattergreis weniger, der ihm bei der Prostata-Untersuchung ins Gesicht furzte.

Na gut, und was willst *du gegen die Schlaflosigkeit tun, Ralph?*

»Eine halbe Stunde vor dem Schlafengehen still dasitzen und klassische Musik hören«, sagte er laut. »Und ein paar Pampers kaufen, falls die Natur doch ihr Recht verlangt.«

Er war selbst erstaunt, als er laut lachte, wie er sich vorstellte, wie er in seinem Sessel saß und nichts außer einer Wegwerfwindel für Erwachsene trug, während er Bach hörte. Das Lachen hatte einen hysterischen Unterton, der ihm nicht besonders gefiel – er war sogar verdammt unheimlich –, aber es dauerte trotzdem eine Weile, bis er wieder aufhören konnte.

Und doch vermutete er, daß er Hamilton Davenports Vorschlag ausprobieren würde (aber auf die Windeln würde er verzichten, herzlichen Dank), wie er die meisten Hausmittel ausprobiert hatte, die ihm wohlmeinende Zeitgenossen anvertraut hatten. Dabei mußte er an sein erstes *Bona-fide*-Hausmittel denken, und das bewirkte ein neuerliches Grinsen.

Es war McGoverns Vorschlag gewesen. Er hatte am Abend auf der Veranda gesessen, als Ralph mit Nudeln und Spaghetisauce aus dem Red Apple zurückkam, hatte seinen Nachbarn vom Stock über sich angesehen, ein *Tss-tss* von sich gegeben und traurig den Kopf geschüttelt.

»Was soll das heißen?« fragte Ralph und setzte sich neben ihn. Ein Stück weiter die Straße hinunter hatte ein kleines Mädchen in Jeans und einem zu großen weißen T-Shirt in der zunehmenden Düsternis gesungen und Seilhüpfen gespielt.

»Es heißt, daß du übernächtigt, hohlwangig und verstümmelt aussiehst«, sagte McGovern. Er schob den Panamahut auf dem Kopf mit dem Daumen zurück und sah Ralph eingehend an. »Immer noch kein Schlaf?«

»Immer noch kein Schlaf«, stimmte Ralph zu.

McGovern schwieg ein paar Augenblicke. Als er wieder sprach, geschah es in einem Tonfall absoluter – sogar beinahe apokalyptischer – Endgültigkeit. »Die Lösung ist Whiskey«, sagte er.

»Pardon?«

»Für deine Schlaflosigkeit, Ralph. Ich meine nicht, daß du darin baden solltest – dazu besteht kein Grund. Du solltest einfach einen Eßlöffel Honig mit einem halben Glaß Whiskey mischen und das fünfzehn oder zwanzig Minuten, bevor du dich in die Falle haust, trinken.«

»Meinst du?« hatte Ralph hoffnungsvoll gefragt.

»Ich kann nur sagen, daß es mir geholfen hat, und ich hatte wirklich Schlafstörungen, als ich um die Vierzig war. Wenn ich heute zurückdenke, schätze ich, daß das meine Midlife-Crisis gewesen sein muß – sechs Monate Schlaflosigkeit und ein Jahr lang Depressionen wegen meiner kahlen Stelle.«

Obwohl in allen Büchern, die er konsultiert hatte, zu lesen stand, daß Alkohol ein weit überschätztes Mittel gegen Schlaflosigkeit sei – daß er das Problem nicht selten schlimmer statt besser mache –, hatte Ralph es trotzdem versucht. Er war nie ein nennenswerter Trinker gewesen, daher reduzierte er McGoverns empfohlene Dosis von einem halben Glas auf ein Viertelglas, aber nach einer Woche ohne Besserung hatte er sie auf ein volles Glas hochgeschraubt ... dann zwei. Er wachte um 4:22 Uhr mit garstigen Kopfschmerzen auf, die den dumpfen braunen Geschmack von Early Times auf seinem Gaumen begleiteten, und hatte festgestellt, daß er mit dem ersten Kater seit fünfzehn Jahren aufgewacht war.

»Das Leben ist zu kurz für diesen Quatsch«, verkündete er seiner leeren Wohnung, und das war das Ende des großen Whiskeyexperiments gewesen.

2

Okay, dachte Ralph jetzt, während er den sporadischen Strom der Kunden beobachtete, die auf der anderen Straßenseite ins Red Apple hinein und wieder heraus gingen. *Das ist die Situation: McGovern sagt, du siehst beschissen aus, heute morgen bist du fast vor Lois Chasse ohnmächtig geworden, und du hast gerade einen Termin beim alten Hausarzt abgesagt. Was nun? Läßt du es einfach dabei bewenden? Akzeptierst du die Situation und beläßt es dabei?*

Der Gedanke besaß einen gewissen orientalischen Charme – Schicksal, Karma, und so weiter –, aber er würde mehr als Charme brauchen, um die langen, frühen Morgenstunden zu überstehen. In den Büchern stand, daß es Menschen auf der Welt gab, und nicht einmal wenige, die ganz gut mit nicht mehr als drei oder vier Stunden Schlaf täglich auskamen. Es gab sogar einige, denen reichten zwei. Sie waren eine extrem kleine Minderheit, *aber* sie existierten. Ralph Roberts jedoch gehörte nicht zu ihnen.

Wie er aussah, war ihm nicht besonders wichtig – er hatte das Gefühl, daß seine Tage als Fernseh-Idol vorbei waren –, aber wie er sich fühlte, das war ihm wichtig, und es ging nicht mehr darum, daß er sich schlecht fühlte, er fühlte sich beschissen. Die Schlaflosigkeit durchdrang jeden Aspekt seines Lebens, so wie der Geruch von brutzelndem Knoblauch im vierten Stock letztendlich das ganze Gebäude durchzieht. Die Umwelt verlor ihre Farben; die Welt nahm das graue, körnige Aussehen eines Zeitungsfotos an.

Einfache Entscheidungen – zum Beispiel ob er sich ein tiefgekühltes Fertiggericht auftauen oder sich im Red Apple ein Sandwich holen und zum Picknickplatz an der Startbahn 3 gehen sollte – wurden schwierig, fast quälend. In den vergangenen zwei Wochen war er immer häufiger mit leeren Händen von Dave's Video Stop zurückgekommen, aber nicht, weil er bei Dave nichts fand, das er sehen wollte, sondern weil es zuviel gab – er konnte sich nicht entscheiden, ob er einen der Dirty Harry-Filme, eine Komödie mit Billy Crystal oder ein paar der alten Folgen von *Raumschiff Enterprise* sehen wollte. Nach ein paar erfolglosen Ausflügen war er in seinen Sessel gefallen und hatte vor Frustration fast geweint … und vor Angst, vermutete er.

Die schleichende Lähmung der Sinne und die Erosion seiner Entscheidungsfähigkeit waren aber nicht die einzigen Probleme, die er mit seiner Schlaflosigkeit in Verbindung brachte; sein Kurzzeitgedächtnis ließ ebenfalls deutlich nach. Er ging gewohnheitsmäßig mindestens einmal pro Woche ins Kino, mitunter zweimal, seit er von der Druckerei, wo er als Buchhalter und Mädchen für alles gearbeitet hatte, in den Ruhestand geschickt worden war. Bis letztes Jahr hatte er Carolyn mitgenommen, dann war sie so krank geworden, daß sie sich an nichts mehr erfreuen konnte. Nach ihrem Tod war er meistens alleine gegangen, nur ein- oder zweimal hatte ihn Helen Deepneau begleitet, wenn Ed zu Hause auf das Baby aufpaßte (Ed selbst ging fast nie aus; er behauptete, daß er im Kino Kopfschmerzen bekam). Ralph hatte die automatische Telefonauskunft des Kinos so häufig angewählt, um Anfangszeiten zu erfahren, daß er die Nummer auswendig kannte. Aber im Verlauf des Sommers mußte er sie immer häufiger in den Gelben Seiten nachschlagen – er war nicht mehr sicher, ob die letzten Ziffern 1317 oder 1713 waren.

»Sie sind 1713«, sagte er jetzt. »Ich *weiß* es.« Aber wußte er es wirklich?

Ruf Litchfield zurück. Los doch, Ralph – hör auf, in den Trümmern zu wühlen. Tu etwas Produktives. Und wenn dir Litchfield tatsächlich so gegen den Strich geht, dann ruf einen anderen Arzt an. Im Telefonbuch stehen mehr Ärzte denn je.

Das stimmte wahrscheinlich, aber mit siebzig war man vielleicht ein bißchen zu alt, um sich einen neuen Knochenflicker nach der Eene-meene-mu-Methode auszusuchen. Und Litchfield würde er nicht zurückrufen. Definitiv.

Okay, was dann, du störrischer alter Bock? Noch ein paar Hausmittel? Ich hoffe nicht, denn bei deinem Verschleiß wirst du in Null Komma nichts bei Lurchaugen und Krötenzungen landen.

Die Lösung, die ihm einfiel, war wie ein kühles Lüftchen an einem heißen Tag … und es war eine grotesk simple Lösung. Seine Lektüre den ganzen Sommer über hatte darauf abgezielt, das Problem zu verstehen, statt eine Lösung dafür zu finden. Wenn es um Lösungen ging, hatte er sich fast ausschließlich auf private Hausmittelchen wie Whiskey und Honig verlassen, selbst wenn die Bücher ihm versichert hatten, daß sie gar nicht oder nur kurze Zeit helfen würden. Obwohl man in den Büchern ein paar angeblich zuverlässige Methoden nachlesen *konnte,* mit Schlaflosigkeit fertigzuwerden, hatte Ralph bisher nur die einfachste und einsichtigste ausprobiert: früher am Abend ins Bett zu gehen. Diese Lösung hatte nicht funktioniert – er hatte einfach bis halb zwölf oder so wachgelegen, war dann eingeschlafen und zu einem neuen, früheren Zeitpunkt aufgewacht –, aber möglicherweise half etwas anderes.

Einen Versuch war es auf jeden Fall wert.

3

Statt den Nachmittag mit seiner üblichen hektischen Gartenarbeit zu verbringen, ging Ralph in die Bibliothek und blätterte ein paar Bücher durch, die er schon gelesen hatte. Der allgemeine Konsens schien zu sein, wenn es nichts half, früher ins Bett zu gehen, dann vielleicht, wenn man später ging. Ralph kehrte von verhaltener Hoffnung erfüllt nach Hause zurück (eingedenk seines früheren Abenteuers mit dem Bus). Es könnte klappen. Und wenn nicht, blieben ihm immer noch Bach, Beethoven und William Ackerman.

Sein erster Versuch, diese Technik auszuprobieren, die in einem der Bücher als »Schlafverzögerung« bezeichnet wurde, endete komisch. Er erwachte zur inzwischen üblichen Zeit (3:45, wie ihm die Digitaluhr auf dem Kaminsims im Wohnzimmer verriet) mit wundem Rücken und schmerzendem Hals und hatte zunächst keine Ahnung, wie er in den Sessel am Fenster gelangt war und weshalb der Fernseher lief, der außer Schnee und einem leisen, brandungsähnlichen Rauschen nichts sendete.

Erst als er den Kopf vorsichtig drehte und dabei den Nacken mit der Hand stützte, wurde ihm klar, was geschehen war. Er hatte vorgehabt, bis mindestens drei, wenn möglich vier Uhr wachzubleiben. Dann wollte er ins Bett gehen und den Schlaf des Gerechten schlafen. So jedenfalls hatte der Plan ausgesehen. Statt dessen war der Superschlaflose der Harris Avenue bei Jay Lenos Eröffnungsmonolog eingenickt wie ein Kind, das versucht, die ganze Nacht aufzubleiben, nur um zu sehen, wie es ist. Und dann hatte das Abenteuer selbstverständlich seinen Abschluß damit gefunden, daß er zur gewohnten Zeit wieder aufgewacht war. Das Problem war dasselbe, würde Joe Friday wahrscheinlich gesagt haben; nur der Schauplatz hatte sich verändert.

Ralph schlenderte trotzdem ins Bett und hoffte entgegen jeder Hoffnung, aber der Drang (wenn nicht das Bedürfnis) zu schlafen, war vergangen. Nachdem er eine Stunde wachgelegen hatte, war er wieder zu seinem Sessel gegangen, diesmal mit einem Kissen, das er hinter seinen steifen Hals steckte, und einem reumütigen Grinsen im Gesicht.

4

Sein zweiter Versuch, der in der darauffolgenden Nacht stattfand, hatte nichts Komisches. Die Müdigkeit stellte sich zur gewohnten Zeit ein – 23:20, als Pete Cherney gerade die Wettervorhersage für den folgenden Tag verlas. Diesmal kämpfte Ralph erfolgreich dagegen an und schaffte es, bis *Whoopi* wachzubleiben (obwohl er bei Whoopis Unterhaltung mit Roseanne Arnold, dem Gast des heutigen Abends, fast eingenickt wäre), und dann bis zum anschließenden Spätfilm. Es handelte sich um einen alten Streifen mit Audie Murphy, in dem Audie den Krieg im Pazifik praktisch im Alleingang zu gewinnen schien. Manchmal hatte Ralph den Eindruck, als existiere eine unausgesprochene Abmachung zwischen den lokalen Fernsehsendern, wonach Filme, die in den frühen Morgenstunden gesendet wurden, nur Audie Murphy oder James Brolin in den Hauptrollen haben durften.

Nachdem der letzte japanische Bunker gesprengt worden war, verabschiedete sich Kanal 2. Ralph schaltete herum und suchte nach einem anderen Film, fand aber nichts als Flimmern. Er vermutete, wenn er Kabel gehabt hätte, hätte er die ganze Nacht Filme sehen können, wie Bill oder Lois; er erinnerte sich, daß er es auch auf seine Liste zu erledigender Dinge im neuen Jahr geschrieben hatte. Aber dann war Carolyn gestorben, und Kabelfernsehen schien – mit oder ohne Home Box Office – nicht mehr wichtig zu sein.

Er fand eine Ausgabe von *Sports Illustrated* und las einen Artikel über Damentennis durch, den er beim erstenmal vergessen hatte, und sah immer wieder auf die Uhr, als sich die Zeiger der Drei näherten. Er war fast überzeugt, daß es funktionieren würde. Seine Lider waren so schwer, daß ihm schien, sie wären in Beton getunkt worden, und obwohl er den Tennisartikel gründlich las, Wort für Wort, hatte er keine Ahnung, worauf der Verfasser hinauswollte. Ganze Sätze schossen durch sein Gehirn, ohne sich festzusetzen, wie kosmische Strahlen.

Ich werde heute nacht schlafen – das glaube ich wirklich. Zum erstenmal seit Monaten wird die Sonne ohne meine Hilfe aufgehen müssen, und das ist nicht nur gut, Freunde und Nachbarn, das ist großartig.

Kurz nach drei Uhr löste sich die angenehme Schläfrigkeit dann langsam auf. Sie ging nicht mit einem Knall, wie ein Sektkorken, sondern schien wegzutröpfeln wie Sand durch ein feines Sieb oder Wasser einen teilweise verstopften Abfluß hinunter. Als Ralph feststellte, was passierte, verspürte er keine Panik, sondern niedergeschlagene Resignation. Er kannte das Gefühl als wahres Gegenteil von Hoffnung, und als er um Viertel nach drei mit seinen Hausschuhen ins Schlafzimmer schlurfte, konnte er sich nicht erinnern, schon einmal eine Depression erlebt zu haben wie die, die ihn jetzt umfing. Ihm war, als müßte er daran ersticken.

»Bitte, Gott, nur ein kleines Nickerchen«, murmelte er, als er das Licht ausschaltete, aber er vermutete sehr, daß dieses Gebet nicht erhört werden würde.

Es wurde nicht erhört. Inzwischen war er fast vierundzwanzig Stunden wach, aber um Viertel vor vier war jedes

Quentchen Müdigkeit aus seinem Geist und seinem Körper verschwunden. Er war müde, ja – müder und erschöpfter als jemals zuvor in seinem Leben –, aber müde und schläfrig zu sein, hatte er feststellen müssen, waren mitunter nicht immer dasselbe. Der Schlaf, der unparteiische Freund, die beste und zuverlässigste Krankenschwester der Menschheit seit Anbeginn der Zeit, hatte ihn wieder im Stich gelassen.

Um vier Uhr war ihm sein Bett verhaßt geworden, wie immer wenn er feststellte, daß er es nicht seinem Verwendungszweck zuführen konnte. Er schwang die Füße wieder auf den Boden und kratzte sich das – inzwischen fast graue – Haar, das sich aus dem weitgehend aufgeknöpften Pyjamaoberteil kräuselte. Er schlüpfte in die Hausschuhe und schlurfte ins Wohnzimmer zurück, wo er sich in seinen Ohrensessel fallenließ und auf die Harris Avenue hinausschaute. Diese lag wie eine Bühnenkulisse vor ihm, und der einzige Schauspieler, der im Augenblick zu sehen war, war nicht einmal ein Mensch: Es war ein streunender Hund, der langsam Richtung Strawford Park und Up-Mile Hill die Harris Avenue entlanglief. Er hielt das linke Hinterbein so weit wie möglich hoch und hinkte so gut es ging auf den drei anderen.

»Hallo, Rosalie«, murmelte Ralph und strich sich mit einer Hand über die Augen.

Es war Donnerstag morgen, in der Harris Avenue wurde der Müll abgeholt, daher war er nicht überrascht, Rosalie hier zu sehen, die seit etwa einem Jahr quasi als wanderndes Inventar die Gegend unsicher machte. Sie schlich gemächlich die Straße entlang und untersuchte die Reihen und Gruppen der Mülltonnen so wählerisch wie ein Flohmarktprofi.

Rosalie – die heute morgen schlimmer denn je hinkte und so müde aussah wie Ralph sich fühlte – fand etwas, das wie ein mittelgroßer Rinderknochen aussah, und hinkte mit diesem Knochen im Maul davon. Ralph sah ihr nach, bis sie nicht mehr zu sehen war, dann saß er einfach mit den Händen im Schoß da und betrachtete die stille Nachbarschaft, wo die grellen orangefarbenen Lampen die Illusion verstärkten, daß Harris Avenue eine Kulisse war, die nach Beendigung der

Abendvorstellung, als die Schauspieler nach Hause gegangen waren, einsam und verlassen zurückgeblieben war; die Lampen leuchteten wie Scheinwerfer, eine perfekte, immer kleiner werdende Reihe, deren Perspektive wie eine Halluzination wirkte.

Ralph Roberts saß in dem Ohrensessel, wo er in letzter Zeit so viele frühe Morgenstunden verbracht hatte, und wartete darauf, daß Licht und Bewegung die leblose Welt unter ihm erfüllen würden. Schließlich betrat der erste menschliche Schauspieler – Pat, der Zeitungsjunge, der auf seinem Raleigh fuhr – die Bühne. Er radelte die Straße herauf, warf zusammengerollte Zeitungen aus dem Beutel, den er über der Schulter hängen hatte, und traf die Veranden, die er anvisierte, mit hinreichend großer Treffsicherheit.

Ralph beobachtete ihn eine Weile, dann stieß er ein Seufzen aus, das sich anhörte, als wäre es von ganz unten aus dem Keller gekommen, und stand auf, um sich Tee zu machen.

»Ich kann mich nicht erinnern, daß ich *jemals* etwas von dieser Scheiße in meinem Horoskop gelesen habe«, sagte er hohl, dann drehte er den Wasserhahn in der Küche auf und füllte den Kessel.

5

Der lange Donnerstagvormittag und der noch längere Donnerstagnachmittag lehrten Ralph Roberts eine wertvolle Lektion: drei oder vier Stunden Schlaf täglich nicht verächtlich abzutun, nur weil er sein ganzes Leben von der irrigen Voraussetzung ausgegangen war, daß er ein Anrecht auf mindestens sechs, normalerweise sieben Stunden hatte. Außerdem diente er als gräßliche Vorschau. Wenn sich sein Zustand nicht besserte, konnte er sich darauf einstellen, daß er sich bald meistens so fühlen würde. Verdammt, *immer.* Er ging um zehn Uhr ins Bett und dann wieder um eins und hoffte auf ein kleines Nickerchen – ein paar Minuten die Augen zumachen hätte ihm schon gereicht, und für eine halbe Stunde hätte er sein Leben hingegeben –, aber er konnte nicht einmal dösen. Er war erbärmlich müde, aber kein bißchen schläfrig.

Gegen drei Uhr beschloß er, sich eine Packung Lipton Cup-A-Soup zu machen. Er füllte den Teekessel mit frischem Wasser, stellte ihn auf die Herdplatte und machte den Schrank über dem Tresen auf, wo er Gewürze, Würzmischungen und verschiedene Tüten mit Essen aufbewahrte, die nur Astronauten und alte Männer tatsächlich zu sich zu nehmen schienen – Pulver, die der Verbraucher nur mit heißem Wasser aufgießen mußte.

Er schob ziellos Dosen und Flaschen herum und starrte dann einfach eine Weile in den Schrank, als würde er darauf warten, daß der Karton mit den Suppentüten auf wundersame Weise in dem freien Raum auftauchte, den er geschaffen hatte. Als das nicht geschah, wiederholte er den Vorgang, aber diesmal schob er alles wieder an seinen ursprünglichen Platz zurück, bevor er wieder mit dem Ausdruck geistesabwesender Verwirrung hinstarrte, der (was Ralph barmherzigerweise nicht wußte) allmählich sein vorherrschender Gesichtsausdruck wurde.

Als der Teekessel pfiff, stellte er ihn auf eine der hinteren Platten und sah weiter in den Schrank. Dann dämmerte ihm – sehr, sehr langsam –, daß er die letzte Packung Suppe gestern oder vorgestern aufgegossen haben mußte, obwohl er sich nicht daran hätte erinnern können, wenn sein Leben auf dem Spiel gestanden hätte.

»Ist das eine Überraschung?« fragte er die Kartons und Flaschen in dem offenen Schrank. »Ich bin so müde, daß ich mich nicht einmal an meinen eigenen Namen erinnern kann.«

Doch, das kann ich, dachte er. *Er ist Leon Redbone. Na also!*

Es war kein besonders guter Witz, trotzdem spürte er, wie ein zaghaftes Lächeln – leicht wie eine Feder – seine Lippen umspielte. Er ging ins Bad, kämmte sich das Haar und ging nach unten. *Hier ist Audie Murphy auf dem Weg in feindliches Gebiet, um Vorräte zu beschaffen,* dachte er. *Primäres Ziel: ein Karton Lipton Cup-A-Soup Reis und Hühnerbrühe. Sollte es sich als unmöglich erweisen, dieses Ziel zu finden und anzuvisieren, werde ich auf das sekundäre Ziel ausweichen: Nudeln und Rindfleisch. Ich weiß, es ist ein riskantes Unternehmen, aber …*

»... aber ich arbeite am besten allein«, sagte er laut, als er auf die Veranda trat.

Die alte Mrs. Perrine ging vorbei und warf Ralph einen stechenden Blick zu, sagte aber nichts. Er wartete, bis sie ein Stück weitergegangen war – er fühlte sich nicht imstande, heute nachmittag mit jemandem ein Gespräch zu führen, schon gar nicht mit Mrs. Perrine, die mit ihren zweiundachtzig immer noch nützliche Arbeit bei den Marines auf Parris Island gefunden hätte. Er tat so, als würde er den Farn betrachten, der vom Haken unter dem Giebel der Veranda hing, bis sie ihn sicherer Entfernung zu sein schien, dann überquerte er die Harris Avenue und betrat das Red Apple. Und da fing der Ärger des Tages erst richtig an.

6

Er betrat den Gemischtwarenladen, staunte wieder über das spektakuläre Scheitern des Schlafverzögerungsexperiments und fragte sich, ob die Ratschläge in den Büchern aus der Bibliothek nichts weiter waren als hochtrabende Versionen der Hausmittel, die ihm seine Bekannten nur zu gerne aufschwatzen wollten. Es war ein unangenehmer Gedanke, aber er glaubte, daß sein Verstand (oder die Kraft unter seinem Verstand, die für diese langsame Tortur verantwortlich zeichnete) ihm eine Botschaft geschickt hatte, die noch unangenehmer war: *Du hast ein Schlaffenster, Ralph. Es ist nicht so groß, wie es einmal war, und es wird mit jeder Woche, die verstreicht, kleiner, aber du solltest besser dankbar für das sein, was du hast, denn ein kleines Fenster ist besser als gar kein Fenster. Das siehst du jetzt ein, oder?*

»Ja«, murmelte Ralph, während er den Mittelgang entlang zu den hellroten Kartons mit Cup-A-Soup ging. »Das sehe ich jetzt voll und ganz ein.«

Sue, die Nachmittagskassiererin, lachte fröhlich. »Sie müssen Geld auf der Bank haben, Ralph«, sagte sie.

»Pardon?« Ralph drehte sich nicht um; er begutachtete die roten Kartons. Da war Zwiebel ... Erbsen ... Rindfleisch mit Nudeln ... aber wo, zum Teufel, war Huhn mit Reis?

»Meine Mom hat immer gesagt, Leute, die Selbstgespräche führen, haben ... *O mein Gott!*«

Einen Augenblick glaubte Ralph, sie hätte eine Bemerkung gemacht, die einfach zu komplex für seinen übermüdeten Verstand war, etwa daß Leute, die Selbstgespräche führten, Gott gefunden hätten, aber dann schrie sie. Er hatte sich gebückt, um die Kartons auf dem untersten Regal zu betrachten, aber bei dem Schrei schnellte er so ruckartig und hastig wieder hoch, daß seine Knie knackten. Er wirbelte zum Eingang des Ladens herum, stieß mit dem Ellbogen gegen den oberen Teil des Suppenregals und stieß ein halbes Dutzend rote Kartons in den Mittelgang.

»Sue? Was ist denn?«

Sue beachtete ihn gar nicht. Sie sah zur Tür hinaus, preßte die zur Faust geballte Hand an die Lippen und riß die braunen Augen darüber auf. »O Gott, seht euch das viele Blut an!« schrie sie mit erstickter Stimme.

Ralph drehte sich noch weiter herum, stieß einige weitere Lipton-Kartons auf den Boden und sah zum schmutzigen Schaufenster des Red Apple hinaus. Was er sah, entlockte ihm einen tiefen Seufzer, und er brauchte einige Sekunden – fünf, möglicherweise –, bis er erkannte, daß es sich bei der blutenden, verprügelten Frau, die auf das Red Apple zutaumelte, um Helen Deepneau handelte. Ralph hatte Helen stets für die hübscheste Frau im westlichen Teil der Stadt gehalten, aber heute hatte sie nichts Hübsches an sich. Eines ihrer Augen war so geschwollen, daß sie es nicht mehr aufbekam; an der linken Schläfe hatte sie eine Platzwunde, die bald zwischen den purpurnen Schwellungen verschwinden würde; ihre gesprungenen Lippen und Wangen waren mit Blut bedeckt. Das Blut kam aus ihrer Nase, die immer noch triefte. Sie schwankte wie eine Betrunkene über den Parkplatz des Red Apple auf die Tür zu, aber ihr unversehrtes Auge schien nichts zu sehen; es starrte nur blicklos.

Aber noch beängstigender als ihr Aussehen war die Art,

wie sie mit Natalie umging. Sie hatte das brüllende, verängstigte Baby beiläufig um eine Hüfte geschwungen und trug es, wie sie vor zwölf Jahren ihre Bücher zur High School getragen haben könnte.

»O Gott, sie wird das Kind fallenlassen!« schrie Sue, aber obwohl sie zehn Schritte näher bei der Tür war als er, bewegte sie sich nicht – sie blieb einfach stehen, wo sie war, preßte die Hände auf den Mund, und ihre Augen schienen das ganze Gesicht verschlingen zu wollen.

Plötzlich fühlte sich Ralph überhaupt nicht mehr müde. Er sprintete den Gang entlang, riß die Tür auf und lief nach draußen. Er kam gerade noch rechtzeitig, um Helen an den Schultern zu halten, als diese mit der Hüfte an die Kühltruhe stieß – glücklicherweise nicht die Hüfte, auf der Natalie ruhte – und in eine andere Richtung weitertorkelte.

»Helen!« rief er. »Mein Gott, Helen, was ist denn passiert?«

»Hnh?« fragte sie mit dumpf neugieriger Stimme, die keine Ähnlichkeit mit der Stimme der munteren jungen Frau hatte, die ihn manchmal ins Kino begleitete und wegen Mel Gibson seufzte. Ihr gutes Auge drehte sich zu ihm, und er sah dieselbe dumpfe Neugier darin, ein Ausdruck, der zeigte, sie wußte nicht, wer sie war, geschweige denn, wo sie war oder was geschehen war, oder wann. »Hnh? Ral? Wa?«

Das Baby rutschte. Ralph ließ Helen los, griff nach Natalie und schaffte es, einen Träger ihrer Strampelhose zu fassen zu bekommen. Nat schrie, ruderte mit den Händen und sah ihn mit ihren großen, dunkelblauen Augen an. Er schob die andere Hand einen Augenblick bevor der Träger der Strampelhose riß, zwischen Nats Beine. Einen Moment lang balancierte das weinende Baby auf seiner Hand wie ein Turner auf dem Schwebebalken, und Ralph konnte den feuchten Wulst seiner Windeln durch den Overall spüren, den es trug. Dann schob er die andere Hand hinter seinen Rücken und drückte es an seine Brust. Sein Herz schlug heftig, und obwohl er das Baby nun sicher in Händen hielt, sah er es immer noch wegrutschen, sah den Kopf mit dem seidenweichen Haar mit einem ekelerregenden Knirschen auf den abfallübersäten Asphalt prallen.

»Hnh? Ar? Ral?« fragte Helen. Sie sah Natalie in Ralphs Armen, und da verschwand die Ausdruckslosigkeit teilweise aus ihrem guten Auge. Sie hob die Hände zu dem Kind, und in Ralphs Armen ahmte Natalie die Bewegung mit ihren eigenen Patschhändchen nach. Dann stolperte Helen, stieß gegen die Hauswand und torkelte einen Schritt zurück. Ein Fuß verfing sich im anderen (Ralph sah Blutspritzer auf ihren weißen Turnschuhen, und es war erstaunlich, wie hell auf einmal alles war; die Farbe war in die Welt zurückgekommen, zumindest vorübergehend), und sie wäre gestürzt, hätte Sue sich nicht in diesem Augenblick entschieden, auch endlich nach draußen zu kommen. Daher fiel Helen statt umzukippen einfach gegen die offene Tür und lehnte sich daran wie ein Betrunkener an einen Laternenpfahl.

»Ral?« Der Ausdruck in ihren Augen war jetzt ein wenig schärfer, und Ralph sah, daß es weniger Neugier als vielmehr Fassungslosigkeit war. Sie holte tief Luft und bemühte sich mit äußerster Anstrengung, verständliche Worte über die geschwollenen Lippen zu bringen. »Gi. Gi mi mein *Bäh*-bie. Gi mi Nah-lie.«

»Jetzt nicht, Helen«, sagte Ralph. »Im Augenblick bist du nicht sicher genug auf den Beinen.«

Sue stand immer noch auf der anderen Seite der Tür und stemmte sich dagegen, damit Helen nicht fiel. Wangen und Stirn des Mädchens waren aschfahl, Tränen standen in ihren Augen.

»Kommen Sie raus«, sagte Ralph. »Stützen Sie sie.«

»Ich kann nicht«, blubberte sie. »Sie ist ganz bluh-bluh-*blutig!*«

»Um Himmels willen, hören Sie auf! Das ist Helen! Helen Deepneau, die hier in der Straße wohnt!«

Obwohl Sue das gewußt haben mußte, schien allein der Klang des Namens Wirkung zu zeigen. Sie kam um die offene Tür herum, und als Helen wieder rückwärts taumelte, legte Sue ihr einen Arm um die Schultern und stützte sie. Der Ausdruck ungläubiger Überraschung schwand nicht von Helens Gesicht. Ralph fiel es immer schwerer, sie anzusehen. Er fühlte sich durch und durch elend.

»Ralph? Was ist passiert? War das ein Unfall?«

Er drehte sich um und sah Bill McGovern am Rand des Parkplatzes stehen. Er trug eines seiner piekfeinen blauen Hemden, bei dem die Bügelfalten noch an den Ärmeln zu sehen waren, und hielt eine seiner seltsam zierlichen Hände mit den langen Fingern hoch, um die Augen abzuschirmen. So sah er merkwürdig und irgendwie nackt aus, aber Ralph hatte keine Zeit, über den Grund dafür nachzudenken; zuviel spielte sich hier ab.

»Es war kein Unfall«, sagte er. »Sie ist verprügelt worden. Hier, nimm das Kind.«

Er hielt Natalie zu McGovern hin, der zuerst zurückzuckte, dann aber das Baby nahm. Natalie fing sofort wieder an zu kreischen. McGovern, der aussah, als hätte ihm gerade jemand eine randvolle Kotztüte in die Hand gedrückt, hielt sie mit baumelnden Füßen auf Armeslänge von sich. Hinter ihm fand sich eine kleinere Menschenmenge ein, darunter zahlreiche Kinder in Baseballtrikots, die von ihrem nachmittäglichen Spiel auf dem Sportplatz um die Ecke zurückkamen. Sie betrachteten Helens geschwollenes und blutiges Gesicht mit einem ungesunden Interesse, und Ralph mußte an die Geschichte in der Bibel denken, wie sich Noah auf der Arche betrunken hatte – an die guten Söhne, die sich von dem nackten alten Mann auf seinem Bett abgewendet hatten, und den bösen Sohn, der hingesehen … und gelacht hatte.

Sanft schob er Sues Arm weg und seinen eigenen hin. Helens unversehrtes Auge drehte sich zu ihm. Diesmal sprach sie seinen Namen deutlicher aus, positiver, und als Ralph die Dankbarkeit in der nuschelnden Stimme hörte, war ihm zum Weinen zumute.

»Sue – nehmen Sie das Baby. Bill hat keine Ahnung.«

Sie gehorchte und nahm Nat sanft und geübt in die Arme. McGovern schenkte ihr ein dankbares Lächeln, und plötzlich merkte Ralph, was an seinem Äußeren nicht stimmte. McGovern trug seinen Panamahut nicht, der ebenso zu ihm zu gehören schien (jedenfalls im Sommer) wie die Geschwulst auf seinem Nasenansatz.

»He, Mister, was ist denn passiert?« fragte einer der Baseballjungs.

»Nichts, das dich etwas angehen würde«, sagte Ralph.

»Sieht aus, als hätte sie ein paar Runden mit Riddick Bowe hinter sich.«

»Nee, Tyson«, sagte einer der anderen Baseballjungs, und dann lachten sie unvorstellbarerweise.

»Verschwindet!« schrie Ralph sie plötzlich wütend an. »Geht eure Zeitungen austragen! Kümmert euch um eure Angelegenheiten!«

Sie schlurften ein paar Schritte zurück, aber keiner entfernte sich. Immerhin sahen sie echtes Blut hier, und nicht auf einer Kinoleinwand.

»Helen, kannst du gehen?«

»Ja«, sagte sie. »*Glaube* fon.«

Er führte sie vorsichtig um die offene Tür herum und ins Red Apple. Sie bewegte sich langsam und schlurfte von einem Fuß auf den anderen wie eine alte Frau. Der Geruch von Schweiß und verbrauchtem Adrenalin drang als saurer Gestank aus ihren Poren, und Ralph spürte, wie sich ihm wieder der Magen umdrehte. Es lag nicht an dem Geruch, wirklich nicht; es lag an seinem Bemühen, diese Helen mit der adretten und attraktiven Frau in Einklang zu bringen, mit der er erst gestern gesprochen hatte, als sie in ihrem Vorgarten gearbeitet hatte.

Plötzlich fiel Ralph noch etwas von gestern ein. Helen hatte blaue Shorts getragen, ziemlich weit oben abgeschnitten, und da waren ihm zwei Blutergüsse an ihren Beinen aufgefallen – ein großer, gelber Fleck oben am linken Oberschenkel und ein frischerer, dunkler an der rechten Wade.

Er ging mit Helen auf den kleinen Bürobereich hinter der Registrierkasse zu. Als er in den konvexen Überwachungsspiegel in der Ecke sah, erblickte er McGovern, der Sue die Tür aufhielt.

»Schließ die Tür ab«, sagte er über die Schulter.

»Herrgott, Ralph, ich darf nicht …«

»Nur ein paar Minuten«, sagte Ralph. »Bitte.«

»Nun … okay. Denke ich.«

Ralph hörte das Klicken des Schlosses, als er Helen auf den Plastiksessel hinter dem unordentlichen Schreibtisch sinken ließ. Er griff zum Telefon und schlug auf die Taste 911. Aber bevor das Telefon am anderen Ende läuten konnte, wurde eine blutige Hand ausgestreckt und drückte auf den grauen Unterbrechungsknopf.

»Gicht ... Ral.« Helen schluckte gequält und versuchte es noch einmal. *»Nicht.«*

»Doch«, sagte Ralph. »Ich werde anrufen.«

Jetzt sah er Angst in ihrem guten Auge, das nichts Stumpfes mehr an sich hatte.

»Nein«, sagte sie. »Bitte, Ralph. Nicht.« Sie sah an ihm vorbei und streckte wieder die Hände aus. Als Ralph den unterwürfigen, flehenden Ausdruck in ihrem Gesicht sah, zuckte er vor Mißfallen zusammen.

»Ralph?« fragte Sue. »Sie will das Baby.«

»Ich weiß. Nur zu.«

Sue gab Natalie an Helen, und Ralph sah zu, wie das Baby – das inzwischen etwas über ein Jahr alt sein mußte, da war er ziemlich sicher – die Arme um den Hals seiner Mutter schlang und das Gesicht an ihre Schulter drückte. Helen küßte Nats Kopf. Es tat ihr eindeutig weh, aber sie machte es noch einmal. Und noch einmal. Ralph, der auf sie hinunterschaute, konnte geronnenes Blut wie Schmutz auf Helens Nacken erkennen. Als er das sah, pochte wieder die Wut in ihm.

»Es war Ed, richtig?« fragte er. Natürlich war er es gewesen – man hinderte niemanden daran, 911 anzurufen, wenn man von einem Wildfremden zusammengeschlagen worden war –, aber er mußte es fragen.

»Ja«, sagte sie. Ihre Stimme war kaum mehr als ein Flüstern, die Antwort ein Geheimnis, das sie ins feine, seidige Haar ihres Babys hauchte. »Ja, es war Ed. Aber das darfst du nicht der Polizei erzählen.« Jetzt sah sie mit Augen voll Angst und Elend zu ihm auf. »Bitte ruf die Polizei nicht an, Ralph. Ich kann den Gedanken nicht ertragen, daß Natalies Dad im Gefängnis sitzt wegen ... wegen ...«

Helen fing an zu weinen. Natalie sah ihre Mutter einen Moment mit einem Ausdruck komischer Überraschung an, dann stimmte sie ein.

7

»Ralph?« fragte McGovern zögernd. »Möchtest du ihr eine Tylenol oder so was geben?«

»Besser nicht«, sagte er. »Wir wissen nicht, was ihr fehlt, wie schlimm die Verletzungen sind.« Sein Blick wanderte zum Schaufenster, er wollte nicht sehen, was da draußen war, hoffte, es nicht zu sehen, und sah es trotzdem: neugierige Gesichter in einer Reihe bis zu der Stelle, wo der Kühlschrank mit dem Bier den Blick ins Innere verdeckte. Manche hielten die Hände seitlich ans Gesicht, um das Gleißen zu mildern.

»Was sollen wir tun, Männer?« fragte Sue. Sie betrachtete die Gaffer und zupfte nervös am Saum der Red Apple-Schürze, die Angestellte tragen mußten. »Wenn die Firmenleitung herausfindet, daß ich während der Geschäftszeit die Tür abgeschlossen habe, können sie mich feuern.«

Helen zupfte an seiner Hand. »Bitte, Ralph«, wiederholte sie, aber mit ihren geschwollenen Lippen hörte es sich wie *Biii, Raff* an. »Ruf niemand an.«

Ralph sah sie unsicher an. Er hatte im Lauf seines Lebens viele Frauen mit Blutergüssen gesehen, und einige (aber um ehrlich zu sein, nicht viele), die schlimmer zusammengeschlagen worden waren als Helen. Aber es hatte nicht immer so schlimm ausgesehen. Sein Denken und seine Moralvorstellungen waren in einer Zeit geprägt worden, als die Leute glaubten, was hinter verschlossenen Türen zwischen Mann und Frau in der Ehe vor sich ging, sei ausschließlich deren Sache, das galt auch für den Mann, der mit den Fäusten zuschlug, und die Frau, die mit ihrer spitzen Zunge Schaden zufügte. Man konnte die Leute nicht zwingen, sich zu benehmen, und wenn man sich in ihre Angelegenheiten einmischte – selbst mit besten Absichten –, wurden nicht selten Freunde zu Feinden.

Aber dann dachte er daran, wie sie Natalie getragen hatte, als sie über den Parkplatz gestolpert war: achtlos auf der Hüfte wie ein Schulbuch. Wenn sie das Baby auf dem Parkplatz fallengelassen hätte, oder als sie die Harris Avenue überquerte, hätte sie es wahrscheinlich nicht gemerkt; Ralph vermutete, daß nur ein Instinkt Helen veranlaßt hatte, das Baby überhaupt mitzunehmen. Sie hatte Nat nicht in der Obhut des Mannes zurücklassen wollen, der sie so schlimm verprügelt hatte, daß sie nur noch aus einem Auge sehen und nuschelnde, verschliffene Silben von sich geben konnte.

Er dachte aber auch noch an etwas anderes, etwas, das mit Carolyns Tod Anfang des Jahres zu tun hatte. Das Ausmaß seines Kummers hatte ihn überrascht – immerhin hatte er mit ihrem Tod rechnen können; er hatte geglaubt, er hätte den größten Teil seines Kummers noch zu Carolyns Lebzeiten aufgebraucht –, und dieser Kummer hatte ihn linkisch und hilflos gemacht, als es um die letzten Vorkehrungen gegangen war, die getroffen werden mußten. Es war ihm gelungen, das Bestattungsinstitut Brookings-Smith anzurufen, aber Helen hatte die Todesanzeige in die *Derry News* gesetzt und ihm geholfen, sie abzufassen, Helen war mit ihm gegangen, einen Sarg auszuwählen (McGovern, der den Tod verabscheute, und alles, was damit zusammenhing, hatte sich dünne gemacht); und Helen hatte ihm geholfen, ein Blumenbukett auszusuchen – auf dem *Meiner geliebten Frau* stand. Und selbstverständlich hatte Helen den Leichenschmaus hinterher organisiert, Sandwiches bei Frank's Lieferservice bestellt und alkoholfreie Getränke und Bier aus dem Red Apple geholt.

Helen hatte ihm geholfen, als er sich selbst nicht helfen konnte. War er nicht verpflichtet, ihr diese Freundlichkeit zu vergelten, selbst wenn Helen es im Augenblick nicht als Hilfe ansah?

»Bill?« fragte er. »Was denkst du?«

McGovern sah von Ralph zu Helen, die mit gesenktem, zerschlagenem Gesicht auf dem Stuhl saß, und dann wieder zu Ralph. Er holte ein Taschentuch heraus und strich sich nervös über die Lippen. »Ich weiß nicht. Ich mag Helen sehr, und ich will nichts falsch machen – das *weißt* du –, aber bei so etwas … wer weiß da schon, was richtig ist?«

Ralph fiel plötzlich ein, was Carolyn immer gesagt hatte, wenn er sich über eine Aufgabe beschwerte, die er nicht ausführen, eine Besorgung, die er nicht machen oder einen Pflichtbesuch, den er nicht erledigen wollte: *Es ist ein langer Weg zurück ins Paradies, Liebes, also hör auf, dich über Kleinigkeiten aufzuregen.*

Er griff wieder zum Telefon, und als Helen diesmal nach seiner Hand griff, stieß er sie weg.

»Sie haben das Polizeirevier Derry angerufen«, sagte eine Stimme vom Band. Drücken Sie eins für Notfälle. Drücken Sie zwei für Polizeiberatung. Drücken Sie drei für die Information.«

Ralph, dem plötzlich klar wurde, daß er alle drei Nummern benötigte, zögerte einen Moment und drückte dann zwei. Das Telefon summte, und eine Frauenstimme sagte: »Hier ist der Polizeinotruf 911, wie kann ich Ihnen helfen?«

Er holte tief Luft und sagte: »Hier spricht Ralph Roberts. Ich befinde mich im Red Apple Laden in der Harris Avenue mit einer Nachbarin aus der Straße. Ihr Name ist Helen Deepneau. Sie ist ziemlich übel zusammengeschlagen worden.« Er legte Helen behutsam die Hand ans Gesicht, worauf sie die Stirn an seine Seite drückte. Er konnte ihre warme Haut durch das Hemd spüren. »Bitte kommen Sie so schnell Sie können.«

Er legte den Hörer auf, dann kauerte er sich neben Helen. Natalie sah ihn, krähte vor Freude und streckte die Hand aus, um ihn freundschaftlich in die Nase zu kneifen. Ralph lächelte, küßte ihre winzige Handfläche und sah Helen ins Gesicht.

»Es tut mir leid, Helen«, sagte er, »aber es mußte sein. Ich konnte es nicht lassen. Das verstehst du doch? Ich konnte es nicht lassen.«

»Ich verfte *gar* nichs mehr!« sagte sie. Ihre Nase hatte aufgehört zu bluten, aber als sie die Hand hob, um darüberzustreichen, zuckte sie unter der eigenen Berührung zusammen.

»Helen, warum hat er es getan? Warum hat Ed dich so verprügelt?« Er mußte an andere Blutergüsse denken, überwiegend auf Helens Armen – möglicherweise war es häufiger vorgekommen. *Falls* es häufiger vorgekommen war, war es ihm bis heute nicht aufgefallen. Wegen Carolyns Tod. Und wegen der Schlaflosigkeit, die danach gekommen war. In jedem Fall glaubte er nicht, daß Ed heute zum erstenmal Hand an seine Frau gelegt hatte. Heute mochte die drastische Eskalation stattgefunden haben, aber das erstemal war es nicht. Er konnte den Gedanken begreifen und seine zwingende Logik einsehen, aber er konnte sich trotzdem nicht vorstellen, wie Ed es *tat.* Er konnte Eds rasches Grinsen sehen, seine lebhaften Augen, wie er beim Sprechen rastlos die Hände bewegte ... aber er konnte sich nicht vorstellen, wie Ed seine Frau mit diesen Händen krankenhausreif schlug, so sehr er es sich auch vorstellte.

Dann kam eine Erinnerung an die Oberfläche zurück, die Erinnerung daran, wie Ed steifbeinig auf den Mann zuging, der den blauen Pritschenwagen gefahren hatte – ein Ford Ranger war es gewesen, oder nicht? –, und dem Mann dann mit der flachen Hand ins Gesicht geschlagen hatte. Als er sich daran erinnerte, war es, als hätte er die Tür von Fibber McGees Schrank in der alten Rundfunksendung aufgemacht, aber heraus kam kein Erdrutsch von Plunder, sondern eine Folge lebhafter Bilder von diesem Tag im letzten Juli. Die Gewitterwolken über dem Flughafen. Eds Arm, der zum Fenster des Datsun herausragte und auf und ab winkte, als könnte er damit das Tor veranlassen, sich schneller zu öffnen. Der Schal mit den chinesischen Symbolen darauf.

Hey, hey, Susan Day, how many kids did you kill today? dachte Ralph, aber es war Eds Stimme, nur Eds Stimme, die er hörte, und er wußte ziemlich genau, was Helen sagen würde, noch bevor sie den Mund aufmachte.

»So dumm«, sagte sie traurig. »Er hat mich geschlagen, weil ich eine *Petition* unterschrieben habe – das war alles. Die Listen gehen in der ganzen Stadt herum. Jemand hat sie mir vors Gesicht gehalten, als ich vorgestern in den Supermarkt gegangen bin. Er sagte etwas von einer Benefizveranstaltung für WomanCare, und das schien mir völlig in Ordnung zu sein. Außerdem war das Baby unruhig, darum habe ich eben ...«

»Du hast unterschrieben«, sagte Ralph leise.

Sie nickte und fing wieder an zu weinen.

»Was für eine Petition?« fragte McGovern.

»Susan Day nach Derry zu holen«, antwortete Ralph. »Sie ist eine Feministin –«

»Ich weiß, wer Susan Day ist«, sagte McGovern gereizt.

»Jedenfalls wollen ein paar Leute sie hierher holen, damit sie eine Rede hält. Zugunsten von WomanCare.«

»Als Ed heute nach Hause kam, war er bester Laune«, sagte Helen unter Tränen. »Das ist er donnerstags fast immer, weil das sein halber Tag ist. Er hat davon gesprochen, daß er den Nachmittag über so tun würde, als ob er ein Buch lese, in Wirklichkeit aber nur dem Rasensprenger zusehen, wie er sich im Kreis herumdrehte ... du weißt ja, wie er ist ...«

»Ja«, sagte Ralph, der sich erinnerte, wie Ed den Arm in eines der Fässer des vierschrötigen Mannes gebohrt hatte, und an sein verschlagenes Grinsen

(Ich kenne bessere Tricks als den)

im Gesicht. »Ja, ich weiß, wie er ist.«

»Ich habe ihn weggeschickt, um etwas Babypuder zu holen ...« Ihre Stimme schwoll an, wurde furchtsam und ängstlich. »Ich *wußte* nicht, daß er sich so aufregen würde ... ich hatte schon fast vergessen, daß ich das verdammte Ding unterschrieben hatte, um ehrlich zu sein ... und ich verstehe immer noch nicht, *warum* er sich so aufgeregt hat ... aber ... aber als er zurückkam ...« Sie zitterte und drückte Natalie an sich.

»Pssst, Helen, beruhige dich, alles ist gut.«

»Nein, *nichts* ist gut!« Sie sah zu ihm auf, und Tränen rannen aus dem einen Auge und quollen unter dem geschwollenen Lid des anderen hervor. »Ni-ni-nihichts ist *gut!* Warum hat er diesmal nicht aufgehört? Und was soll aus mir und dem Baby werden? Wohin sollen wir gehen? Ich habe kein Geld, abgesehen von dem auf dem gemeinsamen Girokonto ... ich habe keinen *Job* ... O Ralph, warum hast du die Polizei gerufen? Das hättest du nicht tun sollen!« Und sie schlug ihm mit einer kraftlosen kleinen Faust auf den Unterarm.

»Du wirst das prima überstehen«, sagte er. »Du hast eine Menge Freunde in der Nachbarschaft.«

Aber er hörte kaum, was er sagte, und ihren kleinen Knuff hatte er überhaupt nicht gespürt. Der Zorn pochte in seiner Brust und in den Schläfen wie ein zweiter Herzschlag.

Nicht: *Warum hat er nicht aufgehört;* das hatte sie nicht gesagt. Sie hatte gesagt: *Warum hat er diesmal nicht aufgehört?*

Diesmal.

»Helen, wo ist Ed jetzt?«

»Zu Hause, denke ich«, sagte sie niedergeschlagen.

Ralph tätschelte ihr die Schulter, dann drehte er sich um und ging zur Tür.

»Ralph?« fragte Bill McGovern. Er hörte sich erschrocken an. »Wo gehst du hin?«

»Schließen Sie die Tür hinter mir ab«, sagte Ralph zu Sue.

»Herrje, ich weiß nicht, ob ich das kann.« Sue sah zweifelnd zu der Reihe der Schaulustigen, die zu dem schmutzigen Fenster hereinsahen. Jetzt waren es noch mehr geworden.

»Sie können«, sagte er, dann legte er den Kopf schief, als er das erste Heulen der näherkommenden Sirene hörte. »Hören Sie das?«

»Ja, aber ...«

»Die Polizisten werden Ihnen sagen, was Sie tun sollen, und Ihr Boss wird auch nicht wütend auf Sie sein – wahrscheinlich gibt er Ihnen einen Orden, weil Sie alles genau richtig gemacht haben.«

»Wenn er das tut, dann teile ich ihn mit Ihnen«, sagte sie, dann betrachtete sie Helen wieder. »Herrje, Ralph, sehen Sie sie an. Hat er sie wirklich so verprügelt, weil sie ein blödes Stück Papier bei Shaw's unterschrieben hat?«

»Sieht so aus«, sagte Ralph. Die Unterhaltung ergab durchaus einen Sinn für ihn, schien aber aus weiter Ferne zu kommen. Seine Wut war viel näher; ihm kam es vor, als hätte sie die Arme um seinen Hals geschlungen. Er wünschte sich, er wäre noch einmal vierzig, höchstens fünfzig, damit er Ed eine Dosis seiner eigenen Medizin verabreichen könnte. Und er hatte eine Ahnung, als würde er es trotzdem versuchen.

Er drehte den Schlüssel im Schloß herum, als McGovern ihn an der Schulter packte. »Was hast du vor?«

»Ich gehe Ed besuchen.«

»Soll das ein Witz sein? Er wird dich auseinandernehmen, wenn du ihm unter die Augen kommst. Hast du nicht gesehen, was er mit ihr gemacht hat?«

»Worauf du dich verlassen kannst«, antwortete Ralph. Die Worte waren nicht gerade ein Fauchen, kamen dem aber so nahe, daß McGovern die Hand sinken ließ.

»Du bist siebzig beschissene Jahre alt, Ralph, falls du das vergessen hast. Und Helen braucht im Augenblick einen Freund, und nicht einen durch den Fleischwolf gedrehten alten Tattergreis, den sie besuchen kann, weil er im Krankenhaus nur drei Zimmer von ihrem entfernt liegt.«

Bill hatte selbstverständlich recht, aber das machte Ralph noch wütender. Er vermutete, daß seine Schlaflosigkeit auch hier die Hand im Spiel hatte, seine Wut entfachte und seine Vernunft beeinträchtige, aber das spielte keine Rolle. In gewisser Weise kam die Wut einer Erleichterung gleich. Sie war immer noch besser, als durch eine Welt zu gehen, in der alles dunkle Grautöne angenommen hatte.

»Wenn er mich genügend zusammenschlägt, geben sie mir Demerol, und ich kann endlich mal wieder eine Nacht durchschlafen«, sagte er. »Und jetzt laß mich in Ruhe, Bill.«

Er überquerte den Parkplatz des Big Apple mit raschen Schritten. Ein Polizeiauto näherte sich mit blauem Blinklicht. Fragen – *Was ist passiert? Geht es ihr gut?* – wurden ihm entgegengeschleudert, aber Ralph achtete nicht darauf. Er wartete auf dem Bürgersteig bis das Polizeiauto auf den Parkplatz gefahren war, dann überquerte er die Harris Avenue in derselben hastigen Gangart, während McGovern ihm in einiger Entfernung ängstlich folgte.

Kapitel 3

I

Ed und Helen Deepneau lebten in einem kleinen Cape Cod – schokoladenbraun, Verzierungen wie Schlagsahne, ein Haus, wie es ältere Frauen häufig »Darling« nennen – vier Häuser von dem entfernt, das sich Ralph und Bill McGovern teilten. Carolyn hatte immer gesagt, die Deepneaus gehörten »der Kirche der Yuppies der Letzten Tage« an, aber die Tatsache, daß sie sie wirklich gern hatte, hatte der Bemerkung vieles von ihrer Schärfe genommen. Sie waren *Laissez-faire*-Vegetarier, die Fisch und Milchprodukte okay fanden, sie hatten bei der letzten Wahl für Clinton gearbeitet, und das Auto, das in der Einfahrt stand – kein Datsun, sondern einer der neuen Kleinbusse –, trug Stoßstangenaufkleber wie SPALTET HOLZ, KEINE ATOME oder PELZ AN TIEREN, NICHT AN MENSCHEN.

Außerdem hatten die Deepneaus jede Platte behalten, die sie in den sechziger Jahren gekauft hatten – das war für Carolyn eine ihrer liebenswertesten Eigenheiten gewesen –, und als sich Ralph nun mit zu Fäusten geballten Händen dem Cape Cod näherte, hörte er Grace Slick eine der alten Hymnen aus San Francisco singen:

»One pill makes you larger,
One pill makes you small,
And the ones that Mother gives you
Don't do anything at all,
Go ask Alice, when she's ten feet tall.«

Die Musik kam aus einem Gettoblaster auf der briefmarkengroßen Veranda des Cape Cod. Auf dem Rasen drehte sich ein Sprinkler, der ein *Hischa-hischa-hischa* von sich gab, während er Regenbogen in die Luft warf und einen schimmernden feuchten Fleck auf dem Rasen hinterließ. Ed Deepneau saß mit bloßem Oberkörper in einem Liegestuhl, hatte die Beine übereinandergeschlagen und sah mit dem nachdenklichen Ausdruck eines Mannes zum Himmel, der zu entscheiden versucht, ob eine Wolke, die vorüberzieht, mehr wie ein Pferd oder wie ein Einhorn aussieht. Ein Fuß wippte im Takt der Musik auf und ab. Das Buch, das aufgeschlagen und verkehrt herum auf seinem Schoß lag, paßte perfekt zu der Musik: *Sogar Cowgirls kriegen mal Blues* von Tom Robbins.

Eine fast perfekte Sommervignette; eine Szene kleinstädtischen Friedens, die Norman Rockwell gemalt und mit dem Titel »Freier Tag« versehen haben könnte. Man mußte nur über das Blut auf Eds Knöcheln und den Spritzer auf dem linken Glas seiner John Lennon-Brille hinwegsehen.

»Ralph, um Gottes willen, laß dich nicht auf einen Kampf mit ihm ein!« zischte McGovern, als Ralph den Bürgersteig verließ und über den Rasen ging. Er schritt durch die feine, kalte Gischt des Rasensprengers und bemerkte sie fast nicht.

Ed drehte sich um und ließ ein sonniges Grinsen sehen. »He, Ralph!« sagte er. »Schön, dich zu sehen, Mann!«

Vor seinem geistigen Auge sah Ralph, wie er den Arm ausstreckte, Eds Stuhl umschubste und Ed auf den Rasen stieß. Er sah, wie Ed hinter der Brille die Augen erschrocken und überrascht aufriß. Die Vision war so real, daß er sogar sah, wie sich die Sonne auf dem Ziffernblatt von Eds Uhr spiegelte, als er versuchte, sich aufzurichten.

»Hol dir ein Bier und zieh dir einen Stuhl her«, sagte Ed. »Wenn dir nach einer Partie Schach zumute ist ...«

»Bier? Eine Partie *Schach?* Herrgott, Ed, was stimmt denn nicht mit dir?«

Ed antwortete nicht gleich, sondern sah Ralph nur mit einem Ausdruck an, der furchteinflößend und nervtötend zugleich war. Es war eine Mischung aus Heiterkeit und Scham, der Ausdruck eines Mannes, der sich anschickt zu sagen: *Oh, Scheiße, Liebling, hab ich schon wieder vergessen, den Müll rauszustellen?*

Ralph deutete an McGovern vorbei den Hügel hinunter – McGovern stand bei dem nassen Fleck, den der Rasensprenger auf dem Bürgersteig hinterlassen hatte, und hätte sich *versteckt,* hätte es etwas gegeben, wohinter er sich hätte verkriechen können, und beobachtete sie nervös. Zu dem ersten Polizeiauto hatte sich ein zweites gesellt, und Ralph konnte leise das Knistern von Funkverkehr hören durch die offenen Fenster hören. Die Menschenmenge war beachtlich angewachsen.

»Die Polizei ist wegen *Helen* hier!« sagte er und ermahnte sich, nicht zu schreien, es würde nichts nützen, zu schreien, schrie aber trotzdem. »Sie sind hier, weil du deine *Frau* verprügelt hast, kapierst du das?«

»Oh«, sagte Ed und rieb sich reumütig die Wangen. *»Deswegen.«*

»Ja, *deswegen«*, sagte Ralph. Er war jetzt fast besinnungslos vor Wut.

Ed sah an ihm vorbei zu den Polizeiautos, zu der Menschenmenge, die vor dem Red Apple stand ... und dann sah er McGovern.

»Bill!« rief er. McGovern zuckte zusammen. Ed bemerkte es entweder nicht oder wollte es nicht bemerken. »He, Mann! Zieh dir einen Stuhl ran! Willst du ein Bier?«

Da wußte Ralph, daß er Ed schlagen, seine alberne runde Brille zerbrechen, ihm möglicherweise einen Glassplitter ins Auge treiben würde. Er würde es tun, nichts auf der Welt konnte ihn davon abhalten, aber im letzten Augenblick hielt ihn doch etwas ab. Carolyns Stimme hörte er heutzutage immer häufiger in seinem Kopf – das heißt, wenn er nicht einfach vor sich hinmurmelte –, aber es war nicht Carolyns Stimme; diese Stimme gehörte, so unwahrscheinlich es sich anhörte, Trigger Vachon, den er nur ein- oder zweimal gesehen hatte, seit dieser ihn vor dem Gewitter rettete, als Carolyn ihren ersten Anfall gehabt hatte.

Jawoll, Ralph! Sei verdammt vorsischtisch! Der ist völlisch von der Rolle! Vielleischt will *er, daß du ihn 'aust!*

Ja, entschied er. Vielleicht wollte Ed genau das. Warum? Wer weiß. Vielleicht, um das Wasser etwas zu trüben, vielleicht auch nur, weil er verrückt war.

»Hör auf mit dem Scheiß«, sagte er mit fast zu einem Flüstern gesenkter Stimme. Er stellte dankbar fest, daß ihm sofort wieder Eds ungeteilte Aufmerksamkeit galt, und es freute ihn noch mehr, daß Eds angenehm vager Ausdruck verschämter Heiterkeit verschwand. Er wurde von einer verkniffenen, argwöhnischen Miene ersetzt. Es war, fand Ralph, der Ausdruck eines gefährlichen, gereizten Tieres.

Ralph bückte sich, damit er Ed direkt ansehen konnte. »War es wegen Susan Day?« fragte er mit derselben leisen Stimme. »Susan Day und dieser Abtreibungsgeschichte? Wegen der toten Babys? Hast du das alles an Helen ausgelassen?«

Eine andere Frage ging ihm durch den Kopf – *Wer bist du wirklich, Ed?* –, aber bevor er sie stellen konnte, streckte Ed eine Hand aus, drückte sie auf Ralphs Brust und stieß zu. Ralph fiel rückwärts auf das nasse Gras, wo er sich mit Ellbogen und Schultern abstützte. Er lag mit flach auf den Boden gepreßten Füßen und aufgestellten Knien da und beobachtete, wie Ed plötzlich aus dem Liegestuhl sprang.

»Ralph, leg dich nicht mit ihm an!« rief McGovern von seiner relativ sicheren Position auf dem Bürgersteig.

Ralph schenkte ihm keine Beachtung. Er blieb einfach, wo er war, auf die Ellbogen gestützt, und beobachtete Ed aufmerksam. Er war immer noch ängstlich und wütend, aber diese Empfindungen wurden von einer seltsam kalten Faszination überschattet. Es war Wahnsinn, was er da vor sich sah – der absolut helle Wahnsinn. Kein Comic-Bösewicht, kein Norman Bates, kein Kapitän Ahab. Nur Ed Deepneau, der unten an der Küste in den Hawking Labors arbeitete – eines der Superhirne, wie die alten Männer draußen auf dem Picknickplatz gesagt hätten, aber trotzdem ein ziemlich netter Kerl für einen Demokraten. Und jetzt war der nette Kerl verrückt geworden, total plemplem, und das war nicht erst heute nachmittag passiert, als Ed den Namen seiner Frau auf der Liste gesehen hatte, die im Shaw's am schwarzen Brett hing. Ralph begriff jetzt, daß Eds Wahnsinn mindestens ein Jahr alt war, und dabei fragte er sich, was für Geheimnisse Helen hinter ihrem normalen, fröhlichen Verhalten und ihrem unbekümmerten Lächeln verborgen haben mochte, und welche kleinen, verzweifelten Signale – abgesehen von den Blutergüssen – ihm möglicherweise entgangen sein konnten.

Und dann ist da noch Natalie, dachte er. *Was hat* sie *gesehen? Was hat* sie *erlebt? Davon abgesehen, daß sie auf der blutigen Hüfte ihrer stolpernden Mutter über den Parkplatz des Red Apple getragen worden war.*

Gänsehaut bildete sich auf Ralphs Armen.

Derweil ging Ed auf und ab, überquerte ununterbrochen den Betonweg und zertrat die Zinnien, die Helen an dessen Rand entlang gepflanzt hatte. Er war wieder zu dem Ed geworden, den Ralph vor einem Jahr am Flughafen gesehen hatte, bis hin zu den knappen, ruckartigen Kopfbewegungen und den stechenden Blicken ins Leere.

Das sollte das arglose Benehmen von vorhin verbergen, dachte Ralph. *Er sieht jetzt genauso aus wie damals, als er hinter dem Mann her war, der den Pickup gefahren hat. Wie ein Hahn, der sein kleines Stück des Hofs verteidigt.*

»Das alles ist strenggenommen nicht ihre Schuld, das gebe ich zu.« Ed sprach hastig und schlug mit der rechten Faust in die linke Handfläche, während er durch den Gischtschleier des Rasensprengers ging. Ralph fiel auf, daß er jede Rippe von Eds Brustkorb sehen konnte; der Mann sah aus, als hätte er seit Monaten keine anständige Mahlzeit mehr eingenommen.

»Aber wenn die Dummheit einmal ein bestimmtes Maß erreicht hat, fällt es einem schwer, damit zu leben«, fuhr Ed fort. »Sie ist im Grunde genommen wie die drei Weisen, die zu *König Herodes* kommen und Informationen wollen. Ich meine, wie dumm kann man werden? ›Wo ist der, der zum König der Juden geboren ist?‹ Das fragen sie *Herodes.* Ich meine, von wegen weise Männer! Richtig, Ralph?«

Ralph nickte. Klar, Ed. Wie du meinst, Ed.

Ed erwiderte das Nicken, trampelte weiter durch die Gischt und die geisterhaften, ineinander verflochtenen Regenbogen und schlug die Faust in die Handfläche. »Es ist wie in diesem Song der Rolling Stones – ›Look at that, look at that, look at that stupid girl‹ – ›Sieh dir das dumme Mädchen an.‹ Daran erinnerst du dich wahrscheinlich nicht, oder?« Ed lachte, ein sprödes, kurzatmiges Geräusch, bei dem Ralph an Ratten denken mußte, die auf Glasscherben tanzten.

McGovern kniete neben ihm. »Laß uns von hier verschwinden«, murmelte er. Ralph schüttelte den Kopf, und als sich Ed wieder in ihre Richtung umdrehte, stand McGovern hastig auf und zog sich auf den Bürgersteig zurück.

»Sie hat gedacht, sie könnte dich hinters Licht führen, ist es das?« fragte Ralph. Er lag immer noch auf die Ellbogen gestützt auf dem Rasen. »Sie hat gedacht, du würdest nicht herausfinden, daß sie die Petition unterschrieben hat.«

Ed sprang über den Weg, beugte sich über Ralph und schüttelte seine Fäuste über dessen Kopf wie ein Bösewicht in einem Stummfilm. »Nein-nein-nein-*nein!*« schrie er.

Die Jefferson Airplane waren den Animals gewichen, Eric Burdon röhrte das Evangelium nach John Lee Hooker: Boom-boom-boom-boom, gonna shoot ya right down. McGovern stieß einen dünnen Schrei aus, weil er offenbar dachte, Ed würde Ralph angreifen, aber statt dessen sank Ed nach unten, preßte die Knöchel ins Gras und nahm die Haltung eines Sprinters an, der bereit ist, aus den Startlöchern zu schnellen, sobald die Starterpistole ertönt. Perlen bedeckten sein Gesicht, die Ralph anfangs für Schweiß hielt, bis ihm einfiel, daß Ed durch die Gischt des Sprengers hin und her gegangen war. Ralph mußte ständig den Blutspritzer auf dem linken Brillenglas von Ed ansehen. Der war ein wenig verschmiert, so daß die Pupille des linken Auges jetzt aussah, als wäre sie mit Blut gefüllt.

»Es war Schicksal, daß ich herausfand, daß sie die Petition unterschrieben hatte! Einfach Schicksal! Willst du mir einreden, daß du das nicht einsiehst? Beleidige nicht meine Intelligenz, Ralph! Du bist vielleicht in die Jahre gekommen, aber du bist alles andere als dumm. Es ist so, ich gehe runter zum Supermarkt, um Simulac zu kaufen – *Baby*puder, das nenne ich Ironie! –, und muß feststellen, daß sie bei den Babykillern unterschrieben hat! Den Zenturions! Dem Scharlachroten König persönlich! Und weißt du was? Ich ... habe ... einfach ... *rot* gesehen!«

»Der Scharlachrote König, Ed? Wer ist das?«

»Oh, bitte.« Ed warf Ralph einen listigen Blick zu. »›Da Herodes nun sah, daß er von den Weisen betrogen worden war, ward er sehr zornig und schickt aus und ließ alle Knäblein zu Bethlehem töten und in der ganzen Gegend, die da zweijährig und darunter waren, nach der Zeit, die er mit Fleiß von den Weisen erkundet hatte.‹ Es steht in der Bibel, Ralph. In der guten King James-Ausgabe. Matthäus, Kapitel 2, Vers 16. Zweifelst du daran? Hast du etwa den *geringsten verschissenen Zweifel*, daß das dort steht?«

»Nein. Wenn du es sagst, glaube ich dir.«

Ed nickte. Der Blick seiner tiefen und erstaunlich grünen Augen schnellte hierhin und dorthin. Dann beugte er sich langsam nach vorne über Ralph und plazierte seine Hände auf beiden Seiten von Ralphs Armen. Es war, als wollte er ihn küssen. Ralph konnte Schweiß und ein Aftershave riechen, das sich fast völlig verflüchtigt hatte, und noch etwas – einen Geruch wie von alter, saurer Milch. Er fragte sich, ob das der Gestank von Eds Wahnsinn sein konnte.

Ein Krankenwagen kam mit Blaulicht, aber ohne Sirene, die Harris Avenue entlanggefahren. Er bog auf den Parkplatz des Red Apple ein.

»Das *solltest* du«, atmete Ed ihm ins Gesicht. »Das *solltest* du besser glauben.«

Sein Blick hörte auf zu schweifen und heftete sich auf Ralph.

»Sie töten die Babys en gros«, sagte er mit leiser, nicht ganz standhafter Stimme. »Reißen Sie aus den Leibern ihrer Mütter und befördern sie mit verdeckten Lastwagen aus der Stadt. Überwiegend Pritschenwagen. Stell dir eine Frage, Ralph: Wie oft am Tag siehst du einen dieser großen Pritschenwagen die Straße entlangfahren? Einen Pritschenwagen, über den eine Plane gespannt ist? Hast du dich schon mal gefragt, was sich unter diesen Planen befindet?«

Ed grinste. Er verdrehte die Augen.

»Die meisten Embryos verbrennen sie drüben in Newport. Auf dem Schild steht *Mülldeponie*, aber in Wirklichkeit ist es ein Krematorium. Aber manche transportieren sie auch über die Staatsgrenze. Mit Lastwagen und kleinen Flugzeugen. Weil das Gewebe von Embryos überaus wertvoll ist. Das sage ich dir nicht nur als besorgter Bürger, Ralph, sondern als Angestellter der Hawking Labors. Embryogewebe ist ... wertvoller ... als Gold.«

Plötzlich drehte er sich um und sah Bill McGovern an, der wieder etwas nähergekommen war, damit er alles mitbekam, was Ed sagte.

»JA, WERTVOLLER ALS GOLD UND KOSTBARER ALS RUBINE!« kreischte er, worauf McGovern zurücksprang und vor Angst und Unbehagen die Augen aufriß. *»WEISST DU DAS, DU ALTE SCHWUCHTEL?«*

»Ja«, sagte McGovern. »Ich ... ich denke schon.« Er warf hastig einen Blick die Straße hinunter, wo eines der Polizeiautos gerade rückwärts aus dem Parkplatz des Red Apple stieß und in ihre Richtung gefahren kam. »Ich glaube, ich habe darüber gelesen. Möglicherweise in *Scientific American*.«

»Scientific American!« Ed lachte verächtlich und verdrehte die Augen vor Ralph, als wollte er sagen: *Da siehst du, womit ich es zu tun habe.* Dann wurde sein Gesicht wieder nüchtern. »Mord en gros«, sagte er, »genau wie zu Zeiten Christi. Nur ist es jetzt Mord an den Ungeborenen. Nicht nur hier, sondern überall auf der Welt. Sie schlachten sie zu Tausenden ab, Ralph, zu *Millionen*, und weißt du warum? Weißt du, weshalb wir in diesem neuen dunklen Zeitalter wieder am Hof des Scharlachroten Königs sind?«

Ralph wußte es. Es war nicht schwer, eins und eins zusammenzuzählen, wenn man genügend Puzzleteile hatte, mit denen man arbeiten konnte. Wenn man Ed gesehen hatte, wie er mit den Armen in einem Faß Dünger nach den toten Babys suchte, die er zu finden erwartet hatte.

»König Herodes ist diesmal etwas früher gewarnt worden«, sagte Ralph. »Willst du das damit sagen? Die alte Messias-Geschichte, richtig?«

Er richtete sich auf und rechnete halb damit, daß Ed ihn wieder zurückstoßen würde, hoffte fast darauf. Seine Wut stellte sich wieder ein. Es war sicher falsch, die unsinnigen Hirngespinste eines Wahnsinnigen zu kritisieren wie ein Schauspiel oder einen Film – vielleicht sogar blasphemisch –, aber Ralph versetzte der Gedanke, daß Helen wegen dieser ungereimten alten Scheiße verprügelt war, in Raserei.

Ed rührte ihn nicht an, er stand lediglich auf und wischte sich geschäftsmäßig die Hände ab. Er schien sich wieder abzuregen. Der Polizeifunk knisterte lauter, als der Streifenwagen, der vom Red Apple hergekommen war, an den Bordstein fuhr. Ed sah zu dem Streifenwagen, dann zu Ralph, der ebenfalls aufstand.

»Du kannst dich darüber lustig machen, aber es ist wahr«, sagte er leise. »Aber es ist nicht König Herodes – es ist der Scharlachrote König. Herodes war lediglich eine seiner Inkarnationen. Der Scharlachrote König springt von einem Körper zum nächsten, von einer Generation zur nächsten, wie ein Kind, das von Stein zu Stein über eine Brücke hüpft, Ralph, ständig auf der Suche nach dem Messias. Er hat ihn immer verpaßt, aber diesmal könnte es anders sein. Weil *Derry* anders ist. Alle Kraftlinien laufen hier zusammen. Ich weiß, das ist schwer zu glauben, aber es stimmt.«

Der Scharlachrote König, dachte Ralph. *O Helen, es tut mir so leid. Wie traurig das alles ist.*

Zwei Männer – einer in Uniform, einer in Zivil, wahrscheinlich beides Polizisten – stiegen aus dem Streifenwagen aus und näherten sich McGovern. Hinter ihnen konnte Ralph zwei weitere Männer in weißen Hosen und kurzärmligen weißen Hemden sehen, die aus dem Red Apple kamen. Einer hatte den Arm um Helen gelegt, die mit den zaghaften Schritten einer gerade Operierten ging. Der andere trug Natalie.

Diese beiden Männer – Ralph vermutete, daß es sich um Arzthelfer handelte – halfen Helen, in den Krankenwagen einzusteigen. Der mit dem Baby stieg hinter ihr ein, während der andere zum Fahrersitz ging. Ralph spürte aus ihren Bewegungen mehr Kompetenz als Panik und dachte, daß das gut für Helen sein mußte. Vielleicht hatte Ed sie nicht allzu schlimm verletzt ... jedenfalls nicht diesmal.

Der Polizist in Zivil – untersetzt, mit breiten Schultern und einem blonden Schnurrbart und Koteletten, deren Stil Ralph als »Frühe Amerikanische Single-Bar« bezeichnete – hatte sich McGovern genähert, den er zu kennen schien. Der Zivilbeamte stellte ein breites Grinsen zur Schau.

Ed legte Ralph einen Arm um die Schultern und zog ihn ein paar Schritte von den Männern auf dem Bürgersteig fort. Außerdem senkt er seine Stimme zu einem leisen Murmeln. »Will nicht, daß sie uns hören«, sagte er.

»Das kann ich mir denken.«

»Diese Kreaturen ... Zenturions ... Diener des Scharlachroten Königs ... werden vor nichts zurückschrecken. Sie sind unerbittlich.«

»Jede Wette.« Ralph sah über die Schulter und bekam gerade noch mit, wie McGovern auf Ed deutete. Der untersetzte Mann nickte ruhig. Er hatte die Hände in die Hosentaschen gesteckt und immer noch ein dünnes, mildes Lächeln auf den Lippen.

»Du solltest aber nicht den Eindruck gewinnen, daß es nur um Abtreibung geht! Nicht mehr. Sie nehmen die Ungeborenen von allen Müttern, nicht nur von den Junkies und Huren – acht Tage, acht Wochen, acht Monate, für die Zenturions ist das alles eins. Die Ernte geht Tag und Nacht weiter. Das Gemetzel. Ich habe die Leichen von Kindern auf Dächern gesehen, Ralph ... unter Hecken ... sie sind in den Abwasserkanälen ... sie schweben in der Kanalisation und im Kenduskeag unten in den Barrens ...«

Seine Augen, groß und grün und funkelnd wie kitschige Smaragde, starrten in die Ferne.

»Ralph«, flüsterte er, »manchmal ist die Welt voller Farben. Ich habe sie gesehen, seit *er* hier war und es mir gesagt hat. Aber jetzt werden alle Farben schwarz.«

»Seit wer gekommen ist und es dir gesagt hat, Ed?«

»Wir reden später darüber«, antwortete Ed aus dem Mundwinkel wie ein Ganove in einem Gangsterfilm. Unter anderen Umständen wäre es komisch gewesen.

Ein breites Quizmastergrinsen breitete sich über sein Gesicht aus und vertrieb den Wahnsinn so sicher wie der Sonnenaufgang die Nacht. Die Veränderung war in ihrer Plötzlichkeit beinahe tropisch und verdammt unheimlich, aber für Ralph hatte sie dennoch etwas Tröstliches. Vielleicht mußten sie – er, McGovern, Lois, alle anderen, die in diesem kurzen Abschnitt der Harris Avenue wohnten – sich doch nicht so sehr die Schuld daran geben, daß sie Eds Wahnsinn nicht schon früher gesehen hatten. Denn Ed war gut; Ed hatte seine Rolle wirklich einstudiert. Das Grinsen wäre einen Oscar wert gewesen. Selbst in einer bizarren Situation wie dieser verlangte es förmlich, daß man darauf reagierte.

»He, hallo!« sagte er zu den beiden Polizisten. Der untersetzte hatte sein Gespräch mit McGovern beendet, beide kamen über den Rasen auf sie zu. »Zieht euch einen Stuhl her, Jungs!« Ed ging mit ausgestreckter Hand um Ralph herum.

Der untersetzte Zivilbeamte schüttelte sie und lächelte weiter sein angedeutetes mildes Lächeln. »Edward Deepneau?« fragte er.

»Ganz recht.« Ed schüttelte dem uniformierten Polizisten, der ein wenig amüsiert wirkte, die Hand, dann wandte er seine Aufmerksamkeit wieder dem Untersetzten zu.

»Ich bin Detective Sergeant John Leydecker«, sagte der untersetzte Mann. »Das ist Officer Chris Nell. Soweit wir wissen, gab es hier ein bißchen Ärger, Sir.«

»Nun, ja. So könnte man wohl sagen. Ein bißchen Ärger. Oder, wenn Sie die Dinge beim Namen nennen wollen, ich habe mich aufgeführt wie ein Arsch.« Eds kurzes, verlegenes Kichern klang besorgniserregend normal. Ralph mußte an alle charmanten Psychopathen denken, die er im Kino gesehen hatte – George Sanders war immer besonders gut in dieser Rolle gewesen –, und fragte sich, ob es möglich sein konnte, daß ein kluger Chemiker einen gerissenen Kleinstadtpolizisten aufs Kreuz legen konnte, der aussah, als hätte er seine *Saturday Night Fever*-Phase nie richtig überwunden. Ralph hatte schreckliche Angst, daß es ihm gelingen könnte.

»Helen und ich hatten einen Streit wegen einer Petition, die sie unterschrieben hatte«, sagte Ed, »und eins führte zum anderen. Mann, ich kann selbst nicht glauben, daß ich sie geschlagen habe.«

Er ruderte mit den Armen, um zu zeigen, wie aufgewühlt er war – um nicht zu sagen verwirrt und beschämt. Leydecker erwiderte das Lächeln. Ralphs Gedanken kreisten wieder um die Konfrontation zwischen Ed und dem Fahrer des Pickups letzten Sommer. Ed hatte den vierschrötigen Mann einen

Mörder genannt, hatte ihm sogar ins Gesicht geschlagen, und trotzdem hatte der Mann Ed am Ende fast mit Respekt angesehen. Es war fast eine Art Hypnose gewesen, und Ralph glaubte, daß er dieselbe Macht hier am Wirken sah.

»Die Sache ist nur ein wenig außer Kontrolle geraten, wollen Sie mir das damit sagen?« fragte Leydecker verständnisvoll.

»So könnte man sagen, ja.« Ed mußte mindestens fünfunddreißig sein, aber mit seinen großen Augen und der Unschuldsmiene sah er aus, als wäre er gerade alt genug, selbst ein Bier zu bestellen.

»Moment mal«, stieß Ralph hervor. »Sie können ihm nicht glauben, er ist verrückt. Und gemeingefährlich. Er hat mir gerade gesagt ...«

»Das ist Mr. Roberts, richtig?« wandte sich Leydecker an McGovern und beachtete Ralph überhaupt nicht.

»Ja«, sagte McGovern, der sich für Ralph unvorstellbar wichtigtuerisch anhörte. »Das ist Ralph Roberts.«

»Hm-hmm.« Nun endlich sah Leydecker Ralph an. »Ich möchte mich in ein paar Minuten mit Ihnen unterhalten, Mr. Roberts, aber vorläufig wäre es mir lieb, wenn Sie bei Ihrem Freund dort stehenbleiben und still sein würden. Okay?«

»Aber ...«

»Okay?«

Ralph stapfte wütender denn je zu der Stelle hinüber, wo McGovern stand. Was Leydecker nicht im geringsten zu stören schien. Er wandte sich an Officer Nell. »Würden Sie bitte die Musik abstellen, Chris, damit wir ungestört nachdenken können?«

»Yo.« Der uniformierte Polizist ging zu dem Gettoblaster, inspizierte die verschiedenen Knöpfe und Schalter und würgte dann die Who mitten in ihrem Stück über den blinden Pinball Wizard ab.

»Ich glaube, ich hatte *echt* ein bißchen zu sehr aufgedreht.« Ed sah ein wenig schafsmäßig drein. »Ein Wunder, daß sich die Nachbarn nicht beschwert haben.«

»Nun ja, das Leben geht weiter«, sagte Leydecker. Er richtete sein mildes Lächeln zu den Wolken, die über den blauen Sommerhimmel zogen.

Na großartig, dachte Ralph. *Der Typ ist ja ein richtiger Will Rogers.* Ed dagegen nickte, als hätte der Polizist nicht eine einzige Perle der Weisheit von sich gegeben, sondern eine ganze Kette.

Leydecker kramte in seinen Taschen und brachte ein kleines Päckchen Zahnstocher zum Vorschein. Er hielt es Ed hin, der ablehnte, dann schüttelte er selbst einen heraus und steckte ihn in den Mundwinkel. »Also«, sagte er. »Kleiner Familienstreit. Wollen Sie das damit sagen?«

Ed nickte eifrig. Er lächelte immer noch sein aufrichtiges, etwas verwirrtes Lächeln. »Eigentlich mehr eine Diskussion. Eine politische ...«

»Hm-hmm, hm-hmm«, sagte Leydecker, nickte und lächelte, »aber bevor Sie fortfahren, Mr. Deepneau ...«

»Ed. Bitte.«

»Bevor wir fortfahren, Mr. Deepneau, möchte ich Ihnen nur noch mitteilen, daß alles, was Sie sagen, gegen Sie verwendet werden kann – Sie wissen schon, vor Gericht. Außerdem haben Sie das Recht auf einen Anwalt.«

Eds freundliches, aber verwirrtes Lächeln – *Herrje, was habe ich getan? Könnten Sie mir nicht etwas auf die Sprünge helfen?* – erlosch einen Augenblick. Es wurde von dem verkniffenen, argwöhnischen Ausdruck ersetzt. Ralph sah McGovern an, und die Erleichterung, die er in Bills Augen sah, spiegelte seine eigenen Gefühle. Vielleicht war Leydecker doch nicht so ein Trottel.

»Wozu, um alles in der Welt, sollte ich einen Anwalt brauchen?« fragte Ed. Er machte eine halbe Drehung und erprobte das verwirrte Lächeln an Chris Nell, der immer noch neben dem Gettoblaster auf der Verandatreppe stand.

»Ich weiß nicht, und vielleicht brauchen Sie keinen«, sagte Leydecker nach wie vor lächelnd. »Ich wollte Ihnen nur sagen, daß Sie einen haben können. Und wenn Sie sich keinen leisten können, wird Ihnen die Stadt Derry einen stellen.«

»Aber ich weiß nicht ...«

Leydecker nickte und lächelte. »Schon gut, klar, wie auch immer. Aber das sind Ihre Rechte. Verstehen Sie Ihre Rechte, wie ich Sie Ihnen erklärt habe, Mr. Deepneau?«

Ed stand einen Moment völlig reglos, und seine Augen wurden wieder groß und leer. Ralph fand, er sah wie ein menschlicher Computer aus, der versucht, einen riesigen und komplizierten Input zu verarbeiten. Dann schien ihm aufzugehen, daß sein Täuschungsmanöver nicht funktionierte. Seine Schultern sackten ab. Die Leere wich einer unglücklichen Miene, die zu echt war, als daß man sie in Zweifel ziehen konnte ... aber Ralph zog sie dennoch in Zweifel. Er *mußte* daran zweifeln; er hatte den Wahnsinn in Eds Gesicht gesehen, bevor Leydecker und Nell eingetroffen waren. Bill McGovern ebenfalls. Aber Zweifel war nicht dasselbe wie Ungläubigkeit, und Ralph vermutete, Ed bedauerte auf einer bestimmten Ebene aufrichtig, daß er Helen geschlagen hatte.

Ja, dachte er, *so wie er auf einer bestimmten Ebene glaubt, daß diese Zenturions ganze Wagenladungen toter Embryos zur Müllkippe von Newport fahren. Und daß sich die Kräfte von Gut und Böse in Derry zusammenziehen, um ein Drama auszuspielen, das nur in seinem Verstand stattfindet. Nennen wir es* Omen V: Am Hof des Scharlachroten Königs.

Und doch kam er nicht umhin, ein gewisses Mitgefühl für Ed Deepneau zu empfinden, der Carolyn während ihres letzten Aufenthalts im Derry Home getreulich dreimal die Woche besucht, immer Blumen mitgebracht und ihr immer einen Kuß gegeben hatte, bevor er gegangen war. Er hatte ihr diesen Abschiedskuß auch dann noch gegeben, als sie längst vom Geruch des Todes umgeben gewesen war, und Carolyn hatte nie vergessen, seine Hand zu drücken und ihm ein dankbares Lächeln zu schenken. *Danke, weil du nicht vergessen hast, daß ich ein menschliches Wesen bin*, hatte dieses Lächeln gesagt. *Und danke, daß du mich wie eines behandelst*. Das war der Ed, den Ralph als seinen Freund betrachtet hatte, und er dachte – oder hoffte vielleicht nur –, daß dieser Ed immer noch da war.

»Ich bin in Schwierigkeiten, richtig?« fragte er Leydecker leise.

»Nun, mal sehen«, sagte Leydecker immer noch lächelnd. »Sie haben Ihrer Frau zwei Zähne ausgeschlagen. Sieht aus, als wäre ihr Wangenknochen gebrochen. Ich würde die Uhr meines Großvaters verwetten, daß sie eine Gehirnerschütterung hat. Dazu eine kleine Auswahl geringfügigerer Verletzungen – Platzwunden, Blutergüsse und diese komische kahle Stelle über der Schläfe. Was hatten Sie vor? Ihr die Haare vom Kopf zu reißen?«

Ed schwieg und sah mit seinen grünen Augen in Leydeckers Gesicht.

»Sie wird die Nacht unter Bewachung im Krankenhaus verbringen, weil irgendein Arschloch sie halbtot geprügelt hat, und alle scheinen sich darin einig zu sein, daß Sie dieses Arschloch waren, Mr. Deepneau. Ich sehe das Blut an Ihren Händen und das Blut auf Ihrer Brille und komme auch zum Ergebnis, daß Sie es gewesen sein müssen. Und was meinen *Sie* dazu? Sie scheinen ein kluger Mann zu sein. Glauben *Sie*, daß Sie in Schwierigkeiten sind?«

»Es tut mir sehr leid, daß ich sie geschlagen habe«, sagte Ed. »Ich wollte es nicht.«

»Hm-hmm, und wenn ich einen Vierteldollar für jedes Mal bekommen würde, wo ich das schon gehört habe, müßte ich nie wieder einen Drink von meinem Gehaltsscheck bezahlen. Ich nehme Sie fest unter dem Vorwurf der schweren Körperverletzung, Mr. Deepneau. Das Vergehen fällt unter das Gesetz des Staates Maine über Familienstreitigkeiten. Ich möchte Sie bitten, mir noch einmal zu bestätigen, daß ich Sie über Ihre Rechte aufgeklärt habe.«

»Ja«, sagte Ed mit leiser, unglücklicher Stimme. Das Lächeln – verwirrt oder sonstwie – war verschwunden.

»Wir nehmen Sie mit zum Polizeirevier und sperren Sie ein«, sagte Leydecker. »Danach dürfen Sie einen Telefonanruf tätigen und eine Kaution beantragen. Chris, bring ihn in den Wagen, ja?«

Nell näherte sich Ed. »Werden Sie Schwierigkeiten machen, Mr. Deepneau?«

»Nein«, sagte Ed mit derselben leisen Stimme, und Ralph sah eine Träne aus Eds rechtem Auge kullern. Er wischte sie geistesabwesend mit dem Handrücken weg. »Keine Schwierigkeiten.«

»Prima!« sagte Nell herzlich und ging mit ihm zu dem Streifenwagen.

Ed warf Ralph einen Blick zu, als er den Bürgersteig überquerte. »Tut mir leid, alter Junge«, sagte er, dann nahm er auf dem Rücksitz Platz. Bevor Officer Nell die Tür zuschlug, konnte Ralph sehen, daß sie innen keinen Griff hatte.

2

»Okay«, sagte Leydecker, drehte sich zu Ralph um und streckte die Hand aus. »Tut mir leid, wenn ich ein wenig schroff war, Mr. Roberts, aber manchmal können diese Leute unberechenbar sein. Besonders mache ich mir bei denen Sorgen, die ganz normal wirken, weil man nie weiß, was sie anstellen werden. John Leydecker.«

»Johnny war mein Student, als ich noch am Community College unterrichtet habe«, sagte McGovern. Nachdem Ed nun sicher in dem Streifenwagen verwahrt war, schien er fast hysterisch vor Erleichterung zu sein. »Guter Schüler. Hat eine ausgezeichnete Hausarbeit über den Kinderkreuzzug geschrieben.«

»Freut mich, Sie kennenzulernen«, sagte Ralph und schüttelte Leydecker die Hand. »Und keine Bange. Sie haben mich nicht vor den Kopf gestoßen.«

»Wissen Sie, es war Wahnsinn, hierherzukommen und ihm gegenüberzutreten«, sagte Leydecker fröhlich.

»Ich war stinksauer. Ich bin *noch* stinksauer.«

»Das kann ich verstehen. Und es ist Ihnen nichts passiert – nur darauf kommt es an.«

»Nein, auf *Helen* kommt es an. Auf Helen und das Baby.«

»Dem stimme ich zu. Erzählen Sie mir, worüber Sie und Mr. Deepneau gesprochen haben, bevor wir eingetroffen sind, Mr. Roberts … oder darf ich Sie Ralph nennen?«

»Ralph, bitte.« Er wiederholte seine Unterhaltung mit Ed und versuchte, sich kurzzufassen. McGovern, der einen Teil gehört hatte, aber nicht alles, hörte stumm und mit großen Augen zu. Jedesmal, wenn Ralph ihn ansah, wünschte er sich, Bill würde seinen Panamahut tragen. Ohne ihn sah er älter aus. Fast uralt.

»Nun, das hört sich auf jeden Fall ziemlich verschroben an, was?« bemerkte Leydecker, als Ralph fertig war.

»Was wird jetzt passieren? Kommt er ins Gefängnis? Er gehört nicht ins Gefängnis, er gehört in eine geschlossene Anstalt.«

»Wahrscheinlich schon«, stimmte Leydecker zu, »aber zwischen sollte und wird besteht ein großer Unterschied. Er wird nicht ins Gefängnis kommen, und sie werden ihn auch nicht ins Sunnyvale Sanatorium abtransportieren – so etwas passiert nur in alten Filmen. Wir können im günstigsten Fall darauf hoffen, daß das Gericht eine Therapie anordnet.«

»Aber hat Ihnen Helen denn nicht erzählt ...«

»Die Dame hat uns gar nichts erzählt, und wir haben nicht versucht, sie in dem Laden zu verhören. Sie litt große Schmerzen, körperlich wie seelisch.«

»Ja, selbstverständlich«, sagte Ralph. »Dumm von mir.«

»Später bestätigt sie vielleicht das, was Sie gesagt haben ... vielleicht aber auch nicht. Opfer ehelicher Gewalt neigen häufig dazu, stumm wie Austern zu werden, wissen Sie. Glücklicherweise spielt das unter dem neuen Gesetz so oder so keine Rolle. Wir haben ihn mit dem Rücken an der Wand. Sie und die junge Dame unten im Laden können Mrs. Deepneaus Zustand bestätigen, und wer sie nach eigener Aussage so zugerichtet hat. Ich kann beschwören, daß der Ehemann des Opfers Blut an den Händen hatte. Und am allerbesten, er hat die Zauberformel gesprochen: ›Mann, ich kann nicht glauben, daß ich sie geschlagen habe.‹ Ich werde vorbeikommen – wahrscheinlich morgen vormittag, wenn Ihnen das recht ist – und Ihre vollständige Aussage zu Protokoll nehmen, Ralph, aber das heißt nur, ich werde die freien Stellen ausfüllen. Im Grunde genommen ist die Sache gelaufen.«

Leydecker nahm den Zahnstocher aus dem Mund, zerbrach ihn, warf ihn in den Rinnstein und holte die Packung wieder heraus. »Zahnstocher?«

»Nein, danke«, sagte Ralph mit verhaltenem Lächeln.

»Kann ich Ihnen nicht verdenken. Scheißangewohnheit, aber ich versuche, mir das Rauchen abzugewöhnen, was noch schlimmer ist. Das Problem mit Typen wie Deepneau ist, sie sind schlauer als gut für sie ist. Sie drehen durch, verletzen jemand, und dann machen sie einen Rückzieher. Wenn man nach der Explosion schnell genug da ist – wie Sie, Ralph –, dann kann man fast sehen, wie sie mit schräggelegtem Kopf dastehen, der Musik lauschen und versuchen, wieder in den Rhythmus zu kommen.«

»Genau so war es«, sagte Ralph. »*Ganz* genau so.«

»Es ist ein Trick, den die guten ziemlich lange durchziehen können – sie scheinen von Reue ergriffen zu sein, von ihrem eigenen Tun abgestoßen, entschlossen, es wieder gutzumachen. Sie sind überzeugend, sie sind charmant, und manchmal ist es unmöglich zu sehen, daß sie unter dem Zuckerguß vollkommen meschugge sind. Sogar Extremfälle wie Ted Bundy schaffen es manchmal jahrelang, vollkommen normal zu wirken. Zum Glück gibt es nicht viele Typen wie Ted Bundy da draußen, trotz Psychokiller-Büchern und Filmen.«

Ralph seufzte tief. »Was für ein Schlamassel.«

»Ja. Aber Sie sollten es von der guten Seite sehen, Ralph. Wir werden ihn zumindest eine Zeitlang von ihr fernhalten können. Bis zum Abend wird er mit fünfundzwanzig Dollar Kaution wieder draußen sein, aber ...«

»Fünfundzwanzig Dollar?« fragte McGovern. Er hörte sich schockiert und zynisch zugleich an. »Das ist *alles?*«

»Jawoll«, sagte Leydecker. »Ich habe Deepneau das mit der schweren Körperverletzung an den Kopf geworfen, weil es sich furchterregend anhört, aber im Staat Maine ist es nur ungebührliches Verhalten, wenn man seine Frau verhaut.«

»Aber es gibt einen hübschen neuen Kniff in dem Gesetz«, sagte Chris Nell, der zu ihnen kam. »Wenn Deepneau Kaution will, muß er zustimmen, daß er überhaupt keinen Kontakt mit seiner Frau haben darf, bis die Sache vor Gericht geregelt worden ist – er darf das Haus nicht betreten, sie nicht auf der Straße ansprechen, sie nicht einmal anrufen. Wenn er nicht einwilligt, bleibt er im Gefängnis.«

»Angenommen, er stimmt zu und kommt dann trotzdem zurück?« fragte Ralph.

»Dann packen wir ihn am Arsch«, sagte Nell, »denn das *ist* ein Verbrechen ... oder kann eines sein, wenn es der Bezirksanwalt auf die harte Tour will. Wie auch immer, wer in so einem Fall gegen die Kautionsvereinbarung verstößt, verbringt normalerweise mehr als nur einen Nachmittag im Gefängnis.«

»Und hoffentlich ist die Frau, der zuliebe er diese Vereinbarung bricht, noch am Leben, bis es zur Verhandlung kommt«, sagte McGovern.

»Ja«, sagte Leydecker resigniert. »Das ist manchmal das Problem.«

3

Ralph ging nach Hause und sah etwa eine Stunde nicht in den Fernseher, sondern durch ihn hindurch. Während einer Werbepause stand er auf und suchte im Kühlschrank nach einer kalten Cola, taumelte und mußte sich an einer Wand abstützen. Er zitterte am ganzen Körper und verspürte einen unangenehmen Brechreiz im Hals. Ihm war klar, es handelte sich lediglich um eine verspätete Reaktion, aber der Schwächeanfall und die Übelkeit machten ihm trotzdem Angst.

Er setzte sich wieder, holte eine Minute mit gesenktem Kopf und geschlossenen Augen tief Luft, stand auf und ging langsam ins Bad. Er füllte die Wanne mit warmem Wasser und legte sich hinein, bis er im Fernseher im Wohnzimmer *Night Court* hörte, die erste der nachmittäglichen Fernsehkomödien, die anfing. Inzwischen war das Wasser in der Wanne fast kalt geworden, und Ralph war froh, daß er aufstehen konnte. Er trocknete sich ab, zog frische Sachen an und entschied, daß eine leichte Mahlzeit zumindest im Bereich des Möglichen lag. Er rief nach unten, weil er dachte, McGovern würde ihm vielleicht gerne auf einen Happen Gesellschaft leisten, aber er bekam keine Antwort.

Ralph stellte Wasser auf, um Eier zu kochen, und rief vom Telefon neben dem Herd das Derry Home Hospital an. Sein Anruf wurde zu einer Frau in der Aufnahme durchgestellt, die im Computer nachsah und ihm versicherte, ja, ganz recht,

Helen Deepneau *sei* eingeliefert worden. Ihr Zustand wurde als stabil beschrieben. Nein, sie hätte keine Ahnung, wer sich um Mrs. Deepneaus Baby kümmere; sie wüßte nur, daß sie eine Natalie Deepneau nicht in der Liste der aufgenommenen Patienten hätte. Nein, Ralph könnte Mrs. Deepneau heute abend nicht besuchen, weil der Arzt eine Besuchersperre verhängt hätte; Mrs. Deepneau selbst hätte darauf bestanden.

Warum sollte sie das tun? wollte Ralph fragen, ließ es aber bleiben. Wahrscheinlich würde die Frau in der Aufnahme ihm sagen, daß sie diese Information nicht im Computer hätte, aber Ralph entschied, daß er sie in *seinem* Computer hätte, in dem zwischen seinen beiden Ohren. Helen wollte keine Besucher, weil sie sich schämte. Was geschehen war, war nicht ihre Schuld, aber Ralph bezweifelte, ob das etwas an ihrer Einstellung geändert haben würde. Sie war von der halben Harris Avenue gesehen worden, wie sie herumgetaumelt war wie ein übel zusammengeschlagener Boxer, nachdem der Ringrichter den Kampf unterbrochen hatte, sie war im Notarztwagen ins Krankenhaus gefahren worden, und ihr Mann – der Vater ihrer Tochter – war dafür verantwortlich. Ralph hoffte, sie würden ihr etwas geben, das ihr half, die Nacht durchzuschlafen; er hatte eine Ahnung, daß am Morgen alles etwas besser aussehen würde. Weiß Gott, viel schlimmer konnte es nicht mehr aussehen.

Verdammt, ich wünschte, jemand würde mir *etwas geben, das mir hilft, die Nacht durchzuschlafen,* dachte er.

Dann geh zu Dr. Litchfield, Idiot, sagte ein anderer Teil seines Verstands sofort.

Die Frau in der Aufnahme fragte Ralph, ob sie noch etwas für ihn tun könne. Ralph sagte nein und wollte sich gerade bedanken, als es in der Leitung klickte.

»Nett«, sagte Ralph. »Wirklich nett.« Er legte selbst auf, holte sich einen Eßlöffel und ließ die Eier behutsam ins Wasser gleiten. Zehn Minuten später setzte er sich hin, und die gekochten Eier rutschten auf dem Teller herum wie die größten Perlen der Welt, als das Telefon läutete. Er stellte sein Essen auf den Tisch und nahm den Hörer ab. »Hallo?«

Schweigen, nur das Geräusch von Atemzügen.

»Hallo?« wiederholte Ralph.

Ein weiterer Atemzug, diesmal fast so laut wie ein ersticktes Schluchzen, dann wieder ein Klicken in der Leitung. Ralph legte den Hörer auf und sah das Telefon einen Moment an; seine finstere Miene grub drei aufsteigende Wellenlinien in seine Stirn.

»Komm schon, Helen«, sagte er. »Ruf mich zurück. Bitte.« Dann kehrte er zum Tisch zurück, setzte sich und nahm seine kleine Junggesellenmahlzeit ein.

4

Fünfzehn Minuten später spülte er das Geschirr, als das Telefon wieder läutete. *Das ist sie nicht*, dachte er, wischte sich die Hände an einem Geschirrtuch ab und warf es sich über die Schulter, als er zum Telefon ging. *Das kann sie unmöglich sein. Wahrscheinlich Lois oder Bill.* Aber ein anderer Teil von ihm wußte es besser.

»Hi, Ralph.«

»Hallo, Helen.«

»Das war ich vor ein paar Minuten.« Ihre Stimme klang heiser, als hätte sie getrunken oder geweint, und Ralph glaubte nicht, daß sie im Krankenhaus Alkohol duldeten.

»Ich dachte es mir.«

»Ich habe deine Stimme gehört und ich ... ich konnte nicht ...«

»Schon gut. Ich verstehe.«

»Wirklich?« Sie stieß ein langes, feuchtes Schniefen aus.

»Ich glaube ja.«

»Die Schwester war hier und hat mir eine Schmerztablette gegeben. Die kann ich echt gebrauchen – mein Gesicht tut weh. Aber ich wollte sie nicht nehmen, bevor ich dich angerufen und dir gesagt habe, was ich sagen muß. Schmerzen sind beschissen, aber ein ausgezeichneter Ansporn.«

»Helen, du mußt gar nichts sagen.« Aber er fürchtete, daß sie es doch mußte, und er hatte Angst davor, was es sein könnte … er hatte Angst, er würde herausfinden, daß sie wütend auf ihn war, weil sie auf Ed nicht wütend sein konnte.

»Doch, das muß ich. Ich muß mich bei dir bedanken.«

Ralph lehnte sich an den Türrahmen und machte einen Moment die Augen zu. Er war erleichtert, wußte aber nicht, wie er antworten sollte. Er hatte mit seiner ruhigsten Stimme sagen wollen: *Tut mir leid, Helen, daß du so denkst*, so sicher war er gewesen, daß sie ihn als erstes fragen würde, warum er sich nicht um seine eigenen Angelegenheiten kümmerte.

Und als hätte sie seine Gedanken gelesen und wollte ihn wissen lassen, daß er nicht völlig danebenlag, sagte Helen: »Den größten Teil der Fahrt und hier in der Notaufnahme, und die erste Stunde hier im Zimmer war ich schrecklich wütend auf dich. Ich habe Candy Shoemaker angerufen, meine Freundin von der Kansas Street, und die ist hergekommen und hat Nat geholt. Sie behält sie die Nacht über bei sich. Sie wollte wissen, was passiert ist, aber ich habe es ihr nicht gesagt. Ich wollte nur hier liegen und wütend auf dich sein, weil du 911 angerufen hast, obwohl ich es dir verboten hatte.«

»Helen …«

»Laß mich ausreden, damit ich meine Tablette nehmen und schlafen kann, okay?«

»Okay.«

»Kurz nachdem Candy mit dem Baby gegangen war – Nat hat Gott sei Dank nicht geweint, ich weiß nicht, wie ich damit fertiggeworden wäre –, kam eine Frau herein. Zuerst dachte ich, sie müßte im falschen Zimmer sein, weil ich sie nicht von Eve kannte, und als mir endlich in den Kopf ging, daß sie mich sehen wollte, sagte ich ihr, daß ich keine Besucher wünschte. Sie hörte nicht auf mich. Sie machte die Tür zu und hob den Rock, damit ich ihren linken Schenkel sehen konnte. Eine tiefe Narbe verlief daran entlang, fast ganz von der Hüfte bis zum Knie.

Sie sagte, ihr Name sei Gretchen Tillbury, sie sei Beraterin für mißhandelte Ehefrauen bei WomanCare, und ihr Mann habe ihr 1978 mit einem Küchenmesser das Bein aufgeschlitzt. Sie sagte, wenn der Mann aus der Wohnung unter ihr keinen Druckverband angelegt hätte, wäre sie verblutet. Ich sagte ihr, das täte mir sehr leid, ich wollte aber erst über meine eigene Situation sprechen, wenn ich Gelegenheit gehabt hätte, darüber nachzudenken.« Nach einer Pause fuhr Helen fort: »Aber weißt du, das war eine Lüge. Ich hatte genügend Zeit gehabt, darüber nachzudenken, denn Ed hatte mich zum erstenmal vor zwei Jahren geschlagen, lange bevor ich mit Nat schwanger wurde. Ich habe es einfach ... verdrängt.«

»Ich verstehe, daß man das tun kann«, sagte Ralph.

»Diese Frau ... nun, sie müssen Leuten wir ihr Unterricht geben, wie man die Abwehrhaltung anderer überwindet.«

Ralph lächelte. »Ich glaube, darin besteht ihre halbe Ausbildung.«

»Sie sagte, ich könnte es nicht hinausschieben, ich befände mich in einer schlechten Lage und müßte mich auf der Stelle damit auseinandersetzen. Ich sagte, was immer ich tun würde, ich müßte es nicht vorher mit ihr besprechen oder mir ihren Mist anhören, nur weil ihr Mann sie einmal geschnitten hatte. Ich hätte fast gesagt, daß er es wahrscheinlich getan hatte, weil sie nicht aufhörte zu reden und ihn in Frieden ließ, kannst du dir das vorstellen? Aber ich war echt sauer, Ralph. Verletzt ... verwirrt ... beschämt ... aber zum größten Teil einfach wütend.«

»Ich glaube, das ist eine ziemlich normale Reaktion.«

»Sie fragte mich, was ich von mir halten würde – nicht von Ed, sondern von *mir* –, wenn ich die Beziehung fortsetzen und Ed mich wieder verprügeln würde. Und sie fragte mich, was ich von mir halten würde, wenn Ed dasselbe mit Nat machen würde. Das machte mich wütend. Es macht mich *noch* wütend. Ed hat ihr nie auch nur ein Haar gekrümmt, und das habe ich ihr gesagt. Sie nickte und antwortete: ›Das heißt nicht, daß er es nicht einmal tun *könnte,* Helen. Ich weiß, Sie wollen nicht darüber nachdenken, aber Sie müssen. Nehmen wir einmal an, Sie haben recht. Angenommen, er gibt ihr niemals auch nur einen Klaps auf die Hand. Möchten Sie, daß sie aufwächst und zusehen muß, wie er *Sie* schlägt? Soll sie aufwachsen und so etwas mit ansehen, was sie heute mit ansehen mußte?‹ Und das brachte mich zur Besinnung. Eiskalt. Ich erinnerte mich, wie Ed ausgesehen hatte, als er hereinkam ...

daß ich wußte, als ich sein weißes Gesicht sah … wie er den Kopf bewegte …«

»Wie ein Hahn«, murmelte Ralph.

»Was?«

»Nichts. Sprich weiter.«

»Ich weiß nicht, was ihn zur Raserei gebracht hat … heutzutage weiß ich das nie, aber ich wußte, er würde es an mir auslassen. Wenn ein bestimmter Punkt überschritten wurde, kann man nichts mehr tun oder sagen. Ich lief zum Schlafzimmer, aber er packte mich an den Haaren … er hat mir ein ganzes Büschel ausgerissen … ich schrie … und Natalie saß da in ihrem Hochstuhl … saß da und beobachtete uns … und als *ich* schrie, schrie *sie* auch …«

Da brach Helen zusammen und schluchzte hemmungslos. Ralph wartete und lehnte die Stirn an den Rahmen der Tür zwischen Küche und Wohnzimmer. Mit dem Geschirrtuch, das er über der Schulter hängen hatte, wischte er sich, fast ohne es zu merken, selbst die Tränen weg.

»Wie auch immer«, sagte Helen, als sie wieder sprechen konnte, »ich redete schließlich fast eine Stunde mit dieser Frau. Sie nennen es Opferberatung, und sie verdient ihren Lebensunterhalt damit, kannst du dir das vorstellen?«

»Ja«, sagte Ralph, »das kann ich. Es ist eine gute Sache, Helen.«

»Ich werde mich morgen wieder mit ihr treffen, bei WomanCare. Weißt du, es ist reine Ironie, daß ich dorthin gehe. Ich meine, wenn ich die Petition nicht unterschrieben hätte …«

»Wenn es die Petition nicht gewesen wäre, dann etwas anderes.«

Sie seufzte. »Ja, das wird wohl wahr sein. Es *ist* wahr. Wie auch immer, Gretchen sagt, ich kann Eds Probleme nicht lösen, aber ich kann anfangen, einige meiner eigenen zu lösen.« Helen fing wieder an zu weinen, dann holte sie tief Luft. »Tut mir leid – ich habe heute so oft geweint, daß ich nie wieder weinen möchte. Ich habe ihr gesagt, daß ich ihn geliebt habe. Ich habe mich geschämt, es zu sagen, und ich bin nicht einmal sicher, ob es wahr ist, aber es *scheint* wahr zu sein. Ich sagte, ich wollte ihm noch eine Chance geben. Sie sagte, das würde bedeuten, daß ich auch Natalie verpflichten würde, ihm noch eine Chance zu geben, und da mußte ich daran denken, wie sie da in der Küche saß, pürierten Spinat überall im Gesicht, und sich die Seele aus dem Leib schrie, während Ed mich geschlagen hat. Herrgott, ich hasse es, wie Leute wie sie einen in die Ecke treiben und nicht mehr herauslassen.«

»Sie versucht nur, dir zu helfen, mehr nicht.«

»Das stinkt mir auch. Ich bin sehr verwirrt, Ralph. Wahrscheinlich hast du das nicht gewußt, aber es ist so.« Ein müdes Kichern drang aus dem Telefonhörer.

»Schon gut, Helen. Kein Wunder, daß du verwirrt bist.«

»Kurz bevor sie gegangen ist, hat sie mir von High Ridge erzählt. Im Augenblick hört es sich an, als wäre das genau der richtige Ort für mich.«

»Was ist das?«

»Eine Art RehaZentrum – sie hat immer wieder darauf bestanden, daß es ein Haus ist, kein Asyl – für mißhandelte Frauen. Was ich jetzt wohl offiziell bin.« Diesmal hörte sich das müde Kichern gefährlich nach einem Schluchzen an. »Ich kann Nat mitnehmen, wenn ich hingehe, und das macht einen Großteil des Reizes aus.«

»Wo liegt es?«

»Auf dem Land. Richtung Newport, glaube ich.«

»Ja, ich glaube, ich habe davon gehört.«

Natürlich wußte er es; Ham Davenport hatte es ihm während seines Vortrags über WomanCare gesagt. *Sie machen Familienberatung, sie kümmern sich um mißbrauchte Frauen und Kinder, und sie leiten ein Frauenhaus drüben an der Stadtgrenze von Newport.* Auf einmal schien WomanCare überall in seinem Leben zu sein. Ed hätte zweifellos eine bedrohliche Verschwörung darin gesehen.

»Diese Gretchen Tillbury ist ein zähes Stück«, sagte Helen. »Kurz bevor sie ging sagte sie mir, es wäre in Ordnung, daß ich Ed liebe – ›Es *muß* in Ordnung sein‹, sagte sie, ›denn Liebe kommt nicht aus einem Hahn, den man auf- und zudrehen kann, wann man will‹ –, aber ich dürfte nicht vergessen, daß meine Liebe ihn nicht heilen könnte, daß nicht einmal Eds Liebe zu Natalie ihn heilen könnte, und daß keine noch so große Liebe mich meiner Verantwortung für mein Kind entheben würde. Ich habe im Bett gelegen und darüber nachgedacht. Ich glaube, im Bett zu liegen und wütend zu sein, hat mir besser gefallen. Es war auf jeden Fall einfacher.«

»Ja«, sagte er, »das kann ich mir vorstellen. Helen, warum nimmst du nicht einfach deine Tablette und läßt es eine Weile dabei bewenden?«

»Mach ich, aber vorher wollte ich mich bedanken.«

»Du weißt, daß das nicht nötig ist.«

»Ich glaube nicht, daß ich das weiß«, sagte sie, und Ralph war froh, die Gefühlsregung in ihrer Stimme zu hören. Es bedeutete, daß die eigentliche Helen Deepneau immer noch da war. »Ich bin immer noch wütend auf dich, Ralph, aber ich bin froh, daß du nicht auf mich gehört hast, als ich dich gebeten habe, nicht die Polizei zu rufen. Es ist nur so, daß ich Angst hatte, weißt du? Angst.«

»Helen, ich ...« Seine Stimme klang belegt und brach fast. Er räusperte sich und versuchte es noch einmal. »Ich wollte nur nicht, daß du noch schlimmer verletzt werden würdest, als du es schon warst. Als ich dich mit dem blutigen Gesicht über den Parkplatz kommen sah, hatte ich solche Angst ...«

»Sprich nicht mehr davon. Bitte. Ich müßte weinen, und ich kann nicht mehr weinen.«

»Okay.« Er hatte tausend Fragen über Ed, aber dies war eindeutig nicht der Zeitpunkt, sie zu stellen. »Kann ich dich morgen besuchen kommen?«

Nach kurzem Zögern sagte Helen: »Ich glaube nicht. Vorerst nicht. Ich muß viel nachdenken, mir über vieles klar werden, und das wird nicht leicht. Ich melde mich bei dir, Ralph. Okay?«

»Natürlich. Wie du willst. Was machst du mit dem Haus?«

»Candys Mann geht hin und schließt es ab. Ich habe ihm meine Schlüssel gegeben. Gretchen Tillbury sagt, Ed darf um nichts auf der Welt hingehen, nicht einmal, um sein Scheckbuch zu holen oder frische Unterwäsche anzuziehen. Wenn er etwas braucht, gibt er eine Liste und den Hausschlüssel einem Polizisten, und der Polizist geht es holen. Ich vermute, er geht nach Fresh Harbor. Dort gibt es eine Menge Unterkünfte für Laborangestellte. Diese kleinen Hütten. Irgendwie sind sie niedlich ...« Das kurze Aufflackern des Feuers in ihrer Stimme, das er gehört hatte, war längst erloschen. Jetzt hörte sich Helen deprimiert, verloren und sehr, sehr müde an.

»Helen, es freut mich, daß du angerufen hast. Und ich bin erleichtert, das muß ich sagen. Und jetzt geh schlafen.«

»Was ist mit dir, Ralph?« fragte sie unerwartet. »Schläfst *du* neuerdings?«

Der abrupte Themenwechsel verblüffte ihn so, daß er so aufrichtig antwortete, wie es ihm andernfalls vielleicht nicht möglich gewesen wäre. »Etwas ... aber vielleicht nicht soviel, wie ich brauche. Wahrscheinlich nicht soviel, wie ich brauche.«

»Nun, gib auf dich acht. Du warst heute sehr tapfer, wie ein Ritter in einer Geschichte von König Artus, aber ich glaube, selbst Sir Lancelot mußte sich ab und zu einmal ausruhen.«

Das rührte ihn und amüsierte ihn gleichzeitig. Im Geiste sah er kurz ein überaus deutliches Bild vor sich: Ralph Roberts in Rüstung und auf einem schneeweißen Pferd, während Bill McGovern, sein getreuer Knappe, in Lederwams und mit seinem kecken Panamahut auf einem Pony hinter ihm ritt.

»Danke, mein Schatz«, sagte er. »Ich glaube, so etwas Liebes hat mir keiner mehr gesagt, seit Lyndon Johnson Präsident war. Schlaf so gut du kannst, okay?«

»Okay. Du auch.«

Sie legte auf. Ralph betrachtete das Telefon einen oder zwei Augenblicke nachdenklich, dann legte auch er den Hörer auf. Vielleicht würde er ja tatsächlich gut schlafen. Nach allem, was heute passiert war, hatte er das mit Sicherheit verdient. Aber vorerst beschloß er, nach unten zu gehen, auf der Veranda zu sitzen und einfach abzuwarten, was sich später ergeben würde.

5

McGovern war wieder da und fläzte sich in seinen Lieblingssessel auf der Veranda. Er beobachtete irgend etwas weiter oben auf der Straße und drehte sich nicht gleich um, als sein

Hausgenosse die Veranda betrat. Ralph folgte seinem Blick und sah einen blauen Kleinbus einen halben Block entfernt am Bordstein der Harris Avenue auf der Seite des Red Apple parken. DERRY MEDICAL SERVICE stand in großen weißen Buchstaben auf der Hecktür.

»Hi, Bill«, sagte Ralph und ließ sich auch in einen Sessel fallen. Der Schaukelstuhl, auf dem Lois Chasse immer saß, wenn sie herüberkam, stand zwischen ihnen. In der Abenddämmerung war eine leichte Brise aufgekommen und wirkte erfrischend nach der Hitze des Nachmittags; der Schaukelstuhl bewegte sich wie von selbst träge hin und her.

»Hi«, sagte McGovern und sah Ralph an. Er wollte sich abwenden, fuhr aber noch einmal herum. »Mann, du solltest besser die Tränensäcke unter deinen Augen hochstecken. Wenn nicht, wirst du bald drauftreten.« Ralph vermutete, das sollte sich wie eines der galligen kleinen *Bonmots* anhören, für die McGovern in der ganzen Straße berühmt war, aber in seinen Augen stand aufrichtige Besorgnis geschrieben.

»War ein Scheißtag«, sagte er. Er erzählte McGovern von Helens Anruf, ließ aber alles weg, was ihr McGovern gegenüber vielleicht peinlich sein konnte. Bill hatte nie zu ihren besten Freunden gehört.

»Freut mich, daß es ihr gutgeht«, sagte McGovern. »Ich will dir was sagen, Ralph – du hast mich heute nachmittag schwer beeindruckt, als du die Straße entlanggegangen bist wie Gary Cooper in *Zwölf Uhr mittags*. Vielleicht *war* es Wahnsinn, aber es war auch ziemlich *cool*. Um die Wahrheit zu sagen, ich war schwer beeindruckt von dir.«

Zum zweitenmal innerhalb von fünfzehn Minuten bezeichnete jemand Ralph fast als Helden. Er fühlte sich unbehaglich. »Ich war so wütend auf ihn, daß mir erst später klargeworden ist, wie dumm ich war. Wo bist du gewesen, Bill, ich hab vor einer Weile nach dir gerufen.«

»Ich war auf der Extension spazieren«, sagte McGovern. »Hab versucht, meinen Motor etwas abzukühlen, denke ich. Mir war schlecht, und ich hatte Kopfweh seit Johnny Leydecker und der andere Ed mitgenommen haben.«

Ralph nickte. »Ich auch.«

»Wirklich?« McGovern sah ihn überrascht und ein wenig skeptisch an.

»Wirklich«, antwortete Ralph mit einem knappen Lächeln.

»Wie auch immer, Faye Chapin war draußen beim Picknickgelände, wo die alten Tattergreise normalerweise herumhängen, wenn es warm ist, und hat mich zu einer Partie Schach eingeladen. Das ist vielleicht eine Marke, Ralph – er hält sich für die Reinkarnation von Ruy Lopez, dabei spielt er Schach mehr wie Soupy Sales … und hält nicht *eine Sekunde lang* den Mund.«

»Aber Faye ist in Ordnung«, sagte Ralph leise.

McGovern schien ihn nicht gehört zu haben. »Und dieser gruselige Dorrance Marstellar war auch dort«, fuhr er fort. »Wenn wir alt sind, dann ist der ein Fossil. Er steht einfach mit einem Gedichtband in der Hand am Zaun zwischen dem Picknickplatz und dem Flughafen und schaut den Flugzeugen beim Starten und Landen zu. Was meinst du, liest er die Bücher wirklich, die er herumträgt, oder sind sie nur Requisiten?«

»Gute Frage«, sagte Ralph, aber er dachte über das Wort nach, das McGovern benutzt hatte, um Dorrance zu beschreiben – *gruselig*. Er selbst hätte es nicht benützt, aber es konnte kein Zweifel daran bestehen, daß der alte Dor ein Original war. Er war nicht senil (jedenfalls *glaubte* Ralph das nicht); es war mehr, als wären seine wenigen Bemerkungen das Produkt eines leicht verschrobenen Geistes und einer leicht gekrümmten Wahrnehmung.

Er erinnerte sich, daß Dorrance letzten Sommer dabeigewesen war, als Ed mit dem Fahrer des Lastwagens aneinandergeraten war. Damals hatte er geglaubt, daß Dorrance' Ankunft den Festivitäten die Krone des Irrsinns aufsetzte. Und Dorrance hatte etwas Komisches gesagt. Ralph versuchte, sich daran zu erinnern, konnte es aber nicht.

McGovern sah wieder die Straße entlang, wo ein pfeifender junger Mann im Overall gerade aus dem Haus gekommen war, vor dem der Kleinbus von Medical Services parkte. Dieser junge Mann, der aussah, als wäre er höchstens vierundzwanzig und hätte in seinem ganzen Leben noch keinen medizinischen Beistand gebraucht, schob einen Wagen, auf den eine lange grüne Gasflasche geschnallt war.

»Das ist die leere«, sagte McGovern. »Du hast verpaßt, wie sie die volle reingebracht haben.«

Ein zweiter junger Mann, ebenfalls in einen Overall gekleidet, kam zur Eingangstür des kleinen Hauses heraus, das gelbe Farbe und dunkelrosa Verzierungen auf unschöne Weise miteinander verband. Er blieb einen Moment auf der Stufe stehen, Hand auf dem Türknauf, und sprach offenbar mit jemand im Inneren. Dann zog er die Tür zu und lief leichtfüßig den Fußweg entlang. Er kam gerade rechtzeitig, daß er seinem Kollegen helfen konnte, den Wagen, auf dem noch die festgeschnallte Flasche lag, ins Heck des Kleinbusses zu heben.

»Sauerstoff?« fragte Ralph.

McGovern nickte.

»Für Mrs. Locher?«

McGovern nickte wieder und sah zu, wie die Arbeiter von Medical Services die Tür des Kleinbusses zuschlugen und dann davor stehenblieben und sich im Dämmerlicht leise unterhielten. »Ich war in der Grundschule und der Junior High mit May Locher zusammen. Drüben in Cardville, Heimat der Tapferen und Land der Kühe. Nur fünf von uns waren in der Abschlußklasse. Damals, in den alten Zeiten, galt sie als ein toller Käfer, und Burschen wie mich nannte man ›einen fröhlichen Stutzer.‹ In dieser heiteren alten Zeit gebrauchte man den Ausdruck ›gay‹ für den Weihnachtsbaum, wenn er geschmückt war, und nicht für Schwule.«

Ralph betrachtete nervös und befangen seine Hände. Er wußte selbstverständlich, daß McGovern homosexuell war, das wußte er schon seit Jahren, aber bis zum heutigen Abend hatte er es nie laut ausgesprochen. Er wünschte sich, Bill hätte es sich für einen anderen Tag aufgehoben ... vorzugsweise einen, an dem Ralph selbst sich nicht fühlte, als wäre der größte Teil seines Gehirns durch Watte ersetzt worden.

»Das war vor schätzungsweise tausend Jahren«, sagte McGovern. »Wer hätte gedacht, daß wir einmal beide ans Ufer der Harris Avenue gespült werden würden.«

»Sie hat ein Emphysem, ist es nicht so? Habe ich jedenfalls gehört.«

»Jawoll. Eine dieser Krankheiten, von denen man immer etwas hat. Alt zu werden ist sicher nichts für Memmen, oder?«

»Ganz bestimmt nicht«, sagte Ralph, und dann erkannte sein Verstand die Wahrheit mit plötzlicher Wucht. Er dachte an Carolyn, an die Angst, die er verspürt hatte, als er in seinen durchnäßten Converse-Turnschuhen ins Apartment geplitscht kam und sie halb in und halb außerhalb der Küche liegen sah ... genau an der Stelle, wo er den größten Teil seines Gesprächs mit Helen gestanden hatte. Ed Deepneau gegenüberzutreten war nichts verglichen mit der Angst, die er in dem Augenblick verspürte, als er glaubte, Carolyn wäre tot.

»Ich kann mich erinnern, als sie May alle zwei Wochen oder so Sauerstoff brachten«, sagte McGovern. »Jetzt kommen sie jeden Dienstag- und Donnerstagabend, wie ein Uhrwerk. Ich gehe sie besuchen wenn ich kann. Manchmal lese ich ihr vor – die langweiligste Frauenzeitschriftenscheiße, die du dir vorstellen kannst –, und manchmal sitzen wir nur da und reden. Sie sagt, es fühle sich an, als würden sich ihre Lungen mit Seetang füllen. Es wird nicht mehr lange dauern. Eines Tages werden sie kommen, und statt einer leeren Sauerstoffflasche werden sie May auf ihren Wagen laden. Sie werden sie ins Derry Home bringen, und das ist das Ende.«

»Waren es Zigaretten?« fragte Ralph.

McGovern bedachte ihn mit einem Ausdruck, der dem schmalen, sanften Gesicht so fremd war, daß Ralph einige Augenblicke brauchte, bis ihm klar wurde, daß es sich um Verachtung handelte. »May Perrault hat in ihrem ganzen Leben keine einzige Zigarette geraucht. Sie bezahlt hier für zwanzig Jahre Arbeit in der Färberei einer Fabrik in Corinna, und weitere zwanzig am Webstuhl einer Fabrik in Newport. Sie versucht, durch Baumwolle, Wolle und Nylon zu atmen, nicht durch Seetang.«

Die beiden jungen Männer von Derry Medical Services stiegen in ihren Kleinbus ein und fuhren davon.

»Maine ist der nordöstliche Anker der Appalachen, Ralph – das ist vielen Leuten nicht klar, aber es stimmt – und May stirbt an einer typischen Appalachenkrankheit. Die Ärzte nennen sie Textillunge.«

»Eine Schande. Ich glaube, sie bedeutet dir viel.«

McGovern lachte reumütig. »Nee. Ich besuche sie, weil sie das letzte sichtbare Überbleibsel meiner mißratenen Jugend ist. Manchmal lese ich ihr vor, und ich bringe es immer fertig, einen oder zwei ihrer trockenen alten Weizenschrotkekse runterzuwürgen, aber das ist auch schon alles. Ich versichere dir, mein Mitgefühl ist selbstredend selbstsüchtiger Natur.«

Selbstredend selbstsüchtig, dachte Ralph. *Was für ein wirklich seltsamer Ausdruck. Was für ein typischer* McGovern-*Ausdruck.*

»Vergessen wir May«, sagte McGovern. »Die Frage, die Amerikanern allerorten unter den Nägeln brennt, ist die: Was sollen wir *deinetwegen* unternehmen, Ralph? Der Whiskey hat nicht funktioniert, was?«

»Nein«, sagte Ralph. »Leider nicht.«

»Hast du ihm auch eine echte Chance gegeben?«

Ralph nickte.

»Nun, *etwas* mußt du gegen die Tränensäcke unter den Augen unternehmen, sonst wirst du nie bei der reizenden Lois landen.« McGovern studierte Ralphs Mienenspiel darauf und seufzte. »Nicht besonders komisch, hm?«

»Nee. Es war ein langer Tag.«

»Entschuldige.«

»Macht nichts.«

Sie blieben eine Zeitlang in behaglichem Schweigen sitzen und betrachteten das Kommen und Gehen in ihrem Abschnitt der Harris Avenue. Drei kleine Mädchen spielten auf der anderen Straßenseite Hüpfkästchen auf dem Parkplatz vor dem Red Apple. Mrs. Perrine stand aufrecht wie ein Wachtposten in der Nähe und beobachtete sie. Ein Junge, der seine Red Sox-Baseballmütze verkehrt herum aufgesetzt hatte, ging vorbei und wippte zur Musik seines Walkmans. Zwei Kinder warfen vor Lois' Haus einen Frisbee hin und her. Ein Hund bellte. Irgendwo rief eine Frau, daß Sam sich seine Schwester schnappen und hereinkommen sollte. Die übliche Serenade des Straßenlebens, nicht mehr und nicht weniger, aber Ralph kam alles seltsam falsch vor. Er vermutete, es lag daran, daß er sich in letzter Zeit so sehr daran gewöhnt hatte, die Harris Avenue verlassen zu sehen.

Er drehte sich zu McGovern um und sagte: »Weißt du, was ich als erstes dachte, als ich dich heute nachmittag auf dem Parkplatz des Red Apple gesehen habe? Obwohl soviel los war?«

McGovern schüttelte den Kopf.

»Ich habe mich gefragt, wo du bloß deinen Hut hast. Den Panama. Ohne ihn bist du mir ziemlich seltsam vorgekommen. Fast nackt. Also rück raus damit – wo hast du ihn gelassen, Junge?«

McGovern berührte seinen Kopf, wo die verbliebenen Strähnen seines feinen weißen Babyhaars sorgsam von links nach rechts über den rosa Schädel gekämmt waren. »Ich weiß nicht«, sagte er. »Ich habe ihn heute morgen vermißt. Ich denke fast immer daran, daß ich ihn auf den Tisch neben der Eingangstür werfe, wenn ich reinkomme, aber dort ist er nicht. Ich vermute, ich habe ihn diesmal anderswo abgelegt, und der exakte Standort ist mir vorübergehend entfallen. Laß mir noch ein paar Jahre Zeit, dann werde ich in der Unterwäsche herumlaufen, weil mir nicht mehr einfällt, wo ich meine Hosen gelassen habe. Gehört alles zum wunderbaren Erlebnis des Alterns, richtig, Ralph?«

Ralph nickte und lächelte und dachte bei sich, daß von allen älteren Menschen, die er kannte – und er kannte mindestens drei Dutzend auf einer oberflächlichen Spaziergangim-Park-, Hallo-wie-geht's-Basis –, McGovern sich am meisten darüber beschwerte, wie es war, in die Jahre zu kommen. Er schien seine entschwundene Jugend und die mittleren Jahre, die er hinter sich gelassen hatte, so zu betrachten wie ein General ein paar Soldaten, die am Vorabend einer großen Schlacht desertiert sind. Aber das hätte er selbstverständlich niemals zugegeben. Jeder hatte seine kleinen exzentrischen Macken; das theatralisch morbide Gehabe wegen des Älterwerdens war einfach die von McGovern.

»Hab ich was Komisches gesagt?« fragte McGovern.

»Pardon?«

»Du hast gelächelt, daher dachte ich, ich müßte etwas Komisches gesagt haben.« Er hörte sich ein bißchen empfindlich an, besonders für einen Mann, dem es so großen Spaß machte, seinen Hausgenossen wegen einer hübschen Witwe aufzuziehen, aber Ralph dachte daran, daß es auch für McGovern ein langer Tag gewesen war.

»Ich habe überhaupt nicht an dich gedacht«, sagte Ralph. »Ich habe daran gedacht, daß Carolyn praktisch immer dasselbe gesagt hat – älterwerden ist, als würde man ein schlechtes Dessert nach einer wirklich guten Mahlzeit bekommen.«

Das war zumindest eine halbe Lüge. Carolyn *hatte* es gesagt, aber sie hatte damit ihren Gehirntumor gemeint, und nicht ihr Leben als ältere Frau. So alt war sie überhaupt auch gar nicht gewesen, erst vierundsechzig, als sie starb, und bis zu den letzten sechs oder acht Wochen hatte sie immer behauptet, daß sie sich an den meisten Tagen nur halb so alt fühlte.

Auf der anderen Straßenseite sahen die Mädchen, die Hüpfkästchen gespielt hatten, auf beiden Seiten nach Autos, dann hielten sie einander an den Händen und liefen lachend über die Straße. Einen Augenblick hatte er den Eindruck, als wären sie von einem grauen Leuchten umgeben – einer Aura, die ihre Wangen und Stirnen und lachenden Augen wie ein seltsames Elmsfeuer beleuchtete. Ein wenig beängstigt kniff Ralph die Augen zu und machte sie wieder auf. Die graue Aura, die er sich um das Trio der Mädchen herum eingebildet hatte, war verschwunden, was ihn erleichterte, aber er mußte bald wieder richtig schlafen. Er *mußte*.

»Ralph?« McGoverns Stimme schien vom anderen Ende der Veranda zu kommen, obwohl er sich nicht bewegt hatte. »Alles in Ordnung?«

»Klar«, sagte Ralph. »Ich mußte an Ed und Helen denken, das ist alles. Hast du eine Ahnung gehabt, daß er so durchgedreht war?«

McGovern schüttelte nachdrücklich den Kopf. »Nicht die geringste«, sagte er. »Ich habe zwar ab und zu Helens Blutergüsse gesehen, aber ihren Erklärungen immer geglaubt. Ich habe mich nie für einen übertrieben leichtgläubigen Menschen gehalten, aber vielleicht muß ich diese Einschätzung einmal revidieren.«

»Was meinst du wird mit ihnen passieren? Irgendwelche Prognosen?«

McGovern seufzte, griff mit den Fingerspitzen auf den Kopf und tastete, ohne es zu merken, nach dem fehlenden Panamahut. »Du kennst mich, Ralph – ich bin ein Zyniker und entstamme einem Geschlecht von Zynikern. Ich glaube, normale menschliche Konflikte lösen sich selten so auf wie im Fernsehen. In Wirklichkeit kommen sie immer wieder und drehen sich in konzentrischen Kreisen, bis sie verschwinden. Aber sie verschwinden eigentlich nicht; sie trocknen aus wie Schlammpfützen in der Sonne.« McGovern machte eine Pause, dann fügte er hinzu: »Und die meisten lassen dieselben schmutzigen Rückstände zurück.«

»Herrgott«, sagte Ralph. »Das *ist* zynisch.«

McGovern zuckte die Achseln. »Die meisten pensionierten Lehrer sind zynisch, Ralph. Wir sehen sie kommen, so jung und stark, so überzeugt, daß es bei ihnen anders sein wird, und wir sehen, wie sie ihren eigenen Mist bauen und dann darin herumkrabbeln, genau wie ihre Eltern und Großeltern. Ich glaube, Helen wird zu ihm zurückkehren, Ed wird sich eine Weile zusammenreißen, und dann wird er sie wieder verprügeln, und sie wird wieder weggehen. Wie in einem dieser kitschigen Westernsongs in der Musicbox draußen im Nicky's Lunch, und manche Leute müssen so einen Song eine lange, lange Zeit anhören, bis sie zu dem Ergebnis kommen, daß sie ihn nicht mehr hören wollen. Aber Helen ist eine kluge junge Frau. Ich glaube, mehr als eine Strophe braucht sie nicht mehr.«

»Mehr als eine Strophe bekommt sie vielleicht auch nicht mehr«, sagte Ralph leise. »Wir reden hier nicht von einem betrunkenen Ehemann, der seiner Frau eine runterhaut, weil er seinen Lohnscheck beim Pokern verloren hat und sie es gewagt hat, deswegen zu keifen.«

»Ich weiß«, sagte McGovern, »aber du hast mich nach meiner Meinung gefragt, und ich habe sie dir gesagt. Ich glaube, Helen braucht noch eine Strophe aus der Musicbox, bevor sie es fertigbringt und Schluß macht. Und selbst dann werden sie einander manchmal über den Weg laufen. Dies ist nach wie vor eine ziemlich kleine Stadt.« Er verstummte und sah blinzelnd die Straße hinab. »Oh, sieh mal«, sagte er und zog die linke Braue hoch. »Unsere Lois. Sie wandelt in Schönheit, wie die Nacht.«

Ralph warf ihm einen ungeduldigen Blick zu, aber McGovern bemerkte ihn entweder nicht oder wollte ihn nicht bemerken. Er stand auf und griff mit den Fingern wieder an die Stelle, wo der Panama sitzen sollte, dann ging er die Stufen hinunter, um sie vor dem Haus zu empfangen.

»Lois!« rief McGovern, sank vor ihr auf ein Knie und breitete theatralisch die Arme aus. »Wäre unser beider Leben doch durch das Sternenband der Liebe verknüpft! Verknüpfe dein Schicksal mit meinem und laß dich im goldenen Wagen meiner Leidenschaft in andere Breiten hinforttragen!«

»Herrje, sprichst du von Flitterwochen oder von einer Nacht?« fragte Lois und lächelte unsicher.

Ralph stieß McGovern in den Rücken. »Steh auf, du Narr«, sagte er und nahm Lois die kleine Tüte ab. Er sah hinein und fand drei Dosen Bier.

McGovern stand auf. »Entschuldige, Lois«, sagte er. »Es lag am Licht der Abenddämmerung und deiner Schönheit. Mit anderen Worten, ich plädiere auf vorübergehende Unzurechnungsfähigkeit.«

Lois lächelte ihm zu, dann wandte sie sich an Ralph. »Ich habe gerade gehört, was passiert ist«, sagte sie, »und da bin ich so schnell ich konnte hergekommen. Ich war den ganzen Nachmittag in Ludlow und hab mit den Mädchen gepokert.« Ralph mußte McGovern nicht ansehen, um zu wissen, daß dessen linke Augenbraue – die sagte: *Mit den Mädchen gepokert! Wie wunderbar, typisch, ganz unsere Lois!* – bis zum Anschlag in die Höhe gezogen sein würde. »Geht es Helen einigermaßen?«

»Ja«, sagte Ralph. »Vielleicht nicht unbedingt gut – sie behalten sie über Nacht im Krankenhaus –, aber sie ist nicht in Lebensgefahr oder so.«

»Und das Baby?«

»Ausgezeichnet. Ist bei einer Freundin von Helen.«

»Na gut, kommt auf die Veranda, ihr beiden, und erzählt mir alles darüber.« Sie hakte sich mit einem Arm bei McGovern und mit dem anderen bei Ralph unter und ging mit ihnen zurück. Und so stiegen sie die Stufen hinauf, wie zwei in die Jahre gekommene Musketiere, die die Dame, um deren Gunst sie in ihrer Jugend gebuhlt hatten, wohlbehalten zwischen sich führten, und als sich Lois auf den Schaukelstuhl setzte, gingen in der Harris Avenue die Lampen an und leuchteten in der Dämmerung wie eine doppelte Perlenkette.

6

Ralph schlief in dieser Nacht ein, als sein Kopf noch nicht einmal richtig auf dem Kissen lag, und am Freitag morgen wachte er pünktlich um 3:30 Uhr wieder auf. Er wußte sofort, daß es keinen Zweck haben würde, noch einmal einschlafen zu wollen; ebenso gut konnte er sich gleich in den Ohrensessel am Fenster setzen.

Er blieb aber noch einen Moment liegen, sah in die Dunkelheit und versuchte, sich an den Traum zu erinnern, den er gehabt hatte. Es gelang ihm nicht. Er erinnerte sich nur, daß Ed darin vorgekommen war ... und Helen ... und Rosalie, die Hündin, die er manchmal durch die Harris Avenue hinken sah, bevor Pat, der Zeitungsjunge, kam.

Dorrance kam auch darin vor. Dorrance Marstellar. Vergiß den nicht.

Ja, richtig. Und als wäre ein Schlüssel im Schloß gedreht worden, erinnerte sich Ralph plötzlich an die seltsame Bemerkung von Dorrance, als Ed sich letztes Jahr mit dem vierschrötigen Mann gestritten hatte ... woran er sich heute abend nicht hatte erinnern können, als McGovern den Namen des alten Mannes erwähnt hatte.

Er hatte Ed aufhalten wollen und ihn so lange an die eingedrückte Haube seines Autos gedrückt, bis er sich wieder beruhigt hatte, und Dorrance hatte gesagt,

(Ich würde das nicht tun)
daß Ralph ihn nicht anfassen sollte.

»Er sagte, daß er meine Hände nicht mehr sehen könnte«, murmelte Ralph und schwang die Füße aus dem Bett. »Das war es.«

Er blieb noch eine Weile sitzen, hielt den Kopf gesenkt und die Finger zwischen den Schenkeln gefaltet, und sein Haar stand zerzaust in die Höhe. Schließlich stand er auf und schlurfte ins Wohnzimmer. Es wurde Zeit, auf den Sonnenaufgang zu warten.

Kapitel 4

I

Obwohl sich Zyniker immer plausibler als die blauäugigen Optimisten dieser Welt anhörten, irrten sie sich nach Ralphs Erfahrung zumindest in fünfzig Prozent aller Fälle, und er freute sich, daß McGovern sich hinsichtlich Helen Deepneau geirrt hatte – in ihrem Fall schien eine Strophe des »Heartbreak-Prügel-Blues« auszureichen.

Am Mittwoch der darauffolgenden Woche, als Ralph sich gerade überlegt hatte, daß es besser wäre, die Frau aufzuspüren, von der Helen im Krankenhaus gesprochen hatte (Tillbury, ihr Name war Gretchen Tillbury), um sich zu vergewissern, daß mit Helen alles in Ordnung war, bekam er einen Brief von ihr. Der Absender war schlicht – nur *Helen und Nat, High Ridge* –, aber er reichte aus, Ralph sichtlich zu erleichtern. Er setzte sich in seinen Sessel auf der Veranda, riß das Ende des Umschlags auf und schüttelte zwei Blätter heraus, die mit Helens schräger Handschrift vollgeschrieben waren.

»Lieber Ralph«, begann der Brief, »ich nehme an, inzwischen mußt Du denken, daß ich doch wütend auf Dich bin, aber das bin ich wirklich nicht. Es ist nur so, daß wir die ersten paar Tage mit niemand Verbindung aufnehmen sollen – weder telefonisch noch brieflich. Hausvorschriften. Es gefällt mir hier ausgezeichnet, und Nat ebenfalls. Logisch – es sind mindestens sechs Kinder in ihrem Alter hier, mit denen sie herumkrabbeln kann. Was mich betrifft, ich habe hier mehr Frauen kennengelernt, die wissen, was ich durchgemacht habe, als ich mir je hätte träumen lassen. Ich meine, man sieht die Fernsehsendungen – Oprah im Gespräch mit Frauen, die Männer lieben, die sie als Punchingbälle gebrauchen –, aber wenn es einem selbst passiert, dann nimmt man immer an, es passierte auf eine Weise wie keiner anderen vorher, auf eine Weise, die brandneu auf der Welt ist. Die Erleichterung darüber, daß das nicht stimmt, war das Beste, das mir seit langer, langer Zeit widerfahren ist …«

Sie erzählte von den Aufgaben, die sie übertragen bekommen hatte – Gartenarbeit, Mithilfe beim Streichen eines Geräteschuppens, die Sturmläden mit Essig und Wasser abwaschen –, und von Nats Abenteuern beim Laufenlernen. Der Rest des Briefes handelte davon, was passiert war und was sie unternehmen wollte, und da spürte Ralph zum erstenmal die emotionale Aufgewühltheit, die Helen empfinden mußte, ihre Angst vor der Zukunft und, als Gegengewicht zu dem allen, die feste Entschlossenheit, das Richtige für Nat zu tun … und für sich selbst auch. Helen schien gerade herauszufinden, daß sie auch ein Anrecht auf das Richtige hatte. Ralph war froh, daß sie das herausgefunden hatte, aber traurig, wenn er an die finstere Zeit dachte, die sie hatte durchmachen müssen, um zu dieser simplen Einsicht zu kommen.

»Ich werde mich von ihm scheiden lassen«, schrieb sie. »Ein Teil in mir (er hört sich an wie meine Mutter, wenn er spricht) heult lauthals auf, wenn ich es so unverblümt ausdrücke, aber ich habe es satt, mir wegen meiner Situation etwas vorzumachen. Hier finden jede Menge Therapien statt, bei denen Leute im Kreis sitzen und binnen einer Stunde vier Packungen Kleenex verbrauchen, aber alles scheint darauf hinauszulaufen, daß man seine Lage besser erkennt. In meinem Falle sieht es schlicht und einfach so aus, daß aus dem Mann, den ich geheiratet habe, ein gefährlicher Paranoiker geworden ist. Daß er manchmal liebevoll und zärtlich sein kann, ist nicht das Wesentliche, sondern lenkt nur davon ab. Ich darf nicht vergessen, daß der Mann, der mir selbstgepflückte Blumen brachte, heute manchmal auf der Veranda sitzt und mit jemandem redet, der gar nicht da ist, einem Mann, den er ›den kleinen kahlköpfigen Arzt‹ nennt. Ist das nicht allerliebst? Ich glaube, ich weiß, wie das alles angefangen hat, und wenn ich Dich sehe, werde ich es Dir erzählen, wenn Du es wirklich hören willst.

Mitte September dürfte ich (zumindest eine Weile) wieder in dem Haus in der Harris Avenue sein, und sei es nur, um einen Job zu suchen … aber davon nichts mehr, das ganze

Thema versetzt mich in Todesangst! Ich habe eine Nachricht von Ed bekommen – nur ein Absatz, aber trotzdem eine Erleichterung –, in der er mir mitteilt, daß er in einer der Hütten auf dem Gelände der Hawking Labors in Fresh Harbor wohnt und das Besuchsverbot der Bewährungsvorschriften einhalten würde. Er schreibt, daß ihm alles leid täte, aber daß er das wirklich ernst meint, konnte ich nicht feststellen. Nicht, daß ich Tränenflecken auf dem Brief oder ein Päckchen mit seinem Ohr darin erwartet hätte, aber ... ich weiß auch nicht. Es war, als wollte er sich überhaupt nicht wirklich entschuldigen, sondern es nur fürs Protokoll erwähnen. Ergibt das einen Sinn? Außerdem hat er einen Scheck über 750 Dollar beigelegt, was darauf hinzudeuten scheint, daß er sich seiner Verpflichtungen bewußt ist. Das ist gut, aber ich glaube, ich wäre glücklicher gewesen, wenn er sich wegen seiner seelischen Probleme ärztliche Hilfe gesucht hätte. Das müßte seine Strafe sein, weißt Du: achtzehn Monate intensive Therapie. Das habe ich in der Gruppe gesagt, und einige haben gelacht, als wäre es ein Witz. Es war aber keiner.

Wenn ich an die Zukunft denke, sehe ich manchmal nur furchterregende Bilder vor mir. Ich stelle mir vor, wie wir im Manna in der Schlange stehen, um eine kostenlose Mahlzeit zu bekommen, oder wie ich mit der in eine Decke gewickelten Nat unter dem Arm das Obdachlosenasyl in der Third Street betrete. Wenn ich an so etwas denke, fange ich an zu zittern, und manchmal weine ich. Ich weiß, das ist dumm; ich habe einen Abschluß in Bibliothekswissenschaft, Herrgott noch mal, aber ich kann nichts dafür. Und weißt Du, was mir wieder Halt gibt, wenn diese schrecklichen Bilder kommen? Was Du zu mir gesagt hast, als Du mich im Red Apple hinter den Tresen geführt und auf den Sessel gesetzt hattest. Du hast mir gesagt, daß ich eine Menge Freunde in der Nachbarschaft hätte, und daß ich es überstehen würde. Ich weiß, daß ich mindestens einen Freund habe. Einen *wahren* Freund.«

Unterschrieben war der Brief mit: *Alles Liebe, Helen.*

Ralph wischte sich Tränen aus den Augenwinkeln – in letzter Zeit schien es, als würde er wegen verschütteter Milch weinen, wahrscheinlich lag das daran, daß er so gottverdammt müde war – und las das P. S., das sie an den unteren und rechten Rand des Briefs gequetscht hatte: »Ich würde mich freuen, wenn Du mich hier besuchen könntest, aber aus Gründen, die Du sicher einsiehst, haben Männer hier keinen Zutritt. Sie möchten nicht einmal, daß wir die genaue Lage verraten! H.«

Ralph blieb eine oder zwei Minuten mit Helens Brief auf dem Schoß sitzen und sah über die Harris Avenue hinaus. Inzwischen schrieb man Ende August, noch Sommer, aber die Blätter der Pappeln schimmerten silbern, wenn der Wind darüberstrich, und der erste kühle Hauch lag in der Luft. Ein Schild im Schaufenster des Red Apple verkündete: SCHULBEDARF JEDER ART! FRAGEN SIE ZUERST HIER! Und irgendwo an der Stadtgrenze von Newport wusch Helen Deepneau in einem großen alten Farmhaus, wo mißhandelte Ehefrauen Zuflucht suchten und versuchten, ihr Leben wieder auf die Reihe zu bekommen, die Sturmläden und machte sie für einen weiteren langen Winter bereit.

Er schob den Brief behutsam wieder in den Umschlag und versuchte sich zu erinnern, wie lange Ed und Helen verheiratet gewesen waren. Sieben oder acht Jahre, dachte er. Carolyn hätte es genau gewußt. *Wieviel Mut ist erforderlich, einen Traktor zu nehmen und Frucht umzupflügen, die man sieben oder acht Jahre gehegt hat?* fragte er sich. *Wieviel Mut, das zu tun, wenn man die ganze Zeit damit verbracht hat herauszufinden, wie man den Boden vorbereitet, wann man pflanzt, wieviel Wasser erforderlich ist und wann man erntet? Wieviel Mut kostete es, einfach zu sagen: »Ich muß diese Erbsen aufgeben, Erbsen sind nichts für mich. Ich versuche es lieber mit Mais oder Bohnen.«*

»Eine Menge«, sagte er und wischte sich wieder die Augen. »Verdammt viel, das ist meine Meinung.«

Plötzlich wollte er Helen unbedingt wiedersehen, wollte wiederholen, woran sie sich so gut erinnerte und woran er selbst sich kaum erinnern konnte: *Du wirst das prima überstehen, du hast eine Menge Freunde in der Nachbarschaft.*

»Bring das auf die Bank«, sagte Ralph. Daß er von Helen gehört hatte, schien ihm eine große Last von der Seele genommen zu haben. Er stand auf, steckte den Brief in die Gesäßtasche und ging die Harris Avenue entlang zum Picknickplatz an der Extension. Wenn er Glück hatte, fand er Faye Chapin oder Don Veazie und konnte eine Partie Schach spielen.

2

Seine Erleichterung darüber, von Helen zu hören, konnte Ralphs Schlaflosigkeit nicht lindern; er wachte auch weiterhin vorzeitig auf, und am Labor Day schlug er die Augen gegen 2:45 Uhr auf. Am zehnten September – dem Tag, an dem Ed Deepneau wieder verhaftet wurde, diesmal zusammen mit fünfzehn anderen – schlief Ralph noch rund drei Stunden pro Nacht, und er fühlte sich fast wie etwas auf einem Objektträger unter dem Mikroskop. *Nur ein einsamer Einzeller, das bin ich,* dachte er, als er in seinem Sessel saß und auf die Harris Avenue hinaussah, und er wünschte sich, er hätte lachen können.

Seine Liste todsicherer, zuverlässiger Hausmittel wuchs, und er hatte sich schon mehr als einmal überlegt, daß er ein heiteres kleines Buch zum Thema hätte schreiben können ... das hieß, sollte er jemals wieder genug Schlaf bekommen, daß ihm zusammenhängendes Denken möglich wäre. Diesen Spätsommer war er schon froh, wenn es ihm gelang, jeden Tag ein Paar zusammenpassende Socken anzuziehen, und sein Denken kehrte immer wieder zu der höllischen Anstrengung zurück, an dem Tag, als Helen verprügelt worden war, eine Packung Cup-A-Soup im Küchenschrank zu finden. Soweit war es seither nicht wieder gekommen, weil es ihm gelungen war, jede Nacht zumindest *etwas* Schlaf zu bekommen, aber Ralph hatte schreckliche Angst, es würde bald wieder soweit sein – wenn nicht noch schlimmer –, sollte sein Zustand nicht besser werden. Es gab Zeiten (für gewöhnlich wenn er um halb fünf Uhr morgens im Sessel saß), da hätte er schwören können, daß er spüren konnte, wie sein Gehirn langsam austrocknete.

Das Spektrum der Hausmittel reichte vom Erhabenen bis zum Lächerlichen. Zu ersterem gehörte eine vierfarbige Broschüre, die die Wunder des Minnesota Institute for Sleep Studies in St. Paul anpries. Ein hinreichend gutes Beispiel für letzteres war das »Magische Auge«, ein Allzweckamulett, das über Anzeigen in Boulevardblättern wie dem *National Enquirer* und *Inside View* vertrieben wurde. Sue, die Kassiererin im Red Apple, kaufte eines und überreichte es ihm eines Nachmittags. Ralph betrachtete das schlecht gezeichnete blaue Auge, das von dem Medaillon (das sein Leben wahrscheinlich einmal als Pokerchip begonnen hatte) zu ihm aufsah und spürte, wie unbändiges Lachen in ihm emporwallte. Irgendwie gelang es ihm, dieses Gelächter zu unterdrücken, bis er wohlbehalten auf der anderen Straßenseite in seinem Apartment im ersten Stock eingetroffen war, und dafür war er mehr als dankbar. Der Ernst, mit dem Sue es ihm überreicht hatte – und die teuer aussehende Goldkette, die sie durch die Öse gezogen hatte –, deuteten darauf hin, daß sie eine Stange Geld dafür hingelegt haben mußte. Seit dem Tag, als sie beide Helen gerettet hatten, betrachtete sie Ralph fast ehrfürchtig. Das machte Ralph verlegen, aber er wußte nicht, was er dagegen tun sollte. Vorläufig entschied er, konnte es nicht schaden, das Medaillon zu tragen, damit sie seinen Umriß unter seinem Hemd erkennen konnte. Beim Einschlafen half es ihm allerdings nicht.

Nachdem er Ralphs Aussage zu den häuslichen Problemen der Deepneaus aufgenommen hatte, hatte Detective John Leydecker den Bürostuhl zurückgeschoben, die Finger hinter seinem nicht unerheblich starken Nacken verschränkt und ihm eröffnet, McGovern hätte ihm verraten, daß Ralph an Schlaflosigkeit leide. Ralph gab es zu. Leydecker nickte, rollte den Stuhl wieder vorwärts, verschränkte die Hände auf dem Durcheinander von Papieren, unter denen sein Schreibtisch größtenteils verborgen war, und sah Ralph ernst an.

»Honigwabe«, sagte er. Sein Tonfall erinnerte Ralph an McGoverns Ton, als er Whiskey als Heilmittel empfohlen hatte, und Ralphs Antwort darauf fiel genau gleich aus.

»Pardon?«

»Mein Großvater hat darauf geschworen«, sagte Leydecker. »Ein kleines Stück Honigwabe vor dem Schlafengehen. Saugen Sie den Honig aus den Waben, kauen Sie das Wachs ein wenig – wie einen Kaugummi –, und spucken Sie es dann in den Abfall. Bienen scheiden eine Art natürliches Schlafmittel aus, wenn sie Honig machen. Das hilft Ihnen garantiert.«

»Ohne Flachs«, sagte Ralph, der es gleichzeitig für völligen Unsinn hielt und jedes Wort glaubte. »Was meinen Sie, wo könnte man Honigwaben bekommen?«

»Nutra – der Naturkostladen draußen im Einkaufszentrum. Versuchen Sie es. Nächste Woche um diese Zeit hat sich Ihr Problem erledigt.«

Ralph genoß das Experiment – die Honigwabe war so süß und würzig, daß sie sein gesamtes Wesen zu durchdringen schien –, aber er wachte trotzdem nach der ersten Dosis um 3:07 Uhr, nach der zweiten um 3:08 und nach der dritten um 3:07 Uhr auf. Da war das kleine Stück Honigwabe verbraucht, das er gekauft hatte, und er ging sofort wieder zu Nutra und holte ein neues. Sein Wert als Schlafmittel mochte gleich Null sein, aber es war ein wunderbarer Snack; er wünschte nur, er wäre früher darauf gekommen.

Er versuchte es damit, die Füße in warmes Wasser zu stellen. Lois kaufte ihm etwas, das Allzweck-Gelmanschette hieß, im Versandhandel – man sollte sie um den Hals legen, wo sie gegen Arthritis wirkte und einem beim Schlafen half (bei Ralph tat sie beides nicht, aber er hatte sowieso nur einen milden Fall von Arthritis gehabt). Nach einer zufälligen Begegnung mit Trigger Vachon am Tresen von Nicky's Lunch versuchte er es mit Kamillentee. »Das Kraut wirkt wahre Wunder«, erzählte ihm Trig. »Du wirst schlafen wie ein Murmeltier, Ralphie.« Und Ralph schlief tatsächlich – bis 2:58 Uhr.

Das waren die Hausmittel und homöopathischen Arzneien, mit denen es Ralph versuchte. Zu denen, die er nicht versuchte, gehörten Multivitamintabletten, die mehr kosteten, als sich Ralph mit seinem beschränkten Einkommen leisten konnte, eine Yogastellung namens »Der Träumer« (wie der Briefträger sie beschrieb, hörte sich »Der Träumer« nach einer ausgezeichneten Methode an, sich seine eigenen Hämorrhoiden anzusehen) und Marihuana. Ralph dachte lange und gründlich über letzteres nach, bis er zum Ergebnis kam, daß es sich wahrscheinlich nur um eine illegale Version von Whiskey und Honigwabe und Kamillentee handelte. Außerdem, wenn McGovern herausfand, daß Ralph Pot rauchte, würde er es sich bis an sein Lebensende anhören müssen.

Und während der ganzen Experimente fragte ihn eine Stimme in seinem Kopf, ob er es *wirklich* mit Lurchaugen und Krötenzungen versuchen mußte, bevor er endlich zu einem Arzt ging. Diese Stimme war mehr neugierig als kritisch. Ralph selbst war ziemlich neugierig geworden.

Am zehnten September, der ersten Demonstration der Friends of Life vor WomanCare, entschied Ralph, daß er es mit etwas aus der Drogerie versuchen würde ... aber nicht unten im Rexall, wo er Carolyns Rezepte geholt hatte. Dort kannten sie ihn, kannten ihn gut, und Ralph wollte nicht, daß Paul Durgin, der Drogist von Rexall, ihn dabei sah, wie er Schlaftabletten kaufte. Wahrscheinlich war das albern – als würde man quer durch die ganze Stadt fahren, um Kondome zu kaufen –, änderte aber nichts an seiner Einstellung. Er war noch nie im Rite Aid gegenüber des Strawford Park gewesen, daher wollte er es dort versuchen. Und wenn die Apothekenversion von Lurchaugen und Krötenzungen nicht wirkte, würde er *wirklich* zu einem Doktor gehen.

Ist das wahr, Ralph? Ist das wirklich dein Ernst?

»Ja«, sagte er laut, während er langsam im hellen Septembersonnenschein die Harris Avenue entlangging. »Der Teufel soll mich holen, wenn ich das noch lange mitmache.«

Große Worte, Ralph, erwiderte die Stimme skeptisch.

Bill McGovern und Lois Chasse standen vor dem Park und schienen in eine angeregte Unterhaltung vertieft zu sein. Bill sah auf, erkannte ihn und winkte ihn herüber. Ralph ging hin, aber ihre Mienen gefielen ihm nicht: sichtliches Interesse bei McGovern, Besorgnis und Beunruhigung bei Lois.

»Hast du von der Sache beim Krankenhaus gehört?« fragte sie, als Ralph bei ihnen war.

»Es war nicht beim Krankenhaus und es war keine ›Sache‹«, sagte McGovern ärgerlich. »Es war eine Demonstration – so haben sie es jedenfalls genannt –, und die fand bei WomanCare statt, das eigentlich *hinter* dem Krankenhaus liegt.

Sie haben ein paar Leute ins Gefängnis gesperrt – zwischen sechs und zwei Dutzend, niemand scheint es genau zu wissen.«

»Einer davon war Ed Deepneau!« sagte Lois atemlos, worauf McGovern ihr einen mißfälligen Blick zuwarf. Er war eindeutig der Meinung, daß es ihm zugestanden hätte, diese Information zu überbringen.

»Ed!« sagte Ralph erstaunt. »Er ist in Fresh Harbor!«

»Falsch«, sagte McGovern. Der ausgebeulte Fedora, den er trug, verlieh ihm ein etwas verwegenes Aussehen, wie ein Reporter in einem Kriminalfilm aus den vierziger Jahren. Ralph fragte sich, ob der Panama immer noch verschwunden oder nur bis zum Herbst in den Ruhestand versetzt worden war. »Heute kühlt er sich sein Mütchen wieder in unserem malerischen Stadtgefängnis ab.«

»Was ist genau passiert?«

Aber das wußten sie beide im Grunde genommen nicht. Im momentanen Zustand war die Geschichte wenig mehr als ein Gerücht, das sich durch den Park verbreitet hatte wie eine ansteckende Kopfgrippe, ein Gerücht, das in diesem Viertel auf besonderes Interesse stieß, da Ed Deepneaus Name darin vorkam. Marie Callan hatte Lois erzählt, daß Pflastersteine geworfen worden waren, darum hatten sie die Demonstranten festgenommen. Laut Stan Eberly, der McGovern die Geschichte erzählt hatte, kurz bevor McGovern Lois getroffen hatte, hatte jemand – möglicherweise Ed, möglicherweise auch einer der anderen – zwei Ärzte mit Tränengas besprüht, als diese den Fußweg zwischen WomanCare und dem Hintereingang des Krankenhauses benutzt hatten. Dieser Weg war rechtlich gesehen öffentliches Gelände und in den sieben Jahren, seit WomanCare Abtreibungen auf Verlangen durchführte, zu einem Lieblingsplatz für demonstrierende Abtreibungsgegner geworden.

Die beiden Versionen der Geschichte waren so vage und widersprüchlich, daß Ralph hinreichend Hoffnung aufbringen konnte, keine davon würde sich als wahr erweisen, daß es sich vielleicht nur um ein paar übereifrige Leute gehandelt hätte, die wegen Hausfriedensbruchs oder so etwas verhaftet worden wären. In Städten wie Derry kam so etwas vor; Geschichten wurden aufgeblasen wie Wasserbälle, wenn sie weitererzählt wurden.

Aber er konnte das Gefühl nicht abschütteln, daß es diesmal ernster wäre, und zwar weil in der Version von Bill und in der von Lois Ed Deepneau vorkam, und Ed war keineswegs der normale, durchschnittliche Abtreibungsgegner. Immerhin handelte es sich um den Mann, der seiner Frau ein Büschel Haare ausgerissen, ihr das Gebiß neu eingerichtet und ihr einen Wangenknochen gebrochen hatte, und das nur, weil er ihren Namen auf einer Petition von WomanCare fand. Es handelte sich um den Mann, der allen Ernstes davon überzeugt war, daß jemand, der sich der Scharlachrote König nannte – toller Name für einen Profi-Catcher, fand Ralph –, in Derry herumspazierte, und daß seine Untergebenen ihre ungeborenen Opfer mit Lastwagen aus der Stadt schafften (und ein paar Pickups, auf denen die Embryos in Fässern mit der Aufschrift DÜNGER versteckt waren). Nein, er hatte das Gefühl, wenn Ed dort gewesen war, ging es wahrscheinlich nicht nur darum, daß jemand aus Versehen mit einem Protestschild auf den Kopf geschlagen worden war.

»Gehen wir zu mir nach Hause«, schlug Lois plötzlich vor. »Ich rufe Simone Castonguay an. Ihre Nichte ist tagsüber an der Rezeption von WomanCare. Wenn jemand genau weiß, was heute morgen dort passiert ist, dann Simone – sie wird Barbara angerufen haben.«

»Ich war gerade auf dem Weg zum Supermarkt«, sagte Ralph. Das war selbstverständlich eine Lüge, aber sicher eine kleine; der Markt befand sich im Einkaufszentrum einen halben Block vom Park entfernt gleich neben dem Rite Aid. »Kann ich auf dem Rückweg vorbeikommen?«

»Na klar«, sagte Lois und lächelte ihm zu. »Wir erwarten dich in ein paar Minuten, nicht, Bill?«

»Ja«, sagte McGovern und zog sie plötzlich in seine Arme. Es war eine ziemliche Strecke, aber es gelang ihm. »Bis dahin habe ich dich ganz für mich alleine. Oh, Lois, wie diese süßen Minuten dahinfliegen werden!«

Direkt innerhalb des Parks hatte eine Gruppe junger Frauen mit Babys in Kinderwagen (*Mütterklatsch*, dachte Ralph) sie beobachtet – wahrscheinlich von Lois' Gesten angelockt, die einen Hang zum Grandiosen hatten, wenn sie aufgeregt war. Als McGovern Lois nun nach hinten kippte und sich mit der gespielten Leidenschaft eines schlechten Schauspielers am Ende eines Bühnentangos über sie beugte, sagte eine der Mütter etwas zu einer anderen, worauf sie beide lachten. Es war ein schrilles, freudloses Geräusch, bei dem Ralph an Kreide auf einer Tafel und Gabeln denken mußte, die über Porzellan kratzten. *Seht euch die komischen alten Leute an*, sagte das Lachen. *Seht euch die komischen alten Leute an, die so tun, als wären sie wieder jung.*

Ralph sah sie durchdringend an und versuchte, ihnen einen Gedanken zu senden: *Das blüht euch auch noch. Vielleicht glaubt ihr es jetzt noch nicht, aber es ist so.*

»Hör auf, Bill«, sagte Lois. Sie errötete, aber möglicherweise nicht nur, weil Bill seine üblichen Albernheiten abzog. Sie hatte das Gelächter aus dem Park auch gehört. McGovern zweifellos auch, aber McGovern glaubte sicher, daß sie mit ihm lachten, nicht über ihn. Manchmal, überlegte sich Ralph, konnte ein etwas aufgeblasenes Ego ein Selbstschutz sein.

McGovern ließ sie los, dann nahm er den Fedora ab und schwenkte ihn über die Taille, während er eine übertriebene Verbeugung machte. Lois war zu sehr damit beschäftigt, sich zu vergewissern, daß ihre Seidenbluse noch im Rocksaum steckte, um auf ihn zu achten. Ihre Röte verblaßte schon wieder, und Ralph sah, daß sie müde und nicht besonders gut aussah. Er hoffte, daß sie keine Krankheit ausbrütete.

»Komm vorbei, wenn du kannst«, sagte sie leise zu Ralph.

»Mach ich, Lois.«

McGovern legte ihr einen Arm um die Taille, eine diesmal freundschaftlich und ehrlich gemeinte Geste der Zuneigung, und sie gingen gemeinsam über die Straße. Als Ralph sie beobachtete, überkam ihn plötzlich ein starkes Gefühl des *deja vu*, als hätte er sie an einem anderen Ort schon einmal so gesehen. Oder in einem anderen Leben. Dann, als McGovern gerade den Arm sinken ließ und die Illusion zerstörte, fiel es ihm ein: Fred Astaire, der eine dunkelhaarige und etwas plumpe

Ginger Rogers in eine Kleinstadtfilmkulisse führte, wo sie gemeinsam zu einer Melodie von Jerome Kern oder vielleicht Lerner und Loewe tanzen würden.

Das ist unheimlich, dachte er und drehte sich wieder dem kleinen Einkaufszentrum auf halbem Wege am Up-Mile Hill zu. *Das ist* sehr *unheimlich, Ralph. Bill McGovern und Lois Chasse sind so weit von Fred Astaire und Ginger Rogers entf –*

»Ralph?« rief Lois, und er drehte sich um. Eine Kreuzung und fast ein ganzer Block lagen nun zwischen ihnen. Autos fuhren auf der Elizabeth Street hin und her, so daß Ralph sie nur mit stotternden Unterbrechungen sehen konnte.

»Was?« rief er zurück.

»Du siehst besser aus! Ausgeruhter! Kannst du endlich wieder schlafen?«

»Ja!« antwortete er und dachte: *Noch eine kleine Notlüge für einen guten Zweck.*

»Habe ich dir nicht gesagt, daß es dir wieder besser gehen würde, wenn das Wetter umschlägt? Wir sehen uns gleich!«

Lois winkte ihm mit den Fingern, und Ralph sah zu seinem Erstaunen, daß hellblaue diagonale Linien von den kurzen, aber sorgfältig manikürten Nägeln ausgingen. Sie sahen wie Kondensstreifen aus.

Was, zum Teufel *–?*

Er preßte die Augen fest zu und riß sie wieder auf. Nichts. Nur Bill und Lois, die ihm die Rücken zukehrten und die Straße entlang zu Lois' Haus gingen. Keine hellblauen Diagonalen in der Luft, nichts dergleichen –

Ralphs Blick fiel auf den Bürgersteig, und er stellte fest, daß Lois und Bill Spuren auf dem Beton zurückließen, Spuren, die haargenau wie die Fußabdrücke in den alten Tanzkursen von Arthur Murray aussahen, die man per Post bestellen konnte. Die von Lois waren grau. McGoverns – größer, aber dennoch seltsam zierlich – waren von einem dunklen Olivgrün. Sie leuchteten auf dem Bürgersteig, und Ralph, der auf der anderen Seite der Elizabeth Street stand und das Kinn fast bis zum Brustbein hängen ließ, stellte plötzlich fest, daß er kleine Kringel bunten Rauchs von ihnen aufsteigen sehen konnte. Möglicherweise war es auch Dampf.

Ein städtischer Bus Richtung Old Cape schnarchte vorbei und versperrte ihm vorübergehend die Sicht auf die Straße, und als der Bus vorbei war, waren die Spuren verschwunden. Nichts war auf dem Bürgersteig zu sehen, abgesehen von einer Kreidebotschaft in einem verblaßten rosa Herz: *Sam + Deanie 4-ever.*

Diese Spuren sind nicht verschwunden, Ralph; sie waren nie da. Das weißt du doch, oder nicht?

Ja, er wußte es. Der Gedanke, daß Bill und Lois wie Fred Astaire und Ginger Rogers aussahen, war ihm zu Kopf gestiegen; es hatte eine seltsame bizarre Logik, sich nach diesem Gedanken Fußspuren einzubilden, die wie Schritte in alten Arthur Murray-Tanzdiagrammen aussahen. Dennoch war es beängstigend. Sein Herz schlug zu schnell, und als er einen Moment die Augen zumachte und versuchte, sich zu beruhigen, sah er die Linien von Lois' winkenden Fingern ausgehen wie hellblaue Kondensstreifen.

Ich muß mehr schlafen, dachte Ralph. *Ich* muß. *Wenn ich nicht bald schlafen kann, werde ich alles mögliche sehen.*

»Das stimmt«, murmelte er, als er sich wieder zur Drogerie umdrehte. »Alles mögliche.«

3

Zehn Minuten später stand Ralph vor der Drogerie Rite Aid und betrachtete das Schild, das an einer Kette von der Decke hing: FÜHLEN SIE SICH BESSER MIT RITE AID! stand darauf, was den Anschein zu erwecken schien, als wäre sich besser zu fühlen ein Ziel, das jeder vernünftige, hart arbeitende Konsument erreichen konnte. Ralph hatte da seine Zweifel.

Das, dachte sich Ralph, war Einzelhandel mit Arzneimitteln im größten Maßstab – dagegen sah das Rexall, wo er normalerweise kaufte, wie ein Souterrain aus. Die hellen, neonbeleuchteten Gänge schienen so lang wie Bowlingbahnen zu sein und enthielten alles von Toastern bis Puzzlespielen. Nach kurzer Erkundung kam Ralph zum Ergebnis, daß Gang 3 den größten Teil der Arzneimittel enthielt und wahrscheinlich am ehesten einen Versuch wert war. Er schlenderte langsam durch ein Regal mit der Aufschrift MAGENHEILMITTEL, verweilte kurz im Königreich der SCHMERZMITTEL und durchquerte hastig das Land der ABFÜHRMITTEL. Zwischen ABFÜHRMITTEL und VERSTOPFUNGSZÄPFCHEN blieb er stehen.

Das ist er, Leute – mein letzter Versuch. Danach bleibt nur Dr. Litchfield, und wenn der vorschlägt, Honigwaben zu lutschen oder Kamillentee zu trinken, werde ich wahrscheinlich durchdrehen, und beide Sprechstundenhilfen und die Sekretärin werden nötig sein, mich von ihm runterzuziehen.

SCHLAFMITTEL, stand auf dem Schild dieses Abschnitts von Gang 3.

Ralph, der nie besonders viel Medikamente eingenommen hatte (andernfalls wäre er zweifellos schon viel früher hier gelandet), wußte nicht genau, was er erwartete, aber ganz sicher nicht diese hemmungslose, fast unanständige Produktvielfalt. Sein Blick schweifte über Verpackungen (die meisten in beruhigendem Dunkelblau), deren Aufschriften er las. Die meisten Namen waren seltsam und irgendwie geheimnisvoll: Compoz, Nytol, Sleepinal, Z-Power, Sominex, Sleepinex, Drow-Zee. Es gab sogar eine No-name-Marke.

Das kann nicht dein Ernst sein, dachte er. *Nichts davon wird dir helfen. Es wird Zeit, daß du aufhörst, Mist zu bauen, weißt du das nicht? Wenn man anfängt, bunte Fußspuren auf dem Bürgersteig zu sehen, wird es höchste Zeit, mit dem Herumalbern aufzuhören und einen Arzt aufzusuchen.*

Aber unmittelbar danach hörte er Dr. Litchfield, hörte ihn so deutlich, als wäre in seinem Kopf ein Tonband eingeschaltet worden: *Ihre Frau leidet an nervösen Kopfschmerzen, Ralph – unangenehm und schmerzhaft, aber nicht lebensgefährlich. Ich glaube, wir werden das Problem in den Griff bekommen.*

Unangenehm und schmerzhaft, aber nicht lebensgefährlich – ja, richtig, das hatte der Mann gesagt. Und dann hatte er nach seinem Rezeptblock gegriffen und das Rezept für die ersten nutzlosen Tabletten ausgeschrieben, während winzige Klumpen fremder Zellen in Carolyns Kopf weiterhin ihre Mikrosalven der Zerstörung ausgesandt hatten, und vielleicht hatte Dr. Jamal recht gehabt, vielleicht war es da schon zu spät gewesen, aber vielleicht redete Jamal auch Scheiße, vielleicht war Jamal nur ein Mann in einer fremden Welt, der zurechtzukommen versuchte, ohne viel Aufsehen zu erregen. Vielleicht dies und vielleicht das; Ralph wußte es nicht mit Sicherheit und würde es nie erfahren. Er wußte nur, daß Litchfield nicht dabei gewesen war, als es an die beiden letzten Aufgaben ihrer Ehe gegangen war: für sie, zu sterben, und für ihn, ihr dabei zuzusehen.

Möchtest du das tun? Zu Litchfield gehen und ihm zusehen, wie er nach seinem Rezeptblock greift?

Vielleicht klappte es diesmal, sagte er sich. Gleichzeitig streckte sich seine Hand fast aus freien Stücken aus und griff nach einer Packung Sleepinex auf dem Regal. Er drehte sie herum, hielt sie ein Stück von sich weg, damit er das Kleingedruckte auf der Rückseite sehen konnte, und ließ den Blick langsam und gründlich über die Liste der Wirkstoffe wandern. Er hatte keine Ahnung, wie man die meisten der zungenbrecherischen Worte auch nur aussprach, und noch weniger, was sie waren oder wie sie einem beim Schlafen helfen sollten.

Ja, antwortete er der Stimme. *Vielleicht* klappte *es diesmal. Aber vielleicht lag die wahre Lösung einfach darin, einen anderen Arzt zu su –*

»Kann ich Ihnen helfen?« fragte eine Stimme unmittelbar hinter Ralphs Schulter.

Er war gerade dabei, die Packung Sleepinex wieder an ihren Platz zu stellen, weil er etwas nehmen wollte, das sich nicht so sehr nach einer finsteren Droge aus einem Roman von Robin Cook anhörte, als die Stimme zu sprechen anfing. Ralph zuckte zusammen und stieß ein Dutzend verschiedene Packungen synthetischen Schlafs auf den Boden.

»Oh, Entschuldigung – wie ungeschickt!« sagte Ralph und sah über die Schulter.

»Überhaupt nicht. Einzig und allein meine Schuld.« Und bevor Ralph mehr als zwei Packungen Sleepinex und eine Packung Drow-Zee Gelkapseln aufheben konnte, hatte der

Mann im weißen Kittel, der ihn angesprochen hatte, den ganzen Rest aufgehoben und verteilte alles mit der Behendigkeit eines professionellen Pokerspielers. Laut dem goldenen Namensschild auf seiner Brust handelte es sich um JOE WYZER, RITE AID APOTHEKER.

»Und jetzt«, sagte Wyzer, der sich die Hände abwischte und mit einem freundlichen Grinsen zu Ralph umdrehte, »fangen wir noch mal von vorne an. Kann ich Ihnen helfen? Sie sehen ein wenig hilflos aus.«

Ralphs erste Reaktion – Zorn darüber, daß er gestört wurde, während er eine wichtige und bedeutsame Unterredung mit sich selbst führte – wich einem wachsamen Interesse. »Nun, ich weiß nicht«, sagte er und deutete auf die Auswahl von Schlafmitteln. »Helfen die tatsächlich?«

Wyzers Grinsen wurde breiter. Er war ein großer Mann mittleren Alters mit heller Haut und schütterem braunen Haar, das er in der Mitte scheitelte. Er streckte die Hand aus, und Ralph hatte kaum zur höflichen Erwiderungsgeste angesetzt, als seine ganze Hand schon verschluckt wurde. »Ich bin Joe«, sagte der Apotheker und klopfte mit der freien Hand auf sein goldenes Namensschild. »Früher war ich Joe Wyze, aber heute bin ich älter und Wyzer.«

Das war mit Sicherheit ein uralter Witz, aber für Joe Wyzer, der brüllend lachte, hatte er eindeutig nichts von seiner Wirkung eingebüßt. Ralph lächelte ein höfliches schmales Lächeln mit einer winzigen Spur Angst an den Rändern. Die Hand, die seine umfangen hatte, war eindeutig kräftig, und er fürchtete, wenn der Apotheker noch ein bißchen mehr zudrückte, würde seine eigene Hand den Tag in einem Gips beenden. Er wünschte sich, zumindest vorübergehend, daß er mit seinem Problem doch zu Paul Durgin gegangen wäre. Dann schüttelte Wyzer ihm die Hand zweimal mit Nachdruck und ließ sie los.

»Ich bin Ralph Roberts. Freut mich, Sie kennenzulernen, Mr. Wyzer.«

»Meinerseits. Und nun zur Wirksamkeit dieser ausgezeichneten Produkte. Lassen Sie mich Ihre Frage mit einer Gegenfrage beantworten: Scheißt ein Bär in einer Telefonzelle?«

Ralph lachte auf. »Selten, würde ich sagen«, antwortete er, als er wieder sprechen konnte.

»Korrekt.« Wyzer betrachtete die Schlaftabletten, eine Wand aus Blautönen. »Gott sei Dank bin ich Apotheker und kein Händler, Mr. Roberts; ich würde verhungern, wenn ich versuchen müßte, das Zeug an der Tür zu verkaufen. Leiden Sie an Schlaflosigkeit? Ich frage teilweise, weil Sie nach Schlaftabletten suchen, aber hauptsächlich, weil Sie das hagere und hohläugige Aussehen haben.«

Ralph sagte: »Mr. Wyzer, ich wäre der glücklichste Mensch auf der Welt, wenn ich einmal fünf Stunden pro Nacht schlafen könnte, ich würde mich aber auch schon mit vier zufriedengeben.«

»Wie lange geht das schon so, Mr. Roberts? Oder würden Sie Ralph vorziehen?«

»Ralph ist okay.«

»Gut. Und ich bin Joe.«

»Ich glaube, es hat im April angefangen. Einen Monat oder sechs Wochen nach dem Tod meiner Frau.«

»Herrje, tut mir leid, daß Sie Ihre Frau verloren haben. Mein Beileid.«

»Danke«, sagte Ralph, dann wiederholte er den alten Spruch. »Ich vermisse sie sehr, aber ich war froh, daß ihr Leid ein Ende hatte.«

»Aber jetzt leiden *Sie*. Seit ... mal sehen.« Wyzer zählte rasch mit seinen großen Fingern. »Seit über einem halben Jahr.«

Plötzlich faszinierten diese Finger Ralph. Diesmal keine Kondensstreifen, aber die Spitze jedes einzelnen schien in einen hellen, silbernen Dunst gehüllt zu sein, wie Alufolie, durch die man irgendwie hindurchsehen konnte. Plötzlich mußte er wieder an Carolyn und die Phantomgerüche denken, über die sie sich letzten Herbst beschwert hatte – Gewürznelken, Abwasser, angebrannter Speck. Vielleicht war dies das männliche Gegenstück dazu und der Anfang seines eigenen Gehirntumors, der sich nicht durch Kopfschmerzen, sondern durch Schlaflosigkeit ankündigte.

Selbstdiagnose ist dummes Zeug, Ralph, also warum hörst du nicht einfach damit auf?

Er richtete seine Aufmerksamkeit wieder auf Wyzers breites, freundliches Gesicht. Da war kein silberner Dunst; nicht einmal die Andeutung eines Dunsts. Er hätte es fast schwören können.

»Ganz recht«, sagte er. »Ein halbes Jahr. Mir kommt es länger vor. Viel länger.«

»Gibt es ein ersichtliches Muster? Normalerweise gibt es eines. Ich meine, wälzen Sie sich herum, bevor Sie einschlafen, oder …«

»Ich wache zu früh auf.«

Wyzer zog die Brauen hoch. »Und Sie haben das eine oder andere Buch zum Thema gelesen, vermute ich.« Hätte Litchfield diese Bemerkung gemacht, hätte Ralph Herablassung hineininterpretiert. Bei Joe Wyzer spürte er keine Herablassung, sondern aufrichtige Bewunderung.

»Ich habe gelesen, was ich in der Bibliothek finden konnte, aber das war nicht viel, und es hat auch kaum geholfen.« Nach einer Pause fügte Ralph hinzu: »In Wahrheit hat gar nichts geholfen.«

»Nun, dann will ich Ihnen mal sagen, was ich zu dem Thema weiß, und Sie schütteln einfach nur den Kopf, wenn ich in Bereiche vordringe, die Sie schon abgedeckt haben. Wer ist übrigens Ihr Hausarzt?«

»Litchfield.«

»Hm-hmm. Und normalerweise kaufen Sie … wo? Im Peoples Drug draußen im Einkaufszentrum? Im Rexall in der Innenstadt?«

»Im Rexall.«

»Verstehe. Sie sind heute inkognito hier.«

Ralph errötete … dann grinste er. »Ja, so was in der Art.«

»Hm-hmm. Und ich muß wohl nicht erst fragen, ob Sie mit Ihrem Problem bei Litchfield gewesen sind, oder? Wenn ja, dann wären Sie jetzt nicht hier und würden die wunderbare Welt der Patentmedizin erforschen.«

»Sind sie das? Patentarzneien?«

»Drücken wir es einmal so aus – ich würde mich viel wohler fühlen, wenn ich dieses ganze Zeug auf einem großen roten Wagen mit knalligen gelben Rädern verkaufen würde.«

Ralph lachte, und die helle silberne Wolke, die er vor Wyzers Kittel gesehen hatte, zerstob dabei.

»Auf diese Art von Händlerdasein könnte ich mich vielleicht einlassen«, sagte Wyzer mit einem verklärten kleinen Grinsen. »Ich würde mir eine süße kleine Zuckerpuppe besorgen, die in einem Pailetten-BH und einer Pluderhose tanzt ... ich würde sie Little Egypt nennen, wie in dem alten Song der Coasters ... sie wäre meine Anheiznummer. Außerdem hätte ich einen Banjospieler. Meiner Meinung nach gibt es nichts Besseres als eine gute Dosis Banjomusik, um die Leute in Kauflaune zu versetzen.«

Wyzer sah an den Abführmitteln und Verstopfungsmitteln vorbei und genoß seinen fröhlichen Tagtraum. Dann schaute er Ralph wieder an.

»Für jemand, der zu früh aufwacht, so wie Sie, Ralph, ist dieses Zeug definitiv nutzlos. Sie wären mit einem Schuß Fusel oder einem dieser Wellengeneratoren, wie man sie in Katalogen anbietet, besser dran, und wenn ich Sie so ansehe, dann denke ich mir, daß Sie wahrscheinlich beides schon versucht haben.«

»Ja.«

»Zusammen mit rund zwei Dutzend weiteren alten, erprobten Hausmitteln.«

Ralph lachte wieder. Der Mann gefiel ihm immer besser. »Versuchen Sie es mit vier Dutzend, dann sind Sie im Rennen.«

»Nun, Sie sind ein durchtriebener Gauner, das muß ich Ihnen lassen«, sagte Wyzer und winkte mit einer Hand zu den blauen Verpackungen. »Diese Dinger da sind nichts weiter als Antihistamine. Im Grunde genommen machen sie sich eine Nebenwirkung zunutze – Antihistamine machen die Leute schläfrig. Nehmen Sie eine Packung Comtrex oder Bandryl drüben bei den Verstopfungsmitteln, und Sie werden sehen, daß daraufsteht, man soll sie nicht nehmen, wenn man Auto fährt oder schwere Maschinen bedient. Leuten, die gelegentlich an Schlaflosigkeit leiden, könnte eine Sominex ab und zu helfen. Gibt ihnen einen Stups. Aber bei Ihnen würde das nicht funktionieren, denn Ihr Problem ist nicht das *Ein*schlafen, sondern das *Durch*schlafen, richtig?«

»Richtig.«

»Darf ich Ihnen eine heikle Frage stellen?«

»Klar. Ich denke schon.«

»Haben Sie in der Hinsicht Probleme mit Dr. Litchfield? Vielleicht Zweifel, daß er begreifen könnte, wie beschissen Sie sich durch Ihre Schlaflosigkeit fühlen?«

»Ja«, sagte Ralph dankbar. »Meinen Sie, ich sollte ihn aufsuchen? Es ihm zu erklären versuchen, damit er es versteht?« Diese Frage würde Wyzer selbstverständlich bejahen, und Ralph würde endlich anrufen. Und es würde, *sollte* Litchfield sein, auch das wurde ihm jetzt klar. Es wäre Wahnsinn, sich in seinem Alter noch einen neuen Arzt zu suchen.

Kannst du Dr. Litchfield sagen, daß du Visionen hast? Kannst du ihm von den blauen Fäden erzählen, die aus Lois' Fingern kamen? Den Spuren auf dem Bürgersteig, wie bei einem Tanzdiagramm von Arthur Murray? Dem silbernen Dunst um Joe Wyzers Finger? Wirst du wirklich Litchfield *erzählen, daß du das siehst? Und wenn nicht, wenn du es nicht* kannst, *warum gehst du dann überhaupt zu ihm, ganz egal, was dieser Mann empfiehlt?*

Wyzer überraschte ihn jedoch, indem er eine völlig andere Richtung einschlug. »Träumen Sie noch?«

»Ja. Sogar ziemlich oft, wenn man bedenkt, daß ich bei drei Stunden Schlaf pro Nacht angelangt bin.«

»Sind das zusammenhängende Träume – Träume, die aus vorstellbaren Ereignissen bestehen und eine Art Erzählfluß haben, wie weit hergeholt er auch sein mag – oder sind es nur zusammenhanglose Bilder?«

Ralph erinnerte sich an einen Traum, den er in der Nacht zuvor gehabt hatte. Er und Helen Deepneau und Bill McGovern hatten mitten auf der Harris Avenue zu dritt Frisbee gespielt. Helen hatte ein paar riesige, unbeholfene Gamaschenschuhe getragen; McGovern trug ein Sweatshirt mit einer Wodkaflasche darauf. ABSOLUT-LY THE BEST, verkündete das Sweatshirt. Der Frisbee war grellrot mit grünen Leuchtstreifen gewesen. Dann hatte sich die Hündin Rosalie sehen lassen. Das verblichene blaue Taschentuch, das ihr jemand um den Hals gebunden hatte, flatterte deutlich, als sie sich ihnen hinkend näherte. Plötzlich sprang sie in die Luft, schnappte den Frisbee und lief mit ihm im Maul davon. Ralph wollte sie verfolgen, aber McGovern sagte: *Ganz ruhig, Ralph, wir bekommen eine ganze Kiste davon zu Weihnachten.* Ralph wollte sich zu ihm umdrehen, darauf hinweisen, daß Weihnachten noch drei Monate entfernt war, und fragen, was sie bis dahin machen sollten, wenn sie wieder mal Frisbee spielen wollten, aber bevor er es konnte, war der Traum entweder zu Ende gewesen oder in einen anderen, nicht mehr so lebhaften geistigen Film übergegangen.

»Wenn ich Sie richtig verstanden habe«, antwortete Ralph, »sind meine Träume zusammenhängend.«

»Gut. Ich möchte auch noch wissen, ob es *lichte* Träume sind. Lichte Träume erfüllen zwei Voraussetzungen. Erstens, man weiß, daß man träumt. Zweitens, man kann häufig den Verlauf beeinflussen, den der Traum nimmt – man ist mehr als nur ein passiver Beobachter.«

Ralph nickte. »Klar, die habe ich auch. Tatsächlich scheine ich in letzter Zeit eine ganze Menge davon zu haben. Ich mußte gerade an einen denken, den ich letzte Nacht hatte. Darin ist eine streunende Hündin, die ich ab und zu auf der Straße sehe, mit einem Frisbee davongelaufen, mit dem Freunde von mir und ich gespielt hatten. Ich war wütend, weil sie das Spiel unterbrochen hatte, und wollte sie dazu bringen, den Frisbee fallenzulassen, indem ich ihr einfach den Gedanken hinterherschickte. Eine Art telepathischen Befehl, verstehen Sie?«

Er stieß ein leises, verlegenes Kichern aus, aber Wyzer nickte nur nüchtern. »Hat es funktioniert?«

»Diesmal nicht«, sagte Ralph. »Aber ich glaube, in *anderen* Träumen ist es mir schon gelungen. Aber sicher bin ich nicht, denn die meisten Träume scheinen gleich nach dem Aufwachen zu verschwinden.«

»Das ist bei allen so«, sagte Wyzer. »Das Gehirn behandelt Träume als Abfallprodukte, die in einem extremen Kurzzeitgedächtnis gespeichert werden.«

»Sie wissen eine Menge darüber, was?«

»Schlaflosigkeit interessiert mich sehr. Als ich am College war, habe ich zwei Forschungsarbeiten über den Zusammenhang zwischen Träumen und Schlafstörungen gemacht.« Wyzer sah auf die Uhr. »Ich habe jetzt Pause. Möchten Sie gerne eine Tasse Kaffee und ein Stück Apfelkuchen mit mir zu sich nehmen? Es gibt ein Café gleich zwei Türen weiter, und der Kuchen ist phantastisch.«

»Hört sich nicht schlecht an, aber ich begnüge mich mit einer Orangenlimo. Ich versuche, meinen Kaffeekonsum einzuschränken.«

»Verständlich, aber vollkommen nutzlos«, sagte Wyzer fröhlich. »Koffein ist nicht Ihr Problem, Ralph.«

»Nein, wahrscheinlich nicht … aber was dann?« Bis zu diesem Punkt war es Ralph erfolgreich gelungen, das Elend aus seiner Stimme herauszuhalten, aber jetzt stahl es sich wieder hinein.

Wyzer klopfte ihm auf die Schulter und sah ihn freundlich an. »Darüber«, sagte er, »werden wir uns jetzt unterhalten. Kommen Sie.«

Kapitel 5

1

»Betrachten Sie es einmal auf diese Weise«, empfahl Wyzer fünf Minuten später. Sie befanden sich in einem New-Age-Imbiß namens Day Break, Sun Down. Das Innere war ein wenig zu grün für Ralphs Geschmack, der eher für altmodische Imbißbuden schwärmte, in denen Chrom glänzte und wo es nach Fett roch, aber der Kuchen war gut, und der Kaffee entsprach zwar nicht den Maßstäben von Lois Chasse – Lois machte den besten Kaffee, den er je getrunken hatte –, aber er war heiß und stark.

»Und welche Weise wäre das?« fragte Ralph.

»Es gibt bestimmte Dinge, nach denen die Menschheit strebt. Nicht das, worüber in den Geschichts- und Staatsbürgerkundebüchern geschrieben wird, jedenfalls zum überwiegenden Teil; ich spreche hier von den grundsätzlichen Dingen. Ein Dach über dem Kopf. Drei Herdplatten und ein Bett. Ein anständiges Liebesleben. Gesunde Eingeweide. Aber das wichtigste von allen ist wahrscheinlich das, was Ihnen fehlt, mein Freund. Denn nichts auf der Welt geht über einen gesunden Schlaf, oder?«

»Mann, da haben Sie völlig recht«, sagte Ralph.

Wyzer nickte. »Schlaf ist der Held, der übersehen wird, der Arzt des armen Mannes. Shakespeare nannte ihn den Faden, der den zerrissenen Ärmel der Sorge flickt, Napoleon nannte ihn das segensreiche Ende der Nacht, und Winston Churchill – einer der großen Schlaflosen des zwanzigsten Jahrhunderts – bezeichnete ihn als einzige Erleichterung von seinen tiefen Depressionen. Das hatte ich alles in meinen Arbeiten zitiert, aber worauf die ganzen Zitate letztendlich hinauslaufen, ist das, was ich gerade gesagt habe: Nichts auf der Welt kommt einem gesunden Schlaf gleich.«

»Sie haben das Problem selbst gehabt, richtig?« fragte Ralph plötzlich. »Haben Sie mich deshalb … nun … deshalb unter Ihre Fittiche genommen?«

Joe Wyzer grinste. »Habe ich das denn?«

»Ja, ich glaube schon.«

»Nun, damit kann ich leben. Die Antwort ist ja. Ich habe, seit ich dreizehn Jahre alt war, an Schlaflosigkeit gelitten. Darum habe ich nicht nur eine Forschungsarbeit über das Thema geschrieben, sondern zwei.«

»Und wie geht es Ihnen heute?«

Wyzer zuckte die Achseln. »Bis jetzt war es ein ziemlich gutes Jahr. Nicht das beste, aber ich bin zufrieden. Als ich Anfang Zwanzig war, war das Problem zwei Jahre lang akut – ich ging um zehn Uhr ins Bett, schlief gegen vier Uhr ein, stand um sieben wieder auf, schleppte mich durch den Tag und fühlte mich wie eine Nebenrolle im Alptraum eines anderen.«

Das kam Ralph so bekannt vor, daß er Gänsehaut auf Rücken und Oberarmen bekam.

»Und jetzt kommt das Wichtigste, das ich Ihnen erzählen kann, Ralph, also hören Sie gut zu.«

»Mach ich.«

»Sie müssen sich darauf konzentrieren, daß es Ihnen im Grunde genommen immer noch gut geht, obwohl Sie sich meistens beschissen fühlen. Nicht jeder Schlaf ist gleich, wissen Sie – es gibt guten Schlaf und schlechten Schlaf. Wenn Sie immer noch zusammenhängende Träume haben, und was noch wichtiger ist, *lichte* Träume, dann haben Sie immer noch guten Schlaf. Und deswegen wäre ein Rezept für Schlaftabletten momentan das Schlechteste auf der Welt für Sie. Und ich kenne Litchfield. Er ist ein netter Kerl, aber er liebt seinen Rezeptblock.«

»Das können Sie laut sagen«, erwiderte Ralph, der an Carolyn dachte.

»Wenn Sie Litchfield erzählen, was Sie mir auf dem Weg hierher erzählt haben, verschreibt er Ihnen ein Benzodiazepin – wahrscheinlich Dalmane oder Restoril, vielleicht auch Halcion oder sogar Valium. Sie werden schlafen, aber Sie werden den Preis dafür bezahlen. Benzodiazepine machen süchtig, sie wirken atmungslähmend und, was wahrscheinlich am schlimmsten ist, sie reduzieren bei Leuten wie Ihnen und mir deutlich den REM-Schlaf. Mit anderen Worten, den Traumschlaf.

Wie schmeckt der Kuchen? Ich frage nur, weil Sie ihn kaum angerührt haben.«

Ralph biß einmal kräftig ab und schluckte ohne zu schmekken. »Gut«, sagte er. »Und jetzt verraten Sie mir, warum man Träume haben muß, damit Schlaf guter Schlaf ist.«

»Wenn ich das beantworten könnte, würde ich mich vom Tablettenverkaufen zurückziehen und Schlafguru werden.« Wyzer hatte seinen Kuchen gegessen und benützte die Kuppe des Zeigefingers, um die größeren Krümel vom Teller zu picken. »REM bedeutet Rapid Eye Movement, und nach Meinung der Öffentlichkeit sind REM-Schlaf und Traumschlaf ein und dasselbe, aber niemand weiß, in welchem Zusammenhang die Augenbewegungen der Schlafenden mit ihren Träumen stehen. Es scheint unwahrscheinlich, daß die Augenbewegungen ›beobachten‹ oder ›nachsehen‹ anzeigen, denn Traumforscher können jede Menge davon nachweisen, auch wenn die Schlafenden später behaupten, daß sie vergleichsweise statische Träume hatten, beispielsweise Unterredungen wie unsere jetzt. Ebenso scheint niemand zu wissen, warum ein deutlicher Zusammenhang zwischen lichten, zusammenhängenden Träumen und allgemeiner geistiger Gesundheit zu bestehen scheint: Je mehr derartige Träume jemand hat, desto besser scheint seine Verfassung zu sein, je weniger er hat, desto schlechter. Da besteht ein echter Zusammenhang.«

»Geistige Gesundheit ist ein ziemlich vager Ausdruck«, sagte Ralph skeptisch.

»Ja.« Wyzer grinste. »Dabei muß ich an einen Stoßstangenaufkleber denken, den ich vor ein paar Jahren einmal gesehen habe – FÖRDERT DIE GEISTIGE GESUNDHEIT ODER ICH BRING EUCH UM. Wie auch immer, wir sprechen hier von einigen grundlegenden, meßbaren Komponenten: kognitive Fähigkeit, die Fähigkeit, Probleme zu lösen, sei es durch induktive oder deduktive Methoden, die Fähigkeit, Beziehungen einzugehen, Gedächtnis ...«

»Mein Gedächtnis ist neuerdings bescheiden«, sagte Ralph. Er dachte an sein Unvermögen, sich die Nummer des Kinos einzuprägen oder die lange Suche nach der letzten Packung Cup-A-Soup im Küchenschrank.

»Ja, wahrscheinlich leiden Sie an einem Verlust des Kurzzeitgedächtnisses, aber Ihr Hosenschlitz ist zu, Sie haben das Hemd mit der richtigen Seite nach außen angezogen, und ich wette, wenn ich Sie nach Ihrem zweiten Vornamen fragen würde, könnten Sie ihn mir sagen. Ich will Ihr Problem nicht herunterspielen – ich wäre der letzte Mensch auf der Welt, der das tun würde –, aber ich bitte Sie, einmal eine oder zwei Minuten ihren Standpunkt zu wechseln. An alle Bereiche Ihres Lebens zu denken, wo Sie keinerlei Probleme haben.«

»Na gut. Diese lichten und zusammenhängenden Träume – sind die nur ein Anzeichen dafür, wie gut man noch funktioniert, wie die Benzinanzeige am Armaturenbrett, oder helfen sie einem tatsächlich beim Funktionieren?«

»Das weiß niemand mit Sicherheit, aber wahrscheinlich ist die Antwort von beidem ein bißchen. Ende der fünfziger Jahre, etwa zu der Zeit, als die Ärzte die Barbiturate ausrangierten – das letzte wirklich populäre war eine Spaßdroge namens Thalidomid –, versuchten ein paar von ihnen sogar nachzuweisen, daß der gute Schlaf, von dem wir gesprochen haben, und Träume überhaupt nichts miteinander zu tun haben.«

»Und?«

»Die Testergebnisse unterstützen diese Hypothese nicht. Menschen, die an konstanter Traumunterbrechung leiden, haben alle möglichen Probleme, einschließlich Verlust der kognitiven Fähigkeit und emotionaler Stabilität. Sie leiden sogar unter Wahrnehmungsstörungen wie Hyperrealität.«

Hinter Wyzer saß ein Mann am anderen Ende des Tresens und las eine Ausgabe der *Derry News*. Nur seine Hände und der Scheitel waren zu sehen. Am kleinen Finger der linken Hand trug er einen auffälligen Ring. Die Schlagzeile auf der ersten Seite lautete: ABTREIBUNGSBEFÜRWORTERIN SPRICHT NÄCHSTEN MONAT IN DERRY. Darunter, in etwas kleineren Buchstaben, die Unterzeile: *Pro-Life Gruppen kündigen organisierten Protest an.* In der Mitte der Seite prangte ein Farbfoto von Susan Day, das ihr weitaus gerechter wurde als die geschmacklosen Fotografien auf dem Plakat im Schaufenster von Secondhand Rose, Secondhand Clothes. Da hatte sie gewöhnlich ausgesehen, vielleicht sogar etwas bedrohlich; auf diesem Bild strahlte sie. Ihre Augen waren dunkel, intelligent, fesselnd. Hamilton Davenports Pessimismus war anscheinend fehl am Platze gewesen. Susan Day kam doch in die Stadt.

Dann sah Ralph etwas, bei dem er Ham Davenport und Susan Day vergaß.

Eine graublaue Aura erschien um die Hände und den gerade sichtbaren Scheitel des Mannes herum, der die Zeitung las. Um den Onyxring am kleinen Finger herum schien sie besonders hell zu sein. Sie verdeckte ihn nicht, sondern schien ihn zu *klären* und verwandelte den Stein in etwas, das wie ein Asteroid in einem wirklich realistischen Science-Fiction-Film aussah ...

»Was haben Sie gesagt, Ralph?«

»Hmm?« Ralph wandte den Blick unter Anstrengung vom Ring des zeitunglesenden Mannes ab. »Ich weiß nicht ... habe ich etwas gesagt? Ich glaube, ich habe Sie gefragt, was Hyperrealität ist.«

»Gesteigerte Sinneswahrnehmung«, antwortete Wyzer. »Als würde man einen LSD-Trip haben ohne Chemikalien einnehmen zu müssen.«

»Oh«, sagte Ralph und sah zu, wie die helle, graublaue Aura komplizierte Runenmuster auf dem Nagel des Fingers bildete, mit dem Wyzer Krümel aufsammelte. Zuerst sahen sie wie in Frost geschriebene Buchstaben aus ... dann wie in Nebel geschriebene Sätze ... dann wie seltsame, staunende Gesichter.

Er blinzelte, und sie waren fort.

»Ralph? Sind Sie noch da?«

»Klar, worauf Sie sich verlassen können. Aber was ich fragen wollte, Joe – wenn die Hausmittel nicht wirken und die Pillen in Gang 3 nicht helfen und die verschreibungspflichtigen Medikamente die Lage verschlimmern statt verbessern können, was bleibt dann noch? Nichts, richtig?«

»Essen Sie das noch?« fragte Wyzer und deutete auf Ralphs Teller. Kaltes graublaues Licht löste sich von seinem Finger wie in Trockeneisnebel geschriebene arabische Buchstaben.

»Nee. Ich bin satt. Bedienen Sie sich.«

Wyzer zog Ralphs Teller zu sich. »Geben Sie nicht so schnell auf«, sagte er. »Ich möchte, daß Sie noch einmal mit mir in die Apotheke kommen, damit ich Ihnen ein paar Visitenkarten geben kann. Mein Rat als freundlicher Apotheker aus der Nachbarschaft ist, daß Sie es einmal mit diesen Leuten versuchen sollten.«

»Was für Leuten?« Ralph beobachtete fasziniert, wie Wyzer den Mund aufmachte, um das letzte Stück Kuchen zu essen. Jeder seiner Zähne war von einem grellen grauen Leuchten umgeben. Die Plomben in seinen Backenzähnen glühten wie winzige Sonnen. Die Bruchstücke von Kruste und Apfelfüllung auf seiner Zunge waberten in

(licht Ralph licht)

hellem Glanz. Dann schloß Wyzer den Mund, um zu kauen, und das Leuchten war verschwunden.

»James Roy Hong und Anthony Forbes. Hong ist Akupunkteur mit einer Praxis in der Kansas Street. Forbes ist Hypnotiseur und arbeitet an der East Side – Hesser Street, glaube ich. Und bevor Sie Quacksalberei schreien –«

»Ich werde nicht Quacksalberei schreien«, sagte Ralph leise. Er hob die Hand und berührte das magische Auge, das er immer noch unter dem Hemd trug. »Glauben Sie mir, das werde ich nicht.«

»Okay, gut. Mein Rat ist, daß Sie es zuerst bei Hong versuchen. Die Nadeln sehen furchterregend aus, tun aber nur ein kleines bißchen weh, aber er hat da was am Laufen. Ich habe keine Ahnung, was es ist und wie, zum Teufel, es funktioniert, aber ich weiß, als ich vor zwei Jahren eine schlimme Zeit durchgemacht habe, hat er mir viel geholfen. Forbes ist auch gut – habe ich jedenfalls gehört –, aber meine Wahl wäre Hong. Er ist schrecklich beschäftigt, aber da könnte ich Ihnen vielleicht helfen. Was meinen Sie?«

Ralph sah ein hellgraues Leuchten, nicht dicker als ein Faden, aus Wyzers Augenwinkel quellen und wie eine übernatürliche Träne an seiner Wange hinunterlaufen. Das gab den Ausschlag. »Ich würde sagen, gehen wir.«

Wyzer klopfte ihm auf die Schulter. »Guter Mann! Bezahlen

wir und sehen zu, daß wir verschwinden.« Er holte einen Vierteldollar heraus. »Kopf oder Zahl, wer die Rechnung übernimmt?«

2

Auf halbem Weg zur Drogerie zurück blieb Wyzer stehen und betrachtete ein Plakat, das ans Schaufenster eines leerstehenden Ladens zwischen Rite Aid und dem Imbiß geklebt worden war. Ralph warf nur einen Blick darauf. Er hatte es schon einmal gesehen, im Schaufenster von Secondhand Rose, Secondhand Clothes.

»Wegen Mordes gesucht«, staunte Wyzer. »Die Leute haben jeden gottverdammten Sinn für Perspektive verloren, finden Sie nicht auch?«

»Ja«, sagte Ralph. »Wenn wir Schwänze hätten, würden, glaube ich, die meisten von uns den ganzen Tag hinter ihnen herjagen und versuchen, sie abzubeißen.«

»Das Plakat ist schon schlimm genug«, sagte Wyzer indigniert, »aber sehen Sie sich das an!«

Er deutete auf etwas neben dem Plakat, das in den Staub auf dem leeren Schaufenster geschrieben worden war. Ralph beugte sich nach vorne und las die kurze Botschaft. TÖTET DIESE FOTZE, stand da. Unter diesen Worten war ein Pfeil, der auf das linke Foto von Susan Day zeigte.

»Mein Gott«, sagte Ralph leise.

»Ja«, stimmte Wyzer zu. Er holte ein Taschentuch aus der Gesäßtasche, wischte die Botschaft weg und hinterließ an deren Stelle lediglich einen hellen silbernen Fächer, den Ralph, wie er wußte, als einziger sehen konnte.

3

Er folgte Wyzer in den hinteren Teil der Drogerie und blieb unter der Tür eines Büros stehen, das nicht viel größer als die Kabine einer öffentlichen Toilette war, während Wyzer sich auf das einzige Möbelstück setzte – einen hohen Stuhl, der in Ebenezer Scrooges Kontor gepaßt hätte – und in der Praxis des Akupunkteurs James Roy Hong anrief. Wyzer drückte den Lautsprecherknopf des Telefons, damit Ralph die Unterhaltung mithören konnte.

Hongs Vorzimmerdame (jemand namens Anne, die Wyzer auf einer freundschaftlicheren als nur beruflichen Basis zu kennen schien) sagte zuerst, daß Dr. Hong unmöglich vor Thanksgiving einen neuen Patienten empfangen konnte. Ralphs Schultern sackten herunter. Wyzer hob eine offene Handfläche in seine Richtung – *Moment mal, Ralph* –, dann überredete er Anne, Anfang Oktober einen Termin für Ralph zu finden oder freizumachen. Das war in einem Monat, aber immer noch besser als Thanksgiving.

»Danke, Annie«, sagte Wyzer. »Bleibt es beim Essen am Freitag abend?«

»Ja«, sagte sie. »Und jetzt schalt den verdammten Lautsprecher ab, Joe. Ich hab was, das nur für dich bestimmt ist.«

Wyzer gehorchte, lauschte und lachte, bis ihm Tränen in die Augen traten – für Ralph sahen sie wie strahlende flüssige Perlen aus. Dann schmatzte er zweimal ins Telefon und legte auf.

»Alles geregelt«, sagte er und gab Ralph die Visitenkarte von James Roy Hong, auf die er Tag und Uhrzeit des Termins geschrieben hatte. »Vierter Oktober, nicht toll, aber mehr konnte sie wirklich nicht tun. Annie ist ein guter Mensch.«

»Es genügt vollauf.«

»Hier ist die Karte von Anthony Forbes, falls Sie ihn in der Zwischenzeit anrufen wollen.«

»Danke«, sagte Ralph und nahm die zweite Karte. »Ich stehe in Ihrer Schuld.«

»Sie schulden mir nur einen weiteren Besuch, damit ich erfahre, wie es gelaufen ist. Ich bin besorgt. Es gibt Ärzte, die verschreiben *nichts* gegen Schlaflosigkeit, wissen Sie. Sie sagen, daß noch nie jemand an Schlafmangel gestorben ist, aber ich sage Ihnen, das ist Quatsch.«

Ralph nahm an, daß ihn das eigentlich hätte in Angst versetzen sollen, aber er fühlte sich ziemlich gelassen, zumindest im Augenblick. Die Erscheinungen waren verschwunden – der hellgraue Glanz in Wyzers Augen, als er über das lachte, was Hongs Vorzimmerdame zu ihm gesagt hatte, war die letzte gewesen. Er wiegte sich in dem Glauben, daß sie nur ein geistiges Zwischenspiel gewesen waren, das durch die Kombination von extremer Müdigkeit und Wyzers Anmerkungen über Hyperrealität hervorgerufen wurde. Und er hatte noch einen guten Grund für seine Zuversicht – er hatte einen Termin bei einem Mann, der *diesem* Mann durch eine ähnlich schlimme Zeit geholfen hatte. Ralph dachte sich, er würde sich von Hong mit Nadeln pieksen lassen bis er wie ein Stachelschwein aussah, wenn er hinterher wieder schlafen konnte, bis die Sonne aufging.

Und da war noch etwas: Die graue Aura war eigentlich gar nicht beängstigend gewesen. Sie war irgendwie … interessant.

»Andauernd sterben Menschen an Schlafmangel«, sagte Wyzer gerade, »aber der Leichenbeschauer schreibt normalerweise *Selbstmord* in die Spalte Todesursache, und nicht *Schlaflosigkeit.* Schlaflosigkeit und Alkoholismus haben vieles gemeinsam, aber das Wichtigste ist: Beides sind Krankheiten des Herzens und des Verstandes, und wenn man ihnen ihren Lauf läßt, vernichten sie die Seele normalerweise lange vor dem Körper. Daher kommt es doch vor, daß Leute an Schlafmangel sterben. Dies ist eine gefährliche Zeit für Sie, und Sie müssen gut auf sich achtgeben. Wenn Sie sich echt beschissen fühlen, *rufen Sie Litchfield an.* Haben Sie verstanden? Sitzen Sie nicht auf dem hohen Roß.«

Ralph verzog das Gesicht. »Ich glaube, eher werde ich Sie anrufen.«

Wyzer nickte, als hätte er fest damit gerechnet. »Die Nummer unter der von Hong ist meine«, sagte er.

Überrascht betrachtete Ralph die Karte wieder. Es stand *tatsächlich* eine zweite Nummer da, daneben die Buchstaben J. W.

»Tag und Nacht«, sagte Wyzer. »Wirklich. Sie werden meine Frau nicht stören; wir sind seit 1983 geschieden.«

Ralph wollte etwas sagen, brachte aber kein Wort heraus. Nur einen erstickten, sinnlosen Laut. Er schluckte heftig und versuchte, den Kloß in der Kehle zu beseitigen.

Wyzer sah, daß er mit den Tränen rang, und klopfte ihm auf die Schulter. »Kein Flennen im Laden, Ralph – das verschreckt die zahlungskräftigen Kunden. Möchten Sie ein Kleenex?«

»Nein, mir geht es gut.« Seine Stimme klang ein wenig wäßrig, aber verständlich und beherrscht.

Wyzer betrachtete ihn mit einem kritischen Blick. »Noch nicht, aber bald.« Wyzers gewaltige Hand verschluckte die von Ralph noch einmal, und diesmal machte sich Ralph keine Sorgen. »Versuchen Sie sich erst einmal zu entspannen. Und vergessen Sie nicht, seien Sie dankbar für den Schlaf, den Sie *bekommen*.«

»Okay. Nochmals danke.«

Wyzer nickte und ging wieder hinter seinen Tresen.

4

Ralph ging durch den Gang 3 zurück, bog an dem formidablen Kondomschaukasten links ab und ging durch eine Tür hinaus, über deren Griff mit Abziehbuchstaben die Worte DANKE, DASS SIE BEI RITE AID EINGEKAUFT HABEN standen. Zuerst dachte er sich nichts dabei, daß er in der grellen Helligkeit die Augen zukneifen mußte – immerhin war es Mittag, und womöglich war es in der Drogerie dunkler gewesen, als er gemerkt hatte. Dann machte er die Augen wieder weit auf, und der Atem stockte ihm in der Kehle.

Ein Ausdruck des Erstaunens, als wäre er vom Donner gerührt, breitete sich in seinem Gesicht aus. Es war der Ausdruck eines Entdeckers, der sich durch ein letztes Dickicht von Büschen gekämpft hat und plötzlich eine sagenhafte versunkene Stadt vor sich sieht, oder eine atemberaubende geologische Formation – eine Diamantklippe oder einen spiralförmigen Wasserfall.

Ralph drückte sich an einen blauen Briefkasten, der neben dem Eingang der Drogerie stand, atmete immer noch nicht, und sein Blick schweifte hektisch von einer Seite auf die andere, während das Gehirn dahinter versuchte, die wunderbaren und schrecklichen Eindrücke zu verstehen, die es empfing.

Die Auren waren wieder da, aber das war etwa so, als würde man sagen, daß Hawaii ein Ort ist, wo man keinen Mantel tragen muß. Diesmal war das Licht überall, grell und fließend, seltsam und wunderschön.

Ralph hatte nur ein einziges Mal in seinem Leben ein Erlebnis gehabt, das mit diesem vergleichbar war. Im Sommer 1941, dem Jahr, als er achtzehn geworden war, war er per Daumen von Derry zur Farm seines Onkels in Poughkeepsie, New York, gereist, eine Strecke von rund vierhundert Meilen. Als am zweiten Tag seiner Reise ein Gewitter aufgekommen war, war er zum nächstbesten Unterschlupf gelaufen – einer verfallenen alten Scheune, die trunken am Ende einer langen Wiese schwankte. An diesem Tag war er mehr zu Fuß gegangen als gefahren, und er war fest in einer der längst verlassenen Pferdenischen der Scheune eingeschlafen, noch bevor das Donnergrollen droben am Himmel aufgehört hatte.

Am nächsten Tag war er am frühen Vormittag nach vierzehn Stunden Schlaf erwacht, hatte sich staunend umgesehen und im ersten Augenblick nicht gewußt, wo er sich befand. Er wußte nur, es war ein dunkler, süßlich riechender Ort, und in der Welt über ihm und ringsum waren funkelnde, leuchtende Nähte aufgeplatzt. Dann erinnerte er sich, wie er Zuflucht in der Scheune gesucht hatte, und dann merkte er, daß die seltsame Vision durch die Ritzen und Fugen in Wänden und Dach der Scheune, verbunden mit dem hellen Sommersonnenschein, verursacht worden war ... nur das, sonst nichts. Trotzdem saß er weitere fünf Minuten stumm staunend da, ein Teenager mit großen Augen und Heu im Haar und von Spreu staubigen Armen; er saß da und sah zum flutenden Gold winziger Staubkörnchen hinauf, die träge in den schrägen Strahlen der Sonne tanzten. Er wußte noch, er hatte gedacht, daß es wie in einer Kirche war.

Dies war dasselbe Erlebnis in der zehnten Potenz. Und das Verflixte daran: Er konnte nicht genau beschreiben, was geschehen war, wie die Welt sich verändert hatte und so wunderschön werden konnte. Gegenstände und Menschen, besonders die Menschen, hatten Auren, ja, aber das war nur der Anfang dieses erstaunlichen Phänomens. Die Dinge waren noch niemals so *gleißend* gewesen, so durch und durch *da*. Die Autos, Telefonmasten, die Einkaufswagen vor dem Supermarkt, die Holzhäuser auf der anderen Straßenseite – das alles schien ihn anzuspringen wie 3 D-Bilder aus alten Filmen. Mit einem Mal war das schäbige kleine Einkaufszentrum in der Witcham Street zu einem Wunderland geworden, und obwohl Ralph es unmittelbar vor sich sah, war er nicht hundertprozentig sicher, was er sah, nur daß es bunt und atemberaubend und auf wundersame Weise fremdartig war.

Das einzige, das er isolieren *konnte,* waren die Auren der Leute, die in die Geschäfte gingen und herauskamen, die Tüten im Kofferraum verstauten oder in ihre Autos einstiegen und wegfuhren. Manche der Auren waren heller als andere, aber selbst die trübsten waren hundertmal heller als bei seinen ersten Blicken auf dieses Phänomen.

Aber es ist das, worüber Wyzer gesprochen hat, kein Zweifel. Es ist die Hyperrealität, und was du vor dir siehst, ist nichts weiter als die Halluzinationen von Leuten, die unter Einfluß von LSD stehen. Du siehst nur ein weiteres Symptom deiner Schlaflosigkeit, nicht mehr und nicht weniger. Schau es dir an, Ralph, und staune soviel du willst – es ist *wunderbar –, nur glaub nicht daran.*

Aber er mußte sich nicht zum Staunen ermuntern – es gab überall etwas zu staunen. Ein Bäckerwagen fuhr aus einem Parkplatz vor dem Day Break, Sun Down, und eine strahlende kastanienfarbene Substanz – fast die Farbe von getrocknetem Blut – kam aus dem Auspuff. Es handelte sich weder um Rauch noch um Dampf, aber es besaß einige Charakteristiken von beidem. Die Helligkeit nahm in allmählich steigenden Wellenspitzen zu, wie die Kurven eines EEG-Ausdrucks. Ralph schaute zu Boden und sah die Reifenspuren des Lasters im selben Kastanienton auf den Asphalt geprägt. Der Lastwagen beschleunigte, als er den Parkplatz verlassen hatte, und dabei nahm das geisterhafte Diagramm aus dem Auspuff die helle Farbe von arteriellem Blut an.

Allerorten war vergleichbar Seltsames zu sehen, Phänomene, die einander in schrägen Pfaden überschnitten, wobei Ralph wieder an das schräge Sonnenlicht denken mußte, das vor langer Zeit durch die Ritzen in Dach und Wänden der alten Scheune geschienen hatte. Aber das größte Wunder waren die Menschen, und um sie herum schienen die Auren am deutlichsten und schärfsten umrissen zu sein.

Ein Botenjunge kam aus dem Supermarkt; er schob einen Einkaufswagen voll Lebensmitteln vor sich her und war in den Nimbus eines so brillanten Weiß gehüllt, daß er wie ein wandelnder Scheinwerfer aussah. Im Vergleich dazu war die Aura der Frau neben ihm schäbig: die graugrüne Farbe von Käse, der zu schimmeln angefangen hat.

Ein junges Mädchen rief dem Botenjungen aus dem offenen Fenster eines Subaru etwas zu und winkte; ihre linke Hand hinterließ grelle Kondensstreifen, rosa wie Zuckerwatte, als sie sie in der Luft bewegte. Sie verblaßten, kaum daß sie erschienen waren. Der Junge grinste und winkte zurück; seine Hand hinterließ einen gelb-weißen Fächer hinter sich. Für Ralph sah er wie die Flosse eines tropischen Fischs aus. Auch der Fächer begann zu verblassen, aber langsamer.

Ralphs Angst vor dieser verwirrenden, funkelnden Vision war beträchtlich, aber zumindest im Augenblick nahm die Angst nach Staunen, Ehrfurcht und schlichter Fassungslosigkeit den vierten Platz ein. *Aber das ist nicht real,* ermahnte er sich. *Vergiß das nicht, Ralph.* Er versprach sich, daß er es versuchen würde, aber im Moment schien diese mahnende Stimme sehr weit entfernt zu sein.

Jetzt fiel ihm noch etwas auf: Eine Linie dieser lichten Helligkeit kam aus dem Kopf jedes Menschen, den er sehen konnte. Sie verlief nach oben wie eine Girlande aus Flaggen oder buntem Kreppapier, bis sie sich verjüngte und verschwand. Bei manchen Leuten verschwand sie anderthalb Meter über dem Kopf; bei anderen drei oder vier. In den meisten Fällen entsprach die Farbe der hellen, aufsteigenden Linie der restlichen Aura – zum Beispiel grellweiß bei dem Botenjungen, käsig grau-grün bei der Kundin neben ihm –, aber es gab einige auffällige Ausnahmen. Ralph sah eine rostrote Linie von einem Mann in mittleren Jahren aufsteigen, der inmitten einer dunkelblauen Aura dahinschritt, und eine Frau mit hellgrauer Aura, deren aufsteigende Linie eine erstaunliche (und etwas beunruhigende) Magentafärbung hatte. In einigen Fällen – zweien oder dreien, nicht besonders vielen – waren die aufsteigenden Linien fast schwarz. Diese gefielen Ralph nicht, und er stellte fest, daß die Leute, zu denen diese »Ballonschnüre« gehörten (so einfach und schnell gab er ihnen im Geiste einen Namen), alle unwohl aussahen.

Logisch. Diese Ballonschnüre sind Indikatoren für Gesundheit ... oder Krankheit, in manchen Fällen. Wie die Kirilian-Auren, von denen die Leute Ende der sechziger und Anfang der siebziger Jahre so sehr fasziniert waren.

Ralph, warnte ihn eine andere Stimme, *du siehst das alles* nicht, *okay? Ich meine, ich wiederhole mich nur ungern, aber –*

Aber wäre es nicht mindestens möglich, daß das Phänomen *doch* echt war? Daß seine hartnäckige Schlaflosigkeit in Verbindung mit dem stabilisierenden Einfluß seiner lichten, zusammenhängenden Träume ihm einen Blick in eine sagenhafte Dimension eröffnet hatte, die außerhalb der Reichweite gewöhnlicher Wahrnehmung lag?

Hör auf damit, Ralph, und zwar sofort. Du solltest dir etwas Besseres einfallen lassen, sonst sitzt du am Ende im selben Boot wie der arme alte Ed Deepneau.

Als er an Ed dachte, wurden einige Assoziationen wachgerufen – etwas, das er an dem Tag gesagt hatte, als er wegen Mißhandlung seiner Frau verhaftet worden war –, aber bevor Ralph sie isolieren konnte, sprach eine Stimme fast direkt neben seinem linken Ellbogen.

»Mom? Mommy? Können wir wieder die Honey-Nut Cheerios kaufen?«

»Das werden wir sehen, wenn wir drinnen sind, Liebes.«

Eine junge Frau und ein kleiner Junge gingen Hand in Hand vor ihm vorbei. Der Junge, der vier oder fünf zu sein schien, hatte gesprochen. Seine Mutter schritt in einer fast grellweißen Umhüllung dahin. Die »Ballonschnur«, die von ihrem kastanienfarbenen Haar aufstieg, war ebenfalls weiß und sehr breit – mehr wie das Band um eine hübsche Geschenkbox als eine Schnur. Sie stieg bis zu einer Höhe von mindestens sechs Metern hoch und wehte beim Gehen leicht hinter ihr her. Ralph mußte an Brautschmuck denken – Schleppen, Schleier, weiße, bauschige Röcke.

Die Aura ihres Sohns war gesund und dunkelblau, fast violett, und als die beiden vorübergingen, sah Ralph etwas Faszinierendes. Fäden der Auras stiegen auch von ihren ineinander verschlungenen Händen auf: weiß von der Frau, dunkelblau von dem Jungen. Sie waren verflochten wie ein Zopf, stiegen empor, verjüngten sich und verschwanden.

Mutter und Sohn, Mutter und Sohn, dachte Ralph. Die beiden Bänder, die umeinander geflochten waren wie wilder Wein, der an einem Pflock im Garten hinaufwuchs, hatten etwas Perfektes, etwas schlicht Symbolisches. Als er sie sah, jubilierte sein Herz – kitschig, aber genau so empfand er. *Mutter und Sohn, blau-und-weiß, Mutter und –*

»Mom, warum schaut der Mann so?«

Die Frau mit dem kastanienfarbenen Haar sah Ralph nur kurz an, aber ihm entging nicht, wie sie die Lippen zusammenkniff, bevor sie sich abwandte. Aber wichtiger war, daß er sah, wie die brillante Aura, die sie umgab, plötzlich dunkler wurde, sich zusammenzog und dunkelrote, spiralförmige Schattierungen bekam.

Das ist die Farbe der Angst, dachte Ralph. *Oder vielleicht der Wut.*

»Ich weiß nicht, Tim. Komm mit, hör auf herumzutrödeln.« Sie ging schneller, und ihr Pferdeschwanz wippte hin und her und hinterließ kleine graue, rotgemusterte Fächer in der Luft. Für Ralph sahen sie wie die Halbkreise aus, die Scheibenwischer manchmal auf schmutzigen Windschutzscheiben hinterließen.

»He, Mom, laß mich leben! Hör auf, so zu ziehen!« Der kleine Junge mußte laufen, damit er Schritt halten konnte.

Das ist meine Schuld, dachte Ralph und sah ein Bild vor sich, wie er für die junge Mutter ausgesehen haben mußte: alter Mann, müdes Gesicht, große, purpurne Tränensäcke unter den Augen. Er steht – *lauert* – am Briefkasten neben der Rite Aid Drogerie und starrt sie und ihren kleinen Jungen an, als wären sie das Bemerkenswerteste auf der Welt.

Was Sie auch ganz genau sind, Ma'am, wenn Sie es nur wüßten.

Für sie mußte er wie der größte Perversling aller Zeiten ausgesehen haben. Er mußte es wieder loswerden. Echt oder Halluzination spielte keine Rolle – er mußte dafür sorgen, daß es aufhörte. Wenn es ihm nicht gelang, würde jemand die Polizei oder die Männer mit den Schmetterlingsnetzen rufen. Möglicherweise würde die hübsche Mutter die Münzfernsprecher gleich neben der Haupttür des Markts zu ihrem ersten Ziel machen.

Er fragte sich gerade, wie man etwas zum Verschwinden bringen konnte, das sich nur im eigenen Kopf abspielte, als ihm klar wurde, daß es schon geschehen war. Ob übersinnliches Phänomen oder Halluzination, es war einfach verschwunden, während er darüber nachgedacht hatte, wie schrecklich er für die hübsche junge Mutter ausgesehen haben mußte. Der Tag war in sein normales Altweibersommerleuchten zurückgefallen, das wunderbar war, aber immer noch weit von diesem strahlenden, allumfassenden Glanz entfernt. Die Menschen, die über den Parkplatz der Einkaufspassage gingen, waren wieder nur Menschen: keine Auren, keine Ballonschnüre, kein Feuerwerk. Nur Menschen auf dem Weg, Lebensmittel im Shop 'n Save einzukaufen oder ihre letzten Urlaubsbilder bei Photo-Mat abzuholen oder einen Kaffee zum Mitnehmen im Day Break, Sun Down zu bestellen. Manche gingen vielleicht sogar ins Rite Aid, um eine Packung Fromms zu kaufen oder, Gott beschütze uns und stehe uns bei, ein SCHLAFMITTEL.

Nur gewöhnliche, alltägliche Mitbürger aus Derry, die ihren gewöhnlichen Alltagsverrichtungen nachgingen.

Ralph stieß den angehaltenen Atem mit einem Stoßseufzer aus und wappnete sich für eine Woge der Erleichterung. Die Erleichterung *kam,* aber nicht die Sturzflut, mit der er gerechnet hatte. Kein Gefühl, daß er gerade noch rechtzeitig vom Rand des Wahnsinns weggekommen war; kein Gefühl, daß er *überhaupt* am Rand eines Abgrunds gestanden hatte. Und doch wußte er genau, daß er nicht lange in einer so grellen und wunderbaren Welt leben konnte, ohne seine geistige Gesundheit in Gefahr zu bringen; es wäre, als hätte man einen Orgasmus, der vier Stunden dauert. So erlebten möglicherweise Genies und große Künstler die Welt, aber für ihn war das nichts; soviel Saft würde binnen kürzester Zeit seine Sicherungen durchbrennen, und wenn die Männer mit den Schmetterlingsnetzen kamen, ihm eine Spritze gaben und ihn mitnahmen, wäre er vielleicht froh darüber.

Sein am deutlichsten zu identifizierendes Gefühl war nicht Erleichterung, sondern eine Art angenehmer Melancholie, die er, wie er sich erinnerte, manchmal als sehr junger Mann nach dem Geschlechtsverkehr verspürt hatte. Die Melancholie war nicht tief, aber breit, sie schien die leeren Stellen seines Körpers und Geistes zu füllen, so wie eine zurückweichende Flut eine Schicht lockerer, fruchtbarer Erde zurückläßt. Er fragte sich, ob er jemals wieder einen so erschreckenden, erhabenen Augenblick der Epiphanie erleben würde. Er dachte, daß die Chancen ziemlich gut standen ... zumindest bis nächsten Monat, bis James Roy Hong seine Nadeln in ihn steckte, oder bis Anthony Forbes seine goldene Taschenuhr vor seinen Augen schwenkte und ihm sagte, daß er sehr ... sehr ... müde werde. Möglicherweise würde es weder Hong noch Forbes gelingen, ihn von seiner Schlaflosigkeit zu heilen, aber falls doch, vermutete Ralph, würde er nach der ersten durchschlafenen Nacht aufhören, Auren und Ballonschnüre zu sehen. Und nach einem Monat oder so voll ruhiger Nächte, würde er wahrscheinlich vergessen, daß dies jemals geschehen war. Soweit es ihn betraf, war das ein ausreichend guter Grund, einen Anflug von Melancholie zu spüren.

Du solltest dich in Bewegung setzen, Kumpel – wenn dein neuer Freund zum Schaufenster der Drogerie heraussieht und du immer noch wie ein Trottel hier stehst, wird er wahrscheinlich selbst die Männer mit den Schmetterlingsnetzen rufen.

»Eher Dr. Litchfield anrufen«, murmelte Ralph und ging über den Parkplatz zur Harris Avenue.

5

Er steckte den Kopf zu Lois' Eingangstür hinein und rief: »Yo! Jemand zu Hause?«

»Komm rein, Ralph!« rief Lois zurück. »Wir sind im Wohnzimmer!«

Ralph hatte sich immer vorgestellt, daß eine Hobbithöhle wie Lois Chasses Haus aussehen müßte, das etwa einen halben Block bergab vom Red Apple lag – hübsch und vollgestellt, möglicherweise ein bißchen zu dunkel, aber makellos sauber. Und er vermutete, ein Hobbit wie Bilbo Beutlin, dessen Interesse an seinen Vorfahren nur noch von dem Interesse übertroffen wurde, was es zum Essen gab, wäre bezaubert gewesen von dem winzigen Wohnzimmer, wo von jeder Wand Verwandte heruntersahen. Den Ehrenplatz über dem Fernseher beanspruchte eine verblaßte Studiofotografie des Mannes, den Lois stets als »Mr. Chasse« bezeichnete.

McGovern saß vornübergebeugt auf der Couch und balancierte einen Teller Makkaroni mit Käse auf den knochigen Knien. Der Fernseher war eingeschaltet, eine Spielshow ging gerade in die Bonusrunde.

»Was meint sie damit, *wir* sind im Wohnzimmer?« fragte Ralph, aber bevor McGovern antworten konnte, kam Lois mit einem dampfenden Teller in der Hand herein.

»Hier«, sagte sie. »Setz dich und iß. Ich habe mit Simone geredet, und sie sagte, daß es wahrscheinlich gleich in den Mittagsnachrichten kommen muß.«

»Herrje, Lois, das wäre doch nicht nötig gewesen«, sagte er, als er den Teller nahm, aber sein Magen knurrte laut, als der Geruch von Zwiebeln und geschmolzenem Cheddar aufstieg. Er sah auf die Uhr an der Wand – die man gerade noch zwischen Fotos eines Mannes im Waschbärmantel und einer Frau, die aussah, als würde *Ju-du-di-huu-du* zu ihrem Vokabular gehören, erkennen konnte – und stellte erstaunt fest, daß es fünf Minuten vor zwölf war.

»Ich habe nichts weiter getan, als ein paar Reste in die Mikrowelle zu stellen«, sagte sie. »Eines Tages, Ralph, werde ich einmal für dich *kochen*. Und jetzt setz dich.«

»Aber nicht auf meinen Hut«, sagte McGovern, ohne einen Blick von der Bonusrunde zu nehmen. Er nahm den Fedora von der Couch, warf ihn neben sich auf den Boden und machte sich wieder über seine Portion der Mahlzeit her. »Schmeckt ausgezeichnet, Lois.«

»Danke.« Sie sah gerade lange genug zu, bis eine der Kandidatinnen eine Reise nach Barbados und ein neues Auto eingesackt hatte, dann eilte sie wieder in die Küche. Die kreischende Gewinnerin wurde ausgeblendet und von einem Mann im zerknitterten Pyjama ersetzt, der sich im Bett herumwarf und wälzte. Er richtete sich auf und sah zur Uhr auf dem Nachttisch. Die zeigte 3:18, eine Tageszeit, mit der Ralph inzwischen ziemlich vertraut geworden war.

»Können Sie nicht schlafen?« fragte ein Sprecher teilnahmsvoll. »Haben Sie es satt, Nacht für Nacht wachzuliegen?« Eine kleine leuchtende Tablette kam zum Fenster des Schlaflosen hereingeschwebt. Ralph fand, sie sah wie die kleinste fliegende Untertasse der Welt aus, und es überraschte ihn nicht im geringsten, daß sie blau war.

Ralph setzte sich neben McGovern. Beide Männer waren schlank (hager wäre bei Bill sicher der zutreffendere Ausdruck gewesen), beanspruchten aber dennoch fast den gesamten Platz auf der Couch.

Lois kam mit ihrem eigenen Teller herein und setzte sich auf den Schaukelstuhl am Fenster. Über die Musik vom Band und den Studioapplaus, der das Ende der Show verkündete, sagte eine Frauenstimme: »Hier ist Lisette Benson. Schlagzeile der Nachrichten am Mittag: Eine bekannte Frauenrechtlerin willigt ein, in Derry zu sprechen, was zu Protesten – und sechs Verhaftungen – in einer Klinik der Stadt führt. Außerdem haben wir Chris Altoberg mit dem Wetter und Bob McClanahan mit dem Neuesten vom Sport. Bleiben Sie dran.«

Ralph schaufelte sich Makkaroni mit Käse in den Mund, sah auf und stellte fest, daß Lois ihn beobachtete. »Gut?« fragte sie.

»Köstlich«, sagte er, und das stimmte, aber er dachte, im Augenblick hätte ihm eine große Portion kalte franko-amerikanische Spaghetti direkt aus der Dose genauso gut geschmeckt. Er war nicht nur hungrig, er war heißhungrig. Offenbar verbrauchte man eine Menge Kalorien, wenn man Auren sah.

»Kurz gesagt ist folgendes passiert«, sagte McGovern, schluckte den letzten Happen seines Essens hinunter und stellte den Teller neben seinen Hut. »Etwa achtzehn Leute sind heute morgen um halb neun vor dem Haus von WomanCare aufgetaucht, als gerade Arbeitsbeginn war. Lois' Freundin Simone sagt, sie bezeichnen sich selbst als ›Friends of Life‹, aber den Kern der Gruppe bilden die verschiedenen Irren und Wahnsinnigen, die früher unter dem Namen Daily Bread operierten. Sie hat gesagt, einer davon sei Charlie Pickering, den die Polizei offenbar Ende letzten Jahres gefaßt hat, als er gerade dabei war, einen Sprengsatz auf das Gebäude abzufeuern. Simones Nichte hat gesagt, die Polizei hätte nur vier Personen festgenommen. Offenbar hat sie sich ein wenig verschätzt.«

»War Ed wirklich dabei?« fragte Ralph.

»Ja«, sagte Lois, »und er wurde auch festgenommen. Aber zumindest wurde kein Tränengas eingesetzt. Das war ein Gerücht. Niemand wurde verletzt.«

»Diesmal«, sagte McGovern düster.

Das Symbol der Nachrichten am Mittag erschien auf Lois' hobbitgroßem Farbfernseher und löste sich zu Lisette Benson auf. »Guten Tag«, sagte sie. »Schlagzeile heute an diesem schönen Sommertag: Die prominente Schriftstellerin und umstrittene Frauenrechtlerin Susan Day hat eingewilligt, nächsten Monat im Bürgerhaus zu sprechen. Die Bekanntgabe dieser Absicht führte zu einer Demonstration vor WomanCare, dem Frauenzentrum in Derry mit angeschlossener Abtreibungsklinik, die die öffentliche Meinung gespalten –«

»Da kommen sie schon wieder mit dieser Abtreibungsklinik!« rief McGovern aus. »Herrgott!«

»Still«, sagte Lois in einem herrschenden Tonfall, der sich sehr von ihrem sonstigen zaghaften Murmeln unterschied. McGovern warf ihr einen überraschten Blick zu und verstummte.

»– John Kirkland bei WomanCare mit dem ersten von zwei Berichten«, kam Lisette Benson zum Ende, und das Bild wechselte zu einem Reporter, der vor einem langen, flachen Backsteingebäude stand. Eine Legende am unteren Bildschirmrand informierte die Zuschauer, daß es sich hier um eine LIVE VOR ORT-Reportage handelte. An einer Seite von WomanCare verlief eine Fensterreihe. Zwei waren eingeworfen worden, mehrere andere mit roter Farbe beschmiert, die wie Blut aussah. Gelbes Absperrungsband der Polizei war zwischen dem Reporter und dem Gebäude gespannt; drei uniformierte Polizisten aus Derry und ein Beamter in Zivil standen in einer kleinen Gruppe am anderen Ende zusammen. Es überraschte Ralph nicht besonders, daß er in dem Polizisten John Leydecker erkannte.

»Sie nennen sich selbst Friends of Life, Lisette, und sie behaupten, ihre Demonstration heute morgen sei eine spontane Bekundung ihres Mißfallens nach Bekanntwerden der Neuigkeit gewesen, daß Susan Day – die von radikalen Pro-Life-Gruppen landesweit ›Amerikas Babymörderin Nummer eins‹ genannt wird – nächsten Monat nach Derry kommen wird, um eine Rede im Bürgerhaus zu halten. Aber mindestens ein Beamter der Polizei von Derry glaubt nicht, daß es sich tatsächlich so abgespielt hat.«

Eine Bandaufzeichnung wurde in Kirklands Bericht eingespielt, angefangen mit einer Nahaufnahme von Leydecker, der resigniert das Mikrofon vor seinem Gesicht betrachtete.

»Diese Tat war ganz und gar nicht spontan«, sagte er. »Eindeutig wurden eine Menge Vorbereitungen getroffen. Wahrscheinlich waren sie schon die ganze Woche bereit und haben nur darauf gewartet, daß Susan Days Entscheidung, hierherzukommen und eine Rede zu halten, öffentlich bekanntgegeben würde, was heute morgen durch die Zeitung geschehen ist.«

Die Kamera splittete das Bild. Kirkland warf Leydecker seinen durchdringendsten Geraldo-Blick zu. »Was meinen Sie mit ›eine Menge Vorbereitungen‹?« fragte er.

»Die meisten Schilder, die sie dabei hatten, trugen Ms. Days Namen. Außerdem hatten sie mehr als ein Dutzend *hiervon* bei sich.«

Eine überraschend menschliche Regung stahl sich durch Leydeckers Polizist-wird-interviewt-Maske; Ralph hielt sie für Mißfallen. Er hob einen großen Probenbeutel aus Plastik, und Ralph war einen gräßlichen Augenblick davon überzeugt, daß sich ein zerquetschtes und blutiges Baby darin befände. Dann wurde ihm klar, daß es eine Puppe war, worum auch immer es sich bei der roten Substanz handeln mochte.

»Die haben sie nicht im K-Mart gekauft«, sagte Leydecker dem Fernsehreporter. »Das kann ich Ihnen garantieren.«

Die nächste Einstellung zeigte eine Weitwinkeltotale der beschmierten und eingeworfenen Scheiben. Die Kamera fuhr langsam daran entlang. Das Zeug auf den beschmierten Scheiben sah mehr denn je wie Blut aus, und Ralph entschied, daß er die letzten zwei oder drei Gabeln Makkaroni mit Käse nicht mehr wollte.

»Die Demonstranten kamen mit Babypuppen bewaffnet, deren Inneres mit einer Mischung aus Karo-Sirup und roter Lebensmittelfarbe gefüllt worden war«, sagte Kirkland aus dem Off. »Sie warfen die Puppen auf das Gebäude, während Anti-Susan-Day-Parolen gesungen wurden. Zwei Fenster wurden zertrümmert, aber sonst kam es nicht zu nennenswerten Schäden.«

Die Kamera blieb stehen und verweilte auf einer besonders schlimm verschmierten Scheibe.

»Die meisten Puppen sind aufgeplatzt«, sagte Kirkland, »und die Substanz, die verspritzt wurde, hatte so große Ähnlichkeit mit Blut, daß die Angestellten hier, die Zeugen des Bombardements wurden, einen ziemlichen Schrecken bekamen.«

Das Bild der verschmierten Scheibe wich dem einer reizenden dunkelhaarigen Frau in weiten Hosen und Pullover.

»Oh, seht euch das an, das ist Barbie!« rief Lois. »Herrje, ich hoffe, Simone sieht zu! Vielleicht sollte ich –«

Nun war McGovern derjenige, der *sie* zum Schweigen brachte.

»Ich hatte schreckliche Angst«, sagte Barbara Richards zu Kirkland. »Zuerst dachte ich, sie würden wirklich tote Babys oder Embryos werfen, die sie irgendwie in die Finger bekommen hatten. Auch nachdem Dr. Harper hier vorbeigelaufen war und gesagt hatte, daß es sich nur um Puppen handelte, war ich mir nicht sicher.«

»Sie sagten, sie haben gesungen?« fragte Kirkland.

»Ja. Am deutlichsten hörte ich: ›Laßt den Todesengel nicht nach Derry kommen.‹«

Der Bericht wechselte wieder zu Kirkland live am Schauplatz. »Die Demonstranten wurden heute morgen gegen neun Uhr von WomanCare zum Polizeirevier von Derry in der Maine Street abtransportiert, Lisette. Soweit ich weiß, wurden zwölf verhört und wieder freigelassen; sechs weitere wurden wegen Ruhestörung angeklagt, ein geringfügiges Vergehen. Sieht so aus, als wäre ein weiterer Schuß im andauernden Gefecht um die Abtreibung in Derry abgefeuert worden. Das war John Kirkland mit den Nachrichten auf Kanal Vier.«

»›Ein weiterer Schuß im –‹«, begann McGovern und warf die Arme hoch.

Lisette Benson war wieder auf dem Bildschirm erschienen. »Wir schalten jetzt um zu Anne Rivers, die vor weniger als einer Stunde mit zwei der sogenannten Friends of Life geredet hat, die nach der Demonstration heute morgen verhaftet wurden.«

Anne Rivers stand auf den Stufen des Polizeireviers in der Maine Street, Ed Deepneau auf einer Seite, ein großes, blasses Individuum mit Ziegenbärtchen auf der anderen. Ed sah schick und richtiggehend stattlich in seiner grauen Tweedjacke und der Marinehose aus. Der große Mann mit dem Ziegenbärtchen trug etwas, das sich nur ein Liberaler in seinen kühnsten Träumen von angemessener Kleidung eines »Proletariers in Maine« ausdenken konnte: verblichene Jeans, verblichenes blaues Baumwollhemd, breite rote Feuerwehrhosenträger. Ralph brauchte nur einen Augenblick, bis er ihn identifiziert hatte. Es war Dan Dalton, Inhaber von Secondhand Rose, Secondhand Clothes. Als Ralph ihn zum letztenmal gesehen hatte, da hatte er hinter den hängenden Gitarren und Vogelkäfigen in seinem Schaufenster gestanden und Ham Davenport gegenüber eine Geste gemacht, die besagen sollte: *Wen interessiert einen Scheißdreck, was du denkst?*

Aber es war natürlich Ed, der in mehr als einer Weise adrett und gefaßt aussah, der seine ganze Aufmerksamkeit auf sich zog.

McGovern schien offenbar genauso zu denken. »Mein Gott, ich kann nicht glauben, daß das derselbe Mann ist«, murmelte er.

»Lisette«, sagte die gutaussehende Blondine, »ich habe hier bei mir Edward Deepneau und Daniel Dalton, beide aus Derry, beide wurden heute Morgen nach der Demonstration festgenommen. Ist das richtig, meine Herren? Wurden Sie verhaftet?«

Sie nickten, Ed mit einem Anflug von Humor, Dalton mit mürrischer, verkniffener Entschlossenheit. Bei dem Blick, den er Anne Rivers zuwarf, hätte man denken können – Ralph zumindest –, daß er sich zu erinnern versuchte, in welche Abtreibungsklinik er sie schon einmal mit gesenktem Kopf und vorgezogenen Schultern laufen gesehen hatte.

»Wurden Sie auf Kaution freigelassen?«

»Wir wurden auf eigene Sicherheitsleistung freigelassen«, antwortete Ed. »Die Vorwürfe waren geringfügig. Es war nicht unsere Absicht, daß jemand zu Schaden kommt, und es *ist* niemand zu Schaden gekommen.«

»Wir wurden nur deshalb verhaftet, weil die gottlose verfilzte Stadtverwaltung ein Exempel an uns statuieren wollte«, sagte Dalton, und Ralph glaubte zu sehen, wie Ed kurz das Gesicht verzog. Ein Nicht-schon-wieder-Ausdruck.

Anne Rivers schwenkte das Mikro wieder zu Ed.

»Der Schwerpunkt hier liegt nicht auf dem Philosophischen, sondern auf dem Praktischen«, sagte er. »Die Leiterinnen von WomanCare heben zwar gerne ihre Familienberatung, ihre Therapieeinrichtungen, die kostenlose Mammographie und andere bewundernswerte Dienstleistungen hervor, aber es gibt auch eine andere Seite von WomanCare. Ströme von Blut fließen heraus –«

»Das Blut *Unschuldiger!*« kreischte Dalton. Die Augen in dem langen, hageren Gesicht glühten, und Ralph kam eine beunruhigende Einsicht: Überall im östlichen Maine sahen sich Leute das an und dachten sich, daß der Mann mit den roten

Hosenträgern verrückt sein mußte, während sein Partner ein ziemlich vernünftiger Typ zu sein schien. Es hatte fast etwas Komisches.

Ed behandelte Daltons Einwurf als das Pro-Life-Äquivalent von *Halleluja* und wartete respektvoll eine Sekunde, bevor er fortfuhr.

»Das Gemetzel bei WomanCare geht jetzt schon seit acht Jahren so«, sagte Ed zu ihr. »Viele Leute – besonders radikale Feministinnen wie Dr. Roberta Harper, die Geschäftsführerin von WomanCare, betreiben gerne mit Ausdrücken wie ›frühzeitige Terminierung‹ Schönfärberei, aber in Wahrheit sprechen sie von Abtreibung – die höchste Form des Mißbrauchs von Frauen in einer sexistischen Gesellschaft.«

»Aber wenn man mit falschem Blut gefüllte Puppen gegen die Fenster einer Privatklinik wirft, ist das die richtige Methode, mit seinem Anliegen an die Öffentlichkeit zu treten, Mr. Deepneau?«

Einen Augenblick – ganz kurz, und schon wieder vorbei – verschwand das gutmütige Funkeln aus Eds Augen und wurde von etwas Härterem und Kälterem ersetzt. In diesem Moment sah Ralph wieder den Ed Deepneau, der bereit gewesen war, es mit einem Lastwagenfahrer aufzunehmen, der hundert Pfund schwerer war als er. Ralph vergaß, daß es sich um eine Aufzeichnung handelte, die vor über einer Stunde gemacht worden war, und bekam Angst um die schlanke Blondine, die fast so hübsch war wie die Frau, mit der ihr Gesprächspartner immer noch verheiratet war. *Seien Sie vorsichtig, junge Dame,* dachte Ralph. *Seien Sie vorsichtig und fürchten Sie sich. Sie stehen neben einem ausgesprochen gefährlichen Mann.*

Dann war das Aufflackern vorbei, und der Mann in der Tweedjacke war wieder nur ein aufrechter junger Mann, der für sein Gewissen ins Gefängnis gegangen war. Und wieder war es Dalton, der nervös seine Hosenträger wie große rote Gummibänder schnalzen ließ und aussah, als hätte er nicht mehr alle Tassen im Schrank.

»Wir tun hier, was die sogenannten guten Deutschen in den dreißiger Jahren versäumt haben«, sagte Ed. Er sprach mit der geduldigen, schulmeisterlichen Stimme eines Mannes, der gezwungen gewesen ist, immer und immer wieder auf diesen Punkt hinzuweisen ... meistens denen gegenüber, die es bereits wissen sollten. »Sie haben geschwiegen, und sechs Millionen Juden mußten sterben. In diesem Land findet ein vergleichbarer Holocaust –«

»Mehr als tausend Babys jeden Tag«, sagte Dalton. Seine Stimme klang nicht mehr so schrill. Er hörte sich entsetzt und schrecklich resigniert an. »Viele von ihnen werden in Stücken aus den Leibern ihrer Mütter gerissen und protestieren verzweifelt mit den kleinen Ärmchen, während sie sterben.«

»O gütiger Gott«, sagte McGovern. »Das ist das Lächerlichste, das ich jemals –«

»Psst, Bill!« sagte Lois streng.

»– Zweck dieses Protests?« fragte Rivers gerade Dalton.

»Wie Sie sicher wissen«, antwortete Dalton, »hat der Stadtrat beschlossen, die Bezirksvorschriften noch einmal zu untersuchen, die es WomanCare ermöglichen, ihrer Arbeit nachzugehen, wo und wie sie es tun. Sie könnten schon im November über das Thema abstimmen. Die Abtreibungsbefürworter haben Angst, der Stadtrat könnte Sand ins Getriebe ihrer Todesmaschine streuen, daher haben sie Susan Day eingeladen, die berüchtigtste Abtreibungsbefürworterin in diesem Land, damit sie versucht, diese Maschine am Laufen zu halten. Wir organisieren unsere Kräfte ...«

Das Pendel des Mikrofons schwenkte wieder zu Ed. »Wird es weitere Protestaktionen geben, Mr. Deepneau?« fragte sie, und plötzlich hatte Ralph den Eindruck, als würde sie sich nicht nur auf rein beruflicher Basis für ihn interessieren. Warum auch nicht? Ed war ein gutaussehender Mann, und Ms. Rivers konnte schließlich nicht wissen, daß er fest an den Scharlachroten König glaubte, dessen Zenturionen sich in Derry aufhielten und sich mit den Babymörderinnen von WomanCare zusammentaten.

»Die Proteste werden weitergehen bis die gesetzliche Verirrung, die dieses Gemetzel möglich gemacht hat, beseitigt worden ist«, antwortete Ed. »Und wir hoffen alle, daß die Geschichtsschreiber des nächsten Jahrhunderts festhalten werden, daß nicht alle Amerikaner in dieser dunklen Phase unserer Geschichte gute Nazis waren.«

»*Gewalttätige* Protestaktionen?«

»Wir treten gegen Gewalt ein.« Jetzt wahrten die beiden Blickkontakt, und Ralph fand, daß Anne Rivers etwas hatte, das Carolyn einen »schlimmen Anfall von Juckreiz zwischen den Beinen« genannt hätte. Dan Dalton stand vergessen am Bildschirmrand.

»Und wenn Susan Day im nächsten Monat nach Derry kommt, können Sie für Ihre Sicherheit garantieren?«

Ed lächelte, und Ralph sah ihn im Geiste, wie er an jenem heißen Augustnachmittag vor nicht einmal einem Monat gewesen war – wie er kniete, eine Hand auf jeder Seite von Ralphs Schultern auf den Boden stemmte und ihm ins Gesicht hauchte: *Sie verbrennen die Embryos drüben in Newport.* Ralph erschauerte.

»In einem Land, wo Tausende Kinder mit medizinischen Gegenstücken von Staubsaugern aus den Leibern ihrer Mütter abgesaugt werden, kann, glaube ich, niemand für irgend etwas garantieren«, antwortete Ed.

Anne Rivers sah ihn einen Moment unsicher an, als überlegte sie, ob sie ihm noch eine Frage stellen wollte oder nicht (möglicherweise nach seiner Telefonnummer), aber dann drehte sie sich wieder in die Kamera. »Das war Anne Rivers vor dem Polizeipräsidium von Derry«, sagte sie.

Lisette Benson erschien wieder, und ihr nachdenklich verzogener Mund weckte die Überzeugung in Ralph, daß er nicht der einzige war, dem die Anziehungskraft zwischen den beiden Interviewpartnern aufgefallen war. »Wir werden täglich über den weiteren Verlauf berichten«, sagte sie. »Vergessen Sie nicht, um sechs zu den neuesten Meldungen wieder einzuschalten. In Augusta reagierte Gouverneurin Greta Powers auf Vorwürfe, sie habe –«

Lois stand auf und schaltete den Fernseher aus. Sie betrachtete einfach den leeren Bildschirm einen Moment, dann seufzte sie schwer und setzte sich. »Ich habe Blaubeerkompott«, sagte sie, »aber möchte einer von euch danach noch etwas?«

Beide Männer schüttelten die Köpfe. McGovern sah Ralph an und sagte: »Das war beängstigend.«

Ralph nickte. Er mußte daran denken, wie Ed in der Gischt des Rasensprengers hin und her gelaufen war, die Regenbogen mit seinem Körper zerrissen und sich mit der Faust in die offene Handfläche geschlagen hatte.

»Wie konnten sie ihn nur auf Kaution freilassen und dann im Fernsehen interviewen, als wäre er ein normaler Mensch?« fragte Lois betroffen. »Nach allem, was er der armen Helen angetan hat? Mein Gott, diese Anne Rivers hat ausgesehen, als würde sie ihn zu sich zum Essen einladen!«

»Oder um Cracker mit ihr im Bett zu essen«, sagte Ralph trocken.

»Die Anklage wegen gefährlicher Körperverletzung und das heute sind zwei vollkommen verschiedene Dinge«, sagte McGovern, »und ihr könnt todsicher sein, daß der Anwalt oder die Anwälte dieser Jo-jos darauf achten, daß das auch so bleibt.«

»Und selbst die Körperverletzung war nur eine Ordnungswidrigkeit«, erinnerte Ralph sie.

»Wie kann ein tätlicher Angriff eine Ordnungswidrigkeit sein?« fragte Lois. »Tut mir leid, aber *das* habe ich nicht verstanden.«

»Es ist nur eine Ordnungswidrigkeit, wenn man es mit der eigenen Frau macht«, sagte McGovern und zog sardonisch eine Braue hoch. »Das ist der American way of life, Lo.«

Sie verdrehte unablässig die Hände ineinander, holte Mr. Chasse vom Fernseher herunter, sah ihn einen Moment an, stellte ihn wieder hin und verdrehte weiter die Hände. »Nun, das Gesetz ist eines«, sagte sie, »und ich bin die erste, die zugibt, daß ich es nicht ganz verstehe. Aber jemand müßte ihnen sagen, daß er verrückt ist. Daß er seine Frau prügelt und verrückt ist.«

»Du weißt gar nicht, *wie* verrückt«, sagte Ralph, und dann erzählte er ihnen zum erstenmal die Geschichte, was sich im vergangenen Sommer draußen beim Flughafen abgespielt hatte. Es dauerte etwa zehn Minuten. Als er fertig war, sagte keiner etwas – sie sahen ihn nur mit aufgerissenen Augen an.

»Was?« fragte Ralph unbehaglich. »Glaubt ihr mir nicht? Denkt ihr, ich habe mir alles nur eingebildet?«

»Selbstverständlich glaube ich dir«, sagte Lois. »Ich bin nur ... nun ... fassungslos. Und ich habe Angst.«

»Ralph, ich glaube, du solltest John Leydecker die Geschichte erzählen«, sagte McGovern. »Ich glaube nicht, daß er irgendwas damit anfangen kann, aber wenn ich mir Eds neue Spielkameraden ansehe, finde ich, er müßte die Information haben.«

Ralph dachte gründlich darüber nach, dann nickte er und stand auf. »Es geht nichts über die Gegenwart«, sagte er. »Möchtest du mitkommen, Lois?«

Sie überlegte, dann schüttelte sie den Kopf. »Ich bin müde«, sagte sie. »Und ein bißchen – wie nennen die jungen Leute das heutzutage? – ein bißchen ausgeflippt. Ich glaube, ich werde eine Weile die Füße hochlegen. Ein Nickerchen machen.«

»Tu das«, sagte Ralph. »Du siehst wirklich ein wenig mitgenommen aus. Und danke für das Essen.« Er beugte sich impulsiv über sie und gab ihr einen Kuß auf den Mundwinkel. Lois sah erstaunt und dankbar zu ihm auf.

6

Ralph schaltete etwas mehr als sechs Stunden später den Fernseher ein, als Lisette Benson gerade die Abendnachrichten beendete und an den Sportmoderator weitergab. Die Demonstration vor WomanCare war auf den zweiten Platz verdrängt worden – Aufmacher des Abends waren die anhaltenden Vorwürfe, daß Gouverneurin Greta Powers als Studentin Kokain genommen hätte –, und es gab nichts Neues, davon abgesehen, daß Dan Dalton jetzt als Kopf der Friends of Life dargestellt wurde. Ralph dachte sich, daß *Galionsfigur* der zutreffendere Ausdruck gewesen wäre. Hatte Ed tatsächlich schon das Sagen? Wenn nicht, würde er es wahrscheinlich bald haben, vermutete Ralph – spätestens Weihnachten. Eine interessantere Frage war, was Eds Arbeitgeber von seinen

Problemen mit Recht und Ordnung in Derry halten mochten. Ralph hatte eine Ahnung, daß ihnen das von heute weitaus weniger gefallen würde als letzten Monat die Anzeige wegen ehelicher Grausamkeit; er hatte erst kürzlich gelesen, daß die Hawking Laboratorien demnächst zum fünften Forschungslabor im Nordosten werden würden, das mit Embryogewebe arbeitete. Wahrscheinlich gefiel ihnen die Neuigkeit nicht, daß einer ihrer Chemiker festgenommen worden war, weil er mit falschem Blut gefüllte Puppen auf eine Klinik geworfen hatte, wo Abtreibungen durchgeführt wurden. Und wenn sie erfuhren, wie verrückt er tatsächlich war –

Wer sollte es ihnen sagen, Ralph? Du?

Nein. Das war ein Schritt weiter, als er zu gehen bereit war, jedenfalls vorläufig. Im Gegensatz zu dem Ausflug zum Polizeirevier mit Bill McGovern heute nachmittag, um John Leydecker von dem Zwischenfall letzten Sommer zu erzählen, kam ihm das wie Aufhetzerei vor. Als würde man TÖTET DIESE FOTZE neben das Bild einer Frau schreiben, deren Ansichten man nicht teilte.

Das ist Quatsch, wie du sehr genau weißt.

»Ich weiß gar nichts«, sagte er, stand auf und ging zum Fenster. »Ich bin zu *müde*, etwas zu wissen.« Aber als er dort stand und auf der anderen Straßenseite zwei Männer mit je einem Sechserpack Bier aus dem Red Apple kommen sah, wußte er plötzlich *doch* etwas, erinnerte sich an etwas, das ihm einen kalten Schauer über den Rücken jagte.

Heute morgen, als er aus dem Rite Aid gekommen und überwältigt von den Auren gewesen war – und dem Gefühl, als hätte er eine neue Stufe der Wahrnehmung erreicht –, hatte er sich immer wieder ermahnt, sich daran zu erfreuen, es aber nicht zu glauben; wenn es ihm nicht gelänge, diese lebenswichtige Unterscheidung zu treffen, würde er im selben Boot wie Ed Deepneau enden. Dieser Gedanke hatte fast die Tür zu einer assoziativen Erinnerung aufgestoßen, aber die wabernden Auren auf dem Parkplatz hatten ihn davon abgelenkt, bevor er sie ganz zu fassen bekommen hatte. Jetzt fiel es ihm wieder ein: *Ed* hatte etwas davon gesagt, daß er Auren sah, oder nicht?

Nein, er hat vielleicht Auren gemeint, *aber das Wort, das er tatsächlich benutzt hat, war Farben. Ich bin fast sicher. Gleich nachdem er davon gesprochen hatte, daß er überall die Leichen von Babys sah, sogar auf den Dächern. Er sagte –*

Ralph sah den beiden Männern zu, wie sie in einen schrottreifen alten Lastwagen einstiegen, und dachte sich, daß er sich nicht mehr an Eds genaue Worte erinnern würde; er war einfach zu müde. Dann fuhr der Lastwagen los und zog eine Abgaswolke hinter sich her, die ihn an den roten Dunst erinnerte, den er heute vormittag aus dem Auspuff des Bäckereiwagens kommen gesehen hatte, und da wurde eine weitere Tür aufgestoßen, und die Erinnerung kam.

»Er hat gesagt, manchmal wäre die Welt voller Farben«, sagte Ralph zu seinem einsamen Apartment, »aber irgendwann würden sie alle schwarz werden. Ich *glaube,* das war es.«

Er war nahe dran, aber war das alles? Ralph dachte, daß Ed noch etwas mehr gesagt hatte, aber er konnte sich nicht erinnern. Spielte das eine Rolle? Seine Nerven bejahten diese Frage nachdrücklich – der kalte Schauer auf seinem Rücken war stärker geworden.

Hinter ihm läutete das Telefon. Ralph drehte sich um und sah es in einem Schimmer widerlichen roten Lichts, dunkelrot, die Farbe von Nasenbluten und

(Hähnen Kampfhähnen)

Hahnenkämmen.

Nein, stöhnte es in seinem Inneren. *O nein, Ralph, nicht schon wieder –*

Jedesmal wenn das Telefon läutete, wurde die Aura des Lichts heller. In den Intervallen der Stille wurde sie dunkler. Es war, als würde man ein geisterhaftes Herz mit einem Telefon in der Mitte sehen.

Ralph kniff die Augen fest zusammen, und als er sie wieder aufschlug, war die rote Aura um das Telefon herum verschwunden.

Nein, du kannst sie jetzt gerade nur nicht sehen. Ich bin nicht sicher, aber ich glaube, ich habe sie verschwinden lassen. Wie etwas in einem lichten Traum.

Als er durch das Zimmer zum Telefon ging, sagte er sich – und zwar klipp und klar –, daß dieser Gedanke so verrückt sei wie die Auren überhaupt. Aber das stimmte nicht, und er *wußte* es. Denn wenn es verrückt war, wieso hatte er dann die hahnenkammrote Aura um das Telefon nur einmal angesehen und gewußt, daß Ed Deepneau der Anrufer war?

Das ist doch Unsinn, Ralph. Du glaubst, daß es Ed ist, weil dir Ed im Moment nicht aus dem Kopf geht ... und weil du so müde bist, daß du schon ganz wunderlich im Kopf wirst. Los doch, nimm ab, wirst schon sehen. Es ist nicht das verräterische Herz, nicht einmal das verräterische Telefon. Wahrscheinlich ein Typ, der dir ein Zeitschriftenabo verkaufen will, oder die Dame von der Blutbank, die sich wundert, warum du schon lange nicht mehr dort warst.

Aber er wußte es besser.

Ralph nahm den Hörer ab und sagte Hallo.

7

Keine Antwort. Aber es *war* jemand dran; Ralph konnte das Atmen hören.

»Hallo?« rief er noch einmal.

Immer noch keine sofortige Antwort, und er wollte gerade ankündigen: *Ich lege jetzt auf*, als Ed Deepneau sagte: »Ich habe wegen deinem Mund angerufen, Ralph. Er versucht, dich in Schwierigkeiten zu bringen.«

Der kalte Schauer auf seinem Rücken war kein Schauer mehr, sondern eine dünne Eisschicht, die ihn vom Nacken bis zum Steißbein überzog.

»Hallo, Ed. Ich hab dich heute in den Nachrichten gesehen.« Etwas anderes fiel ihm nicht ein. Seine Hand schien den Telefonhörer nicht zu halten, sondern sich daran zu klammern.

»Unwichtig, alter Junge. Hör mir nur gut zu. Ich hatte einen Besuch von diesem Detective, der mich letzten Sommer verhaftet hat – Leydecker. Er ist gerade eben gegangen.«

Ralph rutschte das Herz in die Hose, aber nicht so tief, wie er gedacht hatte. Schließlich war es nicht überraschend, daß

Leydecker Ed besucht hatte, oder nicht? Er hatte sich sehr für Ralphs Schilderung der Konfrontation beim Flughafen im Sommer 1992 interessiert. Wirklich sehr.

»Tatsächlich?« fragte Ralph gelassen.

»Detective Leydecker scheint den Eindruck zu haben, daß ich denke, Leute – möglicherweise übernatürliche Wesen – karrten Embryos auf Lastwagen aus der Stadt. Was für ein Lachschlager, hm?«

Ralph stand neben dem Sofa, zog die Telefonleitung müßig zwischen den Fingern hindurch und stellte fest, daß er dunkelrotes Licht wie Schweiß aus dem Kabel quellen sehen konnte. Das Licht pulsierte im Rhythmus von Eds Sprechweise.

»Du hast aus dem Nähkästchen geplaudert, alter Junge.«

Ralph schwieg.

»Es hat mich nicht gestört, daß du die Polizei gerufen hast, nachdem ich dem Flittchen die Lektion verpaßt hatte, die sie verdiente«, sagte Ed zu ihm. »Das habe ich auf, nun, großväterliche Fürsorge zurückgeführt. Oder vielleicht hast du gedacht, wenn sie dir dankbar genug ist, läßt sie sich vielleicht auf einen Gnadenfick mit dir ein. Schließlich bist du alt, aber noch nicht gerade reif für den Dino-Park. Vielleicht hast du gedacht, daß du zumindest mal einen Finger reinstecken dürftest.«

Ralph sagte nichts.

»Richtig, alter Junge?«

Ralph sagte nichts.

»Glaubst du, du kannst mich mit der Schweigenummer aus der Fassung bringen? Vergiß es.« Aber Ed hörte sich *doch* aus der Fassung gebracht an. Es war, als hätte er den Anruf mit einem bestimmten Drehbuch im Kopf unternommen, und Ralph weigerte sich nun, seine Dialogzeilen zu sprechen. »Das kannst du nicht ... du solltest besser nicht ...«

»Daß ich die Polizei angerufen habe, nachdem du Helen verprügelt hattest, hat dich nicht gestört, aber dein Gespräch heute mit Leydecker offensichtlich doch. Warum nur, Ed? Stellst du dir langsam ein paar Fragen nach deinem Verhalten? Und möglicherweise deinem Verstand?«

Nun war es an Ed, zu schweigen. Schließlich flüsterte er schroff: »Wenn du das nicht ernst nimmst, Ralph, wäre das dein größter Fehler –«

»Oh, ich nehme es ernst«, sagte Ralph. »Ich habe gesehen, was du heute getan hast, ich habe gesehen, was du letzten Monat mit deiner Frau gemacht hast ... und ich habe gesehen, was du letzten Sommer gemacht hast. Jetzt weiß es die Polizei auch. Ich habe dir zugehört, Ed, und jetzt hörst du mir zu. Du bist krank. Du hast eine Art Nervenzusammenbruch gehabt, du hast Halluzinationen –«

»Ich muß mir diese Scheiße nicht anhören!« kreischte Ed fast.

»Nein, das mußt du nicht. Du kannst auflegen. Schließlich ist es dein Geld. Aber bis du das tust, werde ich sprechen. Weil ich dich gern gehabt habe, Ed, und ich möchte dich wieder gern haben können. Du bist ein kluger Kopf, Halluzinationen hin oder her, und ich glaube, du verstehst mich: Leydecker weiß Bescheid, und Leydecker wird dich im Auge be –«

»Siehst du die Farben schon?« fragte Ed. Seine Stimme klang wieder ruhig. Im selben Augenblick verschwand das rote Leuchten um das Telefonkabel herum.

»Was für Farben?« fragte Ralph schließlich.

Ed achtete nicht auf die Frage. »Du hast gesagt, du hast mich gern. Nun, ich mag dich auch. Ich habe dich *immer* gemocht. Daher werde ich dir jetzt einen gutgemeinten Rat geben. Du schwimmst in tiefem Wasser, und es kreisen Dinge in der Strömung, die du dir nicht einmal *vorstellen* kannst. Du glaubst, ich bin verrückt, aber ich muß dir sagen, du weißt nicht, was Wahnsinn ist. Du hast nicht die geringste Ahnung. Aber du wirst es erfahren, wenn du dich weiter in Dinge einmischst, die dich nichts angehen. Glaub mir.«

»Was für Dinge?« fragte Ralph. Er versuchte, mit unbekümmerter Stimme zu sprechen, aber er umklammerte den Hörer immer noch so fest, daß seine Finger schmerzten.

»Mächte«, antwortete Ed. »Hier in Derry sind Mächte am Werk, von denen du gar nichts wissen willst. Hier gibt es ... nun, sagen wir einfach, hier gibt es *Wesenheiten*. Sie haben dich noch nicht bemerkt, aber wenn du dich weiter mit mir anlegst, werden sie es. Und das möchtest du sicher nicht. Glaub mir.«

Mächte. Wesenheiten.

»Du hast mich gefragt, wie ich das alles herausgefunden habe. Wer mich ins Spiel gebracht hat. Erinnerst du dich, Ralph?«

»Ja.« Und das stimmte. Jetzt. Das hatte Ed als letztes zu ihm gesagt, bevor er das breite Quizmastergrinsen aufgesetzt und zu den Polizisten gegangen war. *Ich habe die Farben gesehen, seit* er *hier war und es mir gesagt hat. Wir reden später darüber.*

»Der Arzt hat es mir gesagt. Der kleine kahle Arzt. Ich glaube, mit ihm wirst du es zu tun bekommen, wenn du wieder versuchen solltest, dich in meine Angelegenheiten einzumischen. Und dann gnade dir Gott.«

»Der kleine kahle Arzt, hm-hmm«, sagte Ralph. »Ja, ich verstehe. Zuerst der Scharlachrote König und seine Zenturionen, jetzt der kleine kahle Arzt. Ich nehme an, als nächstes ist es –«

»Verschon mich mit deinem Sarkasmus, Ralph. Bleib einfach weg von mir und meinen Interessen, hast du verstanden? *Bleib weg.*«

Ein Klick, und die Leitung war tot. Ralph betrachtete den Telefonhörer in seiner Hand lange Zeit, dann legte er auf.

Bleib einfach weg von mir und meinen Interessen.

Ja, warum nicht? Er hatte genug vor seiner eigenen Tür zu kehren.

Ralph ging langsam in die Küche, schob ein tiefgefrorenes Fertiggericht in den Herd (Schellfischfilet, um genau zu sein) und versuchte, Abtreibungsproteste, Auren, Ed Deepneau und den Scharlachroten König aus seinen Gedanken zu verdrängen.

Das war leichter, als er erwartet hatte.

Kapitel 6

I

Der Sommer verging wie immer in Maine, fast unbemerkt. Ralph wachte auch weiterhin viel zu früh auf, und als das Laub der Bäume entlang der Harris Avenue in leuchtenden Farben brannte, schlug er jeden Morgen gegen 2:15 Uhr die Augen auf. Das war beschissen, aber er sah seinem Termin bei James Roy Hong entgegen, und das unheimliche Feuerwerk nach seiner ersten Begegnung mit Joe Wyzer hatte sich nicht mehr wiederholt. Gelegentlich sah er ein Flackern an den Rändern von Gegenständen, aber Ralph stellte fest, wenn er die Augen zukniff und bis fünf zählte, war das Flackern verschwunden, wenn er sie wieder aufschlug.

Nun ... *normalerweise* verschwunden.

Susan Days Rede war auf Freitag, den achten Oktober, festgesetzt worden, und als der September zu Ende ging, nahmen die Proteste und öffentlichen Abtreibungsdebatten an Schärfe zu und kreisten immer mehr um ihren Auftritt. Ralph sah Ed häufig in den Fernsehnachrichten, manchmal in Begleitung von Dan Dalton, aber immer häufiger allein; er sprach stets rasch, argumentierte überzeugend und nicht selten mit einen schwachen Anflug von Humor nicht nur in den Augen, sondern auch in der Stimme.

Die Leute mochten ihn, und die Friends of Life zogen offenbar die großen Mitgliederzahlen an, von denen Daily Bread, die politische Vorläuferorganisation, nur hatte träumen können. Es wurden keine Puppen mehr geworfen oder andere gewalttätige Demonstrationen durchgeführt, aber es gab jede Menge Protestmärsche und Gegenmärsche, jede Menge Beschimpfungen und Fäusteschütteln und wütende Leserbriefe. Prediger verhießen Verdammnis; Lehrer traten für Mäßigung und Bildung ein; ein halbes Dutzend junge Frauen, die sich selbst Kesse Lesben für Jesus Christus nannten, wurden verhaftet, weil sie mit Spruchbändern wie VERPISST EUCH AUS

MEINEM KÖRPER vor der Baptistenkirche von Derry demonstrierten. Ein ungenannter Polizist wurde in den *Derry News* zitiert, er hoffe, Susan Day würde die Grippe oder so etwas bekommen und ihren Auftritt in Derry absagen.

Ralph bekam keine Nachricht mehr von Ed, aber am einundzwanzigsten September erhielt er eine Postkarte von Helen mit siebzehn jubilierenden Worten, die auf die Rückseite gekritzelt waren: »*Hurra, ein Job! Öffentliche Bibliothek in Derry! Ich fange nächsten Monat an! Wir sehen uns bald – Helen.*«

Ralph, der sich fröhlicher als in der Nacht von Helens Anruf fühlte, ging nach unten, um McGovern die Karte zu zeigen, aber die Tür der unteren Wohnung war verschlossen und verriegelt.

Dann Lois ... aber Lois war auch nicht da, wahrscheinlich zum Kartenspielen oder in die Stadt gegangen, um Wolle für einen neuen Pullover zu kaufen.

Gelinde verdrossen dachte Ralph darüber nach, daß die Leute, mit denen man gute Nachrichten am meisten teilen wollte, nie da waren, wenn man förmlich davon platzte, und schlenderte in den Strawford Park. Und da fand er Bill McGovern, der auf der Bank beim Softballfeld saß und weinte.

2

Weinen war vielleicht übertrieben; *Tränen vergießen* hätte es besser getroffen. Ein Taschentuch lugte aus einer knotigen Faust von McGovern heraus, und er beobachtete eine Mutter und ihren kleinen Sohn, die einen Ball an der Linie des ersten Mals entlangrollten, wo das letzte große Softballereignis der Saison – das Intramural City Tournament – gerade erst vor zwei Tagen zu Ende gegangen war.

Ab und zu hob er die Faust mit dem Taschentuch zum Gesicht und wischte sich die Augen ab. Ralph, der McGovern noch nie weinen gesehen hatte – nicht einmal bei Carolyns Beerdigung –, verweilte noch einen Moment beim Spielplatz und fragte sich, ob er zu McGovern oder einfach wieder nach Hause gehen sollte.

Schließlich nahm er allen Mut zusammen und ging zu der Parkbank. »Hallo, Bill«, sagte er.

McGovern sah mit roten, feuchten Augen und ein wenig verlegen auf. Er wischte sie wieder ab und versuchte zu lächeln. »Hi, Ralph. Du hast mich beim Flennen erwischt. Entschuldige.«

»Schon gut«, sagte Ralph und setzte sich. »Ich habe auch schon oft genug geweint. Was ist denn?«

McGovern zuckte die Achseln, dann tupfte er sich wieder die Augen ab. »Nichts weiter. Ich leide an den Folgen eines Paradoxons, das ist alles.«

»Und was wäre das für ein Paradoxon?«

»Etwas Gutes passiert mit einem meiner ältesten Freunde – dem Mann, der mir meine erste Stelle als Lehrer gegeben hat. Er stirbt.«

Ralph zog die Brauen hoch, sagte aber nichts.

»Er hat eine Lungenentzündung. Seine Tochter will ihn heute oder morgen ins Krankenhaus schaffen, dort werden sie ihn zumindest eine Weile an die eiserne Lunge anschließen, aber er wird mit ziemlicher Sicherheit sterben. Ich werde seinen Tod feiern, wenn es soweit ist, und ich glaube, das deprimiert mich am allermeisten.« McGovern machte eine Pause. »Du verstehst kein Wort von dem, was ich sage, oder?«

»Nee«, sagte Ralph. »Aber das macht nichts.«

McGovern sah ihm ins Gesicht, stutzte und schnaubte. Das Geräusch hörte sich schroff und tränenfeucht an, aber Ralph fand, daß es trotzdem als richtiges Lachen gelten konnte und riskierte ein zaghaftes Lächeln als Erwiderung.

»Hab ich was Komisches gesagt?«

»Nein«, sagte McGovern und klopfte ihm leicht auf die Schulter. »Ich habe nur dein Gesicht betrachtet, so ernst und aufrichtig – du bist wirklich ein offenes Buch, Ralph –, und mußte daran denken, wie sehr ich dich mag. Manchmal wünschte ich, ich könnte du *sein*.«

»Ganz bestimmt nicht um drei Uhr morgens«, sagte Ralph leise.

McGovern seufzte und nickte. »Die Schlaflosigkeit.«

»Ganz recht. Die Schlaflosigkeit.«

»Tut mir leid, daß ich gelacht habe, aber –«

»Du mußt dich nicht entschuldigen, Bill.«

»– aber bitte glaube mir, wenn ich sage, daß es ein *bewunderndes* Lachen war.«

»Wer ist dein Freund, und warum ist es gut, daß er stirbt?« fragte Ralph. Er vermutete bereits, was die Wurzel von McGoverns Paradoxon war; ganz so blauäugig naiv, wie Bill manchmal zu glauben schien, war er nun doch nicht.

»Sein Name lautet Bob Polhurst, und seine Lungenentzündung ist eine gute Nachricht, weil er seit dem Sommer '88 an der Alzheimerschen Krankheit leidet.«

Daran hatte Ralph gedacht ... aber AIDS war ihm auch kurz durch den Kopf gegangen. Er fragte sich, ob das McGovern schockieren würde, und er verspürte leichte Erheiterung bei dem Gedanken. Dann sah er den Mann an und schämte sich seiner Erheiterung. Er wußte, wenn es um Niedergeschlagenheit ging, war McGovern zumindest ein halber Profi, aber er glaubte nicht, daß die Trauer um seinen alten Freund deshalb weniger aufrichtig war.

»Bob war seit 1948, als er kaum älter als fünfundzwanzig gewesen sein konnte, bis 1981 oder '82 Dekan der historischen Fakultät der Derry High. Er war ein großartiger Lehrer, einer dieser immens klugen Köpfe, die man manchmal im Hinterland findet, wo sie ihr Licht unter den Scheffel stellen. Normalerweise werden sie Dekan ihrer Fakultät und lassen sich darüber hinaus ein halbes Dutzend fachfremde Aufgaben aufhalsen, weil sie einfach nicht nein sagen können. Bob konnte es sicher nicht.«

Die Mutter führte jetzt ihren kleinen Sohn an ihnen vorbei in Richtung der Snackbar, die saisonbedingt bald schließen würde. Das Gesicht des Kindes war außergewöhnlich durchscheinend, eine Schönheit, die durch die rosenfarbene Aura verstärkt wurde, die Ralph um den Kopf kreisen und in Form sanfter Wogen über das kleine, lebhafte Gesicht wabern sah.

»Können wir nach Hause gehen, Mom? Ich will jetzt mit meinem Play-Doh spielen. Ich möchte die Knetfamilie machen.«

»Gehen wir vorher etwas essen, großer Junge – okay? Mommy hat Hunger.«

»Okay.«

Eine hakenförmige Narbe verlief über den Nasenansatz des Jungen, und dort wurde das rosa Leuchten der Aura tief scharlachrot.

Ist mit acht Monaten aus der Krippe gefallen, dachte Ralph. *Wollte nach den Schmetterlingen des Mobiles greifen, das seine Mutter an die Decke gehängt hatte. Sie ist zu Tode erschrocken, als sie hineingelaufen ist und das viele Blut gesehen hat; sie dachte, der arme Junge würde sterben. Patrick, das ist sein Name. Sie nennt ihn Pat. Er wurde nach seinem Großvater genannt und –*

Er kniff einen Moment fest die Augen zu. Sein Magen flatterte leicht unmittelbar unter dem Adamsapfel, und plötzlich war er überzeugt, daß er sich übergeben müßte.

»Ralph?« fragte McGovern. »Alles in Ordnung?«

Er schlug die Augen auf. Keine Aura, weder rosa noch sonstwie; nur eine Mutter und deren Sohn, die in die Snackbar gingen, um etwas Kaltes zu trinken, und er konnte unmöglich wissen, auf gar keinen Fall, daß sie Pat nicht nach Hause bringen wollte, weil Pats Vater nach fast sechs trockenen Monaten wieder trank, und wenn er trank, wurde er bösartig –

Hör auf, um Gottes willen, hör auf.

»Mir geht es gut«, sagte er zu McGovern. »Hab etwas Staub ins Auge bekommen, das ist alles. Nur weiter. Erzähl mir von deinem Freund.«

»Da gibt es nicht viel zu erzählen. Er war ein Genie, aber im Lauf der Jahre bin ich zur Überzeugung gelangt, daß Genie eine völlig überschätzte Eigenschaft ist. Ich glaube, dieses Land ist *voll von* Genies, von Typen, die so klug sind, daß das durchschnittliche MENSA-Mitglied mit Ausweis dagegen wie Ficko der Clown aussieht. Und ich glaube, die meisten davon sind Lehrer, die in der Anonymität von Kleinstädten leben, weil sie es so haben wollen. Bob Polhurst wollte es auf jeden Fall so.

Er hat die Leute in einer Weise durchschaut, die mir Angst machte ... jedenfalls anfangs. Nach einer Weile stellte man fest, daß man keine Angst haben mußte, weil Bob gütig war, auch wenn er zunächst ein Gefühl von Furcht in einem erweckte. Manchmal fragte man sich, ob er einen mit gewöhnlichen Augen ansah, oder mit einer Art Röntgenapparat.«

An der Snackbar bückte sich die Frau mit einem kleinen Pappbecher Limonade. Der Junge griff grinsend mit beiden Händen danach und nahm ihn. Er trank durstig. Dabei pulsierte rosa Leuchten ganz kurz wieder um ihn herum, und Ralph wußte, daß er recht gehabt hatte: Der Junge hieß Patrick, und seine Mutter wollte nicht mit ihm nach Hause gehen. Das konnte er unmöglich wissen, aber er wußte es trotzdem.

»Wenn man damals«, sagte McGovern, »mitten aus dem tiefsten Maine kam und nicht hundertprozentig heterosexuell war, versuchte man wie der Teufel, dafür zu *gelten*. Eine andere Möglichkeit gab es nicht, es sei denn, man wäre nach Greenwich Village gezogen, hätte ein Barett getragen und die Samstagabende in den Jazzclubs verbracht, wo sie applaudierten, indem sie mit den Fingern schnippten. Damals war die Vorstellung von einem ›coming out‹ aus dem Versteck lächerlich. Für die meisten von uns gab es nur das Versteck. Wenn man nicht wollte, daß ein paar abgefüllte Jungs aus einer Studentenverbindung in einer dunklen Gasse auf einem saßen und versuchten, einem das Gesicht vom Kopf zu ziehen, war die *Welt* dein Versteck.«

Pat trank den Pappbecher leer und warf ihn auf den Boden. Seine Mutter befahl ihm, ihn aufzuheben und in den Mülleimer zu werfen, eine Aufgabe, die er mit ausgelassener Fröhlichkeit erfüllte. Dann nahm sie seine Hand, und sie schlenderten langsam aus dem Park. Ralph sah ihnen mit einem Gefühl der Bestürzung nach; er hoffte, die Ängste und Sorgen der Frau würden sich als unzutreffend erweisen, fürchtete aber, daß es sich nicht so verhielt.

»Als ich mich um die Stelle an der historischen Fakultät der Derry High bewarb – das war 1951 – hatte ich gerade zwei Jahre im Hinterland unterrichtet, in Lubec, wo sie abends die Bürgersteige hochklappen, und ich dachte mir, wenn ich dort zurechtkam, ohne daß Fragen gestellt wurden, würde ich überall zurechtkommen. Aber Bob sah mich nur einmal mit seinem Röntgenblick an – verdammt, er sah in mein *Innerstes* –, und da wußte er es. Und er war auch nicht schüchtern. ›Wenn ich mich entscheide, Ihnen diesen Job zu geben, und wenn Sie sich entscheiden, ihn anzunehmen, Mr. McGovern, darf ich dann davon ausgehen, daß es niemals auch nur den geringsten Ärger wegen ihrer sexuellen Präferenzen geben wird?‹

Sexuelle Präferenzen, Ralph! Mann, oh Mann! Vor diesem Tag hätte ich mir nicht einmal *träumen* lassen, daß es so einen Ausdruck überhaupt gab, aber ihm kam er leichter als ein geschmiertes Kugellager über die Lippen. Ich wollte aufbrausen und ihm sagen, ich hätte nicht die geringste Ahnung, wovon er redete, aber ich sei trotzdem äußerst verärgert – aus allgemeinen Prinzipien, gewissermaßen –, aber dann sah ich ihm noch einmal ins Gesicht und wußte, ich konnte es mir sparen. Ich hatte vielleicht ein paar Leute in Lubec hinters Licht führen können, aber bei Bob Polhurst würde mir das nicht gelingen. Er war selbst noch keine dreißig und wahrscheinlich in seinem ganzen Leben nicht mehr als ein dutzendmal südlich von Kittery gewesen, aber er wußte alles von mir, das zählte, und um es herauszufinden, hatte er nur ein zwanzigminütiges Gespräch gebraucht.

›Nein, Sir, nicht den geringsten‹, sagte ich so sanftmütig wie Marys kleines Lamm.«

McGovern tupfte sich wieder die Augen mit dem Taschentuch ab, aber diesmal fand Ralph, daß es hauptsächlich eine theatralische Geste war.

»In den dreiundzwanzig Jahren, bevor ich ans Derry Community College ging, hat Bob mir alles beigebracht, was ich über das Unterrichten und Schachspielen weiß. Er war ein brillanter Spieler … ich kann dir sagen, er hätte diesem Windbeutel Faye Chapin mit Sicherheit eine harte Nuß zu knacken gegeben. Ich habe ihn nur einmal geschlagen, aber da hatte die Alzheimersche Krankheit ihn schon in den Klauen. Danach habe ich nie wieder mit ihm gespielt.

Und da war noch viel mehr. Er hat nie einen Witz vergessen. Er vergaß nie die Geburts- oder Festtage der Menschen, die ihm nahestanden – er schickte keine Karten oder machte Geschenke, aber er gratulierte immer und wünschte alles Gute, und niemand zweifelte je daran, daß er es ehrlich meinte. Er veröffentlichte über siebzig Artikel zur Didaktik des Geschichtsunterrichts und über den Bürgerkrieg, der sein Spezialgebiet war. 1967 und 1968 hat er ein Buch mit dem Titel *Later That Summer* geschrieben, über die Monate nach Gettysburg. Er hat mich das Manuskript vor zehn Jahren lesen lassen, und ich finde, es ist das beste Buch über den Bürgerkrieg, das ich jemals gelesen habe – das einzige, das auch nur in die Nähe kommt, ist ein Roman mit dem Titel *The Killer Angels* von Michael Shaara. Aber von einer Veröffentlichung wollte Bob nichts hören. Als ich ihn nach dem Grund fragte, antwortete er, daß ausgerechnet ich das doch verstehen müßte.«

McGovern verstummte kurz und sah durch den Park, der von grün-goldenem Licht und einem schwarzen Gitter von Schatten erfüllt war, die sich bei jedem Hauch des Windes bewegten.

»Er sagte, er hätte Angst davor, an die Öffentlichkeit zu gehen.«

»Okay«, sagte Ralph. »Ich verstehe.«

»Vielleicht vermittelt das den besten Eindruck von ihm: Er hat das große Sonntagskreuzworträtsel der *New York Times* mit Tinte ausgefüllt. Ich habe ihn einmal deswegen aufgezogen – habe ihm Hybris vorgeworfen. Er grinste und sagte zu mir: ›Es ist ein großer Unterschied zwischen Stolz und Optimismus, Bill – ich bin Optimist, das ist alles.‹

Wie dem auch sei, du wirst verstehen, was ich meine. Ein gütiger Mann, ein guter Lehrer, ein brillanter Denker. Sein Fachgebiet war der Bürgerkrieg, und heute weiß er nicht einmal mehr, was ein Bürgerkrieg ist, geschweige denn, wer unseren gewonnen hat. Verdammt, er weiß nicht einmal seinen eigenen Namen, und irgendwann einmal – je früher, desto besser – wird er sterben ohne zu wissen, daß er je gelebt hat.«

Ein Mann mittleren Alters in einem T-Shirt der University of Maine und ein paar zerrissenen Bluejeans, der eine zerknitterte Papiertüte unter einem Arm trug, kam über den Spielplatz geschlurft. Er blieb neben der Snackbar stehen, um den Inhalt einer Abfalltonne in der Hoffnung zu untersuchen, er könnte vielleicht eine oder zwei Pfanddosen finden. Als er sich bückte, sah Ralph die dunkelgrüne Hülle, die ihn umgab, und die hellgrüne Ballonschnur, die flatternd über seinem

Kopf aufstieg. Und plötzlich war er zu müde, um die Augen zu schließen und es wegzuwünschen.

Er drehte sich zu McGovern um und sagte: »Seit letzten Monat sehe ich Dinge, die –«

»Ich glaube, ich bin in Trauer«, sagte McGovern und wischte sich noch einmal theatralisch über die Augen, »aber ich weiß nicht, ob wegen Bob oder meinetwegen. Ist das nicht ein Heuler? Aber wenn du hättest sehen können, wie scharfsinnig er damals war, wie gottverdammt erschreckend scharfsinnig ...«

»Bill? Siehst du den Mann da drüben bei der Snackbar? Der sich durch den Abfall wühlt. Ich sehe –«

»Ja, diese Typen sieht man heute überall«, sagte McGovern und warf dem Penner (der zwei leere Budweiser-Dosen gefunden und in seiner Tüte verstaut hatte) einen flüchtigen Blick zu, bevor er sich wieder zu Ralph umdrehte. »Ich hasse es, alt zu sein – ich schätze, darauf läuft es letztendlich wirklich hinaus. Ich meine, im großen Stil.«

Der Penner näherte sich ihrer Bank, mit leicht gebeugten Knien schlurfend, und der Wind kündigte sein Kommen mit einem Duft an, der alles andere als English Leather war. Seine Aura – ein leuchtendes, lebhaftes Grün, bei dem Ralph an Girlanden für den St.-Patricks-Tag denken mußte – vertrug sich schwerlich mit der unterwürfigen Haltung und dem schiefen Grinsen.

»Hallo, Jungs! Wie geht's uns denn?«

»Ging schon besser«, sagte McGovern und zog seine sardonische Braue hoch, »und ich nehme an, es wird uns auch wieder besser gehen, wenn du dich verzogen hast.«

Der Penner sah McGovern unsicher an, schien zu dem Ergebnis zu kommen, daß hier nichts zu holen war, und wandte sich an Ralph. »Ham Sie'n bißchen Kleingeld, Mister? Muß nach Dexter. Mein Onkel hat mich da im Asyl in der Neibolt Street angerufen und gesagt, ich kann mein' alten Job in der Fabrik wiederham, aber nur wenn ich ...«

»Verzieh dich, Kumpel«, sagte McGovern.

Der Penner warf ihm einen kurzen, ängstlichen Blick zu, dann richtete er seine blutunterlaufenen Augen wieder auf

Ralph. »Iss'n guter Job, wissense? Ich könnte ihn wiederham, aber nur, wenn ich heute noch hinkomm. Da iss'n Bus ...«

Ralph griff in die Tasche, fand einen Vierteldollar und zehn Cent und ließ sie in die ausgestreckte Hand fallen. Der Penner grinste. Die Aura um ihn herum wurde heller und verschwand plötzlich. Für Ralph war es eine große Erleichterung.

»He, Klasse! Danke, Mister!«

»Nichts zu danken«, sagte Ralph.

Der Penner schlurfte in Richtung des Shop 'n Save, wo Marken wie Night Train, Old Duke und Silver Satin immer im Sonderangebot waren.

O Scheiße, Ralph, würde es schaden, wenn du auch im Kopf ein wenig wohltätig wärst? fragte er sich selbst. *Noch eine halbe Meile in diese Richtung, und man kommt zur Bushaltestelle.*

Das stimmte zwar, aber Ralph hatte lange genug gelebt, um zu wissen, daß ein himmelweiter Unterschied zwischen wohltätigem Denken und Illusionen herrschte. Wenn der Penner mit der dunkelgrünen Aura tatsächlich zur Bushaltestelle schlurfte, dann würde Ralph als Staatssekretär nach Washington gehen.

»Das solltest du nicht tun«, sagte McGovern vorwurfsvoll. »Es ermutigt sie nur.«

»Kann sein«, sagte Ralph resigniert.

»Was hast du gesagt, als wir so unhöflich unterbrochen wurden?«

Jetzt schien es eine unglaublich schlechte Idee zu sein, McGovern von den Auren zu erzählen, und er konnte sich um nichts auf der Welt mehr vorstellen, wieso er überhaupt daran gedacht hatte. Die Schlaflosigkeit – das war selbstverständlich die Antwort. Sie hatte neben seinem Kurzzeitgedächtnis und seiner Sinneswahrnehmung auch seinen gesunden Menschenverstand beeinträchtigt.

»Daß ich heute morgen etwas mit der Post bekommen habe«, sagte Ralph. »Ich dachte mir, daß dich das vielleicht ein wenig aufmuntert.« Er gab Helens Postkarte an McGovern, der sie las und dann noch einmal las. Beim zweitenmal erstrahlte sein langes Pferdegesicht zu einem breiten Grinsen.

Als Ralph die Mischung aus Erleichterung und aufrichtiger Freude in diesem Ausdruck sah, verzieh er McGovern seine selbstgefällige Art augenblicklich. Man vergaß allzu leicht, daß Bill nicht nur schwülstig, sondern auch großzügig sein konnte.

»Das ist ja toll, oder nicht? Ein Job!«

»Das ist es. Möchtest du es mit einem Mittagessen feiern? Zwei Türen vom Rite Aid entfernt gibt es einen hübschen kleinen Imbiß – Day Break, Sun Down heißt er. Vielleicht ein bißchen zu alternativ angehaucht, aber –«

»Danke, aber ich habe Bobs Tochter versprochen, daß ich vorbeikommen und eine Weile bei ihm sitzenbleiben würde. Selbstverständlich hat er nicht die geringste Ahnung, wer ich bin, aber das spielt keine Rolle, weil *ich* weiß, wer *er* ist. *Capisce?*«

»Jawoll«, sagte Ralph. »Aufgeschoben ist nicht aufgehoben, ja?«

»So ist es.« McGovern las die Postkarte noch einmal, immer noch grinsend. »Das ist die Wucht – die absolute Wucht in Tüten!«

Ralph mußte über diesen reizenden, altmodischen Ausdruck lachen. »Fand ich auch.«

»Ich hätte fünf Piepen mit dir gewettet, daß sie wieder in die Ehe mit diesem Verstörten zurückkehren und das Baby mit seinem verdammten Wagen vor sich herschieben würde ... aber ich hätte das Geld mit Freuden verloren. Ich nehme an, das klingt verrückt.«

»Ein wenig«, sagte Ralph, aber nur weil er wußte, daß McGovern das zu hören erwartete. In Wirklichkeit dachte er, daß Bill McGovern gerade seinen Charakter und sein Weltbild treffender zusammengefaßt hatte, als Ralph es selbst je vermocht hätte.

»Schön zu wissen, daß es jemandem besser statt schlechter geht, was?«

»Worauf du dich verlassen kannst.«

»Hat Lois das schon gesehen?«

Ralph schüttelte den Kopf. »Sie ist nicht zu Hause. Ich zeige ihr die Karte aber, wenn ich sie sehe.«

»Tu das. Schläfst du besser, Ralph?«

»Ich denke, es geht ganz gut.«

»Prima. Du siehst ein bißchen besser aus. Ein bißchen kräftiger. Wir dürfen nicht aufgeben, Ralph, nur darauf kommt es an. Hab ich recht?«

»Ich schätze schon«, sagte Ralph und seufzte. »Ich schätze schon, jedenfalls damit.«

3

Zwei Tage später saß Ralph an seinem Küchentisch, aß eine Schüssel Kleieflocken, die er eigentlich gar nicht wollte (von denen er aber auf eine vage Weise vermutete, daß sie gut für ihn waren), und las die erste Seite der *Derry News*. Er hatte den Leitartikel hastig überflogen, aber sein Blick fiel immer wieder auf das Foto; es schien sämtliche negativen Gefühle auszudrücken, mit denen er den vergangenen Monat gelebt hatte, ohne sie in irgendeiner Form zu erklären.

Ralph fand, daß die Schlagzeile über der Fotografie – DEMONSTRATION VOR WOMANCARE ENDET IN GEWALT – keineswegs den anschließenden Artikel reflektierte, aber das überraschte ihn nicht; er las die *News* nun schon seit Jahren und hatte sich an ihre Voreingenommenheit gewöhnt, zu der auch ein entschiedener Anti-Abtreibungs-Standpunkt gehörte. Dennoch hatte das Blatt sorgfältig darauf geachtet, sich im heutigen »Tss-tss, nun aber Schluß damit, Jungs«-Editorial von den Friends of Life zu distanzieren, und das überraschte Ralph nicht. Die Friends hatten sich auf dem Parkplatz zwischen WomanCare und dem Derry Home Hospital versammelt und auf eine Gruppe von zweihundert Abtreibungsbefürwortern gewartet, die vom Bürgerzentrum durch die Stadt marschiert waren. Die meisten Protestierenden trugen Schilder mit dem Bild von Susan Day und dem Motto FREIE ENTSCHEIDUNG STATT ANGST.

Es war die Absicht der Demonstranten gewesen, unterwegs Anhänger mitzureißen, wie ein Schneeball, der bergab rollt.

Bei WomanCare sollte eine kurze Veranstaltung stattfinden – um die Leute auf den bevorstehenden Besuch von Susan Day einzustimmen –, anschließend sollten Erfrischungen gereicht werden. Die Veranstaltung fand nie statt. Als sich die Befürworter dem Parkplatz näherten, kamen die Anhänger der Friends of Life aus ihrem Versteck und versperrten die Straße, wobei sie ihre eigenen Schilder (MORD IST MORD, SUSAN DAY, BLEIB FORT; STOPPT DAS GEMETZEL AN UNSCHULDIGEN) wie Schutzschilde vor sich hertrugen.

Die Demonstranten waren von der Polizei eskortiert worden, aber niemand war darauf vorbereitet gewesen, wie schnell Zwischenrufe und böse Worte zu Fußtritten und Faustschlägen eskalieren könnten. Angefangen hatte es damit, daß eine Angehörige der Friends of Life ihre eigene Tochter unter den Befürwortern entdeckt hatte. Die ältere Frau hatte ihr Schild fallen lassen und war auf die jüngere zugestürmt. Der Freund der Tochter hatte die ältere Frau abgefangen und versucht, sie festzuhalten. Als Mom ihm mit den Fingernägeln das Gesicht zerkratzte, hatte der junge Mann sie zu Boden geworfen. Das hatte zu einem zehnminütigen Handgemenge und über dreißig Festnahmen geführt, etwa zu gleichen Teilen aus beiden Gruppen.

Das Bild auf der Titelseite der heutigen *News* zeigte Hamilton Davenport und Dan Dalton. Der Fotograf hatte Davenport mit einem verzerrten Gesichtsausdruck erwischt, der sich völlig von seinem sonstigen Ausdruck gelassener Selbstzufriedenheit unterschied. Eine Faust hatte er als primitive Geste des Triumphs über den Kopf erhoben. Ihm gegenüber stand der *große Zampano* der Friends of Life, der Hams FREIE ENTSCHEIDUNG STATT ANGST-Schild oben um den Kopf herum trug wie einen surrealistischen Heiligenschein aus Pappe. Daltons Augen waren umwölkt, sein Mund schlaff. Auf dem kontrastreichen Schwarzweißfoto sah das Blut, das aus seinen Nasenlöchern floß, wie Schokoladensauce aus.

Ralph wandte den Blick eine Zeitlang davon ab, versuchte sich auf seine Frühstücksflocken zu konzentrieren, und dann mußte er wieder an den Tag im vergangenen Sommer denken, als er zum erstenmal einen dieser »Pseudo-Steckbriefe« gesehen hatten, die nun überall in Derry hingen – den Tag, als er vor dem Strawford Park fast das Bewußtsein verloren hatte. Am meisten konzentrierte sich sein Verstand auf die Gesichter: Davenports voll wütender Intensität, als er zum staubigen Schaufenster von Secondhand Rose, Secondhand Clothes hineinschaute, Daltons mit einem kleinen, abfälligen Lächeln, als wollte er sagen, daß man von einem Affen wie Hamilton Davenport nicht erwarten konnte, daß er die höhere Moral der Abtreibungsfrage begriff, wie sie beide sehr wohl wußten.

Ralph mußte an diese beiden Mienen und die Distanz zwischen den beiden Männern denken, die sie zur Schau stellten, und nach einer Weile wanderte sein bestürzter Blick zu dem Zeitungsfoto zurück. Zwei Männer standen dicht hinter Dalton, beide trugen Pro-Life-Spruchbänder und beobachteten die Auseinandersetzung aufmerksam. Ralph kannte den hageren Mann mit der Hornbrille und dem schütteren grauen Haarschopf nicht, aber den Mann neben ihm kannte er durchaus. Es war Ed Deepneau. Doch in diesem Zusammenhang schien Ed fast gar keine Rolle zu spielen. Was Ralph fesselte – und ängstigte –, waren die Gesichter der beiden Männer, die seit Jahren benachbarte Geschäfte in der Lower Witcham Street betrieben – Davenport mit seiner Höhlenmenschengrimasse und der geballten Faust, Dalton mit dem leeren Blick und der blutigen Nase.

Er dachte: *Wenn man mit seiner Leidenschaft nicht aufpaßt, bringt sie einen so weit. Aber an dieser Stelle sollte es besser aufhören, denn …*

»Denn wenn die beiden Kanonen gehabt hätten, hätten sie sich gegenseitig erschossen«, murmelte er, und in diesem Augenblick läutete es an der Tür – der zur vorderen Veranda. Ralph stand auf, betrachtete das Bild noch einmal und spürte, wie eine Art Schwindel über ihn kam. Eine seltsame, bedrückende Gewißheit ging damit einher: Ed stand da unten, und weiß Gott, was er wollte.

Dann mach nicht auf, Ralph!

Er stand einen unentschlossenen Augenblick neben dem Küchentisch und wünschte sich verzweifelt, er könnte den Nebel durchdringen, der dieses Jahr Dauergast in seinem

Kopf zu sein schien. Dann läutete es noch einmal, und er stellte fest, daß er sich schon entschieden *hatte.* Es hätte keine Rolle gespielt, wenn Saddam Hussein da unten gestanden hätte; dies war *sein* Haus, und er würde sich nicht darin verstecken wie ein geprügelter Köter.

Ralph durchquerte das Wohnzimmer, machte die Tür zur Diele auf und ging die schattige Treppe hinunter.

4

Auf halbem Weg nach unten entspannte er sich ein wenig. Die obere Hälfte der Tür zur vorderen Veranda bestand aus dicken Glasscheiben. Sie verzerrten den Blick, aber nicht sehr, und daher konnte Ralph sehen, daß es sich bei seinen beiden Besuchern um Frauen handelte. Er erriet sofort, wer eine von ihnen sein mußte, daher hastete er den Rest des Wegs nach unten und ließ eine Hand leicht auf dem Geländer hinabgleiten. Er riß die Tür auf, und da stand Helen Deepneau mit einer Tragetasche (BABYSTATION ERSTE HILFE war auf eine Seite aufgedruckt) über der einen Schulter; über die andere sah Natalie, deren Augen so sehr glänzten wie die einer Zeichentrickmaus. Helen lächelte hoffnungsvoll und ein wenig nervös.

Plötzlich strahlte Natalie über das ganze Gesicht, hüpfte in dem Babytragegurt von Papoose auf und ab, den Helen trug, und winkte mit den Armen aufgeregt in Ralphs Richtung.

Sie erinnert sich an mich, dachte Ralph. *Was sagt man dazu.* Und als er den Arm ausstreckte und eine der winkenden Hände seinen rechten Zeigefinger ergreifen ließ, schossen ihm Tränen in die Augen.

»Ralph?« fragte Helen. »Alles in Ordnung?«

Er lächelte, nickte, kam näher und umarmte sie. Er spürte, wie ihm Helen die Arme um den Hals legte. Einen Augenblick machte ihn der Duft ihres Parfums schwindlig, in den sich der Milchgeruch des gesunden Babys mischte, dann gab sie ihm einen hallenden Schmatz aufs Ohr und ließ ihn los.

»Es *ist* alles in Ordnung, oder nicht?« fragte sie. Auch in ihren Augen standen Tränen, aber Ralph bemerkte sie kaum; er war zu sehr mit seiner Inventur beschäftigt, da er sicherstellen wollte, daß keine Spuren der Prügel zurückgeblieben waren. Soweit er erkennen konnte, waren keine mehr zu sehen. Sie sah makellos aus.

»Im Augenblick mehr als in den letzten Wochen«, sagte er. »Du bist so ein *wunderschöner* Anblick für meine alten Augen. Und du auch, Nat.« Er küßte die kleine, pummelige Hand, die noch seinen Finger hielt, und war nicht völlig überrascht, als er den geisterhaften grau-blauen Lippenabdruck sah, den sein Mund hinterlassen hatte. Er verblaßte fast, ehe Ralph ihn richtig zur Kenntnis genommen hatte, und er umarmte Helen noch einmal – in erster Linie um sicherzustellen, daß sie wirklich da war.

»Lieber Ralph«, murmelte sie ihm ins Ohr. »Lieber, süßer Ralph.«

Er spürte eine Regung in den Lenden, die offenbar durch das Zusammenwirken ihres Parfums und des sanften Kitzels ihres Atems an seinem Ohr hervorgerufen wurde ... und dann fiel ihm eine andere Stimme ein, die ihm ins Ohr gesprochen hatte. Eds Stimme. *Ich habe wegen deinem Mund angerufen, Ralph. Er versucht, dich in Schwierigkeiten zu bringen.*

Ralph ließ sie los und hielt sie lächelnd auf Armeslänge von sich. »Du bist ein Anblick für meine trüben Augen, Helen. Der Blitz soll mich treffen, wenn es nicht so ist.«

»Du auch. Ich möchte, daß du eine Freundin von mir kennenlernst. Ralph Robert, Gretchen Tillbury. Gretchen, Ralph.«

Ralph drehte sich zu der anderen Frau um und sah sie zum erstenmal genau an, während er ihre schlanke weiße Hand behutsam in seine große, knotige nahm. Sie war der Typ Frau, bei der ein Mann (auch einer, der die Sechzig schon hinter sich gelassen hatte) gerade stehen und den Bauch einziehen wollte. Sie war groß, etwa einsachtzig, und sie war blond, aber das allein war es nicht. Da war noch etwas anderes – etwas wie ein Geruch, eine Vibration oder

eine Aura.

Ja, genau, wie eine Aura. Sie war schlicht und einfach eine Frau, die man nicht übersehen, an der man nicht vorbeidenken konnte, eine Frau, bei deren Anblick man automatisch ins Spekulieren geriet.

Ralph erinnerte sich, wie Helen ihm erzählt hatte, daß Gretchens Mann ihr den Oberschenkel mit einem Küchenmesser aufgeschlitzt und sie liegengelassen hatte, damit sie verblutete. Er fragte sich, wie ein Mann so etwas tun konnte; wie ein Mann ein solches Geschöpf überhaupt mit etwas anderem als Ehrfurcht und Liebe ansehen konnte.

Und möglicherweise ein wenig Lust, nachdem er das »Sie-wandelt-in-Schönheit-wie-die-Nacht«-Stadium hinter sich gelassen hatte. Und übrigens, Ralph, es wäre vielleicht der geeignete Zeitpunkt, deine Augäpfel in die Höhlen zurückzukurbeln.

»Freut mich außerordentlich, Sie kennenzulernen«, sagte er und ließ ihre Hand los. »Helen hat mir erzählt, wie Sie sie im Krankenhaus besucht haben. Danke für Ihre Hilfe.«

»Es war ein Vergnügen, Helen zu helfen«, sagte Gretchen und schenkte ihm ein atemberaubendes Lächeln. »Sie ist die Art Frau, für die sich die ganze Arbeit lohnt … aber ich denke, das wissen Sie bereits.«

»Das könnte schon sein«, sagte Ralph. »Habt ihr Zeit für eine Tasse Kaffee? Bitte, sagt ja, wenn ihr könnt. Ich möchte euch wirklich noch eine Weile bei mir haben.«

Gretchen sah Helen an, die nickte.

»Das wäre schön«, sagte Helen. »Denn … nun …«

»Es ist nicht nur ein reiner Höflichkeitsbesuch, richtig?« fragte Ralph, der von Helen zu Gretchen Tillbury und wieder zurück zu Helen sah.

»Nein«, sagte Helen. »Wir müssen uns über etwas unterhalten, Ralph.«

5

Kaum hatten sie das obere Ende der halbdunklen Treppe erreicht, zappelte Natalie unruhig in dem Papoose-Träger und plapperte in dem gebieterischen Babylatein, das nur allzu bald richtigen, verständlichen Wörtern weichen würde.

»Kann ich sie nehmen?« fragte Ralph.

»Einverstanden«, sagte Helen. »Wenn sie weint, nehme ich sie wieder.«

»Abgemacht.«

Aber das Verherrlichte & Angebetete Baby weinte nicht. Kaum hatte Ralph es aus dem Papoose genommen, schlang es ihm freundschaftlich einen Arm um den Hals und nestelte seine Kehrseite in die Beuge seines rechten Arms, als wäre der sein eigener, persönlicher Liegestuhl.

»Mann«, sagte Gretchen. »Ich bin beeindruckt.«

»Blig!« sagte Natalie, ergriff Ralphs Unterlippe und zog sie wie eine Jalousie heraus. »Ganna-wig! Andoo-sis!«

»Ich glaube, sie hat gerade etwas über die Andrews Sisters gesagt«, sagte Ralph. Helen warf den Kopf zurück und lachte ihr herzliches Lachen, das von ganz unten, von den Fersen, heraufzukommen schien. Erst als Ralph es hörte, wurde ihm klar, wie sehr er es vermißt hatte.

Natalie ließ Ralphs Unterlippe zurückschnappen, als er sie in die Küche führte, um diese Tageszeit der sonnigste Raum im ganzen Haus. Er stellte fest, daß Helen sich neugierig umsah, als er den Herd einschaltete, und ihm wurde klar, daß sie lange nicht mehr hiergewesen war. Zu lange. Sie nahm das Bild von Carolyn, das auf dem Küchentisch stand, und betrachtete es eingehend, während ein verhaltenes Lächeln um ihre Lippen spielte. Die Sonne ließ die Spitzen ihres Haars aufleuchten, das sie kurzgeschnitten hatte, bildete eine Korona um ihren Kopf, und Ralph erlebte eine plötzliche Offenbarung: Er liebte sie zum großen Teil deshalb, weil Carolyn sie geliebt hatte – sie waren beide von Carolyn ins Herz geschlossen worden.

»Sie war so hübsch«, murmelte Helen. »Oder nicht, Ralph?«

»Ja«, sagte er und stellte die Tassen hin (sorgsam darauf achtend, daß sie außer Reichweite von Natalies rastlosen, neugierigen Händen blieben). »Das wurde einen oder zwei Monate bevor die Kopfschmerzen anfingen aufgenommen. Ich nehme an, es ist exzentrisch, ein gerahmtes Portrait auf dem Küchentisch vor der Zuckerdose stehen zu haben, aber dies scheint das Zimmer zu sein, in dem ich neuerdings die meiste Zeit verbringe, daher ...«

»Ich finde, das ist ein reizender Platz dafür«, sagte Gretchen. Ihre Stimme war tief und bezaubernd heiser. Ralph dachte: *Wenn sie mir vorhin ins Ohr geflüstert hätte, dann hätte die alte Hosenmaus mit Sicherheit mehr gemacht, als sich nur einmal im Schlaf herumzudrehen.*

»Ich auch«, sagte Helen. Sie bedachte ihn mit einem zaghaften Lächeln, ohne ihm in die Augen zu sehen, dann ließ sie die Umhängetasche von der Schulter gleiten und stellte sie auf den Küchentresen. Natalie fing ungeduldig an zu plappern und die Hände auszustrecken, als sie die Plastikhülle des Playtex-Fläschchens sah. Ralph sah deutlich, aber glücklicherweise nur kurz, eine Erinnerung aufblitzen: Helen, die zum Red Apple stolperte, ein Auge zugeschwollen, Blut auf der Wange und Natalie auf einer Hüfte, wie ein Teenager seine Schulbücher tragen würde.

»Möchtest du es versuchen, alter Freund?« fragte Helen. Ihr Lächeln war etwas zuversichtlicher, und sie sah ihm direkt in die Augen.

»Klar, warum nicht. Aber der Kaffee ...«

»Ich kümmere mich um den Kaffee, Väterchen«, sagte Gretchen. »Zu meiner Zeit habe ich eine Million Tassen gemacht. Haben Sie Kondensmilch?«

»Im Kühlschrank.« Ralph setzte sich an den Tisch, ließ Natalie den Kopf an seine Schulter lehnen und das Fläschchen mit ihren winzigen, faszinierenden Händen umklammern. Das tat sie mit vollkommener Selbstsicherheit, steckte den Schnuller in den Mund und fing gleich an zu saugen. Ralph sah grinsend zu Helen auf und tat so, als bemerke er nicht, daß sie wieder ein wenig zu weinen angefangen hatte. »Sie lernen schnell, oder nicht?«

»Ja«, sagte sie und riß ein Küchentuch von der Rolle über dem Spülbecken. Sie wischte sich damit die Augen ab. »Ich komme nicht darüber hinweg, wie unbefangen sie bei dir ist, Ralph – so war sie doch vorher nicht, oder?«

»Ich kann mich wirklich nicht erinnern«, log er. Sie war es nicht gewesen. Nicht abweisend, nein, aber längst nicht so anschmiegsam.

»Drück weiter auf den Plastikmantel der Flasche, okay? Sonst schluckt sie zuviel Luft und wird völlig aufgebläht.«

»*Roger.*« Er sah zu Gretchen. »Alles klar?«

»Bestens. Wie nehmen Sie ihn, Ralph?«

»Nur in der Tasse, das reicht schon.«

Sie lachte und stellte die Tasse außerhalb von Natalies Reichweite auf den Tisch. Als sie sich hinsetzte und die Beine übereinanderschlug, sah Ralph hin – er konnte nicht anders. Als er wieder aufsah, lächelte Gretchen unmerklich und ironisch.

Und wenn schon, dachte Ralph. *Ein alter Bock bleibt ein alter Bock, schätze ich. Auch ein alter Bock, der es auf nicht mehr als zwei oder zweieinhalb Stunden Schlaf pro Nacht bringt.*

»Erzähl mir von deinem Job«, sagte er, als Helen sich setzte und von ihrem Kaffee trank.

»Nun, ich finde, sie sollten Mike Hanlons Geburtstag zu einem nationalen Feiertag machen – sagt dir das was?«

»Ein wenig«, sagte Ralph lächelnd.

»Ich war ziemlich sicher, daß ich Derry verlassen müßte. Ich habe mich bei Bibliotheken bis hinauf nach Portsmouth beworben, aber mir war nicht wohl dabei. Ich werde fünfunddreißig und lebe erst sieben Jahre hier, aber Derry ist meine Heimat – ich kann es nicht erklären, aber es ist so.«

»Das mußt du nicht erklären, Helen. Ich finde, das Zuhause gehört zu den Dingen, die einem Menschen eben zufallen, wie der Teint oder die Farbe der Augen.«

Gretchen nickte. »Ja«, sagte sie. »Genau so.«

»Mike rief mich am Montag an und sagte mir, daß eine Assistentinnenstelle in der Kinderbibliothek freigeworden wäre. Ich konnte es kaum glauben. Ich meine, ich laufe schon die ganze Woche herum und kneife mich selbst. Oder etwa nicht, Gretchen?«

»Nun, du hast ziemliches Glück gehabt«, sagte Gretchen, »und das war schön anzusehen.«

Sie lächelte Helen zu, und für Ralph war dieses Lächeln eine Offenbarung. Plötzlich wurde ihm klar, daß er Gretchen Tillbury anstarren konnte soviel er wollte, und es würde nichts ausmachen. Selbst wenn der einzige Mann im Zimmer Tom Cruise gewesen wäre, hätte das nichts geändert. Er fragte sich, ob Helen es wußte, aber dann schalt er sich wegen seiner Dummheit. Helen mochte vieles sein, aber dumm war sie nicht.

»Wann fängst du an?« fragte er sie.

»In der Woche des Columbus Day«, sagte sie. »Am zwölften. Nachmittags und abends. Das Gehalt ist nicht gerade fürstlich, aber es wird uns über den Winter bringen, wie sich … meine Situation sonst auch entwickeln mag. Ist das nicht toll, Ralph?«

»Doch«, sagte er. »Riesig.«

Das Baby hatte die halbe Flasche getrunken und ließ Anzeichen erkennen, daß seine Konzentration nachließ. Der Schnuller glitt ihm halb aus dem Mund, und ein Milchtropfen lief ihm vom Mundwinkel herunter zum Kinn. Ralph wischte ihn weg, und seine Finger hinterließen eine Reihe delikater grau-blauer Linien in der Luft.

Natalie griff danach und lachte, als sie sich in ihrer Faust auflösten. Ralph stockte der Atem in der Kehle.

Sie sieht es. Das Baby sieht, was ich sehe.

Aber das ist verrückt, Ralph. Das ist verrückt, und du weißt es genau.

Aber das wußte er nicht. Er hatte es gerade *gesehen* – hatte gesehen, wie Nat versuchte, die Kondensstreifen der Aura zu packen, die seine Finger hinterließen.

»Ralph?« fragte Helen. »Geht es dir nicht gut?«

»Doch.« Er sah auf und stellte fest, daß Helen jetzt von einer üppigen elfenbeinfarbenen Aura umgeben war. Sie hatte den Seidenglanz eines teuren Slips. Die Ballonschnur, die davon aufstieg, war ebenfalls elfenbeinfarben und so breit und flach wie das Band um ein Hochzeitsgeschenk. Die Aura um Gretchen Tillbury war dunkelorange und ging an den Rändern ins Gelbliche über. »Wirst du wieder in das Haus einziehen?«

Helen und Gretchen wechselten wieder einen Blick, aber Ralph bemerkte es kaum. Er stellte fest, daß er ihre Gesichter oder Gesten oder ihre Körpersprache nicht sehen mußte, um ihre Gefühle zu erraten; er mußte nur ihre Auren ansehen. Die gelblichen Ränder von Gretchens Aura wurden dunkler, so daß alles einheitlich orange war. Gleichzeitig schrumpfte die von Helen und wurde heller, bis er sie kaum noch ansehen konnte. Helen hatte Angst davor, zurückzukehren. Gretchen wußte es und war wütend deswegen.

Und wegen ihrer eigenen Hilflosigkeit, dachte Ralph. *Das macht sie am wütendsten.*

Und er wußte das alles. *Wußte* es. Einfach so.

»Ich werde noch eine Weile in High Ridge bleiben«, sagte Helen. »Vielleicht bis zum Winter. Nat und ich werden letztendlich wieder in die Stadt ziehen, nehme ich an, aber das Haus wird zum Verkauf angeboten. Wenn es jemand tatsächlich kauft – und da der Immobilienmarkt am Boden liegt, ist das mit einem großen Fragezeichen versehen –, geht das Geld auf ein Sperrkonto. Dieses Konto wird dann entsprechend dem Urteil aufgeteilt. Du weißt schon – dem Scheidungsurteil.«

Ihre Unterlippe zitterte. Ihre Aura war noch mehr geschrumpft und umgab den Körper jetzt wie eine zweite Haut, und Ralph konnte winzige rote Pünktchen darin pulsieren sehen. Sie sahen aus wie Funken, die über einem Verbrennungsofen tanzten. Er streckte den Arm über den Tisch aus, ergriff ihre Hand und drückte sie. Sie lächelte ihm dankbar zu.

»Damit hast du mir zwei Dinge verraten«, sagte er. »Daß du die Scheidung durchziehst und daß du immer noch Angst vor ihm hast.«

»Sie ist in den letzten drei Jahren ihrer Ehe regelmäßig verprügelt und mißbraucht worden«, sagte Gretchen. *»Logisch,* daß sie immer noch Angst vor ihm hat.« Sie sagte es ruhig und vernünftig, aber als er ihre Aura jetzt ansah, war es, als würde er in eines der kleinen Marienglasfenster sehen, die man früher in den Türen von Kohleöfen fand.

Er blickte auf das Baby hinunter und sah es in seiner eigenen gazeartigen, gleißenden Aura aus Hochzeitssatin. Sie war kleiner als die der Mutter, aber ansonsten identisch ... wie seine grünen Augen und das kastanienfarbene Haar. Natalies Ballonschnur stieg als reines weißes Band von ihrem Kopf auf und schwebte bis unter die Decke, wo sie sich tatsächlich neben der Lampe zu einem ätherischen Knäuel krümmte. Als ein Lufthauch zum offenen Fenster beim Herd hereinwehte, sah er das weiße Band wanken und flattern. Er sah auf und stellte fest, daß die Ballonschnüre von Helen und Gretchen ebenfalls flatterten.

Und wenn ich meine eigene sehen könnte, würde sie es auch tun, dachte er. *Es ist echt – was immer der Zwei-plus-zweigleich-vier-Teil meines Verstandes auch denken mag, die Auren sind real. Sie sind real, und ich kann sie sehen.*

Er wartete auf den unausweichlichen Widerspruch, aber diesmal erfolgte keiner.

»Im Augenblick komme ich mir vor, als würde ich die meiste Zeit in einer emotionalen Waschmaschine verbringen«, sagte Helen. »Meine Mom ist wütend auf mich ... fehlt nur noch, daß sie mich einen Drückeberger nennt ... und manchmal *fühle* ich mich wie ein Drückeberger ... ich schäme mich ...«

»Du hast keinen Grund, dich zu schämen«, sagte Ralph. Er schaute auf, als Natalies Ballonschnur wieder in der Brise flatterte. Es war wunderschön, aber er verspürte keinen Wunsch, sie zu berühren; ein tiefverwurzelter Instinkt sagte ihm, daß das gefährlich für sie beide sein könnte.

»Ich glaube, das weiß ich«, sagte Helen, »aber Mädchen machen eine Menge Indoktrination durch. Ungefähr so: ›Hier ist deine Barbie, hier ist dein Ken, hier ist deine Hosteß-Spielküche. Lerne viel, denn wenn es ernst wird, ist das deine Aufgabe, und wenn etwas kaputtgeht, wird man dir die Schuld geben.‹ Und ich glaube, ich hätte damit leben können – wirklich. Aber niemand hat mir gesagt, daß Ken in manchen Ehen verrückt wird. Hört sich das an, als wäre ich nachsichtig gegen mich selbst?«

»Nein. Soweit ich das beurteilen kann, hat es sich ziemlich genauso zugetragen.«

Helen lachte – ein abgehacktes, verbittertes, schuldbewußtes Lachen. »Versuch nicht, das meiner Mutter zu erklären. Sie weigert sich zu glauben, daß Ed jemals mehr getan hat, als mir ab und zu als Ehemann einen kleinen Klaps auf den Hintern zu geben ... damit ich wieder auf den rechten Weg zurückkomme, sollte ich davon abgekommen sein. Sie glaubt, den Rest habe ich mir eingebildet. Sie rückt nicht offen damit heraus und sagt es, aber ich höre es jedesmal in ihrer Stimme, wenn wir telefonieren.«

»Ich glaube nicht, daß du es dir eingebildet hast«, sagte Ralph. »Ich habe dich gesehen, weißt du nicht mehr? Und ich war da, als du mich angefleht hast, nicht die Polizei zu rufen.«

Er spürte, wie sein Oberschenkel unter dem Tisch sanft gequetscht wurde, und sah verblüfft auf. Gretchen Tillbury nickte ihm fast unmerklich zu und kniff ihn noch einmal – jetzt nachdrücklicher.

»Ja«, sagte Helen. »Du *warst* da, richtig?« Sie lächelte ein wenig, das war gut, aber was mit ihrer Aura passierte, war noch besser – die winzigen roten Fünkchen verblaßten, und die Aura selbst dehnte sich wieder aus.

Nein, dachte er. *Sie dehnt sich nicht aus. Sie lockert sich wieder. Entspannt sich.*

Helen stand auf und kam um den Tisch herum. »Nat wird deiner überdrüssig – laß lieber mich sie nehmen.«

Ralph schaute auf und sah Nat an, die mit großen, faszinierten Augen durch das Zimmer sah. Er folgte ihrem Blick zu der kleinen Vase auf dem Fenstersims. Vor nicht einmal zwei Stunden hatte er sie mit Herbstblumen gefüllt, und jetzt strömte ein dunkelgrüner Nebel aus den Stengeln und hüllte die Blüten mit seinem feinen, dunstigen Schimmer ein.

Ich sehe, wie sie ihren letzten Atem aushauchen, dachte Ralph. *O mein Gott, ich werde nie wieder in meinem Leben Blumen pflücken. Ich verspreche es.*

Helen nahm ihm das Baby behutsam aus den Armen. Nat ließ es fügsam mit sich geschehen, ließ aber die dampfenden Blumen nicht aus den Augen, während ihre Mutter wieder um den Tisch herumging, sich setzte und sie in die Armbeuge bettete.

Gretchen klopfte leicht auf die Uhr. »Wenn wir noch zu der Versammlung am Mittag kommen wollen –«

»Ja, natürlich«, sagte Helen ein wenig entschuldigend. »Wir gehören zum offiziellen Begrüßungskomitee von Susan Day«, informierte sie Ralph, »und in diesem Fall ist das nicht ganz so typisch Juniorenliga, wie es sich anhört. Unsere Hauptaufgabe besteht eigentlich nicht darin, sie zu begrüßen, sondern sie beschützen zu helfen.«

»Glaubst du, daß das ein Problem wird?«

»Sagen wir mal so, die Gefahr besteht«, sagte Gretchen. »Sie hat ein halbes Dutzend eigene Leibwächter dabei, und die haben uns sämtliche Drohbriefe im Zusammenhang mit Derry gefaxt, die sie bekommen hat. Das ist Standardprozedur bei ihnen – sie ist schon seit einigen Jahren im Blickpunkt der Öffentlichkeit. Sie halten uns auf dem laufenden, haben aber durchblicken lassen, daß WomanCare als Organisation, die sie eingeladen hat, ebenso für ihre Sicherheit verantwortlich ist wie sie.«

Ralph machte den Mund auf, um zu fragen, ob es viele Drohungen gegeben hätte, aber er vermutete, daß er die Antwort darauf bereits kannte. Er hatte mit Unterbrechungen siebzig Jahre lang in Derry gelebt und wußte, daß es eine gefährliche Maschine war – unter der Oberfläche lauerten viele scharfe Spitzen und Schnittkanten. Das traf selbstverständlich auf viele Städte zu, aber in Derry schien das Häßliche schon immer eine zusätzliche Dimension gehabt zu haben. Helen hatte es ihre Heimat genannt, und es war auch seine Heimat, aber …

Er erinnerte sich an etwas, das sich vor fast zehn Jahren abgespielt hatte, kurz nach dem Ende des jährlichen Kanal-Festivals. Drei Jungs hatten einen bescheidenen und harmlosen jungen Schwulen namens Adrian Mellon in den Kenduskeag geworfen, nachdem sie ihn mehrmals gebissen und auf ihn eingestochen hatten; man munkelte, daß sie auf der Brücke hinter der Falcon Tavern gestanden und zugesehen hätten, wie er starb. Der Polizei sagten sie, daß ihnen der Hut nicht gefallen hätte, den er trug. Auch das war Derry, und nur ein Narr hätte so getan, als wüßte er es nicht.

Als hätte der Gedanke ihn daran erinnert (was möglicherweise zutraf), betrachtete Ralph wieder das Foto auf der ersten Seite der heutigen Zeitung – Ham Davenport mit erhobenen Fäusten, Dan Dalton mit der blutigen Nase und dem leeren Blick, der Hams Schild auf dem Kopf trug.

»Wie viele Drohungen?« fragte er. »Mehr als ein Dutzend?«

»Etwa dreißig«, sagte Gretchen. »Davon nehmen ihre Leibwächter ein halbes Dutzend ernst. In zweien ist davon die Rede, das Bürgerhaus in die Luft zu sprengen, sollte sie nicht absagen. Einer – ein echtes Herzblatt – behauptet, daß er eine

Big Squirt Wasserpistole hat, die mit Batteriesäure gefüllt ist. ›Wenn ich Dich damit direkt treffe, wird Dich nicht einmal mehr eine Deiner Lesbenfreundinnen ansehen können, ohne zu kotzen‹, stand darin.«

»Nett«, sagte Ralph.

»Damit kommen wir auf jeden Fall zum Wesentlichen«, sagte Gretchen. Sie kramte in ihrer Handtasche, holte eine kleine Dose mit rotem Deckel heraus und stellte sie auf den Tisch. »Ein kleines Geschenk von Ihren dankbaren Freundinnen bei WomanCare.«

Ralph hob die Dose auf. Auf einer Seite sah er das Bild einer Frau, die einem Mann mit Schlapphut und Augenmaske à la Panzerknacker eine Gaswolke ins Gesicht sprühte. Auf der anderen Seite stand ein einziges Wort in grellroten Großbuchstaben:

BODYGUARD.

»Was ist das?« fragte er unwillkürlich erschrocken. »Tränengas?«

»Nein«, sagte Gretchen. »Tränengas ist rechtlich gesehen eine fragwürdige Sache in Maine. Dieses Zeug ist viel milder … aber wenn man jemand eine volle Ladung ins Gesicht sprüht, wird er mindestens zwei Minuten nicht mehr daran denken, einen zu überfallen. Es betäubt die Haut, reizt die Augen und verursacht Brechreiz.«

Ralph nahm den Deckel ab, betrachtete das rote Sprühventil darunter und drückte den Deckel wieder darauf. »Großer Gott, gute Frau, weshalb sollte ich diese Spraydose mit mir herumschleppen.«

»Weil Sie offiziell zum Zenturio ernannt worden sind«, sagte Gretchen.

»Zum *was*?« fragte Ralph, aber die Erinnerung stellte sich bereits ein: Ed Deepneau, der in der Gischt des Rasensprengers auf und ab ging und die Regenbogen mit seinem Körper zerstörte, während Grace Slick »White Rabbit« sang.

»Zum Zenturio«, wiederholte Helen. Nat schlief fest in ihren Armen, und Ralph stellte fest, daß die Auren wieder verschwunden waren. »So nennen die Friends of Life ihre Hauptgegner – die Anführer der Opposition.«

»Okay«, sagte Ralph. »Jetzt habe ich verstanden. Ed hat an dem Tag, als er dich … geschlagen hat, von Leuten geredet, die er Zenturionen nannte. An dem Tag hat er eine Menge geredet, und alles war verrückt.«

»Ja, Ed steckt hinter alledem, und er *ist* verrückt«, sagte Helen. »Wir glauben nicht, daß er diese Zenturiogeschichte außerhalb eines kleinen Kreises von Eingeweihten erwähnt hat – Leute, die fast so plemplem sind wie er selbst. Der Rest der Friends of Life … ich glaube nicht, daß die eine Ahnung haben. Ich meine, du etwa? Hattest du bis letzten Monat eine Ahnung, daß er verrückt ist?«

Ralph schüttelte den Kopf. *Nein, und das ist das Beängstigende,* dachte er, sagte es aber nicht.

»Die Hawking Labors haben ihn jetzt gefeuert«, sagte Helen. »Gestern. Sie haben ihn so lange gehalten, wie sie konnten – er ist ein As in seinem Beruf –, aber schließlich mußten sie ihn gehenlassen. Drei Monatsgehälter Abfindung aufgrund fristloser Kündigung … nicht schlecht für einen Mann, der seine Frau verprügelt und mit falschem Blut gefüllte Puppen an die Fenster der örtlichen Frauenklinik wirft.« Sie klopfte auf die Zeitung. »Diese letzte Demonstration war der Tropfen, der das Faß zum Überlaufen brachte. Er wurde zum dritten- oder viertenmal verhaftet, seit er sich mit den Friends of Life eingelassen hat.«

»Ihr habt jemanden eingeschleust, richtig?« sagte Ralph. »Daher wißt ihr das alles.«

Gretchen lächelte. »Wir sind nicht die einzigen, die jemanden eingeschleust haben; ein geflügeltes Wort bei uns ist, daß es gar keine Friends of Life *gibt,* nur eine Bande von Doppelagenten. Die Polizei von Derry hat jemanden; die Staatspolizei auch. Und das sind nur die, von der unser … unsere Person weiß. Verdammt, das FBI könnte sie ebenfalls überwachen. Man kann die Friends of Life so ungeheuer leicht infiltrieren, Ralph, weil sie überzeugt sind, daß in seinem tiefsten Inneren *jeder* auf ihrer Seite steht. Aber wir sind überzeugt, daß unsere Person als einzige in den inneren Kreis vorgedrungen ist, und wenn man dort angelangt ist, dann ist Dan Dalton nur der Schwanz, mit dem Ed Deepneau wedelt.«

»Das habe ich mir schon gedacht, als ich sie zum erstenmal im Fernsehen gesehen habe«, sagte Ralph.

Gretchen stand auf, sammelte die Kaffeetassen ein, ging zum Waschbecken und spülte sie aus. »Ich bin jetzt seit dreizehn Jahren in der Frauenbewegung aktiv, und ich habe eine Menge irrsinnige Scheiße mit ansehen müssen, aber so etwas ist mir noch nicht untergekommen. Er macht diesen Trotteln weis, daß Frauen in Derry unfreiwillig Abtreibungen unterzogen würden, daß die Hälfte von ihnen nicht einmal wüßten, daß sie schwanger seien, bevor die Zenturionen kämen und ihnen die Babys wegnähmen.«

»Hat er ihnen von der Müllverbrennungsanlage drüben in Newport erzählt?« fragte Ralph. »Die in Wirklichkeit ein Babykrematorium sein soll?«

Gretchen drehte sich mit aufgerissenen Augen zu ihm um. »Woher wissen *Sie* das?«

»Oh, ich habe es von Ed selbst erfahren, höchstpersönlich und aus nächster Nähe. Angefangen hat es im Juli 1992.« Er zögerte nur einen Augenblick, dann schilderte er ihnen, was sich an dem Tag zugetragen hatte, als er Ed beim Flughafen traf, und wie Ed dem Mann im Lastwagen vorwarf, er würde tote Babys in Fässern mit der Aufschrift Dünger transportieren. Helen hörte stumm zu, aber ihre Augen wurden immer größer und runder. »Dasselbe hat er an dem Tag erzählt, als er dich verprügelte«, kam Ralph zum Ende, »aber da hatte er es schon ziemlich ausgeschmückt.«

»Das erklärt wahrscheinlich, warum er so auf Sie fixiert ist«, sagte Gretchen, »aber das Warum spielt in durchaus realem Sinne überhaupt keine Rolle. Tatsache ist, er hat seinen verdrehteren Freunden eine Liste dieser sogenannten Zenturionen gegeben. Wir wissen nicht, wer alles darauf steht, aber ich und Helen und Susan Day, logischerweise … und Sie.«

Warum ich? hätte Ralph fast gefragt, aber dann wurde ihm klar, daß auch das eine sinnlose Frage gewesen wäre. Vielleicht hatte Ed ihn auserkoren, weil er, Ralph, die Polizei gerufen hatte, als er Helen verprügelt hatte; wahrscheinlich aber aus keinem ersichtlichen Grund. Ralph erinnerte sich, daß er irgendwo gelesen hatte, David Berkowitz – auch als Son of Sam bekannt – habe behauptet, er hätte manchmal auf Befehl seines Hundes getötet.

»Was meinen Sie, werden sie versuchen?« fragte Ralph. »Bewaffneten Überfall, wie in einem Chuck-Norris-Film?«

Er lächelte, aber Gretchen erwiderte das Lächeln nicht. »Leider haben wir keine Ahnung, *was* sie versuchen könnten«, sagte sie. »Die wahrscheinlichste Antwort ist, gar nichts. Aber andererseits könnte es sich Ed oder einer der anderen in den Kopf setzen, Sie aus Ihrem eigenen Küchenfenster hinauszuwerfen. Bei dem Spray handelt es sich im Grunde genommen um nichts anderes als verdünntes Tränengas. Eine kleine Versicherungspolice, mehr nicht.«

»Versicherung«, sagte er nachdenklich.

»Du befindest dich in einer sehr erlesenen Gesellschaft«, sagte Helen mit matten Lächeln. »Der einzige andere männliche Zenturio auf ihrer Liste – jedenfalls soweit wir wissen – ist Bürgermeister Cohen.«

»Habt ihr dem auch so eine gegeben?« fragte Ralph und hob die Spraydose auf. Sie sah nicht gefährlicher aus als die Gratisproben Rasierschaum, die er von Zeit zu Zeit mit der Post bekam.

»Das war nicht nötig«, sagte Gretchen. Sie sah wieder auf die Uhr. Helen bemerkte die Geste und stand mit dem schlafenden Baby auf dem Arm auf. »Er hat die Erlaubnis, eine Schußwaffe bei sich tragen zu dürfen.«

»Woher wissen Sie das?« fragte Ralph.

»Wir haben die Akten im Rathaus durchgesehen«, antwortete sie und grinste. »Waffenscheine sind öffentliche Unterlagen.«

»Oh.« Dann kam ihm ein Gedanke. »Was ist mit Ed? habt ihr ihn überprüft? Hat *er* eine?«

»Nee«, sagte sie. »Aber Typen wie Ed beantragen nicht unbedingt einen Waffenschein, wenn sie einen bestimmten Punkt überschritten haben ... das wissen Sie doch, oder nicht?«

»Ja«, antwortete Ralph, der ebenfalls aufstand. »Ich denke schon. Was ist mit euch beiden? Seid ihr auf der Hut?«

»Worauf Sie sich verlassen können, Väterchen. Worauf Sie sich verlassen können.«

Er nickte, war aber nicht völlig zufrieden. Ihre Stimme hatte einen gönnerhaften Unterton, der ihm nicht besonders gefiel, als wäre die Frage an sich albern. Aber die Frage war nicht albern, und wenn sie das nicht wußte, konnten sie und ihre Freundinnen in Schwierigkeiten kommen. In große Schwierigkeiten.

»Das hoffe ich«, sagte er. »Wirklich. Kann ich Nat für dich nach unten tragen, Helen?«

»Besser nicht – du würdest sie aufwecken.« Sie sah ihn ernst an. »Würdest du mir zuliebe die Spraydose nehmen, Ralph? Ich könnte den Gedanken nicht ertragen, daß dir etwas zustößt, weil du versucht hast, mir zu helfen, und dieser Kerl nicht mehr ganz bei Trost ist.«

»Ich denke ernsthaft darüber nach. Reicht dir das?«

»Ich glaube, das muß es wohl.« Sie betrachtete prüfend sein Gesicht. »Du siehst viel besser aus als bei unserer letzten Begegnung – du schläfst wieder, richtig?«

Er grinste. »Nun, um die Wahrheit zu sagen, ich habe immer noch meine Probleme, aber es *muß* mir besser gehen, weil mir jeder dasselbe sagt.«

Sie stellte sich auf Zehenspitzen und gab ihm einen Kuß auf den Mundwinkel. »Wir bleiben in Verbindung, oder?«

»Ich werde meinen Teil dazu beitragen, wenn du deinen beiträgst, meine Süße.«

Sie lächelte. »Darauf kannst du dich verlassen, Ralph – du bist der netteste männliche Zenturio, den ich kenne.«

Darüber mußten sie alle lachen, und zwar so laut, daß Natalie aufwachte und sie voll verschlafener Überraschung ansah.

6

Nachdem er sich von den Frauen verabschiedet hatte (ICH BIN FÜR FREIE ENTSCHEIDUNG, UND ICH GEHE *WÄHLEN!* stand auf der hinteren Stoßstange von Gretchen Tillburys Accord), ging Ralph langsam wieder in den ersten Stock hinauf. Die Müdigkeit zog wie unsichtbare Gewichte an seinen Füßen. Als er wieder in der Küche war, sah er zuerst zu der Blumenvase und versuchte, den seltsamen und atemberaubenden grünen Dunst von den Stengeln aufsteigen zu sehen. Nichts. Dann nahm er die Spraydose in die Hand und betrachtete die Zeichnung auf der Seite. Eine bedrohte Frau, die ihren Angreifer heldenhaft abwehrte; ein böser Bube mit Augenmaske und Schlapphut. Keine Grautöne, nur ein Fall von Los doch, Dreckskerl, mach mir die Freude.

Ralph überlegte sich, ob Eds Wahnsinn ansteckend sein könnte. Überall in Derry gab es Frauen – darunter Gretchen Tillbury und seine reizende Helen –, die mit diesen kleinen Spraydosen in den Handtaschen herumliefen, und sämtliche Spraydosen sagten im Grunde genommen das gleiche: *Ich habe Angst. Böse Männer mit Schlapphüten und Augenmasken sind in Derry eingetroffen, und ich habe Angst.*

Ralph wollte nichts damit zu tun haben. Er stellte sich auf Zehenspitzen und verstaute die Spraydose Bodyguard auf dem Küchenschrank neben der Spüle, dann schlüpfte er in seine alte graue Lederjacke. Er wollte zum Picknickplatz beim Flughafen gehen und sehen, ob er eine Partie Schach spielen konnte. Und wenn daraus nichts wurde, vielleicht ein paar Runden Cribbage.

Unter der Tür blieb er stehen, sah die Blumen starr an und versuchte, den wabernden grünen Nebel herbeizuzwingen. Nichts geschah.

Aber er war da. Du hast ihn gesehen; Natalie auch.

Hatte sie das? Hatte sie das wirklich? Babys sahen andauernd etwas an, *alles* setzte sie in Erstaunen, wie also wollte er es mit Sicherheit wissen?

»Ich weiß es eben«, sagte er zu der verlassenen Wohnung. Richtig. Der grüne Nebel, der von den Stengeln der Blumen aufgestiegen war, war da gewesen, *alle* Auren waren da gewesen, und …

»Und sie sind *noch* da«, sagte er und wußte nicht, ob die Gewißheit in seiner Stimme ihn betroffen oder erleichtert machen sollte.

Warum im Augenblick nicht beides, Süßer?

Sein Gedanke, Carolyns Stimme, ein guter Rat.

Ralph schloß sein Apartment ab und ging ins Derry der Altvorderen, um eine Partie Schach zu spielen.

Kapitel 7

I

Als Ralph am zweiten Oktober auf dem Weg zu seinem Apartment die Harris Avenue hoch kam, in einer Hand zwei Secondhandwestern von Elmer Kelton aus dem Back Pages, sah er jemand mit seinem eigenen Buch auf der Veranda sitzen. Aber der Besucher las nicht; er beobachtete mit verträumter Aufmerksamkeit, wie der warme Wind, der den ganzen Tag geweht hatte, die gelben und goldenen Blätter von den Eichen und den drei verbliebenen Ulmen auf der anderen Straßenseite erntete.

Ralph kam näher, sah das dünne weiße Haar, das dem Mann auf der Veranda um den Schädel wehte, und sein Körpergewicht, das sich einzig und allein in Bauch, Hüften und Hintern zu konzentrieren schien. Die üppige Leibesmitte in Verbindung mit dem dünnen Hals, der schmalen Brust und den spindeldürren Beinen verliehen ihm das Aussehen eines Mannes, der einen Schwimmreifen trug. Selbst aus hundertfünfzig Meter Entfernung konnte kein Zweifel daran bestehen, um wen es sich bei seinem Besucher handelte: Dorrance Marstellar.

Seufzend legte Ralph die restliche Strecke bis zu seinem Haus zurück. Dorrance, der von den bunten, fallenden Blättern hypnotisiert zu sein schien, sah erst auf, als Ralphs Schatten auf ihn fiel. Dann drehte er den Hals und lächelte sein seltsames, verwundbares Lächeln.

Faye Chapin, Don Veazie und einige der anderem Oldtimer, die auf dem Picknickplatz bei Startbahn 3 herumhingen (sie würden sich bald ins Billard Emporium in der Jackson Street zurückziehen, da der Indianersommer angefangen hatte und das Wetter langsam kalt wurde), betrachteten dieses Lächeln als weiteren Beweis dafür, daß der alte Dor Gedichtbände hin oder her, im Grunde genommen senil war. Don Veazie, den gewiß niemand für Mr. Feinfühlig hielt, hatte sich angewöhnt,

Dorrance den Alten Dummkopf zu nennen, und Faye hatte Ralph einmal erzählt, daß es ihn nicht im geringsten wunderte, wie der alte Dor fünfundneunzig hatte werden können. »Leute, die nichts mehr im Oberstübchen haben, leben *immer* am längsten«, hatte er Ralph Anfang des Jahres erklärt. »Sie müssen sich um nichts Sorgen machen. Das senkt den Blutdruck und die Wahrscheinlichkeit, daß ein Ventil platzt oder ein Brennstab durchschmort.«

Ralph jedoch war nicht so sicher. Für ihn sah der alte Mann mit seinem liebenswürdigen Lächeln nicht hohlköpfig aus; es machte ihn irgendwie ätherisch und gleichzeitig wissend … eine Art Kleinstadt-Merlin. Trotzdem hätte er heute auf einen Besuch von Dor verzichten können; heute morgen hatte er einen neuen Rekord aufgestellt und war um 1:58 Uhr aufgewacht, und er war erschöpft. Er wollte nur in seinem Wohnzimmer sitzen, Kaffee trinken und versuchen, die Western zu lesen, die er sich in der Stadt gekauft hatte. Vielleicht würde er später noch einmal versuchen, ein Nickerchen zu machen.

»Hallo«, sagte Dorrance. Das Buch, das er bei sich hatte, war ein Taschenbuch – *Cemetery Nights,* von einem Autor namens Stephen Dobbyns.

»Hallo, Dor«, sagte er. »Gutes Buch?«

Dorrance sah auf das Buch hinunter, als hätte er vergessen, daß er eines hatte, lächelte und nickte. »O ja, sehr gut. Er schreibt Gedichte, die wie Geschichten sind. Das gefällt mir nicht immer, aber manchmal schon.«

»Das ist gut. Hör zu, Dor, es ist schön, dich zu sehen, aber der Spaziergang den Hügel herauf hat mich müde gemacht, also könntest du vielleicht ein anderm –«

»Oh, schon gut«, sagte Dorrance und stand auf. Ein schwacher Zimtgeruch umgab ihn, bei dem Ralph immer an ägyptische Mumien hinter roten Samtkordeln in dunklen Museen denken mußte. Sein Gesicht war fast ohne Falten, abgesehen von winzigen Krähenfüßen um die Augen, aber an sein Alter stand außer Frage (und war ein wenig beängstigend): Seine blauen Augen waren zum wäßrigen Grau eines Aprilhimmels verblaßt, und seine Haut hatte etwas Durchscheinendes, das Ralph an Nats Haut erinnerte. Seine Lippen waren schlaff und fast lavendelfarben. Sie erzeugten kurze Schmatzlaute, wenn er sprach. »Schon gut, ich bin nicht auf einen Besuch gekommen. Ich bin gekommen, um dir eine Botschaft zu überbringen.«

»Was für eine Botschaft? Von wem?«

»Ich weiß nicht, von *wem* sie ist«, sagte er und warf Ralph einen Blick zu, als würde er ihn entweder für begriffsstutzig halten oder denken, daß er sich dumm stellte. »Ich lasse mich nicht in langfristige Geschäfte ein. Und ich habe *dir* gesagt, daß du es auch nicht tun sollst, weißt du nicht mehr?«

Ralph *konnte* sich an etwas erinnern, aber er wußte nicht genau, an was. Er war erschöpft und hatte sich schon einen ermüdenden Vortrag zum Thema Susan Day von Ham Davenport anhören müssen. Er hatte keine Lust, sich jetzt auch noch mit Dorrance Marstellar herumzuschlagen, so wunderschön der Samstagvormittag auch sein mochte. »Nun, dann gib mir einfach die Botschaft«, sagte er, »und ich schleppe mich nach oben. Wie wäre das?«

»Oh, sicher, bestens, gerne.« Aber dann verstummte Dorrance und sah über die Straße, als eine frische Windbö einen Trichter aus Laub in den strahlenden Oktoberhimmel zog. Seine verblaßten Augen wurden groß, und etwas darin ließ Ralph wieder an das Verherrlichte & Angebetete Baby denken – wie es nach den grau-blauen Spuren seiner Finger gegriffen und die dampfenden Blumen in der Vase über der Spüle betrachtet hatte. Ralph hatte Dor schon gesehen, wie er mit demselben schlaffen Gesichtsausdruck Flugzeugen auf der Rollbahn 3 beim Starten und Landen zugesehen hatte – manchmal eine Stunde oder noch länger.

»Dor?« drängte er.

Dorrance' dünne Wimpern flatterten. »Oh! Richtig! Die Botschaft! Die Botschaft ist ...« Er runzelte verhalten die Stirn und betrachtete das Buch, das er in den Händen hin und her bog. Dann strahlte er übers ganze Gesicht und sah wieder zu Ralph auf. »Die Botschaft ist: ›Sag den Termin ab.‹«

Nun war Ralph derjenige, der die Stirn runzelte. »Was für einen Termin?«

»Du hättest dich nicht einmischen sollen«, wiederholte

Dorrance und stieß einen Seufzer aus. »Aber jetzt ist es zu spät. Geschehenes läßt sich nicht mehr ungeschehen machen. Sag nur den Termin ab. Laß den Kerl keine Nadeln in dich stecken.«

Ralph hatte schon die Verandatreppe hinaufgehen wollen, jetzt drehte er sich wieder um. »Hong? Redest du von *Hong?*«

»Woher soll ich das wissen?« fragte Dorrance mit gereizter Stimme. »Ich mische mich nicht ein, das habe ich dir gesagt. Ab und zu überbringe ich eine Botschaft, das ist alles, so wie jetzt. Ich sollte dir ausrichten, daß du den Termin bei dem Nadelpiekser absagen sollst, und das habe ich. Der Rest liegt bei dir.«

Dorrance sah wieder zu den Bäumen auf der anderen Straßenseite, und sein seltsames, glattes Gesicht nahm einen Ausdruck sanfter Ekstase an. Der kräftige Herbstwind zerzauste ihm das Haar wie Tang. Als Ralph ihn an der Schulter berührte, drehte sich der alte Mann bereitwillig um, und Ralph wurde plötzlich klar: Was Faye Chapin und die anderen als Senilität betrachteten, könnte in Wirklichkeit Freude sein. Wenn ja, sagte der Irrtum wahrscheinlich mehr über sie aus als über den alten Dor.

»Dorrance?«

»Was, Ralph?«

»Diese Botschaft – wer hat sie dir gegeben?«

Dorrance dachte darüber nach – vielleicht sah es auch nur so aus, als würde er darüber nachdenken –, dann hielt er ihm seine Ausgabe von *Cemetery Nights* hin. »Nimm.«

»Nein, ich passe«, sagte Ralph. »Ich mag Gedichte nicht besonders, Dor.«

»Die hier werden dir gefallen. Sie sind wie Geschichten ...«

Ralph unterdrückte das starke Bedürfnis, den alten Mann zu packen und zu schütteln, bis seine Knochen wie Kastagnetten klapperten. »Ich hab mir gerade zwei Western in der Stadt gekauft, im Back Pages. Ich wollte wissen, wer dir die Botschaft gegeben hat –«

Dorrance drückte Ralph den Gedichtband mit überraschender Kraft in die rechte Hand – die Western hielt dieser in der linken. »Eines fängt an: ›Was ich auch tue, ich tue es rasch, damit ich etwas anderes tun kann.‹«

Und bevor Ralph noch ein Wort sagen konnte, ging der alte Dor über den Rasen zum Bürgersteig. Er wandte sich nach links zur Extension und wandte das Gesicht verträumt zum blauen Himmel, wo die Blätter ungestüm verwehten, als erwartete sie ein Rendezvous hinter dem Horizont.

»Dorrance!« schrie Ralph plötzlich wütend. Auf der anderen Straßenseite, vor dem Red Apple, fegte Sue Laub vom Boden vor der Eingangstür. Als sie Ralphs Stimme hörte, hielt sie inne und sah neugierig über die Straße. Ralph, der sich dumm vorkam – der sich *alt* vorkam –, brachte ein, wie er hoffte, breites, fröhliches Grinsen zustande und winkte ihr zu. Sue winkte zurück und fegte weiter. Derweil war Dorrance geistesabwesend seines Weges gegangen. Er war schon fast einen halben Block weit weg.

Ralph beschloß, ihn gehen zu lassen.

2

Er ging die Stufen zur Veranda hinauf, nahm das Buch, das Dorrance ihm gegeben hatte, in die linke Hand, damit er nach dem Schlüsselbund suchen konnte, und sah, daß er sich die Mühe sparen konnte – die Tür war nicht nur unabgeschlossen, sie stand einen Spalt offen. Ralph hatte schon mehrfach mit McGovern wegen seiner Sorglosigkeit geschimpft und gedacht, er hätte die Botschaft endlich in den Dickschädel seines Untermieters hineingehämmert bekommen. Aber jetzt sah es so aus, als hätte McGovern einen Rückfall gehabt.

»Verdammt, Bill«, sagte er schnaufend, betrat die dunkle Diele und sah nervös die Treppe hinauf. Er konnte sich nur zu leicht vorstellen, daß Ed Deepneau da oben lauern würde, hellichter Tag hin oder her. Dennoch konnte er nicht den ganzen Tag hier in der Diele bleiben. Er ließ den Riegel der Eingangstür einrasten und ging hinauf.

Selbstverständlich hätte er sich keine Sorgen machen müssen. Er erlebte eine Schrecksekunde, als er jemand gegenüber in der Ecke des Wohnzimmers stehen sah, aber es war nur seine alte graue Jacke. Er hatte sie zur Abwechslung tatsächlich einmal auf den Kleiderständer gehängt, statt sie einfach über die Stuhllehne oder die Armlehne des Sofas zu werfen; kein Wunder, daß er erschrocken war.

Er ging in die Küche und betrachtete mit den Händen in den Hosentaschen den Kalender. Montag war eingekreist, und im Inneren des Kreises stand gekritzelt: *HONG – 10:00.*

Ich sollte dir ausrichten, daß du den Termin bei dem Nadelpiekser absagen sollst, und das habe ich. Der Rest liegt bei dir.

Einen Augenblick war es Ralph möglich, aus seinem Leben herauszutreten und den letzten Abschnitt des Freskos zu betrachten, nicht nur den winzigen Ausschnitt des heutigen Tages. Was er sah, versetzte ihn in Angst: eine unbekannte Straße, die in einen dunklen Tunnel führte, wo alles lauern konnte. Einfach alles.

Dann dreh um, Ralph!

Aber er hatte eine Ahnung, daß ihm das nicht möglich sein würde. Er hatte eine Ahnung, daß er für diesen Tunnel bestimmt war, ob es ihm gefiel oder nicht. Es war ein Gefühl, als würde er nicht hineingeführt, sondern von kräftigen, unsichtbaren Händen vorwärtsgeschoben werden.

»Vergiß es«, murmelte er, rieb sich die Schläfen nervös mit den Fingerspitzen und betrachtete weiter den markierten Termin – übermorgen – auf dem Kalender. »Es liegt an der Schlaflosigkeit. Da hat wirklich alles angefangen, zu …«

Wirklich angefangen zu *was?*

»Unheimlich zu werden«, sagte er in die verlassene Wohnung. »Da hat wirklich alles angefangen, unheimlich zu werden.«

Ja, unheimlich. Eine Menge Unheimliches, aber die Auren, die er sah, waren eindeutig das Unheimlichste. Kaltes graues Licht – es hatte wie lebendiger Frost ausgesehen – kroch über den Mann, der im Day Break, Sun Down Zeitung las. Mutter und Sohn, die in den Supermarkt gingen, hatten ineinander verschlungene Auren, die wie Zöpfe von ihren Händen aufstiegen, an denen sie sich hielten. Helen und Nat inmitten einer strahlenden Wolke elfenbeinfarbenen Lichts; Natalie, die nach den geisterhaften Kondensstreifen griff, die seine Finger hinterließen und die nur sie beide sehen konnten.

Und jetzt der alte Dor, der auf seiner Türschwelle erschien wie ein absonderlicher Prophet aus dem Alten Testament ... aber statt ihn aufzufordern, seine Sünden zu bereuen, hatte Dor ihm mitgeteilt, er solle seinen Termin bei dem Akupunkteur absagen, den ihm Joe Wyzer empfohlen hatte. Das hätte komisch sein müssen, war es aber nicht.

Der Schlund des Tunnels. Jeden Tag ein Stück näher. Gab es *wirklich* einen Tunnel? Und wenn ja, wohin führte er?

Mich interessiert mehr, was mich da drinnen erwarten könnte, dachte Ralph. *Im Dunkeln.*

Du hättest dich nicht einmischen sollen, hatte Dorrance gesagt. *Wie dem auch sei, jetzt ist es zu spät.*

»Geschehenes läßt sich nicht ungeschehen machen«, murmelte Ralph, und plötzlich beschloß er, daß er das größere Panorama nicht mehr sehen wollte; es war beängstigend. Es war besser, wieder hineinzutreten und sich eine Einzelheit nach der anderen zu betrachten, angefangen mit dem Termin für die Akupunkturbehandlung. Würde er den Termin wahrnehmen oder dem Rat von Dor, alias dem Geist von Hamlets Vater, folgen?

Das war eine Frage, die nicht besonders viel Nachdenken erforderte, fand Ralph. Joe Wyzer hatte Hongs Sekretärin dazu überredet, ihm einen Termin Anfang Oktober freizumachen, und Ralph hatte vor, ihn einzuhalten. Wenn es einen Ausweg aus diesem Dickicht gab, dann wahrscheinlich den, endlich wieder die Nacht durchzuschlafen. Und dafür war Hong der nächste logische Schritt.

»Geschehenes läßt sich nicht ungeschehen machen«, wiederholte er und ging ins Wohnzimmer, um einen seiner Western zu lesen.

Statt dessen blätterte er den Gedichtband durch, den Dorrance ihm gegeben hatte – *Cemetery Nights* von Stephen Dobbyns. Dorrance hatte in beiden Fällen recht gehabt: die Mehrzahl der Gedichte *waren* wie Geschichten, und Ralph stellte darüber hinaus fest, daß sie ihm wirklich gut gefielen. Das Gedicht, aus dem Dor zitiert hatte, trug den Titel »Pursuit« und begann folgendermaßen:

Was ich auch tue, ich tue es rasch, damit ich
etwas anderes tun kann. So verstreichen die Tage …
Verschmelzung von Autorennen und dem endlosen
Bau einer gotischen Kathedrale.
Durch die Fenster meines rasenden Autos sehe ich
zurückbleiben, was ich liebe; nichtgelesene Bücher,
nichterzählte Witze, nichtbesuchte Landschaften …

Ralph las das Gedicht völlig gefesselt zweimal und überlegte sich, daß er es Carolyn vorlesen müßte. Carolyn würde es gefallen, und noch mehr würde ihr gefallen, daß er, der sonst nur Western und historische Romane las, es gefunden und zu ihr gebracht hatte wie einen Blumenstrauß. Er war schon aufgestanden und suchte einen Fetzen Papier, um die Stelle zu markieren, als ihm einfiel, daß Carolyn schon seit einem halben Jahr tot war, und er fing an zu weinen. Er saß fast fünfzehn Minuten im Ohrensessel, hielt *Cemetery Nights* auf dem Schoß und wischte sich die Augen mit der linken Hand ab. Schließlich ging er ins Schlafzimmer, legte sich hin und versuchte zu schlafen. Nachdem er eine Stunde die Decke angestarrt hatte, stand er wieder auf, machte sich eine Tasse Kaffee und sah sich ein Collegefootballspiel im Fernsehen an.

3

Die öffentliche Bibliothek hatte sonntagnachmittags von eins bis sechs geöffnet, und am Tag nach Dorrance' Besuch ging Ralph hauptsächlich deshalb dorthin, weil er nichts Besseres zu tun hatte. Normalerweise hätten sich im Lesesaal mit seiner hohen Decke eine ganze Anzahl älterer Männer wie er selbst aufhalten müssen, die die verschiedenen Sonntagszeitungen durchblätterten, für deren Lektüre sie jetzt Zeit hatten, aber als Ralph aus den Regalreihen zurückkehrte, in denen er vierzig Minuten herumgestöbert hatte, stellte er fest, daß er den ganzen Raum für sich allein hatte. Der strahlend blaue Himmel von gestern war einem Dauerregen gewichen, der die frisch gefallenen Blätter auf den Bürgersteigen festklebte oder in die Rinnsteine und in das eigentümliche und unheimlich labyrinthartige Abwassersystem von Derry spülte. Der Wind wehte nach wie vor, hatte aber auf Nord gedreht und eine beißende Schärfe angenommen. Alte Leute mit Verstand (oder Glück) waren zu Hause, wo sie im Warmen sitzen konnten, sahen sich möglicherweise das letzte Spiel einer neuerlich enttäuschenden Saison der Red Sox an, spielten möglicherweise Old Maid oder Candyland mit den Enkeln oder machten möglicherweise nach einer üppigen Hähnchenmahlzeit ein Nickerchen.

Ralph dagegen interessierte sich nicht für die Red Sox, hatte keine Kinder oder Enkel und schien jede Fähigkeit für ein Nickerchen, die er einmal gehabt haben mochte, verloren zu haben. Daher war er mit dem Green Route Bus um dreizehn Uhr zur Bibliothek gefahren, und da war er nun und wünschte sich, er hätte etwas Dickeres als seine alte graue Jacke angezogen – es war bitter kalt im Lesesaal. Und düster. Der Kamin war ausgeräumt, und die stummen Heizkörper wiesen deutlich darauf hin, daß die Zentralheizung noch nicht angestellt worden war. Und der Sonntagsbibliothekar hatte sich auch nicht die Mühe gemacht, die Kugeln der Deckenbeleuchtung einzuschalten. Das bißchen Licht, das den Weg von draußen herein fand, schien tot auf den Boden zu fallen, und in den Ecken ballten sich die Schatten. Die Holzfäller und Soldaten und Trommler und Indianer auf den alten Gemälden an den Wänden sahen wie böse Geister aus. Kalter Regen seufzte und prasselte gegen das Fenster.

Ich hätte zu Hause bleiben sollen, dachte Ralph, glaubte es aber selbst nicht; dieser Tage war es noch schlimmer in seinem Apartment. Außerdem hatte er ein interessantes neues Buch in der – wie er sie neuerdings bezeichnete – Sandmännchenabteilung entdeckt: *Patterns of Dreaming*, von Dr. James A. Hall. Er schaltete die Deckenbeleuchtung selbst ein, was den Raum geringfügig weniger trostlos aussehen ließ, setzte sich an einen der vier langen, leeren Tische und war bald in seine Lektüre versunken.

Vor der Erkenntnis, daß REM-Schlaf und NREM-Schlaf verschiedene Stadien sind, schrieb Hall, *führten Studien über Entzug eines bestimmten Schlafstadiums zu Dements Theorie (1960), wonach dieser Entzug ... zur Desorganisation der wachen Persönlichkeit führt ...*

Mann, damit *hast du aber recht, mein Freund,* dachte Ralph. *Man kann nicht mal eine Scheißpackung Cup-A-Soup finden, wenn man eine sucht.*

... frühe Studien über Traumentzug führten auch zu der aufregenden Spekulation, daß es sich bei Schizophrenie um eine Störung handeln könnte, bei der Entzug des nächtlichen Träumens zu einem Durchbruch des Traumprozesses ins alltägliche wache Leben handeln könnte.

Ralph hatte die Ellbogen auf die Tischplatte gestützt, die geballten Fäuste an die Schläfen gestützt und kauerte mit gerunzelter Stirn und konzentriert zusammengezogenen Brauen über dem Buch. Er fragte sich, ob Hall, möglicherweise ohne es zu wissen, von den Auren sprach. Aber er *hatte* doch noch Träume, verdammt – und größtenteils ziemlich deutliche. Erst gestern hatte er einen gehabt, in dem er mit Lois Chasse im alten Derry-Pavillon getanzt hatte (der nicht mehr existierte; er war bei dem großen Sturm vor acht Jahren vernichtet worden, der den größten Teil der Innenstadt dem Erdboden gleichgemacht hatte). Er schien sie mit der Absicht ausgeführt zu haben, ihr einen Antrag zu machen, aber ausgerechnet Trigger Vachon hatte dauernd versucht, sich dazwischenzudrängen.

Er rieb sich die Augen mit den Knöcheln, versuchte, sich zu konzentrieren, und las weiter. Er sah nicht, wie der Mann im ausgebeulten grauen Sweatshirt in der Tür des Lesesaals auftauchte, dort stehenblieb und ihn stumm beobachtete. Nach etwa drei Minuten griff der Mann unter sein Sweatshirt (Charlie Browns Hund Snoopy war mit seiner Joe-Cool-Sonnenbrille darauf abgebildet) und zog ein Jagdmesser aus der Scheide an seinem Gürtel. Die hängenden, kugelförmigen Deckenlampen warfen einen Lichtstrahl an der gezackten Schneide des Messers entlang, als der Mann es herumdrehte und die Schnittkante bewunderte. Dann ging er zu dem Tisch, wo Ralph mit auf die Hände gestütztem Kopf saß. Er setzte sich neben Ralph, der nur ganz am Rande mitbekam, daß jemand gekommen war.

Toleranz gegenüber Schlafverlust variiert etwas mit dem Alter der Testperson. Jüngere Testpersonen zeigen einen früheren Beginn von Störungen und mehr körperliche Reaktionen, während ältere Testpersonen –

Eine Hand legte sich sanft auf Ralphs Schulter und ließ ihn von dem Buch hochschrecken.

»Ich frage mich, wie sie aussehen?« flüsterte ihm eine ekstatische Stimme ins Ohr, und mit den Worten kam ein Schwall Atemluft, die wie verdorbener Speck roch, der langsam in einer Pfanne voll Knoblauch und ranziger Butter schmort. »Deine Eingeweide, meine ich. Ich frage mich, wie sie aussehen, wenn ich sie auf den Boden quellen lasse. Was meinst du dazu, du gottloser babytötender Zenturio? Glaubst du sie sind gelb oder schwarz oder rot oder was?«

Etwas Hartes und Scharfes wurde an Ralphs linke Seite gepreßt und strich dann langsam an den Rippen entlang.

»Ich kann es kaum erwarten, bis ich es herausfinde«, flüsterte die ekstatische Stimme. »Ich kann es kaum *erwarten*.«

4

Ralph drehte ganz langsam den Kopf herum und hörte die Sehnen in seinem Hals knacken. Er kannte den Namen des Mannes mit dem üblen Mundgeruch nicht, der ihm etwas in die Seite bohrte, das sich so sehr nach einem Messer anfühlte, daß es unmöglich etwas anderes sein konnte – aber er erkannte ihn trotzdem auf der Stelle. Die Hornbrille trug ihren Teil dazu bei, aber das störrische graue Haar, das zerzaust in die Höhe stand und Ralph gleichzeitig an Don King und Albert Einstein erinnerte, gab den Ausschlag. Es war der Mann, der auf dem Bild in der Zeitung, das Ham Davenport mit erhobener Faust und Dan Dalton mit Davenports Schild FREIE ENTSCHEIDUNG STATT ANGST als Hut zeigte, neben Ed Deepneau im Hintergrund gestanden hatte. Ralph glaubte, daß er den Mann auch in einigen Fernsehberichten über die anhaltenden Abtreibungsdemonstrationen gesehen hatte. Eines von vielen Gesichtern in der singenden, Parolen schwenkenden Menge; ein weiterer Speerträger. Nur sah es jetzt so aus, als hätte dieser spezielle Speerträger die Absicht, ihn zu töten.

»Was meinst du?« fragte der Mann im Snoopy-Sweatshirt immer noch ekstatisch flüsternd. Der Klang seiner Stimme ängstigte Ralph mehr als die Klinge, die langsam an seiner Lederjacke hinauf und hinab glitt und die verwundbaren Organe an der linken Seite seines Körpers zu vermessen schien: Lunge, Herz, Nieren. Därme. »Was für eine Farbe?«

Sein Atem war ekelerregend, aber Ralph hatte Angst, sich wegzudrücken oder den Kopf zu drehen, da er befürchtete, jede Bewegung seinerseits könnte das Messer veranlassen, seine Suche einzustellen und zuzustoßen. Jetzt glitt es wieder an seiner Seite hinauf. Die braunen Augen des Mannes schwebten hinter den dicken Gläsern seiner Hornbrille wie seltsame Fische. Der Ausdruck darin war geistesabwesend und irgendwie ängstlich, fand Ralph. Die Augen eines Mannes, der Zeichen am Himmel sieht und vielleicht tief in der Nacht Stimmen aus dem Schrank flüstern hört.

»Ich weiß nicht«, sagte Ralph. »Ich weiß nicht einmal, warum Sie mir überhaupt wehtun wollen.« Er warf schnelle Blicke nach links und rechts, ohne den Kopf zu drehen, und hoffte, er würde jemanden sehen, irgend jemanden, aber der Lesesaal blieb verlassen. Draußen wehte der Wind in Böen und heulte gegen die Fenster.

»Weil du ein *Scheißzenturio* bist!« spie der grauhaarige Mann heraus. »Ein elender *Babymörder!* Du stiehlst *ungeborene Embryos!* Verkaufst sie an den *Höchstbietenden!* Ich weiß alles über dich!«

Ralph ließ die rechte Hand langsam vom Kopf sinken. Er war Rechtshänder, daher wanderte alles, was er im Lauf des Tages aufhob, normalerweise in die rechte Tasche der Jacke, die er trug. Die alte graue Lederjacke hatte große, aufgenähte Taschen, aber er fürchtete, selbst wenn er unbemerkt die Hand hätte hineinschieben können, hätte er schwerlich etwas Tödlicheres als ein zusammengeknülltes Schokoriegelpapier gefunden. Er bezweifelte, daß er auch nur eine Nagelschere dabei hatte.

»Das hat Ed Deepneau Ihnen erzählt, richtig?« fragte Ralph und grunzte, als sich das Messer unterhalb der Stelle, wo die Rippen aufhörten, schmerzhaft in seine Seite bohrte.

»Sprich seinen Namen nicht aus«, flüsterte der Mann im Snoopy-Sweatshirt. »Wage es nicht, seinen *Namen* auszusprechen! Babydieb! Feiger Mörder! *Zenturio!*« Er stieß wieder mit dem Messer zu, und diesmal verspürte Ralph echte Schmerzen, als die Spitze durch die Lederjacke drang. Ralph glaubte nicht, daß er eine Schnittwunde hatte – jedenfalls noch nicht –, aber er war überzeugt, der Irre hatte bereits soviel Druck ausgeübt, daß ein häßlicher Bluterguß entstehen würde. Aber das war nicht weiter schlimm; er konnte sich glücklich schätzen, wenn er dies nur mit einem Bluterguß überstand.

»Okay«, sagte er. »Ich werde seinen Namen nicht erwähnen.«

»Sag, daß es dir leid tut!« zischte der Mann mit dem Snoopy-Sweatshirt und stieß wieder mit dem Messer zu. Diesmal drang es durch Ralphs Hemd, und er spürte das erste warme Rinnsal Blut an der Seite. *Was ist gerade unter dieser Messerspitze?* fragte er sich. *Leber? Gallenblase? Was ist auf der linken Seite?*

Er konnte sich entweder nicht erinnern oder wollte es nicht. Ein Bild war ihm in den Sinn gekommen, das zu einem organisierten Gedanken werden wollte – ein Hirsch, der während der Jagdzeit kopfunter am Haken eines Country Store hing. Glasige Augen, hängende Zunge und ein dunkler Schnitt am Bauch, wo ein Mann mit einem Messer – einem Messer wie diesem hier – ihn aufgeschlitzt, die Innereien herausgezogen und lediglich Kopf, Fleisch und Decke übriggelassen hatte.

»Es tut mir leid«, sagte Ralph mit einer Stimme, die nicht mehr fest klang. »Wirklich.«

»Ja, ganz recht! Das sollte es auch, aber es tut dir nicht leid. *Nie und nimmer!*«

Wieder ein Stoß. Eine grelle Lanze aus Schmerz. Neuerliche nasse Wärme, die an seiner Seite hinunterrann. Und plötzlich wurde es heller in dem Raum, als hätten sich zwei oder drei der Kamerateams, die seit Beginn der Abtreibungsdemonstrationen durch Derry zogen, hier hereingedrängt und die Flutlichter über ihren Videokameras eingeschaltet. Es gab selbstverständlich keine Kameras; das Licht war in seinem *Inneren* angegangen.

Er drehte sich zu dem Mann mit dem Messer um – dem Mann, der das Messer nun wahrhaftig in ihn bohrte – und stellte fest, daß dieser Mann von einer wabernden grünen und schwarzen Aura umgeben war, bei der Ralph an

(Sumpffeuer)

die trübe Phosphoreszenz denken mußte, die er manchmal nach Einbruch der Dunkelheit in marschigen Wäldern gesehen hatte. Dornenranken von tiefster Schwärze waren durch sie geflochten. Er betrachtete die Aura seines Angreifers mit zunehmendem Unbehagen und spürte kaum, wie sich die Messerspitze zwei Millimeter tiefer in ihn bohrte. Er merkte am Rande, daß das Blut in seinem Hemd, entlang der Linie des Gürtels, sich allmählich sammelte, aber das war alles.

Er ist verrückt und hat wirklich vor, mich zu töten – das ist nicht nur Gerede. Er ist noch nicht ganz bereit, es zu tun, er hat sich noch nicht in die richtige Stimmung gebracht, aber fast. Und wenn ich wegzulaufen versuche, wenn ich mich auch nur einen Zentimeter von dem Messer entfernen will, das er in mich gebohrt hat – dann wird er es auf der Stelle tun. Ich glaube, er hofft, *daß ich mich zu einem Fluchtversuch entschließe … dann kann er sich einreden, daß ich selbst schuld daran bin, daß ich es nicht anders gewollt habe.*

»Du und deinesgleichen, oh Mann«, sagte der Mann mit dem zerzausten Haarschopf. »Wir wissen *alles* über euch.«

Ralphs Hand griff an die rechte Tasche … und ertastete ein großes Etwas darin; er konnte sich nicht erinnern, daß er es da hineingetan hatte. Nicht, daß das viel zu sagen hatte; wenn man sich nicht mehr erinnern konnte, ob die letzten vier Ziffern der Telefonnummer des Kino-Centers 1317 oder 1713 waren, war alles möglich.

»Ihr Typen, oh Mann!« sagte der Mann mit dem wirren Haar. »Ohmann ohmann *ohMANN!*« Diesmal konnte Ralph die Schmerzen eindeutig spüren, als der Mann mit dem Messer wieder zustach; der Stich ließ ein dünnes rotes Netz über den gesamten seitlichen Brustkorb bis hinauf zum Genick entstehen. Er stieß ein leises Stöhnen aus und verkrampfte die

Hand an der rechten Tasche der Jacke, wo er das Leder über den Gegenstand darin drückte.

»Nicht schreien«, sagte der Mann mit dem wirren Haar in seinem leisen, erregten Flüstern. »Herrgott im Himmel, das solltest du *nicht* machen!« Seine braunen Augen sahen in Ralphs Gesicht, und die Brillengläser vergrößerten sie so sehr, daß die winzigen Schuppen auf den Wimpern wie Kieselsteine aussahen. Ralph konnte die Aura des Mannes sogar in seinen Augen sehen – sie waberte über die Pupillen wie grüner Rauch über schwarzes Wasser. Die schlangengleichen Ranken, die sich durch das grüne Licht zogen, waren jetzt dicker, ineinander verschlungen, und Ralph begriff, wenn das Messer ganz hineingestoßen würde, wäre der Teil der Persönlichkeit des Mannes, der diese schwarzen Strudel erzeugte, dafür verantwortlich. Das Grün war Verwirrung und Paranoia; das Schwarz war etwas anderes. Etwas

(von außen)

viel Schlimmeres.

»Nein«, keuchte er. »Nein. Ich werde nicht schreien.«

»Gut. Ich kann dein Herz spüren, weißt du. Durch die Messerklinge bis in die Handfläche. Es muß echt heftig schlagen.« Der Mann fletschte die Zähne zu einem ruckartigen, humorlosen Grinsen. Speichel klebte ihm in den Mundwinkeln. »Vielleicht kippst du einfach um und stirbst an einem Herzanfall, das würde mir die Mühe abnehmen, dich zu töten.« Ein weiterer übelkeiterregender Atemzug strich über Ralph hinweg. »Du bist schrecklich alt.«

Das Blut schien mittlerweile in zwei Strömen an seiner Seite hinabzufließen, vielleicht sogar dreien. Die Schmerzen des bohrenden Messers waren nervtötend – wie der Stachel einer riesigen Biene.

Oder einer Nadel, dachte Ralph und stellte fest, daß diese Vorstellung trotz seiner mißlichen Lage etwas Komisches hatte ... oder vielleicht gerade deswegen. Das war der *richtige* Nadelpiekser; James Roy Hong konnte nur ein blasser Abklatsch davon sein.

Und ich hatte nie die Chance, meinen Termin abzusagen, dachte Ralph. Aber andererseits hatte er eine Ahnung, als würden

Irre wie der Mann im Snoopy-Sweatshirt keine Absagen akzeptieren. Irre wie er hatten ihren eigenen Terminplan und hielten sich daran, was immer auch passieren mochte.

Wie auch immer, Ralph wußte, er würde die Messerspitze, die sich in ihn bohrte, nicht mehr lange ertragen können. Er hob mit dem Daumen die Klappe der Tasche hoch und schob die Hand hinein. Er wußte in dem Augenblick, als seine Hand ihn berührte, worum es sich bei dem Gegenstand handelte: die Spraydose, die Gretchen aus der Handtasche geholt und auf den Küchentisch gestellt hatte. *Ein kleines Geschenk von Ihren dankbaren Freundinnen bei WomanCare*, hatte sie gesagt.

Ralph hatte keine Ahnung, wie sie von dem Küchenschrank, auf den er sie gestellt hatte, in die Tasche seiner abgeschabten alten Lederjacke gekommen war, und es war ihm auch egal. Er schloß die Hand darum und benutzte wieder den Daumen, diesmal, um den Deckel von der Dose herunterzuschnippen. Dabei ließ er das zuckende, ängstliche, erregte Gesicht des Mannes mit dem wirren Haar nicht aus den Augen.

»Ich weiß etwas«, sagte Ralph. »Wenn Sie mir versprechen, mich nicht zu töten, sage ich es Ihnen.«

»Was?« fragte der Mann mit dem wirren Haar begierig, und jetzt roch sein Atem wie Muschelbänke bei Ebbe. »Himmel Herrgott, was könnte ein Dreckskerl wie *du* schon wissen?«

Was könnte *ein Dreckskerl wie ich schon wissen?* fragte Ralph sich, und die Antwort fiel ihm auf der Stelle ein, sie schnellte in sein Gehirn wie die Jackpot-Symbole eines Spielautomaten. Er zwang sich dazu, sich in die grüne Aura des Mannes zu lehnen, in die schreckliche stinkende Wolke seiner nervösen Eingeweide. Gleichzeitig zog er die kleine Dose aus der Tasche, drückte sie an den Schenkel und legte den Zeigefinger auf den Knopf der Spraydüse.

»Ich weiß, wer der Scharlachrote König ist«, murmelte er.

Die Augen hinter der schmutzigen Hornbrille wurden groß – nicht nur vor Überraschung, sondern vor Schrecken –, und der Mann mit dem wirren Haar wich ein kleines Stück zurück. Einen Moment ließ der schreckliche Druck an Ralphs linker Seite nach. Das war seine Chance, die einzige, die er bekommen würde, und er nutzte sie , warf sich nach rechts, fiel vom Stuhl und stürzte zu Boden. Sein Hinterkopf schlug auf den Fliesen auf, aber der Schmerz war fern und unwichtig, verglichen mit der Erleichterung darüber, daß die Messerspitze nicht mehr da war.

Der Mann mit dem wirren Haar quiekte – ein Laut der Wut und Resignation, als hätte er sich im Lauf seines langen und schwierigen Lebens an Rückschläge gewöhnt. Er beugte sich über Ralphs jetzt leeren Stuhl, streckte das verzerrte Gesicht nach vorne, und seine Augen sahen aus wie die phantastischen, leuchtenden Kreaturen, die in den tiefsten Meeresgräben leben. Ralph hob die Spraydose und konnte nur einen Augenblick darüber nachdenken, daß er nicht wußte, in welche Richtung die Spraydüse zeigte – möglicherweise verpaßt er nur sich selbst einen Schwall Bodyguard.

Jetzt hatte er keine Zeit mehr, sich darüber den Kopf zu zerbrechen. Er drückte das Ventil nieder, als der Mann mit dem wirren Haar gerade das Messer hob. Das Gesicht des Mannes wurde von einem Film winziger Tröpfchen eingehüllt, die aussahen, als kämen sie aus dem Luftfrischer mit Pinienduft, den Ralph auf dem Spülkasten der Toilette stehen hatte. Die Gläser seiner Brille beschlugen.

Das Ergebnis stellte sich sofort ein und erfüllte Ralphs kühnste Erwartungen. Der Mann mit dem wirren Haar schrie vor Schmerzen auf, ließ das Messer fallen (es landete auf Ralphs linkem Knie und blieb zwischen seinen Beinen liegen), griff nach seinem Gesicht und riß die Brille herunter. Die landete auf dem Tisch. Gleichzeitig leuchtete die dünne, irgendwie fettige Aura um ihn herum gleißend rot auf und erlosch, jedenfalls für Ralphs Wahrnehmung.

»*Ich bin blind!*« schrie der Mann mit dem wirren Haar mit hoher, schriller Stimme. »*Ich bin blind! Ich bin blind!*«

»Nein, das sind Sie nicht«, sagte Ralph und stand zitternd auf. »Sie sind nur …«

Der Mann mit dem wirren Haar schrie wieder und fiel zu Boden. Er wälzte sich auf dem schwarzweiß gefliesten Boden, preßte die Hände auf das Gesicht und heulte wie ein Kind, das sich eine Hand in der Tür eingeklemmt hat. Ralph konnte kleine Partien seiner Wangen wie Kuchenstücke zwischen den gespreizten Fingern sehen. Die Haut dort nahm einen erschreckend roten Farbton an, als hätte der Mann mit dem wirren Haar zu lange am Strand gelegen und sich einen schlimmen Sonnenbrand geholt.

Ralph sagte sich, daß er den Mann in Ruhe lassen sollte, weil er vollkommen verrückt und gefährlich wie eine Klapperschlange war, aber er war zu erschrocken und schämte sich so sehr dafür, was er getan hatte, daß er diesem zweifellos ausgezeichneten Rat nicht folgte. Die Vorstellung einer Konfrontation auf Leben und Tod, den Angreifer kampfunfähig zu machen oder zu sterben, kam ihm bereits unwirklich vor. Er bückte sich und legte dem Mann zaghaft eine Hand auf den Arm. Der Irre rollte sich von ihm weg und trommelte mit den flachen Turnschuhen auf den Boden wie ein Kind, das einen Wutanfall hat. *»Oh, du Hurensohn!«* schrie er. »Du hast auf mich geschossen!« Und dann, unvorstellbarerweise: »Ich werde dich bis auf den letzten Cent verklagen!«

»Ich glaube, Sie werden erst mal das Messer erklären müssen, bevor Sie mit Ihrer Klage besonders weit kommen«, sagte Ralph. Er sah das Messer auf dem Boden liegen, streckte die Hand danach aus, besann sich dann aber eines Besseren. Es wäre besser, wenn seine Fingerabdrücke nicht darauf waren. Als er sich aufrichtete, schlug eine Woge des Schwindelgefühls über ihm zusammen, und einen Moment hörte sich der Regen, der gegen die Fensterscheiben trommelte, hohl und fern an. Er kickte das Messer weg, dann richtete er sich auf und mußte sich an der Lehne des Stuhls festhalten, auf dem er gesessen hatte, damit er nicht umkippte.

Die Welt um ihn herum stabilisierte sich wieder. Er hörte Schritte aus der Eingangshalle näherkommen, dazu murmelnde, fragende Stimmen.

Jetzt *kommt ihr,* dachte Ralph resigniert. *Wo seid ihr vor drei Minuten gewesen, als dieser Kerl kurz davor war, meinen linken Lungenflügel wie einen Ballon platzen zu lassen?*

Mike Hanlon, der schlank und trotz seines dichten grauen Haarschopfs nicht älter als dreißig aussah, erschien unter der Tür. Hinter ihm stand der Junge, in dem Ralph die Aushilfskraft für das Wochenende erkannte, und dahinter vier oder fünf Gaffer, wahrscheinlich aus dem Zeitschriftenlesesaal.

»Mr. Roberts!« rief Mike aus. »Herrgott, sind Sie schwer verletzt?«

»Mir geht es gut, *er* ist verletzt«, sagte Ralph. Aber als er auf den Mann am Boden zeigte und an sich heruntersah, stellte er fest, daß es ihm *nicht* gut ging. Sein Mantel war zurückgerutscht, und die ganze linke Seite seines karierten Hemds hatte eine dunkelrote Färbung angenommen, wie eine Träne geformt, die direkt unter der Achselhöhle anfing und sich von dort ausbreitete. »Scheiße«, sagte er leise und setzte sich wieder auf den Stuhl. Er stieß mit dem Ellbogen an die Hornbrille, die über den ganzen Tisch schlitterte. Mit den Tröpfchen auf den Gläsern sah sie wie ein Augenpaar aus, das der graue Star getrübt hatte.

»Er hat mir Säure ins Gesicht geschüttet!« schrie der Mann auf dem Boden. *»Ich kann nichts sehen, und meine Haut brennt wie der Teufel!«* Für Ralph hörte er sich fast wie eine bewußte Parodie der bösen Hexe aus dem Westen an.

Mike warf dem Mann auf dem Boden einen kurzen Blick zu, dann setzte er sich neben Ralph. »Was ist passiert?«

»Nun, Säure war es auf jeden Fall nicht«, sagte Ralph und hielt die Dose Bodyguard hoch. Er stellte sie neben *Patterns of Dreaming* auf den Tisch. »Die Lady, die sie mir gegeben hat, hat gesagt, das Zeug sei nicht so stark wie Tränengas, es reize nur die Augen und verursache Übelkeit –«

»Ich mache mir keine Sorgen, was mit *ihm* los ist«, sagte Mike ungeduldig. »Wer so laut schreien kann, wird wahrscheinlich nicht in den nächsten drei Minuten sterben. Ich mache mir um Sie Sorgen, Mr. Roberts – haben Sie eine Ahnung, wie stark er auf Sie eingestochen hat?«

»Eigentlich hat er gar nicht auf mich eingestochen«, sagte Ralph. »Er hat mich … mehr gepiekst. Damit.« Er zeigte auf das Messer, das auf dem Fliesenboden lag. Als er die rote Spitze sah, spürte er einen erneuten Schwächeanfall. Sein Kopf fühlte sich an wie ein Schnellzug aus Daunenkissen. Das war selbstverständlich dumm und ergab überhaupt keinen Sinn, aber sein Kopf war in keiner besonders guten Verfassung.

Der Assistent sah vorsichtig auf den Mann am Boden hinunter. »Wir kennen den Kerl, Mike«, sagte er, »es ist Charlie Pickering.«

»Ach du meine Güte«, sagte Mike. »Warum überrascht mich das bloß nicht?« Er sah den Teenager an und seufzte. »Du solltest besser die Polizei rufen, Justin. Sieht so aus, als hätten wir es hier mit einer ernsten Situation zu tun.«

5

»Bekomme ich Schwierigkeiten, weil ich das hier benutzt habe?« fragte Ralph eine Stunde später und deutete auf eines von zwei versiegelten Plastiktütchen, die auf dem überquellenden Schreibtisch in Mike Hanlons Büro lagen. Ein Streifen gelben Bands mit der Aufschrift BEWEISMITTEL *Spraydose* DATUM *10. 3. 93* ORT *Öffentliche Bibliothek Derry* war daraufgeklebt worden.

»Nicht soviel wie unser alter Freund Charlie Pickering, weil er *das hier* benutzt hat«, sagte John Leydecker und deutete auf den zweiten versiegelten Beutel. Darin befand sich das Jagdmesser, auf dessen Spitze das Blut zu einem klebrigen Kastanienbraun getrocknet war. Leydecker trug heute einen Footballsweater mit der Aufschrift »University of Maine«. Er wirkte damit ungefähr so groß wie eine Scheune. »Hier draußen im Hinterland halten wir noch ziemlich viel von Selbstverteidigung. Aber wir reden nicht sehr viel darüber – es ist irgendwie, als würde man zugeben, daß man die Welt für eine Scheibe hält.«

Mike Hanlon, der sich an den Türrahmen lehnte, lachte und nickte.

Ralph hoffte, daß man seinem Gesicht die große Erleichterung nicht ansah, die er empfand. Während ein Notarzt (möglicherweise derselbe, der im August Helen Deepneau ins Krankenhaus gefahren hatte) an ihm arbeitete – er fotografierte zuerst, dann desinfizierte er, und schließlich nähte und verband er –, saß Ralph mit zusammengebissenen Zähnen da und stellte sich vor, wie ein Richter ihn wegen des Gebrauchs einer halbwegs tödlichen Waffe zu sechs Monaten im hiesigen Bezirksgefängnis verurteilte. *Hoffentlich, Mr. Roberts, dient dies als Exempel und als Warnung an alle anderen alten Knacker hier in der Gegend, die es als gerechtfertigt betrachten, Spraydosen mit lähmendem Nervengas mit sich herumzutragen …*

Leydecker betrachtete noch einmal die sechs Polaroidfotos, die an der Seite von Hanlons Computer aufgereiht waren. Der milchgesichtige Techniker der Unfallrettung hatte drei davon gemacht, bevor er Ralph zusammengeflickt hatte. Sie zeigten einen kleinen dunklen Kreis – er sah aus wie die übergroßen Kleckse, die Kinder manchmal machen, wenn sie gerade schreiben lernen – an Ralphs Hüfte. Nachdem er die Wunde genäht und Ralph eine Erklärung hatte unterschreiben lassen, daß man ihm eine Behandlung im Krankenhaus angeboten, er sie jedoch abgelehnt hatte, machte der Techniker noch einmal drei Fotos. Auf dieser zweiten Dreierstaffel konnte man die Anfänge eines absolut spektakulären Blutergusses erkennen.

»Gott segne Edwin Land und Richard Polaroid«, sagte Leydecker und verstaute die Fotos in einem dritten BEWEISMITTEL-Beutel.

»Ich glaube nicht, daß es einen Richard Polaroid gegeben hat«, sagte Mike Hanlon von der Tür.

»Wahrscheinlich nicht, aber Gott segne ihn trotzdem. Die Geschworenen, die diese Fotos sehen, werden Ihnen mit absoluter Sicherheit eine Tapferkeitsmedaille verleihen wollen, und nicht einmal Clarence Darrow könnte sie als Beweismittel ausschließen lassen.« Er sah Mike an. »Charlie Pickering.«

Mike nickte. »Charlie Pickering.«

»Dummfick.«

»Dummfick de luxe.«

Die beiden sahen einander ernst an, dann prusteten sie gleichzeitig vor unbändigem Gelächter. Ralph verstand genau, wie ihnen zumute war – es war komisch, weil es schrecklich war, und schrecklich, weil es komisch war –, und mußte sich auf die Lippen beißen, damit er nicht einstimmte. Lachen wollte er im Augenblick als allerletztes auf der Welt; es würde teuflisch wehtun.

Leydecker holte ein Taschentuch aus der Gesäßtasche, wischte sich damit die tränenden Augen ab und riß sich allmählich wieder zusammen.

»Pickering gehört zu der Recht-auf-Leben-Bande, oder nicht?« fragte Ralph. Er erinnerte sich daran, wie Pickering ausgesehen hatte, als Hanlons Assistent ihm aufgeholfen hatte. Ohne seine Brille hatte der Mann ungefähr so gefährlich ausgesehen wie ein Kaninchen im Schaufenster einer Tierhandlung.

»Könnte man sagen«, stimmte Mike trocken zu. »Er ist derjenige, den sie letztes Jahr in der Garage geschnappt haben, die sich das Krankenhaus und WomanCare teilen. Er hatte einen Kanister Benzin in der Hand und einen Rucksack mit leeren Flaschen auf dem Rücken gehabt.«

»Die Stoffstreifen nicht zu vergessen«, sagte Leydecker. »Das sollten die Zündschnüre werden. Damals war Charlie noch überzeugtes Mitglied von Daily Bread.«

»War er nahe daran, ein Feuer zu legen?« fragte Ralph neugierig.

Leydecker zuckte die Achseln. »Nicht sehr. Jemand aus der Gruppe hat offenbar eingesehen, daß es eher ein Akt des Terrorismus als eine politische Aktion sein könnte, die hiesige Frauenklinik anzuzünden, und einen anonymen Anruf bei der hiesigen Polizei gemacht.«

»Keine schlechte Idee«, sagte Mike. Er schnaubte wieder ein kurzes Kichern und verschränkte dann die Arme vor der Brust, als wollte er alle weiteren Geräusche im Inneren halten.

»Ja«, sagte Leydecker. Er verschränkte die Finger ineinander, streckte die Arme aus und ließ die Knöchel knacken. »Statt ins Gefängnis, schickte ein umsichtiger Richter Charlie sechs Monate zur Behandlung und Therapie nach Juniper Hill, und da müssen sie zu dem Ergebnis gekommen sein, daß er wieder auf Vordermann gebracht worden ist, denn seit Juli oder so hält er sich wieder in der Stadt auf.«

»Jawoll«, stimmte Mike zu. »Er ist fast jeden Tag hier. Verbessert sozusagen die Atmosphäre. Labert praktisch jeden voll, der hier reinkommt, und hält ihnen seine kleine Predigt, wonach jede Frau, die eine Abtreibung durchführen läßt, in

Schwefel vergehen wird, und daß die wirklichen Bösewichter wie Susan Day für alle Zeiten in einem See flüssigen Feuers brennen werden. Ich kann mir allerdings nicht vorstellen, weshalb er es auf Sie abgesehen hatte, Mr. Roberts.«

»Wie geht es Ihnen, Ralph?« fragte Leydecker. »Sie sehen blaß aus.«

»Mir geht es ausgezeichnet«, sagte Ralph, obwohl es ihm alles andere als ausgezeichnet ging; tatsächlich wurde ihm immer übler.

»Ob ausgezeichnet oder nicht, Sie haben auf jeden Fall Glück gehabt. Glück, daß diese Frauen Ihnen die Tränengasdose gegeben haben. Glück, daß Sie sie bei sich hatten. Und am meisten Glück, daß Pickering sich nicht einfach hinter Sie geschlichen und Ihnen das Messer bis zum Heft in den Hals gestoßen hat. Fühlen Sie sich kräftig genug, mit zum Revier zu kommen und eine offizielle Aussage zu machen, oder –«

Plötzlich schnellte Ralph aus Mike Hanlons uraltem Drehstuhl, drückte die linke Hand vor den Mund, raste durch das Zimmer und riß die Tür in der hinteren rechten Ecke des Büros auf, wobei er verzweifelt betete, es möge sich nicht um einen Schrank handeln. In diesem Fall würde er wahrscheinlich Mikes Galoschen mit halbverdautem Käsetoast und leicht gebrauchter Tomatensuppe füllen.

Glücklicherweise handelte es sich um den Raum, den er brauchte. Ralph ließ sich vor der Toilettenschüssel auf die Knie nieder, übergab sich mit geschlossenen Augen und drückte den linken Arm fest an die Seite, in die Pickering ein Loch gemacht hatte. Die Schmerzen, als die Bauchmuskeln sich zuerst verkrampften und dann lockerten, waren trotzdem enorm.

»Ich betrachte das als Nein«, sagte Mike Hanlon hinter ihm und legte Ralph dann tröstend eine Hand auf den Nacken. »Alles in Ordnung? Hat es wieder angefangen zu bluten?«

»Ich glaube nicht«, sagte Ralph. Er fing an, das Hemd aufzuknöpfen, aber dann hielt er inne und preßte den Arm noch einmal fest an die Seite, als sein Magen sich gefährlich hob und dann Ruhe gab. Er hielt den Arm hoch und betrachtete den Verband. Sah einwandfrei aus. »Scheint alles in Ordnung zu sein.«

»Gut«, sagte Leydecker. Er stand direkt hinter dem Bibliothekar. »Sind Sie fertig?«

»Ich glaube ja.« Ralph sah Mike beschämt an. »Ich entschuldige mich dafür.«

»Seien Sie nicht albern.« Mike half Ralph wieder auf die Füße.

»Kommen Sie«, sagte Leydecker, »ich fahre Sie nach Hause. Morgen ist auch noch Zeit für die Aussage. Sie sollten den Rest des Tages die Füße hochlegen und heute nacht mal richtig ausschlafen.«

»Nichts geht darüber, mal richtig auszuschlafen«, stimmte Ralph zu. Sie hatten die Tür des Büros erreicht. »Würden Sie jetzt bitte meinen Arm loslassen, Detective Leydecker? Schließlich gehen wir noch nicht fest miteinander, oder?«

Leydecker sah ihn verblüfft an, dann ließ er Ralphs Arm los. Mike fing an zu lachen. »›Gehen nicht –‹ Das war ziemlich gut, Mr. Roberts.«

Leydecker lächelte. »Wohl nicht, aber Sie dürfen mich Jack nenne, wenn Sie wollen. Oder John. Nur nicht Johnny. Seit meine Mutter vor zwei Jahren gestorben ist, darf mich nur noch der alte Prof McGovern Johnny nennen.«

Der alte Prof McGovern, dachte Ralph. *Wie seltsam sich das anhört.*

»Okay – dann John. Und ihr könnt mich beide Ralph nennen. Soweit es mich betrifft, wird *Mr. Roberts* immer ein Broadway-Stück mit Jack Lemmon bleiben.«

»Wie Sie wollen«, sagte Mike Hanlon. »Und geben Sie auf sich acht.«

»Ich werde es versuchen«, sagte er, dann blieb er wie angewurzelt stehen. »Hören Sie, ich muß Ihnen noch für etwas anderes danken, abgesehen von Ihrer Hilfe heute.«

Mike zog die Brauen hoch. »Ach ja?«

»Ja. Sie haben Helen Deepneau eine Stelle gegeben. Sie gehört zu meinen besten Freunden und hat den Job dringend gebraucht. Danke.«

Mike lächelte und nickte. »Ich nehme die Lorbeeren gerne an, aber eigentlich ist sie diejenige, die mir einen Gefallen getan hat. Eigentlich ist sie überqualifiziert für die Stelle, aber ich glaube, sie möchte in der Stadt bleiben.«

»Das möchte ich auch, und Sie haben ihr geholfen, daß das möglich ist. Also, nochmals danke.«

Mike grinste. »War mir ein Vergnügen.«

6

Als Ralph und Leydecker hinter dem Ausgabeschalter hervorkamen, sagte Leydecker: »Ich schätze, die Honigwabe hat wirklich geholfen, was?«

Das war so weit von dem entfernt, was Ralph gerade durch den Kopf ging, daß er zunächst nicht die geringste Ahnung hatte, wovon der große Detective sprach – er hätte ihm ebensogut eine Frage in Esperanto stellen können.

»Ihre Schlaflosigkeit«, sagte Leydecker geduldig. »Sie haben sie überwunden, richtig? Bestimmt – Sie sehen eine Zillionmal besser aus als an dem Tag, als wir uns kennenlernten.«

»An dem Tag war ich ein wenig gestreßt«, sagte Ralph. Er mußte an den alten Scherz von Billy Crystal über Fernando denken – der folgendermaßen ging: *Hör zu, Dahling, sei kein Schluri; es geht nicht darum, wie du dich fühlst; es geht darum, wie du* aussiehst! *Und du … siehst … RIESIG aus!*

»Und heute nicht? Kommen Sie, Ralph, ich bin es. Also raus damit – war es die Honigwabe?«

Ralph tat so, als würde er darüber nachdenken, dann nickt er. »Ja, ich glaube, die muß es geschafft haben.«

»Phantastisch! Habe ich es Ihnen nicht gleich gesagt?« sagte Leydecker fröhlich, als sie in den verregneten Nachmittag hinausgingen.

7

Sie warteten darauf, daß die Ampel auf dem Up-Mile Hill umsprang, die an der Ecke Witcham und Jackson, als Ralph sich zu Leydecker umdrehte und fragte, wie die Chancen stünden, Ed als Charlie Pickerings Komplizen festzunageln. »Weil Ed ihn dazu angestiftet hat«, sagte er. »Das weiß ich so sicher, wie ich weiß, daß das da drüben der Strawford Park ist.«

»Sie haben wahrscheinlich recht«, antwortete Leydecker, »aber machen Sie sich nichts vor – die Chancen, ihn als Komplizen festzunageln, sind beschissen. Sie wären auch dann nicht besser, wenn der Bezirks-Staatsanwalt nicht so konservativ wäre wie Dale Cox.«

»Warum nicht?«

»Als allererstes bezweifle ich, daß wir eine innige Beziehung zwischen den beiden Männern beweisen könnten. Zweitens, Typen wie Pickering neigen zu rückhaltloser Loyalität gegenüber den Leuten, die sie als ›Freunde‹ bezeichnen, weil sie so wenige haben – ihre Welt besteht überwiegend aus Gegnern. Ich glaube nicht, daß Pickering bei einem Verhör vieles von dem wiederholen würde, was er Ihnen gesagt hat, als er Sie mit dem Jagdmesser an den Rippen kitzelte. Drittens, Ed Deepneau ist kein Dummkopf. Verrückt, ja – verrückter als Pickering, wenn man es recht bedenkt –, aber kein Dummkopf. Er würde nichts zugeben.«

Ralph nickte. Das entsprach genau seiner Meinung von Ed.

»Wenn Pickering *tatsächlich* sagen würde, daß Deepneau ihm befohlen hätte, Sie zu suchen und auszuschalten – weil sie nämlich einer dieser babytötenden, embryostehlenden Zenturionen wären –, würde Ed uns anlächeln und nicken und sagen, daß er überzeugt sei, der arme Charlie hätte uns das gesagt, der arme Charlie würde es wahrscheinlich selbst glauben, aber deshalb wäre es noch lange nicht wahr.«

Die Ampel wurde grün. Leydecker fuhr über die Kreuzung und bog bei der nächsten Gelegenheit links in die Harris Avenue ein. Die Scheibenwischer quietschten und klopften. Strawford Park rechts von ihnen sah durch den Regen, der an der Scheibe herabfloß, wie ein Wackelbild aus.

»Und was könnten wir dazu sagen?« fragte Leydecker. »Tatsache ist, Charlie Pickering kann eine *lange* Krankengeschichte geistiger Instabilität vorweisen – wenn es um Klapsmühlen geht, hat er die große Rundreise hinter sich: Juniper Hill, Acadia Hospital, Bangor Mental Health Institute ... wenn irgendwo kostenlose Elektroschockbehandlungen und Jacken, die man auf dem Rücken zuknöpft, abgegeben werden, ist Charlie Pickering mit Sicherheit schon dort gewesen. Heutzutage ist Abtreibung sein Steckenpferd. Ende der sechziger Jahre hatte er wegen Margaret Chase Smith Hummeln im Arsch. Er schrieb Briefe an alle – die Polizei von Derry, die Staatspolizei, das FBI – und behauptete, sie sei eine russische Spionin. Er sagte, er könne es beweisen.«

»Großer Gott, das ist unglaublich.«

»Nee; das ist Charlie Pickering, und ich wette, solche wie ihn gibt es in jeder Stadt dieser Größe in den Vereinigten Staaten ein Dutzend. Verdammt, überall auf der Welt.«

Ralphs Hand stahl sich an die Seite und berührte den Verband dort. Seine Finger strichen die Schmetterlingsform unter dem Mull nach. Er erinnerte sich an Pickerings vergrößerte braune Augen – wie sie ängstlich und ekstatisch zugleich ausgesehen hatten. Er hegte schon Zweifel, daß der Mann, dem diese Augen gehörten, ihn wirklich fast umgebracht hätte, und er fürchtete, morgen würde die ganze Angelegenheit wie einer der sogenannten »Traumübergriffe« wirken, von denen er in James A. Halls Buch gelesen hatte.

»Das Schlimme ist, Ralph, ein Irrer wie Charlie Pickering ist das perfekte Werkzeug für jemanden wie Deepneau. Im Augenblick hat unser kleiner Ehefrauenprügler etwa eine Tonne Gegenargumente auf seiner Seite.«

Leydecker bog in die Einfahrt neben dem Haus von Ralph ein und parkte hinter einem großen Oldsmobile mit Rostflecken auf dem Kofferraumdeckel und einem uralten Aufkleber – DUKAKIS '88 – auf der Stoßstange.

»Wem gehört denn dieser Brontosaurier? Dem Prof?«

»Nein«, sagte Ralph, »das ist mein Brontosaurier.«

Leydecker sah ihn ungläubig an, während er den Schalthebel seines völlig schnickschnacklosen Polizei-Chevys auf Parken stellte. »Wenn Sie ein Auto haben, warum stehen Sie dann im strömenden Regen an der Bushaltestelle herum? Läuft es nicht?«

»Es läuft«, sagte Ralph ein wenig steif, wollte aber nicht hinzufügen, daß er sich irren könnte; er hatte den Olds seit über zwei Monaten nicht mehr auf der Straße gehabt. »Und ich habe nicht im strömenden Regen herumgestanden; die Haltestelle hat einen *Unterstand.* Mit Dach. Sogar mit einer Bank. Kein Kabelfernsehen, aber warten Sie bis nächstes Jahr.«

»Trotzdem …« sagte Leydecker und sah den Olds zweifelnd an.

»Ich habe zwar die letzten fünfzehn Jahre als Schreibtischhengst verbracht, aber vorher war ich Vertreter. Fünfundzwanzig Jahre lang habe ich schätzungsweise achthundert Meilen pro Woche zurückgelegt. Als ich mich in der Druckerei niedergelassen habe, wollte ich mich nie wieder ans Steuer eines Autos setzen. Und seit meine Frau gestorben ist, gibt es eigentlich selten einen Grund zu fahren. Meistens genügt mir der Bus vollkommen.«

Das alles stimmte; Ralph sah keine Veranlassung hinzuzufügen, daß er seinen Reflexen und seiner Nahsicht zunehmend mißtraute. Vor cirka einem Jahr war ein etwa siebenjähriges Kind seinem Football auf die Straße nachgelaufen, als Ralph gerade vom Kino nach Hause kam, und obwohl er nur mit zwanzig Meilen pro Stunde fuhr, hatte Ralph zwei endlose, gräßliche Sekunden lang geglaubt, daß er den kleinen Jungen überfahren würde. Selbstverständlich hatte er es nicht – es war nicht einmal knapp gewesen –, aber er glaubte, seither konnte er die Anlässe, wenn er mit dem Olds gefahren war, an den Fingern beider Händen abzählen.

Er sah auch keine Veranlassung, das John Leydecker zu erzählen.

»Nun, ich will Ihnen da auch nicht reinreden«, sagte Leydecker und winkte unbestimmt in Richtung des Olds. »Was meinen Sie zu morgen nachmittag für die Aussage, Ralph? Ich komme gegen Mittag vorbei, damit ich Ihnen sozusagen über die Schulter sehen kann. Und hinterher lade ich Sie vielleicht auf einen Kaffee ein.«

»Klingt nicht schlecht. Und danke, daß Sie mich nach Hause gefahren haben.«

»Kein Problem. Eines noch …«

Ralph hatte gerade die Autotür aufgemacht. Jetzt schlug er sie wieder zu und drehte sich mit hochgezogenen Brauen zu Leydecker um.

Leydecker betrachtete nervös seine Hände, rutschte unbehaglich auf dem Sitz hin und her, räusperte sich und sah wieder auf. »Ich wollte Ihnen nur sagen, daß ich Sie für einen Klasse-Typ halte«, sagte er. »Eine Menge Leute, die vierzig Jahre jünger sind als Sie, hätten das kleine Abenteuer heute im Krankenhaus beendet. Oder in der Leichenhalle.«

»Mein Schutzengel hat auf mich aufgepaßt, schätze ich«, sagte Ralph und dachte daran, wie überrascht er gewesen war, als ihm klar wurde, worum es sich bei dem runden Gegenstand in seiner Tasche handelte.

»Nun, vielleicht stimmt das, aber Sie sollten trotzdem heute nacht nicht vergessen, Ihre Tür abzuschließen. Haben Sie verstanden, was ich gesagt habe?«

Ralph lächelte und nickte. Berechtigt oder nicht, Leydeckers Lob hatte seine Brust mit Wärme erfüllt. »Das werde ich, und wenn ich McGovern dazu bringe, daß er mitmacht, dürfte alles astrein gehen.«

Außerdem, dachte er, *kann ich immer noch runtergehen und das Schloß überprüfen, wenn ich wach werde. Wie es im Augenblick aussieht, dürfte das etwa zweieinhalb Stunden nach dem Einschlafen sein.*

»Es *wird* alles astrein gehen«, sagte John Leydecker. »Niemand bei uns war gerade begeistert, als Deepneau die Friends of Life mehr oder weniger übernahm, aber ich kann nicht sagen, daß es uns überrascht hat – er ist ein attraktiver, charismatischer Bursche ... das heißt, wenn man ihn nicht gerade an einem Tag erwischt, an dem er seine Frau als Punchingball benutzt hat.«

Ralph nickte.

»Andererseits sehen wir Typen wie ihn nicht zum erstenmal, und sie haben immer eine selbstzerstörerische Ader. Bei Deepneau hat dieser Prozeß der Selbstzerstörung schon angefangen. Er hat seine Frau verloren, er hat seinen Job verloren ... haben Sie das gewußt?«

»Hm-hmm. Helen hat es mir gesagt.«

»Jetzt verliert er seine gemäßigteren Anhänger. Sie fallen ab wie Düsenjäger, die zum Stützpunkt zurückkehren, weil ihnen der Treibstoff ausgeht. Aber Ed nicht – der wird weitermachen, komme was da wolle. Ich schätze, er kann einige zumindest bis zum Tag von Susan Days Rede an sich binden, aber danach, schätze ich, wird der große Führer allein dastehen.«

»Haben Sie sich schon einmal überlegt, daß er am Freitag etwas versuchen könnte? Daß er versuchen könnte, Susan Day zu verletzen?«

»O ja«, sagte Leydecker. »Das haben wir uns überlegt. Und wie wir das haben.«

8

Ralph war überaus glücklich festzustellen, daß die Verandatür diesmal abgeschlossen war. Er schloß gerade lange genug auf, daß er das Haus betreten konnte, dann stapfte er die Treppe hinauf, die heute nachmittag länger und düsterer denn je wirkte.

Obwohl der Regen konstant auf das Dach prasselte, schien es in dem Apartment zu still, und die Luft schien nach zu vielen schlaflosen Nächten zu riechen. Ralph holte einen Stuhl vom Küchentisch zum Tresen, stellte sich darauf und suchte die Decke des Schränkchens gleich neben der Spüle ab. Es war, als hätte er erwartet, eine andere Dose Bodyguard dort zu finden – die *ursprüngliche* Dose, die er dort versteckt hatte, nachdem Helen und ihre Freundin Gretchen gegangen waren –, und ein Teil von ihm erwartete das tatsächlich. Aber er fand nichts da oben, außer einem Zahnstocher, einer alten Sicherung Marke Buss und einer Menge Staub.

Er stieg vorsichtig von dem Stuhl herunter, sah die schmutzigen Fußabdrücke, die er auf dem Polster hinterlassen hatte, und holte Küchentücher, um sie abzuwischen. Dann stellte er den Stuhl an den Tisch zurück und ging ins Wohnzimmer. Dort blieb er stehen und ließ den Blick von der Couch mit ihrem schäbigen Blumenmusterbezug über den Ohrensessel zu dem alten Fernseher wandern, der auf seinem Eichentisch zwischen den beiden Fenstern zur Harris Avenue stand. Vom

Fernseher wanderte sein Blick in die gegenüberliegende Ecke. Als er gestern sein Apartment betreten hatte, noch etwas nervös, weil die Verandatür offen gewesen war, hatte er seine Jacke, die am Kleiderständer in dieser Ecke hing, kurz für einen Eindringling gehalten. Nun, er konnte die Dinge getrost beim Namen nennen; er hatte einen Augenblick geglaubt, Ed hätte beschlossen, ihm einen Besuch abzustatten.

Ich hänge meine Jacke niemals *auf. Das war eine Angewohnheit von mir – eine der wenigen, glaube ich –, die Carolyn immer richtig auf die Palme gebracht hat. Und da ich mir zu ihren Lebzeiten nie angewöhnen konnte, sie aufzuhängen, dann mit Sicherheit auch nicht nach ihrem Tod. Nein, ich habe diese Jacke nicht aufgehängt.*

Ralph ging durch das Zimmer, kramte in den Taschen der grauen Lederjacke und legte alles, was er fand, auf den Fernseher. Nichts außer einer alten Rolle Life Savers – Fusseln klebten an der obersten – in der linken, aber die rechte erwies sich als wahre Fundgrube, auch wenn die Spraydose nicht mehr darin war. Ein Tootsie Pop Zitrone, noch eingewickelt; ein zerknitterter Werbezettel vom Derry House of Pizza; eine Batterie; ein kleiner Pappkarton, in dem einmal ein Stück Apfelkuchen von McDonalds gewesen war; sein Mitgliederausweis von Dave's Video Stop, nur vier Rabattmarken von einem Gratisfilm entfernt (die Karte war seit zwei Wochen verschwunden und Ralph war sicher gewesen, daß er sie verloren hatte); ein Streichholzbriefchen; eine MasterCard-Quittung für ein Essen im Panda Garden; mehrere Fetzen Alufolie ... und ein zusammengefaltetes Blatt liniertes, blaues Papier.

Ralph faltete es auseinander und las den einen Satz, der mit der krakeligen, etwas unsicheren Schrift eines alten Mannes geschrieben worden war: *Was ich auch tue, ich tue es rasch, damit ich etwas anderes tun kann.*

Das war alles, aber es reichte aus, seinem Hirn zu bestätigen, was sein Herz bereits wußte: Dorrance Marstellar hatte auf der Veranda gewartet, als Ralph mit seinen Büchern von Back Pages zurückgekommen war, aber er hatte noch etwas anderes erledigt, bevor er sich dort niedergelassen hatte. Er hatte sogar seine Visitenkarte hinterlassen: eine Zeile aus einem Gedicht auf einem Blatt Papier, das er wahrscheinlich aus dem alten, zerfledderten Notizbuch gerissen hatte, in das er manchmal Ankunfts- und Abflugzeiten auf Rollbahn 3 schrieb. Statt die Jacke dorthin zu legen, wo Ralph sie hingeworfen hatte, hatte der alte Dor sie ordentlich an den Kleiderständer gehängt. Danach

(Geschehenes läßt sich nicht mehr ungeschehen machen)

ging er wieder auf die Veranda hinunter und wartete.

Gestern abend hatte Ralph mit McGovern geschimpft, weil der die Eingangstür wieder offengelassen hatte, und McGovern hatte es so geduldig über sich ergehen lassen, wie Ralph selbst Carolyns Schelte über sich hatte ergehen lassen, wenn er beim Nachhausekommen die Jacke auf den nächstbesten Stuhl warf, statt sie an den Kleiderständer zu hängen, aber jetzt fragte sich Ralph, ob er Bill nicht möglicherweise zu Unrecht Vorwürfe gemacht hatte. Vielleicht hatte der alte Dor das Schloß geknackt ... oder aufgezaubert. Unter den Umständen schien Zauberei wahrscheinlicher zu sein. Denn ...

»Denn stellt euch vor«, sagte Ralph mit leiser Stimme, während er mechanisch den Krimskrams auf dem Fernseher wieder in den Taschen verstaute, »er hat nicht nur gewußt, daß ich das Zeug brauchen würde, er hat auch gewußt, wo er es finden konnte und *wo er es verstauen mußte.*«

Da lief ihm ein kalter Schauer über den Rücken, und sein Verstand versuchte, die ganze Angelegenheit herunterzuspielen – sie als Wahnsinn zu bezeichnen, als unlogisch, als genau das, was sich ein Mann mit Schlaflosigkeit Güteklasse A ausdenken würde. Aber das erklärte nicht das Stück Papier, oder?

Er betrachtete wieder die gekritzelten Worte auf dem linierten blauen Blatt – *Was ich auch tue, ich tue es rasch, damit ich etwas anderes tun kann.* Dies war ebensowenig seine Handschrift, wie *Cemetery Nights* sein Buch war.

»Aber jetzt ist es meins; Dor hat es mir gegeben«, sagte Ralph, und der kalte Schauer fuhr ihm wieder über den Rücken, unregelmäßig wie ein Sprung in einer Windschutzscheibe.

Was für eine andere Erklärung fällt dir ein? Diese Dose ist nicht von selbst in deine Tasche geflogen. Und das Stück Notizpapier auch nicht.

Das Gefühl, als würde er von unsichtbaren Händen auf den klaffenden Schlund eines Tunnels zugeschoben werden, hatte sich wieder eingestellt. Ralph kam sich wie ein Mann in einem Traum vor, als er zur Küche zurückkehrte. Unterwegs schlüpfte er aus der grauen Jacke und warf sie über die Couchlehne, ohne auch nur darüber nachzudenken. Er blieb eine Zeitlang unter der Tür stehen und betrachtete starr den Kalender mit dem Bild zweier lachender Jungs, die eine Kürbislaterne schnitzten. Betrachtete das morgige Datum, das eingekreist war.

Du sollst den Termin bei dem Nadelpiekser absagen, hatte Dorrance gesagt; das war die Botschaft, und heute hatte der Messerstecher sie mehr oder weniger bekräftigt. Verdammt, er hatte sie in Neonbuchstaben wiederholt.

Ralph suchte eine Nummer in den Gelben Seiten und wählte sie.

»Dies ist die Praxis von Dr. James Roy Hong«, informierte ihn eine angenehme Frauenstimme. »Im Augenblick können wir Ihren Anruf leider nicht persönlich entgegennehmen, daher hinterlassen Sie bitte eine Nachricht nach dem Pfeifton. Wir rufen Sie schnellstmöglich zurück.«

Der Anrufbeantworter piepste. Mit einer Stimme, deren Festigkeit ihn überraschte, sagte Ralph: »Hier spricht Ralph Roberts. Ich habe morgen früh um zehn Uhr einen Termin. Es tut mir leid, aber ich werde ihn nicht wahrnehmen können. Es ist mir etwas dazwischengekommen. Vielen Dank.« Nach einer Pause fügte er hinzu: »Selbstverständlich werde ich für die Kosten aufkommen.«

Er schloß die Augen und legte den Hörer wieder auf die Gabel. Dann preßte er die Stirn an die Wand.

Was machst du, Ralph? Was, in Gottes Namen, machst du da?

»Es ist ein langer Weg zurück ins Paradies, Liebling.«

Du kannst doch nicht allen Ernstes denken, was du da denkst … oder?

»… ein langer Weg, also hör auf, dich über Kleinigkeiten aufzuregen.«

Was genau *denkst du denn, Ralph?*

Er wußte es nicht, er hatte nicht die geringste Idee. Er wußte nur, daß Kreise des Schmerzes von dem kleinen Loch in seiner linken Seite ausgingen, dem Loch, das der Messerstecher gemacht hatte. Der Notarzt hatte ihm ein halbes Dutzend Schmerztabletten gegeben, und er vermutete, er sollte eine nehmen, aber im Augenblick war er zu müde, zur Spüle zu gehen und sich ein Glas Wasser zu holen … und wenn er zu müde war, durch ein beschissenes kleines Zimmer zu gehen, wie, um alles in der Welt, sollte er dann den langen Weg zurück ins Paradies bewerkstelligen?

Ralph wußte es nicht, und im Augenblick war es ihm auch egal. Er wollte nur stehenbleiben, wo er war, die Stirn an die Wand pressen und die Augen geschlossen halten, damit er überhaupt nichts ansehen mußte.

Kapitel 8

I

Der Strand war ein langes weißes Band und glich ein wenig dem Aufblitzen eines weißen Seidenslips am Saum des schimmernden blauen Meeres; er war vollkommen verlassen, abgesehen von einem runden Gegenstand etwa sechzig Meter entfernt. Dieser runde Gegenstand war etwa so groß wie ein Basketball und erfüllte Ralph mit einer Angst, die ebenso tief verwurzelt wie – jedenfalls im Augenblick – grundlos war.

Geh nicht näher hin, sagte er sich. *Das hat etwas Böses an sich. Etwas* wirklich *Böses. Es ist ein schwarzer Hund, der einen blauen Mond anbellt, Blut im Spülbecken, ein Rabe auf der Büste der Pallas Athene direkt neben der Kammertür. Du solltest nicht in seine Nähe gehen, und du* mußt *nicht in seine Nähe gehen, denn dies ist einer von Joe Wyzers lichten Träumen. Du kannst einfach umkehren und weggehen, wenn du willst.*

Aber seine Füße trugen ihn trotzdem weiter, also war es vielleicht doch kein lichter Traum. Und nicht angenehm, ganz und gar nicht. Denn je näher er dem Gegenstand am Strand kam, desto weniger Ähnlichkeit hatte dieser mit einem Basketball.

Es war bei weitem der realistischste Traum, den Ralph je erlebt hatte, und weil er wußte, daß er träumte, schien das Gefühl von Realismus noch stärker als sonst zu sein. Er konnte den feinen, lockeren Sand unter den bloßen Füßen spüren, warm, aber nicht heiß; er konnte das knirschende, felsige Tosen der Wellen hören, die das Gleichgewicht verloren und über dem Strand zusammenstürzten, wo der Sand wie sonnengebräunte, nasse Haut glänzte; er konnte Salz und trocknenden Seetang riechen, einen starken, tränenreichen Geruch, der ihn an Sommerferien in Old Orchard Beach erinnerte, als er ein Kind gewesen war.

He, alter Kumpel, wenn du diesen Traum nicht verändern kannst, solltest du vielleicht die Notbremse ziehen und aussteigen – mit anderen Worten, weck dich auf, aber sofort.

Er hatte die halbe Strecke zu dem Gegenstand am Strand zurückgelegt, und nun konnte kein Zweifel mehr daran bestehen, worum es sich handelte – kein Baseball, sondern ein Menschenkopf. Jemand hatte einen Menschen bis zum Hals im Sand eingegraben ... und plötzlich stellte Ralph fest, daß die Flut kam.

Er stieg nicht aus, er fing an zu laufen. Als er das tat, berührte die Schaumkrone einer Welle den Kopf. Der Kopf riß den Mund auf und fing an zu schreien. Trotz des schrillen Schreis erkannte Ralph die Stimme sofort. Es war die von Carolyn.

Die Gischt einer zweiten Welle strömte über den Strand und spülte das Haar zurück, das an den nassen Wangen des Kopfs geklebt hatte. Ralph lief schneller, obwohl er wußte, er würde mit ziemlicher Sicherheit zu spät kommen. Die Flut kam immer schneller. Carolyn würde, lange bevor er ihren eingegrabenen Leib freilegen konnte, ertrinken.

Du mußt sie nicht retten, Ralph. Carolyn ist schon tot, und sie ist nicht an einem menschenleeren Strand gestorben. Es ist im Zimmer 317 des Derry Home Hospital passiert. Du warst bis zum Ende bei ihr, und du hast keine Brandung gehört, sondern Schneeregen, der ans Fenster prasselte. Weißt du das nicht mehr?

Er wußte es noch, lief aber nichtsdestotrotz schneller; staubige Sandwölkchen stoben hinter ihm hoch.

Aber du wirst sie nie erreichen; du weißt, wie das in Träumen ist, oder nicht? Alles, wohin du läufst, verwandelt sich in etwas anderes.

Nein, *so* hatte das in dem Gedicht nicht geheißen ... oder doch? Ralph war sich nicht mehr sicher. Er wußte nur noch genau, daß am Ende der Erzähler vor etwas Tödlichem geflohen war

(ich sehe über die Schulter und erkenne seine Gestalt)

das ihn durch den Wald verfolgte ... ihn verfolgte und näherkam.

Aber er näherte sich tatsächlich dem dunklen Gegenstand im Sand. Und der verwandelte sich auch nicht in etwas anderes, und als Ralph vor Carolyn auf die Knie fiel, wurde ihm sofort klar, warum er die Frau, mit der er dreiunddreißig Jahre lang verheiratet gewesen war, nicht einmal aus der Ferne hatte erkennen können: Etwas stimmte nicht mit ihrer Aura. Sie klebte an ihrer Haut wie ein Schmutzwäschebeutel für die chemische Reinigung. Als Ralphs Schatten über sie fiel, verdrehte Carolyn die Augen wie ein Pferd, das sich beim Sprung über einen hohen Zaun ein Bein gebrochen hat. Sie atmete in raschen, erschrockenen Zügen, und bei jedem Ausatmen schossen grauschwarze Aurastrahlen aus ihren Nasenlöchern.

Die zerfetzte Ballonschnur, die von ihrem Kopf aufstieg, war so purpur-schwarz wie eine schwärende Wunde. Als sie den Mund aufmachte, um noch einmal zu schreien, strömte eine häßlich leuchtende Substanz in gummiartigen Fäden von ihren Lippen, die fast wieder verschwunden waren, bevor seine Augen ihre Existenz richtig wahrgenommen hatten.

Ich werde dich retten, Carol! rief er. Er ließ sich auf die Knie fallen und grub im Sand um sie herum wie ein Hund, der einen Knochen ausbuddelt ... und bei diesem Gedanken wurde ihm bewußt, daß Rosalie, der frühmorgendliche Streuner der Harris Avenue, müde hinter seiner schreienden Frau saß. Es war, als wäre der Hund durch den Gedanken herbeibeschworen worden. Rosalie, sah er, war ebenfalls von einer schmutzigen schwarzen Aura umgeben. Sie hielt Bill McGoverns verschwundenen Panamahut zwischen den Pfoten, der aussah, als hätte sie kräftig darauf herumgekaut, seit er in ihren Besitz gelangt war.

Dahin ist der verfluchte Hut also verschwunden, dachte Ralph, drehte sich wieder zu Carolyn um und fing noch schneller an zu graben. Bis jetzt war es ihm nicht gelungen, auch nur eine Schulter freizulegen.

Laß mich! schrie Carolyn ihn an. *Ich bin schon tot, weißt du nicht mehr? Achte auf die Spuren des weißen Mannes, Ralph! Die –*

Eine Welle, glasig grün unten, oben mit weißem Schaum gekrönt, brach keine drei Meter entfernt am Strand. Sie rannte auf dem Sand auf sie zu, brachte Ralphs Hoden in dem kalten Wasser zum Erschauern, und begrub Carolyns Kopf vorübergehend unter einer Flutwelle sandigen Schaums. Als das Wasser zurückging, stieß Ralph selbst einen gräßlichen Schrei himmelwärts aus. Die Welle hatte in Sekunden geschafft, wozu die Bestrahlungen fast einen Monat gebraucht hatten;

sie hatte ihr das Haar genommen und sie kahl zurückgelassen. Und ihr Kopf blähte sich an der Stelle auf, wo die schwarze Ballonschnur befestigt war.

Carolyn, nein! heulte er und grub noch schneller. Der Sand war jetzt naß und unangenehm schwer.

Vergiß es, sagte sie. Schwarzgraue Wölkchen kamen bei jedem Wort aus ihrem Mund wie schmutziger Rauch aus einem Industrieschlot. *Es ist nur der Tumor, und der ist inoperabel, also hab keine schlaflosen Nächte wegen* dem *Teil der Vorstellung. Zum Teufel, es ist ein langer Weg zurück ins Paradies, also hör auf, dich über Kleinigkeiten aufzuregen, richtig? Aber du mußt nach diesen Spuren Ausschau halten ...*

Carolyn, ich weiß nicht, wovon du sprichst!

Eine weitere Welle kam, durchnäßte Ralph bis zur Taille und begrub Carolyn wieder unter sich. Als die Welle zurückwich, platzte die Schwellung auf Carolyns Kopf allmählich auf.

Das wirst du bald herausfinden, antwortete Carolyn, und dann barst die Schwellung auf ihrem Kopf mit einem Geräusch, als hätte ein Hammer auf ein Stück Fleisch geschlagen. Ein Blutschwall spritzte in die kalte, nach Salz riechende Luft, und plötzlich ergoß sich ein Schwarm Käfer so groß wie Kakerlaken aus ihrem Inneren. Ralph hatte noch nie etwas Ähnliches gesehen – nicht einmal in einem Traum –, daher erfüllten sie ihn mit fast hysterischem Abscheu. Er wäre geflohen, trotz Carolyn, aber er war erstarrt und konnte nicht einmal einen Finger rühren, geschweige denn aufstehen und weglaufen.

Einige der Käfer liefen durch den schreienden Mund in Carolyn zurück, aber die meisten wuselten über die Wangen und Schultern auf den nassen Sand. Dabei betrachteten sie Ralph unablässig mit ihren vorwurfsvollen Insektenaugen. *Das ist alles deine Schuld,* schienen die Augen zu sagen. *Du hättest sie retten können, Ralph, und ein besserer Mann* hätte *sie gerettet.*

Carolyn! schrie er. Er streckte die Hand nach ihr aus, aber dann zog er sie zurück, weil ihn vor den schwarzen Käfern ekelte, die immer noch aus ihrem Kopf quollen. Hinter ihr saß Rosalie in ihrer eigenen dunklen Vertiefung, sah ihn ernst an und hielt McGoverns verlegten *chapeau* im Maul.

Eines von Carolyns Augen ploppte heraus und fiel wie ein Tropfen Blaubeergelee in den nassen Sand. Käfer ergossen sich aus der leeren Augenhöhle.

Carolyn! schrie er. *Carolyn! Carolyn! Car –*

2

»– olyn! Carolyn! Car –«

Plötzlich, in dem Augenblick, als ihm klar wurde, daß der Traum vorbei war, fiel Ralph. Er registrierte die Tatsache praktisch erst, als er auf dem Schlafzimmerboden landete. Es gelang ihm, seinen Sturz mit einer ausgestreckten Hand abzufangen, womit er wahrscheinlich vermied, sich schlimm den Kopf anzustoßen, was aber dafür einen heftigen Schmerz unter dem Verband an der linken Seite auslöste. Einen Augenblick lang nahm er den Schmerz jedoch kaum wahr. Er verspürte Angst, Ekel, Grauen, einen schrecklichen, schmerzhaften Kummer ... am meisten aber ein überwältigendes Gefühl der Dankbarkeit. Der böse Traum – sicherlich der schlimmste Alptraum, den er je gehabt hatte – war vorbei, und er befand sich wieder in der Welt der wirklichen Dinge.

Er zog das weitgehend aufgeknöpfte Pyjamaoberteil zurück, untersuchte den Verband nach Blutspuren, fand keine und richtete sich auf. Das allein schien ihn schon auszulaugen; die Vorstellung, aufzustehen – und sei es nur gerade lange genug, um wieder ins Bett zu fallen, stand vorläufig außer Frage. Vielleicht wenn sich sein von Panik ergriffenes, rasendes Herz ein wenig beruhigt hatte.

Kann man an Alpträumen sterben? fragte er sich, und als Antwort hörte er Joe Wyzers Stimme: *Worauf Sie sich verlassen können, Ralph, aber der Leichenbeschauer schreibt normalerweise* Selbstmord *in die Spalte Todesursache.*

Ralph, der, von den Nachwirkungen seines Alptraums zitternd, auf dem Boden saß und die Knie mit dem rechten Arm umschlang, hatte nicht den geringsten Zweifel daran, daß manche Träume schlimm genug waren, töten zu können. Die

Einzelheiten seines eigenen verblaßten jetzt, aber an den Höhepunkt konnte er sich nur allzu deutlich erinnern: das pochende Geräusch, als würde ein Hammer auf eine dicke Scheibe Rindersteak schlagen, und die widerliche Sturzflut der Käfer aus Carolyns Kopf. Fett waren sie gewesen, fett und lebhaft, und warum auch nicht? Sie hatten sich am Gehirn seiner toten Frau gütlich getan.

Ralph stieß ein leises, schluchzendes Stöhnen aus, strich sich mit der linken Hand über das Gesicht und löste damit einen erneuten stechenden Schmerz unter dem Verband aus. Seine Handfläche war schweißnaß.

Was genau hatte sie ihm gesagt, wonach sollte er Ausschau halten? Sporen weißer Männer? Nein – *Spuren*, nicht Sporen. Spuren des weißen Mannes, was immer das auch sein mochte. War das alles gewesen? Vielleicht, vielleicht auch nicht. Es war ein Traum, Herrgott noch mal, nur ein Traum, und außerhalb der Fantasy-Welt, wie sie in der Regenbogenpresse geschildert wurde, bedeuteten Träume nichts und bewiesen nichts. Wenn ein Mensch schlafen ging, schien sich der Verstand in eine Art Trödler zu verwandeln, der den Flohmarkt des Kurzzeitgedächtnisses nach überwiegend wertlosen Erinnerungen durchsuchte, aber nicht nach Dingen Ausschau hielt, die wertvoll oder gar nützlich waren, sondern nur nach welchen, die noch strahlend glänzten. Diese stellte er zu Collagen aus dem Gruselkabinett zusammen, die nicht selten atemberaubend waren, aber nicht mehr Sinn ergaben als Natalie Deepneaus Gesprächsbeiträge. Rosalie, die Hündin, war darin vorgekommen, selbst Bills verschwundener Panamahut hatte einen Gastauftritt absolviert, aber das hatte alles nichts zu bedeuten ... aber morgen nacht würde er keine der Schmerztabletten nehmen, die der Notarzt ihm gegeben hatte, selbst wenn sein Arm sich anfühlte, als würde er abfallen. Diejenige, die er vor den Spätnachrichten genommen hatte, hatte ihn nicht nur nicht ausschlafen lassen, wie er insgeheim gehofft und halb erwartet hatte, sondern hatte wahrscheinlich ihren Teil dazu beigetragen, den Alptraum zu inszenieren.

Es gelang Ralph, vom Boden aufzustehen und sich auf die Bettkante zu setzen. Eine Welle von Schwindelgefühl durchdrang seinen Kopf wie Fallschirmseide, und er machte die Augen zu, bis das Gefühl vorbei war. Während er mit gesenktem Kopf und geschlossenen Augen dasaß, tastete er nach der Nachttischlampe und schaltete sie ein. Als er die Augen aufschlug, sah der Teil des Schlafzimmers, der von dem warmen gelben Schein erhellt wurde, sehr hell und real aus.

Er sah auf die Uhr neben der Lampe. 1:48 Uhr, und er fühlte sich hellwach und voll da, Schmerzmittel hin oder her. Er stand auf, ging langsam in die Küche und stellte den Teekessel auf. Dann lehnte er sich an den Tresen, massierte geistesabwesend den Verband unter der linken Achselhöhle und versuchte, das Pochen zu stillen, das seine jüngsten Abenteuer dort geweckt hatten. Als der Kessel dampfte, goß er heißes Wasser über einen Beutel Sleepy Time – *das* war ein Witz – und ging mit der Tasse ins Wohnzimmer. Er ließ sich in den Ohrensessel fallen und machte sich gar nicht erst die Mühe, ein Licht einzuschalten; die Straßenlampen und das spärliche Licht aus dem Schlafzimmer reichten völlig aus.

Nun, dachte er, *da bin ich wieder, erste Reihe Mitte. Das Stück kann beginnen.*

Zeit verging, aber wieviel konnte er nicht sagen; das Pochen unter seinem Arm ließ jedoch nach, und der Tee in der Tasse war nicht mehr heiß, sondern lauwarm, als er eine Bewegung aus dem Augenwinkel wahrnahm. Ralph drehte den Kopf und rechnete damit, daß er Rosalie sehen würde, aber es war nicht Rosalie. Zwei Männer betraten die Veranda eines Hauses auf der anderen Seite der Harris Avenue. Ralph konnte die Farben des Hauses nicht erkennen – das gelborange Licht der Natriumdampflampen, die die Stadt vor einigen Jahren aufgestellt hatte, leuchtete zwar jeden Winkel aus, machte es aber unmöglich, Farben naturgetreu zu erkennen – er konnte nur sehen, daß sich die Farbe der Verzierungen radikal von der Farbe der Fassade unterschied. In Verbindung mit dem Standort des Hauses war Ralph fast überzeugt, daß es sich um May Lochers Haus handelte.

Die beiden Männer auf May Lochers Veranda waren sehr klein, wahrscheinlich nicht größer als einen Meter zwanzig. Sie schienen von grünen Auren umgeben zu sein. Gekleidet waren sie in identische weiße Kittel, die für Ralph aussahen wie diejenigen, die Schauspieler in alten Krankenhaus-Seifenopern getragen hatten – Schwarzweißmelodrame wie *Ben Casey* und *Dr. Kildare*. Einer hielt etwas in der Hand. Ralph kniff die Augen zusammen. Er konnte es nicht genau erkennen, aber es sah scharf und hungrig aus. Er hätte nicht unter Eid beschwören können, daß es sich um ein Messer handelte, aber er hielt es für eines. Ja, es konnte durchaus ein Messer sein.

Sein erster klarer Gedanke war, daß die Männer da drüben wie Außerirdische in einem Film über eine Entführung per UFO aussahen – *Die Besucher* oder *A Fire in the Sky*. Sein zweiter Gedanke war, daß er wieder eingeschlafen sein mußte, hier im Ohrensessel, ohne es zu merken.

Ganz recht, Ralph – nur noch ein bißchen Flohmarkt-Action, wahrscheinlich ausgelöst durch die Aufregung über das Messer-Attentat und gefördert von dieser verflixten Schmerztablette.

Aber er spürte nichts Furchteinflößendes an den beiden Gestalten auf May Lochers Veranda, abgesehen von dem langen, scharfen Gegenstand, den einer in der Hand hielt. Ralph vermutete, daß nicht einmal das träumende Bewußtsein etwas Bedrohliches aus zwei kleinen kahlköpfigen Typen in weißen Kitteln machen konnte, die aussahen, als wären sie aus der Requisite übriggeblieben. Auch ihr Verhalten hatte nichts Furchterregendes – nichts Verstohlenes, nichts Bedrohliches. Sie standen auf der Treppe, als hätten sie das Recht, in der dunkelsten, ruhigsten Morgenstunde dort zu sein. Sie standen einander zugewandt, und die Haltung ihrer Körper und ihrer großen, kahlen Schädel deutete auf zwei Freunde hin, die ein ernstes, zivilisiertes Gespräch führten. Sie sahen umsichtig und intelligent aus – die Sorte Weltraumfahrer, die eher sagen würde: »Wir kommen in Frieden«, als dich zu entführen und dir Sonden in den Arsch zu stecken und dann die Reaktionen darauf zu studieren.

Na gut, also ist dieser neue Traum vielleicht doch nicht durch und durch ein Alptraum. Willst du dich nach dem letzten etwa darüber beschweren?

Nein, selbstverständlich nicht. Einmal pro Nacht auf dem Boden zu landen reichte voll und ganz, recht schönen Dank.

Und dennoch hatte gerade dieser Traum etwas ungeheuer Beunruhigendes; er wirkte in einer Weise real, die dem Traum von Carolyn abgegangen war. Schließlich war dies sein eigenes Wohnzimmer, kein unheimlicher fremder Strand, den er noch nie zuvor gesehen hatte. Er saß in demselben Ohrensessel, in dem er jeden Morgen saß, und er hielt eine Tasse Tee, die fast kalt geworden war, in der linken Hand; wenn er die Finger der rechten Hand zur Nase hob, so wie jetzt, konnte er einen leichten Hauch Seife unter den Nägeln riechen ... Irischer Frühling, die er gern unter der Dusche benutzte ...

Plötzlich griff sich Ralph unter die Achsel und drückte die Finger auf den Verband dort. Er spürte den Schmerz augenblicklich und stechend ... aber die beiden kleinen kahlen Männer in den weißen Kitteln blieben genau da, wo sie waren, auf May Lochers Türschwelle.

Es spielt keine Rolle, was du zu spüren glaubst, Ralph. Es kann *keine Rolle spielen, weil –*

»Scheiße!« sagte Ralph mit heiserer, leiser Stimme. Er stand von seinem Sessel auf und stellte dabei die Tasse auf den kleinen Tisch daneben. Sleepy Time schwappte auf das Magazin *TV Guide*, das dort lag. *»Scheiße, das ist kein Traum!«*

3

Er schlurfte mit flatterndem Pyjama und in seinen alten, ausgetretenen Pantoffeln, so schnell er konnte, durch das Wohnzimmer in die Küche, während kleine, heiße Schmerzstiche von der Stelle ausgingen, wo Charlie Pickering ihn gestochen hatte. Er schnappte sich einen Stuhl und trug ihn in die kleine Diele des Apartments. Dort befand sich ein begehbarer Schrank. Ralph machte die Tür auf, schaltete das Licht im Inneren ein, stellte den Stuhl so hin, daß er das oberste Fach des Schranks erreichen konnte, und stieg darauf.

Auf dem Regal herrschte ein Durcheinander vergessener Gegenstände, die größtenteils Carolyn gehört hatten. Es waren Kleinigkeiten, kaum mehr als Krimskrams, aber als er sie sah, verschwand die letzte hartnäckige Überzeugung, dies könnte ein Traum sein. Er sah eine uralte Tüte M & Ms – ihre heimliche Nascherei, ihr Seelenfutter. Er fand ein herzförmiges Spitzendeckchen, einen einzelnen weißen Satinstöckelschuh mit abgebrochenem Absatz, ein Fotoalbum. Das alles schmerzte weitaus mehr als der Messerstich unter dem Arm, aber im Augenblick hatte er keine Zeit für Schmerz.

Ralph beugte sich nach vorne, stützte die linke Hand auf das hohe, staubige Regal, um sein Gewicht auszugleichen, tastete sich mit der rechten Hand durch den Plunder und betete dabei die ganze Zeit, daß es dem Stuhl nicht in den Sinn kommen möge, unter ihm wegzurutschen. Die Verletzung unter seiner Achselhöhle pochte jetzt gewaltig, und er wußte, sie würde wieder zu bluten anfangen, wenn er nicht bald mit den akrobatischen Übungen aufhörte, aber …

Ich bin sicher, daß es da oben irgendwo ist … nun … fast *sicher …*

Er schob die alte Schachtel mit den Fliegen und den Weidenfischkorb beiseite. Hinter dem Korb lag ein Stapel Zeitschriften. Die oberste war eine Ausgabe von *Look* mit Andy Williams auf dem Umschlag. Ralph schob sie mit dem Handballen beiseite, was eine Staubwolke aufwirbelte. Die alte Tüte M & Ms fiel auf den Boden und platzte auf, bunte Schokodrops spritzten in alle Richtungen. Ralph beugte sich noch weiter nach vorne; jetzt stand er fast auf den Zehenspitzen. Er vermutete, daß er es sich nur einbildete, aber der Küchenstuhl schien sich darauf vorzubereiten, ihm einen Schabernack zu spielen.

Der Gedanke war ihm kaum durch den Kopf gegangen, als der Stuhl knirschte und auf dem Holzboden langsam nach hinten rutschte. Ralph achtete nicht darauf, achtete nicht auf seine pochende Seite und achtete nicht auf die Stimme, die ihm sagte, daß er aufhören sollte, wirklich aufhören, weil er einen Wachtraum hatte, was laut dem Buch von Hall bei vielen Schlaflosen früher oder später eintrat, und auch wenn die kleinen Burschen auf der anderen Straßenseite nicht wirklich existierten, konnte es doch sein, daß er hier auf diesem langsam rutschenden Stuhl stand, und er konnte sich wirklich die Hüfte brechen, wenn der Stuhl unter ihm wegrutschte, und wie wollte er erklären, was passiert war, wenn ein klugscheißerischer Arzt in der Notaufnahme des Derry Home ihn danach fragte?

Grunzend streckte er die Hand bis ganz nach hinten aus, stieß einen Karton beiseite, aus dem ein halber Weihnachtsstern herausragte wie ein seltsames stacheliges Periskop (dabei stieß er auch den Stöckelschuh ohne Absatz auf den Boden), und dann sah er, wonach er gesucht hatte, in der hinteren linken Ecke des Regals: das Etui, in dem sich sein altes Fernglas von Zeiss-Ikon befand.

Ralph stieg von dem Stuhl herunter, bevor dieser ganz unter ihm wegrutschen konnte, schob ihn näher heran und stieg wieder hinauf. Er kam nicht bis ganz in die Ecke, wo das Fernglas lag, daher nahm er das Netz in die Hand, das seit ach so vielen Jahren da oben neben seiner Fliegenschachtel und dem Fischkorb lag, und konnte das Etui beim zweiten Versuch fassen. Er zog es nach vorne, bis er den Gurt ergreifen konnte, stieg von dem Stuhl herunter und trat auf den heruntergefallenen Stöckelschuh. Sein Knöchel knickte schmerzhaft um. Ralph stolperte, ruderte mit den Armen, um das Gleichgewicht nicht zu verlieren, und vermied es so knapp, mit dem Gesicht voran gegen die Wand zu prallen. Aber als er ins Wohnzimmer zurück ging, spürte er nasse Wärme unter dem Verband an der Seite. Jetzt hatte er es doch geschafft, daß die Messerwunde wieder aufgebrochen war. Prima. Eine wunderbare Nacht im *Chez Robert* ... und wie lange war er von dem Fenster weg gewesen? Er wußte es nicht, aber es schien ziemlich lange gewesen zu sein, und er war sicher, daß die kleinen kahlköpfigen Ärzte fort sein würden, wenn er zurückkam. Die Straße würde verlassen sein und ...

Er blieb wie angewurzelt stehen, das Etui des Fernglases baumelte an seinem Gurt und warf einen langen, trapezförmigen Schatten auf dem Boden hin und her, den das orangegelbe Leuchten der Straßenlaternen überzog wie eine häßliche Farbschicht.

Kleine kahlköpige Ärzte? Hatte er sie gerade so genannt? Ja, natürlich, denn so nannten *die anderen* sie – die Leute, die behaupteten, daß sie von ihnen entführt ... untersucht ... in manchen Fällen operiert worden waren. Sie waren die Mediziner aus dem Weltall, die Proktologen aus der unendlichen Weite. Aber das war nicht wichtig. Wichtig war –

Ed hat den Ausdruck gebraucht, dachte Ralph. *Er hat ihn in der Nacht gebraucht, als er angerufen und mich gewarnt hat, ich sollte mich von ihm und seinen Interessen fernhalten. Er sagte, der Arzt hätte ihm von dem Scharlachroten König und den Zenturionen und dem ganzen Rest erzählt.*

»Ja«, flüsterte Ralph. Er hatte am ganzen Rücken eine Gänsehaut. »Ja, das hat er gesagt. ›Der Arzt hat es mir gesagt. Der kleine kahlköpfige Arzt.‹«

Als er zum Fenster zurückkehrte, sah er, daß die Fremden immer noch draußen waren, aber während er nach dem Fernglas gesucht hatte, waren sie von der Verandatreppe auf den Bürgersteig gegangen. In der Tat standen sie direkt unter einer der verdammten orangegelben Lampen. Ralphs Eindruck, daß die Harris Avenue wie eine verlassene Bühnenkulisse nach der abendlichen Vorstellung aussah, stellte sich mit unheimlicher, theatralischer Gewißheit wieder ein ... aber mit einer anderen Bedeutung. Zunächst einmal war die Bühne nicht mehr verlassen, oder? Ein geheimnisvolles Schauspiel lange nach Mitternacht hatte seinen Anfang in einem Theater genommen, das die beiden seltsamen Wesen da unten zweifellos für vollkommen menschenleer hielten.

Was würden sie tun, wenn sie wüßten, daß sie ein Publikum haben? fragte sich Ralph. *Was würden sie mit mir anstellen?*

Die kahlköpfigen Ärzte legten nun das Gebaren von Männern an den Tag, die fast zu einer Einigung gelangt sind. In diesem Augenblick sahen sie für Ralph trotz der Kittel überhaupt nicht nach Ärzten aus – sie sahen aus wie Fabrikarbeiter, deren Schicht im Werk gerade zu Ende gegangen war. Diese beiden Typen, eindeutig gute Kumpels, sind einen Moment vor dem Haupttor stehengeblieben, um ein Thema zu Ende zu bringen, das nicht warten kann, bis sie einen Block weiter zur nächsten Bar gegangen sind, weil sie wissen, daß es in jedem Fall sowieso nur noch etwa eine Minute dauert; völlige Übereinstimmung ist nur noch ein oder zwei Sätze entfernt.

Ralph holte das Fernglas aus seinem Etui, hielt es an die Augen und vergeudete einen oder zwei Augenblicke, als er am Schärfeknopf herumdrehte, bis ihm klar wurde, der Grund, weshalb er nichts sah, war der, daß er vergessen hatte, die Abdeckung von den Linsen zu entfernen. Das holte er nach, und dann hielt er das Fernglas wieder an die Augen. Diesmal schnellten die beiden Gestalten unter der Straßenlaterne sofort in sein Gesichtsfeld, groß und perfekt ausgeleuchtet, aber verschwommen. Ralph drehte den kleinen Knopf zwischen den Linsen, worauf die beiden Gestalten sofort in aller Schärfe zu erkennen waren. Ralph stockte der Atem in der Kehle.

Er konnte nur einen extrem kurzen Blick auf sie werfen, nicht mehr als drei Sekunden vergingen, bis einer der Männer (wenn sie denn Männer waren) nickte und seinem Gefährten eine Hand auf die Schulter legte. Dann wandten sie sich beide ab, und Ralph konnte nur noch ihre kahlen Schädel und die glatten, weißgekleideten Rücken sehen. Höchstens drei Sekunden, aber Ralph sah in diesem kurzen Augenblick soviel, daß ihm durch und durch mulmig wurde.

Er war das Fernglas aus zwei Gründen holen gegangen, die beide auf seinem Unvermögen beruhten, dies für einen Traum zu halten. Erstens wollte er sicherstellen, daß er die beiden Männer identifizieren konnte, sollte es jemals erforderlich sein. Zweitens (was sich sein bewußter Verstand nur ungern eingestand, was aber deshalb nicht weniger dringend war), er wollte den beunruhigenden Verdacht zerstreuen, daß er es mit seiner eigenen unheimlichen Begegnung der dritten Art zu tun hatte.

Aber statt den Verdacht zu zerstreuen, erhärtete ihn der kurze Blick durch das Fernglas. Die kleinen kahlköpfigen Ärzte schienen gar keine Gesichtszüge zu *haben*. Sie hatten *Gesichter*, ja – Augen, Nase, Mund –, aber die sahen so austauschbar aus wie verchromte Zierleisten am selben Modell desselben Baujahrs eines Autos. Sie hätten eineiige Zwillinge sein können, aber das war auch nicht der Eindruck, den Ralph hatte. Sie sahen mehr wie Schaufensterpuppen aus, die über Nacht ihre Perücken abgezogen hatten; als wäre ihre unheimliche Ähnlichkeit keine Folge genetischer Zusammenhänge, sondern von Massenproduktion.

Das einzige eigentlich Seltsame, das er herausgreifen und benennen konnte, war das übernatürlich glatte Aussehen ihrer Haut – keiner von ihnen hatte auch nur eine einzige sichtbare Falte oder Runzel. Auch keine Muttermale, Flecken oder Narben, aber Ralph vermutete, daß man so etwas nicht einmal mit einem besonders guten Fernglas erkennen konnte. Abgesehen von der glatten und seltsam faltenlosen Oberfläche der Haut war alles subjektiv. Und er hatte nur einen so gottverdammt *kurzen* Blick darauf werfen können! Wäre er schneller an das Fernglas herangekommen, ohne das Brimborium mit Stuhl und Fischernetz, und hätte er gleich bemerkt, daß die Linsenabdeckungen noch darauf waren, statt sich an der Schärfeeinstellung zu schaffen zu machen, hätte er sich vielleicht einen Teil oder alles Unbehagen ersparen können, das er jetzt empfand.

Sie sehen wie Skizzen aus, dachte er in dem Augenblick, bevor sie ihm die Rücken zudrehten. *Das ist es, was mir so zu schaffen macht, glaube ich. Nicht die identischen kahlen Köpfe, die identischen weißen Kittel oder die fehlenden Falten. Daß sie wie Skizzen aussehen – die Augen nur Kreise, die kleinen Ohren nur Filzstiftkrakel, die Münder zwei rasche, fast achtlose Striche mit Wasserfarben. Sie sehen weder wie Außerirdische* noch *wie Menschen aus; sie sehen aus wie hastige Abbildungen von … nun, ich weiß auch nicht.*

Er wußte nur eines mit Sicherheit: Doc Nr. 1 und Doc Nr. 2 waren beide in helle Auren gehüllt, die durch das Fernglas grün-golden mit rötlich-orangefarbenen Flecken durchwirkt ausgesehen hatten, die glühten wie aufwirbelnde Funken eines Lagerfeuers. Diese Auren hatten ein Gefühl von Kraft und Vitalität vermittelt, was die konturlosen, uninteressanten Gesichter nicht vermocht hatten.

Gesichter? Ich bin nicht sicher, ob ich sie wiedererkennen könnte, wenn mir jemand eine Pistole an die Schläfe halten würde. Es ist fast, als wären sie gemacht worden, damit man sie wieder vergißt. Wenn sie immer noch kahl wären, sicher – kein Problem. Aber wenn sie Perücken trügen und säßen, so daß ich nicht sehen kann, wie klein sie sind? Vielleicht … die fehlenden Falten könnten sie verra-

ten ... aber andererseits, vielleicht auch nicht. Aber die Auren ... diese grün-goldenen Auren, in denen rote Fünkchen tanzen ... die würde ich überall erkennen. Aber etwas stimmt nicht damit, oder? Aber was?

Die Antwort fiel Ralph so plötzlich und mühelos ein, wie die beiden Wesen sichtbar geworden waren, als er endlich daran gedacht hatte, die Blende von den Linsen des Fernglases zu nehmen. Beide kleine Ärzte waren in strahlende Auren gehüllt ... aber bei keinem war eine Ballonschnur von dem haarlosen Kopf in die Höhe geschwebt. Nicht einmal eine Spur davon.

Sie schlenderten mit der Sorglosigkeit von zwei guten Freunden beim Sonntagsspaziergang die Harris Avenue in Richtung Strawford Park hinunter. Kurz bevor sie aus dem hellen Lichtkreis der Straßenlaterne vor May Lochers Haus heraustraten, senkte Ralph das Fernglas ein wenig, damit er den Gegenstand in der rechten Hand von Doc Nr. 1 erkennen konnte. Es war kein Messer, wie er vermutet hatte, aber es war dennoch kein Gegenstand, den man gerne in den frühen Morgenstunden in den Händen eines fortgehenden Fremden sah.

Es handelte sich um eine lange Schere aus Edelstahl.

4

Das Gefühl, als würde er unbarmherzig auf den Schlund eines Tunnels zugeschoben werden, wo alle möglichen unangenehmen Sachen auf ihn warteten, hatte sich wieder eingestellt, nur wurde es jetzt von einem Gefühl der Panik begleitet, weil es schien, als hätte er den letzten, größten Schubs bekommen, während er schlief und von seiner toten Frau träumte. Etwas in Ralphs Inneren wollte vor Entsetzen aufschreien, und er begriff, wenn er nicht sofort etwas dagegen unternahm, würde er in Kürze wirklich laut schreien. Er machte die Augen zu, holte tief Luft und versuchte, sich bei jedem Atemzug ein anderes Nahrungsmittel vorzustellen: eine Tomate, eine Kartoffel, eine Eiswaffel, Rosenkohl. Dr. Jamal hatte Carolyn diese einfache Entspannungstechnik beigebracht, und sie hatte die Kopfschmerzen manchmal vertrieben, bevor sie richtig loslegen konnten; sogar in den letzten sechs Wochen, als der Tumor außer Kontrolle geraten war, hatte die Technik manchmal geholfen, und sie unterdrückte jetzt auch Ralphs Panik. Sein Herz schlug langsamer, und das Gefühl, als ob er schreien müßte, ließ nach.

Ralph atmete weiter tief durch und dachte

(Apfel Birne Stück Zitronentorte)

an Nahrungsmittel, während er vorsichtig die Abdeckung wieder auf das Fernglas schob. Seine Hände zitterten immer noch, aber nicht so sehr, daß er sie nicht benützen konnte. Als das Fernglas wieder in seinem Etui verstaut war, hob Ralph zaghaft den linken Arm und betrachtete den Verband. In der Mitte befand sich ein roter Fleck so groß wie eine Aspirintablette, aber der schien nicht größer zu werden. Gut.

Es ist überhaupt nicht gut, Ralph.

Richtig, aber das würde ihm nicht bei der Klärung helfen, was genau geschehen war und was er deswegen unternehmen wollte. Der erste Schritt bestand darin, den gräßlichen Traum von Carolyn vorerst zu verdrängen und sich darüber klarzuwerden, was sich tatsächlich zugetragen hatte.

»Ich bin wach, seit ich auf den Boden gefallen bin«, sagte Ralph in das verlassene Zimmer. »Das weiß ich, und ich weiß, daß ich diese Männer gesehen habe.«

Ja. Er hatte sie wirklich gesehen, ebenso die grün-goldenen Auren um sie herum. Und damit war er nicht allein; Ed Deepneau hatte ebenfalls mindestens einen von ihnen gesehen. Ralph hätte seine Farm darauf gewettet, hätte er eine Farm zum Verwetten besessen. Es war freilich nicht sehr beruhigend, daß ein Paranoider aus der Nachbarschaft, der seine Ehefrau verprügelte, dieselben kleinen kahlen Typen sah.

Und die Auren, Ralph – hat er nicht auch etwas von Auren gesagt?

Nun, er hatte nicht gerade dieses Wort benutzt, aber Ralph war ziemlich sicher, daß er trotzdem mindestens zweimal von den Auren gesprochen hatte. *Ralph, manchmal ist die Welt voller Farben.* Das war im August gewesen, kurz bevor John Leydecker Ed wegen häuslicher Tätlichkeiten verhaftet hatte, einer Ordnungswidrigkeit. Dann, fast einen Monat später, als er Ralph angerufen hatte: *Siehst du die Farben schon?*

Zuerst die Farben, jetzt die kleinen kahlköpfigen Ärzte; mit Sicherheit konnte der Scharlachrote König nicht mehr weit sein. Und von alledem einmal abgesehen, was wollte er in der Sache unternehmen, deren Zeuge er gerade geworden war?

Die Antwort fiel ihm in einem unerwarteten, aber willkommenen Anflug von Erleuchtung ein. Das Thema, dachte er, war nicht sein Geisteszustand, nicht die Auren, nicht die kleinen kahlköpfigen Ärzte, sondern May Locher. Er hatte gerade die beiden Fremden mitten in der Nacht aus May Lochers Haus kommen gesehen ... und einer hatte eine Schere in der Hand gehabt.

Ralph griff mit der Hand an dem Fernglas vorbei, nahm das Telefon und wählte 911.

5

»Hier spricht Officer Hagen.« Eine Frauenstimme. »Wie kann ich Ihnen helfen?«

»Indem Sie genau zuhören und rasch handeln«, sagte Ralph kurz angebunden. Der Ausdruck benommener Unentschlossenheit, den er in diesem Sommer so häufig zur Schau gestellt hatte, war jetzt völlig verschwunden; er saß aufrecht in seinem Sessel, hatte das Telefon auf dem Schoß, und sah nicht mehr wie siebzig aus, sondern wie ein gesunder und kräftiger Fünfundfünfzigjähriger. »Dann können Sie vielleicht einer Frau das Leben retten.«

»Sir, würden Sie mir bitte Ihren Namen und –«

»Bitte unterbrechen Sie mich nicht, Officer Hagen«, sagte der Mann, der sich nicht mehr an die letzten vier Ziffern der Telefonnummer des Kino-Centers erinnern konnte. »Ich bin vor kurzer Zeit aufgewacht, konnte nicht mehr einschlafen und beschloß, eine Weile aufzubleiben. Von meinem Wohnzimmer aus kann ich den oberen Abschnitt der Harris Avenue überblicken. Ich habe gerade gesehen –«

Hier geriet Ralph einen Sekundenbruchteil ins Stocken, dachte aber nicht darüber nach, was er gesehen hatte, sondern was er Officer Hagen erzählen sollte. Die Antwort kam ihm so schnell und mühelos wie der Entschluß, 911 anzurufen.

»Ich habe zwei Männer gesehen, die aus einem Haus auf der Straßenseite des Red Apple gekommen sind. Es gehört einer Frau namens May Locher. Ich buchstabiere: L-O-C-H-E-R, mit einem L wie Lexington. Mrs. Locher ist schwer krank. Ich habe die beiden Männer vorher noch nie gesehen.« Er machte wieder eine Pause, diesmal jedoch absichtlich, um die größtmögliche Wirkung zu erzielen. »Einer hatte eine Schere in der Hand.«

»Adresse?« fragte Officer Hagen. Sie war vollkommen ruhig, aber Ralph spürte, daß eine Menge Lämpchen bei ihr angegangen waren.

»Das weiß ich nicht«, sagte er. »Schlagen Sie sie im Telefonbuch nach, Officer Hagen, oder sagen Sie den Beamten auf Streife, sie sollen einfach nach dem gelben Haus mit den rosa Verzierungen etwa einen halben Block vom Red Apple entfernt Ausschau halten. Wahrscheinlich müssen sie es mit einer Taschenlampe suchen, wegen dieser verfluchten orangefarbenen Straßenlaternen, aber sie werden es finden.«

»Ja, Sir, ich bin ganz sicher, aber ich brauche trotzdem Ihren Namen und Ihre Anschrift für unsere Unterla ...«

Ralph legte den Hörer behutsam auf. Er betrachtete das Telefon fast eine ganze Minute und rechnete damit, daß es läuten würde. Als es stumm blieb, kam er zum Ergebnis, daß sie entweder nicht über die raffinierten Geräte verfügten, mit denen man einen Telefonanruf zurückverfolgen konnte, wie man sie in True-Crime-Sendungen im Fernsehen immer sah, oder sie waren nicht eingeschaltet gewesen. Das war gut. Es löste nicht das Problem, was er tun oder sagen sollte, wenn sie May Locher in Fetzen aus ihrem scheußlichen gelb-rosa Haus schleppten, aber es verschaffte ihm wenigstens etwas Zeit zum Nachdenken.

Unter ihm blieb die Harris Avenue still und stumm im Licht der grellen Lampen, die sich in beide Richtungen erstreckten wie der Traum eines Surrealisten von Perspektive. Das Schauspiel – kurz, aber voller Dramatik – schien vorbei zu sein. Die Bühne war wieder verlassen. Sie –

Nein, doch nicht ganz verlassen. Rosalie kam aus der Gasse zwischen dem Red Apple und dem Tru-Value-Eisenwarenladen daneben herausgehinkt. Das verblaßte Taschentuch flatterte um ihren Hals. Es war kein Donnerstag, daher standen keine Mülltonnen draußen, die Rosalie untersuchen konnte, und so ging sie rasch den Bürgersteig entlang bis zu May Lochers Haus. Dort blieb sie stehen und senkte die Nase (als er die lange und hübsche Schnauze sah, dachte Ralph, daß sich ein Collie unter Rosalies Vorfahren befunden haben mußte).

Ralph stellte fest, daß dort etwas glänzte.

Er holte das Fernglas wieder aus der Hülle und richtete es auf Rosalie. Dabei schweifte sein Denken wieder zum zehnten September ab – diesmal zum Treffen mit Bill und Lois vor dem Eingang des Strawford Park. Er erinnerte sich, wie Bill Lois den Arm um die Taille gelegt und sie die Straße entlanggeführt hatte; wie Ralph, als er die beiden zusammen sah, an Ginger Rogers und Fred Astaire hatte denken müssen. Am deutlichsten aber erinnerte er sich an die gespenstischen Spuren, die die beiden hinterlassen hatten – Spuren, die ihn an die alten Tanzunterrichtsdiagramme von Arthur Murray erinnert hatten. Die von Lois waren grau gewesen; die von Bill olivgrün. Damals hatte er sie für Halluzinationen gehalten – in der guten alten Zeit, bevor er die Aufmerksamkeit von Irren wie Charlie Pickering auf sich gezogen und mitten in der Nacht kleine kahlköpfige Ärzte gesehen hatte.

Rosalie schnupperte an einer ähnlichen Spur. Sie hatte dieselbe grün-goldene Farbe wie die Auren, die Doc Nr. 1 und Doc Nr. 2 umgeben hatten. Ralph schwenkte das Fernglas langsam von dem Hund weg und sah weitere Spuren, zwei Linien, die in Richtung des Parks den Bürgersteig entlangführten. Sie verblaßten – er konnte fast sehen, wie sie vor seinen Augen verblaßten –, aber sie waren da.

Ralph richtete das Fernglas wieder auf Rosalie und verspürte plötzlich eine ungeheure Zuneigung zu dem räudigen alten Streuner ... warum auch nicht? Wenn er einen letzten, endgültigen Beweis gebraucht hätte, daß er tatsächlich gesehen hatte, was er gesehen zu haben *glaubte*, dann war es Rosalie.

Wenn die kleine Natalie hier wäre, würde sie sie auch sehen, dachte Ralph ... Und dann bestürmten ihn wieder sämtliche Zweifel. Würde sie sie sehen? Wirklich? Er hatte geglaubt, daß das Baby nach den schwachen Auren gegriffen hatte, die seine Finger hinterließen, und er war sicher, sie hatte den geisterhaften grünen Dunst bestaunt, der von den Blumen in der Küche aufgestiegen war, aber wie konnte er sicher sein? Wie konnte überhaupt jemand mit Sicherheit wissen, was ein Baby sah oder anzufassen versuchte?

Aber Rosalie ... schau doch, da unten, siehst du sie?

Das Problem war nur, überlegte Ralph, er hatte die Spuren erst gesehen, nachdem Rosalie angefangen hatte, auf dem Bürgersteig zu schnuppern. Vielleicht schnupperte sie ja an einem leckeren Hauch des Briefträgers, und was er sah, gaukelte ihm lediglich sein übermüdeter, schlafloser Geist vor ... wie die kleinen kahlköpfigen Ärzte selbst.

Im vergrößerten Bereich des Fernglases hinkte Rosalie nun mit der Schnauze am Boden und langsam wedelndem, struppigem Schwanz die Harris Avenue entlang. Sie ging von der grün-goldenen Spur von Doc Nr. 1 zu der von Doc Nr. 2 und dann wieder zu der von Doc Nr. 1 zurück.

Warum sagst du mir nicht, was diese streunende Hündin verfolgt, Ralph? Hältst du es für möglich, daß ein Hund eine verfluchte Halluzination wittert? Es ist keine *Halluzination; es sind Spuren.* Richtige *Spuren. Die Spuren des weißen Mannes, auf die du achten sollst, wie Carolyn gesagt hat. Das weißt du. Du* siehst *es.*

»Es ist trotzdem verrückt«, sagte er sich. »Verrückt!«

Aber war es das? Wirklich? Der Traum war möglicherweise mehr als ein Traum gewesen. Wenn es so etwas gab wie Hyperrealität – und das konnte er mittlerweile beschwören –, dann konnte es auch so etwas wie Präkognition geben. Oder Gespenster, die in Träumen erschienen und die Zukunft vorhersagten. Wer weiß? Es war, als wäre eine Tür in der Mauer der Wirklichkeit geöffnet worden ... und jetzt konnten alle möglichen unerwünschten Erscheinungen durchkommen.

Eines wußte er mit Sicherheit: Die Spuren waren *wirklich* da.

Er sah sie, Rosalie roch sie, und das war alles. Ralph hatte in den sechs Monaten seiner Schlaflosigkeit eine Anzahl seltsamer und interessanter Dinge herausgefunden, darunter auch, daß die Fähigkeit, sich selbst etwas vorzumachen, zwischen drei und sechs Uhr morgens ihren Tiefststand erreicht zu haben schien, und jetzt war es …

Ralph beugte sich nach vorne, damit er die Uhr an der Küchenwand sehen konnte. Kurz nach halb vier. Hm-hmm.

Er hob das Fernglas wieder hoch und sah, daß Rosalie immer noch den Spuren der kahlköpfigen Ärzte folgte. Sollte jemand jetzt die Harris Avenue entlanggeschlendert kommen – unwahrscheinlich um diese Tageszeit, aber nicht ausgeschlossen –, würde er nur einen streunenden Köter mit schmutzigem Fell sehen, der ziellos wie unerzogene, herrenlose Hunde überall auf dem Bürgersteig herumschnupperte. Aber Ralph konnte sehen, *was* Rosalie schnupperte, und darum glaubte er nun endlich seinen Augen. Möglicherweise änderte sich das wieder, wenn die Sonne aufging, aber im Augenblick wußte er hundertprozentig, was er sah.

Rosalie hob plötzlich den Kopf. Sie spitzte die Ohren. Einen Moment war sie fast schön anzusehen, so wie ein vorstehender Jagdhund schön ist. Dann ging sie, Sekunden bevor die Scheinwerfer eines Autos, das sich der Kreuzung Harris Avenue und Witcham Street näherte, die Straße ausleuchteten, den Weg zurück, den sie gekommen war – mit ihrem hinkenden, schwankenden Gang, und sie tat Ralph leid. Wenn man es recht überlegte, war Rosalie nicht auch eine der Harris Avenue Altvorderen, der nicht einmal ab und zu der Trost einer Partie Rommé oder Poker um Pennys mit ihresgleichen vergönnt war? Sie verschwand in der Gasse zwischen dem Red Apple und dem Eisenwarenladen, und Sekunden später bog ein Streifenwagen der Polizei von Derry um die Ecke und rollte langsam die Straße entlang. Die Sirene war nicht eingeschaltet, wohl aber das Blinklicht. Es ließ die schlafenden Häuser und kleinen Geschäfte in diesem Teil der Harris Avenue abwechselnd rot und blau aufleuchten.

Ralph legte das Fernglas auf den Schoß, beugte sich auf dem Sessel nach vorne, stützte die Unterarme auf die Oberschenkel und wartete gespannt. Sein Herz schlug so fest, daß er es in den Schläfen spüren konnte.

Vor dem Red Apple bremste der Streifenwagen auf Schritttempo. Der Suchscheinwerfer an der rechten Seite wurde eingeschaltet, der Lichtstrahl wanderte an den Fassaden der schlafenden Häuser auf der gegenüberliegenden Straßenseite entlang. In den meisten Fällen glitt er auch über Hausnummern neben Türen oder an Verandabalken. Als er die Nummer von May Lochers Haus anstrahlte (86, sah Ralph, und er brauchte das Fernglas nicht, um es zu entziffern), leuchteten die Bremslichter auf, und der Wagen kam zum Stillstand.

Zwei uniformierte Polizisten stiegen aus und näherten sich dem Fußweg zum Haus, ohne etwas von dem Mann zu ahnen, der sie von einem dunklen Fenster im ersten Stock auf der anderen Straßenseite beobachtete, und ohne die gold-grünen Fußspuren zu sehen, über die sie schritten. Sie unterhielten sich miteinander, und Ralph hob das Fernglas erneut, damit er sie besser sehen konnte. Er war ziemlich sicher, daß es sich bei dem jüngeren der beiden um den uniformierten Beamten handelte, der mit Leydecker bei Ed gewesen war, als sie Ed festgenommen hatten. Knoll? War das sein Name gewesen?

»Nein«, murmelte Ralph. »Nell. Chris Nell. Oder vielleicht Jess.«

Nell und sein Partner schienen ein ernstes Gespräch über etwas zu führen – viel ernster als das der beiden kahlköpfigen Ärzte, bevor sie fortgegangen waren. Das Gespräch endete damit, daß die beiden Polizisten ihre Schußwaffen zogen und dann nacheinander die schmale Treppe von Mrs. Lochers Haus hinaufgingen, Nell voraus. Er läutete an der Tür, wartete, läutete noch einmal. Diesmal hielt er den Knopf gute fünf Sekunden lang gedrückt. Sie warteten noch einen Moment, dann drängte sich der zweite Polizist an Nell vorbei und versuchte selbst sein Glück an der Klingel.

Vielleicht beherrscht der ja die geheime Kunst des Läutens, dachte Ralph. *Hat er wahrscheinlich gelernt, indem er einen Kurs der Rosenkreuzer besucht hat.*

Wenn ja, zeitigte seine Technik diesmal keine Wirkung. Sie bekamen immer noch keine Antwort, und das überraschte

Ralph nicht im geringsten. Er bezweifelte, ob May Locher überhaupt aus dem Bett steigen konnte, seltsame kahlköpfige Männer mit Scheren hin oder her.

Aber wenn sie bettlägerig ist, muß sie eine Hilfe haben, jemanden, der ihr die Mahlzeiten zubereitet, ihr zur Toilette hilft oder die Bettpfanne gibt …

Chris Nell – oder möglicherweise auch Jess – trat wieder vor zur Tür. Diesmal jedoch zog er der Klingel die alte Poch-poch-poch-Im-Namen-des-Gesetzes-aufmachen-Methode vor. Dazu nahm er die linke Faust. Mit der rechten Hand hielt er immer noch die Waffe, den Lauf an das Bein seiner Uniformhose gepreßt.

Ein schreckliches Bild, so klar und deutlich wie die Auren, die er gesehen hatte, kam Ralph plötzlich in den Sinn. Er sah eine Frau mit einer durchsichtigen Sauerstoffmaske über Mund und Nase im Bett liegen. Über der Maske starrten die weit aufgerissenen Augen blicklos aus den Höhlen. Darunter klaffte der Hals zu einem breiten, gezackten Lachen auf. Bettzeug und Nachthemd der Frau waren blutgetränkt. Ganz in der Nähe lag eine zweite Frau Gesicht nach unten auf dem Boden – die Mitbewohnerin. Ein halbes Dutzend Stichwunden der spitzen Schere von Doc Nr. 1 verunzierten den Rücken des rosa Flanellnachthemds dieser Frau. Und Ralph wußte, würde man das Nachthemd hochheben, würde jede Wunde genau wie die unter seinem eigenen Arm aussehen … mit anderen Worten, wie der übergroße Punkt eines Kindes, das gerade Schreiben lernt.

Ralph versuchte, die gräßliche Vision wegzublinzeln. Sie wollte nicht verschwinden. Er verspürte dumpfe Schmerzen in den Händen und stellte fest, daß er sie zu Fäusten geballt hatte; die Nägel gruben sich in seine Handflächen. Jetzt sah er vor seinem geistigen Auge, wie die Frau im rosa Nachthemd leicht zuckte – sie war noch am Leben. Aber wahrscheinlich nicht mehr lange. Mit Sicherheit nicht mehr lange, wenn diese beiden Trottel nicht etwas Produktiveres unternahmen, als nur vor der Tür zu stehen und abwechselnd zu klopfen und zu läuten.

»Los doch, Jungs«, sagte Ralph und umklammerte seine Oberschenkel noch fester. »Kommt schon, kommt schon, unternehmt etwas, was meint ihr?«

Du weißt, daß du dir das alles nur eingebildet hast, oder nicht? fragte er sich unbehaglich. *Ich meine, sicher, es könnten zwei tote Frauen da drüben liegen,* könnte *sein, aber das* weißt *du nicht, richtig? Das ist nicht wie bei den Auren oder den Spuren …*

Nein, es war nicht wie bei den Auren oder den Spuren, das wußte er, *ja.* Aber er sah auch, daß da drüben in Nummer 86 niemand die Tür aufmachte, und das sah nicht gerade gut aus für Bill McGoverns alte Klassenkameradin aus Cardville. Er hatte kein Blut an der Schere von Doc Nr. 1 gesehen, aber angesichts der fragwürdigen Qualität des alten Zeiss-Ikon bewies das nichts. Außerdem hätte der Typ sie abwischen können, bevor er das Haus verlassen hatte. Kaum war ihm dieser Gedanke durch den Kopf gegangen, fügte seine Phantasie dem Bild ein blutiges Handtuch hinzu, das neben der toten Mitbewohnerin im rosa Nachthemd lag.

»Los doch, ihr beiden!« rief Ralph mit leiser Stimme. »Herrgott, wollt ihr die *ganze Nacht* da stehenbleiben?«

Zwei neue Scheinwerfer leuchteten die Harris Avenue aus. Es handelte sich um eine Ford-Limousine mit rotem Blinklicht auf dem Armaturenbrett. Der Mann, der ausstieg, trug Zivil – graue Popelinwindjacke und eine blaue Strickmütze. Ralph hatte kurz gehofft, der Neuankömmling würde sich als Johnny Leydecker entpuppen, obwohl Leydecker ihm gesagt hatte, daß er erst um die Mittagszeit kommen würde, aber er brauchte das Fernglas nicht, um sich zu vergewissern, daß er es nicht war. Dieser Mann war viel schlanker und trug einen dunklen Schnurrbart. Cop Nr. 2 kam ihm auf dem Fußweg entgegen, während Chris-oder-Jess Nell um die Ecke von Mrs. Lochers Haus verschwand.

Es folgte eine der Pausen, die im Film erfreulicherweise geschnitten wurden. Cop Nr. 2 steckte die Waffe ein. Er und der gerade eingetroffene Detective standen vor der Treppe zu Mrs. Lochers Veranda, unterhielten sich anscheinend und warfen ab und zu einen Blick auf die geschlossene Tür. Einmal machte der uniformierte Polizist einen Schritt in die Richtung, in die Nell gegangen war. Der Detective hielt ihn am Arm fest und hinderte ihn daran. Sie redeten weiter miteinander. Ralph stieß einen leisen Grunzlaut der Hilflosigkeit aus.

Ein paar Minuten krochen dahin, und dann geschah alles gleichzeitig auf diese verwirrende, sich überschlagende, unschlüssige Weise, mit der sich Notfallsituationen zu entwickeln scheinen. Ein drittes Polizeiauto traf ein (Mrs. Lochers Haus und die benachbarten Häuser wurden jetzt wechselweise in rotes und gelbes Licht getaucht). Zwei weitere uniformierte Beamte stiegen aus, öffneten den Kofferraum und holten einen klobigen Apparat heraus, der für Ralph wie ein tragbares Folterinstrument aussah. Er glaubte, daß man dieses Gerät als »Jaws of Life« bezeichnete. Nach dem schweren Sturm des Jahres 1985, einem Sturm, bei dem über vierzig Menschen ums Leben gekommen waren – von denen viele in ihren Autos feststeckten und ertranken –, hatten die Schulkinder von Derry Geld gesammelt, um eines zu kaufen.

Während die beiden neuen Cops die Jaws of Life über den Bürgersteig trugen, ging die Eingangstür des Hauses oberhalb von Mrs. Lochers auf, und die Eberlys, Stan und Georgina, kamen auf *ihre* Veranda heraus. Ihre Haare standen zerzaust vom Kopf ab, wobei Ralph an Charlie Pickering denken mußte. Er hob das Fernglas, betrachtete kurz ihre neugierigen, aufgeregten Gesichter und legte es wieder in den Schoß.

Als nächstes kam ein Krankenwagen vom Derry Home Hospital. Die Sirene war mit Rücksicht auf die frühe Morgenstunde nicht eingeschaltet, wie bei den Streifenwagen, aber das ganze Dach schien voller Rotlichter zu sein, und die blinkten allesamt hektisch. Für Ralph sah die Szene auf der anderen Straßenseite wie aus einem seiner geliebten Dirty-Harry-Filme aus – mit abgestelltem Ton.

Die beiden Cops schleppten die Jaws of Life halb über den Rasen, dann stellten sie sie ab. Der Detective mit der Windjacke und der Strickmütze drehte sich zu ihnen um und hob die Hände mit ausgebreiteten Handflächen auf Schulterhöhe, als wollte er sagen: *Was habt ihr denn mit* dem *Ding vorgehabt? Die gottverdammte Tür aufbrechen?* Im selben Augenblick kam Officer Nell wieder hinter dem Haus hervor. Er schüttelte den Kopf.

Der Detective mit der Mütze drehte sich unvermittelt um, ging an Nell und seinem Partner vorbei die Treppe hinauf, hob einen Fuß und trat May Lochers Eingangstür ein. Er wartete einen Moment, machte den Reißverschluß der Jacke auf, wahrscheinlich, damit er an seine Waffe herankam, und betrat das Haus dann, ohne sich noch einmal umzusehen.

Ralph hätte am liebsten applaudiert.

Nell und sein Partner sahen einander unsicher an, dann folgten sie dem Detective die Treppe hinauf und zur Tür hinein. Ralph beugte sich nach weiter in seinem Sessel nach vorne, so weit, daß seine Nasenlöcher kleine Nebelwölkchen auf der Scheibe erzeugten. Drei Männer, deren weiße Anzüge im Schein der grellen orangefarbenen Laternen leuchteten, stiegen aus dem Krankenwagen aus. Einer machte die Hecktür auf, und danach standen die drei einfach nur mit den Händen in den Hosentaschen herum und warteten darauf, ob man sie brauchte. Die beiden Polizisten, die die Jaws of Life halb über Mrs. Lochers Rasen getragen hatten, sahen einander an, zuckten die Achseln, hoben sie wieder auf und trugen sie zu dem Streifenwagen zurück. Mehrere tiefe Druckstellen waren im Rasen zu sehen, wo sie sie abgestellt hatten.

Hoffentlich ist ihr nichts geschehen, dachte Ralph. *Hoffentlich geht es ihr gut – und allen anderen, die bei ihr im Haus gewesen sind.*

Der Detective erschien wieder unter der Tür, und Ralphs Hoffnung sank, als er den Männern winkte, die hinter dem Krankenwagen standen. Zwei zogen eine Bahre mit ausklappbarem Fahrgestell heraus; der dritte blieb, wo er war. Die Männer mit der Bahre gingen schnellen Schrittes den Fußweg entlang zum Haus, aber sie rannten nicht, und als der Sanitäter, der zurückgeblieben war, eine Packung Zigaretten aus der Tasche holte und sich eine anzündete, da wußte Ralph plötzlich – und ohne jeden Zweifel –, daß May Locher tot war.

6

Stan und Georgina Eberly gingen zu der niederen Hecke, die ihren Vorgarten von Mrs. Lochers trennte. Sie hatten einander die Arme um die Taillen gelegt und sahen für Ralph wie die alt und fett und ängstlich gewordenen Bobbsey Zwillinge aus.

Nun kamen auch andere Nachbarn heraus, die entweder von den Blinklichtern angelockt wurden, oder weil das Telefonnetz in diesem kurzen Abschnitt der Harris Avenue schon heißlief. Die meisten Leute, die Ralph sah, waren alt (»Wir Leute im goldenen Alter«, pflegte Bill McGovern zu sagen, selbstverständlich immer mit seiner sardonisch hochgezogenen Braue), Männer und Frauen, deren Schlaf schon unter günstigsten Bedingungen oberflächlich und leicht zu stören war. Plötzlich wurde ihm klar, daß Ed, Helen und die kleine Natalie die jüngsten Anwohner zwischen hier und der Extension gewesen waren … und jetzt waren die Deepneaus fort.

Ich könnte da runtergehen, dachte er. *Ich würde zu ihnen passen. Einer von Bills Leuten im goldenen Alter.*

Aber das konnte er nicht. Seine Beine fühlten sich an wie von schwachen Fäden gehaltene Teebeutel, und er war überzeugt, wenn er aufzustehen versuchte, würde er zu Boden stürzen, als wären seine Knochen weich geworden. Daher blieb er sitzen, beobachtete alles von seinem Fenster aus und verfolgte, wie sich das Stück auf der Bühne entwickelte, die zu dieser Zeit stets einsam und verlassen gewesen war … das heißt, abgesehen von den vereinzelten Auftritten Rosalies. Es war ein Schauspiel, das er selbst mit einem einzigen anonymen Telefonanruf inszeniert hatte. Er sah die Notärzte wieder mit der Bahre herauskommen, aber diesmal bewegten sie sich langsamer, weil eine Gestalt unter einem Laken auf der Bahre festgeschnallt war. Rotes und gelbes Licht flackerte abwechselnd über das Laken und die Umrisse von Beinen, Hüften, Armen, Hals und Kopf darunter.

Plötzlich wurde Ralph in seinen Traum zurückversetzt. Er sah seine Frau unter diesem Laken – nicht May Locher, sondern Carolyn Roberts, deren Kopf jeden Moment aufplatzen würde, so daß die schwarzen Käfer, die von ihrem kranken Gehirn fett geworden waren, herausquellen konnten.

Ralph drückte die Handflächen auf die Augen. Ein Laut – ein unartikulierter Laut von Trauer und Wut, Grauen und Erschöpfung – entrang sich ihm. So saß er lange Zeit da, wünschte sich, er hätte das alles nie gesehen, und hoffte, daß er den Tunnel niemals würde betreten müssen, sollte es *doch* einen geben. Die Auren waren seltsam und wunderschön, aber nicht *so* schön, daß sie den schrecklichen Augenblick seines Traums wettmachen konnten, als er seine am Strand begrabene Frau entdeckt hatte; nicht schön genug, um das Grauen seiner verlorenen, schlaflosen Nächte auszugleichen, ganz zu schweigen vom Anblick der verhüllten Gestalt, die aus dem Haus auf der anderen Straßenseite gerollt wurde.

Aber er wünschte sich nicht nur, daß das Schauspiel zu Ende gehen würde; während er dasaß und die Handflächen auf die geschlossenen Lider preßte, wünschte er sich, daß *alles* vorbei wäre – einfach alles. Zum erstenmal in den fünfundzwanzigtausend Tagen seines Lebens wünschte sich Ralph Roberts, er wäre tot.

Kapitel 9

I

An einer Wand des winzigen Zimmers, das Detective John Leydecker als Büro diente, hing ein Filmplakat, das er wahrscheinlich für zwei oder drei Dollar von einer der hiesigen Videotheken bekommen hatte. Es zeigte Dumbo, den Elefanten, der mit ausgestreckten Zauberohren flog. Ein Foto von Susan Days Gesicht war über das von Dumbo geklebt worden, sorgfältig ausgeschnitten, damit der Rüssel erhalten blieb. Der gezeichneten Landschaft darunter hatte jemand ein Hinweisschild hinzugefügt, auf dem stand: DERRY 250.

»Oh, reizend«, sagte Ralph.

Leydecker lachte. »Politisch nicht besonders korrekt, was?«

»Das halte ich für eine Untertreibung«, sagte Ralph und fragte sich, was Carolyn von dem Plakat gehalten hätte – und was Helen davon halten würde. Es war Viertel vor zwei an einem wolkenverhangenen, kalten Montagnachmittag, und er und Leydecker waren gerade aus dem gegenüberliegenden Gerichtsgebäude von Derry zurückgekommen, wo Ralph seine Zeugenaussage über seine Begegnung mit Charlie Pickering tags zuvor abgelegt hatte. Er war von einem stellvertretenden Bezirksstaatsanwalt verhört worden, der für Ralph ausgesehen hatte, als würde er sich in etwa einem oder zwei Jahren zum erstenmal rasieren.

Leydecker hatte ihn begleitet, wie versprochen; er saß in einer Ecke im Büro des Bezirksstaatsanwalts und sagte nichts. Sein Angebot , Ralph zu einer Tasse Kaffee einzuladen, entpuppte sich als leere Versprechung – das teuflisch aussehende Gebräu stammte aus einer Silex in einer Ecke des völlig überfüllten Aufenthaltsraums im ersten Stock des Polizeireviers. Ralph kostete es vorsichtig und stellte zu seiner Erleichterung fest, daß es etwas besser schmeckte, als es aussah.

»Zucker? Sahne?« fragte Leydecker. »Eine Waffe, damit sie darauf schießen können?«

Ralph schüttelte lächelnd den Kopf. »Schmeckt gut ... aber es wäre wahrscheinlich ein Fehler, meinem Urteilsvermögen zu trauen. Ich habe meinen Konsum letzten Sommer auf zwei Tassen am Tag eingeschränkt, und seither schmeckt mir jeder Kaffee ziemlich gut.«

»So geht es mir mit Zigaretten – je weniger ich rauche, desto besser schmecken sie. Laster haben es in sich.« Leydecker holte sein Päckchen Zahnstocher heraus, nahm sich einen und steckte ihn in den Mundwinkel. Dann stellte er seine Tasse auf seinen Computer, ging zu dem Dumbo-Plakat und zog die Reißzwecken heraus, die die Ecken festhielten.

»Meinetwegen müssen Sie das nicht tun«, sagte Ralph. »Es ist *Ihr* Büro.«

»Falsch.« Leydecker zog das sorgfältig ausgeschnittene Foto von Susan Day von dem Plakat, knüllte es zusammen und warf es in den Mülleimer. Dann rollte er das Plakat selbst zu einem engen Zylinder zusammen.

»Oh? Und wie kommt es dann, daß Ihr Name an der Tür steht und die Kinder auf diesem Foto Ähnlichkeit mit Ihnen haben?« Ralph deutete auf ein Foto, das eine untersetzte, hübsche Frau mit zwei Jungs zeigte, schätzungsweise zehn und acht. Die Frau lächelte; die Jungs sahen ernst in die Kamera.

»Es ist mein Name und meine Familie, aber das Büro gehört Ihnen und den anderen Steuerzahlern, Ralph. Und darüber hinaus jedem Nachrichten-Vidioten, der mit einer Minicam hier reinspaziert, und wenn dieses Plakat in den Nachrichten am Mittag auftauchen würde, würde ich eine Menge Ärger bekommen. Ich habe vergessen, es abzuhängen, als ich Freitag abend gegangen bin, und ich hatte fast das ganze Wochenende über frei – was hier ziemlich selten vorkommt, das kann ich Ihnen sagen.«

»Ich nehme an, Sie haben es nicht aufgehängt.« Ralph entfernte einen Stapel Unterlagen vom einzigen Stuhl des Büros und setzte sich darauf.

»Nee. Ein paar Jungs haben am Freitag nachmittag eine Party für mich organisiert. Mit Kuchen, Eis und Geschenken.« Leydecker kramte in seiner Schreibtischschublade und brachte ein Gummiband zum Vorschein. Er schlang es um das Plakat, damit es sich nicht wieder aufrollen konnte, sah amüsiert mit einem Auge durch die Röhre auf Ralph und warf es dann in den Mülleimer. »Ich habe einen Satz Unterhöschen mit den Wochentagen drauf und ausgeschnittenem Schritt bekommen, eine Intimwaschlotion mit Erdbeergeschmack, ein Paket Anti-Abtreibungsliteratur der Friends of Life, einschließlich eines Comics mit dem Titel ›Denise' ungewollte Schwangerschaft‹, und dieses Plakat.«

»Ich schätze, es war keine Geburtstagsparty, hm?«

»Nee.« Leydecker ließ die Knöchel knacken und seufzte zur Decke. »Die Jungs haben gefeiert, daß ich für einen Spezialauftrag eingeteilt wurde.«

Ralph konnte das Flackern einer blauen Aura um Leydeckers Gesicht und Schultern sehen, aber in diesem Fall mußte er nicht erst versuchen, sie zu lesen. »Es ist Susan Day, nicht? Sie haben den Auftrag bekommen, sie zu beschützen, solange sie in der Stadt ist.«

»Treffer. Natürlich wird auch die Staatspolizei anwesend sein, aber in solchen Situationen beschränken die sich weitgehend auf die Verkehrskontrolle. Möglicherweise kommt auch das FBI, aber die halten sich meistens im Hintergrund, machen Bilder und begrüßen einander mit dem geheimen Clubzeichen.«

»Sie hat ihre eigenen Leibwächter, oder nicht?«

»Ja, aber ich weiß nicht wie viele, und wie gut sie sind. Ich habe heute morgen mit ihrem Chef gesprochen, und der kann immerhin zusammenhängend reden, aber wir müssen unsere eigenen Leute einsetzen. Fünf laut den Befehlen, die ich am Freitag bekommen habe. Das sind außer mir vier Jungs, die sich freiwillig melden, sobald ich es ihnen sage. Unsere Aufgabe ist es ... warten Sie ... das wird Ihnen gefallen ...« – Leydecker suchte zwischen den Papieren auf seinem Schreibtisch, fand, was er suchte, und hielt es hoch –, »›... deutliche Präsenz zu beweisen und stets gut sichtbar zu sein‹.«

Er ließ das Blatt Papier wieder sinken und sah Ralph grinsend an. Das Grinsen war nicht sehr humorvoll.

»Mit anderen Worten, wenn jemand versucht, das Miststück zu erschießen oder ihr ein Säureshampoo zu verpassen, wollen Lisette Benson und die anderen Vidioten wenigstens die Tatsache aufzeichnen lassen, daß wir da waren.« Leydecker betrachtete das zusammengerollte Plakat in seinem Mülleimer und zeigte ihm den Vogel.

»Wieso verabscheuen Sie sie so sehr, wo Sie sie doch gar nicht kennen?« fragte Ralph.

»Ich *verabscheue* sie nicht, Ralph; ich *hasse* sie. Hören Sie, ich bin katholisch, mein liebendes Weib ist katholisch, meine Kinder sind Meßdiener in St. Joe's. Großartig. Es ist großartig, Katholik zu sein. Sie lassen einen heutzutage sogar freitags Fleisch essen. Aber wenn Sie denken, nur weil ich katholisch bin, bin ich dafür, die Abtreibung wieder zu verbieten, haben Sie sich getäuscht. Sehen Sie, ich bin der Katholik, der die Typen verhören muß, die ihre Kinder mit dem Gummischlauch verprügelt oder die Treppe hinuntergestoßen haben, nachdem sie sich die ganze Nacht guten irischen Whiskey hinter die Binde gekippt haben und wegen ihren Müttern ganz sentimental geworden sind.«

Leydecker griff in sein Hemd und zog ein kleines Goldmedaillon heraus. Er legte es auf die Finger und reichte es Ralph hinüber.

»Maria, Mutter Gottes. Das trage ich, seit ich dreizehn bin. Vor fünf Jahren habe ich einen Mann verhaftet, der genau dasselbe trug. Er hatte gerade seinen zweijährigen Stiefsohn gekocht. Ich sage Ihnen die Wahrheit. Er hat einen Riesentopf Wasser aufgestellt, und als das Wasser gekocht hat, hat er das Kind an den Knöcheln hochgehoben und in den Topf geworfen wie einen Hummer. Warum? Weil das Kind nicht aufhörte, ins Bett zu machen, sagte er uns. Ich habe den Leichnam gesehen, und ich kann Ihnen sagen, danach sehen die Bilder von abgesaugten Embryos, die diese Recht-auf-Leben-Arschlöcher zeigen, nicht mehr so schlimm aus.«

Leydeckers Stimme hatte leicht zu zittern angefangen.

»Am deutlichsten kann ich mich daran erinnern, wie der Kerl geweint hat, wie er das Marienmedaillon um seinen Hals gehalten und beteuert hat, daß er zur Beichte gehen wollte. Da war ich echt stolz darauf, Katholik zu sein, das kann ich Ihnen sagen, Ralph ... und was den Papst angeht, ich bin der Meinung, er dürfte keine Meinung zu dem Thema haben, solange er nicht selbst Kinder hat oder sich zumindest einmal ein Jahr um Heroinbabys kümmern mußte.«

»Okay«, sagte Ralph. »Was haben Sie dann für ein Problem mit Susan Day?«

»Sie ist eine verdammte *Aufwieglerin!*« brüllte Leydecker. »Sie kommt in meine Stadt, und ich muß sie beschützen. Gut. Ich habe gute Männer, und mit etwas Glück wird ihr Kopf noch an der richtigen Stelle sitzen und ihre Titten in die richtige Richtung zeigen, wenn sie die Stadt verläßt, aber was passiert davor? Und danach? Glauben Sie, das interessiert die auch nur im geringsten? Und was das betrifft, glauben Sie, die Leute von WomanCare kümmern sich einen Scheißdreck um die Folgen?«

»Ich weiß nicht.«

»Die Befürworter von WomanCare neigen nicht ganz so sehr zu Gewalttaten wie die Friends of Life, aber was den entscheidenden Faktor betrifft, nämlich wieviel Scheiße sie bauen, die wir ausbaden müssen, ist kein großer Unterschied zwischen ihnen. Wissen Sie, worum es hier ging, als das alles angefangen hat?«

Ralph versuchte, sich an seine erste Unterhaltung über Susan Day zu erinnern, die er mit Ham Davenport geführt hatte. Einen Moment wäre er fast darauf gekommen, aber dann entwischte es ihm wieder. Die Schlaflosigkeit hatte wieder gewonnen. Er schüttelte den Kopf.

»Bebauungspläne«, sagte Leydecker und lachte voll mißfälligem Staunen. »Stinknormale Bebauungspläne. Klasse, was? Im Frühsommer kamen George Tandy und Emma Wheaton, zwei der konservativeren Stadträte, auf die Idee, beim Bauausschuß einen Antrag zu stellen, ob man den Bebauungsplan des Viertels mit WomanCare nicht ändern könnte; der Hintergedanke war, die Klinik einfach wegzumanipulieren. Ich bezweifle, daß das der richtige Ausdruck ist, aber Sie verstehen, worum es geht, oder?«

»Klar.«

»Hm-hmm. Also haben die Befürworter Susan Day eingeladen, damit sie in die Stadt kommt und eine Rede hält, ihnen hilft, gegen die Abtreibungsgegner Front zu machen. Das Problem ist nur, die Gegner hatten nie die geringste Chance, den Bebauungsplan für Bezirk 7 zu ändern, *und das wußten die Leute von WomanCare!* Verdammt, eine ihrer Direktorinnen, June Halliday, *sitzt* im Stadtrat. Sie und die Wheaton spucken einander fast an, wenn sie auf dem Flur aneinander vorbeigehen.

Die Änderung des Bebauungsplans für Bezirk 7 war von vorneherein nichts weiter als ein Hirngespinst, denn rechtlich gesehen ist WomanCare ein Krankenhaus, genau wie das Derry Home, das nur einen Steinwurf entfernt liegt. Wenn man den Bebauungsplan ändert und WomanCare illegal macht, dann gilt das auch für eines von nur drei Krankenhäusern in Derry County – dem drittgrößten County im Bundesstaat Maine. Deshalb wird es nie dazu kommen, aber das macht nichts, denn darum ging es gar nicht in erster Linie. Es ging darum, aufmüpfig und dreist zu sein. Ein Ärgernis zu sein. Und für die meisten Befürworter geht es darum, *recht* zu haben.«

»Recht? Ich verstehe Sie nicht.«

»Es ist nicht genug, daß eine Frau jederzeit da reingehen und sich das ärgerliche kleine Fischchen, das in ihr wächst, wegmachen lassen kann, wenn sie will; die Befürworter wollen den Streit bis zum *Ende* ausgetragen wissen. Tief in ihrem Innersten wollen sie, daß Leute wie Dan Dalton zugeben, sie haben recht, und dazu wird es nie kommen. Eher werden die Araber und die Juden beschließen, daß alles nur ein Irrtum war, und die Waffen niederlegen. Ich bin für das Recht einer Frau, eine Abtreibung durchführen zu lassen, wenn sie wirklich eine braucht, aber das Katholischer-als-der-Papst-Gehabe der Befürworter finde ich zum Kotzen. Was mich betrifft, sind sie die neuen Puritaner, sie denken, wenn man nicht so denkt, wie sie selbst, kommt man in die Hölle … nur ist ihre Version davon ein Ort, wo man nur Hillbilly-Musik im Radio hören kann und Putenschnitzel zu essen bekommt.«

»Sie klingen ziemlich verbittert.«

»Sitzen Sie einmal drei Monate auf dem Pulverfaß, dann wollen wir sehen, wie *Ihnen* zumute ist. Sagen Sie mir eines –

glauben Sie, Pickering hätte Ihnen gestern ein Messer in die Achselhöhle gebohrt, wenn WomanCare, die Friends of Life und Susan-Laß-meine-heilige-Pflaume-in-Ruhe-Day nicht wären?«

Ralph tat so, als würde er ernsthaft über die Frage nachdenken, aber in Wirklichkeit betrachtete er John Leydeckers Aura. Sie war von einer gesunden, dunkelblaue Farbe, aber die Ränder wallten in einem rasch wechselnden grünen Licht. Dieses Phänomen interessierte Ralph; er hatte eine Ahnung, als ob er wußte, was es bedeutete.

Schließlich sagte er: »Nein, ich glaube nicht.«

»Ich auch nicht. Sie sind in einem Krieg verwundet worden, der eigentlich schon entschieden ist, Ralph, und Sie werden nicht der letzte sein. Aber wenn Sie zu den WomanCare-Leuten – oder zu Susan Day – gehen und Ihr Hemd aufmachen, auf die Verletzung zeigen und sagen würden: ›Das ist teilweise eure Schuld, also steht für den Teil gerade, der auf euer Konto geht‹, würden sie die Hände hochheben und antworten: ›O nein, großer Gott, nein, es tut uns leid, daß Sie verletzt worden sind, Ralph, wir *verabscheuen* Gewalt, aber es war nicht *unsere* Schuld, wir müssen WomanCare geöffnet halten, wir müssen die Barrikaden mit KämpferInnen besetzen, und wenn ein wenig Blut vergossen werden muß, so sei es.‹ Aber es *geht* gar nicht um WomanCare, und das ist es, was mich so fuchsteufelswild macht. Es geht um –«

»– Abtreibung.«

»Scheiße, nein! Das Recht auf Abtreibung in Maine und in Derry ist sicher, was Susan Day Freitag abend im Bürgerhaus auch immer sagen mag. Es geht darum, wessen Mannschaft die bessere ist, um mehr nicht. Es geht darum, auf wessen Seite Gott ist. Es geht darum, wer *recht* hat. Ich wünschte mir, sie würden alle einfach nur ›We Are the Champions‹ singen und sich betrinken.«

Ralph warf den Kopf zurück und lachte. Leydecker lachte mit ihm.

»Sie sind Arschlöcher«, kam er achselzuckend zum Ende. »Aber sie sind *unsere* Arschlöcher. Hört sich das an, als würde ich Witze machen? Keineswegs. WomanCare, Friends of Life,

Body Watch, Daily Bread … sie sind alle *unsere* Arschlöcher, Arschlöcher von *Derry*, und es macht mir wirklich nichts aus, auf die unseren aufzupassen. Darum habe ich diesen Job angenommen, und darum bleibe ich dabei. Aber Sie müssen mir schon verzeihen, wenn ich nicht ganz so verrückt darauf bin, wenn ich dazu verknackt zu werden, auf eine langbeinige amerikanische Schönheit aus New York aufzupassen, die hierher fliegt, eine aufrührerische Rede hält und mit einigen weiteren Zeitungsberichten und Kapitel fünf ihres neuen Buchs wieder nach Hause fliegt.

In die Gesichter wird sie uns sagen, was für eine wunderschöne ländliche Gemeinde wir sind, und wenn sie wieder in ihrer Maisonette-Wohnung in der Park Avenue South sitzt, wird sie ihren Freundinnen erzählen, daß sie es bis jetzt noch nicht geschafft hat, den Gestank der Papierfabriken aus den Haaren zu shampoonieren. Sie ist eine Frau, wir werden ihr Geschrei anhören … und mit etwas Glück wird sich die ganze Sache wieder beruhigen, ohne daß jemand getötet oder verstümmelt wird.«

Ralph war inzwischen überzeugt, was das grüne Flackern zu bedeuten hatte. »Aber Sie haben Angst, oder nicht?« fragte er.

Leydecker sah ihn überrascht an. »Sieht man das, ja?«

»Nur ein bißchen«, sagte Ralph und dachte: *Nur in Ihrer Aura, John, sonst nicht. Nur in Ihrer Aura.*

»Ja, ich habe Angst. Auf persönlicher Ebene habe ich Angst davor, daß ich meinen Auftrag versaue, der überhaupt nichts Positives hat, das kompensieren könnte, was alles schiefgehen kann. Auf beruflicher Ebene habe ich Angst, daß ihr etwas passiert, solange sie unter meinem Schutz steht. Auf Gemeindeebene habe ich *Todesangst* davor, was passieren könnte, sollte es zu einer Art Konfrontation kommen und der Geist aus der Flasche befreit werden … noch Kaffee, Ralph?«

»Ich passe. Ich sollte sowieso bald gehen. Was wird aus Pickering werden?«

Eigentlich lag ihm nicht viel an Charlie Pickerings Schicksal, aber der große Polizist würde sich wahrscheinlich wundern, wenn er nach May Locher fragte, bevor er sich nach

Pickering erkundigt hatte. Vielleicht sogar argwöhnisch werden.

»Steve Offenbach – der stellvertretende Bezirksstaatsanwalt, der Sie verhört hat – und Pickerings Pflichtverteidiger machen wahrscheinlich, während wir uns hier unterhalten, einen Kuhhandel. Pickerings Typ wird sagen, daß er seinen Klienten – übrigens, macht mich der Gedanke völlig fertig, Charlie Pickering könnte irgend jemandes *Klient* sein, egal *weswegen* – dazu überreden könnte, einen tätlichen Angriff zweiten Grades zu gestehen. Offenbach wird sagen, es wäre an der Zeit, Pickering ein für allemal aus dem Verkehr zu ziehen, daher würde er auf versuchten Mord plädieren. Pickerings Verteidiger wird so tun, als wäre er schockiert, und morgen wird unser Freund wegen tätlichen Angriffs ersten Grades mit einer tödlichen Waffe unter Anklage gestellt und in Untersuchungshaft genommen werden. Und im Dezember, oder eher nächstes Jahr, werden Sie dann als Kronzeuge auftreten.«

»Kaution?«

»Wird wahrscheinlich im Bereich von vierzigtausend Dollar festgesetzt. Man kommt mit zehn Prozent davon raus, wenn der Rest für den Fall einer Flucht in Form von Sicherheiten hinterlegt werden kann, aber Charlie Pickering besitzt kein Haus, kein Auto, nicht einmal eine Timex. Wahrscheinlich wird er letztendlich nach Juniper Hill zurückkehren müssen, aber das ist eigentlich nicht der Sinn des Spiels. Diesmal werden wir ihn eine ganze Weile hinter schwedischen Gardinen behalten können, und bei Leuten wie Charlie ist *das* der Sinn des Spiels.«

»Besteht die Möglichkeit, daß die Friends of Life die Kaution bezahlen?«

»Nee. Ed Deepneau hat letzte Woche eine Menge Zeit mit ihm verbracht, die beiden haben zusammen Kaffee im Bagel Shop getrunken. Ich könnte mir vorstellen, Ed hat Charlie über Zenturionen und den Karokönig informiert –«

»Den Scharlachroten König hat Ed –«

»Egal«, stimmte Leydecker mit einer wegwerfenden Handbewegung zu. »Aber ich denke, den größten Teil der Zeit hat er darauf verwendet, ihm zu erklären, daß Sie der Handlanger des Teufels sind und nur ein kluger, tapferer, entschlossener Mann wie Charlie Pickering Sie von der Bildfläche verschwinden lassen könnte.«

»Sie stellen ihn wie ein Arschloch hin«, sagte Ralph. Er erinnerte sich an den Ed Deepneau, mit dem er Schach gespielt hatte, bevor Carolyn krank geworden war. Der Ed war ein intelligenter, wortgewandter, zivilisierter Mann von großer Güte gewesen. Für Ralph war es immer noch unmöglich, diesen Ed mit dem in Einklang zu bringen, den er zum erstenmal im Juli 1992 erlebt hatte. Die neue Version bezeichnete er im Geiste immer als »Kampfhahn Ed.«

»Nicht nur wie ein Arschloch, sondern wie ein *gemeingefährliches* Arschloch«, sagte Leydecker. »Für ihn war Charlie nur ein Werkzeug, wie ein Obstmesser, mit dem man einen Apfel schält. Wenn die Klinge eines Obstmessers abbricht, geht man nicht zum Scherenschleifer und läßt sich eine neue dranmachen; das wäre zuviel Aufwand. Man wirft es in den Mülleimer und kauft sich statt dessen ein neues. So behandeln Leute wie Ed Leute wie Charlie, und da Ed zumindest im Augenblick die Friends of Life *ist*, glaube ich nicht, daß wir uns Gedanken machen müßten, Charlie könnte gegen Kaution rauskommen. In den nächsten paar Tagen wird er einsamer als der Reparaturmann von Maytag sein. Okay?«

»Okay«, sagte Ralph. Er stellte ein wenig entsetzt fest, daß er Mitleid mit Pickering empfand. »Ich möchte Ihnen auch dafür danken, daß Sie meinen Namen nicht in die Zeitung gebracht haben ... das heißt, falls Sie es waren.«

Der Vorfall war kurz in der Polizei-Rubrik der *Derry News* erwähnt worden, aber da stand nur, daß Charles H. Pickering wegen »bewaffneten Überfalls« in der öffentlichen Bibliothek von Derry festgenommen worden war.

»Manchmal bitten wir sie um einen Gefallen, manchmal bitten sie uns um einen Gefallen«, sagte Leydecker und stand auf. »So läuft das in der wirklichen Welt. Und wenn die Irren bei den Friends of Life und die selbstgerechten Pedanten bei WomanCare das einmal begreifen würden, wäre meine Aufgabe viel leichter.«

Ralph zog das zusammengerollte Dumbo-Plakat aus dem Papierkorb, dann stand er auf seiner Seite von Leydeckers Schreibtisch auf. »Könnte ich das haben? Ich kenne ein kleines Mädchen, dem würde das in etwa einem Jahr bestimmt gefallen.«

Leydecker breitete übertrieben die Arme aus. »Jederzeit – betrachten Sie es als eine Art Prämie, weil Sie so ein guter Mitbürger sind. Bitten Sie mich nur nicht um meinen Satz Höschen mit offenem Schritt.«

Ralph lachte. »Würde mir nicht im Traum einfallen.«

»Im Ernst, es freut mich, daß Sie gekommen sind. Danke, Ralph.«

»Kein Problem.« Er streckte die Hand über den Schreibtisch aus, schüttelte Leydecker die Hand und ging zur Tür. Er kam sich auf absurde Weise wie Inspektor Columbo im Fernsehen vor – nur die Zigarre und der schäbige Trenchcoat fehlten. Er legte die Hand auf den Türknauf, dann wartete er noch einen Moment und drehte sich um. »Dürfte ich Sie etwas fragen, das überhaupt nichts mit Charlie Pickering zu tun hat?«

»Schießen Sie los.«

»Heute morgen habe ich im Red Apple gehört, daß Mrs. Locher von gegenüber in der Nacht gestorben ist. Das ist nicht überraschend, sie hatte ein Emphysem. Aber zwischen dem Bürgersteig und ihrem Vorgarten sind Absperrungen, auf denen steht, daß das Haus von der Polizei von Derry abgeriegelt wurde. Wissen Sie etwas darüber?«

Leydecker sah ihn so lang und fest an, daß Ralph sich unbehaglich gefühlt hätte … hätte er die Aura des Mannes nicht sehen können. Nichts daran verriet ein Gefühl von Argwohn.

Großer Gott, Ralph, du nimmst das ein bißchen zu ernst, oder nicht?

Nun, vielleicht ja, vielleicht nein. Wie auch immer, er war froh, daß sich das grüne Flackern an den Rändern von Leydeckers Aura nicht wieder eingestellt hatte.

»Warum sehen Sie mich so an?« fragte Ralph. »Tut mir leid, wenn ich mich erdreistet habe, etwas Ungebührliches zu fragen.«

»Ganz und gar nicht«, sagte Leydecker. »Es ist nur ein

bißchen unheimlich, das ist alles. Können Sie es für sich behalten, wenn ich es Ihnen erzähle?«

»Ja.«

»Ich mache mir hauptsächlich wegen Ihrem Untermieter Gedanken. Wenn das Wort ›Diskretion‹ genannt wird, denke ich *nicht* unbedingt an den Prof.«

Ralph lachte herzlich. »Ich werde kein Wort zu ihm sagen – Pfadfinderehrenwort –, aber es ist interessant, daß Sie ihn erwähnen; Bill war damals mit Mrs. Locher in der Schule. In der *Grund*schule.«

»Mann, ich kann mir den Prof überhaupt nicht in der Grundschule vorstellen«, sagte Leydecker. »Sie?«

»Irgendwie schon«, sagte Ralph, aber das Bild, das ihm in den Sinn kam, war ausgesprochen eigentümlich: Bill McGovern, der wie eine Kreuzung zwischen dem kleinen Lord Fauntleroy und Tom Sawyer aussah – mit Knickerbockern, langen weißen Socken ... und einem Panamahut.

»Wir sind nicht sicher, *was* mit Mrs. Locher passiert ist«, sagte Leydecker. »Wir wissen nur, daß kurz nach drei Uhr nachts 911 einen anonymen Anruf von jemandem – einem Mann – bekommen hat, der behauptete, er habe gesehen, wie zwei Männer, einer mit einer Schere bewaffnet, aus Mrs. Lochers Haus gekommen seien.«

»Sie wurde ermordet?« rief er aus und stellte zweierlei gleichzeitig fest: daß er sich glaubwürdiger anhörte, als er je für möglich gehalten hätte, und daß er gerade eine Brücke überquert hatte. Er hatte sie nicht hinter sich verbrannt – noch nicht jedenfalls –, aber er würde nicht mehr auf die andere Seite zurückkehren können, ohne eine Menge Erklärungen abzugeben.

Leydecker kehrte die Handflächen nach oben und zuckte die Achseln. »Wenn, dann jedenfalls nicht mit einer Schere oder einem anderen scharfen Gegenstand. Sie wies keinerlei Verletzungen auf.«

Das zumindest war eine Erleichterung.

»Andererseits ist es möglich, bei der Ausführung eines Verbrechens jemanden zu Tode zu erschrecken – besonders jemanden, der alt und krank ist«, sagte Leydecker. »Wie auch immer, es wird einfacher zu erklären sein, wenn Sie mich einfach erzählen lassen, was ich weiß. Es wird nicht lange dauern, glauben Sie mir.«

»Natürlich. Entschuldigen Sie.«

»Möchten Sie etwas Komisches hören? Als ich den Meldebogen der Notrufannahme 911 gelesen habe, mußte ich zuerst an Sie denken.«

»Wegen der Schlaflosigkeit, richtig?« fragte Ralph. Seine Stimme klang gelassen.

»Und weil der Anrufer behauptete, er hätte diese Männer aus seinem Wohnzimmerfenster gesehen. *Ihr* Wohnzimmer geht doch auf die Harris Avenue hinaus, oder nicht?«

»Ja.«

»Hm-hmm. Ich wollte mir sogar das Band anhören, aber dann fiel mir ein, daß Sie heute vorbeikommen wollten ... und daß Sie wieder durchschlafen. Das stimmt doch, oder nicht?«

Ohne einen Augenblick zu zögern oder zu überlegen, setzte Ralph die Brücke in Brand, die er gerade überquert hatte. »Nun, ich schlafe nicht so gut wie mit sechzehn, als ich nach der Schule zwei Jobs hatte, da will ich Ihnen nichts vormachen, aber wenn ich der Mann war, der gestern nacht 911 angerufen hat, dann muß ich es im Schlaf getan haben.«

»Das habe ich mir auch gedacht. Und außerdem, wenn Sie auf der Straße etwas Ungewöhnliches gesehen hätten, weshalb hätten Sie den Anruf anonym machen sollen?«

»Ich weiß nicht«, sagte Ralph und dachte: *Aber angenommen, es war etwas mehr als ungewöhnlich, John? Angenommen, es war vollkommen unmöglich? Ich meine, wir reden hier von kleinen kahlköpfigen Ärzten aus dem Weltraum und leuchtenden Fußabdrücken und Auren, die nur ich sehen kann. Beziehungsweise die nur Ed Deepneau und ich sehen können.*

»Ich auch nicht«, sagte Leydecker. »Ihr Haus hat Fenster zur Harris Avenue raus, richtig, aber das haben rund drei Dutzend andere auch ... und daß der Anrufer *gesagt* hat, er hätte sich drinnen aufgehalten, heißt ja noch lange nicht, daß es so war, oder?«

»Wohl nicht. Vor dem Red Apple steht eine Telefonzelle, von der er angerufen haben könnte, und beim Spirituosenladen ist auch eine. Und zwei im Strawford Park, wenn sie funktionieren.«

»Tatsächlich sind es vier im Park, und die funktionieren alle. Wir haben es überprüft.«

»Warum sollte er nicht sagen, von wo er angerufen hat?«

»Höchstwahrscheinlich weil alles andere auch gelogen war. Wie auch immer, Donna Hagen sagte, der Mann hätte sich sehr jung und selbstsicher angehört.« Er hatte die Worte kaum ausgesprochen, zuckte er zusammen und schlug sich mit der Hand auf die Stirn. »Das war nicht so gemeint, Ralph. Bitte entschuldigen Sie.«

»Schon gut – der Gedanke, daß ich mich wie ein pensionierter alter Furz anhöre, ist nicht gerade neu für mich. Ich *bin* ein pensionierter alter Furz. Nur weiter.«

»Chris Nell kümmerte sich um den Anruf – er war der erste am Tatort. Sie erinnern sich, er war auch dabei, als wir Ed festgenommen haben.«

»Ich erinnere mich an den Namen.«

»Hm-hmm. Steve Utterback nahm den Notruf als diensthabender Detective entgegen. Er ist ein guter Mann.«

Der mit der Strickmütze, dachte Ralph.

»Die Dame lag tot im Bett, aber Spuren von Gewaltanwendung waren nicht zu sehen. Und es war offensichtlich auch nichts mitgenommen worden, obwohl alte Damen wie May Locher normalerweise nicht viel besitzen, was sich mitzunehmen lohnt – keinen Videorecorder, keine große teure Stereoanlage, nichts dergleichen. Aber sie *hatte* einen dieser Bose Waves und zwei oder drei hübsche Schmuckstücke. Was nicht heißen soll, daß es keinen Schmuck gegeben hat, der nicht genauso hübsch oder hübscher gewesen wäre, aber –«

»Aber warum sollte ein Einbrecher einiges und nicht alles nehmen?«

»Genau. Interessanter ist, daß die Eingangstür – wo die beiden Männer laut dem Anrufer angeblich herausgekommen sind – von innen verschlossen war. Und nicht nur mit einem Türschloß, sondern mit Riegel und Kette. Dasselbe übrigens an der Hintertür. Wenn also der Anrufer nicht gelogen hat und May Locher tot war, als die beiden Männer gegangen sind, wer hat dann die Türen abgesperrt?«

Vielleicht war es der Scharlachrote König, dachte Ralph ... und hätte es zu seinem Entsetzen fast laut ausgesprochen.

»Ich weiß nicht, was ist mit den Fenstern?«

»Geschlossen. Riegel nach unten. Und falls sich das für Sie noch nicht genug nach Agatha Christie anhört, Steve sagt, daß die Sturmläden geschlossen waren. Ein Nachbar hat gesagt, sie hat erst letzte Woche einen Jungen dafür bezahlt, daß er sie anbringt.«

»Klar, das hat sie«, sagte Ralph. »Pat Monroe, der auch die Zeitung austrägt. Jetzt fällt mir wieder ein, ich habe ihn dabei gesehen.«

»Kriminalroman-Quatsch«, sagte Leydecker, aber Ralph glaubte, er hätte Susan Day in Null Komma nichts gegen May Locher getauscht. »Der vorläufige Autopsiebericht kam, kurz bevor ich ins Gerichtsgebäude aufgebrochen bin, um Sie in Empfang zu nehmen. Ich konnte einen Blick darauf werfen. Myocardial hier, Thrombose da ... letztlich läuft es auf Herzstillstand hinaus. Wir behandeln den Anruf bei 911 im Augenblick als schlechten Scherz – wir bekommen andauernd welche, wie andere Städte auch – und die Todesursache der Dame als durch das Emphysem ausgelösten Herzanfall.«

»Mit anderen Worten, ein bloßer Zufall.« Diese Schlußfolgerung ersparte ihm vielleicht eine Menge Ärger – das heißt, wenn sie akzeptiert wurde –, aber Ralph konnte in seiner eigenen Stimme Zweifel hören.

»Ja, mir gefällt es auch nicht. Und Steve ebensowenig, darum wurde das Haus abgeriegelt. Die staatliche Spurensicherung wird es von unten bis oben durchsuchen, wahrscheinlich fangen sie morgen früh schon an. Derweil ist Mrs. Locher zu einer gründlicheren pathologischen Untersuchung nach Augusta gereist. Wer weiß, was dabei rauskommt? Manchmal *kommt* nämlich etwas dabei heraus. Sie würden staunen.«

»Kann schon sein«, sagte Ralph.

Leydecker warf den Zahnstocher in den Müll, schien einen Augenblick finster zu brüten, dann strahlte er. »He, vielleicht bringe ich einen von den Bürohengsten dazu, daß er den Anruf als Scherz zu den Akten nimmt. Oder ich könnte ihn vorbeibringen und Ihnen vorspielen. Vielleicht erkennen Sie die Stimme. Wer weiß? Man hat schon Pferde kotzen sehen.«

»Das ist wohl wahr«, sagte Ralph mit nervösem Lächeln.

»Wie auch immer, es ist Utterbacks Fall. Kommen Sie, ich bringe Sie hinaus.«

Auf dem Flur betrachtete Leydecker Ralph noch einmal mit einem abschätzenden Blick. Dabei fühlte sich Ralph wesentlich unbehaglicher, weil er keine Ahnung hatte, was der Blick bedeuten sollte. Die Aura war wieder verschwunden.

Er versuchte ein Lächeln, das einen gekünstelten Eindruck hinterließ. »Hängt mir etwas aus der Nase, das nicht hingehört?«

»Nee. Ich staune nur, wie gut Sie aussehen, wenn man bedenkt, was Sie gestern durchgemacht haben. Und verglichen damit, wie Sie vergangenen Sommer ausgesehen haben ... wenn Honigwaben das fertigbringen, werde ich mir einen ganzen Bienenstock zulegen.«

Ralph lachte, als wäre das das Komischste, das er je gehört hatte.

2

1:42 Uhr, Dienstagmorgen.

Ralph saß in seinem Ohrensessel und sah zu, wie Ringe aus feinem Dunst um die Straßenlaternen kreisten. Weiter oben in der Straße hingen die Absperrbänder der Polizei niedergeschlagen vor May Lochers Haus.

Kaum zwei Stunden Schlaf heute nacht, und wieder einmal dachte er sich, daß es besser wäre, tot zu sein. Keine Schlaflosigkeit mehr. Kein langes Warten auf die Dämmerung in diesem verhaßten Sessel. Keine Tage mehr, an denen er die Welt durch den unsichtbaren Schutzschirm zu sehen schien, von dem sie immer in der Werbung für Gardol-Zahnpasta sprachen. Damals war das Fernsehen fast brandneu gewesen, zu der Zeit hatte er noch keine graue Strähne in seinem Haar gefunden und war stets fünf Minuten nachdem er und Carol sich geliebt hatten, eingeschlafen.

Und die Leute sagen mir immer, wie gut ich aussehe. Das ist das Unheimlichste daran.

Aber das stimmte nicht. Wenn man einiges von dem bedachte, was er in letzter Zeit gesehen hatte, stand die Tatsache, daß einige Leute bemerkten, er würde wie ein neuer Mensch aussehen, ganz weit unten auf seiner Liste unheimlicher Vorkommnisse.

Ralph drehte sich zu May Lochers Haus um. Laut Leydecker war das Haus versperrt gewesen, aber Ralph hatte die beiden kleinen kahlköpfigen Ärzte zur Vordertür herauskommen gesehen, er hatte sie *gesehen*, gottverdammt ...

Hatte er sie gesehen?

Wirklich?

Ralph dachte an den vergangenen Morgen zurück. Er hatte sich mit einer Tasse Tee in eben diesem Sessel niedergelassen und gedacht: *Das Stück kann beginnen.* Und dann hatte er diese beiden kleinen kahlköpfigen Mistkerle herauskommen sehen, verdammt, *er hatte sie aus May Lochers Haus kommen sehen!*

Aber vielleicht stimmte das gar nicht, denn er hatte eigentlich gar nicht Mrs. Lochers Haus beobachtet; er hatte mehr in Richtung des Red Apple gesessen. Er hatte die Bewegung, die er aus den Augenwinkeln wahrnahm, für Rosalie gehalten und den Kopf gedreht, um nachzusehen. *Da* hatte er die kleinen kahlköpfigen Ärzte auf der Veranda von May Lochers Haus gesehen. Er war nicht mehr sicher, ob er die offene Haustür gesehen hatte; vielleicht hatte er das einfach vorausgesetzt, warum auch nicht? Sie waren auf jeden Fall nicht Mrs. Lochers Einfahrt entlanggekommen.

Das kannst du nicht mit Sicherheit sagen, Ralph.

Aber er konnte es. Um drei Uhr morgens war die Harris Avenue so ausgestorben wie die Mondoberfläche – die kleinste Bewegung innerhalb seines Gesichtsfelds hatte er registriert.

Waren Doc Nr. 1 und Doc Nr. 2 zur Eingangstür herausgekommen? Je länger Ralph darüber nachdachte, desto mehr bezweifelte er es.

Was ist dann passiert, Ralph? Sind Sie möglicherweise hinter dem unsichtbaren Schutzschild von Gardol hervorgekommen? Oder – wie wäre es damit? – vielleicht sind sie durch *die Tür gelaufen, wie die Geister, die Cosmo Topper in dem alten Fernsehfilm heimgesucht haben!*

Und das Verrückteste war, genau das schien zuzutreffen.

Was? Daß sie durch die ScheißTÜR spaziert sind? O Ralph, du brauchst Hilfe. Du mußt mit jemandem darüber reden, was mit dir los ist.

Ja. Dessen war er ganz sicher: Er mußte mit jemandem darüber reden, bevor er verrückt wurde. Aber mit wem? Carolyn wäre die Beste gewesen, aber die war tot. Leydecker? Das Problem hier war, Ralph hatte ihn schon wegen des Anrufs bei 911 belogen. Warum? Weil sich die Wahrheit verrückt angehört hätte. Sie hätte sich sogar so angehört, als hätte er sich mit Ed Deepneaus Paranoia angesteckt wie mit einer Erkältung. Und wenn man die Situation ganz unvoreingenommen betrachtete, war das nicht die wahrscheinlichste Erklärung?

»Aber so ist es nicht«, flüsterte er. »Sie waren da. Und die Auren auch.«

Es ist ein langer Weg zurück ins Paradies, Liebling ... und wenn du schon dabei bist, gib auch auf diese grün-goldenen Spuren des weißen Mannes acht.

Jemanden einweihen. Sich alles von der Seele reden. Ja. Und das sollte er tun, bevor sich John Leydecker das Band von 911 anhörte und eine Erklärung haben wollte. Wissen wollte, warum Ralph gelogen hatte und wieso er vom Tod von May Locher wußte.

Jemanden einweihen. Sich alles von der Seele reden.

Aber Carolyn war tot, Leydecker war noch zu neu, Helen versteckte sich irgendwo da draußen im Unterschlupf von WomanCare, und Lois Chasse tratschte vielleicht bei ihren Freundinnen. Wer blieb dann noch?

Die Antwort fiel ihm sofort ein, nachdem er die Frage formuliert hatte, aber er verspürte einen überraschenden Widerwillen dagegen, McGovern anzuvertrauen, was ihm alles widerfahren war. Er erinnerte sich an den Tag, als er Bill auf der Bank beim Softballfeld gefunden hatte, wo er über seinen alten Freund und Mentor Bob Polhurst weinte. Ralph hatte versucht, Bill von den Auren zu erzählen, und es war gewesen, als hätte McGovern ihn gar nicht hören können; er war zu sehr damit beschäftigt gewesen, sein abgegriffenes Drehbuch herunterzuleiern, wie beschissen es war, alt zu werden.

Ralph dachte an die sardonisch hochgezogene Braue. Den unweigerlichen Zynismus. Das lange, immer so düstere Gesicht. Die literarischen Anspielungen, bei denen Ralph häufig lächeln mußte, sich aber häufig auch ein wenig unterlegen fühlte. Und dann McGoverns Verhalten gegenüber Lois: herablassend, sogar ein bißchen grausam.

Doch das war alles andere als fair, und Ralph wußte es. Bill McGovern *konnte* gütig sein, und – was in diesem Fall wahrscheinlich wichtiger war –, verständnisvoll. Er und Ralph kannten sich seit mehr als zwanzig Jahren; die letzten fünf davon wohnten sie unter einem Dach. Er war einer von Carolyns Sargträgern gewesen, und wenn Ralph mit Bill nicht über das reden konnte, was ihm widerfahren war, mit wem dann?

Mit niemandem, schien die Antwort zu lauten.

Kapitel 10

I

Die dunstigen Ringe um die Straßenlaternen waren verschwunden, als der Morgen am Himmel im Osten graute, und um neun Uhr war der Tag klar und warm – möglicherweise der Anfang der letzten kurzen Phase des Indianersommers. Ralph ging nach unten, sobald *Good Morning America* zu Ende war, und war fest entschlossen, McGovern zu erzählen, was mit ihm los war (jedenfalls soviel er sich traute), bevor er wieder den Mut verlor. Als er jedoch vor der Tür der Erdgeschoßwohnung stand, konnte er die Dusche prasseln und William D. McGovern gnädigerweise gedämpft singen hören: »I Left My Heart In San Francisco.«

Ralph ging auf die Veranda hinaus, steckte die Hände in die Gesäßtaschen und las den Tag wie einen Katalog. Es gab nichts, überlegte er, wirklich nichts auf der Welt, das dem Oktobersonnenschein gleichkam; er konnte fast spüren, wie sich sein nächtliches Elend verflüchtigte. Es würde zweifellos zurückkehren, aber im Augenblick fühlte er sich gut – müde und schwindlig im Kopf, ja, aber trotzdem weitgehend in Ordnung. Der Tag war mehr als schön; er war regelrecht atemberaubend, und Ralph bezweifelte, daß er vor dem nächsten Mai noch einmal einen ähnlich schönen erleben würde. Er kam zu dem Ergebnis, er wäre ein Narr, ihn nicht auszunützen. Ein Spaziergang zur Harris Avenue Extension würde eine halbe Stunde dauern, eine Dreiviertelstunde, wenn er jemanden treffen sollte, mit dem es sich lohnte, einen Plausch zu halten, und bis dahin würde sich Bill geduscht, rasiert, gekämmt und angezogen haben. Und bereit sein, ihm teilnahmsvoll zuzuhören, wenn Ralph Glück hatte.

Er ging bis zum Picknickgelände vor dem Zaun des County Airport ohne sich richtig einzugestehen, daß er insgeheim hoffte, den alten Dor zu treffen. Wenn ja, konnten sie beide sich vielleicht ein bißchen über Lyrik unterhalten – zum Beispiel über Stephen Dobyns –, vielleicht sogar ein wenig über Philosophie. Diesen Teil ihrer Unterhaltung könnten sie vielleicht mit einer Begriffsbestimmung beginnen, was »langfristige Geschäfte« waren, um danach zu klären, weshalb Ralph sich Dors Meinung zufolge »nicht einmischen« sollte.

Aber Dorrance hielt sich nicht am Picknickplatz auf; niemand war dort, außer Don Veazie, der Ralph erklären wollte, warum Bill Clinton als Präsident so einen Mist baute und warum es für die guten alten Vereinigten Staaten besser gewesen wäre, wenn das Volk das Finanzgenie Ross Perot gewählt hätte. Ralph (der für Clinton gestimmt hatte und fand, daß der Mann seine Aufgabe ziemlich gut erfüllte) hörte lange genug zu, um nicht als unhöflich zu gelten, dann behauptete er, er hätte einen Termin beim Friseur. Etwas Besseres fiel ihm auf die Schnelle nicht ein.

»Und noch was!« plärrte Don hinter ihm her. »Seine hochnäsige Frau! Die ist eine Lesbe! So was erkenne ich immer! Weißt du, woran? Ich seh mir ihre Schuhe an! Schuhe sind eine Art Geheimcode bei denen! Sie tragen immer welche, die vorne ganz breit sind und –«

»Bis bald, Don!« rief Ralph und trat hastig den Rückzug an.

Er war etwa eine Viertelmeile bergab gegangen, als der Tag lautlos um ihn herum explodierte.

2

Er befand sich gegenüber von May Lochers Haus, als es passierte. Er blieb wie angewurzelt stehen und sah mit großen, ungläubigen Augen die Harris Avenue entlang. Die rechte Hand hatte er an den Halsansatz gepreßt, sein Mund stand offen. Er sah aus wie ein Mann, der einen Herzanfall hat, und obwohl mit seinem Herzen alles in Ordnung war – jedenfalls im Augenblick –, kam er sich gewiß *vor*, als hätte er eine Art Anfall. Er hatte den ganzen Herbst über nichts gesehen, das ihn darauf hätte vorbereiten können. Ralph glaubte nicht, daß ihn *überhaupt etwas* hätte darauf vorbereiten können.

Die andere Welt – die heimliche Welt der Auren – war wieder sichtbar geworden, und diesmal intensiver, als Ralph es sich je hätte träumen lassen können … so intensiv, daß er sich sogar einen Moment fragte, ob ein Mensch an einer Wahrnehmungsüberdosis sterben konnte. Die obere Harris Avenue war ein grell leuchtendes Wunderland voll überlappender Kugeln und Kegel und bunter Sicheln. Die Bäume, die immer noch etwa eine Woche vom Höhepunkt ihrer herbstlichen Verwandlung entfernt waren, brannten dennoch wie Fackeln in Ralphs Augen und Denken. Der Himmel war jenseits der Farbe; er glich einem endlosen blauen Überschallknall.

Die Telefonleitungen der West Side von Derry verliefen noch oberirdisch, und Ralph starrte sie an, während er am Rande bemerkte, daß er aufgehört hatte zu atmen und besser schnellstens wieder damit anfangen sollte, wenn er nicht umkippen wollte. Unregelmäßige gelbe Spiralen sausten schnell an den schwarzen Leitungen entlang und erinnerten Ralph daran, wie die rotierenden Stangen vor den Friseurläden in seiner Jugend ausgesehen hatten. Ab und zu wurde dieses Wespenmuster von einem stacheligen, vertikalen roten Aufleuchten oder einem grünen Blitz unterbrochen, die in beide Richtungen gleichzeitig zu verlaufen schienen und die gelben Ringe einen Moment auslöschten, bevor sie verblaßten.

Du siehst, wie Leute miteinander reden, dachte er benommen. *Weißt du das, Ralph? Tante Sadie in Dallas hält ein Schwätzchen mit ihrem Lieblingsneffen, der in Derry wohnt; ein Farmer in Haven plauscht mit dem Großhändler, von dem er seine Traktorteile bezieht; ein Pastor versucht, einem in Not geratenen Gemeindemitglied zu helfen. Das sind* Stimmen, *und ich glaube, die grellen Blitze und das Aufleuchten kommen von Leuten, die von einem starken Gefühl beherrscht werden – Liebe oder Haß, Glück oder Eifersucht.*

Und Ralph spürte, daß das, was er sah und fühlte, *nicht* alles war; daß eine ganze Welt außerhalb der momentanen Reichweite seiner Sinne wartete. Möglicherweise so gewaltig, daß sogar dieses, was er jetzt sah, kümmerlich und blaß wirken würde. Und *wenn* es tatsächlich mehr gab, wie sollte er es ertragen können, ohne den Verstand zu verlieren? Es würde nicht einmal helfen, sich die Augen herauszureißen; er begriff, der Eindruck des »Sehens« rührte nur daher, daß er das Sehen sein Leben lang als primäre Sinneswahrnehmung akzeptiert hatte. Aber hier spielte sich eine Menge mehr als nur im Bereich des Sichtbaren ab.

Um sich das selbst zu beweisen, machte er die Augen zu … und sah die Harris Avenue trotzdem weiter. Als wären seine Lider zu Glas geworden. Der einzige Unterschied bestand darin, daß sich alle Farben in ihr Gegenteil verkehrt hatten und eine Welt entstanden war, die wie das Negativ eines Farbfotos aussah. Die Bäume waren nicht mehr orange und gelb, sondern so grell und unnatürlich grün wie Limonen-Gatorade. Die Oberfläche der Harris Avenue, im Juni erst frisch asphaltiert, war zu einem breiten weißen Weg geworden, und der Himmel zu einem erstaunlichen roten See. Er schlug die Augen wieder auf und war fast überzeugt, daß die Auren verschwunden sein würden, aber sie waren noch da; die Welt erbebte immer noch in Farben und Bewegungen und einem tiefen, hallenden Geräusch.

Wann fange ich an, sie zu sehen? fragte sich Ralph, während er langsam weiter bergab ging. *Wann kommen die kleinen kahlköpfigen Ärzte aus dem Unterholz?*

Aber es waren keine Ärzte zu sehen, weder kahlköpfig noch sonstwie, keine Engel in der Architektur; keine Teufel, die aus den Gullydeckeln hervorlugten. Da war nur –

»Paß auf, Roberts, gib acht, wo du hinläufst!«

Die schroffen und etwas erschrockenen Worte schienen wahrhaftig eine stoffliche Beschaffenheit zu haben; sie waren, als würde man in einer uralten Abtei oder einem Ahnensaal mit der Hand über Eichenpaneele streichen. Ralph blieb unvermittelt stehen und sah Mrs. Perrine von weiter unten in der Straße. Sie war vom Bürgersteig auf die Straße getreten, damit sie nicht umgestoßen wurde wie ein Kegel, und nun stand sie bis zu den Knöcheln in herabgefallenem Laub und betrachtete Ralph unter ihren buschigen melierten Brauen hervor. Die Aura um sie herum hatte die strenge, nüchterne graue Farbe einer Uniform von West Point.

»Bist du betrunken, Roberts?« fragte sie mit abgehackter Stimme, und da verschwand das Chaos der Farben und Empfindungen aus der Welt, und er befand sich wieder nur in der Harris Avenue, die an einem herrlichen Herbstmorgen vor sich hindämmerte.

»Betrunken? Ich? Ganz und gar nicht. Nüchtern wie ein Richter, im Ernst.«

Er hielt ihr die Hand hin. Mrs. Perrine, die schon mindestens achtzig war, es sich aber nicht anmerken ließ, betrachtete seine Hand, als könnte er einen Elektrosummer darin verborgen haben. *Das würde ich dir zutrauen, Roberts,* schienen ihre kalten grauen Augen zu sagen. *Das würde ich dir durchaus zutrauen.* Sie kam ohne Ralphs Hilfe wieder auf den Bürgersteig.

»Tut mir leid, Mrs. Perrine. Ich habe nicht auf den Weg geachtet.«

»Nein, das hast du eindeutig nicht. Bist mit offenen Mund herumspaziert. Du hast ausgesehen wie der Dorftrottel.«

»Tut mir leid«, wiederholte er, und dann mußte er sich auf die Zunge beißen, um wieherndes Gelächter zu unterdrücken.

»Hm.« Mrs. Perrine sah ihn langsam von oben bis unten an wie ein Ausbilder der Marines, der einen widerborstigen Rekruten mustert. »Dein Hemd ist unter der Achsel zerrissen, Roberts.«

Ralph hob den linken Arm und sah nach. Sein kariertes Lieblingshemd hatte tatsächlich einen großen Riß. Er konnte den Verband mit dem getrockneten Blutfleck darauf sehen; außerdem ein unansehnliches Gestrüpp Achselbehaarung eines alten Mannes. Er ließ den Arm hastig wieder sinken und spürte, wie ihm die Röte in die Wangen schoß.

»Hm«, sagte Mrs. Perrine noch einmal und drückte damit ihre vollständige Meinung über Ralph Roberts ohne einen einzigen Vokal aus. »Bring es mir zu Hause vorbei, wenn du möchtest. Und alles andere, das du zu nähen hast. Ich kann immer noch mit der Nadel umgehen, weißt du.«

»Oh, daran zweifle ich nicht, Mrs. Perrine.«

Nun bedachte Mrs. Perrine ihn mit einem Blick, der sagte: *Du bist ein vertrockneter alter Arschkriecher, Ralph Roberts, aber dafür kannst du wahrscheinlich nichts.*

»Aber nicht am Nachmittag«, sagte sie. »Nachmittags helfe ich, das Essen im Obdachlosenasyl zu machen, und um fünf helfe ich, es zu servieren. Das ist Gottes Arbeit.«

»Ja, da bin ich ganz sicher ...«

»Im Himmel wird es keine Obdachlosen geben, Roberts. Verlaß dich drauf. Und auch keine zerrissenen Hemden, da bin ich ganz sicher. Aber solange wir hier sind, müssen wir auf Zack sein und zurechtkommen. Das ist unsere Aufgabe.« *Und ich erledige sie außergewöhnlich gut*, fügte Mrs. Perrines Gesicht hinzu. »Bring am Morgen oder am Abend, was du zu nähen hast, Roberts. Du mußt nicht auf Etikette achten, aber wage es nicht, nach halb neun bei mir aufzukreuzen. Ich gehe um neun zu Bett.«

»Das ist sehr freundlich von Ihnen, Mrs. Perrine«, sagte Ralph und mußte sich wieder auf die Zunge beißen. Er spürte, daß dieser Trick bald nicht mehr funktionieren würde; bald würde es heißen: Lach oder stirb.

»Keineswegs. Christenpflicht. Außerdem war ich mit Carolyn befreundet.«

»Danke«, sagte Ralph. »Schrecklich, das mit May Locher, nicht?«

»Nein«, sagte Mrs. Perrine. »Gottes Gnade.« Und sie zog ihres Weges, bevor Ralph ein weiteres Wort sagen konnte. Ihr Rücken war so unglaublich gerade, daß es wehtat, ihn anzusehen.

Er ging ein Dutzend Schritte weiter, dann konnte er nicht mehr an sich halten. Er stützte sich mit einem Arm an einem Telefonmast ab, preßte den Mund auf den Arm und lachte so leise er konnte – bis ihm Tränen die Wangen hinabliefen. Als der Anfall (genau so fühlte es sich an, wie ein hysterischer Anfall) vorbei war, hob Ralph den Kopf und sah sich mit wachsamen, neugierigen, leicht tränenverschleierten Augen um. Er sah nichts, das nicht jeder andere auch sehen konnte, was ihn mit Erleichterung erfüllte.

Aber es wird wiederkommen, Ralph. Du weißt es. Alles.

Ja, er vermutete, *daß* er das wußte, aber darum konnte er sich später kümmern. Zunächst mußte er mit jemandem reden.

3

Als Ralph schließlich von seiner erstaunlichen Tour die Straße entlang zurückkehrte, saß McGovern im Sessel auf der Veranda und blätterte müßig die Morgenzeitung durch. Als Ralph den Weg zum Haus hochging, faßte er einen spontanen Entschluß. Er würde Bill eine Menge erzählen, aber nicht alles. Auf jeden Fall weglassen wollte er, daß die beiden Typen, die er aus May Lochers Haus kommen sah, wie die Außerirdischen in den Sensationsblättern ausgesehen hatten, die man im Red Apple kaufen konnte.

McGovern sah auf, als er die Stufen heraufkam. »Hi, Ralph.«

»Hi, Bill. Kann ich mit dir reden?«

»Klar.« Er schlug die Zeitung zu und legte sie sorgfältig zusammen. »Gestern haben sie meinen alten Freund Bob Polhurst doch noch ins Krankenhaus gebracht.«

»Ja? Ich dachte, du hättest schon viel früher damit gerechnet.«

»Hab ich. Haben *alle.* Er hat uns an der Nase herumgeführt. Tatsächlich schien sich sein Zustand zu verbessern – jedenfalls was die Lungenentzündung betrifft –, aber dann hatte er einen Rückfall. Gestern hatte er einen Atemstillstand, und seine Nichte dachte, er würde sterben, bevor der Krankenwagen eintrifft. Aber er hat es geschafft, und jetzt scheint sein Zustand wieder stabil zu sein.« McGovern sah seufzend auf die Straße. »May Locher tritt mitten in der Nacht ab, und Bob schleppt sich einfach weiter durch. Was für eine Welt, hm?«

»Kann man wohl sagen.«

»Worüber wolltest du reden? Hast du dich endlich entschlossen, Lois einen Antrag zu machen? Brauchst du einen väterlichen Rat, wie du es anfangen sollst?«

»Ich brauche einen Rat, aber nicht wegen meines Liebeslebens.«

»Raus damit«, sagte McGovern gepreßt.

Ralph gehorchte und war mehr als nur ein wenig erleichtert über McGoverns stumme Aufmerksamkeit. Er fing damit an, daß er kurz skizzierte, was Bill schon wußte – der Vorfall mit Ed und dem Lastwagenfahrer im Sommer 1992, seine damaligen Äußerungen, die so sehr mit dem übereinstimmten, was er an dem Tag von sich gab, als er Helen verprügelte, weil sie die Petition unterschrieben hatte. Während Ralph sprach, spürte er deutlicher denn je, daß es Zusammenhänge zwischen den seltsamen Dingen gab, die ihm widerfahren waren, Zusammenhänge, die er fast sehen konnte.

Er erzählte McGovern von den Auren, aber nicht von dem lautlosen Inferno, das er vor nicht mal einer halben Stunde erlebt hatte – soweit wollte er zumindest vorläufig noch nicht gehen. McGovern wußte selbstverständlich von Charlie Pickering und Charlies Angriff auf Ralph, ebenso, daß Ralph ernste Schäden vermieden hatte, indem er die Spraydose einsetzte, die Helen und ihre Freundin ihm gegeben hatten, aber jetzt erzählte Ralph ihm etwas, das er am Sonntag abend verschwiegen hatte, als er McGovern bei einem improvisierten Essen von dem Überfall berichtete: wie die Spraydose wie durch ein Wunder in seiner Jackentasche aufgetaucht war. Nur, gestand er, daß seiner Vermutung nach der alte Dor der Wundertäter gewesen war.

»Ach du Scheiße!« rief McGovern aus. »Du lebst gefährlich, Ralph!«

»Kann sein.«

»Wieviel davon hast du Johnny Leydecker erzählt?«

Sehr wenig, wollte Ralph sagen, aber dann wurde ihm klar, daß selbst das eine Übertreibung gewesen wäre. »Fast nichts«, sagte er. »Und noch etwas habe ich ihm nicht gesagt. Etwas weitaus mehr … nun, weitaus Wichtigeres, schätze ich. Hat damit zu tun, was da oben passiert ist.« Er deutete zu May Lochers Haus, wo gerade zwei blauweiße Kleinbusse vorgefahren waren. MAINE STATE POLICE stand auf den Seiten geschrieben. Ralph vermutete, daß das die Leute von der Spurensicherung waren, die Leydecker erwähnt hatte.

»May?« McGovern beugte sich auf dem Sessel nach vorne. »Weißt du etwas darüber, was May zugestoßen ist?«

»Ich glaube ja.« Ralph, der bedächtig sprach und von Wort zu Wort sprang wie ein Mann, der einen gefährlichen Wildbach auf Steinen überquert, schilderte McGovern, wie er aufgewacht, ins Wohnzimmer gegangen war und die beiden

Männer aus May Lochers Haus hatte kommen sehen. Er berichtete von seiner erfolgreichen Suche nach dem Fernglas und erzählte McGovern von der Schere, die einer der beiden bei sich gehabt hatte. Er erwähnte nicht seinen Alptraum von Carolyn oder die leuchtenden Spuren, und ganz sicher nicht seinen nachträglichen Eindruck, als wären die beiden Männer einfach durch die Tür gegangen; damit hätte er sich auch noch den letzten Rest Glaubwürdigkeit kaputt gemacht, den er noch besitzen mochte. Er kam mit seinem anonymen Anruf bei 911 zum Ende, dann saß er stumm in seinem Sessel und sah McGovern ängstlich an.

McGovern schüttelte den Kopf, als müßte er sein Denken klären. »Auren, Orakel, geheimnisvolle Einbrecher mit Scheren ... du lebst *wirklich* gefährlich.«

»Was meinst du, Bill?«

McGovern schwieg einige Augenblicke. Er hatte die Zeitung zusammengerollt, während Ralph erzählt hatte, und nun klopfte er sich geistesabwesend damit ans Bein. Ralph verspürte den Drang, seine Frage noch unverhohlener zu stellen – *Hältst du mich für verrückt, Bill?* –, ließ es aber bleiben. Glaubte er wirklich, daß jemand darauf eine ehrliche Antwort gab – wenn man ihm vorher nicht eine gehörige Spritze Natriumpentathol verpaßt hatte? Daß Bill sagen würde: *Na klar, Ralphie, ich finde, du bist so verrückt wie eine Bettwanze, also warum rufen wir nicht gleich in Juniper Hill an und fragen, ob Sie ein Zimmer für dich frei haben?* Unwahrscheinlich ... und da eine Antwort von Bill nicht viel besagen würde, war es besser, die Frage zu vergessen.

Was sich als ungemein schwierig erwies.

»Ich *weiß* nicht recht, was ich davon halten soll«, sagte Bill schließlich. »Jedenfalls noch nicht. Wie haben sie ausgesehen?«

»Ihre Gesichter waren selbst mit dem Fernglas schwer zu erkennen«, sagte Ralph. Seine Stimme klang so fest wie gestern, als er bestritten hatte, den Notruf getätigt zu haben.

»Wahrscheinlich hast du auch keine Ahnung, wie alt sie waren?«

»Nein.«

»Könnte einer von ihnen unser alter Freund aus dieser Straße gewesen sein?«

»Ed Deepneau?« Ralph sah McGovern überrascht an. »Nein, Ed war nicht dabei.«

»Was ist mit Pickering?«

»Nein. Ed nicht. Charlie Pickering auch nicht. Die hätte ich beide erkannt. Worauf willst du hinaus? Daß mein Unterbewußtsein einfach die beiden Typen auf May Lochers Veranda gezaubert hat, die mir in den letzten Monaten den größten Streß gemacht haben?«

»Selbstverständlich nicht«, antwortete McGovern, aber das konstante Tap-tap-tap der Zeitung an seinem Bein hörte auf, und seine Augen flackerten. Ralph spürte ein Ziehen in der Magengrube. Ja; *genau darauf* hatte McGovern hinausgewollt, und eigentlich war das gar nicht so überraschend, oder?

Vielleicht nicht, aber das änderte nichts an dem Gefühl in seiner Magengrube.

»Und Johnny hat gesagt, alle Türen waren abgeschlossen?«

»Ja.«

»Von innen.«

»Hm-hmm, aber –«

McGovern stand so schnell von seinem Stuhl auf, daß Ralph einen irren Augenblick lang glaubte, er würde weglaufen und unterwegs möglicherweise schreien: *Hütet euch vor Roberts! Er hat den Verstand verloren!* Aber statt die Treppe hinunterzuspringen, drehte er sich zur Haustür um. Das fand Ralph in gewisser Weise noch beunruhigender.

»Was hast du vor?«

»Larry Perrault anrufen«, sagte McGovern. »Mays jüngeren Bruder. Er wohnt noch in Cardville. Ich denke, sie wird in Cardville begraben werden.« McGovern sah Ralph seltsam nachdenklich an. »Was hast *du* denn gedacht?«

»Ich weiß nicht«, sagte Ralph nervös. »Einen Moment dachte ich, du würdest weglaufen wie der Pfefferkuchenmann.«

»Nee.« McGovern streckte eine Hand aus und klopfte ihm auf die Schulter, aber Ralph kam die Geste kalt und trostlos vor. Oberflächlich.

»Was hat Mrs. Lochers Bruder damit zu tun?«

»Johnny hat gesagt, sie haben Mays Leichnam zu einer gründlicheren Autopsie nach Augusta geschickt, richtig?«

»Nun, ich glaube, tatsächlich hat er den Ausdruck pathologisch –«

McGovern winkte ab. »Glaub mir, das ist dasselbe. *Wenn* sich etwas Merkwürdiges herausstellen sollte – das darauf hindeutet, daß sie ermordet worden ist –, dann müßte Larry informiert worden sein. Er ist der einzige lebende Verwandte in der Nähe.«

»Aber wird er sich nicht fragen, warum dich das interessiert?«

»Oh, darüber müssen wir uns keine Gedanken machen«, sagte McGovern. »Ich werde ihm sagen, die Polizei hat das Haus versiegelt und die Gerüchteküche der Harris Avenue brodelt. Er weiß, daß May und ich Schulfreunde waren und ich sie in den letzten Jahren regelmäßig besucht habe. Larry und ich sind keine Busenfreunde, aber wir kommen ganz gut miteinander aus. Er wird mir sagen, was ich wissen will, und sei es nur, weil wir beide Überlebende von Cardville sind. Alles klar?«

»Ich schätze schon, aber –«

»Ich *hoffe* es«, sagte McGovern, und plötzlich sah er wie ein sehr altes und sehr häßliches Reptil aus – ein Gilamonster oder womöglich ein Basilisk. Er deutete mit einem Finger auf Ralph. »Ich bin nicht dumm, und ich *weiß*, wie man ein Geheimnis bewahrt. Dein Gesicht hat gerade gesagt, daß du dir da nicht so sicher bist, und das gefällt mir nicht. Das gefällt mir überhaupt nicht.«

»Tut mir leid«, sagte Ralph. McGoverns Ausbruch hatte ihn verblüfft.

McGovern sah ihn noch einen Moment mit gefletschten Zähnen seines zu großen Gebisses an, dann nickte er. »Okay, ja, Entschuldigung akzeptiert. Du hast beschissen geschlafen, das muß ich in die Gleichung mit einbeziehen, und was mich betrifft, ich bekomme Bob Polhurst nicht aus dem Kopf.« Er stieß einen seiner tiefsten Armer-alter-Bill-Stoßseufzer aus. »Hör zu, wenn es dir lieber wäre, daß ich Mays Bruder nicht anrufe –«

»Nein, nein«, sagte Ralph und dachte sich, daß er am liebsten die Uhr zehn Minuten zurückdrehen und die ganze Unterhaltung ungeschehen machen würde. Und dann fiel ihm eine Floskel ein, die Bill McGovern bestimmt gefallen würde, voll ausgebildet und gebrauchsfertig. »Tut mir leid, wenn ich an deiner Diskretion gezweifelt habe.«

McGovern lächelte, anfangs zögernd, aber dann über das ganze Gesicht. »Jetzt weiß ich, was dich wachhält – daß du dir so einen Mist ausdenkst. Bleib still sitzen, Ralph, und denk etwas Gutes über ein Nilpferd, wie meine Mutter immer zu sagen pflegte. Bin gleich wieder da. Wahrscheinlich erwische ich ihn nicht mal; du weißt schon, Beerdigungsvorbereitungen und so weiter. Möchtest du in die Zeitung sehen, während du wartest?«

»Klar. Danke.«

McGovern gab ihm die Zeitung, die immer noch die Röhrenform besaß, in die er sie gerollt hatte, dann ging er hinein. Ralph studierte die erste Seite. Die Schlagzeile lautete: ABTREIBUNGSBEFÜRWORTER UND GEGNER SIND BEREIT FÜR DIE ANKUNFT DER AKTIVISTIN. Die Story wurde von zwei Fotos illustriert. Eines zeigte ein halbes Dutzend junge Frauen mit Transparenten, auf denen Sprüche standen wie: UNSERE KÖRPER, UNSERE ENTSCHEIDUNG und EIN NEUER TAG BRICHT AN IN DERRY! Das andere zeigte Demonstranten, die vor WomanCare marschierten. Sie trugen keine Schilder und brauchten auch keine; die schwarzen Gewänder mit Kapuzen und die Sensen, die sie trugen, sagten alles.

Ralph stieß einen Seufzer aus, warf die Zeitung auf den Schaukelstuhl neben sich und sah zu, wie sich der Dienstagvormittag in der Harris Avenue entfaltete. Ihm kam der Gedanke, daß McGovern auch mit John Leydecker telefonieren könnte, statt mit Larry Perrault, und die beiden vielleicht gerade eine kleine Lehrer-Schüler-Konferenz über den verrückten, alten, schlaflosen Ralph Roberts führten.

Ich dachte mir, du möchtest vielleicht wissen, wer den Notruf bei 911 wirklich gemacht hat, Johnny.

Danke, Prof. Wir waren sowieso ziemlich sicher, aber es ist schön, daß wir eine Bestätigung haben. Ich denke, daß er harmlos ist. Irgendwie mag ich ihn sogar.

Ralph verdrängte Spekulationen darüber, mit wem Bill telefonierte und mit wem nicht. Es war leichter, einfach hier zu sitzen und gar nicht zu denken, nicht einmal etwas Gutes über ein Nilpferd. Es war leichter, dem Lastwagen von Budweiser zuzusehen, der auf den Parkplatz des Red Apple fuhr und anhielt, um den Truck von Magazines Incorporated vorbeizulassen, der seine wöchentliche Ration von Sensationsblättern, Zeitschriften und Taschenbüchern abgeladen hatte und gerade wegfuhr. Es war leichter, die alte Harriet Bennigan zu beobachten, neben der sich Mrs. Perrine wie ein junges Mädchen ausnahm, wie sie in ihrem hellroten Herbstmantel und auf den Gehstock gestützt ihren morgendlichen schlurfenden Spaziergang machte. Es war leichter, dem jungen Mädchen in Jeans, einem weiten weißen T-Shirt und einem Herrenhut, der vier Nummern zu groß für sie war, dabei zuzusehen, wie sie auf dem unkrautüberwucherten Brachgrundstück zwischen Frank's Bäckerei und Vicky Moons Kosmetikstudio (Körperpackungen sind unsere Spezialität) seilhüpfte. Es war leichter, die kleinen Hände des Mädchens auf und ab wippen zu sehen. Leichter, ihr zuzuhören, wie sie ihren endlosen Schüttelreim sang.

Drei-sechs-neun, die Gans trank Wein …

Ein entlegener Teil von Ralphs Verstand stellte mit großem Erstaunen fest, daß er kurz vor dem Einschlafen war, während er hier auf der Veranda saß. Gleichzeitig stahlen sich die Auren wieder in die Welt und erfüllten sie mit wundersamen Farben und Bewegungen. Es war herrlich, aber …

… aber etwas stimmte nicht damit. *Etwas.* Aber was?

Das Mädchen auf dem Brachgrundstück. *Sie* stimmte nicht. Ihre jeansbekleideten Beine hämmerten auf und ab wie eine Nähmaschine. Ihr Schatten hüpfte neben ihr auf dem bruchstückhaften Pflaster einer uralten, von Unkraut und Sonnenblumen überwucherten Gasse. Das Seil peitschte auf und ab … rings herum … auf und ab und rings herum …

Und auch kein weites T-Shirt, da hatte er sich geirrt. Die Gestalt trug einen Kittel. Einen weißen Kittel, wie sie die Schauspieler in den alten Arztserien im Fernsehen getragen hatten.

Drei-sechs-neun, die Gans trank Wein,
Der Affe wollte Schaffner in der Straßenbahn sein ...

Eine Wolke verdeckte die Sonne, ein häßliches grünes Licht segelte durch den Tag und trieb ihn unter Wasser. Ralph wurde zuerst kalt, dann bekam er eine Gänsehaut. Der hüpfende Schatten des Mädchens verschwand. Sie sah zu Ralph herüber und war überhaupt kein kleines Mädchen mehr. Die Kreatur, die ihn ansah, war ein etwa einen Meter zwanzig großer Mann. Ralph hatte das Gesicht im Schatten des Huts anfänglich für das eines Kindes gehalten, weil es völlig glatt war, nicht von einer einzigen Falte durchzogen. Und dennoch vermittelte es Ralph einen eindeutigen Eindruck – ein Gefühl des Bösen, des Boshaften, wie es ein geistig gesunder Verstand nicht mehr begreifen konnte.

Das ist es, dachte Ralph benommen, während er die hüpfende Kreatur ansah. *Genau das ist es. Was immer das Ding da drüben ist, es ist wahnsinnig. Völlig wahnsinnig.*

Möglicherweise hatte die Kreatur Ralphs Gedanken gelesen, denn in diesem Augenblick verzerrte sie die Lippen zu einem Grinsen, das schüchtern und gemein zugleich war, als würden sie beide ein finsteres Geheimnis teilen. Und er war sicher – ja, ziemlich sicher, fast überzeugt –, daß sie irgendwie trotz dieses Grinsens sang, ohne die Lippen im geringsten zu bewegen.

[Die Bahn geriet in NOT! Der Affe war gleich TOT! Die andern starben alle in 'nem RuderBOOT!]

Ralph war ganz sicher, daß dies keiner der kleinen Ärzte war, die er aus dem Haus von May Locher hatte kommen sehen. Möglicherweise mit ihnen *verwandt*, aber nicht identisch. Es war –

Die Kreatur warf das Sprungseil weg. Das Seil wurde zuerst gelb, dann rot, und es schien Funken zu sprühen, als es durch die Luft flog. Die kleine Gestalt – Doc Nr. 3 – sah Ralph grinsend an, und da wurde Ralph noch etwas klar, das ihn mit Grauen erfüllte. Jetzt endlich erkannte er, was die Kreatur auf dem Kopf trug.

Es war Bill McGoverns verschwundener Panamahut.

4

Wieder war es, als hätte die Kreatur seine Gedanken gelesen. Sie zog den Hut vom Kopf, entblößte den runden, haarlosen Schädel darunter und schwenkte McGoverns Panama in der Luft wie ein Cowboy auf einem bockenden Hengst. Während sie mit dem Hut winkte, verschwand das unsägliche Grinsen nicht einmal.

Plötzlich zeigte sie auf Ralph, als wollte sie ihn markieren. Dann setzte sie den Hut wieder auf und verschwand in der schmalen, unkrautüberwucherten Öffnung zwischen dem Sonnenstudio und der Bäckerei. Die Sonne kam hinter der Wolke hervor, die sie verdeckt hatte, und die wabernde Helligkeit der Auren ließ wieder nach. Einen oder zwei Augenblicke nachdem die Kreatur verschwunden war, lag wieder nur die Harris Avenue vor Ralph – die alte, langweilige Harris Avenue, wie immer.

Ralph holte zitternd Luft und dachte an den Wahnsinn, den das kleine, grinsende Gesicht ausgedrückt hatte. Und er erinnerte sich daran, wie das Wesen auf ihn gedeutet hatte

(der Affe war gleich TOT)

als wollte es

(die andern starben alle in 'nem RuderBOOT!)

ihn markieren.

»Sag mir, daß ich eingeschlafen bin«, flüsterte er heiser. »Sag mir, daß ich eingeschlafen bin und den kleinen Wichser geträumt hab.«

Aber sein Verstand verweigerte ihm den Trost dieses Gedankens; er brachte statt dessen die Erinnerung an den Anruf von Ed Deepneau letzten Monat an die Oberfläche. Als Ralph ihn fragte, wer ihm von dem Scharlachroten König erzählt hatte, hatte Ed geantwortet, es wäre der kleine kahlköpfige Arzt gewesen. *Ich glaube, du wirst es mit ihm zu tun bekommen, wenn du wieder versuchst, dich in meine Angelegenheiten einzumischen, Ralph,* hatte Helens zukünftiger Ex-Mann gesagt. *Und dann gnade dir Gott.*

Und zu Beginn der Unterhaltung hatte er etwas ähnlich Beunruhigendes gesagt – daß es Wesen in Derry gab, von denen

Ralph lieber nichts wissen wollte ... und bestimmt nicht, daß sie von *ihm* erführen.

»Wesenheiten«, murmelte Ralph. »Er hat sie Wesenheiten genannt.«

Die Tür hinter ihm ging auf. »Herrje, du führst Selbstgespräche«, sagte McGovern. »Du mußt Geld auf der Bank haben, Ralphie.«

»Ja, gerade genug, daß es für die Beerdigung reicht«, sagte Ralph. Er fand, er hörte sich wie ein Mann an, der gerade einen schlimmen Schock erlitten hat und immer noch versucht, den Rest Angst zu verarbeiten; er rechnete fast damit, daß Bill mit besorgtem (oder auch argwöhnischem) Gesicht auf ihn zugestürzt kommen und fragen würde, was nicht mit ihm stimmte.

Aber McGovern tat nichts dergleichen. Er ließ sich auf den Schaukelstuhl fallen, verschränkte die Arme über der Brust zu einem abweisenden X und betrachtete die Harris Avenue, die Bühne, auf der er und Ralph und Lois und Dorrance Marstellar und so viele andere alte Leute – wir im goldenen Alter, auf McGovernesisch – ihre häufig langweiligen und manchmal schmerzlichen letzten Akte spielen mußten.

Wenn ich ihm jetzt von seinem Hut erzählen würde? dachte Ralph. *Angenommen, ich beginne das Gespräch einfach mit den Worten: »Bill, ich weiß auch, wo dein Panama abgeblieben ist. Ein böser Verwandter der Typen, die ich gestern nacht gesehen habe, hat ihn. Er trägt ihn, wenn er zwischen der Bäckerei und dem Sonnenstudio Seilhüpfen spielt.«*

Wenn Bill noch Zweifel an seinem Geisteszustand hatte, würde ihn *diese* Neuigkeit mit Sicherheit überzeugen. Jawoll.

Ralph hielt den Mund.

»Tut mir leid, daß ich so lange weg war«, sagte McGovern. »Larry behauptete, ich hätte ihn erwischt, wie er gerade zum Bestattungsinstitut gehen wollte, aber bevor ich meine Fragen stellen konnte, hatte er mir Mays halbes Leben und seines so gut wie ganz geschildert. Er hat fünfundvierzig Minuten nonstop geredet.«

Ralph war überzeugt, daß das eine Übertreibung sein mußte – McGovern war mit Sicherheit nicht länger als fünf

Minuten weg gewesen –, aber als er auf die Uhr sah, stellte er zu seinem Erstaunen fest, daß es Viertel nach elf geworden war. Er sah die Straße entlang und stellte fest, daß Mrs. Bennigan fort war. Ebenso der Laster von Budweiser. Hatte er *doch* geschlafen? Anscheinend ... aber er konnte um nichts auf der Welt einen Bruch in seiner bewußten Wahrnehmung entdecken.

Oh, komm schon, mach dich nicht lächerlich. Du hast geschlafen, als du den kleinen kahlköpfigen Kerl gesehen hast. Du hast ihn nur geträumt.

Das schien die sinnvollste Erklärung zu sein. Sogar die Tatsache, daß er Bills Panamahut getragen hatte, ergab einen Sinn. Derselbe Hut war in seinem Alptraum von Carolyn vorgekommen. Da hatte ihn Rosalie zwischen den Pfoten gehabt.

Aber diesmal hatte er nicht geträumt. Er war ganz sicher.

Nun ... *fast* sicher.

»Willst du mich nicht fragen, was Mays Bruder gesagt hat?« McGovern hörte sich ein wenig pikiert an.

»Entschuldige«, sagte Ralph. »Ich muß mit meinen Gedanken woanders gewesen sein.«

»Vergeben, mein Sohn ... das heißt, immer vorausgesetzt, daß du von jetzt an genau zuhörst. Der Detective, der den Fall betreut, Funderburke ...«

»Ich bin ziemlich sicher, daß er Utterback heißt. Steve Utterback.«

McGovern winkte unbekümmert mit der Hand, seine übliche Reaktion, wenn er verbessert wurde. »Wie auch immer. Jedenfalls hat er Larry angerufen und gesagt, daß die Autopsie die natürliche Todesursache bestätigt hat. Was ihnen angesichts deines Anrufs am meisten Kopfzerbrechen bereitete, ist die Möglichkeit, daß May durch Einbrecher erschreckt wurde, was zum Herzschlag führte – buchstäblich zu Tode geängstigt. Daß die Türen von innen abgeschlossen waren und keine wertvollen Gegenstände fehlen, spricht dagegen, aber sie haben deinen Anruf so ernst genommen, daß sie die Möglichkeit immerhin in Betracht gezogen haben.«

Sein vorwurfsvoller Ton – als hätte Ralph absichtlich Leim in den Mechanismus einer funktionstüchtigen Maschine geschüttet – erfüllte Ralph mit Ungeduld. »*Natürlich* haben sie ihn ernstgenommen. Ich habe gesehen, wie zwei Männer ihr Haus verlassen haben, und das habe ich den Behörden gemeldet. Als sie dort ankamen, fanden sie die Lady tot vor. Wie sollten sie den Anruf da *nicht* ernst nehmen?«

»Warum hast du deinen Namen nicht genannt, als du den Anruf gemacht hast?«

»Ich weiß nicht. Was spielt das schon für eine Rolle? Und wie, um alles in der Welt, können sie *sicher* sein, daß sie nicht vor Angst einen Herzschlag bekommen hat?«

»Ich weiß nicht, ob sie hundertprozentig sicher sein *können*«, sagte McGovern und hörte sich jetzt selbst ein wenig gekränkt an, »aber ich denke mir, sie müssen sich ihrer Sache ziemlich sicher sein, wenn sie den Leichnam zur Beerdigung freigeben. Wahrscheinlich ein Bluttest oder so. Ich weiß nur, daß dieser Funderburke –«

»Utterback –«

»– Larry gesagt hat, daß May wahrscheinlich im Schlaf gestorben ist.«

McGovern überkreuzte die Beine, machte sich an den Bügelfalten seiner blauen Hose zu schaffen und betrachtete Ralph mit einem klaren und durchdringenden Blick.

»Ich werde dir einen Rat geben, also hör gut zu. Geh zum Arzt. Jetzt. Heute noch. Geh nicht über Los, zieh keine zweihundert Dollar ein, geh direkt zu Litchfield. Es wird allmählich ernst.«

Die beiden, die aus Mrs. Lochers Haus gekommen sind, haben mich nicht gesehen, aber der vorhin schon, dachte Ralph. *Er hat mich gesehen und auf mich gezeigt. Könnte sein, daß er sogar nach mir* gesucht *hat.*

Das war ein hübscher paranoider Gedanke.

»Ralph? Hast du gehört, was ich gesagt habe?«

»Ja. Ich entnehme daraus, du glaubst nicht, daß ich tatsächlich jemanden aus dem Haus von May Locher habe kommen sehen habe.«

»Da hast du ganz recht. Ich habe eben deinen Gesichtsausdruck gesehen, als ich dir sagte, daß ich fünfundvierzig Minuten weg war, und ich habe auch mitbekommen, wie du auf die Uhr gesehen hast. Du hast nicht geglaubt, daß soviel Zeit vergangen war, richtig? Und der *Grund* dafür ist, du bist eingedöst und hast es nicht einmal bemerkt. Hast ein kleines Nickerchen gemacht. Dasselbe ist dir wahrscheinlich gestern nacht passiert. Nur hast du gestern nacht von den beiden Männern geträumt, und der Traum war so realistisch, daß du nach dem Aufwachen 911 angerufen hast. Klingt das nicht logisch?«

Drei-sechs-neun, dachte Ralph. *Die Gans trank Wein.*

»Was ist mit dem Fernglas?« fragte er. »Es liegt immer noch auf dem Tisch neben dem Sessel am Fenster. Beweist das nicht, daß ich wach war?«

»Ich wüßte nicht warum. Vielleicht hast du schlafgewandelt, hast du dir das schon mal überlegt? Du hast die Eindringlinge gesehen, aber du kannst sie nicht richtig beschreiben.«

»Die grellen orangefarbenen Lampen –«

»Alle Türen waren von innen abgeschlossen …«

»Trotzdem habe ich –«

»Und diese Auren, von denen du gesprochen hast. Die Schlaflosigkeit bewirkt sie – da bin ich mir fast sicher. Aber es *könnte* ernster sein.«

Ralph stand auf, ging die Treppe hinunter, blieb am Anfang des Fußwegs stehen und drehte McGovern den Rücken zu. In seinen Schläfen pochte es, und sein Herz schlug schnell. Zu schnell.

Er hat nicht nur auf mich gezeigt. Ich hatte gleich beim erstenmal recht, der kleine Hurensohn hat mich markiert. *Und er war kein Traum. Ebenso wenig wie die, die ich aus Mrs. Lochers Haus habe kommen sehen. Ich bin mir ganz sicher.*

Selbstverständlich, Ralph, antwortete eine andere Stimme. *Verrückte sind* immer *überzeugt, daß die verrückten Sachen, die sie sehen und hören, wirklich sind. Das macht sie ja verrückt, nicht die Halluzinationen selbst. Wenn du wirklich gesehen hast, was du zu sehen glaubtest, was ist dann aus Mrs. Bennigan geworden? Und dem Lastwagen von Budweiser? Wie hast du die fünfundvierzig Minuten verlieren können, die McGovern mit Larry Perrault telefoniert hat?*

»Du leidest an einigen ziemlich schwerwiegenden Symptomen«, sagte McGovern hinter ihm, und Ralph fand, er hörte etwas Schreckliches in der Stimme des Mannes. Genugtuung? Konnte es tatsächlich Genugtuung sein?

»Einer hatte eine Schere bei sich«, sagte Ralph, ohne sich umzudrehen. »Ich habe sie gesehen.«

»Ach, komm schon, Ralph! Denk nach! Benutz dein Gehirn und *denk nach!* An einem Sonntagnachmittag, keine vierundzwanzig Stunden vor deiner Akupunkturbehandlung, kommt ein Irrer und spießt dich fast mit dem Messer auf. Ist es ein Wunder, daß dein Gehirn in der Nacht einen Alptraum fabriziert, in dem ein scharfer Gegenstand vorkommt? Aus Hongs Nadeln und Pickerings Jagdmesser ist eine Schere geworden, das ist alles. Siehst du nicht ein, daß diese Hypothese alles erklärt, während das, was du gesehen haben willst, überhaupt nichts erklärt?«

»Und ich habe geschlafwandelt, als ich das Fernglas geholt habe? Denkst du das?«

»Es wäre möglich. Wahrscheinlich.«

»Auch das mit der Spraydose in meiner Jackentasche, richtig? Der alte Dor hatte überhaupt nichts damit zu tun.«

»Mich interessieren die Spraydose und der alte Dor nicht!« schrie McGovern. »*Du* interessierst mich. Du leidest seit April oder Mai an Schlaflosigkeit, du bist seit dem Tod von Carolyn deprimiert und niedergeschlagen –«

»Ich bin *nicht* deprimiert!« brüllte Ralph. Auf der anderen Straßenseite blieb der Briefträger stehen und sah zu ihnen herüber, bevor er in Richtung Park weiterging.

»Wie du willst«, sagte McGovern. »Du warst nicht deprimiert. Außerdem hast du nicht geschlafen, du siehst Auren, Typen mitten in der Nacht aus abgeschlossenen Häusern kommen ...« Und dann sagte McGovern mit trügerisch unbekümmerter Stimme das, wovor Ralph sich die ganze Zeit gefürchtet hatte: »Du solltest aufpassen, alter Junge. Du hörst dich verdächtig wie Ed Deepneau an.«

Ralph drehte sich um. Heißes Blut pulsierte hinter seinem Gesicht. »Warum tust du das? Warum versuchst du so sehr, mir eins auszuwischen?«

»Ich versuche nicht, dir eins auszuwischen, Ralph, ich versuche, dir zu helfen. Dein Freund zu sein.«

»Den Eindruck habe ich nicht.«

»Nun, manchmal tut die Wahrheit ein bißchen weh«, sagte McGovern ruhig. »Du solltest zumindest über die Möglichkeit nachdenken, daß dein Körper und dein Geist versuchen, dir etwas zu sagen. Ich will dir eine Frage stellen – war das der einzige beunruhigende Traum, den du in letzter Zeit gehabt hast?«

Ralph dachte ganz kurz an Carol, die bis zum Hals im Sand begraben war und von Spuren des weißen Mannes kreischte. An die Käfer, die aus ihrem Kopf gequollen waren. »Ich hatte in letzter Zeit *überhaupt keine* Alpträume«, sagte er steif. »Ich nehme an, das wirst du mir nicht glauben, weil es nicht in das kleine Drehbuch paßt, das du dir zurechtgelegt hast.«

»Ralph –«

»Ich will *dich* etwas fragen. Glaubst du wirklich, es war nur ein Zufall, daß ich diese beiden Männer gesehen habe und May Locher gestorben ist?«

»Vielleicht nicht. Vielleicht hat dein körperlich und emotional aufgewühlter Zustand Bedingungen geschaffen, die eine echte übersinnliche Wahrnehmung ermöglicht haben.«

Ralph schwieg.

»Ich glaube, daß so etwas von Zeit zu Zeit vorkommt«, sagte McGovern und stand auf. »Hört sich von einem rationalen alten Vogel wie mir wahrscheinlich komisch an, aber es ist so. Ich will nicht behaupten, daß es sich *tatsächlich* so abgespielt hat, aber es *könnte* sein. Ich bin aber *ganz sicher,* daß die beiden Männer, die du gesehen hast, in Wirklichkeit nicht existiert haben.«

Ralph sah zu McGovern auf; er hatte die Hände in den Taschen stecken und so fest zu Fäusten geballt, daß sie sich wie Steine anfühlten. Er konnte die Muskeln in seinen Armen vibrieren spüren.

McGovern kam die Verandastufen herunter und hielt ihn dicht über dem Ellbogen behutsam am Arm. »Ich glaube nur …«

Ralph zog den Arm so ruckartig weg, daß McGovern überrascht grunzte und ein wenig stolperte. »Ich *weiß,* was du glaubst.«

»Du begreifst nicht, was ich –«

»Oh, ich begreife durchaus. Mehr als mir lieb ist. Glaub mir. Und entschuldige mich bitte – ich glaube, ich werde noch einen Spaziergang machen. Ich brauche einen klaren Kopf.« Er konnte das heiße Blut in Wangen und Stirn pochen fühlen. Er versuchte, einen Vorwärtsgang in seinem Gehirn einzulegen, der ihm ermöglichen würde, diese sinnlose, ohnmächtige Wut hinter sich zu lassen, aber er schaffte es nicht. Er fühlte sich fast so, wie nach dem Traum von Carolyn; seine Gedanken wirbelten vor Angst und Verwirrung durcheinander, und als er seine Beine in Bewegung setzte, hatte er nicht das Gefühl, als würde er gehen, sondern fallen, wie er am Montag morgen aus dem Bett gefallen war. Trotzdem ging er weiter. Manchmal konnte man nichts anderes tun.

»Ralph, du mußt zu einem Arzt gehen!« rief McGovern ihm nach, und nun konnte sich Ralph nicht mehr einreden, daß er nicht eine unheimliche, heftige Schadenfreude in McGoverns Stimme hörte. Die Sorge, die darin mitschwang, war wahrscheinlich aufrichtig, aber sie war wie ein süßer Zuckerguß auf einem bitteren Kuchen.

»Keinem Apotheker, keinem Hypnotiseur, keinem Akupunkteur! Du mußt zu *deinem Hausarzt gehen!*«

Klar, zu dem Typ, der meine Frau unterhalb der Flutlinie begraben hat! dachte er mit einer Art geistigem Aufschrei. *Dem Mann, der sie bis zum Hals im Sand begraben und ihr anschließend gesagt hat, sie müßte keine Angst vor dem Ertrinken haben, solange sie schön brav ihre Valium und Tylenol-3 nahm!*

Laut sagte er: »Ich muß einen *Spaziergang* machen! Das brauche ich, und mehr brauche ich *nicht.*« Sein Herz pochte jetzt mit den kurzen, harten Schlägen eines Vorschlaghammers in seinen Schläfen, und er überlegte sich, daß so ein Schlaganfall anfangen mußte; wenn er sich nicht bald unter Kontrolle bekam, würde er ins Wutkoma fallen, wie sein Vater sich immer ausgedrückt hatte.

Er konnte hören, wie McGovern ihm den Fußweg entlang folgte. *Faß mich nicht an, Bill,* dachte Ralph. *Wage es nicht, mir die Hand auf die Schultern zu legen, denn in diesem Fall werde ich mich wahrscheinlich umdrehen und dir eine scheuern.*

»Ich versuche nur, dir zu *helfen*, begreifst du das nicht?« brüllte McGovern. Der Briefträger auf der anderen Straßenseite war wieder stehengeblieben und beobachtete sie, und vor dem Red Apple starrten sie Karl, der morgens arbeitete, und Sue, das Mädchen, das nachmittags arbeitete, mit offenen Mündern unverhohlen an. Karl, stellte er fest, hielt eine Tüte Hamburgerbrötchen in einer Hand. Es war wirklich erstaunlich, was einem in solchen Augenblicken alles auffiel ... allerdings nicht annähernd so erstaunlich wie das meiste, das er heute morgen gesehen hatte.

Was du dir zu sehen eingebildet *hast, Ralph,* sagte eine verräterische Stimme leise flüsternd in seinem Kopf.

»Geh weiter«, murmelte Ralph verzweifelt. »Geh einfach weiter, *verdammt.*« Vor seinem geistigen Auge spielte sich ein Film ab. Es war ein unangenehmer Film, wie er sie sich selten ansah, selbst wenn er alles andere schon gesehen hatte, was sie im Kino Center zeigten. Und der Soundtrack dieses Films war ausgerechnet »Pop Goes the Weasel.«

»Ich will dir was sagen, Ralph – in unserem Alter sind Geisteskrankheiten was ganz Normales! Was völlig Normales, also GEH ZU DEINEM ARZT!«

Mrs. Bennigan stand jetzt auf ihrer Veranda und hatte ihren Stock am Fuß der Treppe abgestellt. Sie hatte immer noch den hellroten Herbstmantel an, und ihr Mund schien offenzustehen, als sie über die Straße zu ihnen hersah.

»Hörst du mich Ralph? Ich hoffe es. Ich hoffe wirklich, daß du mich hörst!«

Ralph ging schneller und zog die Schultern wie bei einem kalten Gegenwind zusammen. *Wenn er nun einfach weiter schreit, immer lauter und lauter? Und wenn er mir einfach die Straße entlang folgt?*

Wenn er das tut, werden die Leute denken, daß er *der Verrückte ist,* sagte er zu sich, aber der Gedanke hatte keine beruhigende Wirkung auf ihn. Im Geiste hörte er immer noch ein Klavier ein Kinderlied spielen – nein, eigentlich nicht spielen, die Noten eines Kinderreims klimpern:

All around the mulberry bush
The monkey chased the weasel,
The monkey thought 'twas all in fun,
Pop! Goes the weasel!

Und jetzt sah Ralph die alten Anwohner der Harris Avenue, die ihre Versicherungen bei Gesellschaften abschlossen, welche im Kabelfernsehen Werbung machten, die Gallensteine und Hautkrebs hatten, deren Gedächtnis in dem Maß schrumpfte wie ihre Prostata anschwoll, die von Sozialhilfe lebten und die Welt durch den grauen Star statt durch die rosa Brille sahen. Es waren die Leute, die mittlerweile sämtliche Briefe mit der Adresse »An den Bewohner« lasen und die Werbezettel der Supermärkte nach Dosen im Sonderangebot und tiefgefrorenen Fertiggerichten absuchten. Er sah sie in grotesken kurzen Hosen und flauschigen kurzen Röcken, sah sie mit Propellermützchen und T-Shirts, auf denen Figuren wie Beavis und Butt-Head und Rude Dog abgebildet waren. Er sah sie, kurz gesagt, als die ältesten Vorschüler der Welt. Sie marschierten um eine doppelte Stuhlreihe herum, während ein kleiner kahlköpfiger Mann im weißen Kittel »Pop Goes the Weasel« auf dem Klavier spielte. Ein anderer Kahlkopf nahm einen Stuhl nach dem anderen weg, und jedesmal, wenn die Musik aufhörte und alle sich setzten, blieb einer stehen – diesmal war es May Locher gewesen, das nächste Mal wahrscheinlich McGoverns alter Dekan. Die Person mußte selbstverständlich das Zimmer verlassen. Und Ralph hörte McGovern lachen. Lachen, weil *er* wieder einen Stuhl bekommen hatte. May Locher war tot, Bob Polhurst lag im Sterben, Ralph Roberts hatte nicht mehr alle Tassen im Schrank, aber mit *ihm* war noch alles in Ordnung, Sir William D. McGovern ging es noch prächtig, noch bestens, er war noch in der Vertikalen und nahm Nahrung zu sich, und er konnte noch einen Stuhl finden, wenn die Musik aufhörte.

Ralph ging weiter, krümmte die Schultern noch mehr und rechnete mit einem weiteren Bombardement von Ratschlägen und Belehrungen. Er hielt es für unwahrscheinlich, daß McGovern ihm tatsächlich weiter nachkommen würde, aber nicht für völlig ausgeschlossen. Wenn McGovern wütend genug war, könnte er sich genau dazu hinreißen lassen – Vorhaltungen machen, Ralph sagen, er solle mit dem Unsinn aufhören und zum Arzt gehen, ihn daran erinnern, daß das Klavier jeden Moment aufhören konnte zu spielen, jederzeit, und wenn er keinen Stuhl fand, solange er noch Gelegenheit dazu hatte, war es vielleicht für immer aus mit ihm.

Aber es ertönten keine Rufe mehr. Er wollte sich umdrehen, um nachzusehen, wo McGovern abgeblieben war, besann sich aber eines Besseren. Wenn er sah, daß Ralph sich umdrehte, legte er vielleicht von vorne los. Am besten war es, einfach weiterzugehen. Also machte er größere Schritte, ging, ohne darüber nachzudenken, wieder in Richtung Flughafen, schritt mit gesenktem Kopf aus und versuchte, nicht das unbarmherzige Klavier zu hören, nicht die alten Kinder zur Kenntnis zu nehmen, die um die Stühle herumspazierten, nicht die ängstlichen Augen über dem vorgeschützten Lächeln zu sehen.

Beim Gehen überlegte er sich, daß seine Hoffnung nicht erfüllt worden war. Er war doch in den Tunnel gestoßen worden, und die Dunkelheit umgab ihn auf allen Seiten.

Zweiter Teil

Die heimliche Stadt

Alte Männer müßten Forscher sein.

T. S. Eliot

Kapitel 11

1

Das Derry der Altvorderen war nicht die einzige heimliche Stadt, die unauffällig innerhalb des Ortes existierte, den Ralph immer als seine Heimat betrachtet hatte; als Junge, der in Mary Mead aufgewachsen war, wo heute die verschiedenen Cape-Cod-Häuserkomplexe standen, hatte Ralph herausgefunden, daß es neben dem Derry der Erwachsenen ein Derry gab, das ausschließlich den Kindern gehörte. Da waren die verlassenen Hobo-Dschungel beim Eisenbahndepot in der Nähe der Neibolt Street, wo man manchmal Tomatensuppendosen finden konnte, die halb mit Currygeschnetzeltem gefüllt waren, und Flaschen mit einem oder zwei Schluck Bier; da war die Gasse hinter dem Aladdin Theater, wo Zigaretten Marke Bull Durham geraucht und manchmal Black Cat Kracher gezündet wurden; da war die große alte Ulme, die über den Fluß hing, wo hunderte Mädchen und Jungs gelernt hatten, wie man ins Wasser springt; da waren die hundert (wahrscheinlich eher zweihundert) verschlungenen Pfade, die durch die Barrens führten, ein zugewachsenes Tal, das sich durch die Stadtmitte erstreckte wie eine schlecht verheilte Narbe.

Diese heimlichen Straßen und Highways lagen allesamt unter der Ebene der Wahrnehmung Erwachsener und wurden infolgedessen von ihnen übersehen … aber es *hatte* Ausnahmen gegeben. Eine war ein Polizist namens Aloysius Nell gewesen – für Generationen Kinder von Derry nur Mr. Nell –, und erst jetzt, als er zum Picknickplatz in der Nähe der Stelle ging, wo die Harris Avenue zur Harris Avenue Extension wurde, überlegte sich Ralph, daß Chris Nell wahrscheinlich der Sohn des alten Mr. Nell war … aber das konnte nicht ganz stimmen, denn der Polizist, den Ralph zum erstenmal in Begleitung von John Leydecker gesehen hatte, war nicht alt genug, daß er der Sohn des alten Mr. Nell sein konnte. Wahrscheinlich war er sein Enkel.

Ralph war eine zweite heimliche Stadt aufgefallen – die den alten Leuten gehörte –, als er selbst pensioniert worden war, aber erst nach Carols Tod war ihm wirklich bewußt geworden, daß er nun auch deren Einwohner war. Und da hatte er eine versunkene Geographie gefunden, die unheimliche Ähnlichkeit mit der hatte, die er als Kind gekannt hatte, ein Ort, welcher von der Arbeitswelt, die geschäftig ringsum brodelte, weitgehend ignoriert wurde. Und das Derry der Altvorderen überlappte noch eine dritte heimliche Stadt: das Derry der Verdammten, ein gräßlicher Ort, der hauptsächlich von Pennern, Flüchtlingen und Irren bewohnt wurde, die man nicht einsperren konnte.

Auf diesem Picknickgelände hatte Lafayette Chapin Ralph mit einer der wichtigsten Überlegungen des Lebens vertraut gemacht ... das heißt, nachdem man selbst ein aufrechter Altvorderer geworden war. Diese Überlegung hatte etwas mit dem »wirklichen Leben« zu tun. Das Thema war zur Sprache gekommen, als die beiden Männer sich gerade kennengelernt hatten. Ralph hatte Faye gefragt, was er gemacht hätte, bevor er mit seinen Ausflügen zu dem Picknickgelände begonnen hätte.

»Nun, in meinem wirklichen Leben war ich Zimmermann und Tischler«, hatte Chapin geantwortet und seine verbliebenen Zähne zu einem breiten Grinsen entblößt, »aber das alles hat vor fast zehn Jahren aufgehört.« Als wäre, hatte Ralph gedacht, wie er sich noch genau erinnerte, die Pensionierung eine Art Vampirkuß, der diejenigen, die ihn überlebten, in die Welt der Untoten zog. Und wenn man es genauer überlegte, war das wirklich so weit von der Wahrheit entfernt?

2

Nachdem er McGovern nun sicher hinter sich gelassen hatte (jedenfalls hoffte er es), ging Ralph durch das schmale Waldstück aus Eichen und Ahornbäumen, das den Picknickplatz von der Extension abschirmte. Er sah, daß sich seit seinem

Spaziergang vorhin acht oder neun Leute versammelt hatten, die meisten mit Vespertüten oder Sandwiches von Coffee Pot. Die Eberlys und Zells spielten Hearts mit dem abgegriffenen Blatt Top-Hole-Karten, das sie in einem Astloch der nächsten Eiche versteckten; Faye und Doc Mulhare, ein pensionierter Tierarzt, spielten Schach; ein paar Kiebitze wanderten zwischen den beiden Spielrunden hin und her.

Auf dem Picknickplatz drehte sich alles um die Spiele – wie bei den meisten Treffpunkten im Derry der Altvorderen –, aber Ralph dachte, daß die Spiele in Wirklichkeit nur Beiwerk waren. Eigentlich kamen die Leute hierher, um den Kontakt nicht zu verlieren, sich zu melden, zu bestätigen (und sei es nur sich selbst), daß sie immer noch *eine Art* von Leben führten, wirklich oder sonstwie.

Ralph setzte sich auf eine freie Bank in der Nähe des Sturmzauns und strich mit einem Finger zerstreut über die eingeschnitzten Botschaften – Namen, Initialen, jede Menge FUCK YOUs –, während er Flugzeuge in regelmäßigen Zwei-Minuten-Intervallen landen sah: eine Cessna, eine Apache, eine Piper, eine Twin Bonanza, den 11:45 Air Express aus Boston. Mit einem Ohr verfolgte er das Auf und Ab der Gespräche hinter ihm. May Lochers Name wurde mehr als einmal erwähnt – mehrere der Anwesenden hatten sie gekannt, und der allgemeine Tenor schien zu sein, daß Gott sich endlich erbarmt und ihrem Leiden ein Ende gesetzt hätte –, aber die meisten Gespräche kreisten heute um den bevorstehenden Besuch von Susan Day. Als Faustregel konnte man sagen, daß Politik kein Thema für die Altvorderen war, die jederzeit einen guten Darmkrebs oder Hirnschlag vorzogen, aber selbst hier draußen verlor das Thema Abtreibung nicht seine einzigartige Fähigkeit, zu erzürnen, zu verbittern und zu entzweien.

»Sie hat sich eine schlechte Stadt ausgesucht, und das Schlimme daran ist, ich bezweifle, ob sie das weiß«, sagte Doc Mulhare und betrachtete das Schachbrett voll verdrossener Konzentration, während Faye Chapin die restliche Streitmacht seines Königs im Blitzkrieg niedermähte. »Hier passiert so allerhand. Erinnerst du dich an den Brand im Black Spot, Faye?«

Faye grunzte und schlug Docs letzten Läufer.

»Ich verstehe nur *diese* Scherzkekse hier nicht«, sagte Lisa Zell, hob die *Derry News* hoch und zeigte auf das Foto der Kapuzengestalten, die vor WomanCare marschierten. »Sieht so aus, als wünschten sie sich die Zeiten zurück, als Frauen Abtreibungen mit Kleiderbügeln vorgenommen haben.«

»Genau *das* wollen sie«, sagte Georgina Eberly. »Sie denken sich, wenn eine Frau genügend Angst vor dem Sterben hat, wird sie das Baby bekommen. Sie kommen nicht auf den Gedanken, daß eine Frau mehr Angst davor haben könnte, ein Baby zu bekommen, als davor, es mit einem Kleiderbügel wegzumachen.«

»Was hat denn Angst damit zu tun?« fragte einer der Kiebitze – ein flachgesichtiger Alter namens Pedersen – trotzig. »Mord ist Mord, ob das Baby drinnen oder draußen ist, so sehe ich das. Selbst wenn sie so klein sind, daß man ein Mikroskop braucht, um sie zu sehen, ist es Mord. Weil sie Kinder *wären,* wenn man sie in Ruhe ließe.«

»Ich denke, das macht dich jedesmal, wenn du dir einen runterholst, zu Adolf Eichmann«, sagte Faye und zog mit der Dame. »Schach.«

»La-fay-*ette Cha*-pin!« rief Lisa Zell.

»Ist überhaupt nicht dasselbe, wenn man an sich selber rumspielt«, sagte Pedersen finster.

»Ach nein? Gab es nicht in der Bibel einen, der von Gott verflucht wurde, weil er sich einen von der Palme gelockt hat?« fragte der andere Kiebitz.

»Wahrscheinlich meinst du Onan«, sagte eine Stimme hinter Ralph. Er drehte sich erschrocken um und sah den alten Dor da stehen. In einer Hand hielt er ein Taschenbuch mit einer großen 5 auf dem Umschlag. *Woher, um alles in der Welt, kommst* du *denn?* Er hätte fast schwören können, daß vor einer Minute noch niemand hinter ihm gestanden hatte.

»Onan, Schmonan«, sagte Pedersen. »Diese Spermien sind nicht dasselbe wie ein Baby –«

»Nicht?« fragte Faye. »Und warum verkauft die katholische Kirche dann keine Gummis bei Bingospielen? Sag mir das.«

»Das ist die blanke Unwissenheit«, sagte Pedersen. »Und wenn du nicht begreifst –«

»Aber Onan wurde nicht wegen Masturbation bestraft«, sagte Dorrance mit seiner hohen, durchdringenden Altmännerstimme. »Er wurde bestraft, weil er sich weigerte, die Witwe seines Bruders zu schwängern, damit das Geschlecht seines Bruders fortbestehen konnte. Es gibt ein Gedicht, von Allen Ginsberg, glaube ich –«

»Halt den Mund, du alter Narr!« schrie Pedersen und sah dann Faye Chapin wütend an. »Und wenn du nicht begreifst, daß es etwas völlig anderes ist, ob ein Mann seine Nudel walkt oder eine Frau das Baby im Klo runterspült, das Gott in sie gepflanzt hat, dann bist du ein so großer Narr wie er.«

»Das ist eine *ekelhafte* Unterhaltung«, sagte Lisa Zell, die allerdings mehr fasziniert als angeekelt klang. Ralph sah über ihre Schulter und stellte fest, daß ein Stück des Maschendrahtzauns von einem Pfosten abgerissen und nach hinten gebogen worden war, wahrscheinlich von den Jugendlichen, die den Platz nachts für sich beanspruchten. Damit war immerhin *ein* Rätsel gelöst. Er hatte Dorrance nicht bemerkt, weil der alte Mann sich überhaupt nicht auf dem Picknickplatz aufgehalten hatte; er war auf dem Gelände des Flughafens herumgelaufen.

Ralph überlegte sich, daß das seine Chance war, sich Dorrance zu schnappen und ihn zur Rede zu stellen ... nur würde er hinterher wahrscheinlich verwirrter sein als vorher. Der alte Dor glich zu sehr der Cheshirekatze in *Alice im Wunderland* – mehr Lächeln als Substanz.

»Großer Unterschied, hm?« wandte sich Faye an Pedersen.

»Klar!« Rote Flecken leuchteten auf Pedersens rissigen Wangen.

Doc Mulhare rutschte nervös auf seinem Stuhl hin und her. »Hört zu, vergessen wir es einfach und spielen weiter, Faye, einverstanden?«

Faye beachtete ihn gar nicht; seine Aufmerksamkeit galt immer noch Pedersen. »Vielleicht solltest du noch mal an die vielen kleinen Spermien denken, die jedesmal auf deiner Handfläche gestorben sind, wenn du auf dem Klo gesessen und daran gedacht hast, wie schön es wäre, wenn dir Marilyn Monroe einen blasen –«

Pedersen streckte die Hand aus und fegte die restlichen Figuren vom Schachbrett. Doc Mulhare zuckte zurück, sein Mund zitterte, die Augen hinter der Brille mit dem rosa Gestell, das an zwei Stellen mit Isolierband geklebt war, waren groß und ängstlich.

»Ja, gut!« brüllte Faye. »Das ist wirklich ein überzeugendes, vernünftiges Argument, du Arsch!«

Pedersen hob die Fäuste zu einer übertriebenen John L. Sullivan-Pose. »Willst du was dagegen unternehmen?« fragte er. »Los doch, fangen wir an!«

Faye stand langsam auf. Er war gut dreißig Zentimeter größer als der flachgesichtige Pedersen und mindestens sechzig Pfund schwerer.

Ralph traute seinen Augen nicht. Und wenn das Gift schon soweit vorgedrungen war, wie mußte es im Rest der Stadt aussehen? Er fand, daß Doc Mulhare recht hatte; Susan Day konnte nicht die geringste Ahnung haben, wie schlecht es war, ihre Ansprache in Derry zu halten. In mancher Hinsicht – sogar in ziemlich vieler Hinsicht – war Derry nicht wie andere Städte.

Er bewegte sich, bevor er sich überlegte, was er vorhatte, war aber erleichtert, als er Stan Eberly dasselbe tun sah. Sie wechselten einen Blick, als sie sich den beiden Männern näherten, die Nase an Nase standen, und Stan nickte unmerklich. Ralph legte eine Sekunde bevor Stan Pedersens linken Oberarm festhielt einen Arm um Fayes Schultern.

»Das werdet ihr schön bleiben lassen«, sagte Stan direkt in eines von Pedersens haarigen Ohren. »Sonst müssen wir euch beide mit Herzanfällen ins Derry Home bringen, und du kannst keinen mehr brauchen, Harley – du hast schon zwei gehabt. Oder waren es drei?«

»Ich werd nicht zulassen, daß er Witze über Frauen macht, die Babys ermorden!« sagte Pedersen, und Ralph stellte fest, daß ihm Tränen über die Wangen liefen. »Meine Frau ist *gestorben*, als sie unsere zweite Tochter bekam! 1946 ist sie an Sepsis gestorben! Darum dulde ich dieses Geschwätz über Babymord nicht!«

»Herrgott«, sagte Faye mit veränderter Stimme. »Das wußte ich nicht, Harley. Es tut mir leid –«

»Einen *Scheißdreck* tut es dir leid!« schrie Pedersen und riß den Arm aus Stan Eberlys Griff. Er stürzte sich auf Faye, der die Fäuste hob und wieder sinken ließ, als Pedersen davonstapfte, ohne ihn eines Blickes zu würdigen. Er ging den Pfad zwischen den Bäumen entlang, der zur Extension führte, und weg war er. Seinem Aufbruch folgten dreißig Sekunden betroffenen Schweigens, das lediglich vom wespengleichen Summen einer landenden Piper Cub unterbrochen wurde.

3

»Mein Gott«, sagte Faye schließlich. »Da sieht man jemand fünf, zehn Jahre lang alle paar Tage und denkt, man wüßte alles. Himmel, Ralphie, ich *wußte* nicht, daß seine Frau gestorben ist. Ich komme mir wie ein Narr vor.«

»Laß dich nicht irre machen«, antwortete Stan. »Wahrscheinlich hat er nur seine Tage.«

»Sei still«, sagte Georgina. »Wir hatten genug schmutziges Gerede für einen Morgen.«

»Ich bin froh, wenn diese Day wieder weg ist, damit alles wieder seinen gewöhnlichen Gang geht«, sagte Fred Zell.

Doc Mulhare hatte sich auf Hände und Knie niedergelassen und sammelte Schachfiguren ein. »Möchtest du zu Ende spielen, Faye?« fragte er. »Ich glaube, ich weiß noch, wie sie gestanden haben.«

»Nein«, sagte Faye. Seine Stimme, die während der Konfrontation mit Pedersen fest geklungen hatte, zitterte jetzt. »Ich glaube, ich habe eine Weile genug. Vielleicht läßt Ralph sich ja auf eine Partie ein.«

»Ich glaube, ich muß passen«, sagte Ralph. Er sah sich nach Dorrance um, weil er doch gerne mit dem alten Burschen gesprochen hätte, und entdeckte ihn schließlich. Er war wieder durch das Loch im Zaun gegangen. Er stand im kniehohen Gras am Rand der Zufahrt da drüben und knickte das Buch in den Händen, während er zusah, wie die Piper Cub zum Terminal der Privatmaschinen rollte. Ralph mußte daran denken, wie Ed mit seinem alten braunen Datsun diese Zufahrt entlanggerast gekommen war und geflucht hatte, weil

(Beeil dich! Beeil dich, du dreckige stinkende Fotze!)

das Tor so langsam aufging. Zum erstenmal seit über einem Jahr fragte er sich, was Ed überhaupt dort zu suchen gehabt hatte.

»... als früher.«

»Hm?« Er konzentrierte sich mühsam wieder auf Faye.

»Ich habe gesagt, du scheinst wieder zu schlafen, du siehst nämlich viel besser aus als früher. Aber ich schätze, jetzt ist dein Gehör im Eimer.«

»Kann sein«, sagte Ralph und versuchte zu lächeln. »Ich glaube, ich geh was essen. Möchtest du mitkommen, Faye? Ich bezahle.«

»Nee, ich hatte schon ein Coffee-Pot-Sandwich«, sagte Faye. »Das liegt mir im Augenblick wie Blei im Magen, um die Wahrheit zu sagen. Herrgott, Ralph, der alte Furz hat *geweint*, hast du das gesehen?«

»Ja, aber ich würde an deiner Stelle nicht aus einer Mücke einen Elefanten machen«, sagte Ralph. Er ging Richtung Extension, und Faye trottete neben ihm her. Mit den hängenden breiten Schultern und dem gesenkten Kopf sah Faye wie ein Tanzbär in einem Menschenkostüm aus. »In unserem Alter weint man beim geringsten Anlaß. Das weißt du.«

»Kann sein.« Er lächelte Ralph dankbar zu. »Wie dem auch sei, danke, daß du mich zurückgehalten hast, bevor ich es noch schlimmer machen konnte. Du weißt ja, wie ich manchmal sein kann.«

Ich wünschte nur, jemand wäre dabei gewesen, als Bill und ich aneinandergeraten sind, dachte Ralph. Laut sagte er: »Kein Problem. Eigentlich müßte ich mich bei dir bedanken. Noch etwas, das ich vorbringen kann, wenn ich mich um diesen hochdotierten Job bei der UN bewerbe.«

Faye lachte freudig und klopfte Ralph auf die Schulter. »Klar, Generalsekretär! Friedensstifter Nummer eins! Das könntest du, Ralph, ohne Scheiß!«

»Ohne Zweifel. Paß auf dich auf, Faye.«

Er wollte sich abwenden, da berührte Faye ihn am Arm. »Du bist doch nächste Woche beim Turnier dabei, oder? Beim Startbahn Drei Classic?«

Ralph brauchte einen Moment, bis er dahinterkam, wovon Faye redete, obwohl es das Hauptthema des pensionierten Tischlers war, seit das Laub die erste herbstliche Färbung zeigte. Seit dem Ende seines »wirklichen Lebens« im Jahr 1984 veranstaltete Faye ein Schachturnier, das er Startbahn Drei Classic nannte. Der Pokal war eine übergroße verchromte Radkappe, in die eine verschnörkelte Krone und ein Zepter eingraviert waren. Faye, mit Sicherheit der beste Spieler der Altvorderen (jedenfalls in der West Side der Stadt), hatte sich die Trophäe in sechs von neun Fällen selbst überreicht, und Ralph vermutete, daß er die anderen Male freiwillig verloren hatte, um die anderen Turnierteilnehmer bei der Stange zu halten. In diesem Herbst hatte Ralph noch nicht oft an Schach gedacht; ihm gingen andere Dinge durch den Kopf.

»Klar«, sagte er. »Ich denke, ich werde mitspielen.«

Faye grinste. »Gut. Wir hätten es letztes Wochenende machen sollen – das war der Plan –, aber ich hatte gehofft, wenn ich es verschieben würde, könnte Jimmy V. mitspielen. Aber er ist immer noch im Krankenhaus, und wenn ich noch lange warte, ist es zu kalt, um draußen zu spielen, und wir müssen es im Hinterzimmer von Duffy Spragues Friseurladen machen, wie damals, '90.«

»Was ist denn mit Jimmy V.?«

»Der Krebs hat wieder angefangen«, sagte Faye, dann fügte er mit gedämpfter Stimme hinzu: »Ich glaube, diesmal hat er nicht mehr Chancen als ein Schneeball in der Hölle.«

Ralph verspürte einen plötzlichen und überraschend heftigen Anflug von Traurigkeit angesichts dieser Neuigkeit. Er und Jimmy Vandermeer hatten sich während ihres »wirklichen Lebens« gut gekannt. Damals waren beide auf Achse gewesen, Jimmy im Verkauf von Süßigkeiten und Grußkarten, Ralph mit Druckereibedarf und Papierprodukten, und sie hatten sich so gut verstanden, daß sie sich bei mehreren Fahrten durch Neuengland zusammengetan hatten, abwechselnd gefahren waren und sich deshalb luxuriösere Unterkünfte leisten konnten, als es jedem auf sich allein gestellt möglich gewesen wäre.

Darüber hinaus hatten sie die einsamen, unbedeutenden Geheimnisse von Handlungsreisenden geteilt. Jimmy erzählte Ralph von der Hure, die ihm 1958 seine Brieftasche gestohlen hatte, und wie er seine Frau deshalb belügen und behaupten mußte, ein Anhalter hätte ihn ausgeraubt. Ralph erzählte Jimmy, wie er im Alter von dreiundvierzig Jahren gemerkt hatte, daß er turpinhydratsüchtig geworden war, und von seinem schmerzlichen, aber letztendlich erfolgreichen Versuch, die Sucht zu überwinden. Er hatte Carolyn ebenso wenig von seiner bizarren Hustensaftabhängigkeit erzählt wie Jimmy V. seiner Frau von seinem letzten B-Girl.

Jede Menge Reisen; jede Menge Reifenwechsel; jede Menge Witze über Handlungsreisende und bildhübsche Farmerstöchter; jede Menge nächtlicher Gespräche, die nicht selten bis in die frühen Morgenstunden gedauert hatten. Manchmal redeten sie von Gott, manchmal vom Finanzamt. Alles in allem war Jimmy Vandermeer ein verdammt guter Reisegefährte gewesen. Dann hatte Ralph seinen Schreibtischjob in der Druckerei bekommen und hatte den Kontakt zu Jimmy verloren. Erst hier draußen hatte er die Verbindung wieder aufleben lassen, und an einigen anderen vagen Orientierungspunkten im Derry der Altvorderen – der Bibliothek, der Billardhalle, dem Hinterzimmer von Duffy Spragues Friseurladen, vier oder fünf anderen. Als Jimmy ihm nach Carolyns Tod erzählt hatte, er hätte Krebs mit einem Lungenflügel weniger, ansonsten aber gut überstanden, war Ralph sofort das Bild des Mannes in Erinnerung gekommen, wie er eine Camelkippe nach der anderen an den Fahrtwind verfütterte, der am schräggestellten Seitenfenster des Autos vorbeirauschte.

Ich hab Glück gehabt, hatte er gesagt. *Ich und der Duke, wir haben beide Glück gehabt.* Aber offenbar war keinem der beiden das Glück treu geblieben. Nicht, daß es am Ende überhaupt jemandem treu blieb.

»O Mann«, sagte Ralph. »Das ist wirklich traurig.«

»Er ist schon seit fast drei Wochen im Derry Home«, sagte Faye. »Bekommt Bestrahlungen und schluckt Gift, das eigentlich den Krebs töten soll, einen aber fast selbst umbringt. Überrascht mich, daß du das nicht gewußt hast, Ralph.«

Dich vielleicht, aber mich nicht. Weißt du, die Schlaflosigkeit verschluckt so manches. An einem Tag vergißt man, wo die letzte Tüte Cup-A-Soup abgeblieben ist; am nächsten Tag kommt einem das Zeitgefühl abhanden; am Tag danach vergißt man seine alten Freunde.

»Um die Wahrheit zu sagen, mich auch.«

Faye schüttelte den Kopf. »Scheißkrebs. Unheimlich, wie er wartet.«

Ralph nickte und mußte an Carolyn denken. »In welchem Zimmer liegt Jimmy, weißt du das? Vielleicht gehe ich ihn besuchen.«

»Zufällig weiß ich es. 215. Glaubst du, du kannst es dir merken?«

Ralph grinste. »Jedenfalls eine Weile.«

»Besuch ihn, wenn du kannst, sicher – sie haben ihn ziemlich unter Drogen gesetzt, aber er weiß noch, wer zu ihm kommt, und ich wette, er würde sich freuen, dich zu sehen. Er hat mir mal erzählt, daß ihr beide früher eine tolle Zeit miteinander gehabt habt.«

»Na ja, du weißt ja«, sagte Ralph. »Zwei Männer auf Achse, das ist eigentlich schon alles. Wenn wir in einem Restaurant eine Münze um die Rechnung geworfen haben, hat Jimmy V. immer verloren.« Plötzlich war ihm zum Weinen zumute.

»Beschissen, was?« sagte Faye leise.

»Ja.«

»Nun, geh ihn besuchen. Er wird sich freuen, und dir wird es besser gehen. So sollte es jedenfalls sein. Und vergiß nicht das verdammte Schachturnier!« kam Faye zum Ende, streckte sich und unternahm den heldenhaften Versuch, fröhlich auszusehen und zu klingen. »Wenn du jetzt kneifst, versaust du mir die Aufstellung.«

»Ich werde mein Bestes tun.«

»Klar, das weiß ich.« Er ballte die Faust und schlug Ralph sanft gegen den Oberarm. »Und noch mal danke, daß du mich daran gehindert hast, etwas zu tun, was mir, du weißt schon, später leid getan hätte.«

»Logisch. Friedensstifter Nummer eins, das bin ich.« Ralph ging den Pfad zur Extension entlang, dann drehte er sich noch einmal um. »Siehst du diese Zufahrt da drüben? Die vom General Aviation Terminal zur Straße führt?« Er zeigte in die Richtung. Ein Lieferwagen fuhr gerade vom Privatterminal weg; seine Windschutzscheibe reflektierte grelle Pfeile des Sonnenlichts in ihre Augen. Der Lieferwagen blieb kurz vor dem Tor stehen und unterbrach die Lichtschranke. Das Tor öffnete sich langsam.

»Klar sehe ich die«, sagte Faye.

»Letzten Sommer habe ich Ed Deepneau auf dieser Straße gesehen, was bedeutet, er hatte eine Karte für das Tor. Hast du eine Ahnung, wie er dazu gekommen sein könnte?«

»Du meinst der Kerl von den Friends of Life? Wissenschaftler, der letzten Sommer erforscht hat, wie man seine Frau verprügelt?«

Ralph nickte. »Aber ich spreche vom Sommer '92. Er fuhr einen alten braunen Datsun.«

Faye lachte. »Ich könnte einen Datsun nicht von einem Toyota oder Honda unterscheiden, Ralph – ich kann Autos nicht mehr auseinanderhalten, seit Chevrolet die geschwungenen Heckflossen aufgegeben hat. Aber ich kann dir verraten, wer diese Straße am häufigsten benützt: Zulieferer, Mechaniker, Piloten, Besatzungsmitglieder und Fluglotsen. Manche Passagiere haben Magnetkarten, glaube ich, wenn sie oft privat fliegen. Die einzigen Wissenschaftler, die dort arbeiten, arbeiten in der Luftmeßstation. Ist er so ein Wissenschaftler?«

»Nee, Chemiker. Bis vor kurzem hat er in den Hawking Labors gearbeitet.«

»Hat mit weißen Ratten gespielt, ja? Nun, es gibt keine Ratten im Flughafen – jedenfalls nicht, daß ich wüßte –, aber jetzt, wo ich daran denke, es *gibt* noch ein paar Leute, die das Tor benutzen.«

»Oh? Wer?«

Faye deutete auf eine Baracke mit Wellblechdach, die etwa siebzig Meter vom General Aviation Terminal entfernt stand. »Siehst du das Gebäude dort? Das ist SoloTech.«

»Was ist SoloTech?«

»Eine Schule«, sagte Faye. »Dort erteilen sie Flugunterricht.«

4

Als Ralph zur Harris Avenue zurückkehrte, hatte er die großen Hände in die Taschen gesteckt und den Kopf gesenkt, so daß er nicht viel mehr als die Risse im Bürgersteig unter seinen Füßen sah. Sein ganzes Denken kreiste wieder um Ed Deepneau ... und SoloTech. Er konnte unmöglich wissen, ob SoloTech der Grund dafür war, daß sich Ed an dem Tag auf dem Flughafengelände aufgehalten hatte, als er auf Mr. West Side Gardeners gestoßen war, aber plötzlich war das eine Frage, die Ralph unbedingt beantwortet haben wollte. Außerdem war er neugierig, wo genau Ed heute wohnen mochte. Er fragte sich, ob John Leydecker seine Neugier hinsichtlich dieser beiden Punkte teilen mochte, und beschloß, es herauszufinden.

Er ging gerade an der unscheinbaren Ladenfassade vorbei, hinter der George Lyford, C. P. A., auf der einen und Maritime Jewelry (WIR KAUFEN IHR ALTES GOLD ZU HÖCHSTPREISEN) auf der anderen Seite untergebracht waren, als ihn ein kurzes, ersticktes Bellen aus seinem Nachdenken riß. Er sah auf und erblickte Rosalie, die dicht beim oberen Eingang des Strawford Park auf dem Bürgersteig saß. Die alte Hündin hechelte kurzatmig; Speichel troff von ihrer hängenden Zunge und bildete eine dunkle Pfütze auf dem Betonboden zwischen ihren Pfoten. Ihr Fell klebte in feuchten Strähnen zusammen, als wäre sie gerannt, und das blaue Tuch um ihren Hals schien im Rhythmus ihres hechelnden Atmens zu beben. Als Ralph sie ansah, stieß sie wieder ein Bellen aus, diesmal aber mehr ein Winseln.

Er schaute über die Straße, was sie anbellen mochte, sah aber nichts außer der Wäscherei Buffy-Buffy. Ein paar Frauen machten sich im Inneren zu schaffen, aber Ralph konnte nicht glauben, daß Rosalie sie anbellte. Und auf dem Bürgersteig vor der Münzwäscherei hielt sich derzeit niemand auf.

Ralph drehte sich wieder um und merkte plötzlich, daß Rosalie nicht nur auf dem Bürgersteig saß, sondern regelrecht dort kroch ... *kauerte*. Sie sah aus, als litte sie Todesangst.

Bis zu diesem Augenblick hatte sich Ralph nie Gedanken darüber gemacht, wie unheimlich menschlich Mienen und Körpersprache von Hunden waren: Sie grinsten, wenn sie glücklich waren, ließen die Köpfe hängen, wenn sie sich schämten, ließen Angst in den Augen und Nervosität an verkrampften Schultern erkennen – genau wie Menschen auch. Und wie die Menschen drückten sie äußerste Angst durch ein Zittern am ganzen Körper aus.

Er sah wieder über die Straße zu der Stelle, der Rosalies Aufmerksamkeit zu gelten schien, und konnte wieder nur die Wäscherei und den menschenleeren Bürgersteig davor erkennen. Dann fiel ihm plötzlich Natalie ein, das Verherrlichte & Angebetete Baby, das nach den grau-blauen Spuren seiner Finger griff, als er ihm die Milch vom Kinn wischen wollte. Für jeden anderen mußte es ausgesehen haben, als hätte sie ins Leere gegriffen, so wie Babys immer ins Leere zu greifen schienen ... aber Ralph hatte es besser gewußt.

Er hatte es besser *gesehen*.

Rosalie stieß eine Kette panischer Kläfflaute aus, die sich für Ralphs Ohren wie das Quietschen ungeölter Scharniere anhörten.

Bis jetzt ist es immer von selbst passiert ... aber vielleicht kann ich es herbeiführen. Vielleicht kann ich bewirken, daß ich sie sehe –

Daß du *was* siehst?

Nun, die Auren. Die Auren natürlich. Und vielleicht das, was Rosalie

(drei-sechs-neun)

gerade sah. Ralph hatte schon eine Ahnung,

(die Gans trank Wein)

was es sein würde, aber er wollte Gewißheit. Die Frage war, wie er es anstellen sollte.

Wie sieht ein Mensch überhaupt?

Natürlich indem er erstmal genau hinsieht.

Ralph sah genau zu Rosalie hin. Betrachtete sie sehr sorgfältig und versuchte, alles zu sehen, was es zu sehen gab: das verblichene Muster des blauen Tuchs, das ihr als Halsband diente, die staubigen und verfilzten Strähnen in ihrem ungepflegten Fell, die graumelierte lange Schnauze. Nach einigen Augenblicken schien sie seinen Blick zu spüren, denn sie drehte sich um, sah ihn an und winselte nervös.

Dabei spürte Ralph, wie sich in seinem Geist etwas drehte – es fühlte sich wie der Anlasser eines Autos an. Er hatte das kurze, aber sehr eindeutige Gefühl, plötzlich *leichter* zu sein, und dann strömte Helligkeit in den Tag ein. Er hatte den Weg zurück in die klarere, deutlicher strukturierte Welt gefunden. Er sah eine trübe Membran – sie erinnerte ihn an verdorbenes Eiweiß – um Rosalie herum entstehen, dann die dunkelgraue Ballonschnur, die von ihr aufstieg. Aber ihr Ursprung war nicht der Schädel, wie bei den Menschen, die Ralph in diesem Zustand erweiterter Wahrnehmung gesehen hatte; Rosalies Ballonschnur stieg von ihrer Schnauze auf.

Jetzt kennst du den grundlegendsten Unterschied zwischen Hunden und Menschen, dachte er. *Ihre Seelen sitzen an verschiedenen Stellen.*

[Hündchen! Hierher, Hündchen, komm hierher!]

Ralph zuckte zusammen und schrak vor dieser Stimme zurück, die sich anhörte, als würde Kreide über eine Tafel kratzen. Er hob die Hände fast bis zu den Ohren, bis ihm klar wurde, daß das nichts nützen würde; er hörte es eigentlich gar nicht mit den Ohren, und die Stimme tat am meisten tief in seinem Kopf weh, wo er mit den Händen nicht hinkam.

[He, du beschissener Flohträger! Glaubst du, ich hab den ganzen Tag Zeit? Schlepp deinen zottigen Arsch hierher!]

Rosalie winselte und sah von Ralph wieder dorthin, wo sie zuvor schon hingesehen hatte. Sie wollte sich aufrichten, ließ sich aber wieder auf die Hinterbeine nieder. Das Tuch, das sie trug, zitterte mehr denn je, und Ralph sah, wie sich ein dunkler Fleck um ihre linke Flanke herum ausbreitete, als ihre Blase sich entleerte.

Er sah auf die andere Straßenseite und erblickte Doc Nr. 3, der in seinem weißen Kittel (der ziemlich verdreckt war, wie Ralph feststellte, als hätte er ihn schon lange Zeit an) und seinen Liliputaner-Bluejeans zwischen der Wäscherei und dem alten Mietshaus daneben stand. Auf dem Kopf trug er immer noch McGoverns Panamahut. Jetzt schien der Hut aber auf den Ohren der Kreatur zu sitzen; der Hut war so groß, daß der halbe Kopf darin zu verschwinden schien. Das Wesen grinste den Hund tückisch an, und Ralph sah eine Doppelreihe spitzer weißer Zähne – die Zähne eines Kannibalen. In der linken Hand hielt er etwas, bei dem es sich entweder um ein Skalpell oder ein Rasiermesser handelte. Ein Teil von Ralphs Verstand versuchte, ihn davon zu überzeugen, daß es Blut war, das er auf der Klinge sah, aber er war ziemlich sicher, daß es sich nur um Rost handelte.

Doc Nr. 3 steckte die beiden ersten Finger seiner rechten Hand in die Mundwinkel und stieß einen gellenden Pfiff aus, der wie ein Bohrer in Ralphs Kopf eindrang. Auf dem Bürgersteig zuckte Rosalie zurück und stieß ein kurzes Heulen aus.

[Schlepp deinen Kadaver hier rüber, Rover! Auf der Stelle!]

Rosalie stand auf, klemmte den Schwanz zwischen die Beine und hinkte zur Straße. Sie winselte unentwegt, und die Angst machte ihr Hinken so schlimm, daß sie sich kaum fortschleppen konnte; bei jedem zögernden, schlurfenden Schritt drohten die Hinterbeine unter ihr wegzurutschen.

[»He!«]

Ralph merkte erst, daß er geschrien hatte, als er die kleine blaue Wolke vor seinem Gesicht schweben sah. Sie war mit silbernen Linien durchzogen, Altweibersommer gleich, wodurch sie wie eine Schneeflocke aussah.

Der kahlköpfige Zwerg wirbelte in die Richtung herum, aus der Ralphs Aufschrei gekommen war, und hob dabei instinktiv die Waffe. Seine Miene drückte wütende Überraschung aus. Ralph konnte Rosalie am linken Rand seines Gesichtsfelds sehen. Sie war mit den Vorderpfoten im Rinnstein stehengeblieben und sah ihn mit großen, ängstlichen braunen Augen an.

[Was willst du *denn, Kurzer?]*

Die Stimme drückte Wut darüber aus, daß sie unterbrochen worden war, Wut über die Herausforderung ... aber Ralph fand, daß darunter auch noch andere Empfindungen mitschwangen. Angst? Er wünschte, er könnte es glauben. Verwirrung und Überraschung schienen wahrscheinlicher zu sein. Was auch immer diese Kreatur sein mochte, sie schien es nicht gewöhnt zu sein, von Leuten wie Ralph gesehen, geschweige denn herausgefordert zu werden.

[Was ist los mit dir, Kurzfristiger, hat eine Katze deine Zunge gefressen? Oder hast du schon vergessen, was du wolltest?]

[»Ich möchte daß du diesen Hund in Ruhe läßt!«]

Ralph hörte sich auf zwei verschiedene Weisen. Er war ziemlich sicher, daß er laut sprach, aber der Klang seiner Stimme war fern und blechern, wie Musik aus den Kopfhörern eines Walkman, die vorübergehend beiseite gelegt worden sind. Wenn jemand unmittelbar neben ihm gestanden hätte, hätte er vielleicht hören können, was Ralph sagte, aber Ralph wußte, die Worte hätten sich wie das klägliche, atemlose Keuchen eines Mannes angehört, der gerade einen Schlag in den Magen bekommen hat. In seinem Kopf jedoch hörte er sich an wie seit Jahren nicht mehr – jung, kräftig und voller Selbstvertrauen.

Doc Nr. 3 mußte seine Worte auf die zweite Weise gehört haben, denn er zauderte einen Augenblick und hob erneut einen Augenblick die Waffe (Ralph war jetzt fast sicher, daß es sich um ein Skalpell handelte) wie zur Selbstverteidigung. Dann schien er sich wieder zu fangen. Er ging vom Bürgersteig zum Rand der Harris Avenue und blieb auf dem laubübersäten Grasstreifen zwischen Bürgersteig und Straße stehen. Er zupfte am Bund seiner Jeans, die er unter dem schmutzigen Kittel hochzog, und sah Ralph einige Momente grimmig an. Dann hob er das rostige Skalpell in die Luft und machte eine unangenehme, vielsagende sägende Geste damit.

[Du kannst mich sehen – tolle Geschichte! Steck deine Nase nicht in Dinge, die dich nichts angehen, Kurzfristiger! Der Köter gehört mir!]

Der kahlköpfige Doc drehte sich wieder zu dem ängstlichen Hund um.

[Ich habe es satt, mich mit dir rumzuärgern, Rover! Komm hierher! Sofort!]

Rosalie schenkte Ralph einen flehenden, verzweifelten Blick und begann, die Straße zu überqueren.

Ich mische mich nicht in langfristige Geschäfte ein, hatte der alte Dor an dem Tag zu ihm gesagt, als er ihm den Gedichtband von Stephen Dobyns gegeben hatte. *Ich habe* dir *gesagt, daß du es auch nicht tun solltest.*

Ja, das hatte er tatsächlich, aber Ralph hatte das Gefühl, daß es jetzt zu spät war. Und selbst wenn nicht, er hatte keineswegs die Absicht, Rosalie diesem unangenehmen kleinen Gnom zu überlassen, der auf der anderen Straßenseite vor der Münzwäscherei stand. Das hieß, nicht, wenn er es verhindern konnte.

[»Rosalie! Komm hierher, Mädchen! Los!«]

Rosalie stieß ein kurzes Bellen aus und kam zu Ralph getrottet. Sie versteckte sich hinter seinem rechten Bein, setzte sich und sah hechelnd zu ihm auf. Und Ralph sah noch einen Ausdruck, den er mühelos lesen konnte: ein Teil Erleichterung und zwei Teile Dankbarkeit.

Das Gesicht von Doc Nr. 3 verzerrte sich zu einer so haßerfüllten Grimasse, daß es fast wie eine Karikatur aussah.

[Du solltest sie besser herüberschicken, Kurzer! Ich warne dich!]

[»Nein!«]

[Ich mach dich zur Sau, Kurzer. Ich mach dich im großen Stil zur Sau. Und ich mach deine Freunde zur Sau. *Hast du mich verstanden? Hast du ...]*

Ralph hob plötzlich eine Hand mit nach innen gekehrter Handfläche zum Kopf, als wollte er einen Karateschlag führen. Er ließ die Hand herunterfahren und sah zu seinem Erstaunen, wie ein gebündelter blauer Lichtstrahl von seinen Fingerspitzen flog und wie ein Speer über die Straße sauste. Doc Nr. 3 duckte sich gerade noch rechtzeitig und legte eine Hand auf McGoverns Panama, damit er nicht fortflog. Der blaue Strahl zischte sechs bis acht Zentimeter über die kleine Hand hinweg und prallte gegen das Fenster des Buffy-Buffy.

Dort breitete er sich wie eine übernatürliche Flüssigkeit aus, und einen Augenblick nahm die staubige Scheibe die klare, blaue Farbe des Himmels an. Diese verblaßte nach einem Moment wieder, und Ralph konnte die Frauen in der Wäscherei sehen, die ihre Wäsche zusammenlegten und die Waschmaschinen füllten, als wäre nichts geschehen.

Der kahlköpfige Zwerg streckte sich, ballte die Hände zu Fäusten und drohte Ralph damit. Dann riß er McGoverns Hut vom Kopf, steckte die Krempe in den Mund und biß ein Stück davon ab. Während er dieses bizarre Gegenstück zum Wutanfall eines Kindes ausführte, ließ die Sonne feurige Funken von seinen kleinen, perfekt geformten Ohrläppchen abprallen. Er spie den Mundvoll Stroh aus und setzte sich den Hut wieder auf den Kopf.

[Dieser Hund hat mir gehört, Kurzer! Ich wollte mit ihm spielen! Ich schätze, ich werde statt dessen mit dir spielen müssen, hm? Und mit deinen Freunden, den Arschlöchern!]

[»Verzieh dich.«]

[Fotzenlecker! Du hast deine Mutter gefickt und ihre Fotze geleckt!]

Ralph wußte genau, wo er *diesen* netten Spruch schon einmal gehört hatte: von Ed Deepneau, draußen beim Flughafen, an dem Tag, als er den Mann im Ford Ranger geschlagen hatte. So etwas vergaß er nicht. Und mit einemmal hatte er schreckliche Angst. Wo, in Gottes Namen, war er da nur hineingestolpert?

5

Ralph hob die Hand wieder zum Kopf, aber etwas in seinem Inneren hatte sich verändert. Er hätte sie wieder heruntersausen lassen können, war aber fest davon überzeugt, daß diesmal kein blauer Strahl herauskommen würde.

Aber der Doc schien nicht zu wissen, daß er mit einer leeren Waffe bedroht wurde. Er wich zurück und hob die Hand mit dem Skalpell zu einer abwehrenden Geste. Der grotesk angebissene Hut rutschte ihm in die Augen, und einen Augenblick sah er wie eine melodramatische Bühnenversion von Jack the Ripper aus ... einer, der durch extreme Kleinwüchsigkeit bedingte pathologische Perversionen auslebte.

[Das wirst du mir büßen, Kurzer! Wart's nur ab! Wirst schon sehen! Kein Kurzfristiger hält mich zum Narren!]

Aber vorläufig hatte der kleine kahlköpfige Doktor genug. Er wirbelte herum und lief den unkrautüberwucherten Weg zwischen der Wäscherei und dem Mietshaus entlang, und sein schmutziger, zu langer Kittel flatterte um die Beine der Jeans. Mit ihm verschwand die Helligkeit aus dem Tag. Ralph verfolgte seine Flucht zum größten Teil mit Sinnen, von denen er nicht einmal etwas geahnt hatte. Er fühlte sich hellwach, belebt und explodierte fast vor entzückter Aufregung.

Ich habe ihn vertrieben, bei Gott! Ich habe den kleinen Hurensohn vertrieben!

Er hatte keine Ahnung, was die Kreatur in dem weißen Kittel tatsächlich sein konnte, aber er wußte, er hatte Rosalie davor gerettet, und das genügte vorerst. Wenn er morgen in den frühen Morgenstunden in seinem Ohrensessel saß und auf die verlassene Straße hinuntersah, stellten sich vielleicht wieder nagende Zweifel an seinem Geisteszustand ein ... aber im Augenblick fühlte er sich pudelwohl.

»Du hast ihn gesehen, Rosalie, oder nicht? Du hast den häßlichen kleinen –«

Er sah nach unten, stellte fest, daß Rosalie nicht mehr neben seinem Fuß saß, und konnte gerade noch erkennen, wie sie in den Park hinkte – sie ließ den Kopf hängen, und ihr rechtes Bein wurde bei jedem schmerzhaften Schritt steif abgespreizt.

»Rosalie!« rief er. »He, Mädchen!« Und ohne zu wissen warum – davon abgesehen, daß sie beide gerade etwas Außergewöhnliches durchgemacht hatten –, folgte Ralph ihr in den Park, zuerst gehend, dann laufend, und zuletzt in einem regelrechten Sprint.

Aber er sprintete nicht lange. Ein Schmerz wie der Stich einer heißen Chromnadel bohrte sich in seine linke Seite und breitete sich dann über die ganze linke Hälfte seines Brustkorbs aus. Er blieb dicht innerhalb des Parks stehen, bückte sich an der Kreuzung zweier Wege und stemmte die Hände dicht oberhalb der Knie an die Beine. Schweiß lief ihm in die Augen und brannte wie Tränen. Er keuchte abgehackt und fragte sich, ob es sich um ein ganz normales Seitenstechen handeln konnte, wie er es von den letzten Metern des High-School-Wettlaufs über eine Meile in Erinnerung hatte, oder ob sich so ein tödlicher Herzinfarkt ankündigte.

Nach dreißig oder vierzig Sekunden ließen die Schmerzen allmählich nach, daher war es vielleicht doch nur ein Seitenstechen gewesen. Aber es stützte McGoverns These nicht unerheblich, oder? *Ich will dir was sagen, Ralph – in unserem Alter sind Geisteskrankheiten was ganz Normales! In unserem Alter sind sie was völlig Normales!* Ralph wußte nicht, ob das stimmte, aber er wußte, die Zeit, als er an dem Rennen teilgenommen hatte, lag über ein halbes Jahrhundert zurück, daher war es dumm und wahrscheinlich gefährlich gewesen, einfach so hinter Rosalie herzulaufen. *Wenn* er einen Herzanfall bekommen hätte, dann wäre er wahrscheinlich nicht der einzige alte Mann gewesen, der mit einer Koronarthrombose dafür bestraft wurde, wenn er sich aufregte und vergaß, daß man die Achtzehn für immer überschritten hatte, wenn man sie einmal überschritten hatte.

Die Schmerzen waren fast abgeklungen, als er wieder zu Atem kam, aber seine Beine schienen immer noch weich zu sein, als könnten sie an den Knien abknicken und ihn ohne Vorwarnung auf den Kiesboden stürzen lassen. Ralph hob den Kopf, schaute zur nächsten Bank und sah etwas, bei dem er streunende Hunde, wacklige Beine und sogar mögliche Herzanfälle im Handumdrehen vergaß. Die nächste Bank lag zwölf Meter entfernt am linken Weg auf einem sanft geschwungenen Hügel. Lois Chasse saß in ihrem guten blauen Herbstmantel auf dieser Bank. Sie trug Handschuhe, hatte die Hände auf dem Schoß gefaltet und schluchzte, als würde ihr das Herz brechen.

Kapitel 12

I

»Was hast du, Lois?«

Sie sah zu ihm auf, und Ralph erschrak im ersten Moment. Der erste Gedanke, der ihm durch den Kopf ging, war eine Erinnerung: an ein Theaterstück, das er vor acht oder neun Jahren mit Carolyn im Penobscot Theater in Bangor besucht hatte. Einige der Personen darin waren angeblich tot gewesen, und ihr Make-up bestand aus weißer Clownsschminke mit dunklen Ringen unter den Augen, die den Eindruck riesiger, leerer Augenhöhlen vermitteln sollten.

Sein zweiter Gedanke war einfacher: *Waschbär.*

Sie sah ihm ein paar seiner Gedanken entweder an oder wußte, wie sie aussehen mußte, denn sie wandte sich ab, machte sich kurz am Griff ihrer Handtasche zu schaffen und hob dann einfach die Hände, um das Gesicht dahinter zu verbergen.

»Geh weg, Ralph, ja?« fragte sie mit belegter, erstickter Stimme. »Ich fühle mich heute nicht besonders wohl.«

Unter normalen Umständen hätte Ralph getan, worum sie ihn gebeten hatte und wäre ohne einen Blick zurück gegangen, ohne mehr als vage Scham darüber zu empfinden, daß er sie hilflos und mit verschmierter Wimperntusche gesehen hatte. Aber dies waren keine normalen Umstände, und Ralph beschloß, daß er nicht gehen würde – jedenfalls noch nicht. Er verspürte immer noch einen Rest dieser seltsamen Leichtigkeit und wußte, daß die andere Welt, das andere Derry, ganz in der Nähe war. Und da war noch etwas, etwas vollkommen Einfaches und Direktes. Es gefiel ihm nicht, daß Lois, an deren Frohnatur er nie gezweifelt hatte, hier saß und sich die Augen aus dem Kopf heulte.

»Was ist los, Lois?«

»Ich fühle mich nur nicht wohl!« schluchzte sie. »Kannst du mich nicht in Ruhe lassen?«

Lois vergrub das Gesicht in den Händen. Ihr Rücken bebte, die Ärmel ihres blauen Mantels zitterten, und Ralph mußte plötzlich daran denken, wie Rosalie ausgesehen hatte, als der kleine Arzt ihr befohlen hatte, ihren Arsch in Bewegung zu setzen und zu ihm zu kommen: kläglich, zu Tode geängstigt.

Ralph setzte sich neben Lois auf die Bank, legte einen Arm um sie und zog sie an sich. Sie folgte, aber steif ... als wäre ihr ganzer Körper voller Drähte.

»Sieh mich nicht an!« rief sie mit derselben hysterischen Stimme. »*Wage* es nicht! Mein Make-up ist im Eimer. Ich hatte es extra für meinen Sohn und meine Schwiegertochter aufgelegt ... sie kamen zum Frühstück ... wir wollten den Vormittag miteinander verbringen ›Wir werden uns nett unterhalten, Ma‹, hatte Harold gesagt ... aber der *Grund*, weshalb sie gekommen sind ... weißt du, der wahre Grund ...«

Ihre Worte wurden von einem neuerlichen Weinkrampf erstickt. Ralph suchte in der Tasche, fand ein Taschentuch, das zerknittert, aber sauber war, und drückte es Lois in die Hand. Sie nahm es, ohne ihn anzusehen.

»Nur weiter«, sagte er. »Du kannst dir ein bißchen die Augen wischen, wenn du möchtest, aber du siehst nicht schlecht aus, Lois; ehrlich nicht.«

Ein bißchen waschbärmäßig, mehr nicht, dachte er. Er lächelte, aber dann erlosch das Lächeln. Er erinnerte sich plötzlich an den Tag im September, als er zum Rite Aid aufgebrochen war, um sich ein Schlafmittel zu holen, und Bill und Lois vor dem Park getroffen hatte, wo sie sich über die Demonstration und das Puppenwerfen unterhielten, das Ed vor WomanCare organisiert hatte. An dem Tag war sie eindeutig aufgeregt gewesen – Ralph erinnerte sich, sie hatte trotz ihrer Aufregung und Sorge müde ausgesehen –, aber sie war auch fast wunderschön gewesen: Ihr beachtlicher Busen hatte gewogt, ihre Augen geblitzt, ihre Wangen waren gerötet gewesen wie die eines jungen Mädchens.

Heute war diese so gut wie unwiderstehliche Schönheit kaum mehr als eine Erinnerung; mit ihrer verlaufenen Wimperntusche sah Lois wie ein trauriger und alter Clown aus, und Ralph spürte Wut auf das oder denjenigen in sich aufkeimen, der für die Veränderung verantwortlich war.

»Ich sehe *schrecklich* aus!« sagte Lois und rieb wie wild mit Ralphs Taschentuch an ihren Augen herum. »Ich bin eine *Hexe!*«

»Nein, Ma'am. Nur ein bißchen verschmiert.«

Nun drehte Lois ihm endlich das Gesicht zu. Das kostet sie sichtliche Anstrengung, da ihr Rouge und Augen-Make-up nun weitgehend an Ralphs Taschentuch klebten. »Wie schlimm sehe ich aus?« hauchte sie. »Sag die Wahrheit, Ralph Roberts, oder du wirst schielen.«

Er beugte sich nach vorne und küßte ihre feuchte Wange. »Nur reizend, Lois. Ätherisch werden wir uns für einen anderen Tag aufheben müssen, glaube ich.«

Sie lächelte ihm unsicher zu, und bei der Bewegung quollen frische Tränen aus ihren Augen. Ralph nahm ihr das zusammengeknüllte Taschentuch ab und wischte sie behutsam weg.

»Ich bin so froh, daß *du* vorbeigekommen bist, und nicht Bill«, sagte sie ihm. »Ich wäre vor Scham gestorben, wenn Bill mich in aller Öffentlichkeit weinen gesehen hätte.«

Ralph sah sich um. Er entdeckte Rosalie sicher und wohlbehalten am Fuß des Hügels – sie lag zwischen zwei Port-O-San-Toiletten, die da unten standen, und hatte die Schnauze auf den Pfoten liegen – sonst war dieser Teil des Parks verlassen. »Ich glaube, wir haben den Park für uns allein, zumindest im Augenblick«, sagte er.

»Gott sei Dank.« Lois nahm das Taschentuch und widmete sich wieder ihrem Make-up, diesmal weniger hektisch. »Da wir gerade von Bill sprechen, ich war auf dem Weg hierher rasch im Red Apple – das war, bevor ich mir selber leid tat und mir die Augen aus dem Kopf geheult habe –, und Sue sagte, daß du und Bill vor einer Weile einen Riesenstreit gehabt hättet. Ihr habt euch angeschrien und so, mitten im Vorgarten.«

»Nee, so riesig auch wieder nicht«, sagte Ralph und lächelte unbehaglich.

»Darf ich neugierig sein und fragen, worum es ging?«

»Schach«, sagte Ralph. Das war das erste, das ihm in den Sinn kam. »Das Startbahn-Drei-Turnier, das Faye Chapin jedes Jahr veranstaltet. Aber im Grunde genommen ging es eigentlich um gar nichts. Du weißt ja, wie das ist – manchmal stehen die Leute eben mit dem linken Fuß zuerst auf und nehmen den nächstbesten Anlaß, um sich zu streiten.«

»Ich wünschte, bei mir wäre es auch nichts anderes«, sagte Lois. Sie öffnete ihre Handtasche – diesmal ohne Schwierigkeiten – und holte den Taschenspiegel heraus. Dann seufzte sie und steckte ihn wieder in die Tasche, ohne ihn aufzuklappen. »Ich kann nicht. Ich weiß, ich bin albern, aber ich *kann* einfach nicht.«

Ralph griff mit der Hand in ihre Handtasche, bevor sie sie wieder zuklappen konnte, nahm den Taschenspiegel heraus, klappte ihn auf und hielt ihn ihr vor das Gesicht. »Siehst du? So schlimm ist es nicht, oder?«

Sie wandte das Gesicht ab wie ein Vampir, der vor einem Kruzifix zurückschreckt. »Bäh«, sagte sie. »Tu das weg.«

»Wenn du versprichst, mir zu sagen, was passiert ist.«

»Alles, wenn du ihn nur wegnimmst.«

Er gehorchte. Eine Zeitlang sagte Lois nichts, sondern saß nur da und sah zu, wie ihre Hände sich unablässig am Verschluß der Handtasche zu schaffen machten. Er wollte sie schon drängen, als sie mit einem erbarmenswert trotzigen Ausdruck zu ihm aufsah.

»Es ist nur so, daß du nicht der *einzige* bist, der nachts nicht mehr anständig schlafen kann, Ralph.«

»Wovon redest d –«

»*Schlaflosigkeit!*« schnappte sie. »Ich gehe zur selben Zeit schlafen wie immer, aber ich kann nicht mehr durchschlafen. Und das ist noch nicht das schlimmste. Es scheint, als würde ich jeden Morgen früher aufwachen.«

Ralph versuchte sich zu erinnern, ob er Lois von diesem speziellen Aspekt seines Problems erzählt hatte. Er glaubte nicht.

»Warum siehst du so überrascht aus?« fragte Lois. »Du hast doch nicht geglaubt, daß du der einzige Mensch auf der Welt bist, der jemals eine schlaflose Nacht hatte, oder?«

»Selbstverständlich nicht!« antwortete Ralph etwas gekränkt … aber war es ihm nicht manchmal doch so vorgekommen, als wäre er der einzige auf der Welt, der an dieser *speziellen* Form von Schlaflosigkeit litt? Der hilflos mit ansehen mußte, wie seine Schlafzeit langsam Minute um Minute, Viertelstunde um Viertelstunde zusammenschmolz? Wie eine unheimliche Variante der chinesischen Wasserfolter.

»Wann hat es bei dir angefangen?« fragte er.

»Einen Monat oder zwei vor Carols Tod ... was bedeutet, ich war noch vor dir mit dem Problem geschlagen, Ralph.«

»Wieviel Schlaf bekommst du?«

»Seit Anfang Oktober kaum noch eine Stunde pro Nacht.« Ihre Stimme war ruhig, aber Ralph hörte das Zittern von etwas, das Panik sein konnte, dicht unter der Oberfläche. »Wenn es so weitergeht, werde ich bis Weihnachten gar nicht mehr schlafen, und wenn das passiert, weiß ich nicht, wie ich es durchstehen soll. Ich kann es jetzt schon fast nicht mehr ertragen.«

Ralph suchte nach Worten und stellte die erste Frage, die ihm in den Sinn kam: »Wie kommt es, daß ich nie Licht bei dir sehe?«

»Aus demselben Grund, weshalb ich deins fast nie sehe, denke ich«, sagte sie. »Ich wohne seit fast fünfundzwanzig Jahren in dem Haus und brauche kein Licht, um mich zurechtzufinden. Außerdem behalte ich meine Probleme gern für mich. Wenn man um zwei Uhr nachts das Licht einschaltet, sieht es früher oder später jemand. Es spricht sich herum, und dann fangen die Naseweise an, Fragen zu stellen. Ich kann neugierige Fragen nicht ausstehen, und ich gehöre nicht zu den Leuten, die jedesmal in der Zeitung annoncieren müssen, wenn sie ein wenig Verstopfung haben.«

Ralph lachte laut auf. Lois sah ihn einen Moment mit perplexen, runden Augen an, dann stimmte sie ein. Er hatte den Arm immer noch um sie gelegt (oder hatte er sich wieder dorthin geschlichen, nachdem er ihn zunächst weggenommen hatte? Ralph wußte es nicht, und es war ihm eigentlich auch egal), und nun drückte er sie fest an sich. Diesmal schmiegte sie sich unbekümmert an ihn; die steifen kleinen Drähte waren aus ihrem Körper verschwunden. Ralph war froh darüber.

»Du lachst mich doch nicht aus, Ralph, oder?«

»Nee. Ganz sicher nicht.«

Sie nickte immer noch lächelnd. »*Dann* ist es gut. Du hast nie gesehen, wie ich in meinem Wohnzimmer herumspaziert bin, oder?«

»Nein.«

»Das liegt daran, daß keine Straßenlampe vor meinem Haus steht. Aber vor *deinem* steht eine. Ich habe dich häufig in deinem zerschlissenen alten Ohrensessel gesehen, wie du hinausgesehen und Tee getrunken hast.«

Ich habe immer gedacht, daß ich der einzige bin, dachte er, und plötzlich schoß ihm eine Frage durch den Kopf, die komisch und peinlich zugleich war. Wie oft hatte sie ihn gesehen, wie er sich in der Nase bohrte? Oder im Schritt kratzte?

Entweder las sie seine Gedanken oder zog Rückschlüsse aus der Farbe seiner Wangen, denn Lois sagte: »Ich konnte nicht mehr als deinen Umriß erkennen, weißt du, und du hast immer den Morgenmantel getragen, vollkommen anständig. Also *darüber* mußt du dir keine Gedanken machen. Außerdem hoffe ich, daß du weißt, wenn ich dich je bei etwas gesehen hätte, bei dem du nicht gesehen werden *wolltest,* dann hätte ich auch nicht hingesehen. Weißt du, ich bin auch nicht gerade in der Scheune großgezogen worden.«

Er lächelte und tätschelte ihre Hand. »*Das* weiß ich, Lois. Es ist nur ... du weißt schon, eine Überraschung. Herauszufinden, daß jemand *mich* beobachtet hat, während ich dort saß und die Straße beobachtet habe.«

Sie schenkte ihm ein rätselhaftes Lächeln, das besagen konnte: *Keine Bange, Ralph – für mich warst du nichts weiter als ein Teil der Landschaft.*

Er dachte einen Moment über das Lächeln nach, dann kam er wieder auf das eigentliche Thema zu sprechen. »Also, was ist passiert, Lois? Warum hast du hier gesessen und geweint? Nur Schlaflosigkeit? Wenn es nur das war, kann ich mit Sicherheit mit dir fühlen. Aber so was wie ›nur‹ gibt es dabei nicht, was?«

Ihr Lächeln erlosch. Sie faltete die Hände in den Handschuhen wieder im Schoß und betrachtete sie ernst. »Es gibt Schlimmeres als Schlaflosigkeit. Verrat, zum Beispiel. Besonders wenn die Menschen, die dich verraten, die Menschen sind, die du liebst.«

2

Sie verstummte. Ralph drängte sie nicht. Er sah den Hügel hinunter zu Rosalie, die ihn zu beobachten schien. Möglicherweise sie beide.

»Hast du gewußt, daß wir nicht nur dasselbe Problem, sondern auch denselben Arzt haben?«

»Du gehst auch zu Litchfield?«

»Ich *ging* zu Litchfield. Auf Empfehlung von Carolyn. Aber ich werde nie wieder zu ihm gehen. Wir sind fertig miteinander.« Sie fletschte die Lippen und entblößte kleine weiße Zähne, die eindeutig ihre eigenen waren. »Der hinterhältige *Drecks*kerl!«

»Was ist passiert?«

»Ich habe fast ein Jahr lang darauf gewartet, daß es von alleine wieder besser werden würde – daß die Natur ihren Lauf nimmt, wie man so sagt. Nicht, daß ich nicht hier und da versucht hätte, der Natur auf die Sprünge zu helfen. Wahrscheinlich haben wie beide häufig dieselben Mittel ausprobiert.«

»Honigwabe?« fragte Ralph, der wieder lächelte. Er konnte nicht anders. *Was für ein erstaunlicher Tag das gewesen ist,* dachte er. *Was für ein durch und durch erstaunlicher Tag ... und dabei ist es noch nicht einmal ein Uhr mittags.*

»Honigwabe? Was ist damit? Hilft das?«

»Nein«, sagte Ralph und grinste breiter denn je, »es hilft kein bißchen, aber es schmeckt *köstlich.*«

Sie lachte und drückte seine Hand mit ihren beiden. Ralph erwiderte das Drücken.

»Du bist deswegen nie bei Litchfield gewesen, Ralph, oder?«

»Nee. Ich hatte mal einen Termin vereinbart, hab ihn aber abgesagt.«

»Weil du ihm nicht getraut hast? Weil du der Meinung warst, daß er bei Carolyn gepfuscht hat?«

Ralph sah sie überrascht an.

»Vergiß es«, sagte Lois. »Ich hatte kein Recht, das zu fragen.«

»Nein, schon gut. Es überrascht mich nur, daß ich das von jemand anderem höre. Daß er ... du weißt ... eine falsche Diagnose gestellt haben könnte.«

»Ha!« Lois' hübsche Augen blitzten. »Das haben wir uns *alle* gedacht! Bill hat gesagt, er könne nicht begreifen, daß du den Kurpfuscher nicht am Tag nach Carolyns Beerdigung vor das Bezirksgericht gezerrt hast. Aber damals stand ich selbstverständlich noch auf der anderen Seite des Zauns und habe Litchfield wie verrückt verteidigt. *Hast* du je daran gedacht, ihn zu verklagen?«

»Nein. Ich bin siebzig, und ich will die Zeit, die mir noch bleibt, nicht mit einem Kunstfehlerprozeß verschwenden. Außerdem – würde es Carol zurückbringen?«

Sie schüttelte den Kopf.

Ralph sagte: »Aber was mit Carolyn passiert ist, *war* der Grund, daß ich nicht mehr zu ihm gegangen bin. Glaube ich jedenfalls. Ich konnte ihm einfach nicht mehr vertrauen, oder vielleicht … ich weiß auch nicht …«

Nein, er wußte es wirklich nicht, das war das Teuflische daran. Er wußte nur, er hatte den Termin bei Dr. Litchfield abgesagt, ebenso den bei James Roy Hong, in manchen Kreisen auch als der Nadelpiekser bekannt. Den letzteren Termin hatte er auf Anraten eines zwei- oder dreiundneunzigjährigen Mannes abgesagt, der sich wahrscheinlich nicht einmal mehr an seinen zweiten Vornamen erinnern konnte. Seine Gedanken schweiften zu dem Rat ab, den ihm der alte Dor gegeben hatte, und zu dem Gedicht, aus dem er zitiert hatte – »Pursuit« hatte es geheißen, und es ging Ralph nicht mehr aus dem Kopf … besonders der Teil, wo der Dichter alles hinter sich wegfallen sah: die ungelesenen Bücher, die unerzählten Witze, die Reisen, die er nie unternehmen würde.

»Ralph? Bist du noch da?«

»Was meinst du damit? Natürlich bin ich da.«

»Einen Moment hast du ausgesehen, als wärst du tausend Meilen weit weg.«

»Ich glaube, ich habe über Litchfield nachgedacht. Mich gefragt, warum ich den Termin abgesagt habe.«

Sie tätschelte seine Hand. »Sei froh, daß du es getan hast. Ich hab meinen wahrgenommen.«

»Sag mir, was passiert ist.«

Lois zuckte die Achseln. »Als es so schlimm wurde, daß ich mir dachte, ich könnte es nicht mehr ertragen, bin ich zu ihm gegangen und habe ihm alles erzählt. Ich dachte mir, er würde mir Schlaftabletten verschreiben, aber er sagte, er könnte nicht einmal das tun – ich habe manchmal Herzrhythmusstörungen, und Schlaftabletten können das verschlimmern.«

»Wann warst du bei ihm?«

»Anfang letzter Woche. Dann rief mich gestern aus heiterem Himmel mein Sohn Harold an und sagte mir, er und Janet wollten mich zum Frühstück einladen. Unsinn, sagte ich, ich kann mich immer noch in der Küche beschäftigen. Wenn ihr von Bangor hierher kommt, mache ich uns eine Kleinigkeit zu essen, und damit basta. Wenn sie danach mit mir ausgehen wollten – ich dachte an das Einkaufszentrum, weil ich da immer gern hingehe –, wäre es in Ordnung. Genau das habe ich gesagt.«

Sie drehte sich mit einem Lächeln zu Ralph um, das verkniffen und verbittert und grimmig war.

»Ich habe mich nicht gefragt, warum sie mich *beide* an einem Wochentag besuchen kommen wollten, wo sie doch beide arbeiten gehen – und sie müssen die Jobs wirklich lieben, weil sie nie über etwas anderes reden. Ich dachte nur, wie *süß* es war ... wie *rücksichtsvoll* ... und ich strengte mich ganz besonders an, gut auszusehen und alles richtig zu machen, damit Janet nicht denken sollte, ich hätte Probleme. Ich glaube, *das* nervt mich am meisten. Die dumme alte Lois, ›unsere Lois‹, wie Bill immer sagt ... mach nicht so ein überraschtes Gesicht, Ralph! Natürlich wußte ich das; glaubst du, ich bin erst gestern aus dem Urwald gelockt worden? Und er hat recht. Ich *bin* eine Närrin, ich *bin* dumm, aber das bedeutet nicht, daß ich nicht wie alle anderen Schmerzen empfinde, wenn ich zum Narren gemacht werde ...« Sie fing wieder an zu weinen.

»Selbstverständlich«, sagte Ralph und tätschelte ihr die Hand.

»Du hättest dich totgelacht, wenn du mich gesehen hättest«, sagte sie. »Ich habe um vier Uhr morgens Brötchen gebacken, um Viertel nach vier Champignons für ein Pilzomelett geschnitten, um halb fünf mit dem Make-up angefangen, um sicher zu sein, *ganz sicher*, daß Jan nicht mit ihrem ›Bist du sicher, daß du dich wohlfühlst, Mutter Lois?‹ anfängt. Ich *hasse* es, wenn sie mir mit diesem Quatsch kommt. Und weißt du was, Ralph? Sie wußte die ganze Zeit, was mit mir los ist. Sie wußten es *beide*. Man kann wohl sagen, daß der Witz auf meine Kosten gegangen ist, was?«

Ralph hatte gedacht, er hätte ihr aufmerksam zugehört, aber offenbar hatte er irgend etwas nicht mitbekommen. »Wußten es? Wie konnten sie es wissen?«

»Weil Litchfield es ihnen gesagt hat!« schrie sie. Sie verzerrte wieder das Gesicht, aber diesmal sah Ralph keinen Schmerz und keinen Kummer darin, sondern eine schreckliche, klägliche Wut. *»Dieser dreckige alte Petzer hat meinen Sohn angerufen und IHM ALLES ERZÄHLT!«*

Ralph war wie vor den Kopf gestoßen.

»Lois, das kann er nicht machen«, sagte er, als er endlich wieder sprechen konnte. »Das Verhältnis zwischen Arzt und Patient ist ... nun, es ist vertraulich. Das müßte dein Sohn wissen, schließlich ist er Anwalt, und für die gilt dasselbe. Ärzte dürfen *keinem* sagen, was sie von ihren Patienten erfahren, wenn der Patient nicht –«

»O Gott«, sagte Lois und verdrehte die Augen. »Himmel Herrgott noch mal. In was für einer Welt lebst du denn, Ralph? Leute wie Litchfield tun das, was sie für richtig halten. Ich glaube, das habe ich immer gewußt, und deshalb war es doppelt dumm von mir, überhaupt zu ihm zu gehen. Carl Litchfield ist ein eitler, arroganter Mann, dem mehr daran liegt, wie er mit seinen Hosenträgern und Designerhemden aussieht, als an seinen Patienten.«

»Das ist schrecklich zynisch.«

»Und schrecklich wahr, das ist das Traurige daran. Weißt du was? Er ist fünfunddreißig oder sechsunddreißig, und irgendwie scheint er der Meinung zu sein, wenn er vierzig wird, wird er einfach ... aufhören. Vierzig bleiben, solange er will. Er glaubt, daß Leute alt sind, wenn sie die Sechzig erreicht haben, und daß selbst die besten spätestens mit achtundsechzig senil geworden sind; und wenn man erst einmal über achtzig ist, wäre es ein Akt der Barmherzigkeit, wenn die Verwandten einen diesem Dr. Kervorkian übergeben würden. Kinder haben kein Recht, etwas vor ihren Eltern geheimzuhalten, und was Litchfield betrifft, haben alte Fürze wie wir kein Recht, etwas vor unseren Kindern geheimzuhalten. Das läge nicht in unserem Interesse, weißt du.

Carl Litchfield hat praktisch in dem Moment, als ich das Sprechzimmer verlassen habe, Harold in Bangor angerufen. Er hat gesagt, ich könnte nicht schlafen, ich hätte Depressionen und unter Problemen der Sinneswahrnehmung zu leiden, die mit einer verfrühten Verschlechterung der Kognition einhergingen. Und dann hat er gesagt: ›Sie dürfen nicht vergessen, daß Ihre Mutter in einem hohen Alter ist, Mr. Chasse, und ich an Ihrer Stelle würde mir ernste Gedanken über ihre Situation hier in Derry machen.‹«

»Das hat er nicht!« rief Ralph fassungslos und entsetzt. »Ich meine … ernsthaft?«

Lois nickte grimmig. »Er sagte es Harold, und Harold sagte es mir, und ich sage es jetzt dir. Ich altes Dummerchen, ich wußte nicht mal, was unter ›einer verfrühten Verschlechterung der Kognition‹ zu verstehen ist, und keiner der beiden wollte es mir sagen. Ich habe ›Kognition‹ im Wörterbuch nachgeschlagen, und weißt du, was es bedeutet?«

»Denken«, sagte Ralph. »Kognition ist Denken.«

»Richtig. Mein Arzt hat meinen Sohn angerufen und ihm gesagt, daß ich senil werde!« Lois lachte wütend und wischte sich mit Ralphs Taschentuch frische Tränen von der Wange.

»Ich kann es nicht glauben«, sagte Ralph, aber das Teuflische war, er konnte es. Seit dem Tod von Carolyn wurde ihm klar, daß die Naivität, mit der er die Welt bis zu seinem achtzehnten Lebensjahr betrachtet hatte, offenbar nicht für immer verschwunden war, als er die Schwelle zwischen Kind und Mann überschritten hatte; diese spezielle Arglosigkeit schien sich wieder einzustellen, seit er die Schwelle zwischen Mann und *altem* Mann überschritten hatte. Immer wieder erlebte er Überraschungen … aber Überraschungen war ein zu zahmes Wort. Die meisten brachten ihn völlig aus der Fassung.

Die kleinen Fläschchen unter der Kußbrücke, zum Beispiel. Eines Tages im Juni hatte er einen langen Spaziergang zum Bassey Park gemacht und war unter die Brücke geklettert, um eine Weile aus der Nachmittagssonne herauszukommen. Kaum hatte er es sich gemütlich gemacht, war ihm ein kleiner Haufen Glasscherben im Unkraut bei dem schmalen Bach aufgefallen, der unter der Brücke dahinfloß. Er hatte das hohe Gras mit einem Ast geteilt und sechs oder acht kleine Ampullen bemerkt. In einer klebte noch eine verkrustete weiße Substanz am Boden. Ralph hatte sie aufgehoben, und als er sie behutsam vor den Augen gedreht hatte, war ihm klar geworden, daß er die Überreste einer Crackparty vor sich sah. Er hatte die Ampulle fallengelassen, als wäre sie glühend heiß. Er konnte sich immer noch an den lähmenden Schock erinnern, an die vergeblichen Versuche, so zu tun, als wäre er nicht recht bei Trost, daß es *unmöglich* sein konnte, wofür er es hielt, nicht in dieser hundertfünfzig Meilen von Boston entfernten Hinterwäldlerstadt. Selbstverständlich war nur der wieder auferstandene Naive geschockt gewesen; der Teil von ihm, der zu glauben schien (jedenfalls bis er die Ampullen unter der Brücke fand), daß die ganzen Meldungen über die Kokainepidemie nichts als Unsinn waren, daß sie ebensowenig der Wirklichkeit entsprachen wie ein Fernsehkrimi oder ein Film mit Jean-Claude Van Damme.

Jetzt verspürte er einen ähnlichen Schock.

»Harold sagte, sie wollten mich nach Bangor holen und mir ›das Haus zeigen‹«, sagte Lois. »Heutzutage fährt er nicht mehr mit mir weg, er ›bringt‹ mich nur noch irgendwohin. Als wäre ich ein Botengang. Sie hatten eine Menge Broschüren dabei, und als Harold Janet zunickte, hat sie sie so schnell vor mir ausgebreitet –«

»Puh, langsam. Was für ein Haus? Was für Broschüren?«

»Tut mir leid, ich mache ein bißchen zu schnell, was? Es ist ein Haus in Bangor, das Riverview Estates heißt.«

Ralph kannte den Namen; er hatte sogar selbst schon eine Broschüre bekommen. Eine dieser Postwurfsendungen, die Leute über fünfundsechzig bekamen. Er und McGovern hatten darüber gelacht … aber das Lachen war ein klein wenig nervös gewesen – wie das Pfeifen von Kindern, die am Friedhof vorbeilaufen.

»Scheiße, Lois – das ist ein Altersheim, richtig?«

»Nein, *Sir!*« sagte sie und riß unschuldig die Augen auf. »Das habe *ich* auch gesagt, aber Harold und Janet haben mich verbessert. Nein, Ralph, Riverview Estates ist *ein Apartmentkomplex für geselligkeitsorientierte Senioren!* Als Harold das sagte, antwortete ich: ›Ist das so? Nun, dann will ich euch beiden etwas erzählen – man kann einen Obstkuchen von McDonalds auf einen schicken Silberteller stellen und behaupten, daß er eine französische Torte ist, aber was mich betrifft, ist es deshalb immer noch ein Obstkuchen von McDonalds.‹

Als ich das sagte, fing Harold an zu stottern und wurde rot im Gesicht, aber Jan bedachte mich einfach nur mit ihrem zuckersüßen Lächeln, das sie für besondere Anlässe aufhebt, weil sie genau weiß, daß es mich rasend macht. Sie sagt: ›Nun, warum sehen wir uns die Broschüren nicht trotzdem an, Mutter Lois? *Das* wirst du doch wenigstens tun können, nachdem wir beide einen Tag Urlaub genommen und den ganzen Weg hierher gefahren sind, oder nicht?‹«

»Als würde Derry im finstersten Afrika liegen«, murmelte Ralph.

Lois nahm seine Hand und sagte etwas, das ihn zum Lachen brachte. »Oh, für Jan ist das so!«

»War das bevor oder nachdem du herausgefunden hast, daß Litchfield gepetzt haben muß?« fragte Ralph. Er benutzte absichtlich dasselbe Wort wie Lois; es schien besser zu der Situation zu passen als ein beschönigenderer Ausdruck. »Einen Vertrauensbruch begangen« war viel zu anständig für dieses heimtückische Vorgehen. Litchfield hatte gepetzt. So einfach war das.

»Vorher. Ich dachte mir, ich könnte die Broschüren wirklich ansehen; schließlich waren sie vierzig Meilen gefahren, und es würde mich ja nicht umbringen. Also habe ich sie durchgeblättert, während sie das Frühstück aßen, das ich gemacht hatte – ich mußte übrigens später nichts in den Müll werfen – und Kaffee tranken.

Nicht schlecht, dieses Riverview. Sie haben ihr eigenes medizinisches Personal, das rund um die Uhr einsatzbereit ist. Wenn man einzieht, checken sie einen vollständig durch und entscheiden, was man zu essen bekommt. Es gibt einen Roten Diätplan, einen Blauen Diätplan, einen Grünen Diätplan und einen Gelben Diätplan. Und noch drei oder vier andere Farben. Ich kann mich nicht mehr erinnern, wofür sie alle stehen, aber Gelb ist für Diabetiker und Blau für die Fetten.«

Ralph dachte daran, wie es sein würde, den Rest seines Lebens drei wissenschaftlich ermittelte Mahlzeiten täglich zu essen – keine Pizza mit Paprikawurst von Gambino's mehr, keine Coffee-Pot-Sandwiches, keine Chiliburger von Mexico Milt's –, und fand die Aussicht fast unerträglich trostlos.

»Außerdem«, sagte Lois strahlend, »haben sie eine Rohrpost, die einem die täglichen Tabletten direkt in die Küche liefert. Ist das nicht eine grandiose Idee, Ralph?«

»Schätze schon«, sagte Ralph.

»O ja, das ist es. Großartig, der letzte Schrei. Ein Computer überwacht alles, und ich wette, der hat nie eine Verschlechterung der Kognition. Ein spezieller Bus bringt die Bewohner von Riverview zweimal wöchentlich zu malerischen oder kulturellen Sehenswürdigkeiten, außerdem zum Einkaufen. Man muß den Bus nehmen, weil das Riverview nicht gestattet, daß man ein Auto besitzt.«

»Gute Idee«, sagte er und drückte ihre Hand ein wenig. »Was sind schon ein paar Betrunkene am Samstagabend im Vergleich zu einem alten Schwachkopf mit nachlassender Kognition, der mit einer Buick-Limousine auf die Menschheit losgelassen wird?«

Sie lächelte nicht, wie er gehofft hatte. »Die Bilder in diesen Broschüren haben mir das Blut in den Adern gefrieren lassen. Alte Damen, die Canasta spielen. Alte Männer, die Hufeisen werfen. Beide Geschlechter gemeinsam beim Squaredance in dem großen, kieferngetäfelten Saal, den sie River Hall nennen. Aber das ist *wirklich* ein hübscher Name, findest du nicht auch? River Hall?«

»Ich finde ihn ganz okay.«

»Ich finde, das hört sich wie ein Saal in einem verwunschenen Schloß an. Aber ich habe ein paar alte Freunde in Strawberry Fields besucht – das ist ein Altenheim in Skowhegan –, daher weiß ich, was ein Aufenthaltsraum für alte Menschen ist. Es ist ganz egal, was für einen hübschen Namen man ihm gibt, in jedem steht ein Schrank mit Brettspielen in der Ecke, und mit Puzzles, bei denen immer vier oder fünf Teile fehlen, und im Fernseher läuft immer so etwas wie *Family Feud,* aber nie Filme, in denen gutaussehende junge Leute sich die Kleider ausziehen und sich vor dem Kamin auf dem Boden herumwälzen. Diese Räume riechen immer nach Salbe ... und Pisse ... und den Wasserfarben aus dem Five-and-Dime in den langen Blechkästen ... und Verzweiflung.«

Lois sah ihn mit ihren dunklen Augen an.

»Ich bin erst achtundsechzig, Ralph. Ich weiß, achtundsechzig zu sein bedeutet Dr. Jungbrunnen *überhaupt nichts,* aber mir schon, denn meine Mutter war zweiundneunzig, als sie letztes Jahr gestorben ist, und mein Dad wurde sechsundachtzig. In meiner Familie stirbt man jung, wenn man mit achtzig stirbt ... und wenn ich zwölf Jahre in einem Haus verbringen müßte, wo sie über Lautsprecher zum Essen rufen, würde ich verrückt werden.«

»Ich auch.«

»Aber ich habe es mir angesehen. Ich wollte höflich sein. Als ich fertig war, machte ich einen ordentlichen kleinen Stapel und gab ihn Jan. Ich sagte ihr, sie wären sehr interessant, und dankte ihr. Sie nickte und lächelte und steckte sie wieder in die Handtasche. Ich dachte, damit wäre die Sache erledigt, und tschüs, aber dann sagte Harold: ›Zieh den Mantel an, Ma.‹

Einen Moment hatte ich solche Angst, daß ich keine Luft bekam. Ich dachte, sie hätten mich schon angemeldet! Und ich dachte mir, wenn ich sagen würde, daß ich nicht mitkommen wollte, würde Harold die Tür aufmachen, und draußen würden zwei oder drei Männer in weißen Kitteln stehen, und einer würde lächeln und sagen: ›Keine Bange, Mrs. Chasse; wenn Sie erst einmal die erste Handvoll Pillen direkt in Ihre Küche bekommen haben, möchten Sie gar nicht mehr anderswo leben.‹

›Ich *will* meinen Mantel nicht anziehen‹, sagte ich zu Harold und versuchte, es so zu sagen wie damals, als er noch zehn war und immer mit schmutzigen Schuhen in die Küche gekommen ist, aber mein Herz schlug so fest, daß man es in meiner Stimme hören konnte. ›Ich will nicht mehr ausgehen. Ich hatte vergessen, wieviel ich heute zu tun habe.‹ Und da stieß Jan dieses Lachen aus, das ich noch mehr hasse als ihr zuckersüßes Lächeln, und sagte: ›Aber Mutter Lois, was könntest du zu tun haben, das so wichtig ist, daß du nicht mit *uns* nach Bangor fahren könntest, nachdem *wir* uns die Zeit genommen haben und nach Derry gekommen sind, um *dich* zu besuchen?‹

Diese Frau bringt mich immer auf die Palme, und ich schätze, umgekehrt ist es genauso. Muß so sein, denn ich habe noch nie eine Frau kennengelernt, die eine andere so oft angelächelt hat, ohne sie aus tiefster Seele zu hassen. Wie auch immer, ich sagte ihr, zuerst einmal müßte ich den Küchenboden schrubben. ›Sieh ihn dir nur an‹, sagte ich. ›Schmutzig wie der Teufel.‹

›Ha!‹ sagt Harold. ›Ich kann nicht glauben, daß du uns unverrichteter Dinge in die Stadt zurückschickst, nachdem wir den weiten Weg hierher gekommen sind, Ma.‹

›Nun, ich werde da nicht hinziehen, wie weit ihr auch gekommen sein mögt‹, antwortete ich, ›also *das* könnt ihr euch gleich abschminken. Ich lebe seit fünfunddreißig Jahren in Derry, mein halbes Leben. Meine ganzen Freunde sind hier, und ich ziehe nicht weg.‹

Sie sahen einander an wie die Eltern eines Kindes, das nicht mehr artig ist, sondern nur noch eine Nervensäge. Janet tätschelte mir die Schulter und sagte: ›Nun reg dich nicht auf, Mutter Lois – wir möchten ja nur, daß du es dir *ansiehst*.‹ Als hätten wir es wieder mit den Broschüren zu tun und ich müßte nur höflich sein. Aber daß sie es gesagt hat, sollte mich nur ein bißchen beruhigen. Ich hätte wissen müssen, daß sie mich nicht *zwingen* können, dort zu wohnen, daß sie es sich nicht einmal leisten können. Sie rechnen damit, daß das Geld von Mr. Chasse dieses Rad dreht – seine Rente und die Eisenbahnversicherung, die ich bekommen habe, weil er bei der Arbeit gestorben ist.

Wie sich herausstellte, hatten sie einen Termin für elf Uhr vereinbart, und ein Mann sollte mich herumführen und mir alles zeigen. Als ich das alles begriffen hatte, war die Angst weitgehend verschwunden, aber ich war gekränkt, weil sie mich so von oben herab behandelt haben, und wütend, weil jedes zweite Wort von Janet Urlaubstag hier und Urlaubstag da war. Sie machte ziemlich deutlich, daß sie einen Urlaubstag besser verbringen konnte, als nach Derry zu fahren und ihre fette alte Schachtel von einer Schwiegermutter zu besuchen.

›Hör auf, dich so zu zieren, und komm mit, Mutter‹, sagte sie nach weiterem Hin und Her, als wäre ich so angetan von der ganzen Idee, daß ich mich nicht entscheiden könnte, welchen Hut ich tragen sollte. ›Zieh den Mantel an. Ich helfe dir mit dem Geschirr, wenn wir wieder zurück sind.‹

›Du hast mich nicht richtig verstanden‹, sagte ich. ›Ich werde nicht mitkommen. Weshalb sollte ich so einen schönen Tag damit vergeuden, mir ein Haus anzusehen, wo ich nie wohnen werde? Und was gibt euch überhaupt das Recht, hierher zu kommen und mich derart damit zu überrumpeln? Warum hat nicht einer von euch zumindest angerufen und gesagt: Wir haben uns etwas überlegt, Mom, möchtest du es hören? Hättet ihr so nicht einen eurer Freunde behandelt?‹

Als ich das gesagt hatte, haben sie sich noch mal angesehen …«

Lois seufzte, wischte sich zum letztenmal die Augen ab und gab Ralph das Taschentuch zurück, feuchter, aber sonst nicht weiter verändert.

»Nun, an diesem Blick sah ich, daß wir noch nicht fertig waren. Überwiegend lag es daran, wie Harold aussah – wie damals, wenn er gerade eine Handvoll Schokostreusel aus der Tüte in der Vorratskammer stiebitzt hatte. Und Janet … die betrachtete ihn mit dem Blick, den ich am allermeisten hasse. Ich nenne ihn ihren Bulldozerblick. Und dann fragte sie ihn, ob er mir erzählen wolle, was der Arzt gesagt hätte, oder ob sie es tun solle.

Am Ende erzählten sie es beide, und als sie fertig waren, da war ich so wütend und verblüfft, daß ich mir die Haare hätte ausreißen können. So sehr ich es versuchte, ich kam einfach nicht darüber hinweg, daß Carl Litchfield Harold alles erzählt hat, was ich für vertraulich gehalten hatte. Daß er Harold einfach angerufen und es ihm *erzählt* hatte, als wäre das vollkommen in Ordnung.

›Also denkst du, ich bin senil?‹ fragte ich Harold. ›Läuft es darauf hinaus? Du und Jan denkt, ich bin im biblischen Alter von achtundsechzig nicht mehr ganz dicht im Oberstübchen?‹

Harold wurde knallrot im Gesicht und scharrte unter dem Tisch mit den Füßen, während er vor sich hinmurmelte. Daß er das nicht dächte, aber er müßte an meine Sicherheit denken, wie ich immer an seine gedacht hätte, während er aufgewachsen sei. Und Janet saß die ganze Zeit am Tisch, knabberte an einem Brötchen und betrachtete ihn mit einem Blick, für den ich sie hätte töten können – als würde sie ihn für eine Küchenschabe halten, die gelernt hatte, wie ein Anwalt zu sprechen. Dann stand sie auf und fragte, ob sie ›auf die Toilette gehen‹ dürfte. Ich erlaubte es ihr und verkniff mir die Bemerkung, wie erleichtert ich war, sie zwei Minuten aus dem Zimmer zu haben.

›Danke, Mutter Lois‹, sagte sie. ›Wird nicht lange dauern. Harry und ich müssen bald wieder gehen. Wenn du meinst, du kannst nicht mit uns kommen und deinen Termin wahrnehmen, gibt es nichts mehr zu sagen.‹«

»Was für ein Herzchen«, sagte Ralph.

»Nun, was mich betraf, war das das Ende; ich hatte genug. ›Ich nehme meine Termine wahr, Janet Chasse‹, sagte ich, ›aber nur die, die ich selbst vereinbare. Wenn andere Leute welche für mich treffen, kümmert mich das einen feuchten Furz.‹

Sie warf die Hände hoch, als wäre ich die unvernünftigste Frau, die jemals auf dem Antlitz dieser Erde gewandelt ist, und ließ mich mit Harold allein. Er sah mich mit seinen großen braunen Augen an, als wartete er darauf, daß ich mich entschuldigen würde. Und ich fühlte mich fast, als *müßte* ich mich entschuldigen, und sei es nur, damit sein Gesicht nicht mehr diesen Cockerspanielausdruck hatte, aber ich habe mich nicht entschuldigt. Ich *wollte* nicht. Ich sah ihn nur an, und nach einer Weile ertrug er es nicht mehr und sagte mir, ich sollte nicht mehr wütend sein. Er sagte, er würde sich nur Sorgen machen, weil ich ganz allein hier unten lebte, daß er nur versuchte, ein guter Sohn zu sein, und Janet eine gute Tochter.

›Ich denke, das verstehe ich‹, sagte ich, ›aber du solltest wissen, daß man Liebe und Sorge nicht dadurch ausdrückt, daß man hinter dem Rücken von jemandem intrigiert.‹ Da wurde er stocksteif und sagte, er und Jan würden es nicht als intrigieren bezeichnen. Als er das sagte, sah er eine oder zwei Sekunden zum Badezimmer, und ich dachte mir, er wollte mir damit zu verstehen geben, daß *Jan* es nicht als intrigieren betrachtete. Dann sagte er mir noch, daß es keineswegs so war, wie ich es darstellte – *Litchfield* hätte *ihn* angerufen, nicht umgekehrt.

›Na gut‹, antwortete ich, ›aber was hat dich daran gehindert, einfach aufzulegen, als dir klar wurde, *warum* er dich angerufen hatte, worüber er mit dir reden wollte? Das war schlicht und einfach falsch. Was, in Gottes Namen, ist in dich gefahren, Harry?‹

Er fing wieder an zu zappeln und herumzudrucksen – ich glaube, er hätte sich sogar entschuldigt –, als Jan zurückkam, und da war die du-weißt-schon-was aber richtig am Dampfen. Sie fragte mich, wo meine Diamantohrringe seien, die sie mir zu Weihnachten geschenkt hätten. Das war so ein abrupter Themenwechsel, daß ich zuerst nur stottern konnte, und ich nehme an, es hörte sich an, als *wäre* ich senil. Aber schließlich brachte ich heraus, sie wären in dem kleinen Porzellanteller auf meiner Schlafzimmerkommode, wie immer. Ich habe eine Schmuckschatulle, aber diese Ohrringe und zwei oder drei andere hübsche Stücke lasse ich immer draußen, weil sie so schön sind und es mich immer aufmuntert, wenn ich sie ansehe. Außerdem sind es nur Diamantsplitter – es ist nicht so, daß jemand einbrechen würde, nur um sie zu stehlen. Dasselbe gilt für meinen Verlobungsring und meine Elfenbeinminiatur, die beiden anderen Stücke, die auf diesem Teller liegen.«

Lois warf Ralph einen durchdringenden, flehenden Blick zu. Er drückte wieder ihre Hand.

Sie lächelte und holte tief Luft. »Das ist sehr schwer für mich.«

»Wenn du aufhören möchtest –«

»Nein, ich möchte alles erzählen ... nur ab einem bestimmten Punkt kann ich mich sowieso nicht mehr erinnern, was passiert ist. Es war alles so gräßlich. Weißt du, Janet hat gesagt, sie *wüßte*, wo ich sie aufbewahre, aber da wären sie nicht. Der Verlobungsring sei da, die Miniatur auch, aber nicht die Ohrringe von Weihnachten. Ich ging selbst nachsehen, und sie hatte recht. Wir haben alles auf den Kopf gestellt, überall nachgesehen, aber wir haben sie nicht gefunden. Sie sind *fort*.«

Lois umklammerte Ralphs Hand jetzt mit ihren beiden und schien hauptsächlich mit dem Reißverschluß seiner Jacke zu reden.

»Wir haben sämtliche Kleidungsstücke aus der Kommode genommen ... Harold hat die Kommode selbst von der Wand gezogen und dahinter nachgesehen ... unter dem Bett und den Sofakissen ... und mir schien jedesmal, wenn ich Janet ansah, als würde sie *mich* auch ansehen, mit diesem unschuldigen Ausdruck mit den großen Augen. Süß und lieb – nur in den Augen nicht –, und sie mußte nicht laut aussprechen, was sie dachte, weil ich es schon wußte. ›Siehst du? Da siehst du, wie recht Dr. Litchfield hatte, uns anzurufen, und wie recht *wir* hatten, diesen Termin zu vereinbaren. Und wie starrsinnig *du* bist. Du *gehörst* nämlich in ein Haus wie Riverview Estates, und das ist der Beweis. Du hast die hübschen Ohrringe verloren, die wir dir zu Weihnachten geschenkt haben, du leidest an einer *ernsten* Verschlechterung der Kognition, und das ist der Beweis. Nicht mehr lange, und du wirst den Gasherd anlassen ... oder den Badezimmerofen ...‹«

Sie fing wieder an zu weinen, und ihre Tränen erfüllten Ralphs Herz mit Traurigkeit – es war das tiefe, reinigende Schluchzen von jemand, der bis ins tiefste Mark seiner Persönlichkeit verletzt worden ist. Lois verbarg das Gesicht an seiner Jacke. Er hielt sie fester im Arm. *Lois,* dachte er. *Unsere Lois.* Aber nein; das gefiel ihm nicht mehr, wenn es ihm je gefallen hatte.

Meine Lois, dachte er, und als hätte eine höhere Macht es begrüßt, strömte plötzlich wieder Licht in den Tag. Geräusche bekamen eine neue Resonanz. Er sah auf seine und Lois' Hände hinunter, die sie in seinem Schoß verschränkt hatten, und erblickte einen hübschen blau-grauen Schimmer um sie, die Farbe von Zigarettenrauch. Die Auren waren wieder da.

3

»Du hättest sie in dem Augenblick rauswerfen sollen, als du gemerkt hast, daß die Ohrringe nicht mehr da sind«, hörte er sich sagen, und jedes einzelne Wort war fein säuberlich getrennt und strahlend einmalig, wie ein kristallener Donnerschlag. »In dem Augenblick.«

»Oh, das weiß ich jetzt«, sagte Lois. »Sie hat nur darauf gewartet, daß ich in eine Falle stolperte, und selbstverständlich habe ich ihr den Gefallen getan. Aber ich war so *durcheinander* – zuerst der Streit, ob ich mit ihnen nach Bangor kommen sollte, um mir Riverview Estates anzusehen, dann die Tatsache, daß mein Arzt ihnen Dinge erzählt hatte, die er gar nicht erzählen durfte, und dazu dann noch, daß ich eines meiner teuersten Stücke verloren hatte. Und weißt du, was der Gipfel war? Daß *sie* den Verlust dieser Ohrringe entdecken mußte! Kannst du mir zum Vorwurf machen, daß ich nicht mehr wußte, was ich tat?«

»Nein«, sagte er und hob ihre behandschuhten Hände an seinen Mund. Das Geräusch, als sie durch die Luft glitten, ähnelte dem einer Handfläche, die über eine Wolldecke streicht, und einen Augenblick lang sah er deutlich den Umriß seiner Lippen auf dem rechten Handschuh als blauen Kuß abgedruckt.

Lois lächelte. »Danke, Ralph.«

»Gern geschehen.«

»Ich nehme an, du kannst dir denken, wie es weitergegangen ist, oder nicht? Jan sagte: ›Du solltest *wirklich* besser achtgeben, Mutter Lois, aber Dr. Litchfield meint, du bist jetzt in einem Alter, wo du nicht mehr besser achtgeben *kannst*, und darum haben wir an Riverview Estates gedacht. Entschuldige, wenn wir dir auf die Füße getreten sind, aber es schien wichtig zu sein, rasch zu handeln. Und jetzt siehst du ja selbst, warum.‹«

Ralph sah auf. Der Himmel über ihm bildete einen Wasserfall grün-blauen Feuers mit Wolken, die wie Luftschiffe aus Chrom aussahen. Er schaute den Hügel hinunter und sah Rosalie immer noch zwischen den Port-O-Sans liegen. Die dunkelgraue Ballonschnur stieg von ihrer Schnauze empor und wehte in der kühlen Oktoberbrise.

»Da wurde ich richtig wütend –« Sie verstummte und lächelte. Ralph dachte, daß es heute ihr erstes Lächeln war, das richtige Heiterkeit ausdrückte, und nicht ein unangenehmeres und komplizierteres Gefühl. »Nein – das stimmt nicht. Ich wurde mehr als nur wütend. Wenn mein Großneffe hier gewesen wäre, hätte er gesagt: ›Nana ist explodiert.‹«

Ralph lachte, und Lois lachte mit ihm, aber ihre Hälfte des Duetts hörte sich ein wenig gezwungen an.

»Am meisten erbost mich, daß Janet es gewußt hat«, sagte sie. »Sie *wollte*, daß ich explodiere, glaube ich, weil sie wußte, wie schuldig ich mich später fühlen würde. Und weiß Gott, so ist es. Ich schrie sie an, sie sollten verschwinden. Harold hat ausgesehen, als wollte er im Boden versinken – er war immer verlegen, wenn er angeschrien wurde –, aber Jan saß nur mit im Schoß gefalteten Händen da, lächelte und *nickte sogar mit dem Kopf*, als wollte sie sagen: ›Ganz recht, Mutter Lois, schaff ruhig das ganze Gift aus deinem Körper, und wenn du fertig bist, kann man vielleicht wieder vernünftig mit dir reden.‹«

Lois holte tief Luft.

»Dann geschah etwas. Ich bin nicht sicher, was es war. Es war auch nicht das erstemal, aber diesmal war es am *schlimmsten*. Ich fürchte, es war eine Art … nun … eine Art Anfall. Wie auch immer, ich sah Janet in einer wirklich seltsamen Weise … einer *beängstigenden* Weise. Und ich sagte etwas, das ihr richtig zusetzte. Ich kann mich nicht erinnern, was es war, und ich bin nicht sicher, ob ich es wissen *will*, aber auf jeden Fall verschwand das süße Lächeln, das ich so sehr verabscheue, von ihrem Gesicht. Sie hat Harold förmlich hinausgezerrt. Ich weiß nur noch, daß sie sagte, einer von ihnen würde mich wieder anrufen, wenn ich nicht mehr so hysterisch wäre, daß ich den Menschen, die mich lieben, häßliche Dinge an den Kopf werfen würde.

Ich blieb eine Weile, nachdem sie gegangen waren, im Haus, und dann kam ich hierher und setzte mich in den Park. Manchmal geht es mir besser, wenn ich einfach nur in der Sonne sitze. Ich nahm im Red Apple einen Imbiß zu mir, und da hörte ich, daß du dich mit Bill gestritten hast. Was meinst du, seid ihr wirklich wütend aufeinander?«

Ralph schüttelte den Kopf. »Nee – wir bringen das wieder ins reine. Ich mag Bill wirklich, aber –«

»– aber man muß bei ihm vorsichtig sein, was man sagt«, beendete sie den Satz. »Darf ich außerdem hinzufügen, Ralph, daß man das, was er zu einem sagt, nicht allzu ernst nehmen darf?«

Diesmal drückte Ralph ihre Hand. »Das könnte auch für dich ein guter Rat sein, Lois – du solltest das, was heute morgen passiert ist, nicht allzu ernst nehmen.«

Sie seufzte. »Vielleicht, aber das fällt mir schwer. Zuletzt habe ich ein paar schreckliche Sachen gesagt, Ralph. *Schreckliche.* Ein Teil von mir wünscht sich, ich könnte mich erinnern, was ich gesagt habe, damit dieses schreckliche Lächeln verschwindet, aber der Rest von mir – *der größte Teil* – ist dankbar, daß ich es nicht kann.«

Ein Regenbogen der Erkenntnis warf plötzlich einen leuchtenden Schein über den Vordergrund von Ralphs Bewußtsein. In seinem Leuchten sah er etwas Riesiges, so riesig, daß es unzweifelhaft und vorherbestimmt wirkte. Er sah Lois zum erstenmal, seit ihm die Auren erschienen waren … oder er sie wieder wahrnahm … richtig an. Sie saß in einer Kapsel durchscheinenden grauen Lichts so hell wie Nebel an einem Sommermorgen, der sonnig werden wird. Es verwandelte das Geschöpf, das Bill McGovern »unsere Lois« nannte, in ein Geschöpf großer Würde … und fast unerträglicher Schönheit.

Sie sieht aus wie Eos, dachte er. *Die Göttin der Morgenröte.*

Lois rutschte nervös auf der Bank hin und her. »Ralph? Warum siehst du mich so an?«

Weil du wunderschön bist, und weil ich mich in dich verliebt habe, dachte Ralph erstaunt. *Im Augenblick liebe ich dich so sehr, daß ich glaube, ich ertrinke, und das Sterben ist schön.*

»Weil du dich *genau* daran erinnerst, was du gesagt hast.«

Sie spielte wieder nervös mit dem Verschluß ihrer Handtasche. »Nein, ich –«

»O doch. Du hast deiner Schwiegertochter gesagt, daß *sie* deine Ohrringe weggenommen hat. Sie hat es getan, weil sie gemerkt hat, daß du nicht nachgeben und mit ihnen kommen würdest, und wenn sie nicht bekommt, was sie will, macht es deine Schwiegertochter verrückt ... dann explodiert sie. Sie hat es getan, weil du ihr auf die Nerven gegangen bist. Kommt das nicht ungefähr hin?«

Lois sah ihn mit runden, ängstlichen Augen an. »Woher weißt du das, Ralph? *Woher kannst du das über sie wissen?*«

»Ich weiß es, weil *du* es weißt, und du weißt es, weil du es gesehen hast.«

»O nein«, flüsterte sie. »Nein, ich habe nichts gesehen. Ich war die ganze Zeit mit Harold in der Küche.«

»Nicht *da,* nicht als sie es getan hat, sondern als sie wiederkam. Du hast es in ihr und um sie herum gesehen.«

So wie er jetzt Harold Chasses Frau in Lois sah, als wäre die Frau, die neben ihm saß, eine optische Linse geworden. Janet Chasse war groß, hatte helle Haut und eine lange Taille. Auf den Wangen hatte sie Sommersprossen, die sie mit Make-up überdeckte, und ihr Haar war von einem lebhaften Rot mit einer Spur Ingwer. Heute morgen war sie nach Derry gekommen, und dieses sagenhafte Haar hing als breiter geflochtener Zopf wie Kupferdraht auf ihre Schulter. Was wußte er sonst noch von dieser Frau, die er nie kennengelernt hatte?

Alles, alles.

Sie überdeckt ihre Sommersprossen mit Schminke, weil sie findet, daß sie kindlich damit aussieht; daß die Leute Frauen mit Sommersprossen nicht ernst nehmen. Ihre Beine sind wunderschön, und das weiß sie. Sie trägt kurze Röcke zur Arbeit, aber als sie heute gekommen ist, um

(die alte Kuh)

Mutter Lois zu besuchen, trug sie einen Wollpullover und ein Paar alte Jeans. Mausgraues Derry-Kostüm. Ihre Periode ist überfällig. Sie hat den Abschnitt ihres Lebens erreicht, wo sie nicht mehr regelmäßig wie ein Uhrwerk kommt, und in den nervösen zwei oder drei Tagen, die sie jeden Monat ertragen muß, einem Zeitraum, wo die ganze Welt aus Glas und jedermann entweder dumm oder gemein zu sein scheint, sind ihr Verhalten und ihre Stimmung launisch geworden. Wahrscheinlich ist das der wahre Grund, weshalb sie es getan hat.

Ralph sah sie aus Lois' winzigem Badezimmer kommen. Sah sie einen stechenden, wütenden Blick zur Küchentür werfen – jetzt war nichts mehr von dem süßen Unschuldslächeln in dem schmalen, durchdringenden Gesicht zu sehen –, und dann die Ohrringe von dem Porzellanteller nehmen. Sah, wie sie sie in die linke vordere Tasche ihrer Jeans steckte.

Nein, Lois hatte diesen kleinen, häßlichen Diebstahl tatsächlich nicht gesehen, aber er hatte die Aura von Jan Chasse von der blassen hellgrünen Farbe in ein komplexes, vielschichtiges Muster aus Braun- und Rottönen verwandelt, das Lois gesehen und wahrscheinlich augenblicklich verstanden hatte, wahrscheinlich ohne die geringste Ahnung, was tatsächlich mit ihr geschah.

»Ja, sie hat sie genommen«, sagte Ralph. Er konnte sehen, wie grauer Nebel verträumt über die Pupillen von Lois' aufgerissenen Augen driftete. Er hätte sie den Rest des Tages ansehen können.

»Ja, aber –«

»Wenn du doch noch eingewilligt hättest, Riverside Estates zu besuchen, hättest du sie garantiert nach dem nächsten Besuch wiedergefunden ... oder *sie* hätte sie gefunden, was wahrscheinlicher ist. Nur ein glücklicher Zufall – ›Oh, Mutter Lois, sieh mal, was *ich* gefunden habe!‹ Unter dem Waschbecken im Bad, in einem Schrank oder in einer dunklen Ecke.«

»Ja.« Jetzt sah sie ihm fasziniert ins Gesicht, fast hypnotisiert. »Sie muß sich schrecklich fühlen ... und sie wird nicht wagen, sie zurückzubringen, oder? Nicht nach allem, was ich gesagt habe. Ralph, woher *wußtest* du das?«

»Aus demselben Grund, weshalb du es gewußt hast. Wie lange siehst du die Auren schon, Lois?«

4

»Auren? Ich weiß nicht, was du meinst.« Aber sie wußte es, das sah Ralph ihr an.

»Litchfield hat deinem Sohn von der Schlaflosigkeit erzählt, aber ich bezweifle, ob das allein ausgereicht hätte, daß Litchfield ... du weißt schon, petzt. Das andere – das er, wie du sagst, Probleme mit der Sinneswahrnehmung genannt hat – habe ich gar nicht mitbekommen. Ich war so betroffen, jemand könnte dich für vorzeitig senil halten, daß es mir gar nicht aufgefallen ist, obwohl ich selbst in letzter Zeit auch Probleme mit meiner Wahrnehmung habe.«

»*Du*!«

»Ja, Ma'am. Vor einer Weile hast du etwas Interessantes gesagt. Du hast gesagt, du hättest Janet auf eine wirklich interessante Weise gesehen. Auf eine furchteinflößende Weise. Du könntest dich nicht erinnern, was du *gesagt* hast, bevor die beiden gegangen sind, aber du wüßtest genau, wie du dich *gefühlt* hast. Du siehst den anderen Teil der Welt. Den *Rest* der Welt. Umrisse um die Dinge, Umrisse *in* den Dingen, Geräusche innerhalb von Geräuschen. Ich nenne es die Welt der Auren, und die erlebst du auch. Ist es nicht so, Lois?«

Sie sah ihn einen Moment schweigend an, dann schlug sie die Hände vor das Gesicht. »Ich dachte, ich würde den Verstand verlieren«, sagte sie, und dann sagte sie es noch einmal: »O Ralph, ich dachte, ich würde den Verstand verlieren.«

5

Er umarmte sie, dann ließ er sie los und hob ihr Kinn hoch. »Keine Tränen mehr«, sagte er. »Ich habe kein zweites Taschentuch dabei.«

»Keine Tränen mehr«, stimmte sie zu, aber ihre Augen funkelten schon wieder feucht. »Ralph, wenn du nur wüßtest, wie schrecklich es gewesen ist –«

»Das *weiß* ich.«

Sie lächelte strahlend. »Ja, das weißt du, oder nicht?«

»Dieser Idiot Litchfield ist nicht nur wegen der Schlaflosigkeit auf die Idee gekommen, daß du senil wirst – wahrscheinlich hat er auch mehr an die Alzheimersche gedacht –, sondern wegen etwas anderem ... das er für Halluzinationen gehalten hat. Richtig?«

»Kann sein, aber davon hat er damals nichts gesagt. Als ich ihm erzählte, was ich gesehen hatte – die Farben und alles –, schien er ausgesprochen verständnisvoll zu sein.«

»Hm-hmm, und kaum hast du sein Sprechzimmer verlassen gehabt, hat er deinen Sohn angerufen und ihm gesagt, er soll schleunigst nach Derry kommen und etwas wegen seiner alten Mom unternehmen, die die Leute in bunten Hüllen und mit langen Ballonschnüren sieht, die von ihren Köpfen emporschweben.«

»Die siehst du auch? Ralph, *die siehst du auch?«*

»Ich auch«, sagte er und lachte. Es hörte sich ein klein wenig irre an, aber das überraschte ihn nicht. Er wollte ihr hundert Fragen stellen; er fühlte sich rasend vor Ungeduld. Und da war noch etwas, etwas so Unerwartetes, daß er es zuerst überhaupt nicht hatte identifizieren können: er war geil. Nicht nur interessiert; richtig geil.

Lois weinte wieder. Ihre Tränen hatten die Farbe von Nebel über einem stillen See, und sie rauchten ein wenig, wenn sie ihre Wangen hinabliefen. Ralph wußte, sie würden dunkel und moosig schmecken, wie eingerollte Farntriebe im Frühling.

»Ralph ... das ... das ist ... herrje!«

»Größer als Michael Jackson in der Superbowl, was?«

Sie lachte kläglich. »Nun, nur ... du weißt schon, nur ein bißchen.«

»Es gibt einen Namen für das, was mit uns passiert, Lois, und das ist nicht Schlaflosigkeit oder Senilität oder die Alzheimersche Krankheit. Es heißt Hyperrealität.«

»Hyperrealität«, murmelte sie. »Herrgott, was für ein exotisches Wort.«

»Ja, das ist es. Ein Apotheker unten im Rite Aid, Joe Wyzer, hat es mir gesagt. Aber es ist viel mehr dran, als er wußte. Mehr als jeder bei klarem Verstand ahnen würde.«

»Ja, wie Telepathie ... das heißt, wenn es wirklich passiert. Ralph, *sind* wir noch bei Verstand?«

»Hat deine Schwiegertochter deine Ohrringe genommen?«

»Ich ... sie ... ja.« Lois richtete sich auf. »Ja, das hat sie.«

»Kein Zweifel?«

»Nein.«

»Dann hast du dir deine Frage selbst beantwortet. Wir sind bei Verstand ... aber ich glaube, was die Telepathie betrifft, irrst du dich. Wir lesen nicht *Gedanken,* sondern Auren. Hör zu, Lois, ich möchte dir alle möglichen Fragen stellen, aber ich glaube, du weißt, daß es nur eines gibt, was du wirklich wissen mußt. Hast du auch schon gesehen –« Er verstummte unvermittelt und fragte sich, ob er wirklich aussprechen sollte, was ihm auf der Zunge lag.

»Ob ich was gesehen habe?«

»Okay. Das wird sich verrückter anhören als alles, was du mir gesagt hast, aber ich bin nicht verrückt. Glaubst du das? Ich bin es *nicht.*«

»Ich glaube dir«, sagte sie nur, und Ralph spürte, wie ihm eine große Last von der Seele genommen wurde. Sie sagte die Wahrheit. Keine Frage; ihr Glaube leuchtete rings um sie herum auf.

»Okay, hör mir zu. Hast du, seit es bei dir angefangen hat, gewisse Leute gesehen, die nicht aussehen, als hätten sie etwas in der Harris Avenue verloren? Leute, die aussehen, als gehörten sie *gar nicht* in die normale Welt?«

Lois sah ihn verwirrt und verständnislos an.

»Sie sind kahlköpfig, sie sind sehr klein, sie tragen weiße Kittel und sehen fast wie Zeichnungen von Außerirdischen aus, die man manchmal auf Seite eins der Regenbogenpresse sieht, wie sie sie im Red Apple verkaufen. Die hast du nicht zufällig gesehen, wenn du deine Anfälle von Hyperrealität gehabt hast?«

»Nein, niemanden.«

Er schlug sich frustriert mit der Faust auf den Oberschenkel, dachte einen Moment nach, dann sah er wieder auf. »Montag morgen«, sagte er. »Bevor die Polizei bei Mrs. Locher gewesen ist ... hast du mich da gesehen?«

Lois nickte sehr bedächtig mit dem Kopf. Ihre Aura war ein wenig dunkler geworden, scharlachrote Spiralen, so dünn wie Fäden, kreisten langsam in einer Diagonalen darin.

»Dann könnte ich mir denken, daß du eine ziemlich gute Vorstellung davon hast, wer die Polizei angerufen hat«, sagte Ralph. »Oder nicht?«

»Oh, ich weiß, daß du es warst«, sagte Lois mit leiser Stimme. »Ich hatte es die ganze Zeit vermutet, aber bis jetzt war ich mir nicht sicher. Bis ich es ... du weißt schon, in deinen Farben gesehen habe.«

In meinen Farben, dachte er. So hatte Ed sie auch genannt.

»Aber du hast nicht zwei Miniaturversionen von Meister Proper aus ihrem Haus kommen sehen?«

»Nein«, sagte sie, »aber das hat nichts zu sagen, weil ich nicht einmal Mrs. Lochers *Haus* von meinem Schlafzimmerfenster aus sehen kann. Das Dach des Red Apple ist im Weg.«

Ralph verschränkte die Hände auf dem Kopf. *Natürlich*, das hätte er wissen müssen.

»Ich dachte mir, daß du die Polizei gerufen haben mußtest, weil ich, kurz bevor ich duschen ging, gesehen habe, wie du etwas mit einem Fernglas beobachtet hast. Das habe ich dich noch nie tun sehen, dachte mir aber, vielleicht wolltest du dir nur den streunenden Hund genauer ansehen, der donnerstagmorgens die Mülleimer plündert.« Sie deutete den Hügel hinab. *»Den da.«*

Ralph grinste. »Das ist kein Er, das ist die prächtige Rosalie.«

»Oh. Wie auch immer, ich war ziemlich lange unter der Dusche, weil ich eine spezielle Spülung für mein Haar nehme. Keine *Tönung«*, sagte sie schneidend, als hätte er ihr das vorgeworfen, »nur Proteine und etwas, das angeblich die Locken etwas fester macht. Als ich herauskam, war überall Polizei. Ich habe einmal zu deinem Haus gesehen, konnte dich aber nicht mehr erkennen. Entweder warst du in ein anderes Zimmer gegangen oder hattest dich in deinem Sessel zurückgelehnt. Das machst du manchmal.«

Ralph schüttelte den Kopf, als müßte er ihn freimachen. Er war in den ganzen Nächten nicht in einem leeren Theater gewesen; jemand anders hatte es ebenfalls besucht. Sie hatten nur in verschiedenen Logen gesessen.

»Lois, der Streit, den Bill und ich hatten, drehte sich eigentlich gar nicht um Schach. Er drehte –«

Unten am Hügel stieß Rosalie ein eingerostetes Bellen aus und rappelte sich auf die Füße. Ralph sah in ihre Richtung und spürte, wie sich ein Eiszapfen in seinen Bauch bohrte. Obwohl sie beide seit fast einer halben Stunde hier saßen und sich in dieser Zeit niemand den öffentlichen Toiletten unten auch nur genähert hatte, ging nun die Hartplastiktür des Port-O-San mit der Aufschrift MÄNNER langsam auf.

Doc Nr. 3 kam heraus. McGoverns Panama, dessen Krempe am Rand zerbissen war, hatte er schräg auf den Kopf gesetzt, wodurch er auf unheimliche Weise McGovern selbst ähnelte, als Ralph ihn zum erstenmal mit dem braunen Fedora gesehen hatte – wie ein Reporter in einem Kriminalfilm aus den vierziger Jahren.

In einer Hand hielt der kahlköpfige Fremde das rostige Skalpell erhoben.

Kapitel 13

I

»Lois?« Ralph fand, seine Stimme hörte sich an, als würde sie aus einem langen, tiefen Canyon kommen. »Lois, siehst du das?«

»Ich weiß nicht …« Sie verstummte. »Hat der Wind die Toilettentür aufgestoßen? Nein, richtig? Ist jemand da? Macht der Hund deshalb so ein Theater?«

Rosalie wich langsam vor dem kahlköpfigen Mann zurück; sie hatte die zottigen Ohren angelegt und fletschte so verfaulte Zähne, daß sie nicht bedrohlicher wirkten als Gummistöpsel. Sie stieß ein heiseres, abgehacktes Bellen aus, dann winselte sie verzweifelt.

»Ja! *Siehst* du ihn nicht, Lois? Er ist *direkt da!*«

Ralph sprang auf die Füße. Lois stand mit ihm auf und schirmte mit einer Hand die Augen ab. Sie spähte mit verzweifelter Anstrengung den Hügel hinab. »Ich sehe ein Flimmern, mehr nicht. Wie Luft über einem Heizkörper.«

»Ich hab dir gesagt, du sollst sie in Ruhe lassen!« schrie Ralph den Hügel hinunter. *»Hör auf! Und mach, daß du verschwindest!«*

Der kahlköpfige Mann sah in Ralphs Richtung, aber diesmal drückte sein Gesicht keine Überraschung aus; es war gelassen, unbeeindruckt. Er hob den Mittelfinger der rechten Hand, zeigte Ralph den uralten Gruß und fletschte dann selbst die Zähne – viel spitzer und gefährlicher als die von Rosalie – zu einem stummen Lachen.

Rosalie duckte sich, als der kleine Mann im schmutzigen Kittel wieder auf sie zukam, dann hob sie tatsächlich eine Pfote und legte sie sich auf den Kopf, eine Geste wie aus einem Trickfilm, die komisch hätte wirken müssen, aber nur dazu diente, das Ausmaß ihrer Angst zu verdeutlichen.

»Was kann ich nicht sehen, Ralph?« stöhnte Lois. »Ich sehe *etwas*, aber –«

»Geh WEG von ihr!« brüllte Ralph und hob wieder die Hand zu der Karate-Geste. Aber die Hand – aus der vorhin dieser erstaunliche blaue Lichtstrahl hervorgeschossen war – fühlte sich immer noch wie eine ungeladene Waffe an, und diesmal schien es der Doc auch zu wissen. Er sah in Ralphs Richtung und winkte ihm kurz und höhnisch zu.

[Ach, hör auf, Kurzer – setz dich, halt die Klappe und genieß die Vorstellung!]

Die Kreatur am Fuß des Hügels richtete ihre Aufmerksamkeit wieder auf Rosalie, die zusammengekauert am Stamm einer riesigen alten Kiefer saß. Aus den Rissen in der Rinde des Baums strömte dünner grünlicher Dunst. Der kahlköpfige Arzt beugte sich über Rosalie und hatte eine Hand zu einer streichelnden Geste ausgestreckt, die überhaupt nicht zu dem Skalpell passen wollte, das er in der kleinen linken Faust hielt.

Rosalie winselte ... dann streckte sie den Hals und leckte der Kreatur unterwürfig die Handfläche.

Ralph betrachtete seine eigenen Hände und spürte etwas in ihnen – nicht die Kraft von vorhin, nichts dergleichen, aber *etwas.* Plötzlich tanzten grellweise Funken dicht über seinen Nägeln. Als hätten sich die Finger in Zündkerzen verwandelt.

Lois zupfte inzwischen hektisch an ihm. »Was ist mit dem Hund, Ralph? *Was ist mit ihm?«*

Ohne darüber nachzudenken, was er tat oder warum, legte Ralph die Hände auf Lois' Augen, wie jemand, der »Rat mal wer« mit seiner Liebsten spielt. Seine Finger leuchteten kurzzeitig so grell weiß auf, daß er fast erblindete. *Muß das Weiß sein, von dem sie immer in der Waschmittelwerbung sprechen,* dachte er.

Lois schrie. Sie griff mit den Händen nach seinen Handgelenken, umklammerte sie und ließ wieder los. »Mein Gott, Ralph, was hast du mit mir gemacht?«

Er nahm seine Hände weg und sah eine grellweiße liegende Acht um ihre Augen herum; es war, als hätte sie gerade eine in Puderzucker getauchte Brille abgenommen. Das Weiß begann in dem Moment zu verblassen, als er die Hände wegnahm ... aber ...

Es verblaßt nicht, dachte er. *Es sinkt ein.*

»Vergiß es«, sagte er und deutete bergab. »Schau!«

Ihre aufgerissenen Augen verrieten ihm alles, was er wissen mußte. Doc Nr. 3, der sich von Rosalies verzweifeltem Versuch, seine Freundschaft zu erringen, nicht im geringsten beeindrucken ließ, stieß ihre Schnauze mit der Hand beiseite, die das Skalpell hielt. Er packte das alte Tuch um ihren Hals mit der anderen Hand und riß ihren Kopf hoch. Rosalie heulte kläglich. Sabber lief seitlich an ihrem Kopf herab. Der kahlköpfige Mann stieß ein schleimiges Kichern aus, bei dem Ralph eine Gänsehaut bekam.

[»He! Hör auf! Hör auf, den Hund zu quälen!«]

Der Kopf des kahlköpfigen Mannes fuhr herum. Das Grinsen verschwand von seinem Gesicht, und er fauchte Lois an, wobei er sich selbst ein wenig wie ein Hund anhörte.

[Hah, verpiß dich bloß, du fette alte kurzfristige Fotze! Der Hund gehört mir, das hab ich deinem schlappschwänzigen Freund schon gesagt!]

Der kahlköpfige Mann hatte das blaue Tuch losgelassen, als Lois ihn angesprochen hatte, und jetzt preßte sich Rosalie wieder an die Kiefer, verdrehte die Augen, und Schaum troff von ihren Lefzen. Ralph hatte in seinem ganzen Leben noch nie ein so durch und durch verängstigtes Geschöpf gesehen.

»Lauf!« schrie Ralph. *»Geh weg!«*

Sie schien ihn nicht zu hören, und nach wenigen Augenblicken wurde Ralph klar, daß sie ihn *tatsächlich* nicht hören konnte, weil Rosalie nicht mehr ganz da war. Der kahlköpfige Arzt hatte schon etwas mit ihr angestellt – er hatte sie zumindest teilweise aus der gewöhnlichen Wirklichkeit herausgezogen wie ein Farmer, der einen Baumstumpf mit dem Traktor und einer Kette herauszieht.

Ralph versuchte es trotzdem noch einmal.

[»Lauf, Rosalie! Lauf weg!«]

Diesmal spitzte sie die angelegten Ohren und drehte den Kopf langsam in Ralphs Richtung. Er erfuhr aber nie, ob sie ihm gehorchen wollte oder nicht, denn der kahlköpfige Mann ergriff das Tuch wieder, bevor sie sich in Bewegung setzen konnte. Er riß ihren Kopf wieder hoch.

»Er wird sie umbringen!« kreischte Lois. *»Er wird ihr mit diesem Ding die Kehle durchschneiden! Laß es nicht zu Ralph! Du mußt ihn daran hindern!«*

»Ich kann nicht! Vielleicht kannst du es! Schieß auf ihn! Schieß mit deiner Hand auf ihn!«

Sie sah ihn verständnislos an. Ralph machte eine verzweifelte Holzhacker-Geste mit der rechten Hand, aber bevor Lois ihrerseits die Hand heben konnte, stieß Rosalie ein gräßliches, hilfloses Heulen aus. Der kahlköpfige Arzt hob das Skalpell und ließ es herunterfahren, aber er schnitt nicht Rosalies Kehle durch.

Er schnitt ihre Ballonschnur durch.

2

Zwei Fäden schwebten aus den Nasenlöchern von Rosalie in die Höhe. Sie verflochten sich etwa fünfzehn Zentimeter über der Schnauze und bildeten einen zierlichen Zopf, und genau an dieser Stelle verrichtete das Skalpell von Kahlkopf Nr. 3 seine Arbeit. Ralph sah voller Entsetzen, wie der abgeschnittene Zopf dem Himmel entgegenschwebte wie die Schnur eines losgelassenen Heliumballons. Dabei wand er sich auseinander. Ralph dachte, er würde in den Zweigen der alten Kiefer hängenbleiben, aber es kam anders. Als die aufsteigende Ballonschnur schließlich den ersten Zweig erreichte, ging sie einfach durch ihn hindurch.

Logisch, dachte Ralph. *So wie die Kumpels dieses Burschen durch May Lochers abgesperrte Eingangstür gegangen sind, nachdem sie mit ihr dasselbe gemacht hatten.*

Diesem Einfall folgte ein Gedanke, der zu einfach und grausam logisch war, als daß er ihn hätte verwerfen können: keine Außerirdischen, keine kleinen kahlköpfigen Ärzte, sondern Zenturionen. Ed Deepneaus Zenturionen. Sie sahen nicht wie die römischen Soldaten aus, die man in Blechhosen-Epen wie *Spartacus* oder *Ben Hur* sah, richtig, aber sie *mußten* Zenturionen sein, oder nicht?

Fünf oder sechs Meter über dem Boden verblaßte Rosalies Ballonschnur einfach und verschwand.

Ralph senkte den Blick gerade rechtzeitig, daß er sehen konnte, wie der kahlköpfige Gnom dem Hund das verblichene blaue Tuch über den Kopf zog und ihn dann zum Baumstamm hinstieß. Ralph betrachtete die Hündin eingehender und spürte, wie sich sein ganzes Fleisch fester über den Knochen zusammenzog. Sein Traum von Carolyn wurde ihm mit unerbittlicher Grausamkeit wieder ins Gedächtnis gerufen, und er mußte sich anstrengen, damit er keinen Schrei des Entsetzens ausstieß.

Ganz recht, Ralph, nicht schreien. Das solltest du nicht tun, denn wenn du erst einmal angefangen hast, kannst du vielleicht nicht mehr aufhören – du schreist vielleicht einfach weiter, bis es dir die Kehle zerreißt. Denk an Lois, denn sie steckt jetzt auch mit drin. Denk an Lois und fang nicht an zu schreien.

Ah, aber das fiel ihm schwer, denn die Käfer aus dem Traum, die aus Carolyns Kopf gequollen waren, kamen jetzt als zuckende schwarze Ströme aus Rosalies Nasenlöchern.

Das sind keine Käfer. Ich weiß nicht, was sie sind, aber es sind keine Käfer.

Nein, keine Käfer – nur eine andere Art von Aura. Alptraumhaftes schwarzes Zeug, weder Flüssigkeit noch Gas, wurde mit jedem Atemzug aus Rosalie herausgepumpt. Es schwebte nicht davon, sondern umgab sie als träge, widerliche Schnörkel von Anti-Licht. Diese Schwärze hätte sie eigentlich den Blicken entziehen müssen, aber das tat sie nicht. Ralph konnte ihre flehenden, entsetzten Augen sehen, während die Schwärze sich um ihren Kopf herum sammelte und ihr dann an Rücken, Flanken und Beinen hinablief.

Es war ein Leichentuch, ein *echtes* Leichentuch, und er wurde Zeuge, wie Rosalie, deren Ballonschnur durchgeschnitten war, es unablässig um sich selbst herum wob wie eine giftige Gebärmutter. Dieser Vergleich rief die Stimme von Ed Deepneau in seiner Erinnerung auf den Plan, der gesagt hatte, daß die Zenturionen Babys aus dem Schoß ihrer Mütter rissen und sie in Lastwagen wegbrachten, die mit Planen abgedeckt waren.

Hast du dich schon mal gefragt, was sich unter diesen Planen befindet? hatte Ed gefragt.

Hatte das etwas hiermit zu tun? Ja?

Doc Nr. 3 stand da und sah grinsend auf Rosalie herab. Dann löste er den Knoten ihres Tuchs, legte es sich selbst um den Hals und band einen großen, lockeren Knoten, so daß es aussah wie die Krawatte eines Bohemiens. Als er das getan hatte, sah er mit einem Ausdruck abscheulicher Selbstgefälligkeit zu Ralph und Lois auf. *Da!* sagte dieser Ausdruck. *Ich habe letztlich doch getan, was ich wollte, und ihr habt nicht das geringste dagegen unternehmen können, richtig?*

[»Tu etwas, Ralph! Bitte tu etwas! Er soll aufhören!«]

Dazu war es jetzt zu spät, aber möglicherweise noch nicht, ihn seines Weges zu schicken, bevor er den Anblick genießen konnte, wie Rosalie tot am Fuß des Baums zusammenbrach. Er war ziemlich sicher, daß Lois keinen Karateschlag mit blauem Licht zustandebringen konnte, so wie er, aber möglicherweise konnte sie etwas anderes.

Ja – sie kann auf ihre Weise auf ihn schießen.

Er wußte nicht, warum er da so sicher war, aber plötzlich war er es. Er packte Lois an den Schultern, damit sie ihn ansah, dann hob er die rechte Hand. Er winkelte den Daumen an und richtete den Zeigefinger auf den kahlköpfigen Mann. Nun sah er wie ein kleines Kind aus, das Räuber und Gendarm spielt.

Lois reagierte mit einem mißfälligen und verständnislosen Blick. Ralph nahm ihre Hand und zog ihr den Handschuh aus.

[»Du! Du, Lois!«]

Sie verstand, was er meinte, hob selbst die Hand, streckte den Zeigefinger aus und machte wie ein Kind eine schießende Geste: Peng! Peng!

Zwei kompakte, rhombusförmige Strahlen, deren graublauer Farbton identisch mit Lois' Aura war, nur viel heller, schossen aus den Enden ihrer Finger und bergab.

Doc Nr. 3 kreischte und sprang in die Höhe, hielt die zu Fäusten geballten Hände in Schulterhöhe, und die Absätze seiner schwarzen Schuhe knallten gegen seinen Hintern, als die erste dieser »Kugeln« unter ihm durchging. Sie schlug auf dem Boden auf, prallte ab wie ein flacher Stein auf einer Wasseroberfläche und traf das Port-O-San mit der Aufschrift FRAUEN. Einen Augenblick glühte die ganze Fassade so grell wie das Fenster des Buffy-Buffy.

Das zweite grau-blaue Geschoß traf die linke Hüfte des Kahlkopfs und heulte als Querschläger himmelwärts. Er schrie – ein hohes, schrilles Geräusch, das sich wie ein Wurm in Ralphs Kopf zu fressen schien. Ralph hob die Hände zu den Ohren, obwohl es nichts nützen würde, und sah, daß Lois seinem Beispiel folgte. Er war sicher, wenn dieser Schrei lang anhalten würde, würde er ihm so sicher den Schädel spalten, wie das hohe C feines Kristallglas zerschmettern kann.

Doc Nr. 3 fiel neben Rosalie auf den nadelübersäten Boden. rollte sich hin und her, heulte und hielt sich die Hüfte wie ein kleines Kind sich die Stelle halten würde, die es sich gestoßen hat, als es vom Dreirad gefallen ist. Nach einigen Augenblicken wurde der Schrei leiser, und er sprang auf die Füße. Seine Augen waren hellgrün und funkelten sie unter der weißen Stirn an. Bills Panama hatte er jetzt weit nach hinten geschoben, und die linke Seite des Kittels war schwarz und rauchte.

[Das zahle ich euch heim! Euch beiden! Gottverdammte kurzfristige Störenfriede! DAS ZAHLE ICH EUCH BEIDEN HEIM!]

Er wirbelte herum und hüpfte den Weg hinunter, der zum Spielplatz und den Tennisplätzen führte; große, weite Sprünge wie ein Astronaut auf dem Mond. Seiner Schnelligkeit nach zu urteilen, konnte Lois' Schuß nicht viel Schaden angerichtet haben.

Lois packte Ralph an den Schultern und schüttelte ihn. Dabei begannen die Auren wieder zu verblassen.

[»Die Kinder! Er ist unterwegs zum Kinderspielplatz!«]

Sie verblaßte, und das schien vollkommen logisch zu sein, denn plötzlich sah er, daß Lois überhaupt nicht redete, sondern ihn mit ihren dunklen Augen nur starr ansah, während sie seine Schultern umklammert hielt.

»Ich kann dich nicht hören!« rief er. »Lois, ich kann dich nicht hören!«

»Was ist los, bist du taub? Er ist zum Spielplatz unterwegs! Zu den Kindern! *Wir dürfen nicht zulassen, daß er den Kindern etwas tut!*«

Ralph stieß einen zitternden Stoßseufzer aus. »Das wird er nicht.«

»Wie willst du das wissen?«

»Keine Ahnung. Ich weiß es eben.«

»Ich habe auf ihn geschossen.« Sie hielt sich den Finger vors Gesicht und sah einen Moment wie eine Frau aus, die einen Selbstmord simuliert. »Ich habe mit dem Finger auf ihn geschossen.«

»Hm-hmm. Und es hat ihm wehgetan. Ziemlich, wie es ausgesehen hat.«

»Ich kann die Farben nicht mehr sehen, Ralph.«

Er nickte. »Sie kommen und gehen wie Rundfunksender in der Nacht.«

»Ich weiß nicht, was ich empfinde … ich weiß nicht einmal, was ich empfinden *möchte!*« Letzteres wimmerte sie, und Ralph nahm sie in die Arme. Bei allem, was sich derzeit gerade in seinem Leben abspielte, war eines ganz deutlich: Es war wunderbar, wieder eine Frau in den Armen zu halten.

»Schon gut«, sagte er ihr und preßte das Gesicht an ihren Kopf. Ihr Haar roch angenehm, ohne das Aroma von Chemikalien aus dem Schönheitssalon, an das er sich die letzten zehn oder fünfzehn Jahre ihres gemeinsamen Zusammenlebens bei Carolyn erinnerte. »Laß es vorerst einfach dabei bewenden, okay?«

Sie sah zu ihm auf. Er konnte den feinen, perligen Nebel nicht mehr über ihre Pupillen ziehen sehen, war aber überzeugt, daß er noch da sein mußte. Und außerdem waren es sehr hübsche Augen, auch ohne diese zusätzliche Attraktion. »Wozu geschieht das alles, Ralph? Weißt du, *wozu* es geschieht?«

Er schüttelte den Kopf. In seiner Vorstellung kreisten die Teile eines Puzzles – Hüte, Docs, Hunde, Spruchbänder, platzende Puppen voll falschem Blut –, die sich nicht zusammenfügen wollten. Zumindest im Augenblick war ihm am deutlichsten der Ausspruch des alten Dor gegenwärtig: *Geschehenes läßt sich nicht ungeschehen machen.*

Ralph hatte eine Ahnung, als wäre das die reine Wahrheit.

3

Ein trauriges, leises Winseln erweckte seine Aufmerksamkeit, und Ralph sah den Hügel hinab. Rosalie lag am Stamm der großen Kiefer und versuchte aufzustehen. Ralph konnte die schwarze Hülle um sie herum nicht mehr sehen, war aber sicher, daß sie noch da war.

»O Ralph, das arme Ding! Was können wir tun!«

Sie konnten gar nichts tun. Ralph war ganz sicher. Er nahm Lois' rechte Hand in seine beiden und wartete, daß Rosalie sich hinlegen und sterben würde.

Aber anstatt zu sterben, bäumte sie sich so heftig mit dem ganzen Körper auf, daß sie auf die Füße kam und fast zur anderen Seite umgekippt wäre. Sie blieb einen Moment ruhig stehen und hielt den Kopf so tief, daß ihre Schnauze fast den Boden berührte, dann nieste sie drei- oder viermal. Nachdem das erledigt war, schüttelte sie sich und sah zu Ralph und Lois auf. Sie kläffte einmal, ein sprödes, abgehacktes Geräusch. Für Ralph hörte es sich so an, als wollte sie ihnen sagen, daß sie sich keine Sorgen mehr zu machen brauchten. Dann drehte sie sich um und ging durch den kleinen Kiefernhain zum anderen Ausgang des Parks. Bevor Ralph sie aus dem Augen verlor, hatte sie wieder die hinkende und doch gewandte Gangart angenommen, die ihr Markenzeichen war. Das schlimme Bein war nicht besser als vor dem Eingreifen von Doc Nr. 3, aber es schien auch nicht schlimmer zu sein. Alt, aber alles andere als tot (*genau wie wir anderen Harris Avenue Altvorderen*, dachte Ralph), verschwand sie zwischen den Bäumen.

»Ich dachte, das Ding würde sie töten«, sagte Lois. »Ich glaubte, es *hätte* sie getötet.«

»Ich auch«, sagte Ralph.

»Ralph, ist das alles wirklich passiert? Es ist passiert, nicht?«

»Ja.«

»Die Ballonschnüre … glaubst du, daß sie Lebenslinien sind?«

Er nickte langsam. »Ja. Wie Nabelschnüre. Und Rosalie …«

Er dachte an das erste richtige Erlebnis mit den Auren zurück, wie er mit dem Rücken zu dem blauen Briefkasten vor dem Rite Aid gestanden und das Kinn fast bis auf die Brust hatte sinken lassen. Von den sechzig oder siebzig Menschen, die er gesehen hatte, bevor die Auren wieder verblaßt waren, hatten nur einige wenige diese schwarzen Umhüllungen getragen, die er jetzt als Leichentücher betrachtete, und dasjenige, das Rosalie um sich herum gestrickt hatte, war bei weitem schwärzer gewesen als alle an jenem Tag. Aber die Leute auf dem Parkplatz, deren Auren schwarz gewesen waren, hatten ausnahmslos krank ausgesehen ... wie Rosalie, deren Aura die Farbe verschwitzer Socken gehabt hatte, noch bevor Doc Nr. 3 sich ihrer annahm.

Vielleicht hat er nur beschleunigt, was sonst ein vollkommen natürlicher Vorgang gewesen wäre, dachte er.

»Ralph?« fragte Lois. »Was ist mit Rosalie?«

»Ich glaube, meine alte Freundin Rosalie lebt jetzt von geborgter Zeit«, sagte Ralph.

Lois dachte darüber nach, während sie bergab in den sonnigen Hain sah, wo Rosalie verschwunden war. Schließlich drehte sie sich wieder zu Ralph um. »Der Gnom mit dem Skalpell war einer der Männer, die du aus dem Haus von May Locher hast kommen sehen, richtig?«

»Nein. Das waren die beiden anderen.«

»Hast du noch mehr gesehen?«

»Nein.«

»Glaubst du, daß es noch mehr *gibt?*«

»Ich weiß nicht.«

Er dachte, sie würde als nächstes fragen, ob ihm aufgefallen sei, daß die Kreatur Bills Panamahut aufgehabt habe, aber das tat sie nicht. Ralph hielt es für möglich, daß sie ihn gar nicht wiedererkannt hatte. Zuviel Unheimliches hatte sich abgespielt, und außerdem war kein Stück aus der Krempe herausgebissen gewesen, als sie ihn zum letztenmal bei Bill gesehen hatte. *Pensionierte Geschichtslehrer sind einfach nicht der Typ, der in Hutkrempen beißt,* überlegte er und grinste.

»Das war vielleicht ein Vormittag, Ralph.« Lois sah ihm unverwandt in die Augen. »Ich glaube, wir müssen darüber reden, findest du nicht? Ich muß, wirklich wissen, was hier vor sich geht.«

Ralph erinnerte sich an den Morgen – der jetzt tausend Jahre zurücklag –, als er vom Picknickplatz kommend die Straße entlang ging, seine kurze Liste von Bekannten abhakte und sich überlegte, mit wem er reden sollte. Er hatte Lois von der Liste gestrichen, weil er befürchtete, sie könnte bei ihren Freundinnen klatschen, und nun schämte er sich dieser irrigen Einschätzung, die mehr auf McGoverns Vorstellung von Lois als auf seiner eigenen basierte. Wie sich herausstellte, hatte Lois bis heute morgen nur mit dem einzigen Menschen auf der Welt über die Auren gesprochen, bei dem das Geheimnis eigentlich hätte sicher aufgehoben sein müssen.

Er nickte ihr zu. »Du hast recht. Wir müssen reden.«

»Möchtest du gerne zu einem verspäteten Mittagessen zu mir kommen? Ich mache ein ziemlich gutes Pfannengemüse für eine alte Tante, die nicht mehr weiß, wo sie ihre Ohrringe gelassen hat.«

»Mit Vergnügen. Ich werde dir sagen, was ich weiß, aber es wird eine Weile dauern. Als ich heute morgen mit Bill geredet habe, habe ich ihm nur die *Reader's Digest*-Version gegeben.«

»Aha«, sagte Lois. »Der Streit ging um Schach, ja?«

»Nun, vielleicht nicht«, sagte Ralph und betrachtete lächelnd seine Hände. »Vielleicht war er mehr wie der Streit, den du mit deinem Sohn und deiner Schwiegertochter gehabt hast. Und das Verrückteste habe ich ihm nicht mal erzählt.«

»Aber mir würdest du es erzählen?«

»Ja«, sagte er und stand auf. »Ich wette, du bist eine verdammt gute Köchin. Tatsächlich –« Er verstummt unvermittelt und hielt sich eine Hand an die Brust. Dann ließ er sich schwer auf die Bank zurücksinken und riß Augen und Mund auf.

»Ralph? Alles in Ordnung?«

Ihre erschrockene Stimme schien aus weiter Ferne zu kommen. Vor seinem geistigen Auge sah er wieder Kahlkopf Nr. 3 zwischen dem Buffy-Buffy und dem Mietshaus nebenan stehen. Kahlkopf Nr. 3 versuchte, Rosalie über die Straße zu locken, damit er ihre Ballonschnur durchschneiden konnte.

Da war es ihm nicht gelungen, aber er hatte die Aufgabe erledigt, bevor

(Ich wollte mit ihr spielen!)

der Vormittag vorüber war.

Vielleicht ist die Tatsache, daß Bill McGovern nicht der Typ ist, der in seinen Hut beißen würde, nicht der einzige Grund, weshalb Lois nicht aufgefallen ist, was für einen Hut Kahlkopf Nr. 3 da getragen hat, Ralph, alter Freund. Vielleicht hat sie es nicht bemerkt, weil sie es nicht bemerken wollte. *Vielleicht* gibt *es ein paar Teile, die zusammenpassen, und wenn du recht hast, dann sind die Folgen weitreichend. Das ist dir doch klar, oder nicht?*

»Ralph? Was ist denn los?«

Er sah, wie der Gnom ein Stück aus dem Panama abbiß und ihn dann wieder auf den Kopf setzte. Hörte ihn sagen, daß er nun statt dessen mit Ralph spielen müßte.

Aber nicht nur mit mir. Mit mir und meinen Freunden, hat er gesagt. Mit mir und meinen Arschlöchern von Freunden.

Und als er jetzt zurückdachte, sah er noch etwas. Er sah, wie die Sonne Funkensplitter aus den Ohrläppchen von Doc Nr. 3 schlug, als er – oder es – in die Krempe von McGoverns Hut gebissen hatte. Die Erinnerung war so deutlich, daß er sie nicht in Frage stellen konnte, ebensowenig wie die Bedeutung.

Die weitreichende Bedeutung.

Immer mit der Ruhe – du weißt nichts mit Sicherheit, und das Irrenhaus wartet direkt hinter dem Horizont, mein Freund. Ich glaube, das solltest du nicht vergessen, es möglicherweise als einen Anker benutzen. Es ist mir gleich, ob Lois das alles auch sieht oder nicht. Die anderen *Männer in weißen Kitteln, nicht die kahlköpfigen halben Portionen, sondern die muskulösen Typen mit den Schmetterlingsnetzen und den Thorazinspritzen, können jederzeit auftauchen. Jederzeit.*

Aber trotzdem.

Trotzdem.

»Ralph! Großer Gott, *sprich* mit mir!« Lois schüttelte ihn, und zwar heftig, wie eine Ehefrau, die ihren Mann wachrütteln möchte, damit er nicht zu spät zur Arbeit kommt.

Er sah sie an und versuchte, ein Lächeln zustande zu bringen. Es fühlte sich in seinem Inneren falsch an, schien Lois aber zu überzeugen, denn sie entspannte sich. Jedenfalls ein wenig. »Tut mir leid«, sagte er. »Ein paar Augenblicke ist mir alles einfach … du weißt schon, über den Kopf gewachsen.«

»Mach mir nie wieder solche Angst! Wie du dir an die Brust gefaßt hast, mein Gott!«

»Mir geht es gut«, sagte Ralph und zwang sich zu einem noch breiteren falschen Lächeln. Er kam sich vor wie ein Kind, das einen Strang Silly Putty zieht und feststellen will, wie weit es ihn ziehen kann, bevor er zu dünn wird und reißt. »Und wenn du noch kochen willst, komme ich immer noch zum Essen.«

Drei-sechs-neun, die Gans trank Wein.

Lois sah ihn eindringlich an und entspannte sich. »Gut. Das wäre schön. Ich habe schon lange für niemand mehr gekocht, außer für Simone und Mina – das sind meine Freundinnen, weißt du.« Dann lachte sie. »Aber das habe ich nicht gemeint. Das ist nämlich nicht der Grund, weshalb es mir Spaß machen würde …«

»Was meinst du damit?«

»Daß ich schon lange nicht mehr für einen *Mann* gekocht habe. Ich hoffe, ich habe nicht vergessen, wie es geht.«

»Nun, an dem Tag, als Bill und ich bei dir waren und die Nachrichten angesehen haben – da gab es Makkaroni mit Käse. Das war auch gut.«

Sie machte eine wegwerfende Geste. »Aufgewärmt. Das zählt nicht.«

Der Affe wollte Schaffner in der Straßenbahn sein. Die Bahn geriet in Not –

Er lächelte breiter denn je. Wartete darauf, daß es reißen würde. »Ich bin sicher, du hast es nicht vergessen, Lois.«

»Mr. Chasse hatte einen *ausgesprochen* herzhaften Appetit. In jeder Beziehung. Aber dann bekam er Probleme mit der Leber und …« Sie seufzte, dann ergriff sie Ralphs Arm und hielt ihn mit einer Mischung aus Schüchternheit und Entschlossenheit fest, die er absolut bezaubernd fand. »Vergiß es. Ich habe es satt, der Vergangenheit nachzutrauern und zu schniefen. Das überlasse ich Bill. Gehen wir.«

Er stand auf, hakte den Arm bei ihr unter und ging mit ihr den Hügel hinab zum gegenüberliegenden Ausgang des

Parks. Lois betrachtete strahlend die jungen Mütter auf dem Spielplatz, als sie und Ralph an ihnen vorbeigingen. Ralph war froh um die Ablenkung. Er konnte sich sagen, er sollte mit einem endgültigen Urteil noch warten; er konnte sich immer wieder daran erinnern, daß er nicht genug über das wußte, was mit ihm und Lois geschah, um sich einzubilden, er könnte logisch darüber nachdenken, aber er kam trotzdem zu dieser Schlußfolgerung. Die Schlußfolgerung kam ihm im Innersten seines Herzens richtig vor, und er war schon weitgehend zur Überzeugung gelangt, daß in der Welt der Auren Fühlen und Wissen so gut wie identisch waren.

Von den beiden anderen weiß ich nichts, aber Doc Nr. 3 ist ein wahnsinniger Arzt ... und er nimmt Souvenirs mit. Nimmt sie mit wie ein paar Irre in Vietnam Ohren gesammelt haben.

Daß Lois' Schwiegertochter einem bösen Impuls gefolgt war, die Diamantohrringe von dem Porzellanteller genommen und in die Tasche ihrer Jeans gesteckt hatte, daran zweifelte er nicht. Aber Janet Chasse hatte sie nicht mehr; zweifellos machte sie sich bereits schwere Vorwürfe, weil sie sie verloren hatte, und fragte sich, warum sie sie überhaupt erst weggenommen hatte.

Ralph wußte, der Winzling mit dem Skalpell hatte McGoverns Hut, auch wenn es Lois nicht aufgefallen war, und sie hatten beide gesehen, wie er Rosalies Halstuch mitgenommen hatte. Als Ralph von der Bank aufstehen wollte, war ihm klar geworden, die Lichtblitze, die er von den Ohrläppchen der Kreatur hatte funkeln sehen, bedeuteten mit ziemlicher Sicherheit, daß Doc Nr. 3 auch Lois' Diamantohrringe hatte.

4

Der Schaukelstuhl des verstorbenen Mr. Chasse stand auf verblaßtem Linoleum neben der Tür zu hinteren Veranda. Lois führte Ralph zu ihm und sagte, er solle ihr »nicht zwischen den Füßen herumlaufen«. Ralph hielt das für einen Rat, den er befolgen konnte. Kräftiges Licht, Nachmittagslicht, fiel ihm auf den Schoß, während er dasaß und schaukelte. Ralph war nicht sicher, wie es so schnell so spät hatte werden können, aber irgendwie war es geschehen. *Vielleicht bin ich eingeschlafen,* dachte er. *Vielleicht schlafe ich noch und träume das alles.* Er sah zu, wie Lois einen Wok (eindeutig Hobbit-Größe) aus einem Hängeschrank holte. Fünf Minuten später zogen leckere Gerüche durch die Küche.

»Ich habe dir *gesagt,* eines Tages würde ich für dich kochen«, sagte Lois und fügte Gemüse aus der Tiefkühltruhe und Gewürze aus einem der Hängeschränke hinzu. »Das war an dem Tag, als ich dir und Bill die Makkaronireste mit Käse gegeben habe. Weißt du noch?«

»Ich glaube ja«, sagte Ralph lächelnd.

»Im Milchkasten auf der Veranda draußen steht eine Flasche Cidre – Cidre hält sich draußen immer am besten. Würdest du ihn holen? Du kannst auch gleich einschenken. Meine guten Gläser sind im Schrank über der Spüle, an den ich nicht herankomme, ohne daß ich mich auf einen Stuhl stelle. Ich glaube, du bist groß genug, daß du es ohne Stuhl schaffst. Wie groß bist du, Ralph, einsfünfundachtzig?«

»Einsachtundachtzig. War ich zumindest; möglicherweise habe ich in den letzten zehn Jahren einen oder zwei Zentimeter verloren. Die Wirbelsäule fällt in sich zusammen, oder so was. Aber wegen mir mußt du dir nicht so eine Mühe machen. Ehrlich.«

Sie sah ihn gelassen an, stemmte die Hände an die Hüften, und in einer hielt sie den Löffel, mit dem sie den Inhalt des Wok umgerührt hatte. Ihre Strenge wurde durch die Andeutung eines Lächelns gemildert. »Ich habe gesagt, meine *guten* Gläser, Ralph Roberts, nicht meine *besten* Gläser.«

»Jawohl, Ma'am«, sagte er grinsend, dann fügte er hinzu: »So, wie es riecht, scheinst du dich doch noch daran zu erinnern wie man für einen Mann kocht.«

»Die Qualität des Puddings erweist sich beim Essen«, antwortete Lois, aber Ralph dachte, daß sie sich zu freuen schien, als sie sich zu dem Wok umdrehte.

5

Das Essen war gut, und sie unterhielten sich nicht über das, was im Park vorgefallen war, während sie sich bedienten. Ralphs Appetit war unregelmäßig und seit Beginn der Schlaflosigkeit häufiger schwach als stark, aber heute langte er herzhaft zu und spülte Lois' würziges Pfannengemüse mit drei Gläsern Cidre hinunter (während er das letzte austrank, hoffte er nervös, daß ihn die Aktivitäten des heutigen Tages nicht allzu weit von einer Toilette wegführen würden). Als sie fertig waren, stand Lois auf, ging zur Spüle und ließ heißes Wasser zum Geschirrspülen ein. Dabei griff sie die Unterhaltung von vorhin wieder auf wie ein halbfertiges Strickzeug, das wegen einer anderen, dringenderen Aufgabe vorübergehend zur Seite gelegt worden war.

»Was hast du mit mir gemacht?« fragte sie. »Was hast du gemacht, damit die Farben zurückgekommen sind?«

»Ich weiß nicht.«

»Es war, als hätte ich am Rand dieser Welt gestanden, und als du mir die Hand auf die Augen gelegt hast, hast du mich hineingestoßen.«

Er nickte und dachte daran, wie sie in den ersten Sekunden ausgesehen hatte, nachdem seine Hand ihre Augen nicht mehr bedeckt hatte – als hätte er ihr gerade eine in Puderzucker getauchte Brille abgenommen. »Es war rein instinktiv. Und du hast recht, es *ist* wie eine Welt. Ich sehe sie genau so – als Welt der Auren.«

»Wunderbar, nicht? Ich meine, es ist beängstigend, und als es mir zum erstenmal passierte – Ende Juli oder Anfang August war das –, war ich sicher, daß ich den Verstand verlieren würde, aber es gefiel mir auch. Ich konnte nicht anders, es gefiel mir.«

Ralph sah sie verblüfft an. Hatte er Lois einmal für leicht zu durchschauen gehalten? Schwatzhaft? Nicht in der Lage, ein Geheimnis für sich zu behalten?

Nein, ich fürchte, es war ein bißchen schlimmer, alter Junge. Du hast sie für oberflächlich gehalten. Du hast sie weitgehend durch Bills Augen gesehen, als »unsere Lois.« Nicht weniger … aber auch nicht mehr.

»Was ist?« fragte sie ein wenig unbehaglich. »Warum siehst du mich so an?«

»Du siehst diese Auren schon seit *Sommer?* So lange?«

»Ja – immer heller und heller. Habe ich dieses Ding wirklich mit meinem Finger angeschossen, Ralph? Je mehr Zeit vergeht, desto weniger kann ich es glauben.«

»Das hast du. Ich habe, kurz bevor ich dich getroffen habe, etwas ähnliches getan.«

Er erzählte ihr von seiner früheren Konfrontation mit Doc Nr. 3 und wie er den Gnom vertrieben hatte ... jedenfalls vorübergehend. Er hob die Hand zur Schulter und ließ sie rasch heruntersausen. »Mehr habe ich nicht getan – wie ein Junge, der so tut, als wäre er Chuck Norris oder Steven Segal. Aber ich habe diesen unglaublichen blauen Lichtstrahl auf ihn geschleudert, und er hat sich schnellstens verzogen. Was wahrscheinlich gut so war, denn ich hätte es nicht noch einmal geschafft. Ich weiß auch nicht, wie mir *das* gelungen ist. Hättest du noch einmal mit dem Finger schießen können, Lois?«

Lois kicherte, drehte sich zu ihm und streckte den Finger ungefähr in seine Richtung aus. »Willst du es herausfinden? Peng! Bumm!«

»Richten Sie das Ding nicht auf mich, Lady«, sagte Ralph zu ihr. Er lächelte, als er es sagte, war aber selbst nicht ganz sicher, ob es ein Witz sein sollte.

Lois ließ den Finger sinken und spritzte Spülmittel Marke Joy ins Becken. Als sie das Wasser mit einer Hand umrührte, um Schaum zu erzeugen, stellte sie die Frage, die Ralph als die große Preisfrage betrachtete: »Woher kommt diese Macht, Ralph? Und wozu dient sie?«

Er schüttelte den Kopf, stand auf und ging zum Geschirrgestell. »Ich weiß beides nicht. Hilft dir das weiter? Wo hast du deine Geschirrtücher, Lois?«

»Ist doch egal, wo ich meine Geschirrtücher habe. Setz dich. Bitte sag mir nicht, daß du einer von diesen modernen Männern bist, Ralph – die sich dauernd umarmen und plärren.«

Ralph lachte und schüttelte den Kopf. »Nee. Ich bin nur gut erzogen, das ist alles.«

»Okay. Solange du nicht damit anfängst, wie feinfühlig du bist. *Manches* möchte ein Mädchen gern selbst herausfinden.« Sie machte den Schrank unter der Spüle auf und warf ihm ein verblichenes, aber makellos sauberes Geschirrtuch zu. »Nur abtrocknen und auf den Tresen stellen. Wegräumen werde ich es selbst. Und während du arbeitest, kannst du mir deine Geschichte erzählen. Die ungekürzte Version.«

»Abgemacht.«

Er fragte sich immer noch, wo er anfangen sollte, als sich sein Mund scheinbar von ganz alleine öffnete und für ihn begann. »Als mir schließlich klar wurde, daß Carolyn sterben würde, bin ich oft spazierengegangen. Und eines Tages, als ich draußen an der Extension war ...«

6

Er erzählte ihr alles, fing damit an, wie er zwischen Ed und dem dicken Mann mit der West-Side-Gardeners-Schirmmütze vermittelt hatte, und endete damit, wie Bill ihm den Rat gab, seinen Hausarzt aufzusuchen, weil in ihrem Alter Geisteskrankheiten normal seien, vollkommen normal. Manchmal mußte er wieder zurück, um Fäden aufzunehmen, die er hatte fallen lassen – zum Beispiel, wie der alte Dor aufgetaucht war, als er, Ralph, sich gerade bemühte, Ed daran zu hindern, auf den Mann von West Side Gardeners loszugehen –, aber das störte ihn nicht weiter, und Lois schien keine Mühe zu haben, seiner Geschichte zu folgen. Beim Erzählen verspürte Ralph ein Gefühl besonders deutlich, nämlich eine so große Erleichterung, daß es fast schmerzhaft war. Es war, als hätte jemand sein Herz und seinen Verstand mit Backsteinen eingemauert, die er nun einen nach dem anderen entfernte.

Als er fertig war, war das Geschirr gespült, und sie hatten die Küche verlassen und saßen im Wohnzimmer mit den Dutzenden gerahmter Fotos, über denen Mr. Chasse auf seinem Platz auf dem Fernseher prangte.

»Und?« fragte Ralph. »Wieviel davon glaubst du?«

»Selbstverständlich alles«, sagte sie und bemerkte den Ausdruck der Erleichterung auf Ralphs Gesicht entweder nicht oder beschloß, ihn nicht zu bemerken. »Nach allem, was wir heute morgen gesehen haben – ganz zu schweigen davon, was du über meine saubere Schwiegertochter gewußt hast –, bringe ich es nicht fertig, dir nicht zu glauben. Das ist mein Vorzug gegenüber Bill.«

Nicht dein einziger, dachte Ralph, sagte es aber nicht.

»Und das alles ist kein Zufall, oder?« fragte sie ihn.

Ralph schüttelte den Kopf. »Nein, das glaube ich nicht.«

»Als ich siebzehn war«, sagte sie, »heuerte meine Mutter einen Jungen aus der Straße an – Richard Henderson war sein Name –, damit er die Arbeiten rund um unser Haus erledigte. Sie hätte eine Menge Jungs einstellen können, aber sie entschied sich für Richard, weil sie ihn mochte ... und sie hätte ihn gern für *mich* gehabt, wenn du verstehst, was ich meine.«

»Selbstverständlich verstehe ich. Sie hat dich verkuppeln wollen.«

»Hm-hmm, aber wenigstens hat sie es nicht auf eine auffällige, grausame oder peinliche Weise getan. Gott sei Dank, denn mir lag nicht das geringste an Richie – jedenfalls nicht so. Trotzdem hat sich Mutter größte Mühe gegeben. Wenn ich am Küchentisch saß und meine Hausaufgaben machte, ließ sie ihn die Holzkiste auffüllen, obwohl es Mai und schon ziemlich warm war. Wenn ich die Hühner fütterte, ließ sie Richie die Hecken neben dem Zaun schneiden. Sie wollte, daß ich ihn sehe ... mich an ihn gewöhne ... und wenn wir miteinander ausgekommen wären und er mich zum Tanzen aufgefordert oder zum Jahrmarkt eingeladen hätte, wäre ihr das recht gewesen. Es war ein sanfter, aber dauernder Druck. Und so ist es hier.«

»Mir kommt der Druck ganz und gar nicht sanft vor«, sagte Ralph. Er griff mit der Hand unwillkürlich an die Stelle, wo Charlie Pickering ihn mit der Messerspitze gepiekst hatte.

»Nein, natürlich nicht. Wenn einem jemand ein Messer so zwischen die Rippen bohrt, muß das schrecklich sein. Gott sei Dank hast du diese Spraydose dabeigehabt. Glaubst du, der alte Dor kann die Auren auch sehen? Daß ihm etwas aus dieser Welt *gesagt* hat, er soll dir die Spraydose in die Jackentasche tun?«

Ralph zuckte hilflos mit den Achseln. Was sie andeutete, war ihm auch schon durch den Kopf gegangen, aber wenn man eingehender darüber nachdachte, kippte einem wirklich der Boden unter den Füßen weg. Denn wenn Dorrance es getan hatte, bedeutete das, daß irgend eine

(Wesenheit)

höhere Macht oder ein Wesen gewußt haben mußte, daß Ralph Hilfe brauchen würde. Und das war noch nicht alles. Diese Macht – oder das Wesen – hätte ebenfalls wissen müssen, daß a) Ralph am Sonntag nachmittag ausgehen würde, b) das Wetter, das bis dahin schön gewesen war, sich so verschlechtern würde, daß er eine Jacke brauchte, und c) welche Jacke er anziehen würde. Mit anderen Worten, man hatte es mit etwas zu tun, das die Zukunft vorhersagen konnte. Die Vorstellung, daß er einem solchen Wesen aufgefallen sein könnte, machte ihm eine Heidenangst, um ganz ehrlich zu sein. Ihm war klar, daß die Intervention ihm zumindest im Fall der Spraydose wahrscheinlich das Leben gerettet hatte, aber trotzdem litt er Todesängste.

»Möglich«, sagte er. »Vielleicht *hat* etwas Dorrance als Botenjungen benutzt. Aber warum?«

»Und was machen wir jetzt?« fragte sie.

Ralph konnte nur den Kopf schütteln.

Sie sah auf die Uhr zwischen dem Bild des Mannes im Waschbärmantel und der jungen Frau, die bereit schien, jederzeit *Twenty-three skidoo* zu sagen, dann griff sie zum Telefon. »Fast halb vier! Meine Güte!«

Ralph berührte ihre Hand. »Wen rufst du an?«

»Simone Castonguay. Ich hatte vorgehabt, heute nachmittag mit ihr und Mina nach Ludlow zu fahren – im Grange findet ein Kartenspiel statt –, aber nach alledem kann ich nicht gehen. Ich würde das letzte Hemd verlieren.« Sie lachte, dann errötete sie reizend. »Nur so eine Redensart.«

Ralph legte die Hand auf ihre, bevor sie den Hörer abnehmen konnte. »Geh zu deinem Kartenspiel, Lois.«

»Wirklich?« Sie sah zweifelnd und ein wenig enttäuscht aus.

»Ja.« Er hatte immer noch keine Ahnung, was hier vor sich ging, aber er spürte, daß sich das ändern würde. Lois hatte gesagt, sie würde einen Druck verspüren, aber Ralph kam es vor, als würde er *getragen* werden, so wie ein Fluß einen Mann in einem kleinen Boot trägt. Aber er konnte nicht sehen, wohin er unterwegs war; dichter Nebel verbarg die Ufer, und während die Strömung schneller wurde, konnte er weiter vorne das Tosen von Stromschnellen hören.

Aber da sind Umrisse, Ralph. Umrisse im Nebel.

Ja. Aber keine besonders beruhigenden. Möglicherweise waren es Bäume, die nur wie greifende Hände aussahen ... aber andererseits konnten es auch zupackende Hände sein, die sich als Bäume tarnten. Bis Ralph wußte, was nun der Fall war, beruhigte ihn der Gedanke, Lois würde nicht in der Stadt sein. Er hatte eine Eingebung – vielleicht auch nur eine Hoffnung, die sich als Eingebung verkleidete –, daß Doc Nr. 3 ihr nicht nach Ludlow folgen konnte, daß er nicht einmal imstande war, ihr durch die Barrens zur East Side zu folgen.

Das kannst du nicht wissen, Ralph.

Vielleicht nicht, aber es *schien* zu stimmen, und er war immer noch überzeugt, daß Fühlen und Wissen in der heimlichen Stadt der Auren weitgehend identisch waren. Eines wußte er mit Sicherheit, daß Doc Nr. 3 Lois' Ballonschnur noch nicht durchgeschnitten hatte; das hatte Ralph selbst gesehen, zusammen mit dem erfreulich gesunden grauen Leuchten ihrer Aura. Aber Ralph wurde die wachsende Gewißheit nicht los, daß Doc Nr. 3 – der Irre Doc – *die Absicht hatte,* sie durchzuschneiden, und daß, so lebendig Rosalie auch ausgesehen haben mochte, als sie aus dem Strawford Park getrottet war, das Durchtrennen dieser Schnur ein mörderischer Akt gewesen war.

Sagen wir einmal, du hast recht, Ralph; nehmen wir an, er kann ihr heute nachmittag nichts tun, wenn sie drüben in Ludlow Karten spielt. Was ist mit heute abend? Morgen? Nächste Woche? Wie sieht die Lösung aus? Soll sie ihren Sohn und das Biest von einer Schwiegertochter anrufen und ihnen sagen, sie hat es sich überlegt, sie möchte doch nach Riverview Estates ziehen?

Er wußte es nicht. Aber er wußte, er brauchte Zeit zum Nachdenken, und er wußte auch, konstruktives Denken würde ihm schwerfallen, wenn er keine Gewißheit hatte, daß Lois zumindest vorläufig in Sicherheit sein würde.

»Ralph? Du bekommst wieder diesen schmudigen Ausdruck.«

»*Was* für einen Ausdruck?«

»Schmudig.« Sie warf das Haar anmutig zurück. »Das ist ein Wort, das ich erfunden habe, um zu beschreiben, wie Mr. Chasse aussah, wenn er so tat, als würde er mir zuhören, in Wirklichkeit aber an seine Münzsammlung gedacht hat. Ich erkenne einen schmudigen Gesichtsausdruck, wenn ich einen sehe, Ralph. Woran hast du gedacht?«

»Ich habe mich gefragt, wann du von deinem Kartenspiel zurückkehren würdest.«

»Kommt drauf an.«

»Worauf?«

»Ob wir noch auf ein Schokofrappé bei Tubby's einkehren oder nicht.« Sie sagte es mit der Miene einer Frau, die ein heimliches Laster gesteht.

»Angenommen ihr kommt gleich zurück.«

»Sieben Uhr. Vielleicht halb acht.«

»Ruf mich an, sobald du zu Hause bist. Würdest du das tun?«

»Ja. Du *möchtest*, daß ich die Stadt verlasse, richtig? Das hat dieser schmudige Ausdruck in Wirklichkeit bedeutet.«

»Nun …«

»Du glaubst, daß mir dieses häßliche kahlköpfige Ding etwas tun will, richtig?«

»Ich halte es für möglich.«

»Es könnte dir auch etwas tun!«

»Ja, aber …«

Aber soweit ich es beurteilen kann, trägt es keines von meinen modischen Accessoires.

»Aber *was?*«

»Mir wird nichts zustoßen, bis du zurück bist, das ist alles.« Er erinnerte sich an ihre abfällige Bemerkung über moderne Männer, die einander umarmten und plärrten, und bemühte sich um ein gebieterisches Stirnrunzeln. »Geh Kartenspielen und überlaß diese Sache mir, zumindest vorerst. Das ist ein Befehl.«

Carolyn hätte entweder gelacht oder wäre wütend über dieses komische Macho-Gehabe geworden. Lois, die einer völlig anderen Schule weiblichen Denkens angehörte, nickte nur und schien dankbar zu sein, daß ihr die Entscheidung aus den Händen genommen worden war. »Also gut.« Sie drückte sein Kinn nach unten, damit sie ihm direkt in die Augen sehen konnte. »Weißt du, was du tust, Ralph?«

»Nee. Jedenfalls noch nicht.«

»Nun gut. Solange du es wenigstens zugibst.« Sie legte ihm eine Hand auf den Unterarm und hauchte ihm mit geöffneten Lippen einen sanften Kuß auf den Mundwinkel. Ralph verspürte ein höchst willkommenes warmes Prickeln in den Lenden. »Ich fahre nach Ludlow und gewinne fünf Dollar von diesen albernen Frauen, die immer versuchen, ihren Straight vollzubekommen. Heute abend reden wir darüber, was wir als nächstes tun wollen. Okay?«

»Ja.«

Ihr zaghaftes Lächeln – mehr mit den Augen als mit dem Mund – deutete an, daß sie ein wenig mehr tun könnten als nur reden, wenn Ralph tollkühn genug wäre … und in diesem Augenblick fühlte er sich wahrhaftig tollkühn. Nicht einmal der strenge Blick von Mr. Chasse auf dem Fernseher konnte an diesem Gefühl etwas ändern.

Kapitel 14

I

Es war Viertel nach vier, als Ralph die Straße überquerte und die kurze Strecke bergauf zu seinem Haus ging. Erneut überkam ihn Müdigkeit; er fühlte sich, als wäre er seit ungefähr drei Jahrhunderten wach. Gleichzeitig aber fühlte er sich so gut wie seit Carolyns Tod nicht mehr. Mehr beieinander. Mehr er selbst.

Vielleicht möchtest du das auch nur glauben? Daß ein Mensch sich nicht so elend fühlen kann, ohne eine Art positive Wiedergutmachung? Das ist eine schöne Vorstellung, Ralph, aber wahrscheinlich nicht besonders realistisch.

Na gut, dachte er, *vielleicht bin ich im Moment ein bißchen verwirrt.*

Das war er in der Tat. Außerdem ängstlich, aufgekratzt, desorientiert und ein klein wenig geil. Doch eines drang ganz deutlich durch diesen Wirrwarr der Gefühle, das er erledigen mußte, bevor er etwas anderes tun konnte: Er mußte sich mit Bill versöhnen. Falls dazu eine Entschuldigung erforderlich war, das würde er über sich bringen. Vielleicht war eine Entschuldigung sogar in Ordnung. Schließlich war Bill nicht zu *ihm* gekommen und hatte gesagt: »Herrje, alter Freund, du siehst schrecklich aus, erzähl mir alles.« Nein, er war zu *Bill* gegangen. Er hatte es mit Zweifeln getan, aber das änderte nichts an der Tatsache, und –

O Ralph, herrje, was soll ich nur mit dir machen? Es war Carolyns amüsierte Stimme, die so deutlich zu ihm sprach wie in den Wochen nach ihrem Tod, als er seinen größten Kummer verarbeitet hatte, indem er im Geiste mit ihr sprach … und manchmal laut, wenn er allein im Apartment war. *Bill war derjenige, der sich vergessen hat, nicht du. Wie ich sehe, bist du immer noch so fest entschlossen, hart zu dir selbst zu sein, wie zu meinen Lebzeiten. Ich schätze, manches ändert sich nie.*

Ralph lächelte schwach. Ja, okay, möglicherweise änderte sich manches *wirklich* nie, und möglicherweise war der Streit *wirklich* mehr Bills Schuld als seine eigene gewesen. Die Frage war nur, wollte er sich wegen eines albernen Streits und einer Menge gespreizten Bödsinns, wer nun recht hatte und wer nicht, Bills Freundschaft verscherzen? Ralph glaubte es nicht, und wenn eine Entschuldigung erforderlich wäre, die Bill eigentlich gar nicht verdiente, was war so schlimm daran? Seines Wissens war noch niemand an den drei Silben *Tut mir leid* gestorben.

Die Carolyn in seinem Kopf reagierte auf diesen Gedanken mit wortloser Fassungslosigkeit.

Vergiß es, sagte er zu ihr, als er den Fußweg zum Haus entlangging. *Ich tue das für mich, nicht für ihn. Oder für dich, da wir schon dabei sind.*

Er stellte amüsiert und erstaunt fest, wie schuldig er sich bei diesem letzten Gedanken fühlte – fast als hätte er ein Sakrileg begangen. Aber deswegen war der Gedanke nicht weniger zutreffend.

Er kramte gerade in der Tasche nach dem Schlüssel, als er den Zettel sah, der an der Tür festgetackert war. Ralph tastete nach seiner Lesebrille, aber die hatte er oben auf dem Küchentisch liegenlassen. Er beugte sich nach vorne und kniff die Augen zusammen, damit er Bills nervtötend kleine, schräge Handschrift lesen konnte:

Liebe(r) Ralph/Lois/Faye/wer auch immer,

ich gehe davon aus, daß ich den größten Teil des Tages im Derry Home verbringen werde. Bob Polhursts Nichte hat angerufen und mir gesagt, daß es diesmal mit ziemlicher Sicherheit ernst wird; das Leiden des armen Mannes ist fast vorbei. Zimmer 213 in der Intensivstation des Derry Home ist so ziemlich der letzte Ort auf der Welt, wo ich an einem so schönen Oktobertag sein möchte, aber ich finde, ich sollte bis zum Ende bei ihm sein.

Ralph, es tut mir leid, daß ich Dich heute morgen so vor den Kopf gestoßen habe. Du bist zu mir gekommen, weil Du Hilfe wolltest, und ich hätte Dir fast die Augen ausgekratzt. Ich kann als Entschuldigung nur sagen, daß ich wegen der Sache mit Bob völlig mit den Nerven runter bin. Okay? Ich glaube, ich schulde

Dir ein Abendessen ... das heißt, wenn du noch mit jemandem wie mir zusammen essen willst.

Faye, bitte, bitte, BITTE hör auf, mich wegen Deinem verfluchten Schachturnier zu nerven. Ich habe Dir versprochen, daß ich spielen werde, und ich halte meine Versprechen.

Lebwohl, grausame Welt

Bill

Ralph richtete sich mit einem Gefühl der Dankbarkeit und Erleichterung auf. Wenn sich nur alles, was ihm in letzter Zeit widerfahren war, so leicht aus der Welt schaffen ließe wie das hier!

Er ging nach oben, schüttelte den Teekessel und füllte ihn gerade an der Spüle, als das Telefon läutete. Es war John Leydecker. »Mann, bin ich froh, daß ich Sie endlich erwischt habe«, sagte er. »Ich hatte mir schon langsam Sorgen gemacht, alter Freund.«

»Warum?« fragte Ralph. »Was ist denn los?«

»Vielleicht nichts, vielleicht doch etwas. Charlie Pickering ist nun doch auf Kaution freigekommen.«

»Sie haben mir gesagt, das würde nicht passieren.«

»Ich habe mich geirrt, okay?« sagte Leydecker hörbar gereizt. »Und nicht nur in der Beziehung habe ich mich geirrt. Ich habe Ihnen gesagt, der Richter würde die Kaution wahrscheinlich so bei vierzigtausend Dollar festsetzen, wußte aber nicht, daß Pickering Richter Steadman vorgeführt werden würde, der behauptet, daß er nicht einmal an so etwas wie Irrsinn *glaubt*. Steadman hat die Kaution auf achtzig Riesen festgesetzt. Pickerings Pflichtverteidiger hat geheult wie ein Hund bei Vollmond, aber das konnte nichts ändern.«

Ralph sah nach unten und stellte fest, daß er den Teekessel immer noch in der Hand hielt. Er stellte ihn auf den Tisch. »Und *trotzdem* ist er auf Kaution raus?«

»Jawoll. Erinnern Sie sich, daß ich Ihnen gesagt habe, Ed würde ihn fallenlassen wie eine heiße Kartoffel?«

»Ja.«

»Nun, das können Sie wieder als Fehlwurf für John Leydecker werten. Ed ist heute vormittag um elf Uhr mit einem Aktenkoffer voll Geld ins Büro der Justizkasse spaziert.«

»Achttausend Dollar?« fragte Ralph.

»Ich sagte Aktenkoffer, nicht Briefumschlag«, antwortete Leydecker. »Nicht acht, sondern achtzig. Im Gerichtsgebäude sind sie immer noch ganz aus dem Häuschen. Verdammt, sie werden noch aus dem Häuschen sein, wenn der Weihnachtsschmuck abgehängt wird.«

Ralph versuchte, sich Ed Deepneau in seinen weiten alten Pullovern und einem Paar zerschlissener Kordjeans vorzustellen – Eds »Verrückter-Wissenschaftler-Kostüm«, hatte Carolyn immer gesagt –, wie er gebündelte Stapel Zwanziger und Fünfziger aus dem Aktenkoffer zog, konnte es aber nicht.

»Hatten Sie nicht gesagt, daß zehn Prozent ausreichen, um freizukommen?«

»So ist es, wenn man etwas Wertvolles hinterlegen kann – ein Haus oder irgendwas anderes, das einem gehört, zum Beispiel –, das in etwa die Gesamtsumme abdeckt. Offenbar konnte Ed das nicht, aber er *hatte* etwas Erspartes für schlechte Zeiten unter der Matratze. Oder er hat dem Weihnachtsmann verdammt gut einen geblasen.«

Ralph mußte an den Brief denken, den er von Helen bekommen hatte, als sie gerade eine Woche aus dem Krankenhaus entlassen und nach High Ridge gezogen war. Sie erwähnte, daß sie einen Scheck von Ed bekommen hatte – siebenhundertundfünfzig Dollar. *Anscheinend ist er sich seiner Verantwortung bewußt,* hatte sie geschrieben. Ralph fragte sich, ob Helen immer noch so denken würde, wenn sie wüßte, daß Ed mit einer Summe ins Gerichtsgebäude von Derry spaziert war, die ausgereicht hätte, seine Tochter durch die ersten fünfzehn Jahre ihres Lebens zu bringen … damit er einen Wahnsinnigen freibekommen konnte, der gern mit Messern und Molotowcocktails spielte.

»*Woher,* in Gottes Namen, hat er es?« fragte er Leydecker.

»Keine Ahnung.«

»Und er muß es auch nicht sagen?«

»Nee. Wir leben in einem freien Land. Soweit ich weiß, hat er gesagt, er hätte ein paar Aktien zu Geld gemacht.«

Ralph dachte an die alten Zeiten zurück – die guten alten Zeiten, bevor Carolyn krank geworden und gestorben und Ed nur krank geworden war. Er dachte an die gemeinsamen Mahlzeiten, die sie etwa alle zwei Wochen einmal zu viert eingenommen hatten, Pizza zum Mitnehmen bei den Deepneaus oder auch Carols Hühnerterrine in der Küche der Roberts', und er erinnerte sich, wie Ed einmal versprochen hatte, er würde sie alle zu Prime Ribs ins Red Lion in Bangor einladen, wenn seine Aktien Dividenden abwarfen. *Ganz recht,* hatte Helen geantwortet und Ed verliebt angesehen. Damals war sie schwanger gewesen, was man ihr gerade erst ansah, und mit dem zu einem Pferdeschwanz nach hinten gebundenen Haar und dem Umstandskleid, das immer noch Nummern zu groß für sie gewesen war, hatte sie wie vierzehn ausgesehen. *Was meinst du, welche zuerst Dividende bringen? Die zweitausend Anteile von United Fußschmerz oder die sechstausend Vereinigte Sauertöpfe?* Und er hatte sie angeknurrt, ein Knurren, bei dem sie alle lachen mußten, weil Ed Deepneau kein bißchen Gemeinheit in sich hatte; wer Ed länger als vierzehn Tage kannte, der wußte, daß er keiner Fliege etwas zuleide tun konnte. Aber Helen hatte es vielleicht ein bißchen besser gewußt – schon damals hatte sie es vielleicht ein bißchen besser gewußt, verliebter Blick hin oder her.

»Ralph?« fragte Leydecker. »Sind Sie noch da?«

»Ed hatte keine Aktien«, sagte Ralph. »Er war Chemiker, um Himmels willen, und sein Vater besaß eine Flaschenfabrik ausgerechnet in Plaster Rock, Pennsylvania. Da war kein Geld zu holen.«

»Nun, irgendwoher hat er es bekommen, und ich müßte lügen, wenn ich sagen würde, daß mir das gefällt.«

»Was meinen Sie, von den Friends of Life?«

»Glaube ich nicht. Zuerst einmal haben wir es da nicht mit reichen Leuten zu tun – die meisten Mitglieder der Friends sind Arbeiter, *working class heroes,* Helden der Arbeiterklasse. Sie würden geben, was sie können, aber soviel? Nein. Ich nehme an, zusammen hätten sie genügend Grundbesitz aufbringen können, um Pickering rauszuholen, aber das haben sie nicht getan. Und die meisten hätten abgelehnt, selbst wenn Ed gefragt hätte. Ed ist so eine Art *persona non grata* bei ihnen, und ich könnte mir denken, die wünschen sich, sie hätten nie von Pickering gehört. Dan Dalton hat wieder die Führung der Friends of Life übernommen, was für den überwiegenden Teil eine große Erleichterung ist. Ed und Charlie und zwei andere – ein Mann namens Frank Felton und eine Frau namens Sandra McKay – scheinen inzwischen weitgehend auf eigene Faust zu handeln. Über Felton weiß ich nichts, und es existiert keine Akte über ihn, aber die McKay hat einige derselben feinen Etablissements besucht wie Charlie. Und sie ist nicht zu übersehen – blasser Teint, schlimme Akne, so dicke Brillengläser, daß ihre Augen wie pochierte Eier aussehen, und sie bringt rund hundertvierzig Kilo auf die Waage.«

»Ist das ein Witz?«

»Nein. Sie trägt vorzugsweise Stretchhosen aus dem K-Mart und befindet sich normalerweise in Gesellschaft von Schokoriegeln, Schokoplätzchen und Zuckerbonbons. Häufig trägt sie weite T-Shirts, auf denen BABY FACTORY steht. Behauptet, sie habe fünfzehn Kinder geboren. Aber sie hat nie eins gehabt und kann möglicherweise gar keine bekommen.«

»Warum erzählen Sie mir das alles?«

»Weil ich möchte, daß Sie vor diesen Leuten auf der Hut sind«, sagte Leydecker. Er sagte es geduldig, wie zu einem Kind. »Sie könnten gefährlich sein. Charlie ist es mit Sicherheit, das brauche ich Ihnen nicht zu erzählen, und Charlie ist raus. Woher Ed das Geld bekommen hat, um ihn rauszuholen, ist zweitrangig – er hat es, darauf kommt es an. Es würde mich nicht überraschen, wenn er es wieder bei Ihnen versuchen würde. Er oder Ed, oder einer von den anderen.«

»Was ist mit Helen und Natalie?«

»Die sind bei ihren Freunden – Freunden, die bestens über die Bedrohung von seiten durchgedrehter Ehemänner Bescheid wissen. Ich habe Mike Hanlon informiert, und der wird auch auf sie aufpassen. Die Bibliothek wird von unseren Männern überwacht. Wir glauben nicht, daß Helen momentan in echter Gefahr schwebt – sie lebt in High Ridge –, aber wir tun, was wir können.«

»Danke, John. Ich danke Ihnen dafür, und ich danke Ihnen für den Anruf.«

»Freut mich, aber ich bin noch nicht ganz fertig. Sie dürfen nicht vergessen, wen Ed angerufen und wen er bedroht hat, mein Freund – nicht Helen, sondern *Sie*. Sie scheint ihm nicht mehr besonders viel zu bedeuten, aber *Sie* gehen ihm nicht aus dem Kopf, Ralph. Ich habe Chief Johnson gefragt, ob ich einen Mann – Chris Nell wäre meine Wahl gewesen – abstellen könnte, um Sie im Auge zu behalten, jedenfalls bis die Schnalle von WomanCare hier war und wieder fort ist. Er hat abgelehnt. Er sagte, diese Woche sei zuviel los ... aber *wie* es mir gesagt wurde, deutet darauf hin, daß Sie einen Aufpasser bekommen würden, wenn Sie persönlich darum bitten würden. Also, was meinen Sie?«

Polizeischutz, dachte Ralph. *So nennen sie es in den Krimiserien im Fernsehen, und davon spricht er – Polizeischutz.*

Er versuchte, darüber nachzudenken, aber zuviel anderes ging ihm durch den Kopf; die Gedanken tanzten herum wie umheimliche Bonbons. Hüte, Ärzte, Kittel, Spraydosen. Ganz zu schweigen von Messern, Skalpellen und einer Schere, die er durch die staubigen Gläser seines alten Fernglases gesehen hatte. *Was ich auch tue, ich tue es rasch, damit ich etwas anderes tun kann*, dachte Ralph, und unmittelbar darauf: *Es ist ein langer Weg zurück ins Paradies, Liebling, also reg dich nicht wegen Kleinigkeiten auf.*

»Nein«, sagte er.

»Was?«

Ralph machte die Augen zu und sah, wie er genau diesen Telefonhörer abnahm und seinen Termin beim Nadelpiekser absagte. Das hier war wieder genau dasselbe, oder nicht? Ja. Er konnte Polizeischutz vor den Pickerings und McKays und Feltons bekommen, aber so sollte es nicht laufen. Das wußte er; er spürte es mit jedem Schlag seines Herzens und jedem Pulsieren seines Blutes.

»Sie haben richtig gehört«, sagte er. »Ich möchte keinen Polizeischutz.«

»Um Gottes willen, *warum nicht?*«

»Ich kann auf mich selbst aufpassen«, sagte Ralph und verzog ein wenig das Gesicht, so absurd überheblich hörte sich das Klischee an, das er schon in zahllosen Western mit John Wayne gehört hatte.

»Ralph, ich bin nicht gern der Überbringer schlechter Nachrichten, aber Sie sind alt. Am Sonntag haben Sie Glück gehabt. Nächstesmal haben Sie vielleicht keins mehr.«

Ich habe nicht nur Glück gehabt, dachte Ralph. *Ich habe Freunde an höchster Stelle. Oder vielleicht sollte ich sagen, Wesenheiten an höchster Stelle.*

»Mir passiert schon nichts«, sagte er.

Leydecker seufzte. »Werden Sie mich anrufen, wenn Sie es sich anders überlegen?«

»Ja.«

»Und wenn Sie entweder Pickering oder die große Frau mit der dicken Brille und dem strähnigen Haar herumhängen sehen –«

»Rufe ich Sie an.«

»Ralph, bitte überlegen Sie es sich noch mal. Ich spreche nur von einem Mann, der ein Stück von Ihrem Haus entfernt im Auto sitzt.«

»Geschehenes läßt sich nicht ungeschehen machen«, sagte Ralph.

»Hm?«

»Ich sagte, ich danke Ihnen. Trotzdem nein. Sie hören wieder von mir.«

Ralph legte den Hörer behutsam auf. Wahrscheinlich hatte John recht, überlegte er sich, wahrscheinlich *war* er verrückt, aber er hatte sich in seinem ganzen Leben noch nie so normal gefühlt.

»Müde«, sagte er seiner sonnigen, einsamen Küche, »aber normal.« Nach einer Pause fügte er hinzu: »Und fast wieder verliebt.«

Dabei mußte er grinsen, und er grinste immer noch, als er schließlich den Teekessel auf den Herd stellte.

2

Er trank die zweite Tasse Tee, als ihm einfiel, daß Bill in der Nachricht etwas von einem Essen gesagt hatte. Er beschloß impulsiv, Bill zu bitten, sich mit ihm zu einem kleinen Abendessen im Day Break, Sun Down zu treffen. Sie konnten noch einmal von vorne anfangen.

Ich glaube, wir müssen noch mal von vorne anfangen, dachte er, *denn dieser kleine Irre hat Bills Hut, und ich bin ziemlich sicher, das bedeutet, daß er in Gefahr ist.*

Nun, es geht nichts über die Gegenwart. Er griff zum Telefon und wählte eine Nummer, die er sich jederzeit merken konnte: 941-5000. Die Nummer des Derry Home Hospital.

3

Die Telefonistin des Krankenhauses verband ihn mit Zimmer 213. Die eindeutig erschöpfte Frau, die den Hörer abnahm, war Denise Polhurst, die Nichte des sterbenden Mannes. Bill war nicht da, informierte sie ihn. Vier andere Lehrer aus den, wie sie sich ausdrückte, »ruhmreichen Tagen von Onkelchen« waren gegen eins vorbeigekommen, und Bill hatte vorgeschlagen, daß sie gemeinsam zu Mittag essen sollten. Ralph wußte sogar, wie es sein Untermieter formuliert haben würde: Besser spät als nie. Das war einer seiner Lieblingssprüche. Als Ralph sie fragte, ob sie ihn bald zurückerwartete, antwortete Denise Polhurst mit ja.

»Er war so aufmerksam. Ich weiß nicht, was ich ohne ihn gemacht hätte, Mr. Robbins.«

»Roberts«, sagte er. »Nach Bills Worten muß Mr. Polhurst ein wunderbarer Mensch gewesen sein.«

»Ja, der Meinung sind alle. Aber die Rechnungen werden selbstverständlich nicht an seinen *Fanclub* gehen, oder?«

»Nein«, sagte Ralph unbehaglich. »Wahrscheinlich nicht. In Bills Nachricht stand, daß es Ihrem Onkel sehr schlecht geht.«

»Ja. Die Ärzte sagen, er wird den Tag wahrscheinlich nicht überstehen, geschweige denn die Nacht, aber *das* habe ich schon einmal gehört. Gott möge mir verzeihen, aber manchmal kommt mir Onkel Bob wie eine dieser Anzeigen von Publisher's Clearing House vor – große Versprechungen und nichts dahinter. Ich nehme an, das hört sich schrecklich an, aber ich bin so müde, daß es mir egal ist. Heute morgen haben sie den Lebenserhaltungskram abgeschaltet – ich hätte die Verantwortung nicht auf mich alleine genommen, aber ich habe Bob angerufen, und er hat gesagt, das wäre bestimmt auch der Wunsch meines Onkels. ›Es wird Zeit, daß Bob die nächste Welt erforscht‹, sagte er. ›Diese hier hat er schon zur Genüge kartographiert.‹ Ist das nicht poetisch, Mr. Robbins?«

»Doch. Und ich heiße *Roberts*, Ms. Polhurst. Würden Sie Bill bitte sagen, daß Ralph Roberts angerufen hat und ihn bittet zurückzu –«

»Also haben wir den Kram abgeschaltet, und ich war bereit – gewappnet, könnte man wohl sagen –, aber er ist nicht gestorben. Das verstehe ich nicht. Er ist bereit, *ich* bin bereit, sein Lebenswerk ist vollbracht ... also warum stirbt er nicht?«

»Ich weiß nicht.«

»Der Tod ist ziemlich blöd«, sagte sie mit der quengelnden und unschönen Stimme, wie sie nur die sehr Müden und Schwermütigen zustande bringen. »Ein Geburtshelfer, der einem Baby so langsam die Nabelschnur durchschneidet, würde wegen Unfähigkeit gefeuert werden.«

Neuerdings schweiften Ralphs Gedanken gerne ab, aber diesmal wurde er ruckartig zurückgeholt. »Was haben Sie gesagt?«

»Pardon?« Sie klang verblüfft, als wären ihre eigenen Gedanken abgeschweift.

»Sie haben etwas gesagt, von wegen die Schnur durchschneiden.«

»Das hatte nichts zu *bedeuten*«, sagte sie. Der quengelnde Tonfall war stärker geworden ... aber er war nicht quengelnd, wurde Ralph jetzt klar, er war winselnd, und er war ängstlich. Da stimmte etwas nicht. Sein Herz schlug plötzlich schneller. »Es hatte *überhaupt nichts* zu bedeuten«, beharrte sie, und plötzlich nahm der Telefonhörer in Ralphs Hand eine tiefe und bedrohliche Blaufärbung an.

Sie hat daran gedacht, ob sie ihn töten soll, und zwar nicht nur so – sie hat tatsächlich daran gedacht, ihm ein Kissen aufs Gesicht zu drücken und ihn damit zu ersticken. »Es würde nicht lange dauern«, denkt sie. »Ein Gnadenakt«, denkt sie. »Endlich überstanden«, denkt sie.

Ralph hielt den Hörer vom Ohr weg. Blaues Licht, kalt wie der Februarhimmel, drang in dünnen Strahlen aus der Hörmuschel.

Mord ist blau, dachte Ralph, hielt den Hörer auf Armeslänge von sich und sah, von ungläubiger Fassungslosigkeit erfüllt, wie die blauen Strahlen sich krümmten und zu Boden tropften. Er konnte ganz leise die quengelnde, ängstliche Stimme von Denise Polhurst hören. *Das ist etwas, was ich nie wissen wollte, aber ich schätze, nun weiß ich es doch: Mord ist blau.*

Er hielt den Apparat wieder an den Mund, aber so, daß die obere Hälfte mit der Last der eisblauen Aura von seinem Kopf wegzeigte. Er hatte Angst, wenn er den Hörer zu nahe ans Ohr hielt, würde sie ihn mit ihrer kalten und erbosten Verzweiflung taub machen.

»Sagen Sie Bill, daß Ralph angerufen hat«, sagte er. »*Roberts*, nicht Robbins.« Er legte auf, ohne auf ihre Antwort zu warten. Die blauen Strahlen am Hörer brachen ab und fielen torkelnd zu Boden. Ralph mußte wieder an Eiszapfen denken; diesmal, wie sie ordentlich in einer Reihe herunterfielen, wenn man nach einem warmen Wintertag mit dem Fäustling an der Unterseite eines Simses entlangstrich. Sie lösten sich auf, bevor sie auf dem Linoleum landeten. Er sah sich um. Nichts in dem Raum leuchtete, flackerte oder vibrierte. Die Auren waren wieder fort. Er stieß einen Seufzer der Erleichterung aus, und dann hatte draußen auf der Harris Avenue ein Auto eine Fehlzündung.

In dem einsamen Apartment im ersten Stock stieß Ralph Roberts einen Schrei aus.

4

Er wollte keinen Tee mehr, hatte aber immer noch Durst. Er fand eine halbe Flasche Pepsi Light – abgestanden, aber außen beschlagen – hinten im Kühlschrank, goß es in einen Plastikbecher mit dem verblaßten Symbol des Red Apple und nahm es mit nach draußen. Er ertrug es nicht mehr, in dem Apartment zu sein, das nach unglücklichem Wachsein zu riechen schien. Besonders nicht nach dem Zwischenfall mit dem Telefon.

Der Tag war, sofern dies überhaupt möglich war, noch schöner geworden; ein starker, milder Wind war aufgekommen, rollte Bänder aus Licht und Schatten über das westliche Derry und kämmte das Laub von den Bäumen. Der Wind wehte es wie orangefarbene, rote und gelbe heulende Derwische über die Bürgersteige.

Ralph wandte sich nach links, aber nicht, weil er den Wunsch verspürte, das Picknickgelände beim Flughafen wiederzusehen, sondern weil er den Wind im Rücken haben wollte. Dennoch betrat er zehn Minuten später wieder die kleine Lichtung. Diesmal fand er sie verlassen vor, was ihn nicht überraschte. Der Wind, der aufgekommen war, war keineswegs schneidend, so daß alte Männer und Frauen hätten aufspringen und in den Häusern Schutz suchen müssen, aber es war Schwerstarbeit, Karten auf den Tischen oder Spielfiguren auf dem Schachbrett zu halten, wenn der übermütige Wind versuchte, sie fortzuwehen. Als Ralph sich dem kleinen Tisch näherte, wo Faye Chapin für gewöhnlich Hof hielt, überraschte ihn auch nicht, daß er einen Zettel unter einem Stein vorfand, und er hatte eine deutliche Vorstellung davon, worum es gehen würde, noch bevor er den Plastikbecher aus dem Red Apple wegstellte und den Zettel aufhob.

Zwei Spaziergänge; zweimal den kahlköpfigen Arzt mit dem Skalpell gesehen; zwei alte Leute, die an Schlaflosigkeit leiden und bunte Farben sehen; zwei Zettel. Als würde Noah die Tiere auf die Arche führen, nicht einzeln, sondern in Paaren … und wird wieder harter radioaktiver Regen fallen? Was meinst du, *alter Mann?*

Er wußte nicht genau, was er meinte … aber Bills Zettel war eine Art in Entstehung befindlicher Nachruf gewesen, und er hatte keinen Zweifel, daß der von Faye dasselbe sein würde. Das Gefühl, als würde er mühelos und ohne Zögern vorwärts getragen werden, war so stark, daß er es nicht in Zweifel ziehen konnte; es war, als würde man auf einer unbekannten Bühne erwachen und Dialogzeilen in einem Schauspiel sprechen (oder besser gesagt, stottern), an dessen Probe man sich nicht erinnern konnte, als würde man einen Zusammenhang in etwas erkennen, das bislang wie völliger Unsinn ausgesehen hatte, oder entdecken …

Was entdecken?

»Eine heimliche Stadt, genau das«, murmelte er. »Das Derry der Auren.« Dann beugte er sich über Fayes Zettel und las ihn, während der Wind schalkhaft mit seinem schütteren Haar spielte.

5

Wer Jimmy Vandermeer die letzte Ehre erweisen möchte, sollte es bis spätestens morgen tun. Pater Coughlin kam heute mittag vorbei, als ich die Aufstellung für das Schachturnier durchsah, und erzählte mir, daß sich der Zustand des armen Kerls zusehends verschlechtert. Aber er KANN Besucher empfangen. Er liegt auf der Intensivstation des Derry Home, Zimmer 215.

Faye

P. S. Vergeßt nicht, die Zeit wird knapp.

Ralph las den Zettel zweimal, legte ihn mit dem Stein darauf wieder auf den Tisch, damit ihn der nächste Altvordere lesen konnte, der hierher kam, dann blieb er einfach mit den Händen in den Taschen und gesenktem Kopf stehen und betrachtete Startbahn 3 unter seinen buschigen Brauen hervor. Ein trockenes Blatt, orangefarben wie die Halloweenkürbisse, die bald die Straßen schmücken würden, kam aus dem tiefblauen

Himmel heruntergeschwebt und landete in seinem schütteren Haar. Ralph wischte es zerstreut weg und dachte an zwei Zimmer auf der Intensivstation, zwei Zimmer nebeneinander. Bob Polhurst in einem, Jimmy V. im anderen. Und das nächste Zimmer in diesem Flur? Das war 217, das Zimmer, in dem seine Frau gestorben war.

»Das ist kein Zufall«, sagte er leise. »Nichts von alledem ist Zufall.«

Aber was war es? Umrisse im Nebel? Eine heimliche Stadt? Beides waren bedeutungsschwangere Ausdrücke, beide, aber sie beantworteten keine Fragen.

Ralph setzte sich auf den Picknicktisch neben dem, auf dem Faye seine Nachricht hinterlassen hatte, zog die Schuhe aus und schlug die Beine übereinander. Der böige Wind zerzauste ihm das Haar. Er saß zwischen den fallenden Blättern, hielt den Kopf leicht gesenkt und hatte die Stirn nachdenklich gerunzelt. Er sah wie eine Winslow-Homer-Version des meditierenden Buddha mit den Händen auf den Knien aus, während er gründlich über seine Eindrücke von Doc Nr. 1 und Doc Nr. 2 nachdachte ... und sie dann mit denen verglich, die er von Doc Nr. 3 gewonnen hatte.

Erster Eindruck: Alle drei Docs hatten ihn an die Außerirdischen in Sensationsblättern wie *Inside View* und an Bilder erinnert, die stets die Legende »Vorstellung des Künstlers« trugen. Ralph wußte, daß diese Bilder geheimnisvoller kahlköpfiger, dunkeläugiger Besucher viele Jahre zurückreichten; schon seit langer Zeit berichteten Menschen von Begegnungen mit kleinwüchsigen Kahlköpfen – den sogenannten »kleinen Ärzten« –, möglicherweise schon so lange, wie von UFO-Sichtungen berichtet wurde. Er war ziemlich sicher, daß er mindestens einen derartigen Bericht schon in den sechziger Jahren gelesen hatte.

»Okay, also sind einige von diesen Burschen unterwegs«, sagte Ralph zu einem Sperling, der sich auf einem der Abfalleimer des Picknickplatzes niedergelassen hatte. »Nicht nur drei Docs, sondern dreihundert. Oder dreitausend. Lois und ich sind nicht die einzigen, die sie gesehen haben. Und ...«

Und sprachen die meisten Leute, die solche Begegnungen schilderten, nicht auch von scharfen Gegenständen?

Ja, aber nicht von Scheren oder Skalpellen – jedenfalls glaubte Ralph das nicht. Die meisten Leute, die behaupteten, von den kleinen kahlköpfigen Ärzten entführt worden zu sein, sprachen von Sonden, oder nicht?

Der Sperling flog weg. Ralph bemerkte es nicht. Er dachte an die kleinen kahlköpfigen Ärzte, die May Locher in der Nacht ihres Todes besucht hatten. Was wußte er sonst noch von ihnen? Was hatte er noch gesehen? Sie waren in weiße Kittel gekleidet, wie sie Ärzte in Fernsehserien der fünfziger und sechziger Jahre getragen hatten und Apotheker sie heute noch trugen. Aber *ihre* Kittel waren, im Gegensatz zu dem von Doc Nr. 3, sauber gewesen. 3 hatte ein rostiges Skalpell gehabt; wenn die Schere in der rechten Hand von Doc Nr. 1 rostig gewesen war, hatte Ralph es nicht bemerkt. Nicht einmal durch das Fernglas.

Noch etwas – wahrscheinlich nicht so wichtig, aber immerhin ist es dir aufgefallen. Der scherentragende Doc war Rechtshänder, jedenfalls der Art nach zu urteilen, wie er seine Waffe gehalten hat. Der skalpellschwingende Doc war Linkshänder.

Nein, wahrscheinlich nicht wichtig, aber etwas daran – auch einer dieser Umrisse im Nebel, ein kleinerer – ließ ihm keine Ruhe. Etwas über die Dichotomie von links und rechts.

»Gehen Sie nach links, und Sie haben recht«, murmelte Ralph und wiederholte die Pointe eines Witzes, an den er sich nicht mehr erinnern konnte. »Gehen Sie nach rechts, und man läßt Sie links liegen.«

Unwichtig. Was wußte er sonst noch über die Docs?

Nun, sie waren selbstverständlich von Auren umgeben gewesen – ziemlich hübschen grün-goldenen –, und sie hatten diese

(Spuren des weißen Mannes)

Tanzdiagramme wie von Arthur Brown hinterlassen. Und ihre Züge waren ihm völlig anonym vorgekommen, aber die Auren hatten ein Gefühl von Macht vermittelt ... und Aufrichtigkeit ... und ...

»Und *Würde*, gottverdammt«, sagte Ralph. Der Wind wehte wieder böig, noch mehr Blätter wurden von den Bäumen gewirbelt. Fünfzig Meter vom Picknickplatz, nicht weit von den alten Eisenbahnschienen entfernt, schien ein verkrümmter, halb entwurzelter Baum in Ralphs Richtung zu greifen und Zweige auszustrecken, die *tatsächlich* ein wenig wie zupackende Hände aussahen.

Plötzlich überlegte sich Ralph, daß er in jener Nacht eine ganze Menge gesehen hatte für einen alten Burschen, der sich angeblich an der Schwelle zum letzten Lebensabschnitt eines Menschen befand, den Shakespeare (und Bill McGovern) »den ausgerutschten Hanswurst« nannte. Und nichts – nicht die kleinste Einzelheit – deutete auf Gefahr oder böse Absicht hin. Daß Ralph etwas Böses *unterstellt* hatte, war nicht gerade überraschend. Sie waren körperlich mißgebildete Fremde; er hatte sie zu nachtschlafender Zeit aus dem Haus einer todkranken Frau kommen sehen, wo Besucher normalerweise nichts zu suchen hatten; er hatte sie, wenige Minuten nachdem er aus einem Alptraum von epischer Breite erwacht war, gesehen.

Aber jetzt, als er Revue passieren ließ, was er gesehen hatte, fielen ihm auch andere Einzelheiten ein. Zum Beispiel, wie sie auf Mrs. Lochers Veranda standen, als hätten sie ein Recht, dort zu sein; der Eindruck, den er gehabt hatte, als würden zwei alte Freunde noch ein kleines Schwätzchen halten, bevor sie ihres Weges gingen. Zwei Kumpel bei einer abschließenden Besprechung, bevor sie nach getaner Arbeit nach Hause gingen.

Das war dein Eindruck, ja, aber es ist nicht gesagt, daß du dich darauf verlassen kannst, Ralph.

Aber Ralph fand, er *konnte* sich darauf verlassen. Alte Freunde, langjährige Kollegen, deren Arbeit für die Nacht beendet war. May Locher war ihre letzte Anlaufstelle gewesen.

Nun gut, Doc Nr. 1 und 2 unterschieden sich vom dritten wie der Tag von der Nacht. Sie waren sauber, er war schmutzig, sie besaßen eine Aura, er dagegen keine (jedenfalls keine, die Ralph gesehen hätte), sie trugen Scheren, er ein Skalpell, sie wirkten so ernst und normal wie zwei geachtete Dorfälteste, während Nr. 3 so verrückt wie eine Scheißhausratte zu sein schien.

Aber eines ist vollkommen klar, oder nicht? Deine Spielkameraden sind übernatürliche Wesen, und abgesehen von Lois scheint der einzige andere Mensch, der von ihrer Anwesenheit weiß, Ed Deepneau zu sein. Wollen wir Wetten abschließen, wieviel Schlaf Ed in letzter Zeit bekommt?

»Nein«, sagte Ralph. Er hob die Hände von den Knien und hielt sie vor die Augen. Sie zitterten ein wenig. Ed hatte kahlköpfige Ärzte erwähnt, und sie *waren* kahlköpfige Ärzte. Hatte er auch von den Docs gesprochen, als er die Zenturionen erwähnt hatte? Ralph wußte es nicht. Er hoffte es fast, denn das Wort – Zenturionen – beschwor jedesmal, wenn es ihm einfiel, ein weitaus erschreckenderes Bild vor seinem inneren Auge: das der Ringgeister aus Tolkiens Fantasy-Trilogie. Gestalten mit Kapuzen auf skelettgleichen Pferden mit rotglühenden Augen, die sich auf die kleine Gruppe ängstlicher Hobbits vor dem Gasthaus zum Tänzelnden Pony in Bree stürzten.

Als er an Hobbits dachte, mußte er an Lois denken, und das Zittern seiner Hände wurde schlimmer.

Carolyn: *Es ist ein langer Weg zurück ins Paradies, Liebling, also hör auf, dich über Kleinigkeiten aufzuregen.*

Lois: *In meiner Familie stirbt man jung, wenn man mit achtzig stirbt.*

Joe Wyzer: *Der Leichenbeschauer schreibt normalerweise* Selbstmord *in die Spalte Todesursache, und nicht Schlaflosigkeit.*

Bill: *Sein Fachgebiet war der Bürgerkrieg, und heute weiß er nicht einmal mehr, was ein Bürgerkrieg ist, geschweige denn, wer unseren gewonnen hat.*

Denise Polhurst: *Der Tod ist ziemlich blöd. Ein Geburtshelfer, der einem Baby so langsam die Nabelschnur durchschneidet …*

Es war, als hätte plötzlich jemand einen grellen Scheinwerfer in seinem Kopf angezündet, und Ralph schrie in den sonnigen Herbsttag hinaus. Nicht einmal die Delta 727, die zur Landung auf Rollbahn 3 ansetzte, konnte diesen Schrei völlig übertönen.

6

Den Rest des Nachmittags verbrachte er damit, auf der Veranda des Hauses zu sitzen, das er sich mit McGovern teilte, und ungeduldig darauf zu warten, daß Lois von ihrem Kartenspiel zurückkam. Er hätte noch einmal versuchen können, McGovern im Krankenhaus zu erreichen, ließ es aber sein. Es bestand keine Notwendigkeit mehr, mit McGovern zu reden. Ralph verstand noch nicht alles, aber er verstand wesentlich mehr als vorher, und wenn an seiner plötzlichen Erleuchtung auf dem Picknickplatz irgend etwas dran war, hätte es absolut keinen Zweck, McGovern zu erzählen, was mit seinem Panama passiert war, selbst wenn Bill ihm geglaubt hätte.

Ich muß den Hut zurückholen, dachte Ralph. *Und ich muß auch Lois' Ohrringe zurückbekommen.*

Es war ein erstaunlicher später Nachmittag und früher Abend. Einerseits passierte gar nichts. Andererseits passierte *alles*. Die Welt der Auren kam und ging um ihn herum wie die majestätische Prozession der Wolkenschatten über der West Side. Ralph saß da und beobachtete alles gebannt, und er machte nur einmal eine Pause, um eine Kleinigkeit zu essen und aufs Klo zu gehen. Er sah die alte Mrs. Bennigan in ihrem hellroten Mantel auf der vorderen Veranda stehen, wo sie den Krückstock umklammert hielt und eine Bestandsaufnahme ihrer Herbstblumen machte. Er sah die Aura, die sie umgab – das geschrubbte und gesunde Rosa eines frischgebadeten Säuglings – und hoffte, sie würde nicht viele Verwandte haben, die nur darauf warteten, daß sie starb. Er sah einen jungen Mann um die Zwanzig, der auf der anderen Straßenseite zum Red Apple ging. In seinen verblichenen Jeans und der ärmellosen Jacke der Celtics strotzte er vor Gesundheit, aber Ralph konnte das Leichentuch sehen, das wie ein Ölfilm um ihn lag, und seine Ballonschnur, die vom Scheitel aufstieg und wie eine verrottete Vorhangkordel in einem Spukhaus aussah.

Er sah keine weiteren kahlköpfigen Ärzte, aber kurz nach halb sechs bemerkte er einen erstaunlichen purpurnen Lichtstrahl, der aus einem Kanaldeckel in der Mitte der Harris Avenue emporschoß; er ragte etwa drei Minuten himmelwärts wie ein Spezialeffekt in einem Bibelepos von Cecil B. DeMille, dann erlosch er einfach wieder. Außerdem sah Ralph einen großen Vogel, der wie ein prähistorischer Falke aussah, zwischen den Schornsteinen der alten Molkerei an der Ecke Howard Street schweben, und dazu abwechselnde rote und blaue Aufwinde, die wie lange, träge Bänder über dem Strawford Park flatterten.

Als das Fußballtraining der Grundschule Fairmount um Viertel vor sechs zu Ende war, kamen rund ein Dutzend Kinder auf den Parkplatz des Red Apple geströmt, wo sie tonnenweise Süßigkeiten vor dem Essen und Kartons voll Sammelkarten kaufen würden – um diese Jahreszeit Footballkarten, vermutete Ralph. Zwei blieben stehen und zankten sich wegen etwas, worauf ihre Auren, eine grün, die andere von einer vibrierenden orangeroten Farbe, intensiver wurden und sich zusammenzogen; anschwellende Spiralen scharlachroter Fäden wurden darin sichtbar.

Paß auf! rief Ralph dem Jungen in der orangefarbenen Hülle aus Licht im Geiste zu, aber da ließ der Grüne auch schon die Schulbücher fallen und schlug dem anderen auf den Mund. Die beiden prügelten sich, wirbelten in einem unbeholfenen, aggressiven Tanz herum und purzelten dann auf den Bürgersteig. Ein kleiner Kreis johlender, schreiender Jungs bildete sich um sie herum. Über der Stätte des Kampfes entstand eine purpurfarbene Kuppel, wie eine Gewitterwolke. Ralph fand diesen Umriß, der langsam gegen den Uhrzeigersinn kreiste, schrecklich und wunderschön zugleich, und fragte sich, wie wohl die Aura über einer militärischen Schlacht aussehen würde. Er kam zum Ergebnis, daß er die Antwort darauf lieber nicht wissen wollte. Als Junge Orange gerade auf Junge Grün kletterte und anfing, ihn richtig zu bearbeiten, kam Sue aus dem Laden heraus und schrie sie an, sie sollten aufhören, sich auf dem verdammten Parkplatz zu prügeln.

Junge Orange ließ widerwillig ab. Die Kontrahenten standen auf und betrachteten einander argwöhnisch. Junge Grün, der sich bemühte, nonchalant zu wirken, drehte sich um und ging in den Laden. Nur sein rascher Blick über die Schulter, ob sein Gegner ihm auch nicht folgte, verdarb die Wirkung.

Die Zuschauer folgten Junge Grün entweder in den Laden, um ihre Süßigkeiten nach dem Training zu kaufen, oder scharten sich um Junge Orange und gratulierten ihm. Über ihnen brach der unsichtbare purpurrote Pilz auseinander wie eine Wolkenbank bei starkem Wind. Stücke rissen ab, lösten sich und verschwanden.

Die Straße ist ein Karneval der Energie, dachte Ralph. *Der Saft, den die beiden Jungs in den neunzig Sekunden ihres Kampfs abgegeben haben, hätte ausgereicht, Derry eine Woche zu beleuchten, und wenn jemand die Energie hätte anzapfen können, die die Zuschauer* erzeugt hatten *– die Energie in der Pilzwolke –, hätte man wahrscheinlich den ganzen Staat Maine eine Woche lang beleuchten können. Kannst du dir vorstellen, wie es sein muß, an Silvester zwei Minuten vor Mitternacht auf dem Times Square in die Welt der Auren überzuwechseln?*

Er konnte es nicht, und er wollte es nicht. Er vermutete, daß er die Ausläufer einer so gewaltigen und vitalen Kraft gesehen hatte, daß sämtliche seit 1945 gebauten Atomwaffen dagegen etwa so wirkungsvoll wie der Pfropfen eines Kindergewehrs schienen, der in eine leere Konservendose geschossen wurde. Ausreichend Energie, um das Universum zu zerstören ... oder ein neues zu schaffen.

7

Ralph ging nach oben, kippte eine Dose Bohnen in einen Topf und ein Paar Hot Dogs in einen anderen, dann ging er ungeduldig durch die Wohnung, schnippte mit den Fingern und strich sich ab und zu mit ihnen durchs Haar, während er darauf wartete, daß sein improvisiertes Junggesellenmahl warm wurde. Die bodenlose Müdigkeit, die seit Mittsommer wie unsichtbare Bleigewichte an ihm hing, war zumindest vorübergehend vollkommen verschwunden; er fühlte sich von einer manischen, wahnsinnigen Energie erfüllt, *randvoll* davon. Er vermutete, daß manche Leute deshalb Benzedrin oder Kokain mochten, hatte aber das Gefühl, als wäre dies ein weitaus besserer Rausch, weil er sich nicht verbraucht und mißhandelt fühlen würde, wenn er zu Ende ging, mehr benutzt von der Droge als ihr Benutzer.

Ralph Roberts, der nicht bemerkte, daß das Haar, durch das seine Finger strichen, dichter geworden war und man zum erstenmal seit fünf Jahren schwarze Strähnen darin sehen konnte, tänzelte auf den Ballen durch sein Apartment, summte zuerst und sang dann einen alten Rock-and- Roll Song aus den sechziger Jahren: »Hey, pretty bay-bee, you can't sit down … ya gotta hop-bop hip-hop slip-slop *all* around …«

Die Bohnen blubberten im einen Topf, die Würstchen im anderen – aber für Ralph sah es aus, als würden sie *tanzen*, den Bristol Stomp zur alten Melodie der Dovells. Ralph, der immer noch aus vollem Hals sang (»When you hear the hippy with the backbeat, you can't sit down«), schnitt die Würstchen in die Bohnen, kippte eine halbe Flasche Ketchup hinein, fügte etwas Chilisoße hinzu, rührte alles heftig um und ging zur Tür. Sein Essen trug er im Topf in einer Hand. Er lief so behende wie ein Kind die Treppe hinunter, das sich am ersten Schultag verspätet hat. Er zog eine ausgebeulte alte Weste – gehörte McGovern, aber wen interessierte das? – aus dem Schrank in der Diele und ging wieder hinaus auf die Veranda.

Die Auren waren verschwunden, aber das enttäuschte Ralph nicht; im Augenblick interessierte ihn der Duft des Essens mehr. Er konnte sich nicht erinnern, wann er zum letztenmal so hungrig gewesen war wie in diesem Augenblick. Er saß auf der obersten Stufe, streckte die langen Schenkel und knochigen Knie auf beiden Seiten von sich aus, wodurch er große Ähnlichkeit mit Ichabod Crane bekam, und begann zu essen. An den ersten Bissen verbrannte er sich Lippen und Zunge, aber statt sich abschrecken zu lassen, aß Ralph nur noch schneller, er schlang beinahe.

Als er den halben Topf Bohnen mit Würstchen verzehrt hatte, ließ er den Löffel sinken. Das Tier in seinem Magen hatte sich nicht wieder schlafen gelegt – noch nicht –, aber es war zumindest ein bißchen besänftigt. Ralph rülpste unbefangen und betrachtete die Harris Avenue mit einem Gefühl der Zufriedenheit, wie er es seit Jahren nicht mehr verspürt hatte. Unter den gegenwärtigen Umständen ergab dieses Gefühl überhaupt keinen Sinn, was aber nicht das Geringste daran änderte. Wann hatte er sich zum letztenmal so gut gefühlt? Möglicherweise nicht mehr seit dem Morgen, als er irgendwo zwischen Derry, Maine, und Poughkeepsie, New York, in jener Scheune erwacht war und die sich kreuzenden Lichtstrahlen – scheinbar Tausende – gesehen hatte, die den warmen, angenehm duftenden Unterschlupf durchdrangen, wo er sich befand.

Oder möglicherweise noch nie.

Ja, möglicherweise noch nie.

Er sah Mrs. Perrine die Straße entlangkommen, möglicherweise von A Safe Place, der Kombination aus Suppenküche und Obdachlosenasyl unten beim Kanal. Wieder faszinierte Ralph ihr seltsam gleitender Gang, den sie ohne Hilfe einer Krücke und scheinbar ohne Seitwärtsbewegung ihrer Hüften zustandebrachte. Ihr Haar, das immer noch eher schwarz als grau war, wurde jetzt von dem Haarnetz gehalten – vielleicht wäre gebändigt der zutreffendere Ausdruck gewesen –, das sie an der Essensausgabe trug. Dicke, baumwollfarbene Stützstrümpfe ragten aus ihren makellos weißen Krankenschwesterschuhen ... nicht, daß Ralph viel von ihnen oder den Beinen sehen konnte, die sie bedeckten; heute abend trug Mrs. Perrine einen wollenen Herrenmantel, dessen Saum ihr fast bis zu den Knöcheln reichte. Sie schien sich beim Gehen fast ausschließlich auf die Oberschenkel zu verlassen – Anzeichen eines chronischen Rückenleidens, vermutete Ralph –, und diese Art der Fortbewegung verlieh Ione Perrine in Verbindung mit dem Mantel ein fast surrealistisches Aussehen, als sie näherkam. Sie sah wie die schwarze Dame auf dem Schachbrett aus, eine Spielfigur, die entweder von einer unsichtbaren Hand geführt wurde oder sich von ganz alleine bewegte.

Als sie sich der Stelle näherte, wo Ralph saß – er trug immer noch das zerrissene Hemd und aß obendrein seine Mahlzeit direkt aus dem Topf –, schlichen sich die Auren wieder in die Welt. Die Straßenlampen waren schon angegangen, und nun sah Ralph feine lavendelfarbene Bögen über jeder hängen. Außerdem konnte er einen roten Dunst über manchen Dächern erkennen, über anderen einen gelben, und wieder über anderen einen blaß kirschroten. Im Osten, wo die Nacht zu ihrem Sprung über den Himmel ansetzte, scharten sich dunkelgrüne Flecken am Horizont.

In unmittelbarer Nähe aber konnte er sehen, wie Mrs. Perrines Aura um sie herum zum Leben erwachte – das nüchterne Grau, das ihn an eine Kadettenuniform von West Point erinnerte. Einige dunklere Stellen, gleich geisterhaften Knöpfen, schwebten über ihrem Busen (Ralph vermutete, daß *tatsächlich* ein Busen irgendwo unter dem Mantel verborgen sein mußte). Er war nicht sicher, vermutete aber, daß dies Vorboten einer Krankheit sein konnten.

»Guten Abend, Mrs. Perrine«, sagte er höflich und sah, wie die Worte als Schneeflockenumrisse vor seinen Augen aufstiegen.

Sie betrachtete ihn mit einem raschen, vogelartigen Blick, musterte ihn mit den Augen und schien ihn gleichzeitig mit diesem einzigen Blick abzuschätzen und abzuurteilen. »Wie ich sehe, trägst du immer noch dasselbe Hemd, Roberts«, sagte sie.

Was sie nicht sagte – aber ganz bestimmt dachte, da war Ralph ganz sicher, war: *Außerdem sehe ich, daß du da sitzt und Bohnen direkt aus dem Topf ißt wie ein zerlumpter Bettler von der Straße, der es nicht besser gelernt hat … und ich* vergesse nicht, *was ich sehe, Roberts.*

»So ist es«, sagte Ralph. »Ich muß wohl vergessen haben, es zu wechseln.«

»Hm«, sagte Mrs. Perrine, und er glaubte, daß sie sich nun Gedanken über seine Unterwäsche machte. *Wann haben Sie zum letztenmal daran gedacht,* die *zu wechseln, Roberts? Mich schüttelt es, wenn ich nur daran denke.*

»Schöner Abend, nicht wahr, Mrs. Perrine?«

Wieder einer dieser raschen, vogelähnlichen Blicke, diesmal zum Himmel hinauf. »Es wird kalt werden.«

»Glauben Sie?«

»O ja – der Indianersommer ist vorbei. Mein Rücken taugt heutzutage nur noch für Wettervorhersagen, aber darin ist er ziemlich gut.« Sie machte eine Pause. »Ich glaube, das ist die Weste von Bill McGovern.«

»Kann schon sein«, stimmte Ralph zu und fragte sich, ob sie ihn als nächstes fragen würde, ob Bill davon wüßte. Er hätte es ihr zugetraut.

Statt dessen befahl sie ihm, die Weste zuzuknöpfen. »Du möchtest doch kein Kandidat für eine Lungenentzündung sein, oder?« fragte sie, und ihr verkniffener Mund fügte hinzu: *Genauso wie fürs Irrenhaus?*

»Auf gar keinen Fall«, sagte Ralph. Er stellte den Topf beiseite, streckte die Hand nach den Knöpfen der Weste aus und hielt inne. Er trug immer noch einen gesteppten Topflappenhandschuh an der linken Hand. Bis jetzt war ihm das gar nicht aufgefallen.

»Es ginge leichter, wenn du den ausziehen würdest«, sagte Mrs. Perrine. Die Andeutung eines Funkelns schien in ihren Augen zu leuchten.

»Das denke ich auch«, sagte Ralph demütig. Er zog den Handschuh aus und knöpfte McGoverns Weste zu.

»Mein Angebot steht noch, Roberts.«

»Pardon?«

»Mein Angebot, dir dein Hemd zu nähen. Das heißt, wenn du es fertigbringst, dich einmal einen Tag davon zu trennen.« Pause. »Du *hast* doch noch ein anderes Hemd, nehme ich an? Das du tragen könntest, während ich das nähe, das du jetzt trägst?«

»O ja«, sagte Ralph. »Das können Sie mir glauben. Jede Menge.«

»Scheint eine zu große Herausforderung für dich zu sein, dir jeden Tag ein neues auszusuchen. Du hast Soße am Kinn, Roberts.« Nach dieser Bemerkung richtete Mrs. Perrine die Augen geradeaus und setzte sich wieder in Bewegung.

Was Ralph nun tat, tat er ohne nachzudenken oder es zu verstehen; es war so instinktiv wie die Handbewegung, die er vorhin gemacht hatte, um Doc Nr. 3 von Rosalie fortzuscheuchen. Er hob die Hand, an der er den Topflappenhandschuh getragen hatte und formte damit eine Röhre um den Mund. Dann atmete er kräftig ein, was ein leises, flüsterndes Zischeln erzeugte.

Die Resultate waren erstaunlich. Ein bleistiftdünner grauer Lichtstrahl schoß aus Mrs. Perrines Aura wie der Stachel eines

Stachelschweins. Er wurde zusehends länger und krümmte sich nach hinten, während sie vorwärts ging, bis er den laubübersäten Rasen überquert hatte und in die Röhre schnellte, die Ralphs gekrümmte Finger bildeten. Er spürte, wie der Lichtstrahl beim Inhalieren in ihn eindrang, und es war, als würde er reine Energie einsaugen. Plötzlich fühlte er sich erleuchtet wie eine Neonreklame oder das Vordach eines Großstadtkinos. Ein explosives Gefühl von Kraft – ein Eindruck von *Rumms!* – lief durch seine Brust und seinen Magen, und dann an den Beinen hinunter bis in die Zehenspitzen. Gleichzeitig sauste es in seinen Kopf hinauf und drohte, ihm die Schädeldecke wegzupusten wie das dünne Betondach eines Raketensilos.

Er konnte graue Lichtstrahlen wie elektrisch aufgeladenen Nebel erkennen, die zwischen seinen Fingern hervorquollen. Ein schreckliches, freudiges Gefühl der Macht entzündete seine Gedanken, aber nur einen Augenblick. Es folgten Scham und ein verblüfftes Entsetzen.

Was tust du da, Ralph? Was immer dieses Zeug ist, es gehört dir nicht. Würdest du in ihre Geldbörse greifen und ihr Geld wegnehmen, wenn sie nicht hinsieht?

Er spürte, wie er rot wurde. Er ließ die gekrümmte Hand sinken und klappte den Mund zu. Als seine Lippen und Zähne aufeinandertrafen, hörte er – und *spürte* sogar – deutlich, wie etwas knirschte. Es war das Geräusch, das man hörte, wenn man in eine frische Stange Rhabarber biß.

Mrs. Perrine blieb stehen, und Ralph beobachtete ängstlich, wie sie sich halb umdrehte und auf die Harris Avenue sah. *Das wollte ich nicht,* dachte er zu ihr. *Wirklich nicht, Mrs. P. – ich lerne immer noch, mit diesen Dingen umzugehen.*

»Roberts?«

»Ja?«

»Hast du etwas gehört? Hat fast wie ein Gewehrschuß geklungen.«

Ralph konnte spüren, wie heißes Blut in seinen Ohren pulsierte, als er den Kopf schüttelte. »Nein, aber meine Ohren sind nicht mehr das, was –«

»Wahrscheinlich nur eine Fehlzündung auf der Kansas Street«, sagte sie und tat seine klägliche Entschuldigung mit einer Handbewegung ab. »Aber mein Herzschlag hat einen Moment ausgesetzt, das kann ich dir sagen.«

Sie setzte sich wieder mit dem seltsam gleitenden Gang in Bewegung, der dem einer Dame beim Schach glich, aber dann blieb sie noch einmal stehen und drehte sich zu ihm um. Ihre Aura verblaßte langsam, aber Ralph hatte keine Mühe, ihre Augen zu sehen – sie waren so scharf wie die eines Turmfalken.

»Du siehst verändert aus, Roberts«, sagte sie. »Irgendwie jünger.«

Ralph, der etwas anderes erwartet hatte (*Gib mir zurück, was du mir gestohlen hast, aber auf der Stelle,* zum Beispiel), konnte nur stammeln. »Finden Sie ... das ist sehr ... ich meine, dan –«

Sie machte eine ungeduldige Handbewegung. »Liegt wahrscheinlich am Licht. Ich gebe dir den guten Rat, nicht auf diese Weste zu tropfen, Roberts. Ich habe den Eindruck, als wäre Mr. McGovern ein Mann, der auf seine Sachen achtgibt.«

»Er hätte besser auf seinen Hut achtgeben sollen«, sagte Ralph.

Die klaren Augen, die sich von ihm abgewendet hatten, wurden wieder auf ihn gerichtet. »Pardon?«

»Seinen Panama«, sagte Ralph. »Er hat ihn irgendwo verloren.«

Mrs. Perrine hielt das einen Augenblick ins Licht ihres Intellekts, dann tat sie es mit einem weiteren *Hm* ab. »Geh ins Haus, Roberts. Wenn du noch lange hier draußen bleibst, wirst du dir den Tod holen.« Und damit glitt sie ihres Weges und sah als Folge von Ralphs gedankenlosem Diebstahl nicht schlechter aus als vorher.

Diebstahl? Ich bin ziemlich sicher, daß das nicht das richtige Wort ist, Ralph. Was du gerade getan hast, war eher –

»Vampirismus«, sagte Ralph düster. Er stellte den Topf mit Bohnen beiseite und rieb langsam die Hände aneinander. Er schämte sich ... fühlte sich schuldig ... und explodierte fast vor Energie.

Du hast ihr etwas von ihrer Lebenskraft statt von ihrem Blut gestohlen, aber Vampir ist Vampir, Ralph.

Ja, wahrhaftig. Und plötzlich fiel Ralph ein, daß dies nicht das erstemal gewesen sein konnte, daß er so etwas getan hatte.

Du siehst verändert aus, Roberts. Irgendwie jünger. Das hatte Mrs. Perrine gerade gesagt, aber seit der Sommer zu Ende ging, bekam er immer wieder ähnliche Bemerkungen zu hören, oder nicht? Der Hauptgrund, weshalb seine Freunde ihn nicht zum Arzt getragen hatten, war der, daß er nicht aussah, als würde ihm etwas fehlen. Er beschwerte sich über seine Schlaflosigkeit, sah aber offenbar aus, als würde er vor Gesundheit strotzen. *Ich schätze, die Honigwabe hat wirklich geholfen, was?* hatte John Leydecker gesagt, bevor sie beide am Sonntag die Bibliothek verlassen hatten – ihm kam es jetzt so vor, als wäre das noch in der Eisenzeit gewesen. Und als Ralph ihn gefragt hatte, wovon er spreche, hatte Leydecker geantwortet, er spreche von Ralphs Schlaflosigkeit. *Sie sehen eine Zillionmal besser aus als am Tag, als wir uns kennenlernten.*

Und Leydecker war nicht der einzige gewesen. Ralph hatte sich mehr oder weniger durch den Tag geschleppt und sich übernächtigt, erschöpft und verstümmelt gefühlt ... aber die Leute erzählten ihm andauernd, wie *gut* er aussah, wie *erfrischt* er aussah, wie *jung* er aussah. Helen ... McGovern ... sogar Faye Chapin hatte vor ein oder zwei Wochen etwas gesagt, aber Ralph konnte sich nicht mehr genau daran erinnern, was –

»Aber klar doch«, sagte er mit leiser, mißfälliger Stimme. »Er hat mich gefragt, ob ich Faltencreme benütze. *Faltencreme,* um Gottes willen!«

Hatte er damals schon die Lebenskraft von anderen gestohlen? Sie gestohlen, ohne es zu wissen?

»So muß es sein«, sagte er mit derselben leisen Stimme. »Großer Gott, ich bin ein Vampir.«

Aber war das das richtige Wort? fragte er sich plötzlich. War es nicht immerhin denkbar, daß man in der Welt der Auren einen Dieb, der Lebenskraft stahl, einen Zenturio nannte?

Eds blasses, hektisches Gesicht tauchte vor ihm auf wie ein Geist, der zurückkehrt, um seinen Mörder anzuklagen, und Ralph, der plötzlich schreckliche Angst hatte, schlang die Arme um die Knie, ließ den Kopf sinken und legte ihn darauf.

Kapitel 15

I

Um zwanzig Minuten vor sieben stoppte ein perfekt erhaltener Lincoln Town Car aus den siebziger Jahren am Bordstein vor Lois' Haus. Ralph – der die letzte Stunde damit verbracht hatte, zu duschen, sich zu rasieren, und der versucht hatte, sich zu beruhigen – stand auf der Veranda und sah zu, wie Lois vom Rücksitz ausstieg. Man sagte sich auf Wiedersehen, und mädchenhaftes, schrilles Gelächter wurde ihm mit dem Wind zugetragen.

Der Lincoln fuhr weg, und Lois ging den Fußweg zu ihrem Haus entlang. Auf halbem Weg blieb sie stehen und drehte sich um. Eine ganze Weile betrachteten die beiden sich von ihren gegenüberliegenden Positionen auf der Harris Avenue und sahen trotz der hereinbrechenden Dunkelheit und der zweihundert Meter, die sie voneinander trennten, ausgezeichnet. Sie leuchteten in dieser Dunkelheit füreinander wie Fackeln.

Lois deutete mit dem Finger auf ihn. Die Geste ähnelte der, mit der sie auf Doc Nr. 3 geschossen hatte, aber das beunruhigte Ralph nicht im geringsten.

Absicht, dachte er verträumt. *Alles liegt in der Absicht. Es gibt wenige Fehler auf dieser Welt … und wenn man sich erst einmal auskennt, gibt es vielleicht gar keine Fehler mehr.*

Ein schmaler, grau leuchtender Energiestrahl kam aus Lois' Finger und bahnte sich einen Weg durch die dunklen Schatten der Harris Avenue. Ein vorbeifahrendes Auto durchquerte ihn unbeschadet. Die Fenster des Autos leuchteten kurz grell und grau auf, und die Scheinwerfer schienen einen Moment zu flackern, aber das war alles.

Ralph hob ebenfalls einen Finger, aus dem ein blauer Strahl hervorschoß. Diese beiden gebündelten Lichtstrahlen trafen sich in der Mitte der Harris Avenue und schlangen sich umeinander wie wilder Wein. Der geflochtene Zopf stieg immer höher und höher, wobei er leicht verblaßte. Dann krümmte

Ralph den Finger, und seine Hälfte des Liebesknotens verschwand. Einen Moment später erlosch Lois' Hälfte ebenfalls. Ralph ging langsam die Verandatreppe hinunter und über seinen Rasen. Lois kam ihm entgegen. Sie trafen sich mitten auf der Straße … wo sie einander in einem durchaus realen Sinne bereits getroffen hatten.

Ralph legte die Arme um ihre Taille und küßte sie.

2

Du siehst verändert aus, Roberts. Irgendwie jünger.

Diese Worte gingen ihm nicht aus dem Sinn – sie wiederholten sich wie eine Endlosbandschleife –, als Ralph in Lois' Küche saß und Kaffee trank. Er konnte seine Augen nicht von ihr wenden. Sie sah problemlos zehn Jahre jünger und zehn Pfund leichter als die Lois aus, an die er sich in den vergangenen Jahren gewöhnt hatte. Hatte sie heute morgen im Park schon so jung und hübsch ausgesehen? Ralph glaubte es nicht, aber selbstverständlich war sie heute morgen durcheinander gewesen und hatte geweint, und er vermutete, daß das schon etwas ausmachte.

Trotzdem …

Ja, trotzdem. Das Netz winziger Fältchen um ihren Mund herum war verschwunden. Ebenso die beginnenden Truthahnhautfalten am Hals und das erschlaffte Fleisch an den Oberarmen. Heute morgen hatte sie geweint, und heute abend strahlte sie vor Glück, aber Ralph wußte, das konnte unmöglich alle Veränderungen erklären, die er sah.

»Ich weiß, was du siehst«, sagte Lois. »Es ist unheimlich, nicht? Ich meine, es beantwortet die Frage, ob wir uns alles nur eingebildet haben oder nicht, aber es ist trotzdem unheimlich. Wir haben den Jungbrunnen gefunden. Vergiß Florida; er ist die ganze Zeit hier in Derry gewesen.«

»*Wir* haben ihn gefunden?«

Einen Augenblick sah sie nur überrascht aus … und ein wenig argwöhnisch, als würde sie denken, daß er sie auf den

Arm nahm, sich über sie lustig machte. Sie als »unsere Lois« behandelte. Dann streckte sie die Hand über den Tisch aus und drückte seine. »Geh ins Bad. Schau dich an.«

»Ich weiß, wie ich aussehe. Verdammt, ich habe mich gerade eben erst rasiert. Und ich habe mir dabei richtig Zeit gelassen.«

Sie nickte. »Du hast es gut gemacht, Ralph … aber es geht hier nicht um deinen Fünf-Uhr-Bartschatten. Schau dich nur an.«

»Ist das dein Ernst?«

»Ja«, sagte sie nachdrücklich. »Mein voller Ernst.«

Er war fast an der Tür angelangt, als sie sagte: »Du hast dich nicht nur rasiert, du hast auch das Hemd gewechselt. Das ist gut. Ich wollte nichts sagen, aber das karierte war zerrissen.«

»Tatsächlich?« fragte Ralph. Er hatte ihr den Rücken zugedreht, so daß sie sein Lächeln nicht sehen konnte. »Ist mir gar nicht aufgefallen.«

3

Er stand mit auf das Waschbecken gestützten Händen vor dem Spiegel und betrachtete sein Gesicht fast zwei Minuten lang. So lange brauchte er, um sich einzugestehen, daß er wirklich sah, was er zu sehen glaubte. Die schwarzen, wie Krähenfedern glänzenden Strähnen in seinem Haar waren erstaunlich genug, ebenso die Tatsache, daß die häßlichen Tränensäcke unter seinen Augen verschwunden waren, aber er kam nicht darüber hinweg, wie die Linien und tiefen Runzeln auf seinen Lippen sich geglättet hatten. Es war eine Kleinigkeit … aber es war auch etwas Gigantisches. Er sah den Mund eines jungen Mannes. Und …

Plötzlich steckte sich Ralph einen Finger in den Mund und fuhr an der rechten unteren Zahnreihe entlang. Er konnte nicht völlig sicher sein, aber ihm schien, als wären sie länger, als wäre ein Teil der Abnutzung rückgängig gemacht worden.

»Ach du Scheiße«, murmelte Ralph, und seine Gedanken kehrten zu jenem drückend heißen Tag im vergangenen Sommer zurück, als er Ed Deepneau in dessen Vorgarten gegenübergetreten war. Ed hatte ihn zuerst gebeten, sich einen Stuhl ranzuziehen, und ihm dann eröffnet, daß Derry von bösen, babytötenden Kreaturen heimgesucht wurde. *Lebensstehlenden* Kreaturen. *Alle Kraftlinien laufen hier zusammen,* hatte Ed ihm gesagt. *Ich weiß, das ist schwer zu glauben, aber es stimmt.*

Ralph stellte fest, daß es immer leichter zu glauben war. Immer schwerer zu glauben fiel ihm dagegen, daß Ed verrückt sein sollte.

»Wenn das nicht aufhört«, sagte Lois von der Tür und erschreckte ihn, »müssen wir heiraten und die Stadt verlassen, Ralph. Simone und Mina konnten – *buchstäblich* – keinen Blick von mir nehmen. Ich habe eine Menge über ein neues Make-up erzählt, das ich angeblich im Einkaufszentrum gekauft habe, aber sie haben es nicht geschluckt. Ein Mann hätte es, aber eine Frau weiß, was man mit Make-up machen kann. Und was nicht.«

Sie gingen in die Küche zurück, und obwohl die Auren vorläufig wieder verschwunden waren, stellte Ralph fest, daß er doch eine sehen konnte: eine Röte, die aus dem Kragen von Lois' weißer Seidenbluse aufstieg.

»Schließlich erzählte ich ihnen das einzige, das sie glauben *würden.*«

»Und das wäre?« fragte Ralph.

»Ich sagte, ich hätte einen Mann kennengelernt.« Sie zögerte, und als das aufsteigende Blut ihre Wangen erreicht und rosa gefärbt hatte, kam sie zur Sache. »Und daß ich mich in ihn verliebt hätte.«

Er berührte sie am Arm und drehte sie zu sich um. Er betrachtete die kleine, saubere Falte in ihrer Ellbogenbeuge und überlegte sich, wie gerne er sie mit dem Mund berühren würde. Oder mit der Zungenspitze. Dann sah er ihr in die Augen. »Und ist es wahr?«

Sie erwiderte den Blick mit Augen voll Hoffnung und Offenheit. »Ich *glaube* es«, sagte sie mit leiser, deutlicher Stimme, »aber alles ist jetzt so seltsam. Ich weiß nur mit Sicherheit, ich *möchte*, daß es wahr ist. Ich möchte einen Freund haben. Ich bin schon eine ganze Weile ängstlich und unglücklich und einsam. Die Einsamkeit ist das Schlimmste am Älterwerden, glaube ich – nicht die Leiden und Schmerzen, nicht die eingerosteten Gedärme oder daß man kurzatmig ist, wenn man eine Treppe hinaufgehen mußte, die man mit zwanzig hinauf*geflogen* wäre, sondern die Einsamkeit.«

»Ja«, sagte Ralph. »Das *ist* das Schlimmste.«

»Niemand redet mehr mit einem – oh, sie sagen manchmal etwas *zu* einem, aber das ist nicht dasselbe – und meistens ist es, als würden die Leute einen nicht mal *sehen*. Ist es dir nicht auch schon so gegangen?«

Ralph dachte an das Derry der Altvorderen, eine Stadt, die von der hektischen, betriebsamen Welt ringsum weitgehend ignoriert wurde, und nickte.

»Ralph, würdest du mich in den Arm nehmen?«

»Mit Vergnügen«, sagte er, zog sie sanft zu sich und legte die Arme um sie.

4

Einige Zeit später saßen Ralph und Lois zerzaust und benommen, aber glücklich auf der Couch im Wohnzimmer, ein derart rigoros hobbitgroßes Möbelstück, daß es eigentlich kaum mehr als ein Zweiersessel war. Den beiden machte es nichts aus. Ralph hatte Lois einen Arm um die Schultern gelegt. Sie hatte ihr Haar aufgemacht, und er drehte eine Locke davon in seinen Fingern und dachte darüber nach, wie leicht man vergaß, wie sich Frauenhaar anfühlte – so völlig anders als Männerhaare. Sie hatte ihm von ihrem Kartenspiel erzählt, und Ralph hatte aufmerksam zugehört, erstaunt, aber, wie er feststellte, nicht überrascht.

Etwa ein Dutzend Frauen spielten regelmäßig jede Woche im Ludlow Grange um kleine Summen. Es war möglich, daß man mit fünf Dollar Verlust oder zehn Dollar Gewinn nach Hause ging, aber meistens lag man bei Spielende einen Dollar vorn oder ein bißchen Kleingeld hinten. Zwar gab es einige gute Spieler und einige Flaschen (Lois zählte sich zu ersteren), aber hauptsächlich ging es nur darum, einen heiteren Nachmittag zu verbringen – die Damenversion der Schachturniere und Rommé-Marathons, wie sie die Altvorderen pflegten.

»Aber heute nachmittag konnte ich einfach nicht verlieren. Ich hätte eigentlich völlig pleite nach Hause kommen müssen, wo mich alle ständig fragten, was für Vitamine ich zu mir nähme und wo ich mir das Gesicht hätte liften lassen und dergleichen. Wer kann sich auf ein albernes Kartenspiel konzentrieren, wenn man ständig neue Lügen erzählen und darauf achten muß, daß man sich nicht in die verstrickt, die man bereits erzählt hat?«

»Muß schwer gewesen sein«, sagte Ralph und bemühte sich, nicht zu grinsen.

»Das *war* es. *Sehr* schwer! Aber statt zu verlieren, habe ich immer mehr eingesackt. Und weißt du, warum, Ralph?«

Er wußte es, schüttelte aber den Kopf, damit sie es ihm sagen konnte. Er hörte ihr gerne zu.

»Wegen ihrer Auren. Ich wußte nicht immer genau, welche Karten sie hatten, aber meistens schon. Und selbst wenn ich es nicht wußte, hatte ich eine gute Vorstellung davon, wie ihr Blatt aussah. Die Auren waren nicht immer da, du weißt ja, sie kommen und gehen, aber selbst wenn sie nicht da waren, spielte ich besser als jemals vorher in meinem Leben. In der letzten Stunde verlor ich absichtlich, damit sie mich nicht alle *haßten*. Und weißt du was? Selbst absichtlich zu verlieren ist mir schwergefallen.« Sie betrachtete ihre Hände, die sie nervös im Schoß knetete. »Und auf dem Rückweg habe ich etwas getan, wofür ich mich schäme.«

Ralph sah ihre Aura wieder, ein vager grauer Geist, in dem ungeformte dunkelblaue Klumpen schwebten. »Bevor du es mir erzählst«, sagte er, »hör dir das an und sag mir, ob es etwas Ähnliches ist.«

Er schilderte ihr, wie Mrs. Perrine vorbeigekommen war, als er auf der Veranda saß, Bohnen und Würstchen aus dem Topf aß und darauf wartete, daß Lois zurückkam. Als er ihr erzählte, was er der alten Frau angetan hatte, senkte er den Blick und spürte, wie seine Ohren wieder warm wurden.

»Ja«, sagte sie, als er fertig war. »Dasselbe habe *ich* getan ... aber ich *wollte* es nicht, Ralph ... jedenfalls *glaube* ich nicht, daß ich es wollte. Ich saß mit Mina auf dem Rücksitz, und sie hörte nicht mehr auf damit, wie *verändert* ich aussähe, wie *jung* ich aussähe, und ich dachte mir – ich schäme mich, es laut auszusprechen, aber ich sollte es wohl besser –, ich dachte mir: ›Ich stopf dir das Maul, du naseweise, neidische alte Eule. Denn es *war* Neid, Ralph. Ich sah es ihrer Aura an. Große, spitze Dornen in der Farbe von Katzenaugen. Kein Wunder, daß man Eifersucht das Ungeheuer mit den grünen Augen nennt!‹ Wie dem auch sei, ich deutete zum Fenster hinaus und sagte: ›Oh, Mina, ist das nicht ein *entzückendes* kleines Häuschen?‹ Und als sie sich umdrehte und nachsah, da habe ich ... ich getan, was du getan hast, Ralph. Nur habe ich nicht die Hand zum Trichter geformt, ich habe einfach nur die Lippen geschürzt ... etwa so ...« Sie führte es vor und machte einen derartigen Kußmund, daß Ralph sich veranlaßt (fast genötigt) sah, sich den Ausdruck zunutze zu machen. »... und ich atmete eine große Wolke ihrer Aura ein.«

»Was ist passiert?« fragte Ralph fasziniert und ängstlich.

Lois lachte bedrückt. »Mit mir oder ihr?«

»Mit euch beiden.«

»Mina zuckte zusammen und schlug sich in den Nacken. ›Da sitzt ein Käfer auf mir!‹« sagte sie. ›Er hat mich gebissen! Nimm ihn weg, Lo! Bitte nimm ihn weg!‹ Selbstverständlich saß *kein* Käfer auf ihr – *ich* war der Käfer –, aber ich strich ihr trotzdem über den Hals, machte das Fenster auf und sagte ihr, er wäre dort, er wäre weggeflogen. Sie kann von Glück sagen, daß ich ihr nicht das Gehirn rausgehauen habe, statt nur über ihren Nacken zu streichen – so voller Pep war ich. Mir war, als hätte ich die Autotür aufreißen und den ganzen Weg nach Hause laufen können.«

Ralph nickte.

»Es war wunderbar ... *zu* wunderbar. Wie in den Geschichten über Drogen, die man im Fernsehen sieht, wie sie einen zuerst in den Himmel bringen und dann in die Hölle.

Was ist, wenn wir damit anfangen und nicht mehr aufhören können?«

»Ja«, sagte Ralph. »Und wenn es den Leuten schadet? Ich muß immerzu an Vampire denken.«

»Weißt du, woran *ich* denken muß?« Lois hatte die Stimme zu einem Flüstern gesenkt. »Was du mir erzählt hast, wovon Ed gesprochen hat. Diese Zenturionen. Was ist, wenn wir das sind, Ralph? Was ist, wenn *wir* das sind?«

Er umarmte sie und küßte sie auf den Kopf. Daß er seine schlimmste Befürchtung aus ihrem Munde hörte, machte es ihm etwas leichter ums Herz, und da mußte er wieder daran denken, wie Lois gesagt hatte, die Einsamkeit sei das Schlimmste am Älterwerden.

»Ich weiß«, sagte er. »Und am schlimmsten finde ich, daß das, was ich mit Mrs. Perrine gemacht habe, einfach impulsiv geschah – ich kann mich nicht erinnern, daß ich darüber nachgedacht habe, ich habe es einfach getan. War es bei dir genauso?«

»Ja. Einfach so.« Sie legte den Kopf an seine Schulter.

»Wir dürfen es nicht mehr tun«, sagte er. »Es könnte wirklich süchtig machen. Alles, was so gut tut, *muß* süchtig machen, findest du nicht auch? Und wir müssen versuchen, einen Schutzmechanismus zu entwickeln, damit wir es nicht unbewußt tun. Ich glaube nämlich, daß ich das getan habe. Es könnte der Grund dafür sein, weshalb –«

Quietschende Bremsen und kreischende Reifen unterbrachen ihn. Sie sahen einander mit großen Augen an, während draußen auf der Straße das Geräusch nicht aufhören wollte, und das Auto nach einem Aufprallpunkt zu suchen schien.

Laß nicht zu, daß es passiert, betete Ralph. *Bitte laß nicht zu, daß es passiert, und wenn es denn sein muß, dann laß nicht Bill McGovern am Ende dieser Bremsspur sein.*

Aber Ralph hatte schreckliche Angst, daß er es sein würde.

Ein gedämpftes Klatschen ertönte auf der Straße, als das Quietschen von Bremsen und Reifen verstummte. Es folgte ein kurzer Schrei von einer Frau oder einem Kind, Ralph konnte es nicht genau sagen. Jemand anders schrie: »Was ist passiert?« Und dann: *»O Gott!«* Schritte hallten auf dem Bürgersteig.

»Bleib auf der Couch«, sagte Ralph und eilte zum Wohnzimmerfenster. Als er das Rollo hochzog, stand Lois direkt neben ihm, und Ralph verspürte einen Anflug von Bewunderung. Carolyn hätte unter diesen Umständen nicht anders gehandelt.

Sie sahen in eine nächtliche Welt hinaus, in der seltsame Farben und wundersame Bewegungen pulsierten. Ralph wußte, sie würden Bill sehen, er *wußte* es – Bill, der von einem Auto überfahren worden war und tot auf der Straße lag, der Panama mit der angebissenen Krempe neben einer ausgestreckten Hand. Er legte einen Arm um Lois, und sie hielt seine Hand.

Aber es war nicht McGovern, der im Lichtkegel der Scheinwerfer des Ford lag, der schräg auf der Harris Avenue stand; es war Rosalie. Ihre frühmorgendlichen Spaziergänge waren vorbei. Sie lag in einer wachsenden Blutlache auf der Seite, und ihr Rücken war an mehreren Stellen geknickt und verkrümmt. Als der Fahrer des Autos, das sie angefahren hatte, neben dem alten Streuner niederkniete, erhellte der unbarmherzige Schein der nächsten Straßenlaterne sein Gesicht. Es war Joe Wyzer, der Apotheker von Rite Aid, in dessen orangegelber Aura nun rote und blaue Schnörkel der Verwirrung kreisten. Er streichelte die Seite der alten Hündin, und jedesmal, wenn seine Hand in die häßliche schwarze Aura eindrang, die das Tier umgab, verschwand sie.

Alptraumähnliches Grauen durchlief Ralph, senkte seine Temperatur und ließ seine Hoden schrumpfen, bis sie sich wie kleine harte Pfirsichkerne anfühlten. Plötzlich war es wieder Juli 1992, Carolyn starb, die Todesuhr tickte, und etwas Unheimliches geschah mit Ed Deepneau. Ed war ausgeflippt, und Ralph hatte versucht, Helens normalerweise gutmütigen Ehemann daran zu hindern, den Mann mit der Mütze von West Side Gardeners anzufallen, um ihm die Kehle zu zerfleischen. Dann – das Sahnehäubchen auf der *Charlotte russe,* wie Carolyn gesagt hätte – war Dorrance Marstellar dazugekommen. Der alte Dor. Und was hatte er gesagt?

Ich an deiner Stelle würde ihn nicht mehr anfassen. Ich kann deine Hände nicht sehen.

Ich kann deine Hände nicht sehen.

»O mein Gott«, flüsterte Ralph.

5

Lois schwankte, als würde sie ohnmächtig werden, und das holte ihn ins Hier und Jetzt zurück.

»Lois!« sagte er schneidend und hielt sie am Arm fest. »Lois, alles in Ordnung?«

»Ich glaube schon ... aber Ralph ... siehst du ...«

»Ja, es ist Rosalie. Ich glaube, sie ist ...«

»Ich meine nicht *sie;* ich meine *ihn!«* Sie deutete nach rechts.

Doc Nr. 3 lehnte an der Motorhaube von Joe Wyzers Ford und hatte McGoverns Panama keck auf dem kahlen Schädel nach hinten geschoben. Er sah zu Ralph und Lois, grinste frech, dann hielt er langsam den Daumen an die Nase und bewegte die Finger zappelnd in ihre Richtung.

»Du Dreckskerl!« schrie Ralph und schlug hilflos mit der Faust auf die Wand neben dem Fenster.

Ein halbes Dutzend Leute liefen zum Schauplatz des Unfalls, aber sie konnten nichts tun; Rosalie würde sterben, bevor die ersten auch nur in die Nähe der Stelle kamen, wo sie im Licht der Scheinwerfer lag. Die schwarze Aura verfestigte sich und wurde zu etwas, das fast wie rußgeschwärzter Backstein aussah. Sie hüllte sie ein wie ein maßgeschneidertes Leichentuch, und Wyzers Hand verschwand jedesmal, wenn sie durch das gräßliche Kleidungsstück glitt, bis zum Gelenk.

Jetzt hob Doc Nr. 3 die Hand mit ausgestrecktem Zeigefinger und legte den Kopf schief – eine schulmeisterliche Pantomime, die so gut war, daß sie fast laut zu sagen schien: *Ich bitte um Ihre Aufmerksamkeit!* Er schlich auf Zehenspitzen näher – völlig unnötig, da ihn die Leute da unten sowieso nicht sehen konnte, aber ungeheuer dramatisch – und streckte die Hand nach Joe Wyzers Gesäßtasche aus. Er drehte sich zu Ralph und Lois um, als wollte er sich vergewissern, daß sie ihm nach wie vor ihre Aufmerksamkeit schenkten. Dann schlich er wieder auf Zehenspitzen näher und streckte die linke Hand aus.

»Du mußt ihn aufhalten, Ralph«, stöhnte Lois. »O bitte, du mußt ihn aufhalten.«

Ralph hob langsam die Hand, wie ein Mann, der unter Drogen steht, und ließ sie heruntersausen. Ein blauer Lichtstrahl sauste aus seinen Fingerspitzen, aber er wurde unscharf, als er durch die Fensterscheibe drang. Pastellfarbener Nebel breitete sich ein Stück von Lois' Haus entfernt aus und verschwand. Der kahlköpfige Arzt bewegte den Finger in einer nervtötenden Pantomime – *Oh, du böser Bube,* sagte sie.

»Nützt nichts«, sagte Ralph.

Doc Nr. 3 streckte wieder die Hand aus und holte etwas aus Wyzers Tasche, während dieser auf der Straße kniete und um den Hund trauerte. Ralph wußte nicht mit Sicherheit, was es war, bis die Kreatur im schmutzigen Kittel McGoverns Hut vom Kopf zog und so tat, als würde sie den Gegenstand, den sie gerade gestohlen hatte, durch das nichtvorhandene Haar ziehen. Es war ein schwarzer Taschenkamm, wie man sie für einen Dollar im Kramladen kaufen konnte. Dann sprang Doc Nr. 3 in die Luft und schlug die Hacken zusammen wie ein bösartiger Kobold.

Rosalie hatte den Kopf gehoben, als der kahlköpfige Arzt nähergekommen war. Jetzt legte sie ihn wieder auf den Asphalt und starb. Die Aura, die sie umgab, verschwand sofort, sie verblaßte nicht, sondern platzte einfach wie eine Seifenblase. Wyzer stand auf, drehte sich zu einem Mann um, der am Bordstein stand, und erzählte ihm was passiert war, wobei er mit den Händen gestikulierte und zeigte, wie ihm der Hund vors Auto gelaufen war. Ralph stellte fest, daß er tatsächlich eine Kette von sechs Worten lesen konnte, die über Wyzers Lippen kamen: *schien aus dem Nichts zu kommen.*

Und als Ralph seinen Blick wieder auf die Seite von Wyzers Auto richtete, stellte er fest, daß der kleine kahlköpfige Arzt dorthin gegangen war.

Kapitel 16

1

Es gelang Ralph, seinen rostigen Oldsmobile anzulassen, aber er brauchte trotzdem noch zwanzig Minuten, bis er sie beide quer durch die Stadt zum Derry Home in der East Side gebracht hatte. Carolyn hatte seine wachsenden Zweifel an seiner Fahrtüchtigkeit verstanden und versucht, Rücksicht drauf zu nehmen, aber sie hatte eine ungeduldige, hektische Ader in sich gehabt, die im Lauf der Jahre nicht schwächer geworden war. Wenn eine Fahrt länger als eine halbe Meile war, hatte sie sich selten zurückhalten können. Sie köchelte eine Zeitlang schweigend und nachdenklich vor sich hin, und dann fing sie an zu kritisieren. Wenn sie besonders unzufrieden mit seiner Fahrweise war, konnte sie ihn fragen, ob seiner Ansicht nach ein Einlauf helfen würde, das Blei aus seinem Hintern zu bekommen. Sie war ein reizendes Ding, aber sie hatte immer eine spitze Zunge gehabt.

Nach so einer Bemerkung bot Ralph jedesmal – und ohne verängstigt zu sein – an, rechts ran zu fahren und sie weiterfahren zu lassen. Dieses Angebot hatte Carol stets abgelehnt. Ihrer Überzeugung nach war es, zumindest bei kurzen Ausflügen, die Aufgabe des Ehemanns, zu fahren, und die der Frau, konstruktive Kritik zu üben.

Er wartete die ganze Zeit darauf, daß Lois eine Bemerkung über seine Geschwindigkeit oder seine Unaufmerksamkeit machen würde (er glaubte, selbst wenn ihm jemand eine Waffe an den Kopf hielte, würde er heutzutage nicht jedesmal daran denken, den Blinker zu setzen), aber sie sagte nichts – sie saß nur auf dem Sitz, wo Carolyn bei fünftausend oder mehr Fahrten gesessen hatte, und hielt genau wie Carolyn die Handtasche auf dem Schoß. Das Spiel der Lichter – Neonreklamen, Ampeln, Straßenlampen – glitt wie Regenbogen über Lois' Wangen und Stirn. In ihren dunklen Augen lag ein distanzierter und nachdenklicher Ausdruck. Sie hatte geweint, als Rosalie gestorben war, hemmungslos geweint, und Ralph hatte das Rollo wieder herunterlassen müssen.

Das hätte Ralph fast nicht getan. Sein erster Impuls war gewesen, auf die Straße zu laufen, bevor Joe Wyzer wegfahren konnte. Um Joe zu sagen, daß er vorsichtig sein mußte. Um ihm zu sagen, wenn er heute abend die Hosentaschen leerte, würde er feststellen, daß ein billiger Kamm fehlte, kein Beinbruch, die Leute verloren ständig solche Kämme, aber diesmal *war* es ein Beinbruch, und nächstesmal konnte *Joe Wyzer*, Apotheker bei Rite Aid, am Ende einer Bremsspur auf der Straße liegen. *Hören Sie mir zu, Joe, und hören Sie mir gut zu. Sie müssen besonders vorsichtig sein, denn es gibt jede Menge Neuigkeiten aus der Hyperrealitäts-Zone, und in Ihrem Fall stehen sie alle in einem schwarzen Rahmen.*

Aber das hätte gewisse Probleme aufgeworfen. Das größte war, so verständnisvoll Joe Wyzer an dem Tag gewesen war, als er Ralph den Termin beim Akupunkteur verschafft hatte, er würde Ralph für verrückt halten. Und außerdem, wie sollte man sich vor einem Wesen schützen, das man noch nicht mal sehen konnte?

Also hatte er das Rollo heruntergelassen ... aber zuvor hatte er einen letzten prüfenden Blick auf den Mann geworfen, der ihm gesagt hatte, er sei früher einmal Joe Wyze gewesen, aber heute sei er älter und Wyzer. Die Auren waren noch da, und er konnte Wyzers Ballonschnur sehen, hell gelb-orange, die unversehrt von seinem Scheitel emporstieg. Demnach war noch alles in Ordnung mit ihm.

Jedenfalls vorläufig.

Ralph hatte Lois in die Küche geführt und ihr noch eine Tasse Kaffee eingeschenkt – schwarz, mit viel Zucker.

»Er hat sie getötet, nicht wahr?« fragte sie, als sie die Tasse mit beiden Händen an die Lippen führte. »Das kleine Biest hat sie getötet.«

»Ja. Aber ich glaube nicht, daß er es heute nacht getan hat. Ich glaube, in Wirklichkeit hat er es schon heute morgen getan.«

»Warum? *Warum?*«

»Weil er es konnte«, sagte Ralph grimmig. »Ich glaube, einen anderen Grund braucht er nicht. Nur weil er es konnte.«

Lois hatte ihn mit einem langen, abschätzenden Blick angesehen, und ihr Gesicht nahm allmählich einen erleichterten Ausdruck an. »Du bist dahintergekommen, richtig? Ich hätte es in dem Moment wissen müssen, als ich dich heute abend gesehen habe. Ich *hätte* es gewußt, wenn mir nicht so viele andere Dinge durch meinen dummen alten Kopf gegangen wären.«

»Dahintergekommen? Davon bin ich noch meilenweit entfernt, aber einiges habe ich mir zuammengereimt. Lois, hast du Lust, mit mir ins Derry Home zu fahren?«

»Gerne. Möchtest du Bill besuchen?«

»Ich bin nicht sicher, *wen* ich besuchen möchte. Es *könnte* Bill sein, aber auch Bills Freund Bob Polhurst. Vielleicht sogar Jimmy Vandermeer – du kennst ihn doch?«

»Jimmy V.? *Natürlich* kenne ich ihn. Seine Frau kannte ich noch besser. Sie hat bis zu ihrem Tod mit uns Poker gespielt. Ein Herzanfall, und so plötzlich –« Sie verstummte unvermittelt und sah Ralph mit ihren dunklen spanischen Augen an. »Jimmy liegt im Krankenhaus? O Gott, es ist der Krebs, richtig? Der Krebs hat wieder angefangen.«

»Ja. Er liegt im Zimmer gleich neben Bills Freund.« Ralph erzählte ihr von der Unterhaltung mit Faye heute morgen und dem Zettel, den er am Nachmittag auf dem Picknickplatz gefunden hatte. Er wies auf die seltsame Konstellation der Zimmer und ihrer Bewohner hin – Polhurst, Jimmy V., Carolyn – und fragte Lois, ob sie das für einen Zufall hielte.

»Nein. Ich bin sicher, daß es keiner ist.« Sie hatte auf die Uhr gesehen. »Komm mit – ich glaube, die reguläre Besuchszeit endet um halb zehn. Wenn wir vorher dort sein wollen, sollten wir uns besser beeilen.«

2

Als er jetzt in die Zufahrt zum Krankenhaus einbog (*Du hast wieder vergessen den Blinker zu setzen, Herzblatt,* bemerkte Carolyn), sah er Lois an – Lois, die ihre Handtasche umklammerte und deren Aura gerade nicht zu sehen war – und fragte sie, ob es ihr gut gehe.

Sie nickte. »Ja. Nicht gerade toll, aber einigermaßen. Mach dir um mich keine Sorgen.«

Aber ich mache mir Sorgen, Lois, dachte Ralph. *Jede Menge. Und übrigens, hast du gesehen wie Doc Nr. 3 Joe Wyzer den Kamm aus der Tasche genommen hat?*

Das war eine dumme Frage. Natürlich hatte sie es gesehen. Der kahle Gnom hatte *gewollt*, daß sie es sah. Er wollte, daß sie es *beide* sahen. Die wichtige Frage war, wieviel Bedeutung hatte sie dem beigemessen?

Wieviel weißt du wirklich, Lois? Wie viele Zusammenhänge hast du hergestellt? Das frage ich mich, denn eigentlich sind sie nicht so schwer zu sehen.

Er stellte fest, daß er Angst davor hatte, sie zu fragen.

Ein flaches Backsteingebäude lag etwa eine Viertelmeile entfernt an dem Zubringer – WomanCare. Einige Scheinwerfer (neu aufgestellt, da war er ganz sicher) beleuchteten den Rasen, und Ralph konnte zwei Männer mit grotesk langen Schatten davor auf und ab marschieren sehen ... Wachpersonal, vermutete er. Eine weitere Neuerung; ein weiteres böses Omen.

Er bog nach links ab (diesmal dachte er wenigstens an den Blinker) und fuhr mit dem Olds vorsichtig die Rampe zum Parkhaus des Hospitals hinauf. Oben versperrte eine orangefarbene Schranke den Weg. BITTE HALTEN UND PARKSCHEIN ZIEHEN stand auf einem Schild daneben. Ralph konnte sich noch erinnern, als richtige Menschen an solchen Orten gesessen hatten, was sie ein bißchen weniger unheimlich machte. *Those were the days, my friend, we thought they'd never end,* dachte er, als er die Scheibe hinunterkurbelte und einen Parkschein aus dem automatischen Spender zog.

»Ralph?«

»Hm?« Er konzentrierte sich darauf, der Heckstoßstange eines der auf beiden Seiten der Fahrspur schräg parkenden Autos auszuweichen. Er wußte, die Durchfahrt war so breit, daß die Stoßstangen der anderen Autos kein Hindernis für ihn sein würden – *intellektuell* wußte er das –, aber in seinem Innersten wußte er es besser. *Carolyn würde Zeter und Mordio wegen meiner Fahrweise schreien*, dachte er mit einer gewissen geistesabwesenden Zuneigung.

»*Weißt* du, was wir hier wollen, oder tappst du im Dunkeln?«

»Einen Moment noch – laß mich erst die verdammte Karre parken.«

Er fuhr auf der ersten Etage an mehreren Parklücken vorbei, die groß genug für den Olds gewesen wären, aber er hatte nicht genügend Freiraum zum Manövrieren, daß er sich wohl in seiner Haut gefühlt hätte. Auf dem dritten Parkdeck fand er drei freie Plätze nebeneinander (zusammen hätte bequem ein Sherman Panzer Platz gehabt) und lotste den Olds in die mittlere Lücke. Er machte den Motor aus und drehte sich zu Lois um. Andere Motoren brummten ringsum im Leerlauf, aber aufgrund der Echos konnte man ihren Standort unmöglich bestimmen. Orangefarbenes Licht – das durchdringende, grelle Leuchten, das heutzutage sämtlichen derartigen Anlagen gemeinsam war, schien es – überzog ihre Haut wie eine dünne Schicht toxischer Farbe. Lois erwiderte seinen Blick gelassen. Er sah Nachwirkungen der Tränen, die sie wegen Rosalie vergossen hatte, an den aufgedunsenen, geschwollenen Lidern, aber die Augen selbst waren ruhig und sicher. Er registrierte erstaunt, wie sehr sie sich seit heute morgen verändert hatte, als er sie weinend und mit hängenden Schultern auf der Parkbank gesehen hatte. *Lois,* dachte er, *wenn dein Sohn und deine Schwiegertochter dich heute abend sehen könnten, würden sie, glaube ich, schreiend davonlaufen. Aber nicht, weil du zum Fürchten aussiehst, sondern weil die Frau, die sie überreden wollten, ins Riverview Estates zu ziehen, nicht mehr da ist.*

»Nun?« fragte sie mit dem Anflug eines Lächelns. »Wirst du mit mir reden oder mich nur ansehen?«

Ralph, normalerweise ein zurückhaltender Mann, sagte das erste, das ihm in den Sinn kam: »Ich glaube, ich *möchte* dich am liebsten schlecken wie ein Eis.«

Ihr Lächeln vertiefte sich so sehr, daß Grübchen an den Mundwinkeln sichtbar wurden. »Vielleicht versuchen wir später herauszufinden, wie groß dein Appetit auf Eis wirklich ist, Ralph. Im Augenblick solltest du mir nur sagen, weshalb du mich hierher gebracht hast. Und sag mir nicht, daß du es nicht weißt, das stimmt nämlich nicht.«

Ralph machte die Augen zu, holte tief Luft und schlug sie wieder auf. »Wir sind hier, um die beiden anderen Glatzköpfe zu finden. Die ich aus dem Haus von May Locher kommen gesehen habe. Wenn jemand erklären kann, was hier vor sich geht, dann sie.«

»Wie kommst du darauf, daß du sie hier finden wirst?«

»Ich glaube, sie haben Arbeit hier … zwei Männer, Jimmy V. und Bills Freund, liegen nebeneinander im Sterben. Ich hätte schon in dem Augenblick, als ich gesehen habe, wie die Notärzte Mrs. Locher zugedeckt auf der Bahre aus dem Haus brachten, wissen müssen, was die kahlköpfigen Ärzte sind – was sie *tun*. Ich *hätte* es gewußt, wenn ich nicht so verdammt müde gewesen wäre. Die Schere wäre Beweis genug gewesen. Statt dessen bin ich erst heute nachmittag darauf gekommen, und das auch nur wegen etwas, das Mr. Polhursts Nichte zu mir gesagt hat.«

»Und das wäre?«

»Daß der Tod blöd ist. Wenn ein Geburtshelfer soviel Zeit brauchen würde, um eine Nabelschnur durchzuschneiden, würde er wegen Unfähigkeit gefeuert werden. Dabei mußte ich an einen Mythos denken, den ich in der Grundschule gelesen habe, als ich nicht genug von Göttern und Göttinnen und trojanischen Pferden bekommen konnte. Die Geschichte handelte von drei Schwestern – möglicherweise den griechischen Schwestern, möglicherweise auch den unheimlichen Schwestern. Scheiße, frag mich nicht; ich vergesse ja meistens sogar, den verfluchten Blinker zu setzen. Wie dem auch sei, diese drei Schwestern waren für den Verlauf des gesamten Menschenlebens verantwortlich. Eine spann den Faden, eine entschied, wie lang er sein würde … klingelt da was bei dir, Lois?«

»Aber natürlich!« rief sie fast. »Die Ballonschnüre!«

Ralph nickte. »Ja. Die Ballonschnüre. An die Namen der beiden ersten Schwestern kann ich mich nicht erinnern, aber den Namen der dritten habe ich nie vergessen – er lautet Atropos, und der Geschichte zufolge, besteht ihre Aufgabe darin, den Faden abzuschneiden, den die erste spinnt und die zweite mißt. Man konnte mit ihr diskutieren, man konnte sie anflehen, das alles änderte nichts. Wenn sie beschloß, daß es Zeit wurde, ihn abzuschneiden, dann schnitt sie ihn ab.«

Lois nickte. »Ja, ich erinnere mich an die Geschichte. Ich weiß nicht, ob ich sie gelesen habe oder ob sie mir als Kind jemand vorgelesen hat. Du glaubst, daß sie wirklich wahr ist, Ralph, oder nicht? Nur haben wir es statt mit den griechischen Schwestern mit den kahlköpfigen Brüdern zu tun.«

»Ja und nein. Soweit ich mich erinnern kann, standen die Schwestern alle auf derselben Seite – ein Team. Das ist auch der Eindruck, den ich bei den beiden Männern hatte, die aus Mrs. Lochers Haus gekommen sind, daß sie seit langer Zeit Partner sind und großen Respekt voreinander empfinden. Aber der andere Kerl, den wir heute abend wiedergesehen haben, ist nicht wie sie. Ich glaube, Doc Nr. 3 ist ein Schurke.«

Lois erschauerte, eine theatralische Geste, die erst im letzten Augenblick echt wurde. »Er ist schrecklich, Ralph. Ich hasse ihn.«

»Kann ich dir nicht verdenken.«

Er streckte die Hand zum Türgriff aus, aber Lois hielt ihn mit einer Berührung zurück. »Ich habe gesehen, wie er etwas getan hat.«

Ralph drehte sich um und sah sie an. Die Sehnen in seinem Hals ächzten eingerostet. Er wußte ziemlich genau, was sie sagen würde.

»Er hat dem Mann, der Rosalie überfahren hat, etwas aus der Tasche genommen. Aber es war nur ein Kamm. Und der Hut, den der Kahlköpfige getragen hat ... ich bin ziemlich sicher, daß ich ihn kenne.«

Ralph sah sie an und hoffte inbrünstig, daß Lois' Erinnerung an die Habseligkeiten von Doc Nr. 3 nicht weiter reichte.

»Es war Bills Hut, nicht? Bills Panama.«

Ralph nickte. »Das war er.«

Lois machte die Augen zu. »O Gott.«

»Was sagst du, Lois? Bist du noch dabei?«

»Ja.« Sie machte ihre Tür auf und schwang die Beine hinaus. »Aber laß uns gleich gehen, bevor ich den Mut verliere.«

»Das sagst du ausgerechnet mir«, antwortete Ralph Roberts.

3

Als sie sich dem Haupttor des Derry Home näherten, beugte sich Ralph zu Lois' Ohr und murmelte: »Spürst du es auch?«

»Ja.« Ihre Augen waren weit aufgerissen. »Herrgott, ja. Diesmal ist es stark nicht?«

Als sie durch die elektronische Lichtschranke gingen und die Tür des Krankenhauses vor ihnen aufschwang, schälte sich die Oberfläche der Welt plötzlich ab wie die Schale einer exotischen Frucht und offenbarte eine andere Welt, die vor unsichtbaren Farben überquoll und von unsichtbaren Gestalten wimmelte. Oben jagten sich dunkelbraune Schatten vor dem Wandfresko, das Derry zeigte, wie es in seiner Blütezeit als Holzfällerstadt um die Jahrhundertwende gewesen war, und rückten immer dichter zusammen, bis sie einander berührten. Wenn das geschah, leuchteten sie kurz dunkelgrün auf und wechselten die Richtung. Ein heller, silberner Trichter, der wie eine Wasserhose oder ein Spielzeugzyklon aussah, kam die geschwungene Treppe herunter, die zu den Wartezimmern im ersten Stock, zur Cafeteria und zum Auditorium führte. Das breite obere Ende nickte hin und her, wenn es von einer Stufe zur nächsten sprang, und Ralph hatte das deutliche Gefühl, daß es sich um etwas *Freundliches* handelte, wie eine anthropomorphe Figur in einem Disney-Zeichentrickfilm. Vor Ralphs Augen eilten zwei Männer mit Aktentaschen die Treppe hinauf, und einer ging direkt durch den silbernen Trichter. Er machte nicht einmal eine Pause im Gespräch mit dem anderen Mann, aber als er auf der anderen Seite herauskam, konnte Ralph sehen, wie er sich abwesend mit der freien Hand die Haare glattstrich … obwohl kein einziges zerzaust worden war.

Der Trichter erreichte die unterste Stufe, sauste in einer engen Acht in der Mitte der Lobby herum und verschwand einfach; nur ein schwacher, rosiger Nebel blieb zurück, der sich rasch auflöste.

Lois stieß Ralph den Ellbogen in die Seite, wollte in die Richtung des Bereichs jenseits vom Empfang deuten, überlegte sich, daß sie von Menschen umgeben waren, und begnügte sich statt dessen damit, mit dem Kinn in die Richtung zu nicken. Vorhin hatte Ralph eine Gestalt am Himmel gesehen, die einem großen prähistorischen Vogel glich. Jetzt erblickte er so etwas wie eine lange, durchsichtige Schlange. Sie glitt über einem Schild an der Decke entlang, auf dem stand: ZUM BLUTTEST BITTE HIER WARTEN.

»Lebt es?« flüsterte Lois erschrocken.

Ralph sah genauer hin und stellte fest, daß das Ding keinen Kopf hatte ... und auch keinen ersichtlichen Schwanz. Er vermutete, *daß* es lebte – wie er glaubte, daß *alle* Auras irgendwie von Leben beseelt waren –, aber er glaubte nicht, daß es sich tatsächlich um eine Schlange handelte und bezweifelte, daß es gefährlich sein würde, jedenfalls nicht für ihresgleichen.

»Reg dich nicht über Kleinigkeiten auf, Liebling«, flüsterte er zurück, während sie sich in die kurze Reihe der vor dem Informationsschalter Wartenden stellten, und noch während er das sagte, schien das Schlangenwesen mit der Decke zu verschmelzen und verschwand.

Ralph wußte nicht, wie bedeutend solche Wesen wie der Vogel oder der Zyklon im großen Plan der heimlichen Welt waren, aber er war überzeugt, daß Menschen trotz allem die Hauptattraktion bildeten. Die Halle des Derry Home glich den atemberaubenden Feuerwerken zum vierten Juli, nur übernahmen bei diesem Feuerwerk Menschen die Rolle von Wunderkerzen und Leuchtfontänen.

Lois steckte ihm einen Finger in den Kragen und zog seinen Kopf zu sich herunter. »Du wirst reden müssen, Ralph«, sagte sie mit einer kraftlosen, erstaunten dünnen Stimme. »Ich muß mich schon anstrengen, damit ich mir nicht in die Hose pinkle.«

Der Mann vor ihnen gab den Schalter frei, und Ralph rückte vor. Dabei wurde eine deutliche, nostalgisch gefärbte Erinnerung an Jimmy V. aus seinem Gedächtnis an die Oberfläche gespült. Sie waren irgendwo in Rhode Island unterwegs gewesen – möglicherweise Kingston – und hatten, einer Eingebung folgend, beschlossen, daß sie die Zeltmission besuchen wollten, die in der Nähe auf einer Wiese stattfand. Selbstverständlich waren sie beide sturzbetrunken gewesen. Zwei blitzsaubere junge Damen standen vor den zurückgeschlagenen Klappen des Zelteingangs und verteilten Broschüren, und als er und Jimmy sich dem Eingang genähert hatten, hatten sie einander mit alkoholgetränktem Atem zugeflüstert, sie wollten sich benehmen, als wären sie nüchtern, verdammt, als wären sie nüchtern. Waren sie an dem Tag reingelassen worden? Oder –

»Kann ich Ihnen helfen?« fragte die Frau an der Information in einem Tonfall, der ausdrückte, daß sie Ralph einen Riesengefallen tat, wenn sie überhaupt das Wort an ihn richtete. Er betrachtete sie durch das Glas des Schalters und sah die wahre Frau hinter der umwölkten orangefarbenen Aura, die wie ein brennender Dornbusch aussah. *Hier haben wir eine Liebhaberin der schönen Literatur, die äußersten Wert auf Etikette legt,* dachte er, und direkt im Anschluß daran erinnerte er sich, daß die beiden jungen Damen am Zelteingang einmal in ihre Richtung geschnuppert und sie höflich, aber bestimmt abgewiesen hatten. Er und Jimmy V. hatten den Abend in einer Spelunke in Central Falls verbracht, soweit er sich erinnerte, und konnten sich wahrscheinlich glücklich schätzen, daß sie nicht überfahren worden waren, als sie nach der Sperrstunde hinaustorkelten.

»Sir?« fragte die Frau hinter dem verglasten Schalter ungeduldig. »Kann ich Ihnen *helfen?*«

Ralph wurde mit einem Poltern in die Gegenwart zurückgeholt, das er fast spüren konnte. »Ja, Ma'am. Meine Frau und ich würden gern Jimmy Vandermeer im zweiten Stock besuchen, wenn –«

»Intensivstation!« bellte sie. »Ohne Sondergenehmigung dürfen Sie nicht in die Intensivstation.« Orangefarbene Haken bohrten sich aus dem Leuchten um ihren Kopf, und ihre Aura sah wie Stacheldraht um ein geisterhaftes Niemandsland herum aus.

»Ich weiß«, sagte Ralph unterwürfiger denn je, »aber mein Freund Lafayette Chapin hat gesagt –«

»Herrje!« unterbrach ihn die Frau. »Wunderbar, daß jeder einen Freund hat. Wirklich *wunderbar.*« Sie warf in gespielter Verzweiflung einen Blick zur Decke.

»Faye hat gesagt, daß Jimmy trotzdem Besuche empfangen darf. Sehen Sie, er hat Krebs und nicht mehr lange zu l –«

»Ich sehe in den Unterlagen nach«, sagte die Frau im verdrossenen Tonfall von jemanden, der weiß, daß er sich vergeblich die Mühe macht, »aber der Computer ist heute abend ziemlich langsam, daher wird es eine Weile dauern. Nennen Sie mir Ihren Namen, dann können Sie und Ihre Frau da drüben Platz nehmen. Ich rufe Sie auf, sobald –«

Ralph war der Meinung, daß er genug vor diesem bürokratischen Wachhund zu Kreuze gekrochen war. Schließlich wollte er kein Ausreisevisum aus Albanien; ein gottverdammter Passierschein für die Intensivstation genügte ja schon.

Unter der Glasplatte des Schalters befand sich ein Schlitz. Ralph streckte die Hand durch und ergriff das Handgelenk der Frau, bevor sie es wegziehen konnte. Er spürte das schmerzlose aber sehr deutliche Gefühl, wie die orangefarbenen Haken direkt durch sein Fleisch fuhren, ohne einen Halt zu finden. Ralph drückte sanft und verspürte ein geringes Quantum Kraft – nicht größer als ein Schrotkügelchen, wenn er es hätte sehen können –, das von ihm auf die Frau überging. Plötzlich nahm die offiziöse orangefarbene Aura um ihren linken Arm und die Seite herum den blassen Türkiston von Ralphs Aura an. Sie stöhnte und zuckte auf ihrem Stuhl nach vorne, als hätte ihr gerade jemand einen Pappbecher voll Eiswürfel in den Ausschnitt gekippt.

[»Vergessen Sie den Computer. Geben Sie mir bitte einfach zwei Passierscheine. Sofort.«]

»Ja, Sir«, sagte sie augenblicklich, worauf Ralph ihr Handgelenk losließ, damit sie unter den Schreibtisch greifen konnte. Das türkisfarbene Leuchten um ihren Arm herum wurde wieder orange; die Farbveränderung breitete sich von der Schulter am Arm entlang aus.

Aber ich hätte sie ganz *blau machen können,* dachte Ralph. *Sie übernehmen. Sie durch den Raum tanzen lassen wie ein aufgezogenes Spielzeug.*

Plötzlich fiel ihm ein, wie Ed das Evangelium nach Matthäus zitiert hatte – *Da Herodes nun sah, daß er von den Weisen betrogen worden war, ward er sehr zornig* – und eine Mischung aus Angst und Scham erfüllte ihn. Auch mußte er wieder an Vampirismus denken, und ein Text aus einem alten Pogo-Comic fiel ihm ein: *Wir haben den Feind getroffen, und wir sind es selbst.* Ja, wahrscheinlich hätte er mit diesem schlechtgelaunten Frauenzimmer in der orangefarbenen Aura alles anstellen können, was er wollte; seine Batterie war voll geladen. Das Problem war nur, der Saft in dieser Batterie – und in der von Lois – war gestohlen.

Als die Dame am Informationsschalter die Hand wieder unter dem Schreibtisch hervorholte, hielt sie zwei laminierte rosa Plaketten mit der Aufschrift INTENSIVSTATION/BESUCHER darin. »Hier sind sie, Sir«, sagte sie mit einer höflichen Stimme, die in krassem Gegensatz zu dem Feldwebelton stand, mit dem sie ihn zuerst angesprochen hatte. »Genießen Sie Ihren Besuch und herzlichen Dank für Ihre Geduld.«

»Ich danke *Ihnen*«, sagte Ralph. Er nahm die beiden Plaketten und ergriff Lois' Hand. »Komm mit, Teuerste. Wir müssen

[»Ralph, was hast du mit ihr GEMACHT?«]

[»Nichts, schätze ich – ich denke, es geht ihr gut.«]

nach oben gehen und unseren Besuch machen, bevor es zu spät ist.«

Lois sah zu der Frau am Informationsschalter. Sie kümmerte sich um ihren nächsten Kunden, aber langsam, als wäre ihr gerade eine ziemlich verblüffende Offenbarung zuteil geworden, über die sie erst nachdenken mußte. Das blaue Leuchten war jetzt nur noch an ihren Fingerspitzen zu sehen, und es verschwand vor Lois' Augen völlig.

Lois sah wieder zu Ralph auf und lächelte.

[»Ja ... es GEHT ihr gut. Also hör auf, so hart mit dir ins Gericht zu gehen.«]

[»Habe ich das getan?«]

[»Ich glaube ja ... wir reden schon wieder so, Ralph.«]

[»Ich weiß.«]

[»Ralph?«]

[»Ja?«]

[»Das ist alles ganz wunderbar, oder nicht?«]

[»Ja.«]

Ralph versuchte, was er sonst noch dachte, vor ihr zu verheimlichen: Wenn der Preis für etwas so Wunderbares verlangt wurde, würden sie feststellen, daß er sehr hoch sein würde.

4

[»Hör auf, das Baby anzustarren, Ralph. Du machst seine Mutter nervös.«]

Ralph betrachtete die Frau, in deren Armen das Baby schlief, und sah, daß sie recht hatte ... aber es war schwer, *nicht* hinzusehen. Das Baby, nicht älter als drei Monate, lag in der Kapsel einer heftig wallenden grau-gelben Aura. Dieses mächtige, aber beunruhigende Wetterleuchten umkreiste den winzigen Körper mit der idiotischen Geschwindigkeit der Atmosphäre eines Riesenplaneten – Jupiter, zum Beispiel, oder Saturn.

[»Himmel, Lois, das ist ein Hirnschaden, nicht?«]

[»Ja. Die Frau spricht von einem Autounfall.«]

[»Spricht? Hast du mit ihr geredet?«]

[»Nein. Es ist – – – – – .«]

[»Ich verstehe nicht.«]

[»Willkommen im Club.«]

Der übergroße Krankenhausfahrstuhl quälte sich langsam in die Höhe. Die Insassen – die Lahmen, die Hinkenden, die wenigen schuldbewußten Gesunden – sagten kein Wort und richteten die Blicke entweder auf die Stockwerkanzeige über der Tür oder auf ihre eigenen Schuhe. Die einzige Ausnahme war die junge Frau mit dem behinderten Baby. Sie betrachtete Ralph mißtrauisch und erschrocken, als würde sie damit rechnen, daß er sich jeden Moment auf sie stürzen und versuchen würde, ihr das Baby aus den Armen zu reißen.

Es ist nicht nur, weil ich sie angesehen habe, dachte Ralph. *Jedenfalls glaube ich das nicht. Sie hat gespürt, daß ich an ihr Baby gedacht habe. Hat mich gespürt ... mich wahrgenommen ... mich gehört ... irgend so was.*

Der Fahrstuhl hielt im ersten Stock, die Türen gingen quietschend auf. Die Frau mit dem Baby drehte sich zu Ralph um. Das Kind regte sich etwas dabei, und Ralph konnte seinen Scheitel sehen. Dort befand sich eine tiefe Furche in dem winzigen Schädel. Eine rote Narbe verlief darin. Ralph fand, sie sah wie Brackwasser auf dem Grund eines schmalen Grabens aus. Die häßliche und verwirrte grau-gelbe Aura, die das Baby umgab, drang aus dieser Narbe wie Dampf aus einer Erdspalte. Die Ballonschnur des Babys hatte dieselbe Farbe wie die Aura, aber keine Ähnlichkeit mit den Ballonschnüren, die Ralph bisher gesehen hatte – sie sah nicht ungesund aus, sondern kurz und häßlich, nicht mehr als ein Stummel.

»Hat Ihre Mutter Ihnen denn keine Manieren beigebracht?« wandte sich die Mutter des Babys an Ralph, aber nicht der Vorwurf machte Ralph betroffen, sondern die Art, wie sie ihn vorbrachte. Er hatte ihr einen großen Schrecken eingejagt.

»Madam, ich versichere Ihnen –«

»Ja, versichern Sie, was Sie wollen«, sagte sie und verließ den Fahrstuhl. Die Fahrstuhltüren glitten langsam wieder zu. Ralph sah Lois an, und zwischen den beiden herrschte ein kurzes, aber vollkommenes Einvernehmen. Lois winkte mit dem Finger zur Tür, als wollte sie sie ausschimpfen, und eine graue, gitterähnliche Substanz strömt aus der Fingerspitze. Die Türen trafen darauf und glitten in ihre Schlitze zurück, wie es ihre Programmierung vorsah, wenn sie auf ein Hindernis trafen.

[»Madam!«]

Die Frau drehte sich eindeutig verwirrt um. Sie richtete argwöhnische Blicke überallhin, um festzustellen, wer sie angesprochen hatte. Ihre Aura hatte eine dunkelgelbe Butterfarbe mit hellen, orangefarbenen Schlieren, die aus dem Inneren kamen. Ralph sah ihr direkt in die Augen.

[»Es tut mir leid, wenn ich Sie erschreckt habe. Dies ist alles ziemlich neu für mich und meine Freundin. Wir sind wie Kinder bei einem Galaempfang. Ich entschuldige mich.«]

[»– – – – – – – – – – – –.«]

Er wußte nicht genau, was sie übermitteln wollte – es war, als würde man jemanden in einer schalldichten Kabine sprechen sehen –, aber er spürte Erleichterung und ein tiefempfundenes Unbehagen ... die Art von Unbehagen, die Menschen empfinden können, wenn sie denken, sie sind bei etwas beobachtet worden, das sie nicht tun sollten. Ihr zweifelnder Blick ruhte noch einen Moment auf seinem Gesicht, dann drehte sie sich um und ging hastig den Flur entlang auf ein Schild zu mit der Aufschrift NEUROLOGISCHE UNTERSUCHUNG. Das graue Gitter, das Lois zur Tür geschleudert hatte, wurde dünner, und als die Tür sich wieder schließen wollte, schnitt sie es sauber durch. Die Kabine setzte ihre langsame Aufwärtsfahrt fort.

[»Ralph ... Ralph, ich glaube, ich weiß, was mit dem Baby passiert ist.«]

Sie streckte die rechte Hand nach seinem Gesicht aus und schob sie mit der Handfläche nach unten zwischen seine Nase und seinem Mund. Sie preßte den Daumenballen behutsam gegen einen seiner Wangenknochen und den Zeigefinger leicht gegen den anderen. Das geschah so schnell und selbstsicher, daß es sonst niemand im Fahrstuhl bemerkte. Und selbst *wenn* einem der drei anderen Mitfahrer etwas aufgefallen wäre, sie hätten nur eine ordentliche Ehefrau gesehen, die einen Tropfen Hautcreme oder ein Klümpchen Rasierschaum wegwischte – nur das, und sonst nichts.

Ralph war, als hätte jemand einen Starkstromschalter in seinem Gehirn gedrückt, der ganze Stadionflutlichter einschaltete. In deren grellem, kurz aufblitzenden Licht sah er ein Bild des Grauens: Hände in einer brutalen, purpur-braunen Aura, die in eine Wiege griffen und das Baby herauszogen, das er und Lois gerade gesehen hatten. Es wurde hin und her geschüttelt, der Kopf rollte und nickte auf dem dünnen Hals wie der einer Flickenpuppe –

– und es wurde *geworfen* –

Da wurden die Lichter in seinem Kopf schwarz, und Ralph stieß einen harschen, bebenden Seufzer der Erleichterung aus. Er dachte an die Abtreibungsgegner und ihre Demonstration, die er in den Abendnachrichten gesehen hatte, Männer und Frauen mit Spruchbändern, auf denen das Bild von Susan Day zu sehen war und WEGEN MORDES GESUCHT stand,

Männer und Frauen im Gewand des Sensenmannes, Männer und Frauen mit einem Transparent, auf dem man lesen konnte: LEBEN, WAS FÜR EINE WUNDERBARE ENTSCHEIDUNG.

Er fragte sich, ob das behinderte Baby dazu nicht vielleicht eine andere Meinung hatte. Er sah Lois' fassungslosen, gequälten Blick und tastete nach ihrer Hand.

[»Der Vater hat es getan, richtig? Er hat das Kind gegen die Wand geworfen.«]

[»Ja. Das Baby hat nicht aufgehört zu schreien.«]

[»Und sie weiß es. Sie weiß es, aber sie hat es keinem gesagt.«]

[»Nein ... doch möglicherweise tut sie es, Ralph. Sie denkt darüber nach.«]

[»Vielleicht wartet sie auch, bis er es wieder tut. Und nächstesmal bringt er es vielleicht zu Ende.«]

Da kam Ralph ein schrecklicher Gedanke; er schoß wie ein Meteor, der kurzzeitig ein Feuer am mitternächtlichen Sommerhimmel entzündet, durch seinen Geist: Möglicherweise war es besser, *wenn* er es zu Ende brachte. Die Ballonschnur des behinderten Babys war nur ein Stummel gewesen, aber ein *gesunder* Stummel. Das Kind lebte vielleicht noch jahrelang, ohne zu wissen, wer es war oder wo es war, geschweige denn, *warum* es war, und es würde Leute kommen und gehen sehen wie Bäume im Nebel ...

Lois stand mit hängenden Schultern da, betrachtete den Boden des Fahrstuhls und strahlte eine Traurigkeit aus, die Ralph fast das Herz brach. Er streckte die Hand aus, legte ihr einen Finger unter das Kinn und sah, wie eine filigrane blaue Rose aus der Stelle erblühte, wo seine Aura ihre berührte. Er hob ihren Kopf und war nicht überrascht, als er Tränen in ihren Augen sah.

»Findest du immer noch, daß alles wunderbar ist, Lois?« fragte er leise, und darauf erhielt er keine Antwort, weder akustisch noch im Geiste.

5

Sie waren die einzigen, die im zweiten Stock ausstiegen, wo die Stille so dicht war wie der Staub unter Bibliotheksregalen. Zwei Schwestern standen auf halbem Weg im Flur, drückten Notizblöcke an weißgekleidete Busen und unterhielten sich flüsternd. Alle anderen im Fahrstuhl sahen sie wahrscheinlich an und vermuteten eine Unterhaltung über Leben, Tod und heldenhafte Rettungsmaßnahmen; Ralph und Lois dagegen warfen nur einen Blick auf ihre sich überlappenden Auren und wußten, das Thema war, wohin sie nach Schichtende etwas trinken gehen sollten.

Ralph sah es und gleichzeitig auch nicht, so wie ein in tiefes Nachdenken versunkener Mann Verkehrsampeln sieht, ohne sie richtig wahrzunehmen. Der größte Teil seines Verstands war mit einem tödlichen Gefühl von *deja vu* beschäftigt, das über ihn gekommen war, als er und Lois aus dem Fahrstuhl in diese Welt getreten waren, wo das leise Quietschen der Schuhe der Krankenschwestern auf dem Linoleum sich fast genauso anhörte wie das leise Piepsen der Lebenserhaltungssysteme.

Zimmer mit geraden Nummern links; mit ungeraden Nummern rechts, dachte er, *und 217, wo Carolyn gestorben ist, liegt neben der Schwesternstation. Es war 217 – daran erinnere ich mich. Jetzt, wo ich wieder hier bin, erinnere ich mich an* alles. *Wie jemand ihr Krankenblatt immer verkehrt herum in den kleinen Rahmen an der Tür gesteckt hat. Wie das Licht an sonnigen Tagen als verzerrtes Rechteck auf ihr Bett fiel. Wie man auf dem Besuchersessel sitzen und die Stationsschwester beobachten konnte, deren Aufgabe darin bestand, Monitorsignale, Telefonanrufe und Pizzabestellungen zu überwachen.*

Dasselbe. Alles dasselbe. Es war wieder Anfang März, das düstere Ende eines grauen, verhangenen Tages, Hagel tschicktschackte gegen das offene Fenster von Zimmer 217, und er saß seit dem frühen Morgen auf dem Besucherstuhl und hatte eine zugeklappte Ausgabe von Shirers *Aufstieg und Fall des Dritten Reiches* auf dem Schoß liegen. Er saß da und wollte nicht einmal aufstehen, um zur Toilette zu gehen, weil die Todesuhr mittlerweile fast abgelaufen war; jedes Ticken war ein Schlurfen, die Zeitspanne zwischen jedem Ticken ein Leben; seine Lebensgefährtin mußte einen Zug erwischen, und er wollte am Bahnsteig stehen und sie verabschieden. Er würde nur eine Chance bekommen, es richtig zu machen.

Er konnte die Hagelkörner mühelos hören, die immer schneller und heftiger wurden, denn das Lebenserhaltungssystem war abgeschaltet worden. In der letzten Februarwoche hatte Ralph aufgegeben; Carolyn, die in ihrem ganzen Leben niemals aufgegeben hatte, hatte etwas länger gebraucht, um die Botschaft zu verstehen. Aber was genau war die Botschaft? Nun, daß bei einem harten Kampf auf zehn Runden, Carolyn Roberts gegen den Krebs, der Krebs, der ungeschlagene Schwergewichtsweltmeister, als Sieger durch technischen K.o. hervorging.

Er hatte auf dem Besucherstuhl gesessen und beobachtet und gewartet, während ihr Atem immer schwerer ging – das lange, seufzende Ausatmen, die flache, fast reglose Brust, die zunehmende Gewißheit, daß der letzte Atemzug tatsächlich der letzte Atemzug gewesen, daß die Uhr abgelaufen war, der Zug den Bahnsteig erreicht hatte, um den einzigen Passagier an Bord zu nehmen ... und dann kam ein gewaltiges, unbewußtes Keuchen, als sie die nächste Lungevoll der unfreundlichen Luft einsaugte, allerdings nicht mehr im normalen Sinne atmete, sondern sich von Atemzug zu Atemzug schleppte wie ein Betrunkener, der den dunklen Flur eines billigen Hotels entlangtorkelt.

Tschick-tschick-tschack-tschack: Hagel trommelte mit unsichtbaren Fingernägeln gegen die Fenster, während der schmutziggraue Märztag in eine schmutziggraue Dunkelheit überging und Carolyn die letzte Hälfte ihrer letzten Runde kämpfte. Da war sie selbstverständlich nur noch mit Autopilot geflogen; das Gehirn, das einmal in diesem wunderschön gearbeiteten Schädel existiert hatte, war nicht mehr. Es war von einem Mutanten ersetzt worden – einem dummen, grauschwarzen Delinquenten, der nicht denken oder fühlen konnte, nur fressen und fressen und fressen, bis er sich selbst zu Tode geschlungen hatte.

Tschick-tschick-tschack-tschack, und er hatte gesehen, daß sich das T-förmige Atmungsrohr in ihrer Nase verschoben hatte. Er wartete darauf, daß sie einen ihrer schrecklichen, gequälten Atemzüge aus der Luft saugen würde, und als sie ausatmete, beugte er sich nach vorne und rückte das kleine Plastikröhrchen wieder zurecht. Er hatte ein wenig Rotz an die Finger bekommen, daran erinnerte er sich noch, und wischte sie an einem Kleenex aus der Box auf dem Nachttisch ab. Er hatte sich zurückgelehnt, auf den nächsten Atemzug gewartet, wollte sich vergewissern, daß die Nasenröhre sich nicht wieder verschob, aber es *kam* kein nächster Atemzug, und ihm war klar geworden: Das Ticken, das er seit dem vergangenen Sommer überall gehört hatte, war verstummt.

Er erinnerte sich, wie er wartete, während die Minuten verstrichen – eine, dann drei, dann sechs –, weil er nicht glauben wollte, daß die guten Jahre und schönen Anlässe (nicht zu vergessen die wenigen unschönen) auf diese klägliche und tonlose Weise zu Ende gegangen sein sollten. Ihr Radio, das auf einen lokalen Musiksender eingestellt war, spielte leise in der Ecke, und er hörte »Scarborough Fair« von Simon and Garfunkel. Sie sangen es bis zum Ende. Danach kam Wayne Newton und sang »Danke Shoen.« Er sang es bis zum Ende. Danach kam der Wetterbericht, aber bevor der Sprecher erzählen konnte, wie das Wetter an Ralph Roberts erstem Tag als Witwer werden würde, die Einzelheiten über Tiefdruckzonen und Kälte und Windböen aus Nordost, sah Ralph es schließlich ein. Die Uhr hatte aufgehört zu ticken, der Zug war angekommen, der Boxkampf war vorbei. Und sämtliche Metaphern waren zu Boden gefallen, zurück blieb nur die Frau in dem Zimmer, in dem es endlich still geworden war. Ralph fing an zu weinen. Er war weinend in die Ecke gestolpert und hatte das Radio ausgeschaltet. Er erinnerte sich an den Sommer, als sie einen Kurs in Malen mit Fingerfarben besucht hatten, und an die Nacht, als sie ihre nackten Körper mit den Fingern bemalt hatten. Bei dieser Erinnerung mußte er noch mehr weinen. Er ging zum Fenster, lehnte den Kopf an die kalte Glasscheibe und weinte. Während dieser ersten, schrecklichen Minute der Einsicht wollte er nur eines: selber tot sein. Eine Schwester hörte ihn weinen und kam herein. Sie versuchte, Carolyns Puls zu messen. Ralph sagte ihr, sie sollte aufhören, sich wie eine Närrin zu benehmen. Sie kam zu Ralph herüber, und er glaubte einen Moment, sie würde versuchen, *seinen* Puls zu messen. Statt dessen hatte sie die Arme um ihn gelegt. Sie –

[»Ralph? Ralph, alles in Ordnung?«]

Er drehte sich zu Lois um und wollte ihr sagen, daß es ihm bestens ging, aber dann fiel ihm ein, daß er in diesem Stadium kaum etwas vor ihr verbergen konnte.

[»Ich bin traurig. Zu viele Erinnerungen hier drinnen. Und keine guten.«]

[»Ich verstehe … aber sieh nach unten, Ralph! Schau auf den Boden!«]

Er gehorchte und riß die Augen auf. Auf dem Boden befanden sich verschiedene bunte Fußspuren, einige frisch, aber die meisten verblaßten bereits. Zwei zeichneten sich deutlich vom Rest ab, sie funkelten wie Diamanten in einem Haufen stumpfer Imitationen. Ihre Farbe war leuchtend grün-golden, mit einigen winzigen roten Fleckchen darin.

[»Sind die von denen, nach denen wir suchen, Ralph?«]

[»Ja – die Docs sind hier.«]

Ralph nahm Lois' Hand – die sich sehr kalt anfühlte – und führte sie langsam den Flur entlang.

Kapitel 17

I

Sie waren noch nicht weit gekommen, als etwas Seltsames und ziemlich Furchteinflößendes geschah. Einen Augenblick blutete die Welt vor ihren Augen weiß. Die Türen der Zimmer entlang des Flurs, in diesem grellweißen Dunst kaum zu erkennen, schwollen zur Größe von Garagentoren an. Der Flur selbst schien gleichzeitig länger und höher zu werden. Ralph spürte, wie sich sein Magen hob wie damals, als er noch ein Teenager war und häufig mit der Dust-Devil-Achterbahn in Old Orchard Beach gefahren war. Er hörte Lois stöhnen, dann drückte sie seine Hand mit der Kraft der Panik.

Das Weiß währte nur einige Sekunden, dann strömte wieder Farben in die Welt ein, aber sie wirkten heller und leuchtender als noch vor einem Augenblick. Auch die normale Perspektive erlangte wieder Geltung, aber die Gegenstände sahen irgendwie *dicker* aus. Die Auren waren noch da, aber sie schienen dünner und blasser zu sein – Heiligenscheine in Pastelltönen statt Primärfarben wie aus der Spraydose. Gleichzeitig stellte Ralph fest, daß er jeden Riß und jede Pore in der Betonwand zu seiner Linken sehen konnte … und dann wurde ihm klar, er konnte die Röhren, Leitungen, Kabel und die Isolierung *hinter* den Wänden sehen, wenn er wollte; er mußte nur hinsehen.

O mein Gott, dachte er. *Passiert das alles wirklich?* Kann *das alles wirklich passieren?*

Überall Geräusche: gedämpfte Glocken, eine Toilettenspülung, verhaltenes Gelächter. Geräusche, die man normalerweise als Bestandteile des täglichen Lebens völlig überhörte, aber jetzt nicht. Nicht hier. Die Geräusche schienen, wie die sichtbare Realität der Gegenstände, eine außergewöhnliche sinnliche Beschaffenheit zu haben, wie dünne, einander überlappende Schichten aus Seide und Stahl.

Aber nicht alle Geräusche waren gewöhnlich; eine ganze Menge exotische zogen sich durch das Sammelsurium. Er hörte tief in einer Heizungsleitung eine Fliege summen. Ein Geräusch wie feines Schmirgelpapier, als eine Schwester in der Personaltoilette ihre Strumpfhose hochzog. Herzschlag. Zirkulierendes Blut. Die sanften Gezeiten des Atmens. Jedes Geräusch war auf seine Weise perfekt; fügte sich in die anderen ein zu einem wunderschönen und komplexen Hörballett – einem verborgenen *Schwanensee* knurrender Mägen, summender Steckdosen, wirbelsturmgleicher Föhns, flüsternder Reifen von Krankenhausbahren. Ralph konnte einen Fernseher am Ende des Flurs hinter dem Schwesternzimmer hören. Aus Zimmer 240, wo Mrs. Thomas Wren, eine Patientin mit einem Nierenleiden, Kirk Douglas und Lana Turner in *Die Stadt der Illusionen* sah. »Wenn du dich mit mir zusammentust, werden wir diese Stadt aus den Angeln heben, Baby«, sagte Kirk, und Ralph erkannte an der Aura, die diese Worte umgab, daß Mr. Douglas am Tag, als diese spezielle Szene gedreht worden war, Zahnweh gehabt hatte. Und das war längst nicht alles; er wußte, er konnte

(höher? tiefer? weiter?)

gehen, wenn er wollte. Ralph wollte es eindeutig *nicht*. Dies war der Wald von Arden, und man konnte sich in seinem Dickicht verirren.

Oder von Tigern aufgefressen werden.

[»Herrgott! Eine neue Ebene – das muß es sein, Lois! Eine völlig neue Ebene!«]

[»Ich weiß.«]

[»Wirst du damit fertig?«]

[»Ich glaube ja, Ralph ... und du?«]

[»Ich denke auch, vorläufig ... aber wenn der Boden wieder wegrutscht, weiß ich nicht. Komm mit.«]

Aber bevor sie den grün-goldenen Spuren weiter folgen konnten, kamen Bill McGovern und ein Mann, den Ralph nicht kannte, aus Zimmer 213. Sie waren in eine angeregte Unterhaltung vertieft.

Lois drehte sich voller Entsetzen zu Ralph um.

[»O nein! O Gott, nein! Siehst du es, Ralph? Siehst du es?«]

Ralph hielt ihre Hand fester. Er sah es auch. McGoverns Freund war von einer pflaumenfarbenen Aura umgeben. Sie sah nicht besonders gesund aus, aber Ralph glaubte auch nicht, daß der Mann ernsthaft krank war; nur eine Menge chronische Sachen wie Rheuma und Nierensteine. Eine Ballonschnur derselben purpurnen Farbe stieg vom Kopf des Mannes auf und wogte sanft hin und her wie der Luftschlauch eines Tauchers in schwacher Strömung.

McGoverns Aura dagegen war völlig schwarz. Der Stumpf, der einmal eine Ballonschnur gewesen war, ragte steil in die Höhe. Die Ballonschnur des behinderten Babys war kurz, aber gesund gewesen; hier sahen sie die verwesenden Überreste einer brutalen Amputation vor sich. Ralph sah kurz ein Bild vor sich, so deutlich, daß es fast einer Halluzination gleichkam: McGoverns Augen quollen aus den Höhlen und wurden dann ganz herausgedrückt, worauf sich eine Sturzflut schwarzer Käfer daraus ergoß. Er mußte selbst einen Moment die Augen schließen, um nicht lauthals aufzuschreien, und als er sie wieder aufschlug, war Lois nicht mehr neben ihm.

2

McGovern und sein Freund gingen in Richtung der Schwesternstation, wahrscheinlich zum Trinkbrunnen. Lois war ihnen dicht auf den Fersen und stapfte mit wogendem Busen den Flur entlang. Blitzende rosa Funken, die wie neonüberzogene Sterne aussahen, leuchteten in ihrer Aura. Ralph lief ihr hinterher. Er wußte nicht, was passieren würde, sollte sie McGoverns Aufmerksamkeit erlangen, und er wollte es eigentlich auch nicht herausfinden. Aber er befürchtete, er würde es trotzdem erfahren.

[»Lois! Lois, nicht!«]

Sie achtete nicht auf ihn.

[»Bill, bleib stehen! Du mußt mir zuhören! Etwas stimmt nicht mit dir!«]

McGovern beachtete sie nicht; er sprach von Bob Polhursts Manuskript *Later that Summer.* »Das beste Buch über den Bürgerkrieg, das ich je gelesen habe«, sagte er zu dem Mann in der pflaumenfarbenen Aura, »aber als ich ihm sagte, er sollte es veröffentlichen, antwortete er mir, das käme nicht in Frage. Können Sie sich das vorstellen? Ein potentieller Anwärter für den Pulitzer-Preis, aber –«

[»Lois, komm zurück! Geh nicht in seine Nähe!«]

[»Bill! Bill! B –«]

Lois erreichte McGovern einen Augenblick bevor Ralph sie erreichen konnte. Sie streckte die Hand aus, um ihn an der Schulter zu greifen. Ralph sah ihre Finger in das Dunkel gleiten, das ihn umgab ... und darin *verschwinden*.

Ihre Aura veränderte sich augenblicklich; von grau-blau mit rosa Fünkchen wurde sie so grellrot wie ein Feuerwehrauto. Unregelmäßige schwarze Schlieren schossen hindurch wie Wolken winziger Insektenschwärme. Lois schrie und zog die Hand zurück. Ihr Gesicht drückte eine Mischung aus Entsetzen und Abscheu aus. Sie hielt die Hand vor die Augen und schrie wieder, obwohl Ralph nichts daran erkennen konnte. Schmale schwarze Streifen zuckten nun schwindelerregend über den äußeren Rand ihrer Aura; für Ralph sahen sie wie Planetenbahnen auf einer Karte des Sonnensystems aus. Sie drehte sich um und wollte weglaufen. Ralph hielt sie an den Oberarmen fest, und sie schlug blind nach ihm.

McGovern und sein Freund schlurften derweil weiter gemächlich den Flur entlang zum Trinkbrunnen, ohne etwas von der kreischenden, um sich schlagenden Frau keine drei Meter hinter ihnen zu bemerken. »Als ich Bob fragte, warum er das Buch nicht veröffentlichen wollte«, fuhr McGovern fort, »sagte er, daß ausgerechnet ich seine Gründe verstehen müßte. Ich sagte ihm ...«

Lois, die wie eine Feuersirene kreischte, übertönte ihn.

[»!!! ––––––– !!! –––––––––––– !!!«]

[»Hör auf, Lois! Hör sofort auf! Was immer dir zugestoßen ist, jetzt ist es vorbei! Es ist vorbei, und dir ist nichts geschehen!«]

Aber Lois wehrte sich weiter, jagte diese unartikulierten Schreie in seinen Kopf und erzählte ihm, wie schrecklich es gewesen war, daß er *verfaulte*, daß Käfer in seinem Inneren waren, die ihn auffraßen, ihn *bei lebendigem Leibe auffraßen*, und das war schlimm genug, aber es war nicht das Schlimmste. Diese Kreaturen *wußten* es, sagte sie, sie waren *böse* und sie *hatten gewußt, daß sie da war.*

[»Lois, du bist bei mir! Du bist bei mir, und alles ist g –«]

Eine ihrer Fäuste traf ihn seitlich am Kopf, und Ralph sah Sterne. Ihm war klar, sie hatten eine Ebene der Wirklichkeit erreicht, in der körperlicher Kontakt mit anderen unmöglich war – hatte er nicht selbst gesehen, wie Lois' Hand direkt in McGovern eingedrungen war, wie die Hand eines Geistes? –, aber füreinander waren sie offensichtlich nach wie vor real; der Beweis dafür war sein schmerzender Unterkiefer.

Er legte die Arme um sie und drückte sie an sich, so daß ihre Fäuste zwischen ihren Brüsten und seinem Brustkorb eingeklemmt wurden. Ihre Schreie

[»!!! – – – – – – – – – – !!! – – – – – – – – – !!!«]

hallten allerdings weiter in seinem Kopf. Er verschränkte die Hände zwischen ihren Schulterblättern und drückte. Er spürte wieder, wie die Energie aus ihm entwich, wie heute morgen, aber diesmal schien es ganz anders zu sein. Blaues Licht strömte durch Lois' aufgewühlte rot-schwarze Aura und besänftigte sie. Ihre Gegenwehr ließ nach und hörte schließlich ganz auf. Er spürte, wie sie zitternd Luft holte. Das blaue Leuchten über ihr und um sie herum dehnte sich aus und verblaßte. Die schwarzen Streifen verschwanden einer nach dem anderen aus ihrer Aura, von unten nach oben, und der erschreckende, entzündete rötliche Farbton verblaßte ebenfalls. Sie legte den Kopf an seinen Arm.

[»Es tut mir leid, Ralph – ich bin wieder explodiert, richtig?«]

[»Könnte man sagen, aber mach dir nichts draus. Jetzt ist es wieder gut. Darauf kommt es an.«]

[»Wenn du wüßtest, wie schrecklich es war ... ihn so zu berühren ...«]

[»Du hast es mir ziemlich deutlich klargemacht, Lois.«]

Sie sah den Korridor hinunter, wo McGoverns Freund gerade trank. McGovern lehnte neben ihm an der Wand und redete darüber, wie der Verehrte & Angebetete Bob Polhurst das Kreuzworträtsel der *New York Sunday Times* immer mit Tinte ausgefüllt hatte. »Er sagte mir immer, das sei kein Stolz, sondern Optimismus«, führte McGovern aus, und das Leichentuch wallte beim Sprechen träge um ihn herum und waberte aus seinem Mund und zwischen den Fingern seiner gestikulierenden, ausdrucksvollen Hand.

[»Wir können ihm nicht helfen, oder, Ralph? Wir können überhaupt nichts für ihn tun.«]

Ralph drückte sie kurz und fest an sich. Ihre Aura, sah er, war wieder völlig normal geworden.

McGovern und der Mann mit der pflaumenfarbenen Aura kamen auf dem Rückweg den Korridor entlang auf sie zu. Ralph folgte einem Impuls (ein Verhalten, das in der Welt der Auren immer angemessen zu sein schien), löste sich von Lois und stellte sich direkt vor Mr. Pflaume, der zuhörte, wie McGovern in epischer Breite von der Tragödie des Alterns erzählte, und an den richtigen Stellen nickte.

[Ralph, tu es nicht!«]

[»Schon gut, mach dir keine Sorgen.«]

Aber plötzlich war er nicht mehr so sicher, daß es gut war. Hätte er noch eine Sekunde Zeit gehabt, wäre er vielleicht ausgewichen. Aber bevor er die Möglichkeit dazu hatte, sah ihm Mr. Pflaume, ohne ihn zu sehen, ins Gesicht und schritt direkt durch ihn hindurch. Das Gefühl, das Ralph erlebte, als der andere durch seinen Körper spazierte, war ihm durchaus vertraut; das Prickeln und Stechen, wenn das Blut wieder durch ein eingeschlafenes Glied zirkuliert. Einen Augenblick verschmolz seine Aura mit der von Mr. Pflaume, und Ralph erfuhr alles über den Mann, das es zu wissen gab, einschließlich der Träume, die er im Mutterleib gehabt hatte.

Mr. Pflaume blieb ruckartig stehen.

»Stimmt was nicht?« fragte McGovern.

»Wahrscheinlich nicht ... aber haben Sie nicht irgendwo einen Knall gehört? Wie ein Kracher oder ein Auto mit Fehlzündung?«

»Kann ich nicht sagen, aber mein Gehör ist nicht mehr, was es einmal war.« McGovern kicherte. »Aber *wenn* etwas hochgegangen ist, dann hoffentlich keines der radiologischen Labors.«

»Jetzt kann ich nichts mehr hören. Wahrscheinlich hab ich es mir nur eingebildet.«

Ralph dachte: *Mrs. Perrine hat auch einen Knall gehört – sie sagte, es hätte sich wie ein Gewehrschuß angehört. Lois' Freundin dachte, ein Käfer säße auf ihr und hätte sie gebissen. Möglicherweise nur ein Unterschied, was die intensität der Berührung anging, so wie Klavierspieler einen unterschiedlichen Anschlag haben. Wie auch immer, sie spüren es, wenn wir sie beeinflussen. Sie wissen vielleicht nicht, was es ist, aber spüren können sie es auf jeden Fall.*

Lois nahm seine Hand und führte ihn zur Tür von Zimmer 213. Sie standen auf dem Flur und sahen zu, wie McGovern sich auf einem Konturstuhl aus Plastik am Fußende des Betts niederließ. Mindestens acht Menschen drängten sich in dem Raum, und Ralph konnte Bob Polhurst nicht deutlich erkennen, aber eines sah er ganz deutlich: Polhurst war zwar dicht in sein Leichentuch gehüllt, aber seine Ballonschnur war noch unversehrt. Sie war schmutzig wie ein rostiges Abgasrohr, schälte sich an manchen Stellen und war an anderen rissig ... aber sie war noch unversehrt. Er drehte sich zu Lois um.

[»Diese Leute müssen vielleicht länger warten, als sie glauben.«]

Lois nickte, dann deutete sie auf die grün-goldenen Fußspuren – die Spuren des weißen Mannes. Sie führten an Zimmer 213 vorbei, sah Ralph, bogen aber ins nächste Zimmer ab – 215, das von Jimmy V.

Er und Lois gingen gemeinsam dorthin und sahen hinein. Jimmy V. hatte drei Besucher, aber derjenige, der neben dem Bett saß, hielt sich für den einzigen. Das war Faye Chapin, der müßig den Stapel Grußkarten auf dem Nachttisch von Jimmy durchblätterte. Die beiden anderen waren die kahlköpfigen Ärzte, die Ralph zum erstenmal auf der Veranda von May Lochers Haus gesehen hatte. Sie standen in ihren weißen Kitteln ernst am Fußende von Jimmys Bett, und jetzt, aus der Nähe, konnte Ralph erkennen, daß die glatten, fast identischen Gesichter eine ganze Welt von Charakter ausdrückten; man konnte es nur nicht durch ein Fernglas erkennen – oder vielleicht auch erst, wenn man ein paar Sprossen auf der Leiter der Wahrnehmung hinaufgeklettert war. Am deutlichsten sah man es in den Augen; sie waren dunkel, ohne Pupillen und von einem tiefen goldenen Funkeln erfüllt. Intelligenz und ein helles Bewußtsein spiegelten sich darin. Ihre Auren leuchteten und wallten um sie herum wie die Gewänder von Kaisern …

… oder vielleicht von Zenturionen auf Staatsbesuch.

Sie sahen zu Ralph und Lois, die händchenhaltend unter der Tür standen wie Kinder, die sich in einem Märchenwald verirrt haben, und lächelten ihnen zu.

[Hallo, Frau.]

Das war Doc Nr. 1. Er hielt die Schere in der rechten Hand. Die Scherenblätter waren sehr lang, die Spitzen sahen ausgesprochen scharf aus. Doc Nr. 2 kam einen Schritt auf sie zu und führte einen komischen Knicks aus.

[Hallo, Mann. Wir haben auf euch gewartet.]

3

Ralph spürte, wie Lois seine Hand fester packte und wieder losließ, als sie entschied, daß keine unmittelbare Gefahr drohte. Sie machte einen kurzen Schritt nach vorne und sah von Doc Nr. 1 zu Doc Nr. 2 und wieder zu Doc Nr. 1.

[»Wer seid ihr?«]

Doc Nr. 1 verschränkte die Arme vor der schmalen Brust. Die langen Scherenblätter nahmen die gesamte Länge des weißgekleideten Unterarms ein.

[Wir haben keine Namen, so wie die Kurzfristigen – aber du kannst uns nach den Parzen in der Geschichte nennen, die dir dieser Mann bereits erzählt hat. Daß es sich eigentlich um Frauen handelte, hat keine Bedeutung für uns, da wir Geschöpfe ohne sexuelle Prägung sind. Ich werde Klotho sein, obwohl ich keinen Faden spinne, und mein Kollege und alter Freund wird Lachesis sein, obwohl er keine Stäbchen schüttelt und nie die Münzen geworfen hat. Kommt herein, alle beide – bitte!]

Sie traten ein und blieben argwöhnisch zwischen dem Besucherstuhl und dem Bett stehen. Ralph glaubte nicht, daß ihnen die Docs etwas zuleide tun wollten – jedenfalls vorläufig nicht –, aber er wollte ihnen trotzdem nicht zu nahe kommen.

Ihre Auren, die im Vergleich zu denen Normalsterblicher so strahlend und atemberaubend waren, schüchterten ihn ein, und er konnte an Lois' großen Augen und dem halboffenen Mund sehen, daß sie dasselbe empfand. Sie spürte, wie er sie ansah, drehte sich zu ihm um und versuchte zu lächeln. *Meine Lois,* dachte Ralph. Er legte ihr einen Arm um die Schultern und drückte sie kurz.

Lachesis: *[Wir haben euch unsere Namen genannt – jedenfalls Namen, die ihr benützen könnt; wollt ihr uns eure nicht verraten?]*

Lois: *[»Sie meinen, die wissen Sie nicht schon längst? Pardon, aber das kann ich kaum glauben.«]*

Lachesis: *[Wir* könnten *sie kennen, haben aber beschlossen, sie nicht zu kennen. Wir halten uns, wenn möglich, gern an die Höflichkeitsgebote der Kurzfristigen. Wir finden sie reizend, denn sie werden unter euresgleichen von den Alten an die Jungen weitergegeben und erzeugen so die Illusion eines langen Lebens.]*

[»Ich verstehe nicht.«]

Ralph auch nicht, und er war nicht sicher, ob er es verstehen wollte. Der Tonfall desjenigen, der sich Lachesis nannte, hatte etwas leicht Herablassendes, das ihn an McGovern erinnerte, wenn dieser in der Stimmung war, Vorträge zu halten.

Lachesis: *[Das ist einerlei. Wir waren sicher, daß ihr kommen würdet. Wir wußten, Mann, daß du uns am Montagmorgen beobachtet hast – vor dem Haus von]*

An dieser Stelle fand eine seltsame Überlappung in der Sprechweise von Lachesis statt. Er schien zwei Dinge zur exakt gleichen Zeit zu sagen, und die beiden Ausdrücke waren ineinander verschlungen wie eine Schlange, die den eigenen Schwanz im Mund hat:

[May Locher] *[der beendeten Frau.]*

Lois ging zaghaft einen Schritt vorwärts.

[»Mein Name ist Lois Chasse. Mein Freund ist Ralph Roberts. Und nachdem wir uns nun alle angemessen bekanntgemacht haben, würden Sie beide uns bitte sagen, was hier vor sich geht?«]

Lachesis: *[Noch einer muß einen Namen bekommen.]*

Klotho: *[Ralph Roberts hat ihm bereits einen Namen gegeben.]*

Lois sah Ralph an, der nickte.

[»Sie sprechen von Doc Nr. 3. Richtig, Jungs?«]

Klotho und Lachesis nickten. Sie stellten ein identisches, wohlgefälliges Lächeln zur Schau. Ralph nahm an, daß er sich geschmeichelt fühlen sollte, aber er war es nicht. Statt dessen war er ängstlich und ziemlich wütend – sie waren auf jedem Schritt des Weges geschickt manipuliert worden. Dies war keine zufällige Begegnung, sie war eingefädelt worden, seit das Wort »Los« erklungen war. Klotho und Lachesis, nur zwei kleine kahlköpfige Ärzte mit zuviel Zeit, die im Zimmer von Jimmy V. herumstanden und auf die Ankunft der Kurzfristigen warteten, ho-hum.

Ralph sah zu Faye und stellte fest, daß der ein Buch mit dem Titel *50 klassische Schachprobleme* aus der Tasche gezogen hatte. Er las und bohrte sich dabei grüblerisch in der Nase. Nach einigen Voruntersuchungen bohrte Faye tief und brachte einen fetten Brocken zum Vorschein. Er untersuchte ihn, dann schmierte er ihn an die Unterseite des Nachttischs. Ralph wandte sich peinlich berührt ab, und ein Sprichwort seiner Großmutter fiel ihm ein: *Schau nie durch ein Schlüsselloch, sonst wirst du verhext.* Er war siebzig Jahre alt geworden und hatte es nie richtig verstanden. Aber nun war ihm eine andere Frage eingefallen.

[»Warum sieht Faye uns nicht? Und was das betrifft, warum haben Bill und sein Freund uns nicht gesehen? Und wie konnte der Mann einfach durch mich hindurchgehen? Oder habe ich mir das nur eingebildet?«]

Klotho lächelte.

[Sie haben es sich nicht eingebildet. Versuchen Sie, sich das Leben als eine Art Gebäude vorzustellen – was Sie einen Wolkenkratzer nennen würden.]

Aber Ralph stellte fest, daß Klotho gar nicht daran dachte. Einen Sekundenbruchteil schien er ein Bruchstück aus dem Verstand des anderen zu empfangen, das er aufregend und beunruhigend zugleich fand: ein gewaltiger Turm aus dunklem, rußigem Stein, der inmitten eines Felds roter Rosen stand. Schießschartenähnliche Fenster zogen sich wie eine düstere Spirale an den Seiten entlang.

Dann verschwand das Bild.

[Du und Lois und alle anderen kurzfristigen Geschöpfe leben auf den beiden ersten Etagen dieses Gebäudes. Selbstverständlich existieren Aufzüge –]

Nein, dachte Ralph. *Nicht in dem Turm, den ich in deinen Gedanken gesehen habe, mein Freund. In diesem Gebäude – wenn dieses Gebäude tatsächlich existiert – gibt es keine Fahrstühle, nur eine schmale, mit Spinnweben verhangene Treppe und Türen, die Gott weiß wohin führen.*

Lachesis sah ihn mit einer seltsamen, fast mißtrauischen Neugier an, und Ralph überlegte sich, daß ihm dieser Blick nicht gefiel. Er wandte sich wieder an Klotho und bedeutete ihm, er möge fortfahren.

Klotho: *[Wie ich schon sagte, es existieren Fahrstühle, aber unter normalen Umständen ist es Kurzfristigen nicht gestattet, sie zu benützen. Ihr seid nicht*

[bereit] *[darauf eingestellt]* *[– – – – – – – – – –.]*

Die letzte Erklärung war eindeutig die beste, aber sie tänzelte vor Ralph davon, bevor er sie greifen konnte. Er sah Lois an, die den Kopf schüttelte, und dann wieder zu Klotho und Lachesis. Er wurde allmählich wütender denn je. Die vielen langen, endlosen Nächte, die er in seinem Ohrensessel gesessen und auf die Dämmerung gewartet hatte; die Tage, an denen er sich wie ein Gespenst in seiner eigenen Haut gefühlt hatte; die Unfähigkeit, einen Satz zu begreifen, wenn er ihn nicht dreimal las; die Telefonnummern, die er einst auswendig kannte, aber jetzt nachschlagen mußte –

Da fiel ihm etwas ein, das gleichzeitig die Wut zusammenfaßte und rechtfertigte, die er empfand, als er die beiden Glatzköpfe mit den dunklen, goldenen Augen und den fast blendend grellen Auren ansah. Er sah, wie er in den Hängeschrank über dem Küchentresen sah und nach der Instantsuppe suchte, während sein übermüdeter Verstand darauf beharrte, daß sie irgendwo da drinnen sein mußte. Er sah, wie er danach suchte, innehielt, weitersuchte. Er sah seinen Gesichtsausdruck – einen Ausdruck zerstreuter Verwirrung, den man ohne Schwierigkeit als leichten Fall geistiger Behinderung hätte deuten können, der aber nichts weiter als schlichte Erschöpfung war. Dann sah er, wie er die Hände sinken ließ und einfach nur dastand, als würde er darauf warten, daß das Päckchen von alleine herausgesprungen kam.

Erst jetzt, in diesem Augenblick, angesichts dieser Erinnerung, wurde ihm bewußt, wie schrecklich die letzten Monate gewesen waren. Zurückblickend waren sie, als sähe er in ein wüstes Land, das in trostlose Ocker- und Grautönen getaucht war.

[»Sie haben uns also zu dem Fahrstuhl gebracht ... vielleicht war das aber auch nicht gut genug für unsresgleichen, und Sie haben uns einfach nur die Feuerleiter hinaufbugsiert. Und haben uns Stück für Stück daran gewöhnt, damit uns nicht die Tassen aus dem Schrank fallen, könnte ich mir denken. Sie mußten uns ja nur um den Schlaf bringen, bis wir halb verrückt waren. Lois' Sohn und Schwiegertochter wollen sie in einen Freizeitpark für alte Menschen einweisen lassen, haben Sie das gewußt? Und mein Freund Bill McGovern findet, daß ich reif für Juniper Hill bin. Und derweil habt ihr kleinen Engel –«]

Klotho ließ eine Andeutung seines vorherigen Lächelns erkennen.

[Wir sind keine Engel, Ralph.]

[»Ralph, bitte, schrei sie nicht an.«]

Ja, er *hatte* geschrien, und zumindest ein Teil schien bis zu Faye durchgedrungen zu sein; er hatte das Schachbuch zugeklappt, bohrte nicht mehr in der Nase, saß kerzengerade auf seinem Stuhl und sah sich nervös in dem Zimmer um.

Ralph sah von Klotho (der einen Schritt zurückwich und den Rest seines Lächelns verlor) zu Lachesis.

[»Ihr Freund sagt, ihr wärt die Engel nicht. Und wo sind sie dann? Spielen sie sechs oder acht Stockwerke weiter oben Poker? Und ich vermute, Gott sitzt im Penthouse, und der Teufel schaufelt Kohlen im Heizungskeller.«]

Keine Antwort. Klotho und Lachesis sahen sich zweifelnd an. Lois zupfte an Ralphs Ärmel, aber er beachtete sie nicht.

[»Also, Jungs, was sollen wir tun? Eure kleine kahlköpfige Version von Hannibal Lecter aufspüren und ihm das Skalpell wegnehmen? Nun, ihr könnt mich mal.«]

Ralph hätte auf dem Absatz kehrtgemacht und wäre hinausgegangen (er hatte eine Menge Filme gesehen und wußte, wie man einen guten Abgang inszenierte), aber Lois brach in Tränen aus, und das hielt ihn zurück. Unter dem Blick bestürzter Zurechtweisung aus ihren Augen bereute er seinen Gefühlsausbruch zumindest ein wenig. Er legte den Arm um Lois' Schultern und sah die beiden kahlköpfigen Männer trotzig an.

Diese wechselten wieder einen Blick, und etwas – eine Form der Kommunikation, die seine und Lois' Fähigkeit, zu hören oder zu verstehen, gerade überstieg – wurde zwischen ihnen ausgetauscht. Als Lachesis sich wieder zu ihnen umdrehte, lächelte er ... aber seine Augen waren ernst.

[Ich begreife Ihren Zorn, Ralph, aber er ist nicht gerechtfertigt. Das glauben Sie jetzt nicht, aber vielleicht später einmal. Vorerst jedoch müssen wir Ihre Fragen und Antworten – soweit wir Antworten geben können – beiseite stellen.]

[»Warum?«]

[Weil für diesen Mann die Zeit des Durchschneidens gekommen ist. Seht genau hin, auf daß ihr lernet und wisset.]

Klotho ging zur linken Seite des Betts. Lachesis näherte sich ihm von rechts und ging dabei durch Faye Chapin. Faye bückte sich, weil ihn ein plötzlicher Hustenanfall schüttelte, und als der nachgelassen hatte, schlug er das Schachbuch wieder auf.

[»Ralph, ich kann nicht zusehen! Ich kann nicht zusehen, wie sie das tun!«]

Aber Ralph glaubte, daß sie es dennoch tun würde. Er glaubte, daß sie es beide tun würden. Er drückte sie fest an sich, als sich Klotho und Lachesis über Jimmy V. beugten. Liebe und Anteilnahme und Sanftheit sprachen aus ihren Gesichtern; Ralph mußte an die Gesichter denken, die er einmal auf einem Gemälde von Rembrandt gesehen hatte – *Die Nachtwache* hatte es geheißen, soweit er wußte. Ihre Auren überlappten sich und verschmolzen über der Brust von Jimmy. Und plötzlich schlug der Mann im Bett die Augen auf. Er sah einen Moment mit vagem und verwirrtem Gesichtsausdruck durch die beiden kahlköpfigen Ärzte hindurch zur Decke, dann glitt sein Blick zur Tür, und er lächelte.

»He! Seht mal, wer da ist!« rief Jimmy V. aus. Seine Stimme klang eingerostet und erstickt, aber Ralph konnte immer noch den South Bostoner Intellektuellenslang hören, bei dem *wer* zu *weahr* wurde. Faye zuckte zusammen. Das Schachbuch fiel zu Boden. Er beugte sich nach vorne und ergriff Jimmys Hand, aber Jimmy beachtete ihn gar nicht, sondern sah durch das Zimmer zu Ralph und Lois. »Ralph Roberts! Und Paul Chasses Frau! Sag, Ralphie, erinnerst du dich noch an den Tag, als wir zu der Zeltmission wollten, um zuzuhören, wie sie ›Amazing Grace‹ singen?«

[»Ich erinnere mich, Jimmy.«]

Jimmy schien zu lächeln, dann schloß er wieder die Augen. Lachesis legte dem sterbenden Mann behutsam die Hände auf die Wangen und rückte seinen Kopf ein wenig zurecht, wie ein Barbier, der dabei ist, einen Kunden zu rasieren. Im selben Augenblick beugte sich Klotho noch dichter über ihn, klappte die Schere auf und schob sie nach vorne, so daß sich die schwarze Ballonschnur von Jimmy V. zwischen den Scherenblättern befand. Als Klotho die Schere zuklappte, beugte sich Lachesis vor und gab Jimmy einen Kuß auf die Stirn.

[Geh in Frieden, mein Freund.]

Ein leises, unbedeutendes *Schnipp!* ertönte. Der Teil der Ballonschnur oberhalb der Schere schwebte zur Decke und verschwand. Das Leichentuch, das Jimmy V. einhüllte, wurde einen Augenblick grellweiß, dann erlosch es wie das von Rosalie am frühen Abend. Jimmy machte die Augen wieder auf und sah Faye an. Er lächelte, fand Ralph, und dann richtete er den Blick starr in die Ferne. Die Grübchen, die sich an seinen Mundwinkeln gebildet hatten, glätteten sich.

»Jimmy?« Faye schüttelte die Schulter von Jimmy V., wobei er mit der Hand durch Lachesis hindurchgreifen mußte. »Alles in Ordnung, Jimmy? … O Scheiße.«

Faye stand auf und verließ hastig das Zimmer.

Klotho: *[Seht und begreift ihr, daß wir das, was wir tun, mit Liebe und Respekt tun? Daß wir de facto die Ärzte des letzten Stück Wegs sind? Es ist wichtig für unsere gegenseitigen Beziehungen, Ralph und Lois, daß ihr das versteht.]*

[»Ja.«]

[»Ja.«]

Ralph hatte nicht die Absicht gehabt, irgend einem Satz der beiden zuzustimmen, aber dieser Begriff – die Ärzte des letzten Stück Wegs – schnitt sauber und mühelos durch seinen Zorn. Er klang aufrichtig. Sie hatten Jimmy V. aus einer Welt befreit, in der es nichts mehr für ihn gab außer Schmerzen. Ja, zweifellos hatten sie auch an einem grauen Tag mit Hagelschauern vor sieben Monaten mit Ralph in Zimmer 217 gestanden und Carolyn dieselbe Befreiung zuteil werden lassen. Und es stimmte auch, daß sie ihre Aufgabe offenbar voll Liebe und Respekt erfüllten – alle diesbezüglichen Zweifel waren ausgeräumt worden, als Lachesis Jimmy V. auf die Stirn geküßt hatte. Aber gaben Liebe und Respekt ihnen das Recht, ihn – und Lois ebenfalls – durch die Hölle und dann hinter einem übernatürlichen Wesen herzuschicken, das ausgerastet war? Gab es ihnen das Recht, auch nur zu denken, daß zwei gewöhnliche Menschen, beide nicht mehr jung, mit einer derartigen Kreatur fertigwerden konnten?

Lachesis: *[Entfernen wir uns von hier. Bald werden viele Menschen auftauchen, und wir müssen miteinander reden.]*

[»Haben wir eine andere Wahl?«]

Ihre Antworten

[Ja, selbstverständlich!] *[Es gibt immer eine Wahl!]*

erfolgten rasch und mit einem überraschten Unterton.

Klotho und Lachesis gingen zur Tür hinaus; Ralph und Lois wichen zurück und ließen sie passieren. Aber die Auren der kleinen kahlköpfigen Ärzte wallten dennoch einen Moment über sie hinweg, und Ralph registrierte ihren Geschmack und ihre Beschaffenheit: der Geschmack von süßen Äpfeln, die Beschaffenheit von trockener, heller Rinde.

Als sie sich Seite an Seite entfernten, wobei sie sich ernst und respektvoll unterhielten, kam Faye wieder herein, nun in Begleitung zweier Schwestern. Die Neuankömmlinge gingen durch Lachesis und Klotho und dann durch Ralph und Lois, ohne zu bremsen oder etwas Ungewöhnliches zu spüren.

Draußen auf dem Flur spielte sich das Leben in seinem üblichen gedämpften Schritt ab. Keine Summer ertönten, keine Lichter blinkten, keine Assistenten kamen gelaufen und schoben eine Bahre vor sich her. Niemand rief »Notarzt!« über

Lautsprecher. Dazu war der Tod hier ein zu normaler Besucher. Ralph vermutete, daß der Tod nicht willkommen war, nicht einmal unter Umständen wie diesen, aber er war vertraut und wurde akzeptiert. Außerdem glaubte er, daß Jimmy V. mit diesem Abgang aus dem zweiten Stock des Derry Home zufrieden gewesen wäre – er hatte es ohne Getue und Aufhebens getan, und er hatte keinem seinen Führerschein oder seine Blue Cross Medical Kreditkarte zeigen müssen. Er war mit der Würde gestorben, die einfachen, nicht unerwarteten Dingen häufig eigen ist. Einen oder zwei Augenblicke bei Bewußtsein, begleitet von einer gesteigerten Wahrnehmung, was sich um ihn herum abspielte, und dann peng. Nimm meine Sorgen und mein Leid, blackbird, bye-bye.

4

Sie gesellten sich auf dem Flur vor der Tür von Bob Polhursts Zimmer zu den kahlköpfigen Docs. Durch die offene Tür konnten sie sehen, daß die Totenwache am Bett des alten Lehrers andauerte.

Lois: *[»Der Mann dicht neben dem Bett ist Bill McGovern, ein Freund von uns. Etwas stimmt nicht mit ihm. Etwas Schreckliches. Wenn wir tun, was Sie verlangen, könnten Sie dann –?«]*

Aber Lachesis und Klotho schüttelten beide den Kopf.

Klotho: *[Nichts kann geändert werden.]*

Ja, dachte Ralph. *Dorrance hat es gewußt: Geschehenes läßt sich nicht ungeschehen machen.*

Lois: *[»Wann wird es passieren?«]*

Klotho: *[Euer Freund gehört dem anderen, dem dritten. Dem Ralph bereits den Namen Atropos gegeben hat. Aber Atropos könnte euch den genauen Todeszeitpunkt dieses Mannes ebensowenig nennen wie wir. Er kann nicht einmal sagen, wen er als nächstes holen wird. Atropos ist ein Agent des Zufalls.]*

Als er das hörte, fröstelte Ralph im tiefsten Inneren.

Lachesis: *[Aber dies ist nicht der geeignete Ort zum Reden. Kommt.]*

Lachesis ergriff eine Hand von Klotho, die andere hielt er Ralph hin. Gleichzeitig bot Klotho seine Hand Lois an. Sie zögerte, dann sah sie Ralph an.

Ralph seinerseits betrachtete Lachesis grimmig.

[»Ihr solltet ihr besser nichts zuleide tun.«]

[Keinem von euch wird etwas geschehen, Ralph. Nimm meine Hand.]

Ich bin ein Fremdling im Paradies, führte Ralph den Gedanken zu Ende. Dann seufzte er zwischen zusammengebissenen Zähnen, nickte Lois zu und ergriff Lachesis' ausgestreckte Hand. Der Schock des Wiedererkennens, durchdringend und angenehm wie das Wiedersehen mit einem alten und geschätzten Freund, erfüllte ihn erneut. Äpfel und Rinde; Erinnerungen an Obstgärten, durch die er als Kind gegangen war. Irgendwie bemerkte er, ohne es direkt zu sehen, daß sich die Farbe seiner Aura verändert und – zumindest vorübergehend – die gold-grüne Tönung von Klotho und Lachesis angenommen hatte.

Lois ergriff Klothos Hand, holte mit zusammengebissenen Zähnen tief und zischelnd Luft und lächelte zaghaft.

Klotho: *[Schließt den Kreis, Ralph und Lois. Habt keine Angst. Alles ist gut.]*

Mann, da bin ich aber entschieden anderer Ansicht, dachte Ralph, aber als Lois nach seiner Hand griff, nahm er ihre Finger. Zu dem Geruch von Äpfeln und der Beschaffenheit von trockener Rinde gesellte sich ein dunkles und unbekanntes Gewürz. Ralph sog das Aroma in vollen Zügen ein und lächelte Lois zu. Sie lächelte ebenfalls – ohne zu zögern –, und Ralph verspürte eine tiefgreifende, distanzierte Verwirrung. Wie *konntest* du Angst haben? Wie konntest du auch nur zögern, wo es doch so gut und richtig zu sein schien, was sie brachten?

Ich fühle mit dir, Ralph, aber du solltest trotzdem zögern, riet ihm eine Stimme.

[»Ralph? Ralph!«]

Sie hörte sich erschrocken und überschwenglich zugleich an, Ralph drehte sich rechtzeitig um und konnte sehen, daß der obere Rand der Tür von Zimmer 215 an ihrer Schulter vorbei sank … nur schwebte die Tür nicht nach unten; sie schwebten nach oben. *Alle* schwebten nach oben, während sie weiter mit den Händen einen Kreis bildeten.

Das war Ralph gerade klar geworden, als eine vorübergehende Dunkelheit, scharf wie eine Messerklinge, durch sein Gesichtsfeld glitt wie der Schatten einer Jalousie. Er sah ganz kurz dünne Röhren, die wahrscheinlich zum Sprinklersystem des Krankenhauses gehörten, umgeben von flauschigen rosa Polstern der Isolierung. Dann sah er einen langen, gekachelten Flur entlang. Eine Bahre rollte direkt auf seinen Kopf zu … der, wie ihm plötzlich bewußt wurde, wie ein Periskop in einen der Flure des zweiten Stocks ragte.

Er hörte Lois aufschreien und spürte, wie sie seine Hand fester umklammerte. Ralph machte instinktiv die Augen zu und wartete darauf, daß die heranbrausende Bahre ihm den Kopf plattwalzen würde.

Klotho: *[Bleibt ruhig! Bitte, bleibt ruhig! Vergeßt nicht, daß dies alles auf einer anderen Realitätsebene geschieht als der, auf der ihr euch derzeit befindet!]*

Ralph schlug die Augen auf. Die Bahre war verschwunden, aber er konnte ihre Räder noch hören, wie sie sich entfernten. Das Geräusch kam jetzt von hinter ihm. Die Bahre war, wie McGoverns Freund, einfach durch ihn hindurchgegangen. Sie stiegen alle vier langsam in den Flur der Kinderstation hinauf – Märchenwesen tänzelten und tollten an den Wänden herum, und Figuren aus Disneys *Aladin* und *Die kleine Meerjungfrau* waren auf die Fenster eines großen, hell erleuchteten Spielzimmers geklebt worden. Ein Arzt und eine Schwester, die sich über einen Kranken unterhielten, kamen auf sie zu.

»– weiteren Tests anzudeuten scheinen, aber nur wenn wir zu mindestens neunzig Prozent sicherstellen können, daß –«

Der Arzt ging durch Ralph hindurch, und dabei erfuhr Ralph, daß der Mann nach fünfzehn Jahren Abstinenz vor kurzem erst wieder zu rauchen angefangen hatte und deswegen schreckliche Schuldgefühle empfand. Dann waren sie fort. Ralph sah nach unten und bekam gerade noch mit, wie seine Füße aus dem Fliesenboden herauskamen. Er drehte sich zu Lois um und lächelte zaghaft.

[»Klassen besser als der Fahrstuhl, was?«]

Sie nickte. Seine Hand hielt sie aber nach wie vor ziemlich fest.

Sie stiegen durch den dritten Stock, kamen im vierten in einem Ärztezimmer heraus (zwei Ärzte – von der voll ausgewachsenen Art – waren anwesend, einer sah sich eine alte Wiederholung von *F Troop* an, der andere schnarchte auf einem gräßlichen Sofa von Swedish Modern), und dann befanden sie sich auf dem Dach.

Die Neumondnacht war klar und atemberaubend. Sterne funkelten am Himmelszelt wie eine extravagante, nebelhafte Lichterkette. Der Wind wehte heftig, und er dachte an Mrs. Perrine, die sagte, daß der Altweibersommer vorüber sei, das könnte er ihr glauben. Ralph konnte den Wind hören, spürte ihn aber nicht … aber er hatte eine Ahnung, als *könnte* er ihn spüren, wenn er wollte. Es kam nur darauf an, sich auf die richtige Weise zu konzentrieren …

Noch während er diesen Gedanken hatte, verspürte er eine unbedeutende, vorübergehende Veränderung in seinem Körper, so etwas wie ein Blinzeln. Plötzlich wurde ihm das Haar an der Stirn nach hinten geweht, und er konnte seine Hosen um die Schienbeine flattern hören. Er erschauerte. Mrs. Perrines Rücken hatte sich also nicht geirrt, das Wetter änderte sich tatsächlich. Ralph blinzelte noch einmal innerlich, worauf der Windstoß wieder verschwand. Er sah zu Lachesis hinüber.

[»Kann ich Ihre Hand jetzt loslassen?«]

Lachesis nickte und ließ seinerseits Ralphs Hand los. Klotho gab Lois' Hand frei. Ralph sah über die Stadt hinweg nach Westen zu den pulsierenden blauen Startbahnlichtern des Flughafens. Dahinter konnte er das Gitter orangefarbener Natriumdampflampen von Cape Green erkennen, einer der Neubausiedlungen jenseits der Barrens. Und irgendwo inmitten der Lichter östlich des Flughafens lag die Harris Avenue.

[»Es ist wunderschön, nicht wahr, Ralph?«]

Er nickte und überlegte sich, hier zu stehen und die nächtliche Stadt in der Dunkelheit zu sehen, machte alles wieder wett, was er seit Anfang der Schlaflosigkeit hatte erleiden müssen. Alles und noch viel mehr. Aber das war ein Gedanke, dem er nicht uneingeschränkt vertraute.

Er drehte sich zu Lachesis und Klotho um.

[»Na gut, erklärt uns alles. Wer seid ihr, wer ist er, *und was wollt ihr von uns?«]*

Die beiden kahlköpfigen Ärzte standen zwischen zwei schnell kreisenden Heizungsventilatoren, die braun-purpurne Abgase in die Luft entließen. Sie sahen einander nervös an, und Lachesis nickte Klotho fast unmerklich zu. Klotho machte einen Schritt nach vorne, sah von Ralph zu Lois und schien seine Gedanken zu ordnen.

[Nun gut. Zuerst müßt ihr einsehen, daß die Geschehnisse im Augenblick zwar unerwartet und beunruhigend, aber keineswegs unnatürlich sind. Mein Kollege und ich tun das, wofür wir geschaffen wurden; Atropos tut das, wofür er *geschaffen wurde; und ihr, meine kurzfristigen Freunde, werdet das tun, wofür* ihr *geschaffen worden seid.]*

Ralph bedachte ihn mit einem strahlenden, bitteren Lächeln.

[»Ich schätze, damit ist es aus mit der freien Entscheidung.«]

Lachesis: *[So dürft ihr nicht denken! Es ist einfach so, was ihr freie Entscheidung nennt, das nennen wir* Ka, *das große Rad das Daseins.]*

Lois: *[»Wir sehen durch ein dunkles Glas ... meinen Sie das damit?«]*

Klotho, der sein irgendwie jungenhaftes Lächeln sehen ließ: *[Die Bibel, soweit ich weiß. Und eine sehr gute Art, es zu beschreiben.]*

Ralph: *[»Und ziemlich bequem für Jungs wie euch. Aber lassen wir das vorerst. Bei uns gib es noch eine Maxime, die* nicht *in der Bibel steht, aber trotzdem ziemlich gut ist: Hüte dich vor Schönfärberei. Ich hoffe, Sie vergessen das nicht.«]*

Aber Ralph hatte den Verdacht, als wäre das ein bißchen viel verlangt.

5

Danach ergriff Klotho das Wort und redete lange Zeit. Ralph hatte keine Ahnung, wie lange genau, denn auf dieser Ebene verlief die Zeit anders – irgendwie komprimiert. Manchmal drückte er das, was er sagte, gar nicht mit Worten aus; verbale Ausdrücke wurden durch einfache helle Bilder wie die in leichten Bilderrätseln für Kinder ersetzt. Ralph vermutete, daß es sich dabei um Telepathie handelte, ein an sich erstaunliches Phänomen, aber während es passierte, kam es ihm so natürlich wie das Atmen vor.

Manchmal blieben Worte wie Bilder auf der Strecke und wurden von rätselhaften Pausen

[––––––––––––]

in der Kommunikation unterbrochen. Dennoch gelang es Ralph auch dann meistens, eine Vorstellung davon zu bekommen, was Klotho vermitteln wollte, und er hatte eine Ahnung, daß Lois noch deutlicher als er selbst begriff, was in diesen Unterbrechungen verborgen blieb.

[Zuerst müßt ihr wissen, daß es nur vier Konstanten auf der Existenzebene gibt, wo eure Leben und unsere, die Leben der

––––––––––

sich überlappen. Diese vier Konstanten sind Leben, Tod, der Plan und der Zufall. Diese Worte haben alle einen Sinn für euch, aber jetzt habt ihr eine etwas andere Vorstellung von Leben und Tod, oder nicht?]

Ralph und Lois nickten zögernd.

[Lachesis und ich sind die Agenten des Todes. Damit sind wir für die meisten Kurzfristigen Gestalten des Grauens; selbst diejenigen, die so tun, als akzeptierten sie uns und unsere Funktion, haben normalerweise Angst. Auf Bildern werden wir manchmal als furchterregendes Skelett oder als Gestalt mit Kapuze abgebildet, deren Gesicht man nicht sehen kann.]

Klotho legte die winzigen Hände auf seine weißgewandeten Schultern und schützte ein Erschauern vor. Die burleske Darstellung gelang ihm so gut, daß Ralph grinsen mußte.

[Aber wir sind nicht nur *Agenten des Todes, Ralph und Lois; wir sind auch Agenten des Plans. Und nun müßt ihr genau zuhören, da-*

mit ihr mich nicht mißversteht. Unter euresgleichen gibt es welche, die der Meinung sind, alles ist vorherbestimmt, und es gibt welche, die alle Ereignisse einfach für Schicksal oder Zufall halten. In Wahrheit besteht das Leben aus Plan und *Zufall, wenn auch nicht zu gleichen Teilen. Das Leben ist wie]*

Hier bildete Klotho einen Kreis mit den Armen, wie ein kleines Kind, das so tut, als würde es die Form der Erde zeigen, und in diesem Kreis sah Ralph ein brillantes und vielsagendes Bild: Tausende (möglicherweise auch Millionen) Spielkarten, die zu einem flackernden Regenbogen aus Herz und Pik und Karo und Kreuz aufgefächert waren. Außerdem sah er eine große Menge Joker in diesem Blatt; nicht so viele, daß sie eine eigene Farbe ergeben hätten, aber proportional gesehen eindeutig mehr als die zwei oder drei, die man in einem gewöhnlichen Kartenspiel fand. Alle Joker grinsten, und alle trugen einen fadenscheinigen Panama, aus dessen Krempe ein Stück herausgebissen war.

Und jeder hatte ein rostiges Skalpell.

Ralph sah Klotho mit großen Augen an. Klotho nickte.

[Ja. Ich weiß nicht genau, was genau Sie gesehen haben, aber ich weiß, Sie haben das gesehen, was ich darzustellen versuche. Lois? Was ist mit Ihnen?]

Lois, die für ihr Leben gern Karten spielte, nickte blaß.

[»Atropos ist der Joker im Spiel – das haben Sie gemeint.«]

[Er ist ein Agent des Zufalls. Wir, Lachesis und ich, dienen der anderen Macht, die für die meisten Ereignisse im individuellen Leben und im breiteren Strom aller Leben verantwortlich ist. Auf eurer Etage des Gebäudes, Ralph und Lois, ist jedes Lebewesen ein kurzfristiges Lebewesen mit einer vorherbestimmten Lebensspanne. Das soll nicht heißen, daß ein Kind aus dem Schoß seiner Mutter kommt und ein Schild um den Hals trägt, auf dem steht: BALLONSCHNUR DURCHSCHNEIDEN NACH 84 JAHREN, 11 MONATEN, 9 TAGEN, 6 STUNDEN, 4 MINUTEN UND 21 SEKUNDEN. Diese Vorstellung wäre lächerlich. Aber Zeit-räume sind *normalerweise festgelegt, und wie ihr beide gesehen habt, dient die Aura der Kurzfristigen unter anderem als Uhr.]*

Lois bewegte sich, und als Ralph sich zu ihr umdrehte, fiel ihm etwas Erstaunliches auf: Der Himmel über ihnen wurde blasser. Er schätzte, daß es fünf Uhr morgens sein mußte. Sie waren Dienstag abend gegen neun Uhr im Krankenhaus eingetroffen, und jetzt schrieb man auf einmal Mittwoch, den 6. Oktober. Ralph kannte den Ausdruck, daß die Zeit verflog, aber dies war lächerlich.

Lois: *[»Ihre Aufgabe ist das, was wir einen natürlichen Tod nennen, richtig?«]*

Verwirrte, unvollständige Bilder flimmerten in ihrer Aura. Ein Mann (der verstorbene Mr. Chasse, da war Ralph ganz sicher), der in einem Sauerstoffzelt lag. Jimmy V., der die Augen aufschlug und Ralph und Lois in dem Moment ansah, bevor Klotho seine Ballonschnur durchschnitt. Die Todesanzeigen der *Derry News*, voll mit Fotos, die meisten nicht größer als Briefmarken, von der wöchentlichen Ernte in den städtischen Krankenhäusern und Altenheimen.

Klotho und Lachesis schüttelten beide den Kopf.

Lachesis: *[Eigentlich gibt es keinen natürlichen Tod. Unsere Aufgabe ist ein* planmäßiger *Tod. Wir holen die Alten und Kranken, aber wir holen auch andere. Erst gestern haben wir zum Beispiel einen jungen Mann von achtundzwanzig Jahren geholt. Einen Zimmermann. Vor zwei Wochen ist er vom Gerüst gefallen und hat sich den Schädel gebrochen. In diesen zwei Wochen war seine Aura]*

Ralph sah das zertrümmerte Bild der Aura eines Behinderten, ähnlich der des Babys aus dem Fahrstuhl.

Klotho: *[Dann kam die Wende – die Veränderung der Aura. Wir wußten, sie würde kommen, aber nicht,* wann *sie kommen würde. Als es soweit war, sind wir zu ihm gegangen und haben ihn weitergeschickt.]*

[»Wohin weitergeschickt?«]

Lois hatte die Frage gestellt und schnitt damit die delikate Frage des Lebens nach dem Tod fast versehentlich an. Ralph griff nach seinem geistigen Sicherheitsgurt und hoffte fast auf einen dieser eigentümlichen leeren Zwischenräume, aber als ihre einander überlappenden Antworten ertönten, waren sie völlig deutlich.

Klotho: *[Nach überallhin.]*

Lachesis: *[In andere Welten als diese.]*

Ralph verspürte eine Mischung aus Erleichterung und Enttäuschung.

[»Das klingt sehr poetisch, aber ich glaube, es bedeutet – verbessern Sie mich, wenn ich mich irre –, daß das Leben nach dem Tod für Sie ebenso ein Geheimnis ist wie für uns.«]

Lachesis, der sich ein wenig verschnupft anhörte: *[Ein andermal haben wir vielleicht Gelegenheit, uns über so etwas zu unterhalten, aber jetzt nicht – wie ihr beiden sicherlich schon festgestellt habt, vergeht die Zeit schneller auf diesem Stockwerk des Gebäudes.]*

Ralph sah sich um und stellte fest, daß der Morgen schon deutlich heller geworden war.

[»Tut mir leid.«]

Klotho, lächelnd: *[Nicht nötig – wir genießen eure Fragen und finden sie erfrischend. Neugier existiert allerorten im Kontinuum des Lebens, aber nirgendwo in einem solchen Übermaß wie hier. Doch was ihr das Leben nach dem Tod nennt, hat keinen Platz in den vier Konstanten – Leben, Tod, dem Plan und dem Zufall –, die uns betreffen.*

Der Verlauf eines jeden Todes, der dem Plan dient, nimmt einen Gang, mit dem wir vertraut sind. Die Auren derjenigen, die einen planmäßigen, vorherbestimmten Tod sterben, werden grau, wenn das Ende näherrückt. Dieses Grau geht konstant in Schwarz über. Wir werden gerufen, wenn die Aura

————————————,

und wir kommen genau so, wie ihr uns in der letzten Nacht gesehen habt. Wir erlösen die Leidenden, besänftigen die Ängstlichen und geben den Ruhelosen Ruhe. Die meisten planmäßig bestimmten Tode werden erwartet, fast herbeigesehnt, aber nicht alle. Manchmal werden wir gerufen, um Männer, Frauen und Kinder zu holen, die sich bester Gesundheit erfreuen … doch ihre Auren verfärben sich plötzlich, und ihre Zeit ist gekommen.]

Ralph dachte an den jungen Mann in der ärmellosen Red Sox Jacke, den er am Dienstag nachmittag ins Red Apple hatte gehen sehen. Er hatte ein Bild von Jugend und Vitalität gesehen … abgesehen von dem geisterhaften Ölfilm, der ihn umgeben hatte.

Ralph machte den Mund auf, um eventuell diesen jungen Mann zu erwähnen (oder nach seinem Schicksal zu fragen), dann schloß er ihn wieder. Die Sonne stand jetzt direkt über ihm, und plötzlich erfüllte ihn eine bizarre Gewißheit – daß er und Lois zum Thema lüsterner Diskussionen in der heimlichen Stadt der Altvorderen geworden waren.

Hat sie jemand gesehen? ... Nein? ... Ob sie zusammen durchgebrannt sind? ... Nee, nicht in ihrem Alter, aber vielleicht liegen sie in der Falle ... Ich weiß nicht, ob Ralphie noch Munition in seiner alten Patronenschachtel hat, aber für mich hat sie immer *wie ein heißer Feger ausgesehen ... Ja, sie geht so, als wüßte sie, was man damit anstellt, was?*

Das Bild seiner übergroßen Rostlaube fiel ihm ein, die geduldig hinter einem der efeubewachsenen Bungalows der Derry Cabins wartete, während im Inneren die Bettfedern obszön boingten und zoingten, und er grinste. Er konnte nicht anders. Einen Augenblick später kam ihm die erschreckende Erkenntnis, daß er seine Gedanken möglicherweise durch seine Aura übermittelte, und er schlug hastig die Tür vor diesem Bild zu. Aber sah Lois ihn nicht bereits mit einer gewissem amüsierten Gesichtsausdruck an?

Ralph richtete seine Aufmerksamkeit hastig auf Klotho.

[Atropos dient dem Zufall. Nicht jeder Todesfall, den die Kurzfristigen »sinnlos« oder »unnötig« oder »tragisch« nennen, ist sein Werk, aber die meisten. Wenn ein Dutzend alte Männer und Frauen bei einem Brand in einem Altersheim ums Leben kommen, ist die Wahrscheinlichkeit groß, daß Atropos dort gewesen ist, Souvenirs mitgenommen und Ballonschnüre durchgeschnitten hat. Wenn ein Kind ohne ersichtlichen Grund in der Wiege stirbt, sind Atropos und sein rostiges Skalpell in den meisten Fällen dafür verantwortlich. Wenn ein Hund – ja, sogar ein Hund, denn das Schicksal fast aller lebenden Geschöpfe in der Welt der Kurzfristigen fällt in die Zuständigkeit des Plans oder des Zufalls – auf der Straße überfahren wird, weil der Fahrer sich den falschen Moment ausgesucht hat, um auf die Uhr zu sehen –]

Lois: *[»Ist das mit Rosalie passiert?«]*

Klotho: [Atropos *ist mit Rosalie passiert. Ralphs Freund Joe Wyzer hat lediglich, wie wir sagen, »die Umstände erfüllt«.]*

Lachesis: *[Und Atropos ist auch Ihrem Freund zugestoßen, dem verstorbenen Mr. McGovern.]*

Lois sah aus, wie Ralph sich fühlte: Betroffen, aber eigentlich nicht überrascht. Es war jetzt Spätnachmittag, möglicherweise waren achtzehn Stunden nach Zeitrechnung der Kurzfristigen vergangen, seit sie Bill zum letztenmal gesehen hatten, und schon da hatte Ralph gewußt, daß dem Mann äußerst wenig Zeit blieb. Lois, die ungewollt die Hand in ihn gesteckt hatte, hatte es noch besser gewußt.

Ralph: *[»Wann ist es passiert? Wie lange nachdem wir ihn gesehen hatten?«]*

Lachesis: *[Nicht lange. Als er das Krankenhaus verließ. Es tut mir leid um euren Verlust, und auch, weil wir euch die Neuigkeit auf so grobe Weise überbringen. Wir unterhalten uns so selten mit Kurzfristigen, daß wir nicht wissen, wie man es anstellt. Wir wollten euch nicht wehtun, Ralph und Lois.]*

Lois sagte ihm, es wäre schon gut, sie verstünden schon, aber Tränen liefen an ihren Wangen hinab, und Ralph spürte, wie sie in seinen Augen brannten. Der Gedanke, daß Bill nicht mehr war – daß der kleine Scheißkerl im schmutzigen Kittel ihn erwischt hatte –, war schwer zu begreifen. Sollte er wirklich glauben, daß McGovern nie wieder sardonisch die Augenbraue hochziehen würde? Nie wieder jammern würde, wie beschissen es war, alt zu werden? Unmöglich. Er drehte sich unvermittelt zu Klotho um.

[»Zeigen Sie es uns.«]

Klotho, überrascht, fast bibbernd: *[Ich … ich glaube nicht –]*

Ralph: *[»Für uns kurzfristige* Pimpfe *heißt sehen glauben. Habt ihr Jungs das nie gehört?«]*

Lois ergriff unerwartet das Wort.

[»Ja – zeigt es uns. Aber nur soviel, daß wir es wissen und akzeptieren können. Versucht nicht, uns deprimierter zu machen, als wir schon sind.«]

Klotho und Lachesis sahen einander an, dann schienen sie die Achseln zu zucken, ohne die winzigen Schultern tatsächlich zu bewegen. Lachesis schnippte mit den beiden ersten Fingern seiner rechten Hand und schuf ein fächerförmiges, blau-grünes Pfauenrad aus Licht. Darin sah Ralph eine winzige, unheimlich perfekte Abbildung der Intensivstation im zweiten Stock. Eine Schwester, die einen Rollwagen mit Medikamenten schob, trat in den Fächer und durchquerte ihn. Am anderen Ende des Bildausschnitts schien sie tatsächlich ein wenig *verzerrt* zu werden, bevor sie aus dem Bild verschwand.

Lois, trotz der Umstände aufgeregt: *[»Es ist, als würde man einen Film in einer Seifenblase sehen!«]*

Jetzt kamen McGovern und Mr. Pflaume aus Bob Polhursts Zimmer. McGovern hatte einen alten Pullover mit den Buchstaben der Derry High School angezogen, und sein Freund machte gerade den Reißverschluß seiner Jacke zu; sie gaben die Totenwache für diese Nacht eindeutig auf. McGovern ging langsam und blieb hinter Mr. Pflaume zurück. Ralph konnte sehen, daß sein Untermieter ganz und gar nicht gut aussah.

Er spürte, wie Lois ihm die Hand auf den Unterarm legte und fest zudrückte.

Auf halbem Weg zum Fahrstuhl blieb McGovern stehen, stützte sich mit einer Hand an der Wand ab und senkte den Kopf. Er sah wie ein völlig kaputter Läufer am Ende eines Marathonlaufs aus. Einen Augenblick ging Mr. Pflaume weiter. Ralph sah, wie er den Mund bewegte, und dachte: *Er weiß noch nicht, daß er ins Leere spricht – jedenfalls noch nicht.*

Plötzlich wollte Ralph nicht mehr sehen.

In dem blau-grünen Fächer hielt sich McGovern eine Hand an die Brust. Die andere griff an den Hals und fing an zu reiben, als würde er nach Wülsten suchen. Ralph konnte es nicht mit Sicherheit sagen, glaubte aber, daß sein Hausgenosse ängstlich aussah. Er mußte an die haßerfüllte verzerrte Miene von Doc Nr. 3 denken, als ihm klar geworden war, daß ein Kurzfristiger sich erdreistet hatte, sich in das Geschäft einzumischen, das er mit einem streunenden Hund aus der Gegend zu erledigen hatte. Was hatte er gesagt?

[Ich mach dich fertig, Kurzer. Ich mach dich im großen Stil fertig. Und ich mach deine Freunde *fertig. Hast du mich verstanden?]*

Ein schrecklicher Gedanke, fast eine Gewißheit, dämmerte in Ralphs Kopf, als er zusah, wie Bill McGovern langsam zu Boden sackte.

Lois: *[»Nehmt es weg* – bitte *nehmt es weg!«]*

Sie vergrub das Gesicht an Ralphs Schulter. Klotho und Lachesis wechselten unbehagliche Blicke, und Ralph stellte fest, daß er seine Ansicht bereits revidierte, daß sie allwissend und allmächtig waren. Sie waren vielleicht übernatürliche Wesen, aber Dr. Joyce Brothers waren sie nicht. Und er hatte den Verdacht, als wären sie auch nicht gerade Weltmeister darin, die Zukunft vorherzusagen; Burschen mit einer wirklich funktionierenden Kristallkugel hatten nicht solche Blicke im Repertoire.

Sie tasten sich blind voran, genau wie wir anderen auch, dachte Ralph und verspürte ein gewisses widerwilliges Mitgefühl für Mr. K. und Mr. L.

Der blaugrüne Fächer aus Licht, der vor Lachesis schwebte, und die Bilder darin verschwanden plötzlich.

Klotho, defensiv: *[Bitte vergeßt nicht, daß es* euer *Wunsch war, zu sehen, Ralph und Lois. Wir haben es euch nicht freiwillig gezeigt.]*

Ralph hörte es kaum. Der schreckliche Gedanke, der ihm gekommen war, entwickelte sich immer noch, wie eine Fotografie, die man nicht sehen will, von der man sich aber auch nicht abwenden kann. Er mußte wieder an Bills Hut … Rosalies verblaßtes blaues Tuch … und Lois fehlende Diamantohrringe denken.

Ich mach deine Freunde *fertig, Kurzer – hast du mich verstanden? Ich hoffe es. Ich hoffe es sehr.*

Er sah von Klotho zu Lachesis, und sein Mitgefühl für die beiden verschwand. Es wich einer dumpfen, pulsierenden Wut. Lachesis hatte gesagt, es gab keinen zufälligen Tod, und dazu gehörte auch der von McGovern. Ralph zweifelte nicht daran, daß Atropos McGovern aus einem einzigen Grund genommen hatte: Er wollte Ralph wehtun, Ralph bestrafen, weil er sich in … wie hatte Dorrance es ausgedrückt? … in langfristige Geschäfte eingemischt hatte.

Der alte Dor hatte ihm geraten, das nicht zu tun – zweifellos ein guter Rat, aber er, Ralph, hatte keine andere Wahl gehabt … weil diese abgebrochenen Kahlköpfe mit *ihm* herumgemacht hatten. In einem sehr realen Sinne waren *sie* an Bill McGoverns Tod schuld.

Klotho und Lachesis sahen seine Wut und wichen einen Schritt zurück (was sie zu tun schienen, ohne tatsächlich die Füße zu bewegen), und ihre Gesichter wurden nervöser denn je.

[»Ihr beiden seid der Grund, daß Bill McGovern tot ist. Das ist die Wahrheit, oder nicht?«]

Klotho: *[Bitte ... wenn ihr uns einfach zu Ende erklären laßt ...]*

Lois sah Ralph besorgt und ängstlich an.

[»Ralph? Was ist denn? Warum bist du so wütend?«]

[»Begreifst du denn nicht? Das abgekartete Spielchen dieser beiden da hat Bill McGovern das Leben gekostet. Wir sind hier, weil Atropos entweder etwas getan hat, das diesen Bursche nicht gefällt, oder es noch tun wird –«]

Lachesis: *[Sie kommen zu voreiligen Schlußfolgerungen, Ralph –]*

[»– aber es gibt ein ganz entscheidendes Problem: Er weiß, *daß wir ihn sehen!* Atropos *WEISS, daß wir ihn sehen!«]*

Lois Augen wurden groß vor Angst... endlich begriff auch sie.

Kapitel 18

1

Eine kleine weiße Hand fiel auf Ralphs Schulter und blieb dort liegen wie Rauch.

[Bitte … wenn ihr uns nur erklären lassen würdet –]

Er spürte die Veränderung – dieses *Blinzeln* – in seinem Körper stattfinden, bevor er richtig merkte, daß er sie herbeigewünscht hatte. Er konnte den Wind wieder spüren, der wie die Klinge eines kalten Messers aus der Dunkelheit wehte, und erschauerte. Die Berührung von Klothos Hand war jetzt nicht mehr als eine Phantomvibration dicht unter der Oberfläche seiner Haut. Er konnte noch alle drei sehen, aber jetzt waren sie milchig und vage. Jetzt waren sie Geister.

Ich bin hinuntergegangen. Nicht ganz bis dorthin, wo wir angefangen haben, aber immerhin auf eine Ebene, wo sie fast keinen körperlichen Kontakt mit mir haben können. Meine Aura, meine Ballonschnur … ja, ich bin sicher, daß sie die erreichen würden, aber die Dimension meines Körpers, die mein wirkliches Leben in der Welt der Kurzfristigen lebt? Keine Chance, Franz.

Lois' Stimme, fern wie ein verhallendes Echo: *[»Ralph! Was machst du denn jetzt?«]*

Er betrachtete die geisterhaften Umrisse von Klotho und Lachesis. Jetzt sahen sie nicht nur nervös oder etwas schuldbewußt aus, sondern regelrecht ängstlich. Ihre Gesichter waren verzerrt und schwer zu erkennen, aber an ihrer Angst konnte dennoch kein Zweifel bestehen.

Klotho, mit leiser, aber verständlicher Stimme: *[Kommen Sie zurück, Ralph! Bitte kommen Sie zurück!]*

[»Wenn ja, werden Sie aufhören, Spielchen mit uns zu spielen, und offen und ehrlich sein?«]

Lachesis, verblassend, verschwindend: *[Ja! Ja!]*

Ralph beschwor das innere Blinzeln wieder herbei. Die drei nahmen wieder deutlich Gestalt an. Gleichzeitig strömte wieder Farbe in die Zwischenräume der Welt, und die Zeit nahm ihre vorherige Geschwindigkeit auf – er sah den abnehmenden Mond, der an der gegenüberliegenden Seite des Himmels hinabsank wie ein Tropfen leuchtenden Quecksilbers. Lois legte ihm die Arme um den Hals, und einen Moment war er nicht sicher, ob sie ihn umarmte oder versuchte, ihn zu erwürgen.

[»Gott sei Dank! ich dachte schon, du würdest mich hier zurücklassen!«]

Ralph gab ihr einen Kuß, und einen Augenblick war sein Kopf von einem angenehmen Durcheinander von Sinneswahrnehmungen erfüllt: der Geschmack von frischem Honig, eine Beschaffenheit wie gekämmte Wolle und der Geruch von Äpfeln. Ein Gedanke schoß ihm durch den Kopf

(wie wäre es, hier oben Sex zu haben?)

aber er verdrängte ihn sofort wieder. Er würde in den nächsten paar

(Minuten? Stunden? Tagen?)

klar denken und sprechen müssen, und wenn er an so etwas dachte, würde ihm das um so schwerer fallen. Er drehte sich zu den kleinen kahlköpfigen Ärzten um und sah sie abschätzend an.

[»Ich hoffe, es ist Ihr Ernst, denn wenn nicht, sollten wir das kleine Techtelmechtel besser hier und jetzt absagen und unserer Wege gehen.«]

Diesmal ersparten es sich Klotho und Lachesis, Blicke zu wechseln; sie nickten beide eifrig. Als Lachesis das Wort ergriff, tat er es in unterwüfigem Tonfall. Mit diesen Burschen, überlegte sich Ralph, war weitaus besser Kirschen essen als mit Atropos, aber sie waren ebenso wenig daran gewöhnt, Fragen gestellt zu bekommen – auf den Pott gesetzt zu werden, wie Ralphs Mutter gesagt haben würde – wie er.

[Alles, was wir euch gesagt haben, ist wahr, Ralph und Lois. Wir haben die Möglichkeit unerwähnt gelassen, daß Atropos mehr über die Situation wissen könnte, als uns lieb ist, aber –]

Ralph: *[»Und wenn ich mich nun weigere, noch mehr von diesem Unsinn anzuhören? Wenn ich mich einfach umdrehe und gehe?«]*

Keiner antwortete, aber Ralph sah etwas Bestürzendes in ihren Augen: Sie wußten, daß Atropos Lois' Ohrringe hatte, und sie wußten, daß *er* es ebenfalls wußte. Die einzige, die es nicht wußte – hoffte er –, war Lois selbst.

Die zupfte jetzt an seinem Arm.

[»Tu das nicht, Ralph – bitte nicht. Wir müssen sie zu Ende anhören.«]

Er drehte sich wieder zu ihnen um und deutete mit einer knappen Geste an, daß sie fortfahren sollten.

Lachesis: *[Unter gewöhnlichen Umständen mischen wir uns nicht in Atropos' Geschäfte ein, und er sich nicht in unsere. Wir* können *uns nicht einmischen, selbst wenn wir es wollten; der Plan und der Zufall sind wie die schwarzen und weißen Felder eines Schachbretts, sie definieren einander durch den Kontrast. Aber Atropos* will *sich in das Wirken der Dinge einmischen – in einem durchaus realen Sinne wurde er geschaffen, um sich einzumischen –, und bei seltenen Anlässen bietet sich die Gelegenheit, in wirklich großem Maßstab einzugreifen. Selten gibt es Bemühungen, diese Einmischung zu unterbinden –]*

Klotho: *[Die Wahrheit sieht in Wirklichkeit etwas drastischer aus, Ralph und Lois; soweit wir wissen, ist niemals ein Versuch unternommen worden, ihn zu beeinflussen oder an etwas zu hindern.]*

Lachesis: *[– und sie finden nur statt, wenn die Situation, in die er sich einmischen will, eine äußerst prekäre ist, ein Gleichgewicht von vielen ernsten Belangen. Dies ist eine dieser Situationen. Atropos hat einen Lebensfaden durchgeschnitten, den er besser in Ruhe gelassen hätte. Das wird zu Problemen auf allen Ebenen führen, ganz zu schweigen von einem gravierenden Ungleichgewicht zwischen dem Zufall und dem Plan, wenn die Situation nicht bereinigt wird. Wir können nicht selbst erledigen, was getan werden muß; die Situation übersteigt unsere bescheidenen Fähigkeiten bei weitem. Wir können nicht mehr deutlich sehen, geschweige denn handeln. Doch in diesem Fall spielt unser Unvermögen zu sehen kaum eine Rolle, denn letzten Endes können sich nur Kurzfristige dem Willen von Atropos widersetzen. Darum seid ihr beiden hier.]*

Ralph: *[»Wollen Sie damit sagen, daß Atropos die Schnur von jemandem durchgeschnitten hat, der eines natürlichen Todes sterben sollte ... oder eines planmäßigen Todes?«]*

Klotho: *[Nicht exakt. Manche Leben – sehr wenige – unterliegen keinem klaren Muster. Wenn Atropos so ein Leben beeinflußt, ent-*

stehen fast immer Schwierigkeiten. »Alles ist offen«, wie man bei euch zu sagen pflegt. Solche unbestimmten Leben sind wie –]

Klotho breitete die Arme aus, worauf ein Bild – wieder Spielkarten – zwischen ihnen aufblitzte. Eine Reihe von sieben Karten, die rasch, eine nach der anderen, von einer unsichtbaren Hand umgedreht wurden. Ein As; eine Zwei; ein Joker; eine Drei; eine Sieben; eine Dame. Die letzte Karte, die die unsichtbare Hand umdrehte, war leer.

Klotho: *[Hilft dieses Bild weiter?]*

Ralph runzelte die Stirn. Er wußte nicht, ob es weiterhalf. irgendwo da draußen existierte ein Mensch, der weder eine normale Karte noch ein Joker im Spiel war. Ein völlig unbeschriebenes Blatt, das sich beide Seiten schnappen konnten. Atropos hatte den metaphysischen Luftschlauch dieses Burschen durchgeschnitten, und jetzt hatte jemand – oder *etwas* – eine Auszeit beantragt.

Lois: *[»Sie sprechen von Ed, richtig?«]*

Ralph wirbelte herum und sah sie durchdringend an, aber sie betrachtete Lachesis.

[»Ed Deepneau ist die leere Karte.«]

Lachesis nickte.

[»Woher weißt du das, Lois?«]

[»Wer sollte es sonst *sein?«]*

Sie lächelte ihm nicht direkt zu, aber Ralph spürte die *Entsprechung* eines Lächelns. Er drehte sich wieder zu Klotho und Lachesis um.

[»Okay, allmählich zeichnet sich immerhin etwas ab. Und wer hat bei dieser Sache die Notbremse gezogen? Ich glaube nicht, daß Sie beide es gewesen sind – ich habe eine Ahnung, als wären Sie, zumindest in dieser Angelegenheit, nicht mehr als Handlanger.«]

Sie streckten einen Moment die Köpfe zusammen und murmelten, aber Ralph sah einen schwachen Ockerfarbton wie einen Saum an der Stelle erscheinen, wo ihre Auren sich berührten, und wußte, daß er recht hatte. Schließlich drehten die beiden sich wieder zu ihm und Lois um.

Lachesis: *[Ja, das ist im wesentlichen richtig. Sie haben eine Art, alles ins rechte Licht zu rücken, Ralph. So eine Unterhaltung haben wir seit tausend Jahren nicht mehr geführt –]*

Klotho: *[Wenn überhaupt je.]*

Ralph: *[»Ihr müßt nur die Wahrheit sagen, Jungs.«]*

Lachesis, flehentlich wie ein Kind: *[Das* haben *wir!]*

Ralph: *[»Die* ganze *Wahrheit.«]*

Lachesis: *[Nun gut, die ganze Wahrheit. Ja, Atropos hat Ed Deepneaus Schnur durchgeschnitten. Das wissen wir nicht, weil wir es gesehen haben – wie schon gesagt, ist unser Sehvermögen nicht mehr besonders klar –, sondern weil es die einzig logische Schlußfolgerung ist. Deepneau ist ein unbeschriebenes Blatt, er gehört weder dem Plan noch dem Zufall;* das *wissen wir, und seine Lebensschnur muß von ungeheurer Bedeutung gewesen sein, daß so ein Aufhebens gemacht wird. Allein die Tatsache, daß er so lange weiterlebt, obwohl seine Schnur durchgeschnitten wurde, deutet auf seine Macht und seine Bedeutung hin. Als Atropos seine Schnur durchgeschnitten hat, hat er eine schreckliche Kette von Ereignissen ausgelöst.]*

Lois erschauerte und stellte sich neben Ralph.

Lachesis: *[Ihr habt uns Handlanger genannt. Das ist zutreffender, als euch bewußt ist. In diesem Fall sind wir nichts weiter als Boten. Unsere Aufgabe besteht darin, Ihnen und Lois klarzumachen, was geschehen ist und was von Ihnen erwartet wird, und diese Aufgabe haben wir fast erfüllt. Und wer »die Notbremse gezogen hat«, diese Frage können wir nicht beantworten, weil wir es selbst nicht wissen.]*

[»Ich glaube Ihnen nicht.«]

Aber er hörte die fehlende Überzeugung in seiner eigenen Stimme (sofern es eine Stimme war).

Klotho: *[Seien Sie nicht albern – selbstverständlich glauben Sie es! Würden Sie damit rechnen, daß die Direktoren eines riesigen Automobilkonzerns einen Fließbandarbeiter in die Chefetage einladen, um ihm die Hintergründe der Firmenpolitik zu erläutern? Oder um ihm detailliert zu erklären, warum ein Werk geschlossen wurde und das andere weiterproduzieren darf?]*

Lachesis: *[Wir stehen ein wenig höher als die Männer, die in Autofabriken am Fließband stehen, aber wir sind trotzdem noch das, was Sie vielleicht als »kleine Leute« bezeichnen würden, Ralph – nicht mehr und nicht weniger.]*

Klotho: *[Geben Sie sich damit zufrieden: Über der Ebene kurzfristiger Existenzen und der langfristiger, auf der Lachesis, Atropos und ich existieren, gibt es noch andere. Diese werden von Wesen bewohnt, die wir Immerwährende nennen; sie existieren entweder ewig oder zumindest so lange, daß kaum ein Unterschied mehr besteht. Kurzfristige und Langfristige leben in überlappenden Sphären der Existenz – auf verbundenen Etagen desselben Gebäudes, wenn Sie so wollen –, die vom Plan und vom Zufall beherrscht werden. Über diesen Etagen, für uns unerreichbar, aber nichtsdestotrotz ebenso Bestandteil desselben Turms der Existenz, leben andere Wesen. Manche sind ehrfurchtgebietend und wunderbar; andere so böse, daß nicht einmal* wir *es begreifen können, geschweige denn ihr. Diese Wesen könnte man den Höheren Plan und den Höheren Zufall nennen … möglicherweise* gibt *es auch jenseits einer bestimmten Ebene keinen Zufall mehr; wir vermuten es, aber mit Sicherheit sagen können wir es nicht. Wir* wissen, *es ist etwas von einer dieser höheren Ebenen, das Interesse an Ed gefunden hat, und daß etwas anderes da oben einen Gegenzug unternommen hat. Dieser Gegenzug seid* ihr, *Ralph und Lois.]*

Lois warf Ralph einen bestürzten Blick zu, den er kaum bemerkte. Im Augenblick nahm er die Vorstellung, daß etwas sie herumschob wie Schachfiguren bei Faye Chapins heißgeliebtem Startbahn Drei Classic – eine Vorstellung, die ihn unter normalen Umständen zur Weißglut gebracht hätte – kaum zur Kenntnis. Er mußte an den Abend denken, als Ed ihn angerufen hatte. *Du schwimmst in tiefem Wasser,* hatte er gesagt, *und es kreisen Dinge in der Strömung, die du dir nicht einmal* vorstellen *kannst.*

Mit anderen Worten, Wesenheiten.

So böse Wesen, daß man sie nicht einmal mehr begreifen konnte, laut Mr. K., und Mr. K. war ein Gentleman, der hauptberuflich den Tod brachte.

Sie haben dich noch nicht bemerkt, hatte Ed an jenem Abend zu ihm gesagt, *aber wenn du dich weiter mit mir anlegst, werden sie es. Und das möchtest du sicher nicht. Glaub mir.*

Lois: *[»Wie haben Sie uns überhaupt auf diese Stufe gebracht? Durch die Schlaflosigkeit, richtig?«]*

Lachesis, vorsichtig: *[Im wesentlichen ja. Wir sind imstande, gewisse geringfügige Veränderungen in den Auren der Kurzfristigen vorzunehmen. Diese Veränderung bewirkte eine besondere*

Form der Schlaflosigkeit, die eure Art zu träumen und eure Wahrnehmung der Welt im Wachsein veränderte. Auren von Kurzfristigen zu manipulieren, ist eine komplexe, beängstigende Arbeit. Wahnsinn ist immer eine mögliche Gefahr.]

Klotho: *[Manchmal war euch vielleicht zumute, als* würdet *ihr verrückt, aber diese Gefahr bestand nicht einmal annähernd. Ihr seid beide viel zäher, als ihr euch selbst eingestehen wollt.]*

Diese Arschlöcher glauben tatsächlich, daß uns das ein Trost ist, staunte Ralph, aber dann unterdrückte er seinen Zorn wieder. Er hatte jetzt einfach keine Zeit, wütend zu sein. Vielleicht konnte er es später wettmachen. Momentan tätschelte er nur Lois' Hand und wandte sich wieder Klotho und Lachesis zu.

[»Letzten Sommer, als er seine Frau verprügelt hatte, hat Ed mir von einem Wesen erzählt, das er den Scharlachroten König nannte. Sagt euch Burschen das etwas?«]

Klotho und Lachesis wechselten wieder einen Blick, den Ralph zunächst für ernst hielt.

Klotho: *[Ralph, Sie dürfen nicht vergessen, daß Ed wahnsinnig ist und in einem Zustand der Selbsttäuschung lebt –]*

[»Klar, wem sagen Sie das.«]

[– aber wir glauben, daß dieser »Scharlachrote König« doch *in der einen oder anderen Form existiert, und als Atropos Eds Lebensschnur durchgeschnitten hat, muß er direkt unter den Einfluß dieses Wesens geraten sein.]*

Die beiden kahlköpfigen Ärzte sahen einander wieder an, und diesmal erkannte Ralph ihren gemeinsamen Gesichtsausdruck als das, was er tatsächlich war: Nicht Ernst spiegelte sich darin, sondern blankes Entsetzen.

2

Ein neuer Tag war angebrochen – Donnerstag – und ging bereits dem Mittag entgegen. Ralph konnte es nicht mit Sicherheit sagen, fand aber, daß die Geschwindigkeit, mit der die Zeit da unten auf der Ebene der Kurzfristigen ablief, zugenommen hatte; wenn sie die Sache nicht bald hinter sich brachten, würde Bill McGovern nicht der einzige ihrer Freunde bleiben, den sie überlebten.

Klotho: *[Atropos wußte, daß der Höhere Plan* irgend jemanden *schicken würde, um zu versuchen, das rückgängig zu machen, was er in Bewegung gesetzt hat, und jetzt weiß er, wer das ist. Aber ihr dürft euch nicht von Atropos ablenken lassen; ihr dürft nicht vergessen, er ist kaum mehr als ein Bauer auf diesem Schachbrett. Atropos ist nicht euer wahrer Gegner.*

Er machte eine Pause und sah seinen Kollegen zweifelnd an. Lachesis nickte ihm zu, er solle weitersprechen, was er auch zuversichtlich tat, aber Ralph spürte dennoch eine gewisse Resignation über sich kommen. Er war sicher, die beiden kahlköpfigen Ärzte hatten die besten Absichten, aber sie flogen trotzdem eindeutig weitgehend nach Instrumenten.

Klotho: *[Ihr dürft euch Atropos nicht direkt nähern. Das kann ich nicht genügend betonen. Er ist von Kräften umgeben, die bei weitem größer sind als er selbst, von Kräften, die böse und mächtig sind, von Kräften, die* bewußt *sind und vor nichts haltmachen werden,* um euch *aufzuhalten. Aber wir glauben, wenn ihr euch von Atropos fernhaltet, könnt ihr möglicherweise die bevorstehende schreckliche Katastrophe verhindern ... die, in durchaus realem Sinne, schon angefangen hat.]*

Ralph gefiel die stillschweigende Annahme nicht besonders, daß er und Lois tun würden, was diese beiden fröhlichen Gauchos verlangten, aber es schien nicht der geeignete Zeitpunkt zu sein, das zu sagen.

Lois: *[»Was* wird *denn geschehen? Was wollt ihr von uns? Sollen wir Ed suchen und ihm ausreden, etwas Böses zu tun?«]*

Klotho und Lachesis sahen sie mit demselben Ausdruck fassungslosen Erschreckens an.

[Habt ihr nicht zugehört, was –]

[– ihr dürft nicht einmal daran denken –]

Sie verstummten, und Klotho gab Lachesis, ein Zeichen, daß er fortfahren sollte.

[Wenn Sie uns nicht zugehört haben, Lois, dann hören Sie uns jetzt zu: Halten Sie sich von Ed Deepneau fern! *Diese ungewöhnliche Situation hat ihn, genau wie Atropos, vorübergehend mit größerer Macht ausgestattet. Wenn Sie sich ihm auch nur nähern,*

riskieren Sie damit einen Besuch der Wesenheit, die er als Scharlachroten König bezeichnet ... davon abgesehen ist er gar nicht mehr in Derry.]

Lachesis sah über das Dach, wo in der Abenddämmerung des Donnerstag die Lichter angingen, dann betrachtete er wieder Ralph und Lois.

[Er ist aufgebrochen nach

——————————————.]

Keine Worte, aber Ralph empfing deutlich einen Sinneseindruck, der teils Geruch (Öl, Fett, Abgase, Meeresluft), teils Gefühl und Ton war (ein großes, rostiges Gebäude, in dem ein riesiges Tor auf einer Stahlschiene offenstand).

[»Er ist an der Küste, richtig? Oder auf dem Weg dorthin.«]

Klotho und Lachesis nickten, und ihre Gesichter schienen zu sagen, daß die achtzig Meilen von Derry entfernte Küste ein ausgezeichneter Aufenthaltsort für Ed Deepneau war.

Lois zupfte wieder an seinem Arm, und Ralph sah sie an.

[»Hast du das Gebäude gesehen, Ralph?«]

Er nickte.

Lois: *[»Nicht die Hawking Labors, aber in der Nähe. Ich glaube, es könnte sogar ein Ort sein, den ich kenne –]*

Lachesis ergriff hastig das Wort, als wollte er das Thema wechseln: *[Wo er sich befindet und was er vorhaben könnte, ist eigentlich unerheblich. Eure Aufgabe liegt anderswo, in sichereren Gewässern, aber ihr werdet möglicherweise dennoch all die nicht unerhebliche Kraft brauchen, die euch Kurzfristigen zur Verfügung steht, um sie zu erfüllen, und die Gefahren könnten trotz alledem groß sein.]*

Lois sah Ralph nervös an.

[»Sag ihnen, daß wir keinem etwas zuleide tun, Ralph – wir stimmen vielleicht zu, ihnen zu helfen, wenn wir können, aber wir werden keinem etwas zuleide tun, was auch passieren mag.«]

Aber das sagte Ralph ihnen nicht. Er dachte daran, wie die Diamantsplitter an Atropos' Ohren gefunkelt hatten, und meditierte über die perfekte Falle, in der er saß – und Lois selbstverständlich mit ihm. Doch, er würde jemandem wehtun, um die Ohrringe zurückzubekommen. Das stand außer Frage. Aber wie weit würde er gehen? Würde er auch töten, um sie zurückzubekommen? Er glaubte, daß die Antwort darauf ja lautete.

Ralph, der nicht über das Thema nachdenken, der Lois im Augenblick nicht einmal ansehen wollte, wandte sich wieder an Klotho und Lachesis. Er machte den Mund auf, um zu sprechen, aber sie war schneller.

[»Ich möchte noch etwas wissen, bevor wir fortfahren.«]

Klotho antwortete; er hörte sich gelinde amüsiert an – hörte sich de facto wie Bill McGovern an. Was Ralph nicht besonders gefiel.

[Und das wäre, Lois?]

[»Ist Ralph auch in Gefahr? Besitzt Atropos etwas von ihm, das wir später zurückbekommen müssen? So etwas wie Bills Hut?«]

Lachesis und Klotho wechselten einen hastigen, besorgten Blick. Ralph glaubte nicht, daß Lois es mitbekam, aber er schon. *Sie kommt der Wahrheit zu nahe,* sagte dieser Blick. Dann verschwand er auch schon wieder. Ihre Gesichter waren wieder glatt, als sie Lois ihre Aufmerksamkeit zuwandten.

Lachesis: *[Nein. Atropos hat nichts von Ralph genommen, weil ihm das bis zu diesem Zeitpunkt nichts genützt hätte.]*

Ralph: *[»Was meinen Sie damit, ›bis zu diesem Zeitpunkt‹?«]*

Klotho: *[Sie haben Ihr Leben als Bestandteil des Plans gelebt, Ralph, aber das hat sich geändert.]*

Lois: *[»Wann hat es sich geändert? Es ist passiert, als wir angefangen haben, die Auren zu sehen, richtig?«]*

Sie sahen einander an, dann Lois, dann – nervös – Ralph. Sie antworteten nicht, und da kam Ralph ein interessanter Gedanke: Wie der Knabe George Washington in der Legende mit dem Kirschbaum konnten Klotho und Lachesis nicht lügen … was sie in Augenblicken wie diesem wahrscheinlich bedauerten. Sie hatten nur eine einzige Möglichkeit, nämlich wie jetzt den Mund zu halten und zu hoffen, daß sich das Gespräch in eine andere Richtung entwickeln würde. Ralph beschloß, daß er das nicht wollte – jedenfalls noch nicht –, obwohl die große Gefahr bestand, daß Lois herausfand, wohin ihre Ohrringe tatsächlich verschwunden waren … immer vorausgesetzt, sie wußte es nicht ohnehin schon, eine Möglichkeit, die ihm gar nicht so weit hergeholt erschien. Der alte Lockruf der Marktschreier fiel ihm ein: *Kommen Sie ruhig näher, meine Herren … aber wenn Sie* spielen *wollen, müssen Sie* bezahlen.

[»O nein, Lois, die Veränderung hat nicht stattgefunden, als ich angefangen habe, die Auren zu sehen. Ich glaube, viele Menschen können ab und zu einmal einen Blick in die langfristige Welt der Auren werfen, ohne daß ihnen etwas Böses widerfährt. Ich glaube, ich wurde erst aus meiner hübschen, sicheren Nische im Plan gestoßen, als wir das Gespräch mit diesen beiden feinen Herren angefangen haben. Was meinen Sie dazu, meine feinen Herren? Sie haben gewissermaßen eine Spur aus Brotkrumen hinterlassen, obwohl Sie genau wußten, was passieren würde. Ist es nicht ganz genauso gewesen?«]

Die beiden betrachteten ihre Füße, dann langsam, widerwillig wieder Ralph. Lachesis antwortete.

[Ja, Ralph. Wir haben Sie zu uns gelockt, obwohl wir wußten, daß es Ihr Ka *verändern würde. Das ist ein Unglück, aber die Situation erforderte es.]*

Jetzt wird Lois nach ihrem eigenen Status fragen, dachte Ralph. *Jetzt* muß *sie fragen.*

Aber sie fragte nicht. Sie sah die beiden kleinen kahlköpfigen Ärzte nur mit einem undeutbaren Ausdruck an, der so gar nicht zu ihrer gewohnten *Unsere-Lois-*Miene passen wollte: aufgerissene Augen des Interesses, aufgerissene Augen der Verwunderung. Ralph fragte sich wieder, wieviel sie wußte oder vermutete, und staunte erneut darüber, daß er nicht die geringste Ahnung hatte … doch dann wurden diese Spekulationen von einer neuerlichen Woge des Zorns verschluckt.

[»Ihr Jungs … Mann, oh Mann, ihr Jungs …«]

Er führte es nicht weiter aus, aber wenn Lois nicht neben ihm gestanden hätte, hätte er es vielleicht getan: *Ihr Jungs habt eine ganze Menge mehr getan, als uns nur um unseren Schlaf zu bringen, oder nicht? Ich weiß nicht, wie es bei Lois ist, aber ich hatte eine gemütliche kleine Nische im Plan … was bedeutet, daß ihr mich absichtlich zu einer Ausnahme von der Regel gemacht habt, deren Einhaltung ihr euer ganzes Leben widmet. In gewisser Weise bin ich ebenso leer wie der Bursche, den wir finden sollen. Wie hat Klotho es ausgedrückt? »Alles ist offen.« Wie verdammt wahr das ist.*

Lois: *[»Sie haben davon gesprochen, daß wir unsere Macht einsetzen sollten.* Welche *Macht?«]*

Lachesis drehte sich zu ihr um und war offenbar entzückt über den Themenwechsel. Er preßte die Handflächen aufeinander und breitete die Hände dann zu einer eigentümlich orientalischen Geste aus. Zwei rasch aufeinanderfolgende Bilder erschienen dazwischen: Ralphs Hand, aus der ein Strahl kalten blauen Feuers schoß, als er mit ihr wie bei einem Karateschlag durch die Luft fuhr, und Lois' Zeigefinger, der blaugraue Kugeln aus Licht hervorbrachte, die wie radioaktive Hustendrops aussahen.

Ralph: *[»Ja, schon gut, wir besitzen* etwas, *aber es ist nicht zuverlässig. Es ist mehr wie …«]*

Er konzentrierte sich und erzeugte selbst ein Bild: Hände, die die Rückseite eines Radios öffneten und zwei mit blaugrauem Belag verkrustete Batterien herausholten. Klotho und Lachesis, die nicht verstanden, sahen ihn stirnrunzelnd an.

Lois: *[»Er versucht zu sagen, daß wir das nicht immer können, und wenn, dann können wir es nicht lange. Wißt ihr, unsere Batterien sind schnell leer.«]*

Mit amüsiertem Unglauben gemischtes Verständnis breitete sich auf ihren Gesichtern aus.

Ralph: *[»Was ist daran so verdammt komisch?«]*

Klotho: *[Nichts … alles. Ihr habt keine Vorstellung, wie seltsam ihr beide uns vorkommt – eben noch unglaublich weise und subtil, und im nächsten Augenblick unglaublich naiv. Eure Batterien, wie ihr euch ausdrückt, müssen niemals leer werden, denn ihr steht neben einem grenzenlosen Vorrat an Energie. Da ihr beide schon davon getrunken habt, sind wir davon ausgegangen, daß ihr das eigentlich wissen müßtet.]*

Ralph: *[»Wovon, um alles in der Welt, reden Sie?«]*

Lachesis führte erneut die seltsam orientalische Geste der ausgebreiteten Arme aus. Diesmal sah Ralph Mrs. Perrine, die in ihrer Aura von der Farbe einer Uniform von West Point steif aufrecht ging. Sah einen Strahl grauen Leuchtens, dünn und gerade wie der Stachel eines Stachelschweins, aus dieser Aura herausragen.

Das Bild wurde überblendet mit dem einer mageren Frau in einer schmutzigbraunen Aura. Sie sah zu einem Autofenster hinaus. Eine Stimme – die von Lois – sagte: *Oh, Mina, ist das nicht ein* entzückendes *kleines Häuschen?* Einen Augenblick später wurde leise eingeatmet, worauf ein dünner Strahl im Nacken der Frau aus ihrer Aura schoß.

Dem folgte ein drittes Bild, kurz aber deutlich: Ralph, wie er unter der Scheibe der Krankenhausinformation durchgriff und die Hand der Frau mit der orangefarbenen Aura packte ... nur war diese Aura um den linken Arm herum plötzlich *nicht* mehr orange. Plötzlich hatte sie die verblaßte Türkisfarbe, die er mittlerweile als Ralph-Roberts-Blau betrachtete.

Das Bild verblaßte. Lachesis und Klotho sahen Ralph und Lois an; diese erwiderten den Blick schockiert.

Lois: *[»O nein! Das können wir nicht tun! Es ist wie –«]*

Bild: Zwei Männer in gestreifter Gefängniskleidung mit schwarzen Augenmasken, die auf Zehenspitzen aus einem Banktresor flohen und prallvolle Säcke mit dem Symbol $ darauf hinaustrugen.

Ralph: *[»Nein, schlimmer. Es ist wie –«]*

Bild: Eine Fledermaus flog durch ein offenes Kellerfenster herein, kreiste zweimal in einem silbernen Schacht aus Mondlicht und verwandelte sich dann in Ralph Lugosi im Cape und einem altmodischen Frack. Er näherte sich einer schlafenden Frau – keiner jungen, rosigen Jungfrau, sondern der alten Mrs. Perrine in einem züchtigen Flanellnachthemd – und beugte sich über sie, um ihre Aura auszusaugen.

Als Ralph wieder zu Klotho und Lachesis sah, schüttelten beide vehement die Köpfe.

Lachesis: *[Nein! Nein, nein, nein! Sie könnten gar nicht falscher liegen! Haben Sie sich noch nicht gefragt,* warum *Sie Kurzfristige sind, deren Lebenspanne nach Jahrzehnten und nicht nach Jahrhunderten gemessen wird? Eure Lebensspanne ist kurz, weil ihr wie Freudenfeuer brennt! Wenn ihr Energie von anderen Kurzfristigen bezieht, ist das wie –]*

Bild: Ein Kind am Strand, ein hübsches kleines Mädchen mit goldenen Ohrringen, die auf den Schultern anstießen, lief am Strand entlang, wo die Wellen brachen. In einer Hand trug sie einen roten Plastikeimer. Sie kniete hin und füllte ihn aus dem riesigen Atlantik.

Klotho: *[Ihr seid wie dieses Kind, Ralph und Lois – die anderen Kurzfristigen sind wie das Meer. Habt ihr jetzt verstanden?]*

Ralph: *[»Verfügt die menschliche Rasse wirklich über soviel von dieser Aura-Energie?«]*

Lachesis: *[Ihr versteht immer noch nicht. Soviel gibt es –]*

Lois unterbrach ihn. Ihre Stimme bebte, aber Ralph vermochte nicht zu sagen, ob aus Angst oder Ekstase.

[»Soviel gibt es in jedem von uns, Ralph. *Soviel existiert in jedem menschlichen Wesen auf der Welt!«]*

Ralph pfiff leise durch die Zähne und sah von Lachesis zu Klotho. Sie nickten zustimmend.

[»Sie wollen damit sagen, wir können diese Energie bei jedem aufstocken, der gerade zur Verfügung steht? Daß den Menschen, von denen wir sie nehmen, kein Schaden entsteht?«]

Klotho: *[Ja. Ihr könntet ihnen ebensowenig schaden, wie ihr den Atlantik mit dem Plastikeimer eines Kindes leerschöpfen könntet.]*

Ralph hoffte, daß das stimmte, denn er vermutete, daß er und Lois schon seit einer ganzen Weile Energie aus den Auren ihrer Mitmenschen borgten – das war die einzige Erklärung für alle Komplimente, die er bekam. Immer wieder versicherten ihm Leute, daß er großartig aussähe. Mutmaßten die Leute, daß er seine Schlaflosigkeit überwunden haben mußte, *mußte,* weil er so ausgeruht und gesund aussah. Weil er jünger aussah.

Verdammt, dachte er, *ich* bin *jünger.*

Der Mond war wieder untergegangen, und Ralph stellte erschrocken fest, daß die Sonne bald am Freitagmorgen aufgehen würde. Es wurde höchste Zeit, daß sie sich wieder dem Hauptthema ihrer Diskussion zuwandten.

[»Belassen wir es dabei, Leute. Warum haben Sie sich all diese Mühe gemacht? Was sollen wir eigentlich aufhalten?«]

Aber bevor jemand antworten konnte, überkam ihn eine blitzartige Einsicht, die so stark und grell war, daß er sie unmöglich in Frage stellen oder leugnen konnte.

[»Es geht um Susan Day, richtig? Er will Susan Day umbringen. Ein Attentat auf sie verüben.«]

Clotho: *[Ja, aber –]*

Lachesis: *[– aber darum geht es nicht –]*

Ralph: *[»Kommt schon, Jungs – findet ihr nicht auch, daß es Zeit wird, den Rest der Karten auf den Tisch zu legen?«]*

Lachesis: *[Ja, Ralph, es wird Zeit.]*

Sie hatten sich wenig oder gar nicht berührt, seit sie den Kreis gebildet hatten und durch die Etagen des Krankenhauses zum Dach aufgestiegen waren, aber nun legte Lachesis einen federleichten Arm um Ralphs Schultern, und Klotho nahm Lois am Arm, wie ein Gentleman vergangener Zeiten die Dame seines Herzens auf die Tanzfläche geführt haben mochte.

Geruch von Äpfeln, Geschmack von Honig, Beschaffenheit von Wolle ... aber diesmal konnte Ralphs Freude über diese Mischung von Sinneseindrücken das Unbehagen nicht verbergen, das er empfand, als Lachesis ihn nach links drehte und mit ihm zum Rand des flachen Krankenhausdaches ging.

Wie viele der größeren und bedeutenderen Städte, schien auch Derry am geographisch ungeeignetsten Platz erbaut worden zu sein, den die ersten Siedler finden konnten. Der Innenstadtbereich lag am steilen Abschnitt eines Hangs; der Kenduskeag floß träge und braun durch das zugewucherte Dickicht der Barrens an der tiefsten Stelle des Tals. Von ihrem Aussichtspunkt auf dem Krankenhausdach wirkte Derry wie eine Stadt, deren Herz von einem schmalen grünen Dolch durchbohrt worden war ... nur sah dieser Dolch in der Dunkelheit schwarz aus.

Auf einer Seite des Tals lag Old Cape, eine heruntergekommene Nachkriegssiedlung mit einem todschicken neuen Einkaufszentrum. Die andere Seite umschloß das, was die meisten Leute meinten, wenn sie von der »Innenstadt« sprachen. Die Innenstadt von Derry drängte sich rund um den Up-Mile Hill. Witcham Street bildete den direktesten Weg diesen Hügel hinauf und stieg steil an, bevor sie sich zu einen Gewirr von Nebenstraßen verästelte (eine davon war die Harris Avenue), das die West Side bildete. Die Main Street zweigte auf halbem Wege bergauf von der Witcham ab und verlief an der flacheren Seite des Tals entlang nach Südwesten. Dieser Stadtteil war sowohl als Main Street Hill wie auch als Bassey Park bekannt. Und in der Nähe der höchsten Kuppe der Main Street –

Lois, fast stöhnend: *[»Großer Gott, was ist das?«]*

Ralph versuchte, etwas Tröstendes zu sagen, brachte aber nur ein klägliches Krächzen heraus. Über dem Gipfel des Main Street Hill schwebte ein riesiger, schwarzer Regenschirmumriß über dem Boden und verdeckte die Sterne in ihrer zarten morgendlichen Blässe. Ralph versuchte sich zuerst einzureden, es handle sich nur um Rauch, eine der Lagerhallen in der Gegend habe Feuer gefangen ... möglicherweise sogar das aufgegebene Eisenbahndepot am Ende der Neibolt Street. Aber die Lagerhallen befanden sich weiter südlich, das alte Depot weiter westlich, und wenn dieser böse aussehende Pilz tatsächlich Rauch gewesen wäre, hätte der starke Wind ihn in Rauchfahnen verwehen müssen. Aber das passierte nicht. Statt sich aufzulösen, hing der stumme Fleck einfach am Himmel, dunkler als die Dunkelheit.

Und niemand sieht ihn, dachte Ralph. *Niemand außer mir ... und Lois ... und den kleinen kahlköpfigen Ärzten. Den gottverdammten kleinen kahlköpfigen Ärzten.*

Er kniff die Augen zusammen, damit er den Umriß in dem riesigen Leichentuch erkennen konnte, aber das war eigentlich gar nicht nötig; er hatte fast sein ganzes Leben in Derry verbracht und hätte sich beinahe mit geschlossenen Augen auf den Straßen zurechtgefunden (das heißt, wenn er es nicht am Steuer seines Automobils tun mußte). Wie auch immer, er *konnte* das Gebäude in dem Leichentuch identifizieren, zumal sich bereits das Tageslicht am Horizont abzeichnete. Das runde Flachdach auf der geschwungenen Glas- und Backsteinfassade ließ keinen Zweifel zu. Dieser Rückfall in die fünfziger Jahre war nicht ohne hintergründigen Humor von dem berühmten Architekten (und ehemaligen Einwohner Derrys) Benjamin Hanscom entworfen worden, und es handelte sich um das neue Bürgerhaus von Derry, den Nachfolger des alten, das bei der Sturmflut des Jahres 1985 zerstört worden war.

Klotho drehte sich zu Ralph um und sah ihn an.

[Sie sehen, Ralph, Sie hatten recht – er möchte ein Attentat auf Susan Day verüben ... aber nicht nur *auf Susan Day.]*

Er machte eine Pause, sah Lois an und wandte das ernste Gesicht dann wieder Ralph zu.

[Diese Wolke – die Sie ganz zutreffend ein Leichentuch nennen – bedeutet, daß er in einem sehr realen Sinne bereits getan hat, was Atropos ihm aufgetragen hatte. Heute abend werden über zweitausend Menschen anwesend sein ... und Ed Deepneau will sie alle umbringen. Wenn der Gang der Ereignisse nicht verändert wird, dann wird *er sie alle umbringen.]*

Lachesis trat neben seinen Kollegen.

[Ihr beiden, Ralph und Lois, seid die einzigen, die das verhindern können.]

3

Vor seinem geistigen Auge sah Ralph das Plakat von Susan Day, das im leeren Schaufenster zwischen der Rite Aid Drogerie und dem Day Break, Sun Down ausgestellt worden war. Er erinnerte sich an die in den Staub auf der Fensterscheibe gekritzelten Worte: TÖTET DIESE FOTZE. Und das Schlimme war, in Derry konnte so etwas durchaus passieren. Derry war *wirklich* nicht wie andere Städte. Ralph fand, daß sich die Atmosphäre der Stadt seit der großen Überschwemmung vor acht Jahren deutlich verbessert hatte, aber es war trotzdem nicht wie andernorts. Derry hatte einen Hang zum Bösen, und wenn seine Einwohner in Rage kamen, konnten sie bekanntlich ausgesucht scheußliche Taten vollbringen.

Er strich sich über die Lippen und wurde kurz von dem seidigen, distanzierten Gefühl seiner Hand auf dem Mund abgelenkt. Er wurde auf mannigfaltige Weise daran erinnert, daß sich sein Daseinszustand radikal verändert hatte.

Lois, entsetzt: *[»Wie sollen wir das anstellen? Wenn wir nicht in die Nähe von Atropos oder Ed gehen dürfen, wie sollen wir es dann verhindern können?«]*

Ralph wurde bewußt, daß er ihr Gesicht jetzt deutlich sehen konnte; der Tag hellte mit der Geschwindigkeit einer Zeitrafferaufnahme in einem alten Dokumentarfilm von Disney auf.

[»Wir rufen an und geben eine Bombendrohung durch, Lois. Das müßte funktionieren.«]

Klotho machte ein bestürztes Gesicht; Lachesis schlug sich sogar mit der flachen Hand gegen die Stirn, bevor er nervös zum grauen Himmel hinaufblickte. Als er Ralph wieder ansah, drückte sein kleines Gesicht mühsam unterdrückte Panik aus.

[Das wird nicht *funktionieren, Ralph. Und nun hört mir zu, alle beide, und hört genau zu; was auch immer ihr in den nächsten vierzehn Stunden tut, ihr dürft die Macht der Kräfte nicht unterschätzen, die Atropos entfesselt hat, als er Ed entdeckte und seinen Lebensstrang durchschnitt.]*

Ralph: *[»Warum wird es nicht funktionieren?«]*

Lachesis, wütend und ängstlich zugleich: *[Wir können nicht ewig Ihre Fragen beantworten, Ralph – von nun an werden Sie uns einfach glauben müssen. Ihr wißt, wie schnell die Zeit auf dieser Ebene verstreicht; wenn wir noch lange hier bleiben, ist jede Chance dahin, daß ihr verhindern könnt, was heute abend im Bürgerhaus geschehen wird. Ihr beide, Sie und Lois, müßt wieder zurückkehren. Ihr* müßt!]

Klotho hielt eine Hand hoch und brachte seinen Kollegen zum Schweigen, dann drehte er sich zu Ralph und Lois um.

[Ich werde die letzte Frage beantworten, auch wenn ich sicher bin, daß ihr sie mit etwas Nachdenken selbst beantworten könntet. Es sind bereits dreiundzwanzig *Bombendrohungen für Susan Days Rede heute abend eingegangen. Die Polizei hat Sprengstoffhunde im Bürgerhaus, seit achtundvierzig Stunden durchleuchten sie sämtliche Päckchen und Pakete, die in das Gebäude zugestellt wurden, und sie haben auch Stichproben gemacht. Sie haben Bombendrohungen* erwartet, *und sie nehmen sie ernst, aber in diesem Fall gehen sie von der Annahme aus, daß sie von Abtreibungsgegnern kommen, die nur Ms. Days Rede verhindern möchten.]*

Lois, düster: *[»O Gott – der kleine Junge, der rief: ›Hilfe, ein Wolf‹.«]*

Klotho: *[Ganz recht, Lois.]*

Ralph: *[»*Hat *er eine Bombe gelegt? Das hat er, richtig?«]*

Helles Licht wanderte über das Dach und streckte die Schatten der kreisenden Heizungsventilatoren wie Karamelmasse. Klotho und Lachesis betrachteten die Schatten, dann sahen sie mit demselben Ausdruck des Mißfallens nach Osten, wo die Sonne gerade über dem Horizont emporstieg.

Lachesis: *[Wir wissen es nicht, und es spielt auch keine Rolle. Ihr müßt verhindern, daß diese Rede stattfindet, und das geht nur auf eine Weise: ihr müßt die verantwortlichen Frauen davon überzeugen, Susan Days Rede abzusagen. Habt ihr verstanden?* Sie darf heute abend nicht im Bürgerzentrum sprechen! *Ihr könnt Ed nicht aufhalten, und ihr dürft nicht wagen, in die Nähe von Atropos zu kommen, also müßt ihr Susan Day aufhalten.]*

Ralph: *[»Aber –«]*

Nicht das zunehmende Sonnenlicht verschloß ihm den Mund, auch nicht der Ausdruck panischer Angst in den Gesichtern der kleinen kahlköpfigen Ärzte. Es war Lois. Sie legte ihm eine Hand auf die Wange und schüttelte knapp aber entschlossen den Kopf.

[»Nichts mehr. Wir müssen runter, Ralph. Sofort.«]

Fragen kreisten in seinem Kopf wie Moskitos, aber wenn sie sagte, daß keine Zeit mehr war, dann war keine Zeit mehr. Er betrachtete die Sonne, stellte fest, daß sie ganz über den Horizont gestiegen war, und nickte. Er legte ihr den Arm um die Taille.

Klotho, ängstlich: *[Laßt uns nicht im Stich, Ralph und Lois.]*

Ralph: *[»Sparen Sie sich die Durchhalteparolen, Kleiner. Dies ist kein Footballspiel.«]*

Bevor einer von ihnen antworten konnte, machte Ralph die Augen zu und konzentrierte sich darauf, in die Welt der Kurzfristigen zurückzuspringen.

Kapitel 19

I

Dieses Gefühl des *Blinzelns* stellte sich wieder ein, und ein kalter Morgenwind wehte ihm ins Gesicht. Ralph schlug die Augen auf und betrachtete die Frau neben sich. Nur einen Augenblick konnte er ihre Aura sehen, die hinter ihr wehte wie der Gazeüberrock eines Ballkleids, und dann war sie wieder nur Lois, die zwanzig Jahre jünger aussah als vor einer Woche ... und in ihrem leichten Herbstmantel und dem guten Ausgehkleid extrem fehl am Platze hier oben auf dem geteerten Schotterdach des Krankenhauses.

Ralph nahm sie fester in den Arm, als sie zu zittern anfing. Von Lachesis und Klotho war keine Spur zu sehen.

Obwohl sie direkt neben uns stehen könnten, dachte Ralph. *Was sie wahrscheinlich auch tun.*

Plötzlich fiel ihm dieser Ausruf des Marktschreiers wieder ein, daß man bezahlen mußte, wenn man spielen wollte, also treten Sie näher, meine Herrschaften, und machen Sie Ihre Einsätze. Aber häufiger spielte man nicht, es wurde mit einem gespielt. Und es wurde einem übel mitgespielt. Aber weshalb hatte er dieses Gefühl gerade jetzt?

Weil es eine ganze Menge gibt, das du nie herausgefunden hast, sagte Carolyn in seinem Kopf. *Sie haben eine Menge interessante Abschweifungen zugelassen und haben dich vom Wichtigsten ferngehalten, bis es zu spät war, die Fragen zu stellen, die sie vielleicht nicht beantworten wollten ... und ich glaube nicht, daß so etwas versehentlich passiert, du?*

Nein. Er glaubte es auch nicht.

Das Gefühl, von unsichtbaren Händen in einen dunklen Tunnel gestoßen zu werden, wo alles möglich war, war jetzt stärker. Das Gefühl, manipuliert zu werden. Er fühle sich klein ... und verwundbar ... und stinksauer.

»N-nun, wir sind wieder d-d-da«, sagte Lois zähneklappernd. »Was meinst du, wie spät ist es?«

Er schätzte sechs Uhr, aber als er auf die Uhr sah, stellte er ohne Überraschung fest, daß sie stehengeblieben war. Er konnte sich nicht erinnern, wann er sie zum letztenmal aufgezogen hatte. Wahrscheinlich am Dienstag morgen.

Er folgte Lois' Blick nach Südwesten und sah das Bürgerzentrum wie eine Insel im Meer der Parkplätze. Jetzt, wo das frühmorgendliche Sonnenlicht sich grell in den gekrümmten Scheiben spiegelte, sah es wie eine übergroße Version des Bürogebäudes aus, in dem George Jetson arbeitete. Das riesige Leichentuch, das es noch vor wenigen Augenblicken eingehüllt hatte, war verschwunden.

O nein, das ist es nicht. Mach dir nichts vor, Junge. Du kannst es im Augenblick vielleicht nicht sehen, aber es ist noch da.

»Früh«, sagte er und zog sie enger an sich, als der böige Wind ihm das Haar aus der Stirn wehte – Haar, in dem jetzt fast ebenso viel Schwarz wie Weiß zu sehen war. »Aber ich glaube, es wird schneller spät werden, als uns lieb ist.«

Sie verstand, was er meinte, und nickte. »Wo sind L-Lachesis und K-K –«

»Auf einer Ebene, wo einem bei dem Wind nicht der Arsch abfriert, denke ich. Komm mit. Laß uns eine Tür suchen und von diesem Dach verschwinden.«

Sie blieb aber noch einen Augenblick, wo sie war, und sah zitternd über die Stadt. »Was hat er getan?« fragte sie mit leiser Stimme. »Wenn er keine Bombe gelegt hat, was *kann* er getan haben?«

»Vielleicht *hat* er eine Bombe gelegt, und die Spürhunde mit den trainierten Nasen haben sie nur noch nicht gefunden. Oder vielleicht handelt es sich um etwas, auf das die Hunde nicht abgerichtet sind. Ein Kanister im Gebälk – etwas Teuflisches, das Ed in der Badewanne zurechtgemixt hat. Schließlich hat er mit Chemie seinen Lebensunterhalt verdient ... jedenfalls bis er seinen Job aufgegeben hat und hauptberuflicher Psychopath geworden ist. Möglicherweise hat er vor, sie wie Ratten zu vergasen.«

»Mein Gott, Ralph!« Sie drückt die Hand oberhalb des Busens auf die Brust und sah ihn mit großen, betroffenen Augen an.

»Komm schon, Lois. Laß uns von diesem verdammten Dach runtergehen.«

Diesmal kam sie bereitwillig mit. Ralph führte sie zur Tür des Dachs ... die, wie er inbrünstig hoffte, unverschlossen sein würde.

»Zweitausend Menschen«, stöhnte sie fast, als sie die Tür erreicht hatten. Ralph verspürte Erleichterung, als sich der Türknauf unter seinen Fingern drehte, aber Lois ergriff sein Handgelenk mit eiskalten Fingern, bevor er die Tür öffnen konnte. »Vielleicht haben diese kleinen Männer gelogen, Ralph – vielleicht haben sie ihre eigenen Eisen im Feuer, etwas, das wir nicht einmal begreifen können, und sie haben gelogen.«

»Ich glaube, sie *können* nicht lügen«, sagte er langsam. »Das ist das Teuflische, Lois – ich glaube nicht, daß sie es können. Und dann das da.« Er deutete auf das Bürgerzentrum, auf die schwarze Membran, die sie nicht sehen konnten, die aber trotzdem, wie sie beide wußten, noch da war. Lois drehte sich nicht um. Statt dessen legte sie ihre kalte Hand auf seine, zog die Dachtür auf und ging die Treppe hinunter.

2

Ralph machte die Tür am unteren Ende der Treppe auf, sah in den Flur des fünften Stocks, stellte fest, daß keine Menschenseele zu sehen war und zog Lois aus dem Treppenhaus. Sie gingen gemeinsam zu den Fahrstühlen, doch dann blieben sie vor einer Tür stehen, neben der an der Wand mit grellroten Buchstaben ÄRZTEZIMMER geschrieben stand. Das war das Zimmer, das sie beim Aufsteigen mit Klotho und Lachesis gesehen hatten – Drucke von Winslow Homer hingen schief an den Wänden, eine Silex stand auf einer Kochplatte, gräßliche Swedish Modern Möbel. Im Augenblick hielt sich niemand in dem Zimmer auf, aber der an der Wand festgeschraubte Fernseher lief trotzdem, und ihre alte Freundin Lisette Benson verlas die Frühnachrichten. Ralph mußte an den Tag denken, als er mit Lois und Bill in Lois' Wohnzimmer gesessen, Makkaroni mit Käse gegessen und im Fernsehen Lisettes Bericht über die Demonstration gesehen hatte, bei der mit falschem Blut gefüllte Puppen auf das Gebäude von WomanCare geworfen worden waren. Das war noch keinen Monat her, schien aber eine Ewigkeit zurückzuliegen. Plötzlich fiel ihm ein, daß Bill McGovern nie wieder Lisette Benson sehen oder vergessen würde, die Eingangstür abzuschließen, und ein Gefühl des Verlusts, so kalt und heftig wie ein Windstoß im November, durchfuhr ihn. Er konnte es nicht richtig glauben, jedenfalls noch nicht. Wie hatte Bill so schnell und unzeremoniell sterben können? *Es hätte ihm ganz und gar nicht gefallen,* dachte er, *und nicht nur, weil es seiner Ansicht nach schlechten Geschmack bewiesen hätte, in einem Krankenhausflur an einem Herzanfall zu sterben. Seiner Ansicht nach wäre es auch eines Schmierentheaters würdig gewesen.*

Aber er hatte gesehen, wie es geschehen war, und Lois hatte sogar gespürt, was an Bills Innerem gefressen hatte. Dabei mußte Ralph an das Leichentuch denken, welches das Bürgerhaus umgab, und was dort geschehen würde, sollte es ihnen nicht gelingen, die Rede zu verhindern. Er wollte weiter Richtung Fahrstuhl gehen, aber Lois hielt ihn zurück. Sie betrachtete fasziniert den Fernseher.

»– werden große Erleichterung verspüren, wenn die für heute abend geplante Rede der feministischen Abtreibungsbefürworterin Susan Day vorbei ist«, sagte Lisette Benson, »aber die Polizisten werden nicht die *einzigen* sein, die so denken. Offenbar macht sich sowohl unter Befürwortern wie Gegnern die Belastung bemerkbar, ständig am Rand einer Konfrontation zu leben. John Kirkland ist heute morgen live im Bürgerzentrum, und er kann Näheres berichten. John?«

Der blasse, ernste Mann, der neben Kirkland stand, war Dan Dalton. Er trug einen Button am Hemd, auf dem ein Skalpell zu sehen war, das auf ein Baby herabstieß, welches die Beine in Embryonalhaltung angezogen hatte. Das Bild war von einem roten Kreis umgeben und von einer diagonalen roten Linie durchzogen. Ralph konnte ein halbes Dutzend Polizeiautos und zwei Übertragungswagen von Nachrichtenteams sehen, einen mit dem Logo von NBC auf der Seite im Bildhintergrund. Ein uniformierter Beamter mit zwei Hunden – einem Bluthund und einem deutschen Schäferhund – an der Leine ging über den Rasen.

»Ganz recht, Lisette, ich befinde mich hier vor dem Bürgerzentrum, wo man die Stimmung mit den Schlagworten Besorgnis und stumme Entschlossenheit beschreiben könnte. Bei mir befindet sich Dan Dalton, Präsident der Organisation Friends of Life, die sich so vehement gegen die Rede von Ms. Day eingesetzt hat. Mr. Dalton, würden Sie dieser Einschätzung der Situation zustimmen?«

»Daß hier eine Menge Besorgnis und Entschlossenheit in der Luft liegen?« fragte Dalton. Ralph fand, sein Lächeln sah nervös und betrübt aus. »Ja, so könnte man es wohl ausdrücken. Wir sind *besorgt,* daß es Susan Day, einer der schlimmsten nicht zur Verantwortung gezogenen Kriminellen dieses Landes, gelingen wird, das zentrale Thema hier zu verschleiern, nämlich die Ermordung von zwölf bis vierzehn hilflosen ungeborenen Kindern jeden Tag.«

»Aber Mr. Dalton –«

»Und«, unterbrach ihn Dalton, »wir sind *entschlossen,* einer aufmerksamen Nation zu beweisen, daß wir nicht bereit sind, gute Nazis zu sein, daß wir keinen Kniefall vor der Religion der *political correctness* – der politischen Korrektheit – machen.«

»Mr. Dalton –«

»Außerdem sind wir entschlossen, einer aufmerksamen Nation zu zeigen, daß einige von uns immer noch imstande sind, für ihre Überzeugungen einzutreten und die heilige Verantwortung zu übernehmen, die uns ein gütiger Gott –«

»Mr. Dalton, planen die Friends of Life hier einen gewalttätigen Protest?«

Das brachte ihn einen Moment zum Schweigen und verbannte zumindest vorübergehend die aufgestaute Energie aus seinem Gesicht. Und da sah Ralph etwas Erschreckendes: Unter der aufgeplusterten Maske litt Dalton Todesangst.

»Gewalt?« sagte er schließlich. Er sprach das Wort vorsichtig aus, als könnte er sich daran den Mund verbrennen. »Großer Gott, nein. Die Friends of Life lehnen die Theorie ab, daß man Unrecht mit Unrecht vergelten sollte. Wir haben vor, eine massive Kundgebung zu organisieren – dazu bekommen wir Unterstützung von Abtreibungsgegnern aus Augusta, Portland, Portsmouth und sogar aus Boston –, aber zu gewalttätigen Ausschreitungen wird es nicht kommen.«

»Was ist mit Ed Deepneau? Können Sie auch für ihn sprechen?«

Daltons ohnehin schon zu einem schmalen Saum zusammengepreßte Lippen, schienen völlig zu verschwinden. »Mr. Deepneau gehört den Friends of Life nicht mehr an«, sagte er. Ralph glaubte, Angst und Zorn aus Daltons Tonfall herauszuhören. »Dasselbe gilt für Frank Felton, Sandra McKay und Charles Pickering, falls Sie das fragen wollten.«

John Kirklands Blick in die Kamera war kurz und vielsagend. Er sagte, daß er Dan Dalton für vollkommen übergeschnappt hielt.

»Wollen Sie damit sagen, daß Ed Deepneau und die anderen Personen – tut mir leid, aber ich kenne sie nicht – eine eigene Fraktion von Abtreibungsgegnern gebildet haben? Eine Art Splittergruppe?«

»Wir sind nicht gegen die Abtreibung, wir sind *für das Leben!«* schrie Dalton. »Das ist ein Riesenunterschied, den ihr Reporter aber nicht zu begreifen scheint!«

»Tut mir leid. Sie wissen also nichts über den Verbleib von Ed Deepneau, oder was – wenn überhaupt – er vorhaben könnte?«

»Ich weiß nicht, wo er ist, mir ist es egal, wo er ist, und mich interessieren auch nicht seine *Splittergruppen.«*

Aber du hast Angst, dachte Ralph. *Und wenn ein selbstgefälliger kleiner Arsch wie du Angst hat, dann müßte ich Todesangst haben.*

Dalton lief davon. Kirkland, der offenbar überzeugt schien, daß er ihn noch nicht völlig ausgewrungen hatte, folgte ihm und schüttelte dabei sein Mikrofonkabel aus.

»Aber stimmt es nicht, Mr. Dalton, daß Ed Deepneau als Mitglied der Friends of Life *mehrere* gewalttätige Protestkundgebungen organisierte, einschließlich der vom letzten Monat, als mit falschem Blut gefüllte Puppen geworfen wurden –«

»Ihr seid alle gleich, was?« fragte Dan Dalton. »Ich werde für Sie beten, mein Freund.« Er stapfte davon.

Kirkland sah ihm einen Moment nachdenklich hinterher, dann drehte er sich wieder zur Kamera um. »Wir haben versucht, Mr. Daltons Gegenspielerin Gretchen Tillbury zu einem Interview zu bekommen – sie hat die gewaltige Aufgabe übernommen, dieses Ereignis für WomanCare zu koordinieren –, aber sie stand nicht für Gespräche zur Verfügung. Unseren Informationen zufolge hält sich Ms. Tillbury in High Ridge auf, einem Frauenhaus und Übergangszentrum, das WomanCare angeschlossen ist und von dort auch verwaltet wird. Sie und ihre Mitarbeiterinnen halten sich vermutlich dort auf und treffen die letzten Vorbereitungen für eine, wie sie hoffen, friedliche, gewaltfreie Veranstaltung heute abend im Bürgerzentrum.«

Ralph sah Lois an und sagte: »Okay – jetzt wissen wir wenigstens, wohin wir gehen.«

Das Fernsehbild zeigte wieder Lisette Benson im Studio. »John, gibt es im Bürgerzentrum Hinweise auf tatsächliche gewaltsame Übergriffe?«

Schnitt zu Kirkland, der seine ursprüngliche Position vor den Polizeiautos wieder eingenommen hatte. Er hielt ein kleines, bedrucktes weißes Rechteck vor seine Krawatte. »Nun, private Sicherheitskräfte fanden heute morgen kurz nach Anbruch der Dämmerung Hunderte dieser Karteikarten auf dem Rasen vor dem Bürgerzentrum. Ein Wachmann behauptet, daß er das Fahrzeug gesehen hat, aus dem sie geworfen wurden. Es soll sich um einen Cadillac aus den späten sechziger Jahren gehandelt haben, entweder braun oder schwarz. Er konnte sich die Nummer nicht merken, sagte aber etwas von einem Stoßstangenaufkleber mit der Aufschrift ABTREIBUNG IST MORD UND KEINE FREIE ENTSCHEIDUNG.«

Ins Studio, wo Lisette Benson einen mächtig interessierten Eindruck machte. »Was steht auf diesen Karten, John?«

Zurück zu Kirkland.

»Man muß wohl sagen, daß es sich um eine Art Rätsel handelt.« Er betrachtete die Karte. »›Wenn Sie eine mit zwei Kugeln geladene Waffe haben und sich in einem Zimmer mit Hitler, Stalin und einer Abtreibungsbefürworterin befinden, was tun Sie?‹« Kirkland sah wieder in die Kamera und sagte: »Die Antwort steht auf der Rückseite, Lisette, und sie lautet: ›Sie schießen zweimal auf die Abtreibungsbefürworterin.‹

Das war John Kirkland mit einem Livebericht vom Bürgerzentrum in Derry.«

3

»Ich verhungere«, sagte Lois, während Ralph den Oldsmobile vorsichtig die zahlreichen Rampen des Parkhauses hinuntersteuerte, die sie angeblich ins Freie bringen sollten ... das heißt, wenn Ralph keines der Ausfahrtsschilder übersah. »Und wenn das übertrieben ist, dann nicht viel.«

»Ich auch«, sagte Ralph. »Und wenn man bedenkt, daß wir seit Dienstag nichts mehr gegessen haben, war das eigentlich zu erwarten. Wir gehen auf dem Weg nach High Ridge gut frühstücken.«

»Haben wir denn die Zeit?«

»Wir *nehmen* uns die Zeit. Schließlich kann keine Armee mit leerem Magen kämpfen.«

»Da hast du wohl recht, obwohl ich mir nicht sehr armeemäßig vorkomme. Weißt du, wo –«

»Sei mal einen Moment still, Lois.«

Er brachte den Oldsmobile zum Stillstand, stellte das Automatikgetriebe auf Parken und lauschte. Unter der Haube ertönte ein Klicken, das ihm nicht besonders gefiel. Selbstverständlich verstärkten Betonwände in Gebäuden wie diesem hier jedes Geräusch, aber trotzdem ...

»Ralph?« fragte sie nervös. »Sag mir nicht, daß etwas mit dem Auto nicht stimmt. Alles, nur das nicht, okay?«

»Ich glaube, es ist alles in Ordnung«, sagte er und kroch wieder dem Tageslicht entgegen. »Seit Carolyns Tod bin ich einfach nicht mehr an die gute alte Nellie gewöhnt. Ich habe vergessen, was für Geräusche sie macht. Du wolltest mich etwas fragen, oder nicht?«

»Ob du weißt, wo sich das Frauenhaus befindet. High Ridge.«

Ralph schüttelte den Kopf. »Irgendwo in der Nähe der Stadtgrenze von Newport, mehr weiß ich nicht. Ich glaube, sie dürfen mir auch nicht sagen, wo genau es liegt. Ich dachte, vielleicht hättest du es gehört.«

Lois schüttelte den Kopf. »Gott sei Dank mußte ich nie in so einem Haus Zuflucht suchen. Wir müssen sie anrufen. Diese Tillbury. Du hast sie mit Helen kennengelernt, also kannst du mit ihr reden. Dir wird sie zuhören.«

Sie warf ihm einen kurzen Blick zu, bei dem ihm warm ums Herz wurde – *jeder bei klarem Verstand würde dir zuhören, Ralph,* sagte der Blick –, aber Ralph schüttelte den Kopf. »Ich wette, sie nimmt heute nur Anrufe entgegen, die vom Bürgerzentrum kommen oder von dort, wo sich Susan Day gerade aufhält.« Er warf ihr einen Blick zu. »Weißt du, diese Frau hat wirklich Mumm, hierherzukommen. Entweder das, oder sie ist eine dumme Kuh.«

»Wahrscheinlich von beidem ein bißchen. Wenn Gretchen Tillbury keine Anrufe entgegennimmt, wie sollen wir dann mit ihr Verbindung aufnehmen?«

»Nun, ich will dir was sagen. Ich bin den größten Teil dessen, was Faye Chapin mein wirkliches Leben nennen würde, Vertreter gewesen, und ich denke, ich habe immer noch ein paar gute Ideen, wenn es drauf ankommt.« Er dachte an die Dame mit der orangefarbenen Aura am Informationsschalter und grinste. »Und vielleicht sogar überzeugende.«

»Ralph?« Ihre Stimme klang piepsig.

»Was, Lois?«

»Mir kommt dies hier wie das wirkliche Leben vor.«

Er tätschelte ihre Hand. »Ich weiß, was du meinst.«

4

Ein vertrautes hageres Gesicht sah aus dem Kartenhäuschen des Krankenhausparkhauses; ein vertrautes Grinsen – aus dem mindestens ein halbes Dutzend Zähne desertiert waren – breitete sich darauf aus.

»Eeeeh, Ralph, bist du das? Isses die Möglischkeit? Schön! Schön!«

»Trigger?« fragte Ralph langsam. »Trigger Vachon?«

»Kein annerer!« Trigger schüttelte das fettige braune Haar aus der Stirn, damit er Lois besser sehen konnte. »Und wer ist diese reizende Blume? Isch kenn sie von irgendwo 'er, der Teufel soll misch 'olen, wenn's nischt so ist!«

»Lois Chasse«, sagte Ralph und holte den Parkschein, den er an der Sonnenblende festgeklemmt hatte. »Du hast vielleicht ihren Mann Paul gekannt –«

»Verdammt rischtisch, das 'ab isch!« schrie Trigger. Damals, neunzehnsibbenzisch oder einundsibbenzisch sind wir am Wochenende immer rumgezogen! Mehr als einmal bis zur Sperrstunde in Nan's Tavern! 'immel Arsch! Wie geht es Paul 'eute so, Ma'am?«

»Mr. Chasse ist vor etwas mehr als zwei Jahren von uns gegangen«, sagte Lois.

»O verdammt! Tut mir leid, das zu 'ören. War ein dufter Kumpel, Paul Chasse. Wirklisch ein rundum dufter Kumpel. Alle 'aben ihn gemocht.« Trigger sah so betroffen aus, als hätte sie ihm gesagt, daß es erst heute morgen passiert sei.

»Danke, Mr. Vachon.« Lois sah auf die Uhr, dann Ralph an. Ihr Magen knurrte, als wollte er das letzte Wort zu dem Thema beisteuern.

Ralph reichte seinen Parkschein durch das offene Fenster des Autos, und als Trigger ihn nahm, wurde ihm bewußt, der Datumsstempel würde zeigen, daß er und Lois seit Dienstagabend hier waren. Fast sechzig Stunden.

»Was ist mit der chemischen Reinigung geworden, Trig?« fragte er hastig.

»Ahhh, 'am misch entlassen«, sagte Trigger. »'am fast alle entlassen. Zuerst war isch 'n bißschen traurisch, aber letzten April 'ab isch 'ier angefangen, und … ehhh! Gefällt mir viel besser. 'ab 'nen kleinen Fernse'er, wenn nix los is', und 'ier 'upt keiner, wenn isch nischt sofort losfahr, wenne Ampel grün wird, oder schneidet misch draußen auf der Extension. Alle 'ams eilig, wo'in zu kommen, nur warum weiß isch nischt. Außerdem will isch dir was sagen, Ralph: Im Winter war der Scheißlastwagen kälter als 'exentitten. Pardon, Ma'am.«

Lois antwortete nicht. Sie schien mit größtem Interesse die Rückseite ihrer Hände zu studieren. Derweil sah Ralph erleichtert, wie Trigger den Parkschein zusammenknüllte und in den Mülleimer warf, ohne auch nur einen Blick auf Datum- und Uhrzeitstempel zu werfen. Er drückte einen Knopf der Registrierkasse, worauf in beiden Fenstern ein Schild mit der Aufschrift $ 0,00 hochschnellte.

»Mensch, Trig, das ist echt nett von dir«, sagte Ralph.

»Ehhh, nischt der Rede wert«, sagte Trigger und drückte mit großer Geste einen weiteren Knopf. Die Schranke vor der Kabine ging in die Höhe. »Schön, disch zu sehen. Letztesmal war draußen beim Flug'afen. Daran erinnerste disch noch, was? War 'eißer als inner 'ölle, und die beiden Typen sind einander fast anne 'älse gegangen. Und dann 'ats geregnet wie der Teufel. Und ge'agelt. Du warst zu Fuß, und isch 'ab disch nach 'ause gefahren.« Er sah Ralph eingehender an. »Siehst 'eute viel besser aus als damals, Ralphie, das kann isch dir sagen. Verdammt, siehst kein' Tag älter als fünfundfünfzisch aus. Schön!«

Lois' Magen knurrte wieder, diesmal lauter. Sie betrachtete weiter ihre Handrücken.

»Ich fühle mich aber ein bißchen älter«, sagte Ralph. »Hör zu, Trig, es war schön, dich zu sehen, aber wir müssen –«

»Verdammt«, sagte Trigger, und seine Augen sahen in die Ferne. »Isch wollte dir was sagen, Ralph. *Glaub* ich jedenfalls. Wegen diesem Tag. 'errje, 'ab isch 'n dummen alten Kopf!«

Ralph wartete noch einen Moment unbehaglich zwischen Ungeduld und Neugier. »Mach dir nichts draus, Trig. Ist schon lange her.«

»Aber *was*, zum Teufel …?« fragte Trigger sich selbst. Er sah zur Decke seiner kleinen Kabine, als könnte die Antwort dort geschrieben stehen.

»Ralph, wir müssen los«, sagte Lois. »Und nicht nur wegen dem Frühstück.«

»Ja. Du hast recht.« Er ließ den Oldsmobile langsam anrollen. »Wenn es dir wieder einfällt, Trig, ruf mich an. Ich steh im Telefonbuch. War schön, dich zu sehen.«

Trigger Vachon schenkte ihm überhaupt keine Beachtung; tatsächlich schien er gar nicht mehr zu merken, daß Ralph noch da war. »War es was, das wir *gese'en* 'aben?« wollte er von der Decke wissen. »Oder was wir *getan* 'aben? Mann!«

Er sah immer noch zur Decke und kratzte sich das dünne Haar im Nacken, als Ralph nach links abbog, zum Abschied grüßend die Hand hob und den alten Oldsmobile mit einem letzten Winken den Hospital Drive hinunter zu dem flachen Backsteingebäude von WomanCare steuerte.

5

Nachdem die Sonne aufgegangen war, stand nur noch ein Wachmann da, und die Demonstranten hatten sich ganz verzogen. Ihre Abwesenheit rief in Ralph Erinnerungen an alle Dschungelfilme wach, die er in seiner Jugend gesehen hatte, besonders an den Teil, wo die Trommeln der Eingeborenen verstummten und der Held – Jon Hall oder Frank Buck – sich zum Anführer seiner Träger umdrehte und sagte, daß ihm das nicht gefiele, daß es zu still sei. Der Wächter zog ein Notizbrett unter dem Arm hervor, betrachtete Ralphs Olds mit verkniffenen Augen und schrieb etwas auf – wahrscheinlich die Autonummer. Dann kam er auf dem mit Karteikarten übersäten Rasen auf sie zugeschlurft.

Zu dieser frühen Morgenstunde konnte sich Ralph einen Parkplatz gegenüber dem Gebäude aussuchen. Er parkte, stieg aus und ging um das Auto herum, um Lois die Tür zu öffnen, wie er es gelernt hatte.

»Wie willst du es machen?« fragte sie, als er ihr die Hand reichte und aus dem Auto half.

»Wahrscheinlich müssen wir ein bißchen nett sein, aber wir wollen es nicht übertreiben. Richtig?«

»Richtig.« Sie strich nervös mit der Hand an der Vorderseite ihres Mantels hinunter, als sie über den Rasen gingen, dann strahlte sie dem Wachmann ein Megawattlächeln entgegen. »Guten Morgen, Officer.«

»Morgen.« Er sah auf die Uhr. »Ich glaube nicht, daß um diese Zeit jemand da ist, außer der Dame am Empfang und der Putzfrau.«

»Genau zu der Dame am Empfang möchten wir«, sagte Lois fröhlich. Das war neu für Ralph. »Barbie Richards. Ihre Tante Simone hat eine Nachricht, die ich ihr überbringen soll. Sehr wichtig. Sagen Sie ihr, es ist Lois Chasse.«

Der Wachmann dachte darüber nach, dann nickte er in Richtung der Tür. »Das wird nicht nötig sein. Gehen Sie ruhig rein, Ma'am.«

Lois sagte strahlender lächelnd denn je: »Wir werden keine zwei Minuten brauchen, oder, Norton?«

»Eher anderthalb«, stimmte Ralph zu. Als sie sich dem Gebäude näherten und den Wachmann hinter sich zurückließen, beugte er sich zu ihr und murmelte: »Norton? Großer Gott, Lois, *Norton?*«

»Das war der erste Name, der mir eingefallen ist«, antwortete sie. »Ich schätze, ich habe an *The Honeymooners* gedacht – Ralph und Norton, weißt du noch?«

»Ja«, sagte er. »Eines Tages, Alice ... peng! Bis zum Mond!«

Zwei der drei Türen waren verschlossen, aber die ganz links ging auf, und sie traten ein. Ralph drückte Lois' Hand und spürte, wie sie den Druck erwiderte. Im gleichen Augenblick spürte er, wie seine Aufmerksamkeit stark gebündelt wurde und sein Wille und seine Konzentration sich verstärkten. Rings um ihn herum schien das Auge der Welt zuerst zu blinzeln und dann weit aufgeschlagen zu werden. Um sie beide herum.

Der Empfangsbereich war schmucklos, fast nüchtern. Die Wände bestanden aus druckbehandeltem Fichtenholz, die Sessel und Sofas waren streng und zweckdienlich, das dekorative Beiwerk gedämpft. Bei den Plakaten an den Wänden handelte es sich um den Typus, den die Fremdenverkehrsämter fremder Länder gegen Portoerstattung verschickten. Die einzige Ausnahme befand sich rechts von der Rezeption: ein großes Schwarzweißfoto einer jungen Frau im Umstandskleid. Sie saß auf einem Barhocker und hielt ein Martiniglas in einer Hand. WENN SIE SCHWANGER SIND, TRINKEN SIE

NIE ALLEIN! lautete die Legende unter dem Foto. Nichts deutete darauf hin, daß in einem oder mehreren Zimmern hinter diesem freundlichen, unaufdringlichen Büro auf Verlangen Abtreibungen durchgeführt wurden.

Nun, dachte Ralph, *was hast du erwartet? Eine Werbung? Ein Plakat mit abgetriebenen Föten in einem emaillierten Mülleimer zwischen einem Plakat mit der Insel Capri und einem mit den italienischen Alpen drauf? Komm zu dir, Ralph.*

Links von ihnen wusch eine kräftige Frau Ende vierzig oder Anfang Fünfzig die Platte eines Glastischs ab; neben ihr stand ein kleiner Wagen mit verschiedenen Putzmitteln. Sie steckte in einer dunkelblauen Aura mit ungesunden schwarzen Flecken, die wie unheimliche Insekten über den Stellen ausschwärmten, wo sich Herz und Lungenflügel befanden, und sie sah die Neuankömmlinge mit unverhohlenem Argwohn an.

Direkt vor ihnen beobachtete eine andere Frau sie vorsichtig, allerdings nicht so argwöhnisch wie die Putzfrau. Ralph kannte sie vom Fernsehbericht am Tag der Demonstration mit den Puppenwürfen. Simone Castonguays Nichte war dunkelhaarig, um die Fünfunddreißig und sah selbst zu dieser frühen Morgenstunde atemberaubend aus. Sie saß hinter einem nüchternen Schreibtisch aus grauem Metall, der einen krassen Gegensatz zu ihrem Aussehen bildete, und inmitten einer waldgrünen Aura, die bei weitem gesünder als die der Putzfrau aussah. Auf einer Ecke des Schreibtischs stand eine Glasvase mit Herbstblumen.

Sie lächelte ihnen zögernd zu, ohne Lois zu erkennen, und deutete mit dem Finger auf die Uhr an der Wand. »Wir öffnen erst um acht«, sagte sie. »und ich glaube nicht, daß wir Ihnen heute helfen könnten. Sämtliche Ärzte sind abwesend – ich meine, Dr. Hamilton hat offiziell Dienst, aber ich bin nicht einmal sicher, ob ich sie erreichen könnte. Es ist eine Menge los – dies ist ein großer Tag für uns.«

»Ich weiß«, sagte Lois und drückte Ralphs Hand noch einmal, bevor sie sie losließ. Einen Augenblick hörte er ihre Stimme in seinem Geist, ganz leise – wie bei einem Überseetelefongespräch mit schlechter Verbindung –, aber verständlich:

[»Bleib, wo du bist, Ralph. Sie hat –«]

Lois schickte ihm ein Bild, das noch schwächer als der Gedanke und fast wieder verschwunden war, ehe Ralph es richtig erfassen konnte. Diese Art von Kommunikation fiel auf den höheren Ebenen wesentlich leichter, aber was er mitbekam, reichte aus. Die Hand, mit der Barbara Richards auf die Uhr gedeutet hatte, ruhte jetzt auf dem Schreibtisch, aber die andere hatte sie darunter, wo sich ein kleiner weißer Knopf neben der Knieöffnung befand. Sollte einer von ihnen das geringste Anzeichen seltsamen Verhaltens erkennen lassen, würde sie diesen Knopf drücken und zuerst ihren Freund mit dem Notizbrett rufen und danach den größten Teil der privaten Sheriffs in Derry.

Und mich betrachtet sie mit ganz besonderem Argwohn, weil ich ein Mann bin, dachte Ralph.

Als Lois sich dem Schreibtisch näherte, kam Ralph ein beunruhigender Gedanke: Angesichts der momentanen Atmosphäre in Derry, könnte diese Form der Geschlechterdiskriminierung – unbewußt, aber deshalb nicht weniger real – diese hübsche junge Frau in Gefahr bringen; sie könnte verletzt ... möglicherweise sogar getötet werden. Er erinnerte sich, wie Leydecker ihm sagte, daß sich in Eds kleinem Kader von Mitverrückten auch eine Frau befand. *Blasser Teint,* hatte er gesagt, *schlimme Akne, so dicke Brillengläser, daß ihre Augen wie pochierte Eier aussehen.* Sandra Sowieso hieß sie. Und wenn Sandra Sowieso sich Ms. Richards Schreibtisch genähert hätte, wie Lois sich ihm jetzt näherte, wenn sie zuerst die Handtasche geöffnet und dann hineingegriffen hätte, würde die Frau mit der waldgrünen Aura dann den Alarmknopf gedrückt haben?

»Wahrscheinlich erinnerst du dich nicht an mich, Barbara«, sagte Lois, »weil ich dich selten gesehen habe, seit du das College besucht hast; damals bist du mit dem jungen Sparkmeyer ausgegangen –«

»O mein Gott, Lennie Sparkmeyer, an den hab ich seit Jahren nicht mehr gedacht«, sagte Barbara Richards und stieß ein kurzes, verlegenes Lachen aus. »Aber ich erinnere mich an Sie. Lois Delancey. Tante Simones Pokerpartnerin. Spielt ihr immer noch?«

»Ich heiße Chasse, nicht Delancey, und wir spielen noch.« Lois klang hocherfreut, weil Barbara sich an sie erinnerte, und Ralph hoffte, sie würde darüber nicht vergessen, weshalb sie eigentlich hier waren. Aber er hätte sich keine Sorgen machen müssen. »Wie dem auch sei, Simone hat mir eine Nachricht für Gretchen Tillbury aufgetragen.« Sie holte einen Zettel aus der Handtasche. »Ob du ihr die wohl geben könntest?«

»Ich bezweifle stark, daß ich heute auch nur mit Gretchen Tillbury telefonieren könnte«, sagte Ms. Richards. »Sie ist so beschäftigt wie wir alle. Noch mehr.«

»Kann ich mir denken.« Lois stieß ein erstaunlich echtes kurzes Lachen aus. »Ich denke, es hat auch keine Eile. Gretchen hat eine Nichte, die ein Stipendium für die Universität von New Hampshire bekommen hat. Ist dir auch schon aufgefallen, daß sich die Leute viel mehr Mühe geben, wenn sie schlechte Nachrichten überbringen müssen? Seltsam, nicht?«

»Kann schon sein«, sagte Ms. Richards und streckte die Hand nach dem zusammengelegten Zettel aus. »Wie auch immer, ich werde es gern in Gretchens –«

Lois ergriff ihr Handgelenk, und ein Blitz grauen Lichts – so grell, daß Ralph die Augen zukneifen mußte, um nicht geblendet zu werden – raste an Arm, Schultern und Hals der Frau hinauf. Er waberte kurz als Heiligenschein um ihren Kopf, dann verschwand er.

Nein, dachte Ralph. *Er ist nicht verschwunden, er ist eingesunken.*

»Was war das?« fragte die Putzfrau mißtrauisch. »Was war das für ein Knall?«

»Eine Fehlzündung«, sagte Ralph. »Mehr nicht.«

»Hm«, sagte sie. »Ihr verfluchten Männer glaubt, daß ihr alles wißt. Hast du das gehört, Barbie?«

»Ja«, sagte Ms. Richards. Für Ralph hörte sie sich völlig normal an, und er wußte, die Putzfrau würde den perlgrauen Nebel nicht sehen können, der jetzt in ihren Augen wallte. »Ich glaube, er hat recht, aber würdest du trotzdem draußen bei Peter nachsehen? Wir können gar nicht vorsichtig genug sein.«

»Auf jeden *Fall*«, sagte die Putzfrau. Sie stellte die Flasche Windex weg, marschierte zur Tür (schenkte Ralph einen letzten, finsteren Blick, der sagte: *Du bist alt, aber ich gehe jede Wette ein, daß du irgendwo da unten noch einen Penis hast)* und ging hinaus.

Kaum war sie fort, beugte sich Lois über den Schreibtisch. »Barbara, mein Freund und ich müssen noch heute morgen mit Gretchen sprechen«, sagte sie. »Persönlich.«

»Sie ist nicht hier. Sie ist in High Ridge.«

»Sag uns, wie wir dorthin kommen.«

Ms. Richards' Blick wanderte zu Ralph. Der fand ihre grauen, pupillenlosen Augenhöhlen durch und durch beunruhigend. Als würde man eine klassische Statue ansehen, die irgendwie zum Leben erwacht war. Auch ihre dunkelgrüne Aura war deutlich blasser geworden.

Nein, dachte er. *Sie wird nur vorübergehend von Lois' grauer überlagert, das ist alles.*

Lois drehte sich kurz um und folgte Barbara Richards' Blick zu Ralph, dann drehte sie sich wieder zu der jungen Frau um. »Ja, er ist ein Mann, aber das macht nichts, ich verspreche es. Wir wollen Gretchen Tillbury oder den Frauen in High Ridge nichts tun, aber wir müssen mit ihr reden, *also sag uns, wie wir dorthin kommen können.*« Sie berührte wieder ihre Hand, worauf ihr Grau wieder am Arm der jungen Frau hinaufschoß.

»Tu ihr nicht weh«, sagte Ralph.

»Nein, aber sie muß reden.« Sie beugte sich dichter zu Richards. »Wo ist es? Komm schon, Barbara.«

»Ihr fahrt auf der Route 33 aus Derry hinaus«, sagte sie. »Die alte Newport Road. Nach etwa zehn Meilen seht ihr ein großes rotes Farmhaus links. Zwei Scheunen stehen dahinter. Danach biegt ihr die erste links ab ...«

Die Putzfrau kam herein. »Peter hat nichts gehört –« Sie verstummte abrupt, weil ihr möglicherweise nicht gefiel, wie Lois sich über den Schreibtisch beugte, oder weil sie der leere Gesichtsausdruck ihrer Freundin beunruhigte.

»Barbara? Alles in Ord –«

»Seien Sie still«, sagte Ralph mit leiser, freundlicher Stimme. »Sie unterhalten sich.« Er ergriff den Arm der Putzfrau dicht über dem Ellbogen und verspürte dabei ein kurzes aber starkes Pulsieren von Energie. Einen Augenblick wurden alle Farben in der Welt heller. Die Putzfrau hieß Rachel Anderson. Sie war einmal mit einem Mann verheiratet gewesen, der sie oft und schwer verprügelt hatte, bis er vor acht Jahren verschwunden war. Heute hatte sie einen Hund und ihre Freundinnen bei WomanCare, und das genügte ihr.

»Aber sicher«, sagte Rachel Anderson mit verträumter, nachdenklicher Stimme. »Sie unterhalten sich, und Peter sagt, es ist alles in Ordnung, also sollte ich wohl besser still sein.«

»Das ist eine gute Idee«, sagte Ralph, der sie immer noch sanft am Oberarm hielt.

Lois sah sich rasch um und vergewisserte sich, daß Ralph die Situation unter Kontrolle hatte, dann wandte sie sich wieder Barbara Richards zu. »Nach dem Farmhaus mit den beiden Scheunen links abbiegen. Okay, das haben wir. Was dann?«

»Dann kommt ein Feldweg. Der führt bergauf – etwa eineinhalb Meilen – und endet an einem weißen Farmhaus. Das ist High Ridge. Es hat die schönste Aussicht –«

»Jede Wette«, sagte Lois. »Barbara, es war schön, dich wiederzusehen. Aber jetzt müssen mein Freund und ich –«

»War auch schön, Sie wiederzusehen, Lois«, sagte Ms. Richards mit abwesender, desinteressierter Stimme.

»Mein Freund und ich werden jetzt gehen. Es ist alles in Ordnung.«

»Gut.«

»Du mußt dich nicht daran erinnern«, sagte Lois.

»Auf keinen Fall.«

Lois wollte schon gehen, da drehte sie sich noch einmal um und nahm das Blatt Papier, das sie aus der Handtasche genommen hatte. Es war auf den Schreibtisch gefallen, als Lois das Handgelenk der Frau ergriffen hatte.

»Warum gehen Sie nicht wieder an die Arbeit, Rachel?« fragte Ralph die Putzfrau. Er ließ vorsichtig ihren Arm los, war aber jederzeit bereit, ihn wieder zu packen, sollte sie zu erkennen geben, daß sie einer erneuten Behandlung bedurfte.

»Ja, ich sollte besser weitermachen«, sagte sie etwas freundlicher. »Ich möchte bis Mittag hier fertig sein, damit ich nach

High Ridge fahren und mithelfen kann, Spruchbänder zu machen.«

Lois gesellte sich zu Ralph, während Rachel Anderson wieder zu ihrem Wägelchen mit Putzmitteln ging. Lois sah erstaunt und ein wenig erschüttert drein. »Mit ihnen ist doch alles in Ordnung, Ralph, oder?«

»Ja, ganz sicher. Geht es *dir* denn gut? Du wirst mir doch nicht ohnmächtig oder so?«

»Mir geht es gut. Kannst du dich an die Wegbeschreibung erinnern?«

»Freilich – sie meint das Gelände, das einmal Barrett's Orchards gewesen ist. Carolyn und ich sind da jeden Herbst hingegangen, um Äpfel zu pflücken und Cidre zu kaufen, bis sie Anfang der achtziger Jahre schließen mußten. Wenn ich mir vorstelle, daß *das* High Ridge ist.«

»Du kannst dich später noch wundern, Ralph – ich bin jetzt *wirklich* am Verhungern.«

»Nun gut. Was stand eigentlich auf dem Zettel? Der Nachricht von der Nichte mit dem Stipendium der UNH?«

Sie lächelte ihn schalkhaft an und gab ihm das Blatt Papier. Es handelte sich um ihre Stromrechnung für den Monat September.

6

»Haben Sie Ihre Nachricht hinterlassen können?« fragte der Wachmann, als sie herauskamen und den Fußweg hinuntergingen.

»Ja, danke«, sagte Lois und schaltete ihr Megawattlächeln wieder ein. Aber sie blieb in Bewegung und umklammerte Ralphs Hand fest mit ihrer. Er wußte, wie ihr zumute war; er hatte keine Ahnung, wie lange die Suggestionen der beiden Frauen andauern würden.

»Gut«, sagte der Wachmann und folgte ihnen zum Ende des Fußwegs. »Das wird ein langer, langer Tag werden. Bin froh, wenn er vorbei ist. Wissen Sie, wieviel Wachpersonal wir von

Mittag bis Mitternacht hier haben? Ein Dutzend. Und das nur *hier.* Beim Bürgerzentrum werden es über vierzig sein – und das zusätzlich zur hiesigen Polizei.«

Und es wird kein bißchen nützen, dachte Ralph.

»Und weshalb? Damit eine aufmüpfige Blondine ihr Maul aufreißen kann.« Er sah Lois an, als rechnete er damit, sie würde ihm vorwerfen, daß er ein sexistischer Stänkerer sei, aber Lois ließ nur ihr Lächeln wieder aufblitzen.

»Ich hoffe, daß alles gutgeht, Officer«, sagte Ralph und führte Lois über die Straße zu dem Oldsmobile. Er ließ ihn an, wendete mühsam in der Einfahrt von WomanCare und rechnete jeden Moment damit, daß entweder Barbara Richards, Rachel Anderson, oder beide zur Tür herausgelaufen kommen, sich wild umsehen und mit Fingern auf sie zeigen würden. Schließlich hatte er den Olds in der richtigen Richtung und stieß einen tiefen Seufzer der Erleichterung aus. Lois sah ihn an und nickte mitfühlend.

»Ich dachte, *ich* wäre der Vertreter«, sagte Ralph, »aber, Mann, ich habe noch nie gesehen, wie jemand einen Menschen *so* um den Finger wickelt.«

Lois lächelte bescheiden und verschränkte die Hände im Schoß.

Sie näherten sich dem Parkhaus des Hospitals, als Trigger aus seiner kleinen Kabine gelaufen kam und mit den Armen ruderte. Ralphs erster Gedanke war, daß sie doch keine saubere Flucht bewerkstelligt hatten – der Wachmann mit dem Notizbrett hatte etwas Verdächtiges bemerkt und Trigger über Funk oder Telefon gebeten, sie aufzuhalten. Dann sah er den Gesichtsausdruck – außer Atem, aber glücklich – und was Trigger in der rechten Hand hielt. Es war eine sehr alte und sehr zerschlissene schwarze Brieftasche. Bei jeder Armbewegung klappte sie auf und zu wie ein zahnloser Mund.

»Keine Sorge«, sagte Ralph und bremste den Olds ab. »Ich habe keine Ahnung, was er will, aber ich bin ziemlich sicher, daß es keinen Ärger gibt. Jedenfalls noch nicht.«

»Mir ist *egal,* was er will. *Ich* will nur hier weg und etwas essen. Wenn er anfängt, dir seine Angelbilder zu zeigen, Ralph, werde ich persönlich aufs Gaspedal treten.«

»Amen«, sagte Ralph, der genau wußte, daß Trigger nichts mit Angelbildern am Hut hatte. Er war immer noch nicht völlig im Bilde, aber eines wußte er ganz genau: Nichts geschah aus Zufall. Nicht mehr. Dies war der Plan mit all seiner Macht. Er hielt neben Trigger und drückte den Knopf, der das Fenster auf seiner Seite herunterließ. Es senkte sich mit einem ungehaltenen Heulen.

»Ehhh, Ralph!« rief Trigger. »Dacht' schon, isch würde disch verpassen!«

»Was ist denn, Trig? Wir haben es ziemlich eilig –«

»Ja, ja, dauert nischt lange. 'ab's gleisch 'ier inner Brieftasche, Ralph. Mann, isch 'ab mein' ganzen Papierkram 'ier, und isch verlier nie was.«

Er spreizte die schlaffen Kiefer der alten Börse und offenbarte ein paar zerknitterte Geldscheine, ein Zelluloidleporello mit Fotos (und konnte Ralph nicht wirklich und wahrhaftig eines von Trigger sehen, wie er einen großen Barsch hochhielt?) und mindestens vierzig Visitenkarten, die meisten zerknittert und abgenutzt. Die suchte Trigger nun mit der Geschwindigkeit eines altgedienten Bankkassierers durch, der Geldscheine zählt.

»Isch werf die Dinger nie weg«, sagte Trigger. »Kann man prima drauf schreiben, besser wie in Notizbüscher, und umsonst. Jetzt aber Moment mal … Augenblick noch, wo steckst du, verfluchtes Ding?«

Lois warf Ralph einen ungeduldigen, besorgten Blick zu und deutete die Straße entlang. Ralph schenkte weder dem Blick noch der Geste Beachtung. Er verspürte ein seltsames Kribbeln in der Brust. Vor seinem geistigen Auge sah er, wie er den Finger ausstreckte und etwas auf die Scheibe von Triggers Lieferwagen schrieb, die beschlagen war – als Folge von kaltem Regen an einem heißen Tag.

»Ralph, erinnerst du disch noch an den Schal, den Ed Deepneau an dem Tag angehabt hat? Weiß mit roten Krakeln darauf?«

»Ja, ich erinnere mich«, sagte Ralph. *Fotzenlecker,* hatte Ed zu dem vierschrötigen Mann gesagt. *Du hast deine Mutter gefickt und ihre Fotze geleckt.* Ja, auch an den Schal erinnerte er sich – selbstverständlich. Aber das Rote waren nicht nur Krakel oder Flecken oder sinnlose Schnörkel gewesen, sondern ein oder mehrere Schriftzeichen. Der plötzliche Druck in seiner Magengegend verriet Ralph, daß Trigger aufhören konnte, durch seine alten Visitenkarten zu kramen. Er wußte, worum es ging. Er wußte es.

»Wir haben gedacht, es wäre Chinesisch«, sagte er mit einer Stimme, die von anderswo zu kommen schien. »Jedenfalls ich. Damals zumindest. Aber das stimmt nicht, richtig? Es war Japanisch.«

Trigger sah ihn mit vor Überraschung offenem Mund an. In einer Hand hielt er eine Visitenkarte, die er aus dem Stapel gezogen hatte. Auf der unbeschriebenen Seite sah Ralph eine ungefähre Kopie des doppelten Symbols, das Eds Schal geziert hatte, des doppelten Symbols, das Ralph auf die beschlagene Windschutzscheibe gemalt hatte.

»Worum geht es hier eigentlich?« fragte Lois, die jetzt nicht mehr ungeduldig klang, sondern durch und durch ängstlich.

»Ich hätte es wissen müssen«, hörte sich Ralph mit kläglicher, entsetzter Stimme sagen. »Ich hätte es *sehen* müssen.«

»*Was* sehen müssen?« Sie packte ihn an den Schultern und schüttelte ihn. »*Was* sehen müssen?«

Er antwortete nicht. Mit einem Gefühl wie ein Mann in einem Traum griff er nach der Visitenkarte. Trigger Vachon lächelte nicht mehr, seine dunklen Augen betrachteten ernst und forschend Ralphs Gesicht.

»Bist du ganz sicher, Trig?« fragte er.

»'unnert Prozent, Ralphie. Isch 'ab's abgemalt, bevor es von der Scheibe verschwunden war, weil isch wußte, daß isch's schonmal gesehen 'atte, und als isch an dem Abend nach 'ause gekommen bin, da 'ab isch auch gewußt wo. Marcel, mein großer Bruder, 'at im letzten Kriegsjahr im Pazifik gekämpft. Und er 'at einen Schal mit denselben Symbolen mitgebracht, im selben Rot. Isch 'ab ihn gefragt, nur um ganz sischer zu sein, und er 'at's auf diese Karte geschrieben.« Trigger deutete auf die Karte, die Ralph zwischen den Fingern hielt. »Isch wollt's dir sagen, sobald wir uns wiedersehn, aber isch 'ab disch bis 'eute nischt gesehn. Bin froh, daß es mir noch eingefallen ist, aber wenn isch disch so anseh, wär's wahrscheinlisch besser gewesen, ich 'ätt's vergessen.«

»Nein, ist schon gut.«

Lois nahm ihm die Karte ab. »Was ist das? Was bedeutet es?«

»Sag ich dir später.« Ralph griff nach dem Schalthebel. Sein Herz fühlte sich wie ein Stein in seiner Brust an. Lois betrachtete die Symbole auf der freien Seite der Karte, so daß Ralph die bedruckte Rückseite sehen konnte. R. H. FOSTER, BRUNNEN UND TROCKENMAUERN, stand darauf. Darunter hatte Trigs Bruder ein einziges Wort in schwarzen Großbuchstaben geschrieben.

KAMIKAZE.

Dritter Teil

Der Scharlachrote König

Wir sind alte Leute,
jeder von uns besitzt ein zugeklapptes Rasiermesser.

Robert Lowell
Walking in the Blue

Kapitel 20

I

Während sie mit dem Oldsmobile den Hospital Drive hinunterfuhren, kam es nur zu einem ganz kurzen Gespräch zwischen ihnen.

»Ralph?«

Er sah zu ihr, und dann hastig wieder auf die Straße. Das Ticken unter der Haube hatte wieder angefangen, aber Lois hatte es noch nicht erwähnt. Er hoffte, daß sie es jetzt auch nicht tun würde.

»Ich glaube, ich weiß, wo er ist«, sagte sie mit leiser, fast zaghafter Stimme. »Ed, meine ich. Ich war schon auf dem Dach ziemlich sicher, daß ich das alte Gebäude kenne, das sie uns gezeigt haben.«

»Was ist es? Und wo ist es?«

»Das Gebäude ist eine Flugzeuggarage. Wie sagt man gleich dazu? Ein Hangar.«

»O mein Gott«, sagte Ralph. »Coastal Air an der Bar Harbor Road?«

Lois nickte. »Sie veranstalten Charterflüge, Ausflüge mit dem Wasserflugzeug, solche Sachen. Als wir samstags mal einen Ausflug gemacht haben, ist Mr. Chasse da reingegangen und hat den Mann gefragt, der dort arbeitete, wieviel er für einen Rundflug über die Inseln verlangen würde. Der Mann sagte vierzig Dollar, was viel mehr war, als wir uns für so was leisten konnten, und ich bin sicher, im Sommer wäre der Mann hart geblieben, aber es war erst April, daher hat Mr. Chasse ihn auf zwanzig runterhandeln können. Ich fand das immer noch zuviel für eine Tour, die nicht einmal eine Stunde dauerte, aber ich bin froh, daß wir sie gemacht haben. Es war beängstigend, aber es war wunderschön.«

»Wie die Auren«, sagte Ralph.

»Ja, wie ...« Ihre Stimme bebte. Ralph sah hinüber und erblickte Tränen, die ihre pausbäckigen Wangen hinunterliefen. »… wie die Auren.«

»Nicht weinen, Lois.«

Sie fand ein Kleenex in der Handtasche und wischte sich damit die Augen ab. »Ich kann nicht anders. Das japanische Wort auf der Karte bedeutet Kamikaze, oder nicht, Ralph? Göttlicher Wind.« Ihre Lippen bebten. »Selbstmordpilot.«

Ralph nickte. Er hielt das Lenkrad ganz fest umklammert. »Ja«, sagte er. »Das bedeutet es. Selbstmordpilot.«

2

Route 33 – die in der Stadt Newport Avenue genannt wurde – führte in einem Abstand von vier Blocks an der Harris Avenue vorbei, aber Ralph hatte nicht die Absicht, ihrer langen Fastenzeit an der West Side ein Ende zu bereiten. Der Grund dafür war so einfach wie zwingend: Er und Lois konnten es sich nicht leisten, von ihren alten Freunden gesehen zu werden, da sie fünfzehn oder zwanzig Jahre jünger aussahen als am Montag.

Hatten irgendwelche dieser alten Freunde sie bei der Polizei schon als vermißt gemeldet? Ralph wußte, es wäre möglich, verließ sich aber darauf, daß sie zumindest in seinem Kreis noch keine allzu große Aufmerksamkeit erregt hatten; Faye und die anderen, die auf dem Picknickplatz an der Extension herumhingen, wären zu sehr damit beschäftigt, über den Verlust von nicht nur einem, sondern zwei Mitgliedern der Altvorderen zu trauern, als sich zu fragen, wohin sich Ralph Roberts mit seinem hageren alten Arsch abgesetzt haben mochte.

Bill und Jimmy könnten mittlerweile beide Totenwache, Trauergottesdienst und Beerdigung hinter sich haben, dachte er.

»Wenn du sicher bist, daß wir Zeit für ein Frühstück haben, Ralph, dann solltest du so schnell wie möglich ein Restaurant suchen – ich bin so hungrig, daß ich ein Pferd mit Haut und Haaren verspeisen könnte!«

Sie waren jetzt fast eine Meile westlich vom Krankenhaus – weit genug, daß sich Ralph einigermaßen sicher fühlen konnte –, und er sah das Derry Diner vor ihnen auftauchen. Er und Carolyn hatten ein paarmal dort zu Mittag gegessen, und es war nicht so übel. Als er blinkte und auf den Parkplatz abbog, überlegte er sich, daß er seit Carolyns Krankheit nicht mehr hier gewesen war ... ein Jahr mindestens, wahrscheinlich länger.

»Da sind wir«, sagte er zu Lois. »Und wir werden nicht nur essen, wir werden soviel essen, wie wir können. Heute kommen wir vielleicht nicht mehr dazu.«

Sie grinste wie ein Schulkind. »Da hast du gerade eines meiner größten Talente angesprochen, Ralph.« Sie rutschte ein wenig auf dem Sitz hin und her. »Außerdem muß ich für kleine Mädchen.«

Ralph nickte. Sie hatten seit Dienstag nichts gegessen, und auf dem Klo gewesen waren sie auch nicht. Lois konnte ruhig für kleine Mädchen; er würde in die Herrentoilette stürmen und ganz doll für große Jungs gehen.

»Komm mit«, sagte er, machte den Motor aus und brachte so das beunruhigende Ticken unter der Haube zum Verstummen. »Zuerst das Klo, dann das große Fressen.«

Auf dem Weg zur Tür sagte sie ihm (mit einer Stimme, die Ralph für eine Spur zu beiläufig hielt), daß sie nicht glaubte, Mina oder Simone hätten sie schon als vermißt gemeldet, jedenfalls noch nicht. Als Ralph den Kopf drehte und nach dem Grund fragte, stellte er zu seinem Erstaunen und seiner Erheiterung fest, daß sie errötete.

»Weil sie beide wissen, daß ich schon seit Jahren in dich verknallt bin.«

»Ist das ein Witz?«

»Selbstverständlich nicht«, sagte sie und hörte sich ein wenig verschnupft an. »Carolyn wußte es auch. Manche Frauen hätte es gestört, aber sie wußte, wie harmlos es war. Wie harmlos *ich* war. Sie war so ein Schatz, Ralph.«

»Ja. Das war sie.«

»Wie dem auch sei, sie werden wahrscheinlich vermuten, daß wir ... du weißt schon ...«

»Uns auf ein Schäferstündchen verdrückt haben?«

Lois lachte. »So was in der Art.«

»*Würdest* du dich gerne mit mir auf ein Schäferstündchen verdrücken, Lois?«

Sie stellte sich auf Zehenspitzen, knabberte kurz an seinem Ohrläppchen, und da geschah etwas Erstaunliches: Er war innerhalb von Sekunden hart wie eine Eisenstange. »Wenn wir das hier lebend überstehen, frag mich noch mal.«

Er gab ihr einen Kuß auf den Mundwinkel, bevor er die Tür aufstieß. »Worauf du dich verlassen kannst.«

Sie gingen auf die Toilette, und als Ralph wieder zu ihr kam, sah Lois nachdenklich und ein wenig erschüttert aus. »Ich kann nicht glauben, daß ich es bin«, sagte sie. »Ich meine, ich muß mich mindestens zwei Stunden im Spiegel angesehen haben, und ich kann es immer noch nicht glauben. Die Krähenfüßchen um meine Augen herum sind verschwunden, und Ralph … mein *Haar* …« Ihre dunklen spanischen Augen sahen funkelnd und staunend zu ihm auf. »Und *du!* Mein Gott, ich bezweifle, daß du mit vierzig so gut ausgesehen hast.«

»Habe ich auch nicht, aber du hättest mich mit dreißig sehen sollen.«

Sie kicherte. »Komm schon, du Kindskopf, setzen wir uns und vernichten ein paar Kalorien.«

3

»Lois?«

Sie sah von der Speisekarte auf, die zusammen mit mehreren anderen zwischen Salz- und Pfefferstreuer gesteckt hatte.

»Als ich auf der Toilette war, habe ich versucht, die Auren zurückkommen zu lassen. Diesmal konnte ich es nicht.«

»Warum *wolltest* du es, Ralph?«

Er zuckte die Achseln, weil er ihr nichts von dem Gefühl der Paranoia erzählen wollte, das ihn überkommen hatte, als er in der kleinen Toilette stand, sich die Hände wusch und sein seltsam jugendliches Gesicht in dem wasserfleckigen Spiegel betrachtete. Plötzlich war ihm der Gedanke gekommen, er könnte nicht allein da drinnen sein. Schlimmer, Lois hätte nebenan in der Damentoilette nicht allein sein können. Möglicherweise schlich sich Atropos an sie an, völlig unsichtbar, mit an seinen winzigen Ohrläppchen baumelnden Diamantohrringen und ausgestrecktem Skalpell ...

Aber statt Lois' Ohrringen oder McGoverns Panama hatte Ralphs geistiges Auge das Springseil heraufbeschworen, das Atropos benützt hatte, als Ralph ihn

(drei-sechs-neun, die Gans trank Wein)

auf dem leeren Baugrundstück zwischen der Bäckerei und dem Bräunungsstudio entdeckt hatte, das Springseil, das einmal kostbarer Besitz eines kleinen Mädchens gewesen war, das beim Fangenspielen in der Wohnung stolperte, im ersten Stock aus dem Fenster fiel und sich das Genick brach *(was für ein schrecklicher Unfall, sie hatte ihr ganzes Leben noch vor sich, wenn es einen Gott gibt, warum läßt er so etwas zu,* und so weiter, und so fort, ganz zu schweigen von bla-bla-bla).

Er sagte sich, daß er damit aufhören sollte, daß es schon schlimm genug sei, auch wenn er sich keine grausamen Bilder ausmalte, wie Atropos Lois' Ballonschnur durchschnitt, aber das half nichts ... zumal er wußte, Atropos könnte sich tatsächlich hier bei ihnen im Restaurant aufhalten, das Springseil in einer und das rostige Skalpell in der anderen Hand, und er könnte mit ihnen anstellen, was er wollte. Einfach alles.

Lois streckte die Hand über den Tisch aus und strich ihm über den Handrücken. »Keine Bange. Die Farben werden wiederkommen. Sie kommen immer wieder.«

»Wahrscheinlich.« Er nahm sich selbst eine Speisekarte, schlug sie auf und ließ den Blick über das Frühstücksangebot schweifen. Sein erster Eindruck war, daß er von allem etwas wollte.

»Als du zum erstenmal gesehen hast, daß Ed sich wie ein Verrückter aufgeführt hat, kam er vom Flughafen von Derry«, sagte Lois. »Jetzt wissen wir, warum. Er hat Flugstunden genommen, nicht?«

»Natürlich. Als Trig mich zur Harris Avenue zurückgefahren hat, hat er sogar erwähnt, daß man einen Paß braucht, wenn man diesen Weg benutzen will. Er fragte mich, ob ich wüßte, wie Ed einen bekommen haben könnte, und ich sagte nein. Jetzt weiß ich es. Wahrscheinlich bekommen alle Flugschüler einen.«

»Glaubst du, Helen hat von seinem Hobby gewußt?« fragte Lois. »Wahrscheinlich nicht, oder?«

»Mit Sicherheit nicht. Ich bin sicher, er ist, gleich nachdem er auf den Mann von West Side Gardeners getroffen war, zu Coastal Air gewechselt. Dieser kleine Zwischenfall hätte ihn überzeugen können, daß er die allmählich Kontrolle verlor und gut beraten wäre, wenn er seine Lektionen etwas weiter von zu Hause entfernt nehmen würde.«

»Vielleicht hat ihn auch Atropos überzeugt«, sagte Lois düster. »Atropos oder jemand von noch weiter oben.«

Die Vorstellung gefiel Ralph nicht besonders, aber sie schien dennoch zutreffend zu sein. *Wesenheiten*, dachte er und erschauerte. *Der Scharlachrote König*.

»Sie lassen ihn tanzen wie eine Marionette, oder nicht?« fragte Lois.

»Du meinst Atropos?«

»Nein. Atropos ist ein widerlicher kleiner Pisser, aber sonst unterscheidet er sich, glaube ich, kaum von Mr. K. und Mr. L. – niederes Personal, im großen Weltplan wahrscheinlich nur eine Stufe über ungelernten Hilfsarbeitern.«

»Hausmeister.«

»Nun, ja, vielleicht«, stimmte Lois zu. »Hausmeister und Handlanger. Atropos ist wahrscheinlich derjenige, der Ed am gründlichsten bearbeitet hat, und ich gehe jede Wette ein, daß er seine Arbeit liebt, aber ich bin überzeugt, seine Befehle kommen von weiter oben. *Viel* weiter oben. Hört sich das mehr oder weniger logisch an?«

»Ja. Wir werden wahrscheinlich nie erfahren, wie verrückt Ed war, bevor das alles angefangen hat, oder wann genau Atropos seine Ballonschnur durchgeschnitten hat, aber was mich im Augenblick am meisten interessiert, ist ziemlich weltlich. Mich würde interessieren, wie, um alles in der

Welt, er Charlie Pickerings Kaution zusammenbekommen hat, und wie er für seine verdammten Flugstunden bezahlen konnte.«

Bevor Lois antworten konnte, kam eine kaugummikauende Kellnerin näher und holte einen Bestellblock und einen Kugelschreiber aus der Tasche ihrer Schürze. »Was darf's sein?«

»Ein Käse- und Pilzomelette«, sagte Ralph.

»Hm-hmm.« Sie wechselte den Kaugummi von einer Seite auf die andere. »Zwei oder drei Eier, Schatz?«

»Vier, wenn's recht ist.«

Sie zog eine Braue leicht in die Höhe und schrieb auf den Block. »Mir soll's recht sein. Etwas dazu?«

»Ja, bitte. Ein Glas Orangensaft, groß, eine Portion Speck, eine Portion Würstchen und eine Portion Bratkartoffeln. Sagen wir lieber eine doppelte Portion Bratkartoffeln.« Die Kellnerin schrieb schnell und kaute noch schneller. »Oh, und haben Sie noch Blätterteigplunder?«

»Ich glaube, ich habe einen mit Käse und einen mit Apfel.« Sie sah ihn an. »Sie sind ziemlich hungrig, Schatz, was?«

»Als hätte ich seit einer Woche nichts gegessen«, sagte Ralph. »Ich nehme den Käseplunder. Und Kaffee. Jede Menge schwarzen Kaffee. Haben Sie alles mitbekommen?«

»Oh, das hab ich, Schatz. Ich möchte nur auch gern mitbekommen, wie Sie aussehen, wenn Sie wieder gehen.« Sie sah Lois an. »Und Sie, Ma'am?«

Lois lächelte zuckersüß. »Ich nehme dasselbe wie er. Schatz.«

4

Ralph sah der davoneilenden Kellnerin nach, dann zur Uhr an der Wand, stellte seine Armbanduhr neu und zog sie auf. Es war erst zehn nach sieben, was eine Erleichterung hätte sein sollen. Sie konnten es in weniger als einer halben Stunde bis zu Barrett's Orchards schaffen, und wenn sie ihre geistigen Laser auf Gretchen Tillbury richteten, wäre es möglich, daß die Rede von Susan Day bis spätestens neun Uhr abgesagt werden konnte. Aber statt Erleichterung verspürte er eine unerbittliche, nagende Angst. Als hätte man einen schrecklichen Juckreiz an einer Stelle, die man mit den Fingern nicht erreichen konnte.

»Nun gut«, sagte er schließlich, »fassen wir zusammen. Ich denke, wir können davon ausgehen, daß sich Ed schon ziemlich lange Gedanken über die Abtreibung macht, daß er wahrscheinlich seit Jahren Abtreibungsgegner ist. Dann kann er plötzlich nicht mehr schlafen … hört Stimmen …«

»… sieht kleine kahlköpfige Männer …«

»Nun, speziell einen«, stimmte Ralph zu. »Atropos wird zu seinem Guru, erzählt ihm vom Scharlachroten König, den Zenturionen, dem ganzen Theater. Als Ed mir von König Herodes erzählte –«

»– *dachte* er an Susan Day«, führte Lois weiter aus. »Atropos hat ihn … wie sagt man im Fernsehen … aufgeputscht. Hat ihn in einen lenkbaren Marschflugkörper verwandelt. Was meinst du, woher hat Ed diesen Schal?«

»Von Atropos«, sagte Ralph. »Atropos hat bestimmt eine Menge solcher Andenken.«

»Und was, meinst du, hat er in dem Flugzeug, das er heute nacht fliegen wird?« Lois' Stimme zitterte. »Sprengstoff oder Giftgas?«

»Wenn er wirklich vorhaben sollte, alle zu töten, dürfte Sprengstoff wahrscheinlicher sein; bei Gas könnte starker Wind ihm zu schaffen machen.« Ralph trank einen Schluck Wasser und stellte fest, daß seine Hand ein wenig zitterte. »Andererseits können wir nicht wissen, was für hübsche Sachen er in seinem Labor zusammengeköchelt hat,oder?«

»Nein«, sagte Lois mit leiser Stimme.

Ralph stellte das Wasserglas weg. »Aber was er benützen will, interessiert mich nicht besonders.«

»Was dann?«

Die Kellnerin kam mit frischem Kaffee zurück, und allein schon der Duft schien Ralphs Nerven aufleuchten zu lassen wie Neonröhren. Er und Lois griffen nach ihren Tassen und tranken, kaum daß die Kellnerin weg war. Der Kaffee war stark und so heiß, daß Ralph sich die Lippen verbrannte, aber er schmeckte himmlisch. Als er die Tasse wieder auf den Unterteller stellte, war sie halb leer, und er hatte eine ganz warme Stelle in der Leibesmitte, als hätte er glühende Kohlen verschluckt. Lois betrachtete ihn ernst über den Rand ihrer eigenen Tasse hinweg.

»Was mich interessiert«, sagte er, »sind *wir*. Du hast gesagt, Atropos hätte Ed in einen lenkbaren Marschflugkörper verwandelt. Das stimmt; genau das waren die Kamikazepiloten im Zweiten Weltkrieg. Hitler hatte seine V2; Hirohito hatte seinen Göttlichen Wind. Das Beunruhigende ist nur, *daß Klotho und Lachesis dasselbe mit uns gemacht haben*. Wir sind mit einer Menge spezieller Begabungen ausgestattet und programmiert worden, mit meinem Oldsmobile nach High Ridge zu fliegen und Susan Day aufzuhalten. Ich wüßte nur gerne, warum.«

»Aber das *wissen* wir doch«, wandte sie ein. »Wenn wir nicht eingreifen, wird Ed Deepneau heute abend während der Rede dieser Frau Selbstmord begehen und zweitausend Menschen mitnehmen.«

»Ja«, antwortete Ralph, »und wir werden versuchen, was in unserer Macht steht, um ihn daran zu hindern, Lois, keine Bange.« Er trank seinen Kaffee aus und stellte die Tasse wieder hin. Sein Magen war jetzt hellwach und lechzte nach Nahrung. »Ich könnte ebensowenig tatenlos zusehen, wie Ed diese Menschen umbringt, als ich irgendwo stehen und mich nicht ducken könnte, wenn jemand mir einen Baseball an den Kopf wirft. Es ist nur so, daß wir nie die Möglichkeit gehabt haben, das Kleingedruckte unten auf dem Vertrag zu lesen, und das macht mir angst.« Er zögerte einen Moment. »Und außerdem macht es mich stinkwütend.«

»Wovon redest du?«

»Davon, daß wir für dumm verkauft werden. Wir wissen, warum wir versuchen werden, die Rede von Susan Day zu verhindern; wir können den Gedanken nicht ertragen, daß ein Irrer zweitausend unschuldige Menschen ermordet. *Aber wir wissen nicht, warum wir das tun sollen*. Das ist der Teil, der mir angst macht.«

»Wir haben die Möglichkeit, zweitausend Menschenleben zu retten«, sagte sie. »Willst du mir sagen, das ist genug für uns, aber nicht für sie?«

»Das will ich damit sagen. Ich glaube nicht, daß Zahlen diese Burschen besonders beeindrucken; sie servieren uns nicht zu Zehnen oder Hunderten oder Tausenden ab, sondern zu Millionen. Und sie sind daran gewöhnt, daß der Plan und der Zufall uns routinemäßig abmurksen.«

»Katastrophen wie der Brand im Coconut Grove«, sagte Lois. »Oder die Überschwemmung hier in Derry vor acht Jahren.«

»Ja, aber auch das sind nur relativ kleine Fische, verglichen mit dem, was jedes Jahr in der Welt vor sich geht. Bei der Überschwemmung hier in Derry 1985 sind zweihundertundzwanzig Menschen ums Leben gekommen, ungefähr jedenfalls, aber letztes Frühjahr starben bei einer Überschwemmung in Pakistan dreieinhalbtausend, und beim letzten großen Erdbeben in der Türkei über viertausend. Und was ist mit Tschernobyl? Ich habe irgendwo gelesen, daß man letztendlich siebzigtausend Tote darauf zurückführen kann. Das sind eine Menge Panamahüte und Springseile und ... Brillen, Lois.« Er war entsetzt, weil ihm beinahe *Ohrringe* herausgerutscht wäre.

»Nicht«, sagte sie erschauernd.

»Ich denke ebenso ungern darüber nach wie du«, sagte er, »aber wir *müssen* es tun, und sei es nur, weil die beiden Typen so erpicht darauf sind, daß wir es nicht tun. Verstehst du, worauf ich hinauswill? Du mußt. Große Tragödien sind von jeher Bestandteil des Zufalls gewesen; warum sollte es hier anders sein?«

»Ich weiß nicht«, sagte Lois, »aber es war wichtig genug für sie, daß sie uns rekrutiert haben, und ich denke, das war ein ziemlich großer Schritt.«

Ralph nickte. Jetzt konnte er spüren, wie das Koffein wirkte, ihn aufputschte und seine Finger ein bißchen zum Zittern brachte. »Dessen bin ich ganz sicher. Aber jetzt denk mal an das Krankenhausdach zurück. Hast du jemals in deinem Leben zwei Typen soviel erklären hören, ohne tatsächlich auf den Punkt zu kommen?«

»Ich verstehe nicht, was du meinst«, sagte Lois, aber ihr Gesicht drückte etwas anderes aus: daß sie nicht verstehen *wollte*, was er meinte.

»Was ich meine, basiert auf einer grundsätzlichen Annahme: *Möglicherweise können sie nicht lügen.* Gehen wir davon aus, sie können es nicht. Wenn du bestimmte Informationen hast, die du nicht preisgeben willst, aber keine Lüge erzählen kannst, was tust du dann?«

»Um die Gefahrenzone herumtanzen«, sagte Lois. »Oder die Gefahren*zonen.*«

»Bingo. Und haben Sie nicht genau das getan?«

»Nun«, sagte sie, »ich schätze, es war ein Tanz, aber ich finde, du hast über weite Strecken geführt, Ralph. Ich war sogar ziemlich beeindruckt von den Fragen, die du gestellt hast. Ich glaube, solange wir auf dem Dach waren, habe ich die meiste Zeit nur versucht, mich davon zu überzeugen, daß das alles tatsächlich passierte.«

»Sicher, ich habe eine Menge Fragen gestellt, aber ...« Er verstummte, weil er nicht sicher war, wie er das Konzept in Worte fassen sollte, das ihm durch den Kopf ging, ein Konzept, das ihm komplex und kinderleicht zugleich vorkam. Er unternahm noch einmal einen Versuch, ein wenig aufzusteigen, und suchte in seinem Kopf nach diesem Gefühl des *Blinzelns,* weil er wußte, wenn er auf geistiger Ebene mit ihr Kontakt aufnehmen konnte, könnte er ihr ein kristallklares Bild zeigen. Nichts geschah, und er trommelte frustriert mit den Fingerspitzen auf dem Tischtuch.

»Ich war nicht weniger verblüfft als du«, sagte er schließlich. »Wenn sich mein Erstaunen in Form von Fragen ausgedrückt hat, dann nur deshalb, weil man Männern – jedenfalls denen meiner Generation – beigebracht hat, daß es einen ziemlich schlechten Eindruck macht, wenn man dasteht und Ooh und Aah sagt. Das ist etwas für Frauen, die die Vorhänge aussuchen.«

»Sexist.« Sie lächelte, als sie es sagte, aber es war ein Lächeln, das Ralph nicht erwidern konnte. Er mußte an Barbie Richards zurückdenken. Wäre Ralph auf sie zugegangen, hätte sie mit Sicherheit den Alarmknopf unter ihrem Schreibtisch gedrückt, aber Lois hatte sie näherkommen lassen, weil sie zuviel von der alten Schwestern-Scheiße geschluckt hatte.

»Ja«, sagte er leise. »Ich bin ein Sexist, ich bin altmodisch, und manchmal bringt mich das in Schwierigkeiten.«

»Ralph, ich wollte nicht –«

»Ich weiß, was du wolltest, und es ist gut. Ich versuche dir zu vermitteln, daß ich erstaunt war … überwältigt … vollkommen von den Socken … genau wie du. Also habe ich Fragen gestellt, na und? Waren es gute Fragen? Nützliche Fragen?«

»Wahrscheinlich nicht, hm?«

»Nun, vielleicht hatte ich gar keinen schlechten Start. Soweit ich mich erinnere, habe ich, als wir auf dem Dach waren, als erstes gefragt, wer sie waren und was sie wollten. Diese Fragen haben sie mit einer Menge philosophischem Geschwafel umgangen, aber ich denke, eine Weile sind sie doch ganz schön ins Schwitzen gekommen. Danach bekamen wir die ganzen Hintergrundinformationen über den Plan und den Zufall – faszinierend, aber eigentlich hätten wir es nicht gebraucht, um nach High Ridge zu fahren und Gretchen Tillbury davon zu überzeugen, daß sie Susan Days Rede absagt. Verdammt, es wäre besser gewesen – zeitsparender –, wenn sie uns die Wegbeschreibung gegeben hätten, die wir jetzt von Simones Nichte holen mußten.«

Lois sah ihn erstaunt an. »Das stimmt, nicht?«

»Ja. Und während wir geredet haben, ist die Zeit unaufhaltsam verflogen, wie das nunmal ist, wenn man ein paar Ebenen höhersteigt. Und sie haben es auch bemerkt, davon kannst du ausgehen. Sie haben das ganze Gespräch so hingedeichselt, daß wir keine Zeit mehr hatten, die Fragen zu stellen, die sie nicht beantworten wollten, als sie uns endlich alles erzählt hatten, was wir wissen *mußten.* Ich glaube, sie wollten uns in dem Glauben lassen, wir würden der Öffentlichkeit einen Dienst erweisen, daß es nur darum geht, die vielen Menschenleben zu retten, aber das konnten sie nicht frei heraus sagen, weil …«

»Weil das eine Lüge gewesen wäre, und möglicherweise können sie nicht lügen.«

»Richtig. Möglicherweise können sie nicht lügen.«

»Aber was wollen sie *wirklich*, Ralph?«

Er schüttelte den Kopf. »Ich habe keine Ahnung, Lois. Keinen blassen Schimmer.«

Sie trank ihren eigenen Kaffee leer, stellte die Tasse behutsam auf den Unterteller, betrachtete einen Moment ihre Fingerspitzen und sah wieder auf. Wieder war er beeindruckt von ihrer Schönheit – fast überwältigt.

»Sie waren gut«, sagte sie. »Sie *sind* gut. Das habe ich sehr stark gespürt. Du nicht?«

»Doch«, sagte er fast widerwillig. Selbstverständlich hatte er es gespürt. Sie waren das genaue Gegenteil von Atropos.

»Und du wirst trotzdem versuchen, Ed aufzuhalten – du hast gesagt, du könntest es ebensowenig *nicht* tun, wie du dich nicht ducken könntest, wenn dir jemand einen Baseball an den Kopf wirft. Ist es nicht so?«

»Ja«, sagte er noch widerwilliger.

»Dann solltest du es dabei bewenden lassen«, sagte sie ruhig und sah ihm mit ihren dunklen in seine blauen Augen. »Es nimmt nur Platz in deinem Kopf weg, Ralph. Macht eine Rumpelkammer daraus.«

Er sah ein, daß sie recht hatte, bezweifelte aber, daß er einfach die Hand aufmachen und diesen Teil davonfliegen lassen konnte. Vielleicht mußte man Siebzig werden, bis man voll und ganz einsah, wie schwer es war, seiner Erziehung zu entkommen. Seine Ausbildung, ein Mann zu *sein*, hatte vor Adolf Hitlers Aufstieg zur Macht begonnen, und er war immer noch ein Gefangener der Generation, die sich H. V. Kaltenborn und die Andrews Sisters im Radio angehört hatte – einer Generation von Männern, die auf Cocktails bei Mondlicht stand und meilenweit für eine Camel Filter ging. Diese Erziehung ignorierte im Grunde so hübsche moralische Fragen wie, wer für die Guten und wer für die Bösen arbeitete; das Wichtigste war, daß man sich von den Schlägern keinen Sand in die Augen kicken ließ. Daß man sich nicht an der Nase herumführen ließ.

Ist das so? fragte Carolyn kühl amüsiert. *Wie faszinierend. Aber ich will die erste sein, die dir ein kleines Geheimnis erzählt, Ralph: Das ist Quatsch. Das war schon Quatsch bevor Glenn Miller am Horizont erschienen ist, und es ist heute immer noch Quatsch.*

Aber die Vorstellung, daß ein Mann tun muß, was ein Mann tun muß ... darin könnte ein Körnchen Wahrheit enthalten sein, auch heutzutage. Auf jeden Fall ist es ein langer Weg zurück ins Paradies, oder nicht, Liebling?

Ja. Ein sehr langer Weg zurück ins Paradies.

»Weshalb lächelst du, Ralph?«

Die Kellnerin, die mit einem riesigen Tablett Essen kam, ersparte ihm, darauf antworten zu müssen. Er bemerkte zum ersten Mal, daß sie einen roten Button am Saum ihrer Schürze stecken hatte. LEBEN IST EINE ALTERNATIVE, stand darauf.

»Werden Sie heute abend die Veranstaltung im Bürgerzentrum besuchen?« fragte Ralph sie.

»Ich bin da«, sagte sie und stellte das Tablett auf den freien Tisch neben ihrem, damit sie die Hände freibekam. »Draußen. Mit einem Schild. Marschieren.«

»Gehören Sie zu den Friends of Life?« fragte Lois, als die Kellnerin Omelettes und Beilagen verteilte.

»Bin ich am Leben?« fragte die Kellnerin.

»Ja, das scheinen Sie durchaus zu sein«, sagte Lois höflich.

»Nun, ich schätze, dann bin ich ein Friend of Life, oder nicht? Jemanden zu töten, der eines Tages vielleicht ein großes Gedicht schreibt oder ein Heilmittel gegen Aids oder Krebs erfinden könnte, ist meiner Meinung nach einfach falsch. Darum werde ich mein Schild hochhalten und darauf achten, daß die Norma-Kamali-Feministinnen und Volvo-Liberalen auch sehen, daß das Wort MORD darauf steht. Sie hassen dieses Wort. Sie benützen es nicht bei ihren Cocktailpartys und Wohltätigkeitsveranstaltungen. Brauchen Sie Ketchup?«

»Nein«, sagte Ralph. Er konnte den Blick nicht von ihr abwenden. Ein schwaches grünes Leuchten breitete sich um sie herum aus – es schien fast aus ihren Poren gezischelt zu kommen. Die Auren kamen wieder und erwachten zu vollem, strahlenden Glanz.

»Ist mir'n zweiter Kopf gewachsen, als ich nicht aufgepaßt hab, oder was?« fragte die Kellnerin. Sie ließ den Kaugummi platzen und schob ihn auf die andere Seite des Mundes.

»Ich habe Sie angestarrt, was?« fragte Ralph. Er spürte, wie ihm das Blut in die Wangen stieg. »Entschuldigung.«

Die Kellnerin zuckte die derben Schultern, was den oberen Teil ihrer Aura in eine träge, faszinierende Bewegung versetzte. »Ich versuche, mich nicht zu sehr hineinzusteigern, wissen Sie. Meistens tue ich meine Arbeit und halte den Mund. Aber das soll nicht heißen, daß ich kusche. Wissen Sie, wie lange ich schon vor diesem Backsteinschlachthof herumspaziere, und zwar an so heißen Tagen, daß mir der Hintern anfing zu kochen, und in so kalten Nächten, daß ich ihn mir fast abgefroren habe?«

Ralph und Lois schüttelten die Köpfe.

»Seit 1984. Neun lange Jahre. Und ich werde es weitere neun machen, wenn es erforderlich sein sollte. Wissen Sie, was mich an den Befürwortern am meisten aufregt?«

»Was?« fragte Lois leise.

»Es sind dieselben Leute, die Waffen verbieten lassen wollen, damit die Leute sich nicht mehr gegenseitig damit erschießen, die die Gaskammer und den elektrischen Stuhl für verfassungswidrig halten, weil sie eine grausame und ungewöhnliche Strafe darstellen. Das alles sagen sie, und dann gehen sie auf die Straße und unterstützen Gesetze, die Ärzten – *Ärzten!* – erlauben, einer Frau einen Staubsauger in die Gebärmutter zu schieben und deren ungeborene Söhne und Töchter in Stücke zu reißen. *Das* regt mich am meisten auf.«

Die Kellnerin sagte das alles – wie eine Ansprache, die sie schon viele Male gehalten hatte –, ohne die Stimme zu heben oder äußerlich auch nur eine Spur von Wut erkennen zu lassen. Ralph hörte ihr nur mit halbem Ohr zu; der größte Teil seiner Aufmerksamkeit galt der hellgrünen Aura, die sie umgab. Aber sie war nicht *nur* hellgrün. Ein gelblich-schwarzer Fleck drehte sich langsam wie ein schmutziges Wagenrad über der unteren rechten Seite.

Ihre Leber, dachte Ralph. *Etwas stimmt mit ihrer Leber nicht.*

»Sie möchten doch nicht *wirklich,* daß Susan Day etwas zustößt, oder?« fragte Lois und sah die Kellnerin mit besorgtem Blick an. »Sie scheinen ein netter Mensch zu sein, und ich bin sicher, das wollten Sie nicht.«

Die Kellnerin seufzte durch die Nase, was zwei dünne Strahlen grünen Dunsts erzeugte. »Ich bin nicht so nett, wie ich aussehe, Schatz. Wenn *Gott* ihr etwas antun würde, dann wäre ich die erste, die vor Freude Luftsprünge macht und sagt: ›Dein Wille geschehe‹, glauben Sie mir. Aber wenn Sie einen Irren wie Charlie Pickering meinen, das ist etwas anderes. So etwas bringt uns alle in Verruf und stellt uns auf eine Stufe mit den Leuten, die wir bekämpfen. Aber Irre wie Pickering sehen das nicht so. Sie sind die Joker im Spiel.«

»Ja«, sagte Ralph. »Joker im Spiel, genau das sind sie.«

»Ich glaube, ich möchte nicht, daß dieser Frau etwas Schlimmes zustößt«, sagte die Kellnerin, »aber es könnte sein. Wirklich. Und *wenn* ihr etwas passiert, ist sie meiner Meinung nach ganz allein daran schuld. Sie heult mit den Wölfen ... und Frauen, die mit den Wölfen heulen, sollten sich nicht wundern, wenn sie gebissen werden.«

5

Ralph war nicht sicher, ob er danach noch etwas essen wollte, aber sein Appetit schien die Ansichten der Kellnerin zur Abtreibung und zu Susan Day unbeschadet überstanden zu haben. Die Auren erwiesen sich als hilfreich; Essen hatte ihm noch nie so gut geschmeckt, nicht einmal als Teenager, als er fünf oder gar sechs Mahlzeiten täglich zu sich genommen hatte, wenn er sie bekommen konnte.

Lois hielt Bissen für Bissen mit ihm Schritt, jedenfalls eine Weile. Schließlich schob sie die Reste ihrer Bratkartoffeln und die beiden letzten Streifen Speck beiseite. Ralph ging wacker allein in die Zielgerade. Er wickelte das letzte Stück Speck um das letzte Würstchen, schob es sich in den Mund, schluckte und lehnte sich mit einem lauten Seufzen auf dem Stuhl zurück.

»Deine Aura ist zwei Stufen dunkler geworden, Ralph. Ich weiß nicht, ob das bedeutet, daß du endlich genug hast oder daß du an einer Magenverstimmung sterben wirst.«

»Beides wäre möglich«, sagte er. »Du siehst sie auch wieder, hm?«

Sie nickte.

»Weißt du was?« fragte er. »Am allermeisten auf der Welt würde mir jetzt ein Nickerchen gefallen.« Ja, wahrhaftig. Jetzt, wo er satt und schön warm war, schienen die vergangenen vier Monate weitgehend schlafloser Nächte wie ein Sack voll schwerer Gewichte auf ihm zu liegen. Seine Lider fühlten sich an, als wären sie in Beton getaucht worden.

»Ich glaube, das wäre im Augenblick eine ziemlich schlechte Idee«, sagte Lois erschrocken. »Eine *ziemlich* schlechte Idee.«

»Wahrscheinlich«, stimmte Ralph zu.

Lois wollte die Hand heben und um die Rechnung bitten, ließ sie aber wieder sinken. »Wie wäre es, wenn wir deinen Freund bei der Polizei anrufen? Leydecker, richtig? Könnte er uns nicht helfen? Würde er uns nicht helfen?«

Ralph dachte, so gründlich sein übermüdeter Verstand es zuließ, darüber nach, dann schüttelte er widerwillig den Kopf. »Ich wage nicht, es zu versuchen. Was könnte ich ihm sagen, das uns nicht ins Irrenhaus bringen würde? Und das ist nur ein Teil des Problems. *Wenn* er sich einmischen würde … aber in der falschen Weise … könnte er es schlimmer machen statt besser.«

»Er könnte uns im Weg sein.«

»Richtig.«

»Okay.« Lois winkte der Kellnerin. »Wir werden mit offenen Fenstern da raus fahren, und wir werden im Dunkin Donuts in Old Cape Rast machen und zwei riesige Kaffee trinken. Auf meine Rechnung.«

Ralph lächelte. Das Lächeln fühlte sich irgendwie riesig und albern und zusammenhanglos auf seinem Gesicht an – fast wie das Lächeln eines Betrunkenen. »Ja, Ma'am.«

Als die Kellnerin herüberkam und die Rechnung verdeckt vor ihn schob, fiel Ralph auf, daß sich der Button mit der Aufschrift LEBEN IST EINE ALTERNATIVE nicht mehr an ihrer Schürze befand.

»Hören Sie«, sagte sie mit einem Ernst, den Ralph beinahe schmerzlich rührend fand, »es tut mir leid, wenn ich Sie vor den Kopf gestoßen habe. Sie sind zum Frühstücken gekommen, und nicht, um sich einen Vortrag anzuhören.«

»Sie haben uns nicht vor den Kopf gestoßen«, sagte Ralph. Er sah über den Tisch zu Lois, die zustimmend nickte.

Die Kellnerin lächelte knapp. »Danke, daß Sie das sagen, aber ich bin trotzdem ziemlich über Sie hergefallen. An jedem anderen Tag hätte ich das nicht getan, aber wir haben heute nachmittag um vier unsere eigene Veranstaltung, und ich muß Mr. Dalton vorstellen. Sie haben mir gesagt, ich hätte drei Minuten Zeit, und ich denke, genau so lange habe ich Sie belabert.«

»Schon gut«, sagte Lois und tätschelte ihr die Hand. »Wirklich.«

Diesmal war das Lächeln der Kellnerin aufrichtiger und wärmer, aber als sie sich abwandte, sah Ralph, wie Lois freudiger Gesichtsausdruck erlosch. Sie betrachtete den schwarz-gelben Fleck, der über der rechten Hüfte der Kellnerin schwebte.

Ralph nahm den Kugelschreiber zur Hand, den er an der Brusttasche festgeklemmt hatte, drehte die Papiermatte vor seinem Platz herum und schrieb hastig etwas auf die Rückseite. Als er fertig war, holte er den Geldbeutel heraus und legte vorsichtig einen Fünfdollarschein unter das, was er geschrieben hatte. Wenn die Kellnerin nach dem Trinkgeld griff, konnte es sie nicht übersehen.

Er nahm die Rechnung und schwenkte sie vor Lois. »Da dies unsere erste richtige Verabredung ist, werde ich das wohl übernehmen müssen«, sagte er. »Wenn ich ihr den Fünfer gebe, fehlen mir drei Dollar. Bitte sag mir, daß du nicht pleite bist.«

»Wer, die Pokerkönigin von Ludlow Grange? Sei nicht albern, Püppchen.« Sie gab ihm eine Handvoll verschiedener Geldscheine aus der Handtasche. Während er suchte, was er brauchte, las sie, was er auf die Matte geschrieben hatte:

Madam,

Sie leiden an einer Störung der Leberfunktion und sollten unverzüglich zum Arzt gehen. Und ich gebe Ihnen den guten Rat, heute abend nicht in die Nähe des Bürgerzentrums zu kommen.

»Ziemlich dumm, ich weiß«, sagte Ralph.

Sie gab ihm einen Kuß auf die Nasenspitze. »Es ist nie dumm, wenn man versucht, anderen Menschen zu helfen. Ich liebe dich, Ralph.«

»Danke. Aber sie wird es nicht glauben. Sie wird denken, daß wir trotz unserer Beteuerungen sauer wegen ihrem Button und ihrer kleinen Ansprache waren. Daß das, was ich geschrieben habe, nur eine verschrobene Art ist, es ihr heimzuzahlen.«

»Vielleicht gibt es eine Möglichkeit, sie zu überzeugen.«

Lois betrachtete die Kellnerin – die angelehnt an der Durchreiche zur Küche stand und sich mit dem Koch unterhielt, während sie eine Tasse Kaffee trank – mit einem finsteren Ausdruck der Konzentration. Dabei sah Ralph, wie Lois' normalerweise blau-graue Aura dunkler wurde und sich zusammenzog; sie wurde zu einer Art Kapsel, die den Körper umgab, statt einer verschwommenen Korona.

Er war nicht ganz sicher, was vor sich ging ... aber er konnte es spüren. Seine Nackenhaare richteten sich auf; er bekam eine Gänsehaut auf den Unterarmen. *Sie lädt sich auf,* dachte er. *Sie drückt alle Schalter und schaltet alle Turbinen ein, und das für eine Frau, die sie noch nie vorher gesehen hat und wahrscheinlich auch nie wieder sehen wird.*

Nach einem Augenblick spürte die Kellnerin es auch. Sie drehte sich zu ihnen um, als hätte sie gehört, wie ihr Name gerufen worden war. Lois lächelte beiläufig und krümmte die Finger zu einem knappen Winken, aber als sie zu Ralph sprach, bebte ihre Stimme vor Anstrengung. »Ich habe ... habe es fast.«

»*Was* fast?«

»Ich weiß nicht. Was immer ich brauche. Es kommt gleich. Ihr Name ist Zoë, mit zwei Pünktchen über dem e. Geh die Rechnung bezahlen. Versuch sie abzulenken, damit sie mich nicht ansieht. Das macht es schwerer.«

Er fügte sich ihrem Wunsch, und es gelang ihm ziemlich erfolgreich, obwohl Zoë immer über seine Schulter zu Lois schauen wollte. Als sie zum erstenmal versuchte, die Gesamtsumme mit der Registrierkasse aufzurechnen, kam Zoë auf eine Gesamtsumme von $ 234,20. Sie löschte die Zahl mit einer ungeduldigen Bewegung ihres Zeigefingers, und als sie zu Ralph aufsah, war ihr Gesicht blaß und ihr Blick beunruhigt.

»Was ist mit Ihrer Frau?« fragte sie Ralph. »Ich habe mich entschuldigt, oder nicht? Also warum sieht sie mich dauernd so an?«

Ralph wußte, Zoë konnte Lois nicht sehen, weil er förmlich einen Steptanz aufführte, um zwischen den beiden zu bleiben, aber er wußte auch, daß sie recht hatte – Lois starrte *wirklich* her.

Er versuchte zu lächeln. »Ich weiß nicht, was –«

Die Kellnerin zuckte zusammen und warf dem Koch einen erschrockenen, bösen Blick zu. »Hör auf, so mit den Töpfen zu klappern!« schrie sie, obwohl Ralph aus der Küche nichts anderes als ein Radio hörte, das Fahrstuhlmusik spielte. Zoë sah Ralph wieder an. »Herrgott, das hört sich da hinten an wie der Zweite Weltkrieg. Könnten Sie Ihrer Frau vielleicht sagen, daß es unhöflich ist –«

»Andere Leute anzustarren? Das tut sie nicht. Wirklich nicht.« Ralph ging zur Seite. Lois war zur Tür gegangen, hatte ihnen den Rücken zugedreht und sah zum Fenster hinaus. »Sehen Sie?«

Zoë antwortete eine ganze Weile nicht, aber sie griff zu ihrem Mund, nahm den Kaugummi heraus und warf ihn in den Mülleimer. Das tat sie mit der langsamen, übertriebenen Gestik einer Schlafwandlerin. Schließlich sah sie Ralph wieder an. »Ja, ich sehe es. Warum verziehen Sie beide sich jetzt nicht einfach?«

»Na gut – sind wir noch Freunde?«

»Wie Sie wollen«, sagte Zoë, sah ihn aber nicht an.

Als Ralph zu Lois ging, stellte er fest, daß deren Aura sich wieder bis auf ihr normales, diffuseres Niveau entspannt hatte, aber immer noch viel heller als vorher war.

»Immer noch müde, Lois?« fragte er leise.

»Nein. Mir geht es sogar blendend. Laß uns gehen.«

Als er ihr die Tür aufmachen wollte, hielt er inne. »Hast du meinen Kugelschreiber?«

»Herrje, nein – der muß noch auf dem Tisch liegen.«

Ralph ging ihn holen. Unter seine Nachricht in Blockbuchstaben hatte Lois sechs Sätze mit rollender Kurzschrift nach Palmer geschrieben:

1989 hatten Sie ein Baby und haben es zur Adoption freigegeben. Saint Anne's in Providence, Rhode. Island. Gehen Sie zu Ihrem Hausarzt, bevor es zu spät ist, Zoë. Kein Witz. Kein Trick. Wir wissen, wovon wir sprechen.

»O Mann«, sagte Ralph, als er wieder bei ihr war. »Das wird ihr einen Heidenschreck einjagen.«

»Wenn sie zum Arzt geht, bevor ihre Leber mit dem Bauch nach oben schwimmt, ist mir das egal.«

Er nickte, und sie gingen hinaus.

6

»Hast du das mit ihrem Kind erfahren, als du in ihre Aura eingetaucht bist?« fragte Ralph, als sie den laubübersäten Parkplatz überquerten.

Lois nickte. Hinter dem Parkplatz erstrahlte die gesamte East Side von Derry in hellem, kaleidoskopähnlichen Licht. Es kehrte zurück, mit Macht zurück, dieses heimliche, pulsierende Licht. Ralph streckte den Arm aus und legte eine Hand auf die Karosserie des Autos. Als er es berührte, war ihm, als würde er ein glattes Hustenbonbon mit Lakritzgeschmack schmecken.

»Ich glaube nicht, daß ich viel von ihrer … ihrer Substanz genommen habe«, sagte Lois, »aber es war, als hätte ich *alles* von ihr geschluckt.«

Ralph fiel etwas ein, das er vor nicht allzu langer Zeit in einer wissenschaftlichen Fachzeitschrift gelesen hatte. »Wenn jede Zelle in unserem Körper eine vollständige Blaupause davon in sich trägt, woraus wir bestehen, warum sollte dann nicht jedes Stückchen der Aura eines Menschen eine vollständige Blaupause davon enthalten, was wir *sind?*«

»Das klingt nicht sehr wissenschaftlich, Ralph.«

»Wahrscheinlich nicht.«

Sie drückte seinen Arm und sah grinsend zu ihm auf. »Aber es klingt *richtig.«*

Er grinste sie ebenfalls an.

»Du mußt auch noch etwas mehr von den Farben nehmen«, sagte sie zu ihm. »Es kommt mir immer noch falsch vor, trotz allem, was die beiden kleinen Männer gesagt haben – wie Stehlen –, aber wenn du es nicht tust, befürchte ich, wirst du einfach umkippen.«

»Sobald ich kann. Im Augenblick möchte ich nur schnellstens nach High Ridge.« Doch kaum saß er am Steuer, schrak seine Hand vor dem Zündschlüssel zurück, kaum daß sie ihn berührt hatte.

»Ralph? Was ist denn?«

»Nichts ... alles. Ich kann so nicht fahren. Ich werde uns um einen Telefonmasten wickeln oder bei jemandem im Wohnzimmer landen.«

Er schaute zum Himmel und sah einen der riesigen transparenten Vögel auf der Satellitenschüssel eines nicht weit entfernten Mietshauses auf der anderen Straßenseite sitzen. Ein dünner, zitronengelber Dunst stieg von seinen angelegten, prähistorischen Schwingen auf.

Siehst du das wirklich? fragte ein Teil seines Verstands zweifelnd. *Bist du ganz sicher, Ralph? Bist du wirklich, völlig sicher?*

Ich sehe es wirklich. Glücklicherweise oder unglücklicherweise sehe ich alles ... aber wenn es einen geeigneten Zeitpunkt gibt, so etwas zu sehen, dann nicht jetzt.

Er konzentrierte sich und spürte dieses innere Blinzeln tief in seinem Verstand. Der Vogel verschwand wie das Geisterbild auf einem Fernsehschirm. Die warm leuchtende, über den Morgen ausgebreitete Farbenpalette verlor ihre pulsierende Kraft. Er nahm den anderen Teil der Welt lange genug wahr, daß er sehen konnte, wie die Farben ineinander liefen und einen hellen, grau-blauen Dunst bildeten, den er an dem Tag gesehen hatte, als er mit Joe Wyzer auf Kaffee und Kuchen im Day Break, Sun Down gewesen war – der unscharfe Nimbuseffekt, der seinen Zugang zur Welt der Auren markierte.

Dann war auch der verschwunden. Ralph verspürte das fast erdrückende Bedürfnis, sich zusammenzurollen, den Kopf auf den Arm zu betten und zu schlafen. Statt dessen atmete er in tiefen Zügen, sog jeden etwas tiefer in die Lungen, und drehte den Zündschlüssel herum. Der Motor erwachte mit einem Aufheulen zum Leben, begleitet von dem tickenden Geräusch. Es war jetzt viel lauter.

»Was ist das?« fragte Lois.

»Ich weiß nicht«, sagte Ralph, aber er glaubte, daß er es wußte – entweder eine Pleuelstange oder ein Kolben. Was auch immer, sie würden in der Tinte sitzen, wenn es schlimmer wurde. Schließlich ließ das Geräusch nach, und Ralph stellte den Schalthebel auf Fahrt. »Gib mir einfach einen festen Stoß, wenn du siehst, daß ich eindöse, Lois.«

»Worauf du dich verlassen kannst«, sagte sie. »Und jetzt fahren wir.«

Kapitel 21

I

Das Dunkin Donuts in der Newport Avenue war ein fröhliches rosa Zuckerhäuschen in einer häßlichen Nachbarschaft von Reihenhäusern. Die meisten waren innerhalb eines einzigen Jahres erbaut worden, 1946, und fielen bereits auseinander. Dies war Derrys Old Cape, wo alte Autos, deren Auspufftöpfe mit Draht festgebunden waren, Stoßstangenaufkleber mit Aufschriften wie GEBT MIR NICHT DIE SCHULD, ICH HABE FÜR PEROT GESTIMMT und BIS ZUM ENDE MIT DER N. R. A. trugen; wo kein Haus vollständig war, wenn nicht mindestens ein Big Wheel Spielzeuglaster von Fisher Price auf dem vertrockneten Rasen stand; wo Mädchen mit sechzehn Drogen einwarfen und allzu häufig mit vierundzwanzig stumpfe Augen und dicke Hintern hatten und Mütter von drei Kindern waren.

Zwei Jungs mit neonfarbenen Fahrrädern und extravaganten Lenkern sausten auf dem Parkplatz herum und kreuzten ihre Bahnen mit einem Geschick, das auf solide Übung mit Videospielen und eine mögliche hochdotierte Laufbahn als Fluglotse hindeutete … das heißt, wenn es ihnen gelang, Koks und Autounfällen aus dem Weg zu gehen. Beide trugen die Mützen verkehrt herum. Ralph fragte sich kurz, warum sie an einem Freitagmorgen nicht in der Schule oder zumindest auf dem Weg dorthin waren, kam aber zu dem Ergebnis, daß es ihn nicht interessierte. Sie wahrscheinlich auch nicht.

Plötzlich stießen die beiden Räder zusammen, obwohl die Jungs es bisher erfolgreich geschafft hatten, einander auszuweichen. Beide Jungs fielen zu Boden, sprangen aber sofort wieder auf die Füße. Ralph stellt erleichtert fest, daß keinem etwas geschehen war; ihre Auren flackerten nicht einmal.

»Verdammte Pißnelke!« rief derjenige im Nirvana T-Shirt seinem Freund ärgerlich zu. Er war etwa elf. »Was, zum Teufel, ist los mit dir? Du fährst wie alte Leute ficken!«

»Ich hab was gehört«, sagte der andere und setzte sich die Mütze penibel wieder auf das schmutzige blonde Haar. »'n verdammt lauten Knall. Willst du behaupten, du hast nichts gehört? Ey, Mann!«

»Einen Scheiß hab ich gehört«, sagte der Nirvana-Junge. Er hielt die Handflächen hoch, die jetzt schmutzig waren (oder auch nur schmutziger) und aus zwei oder drei unbedeutenden Aufschürfungen bluteten. »Sieh dir diesen Scheiß-Asphaltschorf an!«

»Du wirst es überleben«, sagte sein Freund mit bemerkenswert wenig Mitgefühl.

»Klar, aber –« Der Nirvana-Junge bemerkte Ralph, der an seinem rostigen Oldsmobile lehnte, die Hände in den Taschen, und sie beobachtete. »Was gibts'n anzugaffen?«

»Dich und deinen Freund«, sagte Ralph. »Mehr nicht.«

»Mehr nicht, hm?«

»Jawohl – das ist alles.«

Der Nirvana-Junge sah seinen Freund an, dann Ralph. In seinen Augen leuchtete ein unverhohlener Argwohn, wie man ihn, fand Ralph, nur in Old Cape finden konnte. »Haben Sie'n Problem?«

»Ich nicht«, sagte Ralph. Er hatte ziemlich viel von der Aura des Nirvana-Jungen inhaliert und fühlte sich jetzt ein wenig wie Superman auf Speed. Außerdem fühlte er sich wie ein Kinderschänder. »Ich habe mir nur überlegt, daß wir nicht wie du und dein Freund geredet haben, als wir noch Kinder waren.«

Der Nirvana-Junge betrachtete ihn frech. »Ach ja? Und wie haben Sie geredet?«

»Ich kann mich nicht mehr erinnern«, sagte Ralph, »aber ich glaube nicht, daß wir uns so sehr wie Pißköpfe angehört haben.« Er wandte sich von ihnen ab, als er das Fliegengitter zuschlagen hörte. Lois kam mit einem großen Becher Kaffee in jeder Hand aus dem Dunkin Donuts heraus. Derweil sprangen die Jungs auf ihre neonfarbenen Fahrräder und brausten davon, wobei der Nirvana-Junge Ralph einen letzten mißtrauischen Blick über die Schulter zuwarf.

»Kannst du das hier trinken und gleichzeitig Auto fahren?« fragte Lois und gab ihm einen Kaffee.

»Ich denke schon«, sagte Ralph, »aber ich brauche ihn eigentlich nicht mehr. Mir geht es blendend, Lois.«

Sie sah den beiden Jungs nach und nickte. »Gehen wir.«

2

Die Welt rings um sie herum leuchtete grell, als sie auf der Route 33 zum ehemaligen Barrett's Orchards fuhren, und sie mußten auf der Leiter der Wahrnehmung nicht eine einzige Stufe hinauf, um das zu sehen. Die Stadt blieb hinter ihnen zurück, sie fuhren durch einen Wald, der in Herbstfarben lichterloh brannte. Der Himmel war ein blaues Band über der Straße, und der Schatten des Oldsmobile folgte ihnen seitlich und flackerte über Blätter und Äste.

»O Gott, es ist so wunderschön«, sagte Lois. »Ist das nicht wunderbar, Ralph?«

»Ja. Ist es.«

»Weißt du, was ich mir wünsche? Mehr als alles andere?«

Er schüttelte den Kopf.

»Daß wir einfach an den Straßenrand fahren könnten – das Auto abstellen, aussteigen und ein Stück in den Wald hineingehen. Eine Lichtung suchen, in der Sonne sitzen und zu den Wolken hinaufschauen. Du würdest sagen: ›Schau dir die an, Lois, die sieht aus wie ein Pferd.‹ Und ich würde sagen: ›Schau da rüber, Ralph, da ist ein Mann mit einem Besen.‹ Wäre das nicht schön?«

»Ja«, sagte Ralph. Links von ihnen tat sich ein schmaler Korridor im Wald auf; Strommasten marschierten den steilen Hang hinunter wie Soldaten. Dazwischen glänzten Hochspannungsleitungen silbern im Sonnenlicht, fein wie Spinnweben. Die Ansätze der Masten waren in dichten Sumachstauden verborgen, und als Ralph in die Höhe schaute, sah er einen Falken über der Schneise kreisen, der mit einem Aufwind segelte, so unsichtbar wie die Welt der Auren. »Ja«, sagte er noch einmal. »Das wäre schön. Vielleicht kommen wir sogar einmal dazu, es zu tun. Aber ...«

»Aber was?«

»›Was ich auch tue, ich tue es rasch, damit ich etwas anderes tun kann‹«, sagte Ralph.

Sie sah ihn etwas betroffen an. »Was für eine schreckliche Vorstellung!« sagte sie.

»Ja. Ich glaube, die meisten wahren Einsichten *sind* schrecklich. Es stammt aus einem Gedichtband mit dem Titel *Cemetery Nights.* Dorrance Marstellar hat ihn mir an dem Tag gegeben, als er in mein Apartment geschlichen ist und die Spraydose Bodyguard in meine Jackentasche gesteckt hat.«

Er sah in den Rückspiegel und konnte mindestens zwei Meilen der Route 33 hinter ihnen sehen, ein schwarzer Streifen durch die lodernden Wälder. Sonnenlicht funkelte auf Chrom. Ein Auto. Möglicherweise zwei. Und wie es aussah, holten sie schnell auf.

»Der alte Dor«, sagte sie.

»Ja. Weißt du, Lois, ich glaube, er gehört auch dazu. Ich *weiß,* daß er die Auren auch sieht – als ich zu verhindern versuchte, daß Ed und der andere Typ einander an dem besagten Tag die Nasen blutig prügelten, sagte Dor, ich sollte Ed nicht berühren. Ich glaube, er hat schon damals das Leichentuch um Ed herum gesehen.«

»Vielleicht«, sagte sie. »Und wenn Ed ein Sonderfall ist, ist Dorrance vielleicht auch einer.«

»Ja, der Gedanke ist mir auch schon gekommen. Das Interessanteste an ihm – dem alten Dor, meine ich, nicht Ed –, ist die Tatsache, daß Klotho und Lachesis scheinbar nichts von ihm wissen. Als würde er aus einer vollig anderen Gegend stammen.«

»Was meinst du damit?«

»Ich bin nicht sicher, nicht ganz. Aber Mr. K. und Mr. L. haben ihn nicht einmal *erwähnt,* und das ... das scheint ...«

Er sah in den Rückspiegel. Jetzt sah er ein viertes Auto hinter den anderen, das allerdings rasch aufholte, und er konnte blaue Blinklichter auf den drei anderen erkennen. Polizeiautos. Unterwegs nach Newport? Nein, wahrscheinlich zu einem etwas näher gelegenen Ort.

Vielleicht sind sie hinter uns her, überlegte Ralph. *Vielleicht hat*

Lois' Einflüsterung, die Richards sollte vergessen, daß wir je dort gewesen sind, nicht standgehalten.

Aber würde die Polizei vier Streifenwagen hinter zwei alten Leutchen in einem rostigen Oldsmobile herschicken? Das glaubte Ralph nicht. Plötzlich tauchte Helens Gesicht vor seinem geistigen Auge auf. Er verspürte ein flaues Gefühl im Magen, als er den Olds an den Straßenrand steuerte.

»Ralph? Was …?« Dann hörte sie die anschwellenden Sirenen, drehte sich auf dem Sitz um und riß erschrocken die Augen auf. Die ersten drei Streifenwagen donnerten mit über achtzig Meilen pro Stunde an ihnen vorbei, ließen Geröll auf Ralphs Auto niederregnen und wirbelten das Laub hinter sich zu tanzenden Derwischen auf.

»Ralph!« kreischte sie fast. »Wenn es nun High Ridge ist? Helen ist da draußen! *Helen und das Baby!*«

»Ich weiß«, sagte Ralph, und als das vierte Polizeiauto so schnell an ihnen vorbeiraste, daß der Olds auf den Stoßdämpfern schwankte, spürte er dieses innere Blinzeln wieder. Er streckte die Hand nach dem Schalthebel aus, aber sie blieb zehn Zentimeter darüber in der Luft stehen. Sein Blick war auf den Horizont gerichtet. Der Fleck dort sah nicht so geisterhaft aus wie der schwarze Schirm, den sie über dem Bürgerhaus gesehen hatten, aber Ralph wußte, daß er genau dasselbe darstellte: ein Leichentuch.

3

»Schneller!« schrie Lois ihn an. »Fahr schneller, Ralph!«

»Ich kann nicht«, sagte er. Er hatte die Zähne zusammengebissen, die Worte kamen gepreßt heraus. »Ich fahre schon Bleifuß.« *Außerdem,* fügte er nicht hinzu, *bin ich seit fünfunddreißig Jahren nicht mehr so schnell gefahren, und ich habe eine Heidenangst.*

Die Geschwindigkeitsanzeige zitterte eine Haaresbreite über der 80 auf dem Tachometer; der Wald sauste als gelbe und rote und magentafarbene Schlieren vorbei; der Motor unter der Haube tickte nicht mehr nur, er hämmerte wie eine ganze Schwadron Schmiede auf einem Amboß. Trotzdem holten drei weitere Polizeiautos, die Ralph jetzt im Rückspiegel sah, mühelos auf.

Vor ihnen machte die Straße eine scharfe Rechtskurve. Gegen jeden Instinkt machte Ralph keinerlei Anstalten zu bremsen. Er nahm den Fuß vom Gas, als sie in die Kurve rasten ... dann trat er das Pedal wieder durch, als er spürte, wie der Wagen hinten wegschmieren wollte. Er saß jetzt über das Lenkrad gekauert, biß sich mit den oberen Zähnen fest auf die Unterlippe, und die weit aufgerissenen Augen quollen ihm unter den buschigen Brauen fast aus den Höhlen. Die Hinterreifen der Limousine quietschten, und Lois, die verzweifelt an der Rückenlehne des Sitzes Halt suchte, kippte gegen ihn. Ralph klammerte sich mit verschwitzten Fingern an das Lenkrad und wartete darauf, daß der Wagen sich überschlagen würde. Der Olds war jedoch eines der letzten wahren Straßenungeheuer aus Detroit, breit und schwer und tiefliegend. Er schaffte es durch die Kurve, und auf der anderen Seite sah Ralph links ein rotes Farmhaus. Zwei Scheunen standen dahinter.

»Ralph, da ist die Abzweigung!«

»Ich sehe sie.«

Die neue Kolonne von Polizeiautos hatte sie eingeholt und scherte zum Überholen aus. Ralph fuhr so weit rechts, wie er konnte, und hoffte, daß keiner der Streifenwagen ihn bei dieser Geschwindigkeit streifen würde. Nichts passierte; sie sausten in dichter Formation vorbei, fast Stoßstange an Stoßstange, bogen links ab und den langgezogenen Hügel hinauf, der zu High Ridge führte.

»Festhalten, Lois.«

»Oh, das tue ich, das tue ich«, sagte sie. »Ich halte mich fest wie verrückt.«

Der Olds schlitterte fast seitwärts weg, als Ralph auf die Straße nach links bog, die er und Carolyn stets Orchard Road genannt hatten. Wäre der schmale Feldweg geteert gewesen, wäre das große Automobil wahrscheinlich umgekippt wie ein Stuntwagen in einer Motorshow. Aber sie war nicht geteert, und daher überschlug sich der Olds nicht, sondern rutschte nur wie wild und wirbelte Staubwolken auf. Lois stieß einen schrillen, atemlosen Schrei aus, und Ralph warf ihr einen raschen Blick zu.

»Fahr zu!« Sie deutete ungeduldig auf die Straße vor ihnen, und in diesem Augenblick sah sie Carolyn auf so unheimliche Weise ähnlich, daß Ralph fast glaubte, er hätte ein Gespenst neben sich sitzen. Er fragte sich, was Carolyn, die in ihren letzten fünf Lebensjahren fast eine Weltanschauung daraus gemacht hatte, ihm zu sagen, daß er schneller fahren sollte, von *dieser* kleinen Spritztour aufs Land gehalten hätte. »Nimm keine Rücksicht auf mich, achte auf die Straße!«

Jetzt bogen noch mehr Polizeiautos auf die Orchard Road ab. Wie viele waren es insgesamt? Ralph wußte es nicht; er hatte den Überblick verloren. Möglicherweise alles in allem ein Dutzend. Er steuerte den Olds nach rechts bis die beiden äußeren Reifen am Rand eines gefährlich aussehenden Straßengrabens dahinrollten, und die Verstärkung – drei Streifenwagen mit der goldenen Aufschrift DERRY POLICE auf den Seiten – rauschte vorbei und wirbelte erneute Schauer von Staub und Kies auf. Einen Augenblick sah Ralph einen uniformierten Polizisten, der sich aus einem der Streifenwagen lehnte und ihm zuwinkte, und dann verschwand der Olds in einer gelben Staubwolke. Ralph kämpfte den erneuten und stärkeren Impuls nieder, auf die Bremse zu treten, indem er an Helen und Nat dachte. Einen Augenblick später konnte er wieder sehen – jedenfalls mehr oder weniger. Die letzte Staffel Polizeiautos war schon fast halb den Hügel hinauf.

»Dieser Cop hat dich zurückgewunken, oder?« fragte Lois.

»Klar.«

»Sie werden uns nicht einmal in die Nähe lassen.« Sie sah den schwarzen, schmierigen Fleck auf dem Hügel mit großen, betroffenen Augen an.

»Wir werden so nahe rankommen wie nötig.« Ralph sah in den Rückspiegel nach weiteren Fahrzeugen, konnte aber nur noch schwebenden Straßenstaub erkennen.

»Ralph?«

»Was?«

»Bist du oben? Siehst du die Farben?«

Er sah sie kurz an. Sie sah immer noch wunderschön aus, und unfaßbar jugendlich, aber von einer Aura war keine Spur zu sehen. »Nein«, sagte er. »Du?«

»Ich weiß nicht. *Das da* sehe ich immer noch.« Sie deutete durch die Windschutzscheibe auf den dunklen Fleck über dem Hügel. »Was ist das? Wenn es kein Leichentuch ist, was dann?«

Er machte den Mund auf, um in Worte zu fassen, was sie auf einer bestimmten Ebene bereits wissen mußte – es war Rauch, und da oben konnte höchstwahrscheinlich nur eines brennen –, aber bevor er ein Wort sagen konnte, ertönte ein gewaltiger, überhitzter Knall aus dem Motorblock des Oldsmobile. Die Haube erzitterte und wölbte sich sogar an einer Stelle, als hätte eine Faust wütend von innen dagegen geschlagen. Das Auto schnellte einmal ruckartig vorwärts, was sich wie ein Schluckauf anfühlte; die roten Warnlichter gingen an, und der Motor starb ab.

Er steuerte den Olds an die weiche Böschung, und als der Rand unter den rechten Reifen nachgab und das Auto in den Graben kippte, verspürte Ralph die deutliche, klare Vorahnung, daß er gerade seine letzte Dienstfahrt als Betreiber eines Motorfahrzeugs hinter sich gebracht hatte. Bei diesem Gedanken verspürte er nicht das geringste Bedauern.

»Was ist passiert?« fragte Lois mit einem Anflug von Hysterie.

»Kolbenfresser«, sagte er. »Sieht aus, als müßten wir den Rest des Wegs auf Schusters Rappen zurücklegen, Lois. Steig auf meiner Seite aus, damit du nicht im Schlamm versinkst.«

4

Eine frische Brise wehte von Westen, und als sie aus dem Auto ausgestiegen waren, nahmen sie den Geruch von Rauch, der von der Hügelkuppe herunterwehte, deutlich wahr. Die letzten fünfhundert Meter legten sie zurück, ohne darüber zu sprechen, sie gingen Hand in Hand, und sie gingen schnell. Als sie den Streifenwagen sahen, der quer über die Straße stand, stiegen ganze Rauchwolken über den Bäumen auf, und Lois rang keuchend nach Luft.

»Lois? Alles in Ordnung?«

Plötzlich überkam ihn die gräßliche Erinnerung an das Bild, das Lachesis ihnen in dem Fächer aus Licht zwischen seinen Fingern gezeigt hatte: Bill McGovern, der zuerst hinter dem Mann mit der pflaumenfarbenen Aura zurückblieb und sich dann mit einer Hand an der Wand abstützte und sich bückte wie ein ausgepumpter Läufer. Wie fühlte sich der Beginn eines Herzanfalls an? Wie ein rostiges Skalpell in der Brust, das sucht, sich dreht, alle wichtigen Leitungen und Röhren durchschneidet, die die Maschine versorgen? Ralph vermutete, daß es sich so verhielt. Und wenn Lois so etwas zustoßen sollte …

»Ja?« wollte er wissen, packte sie an den Schultern und drehte sie zu sich um. »Hast du Schmerzen in der –«

»Mir geht es gut«, keuchte sie. »Ich wiege nur zu –«

Peng-peng-peng: Pistolenschüsse hinter dem Auto, das die Straße versperrte. Ihnen folgte ein heiserer, hustender Laut, den Ralph mühelos aus Nachrichtensendungen über Bürgerkriege in Ländern der Dritten Welt und über Schießereien in amerikanischen Städten der Dritten Welt kannte: eine auf Schnellfeuer gestellte automatische Waffe. Weitere Pistolenschüsse, dann der lautere, rauhere Knall einer Schrotflinte. Darauf folgte ein Schmerzensschrei, bei dem Ralph zusammenzuckte und sich die Ohren zuhalten wollte. Er nahm an, daß es der Schrei einer Frau war, und da fiel ihm plötzlich wieder ein, woran er sich nicht mehr hatte erinnern können: der Nachname der Frau, die John Leydecker erwähnt hatte. Sandra McKay.

Daß ihm das gerade in diesem Augenblick wieder einfiel, erfüllte ihn mit unbegründetem Entsetzen. Er versuchte sich einzureden, daß jeder x-beliebige geschrien haben konnte – selbst Männer hörten sich manchmal wie Frauen an, wenn sie verletzt worden waren –, aber er wußte es besser. Sie war es. *Sie* waren es alle. Eds Irre. Sie hatten einen Anschlag auf High Ridge verübt.

Hinter ihnen weitere Sirenen. Der Geruch von Rauch, jetzt dicker. Lois sah ihn mit erschrockenen, ängstlichen Augen an und rang weiter nach Luft. Ralph sah bergauf und erblickte einen silbernen Briefkasten am Wegesrand. Selbstverständlich stand kein Name darauf; die Frauen von High Ridge hatten sich größte Mühe gegeben, unauffällig zu bleiben und ihre Anonymität zu wahren, was ihnen heute freilich wenig genützt hatte. Die Flagge des Briefkastens zeigte nach oben. Jemand hatte einen Brief für den Briefträger eingeworfen. Da mußte Ralph an den Brief denken, den Helen *ihm* von High Ridge geschrieben hatte – ein zurückhaltender Brief, aber dennoch voller Hoffnung.

Weitere Schüsse. Das Heulen eines Querschlägers. Berstendes Glas. Ein Aufschrei, der Wut ausdrücken konnte, wahrscheinlicher aber Schmerzen. Das hungrige Prasseln heißer Flammen, die trockenes Holz verschlangen. An- und abschwellende Sirenen. Und Lois' dunkle spanische Augen, die auf ihn gerichtet waren, denn er war der Mann, und sie war in dem Glauben erzogen worden, daß Männer wußten, was in solchen Situationen zu tun war.

Dann tu etwas! schrie er sich selbst an. *Um Himmels willen,* tu *etwas!*

Aber was? Vernunft und logisches Denken verschwanden hinter einer Windhose durcheinanderwirbelnder Bilder: Bills Panamahut mit der angebissenen Krempe; leuchtende Spuren – die Spuren des weißen Mannes – auf dem Bürgersteig vor May Lochers Haus; Trigger Vachons Brieftasche, die auf- und zuklappte, als er Ralph winkte, damit er anhalten sollte; ein fliegender Dumbo, zwischen dessen übergroße, ausgebreitete Ohren das Bild von Susan Day geklebt worden war.

»PICKERING!« bellte eine lautsprecherverstärkte Stimme hinter der Stelle, wo sich der Weg in eine Schonung junger, weihnachtsbaumgroßer Fichten verzweigte. Ralph konnte jetzt rote Funken und orangefarbene Flammenzungen in dem dichten Rauch über den Fichten sehen. *»PICKERING! ES SIND FRAUEN DA DRIN! LASSEN SIE UNS DIE FRAUEN IN SICHERHEIT BRINGEN!«*

»Er *weiß*, daß Frauen da drin sind«, murmelte Lois. »Ist ihnen nicht klar, daß er das weiß? Sind sie *dumm*, Ralph?«

Ein seltsam bebender Schrei antwortete dem Polizisten mit der Flüstertüte, und Ralph merkte erst nach einer oder zwei Sekunden, daß es sich bei der Antwort um eine Art Gelächter handelte. Eine weitere Salve automatischen Gewehrfeuers ertönte. Sie wurde von einem Bombardement von Pistolen- und Flintenschüssen beantwortet.

Lois drückte Ralphs Hand mit kalten Fingern. »Was sollen wir tun, Ralph? Was sollen wir jetzt tun?«

Er betrachtete die grau-schwarzen Rauchschwaden über den Bäumen, dann die Polizeiautos, die den Hügel heraufgerast kamen – diesmal mehr als ein halbes Dutzend – und zuletzt Lois' blasses, verhärmtes Gesicht. Sein Denken klärte sich ein kleines bißchen – nicht sehr, aber soweit, daß ihm klar wurde, es gab nur eine mögliche Antwort auf ihre Frage.

»Wir gehen rauf«, sagte er.

5

Blinzel! und die Flammen, die über dem Fichtenhain loderten, wurden von Orange zu Grün. Das gierige Prasseln klang gedämpfter, wie Kracher, die in einer geschlossenen Kiste explodieren. Ralph, der immer noch Lois' Hand hielt, führte sie an der vorderen Stoßstange des Polizeiautos vorbei, das als Straßensperre quergestellt worden war.

Die neu eingetroffenen Streifenwagen hielten vor der Straßensperre. Männer in blauen Uniformen stiegen aus, noch ehe sie richtig zum Stillstand gekommen waren. Mehrere trugen Tränengaspistolen, fast alle dicke schwarze Westen. Einer von ihnen sprintete durch Ralph hindurch wie ein warmer Windstoß, bevor er beiseite springen konnte: ein junger Mann namens David Wilbert, der glaubte, daß seine Frau eine Affäre mit ihrem Boss im Maklerbüro hatte, wo sie als Sekretärin arbeitete. Aber die Frage seiner Frau war, zumindest vorübergehend, von David Wilberts fast unerträglichem Drang zu pinkeln und dem fortwährenden ängstlichen Gesang verdrängt worden, der sich wie eine Schlange durch sein ganzes Denken wand:

[»Du wirst dich nicht blamieren, *du wirst dich* nicht *blamieren, nein, nein, nein.«]*

»PICKERING!« bellte die Megaphonstimme, und Ralph stellte fest, daß er die Worte tatsächlich im Mund schmecken konnte, wie kleine Silberkügelchen. *»IHRE FREUNDE SIND TOT, PICKERING! WERFEN SIE DIE WAFFE WEG UND KOMMEN SIE AUF DEN HOF! LASSEN SIE UNS DIE FRAUEN IN SICHERHEIT BRINGEN!«*

Ralph und Lois, unsichtbar für die Männer, die um sie herum liefen, gingen um die Ecke und kamen zu einem Knäuel von Polizeiautos an einer Stelle, wo die Straße zur auf beiden Seiten von Blumenkästen mit bunten Herbstblumen gesäumten Einfahrt wurde.

Die weibliche Note, welch freundlicher Bote, dachte Ralph.

Die Einfahrt führte zum Hof eines geräumigen, mindestens siebzig Jahre alten Farmhauses. Es war zweistöckig und hatte zwei Flügel und eine große Veranda, die an der gesamten Länge des Gebäudes verlief und einen herrlichen Ausblick nach Westen bot, wo dunstige blaue Berge im Morgenlicht aufragten. In diesem Haus mit seiner friedlichen Aussicht hatte einmal die Familie Barrett mit ihrem Apfelgeschäft gewohnt, und in neuerer Zeit Dutzende geprügelter, ängstlicher Frauen, aber ein Blick verriet Ralph, daß morgen früh niemand mehr hier wohnen würde. Der Südflügel brannte lichterloh, und diese Seite der Veranda fing ebenfalls gerade Feuer; Flammenzungen stießen zu den Fenstern heraus und leckten gierig an den Erkern entlang, so daß Schindeln als feurige Splitter in die Luft stoben. Am anderen Ende der Veranda sah er einen Schaukelstuhl aus geflochtenem Peddigrohr brennen. Ein halb gestrickter Schal lag auf einer Armlehne; die Stricknadeln, die daran herunterbaumelten, waren weißglühend. Irgendwo ließ ein Glockenspiel eine nervtötend monotone Melodie erklingen.

Eine tote Frau im grünen Drillichanzug und einer Fliegerjacke lag kopfunter auf der Verandatreppe und sah durch blutverschmierte Brillengläser himmelwärts. Sie hatte Schmutz im Haar, eine Pistole in der Hand und ein unregelmäßiges schwarzes Loch in der Bauchgegend. Am nördlichen Ende der Veranda hing ein Mann über dem Geländer, der einen Fuß auf der Hollywood-Schaukel aufgestützt hatte. Auch er trug Drillichzeug und eine Fliegerjacke. Unter ihm im Blumenbeet lag ein Sturmgewehr mit aufgestecktem Magazin. Blut rann an seinen Fingern hinab und tropfte von den Nägeln. In Ralphs gesteigerter Wahrnehmung sahen die Tropfen schwarz und tot aus.

Felton, dachte er. *Wenn die Polizisten noch Pickerings Namen rufen – falls er sich im Inneren des Hauses aufhält –, dann muß das Frank Felton sein. Und was ist mit Susan Day? Ed hält sich irgendwo an der Küste auf – Lois schien ganz sicher zu sein, und ich denke, sie hat recht –, aber wenn Susan Day da drinnen ist? Herrgott, wäre das möglich?*

Es wäre sicher möglich, aber diese Möglichkeit war im Augenblick zweitrangig. Helen und Natalie waren mit Sicherheit da drinnen, zusammen mit weiß Gott wie vielen hilflosen und verängstigten Frauen, und *darauf* kam es an.

Aus dem Innern des Hauses ertönte das Geräusch von splitterndem Glas, gefolgt von einer leisen Explosion – fast einem Seufzen. Ralph sah neue Flammen hinter der Glasscheibe der Eingangstür emporlodern.

Molotowcocktails, dachte er. *Charlie Pickering hat endlich die Möglichkeit bekommen, ein paar zu werfen. Wie schön für ihn.*

Ralph wußte nicht, wieviele Polizisten sich hinter den am Ende der Einfahrt geparkten Autos duckten – es schienen knapp dreißig zu sein –, aber die beiden, die Ed Deepneau verhaftet hatten, sah er gleich. Chris Nell kauerte hinter dem Vorderreifen des am nächsten beim Haus geparkten Autos, und John Leydecker, der eine Baseballjacke der Maine Black Bears und Chino-Hosen und trug, hockte auf einem Knie neben ihm. Nell war derjenige mit dem Megaphon, und als Ralph und Lois sich der Polizeifestung näherten, sah er Leydecker an. Leydecker nickte, deutete auf das Haus und zeigte Nell dann die Handflächen, eine Geste, die Ralph mit Leichtigkeit deuten konnte: *Sei vorsichtig.* In Chris Nells Aura las er etwas Beunruhigenderes: der junge Mann war zu aufgeregt, um vorsichtig zu sein. Zu aufgekratzt. Und fast als wäre Ralphs Gedanke der Auslöser dafür gewesen, veränderte Chris Nells Aura die Farbe. Sie pulsierte mit unerbittlicher Geschwindigkeit von Hellblau über Dunkelgrau zu einem toten Schwarz.

»GEBEN SIE AUF, PICKERING!« schrie Nell, der nicht wußte, daß er ein toter Mann war, der noch atmete.

Der Metallschaft eines Sturmgewehrs wurde im Erdgeschoß des Nordflügels durch eine Fensterscheibe gestoßen und verschwand wieder. Im selben Augenblick explodierte die Lampe über der Eingangstür; Glasscherben regneten auf die Veranda. Flammen loderten brüllend aus der Öffnung heraus. Eine Sekunde später brach das Dach selbst auf, als hätte eine unsichtbare Hand es geschüttelt. Nell beugte sich weiter nach vorne – möglicherweise dachte er, daß der Schütze endlich zur Vernunft gekommen war und aufgab.

Ralph, schreiend: *[»Ziehen Sie ihn zurück, Johnny! ZIEHEN SIE IHN ZURÜCK!«]*

Das Gewehr wurde wieder herausgestreckt, diesmal mit dem Lauf zuerst.

Leydecker griff nach Nells Kragen, aber er war zu langsam. Die automatische Waffe hustete schnell und trocken, und Ralph hörte das metallische *Boing!Boing!Boing!* von Kugeln, die durch das dünne Stahlblech des Streifenwagens schlugen. Chris Nells Aura war jetzt völlig schwarz – sie war zu einem Leichentuch geworden. Er wurde seitwärts geschleudert, als ihn eine Kugel am Hals traf und aus Leydeckers Griff riß, und als er zu Boden fiel, zuckte ein Fuß krampfhaft. Das Megaphon fiel ihm mit dem kurzen Pfeifen einer Rückkopplung aus der Hand. Einer der Polizisten hinter den anderen Autos schrie vor Schreck und Überraschung. Lois' Aufschrei war viel lauter.

Weitere Kugeln mähten eine Bahn über den Hof auf Nell zu und schlugen winzige Löcher in die Schenkel seiner blauen Uniformhose. Ralph konnte den Mann gerade noch in dem Leichentuch erkennen, das ihn erstickte; er unternahm vergebliche Versuche, sich herumzuwälzen und aufzustehen. Sein Bemühen hatte etwas unaussprechlich Gräßliches – für

Ralph war es, als würde er eine Kreatur in einem Fischernetz sehen, die in seichtem, schmutzigem Wasser ertrank.

Leydecker schnellte hinter dem Polizeiauto hervor, und als seine Finger in der schwarzen Membran versanken, die Chris Nell einhüllte, hörte Ralph den alten Dor sagen: *Ich an deiner Stelle würde ihn nicht mehr anfassen. Ich kann deine Hände nicht sehen.*

Lois: *[»Nicht! Nicht, er ist tot, er ist schon tot!«]*

Die Waffe die aus dem Fenster ragte, war nach rechts geschwenkt worden. Nun glitt sie langsam wieder in Leydeckers Richtung – offenbar war der Mann dahinter unverletzt, der Kugelhagel von den anderen Polizisten hatte ihn nicht abschrecken und ihm offenbar auch nichts anhaben können. Ralph hob die rechte Hand und ließ sie wieder wie bei einem Karateschlag heruntersausen, aber diesmal erzeugte er keinen Lichtstrahl, sondern etwas, das wie eine große blaue Träne aussah. Sie breitete sich über Leydeckers gelbe Aura aus, als mit dem zum Fenster herausragenden Gewehr gerade wieder das Feuer eröffnet wurde. Ralph sah zwei Kugeln in den Baum rechts von Leydecker einschlagen; Rindensplitter flogen in die Luft, schwarze Löcher erschienen im gelblichweißen Holz der Fichte. Eine dritte prallte gegen den blauen Schutzschirm, der Leydeckers Aura umhüllte – Ralph sah ganz kurz etwas Rotes links von der Schläfe des Detective aufleuchten und hörte ein kurzes Heulen, als die Kugel als Querschläger davonsauste, der wegsprang wie ein flacher Stein auf der Oberfläche eines Sees.

Leydecker zog Nell hinter das Auto, sah ihn an, riß die Fahrertür auf und warf sich auf den Vordersitz. Ralph konnte ihn nicht mehr sehen, hörte aber, wie er jemanden über Funk anbrüllte, wo, zum Teufel, denn die Rettungswagen blieben.

Wieder zerbarst Glas, und Lois zupfte hektisch an Ralphs Ärmel und deutete auf etwas – auf einen Backstein, der, sich überschlagend, auf den Hof fiel. Er kam aus einem der niederen, schmalen Fenster am Anfang des Nordflügels. Diese Fenster wurden fast von den Blumenbeeten rings um das Haus herum verdeckt.

»Helft uns!« schrie eine Stimme durch das geborstene Fenster, während der Mann mit dem Gewehr unwillkürlich auf den fliegenden Stein feuerte, worauf roter Staub aufwirbelte und der Backstein in drei Teile zerbrach. Weder Ralph noch Lois hatten diese Stimme jemals zu einem schrillen Kreischen erhoben gehört, aber beide erkannten sie dennoch sofort; es war Helen Deepneaus Stimme. *»Helft uns, bitte! Wir sind im Keller! Wir haben Kinder bei uns! Bitte laßt uns nicht verbrennen, WIR HABEN KINDER BEI UNS!«*

Ralph und Lois sahen sich mit weit aufgerissenen Augen kurz an, dann rannten sie auf das Haus zu.

6

Zwei uniformierte Gestalten, die in ihren unförmigen kugelsicheren Westen mehr Ähnlichkeit mit Footballspielern als mit Cops hatten, schnellten hinter einem der Streifenwagen hervor und liefen mit erhobenen Waffen schnurstracks auf die Veranda zu. Als sie den Hof diagonal überquerten, beugte sich Charlie Pickering unbändig lachend, das graue Haar zerzauster denn je, aus seinem Fenster heraus. Der Kugelhagel, der ihn begrüßte, war gewaltig, er überschüttete ihn mit Splittern der Fensterrahmen und riß sogar die rostige Dachrinne über seinem Kopf herunter – sie landete mit einem hohlen *Bong* auf der Veranda –, aber keine einzige Kugel traf ihn.

Wie können sie ihn verfehlen? dachte Ralph, während er und Lois auf die Veranda stiegen und den limonenfarbenen Flammen entgegentraten, die zur offenen Eingangstür herausloderten. *Herrgott, sie sind fast vor seiner Nase, wie* können *sie ihn verfehlen?*

Aber er wußte wie … und warum. Klotho hatte ihnen erzählt, daß Atropos und Ed Deepneau von Kräften umgeben seien, die zwar böse seien, aber auch einen gewissen Schutz bedeuteten. War es nicht wahrscheinlich, daß diese Kräfte nun Charlie Pickering beschützten, so wie Ralph selbst John Leydecker abgeschirmt hatte, als der die Deckung des Polizeiautos verließ, um seinen Kollegen aus dem Schußfeld zu ziehen?

Pickering eröffnete das Feuer auf die heranstürmenden Polizeibeamten. Er zielte tief, womit die kugelsicheren Westen so gut wie wertlos waren, und schlug die Beine unter ihnen weg. Einer stürzte und blieb reglos liegen; der andere kroch zurück, woher er gekommen war, und schrie dabei, er sei getroffen, er sei getroffen, Scheiße, er sei schwer getroffen.

»Barbecue!« schrie Pickering mit seiner kreischenden, lachenden Stimme zum Fenster hinaus. *»Barbecue! Barbecue! Heiliges Grillfest! Verbrennt die Weiber! Gottes Feuer! Gottes heiliges Feuer!«*

Jetzt ertönten noch mehr Schreie, scheinbar direkt unter Ralphs Füßen, und als er nach unten sah, stellte er etwas Schreckliches fest: ein Potpourri von Auren quoll zwischen den Dielen der Veranda herauf wie Dampf, aber die Vielfalt der Farben wurde durch das scharlachrote Blutleuchten gedämpft, das mit ihnen emporstieg ... und sie umgab. Dieser blutrote Umriß glich nicht hundertprozentig der Gewitterwolke, die sich beim Kampf zwischen dem grünen Jungen und dem orangefarbenen Jungen vor dem Red Apple gebildet hatte, aber Ralph fand, daß sie eng mit ihr verwandt sein mußte; der einzige Unterschied bestand darin, daß diese hier aus Angst entstanden war, nicht aus Wut oder Aggression.

»Barbecue!« schrie Charlie Pickering, und dann so etwas wie, daß er die Teufelsfotzen umbringen würde. Plötzlich haßte Ralph ihn mehr, als er je in seinem Leben jemanden gehaßt hatte.

[»Komm, Lois – schnappen wir uns das Arschloch!«]

Er nahm sie an der Hand und zog sie in das brennende Haus.

Kapitel 22

I

Die Verandatür führte zu einem zentralen Flur, der von der Vorder- bis zur Rückseite des Hauses verlief und inzwischen auf voller Länge in Flammen stand. Für Ralph waren sie hellgrün, und wenn Lois und er hindurchschritten, waren sie kühl – als würde man durch mentholgetränkte Gazemembranen gehen. Das Prasseln des brennenden Hauses wurde gedämpft; das Gewehrfeuer war so leise und unwichtig geworden wie Donnergrollen für jemanden unter Wasser … und genauso kam ihm das alles hier vor, mehr als alles andere, überlegte Ralph – als wären sie unter Wasser. Er und Lois waren unsichtbare Wesen und schwammen durch einen Fluß aus Feuer.

Er deutete auf eine Tür rechts und sah Lois fragend an. Sie nickte. Er griff nach dem Knauf und verzog ärgerlich das Gesicht, als seine Finger einfach hindurchgingen. Und das war selbstverständlich ganz gut so; hätte er das verdammte Ding tatsächlich festhalten können, wären die beiden obersten Hautschichten seiner Finger als verkohlte Streifen daran hängengeblieben.

[»Wir müssen durch, Ralph!«]

Er sah sie abschätzend an, erblickte eine Menge Angst und Sorge in ihrem Blick, aber keine Panik, und nickte. Sie gingen gemeinsam durch die Tür, als der Leuchter in der Mitte des Flurs mit einem unmelodischen Scheppern von Kristallglas und Eisenketten zu Boden fiel.

Ein Salon lag auf der anderen Seite, und was sie dort erwartete, versetzte Ralph einen Tiefschlag. Zwei Frauen waren an die Wand gelehnt worden, direkt unter einem großen Plakat von Susan Day in Jeans und einem Cowboyhemd (LASS DICH NICHT BABY VON IHM NENNEN, WENN DU NICHT WIE EINS BEHANDELT WERDEN WILLST, riet das Plakat). Beiden war aus nächster Nähe in den Kopf geschossen worden; Gehirnmasse, Fetzen der Kopfhaut und Knochensplitter waren auf die Blumentapete und Susan Days schicke Cowboystiefel gespritzt. Eine der Frauen war schwanger gewesen. Die andere war Gretchen Tillbury.

Ralph mußte an den Tag denken, als sie mit Helen zu ihm nach Hause gekommen war, um ihn zu warnen und ihm eine Spraydose namens Bodyguard zu geben; an dem Tag fand er, daß sie wunderschön war, aber an dem Tag war ihr fein geformter Kopf selbstverständlich auch noch unversehrt, und das bildhübsche Gesicht nicht halb durch einen Schrotschuß aus nächster Nähe weggerissen gewesen. Fünfzehn Jahre nachdem sie knapp dem Tod aus der Hand ihres gewalttätigen Mannes entkommen war, hatte ein anderer Mann Gretchen Tillbury eine Waffe an den Kopf gehalten und sie einfach aus dieser Welt gepustet. Sie würde nie mehr einer anderen Frau erzählen können, wie sie zu der Narbe am linken Oberschenkel gekommen war.

Einen schrecklichen Augenblick glaubte Ralph, er würde ohnmächtig werden. Er konzentrierte sich, riß sich aber zusammen, indem er an Lois dachte. Ihre Aura hatte ein dunkles, schockiertes Rot angenommen. Gezackte schwarze Linien schossen darüber hinweg und durch sie hindurch. Sie sahen wie die EKG-Kurve einer Frau aus, die einen tödlichen Herzanfall erleidet.

[»O Ralph! O Ralph, großer Gott!«]

Etwas explodierte am südlichen Ende des Hauses mit solcher Wucht, daß die Tür, durch die sie gerade gekommen waren, aus den Angeln gerissen wurde. Ralph vermutete, es könnten eine oder mehrere Propangasflaschen gewesen sein … nicht, daß es in dieser Lage eine nennenswerte Rolle gespielt hätte. Brennende Fetzen der Tapete wurden vom Flur hereingewirbelt, und er sah, wie die Vorhänge im Zimmer und die restlichen Haare auf Gretchen Tillburys Kopf zur Tür geweht wurden, als das Feuer die Luft aus dem Zimmer sog, um sich Nahrung zu verschaffen. Wie lange würde es dauern, bis das Feuer die Frauen und Kinder im Keller in verkohltes Fleisch verwandelte? Ralph wußte es nicht und schätzte, daß es auch nicht darauf ankam; die meisten Menschen, die da unten eingeschlossen waren, würden ersticken oder an Rauchvergiftung sterben, bevor sie verbrannten.

Lois starrte die toten Frauen voller Entsetzen an. Tränen liefen ihr die Wangen hinab. Das geisterhafte graue Licht, das von den Spuren aufstieg, die sie hinterließen, sah wie Dampf von Trockeneis aus. Ralph führte sie durch den Salon zur geschlossenen Doppeltür auf der anderen Seite, verweilte gerade lange genug davor, daß er einmal tief Luft holen konnte, legte Lois einen Arm um die Taille und trat in das Holz.

Es folgte ein Augenblick der Dunkelheit, als nicht nur seine Nase, sondern sein ganzer Körper vom süßlichen Duft von Sägespänen eingehüllt zu sein schien, und dann befanden sie sich im Zimmer dahinter, dem nördlichsten Zimmer des Hauses. Das war möglicherweise einmal ein Arbeitszimmer gewesen, inzwischen aber zu einem Raum für Gruppentherapiesitzungen umgebaut worden. In der Mitte standen ein rundes Dutzend Klappstühle im Kreis. An den Wänden hingen Tafeln mit Aufschriften wie ICH KANN VON NIEMANDEM RESPEKT ERWARTEN, WENN ICH MICH NICHT SELBST RESPEKTIERE. Auf eine Tafel an einem Ende des Zimmers hatte jemand mit großen Druckbuchstaben geschrieben: WE ARE FAMILY, I'VE GOT ALL MY SISTERS WITH ME. Daneben, an einem der Fenster nach Osten über der Veranda, kauerte Charlie Pickering, der eine kugelsichere Weste über dem Snoopy T-Shirt trug, das Ralph überall wiedererkannt hätte.

»Grillt alle gottlosen Weiber!« schrie er. Eine Kugel pfiff an seiner Schulter vorbei; eine zweite bohrte sich rechts von ihm in den Fensterrahmen, ein Splitter prallte an das Horngestell seiner Brille. Der Gedanke, daß er beschützt wurde, drängte sich Ralph wieder auf, diesmal mit der Macht einer Überzeugung. *»Lesbenbraten! Sollen sie ihre eigene Medizin kosten! Damit sie selbst sehen, wie das ist!«*

[»Bleib oben, Lois – genau da, wo du jetzt bist.«]

[»Was hast du vor?«]

[»Mich um ihn kümmern.«]

[»Töte ihn nicht, Ralph! Bitte töte ihn nicht!«]

Warum nicht? dachte Ralph verbittert. *Ich würde der Welt einen Gefallen tun.* Das stimmte zweifellos, aber jetzt war keine Zeit zum Streiten.

[»Na gut, ich werde ihn nicht töten! Und jetzt bleib hier, Lois – da fliegen so viele Kugeln herum, daß wir es nicht beide riskieren können, nach unten zu gehen.«]

Bevor sie antworten konnte, konzentrierte Ralph sich, beschwor das Blinzeln herauf und ließ sich auf die Ebene der Kurzfristigen zurückfallen. Diesmal passierte es so schnell und brutal, daß ihm die Luft wegblieb, als wäre er aus einem Fenster im ersten Stock auf harten Beton gesprungen. Teilweise verschwand die Farbe aus der Welt, was durch gesteigerten Lärm wettgemacht wurde: das Prasseln von Feuer, nicht mehr gedämpft, sondern deutlich und nahe; das Knallen eines Schrotschusses; das Knattern von rasch hintereinander abgegebenen Pistolenschüssen. Die Luft roch nach Ruß, und es war unerträglich heiß in dem Zimmer. Etwas, das sich wie ein Insekt anhörte, sauste an Ralphs Ohr vorbei. Er hatte eine Ahnung, als wäre es ein Insekt Kaliber .45 gewesen.

Solltest dich besser beeilen, Liebling, riet Carolyn. *Vergiß nicht, wenn dich auf dieser Ebene Kugeln treffen, sind sie tödlich.*

Er vergaß es nicht.

Ralph lief geduckt auf Pickering zu, der ihm den Rücken zuwandte. Seine Füße knirschten auf Glas und Splittern, aber Pickering drehte sich nicht um. Neben der automatischen Waffe in seiner Hand hatte er einen Revolver an der Hüfte und eine kleine grüne Tragetasche neben dem linken Fuß stehen. Der Reißverschluß der Tasche war offen, und Ralph sah eine Anzahl Weinflaschen darin. Die Öffnungen der Flaschen waren mit feuchten Stoffetzen zugestopft worden.

»*Tötet die Weiber!*« schrie Pickering und überzog den Hof mit einer erneuten Salve. Er nahm das Magazin heraus, zog das T-Shirt hoch und ließ drei oder vier weitere erkennen, die er in den Gürtel gesteckt hatte. Ralph griff in die offene Tragetasche, ergriff eine der benzingefüllten Weinflaschen am Hals und schwang sie nach Pickerings Schläfe. Dabei sah er den Grund, weshalb Pickering ihn nicht hören konnte, obwohl Ralph jede Menge Lärm gemacht hatte: Der Mann trug Ohrenstöpsel. Bevor Ralph darüber nachdenken konnte, welche Ironie darin lag, daß ein Mann auf einer Selbstmordmission sich die Mühe machte, seine Ohren zu schützen, knallte die Flasche an Pickerings Schläfe und übergoß ihn mit bernsteinfarbener Flüssigkeit und grünem Glas. Pickering taumelte rückwärts und griff sich mit einer Hand zum Kopf, wo die Haut an zwei Stellen aufgeplatzt war. Blut quoll zwischen seinen langen Fingern hervor – Finger, die einem Pianisten oder Maler gehören sollten, dachte Ralph – und lief an seinem Hals hinunter. Als er sich umdrehte, waren seine Augen hinter der verschmierten Brille groß und erschrocken, und die Haare standen ihm zu Berge, wodurch er wie die Karikatur eines Mannes aussah, der gerade einen schweren Stromschlag bekommen hat.

»*Du!*« schrie er. »Verdammter Zenturio, dich hat der Teufel geschickt! Gottloser Babymörder!«

Ralph dachte an die beiden Frauen im Zimmer nebenan und wurde erneut von Zorn überwältigt ... nur war Zorn ein zu mildes Wort, viel zu milde. Er fühlte sich, als würden seine Nerven unter der Haut brennen. Und der Gedanke, der in seinem Gehirn trommelte, war: *Eine von ihnen war schwanger, also wer ist der Babymörder, eine von ihnen war schwanger, also wer ist der Babymörder, eine von ihnen war schwanger, also wer ist der Babymörder.*

Ein weiteres hochkalibriges Insekt zischte an seinem Kopf vorbei. Ralph bemerkte es gar nicht. Pickering versuchte, das Gewehr zu heben, mit dem er zweifellos Gretchen Tillbury und ihre schwangere Freundin getötet hatte. Ralph riß es ihm aus den Händen und richtete es auf ihn. Pickering winselte vor Angst. Dieser Laut brachte Ralph noch mehr auf, und er vergaß das Versprechen, das er Lois gegeben hatte. Er hob das Gewehr in der vollen Absicht, es auf den Mann leerzufeuern, der winselnd an der Wand kauerte (in der Hitze des Gefechts dachte keiner von beiden daran, daß sich gar kein Magazin darin befand), aber bevor er abdrücken konnte, wurde er von einem gleißenden Lichterspiel abgelenkt, das sich wie Blut neben ihm in die Luft ergoß. Zuerst war es formlos, ein sagenhaftes Kaleidoskop, dessen Farben irgendwie der Röhre entkommen waren, die sie umhüllen sollte, doch dann nahm es die Gestalt einer Frau an, aus deren Kopf ein langer, gazeartiger grauer Streifen aufragte.

»[Töte ihn nicht]

Ralph, bitte töte ihn nicht!«

Einen Augenblick konnte er die Tafel und das darauf geschriebene Zitat durch sie hindurch sehen, und dann wurden die Farben zu ihrer Kleidung und ihrem Haar und ihrer Haut, als sie völlig auf diese Ebene herunterkam. Pickering sah sie vor Entsetzen schielend an. Er schrie noch einmal, und der Schritt seiner Drillichhose färbte sich dunkel. Er streckte sich die Finger in den Mund, als wollte er den Schrei unterdrücken, den er ausstieß. *»Ein Geschenst!«* kreischte er mit den Fingern im Mund. *»Ein Hennurion und ein Geschenst!«*

Lois beachtete ihn gar nicht, sondern hielt den Lauf der Waffe fest. »Töte ihn nicht, Ralph! Nicht!«

Plötzlich war Ralph auch wütend auf sie. »Verstehst du denn nicht, Lois? Kapierst du nicht? Er hat genau gewußt, was er tat! Auf einer bestimmten Ebene *hat* er es gewußt – *ich habe es in seiner gottverdammten Aura gesehen!«*

»Das spielt keine Rolle«, sagte sie und hielt den Lauf der Waffe weiterhin so, daß er auf den Boden zeigte. »Es spielt keine Rolle, was er gewußt hat oder nicht. Wir dürfen nicht so vorgehen wie sie. Wir dürfen nicht sein, was sie sind.«

»Aber –«

»Ralph, ich will diesen Gewehrlauf loslassen. Er ist heiß und verbrennt mir die Finger.«

»Gut«, sagte er und ließ im selben Augenblick los wie sie. Das Gewehr fiel zwischen ihnen auf den Boden, und Pickering, der mit den Fingern im Mund und glänzenden, glasigen Augen, die er unablässig auf Lois gerichtet hielt, an der Wand hinuntergerutscht war, stürzte sich mit der Schnelligkeit einer zustoßenden Klapperschlange darauf.

Was Ralph nun tat, tat er ohne Vorbedacht und mit Sicherheit ohne Wut – er handelte rein instinktiv, griff mit beiden Händen nach Pickerings Gesicht und drückte sie ihm gegen die Wangen. Dabei erstrahlte etwas grell in seinem Verstand, das sich wie die Linse eines gewaltigen Vergrößerungsglases anfühlte. Dann raste er durch die verschiedenen Ebenen hinauf, und zwar den Bruchteil einer Sekunde lang höher, als sie jemals zuvor gewesen waren. Auf dem Höhepunkt seines Aufstiegs spürte er, wie eine gigantische Kraft in seinen Kopf einströmte und explosionsgleich seine Arme entlangraste. Als er wieder tiefer sank, hörte *er* dann den Knall, ein hohles, aber nachdrückliches Geräusch, das sich völlig anders anhörte als die Waffen, die draußen noch feuerten.

Pickerings Körper zuckte konvulsivisch, seine Beine strampelten so heftig, daß einer seiner Schuhe fortflog. Sein Hintern schnellte in die Höhe und sank wieder zurück. Er biß sich auf die Unterlippe, Blut spritzte ihm aus dem Mund. Einen Augenblick war Ralph überzeugt, daß er blaue Funken an den Spitzen von Pickerings wirrem Haar sehen konnte. Dann verschwanden sie, und Pickering sackte wieder gegen die Wand. Er sah Ralph und Lois mit Augen an, aus denen jegliche Sorge gewichen war.

Lois schrie. Zuerst glaubte Ralph, daß sie deswegen schrie, was er mit Pickering gemacht hatte, aber dann sah er, daß sie sich auf den Kopf schlug. Ein Stück der brennenden Tapete war dort gelandet, und ihre Haare hatten Feuer gefangen.

Er schlang einen Arm um sie, schlug selbst mit der Hand nach den Flammen und schirmte ihren Körper mit seinem ab, als ein neuerlicher Schauer von Gewehr- und Schrotflintenfeuer auf den Nordflügel herniederprasselte. Ralph hatte die freie Hand an die Wand gepreßt, und plötzlich erschien wie bei einem Zaubertrick ein Loch zwischen dem dritten und vierten Finger.

»Aufsteigen, Lois! Sofort

[aufsteigen!«]

Sie stiegen gemeinsam auf, wurden vor Charlie Pickerings leeren Augen zu buntem Rauch … und verschwanden.

2

[»Was hast du mit ihm gemacht, Ralph? Eine Sekunde warst du verschwunden – du warst oben – und dann … was hast du getan?«]

Sie betrachtete Charlie Pickering mit fassungslosem Entsetzen. Der lehnte fast in derselben Haltung wie die toten Frauen im Nebenzimmer an der Wand. Vor Ralphs Augen bildete sich eine große rosa Speichelblase zwischen Pickerings Lippen, wuchs und platzte.

Er drehte sich zu Lois um, ergriff ihren Arm dicht oberhalb des Ellbogens und schuf ein Bild in seinem Geist: der Sicherungskasten in seinem Haus in der Harris Avenue. Hände öffneten den Kasten und stellten rasch sämtliche Sicherungen von AN auf AUS. Er war nicht sicher, ob das richtig war – alles war so schnell geschehen, daß er überhaupt nicht sicher sein konnte –, aber er fand, daß es der Wahrheit ziemlich nahekam.

Lois riß ein wenig die Augen auf, dann nickte sie. Sie sah Pickering an, dann Ralph.

[»Er hat es selbst über sich gebracht, oder? Du hast es nicht mit Absicht getan.«]

Nun nickte Ralph, dann ertönten wieder Schreie unter ihren Füßen, die er ganz sicher nicht mit den Ohren hörte.

[»Lois?«]

[»Ja, Ralph – sofort.«]

Er glitt mit den Händen an ihrem Arm hinab und nahm ihre Hände so, wie sie einander im Krankenhaus zu viert gehalten hatten, aber diesmal stiegen sie nicht auf, sondern sanken nach unten und verschwanden im Fußboden, als wären die Dielen aus Wasser. Ralph sah wieder eine Scheibe Dunkelheit an seinen Augen vorübergleiten, dann befanden sie sich im Keller und sanken langsam dem schmutzigen Betonboden entgegen. Er sah staubbedeckte Heizungsrohre im Schatten, einen mit durchsichtiger Plastikfolie abgedeckten Schneepflug, Gartengeräte an einem unscharf konturierten Zylinder, bei dem es sich wahrscheinlich um den Heißwasserboiler handelte, und Kartons an einer Backsteinwand – Suppe, Bohnen, Spaghettisauce, Kaffee, Müllbeutel, Toilettenpapier. Das alles sah wie in einer Halluzination aus, nicht ganz *da*, und zuerst glaubte Ralph, das wäre eine weitere Nebenwirkung, weil sie auf die nächste Ebene aufgestiegen waren. Dann stellte er fest, daß nur der Rauch daran schuld war – der Keller füllte sich rapide damit.

Achtzehn oder zwanzig Personen drängten sich an einem Ende des langen, halbdunklen Raums, überwiegend Frauen. Ralph sah auch einen etwa vier Jahre alten Jungen, der sich am Knie seiner Mutter festklammerte (in Moms Gesicht konnte man verblassende Blutergüsse sehen, die möglicherweise auf einen Unfall, wahrscheinlich aber auf Schläge zurückzuführen waren), ein Mädchen von einem oder zwei Jahren, das das Gesicht am Bauch seiner Mutter vergrub … und er sah Helen. Sie hielt Natalie in den Armen und blies dem Kind ihren Atem ins Gesicht, als könnte sie die Luft um sie herum damit frei von Rauch halten. Nat hustete und schrie mit ersticktem, verzweifelten Schluchzen. Hinter den Frauen und Kindern konnte Ralph staubige Treppenstufen erkennen, die in die Dunkelheit emporführten.

[»Ralph? Wir müssen hinunter, richtig?«]

Er nickte, erzeugte das Blinzeln in seinem Kopf, und plötzlich hustete er ebenfalls, als er beißenden Rauch in die Lungen sog. Sie nahmen unmittelbar vor der Gruppe am Fuß der Treppe Gestalt an, aber nur der kleine Junge, der die Arme um die Knie seiner Mutter schlang, reagierte. In diesem Augenblick war Ralph überzeugt, daß er das Kind schon einmal gesehen hatte, wußte aber nicht, wo das gewesen sein könnte – der Tag am Ende des Sommers, als der Junge mit seiner Mutter in Strawford Park gespielt hatte, hätte Ralph im Augenblick nicht ferner liegen können.

»Schau mal, Mama!« sagte der Junge und deutete hustend auf sie. »Engel!«

Im Geiste hörte Ralph Klotho sagen: *Wir sind keine Engel, Ralph,* und dann drängte er sich durch den immer dichteren Rauch auf Helen zu, ohne Lois' Hand loszulassen. Seine Augen brannten und tränten bereits, und er konnte Lois husten hören. Helen sah ihn benommen an und schien ihn nicht zu erkennen – sie sah ihn an wie an jenem Tag im August, als Ed sie so schlimm verprügelt hatte.

»Helen!«

»Ralph? *Ralph?*«

»Die Treppe, Helen! Wohin führt sie?«

»Was machst du hier, Ralph? Wie bist du –« Sie bekam einen Hustenanfall und krümmte sich. Natalie wäre ihr fast aus den Armen gefallen, und Lois nahm das schreiende Kind, bevor Helen es tatsächlich fallenlassen konnte.

Ralph sah die Frau neben Helen an, die noch weniger mitzubekommen schien, was um sie herum vor sich ging, packte Helen und schüttelte sie. *»Wohin führt diese Treppe?«*

Sie sah über die Schulter. »Kellerluke«, sagte sie. »Aber das nützt nichts. Sie ist –« Sie krümmte sich und hustete trocken. Das Geräusch glich auf unheimliche Weise dem Knattern von Charlie Pickerings automatischem Gewehr. »Sie ist abgeschlossen«, sprach Helen zu Ende. »Die dicke Frau hat sie abgeschlossen. Sie hatte das Schloß in der Tasche. Ich hab gesehen, wie sie es angebracht hat. Warum hat sie das gemacht, Ralph? Wie konnte sie wissen, daß wir hier runterkommen würden?«

Wohin hättet ihr schon gehen können? dachte Ralph verbittert, dann drehte er sich zu Lois um. »Würdest du nachsehen, was du tun kannst, ja?«

»Okay.« Sie gab ihm das schreiende, hustende Baby und drängte sich durch die kleine Schar der Frauen. Soweit Ralph erkennen konnte, befand sich Susan Day nicht unter ihnen. Am anderen Ende des Kellers stürzte ein Teil des Bodens mit Funkenflug und einer Welle brütender Hitze ein. Das Mädchen, das das Gesicht am Bauch seiner Mutter vergraben hatte, fing an zu schreien.

Lois ging vier der Stufen hinauf und hielt die Hände nach oben wie ein Priester, der den Segen spendet. Im Licht der tanzenden Funken konnte Ralph vage den schrägen Schatten der Kellerluke erkennen. Lois drückte die Hände dagegen. Einen Augenblick geschah gar nichts, dann verschwand sie kurz in einem Regenbogen von Farben. Ralph hörte eine schneidende Explosion, die sich anhörte, als würde eine Spraydose in heißem Feuer platzen, dann war Lois wieder da. Im selben Augenblick glaubte er direkt über ihrem Kopf ein Pulsieren weißen Lichts zu sehen.

»Was hat geknallt, Mama?« fragte der kleine Junge, der Ralph und Lois Engel genannt hatte. »Was hat geknallt?« Bevor sie antworten konnte, ging ein Stapel Vorhänge auf einem sechs Meter entfernten Tisch in Flammen auf und tauchte die Gesichter der gefangenen Frauen in schroffe Schwarz-Orange-Kontraste wie Halloweenkürbisse.

»Ralph!« rief Lois. »Hilf mir!«

Er drängte sich durch die lethargischen Frauen und stieg die Treppe hinauf. »Was?« Sein Hals fühlte sich an, als hätte er mit Benzin gegurgelt. »Schaffst du es nicht?«

»Ich habe es geschafft, ich habe gespürt, wie das Schloß brach – im Geiste habe ich es gespürt –, aber die verflixte Tür ist zu schwer für mich. Den Teil wirst du übernehmen müssen. Gib mir das Baby.«

Er überließ ihr Nat wieder, dann griff er nach oben und tastete die Kellerluke ab. Sie war wirklich schwer, aber Ralphs Körper war adrenalingesättigt, und als er mit der Schulter dagegen drückte, flog sie auf. Licht und frische Luft drangen in den Keller herunter. In einem von Ralphs heißgeliebten Filmen wäre so ein Augenblick mit Schreien des Triumphs und der Erleichterung begrüßt worden, aber zuerst gab keine der Frauen, die hier unten eingesperrt gewesen waren, auch nur einen Laut von sich. Sie standen nur schweigend da und betrachteten mit stummen, fassungslosen Gesichtern das Rechteck blauen Himmels, welches Ralph wie durch Zauberhand in dem Raum geschaffen hatte, den die meisten schon als ihr Grab betrachtet hatten.

Was werden sie später sagen? fragte er sich. *Wenn sie dies wirklich überleben, was werden sie später sagen? Daß ein magerer Mann mit buschigen Augenbrauen und eine eher untersetzte Dame (aber mit wunderschönen spanischen Augen) plötzlich im Keller aufgetaucht wären, das Schloß aufgebrochen und sie in die Freiheit geführt hätten?*

Er sah nach unten und erblickte den seltsam vertrauten kleinen Jungen, der mit großen, ernsten Augen zu ihm aufschaute. Der Junge hatte eine hakenförmige Narbe auf dem Nasenrücken. Ralph hatte eine Ahnung, als wäre dieser Junge der einzige, der sie *wirklich* gesehen hatte, als sie auf die Ebene der Kurzfristigen zurückgekehrt waren, und Ralph wußte genau, was er sagen würde: daß Engel gekommen wären, ein Engel-Mann und eine Engel-Lady, und die hätten sie gerettet. *Dürfte heute abend in den Nachrichten eine interessante Fußnote abgeben,* dachte Ralph. Ja, wahrhaftig. Lisette Benson und John Kirkland würden ausflippen.

Lois klatschte einmal kurz in die Hände wie eine Schulhofaufsicht, die die Kinder informiert, daß die Pause zu Ende ist. »Los doch, Leute! Beeilt euch, bevor das Feuer die Öltanks der Heizung erreicht!«

Die Frau mit dem kleinen Mädchen setzte sich als erste in Bewegung. Sie hob das weinende Kind auf die Arme und stolperte hustend und weinend die Treppe hinauf. Die anderen folgten ihr langsam. Der kleine Junge sah bewundernd zu Ralph auf, als seine Mutter ihn hinausführte. »Cool, Mann«, sagte er.

Ralph grinste ihn an – er konnte nicht anders –, dann drehte er sich zu Lois um und deutete die Treppe hinauf. »Wenn ich mich nicht völlig irre, müßte dieser Aufgang hinter dem Haus herauskommen. Laß sie noch nicht nach vorne gehen. Die Cops würden wahrscheinlich die Hälfte von ihnen umlegen, bevor ihnen klar wird, daß sie die Leute erschießen, die sie retten wollten.«

»Gut«, sagte sie – keine einzige Frage, kein weiteres Wort, und dafür hätte Ralph sie küssen können. Sie ging sofort die Treppe hinauf und blieb nur einmal stehen, um eine Frau, die stolperte, am Ellbogen zu fassen.

Nun blieben nur noch Ralph und Helen Deepneau übrig. »War das Lois?« fragte sie ihn.

»Ja.«

»Sie hat Natalie?«

»Ja.« Ein weiteres großes Stück der Kellerdecke stürzte ein, Funken stoben in die Höhe, und Flammenzungen leckten gierig an den Deckenbalken entlang in Richtung des Heizofens.

»Bist du sicher?« Sie klammerte sich an seinem Hemd fest und sah ihn mit panischen, verquollenen Augen an. »Bist du sicher, daß sie Nat bei sich hatte?«

»Ganz sicher. Komm jetzt.«

Helen sah sich um und schien im Geiste zu zählen. Sie sah erschrocken auf. »Gretchen!« rief sie. »Und Merrilee! Wir müssen Merrilee holen, Ralph, sie ist im siebten Monat schwanger!«

»Sie ist oben«, sagte Ralph und packte Helen am Handgelenk, als sie die Treppe hinunter und in den brennenden Keller zurückgehen wollte. »Sie und Gretchen. Sind das dann alle?«

»Ja, ich glaube schon.«

»Gut. Komm mit. Wir müssen hier raus.«

3

Ralph und Helen kamen in einer Wolke dunkelgrauen Rauchs aus dem Kelleraufgang heraus und sahen ein wenig wie der Höhepunkt im Programm eines Weltklasseillusionisten aus. Sie befanden sich tatsächlich auf der Rückseite des Hauses, bei den Wäscheleinen. Kleider, Hosen, Unterwäsche und Betttücher flatterten in der frischen Brise. Vor Ralphs Augen landete ein brennender Balken auf einem der Bettlaken und ließ es in Flammen aufgehen. Auch aus den Küchenfenstern schlugen die Flammen. Die Hitze war unvorstellbar.

Helen sackte gegen ihn, nicht bewußtlos, aber vorübergehend völlig erschöpft. Ralph mußte sie an der Taille halten, damit sie nicht zu Boden fiel. Sie kratzte ihn kraftlos im Nacken und versuchte, etwas über Natalie zu sagen. Dann sah sie sie in Lois' Armen und entspannte sich etwas. Ralph umklammerte sie fester und trug sie halb und zog sie halb von der Kelleröffnung weg. Dabei sah er die Überreste eines anscheinend nagelneuen Vorhängeschlosses neben der offenen Luke auf dem Boden liegen. Es war in zwei Teile zerbrochen und seltsam verdreht, als hätten kräftige Hände es auseinandergerissen.

Die Frauen standen etwa zehn Meter entfernt zusammengedrängt an der Ecke des Hauses. Lois stand vor ihnen, redete mit ihnen und hinderte sie daran weiterzugehen. Ralph glaubte, mit etwas Vorbereitung und Glück würde ihnen nichts mehr geschehen, wenn sie doch weitergingen – das Feuer aus dem Belagerungsring der Polizei hatte nicht aufgehört, aber deutlich nachgelassen.

»PICKERING!« Das hörte sich nach Leydecker an, aber durch den Verstärker des Megaphons konnte man es unmöglich genau sagen. *»WARUM SIND SIE NICHT EINMAL IN IHREM LEBEN SCHLAU UND KOMMEN RAUS, SOLANGE SIE NOCH KÖNNEN?«*

Weitere Sirenen kamen näher, darunter das deutliche, oszillierende Heulen eines Krankenwagens. Ralph führte Helen zu den anderen Frauen. Lois gab ihr Natalie zurück, dann drehte sie sich in die Richtung um, aus der die Megaphonstimme gekommen war, und hielt die hohlen Hände an den Mund. *»Hallo!«* rief sie. *»Hallo, da vorne, können Sie uns –«* Sie verstummte und hustete so sehr, daß sie beinahe würgte, krümmte sich und stützte die Hände auf die Knie, während ihr Tränen aus den vom Rauch gereizten Augen drangen.

»Lois, alles in Ordnung?« fragte Ralph. Aus den Augenwinkeln sah er, wie Helen das Gesicht des Verherrlichten und Angebeteten Babys mit Küssen bedeckte.

»Bestens«, sagte sie und wischte sich mit den Fingern die Wangen ab. »Der verdammte Rauch, mehr nicht.« Sie hielt wieder die Hände an den Mund. *»Können Sie mich hören?«*

Die Schüsse ließen noch mehr nach, aber vereinzelte Pistolenschüsse waren noch zu hören. Das gefiel Ralph ganz und gar nicht. Einer dieser vereinzelten Schüsse am falschen Platz konnte eine dieser unschuldigen Frauen das Leben kosten.

»Leydecker!« rief er und legte selbst die hohlen Hände um den Mund. *»John Leydecker!«*

Nach einer Pause gab die Megaphonstimme den Befehl, den Ralph herbeigesehnt hatte. *»FEUER EINSTELLEN!«*

Noch ein Knall, dann herrschte Stille, abgesehen vom Prasseln des brennenden Hauses.

»WER SPRICHT DA? IDENTIFIZIEREN SIE SICH!«

Aber Ralph glaubte, daß er auch so schon genug Probleme am Hals hatte.

»Die Frauen sind hier hinten!« rief er und mußte nun selbst gegen Hustenreiz kämpfen. *»Ich schicke sie nach vorne!«*

»NEIN, NICHT!« rief Leydecker zurück. *»IM LETZTEN ZIMMER IM ERDGESCHOSS LAUERT EIN BEWAFFNETER MANN! ER HAT BEREITS MEHRERE MENSCHEN ERSCHOSSEN!«*

Daraufhin stöhnte eine der Frauen und schlug die Hände vors Gesicht.

Ralph räusperte sich so gut er es mit seinem brennenden Hals vermochte – im Augenblick hätte er wahrscheinlich seine gesamte Rente für eine eiskalte Flasche Coca-Cola hergegeben – und schrie zurück: *»Machen Sie sich keine Sorgen wegen Pickering! Pickering ist –«*

Aber was genau war Pickering? Das war eine verdammt gute Frage, oder nicht?

»Mr. Pickering ist bewußtlos! Darum hat er aufgehört zu schießen!« schrie Lois neben ihm. Ralph glaubte nicht, daß »bewußtlos« das richtige Wort war, aber es würde genügen. *»Die Frauen kommen mit erhobenen Händen um das Haus herum! Nicht schießen! Versprechen Sie uns, daß Sie nicht schießen werden!«*

Es folgte ein Augenblick Stille. Dann: *»WIR WERDEN NICHT SCHIESSEN, ABER ICH HOFFE, SIE WISSEN, WOVON SIE SPRECHEN, LADY.«*

Ralph nickte der Mutter des kleinen Jungen zu. »Gehen Sie jetzt. Sie beide können die Karawane anführen.«

»Sind Sie sicher, daß sie uns nicht wehtun werden?« Die verblassenden Blutergüsse im Gesicht der jungen Frau (ein Gesicht, das Ralph ebenfalls vage bekannt vorkam) legten beredtes Zeugnis davon ab, was für einen bedeutenden Teil ihres Lebens die Frage bildete, wer ihr und ihrem Sohn wehtun würde und wer nicht. »Sind Sie *sicher?«*

»Ja«, sagte Lois, immer noch hustend und mit tränenden Augen. »Nehmen Sie einfach nur die Hände hoch. Das kannst du doch, großer Junge, oder nicht?«

Der Junge hielt die Hände mit der Begeisterung eines passionierten Räuber-und-Gendarm-Spielers hoch, aber er wandte den Blick seiner glänzenden Augen nicht von Ralphs Gesicht ab.

Rosa Rosen, dachte Ralph. *Wenn ich seine Aura sehen könnte, hätte sie diese Farbe.* Er war nicht sicher, ob das Intuition oder eine Erinnerung war, wußte aber, daß es stimmte.

»Was ist mit den Leuten im Inneren?« fragte eine andere Frau. »Wenn die nun schießen? Sie waren bewaffnet – wenn die nun schießen?«

»Da drinnen wird niemand mehr schießen«, sagte Ralph. »Gehen Sie jetzt.«

Die Mutter des kleinen Jungen warf Ralph noch einen zweifelnden Blick zu, dann sah sie ihren Sohn an. »Fertig, Pat?«

»Ja!« sagte Pat und grinste.

Seine Mutter nickte und hob eine Hand. Die andere legte sie ihm um die Schultern – eine zaghafte, beschützende Geste, die Ralphs Herz rührte. So gingen sie um die Hausecke herum. »*Tun Sie uns nicht weh!*« rief sie. »*Wir haben die Hände erhoben und mein kleiner Junge ist bei mir, also tun Sie uns nicht weh!*«

Die anderen warteten einen Moment, dann ging die Frau, die die Hände vor das Gesicht geschlagen hatte. Die mit dem kleinen Mädchen gesellte sich zu ihr (das Mädchen lag jetzt in ihren Armen, hob aber trotzdem folgsam die Hände in die Luft). Die anderen folgten, die meisten hustend, alle mit leeren, erhobenen Händen. Als Helen sich am Ende der Parade einreihte, berührte Ralph sie an der Schulter. Sie sah zu ihm auf, und ihre roten Augen blickten gelassen und verwundert zugleich.

»Jetzt warst du zum zweitenmal da, als Nat und ich dich brauchten«, sagte sie. »Bist du unser Schutzengel, Ralph?«

»Vielleicht«, sagte er. »Vielleicht bin ich das. Hör zu, Helen – wir haben nicht viel Zeit. Gretchen ist tot.«

Sie nickte und fing an zu weinen. »Ich wußte es. Ich wollte es nicht wahrhaben, aber irgendwie habe ich es doch gewußt.«

»Es tut mir sehr leid.«

»Wir waren so fröhlich, als sie gekommen sind – ich meine, wir waren nervös, aber wir haben viel gelacht und viel geplaudert. Wir wollten den Rest des Tages damit verbringen, uns auf die Rede vorzubereiten. Die Veranstaltung und Susan Days Rede.«

»Wegen heute abend muß ich mit dir reden«, sagte Ralph so behutsam er konnte. »Glaubst du, sie werden trotzdem –«

»Wir haben Frühstück gemacht, als sie gekommen sind.« Sie sprach weiter, als hätte sie ihn gar nicht gehört; Ralph vermutete, daß sie ihn tatsächlich nicht gehört hatte. Nat sah über Helens Schulter, und obwohl sie noch hustete, hatte sie aufgehört zu weinen. In den schützenden Armen ihrer Mutter sah sie voll lebhafter Neugier von Ralph zu Lois und wieder zu Ralph.

»Helen –«, begann Lois.

»Guckt mal! Seht ihr das?« Helen deutete auf einen alten braunen Cadillac neben dem baufälligen Schuppen, der damals, als Ralph und Carolyn gelegentlich hierher gekommen waren, noch die Apfelpresse gewesen war; wahrscheinlich hatte er High Ridge als Garage gedient. Der Caddy war in einem schlechten Zustand – gesprungene Windschutzscheibe, verbeulte Kotflügel, ein Scheinwerfer mit Paketband geklebt. Die Stoßstange war mit Anti-Abtreibungs-Aufklebern übersät.

»Mit dem Auto sind sie gekommen. Sie fuhren hinter das Haus, als wollten sie es in unserer Garage abstellen. Ich glaube, dadurch konnten sie uns zum Narren halten. Sie fuhren einfach nach hinten, als *gehörten* sie hierher.« Sie betrachtete das Auto einen Moment, dann schaute sie wieder mit vom Rauch geröteten, unglücklichen Augen zu Ralph und Lois auf. »Jemand hätte auf die Aufkleber an der verdammten Karre achten sollen.«

Plötzlich mußte Ralph an Barbara Richards bei WomanCare denken, Barbie Richards, die sich entspannt hatte, als Lois auf sie zugekommen war. Es hatte sie nicht weiter gekümmert, daß Lois etwas aus ihrer Handtasche holte; Lois war eine Frau, nur das zählte. Eine Schwester. Sandra McKay hatte den Cadillac gefahren; Ralph mußte Helen nicht fragen, um das zu wissen. Sie hatten die Frau gesehen und die Aufkleber nicht mehr beachtet. *We are Family, I've got all my sisters with me.*

»Als Deanie sagte, daß die Leute, die aus dem Auto ausstiegen, Armeekleidung trugen und bewaffnet wären, hielten wir es für einen Witz. Das heißt, alle außer Gretchen. Sie sagte uns, wir sollten, so schnell wir könnten, nach unten. Dann ging sie in den Salon. Um die Polizei anzurufen, vermute ich. Ich hätte bei ihr bleiben sollen.«

»Nein«, sagte Lois und ließ eine Locke von Natalies feinem Haar durch die Finger gleiten. »Sie mußten auf die Kleine hier aufpassen. Das müssen Sie noch.«

»Wahrscheinlich«, sagte Helen düster. »Wahrscheinlich. Aber sie war meine Freundin, Mrs. Chasse. Meine *Freundin.*«

»Das weiß ich, Liebste.«

Helen verzog das Gesicht und fing an zu weinen. Natalie sah ihre Mutter einen Moment mit einem Ausdruck komischen Erstaunens an, dann fing sie ebenfalls an zu weinen.

»Helen«, sagte Ralph. »Helen, hör mir zu. Ich muß dich etwas fragen. Es ist sehr, sehr wichtig. Hörst du mir zu?«

Helen nickte, hörte aber nicht auf zu weinen. Ralph hatte keine Ahnung, ob sie ihn wirklich hörte oder nicht. Er sah zur Hausecke und fragte sich, wieviel Zeit ihnen noch bleiben würde, bis die Polizisten angestürmt kamen, dann holte er tief Luft. »Glaubst du, es besteht die Möglichkeit, daß die Veranstaltung heute abend trotzdem stattfinden wird? Die geringste Möglichkeit? Du hast Gretchen nähergestanden als jede andere. Sag mir, was du meinst.«

Helen hörte auf zu weinen und sah ihn mit ruhigen, großen Augen an, als könnte sie nicht glauben, was sie gerade gehört hatte. Dann füllten sich diese Augen allmählich mit einem erschreckend heftigen Zorn.

»Wie kannst du das fragen? Wie kannst du das auch nur *fragen?*«

»Nun ... weil ...« Er verstummte, da er nicht weitersprechen konnte. Mit Wut hätte er zu allerletzt gerechnet.

»Wenn sie uns jetzt aufhalten, haben sie gewonnen«, sagte Helen. »Begreifst du das nicht? Gretchen ist tot, Merrilee ist tot, High Ridge ist mit allem, was die meisten Frauen besaßen, bis auf die Grundmauern niedergebrannt, und wenn sie uns jetzt aufhalten, dann haben sie gewonnen.«

Nun stellte ein Teil von Ralphs Verstand – ein tief verborgener Teil – einen schrecklichen Vergleich an. Ein anderer Teil, der Helen liebte, wollte ihn unterdrücken, aber es war zu spät. Ihre Augen sahen wie die von Charlie Pickering aus, als Pickering neben ihm in der Bibliothek gesessen hatte, und mit einem Kopf, der so einen Blick zustande brachte, konnte man nicht vernünftig reden.

»Wenn sie uns jetzt aufhalten, haben sie gewonnen!« schrie sie. Natalie fing in ihren Armen lauter an zu weinen. *»Kapierst du das nicht? Verdammt noch mal, kapierst du das nicht? Wir werden es* niemals *zulassen! Niemals! Niemals! Niemals!«*

Sie hob unvermittelt die freie Hand in die Höhe und ging um das Gebäude herum. Ralph streckte die Hand nach ihr aus, berührte aber nur ihre Bluse mit den Fingerspitzen. Das war alles.

»Erschießt mich nicht!« rief Helen den Polizisten auf der anderen Seite des Hauses zu. *»Erschießt mich nicht, ich bin eine der Frauen! Ich bin eine der Frauen! Ich bin eine der Frauen!«*

Ralph lief ihr hinterher – ohne nachzudenken, rein instinktiv –, aber Lois zog ihn am Gürtel zurück. »Du solltest besser nicht da vorgehen, Ralph. Du bist ein Mann, und sie glauben vielleicht –«

»Hallo, Ralph! Hallo, Lois!«

Sie drehten sich beide zu der neuen Stimme um. Ralph erkannte sie auf der Stelle und war gleichzeitig überrascht und nicht überrascht. Hinter der Wäscheleine mit ihrer Last brennender Laken und Kleidungsstücke stand in einer verwaschenen Flannellhose und Converse-Turnschuhen, die mit Isolierband geklebt worden waren, Dorrance Marstellar. Sein Haar, so fein wie das von Natalie (aber weiß statt braun), wurde vom Oktoberwind, der über den Hügel fegte, aus seinem Gesicht geweht. Wie üblich hielt er ein Buch in der Hand.

»Kommt schon, ihr beiden«, sagte er und winkte ihnen lächelnd. »Beeilt euch und kommt mit. Wir haben nicht viel Zeit.«

4

Er führte sie einen zugewachsenen, wenig benutzten Trampelpfad entlang, der in westlicher Richtung vom Haus wegführte. Anfangs wand er sich durch einen einigermaßen großen Garten, in dem alles abgeerntet worden war, außer Kürbissen und Melonen, dann in einen Hain, wo die Äpfel gerade zu voller Reife gelangten, und durch eine dichte Brombeerhecke, wo Dornen überall nach ihrer Kleidung zu greifen schienen. Als sie aus dem Brombeerdickicht in ein düsteres Wäldchen mit Fichten und Rottannen kamen, überlegte sich Ralph, daß sie sich inzwischen auf der Newport zugewandten Seite des Hügels befinden mußten.

Dorrance schritt für einen Mann seines Alters kräftig aus, und das durchgeistigte Lächeln verschwand nie von seinem Gesicht. Das Buch, das er bei sich trug, war *for Love, Poems 1950-1960* von einem Autor namens Robert Creeley. Ralph hatte noch nie von ihm gehört, aber er ging davon aus, daß Mr. Creeley auch noch nie von Elmore Leonard, Ernest Haycox oder Louis L'Amour gehört haben dürfte. Er versuchte nur einmal, den alten Dor anzusprechen, als die drei schließlich den Fuß eines Hangs erreicht hatten, wo Kiefernnadeln einen glatten und trügerischen Teppich bildeten. Direkt vor ihnen floß ein kalter Bach schäumend vorbei.

»Dorrance, was machst du hier? Wie bist du hergekommen, da wir schon dabei sind? Und wo, um alles in der Welt, willst du hin?«

»Oh, ich beantworte selten Fragen«, entgegnete der alte Dor breit grinsend. Er betrachtete den Bach, dann hob er einen Finger und deutete auf das Wasser. Eine kleine braune Forelle sprang in die Luft, schüttelte helle Tropfen von der Schwanzflosse und fiel ins Wasser zurück. Ralph und Lois sahen einander mit identischen *Habe-ich-das-gerade-wirklich-gesehen?*-Mienen an.

»Nee, nee«, fuhr Dor fort und trat vom Ufer auf einen feuchten Stein. »Kaum je. Zu schwierig. Zu viele Möglichkeiten. Zu viele Ebenen ... was, Ralph? Die Welt ist voller Ebenen, oder nicht? Wie geht es dir, Lois?«

»Prima«, sagte sie geistesabwesend und beobachtete Dorrance, der auf einer Reihe geschickt plazierter Steine den Bach überquerte. Das tat er mit seitlich ausgestreckten Armen, wodurch er wie der älteste Akrobat der Welt aussah. Gerade als er das andere Ufer erreicht hatte, ertönte ein heftiges Aufwallen vom Hügel hinter ihnen – nicht ganz eine Explosion.

Soviel zu den Öltanks, dachte Ralph.

Dor drehte sich auf der anderen Seite des Bachbetts zu ihnen um und lächelte sein verklärtes Buddha-Lächeln. Ralph stieg ohne bewußte Absicht und ohne das Gefühl eines geistigen Blinzelns auf. Farben strömten in den Tag ein, aber er bemerkte es kaum; seine ganze Aufmerksamkeit galt Dorrance, und er vergaß zehn Sekunden lang sogar zu atmen.

Ralph hatte in den vergangenen Monaten Auren vieler Farben gesehen, aber keine kam auch nur in die Nähe der prunkvollen Hülle um den alten Mann, den Don Veazie einmal als »ausgesprochen nett, aber wirklich ein ziemlicher Narr« beschrieben hatte. Es war, als wäre Dorrance' Aura durch ein Prisma gebrochen worden … oder einen Regenbogen. Er versprühte Licht in blendenden Farben: Blau folgte Magenta, Magenta folgte Rot, Rot folgte Rosa, Rosa folgte das cremige Gelb-Weiß einer reifen Banane.

Er spürte, wie Lois' Hand nach seiner tastete, und ergriff sie.

[»Mein Gott, Ralph, siehst du es? Siehst du, wie wunderschön er ist?«]

[»Aber sicher.«]

[»Was ist er? Ist er überhaupt ein Mensch?«]

[»Ich weiß n –«]

[»Hört auf, alle beide. Kommt wieder runter.«]

Dorrance lächelte immer noch, aber die Stimme, die sie in ihren Köpfen hörten, war befehlsgewohnt und kein bißchen verschwommen. Und bevor Ralph sich mittels bewußter Gedankenanstrengung nach unten zurückversetzen konnte, spürte er einen Stoß. Die Farben und die gesteigerte Besonderheit der Geräusche verschwanden sofort aus dem Tag.

»Dafür haben wir jetzt keine Zeit«, sagte Dor. »Es ist schon Mittag.«

»Mittag?« fragte Lois. »Das *kann* nicht sein! Es war nicht einmal neun, als wir hierher gekommen sind, und das kann höchstens eine halbe Stunde her sein!«

»Die Zeit vergeht schneller, wenn man höher ist«, sagte der alte Dor. Er sprach feierlich, aber seine Augen funkelten. »Fragt jemand, der samstagabends Bier trinkt und Country-Musik hört. Kommt jetzt! Beeilt euch! Die Uhr tickt! Überquert den Bach!«

Lois ging als erste, sie hüpfte vorsichtig von Stein zu Stein und breitete dabei wie Dorrance die Arme aus. Ralph folgte ihr und hielt die Hände zu ihren beiden Seiten in Hüfthöhe, damit er sie halten könnte, falls sie stürzte, aber letztendlich war er derjenige, der beinahe gestolpert und ins Wasser gefallen wäre. Er konnte es vermeiden, aber nur, indem er einen Fuß bis zum Knöchel durchnäßte. Ihm war, als könnte er irgendwo in einem entlegenen Winkel seines Kopfes Carolyn lachen hören.

»Kannst du uns gar nichts sagen, Dor?« fragte er, als sie die andere Seite erreicht hatten. »Wir tappen ziemlich im Dunkeln.« *Und nicht nur geistig oder seelisch,* dachte er. Er war in seinem ganzen Leben noch nie in diesem Wald gewesen, nicht einmal als junger Mann, um Wild oder Rebhühner zu jagen. Wenn der Weg, auf dem sie gingen, einfach aufhören sollte, oder falls der alte Dor das verlor, was bei ihm als Orientierung galt, was dann?

»Ja«, antwortete Dor sofort. »Ich kann dir eines sagen, und das ist absolut sicher.«

»Was?«

»Dies hier sind die besten Gedichte, die Robert Creeley je geschrieben hat«, sagte der alte Dor und hielt seine Ausgabe von *for Love* in die Höhe, und bevor einer von ihnen drauf antworten konnte, drehte er sich um und folgte wieder dem schmalen Pfad, der nach Westen durch den Wald führte.

Ralph sah Lois an. Lois erwiderte den Blick gleichermaßen ratlos. Dann zuckte sie die Achseln. »Komm, alter Junge«, sagte sie. »Wir sollten ihn besser nicht aus den Augen verlieren. Ich habe die Brotkrumen vergessen.«

5

Sie erklommen einen weiteren Hügel, und von dessen Kuppe konnte Ralph sehen, daß der Pfad, dem sie folgten, zu einem alten Holzfällerweg mit einem Grasstreifen in der Mitte führte. Der endete etwa fünfzig Meter weiter als Sackgasse an einer alten, zugewucherten Kiesgrube. Direkt vor dem Zugang zu der Kiesgrube wartete ein Auto im Leerlauf, ein völlig anonymer Ford neueren Baujahrs, der Ralph trotzdem bekannt vorkam. Als die Tür aufging und der Fahrer ausstieg, fügten sich plötzlich alle Teile zusammen. Selbstverständlich kannte er das Auto; er hatte es zuletzt Dienstag nachts von Lois' Wohnzimmerfenster aus gesehen. Da hatte es schräg mitten auf der Harris Avenue gestanden, während der Fahrer im Licht der Scheinwerfer kniete … neben dem sterbenden Hund kniete, den er angefahren hatte. Joe Wyzer hörte sie kommen, hob den Kopf und winkte.

Kapitel 23

I

»Er hat gesagt, ich sollte fahren«, sagte Joe Wyzer, als er das Auto vorsichtig an der Zufahrt zur Kiesgrube wendete.

»Wohin?« fragte Lois. Sie saß mit Dorrance auf dem Rücksitz. Ralph saß vorne bei Joe Wyzer, der aussah, als wäre er nicht ganz sicher, wo er war oder wer er war. Ralph war ein Stück in die Höhe gestiegen – nur eine Winzigkeit –, als er dem Apotheker die Hände geschüttelt hatte, weil er einen Blick auf Wyzers Aura werfen wollte. Aura und Ballonschnur waren da und sahen völlig gesund aus ... aber ihm kam das helle Gelb-orange leicht gedämpft vor. Ralph vermutete, daß das wahrscheinlich auf den Einfluß des alten Dor zurückzuführen war.

»Gute Frage«, sagte Wyzer. Er stieß ein kurzes, verwirrtes Lachen aus. »Ich habe wirklich nicht die geringste Ahnung. Das war der *merkwürdigste* Tag in meinem ganzen Leben. Daran kann absolut kein Zweifel bestehen.«

Der Waldweg endete an einer zweispurigen, asphaltierten Straße. Wyzer hielt an, sah vorschriftsmäßig nach links und rechts und bog dann links ab. Sie passierten Sekunden später ein Schild mit der Aufschrift ZUR I-95, und Ralph vermutete, daß Wyzer, sobald sie die Interstate erreichten, nach Norden abbiegen würde. Jetzt wußte er, wo sie waren – etwa drei Meilen südlich der Route 33. Von hier aus konnten sie in weniger als einer halben Stunde wieder in Derry sein, und Ralph hatte keine Zweifel, daß sie genau dorthin unterwegs waren.

Ralph fing unvermittelt an zu lachen. »Nun sind wir also alle glücklich versammelt«, sagte er. »Drei glückliche Schlaflose bei einer Spritztour. Möglicherweise auch vier. Willkommen in der wunderbaren Welt der Hyperrealität, Joe.«

Joe warf ihm einen scharfen Blick zu, aber dann entspannte er sich und grinste. »Ist sie das?« Und ehe Ralph oder Lois antworten konnten, sagte er: »Ja, ich nehme an, daß sie es ist.«

»Hast du das Gedicht gelesen?« fragte Dorrance hinter Ralph. »Das anfängt: ›Was ich auch tue, ich tue es rasch, damit ich etwas anderes tun kann‹?«

Ralph drehte sich um und sah, daß Dorrance immer noch sein breites, verklärtes Lächeln sehen ließ. »Ja, das habe ich. Dor –«

»Ist das nicht ein Knüller? Es ist *so* gut. Stephen Dobyns erinnert mich an Hart Crane ohne das Prätentiöse. Vielleicht meine ich auch *Stephen* Crane, aber das glaube ich nicht. Selbstverständlich fehlt ihm das Melodische von Dylan Thomas, aber ist das wirklich so schlimm? Wahrscheinlich nicht. Die moderne Dichtung hat nichts mit Musik zu tun. Sie handelt von Mut – wer ihn hat und wer ihn nicht hat.«

»O Mann«, sagte Lois. Sie verdrehte die Augen.

»Er könnte uns wahrscheinlich alles sagen, was wir wissen müssen, wenn wir ein paar Ebenen aufsteigen würden«, sagte Ralph. »Aber das möchtest du nicht, Dor, oder? Weil die Zeit schneller vergeht, wenn man oben ist.«

»Bingo«, antwortete Dorrance. Weiter vorne konnten sie die blauen Schilder der Interstateauffahrt sehen. »Ihr werdet später aufsteigen müssen, nehme ich an, du und Lois, darum ist es wichtig, daß ihr jetzt soviel Zeit wie möglich spart. Zeit ... spart.« Er machte eine seltsam sinnträchtige Geste, indem er mit dem knorrigen Daumen und dem Zeigefinger durch die Luft fuhr und sie dabei zusammenführte, als wollte er einen Durchgang andeuten, der immer schmaler wird.

Joe Wyzer schaltete den Blinker ein, bog links ab und fuhr die nördliche Auffahrt Richtung Derry hinauf.

»Wie sind Sie in das alles verwickelt worden, Joe?« fragte Ralph ihn. »Warum hat Dorrance von allen Leuten in der West Side ausgerechnet Sie als Chauffeur ausgewählt?«

Wyzer schüttelte den Kopf, und als das Auto den Highway erreicht hatte, fuhr es sofort auf die Überholspur. Ralph streckte rasch die Hand aus und nahm eine Kurskorrektur vor, wobei er sich daran erinnerte, daß Joe in letzter Zeit wahrscheinlich auch nicht viel Schlaf bekommen hatte. Glücklicherweise war der Highway zumindest so weit von der Stadt entfernt weitgehend verlassen. Das ersparte ihm immerhin eine Angst, und davon hatte er heute weiß Gott schon genug gehabt.

»Wir sind alle durch den Plan zusammengebunden«, sagte Dorrance unvermittelt. »Das ist *Ka-tet*, was bedeutet eines aus vielen. So, wie viele Reime ein einziges Gedicht bilden. Verstanden?«

»Nein.« Ralph und Lois und Joe sagten es gleichzeitig, ein perfekter Chor, und dann lachten sie nervös. *Die drei Schlaflosen der Apokalypse,* dachte Ralph. *Gott steh uns bei.*

»Schon gut«, sagte Dor mit seinem breiten Grinsen. »Glaubt es mir einfach. Du und Lois ... Helen und ihre kleine Tochter ... Bill ... Faye Chapin ... Trigger Vachon ... ich! Alle Teil des Plans.«

»Das ist schön, Dor«, sagte Lois, »aber wohin bringt uns der Plan jetzt? Und was sollen wir tun, wenn wir dort sind?«

Dorrance beugte sich nach vorne und flüsterte Joe Wyzer etwas ins Ohr, wobei er den Mund mit einer knotigen Hand voller Altersflecke abschirmte. Dann lehnte er sich wieder zurück und schien ungeheuer zufrieden mit sich selbst zu sein.

»Er sagt, wir fahren zum Bürgerzentrum«, sagte Joe.

»Zum *Bürgerzentrum!*« rief Lois erschrocken aus. »Nein, das kann nicht richtig sein! Die beiden kleinen Männer haben gesagt –«

»Vergiß sie vorerst mal«, sagte Dorrance. »Vergiß nur nicht, worum es geht – Mut. Wer ihn hat, und wer nicht.«

2

Fast eine Meile herrschte Schweigen in Joe Wyzers Ford. Dorrance schlug sein Buch mit Gedichten von Robert Creeley auf und fing an zu lesen, wobei er die Zeilen mit dem gelben Nagel eines Fingers nachfuhr. Ralph mußte an ein Spiel denken, das sie manchmal als Kinder gespielt hatten – kein besonders schönes. Es hieß Schnepfenjagd. Man nahm sich Kinder, die jünger und wesentlich leichtgläubiger als man selbst waren, tischte ihnen ein Lügenmärchen über die sagenhafte Schnepfe auf, und dann gab man ihnen Jutesäcke und ließ sie einen ganzen Nachmittag unter Mühen und Plagen durch Wald und Flur ziehen, um nach nicht existierenden Vögeln Ausschau zu halten. Dieses Spiel nannte man auch »Such die Wildgans«, und er hatte plötzlich das unausweichliche Gefühl, daß Klotho und Lachesis es auf dem Dach des Krankenhauses mit ihnen gespielt hatten.

Er drehte sich auf dem Sitz herum und sah den alten Dor direkt an. Dorrance knickte die obere Ecke der Seite um, die er gerade las, und betrachtete Ralph mit höflichem Interesse.

»Sie haben uns gesagt, wir sollten nicht mal in die Nähe von Ed Deepneau oder Doc Nr. 3 kommen«, sagte Ralph. Er sagte es langsam und sehr deutlich. »Sie haben uns unmißverständlich klargemacht, daß wir nicht einmal daran *denken* sollten, weil die die beiden in dieser Situation mit außergewöhnlichen Kräften versehen worden seien und wir zerquetscht würden wie die Fliegen. Ich glaube, Lachesis hat sogar angedeutet, wenn wir versuchen würden, uns Ed oder Atropos zu nähern, würden wir vielleicht Besuch von einem der Bosse der höheren Ebenen bekommen ... jemand, den Ed den Scharlachroten König nennt. Nach allem, was man so hört, nicht unbedingt ein netter Kerl.«

»Ja«, sagte Lois mit schwacher Stimme. »Das haben sie uns auf dem Dach des Krankenhauses gesagt. Sie haben gesagt, wir sollten statt dessen nach High Ridge. Um die verantwortliche Frau davon zu überzeugen, daß sie die Veranstaltung mit Susan Day absagt.«

»Und ist Ihnen das gelungen?« fragte Wyzer.

»Selbstverständlich nicht! Eds verrückte Freunde sind vor uns dort gewesen, haben das Haus angezündet und mindestens zwei Frauen ermordet. Erschossen. Ich glaube, eine war genau die Frau, mit der wir reden sollten.«

»Gretchen Tillbury«, sagte Ralph.

»Ja«, stimmte Lois zu. »Aber wir müssen ganz bestimmt nichts mehr tun – ich kann mir nicht vorstellen, daß die Veranstaltung stattfinden wird. Ich meine, wie könnten sie das jetzt noch tun? Mein Gott, mindestens vier Menschen wurden getötet! Sie *müssen* die Rede absagen oder verschieben. Ist es nicht so?«

Weder Dorrance noch Joe antworteten. Ralph antwortete auch nicht – er mußte an Helens blutunterlaufene, wütende Augen denken. *Wie kannst du das fragen?* hatte sie gesagt. *Wenn sie uns jetzt aufhalten, haben sie gewonnen.*

Wenn sie uns jetzt aufhalten, haben sie gewonnen.

Gab es eine rechtliche Möglichkeit, daß die Polizei es ihnen *verbieten* konnte? Wahrscheinlich nicht. Der Stadtrat? Vielleicht. Vielleicht konnten sie eine Sondersitzung einberufen und die Genehmigung widerrufen, die sie WomanCare erteilt hatten. Aber *würden* sie das tun? Wenn zwei- oder dreitausend erboste, trauernde Frauen vor dem Rathaus auf und ab marschierten und unisono brüllten: *Wenn sie uns jetzt aufhalten haben sie gewonnen,* würde der Stadtrat es dann *wagen*, die Genehmigung zu widerrufen?

Ralph spürte, wie allmählich eine tiefe Niedergeschlagenheit von ihm Besitz ergriff.

Helen hielt die Veranstaltung heute abend eindeutig für wichtiger denn je, und damit stand sie sicher nicht allein. Es ging nicht mehr nur um freie Entscheidung und wer das Recht hatte, zu bestimmen, was eine Frau mit ihrem eigenen Körper tat; jetzt ging es um Belange, die wichtig genug waren, dafür zu sterben, und das Andenken der Freunde zu ehren, die bereits gestorben waren. Die Einsätze des Pokerspiels waren sprunghaft in die Höhe geschnellt. Jetzt ging es nicht mehr um Politik, sondern um eine Art weltliche Totenmesse für die Gefallenen.

Lois packte ihn an der Schulter und schüttelte ihn heftig. Ralph kehrte ins Hier und Jetzt zurück, aber langsam, wie ein Mann, der mitten in einem unglaublich wirklichkeitsnahen Traum geweckt wird.

»Sie *werden* doch absagen, oder nicht? Und selbst wenn nicht, wenn sie es aus einem verrückten Grund nicht tun, wird kaum jemand hingehen, richtig? Nach allem, was in High Ridge passiert ist, werden sie Angst davor haben, zu kommen.«

Ralph dachte darüber nach, dann schüttelte er den Kopf. »Die meisten werden denken, daß die Gefahr vorüber ist. In den Nachrichten werden sie sagen, daß zwei der Radikalen, die den Anschlag begangen haben, tot sind, und daß der dritte katatonisch ist, oder so was.«

»Aber Ed! Was ist mit Ed?« schrie sie. »Er ist derjenige, der sie zu dem Anschlag angestiftet hat, um Himmels willen! *Er ist doch derjenige, der sie überhaupt erst dorthin geschickt hat!*«

»Das mag stimmen, *wird* wahrscheinlich stimmen, aber wie könnten wir es beweisen?« fragte Ralph. »Weißt du, was die Cops meiner Meinung nach in Charlie Pickerings Bleibe finden werden? Einen Abschiedsbrief, in dem steht, daß alles seine Idee war. Ein Brief, der Ed wahrscheinlich unter dem Vorwand einer Anklage völlig entlasten wird ... wie Ed sie im Stich gelassen hat, als sie ihn am nötigsten brauchten. Und wenn sie diesen Brief nicht bei Charlie Pickering finden, dann bei Frank Felton. Oder Sandra McKay.«

»Aber das ... das –« Lois verstummte und biß sich auf die Unterlippe. Dann sah sie mit hoffnungsvollem Blick zu Wyzer. »Was ist mit Susan Day? Wo ist *sie?* Weiß das jemand? Sie? Ralph und ich werden sie anrufen und ihr sagen –«

»Sie ist schon in Derry«, sagte Wyzer, »aber ich bezweifle, daß selbst die Polizei genau weiß, wo sie sich aufhält. Aber als der alte Mann und ich dorthin gefahren sind, habe ich in den Nachrichten gehört, daß die Veranstaltung heute abend stattfinden wird ... und das angeblich aus dem Mund der Dame höchstpersönlich.«

Klar, dachte Ralph. *Logisch. Die Show geht weiter, die Show* muß *weitergehen, und das weiß sie. Jemand, der all die Jahre auf der Welle der Frauenbewegung reitet – verdammt, seit der Convention in Chicago 1968 –, weiß genau, wann ein entscheidender Augenblick gekommen ist. Sie hat das Risiko abgeschätzt und akzeptabel gefunden. Entweder das, oder sie hat sich überlegt, daß der Verlust der Glaubwürdigkeit untragbar wäre, wenn sie einfach wieder abzieht. Vielleicht von beidem etwas. Wie dem auch sei, sie ist genauso Gefangene der Ereignisse – des* Ka-tet *– wie wir alle.*

Sie hatten die Randbezirke von Derry erreicht. Ralph konnte das Bürgerhaus am Horizont sehen.

Jetzt wandte sich Lois an den alten Dor. »Wo ist sie? Weißt *du* das? Es spielt keine Rolle, wieviel Leibwächter sie um sich hat; Ralph und ich können unsichtbar sein, wenn wir es wollen … und wir können sehr überzeugend auf die Leute wirken.«

»Oh, es würde überhaupt nichts ändern, wenn ihr Susan Day umstimmen würdet«, sagte Dor. Er stellte immer noch das breite, nervtötende Grinsen zur Schau. »Sie werden zum Bürgerzentrum kommen, was auch geschehen mag. Und wenn sie vor verschlossenen Türen stehen, werden sie sie aufbrechen und ihre Veranstaltung trotzdem abhalten. Um zu zeigen, daß sie keine Angst haben.«

»Geschehenes läßt sich nicht ungeschehen machen«, sagte Ralph düster.

»Richtig, Ralph!« sagte Dor fröhlich und tätschelte Ralphs Arm.

3

Fünf Minuten später fuhr Joe mit dem Ford an der scheußlichen Plastikstatue von Paul Bunyan vorbei, die vor dem Bürgerzentrum stand, und bog an einem Schild mit der Aufschrift KOSTENLOS PARKEN BEI IHREM BÜRGERZENTRUM! ab.

Der einen Morgen große Parkplatz lag zwischen dem Gebäude des Bürgerzentrums selbst und der Rennbahn des Bassey Parks. Wäre die heutige Veranstaltung ein Rock-Konzert oder eine Bootsschau oder ein Ringkampf gewesen, hätten sie den Parkplatz um diese Zeit noch ganz für sich allein gehabt, aber das Ereignis des heutigen Abends war offensichtlich meilenweit von einem Basketballspiel oder einem Monstertruck-Rennen entfernt. Sechzig bis siebzig Autos standen bereits auf dem Parkplatz, überall standen kleine Gruppen beisammen und betrachteten das Gebäude. Die meisten waren Frauen. Einige hatten Picknickkörbe dabei, manche weinten, fast alle trugen einen schwarzen Trauerflor am Arm. Ralph sah eine Frau mittleren Alters mit einem erschöpften, intelligenten Gesicht und einem dichten grauen Haarschopf, die die schwarzen Bänder aus einer Tragetasche verteilte. Sie trug ein

T-Shirt mit dem Gesicht von Susan Day darauf und dem Schriftzug WE SHALL ♀VERC♀ME.

Auf der Durchfahrt vor den Eingangstüren des Bürgerhauses herrschte noch emsigere Betriebsamkeit als auf dem Parkplatz. Nicht weniger als sechs Übertragungswagen diverser Fernsehsender parkten dort, und verschiedene Techniker standen in kleinen Gruppen unter dem dreieckigen Baldachin und unterhielten sich darüber, wie sie das Ereignis des heutigen Abends anpacken wollten. Und laut dem bettlakengroßen Banner, das von dem Baldachin herabhing und träge im Wind flatterte, *würde* ein Ereignis stattfinden. GROSSVERANSTALTUNG, stand in großen, verschwommenen Buchstaben aus Spraydosenfarben darauf. 20:00 UHR. BEWEISEN SIE IHRE SOLIDARITÄT, ZEIGEN SIE IHRE WUT, TRÖSTEN SIE IHRE SCHWESTERN.

Joe schob den Schalthebel des Ford auf Parken, dann drehte er sich zu dem alten Dor um und zog die Brauen hoch. Dor nickte, worauf Joe Ralph ansah. »Ich schätze, hier müssen Sie und Lois aussteigen, Ralph. Viel Glück. Ich würde mit Ihnen kommen, wenn ich könnte – ich habe ihn sogar darum gebeten –, aber er sagt, ich bin nicht richtig ausgerüstet.«

»Schon gut«, sagte Ralph. »Wir danken Ihnen für alles, was Sie getan haben, nicht wahr, Lois?«

»Ganz bestimmt«, sagte Lois.

Ralph griff nach der Türklinke, dann ließ er sie wieder los. Er drehte sich zu Dorrance um. »Worum geht es hier? Ich meine, wirklich? Es geht *nicht* darum, die zweitausend Menschen zu retten, die laut Klotho und Lachesis heute abend hier anwesend sein werden, soviel steht fest. Für diese ewigen Mächte, von denen *sie* gesprochen haben, sind zweitausend Menschenleben wahrscheinlich nichts weiter als ein Tropfen auf den heißen Stein. Also worum geht es? Warum sind wir hier?«

Nun verschwand Dorrance' Grinsen endlich; ohne das sah er jünger und seltsam eindrucksvoll aus. »Hiob hat Gott dieselbe Frage gestellt«, sagte er, »und keine Antwort bekommen. Du wirst auch keine bekommen, aber so viel kann ich dir verraten: Du bist zum Angelpunkt gewaltiger Ereignisse und

Kräfte geworden. Das Wirken des höheren Universums ist fast vollständig zum Stillstand gekommen, da sowohl der Plan wie auch der Zufall ihr Augenmerk darauf richten, welche Fortschritte du machst.«

»Das ist prima, aber ich verstehe es nicht«, sagte Ralph mehr resigniert als wütend.

»Ich ebensowenig, aber zweitausend Menschenleben sind ausreichend für mich«, sagte Lois leise. »Ich könnte nicht mehr weiterleben, wenn ich nicht mindestens versuchen würde, zu verhindern, was geschehen soll. Ich würde den Rest meines Lebens vom Leichentuch um dieses Gebäude herum träumen. Selbst wenn ich nur eine Stunde pro Nacht schlafen könnte, würde ich davon träumen.«

Ralph dachte darüber nach, dann nickte er. Er machte die Tür auf und schwang einen Fuß heraus. »Das ist ein gutes Argument. Außerdem wird Helen da sein. Möglicherweise bringt sie sogar Nat mit. Vielleicht ist das für unbedeutende kurzfristige Fürze wie uns schon genug.«

Und vielleicht, dachte er, *möchte ich eine Revanche mit Doc Nr. 3.*

O Ralph, stöhnte Carolyn. *Clint Eastwood? Schon* wieder?

Nein, nicht Clint Eastwood. Und auch nicht Sylvester Stallone oder Arnold Schwarzenegger. Nicht einmal John Wayne. Er war kein großer Action-Held oder Filmstar; er war nur der gute alte Ralph Roberts aus der Harris Avenue. Aber deshalb war der Groll, den er gegen den Doc mit dem rostigen Skalpell hegte, nicht weniger real. Und bei diesem Groll ging es um wesentlich mehr als einen streunenden Hund und einen alten Geschichtslehrer, der die letzten zehn Jahre oder so ein Stockwerk unter ihm gewohnt hatte. Ralph mußte immerzu an den Salon in High Ridge denken, und an die Frauen, die unter dem Plakat von Susan Day an die Wand gelehnt worden waren. Aber vor seinem geistigen Auge tauchte nicht der Bauch der schwangeren Merrilee auf, sondern Gretchen Tillburys Haar – ihr wunderschönes blondes Haar, das durch den Schuß aus nächster Nähe, der sie das Leben gekostet hatte, größtenteils verbrannt war. Charlie Pickering hatte abgedrückt, und Ed Deepneau hatte ihm möglicherweise die

Waffe in die Hand gegeben, aber Ralph gab Atropos die alleinige Schuld, Atropos dem Springseilräuber, Atropos dem Huträuber, Atropos dem Kammräuber.

Atropos dem Ohrringräuber.

»Komm, Lois«, sagte er. »Gehen –«

Aber sie legte ihm eine Hand auf den Arm und schüttelte den Kopf. »Noch nicht – komm wieder rein und mach die Tür zu.«

Er sah sie eindringlich an, dann tat er, was sie gesagt hatte. Sie machte eine Pause, sammelte ihre Gedanken, und als sie weitersprach, sah sie den alten Dor direkt an.

»Ich verstehe immer noch nicht, warum wir nach High Ridge geschickt worden sind«, sagte sie. »Und das *will* ich verstehen. Wenn wir *hier* sein sollten, warum mußten wir dann *dorthin?* Ich meine, wir konnten einige Menschenleben retten, und darüber bin ich froh, aber ich glaube, Ralph hat recht – ein paar Menschenleben sind bedeutungslos für die Leute, die hier das Sagen haben.«

Einen Augenblick herrschte Stille, dann sagte Dorrance: »Sind dir Klotho und Lachesis wirklich weise und allwissend vorgekommen, Lois?«

»Nun ... sie waren klug, aber ich glaube, Genies waren sie nicht gerade«, sagte sie nach einem Augenblick des Nachdenkens. »Einmal haben sie sich Arbeiter genannt, die ganz weit unten auf der Leiter stehen, viel weiter unten als die leitenden Angestellten, die die Entscheidungen treffen.«

Der alte Dor nickte und lächelte. »Klotho und Lachesis sind selbst fast Kurzfristige im großen Weltenplan. Sie haben ihre eigenen Ängste und geistigen toten Winkel. Außerdem können sie falsche Entscheidungen treffen ... was letztlich aber keine Rolle spielt, weil sie auch dem Plan dienen. Und dem *Ka-tet.*«

»Sie haben gedacht, wir würden verlieren, wenn wir Atropos direkt gegenübertreten, richtig?« fragte Ralph. »Darum haben sie sich selbst eingeredet, wir könnten tun, was erforderlich ist, indem wir nach High Ridge gingen, statt hierher zu kommen.«

»Ja«, sagte Dor. »So ist es.«

»Prima«, sagte Ralph. »Ich mag ein offenes Wort. Besonders, wenn es –«

»Nein«, sagte Dor. »Das ist es nicht.«

Ralph und Lois wechselten einen bestürzten Blick.

»Wovon redest du?«

»Es ist beides zugleich. Das ist häufig der Fall mit Sachen innerhalb des Plans. Seht ihr ... nun ...« Er seufzte. »Ich *hasse* diese Fragen. Ich beantworte so gut wie *niemals* Fragen, hab ich das nicht schon gesagt?«

»Ja«, sagte Lois. »Das hast du.«

»Ja. Und jetzt, bingo! So viele Fragen. Schlimm! Und sinnlos!«

Ralph sah Lois an, und sie erwiderte den Blick. Keiner machte Anstalten, aus dem Auto auszusteigen.

Dor stieß einen Seufzer aus. »Nun gut ... aber es ist die letzte Auskunft, die ich geben werde, also hört gut zu. Klotho und Lachesis haben euch vielleicht aus den falschen Gründen nach High Ridge geschickt, aber der Plan hat euch aus den richtigen Gründen dorthin geschickt. Ihr habt eure Aufgabe dort erfüllt.«

»Indem wir die Frauen gerettet haben«, sagte Lois.

Aber Dorrance schüttelte den Kopf.

»Was haben wir *dann* getan?« schrie sie fast. »*Was?* Haben wir kein Recht zu erfahren, welchen Teil des gottverdammten Plans wir erfüllt haben?«

»Nein«, sagte Dorrance. »Jedenfalls jetzt noch nicht. Weil ihr es noch einmal tun müßt.«

»Das ist verrückt«, sagte Ralph.

»Keineswegs«, antwortete Dorrance. Er drückte *for Love* jetzt fest an die Brust, knickte es hin und her und sah Ralph ernst an. »*Der Zufall* ist verrückt. Der Plan ist normal.«

Na gut, dachte Ralph, *was haben wir in High Ridge getan, außer die Leute im Keller zu retten? Und natürlich John Leydecker – ich glaube, Pickering hätte ihn genau wie Chris Nell getötet, wenn ich nicht eingegriffen hätte. Könnte es etwas mit Leydecker zu tun haben?*

Möglicherweise schon, aber das schien nicht der Punkt zu sein.

»Dorrance«, sagte er »könntest du uns nicht bitte noch ein paar Informationen geben? Ich meine –«

»Nein«, sagte der alte Dor nicht unfreundlich. »Keine Fragen mehr, keine Zeit. Wenn dies alles vorbei ist, gehen wir zusammen einmal gut essen … das heißt, wenn es uns dann noch gibt.«

»Du weißt echt, wie man jemanden aufmuntert, Dor.« Ralph machte die Tür auf. Lois ebenfalls, und sie stiegen beide aus und standen auf dem Parkplatz. Ralph bückte sich und sah Joe Wyzer an. »Gibt es sonst noch etwas? Etwas, das Ihnen einfällt?«

»Nein, ich glaube nicht –«

Dor beugte sich wieder nach vorne und flüsterte ihm etwas ins Ohr. Joe hörte stirnrunzelnd zu.

»Nun?« fragte Ralph, als sich Dorrance zurücklehnte. »Was hat er gesagt?«

»Er hat gesagt, ihr sollt meinen Kamm nicht vergessen«, sagte Joe. »Ich habe keine Ahnung, wovon er spricht, aber das ist ja nichts Neues.«

»Schon gut«, sagte Ralph und lächelte verhalten. »Das ist eines der wenigen Dinge, *die* ich verstehe. Komm mit, Lois – sehen wir uns um. Mischen wir uns ein wenig unter das Volk.«

4

Auf halbem Weg über den Parkplatz stieß sie ihm mit dem Ellbogen so fest in die Rippen, daß Ralph stolperte. »Sieh doch!« flüsterte sie. »Gleich da drüben! Ist das nicht Connie Chung?«

Ralph sah hin. Ja; die Frau im beigen Mantel, die zwischen zwei Technikern mit dem Emblem von CBS an den Jacketts stand, war mit ziemlicher Sicherheit Connie Chung. Er hatte ihr hübsches, intelligentes Gesicht und freundliches Lächeln bei so vielen Tassen Kaffee bewundert, daß kaum ein Zweifel bestehen konnte.

»Entweder sie oder ihre Zwillingsschwester«, sagte er.

Lois schien alles über den alten Dor und High Ridge und die kahlköpfigen Docs vergessen zu haben; in diesem Moment war sie wieder die Frau, die Bill McGovern immer »unsere Lois« genannt hatte ... stets mit der sarkastisch hochgezogenen Augenbraue. »Hol's der Teufel! Was macht *sie* denn hier?«

»Nun«, begann Ralph, und dann hielt er sich die Hand vor den Mund, um ein gewaltiges Gähnen zu verbergen, »ich schätze, was in Derry los ist, sorgt inzwischen landesweit für Schlagzeilen. Sie muß hier sein, um einen Livebericht vor dem Bürgerzentrum für die Abendnachrichten zu machen. In jedem Fall –«

Plötzlich und ohne Vorwarnung kamen die Auren zurück. Ralph stöhnte.

»*Großer Gott!* Lois, siehst du das?«

Aber er glaubte es nicht. *Wenn* sie es gesehen hätte, dann hätte Connie Chung wahrscheinlich nicht einmal ehrenhalber Erwähnung in Lois' Aufmerksamkeit gefunden. Dies war unsagbar schrecklich, und Ralph wurde zum erstenmal voll und ganz bewußt, daß selbst die helle Welt der Auren ihre Schattenseite hatte, bei der ein normaler Mensch auf die Knie gesunken wäre und Gott für seine eingeschränkte Wahrnehmung gedankt hätte.

Und dabei ist dies nicht einmal ein Schritt auf der Leiter hinauf, dachte er. *Jedenfalls glaube ich es nicht. Ich* sehe *diese größere Welt nur wie ein Mann, der durch ein Fenster schaut. Ich bin nicht in ihr.*

Und er *wollte* auch gar nicht darin sein. Wenn man so etwas nur vor sich sah, wünschte man sich fast, man wäre blind.

Lois sah ihn stirnrunzelnd an. »Was, die Farben? Nein. Sollte ich es versuchen? Stimmt etwas nicht mit ihnen?«

Er versuchte zu antworten, konnte es aber nicht. Einen Augenblick später spürte er, wie sie seinen Arm über dem Ellbogen mit einem schmerzhaften Klammergriff packte, und wußte, daß eine Erklärung nicht mehr nötig war. Ob gut oder schlecht, Lois sah es nun mit eigenen Augen.

»O *Gott*«, wimmerte sie mit einer atemlosen dünnen Stimme, kurz davor, in Tränen auszubrechen. »O *Gott*, o *Gott*, ojeh.«

Vom Dach des Derry Home hatte die Aura, die über dem Bürgerzentrum hing, wie ein riesiger Schirm ausgesehen – wie das Emblem der Travellers' Insurance, das ein Kind mit Wachsmalstift schwarz angemalt hatte. Hier, auf dem Parkplatz, war es, als stünde man in einem großen und unvorstellbar häßlichen Moskitonetz, so alt und verwahrlost, daß der Gazestoff von schwarz-grünem Mehltau verunstaltet wurde. Die helle Oktobersonne wurde zu einer trüben Scheibe angelaufenen Silbers. Die Atmosphäre wurde düster und verhangen und erinnerte Ralph an Fotos von London gegen Ende des neunzehnten Jahrhunderts. Sie sahen nicht nur das Leichentuch des Bürgerzentrums vor sich, nicht mehr; sie waren lebendig darin begraben. Ralph konnte spüren, wie es sich gierig an ihn schmiegte und versuchte, ihn mit Gefühlen von Verlust, Verzweiflung und Niedergeschlagenheit zu ersticken.

Warum das alles? fragte er sich und verfolgte apathisch, wie Joe Wyzers Ford mit dem alten Dor auf dem Rücksitz die Main Street entlangfuhr. *Ich meine, wirklich, was soll das? Wir können es nicht verändern, völlig unmöglich. Vielleicht konnten wir in High Ridge etwas ausrichten, aber der Unterschied zwischen dem, was dort vor sich ging, und dem, was sich hier abspielt, ist wie der zwischen einem Klecks und einem schwarzen Loch. Wenn wir versuchen, uns hier einzumischen, werden wir zerquetscht.*

Er hörte ein Stöhnen neben sich und stellte fest, daß Lois weinte. Er nahm seine ganze schwindende Energie zusammen und legte ihr einen Arm um die Schultern. »Durchhalten, Lois«, sagte er. »Wir können es damit aufnehmen.« Aber er hatte seine Zweifel.

»*Wir atmen es ein!*« schluchzte sie. »Es ist, als würden wir den Tod einatmen! O Ralph, laß uns von hier fortgehen! Bitte, laß uns einfach fortgehen!«

Das klang so verlockend für ihn wie Wasser auf einen Verdurstenden in der Wüste wirken mußte, aber er schüttelte den Kopf. »Heute abend werden hier zweitausend Menschen sterben, wenn wir nichts unternehmen. Ich bin ziemlich verwirrt, was den Rest der Angelegenheit angeht, aber das sehe ich ohne Schwierigkeiten ein.«

»Okay«, flüsterte sie. »Laß nur den Arm um mich gelegt, damit ich mir den Schädel nicht aufschlage, wenn ich ohnmächtig werde.«

Es war die reine Ironie, dachte Ralph. Sie hatten nun Gesichter und Körper von vitalen Menschen mittleren Alters, schlurften aber über den Parkplatz wie zwei alte Leute, deren Muskeln zu Brei und deren Knochen zu Glas geworden sind. Er konnte Lois schwer und keuchend atmen hören, wie eine Frau, die gerade schwer verletzt worden ist.

»Ich bringe dich zurück, wenn du willst«, sagte Ralph, und das war sein Ernst. Er würde sie zum Parkplatz zurückbringen, er würde sie zu der orangefarbenen Bank der Bushaltestelle bringen, die er von hier sehen konnte. Und wenn der Bus kam, wäre es das Einfachste von der Welt, einfach einzusteigen und zur Harris Avenue zurückzufahren. Zwei Vierteldollarmünzen konnten den Trick bewerkstelligen.

Er spürte, wie die tödliche Aura, die diesen Ort umgab, auf ihm lastete, sie wollte ihn ersticken wie ein Plastikbeutel, und ihm fiel etwas ein, das McGovern über May Lochers Emphysem gesagt hatte – daß es eine der Krankheiten sei, von denen man immer etwas hatte. Jetzt hatte er eine ziemlich gute Vorstellung, wie sich May Locher in den letzten Lebensjahren gefühlt haben mußte. Es spielte keine Rolle, wie fest er die schwarze Luft einsog oder wie tief in die Lungen er sie pumpte; sie befriedigte nicht. Sein Herz und sein Kopf pochten unablässig, und er fühlte sich, als hätte er den schlimmsten Kater seines Lebens.

Er wollte gerade den Mund aufmachen und ihr sagen, daß er sie zurückbringen würde, als sie selbst atemlos keuchend das Wort ergriff. »Ich glaube, ich schaffe es ... aber ich hoffe ... es wird nicht lange dauern. Ralph, wie kommt es, daß wir etwas so Schlimmes nicht spüren können, auch wenn wir die Farben nicht sehen? Warum können *sie* es nicht?« Sie deutete auf die Presseleute, die sich vor dem Bürgerzentrum drängten. »Sind wir Kurzfristigen so unempfindlich? Der Gedanke gefällt mir nicht.«

Er schüttelte den Kopf, um anzudeuten, daß er es nicht wußte, aber er überlegte sich, daß die Nachrichtensprecher,

Videotechniker und das Wachpersonal vor den Türen und unter dem Banner, das vom Baldachin hing, möglicherweise *doch* etwas spürten. Er sah eine Menge Leute, die Kaffeetassen aus Plastik in den Händen hielten, aber niemand trank tatsächlich etwas davon. Ein Karton mit Krapfen stand auf der Haube eines Kombis, aber nur ein einziger war herausgeholt worden, und der lag angebissen auf einer Serviette daneben. Ralph betrachtete ein Dutzend Gesichter und sah nicht ein einziges Lächeln. Die Nachrichtenleute gingen ihrer Arbeit nach – sie justierten die Kameras, markierten Stellen, wo die Moderatoren ins Bild kamen, verlegten Koaxialkabel und befestigten sie mit Klebeband auf dem Beton –, aber sie taten es ohne die Aufregung, die Ralph bei einer Geschichte dieser Größenordnung erwartet hätte.

Connie Chung kam mit einem bärtigen, gutaussehenden Kameramann unter dem Baldachin hervor – MICHAEL ROSENBERG stand auf dem Namensschild an seiner CBS-Jacke – und hob die Arme, wobei sie mit den Händen einen Rahmen bildete, um ihm zu zeigen, wie sie das Banner aufgenommen haben wollte, das von dem Baldachin herunterhing. Rosenberg nickte. Chungs Gesicht war blaß und ernst, und einmal im Verlauf ihrer Unterhaltung mit dem bärtigen Kameramann sah Ralph, wie sie verstummte und unsicher eine Hand an die Schläfe hielt, als hätte sie den Faden verloren oder fühlte sich schwach.

Er fand, daß sämtlichen Mienen, die er sah, unterschwellig ein Zug gemeinsam war – ein roter Faden gleichsam –, und er glaubte, daß er wußte, was es war: Sie litten alle an etwas, das man Melancholie genannt hatte, als er noch ein Kind war, und Melancholie war nur ein besseres Wort für den Blues.

Ralph erinnerte sich an Zeiten in seinem Leben, als er das emotionale Äquivalent von einer kalten Strömung beim Schwimmen oder Turbulenzen beim Fliegen erlebt hatte. Man schleppte sich so durch seinen Tag, fühlte sich manchmal großartig, manchmal nur so lala, aber man kam zurecht und brachte es hinter sich ... und dann stürzte man plötzlich ohne ersichtlichen Grund ab und ging in Flammen auf. Ein Gefühl von *Scheiße, was soll's* überkam einen – in dem Moment ohne

Zusammenhang mit einem bestimmten Ereignis im Leben, aber trotzdem ungeheuer stark ausgeprägt –, und man wollte einfach nur wieder ins Bett kriechen und die Decke über den Kopf ziehen.

Vielleicht wird dieses Gefühl von so etwas verursacht, dachte er. *Vielleicht liegt es daran, daß wir mit so etwas konfrontiert werden – ein gewaltiges Chaos von Tod oder Trauer lag in der Luft, das sich ausbreitete wie ein Festzelt aus Spinnweben und Tränen statt Segeltuch und Seilen. Wir sehen es nicht, nicht auf unserer kurzfristigen Ebene, aber wir spüren es. O ja, wir spüren es. Und jetzt ...*

Jetzt versuchte es, sie auszusaugen. Vielleicht waren *sie selbst* keine Vampire, wie sie anfangs befürchtet hatten, aber *dieses Ding* war auf jeden Fall einer. Das Leichentuch verfügte über ein träges, halbintelligentes Leben, und es würde sie aussaugen, wenn es konnte. Wenn sie es zuließen.

Lois stolperte gegen ihn, und Ralph mußte alle Kraft aufbieten, damit sie nicht beide zu Boden fielen. Dann hob sie den Kopf (langsam, als wäre ihr Haar in Zement getaucht worden), bildete mit einer Hand einen Trichter am Mund und atmete tief ein. Gleichzeitig flackerte sie ein wenig. Unter anderen Umständen hätte Ralph dieses Flackern als optische Täuschung abgetan, aber jetzt nicht. Sie war emporgestiegen. Nur ein klein wenig. Nur so weit, daß sie sich gütlich tun konnte.

Er hatte nicht gesehen, wie Lois die Aura der Kellnerin angezapft hatte, aber jetzt spielte sich alles vor seinen Augen ab. Die Auren der Medienleute waren wie kleine, aber hell erleuchtete Papierlampions, die tapfer in einer riesigen, dunklen Höhle strahlten. Nun fuhr ein gebündelter violetter Lichtstrahl aus einem heraus – aus Connie Chungs bärtigem Kameramann Michael Rosenberg. Vor Lois' Gesicht teilte er sich in zwei Strahle. Der obere teilte sich wieder zweimal und fuhr in ihre Nasenlöcher; der untere zwischen ihre geöffneten Lippen und in den Mund. Er konnte ein schwaches Leuchten hinter ihren Wangen erkennen, das sie von innen erhellte wie eine Kerze eine Kürbislaterne.

Ihr Griff um ihn lockerte sich, und plötzlich war die Last ihres Gewichts von ihm genommen. Einen Moment später verschwand der violette Lichtstrahl. Sie drehte sich zu ihm um. Ihre bleigrauen Wangen hatten wieder etwas Farbe angenommen – nicht viel, aber etwas.

»Schon besser – *viel* besser. Jetzt du, Ralph!«

Er zögerte – ihm kam es immer noch wie Diebstahl vor –, aber es mußte sein, wenn er nicht hier und jetzt zusammenbrechen wollte; er konnte fast spüren, wie der letzte Rest der geborgten Energie des Nirvana-Jungen durch seine Poren entwich. Er legte die Hand um den Mund, wie er es heute morgen auf dem Parkplatz des Dunkin Donuts getan hatte, und drehte sich auf der Suche nach einem Opfer leicht nach links. Connie Chung war einige Schritte auf sie zu gekommen; sie sah immer noch zu dem Banner hinauf und unterhielt sich mit Rosenberg darüber (dem es nach Lois' Anleihe auch nicht schlechter zu gehen schien als vorher). Ohne weiter nachzudenken, inhalierte Ralph heftig durch den Trichter seiner Finger.

Chungs Aura hatte denselben lieblichen Elfenbeinfarbton eines Brautkleids wie die, welche Helen und Nat an dem Tag umgeben hatten, als sie mit Gretchen Tillbury bei ihm zu Hause gewesen waren. Aber statt eines Lichtstrahls schoß so etwas wie ein langes, gerades Band aus Chungs Aura. Ralph spürte, wie ihn fast augenblicklich Kraft durchdrang und die quälende Erschöpfung aus seinen Gelenken und Muskeln vertrieb. Und er konnte wieder klar denken, als wäre eine gewaltige Menge Matsch gerade aus seinem Gehirn gespült worden.

Connie Chung verstummte, sah kurz zum Himmel und unterhielt sich dann weiter mit dem Kameramann. Ralph drehte sich um und stellte fest, daß Lois ihn ängstlich ansah. »Besser?« flüsterte sie.

»Viel besser«, sagte er, »aber ich komme mir immer noch vor wie unter einem Leichentuch.«

»Ich glaube –«, begann Lois, aber dann fiel ihr Blick auf etwas links vom Eingang des Bürgerzentrums. Sie schrie und preßte sich mit so weit aufgerissenen Augen an Ralph, daß es aussah, als würden sie aus ihren Höhlen quellen. Er folgte ihrem Blick, und der Atem schien ihm in der Kehle zu stocken.

Die Architekten hatten versucht, die kahlen Backsteinseiten des Gebäudes aufzulockern und immergrüne Büsche daran entlang gepflanzt. Diese waren entweder vernachlässigt worden, oder man hatte sie absichtlich wachsen lassen, so daß sie ineinander verschlungen waren und den schmalen Grasstreifen zwischen sich und dem betonierten Bürgersteig zu überwuchern drohten, der neben der Durchfahrt verlief.

Riesige Insekten, die wie prähistorische Trilobiten aussahen, krabbelten in Scharen durch dieses Gestrüpp, krochen übereinander, stellten sich manchmal auf und hieben mit den Vorderbeinen nacheinander wie Hirsche, die in der Bruftzeit die Geweihe ineinander verkeilen. Sie waren nicht durchsichtig, wie der Vogel auf der Satellitenschüssel, hatten aber dennoch etwas Geisterhaftes und Unwirkliches an sich. Ihre Auren flackerten fiebrig (und hirnlos, fand Ralph) durch das gesamte Farbspektrum; sie waren so grell und dabei so kurzlebig, daß man sie fast für unheimliche Glühwürmchen hätte halten können.

Aber das sind sie nicht. Du weißt, *daß sie das nicht sind.*

»He!« Das war Rosenberg, Chungs Kameramann, der sie ansprach, aber fast alle vor dem Gebäude sahen her. »Alles in Ordnung mit ihr, Kollege?«

»Ja«, rief Ralph zurück. Er hatte immer noch die zu einer Röhre gekrümmte Hand vor dem Mund, ließ sie aber rasch sinken, weil er sich albern vorkam. »Sie ist nur –«

»Ich habe eine Maus gesehen!« rief Lois, die ein albernes, benommenes Grinsen zustande brachte ... ein »Unsere Lois«-Grinsen, wie Ralph es noch nicht gesehen hatte. Er war sehr stolz auf sie. Sie deutete mit einem Finger, der fast nicht zitterte, auf die immergrünen Büsche links von der Tür. »Sie ist da rein verschwunden. Mann, war die riesig! Hast du sie gesehen, Norton?«

»Nein, Alice.«

»Bleiben Sie hier, Lady«, rief Michael Rosenberg. »Heute abend werden Sie hier alle möglichen wilden Tiere sehen.« Es folgte ein gekünsteltes, fast gequältes Lachen, worauf sie sich alle wieder an die Arbeit machten.

»O Gott, Ralph!« flüsterte Lois. »Diese ... diese *Kreaturen* ...«

Er nahm ihre Hand und drückte sie. »Ganz ruhig, Lois.«

»Sie wissen es, richtig? Deshalb sind sie hier. Sie sind wie die Geier.«

Ralph nickte. Vor seinen Augen kamen mehrere Insekten aus den Büschen heraus und krochen rastlos an der Wand herum. Sie bewegten sich benommen und träge – wie Fliegen im November auf einer Fensterscheibe – und hinterließen farbige Schleimspuren. Diese verblaßten rasch und verschwanden. Andere Insekten krochen unter den Büschen hervor auf den schmalen Grasstreifen.

Der Nachrichtenkommentator eines lokalen Senders schlenderte auf die verseuchte Stelle zu, und als er den Kopf drehte, konnte Ralph sehen, daß es sich um John Kirkland handelte. Er unterhielt sich mit einer gutaussehenden Frau in Bürokleidung Marke »Power Look«, die Ralph unter normalen Umständen extrem sexy gefunden hätte. Er vermutete, daß sie Kirklands Produzentin war, und fragte sich, ob Lisette Bensons Aura in Gegenwart dieser Frau grün werden würde.

»Sie gehen auf diese Käfer zu!« flüsterte Lois ihm panisch zu. »Wir müssen sie aufhalten, Ralph – wir *müssen*!«

»Wir werden überhaupt nichts tun.«

»Aber –«

»Lois, wir können nicht anfangen, über Insekten zu reden, die außer uns keiner sehen kann. Wir würden in der Klapsmühle enden. Außerdem sind die Käfer für sie gar nicht da.« Nach einer Pause fügte er hinzu: »Hoffe ich.«

Sie sahen zu, wie Kirkland und seine gutaussehende Kollegin auf den Rasen gingen ... mitten hinein in einen gallertartigen Klumpen der zuckenden, krabbelnden Trilobiten. Einer glitt über Kirklands auf Hochglanz polierten Halbschuh, verharrte reglos, bis Kirkland einen Moment stehenblieb, und kroch dann sein Hosenbein hinauf.

»Susan Day ist mir ziemlich scheißegal«, sagte Kirkland. »WomanCare ist die große Story hier, nicht sie – weinende Tussis mit schwarzen Armbinden.«

»Gib acht, John«, sagte die Frau trocken. »Man merkt, wie empfindsam du bist.«

»Wirklich? Gottverdammt.« Der Käfer an Kirklands Hosenbein schien sich seinen Schritt als Ziel vorgenommen zu haben. Ralph kam der Gedanke, wenn Kirkland plötzlich sehen könnte, was da gleich über seine Hoden kriechen würde, würde er wahrscheinlich den Verstand verlieren.

»Okay, aber vergiß nicht, mit den Frauen zu reden, die hier in der Gegend das Sagen haben«, sagte die Produzentin. »Nachdem diese Tillbury tot ist, sind das Maggie Petrowsky, Barbara Richards und Sallyann Rimbar. Rimbar wird heute abend den großen *Kahuna* ansagen, glaube ich ... in diesem Fall wohl besser die große *Kahunette.*« Die Frau ging einen Schritt vom Bürgersteig herunter und zertrat einen der Käfer mit ihrem hohen Absatz. Ein Regenbogen von Eingeweiden wurde herausgequetscht, zusammen mit einer wachsähnlichen weißen Substanz, die wie verdorbenes Kartoffelpüree aussah. Ralph nahm an, daß es sich bei der weißen Substanz um Eier handelte.

Lois drückte das Gesicht gegen seinen Arm.

»Und halten Sie Ausschau nach einer Frau namens Helen Deepneau«, sagte die Produzentin und machte einen Schritt auf das Gebäude zu. Der Käfer blieb an ihrem Absatz kleben und wand sich und zuckte, während sie ging.

»Deepneau«, sagte Kirkland. Er klopfte sich mit den Knöcheln an die Stirn. »Irgendwo tief da drinnen klingelt es.«

»Nee, das ist nur deine letzte aktive Gehirnzelle, die herumkullert«, sagte die Produzentin. »Ed Deepneaus Frau. Sie leben getrennt. Wenn du Tränen willst, ist sie der sicherste Tip. Sie und Tillbury waren gute Freundinnen. Möglicherweise *besonders* gute Freundinnen, wenn du verstehst, was ich meine.«

Kirkland grinste lüstern – ein Ausdruck, der in so krassem Gegensatz zu seiner Bildschirmpersönlichkeit stand, daß Ralph sich leicht desorientiert fühlte. Derweil hatte einer der Farbkäfer den Weg auf den Schuh der Frau gefunden und krabbelte an ihrem Bein hinauf. Ralph beobachtete mit hilfloser Faszination, wie er unter dem Rocksaum verschwand. Er sah, wie die Wölbung unter dem Stoff sich weiterbewegte, und es war, als würde man einem Kätzchen zusehen, das unter ein Badetuch gekrochen ist. Und wieder hatte man den

Eindruck, als würde Kirklands Kollegin etwas *spüren;* sie griff, als sie sich mit ihm über mögliche Interviews während Susan Days Rede unterhielt, nach unten und kratzte geistesabwesend an der Wölbung, die inzwischen fast ihre rechte Hüfte erreicht hatte. Ralph konnte das glibberige *Plopp!* nicht hören, welches das weiche, empfindliche Geschöpf beim Zerplatzen von sich gab, aber er konnte es sich vorstellen. Schien nicht anders zu können, als es sich vorzustellen. Und er konnte sich vorstellen, wie die Gedärme wie Eiter auf den Nylonstrümpfen am Bein der Frau hinunterliefen. Dort würden sie mindestens bis zur abendlichen Dusche bleiben, unsichtbar, unbemerkt, unbeachtet.

Nun unterhielten die beiden sich darüber, wie sie über die für heute nachmittag angesetzte Demonstration der Abtreibungsgegner berichten sollten ... das heißt, sollte sie tatsächlich stattfinden. Die Frau war der Ansicht, nicht einmal die Friends of Life wären dumm genug, nach den Vorfällen in High Ridge vor dem Bürgerzentrum aufzumarschieren. Kirkland sagte ihr, daß man die Dummheit von Fanatikern unmöglich unterschätzen könnte; Leute, die in der Öffentlichkeit soviel Polyester tragen konnten, seien eindeutig eine Kraft, mit der man rechnen müsse. Und die ganze Zeit, während sie sich unterhielten, Tips und Einfälle und Klatsch austauschten, schwärmten weitere bunte, aufgedunsene Läuse an ihren Beinen und Oberkörpern hinauf. Ein Pionier schaffte es bis zu Kirklands roter Krawatte und hatte es offensichtlich auf sein Gesicht abgesehen.

Eine Bewegung rechts von ihm zog Ralphs Aufmerksamkeit auf sich. Er drehte sich zu den Türen um und sah gerade noch, wie einer der Techniker einen Kollegen mit dem Ellbogen anstieß und auf ihn und Lois zeigte. Ralph konnte sich plötzlich nur allzugut vorstellen, was sie sahen: zwei Leute, die keinen ersichtlichen Grund hatten, hier zu sein (sie trugen keinen schwarzen Trauerflor und hatten eindeutig nicht mit den Medien zu tun), die einfach am Rand des Parkplatzes herumhingen. Die Lady, die schon einmal geschrien hatte, hatte das Gesicht am Arm des Herrn vergraben ... und der fragliche Herr gaffte wie ein Irrer, obwohl es nichts zu sehen gab.

Ralph sprach leise aus dem Mundwinkel wie ein Sträfling, der sich in einem alten Gefängnisstreifen von Warner Brothers über einen Ausbruch unterhält. »Nimm den Kopf hoch. Wir ziehen mehr Aufmerksamkeit auf uns, als wir uns leisten können.«

Einen Augenblick glaubte er nicht, daß sie dazu imstande sein würde ... aber dann kam sie zu sich und hob den Kopf. Sie warf den Büschen, die an der Wand wuchsen, einen letzten Blick zu – einen unwillkürlichen, entsetzten kurzen Blick –, dann sah sie entschlossen wieder Ralph an, und *nur* Ralph. »Siehst du eine Spur von Atropos, Ralph? *Darum* sind wir doch hier, oder nicht ... um seine Spur aufzunehmen?«

»Vielleicht. Kann sein. Um ehrlich zu sein, ich habe noch gar nicht danach gesucht – hier läuft zuviel anderes ab. Ich glaube, wir sollten ein wenig näher an das Gebäude heran.« Er war nicht gerade heiß darauf, aber es schien sehr wichtig zu sein, *irgend etwas* zu unternehmen. Er konnte das Leichentuch um sie herum spüren, eine düstere, erstickende Präsenz, die sich passiv jeder Art von Vorwärtsbewegung widersetzte. *Dagegen* mußten sie ankämpfen.

»Na gut«, sagte sie. »Ich werde Connie Chung um ein Autogramm bitten, und dabei werde ich ununterbrochen albern kichern. Kannst du das ertragen?«

»Ja.«

»Gut. Denn das bedeutet, wenn sie überhaupt auf uns achten, werden sie alle mich ansehen.«

»Klingt nicht schlecht.«

Er riskierte einen letzten Blick auf Kirkland und die Produzentin. Sie unterhielten sich gerade darüber, welche Ereignisse sie zum Anlaß nehmen könnten, das Abendprogramm des Senders für eine Liveübertragung zu unterbrechen, ohne die trägen Trilobiten zu bemerken, die auf ihren Gesichtern hin und her krochen. Einer krabbelte gerade langsam in John Kirklands Mund.

Ralph wandte sich hastig ab und ließ sich von Lois zu Ms. Chung und dem bärtigen Kameramann ziehen. Er sah, wie die beiden zuerst Lois und dann einander ansahen. Der Blick drückte ein Viertel Erheiterung und drei Viertel Resignation aus – da kommt eine von *denen* –, und dann drückte Lois seine Hand kurz und fest, was heißen sollte: *Kümmere dich nicht um mich, Ralph, kümmere du dich um deine Angelegenheiten, und ich kümmere mich um meine.*

»Pardon, aber sind Sie nicht Connie Chung?« fragte Lois mit ihrer überraschtesten *Ja-ist-es-denn-die-Möglichkeit*-Stimme. »Ich habe Sie hier gesehen und gleich zu Norton gesagt: ›Ist das die Dame, die mit Dan Rather im Fernsehen ist, oder spinn ich?‹ Und dann –«

»Ich *bin* Connie Chung, und es ist sehr schön, Sie kennenzulernen, aber ich bereite mich gerade auf die Sendung heute abend vor, wenn Sie mich also bitte entschuldigen würden –«

»Oh, selbstverständlich, mir würde nicht im *Traum* einfallen, Sie zu behelligen, ich möchte nur gerne ein Autogramm – nur eine kurze Unterschrift würde genügen – weil ich Ihr Fan Nummer eins bin, zumindest in Maine.«

Ms. Chung warf einen Blick auf Rosenberg. Der hielt bereits einen Kugelschreiber in der Hand, so wie eine gute OP-Schwester das Instrument in der Hand hält, das der Arzt als nächstes haben will, noch ehe er danach verlangt hat. Ralph richtete seine Aufmerksamkeit auf den Bereich vor dem Bürgerzentrum und steigerte seine Wahrnehmung noch um eine Winzigkeit.

Vor den Türen sah er eine halbdurchsichtige, schwärzliche Substanz, die ihm anfangs Rätsel aufgab. Sie war etwa fünf Zentimeter tief und sah fast wie eine geologische Formation aus. Aber das konnte nicht sein … oder? Wenn das, was er da sah, real gewesen wäre (zumindest in der Form, wie Gegenstände auf der Ebene der Kurzfristigen real waren), dann hätte die Substanz die Türen versperrt, aber das tat sie nicht. Vor Ralphs Augen wateten zwei Fernsehtechniker bis zu den Knöcheln durch die Substanz, als wäre sie nicht greifbarer als Bodennebel.

Ralph erinnerte sich an die geisterhaften Fußspuren, welche die Leute hinterließen – die fast wie Tanzschrittdiagramme von Arthur Murray aussahen –, und plötzlich glaubte er zu verstehen. Die Spuren verschwanden wie Zigarettenrauch …

Aber Zigarettenrauch verschwand nicht *wirklich,* sondern hinterließ einen Rückstand auf Wänden, Fenstern und in der Lunge. Offenbar hinterließen menschliche Auren ebenfalls ihre Rückstände. Wenn es sich nur um eine Person handelte, konnte man wahrscheinlich nichts mehr sehen, sobald die Farben verschwanden, aber dies war der größte öffentliche Versammlungsplatz in der viertgrößten Stadt von Maine. Ralph dachte an alle Leute, die durch diese Türen gegangen sein mußten – alle Bankette, Versammlungen, Münzbörsen, Konzerte, Basketballturniere – und wußte, worum es sich bei dem halbdurchsichtigen Schlamm handelte. Er war das Äquivalent der leichten Vertiefung, die man manchmal in der Mitte vielbegangener Treppenstufen sah.

Laß das jetzt, Liebling – kümmere dich um deine Aufgabe.

In der Nähe kritzelte Connie Chung ihren Namen auf die Rückseite eines Einkaufszettels, den Lois in ihrer Handtasche gefunden hatte. Ralph betrachtete den Rückstand auf dem Betonboden vor den Türen und suchte nach einer Spur von Atropos, nach etwas, das man nicht so sehr als visuellen Eindruck wahrnahm, sondern mehr als Geruch, als widerlichen Geruch nach Fleisch, wie in der Gasse hinter Mr. Hustons Metzgerei, als Ralph ein Kind gewesen war.

»Danke«, blubberte Lois. »Ich habe zu Norton gesagt: ›Sie sieht genau wie im Fernsehen aus, wie ein kleines Porzellanpüppchen.‹ Genau das waren meine Worte.«

»Sehr gern geschehen«, sagte Chung, »aber jetzt muß ich mich wirklich wieder an die Arbeit machen.«

»Aber gewiß. Und grüßen Sie Dan Rather von mir, ja? Sagen sie ihm, ich hätte gesagt: ›Nur Mut!‹«

»Mach ich ganz bestimmt.« Chung lächelte und nickte, während sie Rosenberg den Kugelschreiber zurückgab. »Wenn Sie uns jetzt bitte entschuldigen würden –«

Wenn es hier ist, dann weiter oben, als ich es bin, dachte Ralph. *Ich muß noch etwas höher emporsteigen.*

Ja, aber er mußte äußerst vorsichtig vorgehen, denn inzwischen war nicht nur die Zeit ein überaus wertvolles Gut geworden. Es war einfach so, wenn er zu weit emporstieg, würde er aus der Welt der Kurzfristigen verschwinden, und das würde selbst die Nachrichtenteams von der bevorstehenden Demonstration der Abtreibungsgegner ablenken ... zumindest für eine Weile.

Ralph konzentrierte sich, aber diesmal erfolgte das schmerzlose Zucken in seinem Kopf nicht als Blinzeln, sondern wie ein langsamer Peitschenhieb. Farbe erblühte lautlos in der Welt; alles zeichnete sich mit hervorstechender Brillanz ab. Aber die deutlichste aller Farben, der überwältigende Schlüsselakkord, war das Schwarz des Leichentuchs, und das war eine Negation aller anderen Farben. Niedergeschlagenheit und das Gefühl lähmender Schwäche befielen ihn wieder und bohrten sich in sein Herz wie die Widerhaken eines Klauenhammers. Er überlegte sich, wenn er hier oben etwas zu erledigen hatte, sollte er es besser schnell erledigen und wieder auf die Ebene der Kurzfristigen zurückkehren, bevor er seiner ganzen Lebenskraft beraubt wurde.

Er sah wieder zu den Türen. Einen Augenblick konnte er immer noch nicht mehr als die verblassenden Auren der Kurzfristigen erkennen, wie er einer war ... aber dann wurde plötzlich deutlich, wonach er suchte, es erschien wie eine mit Zitronensaft geschriebene Geheimbotschaft, wenn man sie dicht an eine Kerzenflamme hält.

Er hatte mit etwas gerechnet, das wie die verfaulenden Innereien in den Abfallbehältern hinter der Metzgerei von Mr. Huston riechen und aussehen würde, aber die Wirklichkeit war noch schlimmer, wahrscheinlich deshalb, weil es so unerwartet kam. Auf den Türen selbst befanden sich Schlieren einer blutigen, schleimigen Substanz – möglicherweise Spuren von Atropos' rastlosen Fingern –, und eine abstoßend große Pfütze desselben Materials sank in die hartgewordenen Rückstände auf dem Boden vor den Türen ein. Das Zeug hatte etwas so Schreckliches an sich – etwas so Fremdartiges –, daß die farbigen Käfer im Vergleich dazu fast normal wirkten. Wie eine Lache Erbrochenes von einem Hund, der an einer neuen und gefährlichen Form von Tollwut litt. Eine Spur derselben Substanz führte von der Lache weg, zuerst in trocknenden Flecken und Spritzern, dann in kleineren Tropfen, wie verschüttete Farbe.

Logisch, dachte Ralph. *Darum ist er hergekommen. Der kleine Dreckskerl kann nicht anders. Für ihn ist das wie Rauschgift für einen Drogensüchtigen.* Er konnte sich vorstellen, wie Atropos genau da stand, wo er, Ralph, sich gerade befand, wie er hinsah … grinste … dann weiterging und die Hände auf die Türen legte. Sie streichelte. Die schmutzigen, klebrigen Abdrücke hinterließ. Er konnte sich vorstellen, wie Atropos Kraft und Energie aus eben der Schwärze bezog, die Ralph seiner Vitalität beraubte.

Natürlich muß er noch anderswo hin und andere Taten vollbringen – wenn man ein übernatürlicher Psychopath wie er ist, hat man zweifellos jeden Tag alle Hände voll zu tun –, aber es muß ihm schwerfallen, sich lange von hier fernzuhalten, so beschäftigt er auch sein mag. Und wie fühlt er sich dabei? Wie bei einem tollen Fick an einem Sommernachmittag, genau so.

Lois zupfte ihn von hinten am Ärmel, und er drehte sich zu ihr um. Sie lächelte immer noch, aber durch den fiebrigen Ausdruck in ihren Augen sah das Lächeln verdächtig wie ein Schrei aus. Hinter ihr schlenderten Connie Chung und Rosenberg zu dem Gebäude.

»Du mußt mich hier wegbringen«, flüsterte Lois. »Ich kann es nicht mehr ertragen. Mir ist, als würde ich den Verstand verlieren.«

[»Okay – kein Problem.«]

»Ich kann dich nicht hören, Ralph – und ich glaube, ich kann die Sonne durch dich hindurchscheinen sehen. Mein Gott, das kann ich *tatsächlich!*«

[»Oh – warte –«]

Er konzentrierte sich und spürte, wie die Welt um ihn herum einen leichten Ruck machte. Die Farben verblaßten; Lois' Aura schien in ihre Haut hineinzuschrumpfen.

»Besser?«

»Nun, auf jeden Fall *solider.*«

Er lächelte kurz. »Gut. Komm mit.«

Er nahm sie am Ellbogen und führte sie zu der Stelle zurück, wo Joe Wyzer sie abgesetzt hatte. In dieselbe Richtung führten auch die blutigen Spuren.

»Hast du gefunden, wonach du gesucht hast?«

»Ja.«

Sie strahlte sofort. »Das ist toll! Ich habe gesehen, wie du emporgestiegen bist, weißt du – es war ziemlich seltsam, als hätte ich gesehen, wie du dich in eine sepiafarbene Fotografie verwandelst. Und dann ... als ich dachte, ich könnte die Sonne durch dich hindurchscheinen sehen ... das war *sehr* seltsam.« Sie sah ihn streng an.

»Schlimm, hm?«

»Nein ... nicht gerade *schlimm*. Nur seltsam. Diese Käfer dagegen ... *die* waren schlimm. – Igitt!«

»Ich weiß, was du meinst. Aber ich glaube, die sind alle da hinten.«

»Vielleicht, aber wir haben das Schlimmste noch lange nicht überstanden, oder?«

»Ja – es ist ein weiter Weg zurück ins Paradies, hätte Carol gesagt.«

»Bleib nur bei mir, Ralph Roberts, und verirre dich nicht.«

»Ralph Roberts? Nie gehört. Norton ist mein Name.«

Und das, stellt er glücklich fest, brachte sie zum Lachen.

Kapitel 24

I

Sie gingen langsam über den asphaltierten Parkplatz mit seinem Gitter aufgesprühter gelber Linien. Ralph wußte, heute abend würden die meisten Plätze besetzt sein. Kommt, seht, hört zu … und, am allerwichtigsten, zeigt eurer Stadt und den Fernsehzuschauern im ganzen Land, daß ihr euch nicht von den Charlie Pickerings dieser Welt einschüchtern laßt. Selbst die Minderheit, die die Angst abhalten würde, würde durch die von morbider Neugier Angelockten wieder wettgemacht werden, vermutete Ralph.

Als sie sich der Rennbahn näherten, näherten sie sich auch dem Rand des Leichentuchs. Es war dort dicker, und Ralph konnte langsame, wuselnde Bewegungen darin erkennen, als bestünde das Leichentuch aus winzigen Fetzen verkohlter Substanz. Es sah ein wenig wie die Luft über einem offenen Kohleofen aus, wo Stücke verbrannten Papiers über der flimmernden Hitze schweben.

Und er konnte zwei Geräusche hören, die einander überlagerten. Das obere war ein silbernes Seufzen. Der Wind könnte so ein Geräusch hervorbringen, dachte Ralph, wenn er lernen würde, wie man weint. Es war ein unheimliches Geräusch, aber das darunterliegende war regelrecht unangenehm – ein schlabberndes Kaugeräusch, als würde ganz in der Nähe ein riesiger Mund gewaltige Mengen Essen in sich hineinschaufeln.

Lois blieb stehen, als sie sich der dunklen, von Teilchen wimmelnden Haut des Leichentuchs näherten, und sah mit ängstlichen, bekümmerten Augen zu Ralph auf. Als sie ihn ansprach, sprach sie mit der Stimme eines kleinen Mädchens. »Ich glaube nicht, daß ich da durch kann.« Sie machte eine Pause, rang mit sich und brachte schließlich auch den Rest heraus: »Weißt du, es lebt. Das ganze Ding. Es sieht sie« – Lois zeigte mit dem Daumen über die Schulter auf die Leute auf dem Parkplatz und die Nachrichtenteams in der Nähe des Gebäudes –, »und das ist schlimm, aber es sieht auch *uns*, und das ist schlimmer ... weil es weiß, daß *wir* es auch sehen können. Gefällt ihm nicht, wenn man es sieht. Wenn man es *fühlt* vielleicht, aber nicht, wenn man es sieht.«

Jetzt schien das unterschwellige Geräusch – das schmatzende Eßgeräusch – fast artikulierte Worte zu bilden, und je länger Ralph zuhörte, desto mehr wuchs seine Überzeugung, daß er recht hatte.

[Hinausss. Forrttt. Zieeeehtabb]

»Ralph«, flüsterte Lois. »Hörst du das?«

[Hassseuch. Töttteuch. Fressseuch.]

Er nickte und hielt sie wieder am Ellbogen. »Komm mit, Lois.«

»Komm –? *Wohin?*«

»Runter. Bis ganz runter.«

Einen Moment sah sie ihn nur an und verstand nicht; dann dämmerte es ihr, und sie nickte. Ralph spürte, wie das Blinzeln in seinem Inneren stattfand – ein wenig stärker als das Liderflattern vor kurzer Zeit –, und plötzlich wurde der Tag um ihn herum klar. Die wirbelnde Smogbarriere vor ihnen schmolz und verschwand. Dennoch machten sie die Augen zu und hielten den Atem an, als sie sich der Stelle näherten, wo sich, wie sie wußten, der Rand des Leichentuchs befand. Ralph spürte, wie Lois seine Hand fester drückte, als sie durch die unsichtbare Barriere hastete, und als er selber hindurchging, schien ein dunkler Wirrwarr von Erinnerungen – der langsame Tod seiner Frau, der Verlust eines Lieblingshundes, als er noch ein Kind war, der Anblick von Bill McGovern, wie er sich bückte und die Hand auf die Brust drückte – zuerst seinen Geist einzuhüllen und ihn dann zu umklammern wie eine unbarmherzige Hand. Das silberne Schluchzen ertönte in seinen Ohren, so konstant und so grauenhaft leer; die weinende Stimme eines von Geburt an Schwachsinnigen.

Dann waren sie durch.

2

Kaum hatten sie den hölzernen Bogen auf der gegenüberliegenden Seite des Parkplatzes passiert (WIR SIND ZUM RENNEN IM BASSEY PARK! stand auf der Rundung geschrieben), zog Ralph Lois zu einer Bank und ließ sie sich setzen, obwohl sie vehement darauf beharrte, daß es ihr gut gehe.

»Gut. Aber ich brauche einen Moment, bis ich mich wieder unter Kontrolle habe.«

Sie strich eine Haarlocke aus seiner Schläfe und hauchte einen sanften Kuß auf die Vertiefung darunter. »Laß dir soviel Zeit, wie du brauchst, Liebling.«

Das waren, wie sich herausstellte, fünf Minuten. Als er hinreichend sicher war, daß er aufstehen konnte, ohne in den Knien einzuknicken, nahm Ralph wieder ihre Hand, und sie erhoben sich gemeinsam.

»Hast du sie gefunden, Ralph? Hast du seine Spur gefunden?«

Er nickte. »Damit wir sie sehen können, müssen wir zwei Sprünge nach oben machen. Zuerst habe ich versucht, nur soweit aufzusteigen, daß ich die Auren sehen kann, weil dann nicht alles schneller abzulaufen scheint, aber das hat nicht geklappt. Es muß ein wenig höher sein.«

»Gut.«

»Aber wir müssen vorsichtig sein. Denn wenn wir sehen können –«

»Können wir auch gesehen werden. Ja. Und wir dürfen auch nicht vergessen, daß die Zeit verrinnt.«

»Auf gar keinen Fall. Bist du bereit?«

»Fast. Ich glaube, vorher brauche ich noch einen Kuß. Ein kleiner würde schon genügen.«

Er lächelte und gab ihr einen.

»*Jetzt* bin ich bereit.«

»Okay – gehen wir.«

Blinzel!

3

Die rötlichen Farbflecken führten sie über den Bereich gestampfter Erde, wo während der Kirmeswoche die Mittelstraße verlief, dann zur Rennbahn, wo von Mai bis September Trabrennen stattfanden. Lois stand einen Moment vor dem brusthohen Bretterzaun, sah sich um und vergewisserte sich, daß niemand in der Nähe war, und dann zog sie sich hoch. Zuerst bewegte sie sich so behende wie ein junges Mädchen, aber als sie ein Bein auf die andere Seite geschwungen hatte und breitbeinig auf dem Zaun saß, hielt sie inne. Ein Ausdruck von Überraschung und Mißfallen beherrschte ihr Gesicht.

[»Lois? Alles in Ordnung?«]

[»Ja, bestens. Es ist meine verfluchte alte Unterwäsche! Ich muß abgenommen haben, weil sie einfach nicht bleiben will, wo sie hingehört! Um Himmels willen!«]

Ralph stellte fest, daß er nicht nur den Spitzensaum von Lois' Slip sehen konnte, sondern acht oder neun Zentimeter rosa Nylon. Er unterdrückte ein Grinsen, während sie auf der breiten Abschlußplanke des Zauns saß und an dem Stoff zerrte. Er überlegte, ob er ihr sagen sollte, daß sie niedlicher als ein kleines Kätzchen aussah, entschied aber, daß das wahrscheinlich keine so gute Idee wäre.

[»Dreh dich gefälligst um, bis ich diesen verdammten Slip wieder richtig anhabe, Ralph. Und hör auf, so albern zu grinsen.«]

Er drehte ihr den Rücken zu und sah zum Bürgerzentrum. *Wenn* er gegrinst hätte (er hielt es für wahrscheinlicher, daß sie seiner Aura das Grinsen angesehen hatte), hätte der Anblick des dunklen, langsam kreisenden Leichentuchs ihm dies ziemlich schnell ausgetrieben.

[»Lois, vielleicht wäre es einfacher, wenn du ihn ausziehen würdest.«]

[»Bitte vielmals um Entschuldigung, Ralph Roberts, aber ich gehöre nicht zu den Frauen, die ihre Unterwäsche ausziehen und auf Rennbahnen herumliegen lassen, und wenn du jemals ein Mädchen gekannt hast, das das getan hat, dann hoffentlich bevor du Carolyn kennengelernt hast. Ich wünschte nur, ich hätte eine –«]

Das undeutliche Bild einer glänzenden Sicherheitsnadel in Ralphs Kopf.

[»Ich nehme nicht an, daß du eine hast, Ralph, oder?«]

Er schüttelte den Kopf und schickte selbst ein Bild zurück: Sand, der durch ein Stundenglas rieselte.

[»Schon gut, ich hab verstanden. Ich denke, ich hab es soweit hingekriegt, daß es zumindest noch eine Weile hält. Du kannst dich jetzt wieder umdrehen.«]

Er gehorchte. Sie ließ sich auf der anderen Seite des Zauns herunter, und zwar mit müheloser Selbstsicherheit, aber ihre Aura war sichtlich blasser geworden, und Ralph konnte wieder dunkle Ringe unter ihren Augen sehen. Die Revolution der Unterbekleidung war im Keim erstickt worden, jedenfalls vorübergehend.

Ralph zog sich hoch, schwang ein Bein über den Zaun und ließ sich auf der anderen Seite herunter. Es gefiel ihm, was er dabei empfand – alte, längst vergessene Erinnerungen schienen tief in seinen Zellen zu erwachen.

[»Wir müssen Energie tanken, bevor wir wieder emporsteigen, Lois.«]

Lois nickte resigniert: *[»Ich weiß. Komm, gehen wir.«]*

4

Sie folgten der Spur über die Rennbahn, kletterten über einen zweiten Bretterzaun und schlitterten dann einen überwucherten Hang zur Neibolt Street hinunter. Ralph sah, wie Lois durch ihren Rock verbissen den Slip hochhielt, während sie sich den Hang hinabquälten, und überlegte noch einmal, ob sie nicht besser dran wäre, wenn sie das verfluchte Ding einfach ausziehen würde, aber dann beschloß er erneut, sich um seine eigenen Angelegenheiten zu kümmern. Wenn es sie ausreichend störte, würde sie es auch ohne weitere Anregung von ihm tun.

Ralphs größte Sorge – daß Atropos' Spur einfach verschwinden würde – erwies sich als unbegründet. Die blassen rosa Flecken führten zwischen ungestrichenen Mietshäusern, die man schon vor Jahren hätte abreißen sollen, direkt zur unebenen und löchrigen Oberfläche der Neibolt Street hinunter. Zerrissene Wäschestücke flatterten an durchhängenden Leinen; die Autos, die am Bordstein parkten (in diesem Teil von Derry gab es keine Einfahrten oder Garagen), waren alt, rostig und größtenteils verdreckt. Schmutzige Kinder mit Rotznasen sahen von verstaubten Vorgärten aus hinter ihnen her. Ein bildhübscher, etwa dreijähriger Junge mit zerzaustem Haar betrachtete sie zutiefst argwöhnisch von der Treppenstufe seiner Veranda, dann griff er sich mit einer Hand zwischen die Beine und machte mit dem Mittelfinger der anderen eine obszöne Geste.

Die Neibolt Street endete als Sackgasse am alten Bahnhofsgelände, und da verloren Ralph und Lois die Spur vorübergehend aus den Augen. Sie standen vor einem der Sägeböcke, mit denen ein uraltes, rechteckiges Kellerloch blockiert wurde – mehr war von dem alten Passagierbahnhof nicht mehr übrig –, und ließen die Blicke über den großen Halbkreis eines völlig verwilderten Brachgrundstücks schweifen. Rostrote Rangiergleise lugten unter einem Dickicht aus Sonnenblumen und Dornenranken hervor; Scherben von hundert zertrümmerten Flaschen funkelten im nachmittäglichen Sonnenlicht. Auf der Seite des alten Schuppens für die Dieselloks waren mit greller, pinkrosa Leuchtfarbe die Worte geschrieben: SUZY HAT MEIN DICKES ROHR GELUTSCHT. Diese sentimentale Botschaft stand in einem Kreis aus tanzenden Hakenkreuzen.

Ralph: *[»Verdammt, wohin ist er gegangen?«]*

[»Da unten, Ralph – siehst du?«]

Sie deutete auf das, was bis 1963 die Hauptverkehrsader gebildet hatte, heute aber nur ein rostiges Gleis unter vielen war, die ins Nichts führten. Sogar die meisten Schwellen waren verschwunden; sie waren entweder von den hiesigen Pennern als Lagerfeuer verbrannt worden, oder von Wanderarbeitern auf dem Weg zu den Kartoffelfeldern von Aroostook County und den Apfelhainen oder Fischgründen der Maritimes. Auf einer der wenigen verbliebenen Schwellen sah

Ralph Flecken der rosa Sporen. Sie sahen frischer aus als die, denen sie in der Neibolt Street nachgegangen waren.

Er folgte dem Verlauf der halb verdeckten Schienen und versuchte, sich zu erinnern. Wenn ihn sein Gedächtnis nicht im Stich ließ, führte dieses Gleis um den städtischen Golfplatz herum zurück zur ... nun, zurück zur West Side. Ralph vermutete, daß dies dasselbe stillgelegte Gleis war, das am Rand des Flughafens und an dem Picknickgelände vorbeiführte, wo Faye Chapin in diesem Augenblick möglicherweise über die Aufstellung des bevorstehenden Startbahn Drei Classic brütete.

Alles ist ein großer Kreis, dachte er. *Wir haben fast drei verfluchte Tage gebraucht, aber ich glaube, letzten Endes werden wir wieder genau dort landen, wo wir angefangen haben ... nicht im Paradies, sondern in der Harris Avenue.*

»Hallo Leute! Was treibt ihr'n hier?«

Ralph glaubte fast, daß er die Stimme kannte, und dieser Eindruck wurde verstärkt, als er den Mann ansah, dem sie gehörte. Er stand hinter ihnen an der Stelle, wo der Bürgersteig der Neibolt Street schließlich den Geist aufgab. Er sah aus wie fünfzig, aber Ralph schätzte, daß er in Wirklichkeit fünf, vielleicht sogar zehn Jahre jünger sein konnte. Er trug ein Sweatshirt und alte, zerschlissene Jeans. Die Aura, die ihn umgab, war so grün wie ein Glas St. Patrick's Day Bier. Das half Ralph endgültig auf die Sprünge. Es war der Penner, der ihn und Bill an dem Tag angesprochen hatte, als er Bill im Strawford Park fand, wo er wegen seines alten Freundes Bob Polhurst weinte ... der ihn, wie sich herausstellte, doch noch überlebt hatte. Manchmal war das Leben komischer als Groucho Marx.

Ein eigentümliches Gefühl von Fatalismus stahl sich über Ralph, und damit einher ging ein intuitives Begreifen der Mächte, die sie nun umgaben. Er hätte darauf verzichten können. Es spielte kaum eine Rolle, ob diese Mächte gut oder böse waren, Plan oder Zufall; sie waren *gigantisch,* darauf kam es an, und vor ihnen wirkte alles, was Klotho und Lachesis über freie Entscheidung und freien Willen gesagt hatten, wie ein Witz. Ihm kam es so vor, als wären er und Lois mit Stricken an die Speichen eines gigantischen Rads gefesselt – eines Rads, das sie dorthin zurückrollte, woher sie gekommen waren, während es sie zugleich immer tiefer und tiefer in diesen schrecklichen Tunnel führte.

»Hamse 'n bißchen Kleingeld übrig, Mister?«

Ralph sank ein kleines Stück herunter, damit der Penner ihn auch bestimmt hören konnte, wenn er sprach.

»Ich wette, Ihr Onkel hat Sie aus Dexter angerufen«, sagte Ralph. »Hat Ihnen gesagt, Sie könnten Ihren alten Job in der Fabrik wiederhaben ... aber nur, wenn Sie heute noch dort aufkreuzen. Kommt das in etwa hin?«

Der Penner sah ihn überrascht und argwöhnisch blinzelnd an. »Nun ... ja. So was in der Art.« Er suchte nach der Geschichte – die er wahrscheinlich inzwischen selbst mehr glaubte als alle, denen er sie erzählt hatte – und fand ihren zerschlissenen Faden wieder. »Iss'n guter Job, wissense? Und ich könnt ihn wiederha'm. Um zwei fährt'n Bus von Bangor nach Aroostook, kost' aber fünffuffzich, uns bis jetzt hab ich nur'n Vierteldollar –«

»Sechsundsiebzig Cent haben Sie«, sagte Lois. »Zwei Vierteldollarmünzen, zwei Dimes, einen Nickel und einen Penny. Aber wenn man bedenkt, wieviel Sie trinken, sieht Ihre Aura überraschend gesund aus, das kann ich Ihnen sagen. Sie müssen die Konstitution eines Ochsen haben.«

Der Penner warf ihr einen verwirrten Blick zu, dann wich er einen Schritt zurück und wischte sich die Nase mit dem Handrücken ab.

»Keine Bange«, beruhigte Ralph ihn, »meine Frau sieht überall Auren. Sie ist eine ausgesprochen spirituelle Person.«

»Tatsache?«

»Hm-hmm. Außerdem ziemlich großzügig, und ich glaube, sie hat was Besseres als nur ein bißchen Kleingeld für Sie. Richtig, Alice?«

»Er wird es nur versaufen«, sagte sie. »Es gibt keinen Job in Dexter.«

»Nein, wahrscheinlich nicht«, sagte Ralph und faßte sie scharf ins Auge, »aber seine Aura sieht extrem gesund aus. *Extrem.*«

»Schätze, Sie ha'm auch Ihre spirituelle Ader, was?« sagte der Penner. Sein Blick glitt immer noch argwöhnisch zwischen Ralph und Lois hin und her, aber jetzt flackerte schwache Hoffnung in seinen Augen.

»Wissen Sie, das stimmt«, sagte Ralph. »Und die ist in letzter Zeit so richtig aufgeblüht.« Er schürzte die Lippen, als wäre ihm gerade ein interessanter Gedanke gekommen, und atmete ein. Ein hellgrüner Lichtstrahl schoß aus der Aura des Penners, überquerte die drei Meter zwischen ihm und Lois und drang in Ralphs Mund ein. Der Geschmack war deutlich und sofort zu identifizieren: Boone's Farm Apfelwein. Rauh und derb, aber dennoch irgendwie angenehm – das Funkeln eines Arbeiters haftete ihm an. Mit dem Geschmack stellte sich auch ein Gefühl der Kraft ein, das war gut, außerdem eine scharf umrissene Klarheit des Denkens, und das war noch besser.

Inzwischen hielt Lois ihm einen Zwanzigdollarschein hin. Der Penner sah ihn aber nicht gleich; er sah stirnrunzelnd zum Himmel hinauf. In dem Moment schoß ein zweiter hellgrüner Strahl aus seiner Aura. Er schoß wie der gleißende Lichtstrahl einer Taschenlampe über das Unkraut neben dem Kellerloch und verschwand in Lois' Mund und Nase. Der Geldschein in ihrer Hand zitterte kurz.

[»O Gott, das ist so gut! Schmeckt wie der Wein, den Paul immer getrunken hat, wenn er sich Samstag abends die Red Sox angesehen hat!«]

»Gottverdammte Düsenjäger von der Charleston Air Force Base!« schrie der Penner mißbilligend. »Solln die Schallmauer erst durchbrechen, wenn sie draußen über'm Meer sind! Ich hab mir fast in die Hose –« Sein Blick fiel auf den Geldschein zwischen Lois' Fingern, und das Stirnrunzeln wurde noch tiefer. »Jetzt aber, wollnse mich verscheißern, oder was? Ich bin nich' dumm, wissense. Ich trink vielleicht ab und zu mal gern einen, aber das macht mich noch lang nich' dumm.«

Warten Sie nur ab, Mister, dachte Ralph. *Das kommt noch.*

»Niemand findet, daß Sie dumm sind«, sagte Lois. »Und es ist kein Witz. Nehmen Sie das Geld, Sir.«

Der Penner versuchte, seine finstere, argwöhnische Miene beizubehalten, aber nach einem weiteren eingehenden Blick auf Lois (und einem raschen Seitenblick zu Ralph), wurde sie von einem strahlenden, einnehmenden Lächeln verdrängt. Er ging auf Lois zu und streckte die Hand nach dem Geld aus, das er verdient hatte, ohne es überhaupt zu wissen.

Lois hob die Hand, bevor er den Geldschein nehmen konnte. »Aber denken Sie daran, daß Sie sich nicht nur etwas zu trinken, sondern auch etwas zu essen besorgen. Und Sie sollten sich vielleicht mal fragen, ob die Art und Weise, wie Sie leben, Sie glücklich macht.«

»Da haben Sie vollkommen recht!« rief der Penner enthusiastisch. Er ließ den Geldschein zwischen Lois' Fingern nicht aus den Augen. »Auf jeden Fall, Ma'am! Auf der anderen Seite des Flusses ham sie ein Programm, Entziehung und Resozialisierung, wissense. Ich denk drüber nach. Wirklich. Ich denk jeden verdammten Tag drüber nach.« Aber sein Blick klebte nach wie vor an dem Zwanziger, und er sabberte fast. Lois warf Ralph einen kurzen, zweifelnden Blick zu, dann zuckte sie die Achseln und gab ihm den Schein. »Danke! Danke, Lady!« Er sah zu Ralph. »Diese Lady is 'ne echte Prinzessin. Ich hoffe, Sie wissen das!«

Ralph schenkte Lois einen verliebten Blick. »Ja, das weiß ich durchaus«, sagte er.

5

Eine halbe Stunde später gingen die beiden zwischen den rostigen Schienen dahin, die in einer sanften Kurve am städtischen Golfplatz vorbeiführten … aber nach ihrer Begegnung mit dem Penner waren sie etwas höher über die Ebene der Kurzfristigen hinaufgestiegen (möglicherweise, weil der selbst ein bißchen high gewesen war), und sie gingen auch nicht gerade. Zum einen war wenig bis gar keine Kraftanstrengung erforderlich, und obwohl sich ihre Füße bewegten, kam es Ralph mehr wie ein Gleiten als wie ein Gehen vor. Und er war nicht sicher, ob man sie in der Welt der Kurzfristigen überhaupt sehen konnte; Eichhörnchen hüpften sorglos vor ihren Füßen herum und sammelten emsig Vorräte für den bevorstehenden Winter, und einmal sah er, wie Lois sich unvermittelt duckte, als ein Zaunkönig ihr fast einen Scheitel zog. Der Vogel wich aus und flatterte in die Höhe, als wäre ihm erst im letzten Moment klar geworden, daß sich ein Mensch in seiner Flugbahn befand. Die Golfspieler beachteten sie auch überhaupt nicht. In Ralphs Augen waren Golfspieler zwar ohnehin bis zur Besessenheit in ihr Spiel vertieft, trotzdem kam ihm dieser Mangel an Interesse extrem vor. Wenn *er* ein anständig angezogenes Paar gesehen hätte, das am hellichten Tag auf einem stillgelegten Gleis von GS&WM dahinspazierte, hätte er höchstwahrscheinlich eine kurze Auszeit genommen und sich gefragt, was sie im Schilde führen und wohin sie unterwegs sein mochten. *Ich glaube, besonders neugierig wäre ich, weshalb die Dame ununterbrochen »Bleib, wo du bist, verflixtes Ding!« murmelte und dabei an ihrem Rock zupfte,* dachte Ralph grinsend. Aber die Golfspieler warfen nicht einmal einen Blick zu ihnen herüber, obwohl ein Vierer auf dem Weg zum neunten Loch so nah an ihnen vorbei ging, daß Ralph hören konnte, wie sie sich Sorgen über eine sich abzeichnende Baisse auf dem Aktienmarkt machten. Der Gedanke, daß er und Lois wieder unsichtbar geworden waren – zumindest aber ziemlich konturlos – kam Ralph immer plausibler vor. Plausibel ... und beunruhigend. *Die Zeit vergeht schneller, wenn man weiter oben ist,* hatte der alte Dor gesagt.

Die Spur wurde um so frischer, je weiter sie nach Westen kamen, und Ralph gefielen die Spritzer und Tropfen immer weniger. Wo der Glibber auf die Schienen getropft war, hatte er den Rost weggefressen wie ätzende Säure. Das Unkraut, auf das er getropft war, war schwarz und abgestorben – selbst das widerstandsfähigste war eingegangen. Als Ralph und Lois das dritte Grün des Golfplatzes von Derry passierten und in ein weiteres Dickicht von verkümmerten Bäumen und Unterholz eindrangen, zupfte Lois ihn am Ärmel. Sie zeigte nach vorne. Große Flecken von Atropos' Ausscheidung glänzten wie ekelerregende Farbe auf den Stämmen der Bäume, die sich jetzt bis dicht an den Schienenstrang drängten, und in manchen Mulden zwischen den alten Schienen – wo einmal

Schwellen gewesen waren, vermutete Ralph – standen ganze Lachen davon.

[»Wir nähern uns seinem Zuhause, Ralph.«]

[»Ja.«]

[»Was sollen wir tun, wenn er zurückkommt und uns dort findet?«]

Ralph zuckte die Achseln. Er wußte es nicht und war nicht sicher, ob es ihn kümmerte. Sollten sich die Mächte, die sie hier herumschoben wie Figuren auf einem Schachbrett – die Mr. K. und Mr. L. den Höheren Plan nannte –, sich darüber Gedanken machen. Sollte Atropos auftauchen, würde Ralph versuchen, dem kleinen kahlköpfigen Wichser die Zunge herauszureißen und ihn damit zu erdrosseln. Und wenn er damit jemandem auf die Füße trat, zu dumm aber auch. Er konnte keine Verantwortung für große Pläne und langfristige Geschäfte übernehmen; seine Aufgabe bestand jetzt darin, auf Lois aufzupassen, die gefährdet war, und zu versuchen, das Blutbad zu verhindern, das in wenigen Stunden hier in der Nähe stattfinden sollte. Und wer weiß? Vielleicht fand er sogar unterwegs noch etwas Zeit, seine eigene, zum Teil verjüngte Haut zu beschützen. Das alles mußte er tun, und wenn der bösartige kleine Pisser Ralph dabei in die Quere kam, würde einer von ihnen auf der Strecke bleiben. Und wenn das Mr. K. und Mr. L. nicht gefiel, hatten sie Pech gehabt.

Lois las das fast alles aus seiner Aura – er sah es ihrer eigenen an, als sie ihn am Arm berührte und er sich zu ihr umdrehte.

[»Was soll das bedeuten, Ralph? Daß du versuchen willst, ihn umzubringen, sollte er sich uns in den Weg stellen?«]

Er dachte darüber nach, dann nickte er.

[»Ja, ganz genau *das soll es bedeuten.«]*

[»Ralph?«]

Er sah sie mit hochgezogenen Brauen an.

[»Wenn es sein muß, werde ich dir dabei helfen.«]

Das rührte ihn auf absurde Weise ... und er gab sich allergrößte Mühe, den Rest seiner Gedanken vor ihr zu verbergen: daß sie nur noch deshalb bei ihm war, damit er sie im Auge behalten und beschützen konnte. Der Gedanke rief ihm die Ohrringe wieder ins Gedächtnis zurück, aber er verdrängte das Bild hastig, weil er nicht wollte, daß sie seiner Aura etwas ansah – oder es auch nur vermutete.

Derweil waren Lois' Gedanken in eine andere, etwas sicherere Richtung abgeschweift.

[»Selbst wenn wir reingehen und wieder rauskommen, ohne daß er auftaucht, wird er wissen, daß jemand da gewesen ist, oder nicht? Und wahrscheinlich wird er auch wissen, wer es war.«]

Ralph konnte es nicht bestreiten, sah aber nicht, was das großartig ausmachen sollte; sie hatten keine Alternative, zumindest momentan. Sie würden einen Schritt nach dem anderen machen und einfach hoffen, daß sie den morgigen Sonnenaufgang noch erleben würden. *Aber wenn ich die Wahl hätte, würde ich ihn wahrscheinlich lieber verschlafen,* dachte Ralph, und ein kleines, sehnsüchtiges Lächeln umspielte seine Mundwinkel. *Herrgott, es scheint Jahre her zu sein, seit ich zum letztenmal ausgeschlafen habe.* Von da aus schweiften seine Gedanken zu Carolyns Lieblingsspruch ab, daß es ein langer Weg zurück ins Paradies war. Im Augenblick schien ihm, als wäre es das Paradies, einfach mal bis zum Mittag zu schlafen … oder ein bißchen länger.

Er nahm Lois' Hand, dann folgten sie weiter der Spur von Atropos.

6

Zwölf Meter östlich des Sturmzauns an der Grenze des Flughafens hörten die rostigen Schienen auf. Atropos' Spur allerdings ging weiter, wenn auch nicht lange; Ralph war ziemlich sicher, daß er die Stelle sehen konnte, wo sie aufhörte, und das Bild, daß er und Lois an die Speichen eines großen Rads gebunden waren, kam ihm wieder in den Sinn. Wenn er recht hatte, dann war Atropos' Bau nur einen Steinwurf von der Stelle entfernt, wo Ed auf den dicken Mann mit den Düngerfässern auf der Ladefläche seines Pickups gestoßen war.

Windstöße trugen einen ekelhaften, fauligen Geruch aus unmittelbarer Nähe herbei, und aus etwas größerer Entfernung die Stimme von Faye Chapin, der jemandem mit seinem Lieblingsthema auf den Geist ging: »... was ich *immer* sage! *Mah-jongg* ist wie Schach, Schach ist wie das Leben, wenn man also eins von beiden spielen kann –« Der Wind legte sich wieder. Ralph konnte Fayes Stimme immer noch hören, wenn er die Ohren spitzte, aber die einzelnen Worte bekam er nicht mehr mit. Aber das machte nichts. Er hatte die Ansprache oft genug gehört und wußte ziemlich gut, wie sie ging.

[»Ralph, dieser Gestank ist gräßlich! *Oder etwa nicht?«]*

Er nickte, glaubte aber nicht, daß Lois ihn sah. Sie hielt seine Hand fest zwischen ihren beiden und sah mit großen Augen starr geradeaus. Die fleckige Spur, die vor den Türen des Bürgerzentrums angefangen hatte, endete sechzig Meter entfernt am Stamm einer windschiefen abgestorbenen Eiche. Die Ursache dafür, daß der Baum abgestorben war und nun so schief dastand, war offensichtlich: Eine Seite des stattlichen Relikts war von einem Blitz wie eine Banane geschält worden. Die Risse und Furchen und Wölbungen der grauen Rinde schienen die Umrisse halb versunkener Gesichter zu bilden, die lautlose Schreie ausstießen, und der Baum streckte die nackten Äste wie grimmige Schriftzeichen in den Himmel ... sie hatten, jedenfalls in Ralphs Phantasie, eine unheimliche Ähnlichkeit mit den japanischen Schriftzeichen für *Kamikaze*. Der Blitz, der das Ende des Baums besiegelt hatte, hatte ihn nicht umwerfen können, aber er hatte sich auf jeden Fall größte Mühe gegeben. Der Teil des verzweigten Wurzelsystems Richtung Flughafen war aus dem Boden herausgerissen worden. Diese Wurzeln waren unter dem Maschendrahtzaun hindurchgewachsen und hatten ihn ein Stück weit in die Höhe gedrückt, eine glockenförmige Kurve, bei deren Anblick Ralph zum erstenmal seit Jahren an einen Freund aus Kindertagen namens Charles Engstrom denken mußte.

»Spiel nicht mit Chuckie«, pflegte Ralphs Mutter zu sagen. »Er ist ein schmutziger Junge. Ralph wußte nicht, ob Chuckie ein schmutziger Junge war oder nicht, aber er war total Banane, das stand fest. Chuckie Engstrom versteckte sich gerne mit einem langen Zweig, den er seinen »Spickestab« nannte, hinter dem Baum im Vorgarten seines Hauses. Wenn eine Frau im Rock vorbeikam, schlich Chuckie ihr auf Zehenspitzen hinterher, steckte den Zweig unter den Rocksaum und hob ihn hoch. Meistens konnte er die Farbe der Unterwäsche erkennen (die Farbe von Damenunterwäsche faszinierte Chuckie ungeheuer), bis ihnen klar wurde, was vor sich ging, und sie den hysterisch kichernden Jungen bis zu seinem Haus verfolgten und drohten, sie würden es seiner Mutter erzählen. Der Flughafenzaun, den die Wurzeln der alten Eiche aus dem Boden gezogen und nach oben gedrückt hatten, erinnerte Ralph daran, wie die Röcke von Chuckies Opfern ausgesehen hatten, wenn er sie mit seinem Spickestab hochgehoben hatte.

[»Ralph?«]

Er sah sie an.

[»Wer ist Biggy Stab? Und warum denkst du ausgerechnet jetzt an sie?«]

Ralph prustete vor Lachen.

[»Hast du das in meiner Aura gesehen?«]

[»Wahrscheinlich – ich kann es nicht mehr sagen. Wer ist sie?«]

[»Erzähl ich dir ein andermal. Komm jetzt.«]

Er nahm ihre Hand, dann gingen sie langsam auf die Eiche zu, wo Atropos' Spur aufhörte, und in den immer stärkeren Fäulnisgeruch hinein, der seine Duftnote war.

Kapitel 25

I

Sie standen am Fuß der Eiche und sahen nach unten. Lois nagte zwanghaft an ihrer Unterlippe.

[»Müssen wir da runter, Ralph? Müssen wir wirklich?«]

[»Ja.«]

[»Aber warum? Was sollen wir tun? Atropos aussperren? Den Bau niederbrennen? Etwas zurückholen, das er gestohlen hat? Ihn töten? Was?«]

Er wußte es nicht, davon abgesehen, daß er Joes Kamm und Lois' Ohrringe wiederhaben wollte ... aber er war sicher, er *würde* es wissen, sie beide würden es wissen, wenn der Zeitpunkt gekommen war.

[»Ich glaube, im Augenblick sollten wir einfach nur in Bewegung bleiben, Lois.«]

Der Blitz hatte wie eine kräftige Hand gewirkt, den Baum brutal nach Osten gestoßen und gleichzeitig ein klaffendes Loch am Wurzelansatz der Westseite gerissen. Für einen Mann oder eine Frau mit dem Sehvermögen der Kurzfristigen hätte dieses Loch zweifellos dunkel ausgesehen – und mit seinen abbröckelnden Rändern und den kaum sichtbaren Wurzeln, die sich im Inneren wanden wie Schlangen, vielleicht ein wenig furchteinflößend, aber ansonsten nicht besonders ungewöhnlich.

Ein Kind mit einer ausgeprägten Phantasie würde vielleicht mehr sehen, dachte Ralph. *Der dunkle Raum unter dem Baumstamm weckt vielleicht Gedanken an Piratenschätze ... Verstecke von Banditen ... die Höhle eines Trolls ...*

Aber Ralph glaubte, daß nicht einmal das phantasievollste Kind das düstere rote Leuchten würde sehen können, das unter dem Baum hervordrang, oder daß die zuckenden Wurzeln in Wirklichkeit holperige Sprossen waren, die an einen unbekannten (und zweifellos unerfreulichen) Ort hinabführten.

Nein – nicht einmal ein phantasievolles Kind würde das sehen … aber möglicherweise spüren.

Richtig. Und wenn es genügend Verstand hatte, würde es weglaufen als wären ihm sämtliche Dämonen der Hölle auf den Fersen. Wie er und Lois, wenn sie der Vernunft gehorchen würden. Wären da nicht Lois' Ohrringe. Wäre da nicht Joe Wyzers Kamm. Wäre da nicht sein eigener verlorener Platz im Plan. Und wären da selbstverständlich nicht Helen (und möglicherweise Nat) und die zweitausend anderen, die sich heute abend im Bürgerzentrum aufhalten würden. Lois hatte recht. Sie mußten *etwas* tun, und wenn sie jetzt kniffen, würde dieses Etwas für immer ungeschehenes Geschehen bleiben.

Und das sind die Seile, dachte er. *Die Seile, mit denen die Mächtigen uns arme, verwirrte kurzfristige Kreaturen an ihr Rad fesseln.*

Er stellte sich Klotho und Lachesis nun durch eine helle Linse des Hasses vor, und er dachte, wenn die beiden jetzt hier wären, hätten sie einen ihrer unsicheren Blicke gewechselt und wären einen Schritt oder zwei zurückgewichen.

Und dazu hätten sie einen Grund gehabt, dacht er. *Allen Grund.*

[»Ralph? Was ist los? Warum bist du so wütend?«]

Er hob ihre Hand an die Lippen und küßte sie.

[»Nichts weiter. Komm mit. Gehen wir, bevor wir den Mut verlieren.«]

Sie sah ihn noch einen Moment an, dann nickte sie. Und als Ralph die Beine in das klaffende, mit Wurzeln eingefaßte Loch am Fuß des Baums steckte, war sie direkt neben ihm.

2

Ralph rutschte auf dem Rücken unter den Baum und hielt die freie Hand vor das Gesicht, damit ihm keine Erde in die offenen Augen fiel. Er versuchte, nicht zusammenzuzucken, wenn Wurzeln ihm über den Hals strichen oder sich ihm in den Rücken bohrten. Der Geruch unter dem Baum war so durchdringend, daß man ihn fast greifen konnte, ein abstoßender Affenhausgestank, bei dem einem kotzübel wurde.

Er konnte sich einreden, daß er sich daran gewöhnen würde, bis er ganz unter dem Loch in der Eiche war, doch dann ging es nicht mehr. Er stützte sich auf einen Ellbogen und spürte, wie kleinere Wurzeln nach seiner Kopfhaut griffen und baumelnde Rindenstücke ihm die Wangen streichelten, und dann gab er das gesamte Frühstück von sich, das sich noch im Vorratstank befand. Er konnte hören, wie Lois links von ihm seinem Beispiel folgte.

Eine schrecklicher, von Schwindel begleiteter Schwächeanfall schlug über ihm zusammen wie eine Welle am Strand. Der Gestank war so überwältigend, daß er ihn fast zu *essen* schien, und er konnte die rote Substanz, der sie zu diesem Ort des Grauens unter dem Baum gefolgt waren, überall auf seinen Händen und Armen sehen. Es war schlimm gewesen, das Zeug nur *anzusehen;* jetzt badete er regelrecht darin, um Gottes willen.

Etwas griff nach seiner Hand, und er ließ sich fast von seiner Panik überwältigen, bis ihm klar wurde, daß es Lois war. Er verschränkte seine Finger mit ihren.

[»Ralph, du mußt ein Stückchen emporsteigen! Dann ist es besser! Du kannst atmen!«]

Er begriff sofort, was sie meinte, und mußte sich zurückhalten, sich im letzten Moment wieder tiefer sinken lassen. Hätte er das nicht getan, wäre er wie eine Rakete mit vollem Schub die Leiter der Wahrnehmung hinaufgeschossen.

Die Welt flackerte, und plötzlich schien etwas mehr Licht in diesem stinkenden Loch zu sein ... und auch etwas mehr Platz. Der Geruch verschwand nicht, aber er wurde erträglich. Jetzt war es, als hielte man sich in einem kleinen Zelt voller Leute mit schmutzigen Füßen und Achselschweiß auf – nicht angenehm, aber man konnte damit leben, jedenfalls eine Weile.

Ralph stellte sich plötzlich das Zifferblatt einer Taschenuhr vor, deren Zeiger sich rasch bewegten. Ohne den erstickenden Geruch war es besser, aber dennoch blieb es ein gefährlicher Aufenthaltsort – angenommen, sie kämen erst morgen früh hier wieder heraus, und das Bürgerzentrum wäre nur noch ein rauchendes Loch an der Main Street? Und das war nicht ausgeschlossen. Hier unten war es unmöglich, die Zeit zu messen – kurzfristig, langfristig oder wie auch immer. Der Gedanke an sich war ein Witz.

Laß gut sein, Ralph – du kannst nichts dagegen tun, und du mußt atmen, also laß es gut sein.

Er versuchte es, und dabei fiel ihm ein, daß der alt Dor am Tag, als Ed mit dem Lastwagen von Mr. West Side Gardeners zusammengestoßen war, hundertprozentig recht gehabt hatte; es war besser, sich nicht in langfristige Geschäfte einzumischen. Und doch waren sie hier, der älteste Peter Pan und die älteste Wendy der Welt, und glitten unter einem verzauberten Baum in eine schleimige Unterwelt hinab, die keiner von ihnen sehen wollte.

Lois sah ihn an, das widerliche rote Leuchten erhellte ihr Gesicht, und ihre Augen blickten ängstlich umher. Er sah dunkle Spuren auf ihrem Kinn und stellte fest, daß es sich um Blut handelte. Sie nagte nicht mehr nur an ihrer Unterlippe, sie biß regelrecht hinein.

[»Ralph, alles in Ordnung?«]

[»Ich kann mit einem hübschen Mädchen unter eine alte Eiche kriechen, und da fragst du noch? Mir geht es bestens, Lois. Aber ich denke, wir sollten uns besser beeilen.«]

[»Gut.«]

Er tastete unter sich herum und stellte den Fuß auf eine knorrige Eichenwurzel. Sie hielt sein Gewicht aus, und er ließ sich den steinigen Hang hinunterrutschen, zwängte sich unter einer weiteren Wurzel durch und hielt Lois dabei um die Taille gefaßt. Ihr Rock rutschte bis zu den Oberschenkeln hoch, und Ralph mußte wieder kurz an Chuckie Engstrom und seinen Spickestab denken. Er stellte amüsiert und verärgert zugleich fest, daß Lois sich bemühte, den Rock wieder nach unten zu ziehen.

[»Ich weiß, daß eine Dame nach Möglichkeit immer versucht, den Rock unten zu lassen, aber ich glaube, wenn man unter alten Eichen in Trollhöhlen hinabrutscht, geht diese Regel über Bord. Okay?«]

Sie schenkte ihm ein verlegenes, ängstliches Lächeln.

[»Wenn ich gewußt hätte, was wir vorhaben, hätte ich Hosen angezogen. Ich dachte, wir würden nur ins Krankenhaus gehen.«]

Wenn ich *gewußt hätte, was wir vorhaben*, dachte Ralph, *hätte ich meine Aktien verkauft, sich abzeichnende Baisse am Aktienmarkt hin oder her, und hätte uns zwei Flugtickets nach Rio gekauft, Teuerste.*

Er tastete mit einem Fuß umher, weil er wußte, wenn er abrutschte, würde er wahrscheinlich an einem Ort weit außerhalb der Reichweite der Ambulanzen von Derry landen. Direkt vor seinen Augen kam ein rötlicher Wurm aus dem Boden und ließ kleine Erdkrümel auf Ralphs Stirn rieseln.

Scheinbar eine Ewigkeit lang spürte er nichts, dann fand sein Fuß glattes Holz – diesmal keine Wurzel, sondern so etwas wie eine richtige Stufe. Er rutschte nach unten, ohne Lois' Taille loszulassen, und wartete, ob das Ding, worauf er stand, unter ihrer beider Gewicht zerbrechen würde.

Es hielt und war breit genug für sie beide. Ralph sah nach unten und stellte fest, daß es sich um die oberste Stufe einer schmalen Treppe handelte, die in eine rot getönte Dunkelheit hinabführte. Sie war für ein – und möglicherweise von einem – Geschöpf gebaut worden, das viel kleiner als sie selbst war, weshalb sie sich ducken mußten, aber es war immer noch besser als der Alptraum der letzten Augenblicke.

Ralph sah Tageslicht durch das gezackte Loch über ihnen, und seine Augen schauten mit einem Ausdruck dümmlicher Sehnsucht aus seinem schmutzigen, schweißüberströmten Gesicht. Das Tageslicht war ihm noch nie so verlockend und so fern vorgekommen. Er drehte sich zu Lois um und nickte ihr zu. Sie drückte seine Hand und erwiderte das Nicken. Gebückt und jedesmal zusammenzuckend, wenn eine herabhängende Wurzel ihnen über die Hälse strich, gingen sie die Treppe hinunter.

3

Der Abstieg schien endlos zu sein. Das rote Licht wurde heller, der Gestank von Atropos durchdringender, und Ralph stellte fest, daß sie beide »emporstiegen«, während sie nach unten gingen; ihnen blieb keine andere Wahl, wenn sie nicht von dem Gestank überwältigt werden wollten. Er redete sich immer wieder ein, daß sie nur taten, was sie tun mußten, daß bei einem Unternehmen dieser Bedeutung jemand den Zeitplan im Auge behalten würde – jemand, der ihnen einen Stoß versetzte, wenn es zu knapp wurde –, aber Sorgen machte er sich trotzdem. Denn möglicherweise gab es keinen mit einer Stoppuhr, keinen Unparteiischen oder Linienrichter in Zebrastreifenhemden. *Alles ist offen,* hatte Klotho gesagt.

Als Ralph sich gerade fragte, ob die Treppe bis in die Hölle hinunterführte, hörte sie auf. Ein kurzer, gemauerter Korridor, nicht höher als ein Meter zwanzig und etwa sechs Meter lang, führte zu einem Torbogen. Dahinter flackerte und pulsierte das rote Leuchten wie der Widerschein eines Brennofens.

[»Komm mit Lois, aber rechne mit allem. Rechne mit ihm.«]

Sie nickte, zog ihren rutschenden Slip wieder hoch und ging neben ihm den schmalen Flur entlang. Ralph trat gegen etwas, das kein Stein war, und bückte sich, um es aufzuheben. Es war ein roter Plastikzylinder, an einem Ende breiter als am anderen. Nach einem Moment wurde ihm klar, worum es sich handelte: um den Griff eines Springseils. *Drei-sechs-neun, die Gans trank Wein.*

Misch dich in nichts ein, was dich nichts angeht, Kurzfristiger, hatte Atropos gesagt, aber er *hatte* sich eingemischt, und nicht nur deswegen, was die kleinen kahlköpfigen Ärzte *Ka* nannten. Er hatte sich eingemischt, weil ihn *doch* etwas anging, was der kleine Dreckskerl vorhatte, auch wenn dieser das Gegenteil denken mochte. Derry war seine Stadt, Lois Chasse war seine Freundin, und Ralph verspürte den aufrichtigen Wunsch in sich, Doc Nr. 3 dafür büßen zu lassen, daß er Lois' Diamantohrringe genommen hatte.

Er warf den Griff des Springseils weg und ging weiter. Einen Augenblick später gingen er und Lois unter dem Torbogen durch, blieben wie angewurzelt stehen und sahen in Atropos' unterirdische Behausung. Mit den ineinander verschränkten Händen und den aufgerissenen Augen sahen sie mehr denn je wie Kinder in einem Märchen aus – nicht wie Peter Pan und Wendy, sondern wie Hänsel und Gretel, die nach tagelangem Herumirren im dichten Wald das Knusperhaus der Hexe gefunden hatten.

4

[»Oh, Ralph. O mein Gott, Ralph ... siehst du das?«]

[»Pssst, Lois.«]

Direkt vor ihnen lag eine kleine, finstere Kammer, die Küche und Schlafzimmer in einem zu sein schien. Der Raum wirkte schmutzig und unheimlich zugleich. In der Mitte stand ein niederer runder Tisch, bei dem es sich, wie Ralph annahm, um das abgesägte Oberteil eines Fasses handelte. Die Überreste einer Mahlzeit – ein grauer, ranziger Brei, der wie aufgelöste Hirnmasse aussah, die in einer gesprungenen Suppenterrine gerann – stand darauf. Es gab einen einzigen schmutzigen Klappstuhl. Rechts vom Tisch stand eine primitive Kommode, die aus einer rostigen Stahltonne bestand, auf der eine Toilettenschüssel balancierte. Ein unvorstellbar übler Gestank ging davon aus. Einziger Schmuck des Zimmers war ein Spiegel mit Messingrahmen an einer Wand, dessen Oberfläche durch das Alter so nachgedunkelt und beschlagen war, daß Ralph und Lois darin aussahen, als würden sie drei Meter unter der Wasseroberfläche treiben.

Links von dem Tisch befand sich eine karge Schlafgelegenheit, die aus einer schmutzigen Matratze und einem mit Stroh oder Federn vollgestopften Jutesack bestand. Auf diesem Kissen und der Matratze, auf der es lag, leuchtete der nächtliche Schweiß der Kreatur, die hier zu schlafen pflegte. *Die Träume in diesem Jutekissen würden mich in den Wahnsinn treiben*, dachte Ralph.

Irgendwo, Gott allein wußte, wie tief unter der Erde, tropfte Wasser.

Auf der anderen Seite der Behausung befand sich ein zweiter Torbogen, hinter dem sie eine vollgestopfte, surrealistische Rumpelkammer erkennen konnten. Ralph blinzelte tatsächlich zwei- oder dreimal, um ganz sicher zu sein, daß er tatsächlich sah, was er zu sehen glaubte.

Genau das ist die Stelle, dachte er. *Was immer wir suchen, es ist hier.*

Lois ging wie hypnotisiert auf den zweiten Torbogen zu. Ihre Lippen bebten ängstlich, aber in ihren Augen stand eine hilflose Neugier – ganz bestimmt hatte Blaubarts Frau denselben Gesichtsausdruck gehabt, als sie den Schlüssel im Schloß des verbotenen Zimmers ihres Mannes umgedreht hatte. Ralph war plötzlich überzeugt, daß Atropos mit hoch erhobenem rostigen Skalpell direkt hinter diesem Torbogen lauern würde. Er eilte hinter Lois her und hielt sie auf, bevor sie durchgehen konnte. Er hielt sie am Oberarm fest, legte einen Finger an die Lippen und schüttelte den Kopf, bevor sie sprechen konnte.

Er kauerte sich nieder und preßte die Finger einer Hand auf den gestampften Boden, wodurch er wie ein Läufer aussah, der auf den Knall der Startpistole wartet. Dann schnellte er durch den Torbogen (und genoß die blitzschnelle Reaktion seines Körpers selbst in diesem Augenblick), landete auf der Schulter und rollte sich ab. Mit den Füßen traf er eine Pappschachtel, die ein Durcheinander von Gegenständen preisgab, als sie umkippte: Handschuhe und Socken, die nicht zusammenpaßten, ein paar alte Taschenbücher, ein Paar Bermudashorts, einen Schraubenzieher mit einer rostroten Substanz – möglicherweise Farbe oder Blut – darauf.

Ralph ließ sich auf die Knie sinken und sah zu Lois, die unter dem Torbogen stand und die Hände unters Kinn hielt. Es war niemand neben dem Torbogen zu sehen, und es hätte auch niemand Platz gehabt. Auf beiden Seiten waren weitere Kartons gestapelt. Ralph las die Aufschriften darauf staunend: Jack Daniels, Gilbey's, Smirnoff, J&B. Atropos, schien es, war ebenso verrückt nach Spirituosenkartons wie alle anderen, die es nicht fertigbrachten, etwas wegzuwerfen.

[»Ralph? Ist es sicher?«]

Sicher? Das Wort war ein Witz. Aber er nickte und streckte die Hand aus. Sie kam hastig zu ihm, zog unterwegs noch einmal heftig den Slip hoch und sah sich mit wachsendem Staunen um.

Als sie auf der anderen Seite des Torbogens in Atropos' trostloser kleiner Wohnung gestanden hatten, hatte dieser Stauraum groß ausgesehen. Jetzt, wo sie tatsächlich darin standen, sah Ralph, daß er mehr als das war; Räume dieser Größe nannte man normalerweise Lagerhallen. Gänge verliefen zwischen gewaltigen, baufälligen Türmen aus Gerümpel. Nur die Sachen direkt an der Tür waren in Kartons verstaut; der Rest lag bunt durcheinandergewürfelt und bildete etwas, das zu zwei Teilen Irrgarten und zu drei Teilen eine Falle war. Ralph kam zum Ergebnis, daß nicht einmal das Wort Lagerhalle eine hinreichende Beschreibung bot – dies war ein unterirdischer Vorort, und Atropos konnte überall lauern … und wenn er hier war, beobachtete er sie wahrscheinlich.

Lois fragte nicht, was sie da vor sich hatten; er sah ihrem Gesicht an, daß sie es bereits wußte. Als sie das Wort ergriff, sprach sie mit einer verträumten Stimme die Ralph eine Gänsehaut über den Rücken jagte.

[»Er muß so ungeheuer alt sein, Ralph.«]

Ja. So ungeheuer alt.

Zwanzig Meter tiefer in dem Raum, der von dem selben geisterhaften roten Leuchten wie die Treppe erhellt wurde, konnte Ralph ein großes Speichenrad auf einem Lehnstuhl liegen sehen, der wiederum auf einer gesprungenen alten Heißmangel stand. Als er dieses Rad sah, fröstelte ihn noch mehr; es war, als wäre die Metapher, die er sich im Geiste zurechtgelegt hatte, um das Prinzip des *Ka* zu versinnbildlichen, plötzlich zum Leben erwacht. Dann bemerkte er das rostige Eisenband um das Rad herum und überlegte sich, daß es wahrscheinlich von einem jener »Gay-Nineties«-Fahrräder stammen mußte, die wie zu groß geratene Dreiräder aussahen.

Es ist tatsächlich der Reifen eines Fahrrads, und er ist mindestens hundert Jahre alt, dachte er. Der Gedanke führte ihn zu der Frage, wie viele Menschen – wie viele Tausende und Zehntausende – in und um Derry gestorben waren, seit Atropos dieses Rad irgendwie hier heruntergeschafft hatte. Und wie viele von diesen Tausenden waren zufällige Tode gewesen?

Und wie weit geht er zurück? Wie viele Jahrhunderte?

Das konnte man selbstverständlich unmöglich sagen; möglicherweise bis zum Anbeginn, wann immer und wie immer der auch gewesen sein mochte. Und während dieser ganzen Zeit hatte er von jedem, den er sich vorgeknöpft hatte, ein kleines Andenken genommen … und hier waren sie alle.

Hier waren sie alle.

[»Ralph!«]

Er drehte sich um und sah, daß Lois beide Hände ausstreckte. In einer hielt sie einen Panama, aus dessen Krempe ein Stück herausgebissen worden war. In der anderen einen schwarzen Nylonkamm, wie man ihn in jedem Kramladen für einsneunundzwanzig kaufen konnte. Ein geisterhafter orangegelber Schimmer haftete ihm noch an, was Ralph nicht überraschte. Jedesmal, wenn sein Besitzer ihn benutzt hatte, mußte er ein wenig von dem Leuchten der Aura und der Ballonschnur angenommen haben, wie Schuppen. Und es überraschte ihn nicht, daß der Kamm bei dem Hut lag; als er beide zum letztenmal gesehen hatte, waren sie auch zusammen gewesen. Er erinnerte sich an das sarkastische Grinsen von Atropos, als er den Panama abgezogen und so getan hatte, als würde er den Kamm an seinem eigenen kahlen Schädel benützen.

Und dann ist er hochgesprungen und hat die Hacken zusammengeschlagen.

Lois deutete auf einen alten Schaukelstuhl mit gebrochener Kufe.

[»Der Hut lag gleich dort auf dem Stuhl. Der Kamm darunter. Er gehört Mr. Wyzer, nicht?«]

[»Ja.«]

Sie hielt ihn ihm sofort hin.

[»Nimm du ihn. Ich bin nicht so schusselig, wie Bill immer geglaubt hat, aber manchmal verliere ich schon etwas. Und wenn ich den verlieren würde, würde ich es mir nie verzeihen.«]

Er nahm den Kamm, wollte ihn in die Tasche stecken, dann dachte er daran, wie mühelos Atropos ihn aus einer Gesäßtasche herausgezogen hatte. Im Handumdrehen war es passiert. Er steckte ihn statt dessen in die vordere Tasche und sah wieder zu Lois, die McGoverns angebissenen Hut so traurig und verwundert betrachtete wie Hamlet den Schädel seines alten Freundes Yorrick. Als sie aufschaute, sah Ralph Tränen in ihren Augen.

[»Er hat diesen Hut geliebt. Er dachte, er würde ausgesprochen draufgängerisch und keck aussehen, wenn er ihn aufhätte. Das hat

er nicht – er hat einfach nur wie Bill ausgesehen –, aber er dachte, *daß er gut aussah, und darauf kommt es an. Findest du nicht auch, Ralph?«]*

[»Ja.«]

Sie warf den Hut wieder auf den alten Schaukelstuhl, drehte sich um und begutachtete eine Kiste, die – wie es aussah – voll mit Kleidern für den Ramsch war. Kaum hatte sie ihm den Rücken zugedreht, ging Ralph in die Hocke, sah unter den Stuhl und hoffte, ein Funkeln von Edelsteinsplittern in der Dunkelheit zu sehen. Wenn Bills Hut und Joes Kamm hier waren, dann vielleicht auch Lois' Ohrringe ...

Unter dem Schaukelstuhl lagen nur Staub und ein gestrickter rosa Babyschuh.

Ich hätte wissen müssen, daß es nicht so einfach sein würde, dachte Ralph und stand wieder auf. Plötzlich fühlte er sich erschöpft. Sie hatten Joes Kamm ohne Probleme gefunden, und das war gut, das war absolut super, aber Ralph befürchtete, daß es sich auch um einen spektakulären Fall von Anfängerglück handelte. Sie mußten sich immer noch um Lois' Ohrringe kümmern ... und selbstverständlich erledigen, weshalb sie hergeschickt worden waren. Und was war das? Er wußte es nicht, und wenn jemand von weiter oben Anweisungen sendete, bekam er sie nicht mit.

[»Lois, hast du eine Ahnung, was –«]

[»Pssst.«]

[»Was ist, Lois? Ist er es?«]

[»Nein! Sei still, Ralph! Sei still und hör zu!«]

Er lauschte. Zuerst hörte er nichts, und dann spürte er wieder das zuckende Gefühl – das Blinzeln – im Kopf. Diesmal war es sehr langsam und vorsichtig. Er stieg ein wenig weiter empor, so leicht wie eine Feder in einem warmen Aufwind. Er bemerkte ein langgezogenes, leises Stöhnen, wie eine endlos quietschende Tür. Es hatte etwas Vertrautes an sich – nicht das Geräusch selbst, aber die damit verbundenen Assoziationen. Es war wie –

– ein Einbruchalarm oder möglicherweise ein Rauchdetektor. Es sagt uns, wo es ist. Es ruft *uns.*

Lois ergriff seine Hand mit eiskalten Fingern.

[»Das ist es, Ralph – das ist es, wonach wir suchen. Hörst du es?«]

Ja, er hörte es. Selbstverständlich. Aber was immer das Geräusch auch sein mochte, es hatte nichts mit Lois' Ohrringen zu tun ... und ohne Lois' Ohrringe würde er hier nicht weggehen.

Das hoffst du, Liebling, antwortete die Carolyn in seinem Kopf. *Das hoffst du.*

Ja. Das hoffte er.

[»Komm schon, Ralph! Komm mit! Wir müssen es finden!«]

Er ließ sich von ihr tiefer in den Raum führen. An den meisten Stellen waren die Andenken von Atropos mehr als einen Meter über ihre Köpfe hinaus gestapelt. Ralph hatte keine Ahnung, wie ein Wurzelzwerg wie er das bewerkstelligen konnte – möglicherweise durch Levitation –, aber als Folge davon verlor Ralph bald die Orientierung, als sie sich hindurchzwängten, abbogen und manchmal auf den Weg zurückzugehen schienen, den sie gerade eingeschlagen hatten. Er wußte nur mit Sicherheit, daß das klägliche Stöhnen lauter wurde; je mehr sie sich dem Ursprung näherten, desto mehr glich es einem insektenhaften Summen, das Ralph immer unangenehmer fand. Er rechnete damit, daß er um eine Ecke biegen und vor einer riesigen Heuschrecke stehen würde, die ihn mit dunkelbraunen Augen so groß wie Grapefruits ansah.

Die unterschiedlichen Auren der Gegenstände in diesem Lagerhaus waren zwar verblaßt wie der Duft zwischen den Seiten eines Buchs gepreßter Blüten, aber unter dem Gestank von Atropos existierten sie noch, und auf dieser Stufe der Wahrnehmung, wo ihre sämtlichen Sinne hellwach und empfänglich waren, war es unmöglich, sie nicht zu spüren und von ihnen beeinflußt zu sein. Die stummen Erinnerungen an die Opfer des Zufalls waren schrecklich und mitleiderregend zugleich. Ralph wurde klar, daß dieser Ort hier mehr als ein Museum oder der Bau einer Packratte war; er war eine profane Kirche, wo Atropos seine Version des Abendmahls einnahm – Kummer statt Brot, Tränen statt Wein.

Ihr Hindernislauf durch die schmalen, zickzackförmigen Reihen war ein schreckliches, zermürbendes Erlebnis. Hinter jeder nicht ganz ziellosen Biegung warteten hundert weitere Objekte, von denen Ralph wünschte, er hätte sie nie gesehen und würde sich nie daran erinnern; jedes verlieh seinem eigenen leisen Aufschrei des Schmerzes und der Bestürzung Ausdruck. Er mußte sich nicht fragen, ob Lois seine Empfindungen teilte – sie schluchzte in einem fort leise neben ihm.

Da war der zerschrammte Flexible-Flyer-Schlitten eines Kindes, an dessen Lenkstange noch das Seil zum Ziehen geknotet war. Der Junge, dem er gehört hatte, war an einem kalten Januartag des Jahres 1953 an Krämpfen gestorben.

Da lag der Tambourstab einer Majorette, dessen Schaft in purpurne und weiße Kreppspiralen gewickelt war – die Farben der Grant Academy. Sie war im Herbst 1967 vergewaltigt und mit einem Stein totgeschlagen worden. Ihr Mörder, den man nie gefaßt hatte, hatte den Leichnam in eine kleine Höhle geschafft, wo ihre Gebeine – zusammen mit denen von zwei weiteren unglücklichen Opfern – immer noch lagen.

Hier lag die Kameenbrosche einer Frau, die von einem herabfallenden Ziegelstein erschlagen worden war, als sie die Main Street entlang ging, um die neueste Ausgabe von *Vogue* zu kaufen; hätte sie ihr Haus dreißig Sekunden früher oder später verlassen, wäre ihr nichts geschehen.

Dort lag der Hirschfänger eines Mannes, der 1937 bei einem Jagdunfall ums Leben gekommen war.

Da der Kompaß eines Pfadfinders, der bei einem Ausflug auf den Mount Katahdin gestürzt war und sich das Genick gebrochen hatte.

Der Turnschuh eines kleinen Jungen namens Gage Creed, den ein zu schnell fahrender Tanklaster auf der Route 15 in Ludlow überfahren hatte.

Ringe und Zeitschriften; Schlüsselanhänger und Regenschirme; Hüte und Brillen; Rasseln und Radios. Alle sahen verschieden aus, aber für Ralph waren sie ausnahmslos eines: die schwachen, kläglichen Stimmen von Menschen, die in der Mitte des zweiten Akts aus dem Drehbuch gestrichen worden waren, während sie noch ihren Text für den dritten lernten; Menschen, die ohne große Umstände abgeholt worden waren, bevor ihre Arbeit getan oder ihre Verpflichtungen erfüllt waren; Menschen, deren einziges Verbrechen es war, unter dem Stern des Zufalls geboren worden zu sein … und die Aufmerksamkeit des Irren mit dem rostigen Skalpell auf sich gelenkt zu haben.

Lois, schluchzend: *[»Ich hasse ihn! Ich hasse ihn so sehr!«]*

Er wußte, was sie meinte. Es war eines, Klotho und Lachesis zuzuhören, wenn sie sagten, daß Atropos ebenfalls in den größeren Rahmen gehörte, daß er vielleicht sogar selbst irgend einem höheren Plan diente, aber etwas völlig anderes, die verblaßte Red-Sox-Mütze eines kleinen Jungen zu sehen, der in ein zugewachsenes Kellerloch gefallen und im Dunkeln gestorben war, unter Schmerzen gestorben, und ohne Stimme, nachdem er sechs Stunden lang nach seiner Mutter geschrien hatte.

Ralph streckt die Hand aus und berührte die Mütze ganz kurz. Billy Weatherbee hatte ihr Besitzer geheißen. Sein letzter Gedanke war der an Eiscreme gewesen.

Ralph drückte Lois' Hand.

[»Ralph, was ist los? Ich kann dich denken hören – ich bin ganz sicher –, aber es ist, als würde ich jemandem zuhören, der unterdrückt flüstert.«]

[»Ich habe nur gedacht, daß ich dem kleinen Mistkerl gerne eins auswischen möchte. Vielleicht könnten wir ihm *zeigen, wie es ist, wenn man nachts wach liegt. Was meinst du?«]*

Sie drückte seine Hand ebenfalls fester. Mehr brauchte Ralph nicht als Antwort.

5

Sie kamen zu einer Stelle, wo der schmale Gang, dem sie folgten, sich teilte. Das leise, konstante Summen kam aus dem linken und war, wie es sich anhörte, nicht mehr weit entfernt. Es war jetzt unmöglich für sie, Seite an Seite zu gehen, und als sie sich dem Ende näherten, wurde der Gang noch schmaler. Ralph mußte schließlich seitwärts weitergehen.

Die rötliche Ausscheidung, die Atropos hinterließ, war hier besonders dick, tropfte an den Souvenirstapeln herunter und bildete kleine Pfützen auf dem gestampften Sandboden. Lois hielt seine Hand jetzt so fest, daß es wehtat, aber Ralph beschwerte sich nicht.

[»Wie beim Bürgerzentrum, Ralph – er verbringt eine Menge Zeit hier.«]

Ralph nickte. Die Frage war, wenn Mr. A. diesen Weg entlang kam, was wollte er sich ansehen ... verdammt, womit wollte er kommunizieren? Sie näherten sich jetzt dem Ende des Gangs – er wurde von einer soliden Mauer aus Plunder versperrt –, aber er konnte immer noch nicht sehen, was das Summen erzeugte, das ihn allmählich verrückt machte; es war, als würde ihm eine Pferdebremse direkt durch den Kopf fliegen. Als sie sich dem Ende des Durchgangs näherten, wuchs seine Überzeugung, daß das, wonach sie suchten, sich auf der anderen Seite der Barriere aus Plunder befinden mußte – sie würden entweder umkehren und sich einen anderen Weg suchen oder durchbrechen müssen. Beides konnte mehr Zeit erfordern, als sie sich leisten konnten. Ralph verspürte eine nagende, unterschwellige Verzweiflung.

Aber der Korridor bildete keine Sackgasse; auf der linken Seite befand sich ein Durchschlupf unter einem Eßzimmertisch, auf dem sich Geschirr und Stapel grünen Papiers türmten und –

Grünes Papier? Nein, nicht ganz. Stapel von *Banknoten.* Zehner, Zwanziger und Fünfziger türmten sich wahllos auf den Tellern. Hunderter waren in eine gesprungene Sauciere gedrückt worden, ein zusammengerollter Fünfhundertdollarschein steckte wie betrunken in einem staubigen Weinglas.

[»Ralph! Mein Gott, das ist ein Vermögen!«]

Sie betrachtete nicht den Tisch, sondern die andere Wand der Passage. Die letzten eineinhalb Meter bestanden aus gebündelten grünen Backsteinen aus Geld, und Ralph wurde klar, daß sich damit eine weitere Frage beantwortete, die ihn beschäftigt hatte: woher Ed seine Knete hatte. Atropos konnte darin baden ... aber Ralph vermutete, daß der kleine glatzköpfige Wichser trotzdem Probleme haben würde, sich mit einem Mädchen zu verabreden.

Er bückte sich, damit er den Durchschlupf unter dem Tisch besser sehen konnte. Auf der anderen Seite schien eine sehr kleine Kammer zu liegen. Träges rotes Leuchten pulsierte in dem Kämmerchen wie das Schlagen eines Herzes. Es warf einen unangenehmen roten Schimmer auf ihre Schuhe.

Ralph zeigte darauf, dann sah er Lois an. Sie nickte. Er ließ sich auf die Knie sinken und kroch unter dem mit Geld beladenen Tisch durch in den Schrein, den Atropos um das Ding herum gebaut hatte, das mitten auf dem Boden lag. *Deshalb* waren sie hergeschickt worden, daran hatte Ralph nicht den geringsten Zweifel, aber er hatte immer noch keine Ahnung, was es eigentlich war. Der Gegenstand, nicht größer als eine Murmel, wie Kinder sie »Klicker« nennen, war in ein Leichentuch gehüllt, so undurchdringlich wie das Zentrum eines schwarzen Lochs.

Oh, prima – klasse. Was nun?

[»Ralph! Hört du den Gesang? Er ist ganz leise.«]

Er sah sie zweifelnd an, dann drehte er sich um. Er haßte diesen engen Raum bereits, und obwohl er nicht an Klaustrophobie litt, spürte er nun, wie sich der panische Wunsch, hier zu verschwinden, in seine Gedanken stahl. Eine deutliche Stimme meldete sich in seinem Kopf zu Wort. *Das* will *ich nicht nur, Ralph; das* muß *ich. Ich werde mich bemühen, bei dir zu bleiben, aber wenn du nicht bald zu Ende bringst, was du hier tun sollst, spielt es keine Rolle mehr, was einer von uns beiden will – dann werde ich einfach das Ruder übernehmen und abhauen, als wäre der Teufel hinter mir her.*

Das unterdrückte Entsetzen in dieser Stimme überraschte ihn nicht, denn dies war wirklich ein gräßlicher Ort – überhaupt kein Zimmer, sondern der Grund eines Schachts aus Gerümpel und gestohlenen Dingen: Toastern, Fußschemeln, Radioweckern, Kameras, Büchern, Kisten, Schuhen, Rechen. Fast unmittelbar vor Ralphs Augen hing an einem zerschlissenen Gurt ein verbeultes altes Saxophon mit der Aufschrift PETE in staubtrübem Bergkristall. Ralph streckte die Hand danach aus, weil er das verdammte Ding aus dem Gesicht haben wollte. Dann überlegte er sich, daß das Entfernen eines Gegenstands möglicherweise einen Erdrutsch auslösen könnte, der die Wände zum Einsturz brachte und sie bei lebendigem Leib begrub. Er zog die Hand zurück. Gleichzeitig öffnete er seinen Geist und seine Sinne, so weit er konnte. Einen Augenblick glaubte er, daß er *tatsächlich* etwas hören konnte – ein schwaches Seufzen, wie das Flüstern des Meeres in einer Muschel –, aber dann war es verschwunden.

[»Wenn hier drinnen Stimmen sind, Lois, dann kann ich sie nicht hören – dieses verdammte Ding übertönt sie.«]

Er deutete auf den Gegenstand in der Mitte des Kreises – ein Schwarz, das alle seine bisherigen Vorstellungen von Schwarz in den Schatten stellte, ein Leichentuch, das der Inbegriff aller Leichentücher war. Aber Lois schüttelte den Kopf.

[»Nein, es übertönt sie nicht. Es saugt sie aus.«]

Sie betrachtete das kreischende schwarze Ding voll Abscheu und Entsetzen.

[»Dieses Ding saugt das Leben aus den ganzen Sachen, die ringsum gestapelt sind ... und es versucht, auch aus uns das Leben zu saugen.«]

Ja, natürlich. Jetzt, wo Lois es laut ausgesprochen hatte, konnte Ralph das Leichentuch spüren – oder den Gegenstand darin –, der an etwas tief in seinem Kopf zerrte, zog, drehte, schob ... und versuchte, es herauszuziehen wie einen Zahn aus rosa Zahnfleisch.

Versuchte, ihnen das Leben auszusaugen? Nahe dran, aber kein Treffer. Ralph glaubte nicht, daß das Ding in dem Leichentuch ihr Leben wollte, ebensowenig ihre Seelen, jedenfalls nicht im strengen Sinne. Es wollte ihre Lebenskraft. Ihr *Ka*.

Lois' Augen wurden groß, als sie diesen Gedanken empfing ... und dann sah sie zu einer Stelle dicht neben seiner rechten Schulter. Sie beugte sich auf den Knien nach vorne und streckte die Hand aus.

[»Lois, das würde ich nicht tun – die ganzen Stapel könnten über uns –«]

Zu spät. Sie zog etwas heraus, betrachtete es von schockiertem Begreifen erfüllt und hielt es ihm hin.

[»Es lebt noch – alles *hier drinnen lebt noch. Ich weiß nicht, wie das sein kann, aber es ist so ... irgendwie ist es so. Aber sie sind schwach. Warum sind sie so schwach?«]*

Was sie ihm entgegenstreckte, war ein kleiner weißer Turnschuh, der einer Frau oder einem Kind gehörte. Als Ralph ihn nahm, konnte er hören, wie der Schuh leise mit einer fernen Stimme sang. Das Geräusch war so einsam wie Novemberwind an einem verhangenen Nachmittag, aber auch unvorstellbar süß – ein Gegengift zum endlosen Plärren des Dings auf dem Boden.

Und es war eine Stimme, die er kannte. Er war ganz sicher.

Auf der Spitze des Turnschuhs war ein rostfarbener Spritzer. Ralph hielt ihn zuerst für Schokoladenmilch, aber dann erkannte er, worum es sich in Wirklichkeit handelte: getrocknetes Blut. In diesem Augenblick war er wieder vor dem Red Apple und hielt Nat, bevor Helen sie fallenlassen konnte. Er erinnerte sich, wie Helen über ihre eigenen Füße gestolpert war; wie sie rückwärts getaumelt war und sich an die Tür des Red Apple gelehnt hatte, wie eine Betrunkene an einen Laternenpfahl, und ihm die Hände entgegenstreckte. *Gi mi mein Bäh-bie. Gi mi Nah-lie.*

Er kannte die Stimme, weil es Helens Stimme war. Diesen Turnschuh hatte sie an dem Tag getragen, und die Blutstropfen auf der Schuhspitze stammten entweder von Helens eingeschlagener Nase oder der aufgeplatzten Wange. Er sang und sang, und seine Stimme wurde nicht völlig unter dem Summen des Dings in dem Leichentuch begraben, und jetzt, wo Ralphs Ohren – oder was in der Welt der Auren auch mmer als Ohren gelten mochte – weit geöffnet waren, konnte er alle anderen Stimmen von allen anderen Gegenständen hören. Sie sangen wie ein Chor der Verlorenen.

Lebten. Sangen.

Sie *konnten* singen, alle Gegenstände an diesen Wänden entlang *konnten* singen, weil ihre *Besitzer* noch singen konnten.

Ihre Besitzer waren noch am Leben.

Ralph sah wieder auf, und diesmal bemerkte er, daß verschiedene Gegenstände alt waren – das verbeulte Saxophon, zum Beispiel –, aber viele auch neu; in diesem kleinen Alkoven gab es keine Reifen von Gay-Nineties-Fahrrädern. Er sah drei Radiowecker, alle digital. Ein Rasierzeug, das aussah, als wäre es noch kaum benutzt worden. Ein Lippenstift, auf dem noch das Preisschild von Rite Aid klebte.

[»Lois, Atropos hat diese Sachen von den Leuten genommen, die heute abend im Bürgerzentrum sein werden. Richtig?«]

[»Ja. Ich bin sicher, daß es so ist.«]

Er deutete auf den schwarzen Kokon, der auf dem Boden kreischte und fast alle Lieder ringsum übertönte ... übertönte und sich von ihnen nährte.

[»Und was immer sich in diesem Leichentuch befindet, hat etwas damit zu tun, was Klotho und Lachesis die Hauptsache nannten. Es ist das Ding, das alle verschiedenen Gegenstände – alle verschiedenen Leben *– zusammenbindet.«]*

[»Das sie zu Ka-tet *macht. Ja.«]*

Ralph gab Lois den Turnschuh zurück.

[»Den nehmen wir mit, wenn wir gehen. Er gehört Helen.«]

[»Ich weiß.«]

Lois sah ihn einen Moment an, und dann tat sie etwas, das Ralph außerordentlich schlau fand: Sie zog den Schnürsenkel aus zwei Ösen heraus und band sich den Turnschuh wie einen Armreif um das linke Handgelenk.

Er kroch näher zu dem kleinen Leichentuch und beugte sich darüber. Es war schwer, in seine Nähe zu gehen, und noch schwerer, in seiner Nähe zu bleiben – es war, als würde man das Ohr ans Gehäuse eines auf Höchstleistung laufenden Schlagbohrers halten oder, ohne die Augen zuzukneifen, in ein grelles Licht sehen. Diesmal schienen tatsächlich Worte aus dem Summen heraus zu ertönen, wie die, die sie gehört hatten, als sie sich dem Rand des Leichentuchs über dem Bürgerzentrum näherten: *Hinausss. Forrttt. Zieeeehtabb.*

Ralph hielt sich einen Moment die Ohren zu, aber das nützte natürlich nichts. Die Worte kamen selbstverständlich nicht von außen. Er ließ die Hände wieder sinken und sah Lois an.

[»Was meinst du? Hast du eine Ahnung, was wir als nächstes tun sollen?«]

Er wußte nicht genau, was er von ihr erwartete, jedenfalls nicht die rasche, selbstbewußte Antwort, die er bekam.

[»Schneid es auf und hol raus, was im Inneren ist – und zwar schnell. Das Ding ist gefährlich. Außerdem ruft es vielleicht Atropos, hast du dir das schon einmal überlegt? Daß es petzt, so wie die Henne Jack im Märchen von der Bohnenranke verpetzt hat.«]

Ralph *hatte* über diese Möglichkeit nachgedacht, wenn auch nicht so eingehend. *Na gut,* dachte er. *Schneid den Sack auf und nimm den Preis heraus. Aber wie genau sollen wir das machen?*

Er erinnerte sich an den Blitzstrahl, den er Atropos geschickt hatte, als der kleine Dreckskerl versuchte, Rosalie über die Straße zu locken. Ein guter Trick, aber so etwas konnte hier mehr Schaden anrichten als nützen; wenn er das Ding damit verdampfen ließ, das sie mitnehmen sollten?

Ich glaube nicht, daß du das kannst.

Gut, hinreichend logisch, tatsächlich glaubte er *selbst* nicht, daß er es konnte … aber wenn man von den Habseligkeiten von Menschen umgeben war, die bei Sonnenaufgang tot sein würden, war es Wahnsinn, ein Risiko einzugehen. *Völliger* Wahnsinn.

Ich brauche keinen Blitz, sondern eine gute, scharfe Schere, wie die mit der Klotho und Lachesis –

Er sah Lois an und war verblüfft von dem klaren Bild.

[»Ich weiß nicht, was dir gerade eingefallen ist, aber was auch immer, beeil dich damit.«]

6

Ralph sah auf seine rechte Hand herab – eine Hand, von der Falten und erste Spuren von Arthritis verschwunden waren, eine Hand inmitten einer hellblauen Korona aus Licht. Er kam sich ein wenig albern vor, als er die beiden letzten Finger an die Handfläche preßte und die ersten beiden ausstreckte, wobei er an ein Spiel denken mußte, das sie als Kinder gespielt hatten – Stein bricht Schere, Schere schneidet Papier, Papier bedeckt Stein.

Seid eine Schere, dachte er. *Ich brauche eine Schere. Helft mir.*

Nichts. Er sah zu Lois und stellte fest, daß sie ihn mit einer gelassenen Ruhe betrachtete, die irgendwie beängstigend war. *O Lois, wenn du nur wüßtest,* dachte er, aber dann verdrängte er den Gedanken aus seinem Kopf. Denn er hatte etwas gespürt, oder nicht? *Etwas.*

Diesmal ließ er keine Worte in seinem Geist entstehen, sondern ein Bild: Nicht die Schere, mit der Klotho Jimmy V. in die nächste Welt geschickt hatte, sondern die Schere aus Edelstahl aus dem Nähkörbchen seiner Mutter – lange, schmale Scherenblätter, die fast so spitz zuliefen wie ein Messer. Als er sich stärker konzentrierte, konnte er sogar zwei winzige Worte erkennen, die dicht über dem Angelpunkt in den Stahl eingraviert waren: SHEFFIELD STEEL. Und jetzt konnte er dieses Gefühl wieder in seinem Geist spüren, diesmal allerdings kein Blinzeln, sondern das langsame Spannen eines Muskels – eines unvorstellbar kräftigen Muskels. Dabei klappte er langsam die Finger auf und zu und bildete ein V, das enger und breiter wurde.

Jetzt konnte er die Energie spüren, die er dem Nirvana-Jungen und dem Penner beim Bahnhof abgenommen hatte, wie sie sich erst in seinem Kopf sammelte und dann wie ein seltsamer Krampf an der rechten Hand hinunter in die ausgestreckten Finger floß.

Die Aura um die ausgestreckten Zeige- und Mittelfinger seiner Hand wurde dicker ... und länger. Nahm die schlanke Form von Schneiden an. Ralph wartete, bis sie etwa zwölf Zentimeter über seine Fingernägel hinausragte, dann bewegte er die Finger wieder auf und ab. Die Schere öffnete und schloß sich.

[»Los, Ralph! Tu es!«]

Ja – er konnte es sich nicht leisten, Zeit mit Experimenten zu verplempern. Er fühlte sich wie eine Autobatterie, die einen viel zu großen Motor anlassen muß. Er konnte spüren, wie seine ganze Energie – die, die er genommen hatte, und seine eigene – seinen rechten Arm hinunter in diese Schneide floß. Es würde nicht lange halten.

Er beugte sich nach vorne, preßte die Finger zu einer Zeigegeste zusammen, und bohrte die Spitze der Schere in das Leichentuch. Er hatte sich so sehr darauf konzentriert, die Schere zu erschaffen und zu erhalten, daß er das konstante, heisere Summen gar nicht mehr gehört hatte – jedenfalls nicht bewußt –, aber als die Scherenspitze sich in die schwarze Haut bohrte, schwoll der Laut des Leichentuchs plötzlich zu neuen Höhen eines zugleich schmerzerfüllten und erschrockenen Kreischens an. Ralph sah Rinnsale einer dicken, dunklen Gallertmasse aus dem Tuch auf den Boden fließen. Es sah aus wie ein krankhafter Auswurf. Gleichzeitig spürte er, wie sich der Energiefluß in ihm ungefähr verdoppelte. Er stellte fest, daß er es sogar sehen konnte: Seine eigene Aura wallte in langsamen peristaltischen Bewegungen den rechten Arm und Handrücken entlang. Und er konnte spüren, wie sie um den Rest des Körpers herum immer dünner wurde und seinen lebenswichtigen Schutz verdünnte.

[»Beeil dich, Ralph! Beeil dich!«]

Er unternahm eine gewaltige Anstrengung und spreizte die Finger. Die schimmernden blauen Scherenblätter klappten ebenfalls auf und hinterließen einen kleinen Schlitz in dem schwarzen Ei. Es schrie, und zwei gezackte rote Blitze sausten über die Oberfläche. Ralph führte die Finger zusammen und sah, wie die Schere, die aus ihnen wuchs, wieder zuschnappte und in die dicke schwarze Substanz schnitt, die teilweise Schale und teilweise Fleisch war. Er schrie auf. Er verspürte nicht gerade Schmerzen, sondern eher ein Gefühl schrecklicher Erschöpfung. *So muß man sich fühlen, wenn man verblutet,* dachte er.

Etwas im Innern des Leichentuchs erstrahlte in goldenem Glanz.

Ralph nahm all seine Kräfte zusammen und versuchte, die Finger zu einem weiteren Schnitt zu öffnen. Zuerst glaubt er nicht, daß es ihm gelingen würde – aber dann klappten sie auseinander und vergrößerten den Schlitz. Jetzt konnte er den Gegenstand im Inneren fast erkennen, etwas Kleines und Rundes und Glänzendes. *Im Grunde genommen* kann *es eigentlich nur eines sein,* dachte er, und dann spürte er, wie sein Herz plötzlich in der Brust flatterte. Die blauen Scherenblätter flackerten.

[»Lois! Hilf mir!«]

Sie umklammerte sein Handgelenk. Ralph spürte, wie gewaltige Voltzahlen frischer Energie in ihn fuhren. Er beobachtete erstaunt, wie die Schere wieder fester wurde. Jetzt war nur noch eines der Scherenblätter blau. Das andere war perlmuttfarben.

Lois, in seinem Kopf kreischend: *[»Schneid es auf! Schneid es jetzt auf!«]*

Er preßte die Finger wieder zusammen, und diesmal schnitt die Schere das Leichentuch weit auf. Es stieß einen letzten, röchelnden Schrei aus, dann wurde es ganz rot und verschwand. Die Schere, die aus Ralphs Fingerspitzen wuchs, löste sich flackernd auf. Er schloß die Augen einen Moment und merkte plötzlich, daß große, warme Schweißperlen wie Tränen an seinen Wangen hinabliefen. Im dunklen Feld hinter seinen Lidern konnte er irre Bilder sehen, die wie tanzende Scherenblätter wirkten.

[»Lois? Alles in Ordnung?«]

[»Ja ... aber ich bin kaputt. Ich habe nicht die geringste Ahnung, wie ich zu dieser Treppe unter dem Baum zurückkommen soll, vom Hochklettern ganz zu schweigen. Ich bin nicht einmal sicher, ob ich aufstehen kann.«]

Ralph machte die Augen auf, stemmte die Hände oberhalb der Knie auf die Schenkel und beugte sich wieder nach vorne. Auf dem Boden, wo das Leichentuch gewesen war, lag der Ehering eines Mannes. Er konnte mühelos lesen, was im Inneren eingraviert war: HD – ED 5. 8. 87.

Helen Deepneau und Edward Deepneau. Geheiratet am 5. August 1987.

Darum waren sie gekommen. Das war das Souvenir von Ed. Er mußte es nur noch aufheben ... in die Hosentasche stecken ... Lois' Ohrringe suchen ... und zusehen, daß sie sich aus dem Staub machten.

7

Als er nach dem Ring griff, kam ihm ein Gedicht in den Sinn – diesmal nicht von Stephen Dobyns, sondern von J. R. R. Tolkien, der die Hobbits erfunden hatte, an die Ralph zum letztenmal in Lois gemütlichem Wohnzimmer mit seinen vielen Bildern hatte denken müssen. Es war fast dreißig Jahre her, seit er Tolkiens Geschichte von Frodo und Gandalf und Sauron, dem dunklen Herrscher, gelesen hatte – eine Geschichte, in der es um einen ganz ähnlichen Gegenstand wie diesen ging, wenn man es genauer betrachtete –, aber die Verse waren im Moment so deutlich wie die Schere vor wenigen Augenblicken:

Ein Ring, sie zu knechten, sie alle zu finden,
Ins Dunkel zu treiben und ewig zu binden
Im Lande Mordor, wo die Schatten drohn.

Ich werde ihn nicht aufheben können, dachte er. *Er wird so fest an das Rad des* Ka *gebunden sein wie Lois und ich, und ich werde ihn nicht aufheben können. Entweder das, oder es wird sein, als würde ich ein Starkstromkabel anfassen, und ich werde tot sein, ehe ich weiß, wie mir geschieht.*

Aber er glaubte eigentlich nicht, daß es dazu kommen würde. Wenn er den Ring nicht nehmen sollte, warum war dieser dann durch das Leichentuch geschützt worden? Wenn er den Ring nicht nehmen sollte, warum hatten die Mächte hinter Klotho und Lachesis – und Dorrance, Dorrance durfte er nicht vergessen – ihn und Lois dann überhaupt erst auf diese Reise geschickt?

Ein Ring, sie zu knechten, sie alle zu finden, dachte Ralph und schloß die Finger um Eds Trauring. Einen Augenblick verspürte er einen stechenden, gläsernen Schmerz in Hand, Handgelenk und Unterarm; im selben Augenblick schwollen die leise singenden Stimmen der Gegenstände, die Atropos hier gehortet hatte, zu einem lauten, harmonischen Ruf an.

Ralph stieß einen Laut aus – möglicherweise einen Schrei, möglicherweise nur ein Stöhnen –, hob den Ring hoch und hielt ihn fest in der rechten Hand. Ein Gefühl des Triumphs sang in seinen Adern wie Wein, oder wie –

[»Ralph.«]

Er sah sie an, aber Lois betrachtete die Stelle, wo Eds Ring gewesen war, und eine Mischung aus Angst und Verwirrung umwölkte ihre Augen.

Wo Eds Ring gewesen war; wo Eds Ring immer noch war. Er lag genau da, wo er gelegen hatte, ein glänzender goldener Kreis, in den HD – ED 5. 8. 87 eingraviert war.

Ralph verspürte einen Anflug schwindliger Desorientierung, brachte ihn aber mühsam unter Kontrolle. Er öffnete die Handfläche und rechnete fast damit, daß der Ring trotz allem, was seine Sinneswahrnehmung ihm verriet, nicht mehr da sein würde, aber er lag immer noch auf seiner Handfläche und bedeckte die Gabelung, wo Ralphs Liebes- und Lebenslinie sich kreuzten, und er glomm im häßlichen roten Licht dieses verabscheuungswürdigen Ortes. HD – ED 5. 8. 87.

Die beiden Ringe waren identisch.

8

Einer in seiner Hand; einer auf dem Boden; absolut kein Unterschied. Zumindest keinen, den Ralph erkennen konnte.

Lois griff nach dem Ring, der anstelle des anderen dalag, den Ralph genommen hatte, zögerte und hob ihn auf. Vor ihren Augen erschien ein goldenes Leuchten auf dem Boden der Kammer und verfestigte sich zu einem dritten Ehering. Wie bei den anderen, war HD – ED 5. 8. 1987 auf der Innenseite eingraviert.

Ralph mußte wieder an eine Geschichte denken – nicht an Tolkiens Geschichte vom Ring, sondern an ein Märchen von Dr. Seuss, das er in den fünfziger Jahren einer von Carolyns Nichten vorgelesen hatte. Das war lange her, aber er hatte das Märchen nie ganz vergessen, da es einprägsamer und dunkler als Dr. Seuss' sonstiger Unsinn von Ratten und Fledermäusen und aufmüpfigen Katzen gewesen war. Es trug den Titel *The 500 Hats of Bartholomew Cubbins,* und Ralph nahm an, daß es kein Wunder war, wenn ihm dieses Märchen gerade jetzt einfiel.

Der arme Bartholomew war ein Bauerntölpel, der das Pech hatte, sich gerade in der Stadt aufzuhalten, als der König vorbeikam. Man mußte den Hut vor seiner Königlichen Hoheit abnehmen, und Bartholomew hatte es wirklich versucht, aber jedesmal, wenn er den Hut abnahm, erschien ein anderer darunter, der genauso aussah.

[»Ralph, was ist hier los? Was hat das zu bedeuten?«]

Er schüttelte den Kopf, ohne zu antworten, und sah von dem Ring auf seiner Handfläche zu dem in Lois Hand und zu dem auf dem Boden, immer wieder im Kreis herum. Drei Ringe, alle identisch, genau wie die Hüte, die Bartholomew Cubbins hatte abziehen wollen. Der arme Junge hatte immer noch versucht, dem König die Ehre zu erweisen, erinnerte sich Ralph, als der Henker ihn eine Treppe zu der Stelle hinauf führte, wo er wegen Respektlosigkeit geköpft werden sollte...

Aber das war nicht richtig, denn nach einer Weile veränderten sich die Hüte auf dem Kopf des armen Bartholomew *doch,* sie wurden immer ausgefallener und barocker.

Sind die Ringe identisch, Ralph? Bist du sicher?

Nein, das war er nicht. Als er den ersten aufgehoben hatte, hatte er einen kurzen, vorübergehenden Schmerz verspürt, der sich wie Rheuma in seinem Arm ausgebreitet hatte, aber Lois schien keine Schmerzen empfunden zu haben, als sie den zweiten aufhob.

Und die Stimmen – ich habe sie nicht jubilieren gehört, als sie den zweiten aufgehoben hat.

Ralph beugte sich nach vorne und hob den dritten Ring auf. Er spürte keinen Schmerz und hörte keinen Jubelruf der Gegenstände, die die Mauern dieser Kammer bildeten – sie sangen einfach leise weiter. Derweil materialisierte sich ein vierter Ring an der Stelle, wo die anderen drei gelegen hatten, genau wie ein weiterer Hut auf dem Kopf des armen Bartholomew Cubbins, aber Ralph würdigte ihn kaum eines

Blickes. Er betrachtete den ersten Ring, der auf seiner rechten Hand auf dem Schnittpunkt seiner Lebens- und Liebeslinie lag.

Ein Ring, sie zu knechten, dachte er. *Sie alle zu binden. Und ich glaube, das bist du, mein Süßer. Die anderen sind nur geschickte Fälschungen.*

Möglicherweise gab es eine Möglichkeit, das zu überprüfen. Ralph hielt die beiden Ringe an seine Ohren. Der in der linken Hand war stumm; der andere, der in der rechten, der in dem Leichentuch gewesen war, das Ralph aufgeschnitten hatte, wiederholte ein schwaches, unheimliches Echo vom letzten Aufschrei des Leichentuchs.

Der in seiner rechten Hand lebte.

[»Ralph?«]

Ihre Hand auf seinem Arm, kalt und drängend. Ralph sah sie an, dann warf er den Ring in der linken Hand weg. Er hielt den in der rechten Hand hoch und betrachtete Lois' angespanntes, seltsam jugendliches Gesicht durch ihn hindurch wie durch ein Teleskop.

[»Das ist der richtige. Die anderen sind nur Platzhalter, glaube ich – wie Nullen in einem komplizierten mathematischen Problem.«]

[»Du meinst, sie zählen nicht?«]

Er zögerte, da er nicht wußte, wie er antworten sollte ... denn sie zählten *doch*, das war das Merkwürdige. Er wußte nur nicht, wie er dieses intuitive Wissen in Worte kleiden sollte. So lange der falsche Ring immer wieder in diesem Zimmer auftauchte wie die Hüte auf dem Kopf von Bartholomew Cubbins, blieb die Zukunft, die von dem Leichentuch über dem Bürgerzentrum repräsentiert wurde, die einzig wahre Zukunft. Aber der erste Ring, den Atropos Ed tatsächlich vom Finger gestohlen hatte (möglicherweise als er neben Helen in dem kleinen Cape-Cod-Haus geschlafen hatte, das jetzt leerstand), der konnte alles verändern.

Die Nachbildungen waren Platzhalter, die die Form des *Ka* erhielten, so wie Speichen, die von einer Nabe ausgingen, die Form des Rads erhielten. Aber das Original ...

Ralph dachte, das Original *war* die Nabe: ein Ring, sie zu binden.

Er hielt den Goldreif fest in der Hand und spürte, wie die Kante sich in seine Finger und die Handfläche grub. Dann ließ er ihn in seiner Uhrtasche verschwinden.

Eines am Ka *haben sie uns nicht erzählt,* dachte er. *Es ist schlüpfrig. Schlüpfrig wie ein böser alter Fisch, der sich nicht vom Haken losmachen lassen will, sondern einem in der Hand herumschnalzt.*

Und es war auch, als würde man eine Sanddüne hinaufklettern – für zwei Schritte, die man vorwärts schaffte, rutschte man einen zurück. Sie waren nach High Ridge gegangen und hatten *etwas* erreicht – was genau, das wußte Ralph nicht, aber Dorrance hatte ihnen versichert, daß es so war; ihm zufolge hatten sie ihre Aufgabe dort erfüllt. Jetzt waren sie hierher gekommen und hatten Eds Souvenir zurückgeholt, aber das reichte *immer* noch nicht aus, und warum? Weil *Ka* wie ein Fisch war, weil *Ka* wie eine Sanddüne war, weil *Ka* wie ein Rad war, das nicht stehenbleiben, sondern sich immer weiter und weiter drehen wollte, um alles zu zerquetschten, was sich in seinem Weg befand. Ein Rad mit vielen Speichen.

Aber am allermeisten war *Ka* wahrscheinlich wie ein Ring.

Wie ein Trauring.

Plötzlich begriff er, was das lange Gespräch auf dem Dach des Krankenhauses und Dorrance' Versuche, es zu erklären, nicht vermitteln konnten: Eds unbestimmter Status und die Tatsache, daß Atropos den armen, verwirrten Mann aufgespürt hatte, hatten ihn mit einer ungeheuren Macht ausgestattet. Eine Tür war aufgegangen, und ein Dämon, der der Scharlachrote König genannt wurde, war herausgekommen – einer, der mächtiger war als Klotho, Lachesis, Atropos, als alle drei zusammen. Und der hatte nicht die Absicht, sich von einem von Derrys Altvorderen wie Ralph Roberts aufhalten zu lassen.

[»Ralph?«]

[»Ein Ring, sie zu knechten, Lois – sie alle zu finden.«]

[»Wovon redest du? Was meinst du damit?«]

Er klopfte auf seine Uhrtasche und spürte die winzige, aber unendlich bedeutsame Wölbung von Eds Ring. Dann streckte er die Hände aus und packte Lois an den Schultern.

[»Die Ersatzstücke – die falschen Ringe – sind Speichen, aber der hier ist die Nabe. Nimm die Nabe weg, und ein Rad kann sich nicht mehr drehen.«]

[»Bist du sicher?«]

Er war ganz sicher. Er wußte nur nicht, wie er es anstellen sollte.

[»Ja. Komm jetzt – verschwinden wir von hier, solange wir es noch können.«]

Ralph ließ sie zuerst unter dem vollbeladenen Eßzimmertisch durchkriechen, dann ging er in die Knie und folgte ihr. Auf halbem Weg hielt er inne und sah noch einmal über die Schulter. Er sah etwas Seltsames und Schreckliches: Das summende Geräusch hatte sich nicht wieder eingestellt, aber ein neues Leichentuch entstand um den Ersatzehering herum. Das glänzende Gold war bereits zu einem geisterhaften Reif geworden, der wie eine winzige Sonne hinter einer dichten Smogschicht aussah.

Er betrachtete das Bild ein paar Sekunden fasziniert, fast hypnotisiert, dann wandte er den Blick mühsam ab und kroch hinter Lois her.

9

Ralph hatte Angst, sie würden wertvolle Zeit vergeuden, wenn sie versuchten, den Rückweg durch das Labyrinth der Gänge zu finden, die sich kreuz und quer durch Atropos Lagerhalle der Andenken zogen, aber wie sich herausstellte, war das kein Problem. Ihre eigenen Fußspuren, die zwar verblaßten, aber immer noch sichtbar waren, wiesen ihnen den Weg.

Als sie die schreckliche kleine Kammer hinter sich gelassen hatten, fühlte er sich ein wenig kräftiger, aber jetzt machte Lois beinahe schlapp. Als sie den Torbogen zwischen der Lagerhalle und der schmutzigen Behausung von Atropos erreichten, mußte sie sich auf ihn stützen. Er fragte sie, ob sie es schaffen würde. Lois brachte ein Schulterzucken und ein kleines, müdes Lächeln zustande.

[»Mein größtes Problem ist dieser Ort. Es spielt keine Rolle, wie weit wir emporsteigen, er ist und bleibt schrecklich, und ich hasse ihn. Ich glaube, wenn ich etwas frische Luft bekommen habe, geht es mir besser. Ehrlich.«]

Ralph hoffte, daß sie recht hatte. Als er sich unter dem Torbogen hindurch in Atropos' Zimmer duckte, versuchte er, sich einen Vorwand auszudenken, unter dem er Lois voraus schicken konnte. Das würde ihm die Möglichkeit geben, die Behausung rasch zu durchsuchen. Wenn er die Ohrringe nicht finden konnte, mußte er davon ausgehen, daß Atropos sie noch trug.

Er bemerkte, daß ihr Slip wieder unter dem Rocksaum hervorhing, wollte sie darauf ansprechen und sah eine Bewegung aus dem linken Augenwinkel. Ihm wurde bewußt, daß sie auf dem Rückweg längst nicht so vorsichtig gewesen waren – was teilweise an ihrer Erschöpfung lag –, und daß sie jetzt möglicherweise einen hohen Preis für diese Sorglosigkeit zahlen mußten.

[»Lois, paß auf!«]

Zu spät. Ralph spürte, wie Lois Arm von ihm weggerissen wurde, als die Kreatur im schmutzigen Gewand sie an der Taille packte und rückwärts zog. Atropos' Kopf reichte nur bis zu ihrer Achselhöhle, aber das genügte, daß er das rostige Skalpell über sie halten konnte. Als Ralph sich instinktiv auf ihn stürzen wollte, ließ Atropos die scharfe Klinge sinken, bis sie die perlgraue Schnur berührte, die von ihrem Scheitel emporschwebte. Er entblößte die Zähne zu einem unsäglichen Grinsen.

[Keinen Schritt weiter, Kurzer ... keinen einzigen!]

Nun, jetzt mußte er sich zumindest keine Gedanken wegen Lois' fehlender Ohrringe mehr machen. Sie funkelten trübe rötlich-rosa an Atropos Ohrläppchen. Ihr Anblick bewirkte mehr als die Aufforderung, daß Ralph stehenblieb.

Das Skalpell wurde ein wenig zurückgezogen ... aber nur ein wenig.

[Also gut, Kurzer – du hast etwas genommen, was mir gehört, richtig? Versuch nicht, es zu leugnen; ich weiß es. Und jetzt wirst du es mir wiedergeben.]

Das Skalpell kehrte zu Lois' Ballonschnur zurück; Atropos liebkoste sie mit der flachen Seite der Schneide.

[Du gibt es mir zurück, oder dieses Flittchen hier wird vor deinen Augen sterben – du kannst da stehen und zusehen, wie ihre Aura schwarz wird. Also, was sagst du, Kurzer? Her damit!]

Kapitel 26

I

Atropos' Lächeln leuchtete regelrecht, erfüllt von widerlichem Triumph, erfüllt von –

Von Angst. Er hat dich kalt erwischt, er hält das Skalpell an Lois' Ballonschnur und die Hand um ihre Kehle, und trotzdem hat er Todesangst. Warum?

[Komm schon! Hör auf, meine Zeit zu vergeuden, Pißkopf! Gib mir den Ring!]

Ralph griff langsam in die Tasche und ergriff den Ring, während er sich fragte, warum Atropos Lois nicht gleich getötet hatte. Sicher hatte er nicht vor, sie – sie beide – gehen zu lassen.

Er hat Angst, ich könnte ihn mit einem dieser telepathischen Karateschläge umhauen. Und das ist nur der Anfang. Ich glaube, er hat auch Angst davor, daß er es vermasselt. Er hat Angst vor dem Ding – der Wesenheit *–, die ihn dirigiert. Angst vor dem Scharlachroten König. Du hast Angst vor dem Boss, oder nicht, mein schmutziger kleiner Freund?*

Er hielt den Ring zwischen Daumen und Zeigefinger der rechten Hand und sah wieder durch.

[»Komm und hol ihn dir, ja? Nicht so schüchtern.«]

Atropos verzerrte das Gesicht vor Wut. Der Ausdruck machte aus seinem nervtötenden, gemeinen Grinsen eine Zeichentrickgrimasse.

[Ich töte sie, Kurzer, hast du nicht gehört? Willst du das etwa?]

Ralph hob langsam und mit Bedacht die linke Hand. Er machte eine sägende Bewegung damit in der Luft und nahm dankbar zur Kenntnis, wie Atropos zusammenzuckte, als die Handkante kurz in seine Richtung zeigte.

[»Wenn du ihr auch nur einen Kratzer mit der Klinge zufügst, verpasse ich dir dermaßen eine, daß du deine Zähne mit dem Taschenmesser aus der Wand klauben mußt. Das ist ein Versprechen.«]

[Gib mir einfach den Ring, Kurzer!]

Sie können nicht lügen, dachte Ralph plötzlich. *Ich weiß nicht mehr, ob mir das tatsächlich jemand gesagt hat oder ob ich es intuitiv geahnt habe, aber ich bin sicher, daß es stimmt – sie können nicht lügen, aber* ich *kann es.*

[»Ich will dir was sagen, Mr. A. – versprich mir, daß wir einen Pakt geschlossen haben, und ich gebe ihn dir.«]

Atropos sah ihn mit einem verkniffenen Ausdruck von Argwohn und Zweifel an.

[Einen Pakt? Was meinst du mit einem Pakt?]

[»Ralph, nein!«]

Er sah sie an, dann wieder Atropos. Er hob die linke Hand und kratzte sich am Kinn, ohne zu überlegen, wie die Geste für den kleinen kahlköpfigen Arzt wirken mußte. Das Skalpell wurde wieder gegen Lois' Ballonschnur gepreßt, diesmal so fest, daß die Schnur eingedrückt wurde und sich ein kleiner dunkler Fleck an der Stelle des Kontakts bildete. Er sah wie eine Blutblase aus. Dicke Schweißperlen standen auf Atropos' Stirn, und er sprach mit einem schrillen Unterton der Panik in der Stimme.

[Wage es nicht, welche von deinen Miniblitzen nach mir zu schleudern! Die Frau stirbt, wenn du das tust!]

Ralph ließ hastig beide Hände sinken und verschränkte sie hinter dem Rücken wie ein bußfertiges Kind. Eds Ring hielt er immer noch in der rechten, aber nun steckte er ihn fast ohne nachzudenken in die Gesäßtasche seiner Hose. Erst da war er vollkommen überzeugt, daß er den Ring nicht hergeben würde. Selbst wenn es Lois das Leben kosten würde – wenn es sie beide das Leben kosten würde – würde er ihn nicht hergeben.

Aber vielleicht würde es gar nicht soweit kommen.

[»Ein Pakt heißt, wir gehen beide unserer Wege, Mr. A. – ich gebe dir den Ring, du gibst mir meine Freundin zurück. Du mußt mir nur versprechen, daß du ihr nichts tust. Was meinst du?«]

[»Nein, Ralph, nein!«]

Atropos sagte nichts. Seine Augen sahen Ralph tückisch und vor Ohnmacht funkelnd an. Wenn er sich jemals in seinem langen Leben gewünscht hatte, er könnte lügen, dann mußte er es jetzt wünschen. Er müßte nur sagen: *Abgemacht, ich bin einverstanden,* und Ralph wäre wieder in Zugzwang. Aber das konnte er nicht sagen, weil er es nicht *tun* konnte.

Er weiß, daß er in einer Zwickmühle steckt, dachte Ralph. *Es spielt eigentlich keine Rolle, ob er ihre Schnur durchschneidet oder sie gehenläßt – er wird denken, daß ich ihn so oder so rösten werde, und damit hat er nicht unrecht.*

Wie sehr kannst du ihm wirklich schaden, Liebling? fragte Carolyn zweifelnd von dem Platz, den sie in seinem Kopf beanspruchte. *Wieviel Saft hast du noch in dir, nachdem du das Leichentuch um den Ehering herum aufgeschnitten hast?*

Die Antwort lautete unglücklicherweise: nicht viel. Vielleicht genug, um seinen Glatzkopf zu versengen, aber wahrscheinlich nicht genug, um ihn zu grillen. Und –

Dann sah Ralph etwas, das ihm gar nicht gefiel: Die Panik in Atropos' Grinsen wich einer zaghaften Zuversicht. Und er spürte, wie diese irren Augen ihn eingehend studierten – sein Gesicht, seinen Körper, aber am meisten seine *Aura.* Ralph sah plötzlich als deutliche Vision einen Mechaniker, der mit einem Prüfstab nachsah, wieviel Getriebeöl sich noch in einem Auto befand.

Tu etwas, flehte Lois ihn mit Blicken an. *Bitte, Ralph.*

Aber er wußte nicht, was er tun sollte. Er hatte nicht die geringste Ahnung.

Atropos' Lächeln bekam einen gönnerhaften, gemeinen Beigeschmack.

[Keine Munition mehr, Kurzer, was? Das ist aber ein Jammer.]

[»Wenn du ihr wehtust, wirst du es herausfinden, du abgesägter Scheißkerl.«]

Atropos' Grinsen wurde immer breiter.

[Du könntest mit deinem kümmerlichen Rest keiner Ratte eins überbraten. Warum bist du kein guter Junge und gibst mir den Ring, bevor ich –]

[»Oh, du Dreckskerl!«]

Das war Lois. Sie sah Ralph nicht mehr an, sie sah durch das Zimmer in den Spiegel, wo Atropos zweifellos Sitz und Aussehen seiner neuesten Modeaccessoires überprüfte – Rosalies Halstuch oder Bill McGoverns Panama. Ihre Augen waren groß und voller Wut, und Ralph wußte genau, was sie sah.

[»Die gehören MIR, du elender kleiner Dieb!«]

Sie warf sich heftig nach hinten und drückte Atropos mit ihrem größeren Gewicht gegen den Torbogen. Er stieß ein verblüfftes Grunzen aus. Die Hand, die das Skalpell hielt, flog in die Höhe; die Schneide löste trockene Schuppen Schmutz von der Wand. Lois drehte sich zu ihm um und verzerrte das Gesicht zu einer wütenden Grimasse – eine Grimasse, die so wenig dem Bild von »unserer Lois« entsprach, daß McGovern bei dem Anblick wahrscheinlich vor Schreck ohnmächtig geworden wäre, wenn er sie gesehen hätte. Sie zerkratzte ihm mit den Händen das Gesicht und griff nach den Ohrringen. Einer ihrer Finger grub sich in seine Wange. Atropos kläffte wie ein Hund, dem jemand auf die Pfote getreten war, dann packte er sie wieder an den Handgelenken und wirbelte sie herum.

Er drehte die Schneide des Skalpells nach innen und holte zum Stoß aus. Ralph streckte den Zeigefinger wie beim Schimpfen danach aus. Ein so kümmerlicher Lichtstrahl, daß er fast unsichtbar war, schoß aus dem Fingernagel, traf die Spitze des Skalpells und stieß es vorübergehend von Lois' Ballonschnur weg. Und das war alles; Ralph spürte, daß seine persönlichen Reserven damit verbraucht waren.

Atropos fletschte die Zähne über die Schulter von Lois, die sich in seinen Armen wand und zappelte, in seine Richtung. Sie versuchte nicht, ihm zu entkommen; sie wollte sich umdrehen und ihn angreifen. Ihre Füße vollführten einen wilden Tanz, als sie sich wieder mit ihrem ganzen Gewicht gegen ihn warf und versuchte, ihn hinter sich an die Wand zu quetschen, und Ralph warf sich ohne die geringste Ahnung zu haben, was er tun wollte, nach vorne, fiel auf die Knie und breitete die Arme aus. Er sah wie ein leidenschaftlicher Freier aus, der einen theatralischen Heiratsantrag macht, und Lois hätte mit einem wilden Fußtritt fast seine Kehle getroffen. Er zog am Saum ihres Slips, der sich mit einem gleitenden Rauschen von rosa Nylon löste. Derweil kreischte Lois immer noch.

[»Elender kleiner Dieb! Da hast du's! Wie gefällt dir das?«]

Atropos stieß einen Schmerzensschrei aus, und als Ralph aufschaute, konnte er sehen, daß Lois die Zähne in sein rechtes Handgelenk gegraben hatte. Mit der linken Hand, in der er das Skalpell hielt, schlug er blindlings nach ihrer Ballonschnur und verfehlte sie nur um einen knappen Zentimeter. Ralph sprang auf die Füße und zog, obwohl er immer noch keine klare Vorstellung davon hatte, was er tat, Lois' rosa Slip über Atropos' um sich schlagende Hand … und seinen Kopf.

[»Weg von ihm, Lois! Lauf!«]

Sie spie seine kleine weiße Hand aus und stolperte auf den Faß-Tisch in der Mitte des Zimmers zu, während sie sich Atropos' Blut mit einer atavistischen Gebärde des Ekels vom Mund wischte … aber ihr vorherrschender Gesichtsausdruck war immer noch Wut. Atropos selbst, momentan nur eine plärrende, sich windende Gestalt unter dem rosa Slip, tastete mit der freien Hand nach ihr. Ralph schlug sie weg und schob ihn unter den Torbogen zurück.

[»Nein, mein Freund, das wirst du nicht – keinesfalls.«]

[Laß mich los, Dreckskerl! Das kannst *du nicht machen!]*

Und das Unheimliche daran ist, daß er das selbst glaubt, dachte Ralph. *Es ist schon so lange alles nach seinem Willen gegangen, daß er völlig vergessen hat, was Kurzfristige tun* können. *Ich glaube, das kann ich ändern.*

Ralph erinnerte sich, wie Atropos Rosalies Ballonschnur durchgeschnitten hatte, obwohl der Hund ihm die Hand leckte, und sein Haß auf diese großspurige, höhnische, auf eine selbstgefällige Art verrückte Kreatur explodierte plötzlich in seinem Kopf wie eine fäulnisgrüne Leuchtkugel. Er ergriff eine Seite von Lois' Slip und drehte die Faust zweimal mit einer brutalen Geste herum, als wollte er etwas aufziehen, und zog dabei den Stoff so straff, daß sich Atropos' Gesichtszüge wie unter einer rosa Nylontotenmaske abzeichneten.

Als die Schneide des Skalpells durch den Stoff stieß und ihn aufzuschlitzen begann, wirbelte Ralph Atropos herum, wobei er den Slip wie eine Schlinge durch die Luft schwang, mit der man einen Stein schleudert, und stieß ihn durch den Torbogen. Der Schaden wäre geringer gewesen, wenn Atropos gestürzt wäre, aber er stürzte nicht; seine Füße stießen zusammen, ohne sich jedoch zu überkreuzen. Er prallte klatschend gegen den Stein des Torbogens, stieß einen gedämpften

Schmerzensschrei aus und sank auf die Knie. Blutflecken erblühten auf Lois' Nylonslip wie Blumen. Das Skalpell war wieder in den Schlitz hineingezogen worden, den es in den Stoff geschnitten hatte. Ralph sprang zu Atropos, als das Skalpell gerade wieder erschien und den ursprünglichen Schnitt vergrößerte, so daß das bestürzte, glotzäugige Gesicht der kahlköpfigen Kreatur sichtbar wurde. Seine Nase blutete; ebenso die Stirn und die rechte Schläfe. Bevor er sich aufrichten konnte, packte Ralph ihn an den schlüpfrigen rosa Ausbuchtungen seiner Schultern.

[Aufhören! Ich warne dich, Kurzer! Es wird dir leid tun, daß du je gebo –]

Ralph achtete nicht auf diese sinnlosen Drohgebärden und stieß Atropos mit aller Kraft nach vorn. Der Arm des Zwergs war immer noch in dem Slip verstrickt, und er landete voll auf dem Gesicht. Sein Schrei war teils Erstaunen, aber überwiegend Schmerz. Unglaublicherweise spürte Ralph Lois in seinem Hinterkopf, die ihm sagte, genug sei genug, er solle ihm nicht wehtun – solle dem kleinen Psychopathen nicht wehtun, der gerade versucht hatte, sie zu töten. Atropos versuchte, sich umzudrehen. Ralph rammte ihm das Knie zwischen die Schulterblätter und zwang ihn wieder nach unten.

[»Keine Bewegung, mein Freund. Ich mag dich genau da, wo du bist.«]

Er sah Lois an und stellte fest, daß ihr überraschender Wutanfall so schnell verschwunden war, wie er gekommen war – wie ein seltsames Wetterphänomen. Ein Tornado vielleicht, der aus heiterem Himmel herabstößt, das Dach einer Scheune herunterreißt und dann wieder verschwindet. Aber ihr Finger zitterte nicht, als sie auf Atropos deutete.

[»Er hat meine Ohrringe, Ralph. Der gemeine kleine Dieb hat meine Ohrringe. Und er trägt *sie auch noch!«]*

[»Ich weiß. Ich habe es gesehen.«]

Eine Seite von Atropos' verzerrter Fratze ragte aus dem Schlitz im Nylon heraus wie das Gesicht des häßlichsten Babys der Welt im Augenblick der Geburt. Ralph konnte spüren, wie die Rückenmuskeln der kleinen Kreatur unter seinem Knie zitterten, und da fiel ihm ein altes Sprichwort ein, das er irgendwann einmal gelesen hatte ... möglicherweise auf dem Etikett eines Teebeutels von Salada: *Wer einen Tiger am Schwanz packt, sollte besser nicht loslassen.* In dieser ungewöhnlichen unterirdischen Behausung, wo er sich vorkam wie der Held eines Märchens, das sich ein Irrer ausgedacht hatte, glaubte Ralph, daß er zu einem geradezu überirdischen Verständnis dieses Sprichworts gelangt war. Durch das Zusammenwirken von Lois' Wutanfall und schlichtem Scheißglück, war es ihm zumindest vorübergehend gelungen, den widerlichen kleinen Scheißer unterzubuttern. Die Frage – eine ziemlich drängende obendrein – war nun, wie es weitergehen sollte.

Die Hand mit dem Skalpell schnellte in die Höhe, aber der Schlag war schwach und wurde blind geführt. Ralph konnte ihm mühelos ausweichen, zuckte aber vor dem Geruch zurück, den die Schneide verströmte: alte Fleischfetzen, die in vergessenen Ecken eines alten Schlachthauses verfaulten. Der schluchzende und fluchende, keineswegs ängstliche, aber eindeutig verletzte und von rasender, ohnmächtiger Wut erfüllte Atropos holte wieder aus.

[Laß mich hoch, du zu groß geratener kurzfristiger Dreckskerl! Dummer alter Esel! Häßliches Faltengesicht!]

[»In letzter Zeit sehe ich ein bißchen besser aus, mein Freund. Ist dir das nicht auch aufgefallen?«]

[Arschloch! Dummes kurzfristiges Arschloch! Das wird dir noch leid tun! Das wird *dir noch leid tun!]*

Nun, dachte Ralph, *wenigstens fleht er nicht. Ich hätte fast damit gerechnet, daß er jetzt anfängt zu flehen.*

Atropos fuchtelte weiter kläglich mit dem Skalpell. Ralph wehrte zwei oder drei Stöße mühelos ab, dann legte er der Kreatur unter sich eine Hand um den Hals.

[»Ralph! Nein! Nicht!«]

Er schüttelte den Kopf in ihre Richtung, wußte aber nicht, ob er Ärger, Trost oder beides ausdrücken wollte. Er berührte Atropos' Haut und spürte, wie der erschauerte. Der kahlköpfige Doc stieß einen erstickten Schrei des Ekels aus, und Ralph wußte genau, wie ihm zumute war. Es war für sie beide ekelerregend, aber er nahm die Hand nicht weg. Statt dessen versuchte er, sie um Atropos' Hals zu schließen und war nicht besonders überrascht, daß er es nicht konnte. Aber hatte Lachesis nicht gesagt, daß sich nur Kurzfristige dem Willen von Atropos widersetzen konnten? Die Frage war nur, wie?

Unter ihm lachte Atropos häßlich.

[»Bitte, Ralph! Bitte nimm nur meine Ohrringe, und dann gehen wir!«]

Atropos verdrehte die Augen in ihre Richtung, dann sah er Ralph wieder an.

[Hast du gedacht, du könntest mich töten, Kurzer? Nun, das war wohl nichts.]

Nein, das hatte er nicht gedacht, aber er mußte es ganz sicher wissen.

[Das Leben ist beschissen, was, Kurzer? Warum gibst du mir nicht einfach den Ring zurück? Früher oder später werde ich ihn doch bekommen, das garantiere ich dir.]

[»Hol dich der Teufel, du kleine Ratte.«]

Große Worte, aber Worte konnten nichts ausrichten. Die drängendste Frage war immer noch unbeantwortet: Was, zum Teufel, sollte er mit diesem Monster anfangen?

Was auch immer, du wirst es nicht tun können, so lange Lois da steht und dich beobachtet, riet ihm eine kalte Stimme, die nicht ganz die von Carolyn war. *Als sie wütend war, ging es gut mit ihr, aber jetzt ist sie nicht wütend. Sie ist zu zart besaitet für das, was als nächstes passieren wird, Ralph. Du mußt sie hier rausschaffen.*

Er drehte sich zu Lois um. Sie hatte die Augen halb geschlossen. Es sah aus, als könnte sie sich unter dem Torbogen hinlegen und einschlafen.

[»Lois, ich möchte, daß du hier verschwindest. Sofort. Geh die Treppe hinauf und warte unter dem Baum auf m –«]

Das Skalpell schnellte wieder in die Höhe, und diesmal schnitt es fast Ralphs Nasenspitze ab. Er schrak zurück, und sein Knie rutschte auf Nylon ab. Atropos bäumte sich gewaltig auf und wäre um ein Haar unter ihm hervorgerollt. Im letzten Augenblick drückte Ralph dem kleinen Mann den Kopf mit dem Handballen hinunter – das, so schien es, ließen die Regeln zu – und rückte das Knie wieder zurecht.

[Auuu! Auuu! Aufhören! Du bringst mich um!]

Ralph beachtete ihn gar nicht, sondern sah Lois an.

[»Geh schon, Lois. Geh rauf! Ich komme nach, sobald ich kann!*«]*

[»Ich glaube nicht, daß ich alleine klettern kann. Ich bin zu müde.«]

[»Doch, du kannst. Du mußt, und du kannst.«]

Atropos fügte sich wieder – jedenfalls vorläufig –, ein kleines, keuchendes Bündel unter Ralphs Knie. Aber das reichte bei weitem noch nicht aus. Die Zeit verging im Flug, die Zeit verging viel zu schnell, und im Augenblick war die Zeit der wahre Gegner, nicht Ed Deepneau.

[»Meine Ohrringe …«]

[»Ich bringe sie mit, wenn ich komme, Lois. Ich verspreche es.«]

Lois richtete sich auf, wie es schien unter größter Anstrengung, und sah Ralph ernst an.

[»Du solltest ihm nicht wehtun, Ralph, wenn es sich vermeiden läßt. Es wäre nicht christlich.«]

Nein, ganz und gar nicht christlich, stimmte ein übermütiges kleines Wesen in Ralphs Kopf zu. *Ganz und gar nicht christlich, aber trotzdem … ich kann es nicht erwarten, bis ich endlich anfangen kann.*

[»Geh nur, Lois. Überlaß ihn mir.«]

Sie sah ihn traurig an.

[»Es würde nichts nützen, wenn du mir versprechen müßtest, ihm nicht wehzutun, oder?«]

Er dachte darüber nach, dann schüttelte er den Kopf.

[»Nein, aber soviel werde ich dir versprechen: Es wird nicht schlimmer werden, als er es macht. Ist das gut genug?«]

Lois dachte gründlich darüber nach, dann nickte sie.

[»Ja, ich denke, das genügt. Und vielleicht schaffe ich es doch *bis nach oben, wenn ich es langsam und vorsichtig mache … was ist mit dir?«]*

[»Ich komme zurecht. Warte unter dem Baum auf mich.«]

[»Gut, Ralph.«]

Er sah ihr nach, wie sie durch das schmutzige Zimmer ging; Helens Turnschuh baumelte an ihrem Handgelenk. Sie duckte sich unter dem Torbogen zwischen Apartment und Treppe hindurch und begann mit dem langsamen Aufstieg. Ralph wartete, bis ihre Füße nicht mehr zu sehen waren, dann wandte er sich wieder Atropos zu.

[»Nun, mein Freund, da sind wir wieder – zwei alte Kameraden, endlich vereint. Was sollen wir machen? Spielen? Du spielst doch gerne, oder nicht?«]

Atropos fing sofort wieder an, sich zu wehren, während er gleichzeitig mit dem Skalpell über Ralphs Kopf fuchtelte und versuchte, Ralph abzuwerfen.

[Hör auf! Faß mich nicht an, du alte Schwuchtel!]

Atropos schlug so wild um sich, daß es Ralph vorkam, als würde er auf einer Schlange knien. Aber er achtete nicht auf die Schreie, das Aufbäumen und das blind um sich stoßende Skalpell. Atropos' ganzer Kopf ragte jetzt aus dem Slip heraus, was es viel einfacher machte. Er griff nach Lois' Ohrringen und zog. Sie blieben, wo sie waren, aber er erntete einen Schmerzensschrei von Atropos, der aus vollem Herzen kam. Ralph beugte sich nach vorne und lächelte verhalten.

[»Die sind für Ohrlöcher gemacht, richtig, Kumpel?«]

[Ja! Ja, gottverdammt!]

[»Um dich zu zitieren: Das Leben ist beschissen, oder nicht?«]

Ralph packte die Ohrringe wieder und riß sie los. Zwei Blutrinnsale sprudelten, als die Löcher in Atropos' Ohrläppchen zu Rissen wurden. Der Schrei des kahlköpfigen Mannes war schrill wie ein Bohrer. Ralph verspürte eine unangenehme Mischung aus Mitleid und Verachtung.

Der kleine Dreckskerl ist daran gewöhnt, anderen Menschen wehzutun, aber nicht, daß ihm selbst wehgetan wird. Vielleicht hat ihm noch nie *jemand wehgetan. Nun, herzlich willkommen bei uns Normalsterblichen, Kumpel.*

[Hör auf! Hör auf! Das kannst du mit mir nicht machen!]

[»Ich hab Neuigkeiten für dich, Freundchen ... ich mache *es schon. Also warum findest du dich nicht einfach mit dem Programm ab?«]*

[Was willst du damit erreichen, Kurzer? Weißt du, es wird sowieso passieren. Die Leute im Bürgerzentrum sind hinüber, und wenn du den Ring nimmst, wirst du daran nichts ändern.]

Was du nicht sagst, dachte Ralph.

Atropos keuchte immer noch, aber er schlug nicht mehr um sich. Ralph konnte den Blick einen Moment von ihm abwenden und rasch durch den Raum schweifen lassen. Er vermutete, daß er in Wirklichkeit nach einer Inspiration suchte – eine kleine würde schon genügen.

[»Darf ich einen Vorschlag machen, Mr. A.? Als neuer Freund und Spielgefährte? Ich weiß, du bist beschäftigt, aber du solltest dir die Zeit nehmen und hier etwas aufräumen. Ich meine nicht, daß House Beautiful *darüber berichten sollte oder so, aber igitt! Was für ein Schweinestall!«]*

Atropos, verdrossen und argwöhnisch zugleich: *[Glaubst du, deine Meinung interessiert mich einen Scheißdreck, Kurzer?]*

Ihm fiel nur eine weitere Vorgehensweise ein. Sie gefiel ihm nicht, aber er würde sie trotzdem durchziehen. Er *mußte* sie durchziehen; vor seinem geistigen Auge sah er ein Bild, das dafür sorgte. Es war das Bild von Ed Deepneau, der mit einem Kleinflugzeug von der Küste Richtung Derry flog und entweder Sprengstoff oder einen Tank mit Nervengas im Bug verstaut hatte.

[»Was kann *ich nur mit dir anstellen, Mr. A.? Irgendwelche Vorschläge?«]*

Die Antwort erfolgte auf der Stelle.

[Laß mich gehen. Das ist die Antwort. Die einzige *Antwort. Ich lasse euch in Ruhe, alle beide. Ich überlasse euch dem Plan. Ihr werdet noch zehn Jahre leben, verdammt, vielleicht zwanzig, unmöglich wäre es nicht. Du und deine kleine Lady müßt euch nur zurückziehen. Geht heim. Und wenn der große Knall kommt, seht ihn euch in den Nachrichten im Fernsehen an.]*

Ralph versuchte sich anzuhören, als würde er ernsthaft darüber nachdenken.

[»Und du würdest uns in Ruhe lassen? Versprichst *du, daß du uns in Ruhe lassen wirst?«]*

[Ja!]

Atropos' Gesicht hatte einen Ausdruck der Hoffnung angenommen, und Ralph konnte die ersten Spuren einer Aura um den kleinen Dreckskerl herum erkennen. Sie hatte dieselbe häßliche rote Farbe wie das pulsierende Leuchten, welches die Behausung erhellte.

[»Weißt du was, Mr. A.?«]

Atropos, hoffnungsvoller denn je: *[Nein, was?]*

Ralph streckte eine Hand aus, packte Atropos' linkes Handgelenk und drehte es brutal herum. Atropos schrie vor Schmerzen auf. Er ließ den Griff des Skalpells los, worauf Ralph es so mühelos an sich nehmen konnte wie ein professioneller Taschendieb eine Brieftasche.

[»Ich glaube dir.«]

2

[Gib es mir zurück! Gib es mir zurück! Gib es –]

In seiner Hysterie hätte Atropos vielleicht stundenlang so weitergeschrien, daher bereitete Ralph ihm auf die direkteste Art und Weise ein Ende, die er kannte. Er beugte sich nach vorne und fügte dem großen kahlen Hinterkopf, der aus Lois' Slip herausragte, einen flachen vertikalen Schnitt zu. Keine unsichtbare Hand versuchte, ihn daran zu hindern, und seine eigene Hand bewegte sich mühelos. Blut – eine erschreckende Menge – quoll aus dem Schnitt. Die Aura um Atropos hatte das dunkle und abscheuliche Rot einer entzündeten Wunde angenommen. Er schrie wieder.

Ralph beugte sich nach vorne und flüsterte ihm freundschaftlich ins Ohr.

[»Vielleicht kann ich dich nicht töten, aber ich kann dir auf jeden Fall die Hölle heiß machen, richtig? Und dazu muß ich nicht mit psychischem Saft aufgeladen sein. Dieses kleine Werkzeug hier genügt voll und ganz.«]

Er kreuzte mit der Klinge den ersten Schnitt, den er beigebracht hatte, und schrieb ein kleines t auf Atropos' Kopf. Atropos kreischte und schlug wie wild um sich. Ralph stellte zu seiner Betroffenheit fest, daß ein Teil von ihm – der vergnügte Troll – einen Heidenspaß dabei hatte.

[»Wenn du willst, daß ich dich weiter aufschlitze, mußt du dich nur weiter wehren. Wenn du möchtest, daß ich aufhöre, dann mußt du aufhören.*«]*

Atropos wurde augenblicklich still.

[»Okay. Ich werde dir jetzt ein paar Fragen stellen. Ich glaube, es wäre in deinem Interesse, wenn du sie beantwortest.«]

[Frag mich ruhig! Was du willst! Nur schneid mich nicht mehr!]

[»Das ist die richtige Einstellung, Freundchen, aber ich glaube, man kann sie immer noch verbessern, du nicht? Mal sehen.«]

Ralph stieß wieder zu, und diesmal fügte er der Seite von Atropos' Kopf einen langen Schnitt zu. Ein Hautfetzen löste sich wie schlecht angeklebte Tapete. Atropos heulte. Ralph verspürte vor lauter Ekel einen Krampf in der Magengegend und war richtig erleichtert darüber ... aber als er zu Atropos sprach/dachte, gab er sich große Mühe, sich dieses Gefühl nicht anmerken zu lassen.

[»Okay, das war meine Lektion in Motivation, Doc. Wenn ich sie wiederholen mußt, wirst du Sekundenkleber brauchen, damit deine Kopfhaut bei starkem Wind nicht davonweht. Hast du verstanden?«]

[Ja! Ja!]

[»Und glaubst du mir?«]

[Ja! Dreckiges, altes, weißhaariges Aas, JA!]

[»Okay, das ist gut. Hier ist meine Frage Mr. A.: Wenn du ein Versprechen gibst, bist du dann verpflichtet, es einzuhalten?«]

Atropos antwortete zögernd, ein gutes Zeichen. Ralph drückte ihm die flache Seite des Skalpells an die Wange, um ihn anzuspornen. Er wurde mit einem weiteren Schrei und sofortiger Kooperation belohnt.

[Ja! Ja! Schneid mich nicht mehr! Bitte schneid mich nicht mehr!]

Ralph nahm das Skalpell weg. Der Umriß der Schneide brannte auf der glatten Wange der kleinen Kreatur wie ein Muttermal.

[»Okay, Sonnenschein, dann hör gut zu. Du mußt mir versprechen, daß du mich und Lois in Ruhe lassen wirst, bis die Veranstaltung im Bürgerhaus vorbei ist. Keine Verfolgung mehr, kein Durchschneiden, kein Quatsch. Versprich mir das.«]

[Verpiß dich! Nimm dein Versprechen und schieb es dir in den Arsch!]

Das erboste Ralph nicht; sein Lächeln wurde sogar noch breiter. Denn Atropos hatte nicht gesagt: *Das werde ich nicht*, und noch wichtiger, er hatte nicht gesagt: *Das kann ich nicht*. Er hatte nur nein gesagt. Ein kleiner Ausrutscher, mit anderen Worten, der sich leicht korrigieren ließ.

Ralph wappnete sich und strich mit dem Skalpell die ganze Länge von Atropos' Rücken entlang. Der Slip klaffte auf, die schmutzige weiße Tunika darunter klaffte auf, und die Haut unter der Tunika auch. Eine ekelhafte Menge Blut quoll heraus, und Atropos' gellender, gequälter Schrei hallte in Ralphs Ohren.

Er beugte sich nach vorne und flüsterte wieder in das kleine Ohr, während er gleichzeitig das Gesicht verzog, weil warmes Blut den Stoff seiner Hose tränkte.

[»Ich tu das nicht gern, Freundchen – noch etwa zwei Schnitte, und ich muß wieder kotzen –, aber du sollst wissen, daß ich es kann *und auch tun* werde, *bis du mir entweder das Versprechen gegeben hast oder die Macht, die mich daran gehindert hat, dich zu erwürgen, mich wieder aufhält. Ich glaube, wenn du darauf wartest, wirst du höllische Schmerzen erleiden müssen. Also, was meinst du? Gibst du mir das Versprechen, oder soll ich dich schälen wie eine Apfelsine?«]*

Atropos blubberte. Es war ein ekelerregender, schrecklicher Laut.

[Du verstehst nicht! Wenn es dir gelingt, zu verhindern, was begonnen worden ist – die Chancen sind nicht groß, aber es wäre möglich –, werde ich von dem Wesen bestraft werden, das du den Scharlachroten König nennst!]

Ralph biß die Zähne zusammen und stieß wieder zu, wobei er die Lippen so fest zusammenpreßte, daß sein Mund wie eine längst verheilte Narbe aussah. Er spürte einen leichten Widerstand, als die Schneide des Skalpells durch Knorpel glitt, und dann fiel das linke Ohr von Atropos auf den Boden. Blut spritzte aus dem Loch in seinem kahlen Kopf, und diesmal war sein Schrei so laut, daß er Ralph in den Ohren weh tat.

Sie sind wirklich und wahrhaftig keine Götter, was? dachte Ralph. Ihm war übel vor Grauen und Ekel. *Der einzige Unterschied zwischen ihnen und uns besteht darin, daß sie länger leben und nicht so leicht zu sehen sind. Und ich schätze, ich bin kein guter Soldat – wenn ich das viele Blut nur sehe, könnte ich schon umkippen. Scheiße.*

[Ja, gut, ich verspreche es! Hör auf, mich zu schneiden! Nicht mehr! Bitte, nicht mehr!]

[»Das ist immerhin ein Anfang, aber du wirst schon etwas deutlicher werden müssen. Ich möchte hören, wie du mir versprichst, daß du von mir und Los wegbleibst, und von Ed auch, bis die Veranstaltung im Bürgerzentrum vorbei ist.«]

Er rechnete mit weiteren Ausflüchten und Gegenwehr, aber Atropos überraschte ihn.

[Ich verspreche es! Ich verspreche, daß ich mich von dir fernhalte, und von dem Weibsstück, mit dem du dich herumtreibst –]

[»Lois. Sag ihren Namen. Lois.«]

[»Ja, ja – sie – Lois Chasse! Ich verspreche, daß ich nicht in ihre Nähe kommen, und auch nicht in die von Deepneau. Ich halte mich von euch allen fern, wenn du nur versprichst, daß du mich nicht mehr schneidest. Bist du nun zufrieden? Ist das gut genug? Gottverdammt!]

Ralph entschied, daß er zufrieden war ... so zufrieden ein Mann nur sein kann, den seine Methoden und sein eigenes Vorgehen zutiefst abstoßen. Er glaubte nicht, daß es Stolperfallen in Atropos' Versprechen gab; der kleine Mann wußte, später würde er vielleicht einen hohen Preis dafür bezahlen müssen, daß er jetzt nachgegeben hatte, aber letzten Endes hatte das die Schmerzen und die Angst nicht übertreffen können, die Ralph über ihn gebracht hatte.

[»Ja, Mr. A., ich glaube, das ist gut genug.«]

Als Ralph von seinem kleinen Opfer herunterrollte, hatte er ein flaues Gefühl im Magen und den Eindruck – der falsch sein mußte, oder nicht? –, daß sich sein Hals öffnete und schloß wie die Schale einer Muschel. Er betrachtete einen Moment das blutbefleckte Skalpell, dann beugte er den Arm und warf es so weit weg, wie er konnte. Es flog durch den Torbogen und verschwand im angrenzenden Lagerraum.

Ab dafür, dachte Ralph. Nun war ihm nicht mehr nach Erbrechen zumute. Mehr zum Weinen.

Atropos erhob sich langsam auf die Knie und sah sich mit den benommenen Augen eines Mannes um, der einen ungeheuren Sturm überlebt hat. Er sah sein Ohr auf dem Boden liegen und hob es auf. Er drehte es in seinen kleinen Händen und betrachtete die Knorpelstränge an der Rückseite. Dann sah er zu Ralph auf. Tränen des Schmerzes und der Demütigung schwammen in seinen Augen, aber es war auch noch etwas anderes darin zu sehen – eine so ungeheure und tödliche Wut, daß Ralph davor zurückschrak. Seine Vorsichtsmaßnahmen und Vorkehrungen wirkten angesichts dieser Wut lächerlich unzureichend. Er wich einen taumelnden Schritt zurück und zeigte mit einem zitternden Finger auf Atropos.

[»Denk an dein Versprechen.«]

Atropos fletschte die Zähne zu einem tückischen Grinsen. Der Hautlappen an der Seite seines Gesichts schwang hin und her wie ein schlaffes Segel, das rohe Fleisch darunter näßte und blutete.

[Selbstverständlich denke ich daran – wie könnte ich es vergessen? Ich werde dir sogar noch eines machen. Zwei zum Preis von einem, könnte man sagen.]

Atropos machte eine Geste, an die sich Ralph noch deutlich vom Dach des Krankenhauses erinnerte, er spreizte die ersten beiden Finger der rechten Hand zu einem V und zog sie nach oben, so daß ein roter Bogen in der Luft entstand. Dahinter konnte man undeutlich, wie durch einen Nebel aus Blutstropfen, das Red Apple erkennen. Er wollte fragen, wer da im Vordergrund am Bordstein der Harris Avenue stand ... aber dann wußte er es plötzlich. Er sah Atropos mit erschrockenen Augen an.

[»Himmel, nein! Das kannst du nicht!«]

Das Grinsen auf Atropos' Gesicht wurde noch breiter.

[Weißt du, das hatte ich auch von dir *gedacht, Kurzer. Aber ich habe mich geirrt. Du auch. Paß auf.]*

Atropos bewegte die gespreizten Finger ein Stück weiter. Ralph sah jemand mit einer Baseballmütze der Boston Red Sox aus dem Red Apple kommen, und diesmal wußte Ralph sofort, wen er vor sich sah. Diese Person rief der anderen auf der gegenüberliegenden Straßenseite etwas zu, und dann spielte sich etwas Schreckliches ab. Ralph wandte sich voller Ekel von dem blutigen Bild der Zukunft zwischen Atropos' winzigen Fingern ab.

Aber er hörte, als es passierte.

[Der, den ich dir als ersten gezeigt habe, gehört dem Zufall, Kurzer – mit anderen Worten, mir. Und nun kommt mein Versprechen: Wenn du mir weiter in die Quere kommst, wird passieren, was ich dir gerade gezeigt habe. Du kannst nichts tun, keine Warnung aussprechen, die es verhindern wird. Aber wenn du jetzt aufgibst – wenn du und die Frau, wenn ihr beide einfach zur Seite tretet und die Ereignisse ihren Lauf nehmen laßt –, dann verzichte ich darauf.]

Die Obszönitäten, die so einen großen Teil von Atropos üblichen Sprüchen bildeten, waren abgestreift worden wie ein gebrauchtes Kostüm, und zum erstenmal wurde Ralph bewußt, wie wahrhaft alt und auf bösartige Weise gerissen dieses Wesen war.

[Denk daran, was die Junkies sagen, Kurzer: Sterben ist leicht, Leben ist hart. Das ist ein wahres Sprichwort. Wenn einer das wissen muß, dann ich. Also, was meinst du? Kommen dir Zweifel?]

Ralph stand mit gesenktem Kopf und geballten Fäusten in der schmutzigen Kammer. Lois' Ohrringe brannten in einer Hand wie kleine, heiße Kohlen. Auch Eds Ring schien an seinem Körper zu brennen, und er wußte, nichts auf der Welt würde ihn daran hindern, ihn aus der Tasche zu holen und wie das Skalpell ins Nebenzimmer zu werfen. Er erinnerte sich an eine Geschichte, die er vor etwa tausend Jahren in der Schule gelesen hatte. Sie trug den Titel »Die Dame – oder der Tiger?«, und nun wußte er, wie es war, wenn man eine so schreckliche Macht besaß … und vor einer so schrecklichen Entscheidung stand. Oberflächlich gesehen schien es einfach zu sein; was war schon ein Leben verglichen mit zweitausenddreihundert?

Aber dieses eine Leben –!

Aber es ist ja nicht so, daß es jemals jemand erfahren müßte, dachte er kalt. *Niemand, abgesehen vielleicht von Lois … und Lois würde meine Entscheidung akzeptieren. Carolyn hätte es vielleicht nicht getan, aber sie sind grundverschiedene Frauen.*

Ja, aber hatte er das Recht?

[Selbstverständlich, Ralph – darum geht es bei diesen Fragen von

Leben und Tod in Wirklichkeit: Wer das Recht hat. Diesmal bist du es. Also, was sagst du?]

[»Ich weiß nicht, was *ich sage. Ich weiß nicht, was ich denke. Ich weiß nur, ich wünschte, ihr drei hättet mich* EINFACH IN RUHE *GELASSEN!«]*

Ralph Roberts hob den Kopf zur wurzeldurchzogenen Decke von Atropos' Behausung und schrie.

Kapitel 27

1

Fünf Minuten später streckte Ralph den Kopf aus den Schatten unter der alten umgestürzten Eiche heraus. Er sah Lois sofort. Sie kniete vor ihm und sah ihm ängstlich durch das Dickicht der Wurzeln ins Gesicht. Er hob eine schmutzige, blutüberströmte Hand, die sie ergriff, um ihm einen Halt zu geben, während er die letzten Stufen heraufkam – knorrige Wurzeln, die mehr Ähnlichkeit mit Leitersprossen hatten.

Ralph wand sich unter dem Baum hervor, drehte sich auf den Rücken und atmete die herrliche, frische Luft in vollen Zügen ein. Er glaubte, daß die Luft in seinem ganzen Leben noch nie so angenehm gerochen hätte. Trotz allem war er ungeheuer dankbar, draußen zu sein. Frei zu sein.

[»Ralph? Alles in Ordnung?«]

Er drehte ihre Hand um, küßte die Handfläche und legte die Ohrringe dann dorthin, wo seine Lippen gewesen waren.

[»Ja. Bestens. Die gehören dir.«]

Sie betrachtete sie neugierig, als hätte sie noch nie Ohrringe gesehen – weder diese noch andere –, dann steckte sie sie in die Tasche.

[»Du hast sie im Spiegel gesehen, Lois, richtig?«]

[»Ja, und es hat mich wütend gemacht ... aber ich glaube, eigentlich war ich nicht überrascht, im tiefsten Inneren nicht.«]

[»Weil du es gewußt hast.«]

[»Ja, ich schätze, das habe ich. Vielleicht schon, als wir Atropos zum erstenmal mit Bills Hut gesehen haben. Ich habe es nur ... du weißt schon ... verdrängt.«]

Sie sah ihn durchdringend und abschätzend an.

[»Aber lassen wir meine Ohrringe jetzt – was ist da unten passiert? Wie bist du entkommen?«]

Ralph hatte Angst, daß sie zuviel sehen würde, wenn sie ihn lange auf diese gründliche Art und Weise betrachtete. Außerdem fürchtete er, wenn er sich nicht bald in Bewegung setzen würde, würde er nie mehr aufstehen können; seine Müdigkeit war inzwischen so gewaltig, sie glich einem riesigen, verkrusteten Objekt – möglicherweise einem vor langer Zeit gesunkenen Ozeanriesen –, das in ihm lag, ihn rief und versuchte, ihn in die Tiefe zu ziehen. Er stand auf. Er durfte nicht zulassen, daß einer von ihnen in die Tiefe gezogen wurde, jetzt nicht. Die Neuigkeiten, die der Himmel verkündete, waren nicht so schlimm, wie sie hätten sein können, aber schlimm genug – es war mindestens achtzehn Uhr. Überall in Derry setzten sich Leute, die das Thema Abtreibung keinen Scheißdreck interessierte (mit anderen Worten, die große Mehrheit), zum Abendessen hin. Im Bürgerzentrum würden die Türen jetzt geöffnet werden; 10-K Fernsehscheinwerfer würden sie anstrahlen, Minicams würden Livebilder der ersten Abtreibungsbefürworter übertragen, die an Dan Dalton und seinen schilderschwingenden Friends of Life vorbeifuhren. Nicht weit von hier entfernt sangen Leute das alte Lieblingslied von Ed Deepneau: *Hey, hey, Susan Day, how many kids did you kill today?* Was auch immer er und Lois tun würden, sie mußten es in den nächsten sechzig bis neunzig Minuten tun. Die Uhr tickte.

[»Komm mit, Lois. Wir müssen uns beeilen.«]

[»Gehen wir ins Bürgerzentrum zurück?«]

[»Nein, nicht gleich. Ich glaube, vorher müssen wir –«]

Ralph stellte fest, daß er es einfach nicht erwarten konnte, zu hören, was er zu sagen hatte. *Wohin* mußten sie seiner Meinung nach vorher? Ins Derry Home zurück? Ins Red Apple? Sein Haus? Wohin ging man, wenn man zwei wohlmeinende, aber alles andere als allwissende Burschen suchte, die einen selbst und seine engsten Freunde in eine Welt voller Schmerzen und Sorgen gestürzt hatten? Oder konnte man davon ausgehen, daß *sie* einen fanden?

Vielleicht wollen *sie dich nicht finden, mein Lieber. Möglicherweise verstecken sie sich sogar vor dir.*

[»Ralph, bist du sicher, daß du –«]

Plötzlich dachte er an Rosalie und wußte es.

[»Der Park, Lois. Strawford Park. Dorthin müssen wir. Aber unterwegs müssen wir noch einmal haltmachen.«]

Er führte sie am Sturmzaun entlang, und wenig später hörten sie das träge Murmeln verschiedener Stimmen. Ralph konnte gegrillte Hot Dogs riechen, und nach dem Gestank von Atropos' Bau kam ihm der Duft wie Ambrosia vor. Eine oder zwei Minuten später gelangten er und Lois an den Rand des kleinen Picknickgeländes in der Nähe der Startbahn 3.

Dorrance stand in seiner erstaunlichen vielfarbigen Aura dort und beobachtete ein Kleinflugzeug, das sich der Landebahn näherte. Hinter ihm saßen Faye Chapin und Don Veazie mit einem Schachbrett zwischen sich und einer halbvollen Flasche Blue Nun griffbereit an einem der Picknicktische. Stan und Georgina Eberly tranken Bier und schwenkten Gabeln mit aufgespießten Hot Dogs in der flimmernden Hitze – für Ralph hatte dieses Flimmern einen seltsam trockenen rosa Farbton, wie korallenfarbener Sand – über einem der Grillplätze des Picknickgeländes.

Einen Augenblick stand Ralph nur, wo er war, wie vom Donner gerührt von ihrer Schönheit – die vergängliche, außerordentliche Schönheit, die, vermutete er, das Wesentliche im Leben der Kurzfristigen bildete. Ein Stück aus einem mindestens fünfundzwanzig Jahre alten Lied fiel ihm ein: *We are stardust, we are golden.* Dorrance' Aura war anders – auf sagenhafte Weise anders –, aber selbst die prosaischste Aura von den anderen funkelte wie seltene und unendlich kostbare Edelsteine.

[»O Ralph, siehst du es? Siehst du, wie wunderschön sie sind?«]

[»Ja.«]

[»Jammerschade, daß sie es nicht wissen.«]

Stimmte das? Im Licht der jüngsten Ereignisse war Ralph da nicht mehr so sicher. Und er hatte eine Ahnung – eine undeutliche, aber ausgeprägte Intuition, die er niemals in Worte hätte fassen können –, daß wahre Schönheit etwas war, das das bewußte Selbst gar nicht erkannte, ein ständig im Entstehen begriffenes Kunstwerk, etwas, das mehr Sein als Sehen war.

»Los doch, Dummkopf, mach deinen Zug«, sagte eine Stimme. Ralph wirbelte herum, weil er zuerst dachte, die Stimme hätte ihn angesprochen, aber es war Faye, der sich mit Don Veazie unterhielt. »Du bist eine lahme Ente.«

»Hör auf«, sagte Don. »Ich denke nach.«

»Du kannst nachdenken, bis die Hölle zufriert, und bist trotzdem in sechs Zügen matt.«

Don goß etwas Wein in einen Pappbecher und verdrehte die Augen. »Pest und Hölle!« rief er. »Ich hab nicht gewußt, daß ich gegen Boris Spasski Schach spiele! Ich dachte, es wäre nur der gute alte Faye Chapin! Ich wälze mich vor dir im Staub!«

»Echt Klasse, Don. Mit der Show könntest du auf Tournee gehen und eine Million Dollar verdienen. Und du mußt nicht einmal lange warten – noch sechs Züge, und du kannst aufbrechen.«

»Was für ein Klugscheißer«, sagte Don. »Du weißt einfach nicht, wann du –«

»*Pssst!*« sagte Georgina Eberly schneidend. »Was war das? Hat sich angehört, als wäre was explodiert!«

»Das« war Lois, die eine regenwaldgrüne Flut aus Georginas Aura saugte.

Ralph hob die rechte Hand, krümmte sie zu einer Röhre um die Lippen und inhalierte einen ähnlichen blauen Strom aus der Aura von Stan Eberly. Er spürte auf der Stelle, wie ihn frische Energie erfüllte; es war, als wären Neonröhren in seinem Gehirn eingeschaltet worden. Aber das gewaltige versunkene Schiff, bei dem es sich überwiegend um vier Monate weitgehend schlafloser Nächte handelte, war immer noch da und versuchte, ihn dorthin hinunterzuziehen, wo es lag.

Und auch die Entscheidung war noch da – sie war weder so noch so getroffen worden, sondern nur aufgeschoben.

Stan sah sich ebenfalls um. So viel Ralph auch von seiner Aura nahm (und ihm kam es so vor, als hätte er eine gewaltige Menge genommen), die Quelle blieb so hell strahlend wie immer. Offenbar entsprach alles, was sie über die fast endlosen Energievorräte eines jeden menschlichen Wesens erfahren hatten, der Wahrheit.

»Nun«, sagte Stan, »ich hab *auch* was gehört –«

»*Ich* nicht«, sagte Faye.

»Logisch, du bist ja auch eine taube Nuß«, antwortete Stan. »Hör auf, einen ständig zu unterbrechen, ja? Ich wollte sagen, es war kein Treibstofftank, weil kein Feuer und kein Rauch zu sehen sind. Kann auch nicht sein, daß Don gefurzt hat, weil keine toten Eichhörnchen mit versengtem Fell von den Bäumen fallen. Muß eine Fehlzündung von einem der großen Lastwagen der Air National Guard gewesen sein. Keine Bange, Liebling. Ich werd dich beschützen.«

»Beschütz das da«, sagte Georgina, schlug eine Hand in die Ellbogenbeuge und ballte die Faust in seine Richtung. Aber sie lächelte dabei.

»O Mann«, sagte Faye, »seht euch mal den alten Dor an.«

Sie sahen alle zu Dorrance, der lächelte und in Richtung der Harris Avenue Extension winkte.

»Wen siehst du denn da, altes Haus?« fragte ihn Don Veazie grinsend.

»Ralph und Lois«, sagte Dorrance und lächelte strahlend. »Ich sehe Ralph und Lois. Sie sind gerade unter dem alten Baum hervorgekommen!«

»Klar«, sagte Stan. Er schirmte die Augen ab, dann zeigte er direkt auf sie. Das jagte einen Stromschlag durch Ralphs Nervensystem, der erst abflaute, als ihm klar wurde, daß Stan nur auf die Stelle zeigte, wohin Dorrance winkte. »Und seht doch! Elvis und Glenn Miller kommen gleich hinter ihnen! Gottverdammt!«

Georgina stieß mit dem Ellbogen nach ihm, und Stan wich grinsend einen Schritt zur Seite.

[»Hallo, Ralph! Hallo, Lois!«]

[»Dorrance! Wir gehen zum Strawford Park? Ist das richtig?«]

Dorrance, glücklich grinsend: *[»Weiß nicht. Das sind jetzt alles langfristige Angelegenheiten, und ich bin fertig damit. Ich geh bald nach Hause und lese Walt Whitman. Es wird eine stürmische Nacht werden, und Walt Whitman ist immer am besten, wenn der Wind weht.«]*

Lois, beinahe hysterisch: *[»Dorrance, hilf uns!«]*

Dors Grinsen erlosch, und er sah sie ernst an.

[»Ich kann nicht. Es wurde mir aus den Händen genommen. Was getan werden muß, müssen du und Ralph jetzt tun.«]

»Bäh«, sagte Georgina. »Ich hasse es, wenn er so glotzt. Man könnte fast meinen, daß er wirklich jemanden sieht.« Sie griff nach der Grillgabel mit dem langen Stiel und grillte ihren Hot Dog weiter. »Übrigens, *hat* jemand Ralph und Lois gesehen?«

»Nein«, sagte Don.

»Die haben sich mit einem Kasten Bier und einer Flasche Johnson's Babyöl in einem der Stundenhotels an der Küste verbarrikadiert«, sagte Stan. »Einer großen Flasche. Das hab ich euch gestern schon gesagt.«

»Schmutziger alter Mann«, sagte Georgina, die ihre Ellbogengeste diesmal nachdrücklicher und akkurater ausführte.

Ralph: *[»Dorrance, kannst du uns überhaupt keine Hilfe geben? Uns wenigstens sagen, ob wir auf der richtigen Spur sind?«]*

Einen Augenblick war er überzeugt, daß Dor antworten würde. Dann ertönte ein summendes Dröhnen am Himmel, das langsam näherkam, und der alte Mann sah auf. Sein strahlendes, wunderschönes Lächeln tauchte wieder auf. »Seht!« rief er. »Eine alte Grauman Yellow Bird! Was für ein toller Vogel!« Er lief zum Maschendrahtzaun, um die Landung der kleinen gelben Maschine zu verfolgen, und drehte ihnen den Rücken zu.

Ralph ergriff Lois' Arm und versuchte, selbst zu lächeln. Es fiel ihm schwer – er glaubte, daß er sich in seinem ganzen Leben noch nie so ängstlich und verwirrt gewesen war –, aber er versuchte es trotzdem.

[»Komm mit, Liebste. Gehen wir.«]

2

Ralph erinnerte sich, wie er gedacht hatte – als sie sich auf dem stillgelegten Gleis fortbewegten, das sie zuletzt zum Flughafen zurückgeführt hatte –, daß Gehen nicht der richtige Ausdruck für ihre Art von Fortbewegung war; es war mehr ein Gleiten gewesen. Sie bewegten sich auf dieselbe Weise vom Picknickplatz am Ende der Startbahn 3 zum Strawford Park zurück. Nur war das Gleiten jetzt schneller und ausgeprägter. Es war, als würden sie von einem unsichtbaren Förderband transportiert werden.

Er hörte versuchsweise einmal auf zu gehen. Die Häuser und Geschäftsfassaden glitten weiter vorbei. Er sah auf seine Füße hinunter, um ganz sicherzugehen, und tatsächlich, sie blieben völlig reglos. Es schien, als würde sich der Bürgersteig bewegen, nicht er.

Da kam Mr. Dugan, Leiter der Kreditabteilung der Derry Trust's, in seinem üblichen dreiteiligen Anzug und der randlosen Brille. Wie immer sah er für Ralph wie der einzige Mann der Menschheitsgeschichte aus, der ohne Arschloch zur Welt gekommen war. Er hatte einmal Ralphs Antrag auf einen Ratenkredit abgelehnt, und Ralph vermutete, daß das ein Grund für seine negative Einstellung dem Mann gegenüber sein mochte. Jetzt sah er, daß Dugans Aura die stumpfe, graue Farbe der Flure in einem Militärkrankenhaus hatte, und Ralph überlegte sich, daß ihn das nicht sonderlich überraschte. Er hielt sich die Nase zu wie ein Mann, der gezwungen ist, durch einen verschmutzten Kanal zu schwimmen, und ging direkt durch den Banker hindurch. Dugan zuckte nicht einmal zusammen.

Das war irgendwie lustig, aber als Ralph Lois ansah, verflog seine Heiterkeit schlagartig. Er sah ihren besorgten Gesichtsausdruck und die Fragen, die sie stellen wollte. Fragen, auf die er keine zufriedenstellenden Antworten hatte.

Vor ihnen lag der Strawford Park. Vor Ralphs Augen gingen plötzlich die Straßenlampen an. Der kleine Spielplatz, wo er und McGovern – oft in Gesellschaft von Lois – den Kindern beim Spielen zugesehen hatten, war fast verlassen. Zwei Kids der Junior High saßen nebeneinander auf den Schaukeln, rauchten Zigaretten und unterhielten sich, aber die Mütter und Kleinkinder, die tagsüber hierher kamen, waren alle fort.

Ralph dachte an McGovern – an sein unablässiges morbides Geschwätz und sein Selbstmitleid, die einem kaum auffielen, wenn man ihn kennenlernte, aber allgegenwärtig schienen, wenn man länger mit ihm zusammen war, allerdings durch seinen respektlosen Witz und seine überraschenden, impulsiven Freundlichkeiten gemildert und in etwas Besseres verwandelt wurden – und spürte, wie ihn eine tiefe Traurigkeit überkam. Kurzfristige waren vielleicht Sternenstaub, und sie waren vielleicht golden, aber wenn sie fort waren, dann waren sie fort, genau wie die Mütter und Babys, die an sonnigen Sommernachmittagen für kurze Zeit zum Spielen hierher kamen.

[»Ralph, was machen wir hier? Das Leichentuch ist über dem Bürgerzentrum, nicht über dem Strawford Park!«]

Ralph führte sie zu der Parkbank, wo er sie vor mehreren Jahrhunderten gefunden hatte, als sie wegen eines Streits mit ihrem Sohn und ihrer Tochter weinte ... und wegen ihrer verlorenen Ohrringe. Unten am Hügel glänzten die beiden Port-O-Sans in der zunehmenden Dämmerung.

Ralph machte die Augen zu. *Ich werde verrückt*, dachte er, *und ich bin mit dem Schnellzug dorthin unterwegs, nicht mit der Bummelbahn. Was wird es sein? Die Dame ... oder der Tiger?*

[»Ralph, wir müssen etwas tun. Die Menschen ... Tausende von Menschen ...«]

In der Dunkelheit hinter seinen geschlossenen Lidern sah Ralph jemanden aus dem Red Apple kommen. Eine Gestalt in dunklen Kordhosen und einer Red-Sox-Mütze. Gleich würde das Schreckliche wieder seinen Lauf nehmen, und weil Ralph es nicht sehen wollte, schlug er die Augen auf und betrachtete die Frau neben sich.

[»Jedes Menschenleben ist wichtig, Lois, würdest du das nicht auch sagen? Jedes einzelne.«]

Er wußte nicht, was sie in seiner Aura sah, aber es bereitete ihr eindeutig Todesängste.

[»Was ist da unten passiert, nachdem ich gegangen bin? Was hat er dir gesagt oder getan? Sag es mir, Ralph! Sag es mir!«]

Was sollte es sein? Eine oder viele? Die Dame oder der Tiger? Wenn er nicht bald handelte, würde ihm die Entscheidung einfach von der verrinnenden Zeit aus der Hand genommen werden. Also was? *Was?*

»Keines ... oder beides«, sagte er heiser und merkte in seiner schrecklichen Zwickmühle gar nicht, daß er es laut und auf mehreren Ebenen gleichzeitig aussprach. »Ich werde mich nicht so oder so entscheiden. *Niemals*. Habt ihr gehört?«

Er sprang von der Bank auf und sah wild um sich.

»Habt ihr mich gehört?« schrie er. *»Ich lehne die Entscheidung ab! Entweder BEIDES oder KEINS VON BEIDEM!«*

Auf einem der Wege nördlich von ihnen sah ein Penner auf, der nach Pfandflaschen und -dosen gesucht hatte, warf einen Blick auf Ralph und suchte das Weite. Er hatte einen Mann gesehen, der in Flammen zu stehen schien.

Lois stand auf und nahm sein Gesicht zwischen die Hände.

[»Ralph, was ist denn? Wer ist es? Ich? Du? Denn wenn ich es bin, wenn du dich wegen mir zurückhältst, möchte ich nicht –«]

Er holte tief und schwer Luft, dann berührte er ihre Stirn mit seiner und sah ihr in die Augen.

[»Du bist es nicht, Lois, und ich auch nicht. Wäre es einer von uns, könnte ich mich vielleicht entscheiden. Aber wir sind es nicht, und der Teufel soll mich holen, wenn ich weiter ein Bauer auf dem Schachbrett sein will.«]

Er riß sich los und ging einen Schritt von ihr weg. Seine Aura loderte so grell auf, daß sie die Hand vor die Augen halten mußte; es war, als würde er irgendwie explodieren. Und als er die Stimme erhob, hallte sie wie Donner in ihrem Kopf.

[»KLOTHO! LACHESIS! KOMMT ZU MIR, VERDAMMT, UND ZWAR SOFORT!«]

3

Er ging zwei oder drei Schritte weiter und sah bergab. Die beiden Jungs von der Junior High, die auf den Schaukeln saßen, sahen mit denselben ängstlichen Mienen zu ihm auf. Sie flohen in dem Moment, als Ralphs Blick auf sie fiel, flohen aufgeschreckt wie zwei Rehe zu den Lichtern der Witcham Street und ließen die schwelenden Zigaretten in den Fußspuren unter den Schaukeln zurück.

[»KLOTHO! LACHESIS!«]

Er brannte wie ein elektrischer Lichtbogen, und plötzlich floß sämtliche Kraft wie Wasser aus Lois' Beinen heraus. Sie wich einen Schritt zurück und ließ sich auf die Parkbank fallen. Ihre Gedanken kreisten in ihrem Kopf, ihr Herz schlug rasend schnell, und unter allem lag diese grenzenlose Erschöpfung. Ralph sah sie als gesunkenes Schiff; Lois sah sie als

Grube, um die sie in einer immer engeren Spirale gehen mußte, eine Grube, in die sie am Ende fallen würde.

[»KLOTHO! LACHESIS! EURE LETZTE CHANCE! DAS IST MEIN ERNST!«]

Einen Augenblick tat sich gar nichts, dann gingen die Türen der Port-O-Sans unten am Hügel in perfektem Einklang auf. Klotho kam aus der mit der Aufschrift MÄNNER, Lachesis aus der mit der Aufschrift FRAUEN. Ihre Auren, gleißend grün-golden wie Libellen im Sommer, schimmerten im äschernen Licht des frühen Abends. Sie rückten zusammen, bis ihre Auren sich überlappten, dann kamen sie langsam bergauf, während ihre weißgekleideten Schultern sich fast berührten. Sie sahen wie zwei ängstliche Kinder aus.

Ralph drehte sich zu Lois um. Seine Aura loderte immer noch.

[»Bleib hier.«]

[»Ja, Ralph.«]

Sie ließ ihn halb den Hügel hinuntergehen, dann nahm sie allen Mut zusammen und sprach ihn an.

[»Aber ich werde versuchen, Ed aufzuhalten, wenn du es nicht tust. Das ist mein Ernst.«]

Selbstverständlich, und ihre Tapferkeit rührte ihm das Herz … aber sie wußte nicht, was er wußte. Hatte nicht gesehen, was er gesehen hatte.

Er sah einen Moment zu ihr, dann ging er zu den beiden kleinen kahlköpfigen Ärzten, die ihn mit ihren leuchtenden, ängstlichen Augen betrachteten.

4

Lachesis, nervös: *[Wir haben Sie nicht belogen – haben wir nicht.]*

Klotho, noch nervöser (falls das überhaupt möglich war): *[Deepneau ist auf dem Weg. Sie müssen ihn aufhalten, Ralph – Sie müssen es wenigstens versuchen.]*

Tatsache ist, ich muß *gar nichts, und das sieht man euren Gesichtern an,* dachte er. Dann drehte er sich zu Klotho um und stellte zufrieden fest, daß der kleine kahlköpfige Mann vor seinem Blick zurückschreckte und die dunklen, pupillenlosen Augen niederschlug.

[»Ist das so? Auf dem Dach des Krankenhauses haben Sie uns gesagt, wir sollten uns von Ed Deepneau fernhalten, Mr. K. Das haben Sie ausdrücklich betont.«]

Klotho wand sich unbehaglich und rang die Hände.

[Ich ... das soll heißen, wir ... *können uns irren. Diesmal haben wir uns geirrt.]*

Aber Ralph wußte, *geirrt* war nicht der passende Ausdruck dafür; *einer Selbsttäuschung erlegen* wäre besser gewesen. Er wollte sie deshalb beschimpfen – oh, um die Wahrheit zu sagen, er wollte sie beschimpfen, weil sie ihn überhaupt erst in diese beschissene Lage gebracht hatten –, stellte aber fest, daß er es nicht konnte. Denn dem alten Dor zufolge hatte sogar ihre Selbsttäuschung dem Plan gedient; der Umweg nach High Ridge war aus irgendeinem Grund gar kein Umweg gewesen. Er begriff nicht, warum oder wie das sein konnte, hatte aber vor, es herauszufinden, wenn er es herausfinden konnte.

[»Vergessen wir das vorerst einmal, meine Herren, und unterhalten uns darüber, warum das alles passiert. Wenn ihr Hilfe von mir und Lois wollt, solltet ihr mir das besser sagen.«]

Sie sahen einander mit ihren großen, ängstlichen Augen an, dann wieder Ralph.

Lachesis: *[Ralph, bezweifeln Sie, daß die vielen Menschen wirklich sterben werden? Denn wenn ja –]*

[»Nein, aber ich habe es satt, daß sie mir andauernd vor Augen geführt werden. Wenn ein Erdbeben in dieser Gegend stattfinden würde, das dem Plan dient, und wenn die Zahl der Opfer bei zehntausend statt bei zweitausend und ein paar Zerquetschten liegen würde, dann würdet ihr beiden doch nicht einmal mit der Wimper zucken. Also, was ist so Besonderes an der Situation? Sagt es mir!«]

Klotho: *[Ralph, wir machen die Regeln ebensowenig wie Sie. Wir haben gedacht, Sie wüßten das.]*

Ralph seufzte.

[»Ihr weicht schon wieder aus, und damit vergeudet ihr nur eure eigene Zeit.«]

Klotho, unbehaglich: *[Nun gut, vielleicht war die Version, die wir Ihnen geschildert haben, nicht völlig klar, aber die Zeit war knapp, und wir hatten Angst. Und Sie müssen wissen, was auch passiert, diese Menschen* werden *sterben, wenn Sie Ed Deepneau nicht aufhalten!]*

[»Vergeßt sie alle vorerst mal; ich will nur über eine Person *etwas wissen – diejenige, die dem Plan gehört und nicht übergeben werden kann, nur weil ein nicht eingeplanter Pisser mit einem Kopf voll lockerer Schrauben und einem Flugzeug voller Sprengstoff daherkommt. Wen könnt ihr dem Zufall nicht übergeben? Es ist Ms. Day, richtig? Susan Day.«]*

Lachesis: *[Nein. Susan Day gehört dem Zufall. Sie geht uns nichts an, unterliegt nicht unserem Einfluß.]*

[»Wer dann?«]

Klotho und Lachesis wechselten wieder einen Blick. Klotho nickte stumm, dann wandten sie sich beide wieder Ralph zu. Wieder streckte Lachesis die ersten beiden Finger der rechten Hand in die Höhe und erzeugte das Pfauenrad aus Licht. Diesmal sah Ralph aber nicht McGovern, sondern einen kleinen Jungen mit blondem Haar, das ihm strähnig in die Stirn hing, und einer hakenförmigen Narbe auf dem Nasenrücken. Ralph wußte sofort, wer es war – der Junge aus dem Keller von High Ridge, der mit der mißhandelten Mutter. Der ihn und Lois Engel genannt hatte.

Und ein kleines Kind wird sie führen, dachte er völlig verblüfft. *O mein Gott.* Er sah Klotho und Lachesis ungläubig an.

[»Verstehe ich das richtig? Dies alles dreht sich nur um diesen kleinen Jungen?«]

Er rechnete mit weiteren Ausflüchten, aber die Antwort von Klotho war einfach und direkt: *[Ja, Ralph.]*

Lachesis: *[Er hält sich gerade im Bürgerzentrum auf. Seine Mutter, deren Leben ihr heute morgen auch gerettet habt, bekam vor einer knappen Stunde einen Anruf von ihrer Babysitterin, daß sie sich schlimm an einem Stück Glas verletzt hat und heute abend doch nicht auf das Kind aufpassen kann. Da war es selbstverständlich schon zu spät, einen anderen Babysitter zu finden, und diese Frau ist seit Wochen fest entschlossen, Susan Day zu sehen … ihr die Hand zu schütteln, wenn möglich, sie sogar zu umarmen. Sie vergöttert diese Day.]*

Ralph, der sich an die verblassenden Blutergüsse in ihrem Gesicht erinnern konnte, stellte fest, daß er Verständnis für diese Vergötterung hatte. Etwas anderes verstand er noch besser: Die Verletzung des Babysitters war kein Zufall gewesen. *Etwas* war entschlossen, den kleinen Jungen mit den blonden Strähnen und den vom Rauch geröteten Augen ins Bürgerzentrum zu bringen, und war bereit, Himmel und Hölle in Bewegung zu setzen, um es zu erreichen. Seine Mutter hatte ihn nicht mitgenommen, weil sie eine schlechte Mutter war, sondern auch nur ein Mensch, wie alle anderen. Sie hatte ihre große Chance, Susan Day kennenzulernen, nicht verpassen wollen, das war alles.

Nein, das ist nicht *alles,* dachte Ralph. *Sie hat ihn auch mitgenommen, weil sie glaubte, es wäre sicher, nachdem Pickering und seine Irren von Daily Bread alle tot sind. Sie mußte gedacht haben, daß sie ihren Sohn schlimmstenfalls vor ein paar schilderschwingenden Abtreibungsgegnern beschützen müßte, daß sie und ihren Sohn unmöglich gleich zweimal an einem Tag der Blitz treffen konnte.*

Ralph hatte zur Witcham Street gesehen. Jetzt wandte er sich wieder Klotho und Lachesis zu.

[»Seid ihr sicher, *daß er dort ist? Ohne Zweifel?«]*

Klotho: *[Ja. Er sitzt neben seiner Mutter auf dem nördlichen Balkon und hat ein Poster von McDonald's zum Anmalen und ein paar Märchenbücher dabei. Überrascht es Sie, daß eines der Bücher* The 500 Hats of Bartholomew Cubbins *ist?]*

Ralph schüttelte den Kopf. Im Augenblick überraschte ihn gar nichts mehr.

Lachesis: *[Deepneaus Flugzeug wird die Nordseite des Bürgerzentrums angreifen. Der kleine Junge wird auf der Stelle sterben, wenn nichts unternommen wird, um es zu verhindern … aber es darf nicht geschehen. Der Junge darf auf keinen Fall vor seiner planmäßigen Zeit sterben.]*

5

Lachesis sah Ralph ernst an. Der blau-grüne Fächer aus Licht zwischen seinen Fingern war verschwunden.

[Wir können nicht weiter diskutieren, Ralph – er ist schon in der Luft, keine hundert Meilen von hier. Bald wird es zu spät sein, ihn aufzuhalten.]

Daraufhin geriet Ralph fast außer sich, blieb aber dennoch gelassen stehen. Schließlich *wollten* sie, daß er außer sich geriet. Daß sie beide außer sich gerieten.

[»Ich sage euch, daß das alles keine Rolle spielt, bis ich nicht verstanden habe, worum es eigentlich geht. Ich werde nicht zulassen, *daß es eine Rolle spielt.«]*

Klotho: *[Dann hören Sie zu. Ab und zu kommt ein Mann oder eine Frau daher, deren Leben nicht nur seine direkte Umwelt oder auch nur alle in der Welt der Kurzfristigen beeinflußt, sondern auch diejenigen auf vielen Ebenen über und unter der Welt der Kurzfristigen. Diese Menschen sind die Großen, und ihr Leben dient immer dem Plan. Wenn sie zu früh geholt werden, verändert sich alles. Die Verhältnisse sind nicht mehr im Gleichgewicht. Können Sie sich beispielsweise vorstellen, wie verändert die Welt heute aussehen würde, wenn Hitler als Baby in der Badewanne ertrunken wäre? Sie denken vielleicht, die Welt wäre besser dran, aber ich kann Ihnen sagen, die Welt würde* überhaupt *nicht mehr existieren, wenn das geschehen wäre. Angenommen, Winston Churchill wäre an Lebensmittelvergiftung gestorben, bevor er Premierminister werden konnte? Angenommen, Augustus wäre tot geboren worden, von seiner eigenen Nabelschnur erwürgt? Aber die Person, die Sie retten sollen, ist viel wichtiger als sie alle.]*

[»Verdammt, Lois und ich haben den Jungen schon einmal gerettet! Ist der Fall damit nicht abgeschlossen und er wieder dem Plan zurückgegeben?«]

Lachesis, geduldig: *[Ja, aber er ist nicht sicher vor Ed Deepneau, denn Deepneau hat weder im Plan noch im Zufall eine Bestimmung. Von allen Menschen auf der Welt kann nur Deepneau ihm ein Leid zufügen, bevor seine Zeit gekommen ist. Wenn Deepneau scheitert, ist der Junge wieder sicher – er wird seine*

Zeit ruhig verbringen, bis sein Augenblick gekommen ist und er die Bühne betritt, um seine kurze aber bedeutende Rolle zu spielen.]

[»Demnach bedeutet ein Leben so viel?«]

Lachesis: *[Ja. Wenn dieses Kind stirbt, wird der Turm der gesamten Existenz fallen, und die Folgen dieses Falls übersteigen Ihre Vorstellungskraft. Und unsere ebenfalls.]*

Ralph betrachtete einen Moment seine Schuhe. Sein Kopf schien tausend Pfund zu wiegen. Er hatte es hier mit einer Ironie zu tun, die er trotz seiner Müdigkeit mühelos begreifen konnte. Atropos hatte Ed in Bewegung gesetzt, indem er einen möglicherweise bereits latent vorhandenen Messiaskomplex zu hellen Flammen entfacht hatte. Ed sah nicht – und würde es auch nicht glauben, wenn man es ihm sagen würde –, daß Atropos und seine Bosse auf den höheren Ebenen ihn nicht benutzen wollten, um den Messias zu retten, sondern um ihn zu töten.

Er sah wieder in die ängstlichen Gesichter der beiden kahlköpfigen Ärzte.

[»Okay, ich habe keine Ahnung, wie ich Ed aufhalten soll, aber ich werde es versuchen.«]

Klotho und Lachesis sahen einander an und ließen beide dasselbe (und ausgesprochen menschliche) Lächeln der Erleichterung sehen. Ralph hob mahnend einen Finger.

[»Moment. Ihr habt noch nicht alles gehört.«]

Das Lächeln erlosch.

[»Ich will etwas von euch zurück. Ein Leben. Ich tausche das Leben eures vierjährigen Jungen gegen –«]

6

Sie hörte das Ende davon nicht mehr; seine Stimme sank einen Augenblick unter die Schwelle des Hörbaren, aber als Lois sah, wie zuerst Klotho und dann Lachesis die Köpfe senkten, verließ sie der Mut.

Lachesis: *[Ich verstehe Ihre Zwickmühle, zumal Atropos ganz sicher tun kann, was er angedroht hat. Aber Sie müssen einsehen, daß dieses eine Leben kaum so bedeutend ist wie –]*

Ralph: *[»Aber für mich schon, begreift ihr nicht? Für* mich *schon. Ihr Jungs müßt in die Köpfe bekommen, daß für mich* beide *Leben gleich wichtig sind –«]*

Sie verstand wieder nicht alles, aber Klotho konnte sie deutlich verstehen; er war dermaßen verzweifelt, daß er fast winselte.

[Aber das ist etwas anderes! Das Leben dieses Jungen *ist etwas anderes!]*

Jetzt hörte sie Ralph deutlich sprechen (wenn man es überhaupt als sprechen bezeichnen konnte), und zwar mit einer furchtlosen, unerbittlichen Logik, bei der Lois an ihren Vater denken mußte.

[»Alle *Leben sind verschieden. Alle sind wichtig oder keines ist wichtig. Das ist selbstverständlich nur meine engstirnige Kurzfristigenansicht, aber ich denke, ihr Jungs werdet euch damit abfinden müssen, da ich derjenige mit dem Hammer bin. Es läuft darauf hinaus: Ich mache einen Tausch. Das Leben, das euch wichtig ist, gegen das Leben, das mir wichtig ist. Ihr müßt mir nur euer Wort geben, dann sind wir uns einig.«]*

Lachesis: *[Ralph, bitte! Bitte verstehen Sie doch, daß wir das wirklich nicht dürfen!]*

Es folgte ein langer Augenblick des Schweigens. Als Ralph wieder das Wort ergriff, war seine Stimme leise, aber trotzdem hörbar. Es war allerdings das letzte völlig deutlich Verständliche, das Lois von der Unterhaltung mitbekam.

[»Es besteht ein himmelweiter Unterschied zwischen nicht können *und nicht* dürfen, *meint ihr nicht auch?«]*

Klotho sagte etwas, aber Lois verstand nur den zusammenhanglosen Ausdruck:

[Handel könnte möglich sein.]

Lachesis schüttelte heftig den Kopf. Ralph antwortete, und Lachesis antwortete mit einer grimmigen knappen Schneidegeste mit den Fingern.

Überraschenderweise reagierte Ralph darauf mit einem Lachen und einem Nicken.

Klotho legte seinem Kollegen eine Hand auf den Arm und

unterhielt sich ernst mit ihm, bevor er sich wieder an Ralph wandte.

Lois verschränkte die Hände im Schoß und wünschte sich, sie würden zu einer Art Einigung gelangen. *Irgendeiner* Einigung, die Ed Deepneau daran hindern würde, die vielen Menschen zu töten, während sie hier nur herumstanden und redeten.

Plötzlich wurde der Hügel von gleißendem weißen Licht erhellt. Zuerst glaubte Lois, es käme vom Himmel herab, aber das lag nur daran, daß Mythos und Religion ihr beigebracht hatten zu glauben, daß der Himmel Ursprung aller übernatürlichen Erscheinungen war. In Wirklichkeit schien es von überall zu kommen – den Bäumen, dem Himmel, dem Boden, sogar aus ihr selbst, es strömte wie ein helles Nebelband aus ihrer Aura.

Dann ertönte eine Stimme ... oder besser gesagt, eine STIMME. Sie sprach nur drei Worte, aber die hallten in Lois' Kopf wie eherne Glocken.

[SO SEI ES.]

Sie sah Klotho, dessen kleines Gesicht eine Maske des Grauens und der Ehrfurcht war, in die Tasche greifen und die Schere herausholen. Er zitterte und ließ sie fast fallen, ein Zeichen von Nervosität, bei dem sich Lois richtig mit ihm verbunden fühlte. Dann hielt er sie aufgeklappt hoch, in jeder Hand einen Griff.

Die drei Worte ertönten wieder:

[SO SEI ES.]

Diesmal folgte aber ein so grelles Leuchten, daß Lois einen Moment glaubte, sie wäre blind geworden. Sie schlug die Hände vor die Augen, sah aber – im letzten Augenblick, als sie noch etwas sehen konnte –, daß sich das Licht in der Schere sammelte, die Klotho wie einen zweizackigen Blitzableiter hochhielt.

Es gab kein Entrinnen vor diesem Licht; es verwandelte ihre Lider und ihre erhobenen, die Augen abschirmenden Hände in Glas. Das Leuchten zeichnete die Knochen ihrer Finger wie bei einer Röntgenaufnahme ab, als es durch ihre Hand strömte. Weit entfernt hörte sie eine Frau, die sich verdächtig nach Lois Chasse anhörte, innerlich mit lauter Stimme sprechen:

[»Abschalten! Mein Gott, bitte schaltet es ab, bevor es mich umbringt!«]

Und als sie glaubte, sie könne es nicht mehr länger aushalten, begann das Licht endlich zu verblassen. Als es erloschen war – abgesehen von einem leuchtenden blauen Phantombild, das in der Dunkelheit schwebte wie eine Geisterschere –, schlug sie langsam die Augen auf. Einen Augenblick sah sie nichts als das gleißende blaue Kreuz und dachte, sie wäre wirklich erblindet. Dann kehrte die Welt zurück, zuerst vage wie bei einer Fotografie, die gerade entwickelt wird. Sie sah Ralph, Klotho und Lachesis, die ebenfalls die Hände sinken ließen und sich mit der blinden Bestürzung von Maulwürfen umsahen, deren Bau von einer Pflugschar freigelegt worden ist.

Lachesis betrachtete die Schere in der Hand seines Kollegen, als hätte er sie noch nie zuvor gesehen, und Lois wäre jede Wette eingegangen, daß er sie noch nie wie jetzt gesehen *hatte.* Die Scherenblätter leuchteten immer noch und verströmten geisterhaften Feenschimmer von Licht wie Nebeltröpfchen.

Lachesis: *[Ralph! Das war …]*

Den Rest bekam sie nicht mit, aber er sprach im Tonfall eines gewöhnlichen Bauern, der zur Tür geht, weil es geklopft hat, und feststellt, daß der Papst auf ein Gebet und eine kleine Beichte vorbeigekommen ist.

Klotho starrte immer noch die Blätter seiner Schere an. Ralph ebenfalls, aber sein Blick wanderte zu den kleinen Ärzten.

Ralph: *[»… die Schmerzen?«]*

Lachesis, wie ein Mann, der aus einem tiefen Traum erwacht: *[Ja … wird nicht lange dauern, aber … Schmerzen werden gewaltig sein … Meinung geändert, Ralph?]*

Plötzlich hatte Lois Angst vor dieser leuchtenden Schere. Sie wollte Ralph zurufen, er solle *sein* Leben vergessen und den beiden einfach *ihres* geben, den kleinen Jungen, den sie unbedingt haben wollten. Sie wollte ihm sagen, daß er alles tun sollte, was sie wollten, damit sie die Schere wieder wegsteckten.

Aber weder aus ihrem Mund noch aus ihrem Geist kamen Worte.

Ralph: *[»... im geringsten ... wollte nur wissen, was ich zu erwarten habe.«]*

Klotho: *[... fertig? ... muß sein ...]*

Sag nein, Ralph, dachte sie. *Sag NEIN!*

Ralph: *[»... bereit.«]*

Lachesis: *[Verstehen ... seine Bedingungen ... und den Preis?]*

Ralph, jetzt sichtlich ungeduldig: *[»Ja, ja. Können wir jetzt bitte –«]*

Klotho, mit großem Ernst: *[Nun gut, Ralph. So sei es.]*

Lachesis legte einen Arm um Ralphs Schultern; er und Klotho führten ihn ein Stück weiter bergab zu der Stelle, wo die jüngeren Kinder im Winter ihre Schlittenfahrten begannen. Dort befand sich eine flache, kreisrunde Stelle, etwa so groß wie die Bühne eines Nachtclubs. Als sie dort angekommen waren, hielt Lachesis Ralph auf, dann drehte er ihn herum, so daß er und Klotho einander gegenüberstanden.

Plötzlich wollte Lois die Augen schließen, stellte aber fest, daß sie es nicht konnte. Sie konnte nur zusehen und beten, daß Ralph wußte, was er tat.

Klotho unterhielt sich murmelnd mit ihm. Ralph nickte und zog den Pullover aus. Er faltete ihn zusammen und legte ihn ordentlich auf das laubbedeckte Gras. Als er sich wieder aufrichtete, ergriff Klotho seinen rechten Arm am Handgelenk und hielt ihn starr ausgestreckt. Dann nickte er Lachesis zu, der Ralphs Manschettenknopf öffnete und mit drei raschen Bewegungen den Ärmel bis zum Ellbogen hochkrempelte. Als das geschehen war, drehte Klotho Ralphs Arm so, daß das Handgelenk nach oben zeigte. Die feinen blauen Adern dicht unter der Haut des Unterarms waren deutlich zu sehen und von feinen Schnörkeln der Aura betont. Das alles kam Lois schrecklich vertraut vor: als würde sie sehen, wie ein Patient in einer Krankenhausfernsehserie für die Operation vorbereitet wurde.

Aber dies war nicht das Fernsehen.

Lachesis beugte sich nach vorne und sagte wieder etwas. Sie konnte die Worte immer noch nicht hören, aber Lois wußte, er sagte Ralph, daß dies seine letzte Chance war.

Ralph nickte, und obwohl seine Aura Lois verriet, daß er große Angst vor dem hatte, was ihm bevorstand, brachte er sogar ein Lächeln zustande. Als er sich zu Klotho umdrehte und auf ihn einsprach, schien er keine Beruhigung zu suchen, sondern tatsächlich ein Wort des Trostes zu sprechen. Klotho versuchte, Ralphs Lächeln zu erwidern, aber ohne Erfolg.

Lachesis legte eine Hand um Ralphs Handgelenk, allerdings (so kam es Lois jedenfalls vor) mehr um den Arm zu stützen, als um ihn tatsächlich reglos zu halten. Er erinnerte sie an eine Schwester, die einem Patienten beisteht, der eine schmerzhafte Injektion bekommt. Dann sah er seinen Partner mit ängstlichen Augen an und nickte. Klotho nickte ebenfalls, holte tief Luft und beugte sich dann über Ralphs Unterarm mit dem geisterhaften Baum blauer Venen, die unter der Haut zu sehen waren. Er hielt einen Moment inne, dann klappte er langsam die Schere auf, mit der er und sein alter Freund das Leben gegen den Tod eintauschten.

7

Lois kam schwankend auf die Füße und stand unsicher auf Beinen, die sich wie toter Ballast anfühlten. Sie wollte die Lähmung überwinden, die sie in diesem schrecklichen Schweigen gefangenhielt, wollte Ralph zurufen, daß er aufhören sollte – ihm sagen, daß er nicht wußte, was sie mit ihm *vorhatten*.

Aber er wußte es. Sie sah es an seinem blassen Gesicht, den halb geschlossenen Augen, den schmerzlich zusammengepreßten Lippen. Am deutlichsten aber sah sie es an den schwarzen und roten Flecken, die durch seine Aura rasten wie Meteore, und an der Aura selbst, die sich zu einer harten, blauen Hülle zusammengezogen hatte.

Ralph nickte Klotho zu, der die Schere senkte, bis sie Ralphs Unterarm dicht unter dem Knick des Ellbogens berührte.

Einen Augenblick wurde die Haut nur eingedrückt, dann bildete sich eine glatte, dunkle Blutblase, wo die Falte gewesen war. Die Schneide glitt in diese Blase. Als Klotho die Finger spannte und die Scherenblätter zusammendrückte, schnellte die Haut auf beiden Seiten des Längsschnitts zurück wie Jalousien. Das Unterhautfettgewebe glänzte wie schmelzendes Eis im grellen blauen Leuchten von Ralphs Aura. Lachesis hielt Ralphs Handgelenk fester, aber soweit Lois sehen konnte, unternahm Ralph nicht einmal ansatzweise den Versuch, sie zurückzuziehen, er senkte nur den Kopf und ballte die linke Hand zur Faust wie ein Mann, der den Black-Power-Gruß ausführt. Sie konnte die Sehnen an seinem Hals wie Kabel hervortreten sehen. Aber kein Laut kam über seine Lippen.

Jetzt, wo der schreckliche Vorgang tatsächlich begonnen hatte, handelte Klotho mit einer Schnelligkeit, die barmherzig und brutal zugleich war. Er führte rasch einen Schnitt an Ralphs Arm entlang bis zum Handgelenk aus, so wie ein Mann ein fest zugeklebtes Päckchen mit einer Schere öffnen würde, wobei er die Schneide mit den Fingern führte und mit dem Daumen niederdrückte. In Ralphs Arm glänzten Sehnen wie die Schnittflächen von Steaks. Blut lief in Rinnsalen herab, und jedesmal, wenn eine Ader durchschnitten wurde, spritzte es auf. Bald verunzierten Spritzer die weißen Kittel der beiden kleinen Männer, wodurch sie mehr denn je wie kleine Ärzte aussahen.

Als die Schere schließlich die Bänder an Ralphs Handgelenken durchschnitt (die »Operation« dauerte keine drei Sekunden, kam Lois aber wie eine Ewigkeit vor), nahm Klotho die tropfende Schere weg und gab sie Lachesis. Ralphs nach oben gedrehter Arm war vom Ellbogen bis zum Handgelenk aufgeschnitten worden, eine dunkle Furche. Klotho preßte die Hand auf den Ursprung dieser Furche, und Lois dachte: *Jetzt wird der andere Ralphs Pullover aufheben und einen Druckverband daraus machen.* Aber Lachesis tat nichts dergleichen; er hielt nur die Schere und sah zu.

Einen Augenblick floß das Blut noch zwischen Klothos Fingern hervor, dann hörte es auf. Er zog langsam die Hand an

Ralphs Arm hinunter, und die Haut, die unter seinem Griff hervorkam, war unversehrt und fest, aber von einem dicken, weißen Strang Narbengewebe verunziert.

[Lois … Lo-isssss …]

Diese Stimme kam weder aus ihrem Kopf noch von der Stelle bergab; sie kam von hinter ihr. Eine leise Stimme, fast einschmeichelnd. Atropos? Nein, ganz und gar nicht. Sie sah nach unten und erblickte ein grünes und irgendwie versunkenes Licht, das um sie herum schwebte – es strahlte zwischen ihren Armen und Beinen, sogar zwischen ihren Fingern hindurch. Es versetzte ihren hageren und irgendwie verzerrten Schatten in wallende Bewegung, wie den Schatten einer Gehenkten. Es liebkoste sie mit kalten Fingern, die die Farbe von graugrünen Flechten hatten.

[Dreh dich um, Lo-isss …]

In diesem Augenblick wollte sich Lois als allerletztes auf der Welt umdrehen und die Quelle dieses grünen Lichts ansehen.

[Dreh dich um, Lo-isss … sieh mich an, Lo-isss … komm ins Licht, Lo-isss … komm ins Licht … sieh mich an und komm ins Licht …]

Es war unmöglich, der Stimme zu widerstehen. Lois drehte sich so langsam wie eine Ballerina um, deren Gelenke eingerostet sind, und in ihren Augen schien Elmsfeuer zu flackern.

Lois kam ins Licht.

Kapitel 28

I

Klotho: *[Jetzt haben Sie Ihr sichtbares Zeichen, Ralph – sind Sie zufrieden?]*

Ralph betrachtete seinen Arm. Die Schmerzen, die ihn verschluckt hatten, wie der Wal Jonas verschluckt hatte, kamen ihm bereits wie ein Traum oder ein Trugbild vor. Er vermutete, daß derselbe Akt der Distanzierung es Frauen ermöglichte, viele Babys zu bekommen, weil sie nach jeder vollbrachten Geburt die starken Schmerzen und Anstrengungen vergaßen. Die Narbe sah wie eine unregelmäßige weiße Kordel aus, die sich über die Wölbungen seiner kümmerlichen Muskeln spannte.

[»Ja. Ihr wart tapfer und sehr schnell. Für beides danke ich euch.«]

Klotho lächelte, sagte aber nichts.

Lachesis: *[Ralph, sind Sie bereit? Die Zeit wird jetzt sehr knapp.]*

[»Ja, ich bin –«]

[»Ralph! Ralph!«]

Das war Lois, die oben auf dem Hügel stand und ihm winkte. Einen Augenblick hatte ihre Aura den normalen taubengrauen Farbton verloren und eine andere, dunklere Tönung angenommen, aber dann verschwand der Eindruck, der zweifellos von dem Schock und seiner Müdigkeit herrührte. Er stapfte den Hügel hinauf zu ihr.

Lois' Augen waren distanziert und benommen, als hätte sie gerade ein erstaunliches Wort vernommen, das ihr Leben verändern würde.

[»Lois, was ist denn? Was hast du? Ist es mein Arm? Wenn ja, mußt du dir keine Sorgen machen. Schau her! So gut wie neu!«]

Er hielt ihn hoch, damit sie sich selbst vergewissern konnte, aber Lois sah ihn nicht an. Statt dessen sah sie ihm ins Gesicht, und er erkannte das Ausmaß ihres Schocks.

[»Ralph, ein grüner Mann ist gekommen.«]

Ein *grüner* Mann? Er ergriff sofort besorgt ihre Hände.

[»Grün? Bist du sicher? War es nicht Atropos oder –«]

Er führte den Gedanken nicht zu Ende. Es war nicht nötig.

Lois schüttelte langsam den Kopf.

[»Es war ein grüner Mann. Wenn es in diesem Spiel Seiten gibt, weiß ich nicht, auf welcher dieser ... diese Person ... steht. Er schien gut zu sein, aber ich könnte mich irren. Ich konnte ihn nicht sehen. Seine Aura war zu grell. Er sagte mir, daß ich dir die hier wiedergeben soll.«]

Sie streckte die Hand aus und ließ zwei kleine, glitzernde Gegenstände auf seine Handfläche fallen: ihre Ohrringe. Er konnte auf einem einen kastanienfarbenen Fleck sehen und vermutete, daß das Atropos' Blut war. Er wollte die Hand darum schließen, zuckte aber zusammen, als er einen stechenden Schmerz verspürte. Er betrachtete seine Fingerspitze und sah wieder Blut – diesmal sein eigenes.

[»Du hast die Verschlüsse vergessen, Lois.«]

Sie sprach langsam und nuschelnd, wie eine Frau in einem Traum.

[»Nein, habe ich nicht – ich habe sie weggeworfen. Der grüne Mann hat es gesagt. Sei vorsichtig. Er schien ... gütig ... zu sein, aber ich bin mir nicht sicher, oder? Mr. Chasse hat immer gesagt, ich wäre die leichtgläubigste Frau auf der Welt und immer bereit, von allen nur das Beste zu denken. Von jedem.*«]*

Sie streckte langsam die Hand aus und ergriff seine Handgelenke, während sie ihm ununterbrochen ernst ins Gesicht sah.

»Ich weiß es einfach nicht.«

Daß sie den Gedanken laut aussprach, schien sie aufzuwecken, und sie schaute ihn blinzelnd an. Ralph vermutete, es wäre möglich – gerade noch denkbar –, daß sie *tatsächlich* geschlafen, daß sie diesen sogenannten »grünen Mann« geträumt hatte. Aber vielleicht wäre es klüger, einfach die Ohrringe zu nehmen. Sie bedeuteten vielleicht nichts, aber andererseits konnte es auch nicht schaden, Lois' Ohrringe in der Tasche zu haben ... das heißt, wenn er sich nicht daran piekste.

Lachesis: *[Ralph, was ist denn? Stimmt etwas nicht?]*

Er und Klotho waren langsam nachgekommen und hatten daher Ralphs Gespräch mit Lois nicht mitbekommen. Ralph schüttelte den Kopf und drehte die Hand, um die Ohrringe vor ihnen zu verbergen. Klotho hatte seinen Pullover aufgehoben und strich die wenigen bunten Blätter weg, die daran klebten. Dann hielt er ihn Ralph hin, der unauffällig Lois' Ohrringe ohne die Verschlüsse in der Tasche verschwinden ließ, bevor er ihn wieder anzog.

Es wurde Zeit zu handeln, und die warme Linie in der Mitte seines Arms – entlang der Narbe – sagte ihm, womit er anfangen mußte.

[»Lois?«]

[»Ja, Darling?«]

[»Ich muß von deiner Aura nehmen, und zwar eine Menge. Verstehst du das?«]

[»Ja.«]

[»Ist das in Ordnung?«]

[»Ja, selbstverständlich.«]

[»Sei tapfer – es wird nicht lange dauern.«]

Er legte die Arme um ihre Schultern und verschränkte die Hände hinter ihrem Nacken. Sie wiederholte die Geste, dann beugten sie sich langsam zueinander, bis sie sich mit der Stirn berührten und ihre Lippen keine drei Zentimeter mehr auseinander waren. Er konnte noch Parfum an ihr riechen – möglicherweise aus den dunklen, süßen Vertiefungen hinter ihren Ohren.

[»Bist du bereit, Liebste?«]

Was sie antwortete, fand er seltsam und tröstlich zugleich.

[»Ja, Ralph. Sieh mich an. Komm ins Licht. Komm ins Licht und nimm das Licht.«]

Ralph schürzte die Lippen und begann einzuatmen. Ein breites Band rauchigen Lichts strömte aus ihrem Mund und ihrer Nase in ihn. Seine Aura wurde augenblicklich heller, so lange, bis sie eine grelle, wolkige Korona um ihn herum bildete. Und immer noch inhalierte er weiter, atmete etwas jenseits des Atems und spürte, wie die Narbe an seiner Hand immer heißer und heißer wurde, bis sie einem unter seiner Haut begrabenen Starkstromkabel glich. Er hätte nicht aufhören können, selbst wenn er gewollt hätte … aber er wollte nicht.

Sie taumelte einmal. Er sah, wie ihr Blick verschwamm,

und spürte, sie sich der Griff ihrer Hände in seinem Nacken kurz lockerte. Dann sah sie ihn wieder mit ihren großen, glänzenden Augen voll Vertrauen an, und ihr Griff wurde wieder fest. Als sich sein titanisches Einatmen schließlich dem Höhepunkt näherte, stellte er fest, daß ihre Aura so blaß geworden war, daß er sie kaum noch sehen konnte. Ihre Wangen waren leichenblaß, und ihr Haar so grau, daß das Schwarz fast nicht mehr zu sehen war. Er mußte aufhören, *mußte*, oder er würde sie umbringen.

Es gelang ihm, die linke Hand von der rechten zu lösen, und das schien gleichsam den Stromkreis zu unterbrechen; nun konnte er von ihr zurückweichen. Lois schwankte und wäre beinahe gestürzt, aber Klotho und Lachesis, die große Ähnlichkeit mit den Liliputanern aus *Gullivers Reisen* hatten, hielten sie an den Armen und ließen sie vorsichtig auf die Bank sinken.

Ralph ließ sich vor ihr auf ein Knie nieder. Er war außer sich vor Angst und Schuldgefühlen, gleichzeitig aber von einem so gewaltigen Gefühl der Macht durchdrungen, daß er den Eindruck hatte, als könnte ihn ein heftiger Ruck wie eine Flasche Nitroglyzerin zur Explosion bringen. Jetzt hätte er mit der Karateschlag-Geste ein Gebäude zum Einsturz bringen können – möglicherweise eine ganze Reihe davon.

Dennoch hatte er Lois verletzt. Möglicherweise schwer.

[»Lois! Lois, kannst du mich hören? Es tut mir leid!«]

Sie sah benommen zu ihm auf, eine vierzigjährige Frau, die innerhalb von Sekunden sechzig Jahre alt geworden war … und dann immer älter bis weit über Siebzig, wie eine Rakete, die über ihr anvisiertes Ziel hinausschießt. Sie versuchte zu lächeln, aber es gelang ihr nicht besonders gut.

[»Lois, es tut mir leid. Ich wußte es nicht, und als ich es merkte, konnte ich nicht mehr aufhören.«]

Lachesis: *[Wenn Sie überhaupt noch eine Chance haben wollen, Ralph, dann müssen Sie jetzt gehen. Er ist fast da.]*

Lois nickte zustimmend.

[»Geh, Ralph – ich bin nur schwach, das ist alles. Ich komme schon wieder auf die Beine. Ich bleibe einfach hier sitzen, bis ich wieder bei Kräften bin.«]

Ihre Augen sahen nach links, und Ralph folgte ihrem Blick. Er sah den Penner, den sie vorhin in die Flucht getrieben hatten. Er war zurückgekehrt und suchte in den Abfalleimern auf dem Hügel weiter nach Pfandflaschen und -dosen, und auch wenn seine Aura nicht ganz so gesund aussah wie die des Burschen, den sie vorhin bei den alten Gleisen getroffen hatten, schätzte Ralph, daß er es für den Notfall tun würde ... und für Lois war das eindeutig ein solcher.

Klotho: *[Wir werden dafür sorgen, daß er hierher kommt, Ralph – wir haben nicht viel Einfluß auf die stofflichen Aspekte der Welt der Kurzfristigen, aber ich denke, soviel werden wir schaffen.]*

[»Sicher?«]

[Ja.]

[»Okay. Gut.«]

Ralph warf einen raschen Blick auf die beiden kahlköpfigen Männer, bemerkte ihre ängstlichen, furchtsamen Augen und nickte. Dann bückte er sich und küßte Lois' kalte, runzlige Wange. Sie schenkte ihm das Lächeln einer müden alten Großmutter.

Ich habe ihr das angetan, dachte er. *Ich.*

Dann solltest du gefälligst dafür sorgen, daß es nicht umsonst war, sagte Carolyns Stimme brüsk.

Ralph sah die drei – Klotho und Lachesis flankierten Lois mittlerweile schützend auf der Bank – ein letztesmal an, dann ging er wieder den Hügel hinab.

Als er die Toiletten erreichte, stand er einen Moment dazwischen, dann lehnte er den Kopf an die mit der Aufschrift FRAUEN. Er hörte nichts. Aber als er den Kopf an die blaue Plastiktür der mit der Aufschrift MÄNNER legte, hörte er eine leise, hallende, singende Stimme:

»Who believes that my wildest dreams
And my craziest schemes will come true?
You, baby, nobody but you.«

Herrgott, der ist völlig Banane.

Ist das etwas Neues, Liebling?

Wohl nicht, schätzte Ralph. Er ging zur Tür des Port-O-San und riß sie auf. Jetzt konnte er auch das ferne, wespenähnliche Summen eines Motorflugzeugs hören, aber es gab nichts zu sehen, das er nicht schon dutzende Male vorher gesehen hatte: die gesprungene Klobrille, die schief auf der Kloschüssel hing, eine Rolle Toilettenpapier, die einen seltsamen und irgendwie geheimnisvoll aufgequollenen Eindruck machte, und links ein Pissoir, das wie eine Träne aus Plastik aussah. Die Wände waren mit Kritzeleien vollgeschmiert. Die größte – und auffälligste – stand in dreißig Zentimeter großen Buchstaben über dem Pissoir: TONY BOYNTON HAT DEN ENGSTEN HINTERN IN DERRY! Ein betäubendes Fichtennadelaroma überlagerte die Gerüche von Scheiße, Pisse und Pennerfürzen wie Make-up das Gesicht einer Leiche. Die Stimme, die er hörte, schien aus der Kloschüssel zu kommen, möglicherweise aber auch aus den Wänden selbst:

»From the time I go to bed
Until the morning comes
I dream about you, baby, nobody but you.«

Wo ist er? fragte sich Ralph. *Und wie, um alles in der Welt, kann ich zu ihm kommen?*

Ralph verspürte plötzlich etwas Warmes an der Hüfte, als hätte ihm jemand eine heiße Kohle in die Tasche gesteckt. Er runzelte die Stirn, dann fiel ihm ein, was er darin hatte. Er griff mit einem Finger in die schmale Tasche, berührte den goldenen Ring, den er dort verstaut hatte, und zog ihn heraus. Er legte ihn an der Stelle, wo sich Liebes- und Lebenslinie kreuzten auf die Handfläche und berührte ihn zaghaft. Er war wieder abgekühlt. Ralph war nicht besonders überrascht.

HD – ED 5. 8. 87.

»Ein Ring, sie zu knechten, sie alle zu finden«, murmelte Ralph und steckte sich Eds Trauring an den Ringfinger der linken Hand. Er paßte wie angegossen. Er schob ihn hinauf, bis er den Ring berührte, den ihm Carolyn vor fünfundvierzig Jahren an den Finger gesteckt hatte. Dann sah er auf und stellte fest, daß die Rückwand des Port-O-San verschwunden war.

2

Zwischen den Wänden, die *stehengeblieben* waren, sah er einen Himmel kurz nach Sonnenuntergang und einen Ausschnitt der Landschaft von Maine, der sich im blaugrauen Dunst der Dämmerung verlor. Er schätzte, daß er aus einer Höhe von dreitausend Metern hinaussah. Er konnte schimmernde Seen und Teiche und gewaltige Flächen dunkelgrüner Wälder erkennen, die sich bis zur Toilettenschüssel des Port-O-San dahinzogen und dann verschwanden. Weit voraus – unter dem Dach der Toilettenkabine – konnte Ralph eine funkelnde Ansammlung von Lichtern sehen. Das war wahrscheinlich Derry, nicht mehr als zehn Minuten entfernt. Im linken unteren Quadranten seines Sehbereichs konnte Ralph einen Teil eines Armaturenbretts erkennen. Über dem Höhenmesser klebte ein kleines Farbfoto, bei dessen Anblick Ralph der Atem stockte. Es zeigte Helen, die unvorstellbar glücklich und unvorstellbar schön aussah. In den Armen hielt sie das Verehrte & Angebetete Baby, fest schlafend und nicht älter als vier Monate.

Er möchte, daß sie das letzte auf der Welt sind, das er sieht, dachte Ralph. *Er ist in ein Monster verwandelt worden, aber offenbar vergessen nicht einmal Monster, wie man liebt.*

Etwas an dem Armaturenbrett fing an zu piepsen. Eine Hand wurde sichtbar und legte einen Schalter um. Bevor sie verschwand, konnte Ralph die weiße Stelle am Ringfinger dieser Hand sehen, wo sich mindestens sechs Jahre lang der Ehering befunden hatte. Und er sah noch etwas – die Aura, die die Hand umgab, war dieselbe wie die des behinderten Babys im Krankenhausfahrstuhl, eine turbulente, rasende Membran, die so fremdartig wie die Atmosphäre eines Gasplaneten aussah.

Ralph drehte sich noch einmal um und hob die Hand. Klotho und Lachesis hoben ihre ebenfalls, und Lois warf ihm eine Kußhand zu. Ralph machte eine Auffangbewegung, dann drehte er sich um und betrat das Port-O-San.

3

Er zögerte einen Moment und fragte sich, was er wegen der Toilettenschüssel unternehmen sollte, aber dann fiel ihm die auf sie zurollende Bahre im Krankenhaus ein, die ihm den Schädel hätte zertrümmern müssen, es aber nicht getan hatte, und er ging in den hinteren Teil der Kabine. Er biß die Zähne zusammen und bereitete sich darauf davor, sich die Schienbeine anzustoßen – was man wußte war eines, was man glaubte, nachdem man sich siebzig Jahre lang irgendwo angestoßen hatte, war etwas ganz anderes –, und dann ging er einfach durch die Toilettenschüssel hindurch, als wäre sie aus Rauch ... oder *er.*

Er verspürte ein beängstigendes Gefühl von Schwerelosigkeit und Schwindel, und einen Augenblick war er sicher, daß er sich übergeben müßte. Es wurde von einem Gefühl der Schwächung begleitet, als würde der Großteil der Energie, die er Lois abgenommen hatte, abgesaugt werden. Vermutlich entsprach das den Tatsachen. Immerhin handelte es sich hier um eine Form von Teleportation, richtiger Science-Fiction-Kram, und so etwas *mußte* eine Menge Energie verbrauchen.

Das Schwindelgefühl verging, aber es wurde von einer Wahrnehmung ersetzt, die noch schlimmer war – einem Gefühl, als wäre ihm irgendwie der Hals duchtrennt worden. Er stellte fest, daß er einen ungehinderten Ausblick auf einen weiten Teil der Welt hatte.

Großer Gott, was ist mit mir passiert? Was ist nicht in Ordnung mit mir?

Seine Sinne meldeten ihm widerwillig, daß mit ihm alles in Ordnung war, er hatte nur eine unmögliche Position eingenommen. Er war einhundertfünfundachtzig Zentimeter groß; das Cockpit des Flugzeugs maß vom Boden bis zur Decke hundertfünfzig Zentimeter. Das bedeutete, ein Pilot, der größer als Klotho oder Lachesis war, mußte gebückt zu seinem Sitz gehen. Ralph hatte das Flugzeug jedoch nicht nur im Flug betreten, sondern auch stehend, und er stand *noch* zwischen und ein wenig hinter den beiden Sitzen des Cockpits. Der Grund, weshalb seine Aussicht so ungehindert war, war einfach und erschreckend: Sein Kopf ragte oben aus dem Flugzeug heraus.

Ralph sah wie in einem Alptraum das Bild seines alten Hundes Rex, der beim Fahren gerne den Kopf zum Fenster hinaushielt, so daß seine zottigen Ohren im Fahrtwind flatterten. Er machte die Augen zu.

Und wenn ich nun falle? Wenn ich den Kopf durch das verdammte Dach strecken kann, was hindert mich dann daran, durch den Boden zu rutschen und bis auf die Erde zu fallen? Oder möglicherweise durch *den Erdboden und dann durch die Erde selbst?*

Aber das passierte nicht, und es *würde* auch nichts Derartiges passieren, nicht auf dieser Ebene – er mußte nur daran denken, wie mühelos sie durch die Etagen des Krankenhauses aufgestiegen waren und wie mühelos sie danach auf dem Dach gestanden hatten. Wenn er sich das alles vor Augen hielt, würde ihm nichts geschehen. Ralph versuchte, sich auf diesen Gedanken zu konzentrieren, und als er sicher war, daß er sich wieder unter Kontrolle hatte, öffnete er die Augen.

Direkt unter ihm krümmte sich die Windschutzscheibe des Flugzeugs. Dahinter der Bug und die silbernen Schlieren des Propellers. Die Lichter, die er in dem Port-O-San gesehen hatte, waren jetzt näher.

Ralph beugte die Knie, und sein Kopf glitt mühelos durch das Dach des Cockpits. Einen Moment hatte er den Geschmack von Öl im Mund, die winzigen Härchen in seiner Nase schienen sich wie bei einem Elektroschock aufzurichten, und dann kniete er zwischen dem Piloten- und dem Copilotensitz.

Er wußte nicht, was für Empfindungen er erwartet hatte, als er Ed nach so langer Zeit und unter so seltsamen Umständen wiedersah, aber das Bedauern – nicht nur Mitleid, sondern Bedauern –, das sich einstellte, überraschte ihn. Ed trug ein altes T-Shirt statt eines Oxford- oder Arrow-Hemds, mit Knöpfen vorne und einem Obstkorb auf dem Rücken, wie an dem Tag im Sommer 1992, als er in den Lastwagen von West Side Gardeners hineingefahren war. Er hatte eine Menge abgenommen – fast vierzig Pfund, schätzte Ralph –, was eine außerordentliche Wirkung hervorrief, denn er sah nicht ausgemergelt aus, sondern irgendwie heroisch, wie in einem Schauer- oder Liebesroman; Ralph wurde mit Nachdruck an Carolyns Lieblingsgedicht »The Highwayman« von Alfred Noyes erinnert. Eds Haut war kalkweiß, seine grünen Augen dunkel und licht zugleich *(wie Smaragde im Mondlicht*, dachte Ralph) hinter der runden John Lennon-Brille, seine Lippen so rot, als hätte er Lippenstift aufgetragen. Den weißen Seidenschal mit den japanischen Schriftzeichen hatte er sich um die Stirn gebunden, so daß die Enden hinten hinunterbaumelten. Eds Gesicht in den Gewitterwirbeln seiner Aura drückte schreckliches Bedauern und felsenfeste Entschlossenheit zugleich aus. Er war wunderschön – wunderschön –, und Ralph verspürte, wie sich ein schreckliches Gefühl von *deja vu* in ihm breitmachte. Jetzt wußte er, was er an dem Tag gesehen hatte, als er zwischen Ed und den Mann von West Side Gardeners getreten war; jetzt sah er es wieder, und zwar mit Augen, die mehr sahen, als Ralph Roberts je hatte sehen wollen. Als er Ed inmitten seiner Wirbelsturmaura sah, von der keine Ballonschnur aufragte, kam es ihm vor, als sähe er eine unschätzbar kostbare Ming-Vase, die an eine Wand geworfen worden und zerschellt war.

Zumindest kann er mich nicht sehen, nicht auf dieser Ebene. Jedenfalls glaube ich es nicht.

Als hätte Ed auf diesen Gedanken reagiert, drehte er plötzlich den Kopf und sah Ralph direkt an. Seine Augen waren groß und von einem irren Argwohn erfüllt; die Winkel seines feingeschnittenen Mundes bebten, Speichel glänzte darauf. Ralph schrak zurück und war einen Moment überzeugt, daß er *doch* gesehen werden konnte, aber Ed reagierte nicht auf Ralphs plötzliche Rückwärtsbewegung. Er warf einen mißtrauischen Blick in die leere viersitzige Kabine hinter sich, als hätte er die verstohlenen Bewegungen eines blinden Passagiers gehört. Gleichzeitig griff er an Ralph vorbei und legte die rechte Hand auf einen Pappkarton, den er mit Sicherheitsgurt auf dem Sitz des Copiloten festgezurrt hatte. Die Hand strich zärtlich über den Karton, dann wanderte sie zur Stirn und rückte den Seidenschal, der als Stirnband diente, etwas zurecht. Nachdem das erledigt war, sang er weiter ... aber diesmal ein anderes Lied, das Ralph eine Gänsehaut über den Rücken jagte:

»One pill makes you larger,
One pill makes you small,
And the ones that mother gives you
Don't do anything at all ...«

Richtig, dachte Ralph. *Go ask Alice, when she's ten feet tall.*

Sein Herz schlug rasend in der Brust – als Ed sich plötzlich umgedreht hatte, hatte er einen größeren Schreck bekommen als in dem Augenblick, wo er festgestellt hatte, daß sein Kopf in dreitausend Meter Höhe aus dem Flugzeug herausragte. Ed konnte ihn nicht sehen, er war fast überzeugt davon, aber wer behauptet hatte, daß die Sinne eines Verrückten schärfer waren als die eines Normalen, mußte gewußt haben, wovon er sprach, denn Ed hatte auf jeden Fall gemerkt, daß sich *etwas* verändert hatte.

Das Funkgerät knisterte, worauf beide Männer zusammenzuckten. »Dies gilt für die Cherokee über South Haven. Sie befinden sich vor dem Flugraum von Derry in einer Höhe, die einen festgelegten Flugplan erfordert. Wiederhole, *Sie sind im Begriff, in kontrollierten Luftraum über einem städtischen Gebiet einzudringen.* Gehen Sie mit Ihrem Arschloch auf fünftausend Meter, Cherokee, und schwenken Sie auf 170, das sind eins-sieben-null. Und wenn Sie schon dabei sind, identifizieren Sie sich und erklären Sie –«

Ed ballte die Hand zur Faust und schlug damit auf das Funkgerät ein. Glasscherben flogen, wenig später spritzte auch Blut. Es spritzte auf das Armaturenbrett, das Bild von Helen und Natalie und Eds sauberes graues T-Shirt. Er schlug so lange auf das Gerät ein, bis die Stimme zuerst in zunehmendem Rauschen leiser wurde und dann völlig verstummte.

»Gut«, sagte er mit der leisen, seufzenden Stimme eines Mannes, der häufig Selbstgespräche führt. »*Viel* besser. Ich hasse diese vielen Fragen. Sie dienen nur –«

Er sah seine blutige Hand und verstummte. Er hielt sie hoch, betrachtete sie genauer und ballte sie wieder zur Faust.

Ein großer Glassplitter ragte dicht unter dem dritten Knöchel aus dem kleinen Finger. Ed zog ihn mit den Zähnen heraus, spie ihn achtlos auf den Boden und tat dann etwas, bei dem Ralph ein kalter Schauer überlief: Er strich mit der blutigen Faust erst über die linke und dann über die rechte Wange, so daß zwei blutige Striemen zurückblieben. Er griff in die elastische Tasche an der linken Wand, holte einen Taschenspiegel heraus und betrachtete seine behelfsmäßige Kriegsbemalung. Was er sah, schien ihm zu gefallen, denn er lächelte und nickte, bevor er den Spiegel wieder in der Tasche verschwinden ließ.

»Just remember what the dormouse said«, riet sich Ed mit seiner leisen, seufzenden Stimme, und dann drückte er den Steuerknüppel nach vorne. Die Schnauze der Cherokee sank, und der Höhenmesser fiel langsam. Ralph konnte Derry jetzt direkt vor sich sehen. Die Stadt sah aus wie eine Handvoll Opale, die auf dunkelblauem Samt ausgestreut worden waren.

Der Karton auf dem Sitz des Copiloten hatte ein Loch an der Seite. Zwei Kabel ragten daraus hervor. Sie führten zu einer Türklingel, die an der Armlehne von Eds Sitz festgeklebt war. Ralph nahm an, Ed würde, sobald er das Bürgerzentrum in Sichtweite hatte und mit seinem eigentlichen Kamikazeanflug begann, einen Finger auf den weißen Knopf in der Mitte des Plastikrechtecks legen. Und kurz vor dem Aufprall würde er darauf drücken. Ding-dong, die Avonberaterin.

Zerreiß die Kabel, Ralph! Zerreiß sie!

Ein ausgezeichneter Vorschlag, der nur einen Nachteil hatte: Er konnte keine Spinnwebe zerreißen, solange er sich auf dieser Ebene befand. Das bedeutete, er mußte ins Land der Kurzfristigen zurücksinken, und genau das wollte er tun, als ihm eine leise, vertraute Stimme rechts von ihm ins Ohr flüsterte.

[Ralph.]

Rechts von ihm? Das war unmöglich. Rechts von ihm war *nichts,* außer dem Sitz des Copiloten, die Wand des Flugzeugs und meilenweit Luft über Neuengland.

Die Narbe an seinem Arm fing an zu kribbeln wie der Heizstab eines Tauchsieders.

[Ralph!]

Schau nicht hin. Achte überhaupt nicht darauf. Ignoriere es.

Aber das konnte er nicht. Eine gewaltige, unerbittliche Kraft hatte ihn im Griff, und langsam drehte sich sein Kopf. Er kämpfte dagegen an, weil er merkte, daß der Neigungswinkel des Flugzeugs steiler wurde, aber es nützte nichts.

[Ralph, sieh mich an – hab keine Angst.]

Er unternahm einen letzten Versuch, sich der Stimme zu entziehen, konnte es aber nicht. Er drehte weiter den Kopf, und plötzlich sah Ralph seine Mutter vor sich, die vor fünfundzwanzig Jahren an Lungenkrebs gestorben war.

4

Bertha Roberts saß in ihrem Schaukelstuhl etwa eineinhalb Meter jenseits der Stelle, wo die rechte Seitenwand der Cherokee gewesen war, strickte und schaukelte eine Meile oder mehr über dem Boden in der Luft. Die Hausschuhe, die Ralph ihr zu ihrem fünfzigsten Geburtstag geschenkt hatte – mit echtem Nerzbesatz, wie albern –, trug sie an den Füßen. Um die Schultern hatte sie einen rosa Schal gelegt. Ein alter politischer Anstecker – WIN WITH WILKIE! stand darauf – hielt den Schal zusammen.

Stimmt, dachte Ralph. *Die hat sie als Schmuck getragen – das war ihr kleiner Tick. Hatte ich ganz vergessen.*

Das einzige andere, das falsch war (davon abgesehen, daß sie tot war und im Augenblick in einer Höhe von achtzehnhundert Metern schaukelte) war das rote Wollteil auf ihrem Schoß. Ralph hatte seine Mutter nie stricken sehen, war nicht einmal sicher, ob sie es konnte, aber jetzt strickte sie trotzdem wie verrückt. Die Nadeln glänzten und funkelten zwischen den Maschen.

[»Mutter? Mom? Bist du es wirklich?«]

Die Nadeln standen still, als sie von der scharlachroten Decke auf ihrem Schoß aufsah. Ja, sie war es – *jedenfalls wie sie Ralphs Erinnerung nach ausgesehen hatte, als er zehn Jahre alt war.* Schmales Gesicht, hohe Gelehrtenstirn, braune Augen und ein Knoten grauen Haars straff im Nacken gebunden. Es war ihr kleiner Mund, der streng und verbittert aussah ... das heißt, bis sie lächelte.

[Aber, Ralph Roberts! Ich bin überrascht, daß du das überhaupt fragen mußt!]

Aber das ist eigentlich keine Antwort, oder? dachte Ralph. Er machte den Mund auf, um das zu sagen, aber dann entschied er, daß es zumindest vorläufig klüger sein könnte, wenn er still blieb. Ein milchiger Umriß schwebte jetzt rechts von ihr in der Luft. Er wurde vor Ralphs Augen dunkler und solider und gerann zu dem Zeitungsständer aus Kirschholz, den er im Werkunterricht in seinem ersten Jahr an der Derry High für sie gebastelt hatte. Er steckte voll mit *Reader's-Digest-* und *Life-*Magazinen. Und nun löste sich der Erdboden tief unter ihr auf und wurde zu einem Muster aus braunen und dunkelroten Quadraten, die sich, von ihrem Schaukelstuhl ausgehend, in einem Kreis ausbreiteten wie Wellen auf einem See. Ralph erkannte sofort, was es war – der Linoleumküchenboden im Haus in der Kansas Street, wo er aufgewachsen war. Zuerst konnte er den Erdboden noch darunter erkennen, die Geometrie des Farmlands, und nicht weit entfernt davon den Kenduskeag, der durch Derry floß, aber dann gewann der Fußboden an Festigkeit. Ein geisterhafter Fleck, wie Pusteblumen, wurde zu Futzy, der alten Angorakatze seiner Mutter, die sich auf dem Fenstersims zusammengerollt hatte und die Möwen betrachtete, die über der alten Müllhalde in den Barrens kreisten. Futzy war etwa zu der Zeit gestorben, als Dean Martin und Jerry Lewis aufgehört hatten, Filme zusammen zu machen.

[Der alte Mann hatte ganz recht, mein Junge. Du hast dich nicht in langfristige Geschäfte einzumischen. Hör auf deine Mutter und halte dich von allem fern, was dich nichts angeht. Paß gut auf.]

Hör auf deine Mutter ... Paß gut auf. Diese Worte faßten Bertha Roberts' Ansichten über die Kunst und Wissenschaft der Kindererziehung ziemlich gut zusammen, nicht wahr? Ob es sich um den Befehl handelte, nach dem Essen eine Stunde zu warten, bevor man schwimmen ging, oder darauf zu achten, daß einem der alte Halsabschneider Butch Bowers nicht eine Menge verfaulte Kartoffeln unten in den Korb getan hatte, den man holen gehen sollte, der Prolog *(Hör auf deine Mutter)* und der Epilog *(Paß gut auf)* waren stets dieselben. Und wenn man *nicht* auf sie hörte, und wenn man *nicht* aufpaßte, mußte man mit Mutters Zorn rechnen, und dann helfe einem Gott.

Sie hob die Nadeln auf und fing wieder an zu stricken, wobei sie die scharlachroten Maschen mit Fingern weiterschob, die selbst ein wenig rot aussahen. Ralph vermutete, daß das nur eine Illusion war. Möglicherweise war die Farbe auch nicht völlig echt und färbte auf seine Finger ab.

Seine Finger? Was war denn *das* für ein dummer Fehler. *Ihre* Finger.

Andererseits …

Nun, sie hatte kleine Büschel von Schnurrbarthaaren an den Mundwinkeln. *Lange.* Irgendwie wüst. Und unbekannt. Ralph konnte sich an einen feinen Flaum auf ihrer Oberlippe erinnern, aber ein *Schnurrbart?* Auf keinen Fall. Der war neu.

Neu? Neu? *Was denkst du da? Sie ist zwei Tage nach dem Attentat auf Robert Kennedy in Los Angeles gestorben, also was, in Gottes Namen, kann neu an ihr sein?*

Zwei konvergierende Wände waren auf beiden Seiten von Bertha Roberts entstanden, sie bildeten die Küchenecke, wo sie soviel Zeit verbracht hatte. An einer hing ein Gemälde, an das Ralph sich noch gut erinnern konnte. Es zeigte eine Familie beim Essen – Dad, Mom, zwei Kinder. Sie reichten sich Kartoffeln und Mais und sahen aus, als würden sie sich darüber unterhalten, wie ihr Tag jeweils verlaufen war. Niemand bemerkte, daß sich eine fünfte Person in dem Zimmer befand – ein Mann in einem weißen Gewand, mit sandfarbenem Bart und langem Haar. JESUS CHRISTUS, DER UNSICHTBARE GAST, stand auf einer Plakette unter diesem Bild. Aber der Christus, an den sich Ralph erinnerte, hatte gütig und ein wenig verlegen ausgesehen, weil er lauschte, ohne daß sie es merkten. Diese Version dagegen sah kalt und berechnend aus … abschätzend … möglicherweise richtend. Und er hatte eine dunkle, fast cholerische Gesichtsfarbe, als hätte er etwas gehört, das ihn in Wut versetzte.

[»Mom? Bist du –«]

Sie legte die Nadeln wieder auf die rote Decke – diese seltsam *glänzende* rote Decke – und hob eine Hand, um ihn zum Schweigen zu bringen.

[Komm mir nicht mit Moms daher, Ralph – hör mir einfach zu und paß auf. Halt dich da raus! Es ist zu spät für dein Einmischen und Herumalbern. Du kannst nur alles noch schlimmer machen.]

Die Stimme war richtig, aber das Gesicht stimmte nicht und stimmte immer weniger. Am deutlichsten zeigte es sich an der Haut. Glatt und ohne Runzeln – ihre Haut war Bertha Roberts' einzige Eitelkeit gewesen. Die Haut der Kreatur im Schaukelstuhl war rauh ... sogar mehr als rauh. Sie war *schuppig.* Und seitlich am Hals befanden sich zwei Geschwülste (oder waren es Geschwüre?). Als er das sah, regte sich eine schreckliche Erinnerung

(nimm es von mir runter, Johnny, oh bitte NIMM ES RUNTER)

tief unten in seinem Verstand. Und –

Nun, ihre Aura. Wo war ihre Aura?

[Vergiß meine Aura und vergiß diese fette alte Hure, mit der du herumgezogen bist ... obwohl ich wette, daß sich Carolyn gerade im Grab umdreht.]

Der Mund der Frau

(keine Frau dieses Ding ist keine Frau)

auf dem Schaukelstuhl war nicht mehr klein. Die Unterlippe war nach außen geschwollen und hing herunter. Der Mund selbst hatte einen sabbernden, höhnischen Ausdruck angenommen. Einen seltsam *vertrauten* sabbernden, höhnischen Ausdruck.

(Johnny, es beißt mich, ES BEISST MICH!)

Auch die Barthaare an den Mundwinkeln hatten etwas gräßlich Vertrautes.

(Johnny, bitte, seine Augen, seine schwarzen Augen)

[Johnny kann dir nicht helfen, mein Junge. Er hat dir damals nicht geholfen, und er kann dir auch jetzt nicht helfen.]

Natürlich nicht. Sein älterer Bruder Johnny war vor sechs Jahren gestorben, Ralph war bei der Beerdigung Sargträger gewesen. Er war an einem Herzanfall gestorben, wahrscheinlich ebenso vom Zufall diktiert wie der, an dem Bill McGovern gestorben war, und –

Ralph sah nach links, aber die Pilotenseite des Cockpits war ebenfalls verschwunden, und Ed Deepneau mit ihr. Ralph sah den alten Gasherd und Holzofen, wo seine Mutter in dem Haus in der Kansas Street gekocht hatte (eine Aufgabe, die sie ihr Leben lang bitter verabscheut und schlecht erfüllt hatte), und den Bogen zum Eßzimmer. Er sah den Eßtisch aus Ahornholz. Ein Glaskrug stand in der Mitte. Der Krug war prallvoll mit leuchtenden roten Rosen. Jede schien ein Gesicht zu haben … ein blutrotes Gesicht mit aufgerissenem Mund …

Aber das ist falsch, dachte er. *Völlig falsch. Sie hatte nie Rosen im Haus – sie war allergisch gegen fast alles, was geblüht hat, und bei Rosen war es am schlimmsten. Sie nieste wie verrückt, wenn sie in ihre Nähe kam. Ich habe sie nur einmal ein Indianerbukett auf den Tisch stellen sehen, und das bestand nur aus Herbstgräsern. Ich sehe Rosen, weil –*

Er betrachtete wieder die Kreatur in dem Schaukelstuhl, die roten Finger, die nun zu Anhängseln zusammengeschmolzen waren, die fast wie Flossen aussahen. Er betrachtete die scharlachrote Masse, die auf dem Schoß der Kreatur lag, und die Narbe an seinem Arm fing wieder an zu kribbeln.

Was, in Gottes Namen, geht hier vor?

Aber er wußte es selbstverständlich; er mußte nur von dem roten Ding im Schaukelstuhl zu dem Bild sehen, das an der Wand hing, das Bild des Heilands mit dem scharlachroten Gesicht und der bösen Miene, der der Familie beim Abendessen zusah, um es zu bestätigen. Er war nicht in seinem alten Haus in der Kansas Street, und er war auch nicht exakt in einem Flugzeug über Derry.

Er befand sich am Hof des Scharlachroten Königs.

Kapitel 29

I

Ohne darüber nachzudenken, warum er es tat, schob Ralph eine Hand in die Tasche des Pullovers und nahm einen von Lois' Ohrringen. Seine Hand schien weit entfernt zu sein, wie eine Hand, die jemand anderem gehörte. Und ihm fiel etwas Interessantes auf: Er hatte in seinem ganzen Leben noch nie Angst gehabt, bis jetzt. Keinmal. Er hatte *geglaubt,* daß er Angst hatte, aber das war eine Illusion gewesen – er war nur ein einziges Mal kurz davor gewesen, nämlich in der öffentlichen Bibliothek von Derry, als Charlie Pickering ihm ein Messer in die Achselhöhle gebohrt und gedroht hatte, er würde ihm die Eingeweide aus dem Leib schneiden. Aber das war nichts weiter als ein gelinder Augenblick des Unbehagens, verglichen mit dem, was er jetzt empfand.

Ein grüner Mann kam ... er schien gut zu sein, aber ich könnte mich irren.

Er hoffte, daß *sie* das nicht getan hatte; er hoffte es mit aller Kraft. Denn der grüne Mann war alles, was er jetzt noch hatte.

Der grüne Mann, und Lois' Ohrringe.

[Ralph! Komm zu dir! Sieh *deine Mutter* an, *wenn sie mit dir redet! Siebzig Jahre, und du benimmst dich immer noch, als wärst du sechzehn, mit einem schlimmen Fall von Pimmelausschlag!]*

Er drehte sich zu dem Ding mit den roten Flossen um, das auf dem Schaukelstuhl saß. Jetzt hatte es nur noch vage Ähnlichkeit mit seiner verstorbenen Mutter.

[»Du bist nicht meine Mutter, und ich befinde mich immer noch in dem Flugzeug.«]

[Das bist du nicht, mein Junge. Mach dir nichts vor. Ein Schritt aus meiner Küche hinaus, und dir steht ein langer Absturz bevor.]

[»Du kannst jetzt ruhig aufhören. Ich kann sehen, was du bist.«]

Das Ding sprach mit einer blubbernden, erstickten Stimme, die Ralphs Rückgrat in eine dünne Eisbahn verwandelte.

[Das stimmt nicht. Du denkst es vielleicht, aber es stimmt nicht. Du würdet mich nie und nimmer ohne *eine meiner Verkleidungen sehen wollen. Glaub mir, Ralph, wirklich nicht.]*

Er stellte mit wachsendem Entsetzen fest, daß sich das Mutter-Ding in einen gewaltigen weiblichen Katzenwels verwandelt hatte, einen hungrigen Gründler mit Stummelzähnen zwischen den wulstigen Lippen und Barthaaren, die fast zum Kragen der Bluse reichten, das es noch trug. Die Kiemen an seinem Hals öffneten und schlossen sich wie Rasiermesser und gaben den Blick auf entzündetes rotes Fleisch frei. Die Augen waren rund und purpurn geworden, und die Höhlen glitten vor Ralphs Augen auseinander. Das ging so lange, bis die Augen sich seitlich am schuppigen Gesicht der Kreatur wölbten, und nicht mehr vorn.

[Beweg keinen Muskel, Ralph. Du wirst wahrscheinlich bei der Explosion sterben, auf welcher Ebene du dich auch befinden magst – die Druckwellen breiten sich hier wie in jedem Gebäude aus –, aber dieser Tod wird immer noch wesentlich besser sein als der Tod durch mich.]

Der Katzenwels riß das Maul auf. Die Zähne umgaben ein blutrotes Maul, das voll von seltsamen Eingeweiden und Geschwülsten zu sein schien. Es schien ihn auszulachen.

[»Wer bist du? Bist *du der Scharlachrote König?]*

[Das ist Eds Name für mich – wir sollten einen eigenen haben, findest du nicht? Mal sehen. Wenn du nicht möchtest daß ich Mom Roberts bin, warum nennst du mich dann nicht Kingfish? Du erinnerst dich doch noch an Kingfish aus dem Radio, oder?]

Ja, natürlich erinnerte er sich … aber der *echte* Kingfish war nie in *Amos 'n Andy* gewesen, und er war eigentlich auch kein Kingfish gewesen. Der echte Kingfish war ein Queenfish gewesen, und der hatte in den Barrens gelebt.

2

An einem Sommertag des Jahres, in dem Ralph Roberts sieben geworden war, hatte er beim Angeln mit seinem Bruder John einen riesigen Katzenwels aus dem Kenduskeag gezogen –

das war in den zwanziger Jahren gewesen, als man noch essen konnte, was man in den Barrens fing. Ralph hatte seinen älteren Bruder gebeten, das konvulsivisch zuckende Ding für ihn vom Haken zu nehmen und in den Eimer mit frischem Wasser zu werfen, den sie neben sich am Ufer stehen hatten. Johnny hatte sich geweigert und unbekümmert zitiert, was er den Anglerkodex nannte: Gute Angler befestigen ihre Köder selbst, graben ihre Würmer selbst aus und lösen ihren Fang selbst vom Haken. Erst später war Ralph klar geworden, daß Johnny vielleicht nur versucht hatte, seine eigene Angst vor der riesigen und irgendwie außerirdisch wirkenden Kreatur zu verbergen, die sein kleiner Bruder an dem Tag aus dem trüben, pißwarmen Wasser des Kenduskeag gezogen hatte.

Ralph hatte es schließlich fertiggebracht, den pulsierenden Körper des Katzenwelses anzufassen, der glitschig, schuppig und stachelig zugleich zu sein schien. Dabei hatte Johnny, um ihm Angst zu machen, zu ihm gesagt, er solle sich vor den Barthaaren hüten. *Sie sind giftig. Bobby Therriault hat mir gesagt, wenn man sich an einem sticht, kann man gelähmt werden. Den Rest seines Lebens im Rollstuhl verbringen. Also sei vorsichtig, Ralphie.*

Ralph hatte das Tier hierhin und dorthin gedreht und versucht, den Haken aus den dunklen, nassen Innereien zu lösen, ohne die Hände auch nur in die Nähe der Barthaare zu bringen (er glaubte Johnny das mit dem Gift nicht, aber gleichzeitig glaubte er auch jedes Wort), und dabei war er sich überdeutlich der Kiemen, der Augen und des Fischgeruchs bewußt gewesen, der ihm mit jedem Atemzug tiefer in die Lunge einzudringen schien.

Schließlich hatte er Knorpel im Inneren des Katzenwelses reißen hören und gespürt, wie sich der Haken löste. Frische Blutströme liefen aus dem schnappenden Maul des sterbenden Tiers. Ralph stieß einen leisen Seufzer der Erleichterung aus – zu früh, wie sich herausstellte. Als sich der Haken löste, schlug der Katzenwels gewaltig mit dem Schwanz aus. Die Hand, mit der Ralph ihn befreit hatte, rutschte ab, und plötzlich schloß sich das blutende Maul des Katzenwels um die ersten beiden Finger von Ralphs Hand. Wieviel Schmerz hatte er gespürt? Viel? Wenig? Vielleicht gar keinen? Ralph konnte sich nicht erinnern. Aber an Johnnys aufrichtigen, ungespielten Schreckensschrei und an seine eigene Überzeugung, daß der Katzenwels sich an ihm rächen würde, weil er ihn tötete, indem er ihm die beiden ersten Finger der rechten Hand abbiß, *daran* konnte er sich noch genau erinnern.

Er erinnerte sich, wie er selbst geschrien und die Hand geschüttelt und Johnny angefleht hatte, ihm zu helfen, aber Johnny hatte sich mit blassem Gesicht und vor Ekel verzerrtem Mund abgewendet. Ralph hatte die Hand wie verrückt geschüttelt, in weiten Bögen, aber der Katzenwels hatte sich festgeklammert wie der leibhaftige Tod, die Barthaare

(giftige Barthaare, die mich für den Rest meines Lebens an den Rollstuhl fesseln)

schlugen und flatterten gegen Ralphs Handgelenke, und die schwarzen Augen des Fischs glotzten ihn an.

Schließlich hatte er ihn gegen einen Baum in der Nähe geschlagen und ihm das Rückgrat gebrochen. Der Fisch war immer noch zuckend ins Gras gefallen, und Ralph war mit dem Fuß daraufgetreten, was den ultimativen Horror nach sich zog. Ein Schwall Gedärme quoll aus dem Maul des Fischs, und aus der Stelle, die Ralphs Absatz aufgerissen hatte, ergoß sich eine schleimige Flut blutiger Eier. Da war ihm klar geworden, daß der Kingfish in Wirklichkeit ein Queenfish und nur einen oder zwei Tage vom Laichen entfernt gewesen war.

Ralph hatte von der grausigen Masse auf seine eigene blutige, schuppenübersäte Hand gesehen und geheult wie eine Todesfee. Als Johnny seine Hand berührte, um ihn zu beruhigen, war Ralph ausgerissen. Er hatte erst aufgehört zu laufen, als er zu Hause angekommen war, und er hatte sich den Rest des Tages geweigert, sein Zimmer zu verlassen. Es hatte fast ein Jahr gedauert, bis er wieder Fisch gegessen hatte, und mit Katzenwelsen hatte er nie wieder etwas zu tun gehabt.

Das heißt, bis heute.

3

[»Ralph!«] Das war Lois' Stimme ... aber aus der Ferne. Aus weiter Ferne!

[»Du mußt sofort *etwas unternehmen! Laß dich nicht von ihm aufhalten!«]*

Jetzt sah Ralph, daß das, was er für eine Strickdecke auf dem Schoß seiner Mutter gehalten hatte, in Wirklichkeit eine glänzende Matte blutiger Eier auf dem Schoß des Scharlachroten Königs war. Er beugte sich über diese pulsierende Decke zu ihm, und seine wulstigen Lippen bebten in gespielter Fürsorge.

[Stimmt was nicht, Ralphie? Wo tut es weh? Sag es Mutter.]

[»Du bist nicht meine Mutter.«]

[Nein – ich bin der Queenfish! Ich bin gut drauf und stolz darauf. Ich hab den Swing, und ich hab das Ding! Tatsächlich kann ich sein, was ich will. Du weißt es vielleicht nicht, aber Verwandlungen haben eine altehrwürdige Tradition in Derry.]

[»Kennst du den grünen Mann, den Lois gesehen hat?«]

[Selbstverständlich! Ich kenne jeden in der Nachbarschaft!]

Aber Ralph bemerkte einen Ausdruck flüchtiger Verwirrung in dem Schuppengesicht.

Die Hitze in seinem Unterarm nahm weiter zu, und da kam Ralph plötzlich eine Erkenntnis: Wenn Lois jetzt hier wäre, würde sie ihn kaum sehen können. Der Queenfish verströmte ein pulsierendes, immer heller werdendes Leuchten, das ihn allmählich einhüllte. Das Leuchten war rot statt schwarz, aber es war nichtsdestotrotz ein Leichentuch, und jetzt wußte er, wie es war, wenn man sich darin befand, in einem aus seinen schlimmsten Ängsten und traumatischsten Erlebnissen geflochtenen Netz. Es gab keinen Weg hinaus und keine Möglichkeit, es durchzuschneiden, so wie er das Leichentuch um Eds Trauring herum durchgeschnitten hatte.

Wenn ich entkommen will, dachte Ralph, *muß ich es tun, indem ich so schnell und energisch vorwärts laufe, daß ich auf der anderen Seite durchbrechen kann.*

Den Ohrring hielt er immer noch in der Hand. Jetzt drehte er ihn so, daß die ungeschützte Spitze auf der Rückseite zwischen den beiden Fingern herausragte, die der Katzenwels vor dreiundsechzig Jahren hatte fressen wollen. Dann sprach er ein kurzes Gebet, aber nicht zu Gott, sondern zu Lois' grünem Mann.

4

Der Katzenwels beugte sich weiter nach vorne, und die Karikatur eines höhnischen Grinsens breitete sich auf seinem nasenlosen Gesicht aus. Die Zähne in diesem schlaffen Grinsen sahen jetzt länger und spitzer aus. Ralph sah Perlen einer klaren Flüssigkeit an den Enden der Barthaare und dachte: *Gift. Wirst den Rest deines Lebens im Rollstuhl verbringen. Mann, ich hab solche Angst*. Todesangst.

Lois, aus weiter Ferne kreischend: *[»Beeil dich, Ralph! DU MUSST DICH BEEILEN!«]*

Ein kleiner Junge schrie irgendwo, viel näher; schrie und schwenkte die rechte Hand, schwenkte den Fisch, der sich an seinen Fingern festgebissen hatte, die im Maul eines schwangeren Monsters steckten, das nicht loslassen wollte.

Der Katzenwels beugte sich noch weiter herüber. Sein Kleid raschelte. Ralph konnte das Parfum seiner Mutter riechen, St. Elene, das sich auf obszöne Weise mit dem fischigen Kloakenaroma des Gründlers mischte.

[Ich habe die Absicht, Ed Deepneaus Unternehmen zu einem erfolgreichen Abschluß zu führen, Ralph; ich habe die Absicht, den Jungen, von dem deine Freunde dir erzählt haben, in den Armen seiner Mutter sterben zu lassen, und ich möchte sehen, wie es passiert. Ich habe sehr hart hier in Derry gearbeitet, und ich finde, das ist nicht zuviel verlangt, aber es bedeutet, daß ich mir dich jetzt gleich vom Hals schaffen muß. Ich –]

Ralph trat einen Schritt tiefer in den Müllgestank des Dings hinein. Und nun sah er eine Gestalt hinter der Gestalt von Mutter, hinter der Gestalt von Queenfish. Er sah einen hellen Mann, einen *roten* Mann mit kalten Augen und einem unbarmherzigen Mund. Der Mann hatte Ähnlichkeit mit dem Christus, den er erst vor wenigen Augenblicken gesehen hatte ... aber nicht mit dem, der tatsächlich in der Ecke der Küche seiner Mutter gehangen hatte.

[Was denkst du dir eigentlich? Geh weg von mir! Willst du den Rest deines Lebens im Rollstuhl verbringen?]

[»Ich kann mir Schlimmeres vorstellen, Kumpel – die Zeit, als ich am ersten Schlagmal gespielt habe, sind definitiv vorbei.«]

Die Stimme schwoll an und wurde zur Stimme seiner Mutter, wenn sie wütend war.

[Hör mir zu, Junge! Hör mir zu und paß auf!]

Einen Augenblick zögerte er angesichts der alten Kommandos, die mit einer Stimme ausgesprochen wurden, welche so unheimliche Ähnlichkeit mit der seiner Mutter hatte. Dann ging er wieder einen Schritt weiter. Der Queenfish drückte sich in den Schaukelstuhl und schlug unter dem Saum des alten Hauskleids mit der Schwanzflosse.

[WAS DENKST DU DIR EIGENTLICH DABEI?]

[»Ich weiß nicht; vielleicht will ich dich nur an den Barthaaren ziehen. Mal sehen, ob sie echt sind.«]

Dann bot er alle Willenskraft auf, damit er nicht aufschrie und floh, und streckte die rechte Hand aus. Lois' Ohrring fühlte sich wie ein kleiner, warmer Kieselstein in seiner Faust an. Lois selbst schien sehr nahe zu sein, und Ralph fand das nicht überraschend, wenn man bedachte, wieviel von ihrer Aura er in sich aufgenommen hatte. Möglicherweise war sie jetzt sogar ein Teil von ihm. Das Gefühl ihrer Präsenz war ein großer Trost für ihn.

[Nein, das wagst du nicht! Du wirst gelähmt sein!]

[»Katzenwelse sind nicht giftig – das war das Ammenmärchen eines zehnjährigen Jungen, der noch mehr Angst hatte als ich.«]

Ralph griff mit der Hand, in der er den Metalldorn verborgen hielt, nach dem Schnurrbart, und der schuppige Kopf zuckte zurück, wie es ein Teil von Ralph gewußt hatte. Er waberte und veränderte sich, und die furchteinflößende rote Aura drang durch. *Wenn Krankheit und Schmerz eine Farbe hätten,* dachte Ralph, *das wäre sie.* Und bevor die Veränderung noch weitergehen konnte, bevor der Mann, den er jetzt sehen konnte – groß, auf kalte Weise hübsch mit seinem blonden

Haar und den stechenden roten Augen – durch den Schimmer der Illusion treten konnte, die er abgestreift hatte, stieß Ralph die Spitze des Ohrrings in ein schwarzes, gewölbtes Fischauge.

5

Das Wesen stieß einen schrecklichen summenden Laut aus – wie eine Zikade, fand Ralph – und versuchte, sich zurückzuziehen. Der heftig schlagende Schwanz erzeugte ein Geräusch wie ein Ventilator, zwischen dessen Rotoren sich ein Blatt Papier verfangen hat. Er rutschte in dem Schaukelstuhl hinab, der sich langsam in einen aus orangefarbenem Stein gemeißelten Thron verwandelte. Und dann war die Schwanzflosse verschwunden, der Queenfish war verschwunden, und der Scharlachrote König, dessen hübsches Gesicht zu einer Fratze von Schmerz und Fassungslosigkeit verzerrt war, saß vor ihm. Eines seiner Augen funkelte so rot wie das eines Luchses im Feuerschein; das andere war vom grellen, gebrochenen Funkeln von Diamantsplittern erfüllt.

Ralph griff mit der linken Hand in die Decke der Eier hinein, sah aber nichts als Schwärze auf der anderen Seite der Öffnung. Die andere Seite des Leichentuchs. Der Weg hinaus.

[Du bist gewarnt worden, du kurzfristiger Hurensohn! Du glaubst, du kannst mich an den Barthaaren ziehen, ja? Nun, mal sehen, ja? Mal sehen!] Der Scharlachrote König beugte sich auf seinem Thron nach vorne, sein Maul klaffte, das verbliebene Auge erstrahlte in rotem Licht. Ralph kämpfte gegen den Wunsch, seine jetzt leere rechte Hand wegzuziehen. Statt dessen rammte er sie vorwärts ins Maul des Scharlachroten Königs, das weit auseinanderklaffte, um sie zu verschlingen, wie vor langer Zeit der Katzenwels in den Barrens.

Etwas, das nicht aus Fleisch bestand, wand sich um seine Hand und stach dann zu wie Pferdebremsen. Gleichzeitig spürte Ralph echte Zähne – *Fangzähne* –, die sich in seinen Arm bohrten. Noch einen Augenblick, höchstens zwei, und der Scharlachrote König würde ihm das Handgelenk durchbeißen und seine Hand in einem Stück verschlingen.

Ralph machte die Augen zu und fand augenblicklich das Muster von Gedanken und Konzentration, das Bewegung zwischen den Ebenen möglich machte – seine Schmerzen und seine Angst waren dabei kein Hindernis. Nur war sein Ziel diesmal nicht *Bewegung*, sondern *Auslösung*. Klotho und Lachesis hatten ihm eine Falle in den Arm eingepflanzt, und es wurde Zeit, sie auszulösen.

Ralph verspürte dieses Gefühl des *Blinzelns* in seinem Kopf. Die Narbe an seinem Arm wurde sofort weißglühend und ging in einen kritischen Zustand über. Die Hitze verbrannte Ralph nicht, sondern strömte als expandierende Energiewoge aus ihm heraus. Er bemerkte einen titanischen grünen Lichtblitz, so grell, daß es einen Augenblick schien, als wäre die Smaragdstadt von Oz rings um ihn herum explodiert. Etwas oder jemand schrie. Das hohe, schrille Geräusch hätte ihn wahnsinnig gemacht, hätte es lange gedauert, aber es war nur kurz. Ihm folgte ein lauter, hohler Knall, bei dem Ralph daran denken mußte, wie er einmal einen M-80 Kracher angezündet und in ein Stahlrohr geworfen hatte.

Eine plötzliche Woge der Energie wehte als Wind und verblassendes grünes Licht an ihm vorbei. Er konnte einen seltsam verzerrten Blick auf den Scharlachroten König werfen, der nicht mehr jung und nicht mehr hübsch war, sondern uralt und krumm und weniger menschlich als die seltsamste Kreatur, die je durch die Existenzebene der Kurzfristigen geflattert oder gehüpft war. Dann tat sich etwas über ihnen auf und offenbarte eine Dunkelheit, in der widerstreitende Schnörkel und farbige Lichtstrahlen umherschossen. Der Wind schien den Scharlachroten König darauf zuzuwehen wie die Aufwinde eines Schornsteins ein welkes Blatt. Die Farben wurden heller, und Ralph wandte das Gesicht ab und schützte mit einer Hand die Augen. Er begriff, daß eine Verbindung zwischen der Ebene, wo er sich befand, und den unvorstellbaren Ebenen darüber geöffnet worden war; er begriff auch, wenn er lange in dieses grelle Leuchten sehen würde, in diese

(Totenlichter)
wirbelnden Farben, dann wäre der Tod bei weitem nicht das Schlimmste, das ihm zustoßen konnte, sondern das Beste. Er schloß nicht nur die Augen; er schloß sein *Denken*.

Einen Augenblick später war alles verschwunden – die Kreatur, die sich Ed gegenüber als der Scharlachrote König zu erkennen gegeben hatte, die Küche des alten Hauses in der Kansas Street, der Schaukelstuhl seiner Mutter. Ralph kniete etwa zwei Meter rechts von der Schnauze der Cherokee in der Luft und hatte die Hände erhoben wie ein Kind, das häufig Prügel bezog, vor einem grausamen Erwachsenen, und als er zwischen seinen Knien hinunterschaute, sah er das Bürgerzentrum und den angrenzenden Parkplatz direkt unter sich. Zuerst glaubte er, seine Augen wären einer optischen Täuschung aufgesessen, weil die Lampen auf dem Parkplatz auseinanderzustreben schienen. Sie sahen fast wie eine Menge sehr großer, sehr schlanker Menschen aus, die sich auflöste, weil das wie auch immer geartete aufregende Ereignis vorbei ist. Und der Parkplatz selbst schien ... nun ... *größer* zu werden.

Er wird nicht größer, sondern kommt näher, dachte Ralph kalt. Ed geht runter. Er hat mit seinem Kamikazeanflug begonnen.

6

Einen Augenblick war Ralph starr und von der simplen Unmöglichkeit seiner Position in den Bann geschlagen. Er war zu einem mythischen Zwischenwesen geworden, eindeutig kein Gott (kein Gott konnte so müde und ängstlich sein wie er im Augenblick), aber eindeutig auch kein erdgebundenes Geschöpf wie ein Mensch. So war das Fliegen wirklich, wenn man die Erde ohne Hindernis sah. Dies –

[»RALPH!«]

Ihr Schrei war wie der Knall einer Schrotflinte neben seinem Ohr. Ralph zuckte davor zurück, und in dem Moment, als er den Blick vom hypnotisierenden Anblick des Bodens abwenden konnte, der ihm entgegenraste, konnte er sich auch wieder bewegen. Er stand auf und ging zum Flugzeug zurück. Das tat er so beiläufig und mühelos wie ein Mann, der in seinem Haus den Flur entlanggeht. Kein Wind blies ihm ins Gesicht oder wehte ihm das Haar aus der Stirn, und als seine linke Schulter durch den Propeller der Cherokee hindurchging, konnte ihm der kreisende Rotor ebensowenig etwas anhaben wie Rauch.

Einen Augenblick sah er Eds blasses, hübsches Gesicht – das Gesicht des Highwayman, der in dem Gedicht, das Carolyn immer zum Weinen gebracht hatte, zur Tür des alten Gasthauses kam –, und seine bisherigen Empfindungen von Mitleid und Bedauern wurden von Wut verdrängt. Es war schwierig, *wirklich* wütend auf Ed zu werden – schließlich war auch er nur eine Schachfigur, die auf dem Brett herumgeschoben wurde –, aber das Gebäude, das er mit seinem Flugzeug anvisierte, war voller Menschen. *Unschuldiger* Menschen. Ralph sah etwas Trotziges, Kindisches und Halsstarriges unter dem benommenen, verwirrten Gesichtsausdruck von Ed, und als er durch die Cockpitwand trat, dachte Ralph: *Ich glaube, auf einer Ebene hast du gewußt, daß der Teufel hereingekommen ist, Ed. Ich glaube, du hättest ihn sogar wieder hinauswerfen können … haben Mr. K. und Mr. L. nicht gesagt, daß es immer eine Alternative gibt? Wenn ja, trägst du zumindest zum Teil die Verantwortung hierfür, du Dreckskerl.*

Einen Moment ragte Ralphs Kopf durch die Decke wie vorhin auch, und er kniete sich hin. Jetzt beanspruchte das Bürgerzentrum die gesamte Windschutzscheibe des Flugzeugs ein, und er sah ein, daß es zu spät war, Ed daran zu hindern, *etwas* zu tun.

Ed hatte die Türklingel von dem Klebeband abgerissen und hielt sie in der Hand.

Ralph griff in die Tasche, nahm den verbliebenen Ohrring und hielt ihn wieder so zwischen den Fingern, daß die Spitze dazwischen herausragte. Mit der anderen Hand ergriff er die Kabel, die zwischen der Klingel und dem Pappkarton verliefen. Dann schloß er die Augen, konzentrierte sich und rief wieder das angespannte Gefühl mitten in seinem Kopf herbei. Er spürte ein plötzliches hohles Flattern im Magen und dachte sich: *Mann! Das ist der Expreßlift!*

Dann befand er sich wieder auf der Ebene der Kurzfristigen, wo es keine Götter oder Teufel gab, keine kahlköpfigen Ärzte mit magischen Scheren oder Skalpells, keine Auren. Unten, wo es unmöglich war, durch Wände zu gehen oder einen Flugzeugabsturz zu überleben. Auf der Ebene der Kurzfristigen, wo man ihn sehen konnte ... und das, wurde Ralph klar, tat Ed gerade.

»Ralph?« Es war die nuschelnde Stimme eines Mannes, der gerade aus dem tiefsten Schlaf seines Lebens erwacht. »Ralph Roberts? Was machst *du* denn hier?«

»Oh, ich war gerade in der Gegend und dachte mir, ich schau mal vorbei.« Und damit schloß er die Faust und riß die Kabel aus dem Karton.

7

»Nein!« schrie Ed. *»O nein, nicht, du verdirbst alles!«*

Ja, wirklich, dachte Ralph, dann griff er über Eds Schoß hinweg nach dem Steuerknüppel der Cherokee. Das Bürgerzentrum lag keine vierhundert Meter mehr unter ihnen, möglicherweise noch weniger. Ralph wußte immer noch nicht mit Sicherheit, was sich in dem auf dem Sitz des Copiloten festgeschnallten Karton befand, aber er hatte eine Ahnung, daß es sich um den Plastiksprengstoff handeln könnte, den Terroristen immer in den Kampfsportfilmen mit Chuck Norris oder Steven Segal benützten. Der sollte ziemlich stabil sein – nicht wie das Nitroglyzerin in Clouzots *Lohn der Angst* –, aber dies war sicher nicht der Zeitpunkt, sich auf das Evangelium der Filmbranche zu verlassen. Und selbst ein stabiler Sprengstoff konnte ohne Zünder explodieren, wenn er aus einer Höhe von fast dreitausend Metern fiel.

Er drückte den Steuerknüppel, so weit er konnte, nach links. Unter ihnen drehte das Bürgerzentrum auf schwindelerregende Weise ab, als wäre es auf die Spindel eines gewaltigen Kreisels montiert.

»Nein, du Dreckskerl!« schrie Ed, und etwas, das sich wie der Kopf eines kleinen Hammers anfühlte, traf Ralph an der Seite, lähmte ihn fast vor Schmerzen und machte es ihm unmöglich zu atmen. Seine Hand glitt vom Steuerknüppel ab, als Ed wieder auf ihn einschlug, diesmal in die Achselhöhle. Ed ergriff den Steuerknüppel und riß ihn heftig zurück. Das Bürgerzentrum, das im Sichtfeld der Windschutzscheibe zur Seite geglitten war, bewegte sich wieder Richtung Zentrum.

Ralph streckte die Hand nach dem Knüppel aus. Ed drückte Ralph die Handfläche auf die Stirn und stieß ihn zurück. »Warum hast du dich nicht raushalten können?« fauchte er. »Warum hast du dich *einmischen* müssen?« Er hatte die Zähne gefletscht und die Lippen zu einer eifersüchtigen Grimasse verzerrt. Daß Ralph im Cockpit aufgetaucht war, hätte ihm einen lähmenden Schock versetzen müssen, aber das hatte es keineswegs.

Natürlich nicht, er ist verrückt, dachte Ralph, und plötzlich erhob er seine innere Stimme zu einem Ruf voller Panik:

Klotho! Lachesis! Um Himmels willen, helft mir!

Nichts. Es sah nicht so aus, als hätte sein Ruf *irgend jemanden* erreicht. Warum auch? Er befand sich wieder auf der Ebene der Kurzfristigen, und das bedeutete, er war auf sich selbst gestellt.

Das Bürgerzentrum war jetzt nur noch etwa zweihundertvierzig bis zweihundertsiebzig Meter unter ihnen. Ralph konnte jeden Backstein, jedes Fenster, jede Person sehen, die davor stand – er konnte fast sagen, wer von ihnen Schilder trug. Sie sahen auf und versuchten herauszubekommen, was dieses verrückte Flugzeug hier zu suchen hatte. Ralph konnte die Angst in ihren Gesichtern nicht sehen, noch nicht, aber noch drei oder vier Sekunden –

Er warf sich wieder auf Ed, achtete nicht auf das Pochen in seiner linken Seite, und stieß mit der rechten Faust zu, wobei er die Spitze des Ohrrings mit dem Daumen so weit er konnte zwischen den Fingern hinausdrückte.

Der Trick mit dem goldenen Ohrring hatte beim Scharlachroten König funktioniert, aber da war er höher oben gewesen und hatte das Überraschungsmoment auf seiner Seite gehabt.

Auch diesmal zielte Ralph nach dem Auge, aber Ed wandte im letzten Moment den Kopf ab. Der Dorn bohrte sich dicht über dem Wangenknochen in Eds Gesicht. Ed schlug ihn weg wie eine Stechmücke und hielt dabei weiter mit der linken Hand den Steuerknüppel fest.

Ralph wollte sich wieder auf den Knüppel stürzen. Ed schlug nach ihm. Seine Faust traf über dem linken Auge und stieß Ralph zurück. Ein einziger lauter Ton, rein und silbern, hallte ihm in den Ohren. Es war, als befände sich eine gewaltige Stimmgabel irgendwo zwischen ihnen, die jemand angeschlagen hatte. Die Welt wurde grau wie eine körnige Zeitungsfotografie.

[»RALPH! BEEIL DICH!«]

Das war Lois, völlig entsetzt. Er wußte warum; die Zeit war so gut wie abgelaufen. Ihm blieben bestenfalls fünf Sekunden. Er warf sich wieder nach vorne, aber diesmal nicht auf Ed, sondern auf das Bild von Helen und Nat, das über dem Höhenmesser festgeklebt worden war. Er riß es ab, hielt es hoch ... und zerknüllte es zwischen den Fingern. Er wußte nicht genau, mit was für einer Reaktion er gerechnet hatte, aber sie übertraf seine kühnsten Erwartungen.

»GIB SIE ZURÜCK!« schrie Ed. Er vergaß den Steuerknüppel und griff statt dessen nach dem Bild. Dabei sah Ralph wieder den Mann, den er an dem Tag zu sehen bekommen hatte, als er Helen verprügelt hatte – ein Mann, der verzweifelt unglücklich war und sich vor den in ihm freigesetzten Kräften fürchtete. Tränen standen ihm nicht nur in den Augen, sondern liefen an seinen Wangen hinab, und Ralph dacht verwirrt: *Hat er die ganze Zeit geweint?*

»GIB SIE ZURÜCK!« bellte er wieder, aber Ralph war nicht mehr sicher, ob der Schrei ihm galt; er dachte, daß sein ehemaliger Nachbar möglicherweise das Wesen ansprach, das in sein Leben getreten war, sich vergewissert hatte, daß es geeignet schien, und es dann einfach übernommen hatte. Lois' Ohrring funkelt an Eds Wange wie ein barbarisches Trauerornament. *»GIB SIE ZURÜCK, SIE GEHÖREN MIR!«*

Ralph hielt die zerknüllte Fotografie gerade außerhalb der Reichweite von Eds fuchtelnden Armen. Ed sprang, der Sicherheitsgurt schnitt ihm in den Bauch, und Ralph schlug ihm, so fest er konnte, gegen die Kehle und verspürte eine unbeschreibliche Mischung aus Befriedigung und Ekel, als der Schlag auf der harten, knorpeligen Wölbung von Eds Adamsapfel landete. Ed fiel in den Sitz zurück, die Augen quollen ihm vor Schmerzen und Bestürzung aus den Höhlen, und er griff sich mit den Händen an den Hals. Ein ersticktes, würgendes Geräusch drang aus seinem Inneren. Es hörte sich an wie das Getriebe einer gigantischen Maschine, die im Begriff war, sich festzufressen.

Ralph schob sich über Eds Schoß nach vorne und sah das Bürgerzentrum dem Flugzeug förmlich entgegen*springen*. Er zog den Steuerknüppel so weit er konnte nach links, und unter ihm – *direkt* unter ihm – drehte sich das Bürgerzentrum wieder zur Seite der dem Untergang geweihten Windschutzscheibe der Cherokee ... aber es bewegte sich quälend langsam.

Ralph stellte fest, daß er etwas in dem Cockpit riechen konnte – ein schwaches Aroma, das süßlich und vertraut zugleich war. Bevor er sich überlegen konnte, was es sein mochte, sah er etwas, das ihn völlig ablenkte. Im Geiste hörte er John Leydecker wieder fragen, wem *dieser* Brontosaurier gehörte, und hörte sich antworten, daß es sein Brontosaurier sei.

Mein Gott, dachte Ralph mehr staunend als ängstlich. *Ich glaube, ich lande auf meinem eigenen Vordersitz.*

Der süßliche Geruch war stärker, und als plötzlich Hände seine Schultern ergriffen, wurde ihm klar, daß es das Parfum von Lois Chasse war.

»Komm hoch!« schrie sie. *»Ralph, du Dummkopf, du mußt –«*

Er dachte nicht nach; er *tat* es einfach. Das Ding in seinem Geist verkrampfte sich, das Blinzeln fand statt, und er hörte den Rest von dem, was sie zu sagen hatte, in der unheimlichen, durchdringenden Weise, die mehr Denken als Sprechen war.

[»– heraufkommen! Stemm dich mit den Füßen ab!«]

Zu spät, dachte er, befolgte ihren Rat aber trotzdem, stützte die Füße auf das schräg geneigte Armaturenbrett und stieß sich so fest er konnte ab. Er spürte, wie Lois mit ihm durch den Schacht der Existenz emporstieg, während die Cherokee die letzten dreißig Meter zwischen sich und dem Boden zurücklegte, und als sie in die Höhe schossen, spürte er, wie sich eine plötzliche Ladung der Energie von Lois um ihn legte und ihn zurückriß wie ein Bungeeseil. Er erlebte kurz das ekelerregende Gefühl, als würde er in zwei Richtungen gleichzeitig fliegen.

Ralph konnte einen letzten Blick auf Ed Deepneau werfen, der an der Seitenwand des Cockpits lehnte, aber in einem sehr realen Sinne sah er ihn überhaupt nicht. Die gelb-graue Aura der Verwirrung war verschwunden. Ed war ebenfalls verschwunden. Er steckte in einem Leichentuch, so schwarz wie die Mitternacht in der Hölle.

Dann fielen und flogen er und Lois zugleich.

Kapitel 30

1

Kurz bevor es zu der Explosion kam, sagte Susan Day, die im grellen weißen Scheinwerferlicht stand und die letzten Sekunden ihres provokativen Lebens erlebte, gerade: »Ich bin nicht nach Derry gekommen, um Sie zu heilen, Sie herumzukommandieren oder aufzuhetzen, sondern, um mit Ihnen zu trauern – dies ist eine Situation, die weit über politische Erwägungen hinausgeht. Es gibt kein Recht auf Gewalt, keine Zuflucht in Selbstgefälligkeit. Ich bin hier, um Sie zu bitten, daß Sie Ihren Standpunkt und Ihre Rhetorik beiseite lassen und eine Möglichkeit finden, einander zu helfen. Sich von der Faszination abzuwenden –«

Hinter den hohen Fenstern an der Südseite des Auditoriums erstrahlte plötzlich ein grelles weißes Licht, dann barsten sie nach innen.

2

Die Cherokee verfehlte Ralphs alten Olds, aber das rettete ihn nicht. Das Flugzeug machte noch einmal eine halbe Drehung in der Luft, dann bohrte es sich etwa acht Meter von dem Zaun entfernt in den Boden, wo Lois früher an diesem Tag stehengeblieben war, um ihren nervtötenden Slip in die Höhe zu ziehen. Die Tragflächen brachen ab. Das Cockpit unternahm eine schnelle und brutale Reise durch die Passagierkabine. Der Rumpf explodierte mit der Wucht einer Champagnerflasche im Mikrowellenherd. Scherben flogen durch die Luft. Das Heck bog sich über den Rumpf der Cherokee wie der Stachel eines sterbenden Skorpions und bohrte sich ins Dach eines Dodge, auf dessen Seite SCHÜTZT DAS RECHT DER FRAUEN AUF FREIE ENTSCHEIDUNG! gemalt worden war.

Ein helles und bitteres Scheppern erklang, das sich anhörte, als wäre ein Stapel Alteisen umgestürzt.

»Ach du Schei –«, begann einer der auf dem Parkplatz postierten Polizisten, dann flog das C-4 aus der Pappschachtel heraus wie ein großer grauer Schleimklumpen und landete auf den Trümmern des Armaturenbretts, wo sich mehrere »heiße« Kabel hineinbohrten wie die Nadeln von Spritzen. Der Plastiksprengstoff explodierte mit einem gewaltigen, ohrenbetäubenden Knall, röstete die Rennbahn und verwandelte den Parkplatz in einen Wirbelsturm von weißem Licht und herumfliegenden Trümmern. John Leydecker, der unter dem Baldachin des Bürgerzentrums gestanden und sich mit einem Cop der Staatspolizei unterhalten hatte, wurde durch eine der offenen Türen und quer durch die Halle geschleudert. Er prallte gegen die Wand und sackte bewußtlos auf den Scherbenhaufen des Glaskastens mit den Renntrophäen. Damit hatte er mehr Glück als der Mann, neben dem er gestanden hatte; der Staatspolizist wurde gegen die Strebe zwischen zwei offenen Türen gedrückt und in der Mitte entzweigerissen.

Die Reihen der Autos schirmten das Bürgerzentrum vor der schlimmsten Wucht der Explosion ab, aber diese glückliche Fügung erkannte man erst später. Drinnen saßen über viertausend Menschen zuerst wie vom Donner gerührt und wußten nicht, was sie tun sollten, und noch weniger, was sie gerade gesehen hatten: Amerikas prominenteste Feministin, die von einer herumfliegenden scharfen Glasscherbe geköpft worden war. Ihr Kopf flog wie eine seltsame weiße Bowlingkugel mit angeklebter blonder Perücke bis in die sechste Reihe.

Sie brachen erst in Panik aus, als das Licht ausging.

3

Einundsiebzig Menschen starben bei der überstürzten Flucht zu den Ausgängen, und die *Derry News* berichtete am nächsten Tag unter einer furchteinflößenden Riesen-Schlagzeile davon und bezeichnete es als schreckliche Tragödie. Ralph Roberts hätte ihnen sagen können, daß sie unter Berücksichtigung aller Umstände Glück gehabt hatten. Wirklich großes Glück.

4

In der Mitte des Nordbalkons saß eine Frau namens Sonia Danville – eine Frau, auf deren Wangen noch die Blutergüsse der letzten Prügel verblaßten, die sie je von einem Mann bekommen hatte – und hatte die Arme um die Schultern ihres Sohns Patrick gelegt. Sein Poster von McDonald's, auf dem Ronald und Mayor Cheese und der Hamburglar vor dem Fenster des Autoschalters den Boot-Scootin' Boogie tanzten, hatte er auf dem Schoß liegen, aber er hatte gerade erst die goldenen Bögen ausgemalt, als er das Poster auf die leere Seite umdrehte. Nicht, daß er das Interesse verloren hätte; ihm war gerade nur selbst ein Bild eingefallen, und das überkam ihn, wie es bei solchen Einfällen häufig der Fall war, mit zwanghafter Wucht. Er hatte fast den ganzen Tag darüber nachgedacht, was im Keller von High Ridge geschehen war – der Rauch, die Hitze, die ängstlichen Frauen und die beiden Engel, die gekommen waren, um sie zu retten –, aber sein grandioser Einfall verdrängte diese Gedanken, und er machte sich von stummem Enthusiasmus beseelt an die Arbeit. Bald war Patrick in etwa zumute, als würde er selbst in der Welt leben, die er mit seinen Wachsmalstiften malte.

Er war ungeachtet seiner vier Jahre bereits ein außerordentlich fähiger Maler (»Mein kleines Genie«, nannte ihn Sonia manchmal), und sein Bild war viel besser als das Poster zum Ausmalen auf der anderen Seite des Blatts. Was er in den Minuten zustande brachte, bevor das Licht ausging, war eine Arbeit, auf die ein begabter Kunststudent im ersten Semester stolz hätte sein können. In der Mitte des Posters ragte ein Turm aus dunklen, rußfarbenen Steinen in einen blauen Himmel mit vereinzelten dicken weißen Wolken auf. Ringsum lag ein Feld mit so roten Rosen, daß sie fast zu schreien schienen. Auf einer Seite stand ein Mann in verblichenen Blue Jeans. Revolvergurte überkreuzten sich auf seinem flachen Bauch; an jeder Hüfte hing ein Halfter. Ganz oben auf dem Turm sah ein Mann im roten Gewand mit einer Mischung aus Haß und Angst auf den Revolverhelden herunter. Seine Hände, die er um die Brüstung geklammert hatte, schienen ebenfalls rot zu sein.

Sonia war wie gebannt von Susan Day, die hinter dem Rednerpult saß und ihrer Einführungsrede zuhörte, aber sie sah kurz vor dem Ende der Rede auch auf das Bild ihres Sohnes. Sie wußte seit zwei Jahren, daß Patrick das war, was Psychologen ein Wunderkind nannten, und sie redete sich manchmal ein, daß sie sich an die komplexen Bilder und Play-Doh-Skulpturen gewöhnt hatte, die er seine Knetfamilie nannte. Vielleicht stimmte das bis zu einem gewissen Grad, aber dieses spezielle Bild erfüllt sie mit einem seltsamen Frösteln, das sie nicht völlig als emotionale Auswirkung des langen, aufregenden Tags abtun konnte.

»Wer ist das?« fragte sie und deutete auf die winzige Gestalt, die eifersüchtig vom Gipfel des dunklen Turms herabsah.

»Der ist der Rote König«, sagte Patrick.

»Oh, der Rote König. Ich verstehe. Und wer ist der Mann mit den Revolvern?«

Als er den Mund aufmachte, um zu antworten, hob Barbara Richards, die Frau am Rednerpult, den rechten Arm (sie trug einen schwarzen Trauerflor daran) und deutete auf die Frau, die hinter ihr saß. »Meine Freunde, Ms. *Susan Day!*« rief sie, und Patricks Antwort auf die zweite Frage seiner Mutter ging im donnernden Beifall unter:

Der heißt Roland, Mama. Manchmal träume ich von ihm. Der ist auch ein König.

5

Jetzt saßen die beiden mit klingelnden Ohren in der Dunkelheit, und zwei Gedanken gingen Sonia durch den Kopf wie Ratten, die einander in einem Laufrad jagen: *Nimmt dieser Tag nie ein Ende, ich wußte, ich hätte ihn nicht mitnehmen sollen, nimmt dieser Tag nie ein Ende, ich wußte, ich hätte ihn nicht mitnehmen sollen, nimmt dieser Tag –*

»Mommy, du zerdrückst mein *Bild!*« sagte Patrick. Er klang ein wenig atemlos, und Sonia wurde bewußt, daß sie auch ihn zerdrückte. Sie lockerte ihren Griff ein wenig. Ein zusammenhangloses Durcheinander von Schreien, Rufen und stammelnden Fragen drang aus der dunklen Grube unter ihnen herauf, wo die Leute, die reich genug waren, daß sie sich eine »Spende« von fünfzehn Dollar leisten konnte, auf Klappstühlen saßen. Ein durchdringender Schmerzensschrei übertönte das allgemeine Murmeln, und Sonia zuckte auf dem Sitz zusammen.

Der donnernde Knall unmittelbar nach der Explosion hatte schmerzhaft auf ihre Ohren gedrückt und das Gebäude in seinen Grundmauern erschüttert. Verglichen damit hörte sich der fortwährende Lärm – Autos, die auf dem Parkplatz wie Kracher explodierten –, leise und unbedeutend an, aber Sonia spürte dennoch, wie Patrick sich bei jedem neuen Knall an sie drückte.

»Ganz ruhig, Pat«, sagte sie zu ihm. »Etwas Schlimmes ist geschehen, aber ich glaube, es ist draußen passiert.« Da sie zu den grell erleuchteten Fenstern gesehen hatte, hatte Sonia barmherzigerweise nicht mitbekommen, wie der Heldin der Kopf von den Schultern getrennt worden war, aber sie wußte, daß der Blitz irgendwie tatsächlich zweimal an derselben Stelle eingeschlagen hatte

(hätte ihn nicht mitnehmen sollen, hätte ihn nicht mitnehmen sollen)

und zumindest ein Teil der Leute unter ihnen in Panik ausgebrochen war. Wenn *sie* in Panik geriete, würden sie und der junge Rembrandt ernste Probleme bekommen.

Aber das werde ich nicht. Ich bin heute morgen nicht aus dieser Todesfalle entkommen, nur um jetzt in Panik zu geraten. Der Teufel soll mich holen, wenn ich das tue.

Sie griff nach unten und nahm eine von Patricks Händen – die freie, nicht die, mit der er das Bild hielt. Sie war sehr kalt.

»Glaubst du, die Engel werden wiederkommen und uns retten, Mama?« fragte er mit leicht zitternder Stimme.

»Nee«, sagte sie. »Ich glaube, diesmal sollten wir es selbst tun. Aber das können wir. Ich meine, jetzt ist doch alles in Ordnung mit uns, oder nicht?«

»Ja«, sagte er, aber dann ließ er sich gegen sie sinken. Sie hatte einen schrecklichen Augenblick Angst, er hätte das Bewußtsein verloren und sie würde ihn auf den Armen aus dem Bürgerzentrum hinaustragen müssen, aber dann richtete er sich wieder auf. »Meine Bücher war'n auf dem Boden«, sagte er. »Ich wollte nicht ohne meine Bücher gehen, besonders das über den Jungen, der seinen Hut nicht abnehmen kann. Gehen wir *jetzt*, Mama?«

»Ja. Sobald die Leute da unten nicht mehr herumlaufen. Auf dem Flur gibt es bestimmt Lichter, die mit Batterien laufen, auch wenn sie hier drinnen ausgefallen sind. Wenn ich sage, wir stehen auf, dann gehen – *gehen!* – wir die Stufen hinauf zur Tür. Ich werde dich nicht tragen, aber ich werde direkt hinter dir gehen und dir beide Hände auf die Schultern legen. Hast du verstanden, Pat?«

»Ja, Mama.« Keine Fragen. Kein Blubbern. Nur seine Bücher, die er ihr zur sicheren Verwahrung in die Hände drückte. Das Bild behielt er selbst. Sie umarmte ihn kurz und gab ihm einen Kuß auf die Wange.

Sie warteten etwa fünf Minuten auf dem Sitz, während sie langsam bis dreihundert zählte. Sie spürte, daß ihre unmittelbaren Nachbarn gegangen waren, bevor sie hundertfünfzig erreicht hatte, aber sie wartete trotzdem. Jetzt konnte sie ein wenig sehen; soviel, daß sie glaubte, draußen müsse etwas lichterloh in Flammen stehen, aber auf der anderen Seite des Gebäudes. Das war ein Glück. Sie konnte das irre Heulen von näherkommenden Polizeiautos, Krankenwagen und Feuerwehrfahrzeugen hören.

Sonia stand auf. »Komm. Bleib dicht vor mir.«

Pat Danville trat auf den Gang, wo ihm seine Mutter die Hände auf die Schultern drückte. Er führte sie die Stufen hinauf zu den mattgelben Lichtern, die den Korridor des nördlichen Balkons erhellten, und blieb nur einmal stehen, als der dunkle Umriß eines laufenden Mannes auf sie zugeschnellt kam. Die Hände seiner Mutter packten seine Schultern fester, als sie ihn zur Seite riß –

»Gottverdammte Abtreibungsgegner!« schrie der laufende Mann. »Elende selbstgefällige *Scheißer!* Am liebsten würde ich sie alle umbringen!«

Dann war er fort, und Pat ging weiter die Stufen hinauf. Sie spürte jetzt eine Ruhe in ihm, eine Besonnenheit ohne eine Spur von Angst, die ihr Herz mit Liebe erfüllte und mit einer sonderbaren Art von Dunkelheit. Er war so anders, ihr Sohn, so etwas Besonderes … aber die Welt liebte solche Menschen nicht. Die Welt versuchte, sie auszurotten, wie Unkraut im Garten.

Schließlich traten sie in den Korridor hinaus. Ein paar Leute in tiefem Schock wanderten mit benommenen Blicken und offenen Mündern hin und her wie Zombies in einem Horror-Film. Sonia beachtete sie kaum, sie schob Pat einfach weiter Richtung Treppe. Drei Minuten später standen sie völlig unversehrt in der lodernden Nacht vor dem Gebäude, und in sämtlichen Ebenen des Universums setzten Plan und Zufall ihren vorherbestimmten Kurs fort. Welten, die einen Augenblick auf ihren Bahnen erbebt waren, wurden wieder stabil, und auf einer dieser Welten, in einer Wüste, die der Inbegriff aller Wüsten war, drehte sich ein Mann namens Roland in seinem Schlafsack um und schlief wieder ruhig unter den fremdartigen Sternbildern.

6

Auf der anderen Seite der Stadt, im Strawford Park, flog die Tür des Port-O-San mit der Aufschrift MÄNNER auf. Lois Chasse und Ralph Roberts wurden rückwärts inmitten einer Rauchwolke herausgeschleudert und hielten einander fest. Aus dem Port-O-San ertönte das Geräusch der abstürzenden

Cherokee und dann die Explosion des Plastiksprengstoffs. Ein weißer Lichtblitz war zu sehen, und die blauen Wände der Toilette wölbten sich nach außen, als hätte ein Riese mit der Faust dagegengeschlagen. Eine Sekunde später hörten sie die Explosion noch einmal; diesmal, als sie durch die Luft zu ihnen herübergetragen wurde. Die zweite Version war leiser, aber irgendwie realer.

Lois stolperte und fiel mit einem Schrei, der teilweise Erleichterung ausdrückte, auf dem Hügel ins Gras. Ralph landete neben ihr, richtete sich aber gleich in eine sitzende Haltung auf. Er sah ungläubig zum Bürgerzentrum, wo sich eine Faust aus Feuer am Horizont ballte. Eine purpurne Schwellung, so groß wie ein Türknauf, wuchs mitten auf Ralphs Stirn, wo Ed ihn geschlagen hatte. Seine linke Seite pochte immer noch, aber er dachte, daß die Rippen wahrscheinlich nur angeknackst waren, nicht gebrochen.

[»Lois, alles in Ordnung?«]

Sie sah ihn einen Augenblick verständnislos an, dann tastete sie Gesicht, Hals und Schultern ab. Diese Untersuchung paßte so süß und perfekt zu »unserer Lois«, daß Ralph lachen mußte. Er konnte nicht anders. Lois lächelte zögernd zurück.

[»Ich denke, es ist alles in Ordnung. Ich bin sogar ziemlich sicher.«]

[»Was hattest du dort zu suchen? Du hättest getötet werden können!«]

Lois, die wieder etwas verjüngt aussah (Ralph vermutete, daß der rechtzeitig erschienene Penner etwas damit zu tun hatte), sah ihm in die Augen.

[»Vielleicht bin ich altmodisch, Ralph, aber wenn du denkst, daß ich die nächsten zwanzig Jahre oder so damit verbringe, in Ohnmacht zu fallen oder zu bibbern wie die beste Freundin der Heldin in diesen Liebesromanen, die meine Freundin Mina immer liest, dann solltest du dir besser eine andere Frau suchen, mit der du herumziehst.«]

Er sperrte einen Moment den Mund auf, dann zog er sie auf die Füße und umarmte sie. Lois erwiderte die Umarmung. Sie war unglaublich warm, unglaublich präsent. Ralph mußte kurz an die Ähnlichkeiten zwischen Einsamkeit und Schlaflosigkeit denken – beide heimtückisch, kumulativ und trennend, Freunde der Verzweiflung und Erzfeinde der Liebe –, und dann verdrängte er diese Gedanken und küßte sie.

Klotho und Lachesis, die auf dem Hügel standen und so ängstlich aussahen wie Arbeiter, die ihr ganzes Weihnachtsgeld beim Boxen auf einen Außenseiter gesetzt haben, kamen zu Ralph und Lois geeilt, die wieder einmal Stirn an Stirn standen und einander in die Augen sahen wie verliebte Teenager. Auf der anderen Seite der Barrens schwoll der Lärm von Sirenen an wie Stimmen in unruhigen Träumen. Die Feuersäule über dem Grab von Ed Deepneaus Besessenheit war jetzt so grell, daß man sie nicht mehr ansehen konnte, ohne die Augen etwas zuzukneifen. Ralph konnte das leise Knallen explodierender Autos hören. Eines davon war zweifellos seines. Er beschloß, daß ihm das nichts ausmachte. Er wurde *wirklich* zu alt zum Fahren.

7

Klotho: *[Alles in Ordnung?]*

Ralph: *[»Uns geht es gut. Lois hat mich hochgezogen. Sie hat mir das Leben gerettet.«]*

Lachesis: *[Ja, wir haben sie reingehen sehen. Das war sehr tapfer.]*

Und ziemlich verwirrend, Mr. L. was? dachte Ralph. *Sie haben es gesehen, und Sie bewundern es ... aber ich glaube, Sie haben keine Ahnung, wie und warum sie es über sich bringen konnte. Ich glaube, für Sie und Ihren Freund muß das Konzept von Rettung fast so fremd sein wie die Vorstellung von Liebe.*

Zum erstenmal verspürte Ralph eine Art Mitleid mit den kleinen kahlköpfigen Ärzten und begriff die zentrale Ironie ihres Lebens: Sie waren sich bewußt, daß die Kurzfristigen, deren Existenz zu beschneiden sie gesandt waren, ein mächtiges inneres Leben führten, aber sie begriffen die Wirklichkeit dieses Innenlebens nicht im geringsten, die Emotionen, die sie antrieben oder die Taten – manchmal edel, manchmal närrisch –, die daraus resultierten. Mr. K. und Mr. L. hatten ihre kurzfristigen Aufträge so gründlich studiert wie gewisse reiche, aber ängstliche Engländer die Karten, die Forscher der viktorianischen Zeit von Expeditionen mitbrachten; Forscher, die in vielen Fällen von denselben reichen, aber ängstlichen Männern finanziert worden waren. Mit manikürten Nägeln und sanften Fingern hatten diese Philanthropen papierne Flüsse nachgezogen, auf denen sie nie fahren würden, und papierne Dschungel durchquert, in die sie nie einen Fuß setzen würden. Sie lebten in ängstlicher Verunsicherung und taten sie als Phantasie ab.

Klotho und Lachesis hatten ihn und Lois rekrutiert und sie mit einer gewissen groben Effektivität benützt, aber sie begriffen weder die Freude des Risikos noch die Traurigkeit des Verlusts – in Sachen Gefühle hatten sie nichts weiter zustande gebracht als nagende Angst, er und Lois könnten versuchen, den gehätschelten Chemiker des Scharlachroten Königs direkt anzugreifen, und für ihre Bemühungen zerquetscht werden wie ein paar alte Fliegen. Die kleinen kahlköpfigen Ärzte lebten lang, aber Ralph vermutete, daß sie trotz ihrer wie Libellen schillernden Auren ein *graues* Leben führten. Er betrachtete ihre glatten, seltsam kindlichen Gesichter aus dem sicheren Hafen von Lois' Armen und erinnerte sich, welch schreckliche Angst er vor ihnen gehabt hatte, als er sie zum erstenmal in den frühen Morgenstunden aus May Lochers Haus hatte kommen sehen. Angst, hatte er seither festgestellt, überlebte bloße Bekanntschaft nicht, geschweige denn Wissen, und von beidem besaß er nun ein bißchen.

Klotho und Lachesis erwiderten seinen Blick mit einem Unbehagen, das Ralph keineswegs zerstreuen wollte. Irgendwie kam es ihm äußerst gerecht vor, daß sie das empfanden, was sie jetzt empfanden.

Ralph: *[»Ja, sie ist sehr tapfer, und ich liebe sie sehr, und ich denke, wir werden einander sehr glücklich machen bis –«]*

Er verstummte plötzlich, und Lois beugte sich in seinen Armen. Er stellte mit einer Mischung aus Heiterkeit und Erleichterung fest, daß sie halb eingeschlafen war.

[»Bis wann, Ralph?«]

[»Bis wann du willst. Ich glaube, wenn man ein Kurzfristiger ist, gibt es immer ein Bis, aber vielleicht ist das ganz gut so.«]

Lachesis: *[Nun, ich denke, jetzt heißt es Abschied nehmen.]*

Ralph mußte unwillkürlich grinsen und dachte an die Hörspielserie um den Lone Ranger, wo fast jede Episode mit einer Version dieses Satzes zu Ende gegangen war. Er streckte die Hand nach Lachesis aus und nahm mit galligem Vergnügen zur Kenntnis, daß der kleine Mann vor ihm zurückzuckte.

Ralph: *[»Moment mal … nicht so hastig, Freunde.«]*

Klotho, mit einer Spur Unbehagen: *[Stimmt etwas nicht?]*

[»Das glaube ich nicht, aber nachdem ich Schläge auf den Kopf und in die Rippen bekommen habe und fast bei lebendigem Leibe geröstet wurde, wollte ich mich eben vergewissern, daß es vorbei ist. Ist es das? Ist euer Junge in Sicherheit?«]

Klotho, lächelnd und eindeutig erleichtert: *[Ja. Können Sie es nicht spüren? In achtzehn Jahren, kurz vor seinem Tod, wird der Junge das Leben von zwei Männern retten, die sonst sterben würden … aber einer der Männer darf nicht sterben, wenn das Gleichgewicht zwischen dem Plan und dem Zufall erhalten bleiben soll.]*

Lois: *[»Vergeßt das alles. Ich will nur wissen, ob wir jetzt wieder ganz normale Kurzfristige sein können.«]*

Lachesis: *[Das können Sie nicht nur, Lois, das* müssen *Sie. Wenn Sie und Ralph noch lange hier oben bleiben würden, könnten Sie nicht mehr zurückkehren.]*

Ralph spürte, wie sich Lois dichter an ihn schmiegte.

[»Das würde mir nicht gefallen.«]

Klotho und Lachesis drehten sich zueinander um und wechselten einen kurzen, verblüfften Blick – *wie konnte es jemand hier oben* nicht *gefallen?* –, bevor sie sich wieder an Ralph und Lois wandten.

Lachesis: *[Wir müssen wirklich gehen. Es tut mir leid, aber –]*

Ralph: *[»Immer mit der Ruhe, Freunde – noch werdet ihr nirgendwohin gehen.«]*

Sie sahen ihn ängstlich an, während Ralph langsam den Ärmel seines Pullovers hinaufschob – auf dem Ärmel war eine Flüssigkeit angetrocknet, möglicherweise Laich vom Katzenwels, über die er lieber nicht eingehender nachdenken wollte – und ihnen die weiße, knotige Narbe auf seinem Unterarm zeigte .

[»Laßt die konsternierten Mienen, Freunde. Ich wollte euch nur daran erinnern, daß ihr mir euer Wort gegeben habt. Vergeßt es nicht.«]

Klotho, eindeutig erleichtert: *[Sie können sich darauf verlassen, Ralph. Was Ihre Waffe war, ist jetzt unsere Verpflichtung. Das Versprechen wird nicht vergessen werden.]*

Ralph glaubte allmählich, daß es tatsächlich vorbei war. Und so verrückt es schien, ein Teil von ihm bedauerte es eigentlich. Inzwischen kam ihm das wirkliche Leben – das Leben auf den Ebenen unterhalb dieser – wie ein Trugbild vor, und er begriff, was Lachesis gemeint hatte, als er sagte, sie würden nie wieder in ihr altes Leben zurückkehren können, wenn sie noch lange hier oben blieben.

Lachesis: *[Wir müssen wirklich gehen. Lebt wohl, Ralph und Lois. Wir werden den Dienst niemals vergessen, den ihr uns geleistet habt.]*

Ralph: [»Hatten *wir je eine andere Wahl? Wirklich?«]*

Lachesis, ganz leise: *[Das haben wir gesagt, oder nicht? Für Kurzfristige gibt es immer eine Wahl. Das finden wir furchterregend … aber wir finden es auch schön.]*

Ralph war den Tränen nahe.

[»Sagt mal – gebt ihr Burschen jemals jemandem die Hand?«]

Klotho und Lachesis sahen einander verblüfft an, und Ralph spürte, wie in einer Art telepathischem Steno ein kurzer Dialog zwischen ihnen stattfand. Als sie Ralph wieder ansahen, stellten beide dasselbe nervöse Lächeln zur Schau – das Lächeln von Teenagern, die zu dem Ergebnis gekommen sind, daß sie niemals wahre Männer weden würden, wenn sie den Mut nicht aufbrächten, diesen Sommer mit der *großen* Achterbahn im Freizeitpark zu fahren.

Klotho: *[Wir haben diesen Brauch selbstverständlich viele Male gesehen, aber – nein, wir haben nie jemandem die Hand gegeben.]*

Ralph sah Lois an und stellte fest, daß sie lächelte … aber er dachte, daß er auch in ihren Augen das Funkeln von Tränen sah.

Er hielt Lachesis zuerst die Hand hin, weil Mr. L. nicht ganz so schreckhaft zu sein schien wie sein Kollege.

[»Also dann, Mr. L.«]

Lachesis sah Ralph so lange an, daß Ralph schon dachte, er würde es nicht fertigbringen, obwohl er es eindeutig wollte. Dann streckte er zaghaft seine kleine Hand aus und ließ zu, daß Ralph sie ergriff. Ralph verspürte ein Kribbeln auf der Haut, als ihre Auren sich zuerst überlappten und dann verschmolzen ... und bei diesem Verschmelzen sah er ein paar rasche, wunderschöne silberne Schnörkel. Sie erinnerten ihn an die japanischen Schriftzeichen auf Eds Schal.

Er schüttelte Lachesis zweimal die Hand, langsam und förmlich, dann ließ er sie los. Lachesis' ängstlicher Ausdruck war einem breiten, albernen Grinsen gewichen. Er drehte sich zu seinem Partner um.

[Seine Energie ist während dieser Zeremonie fast völlig ungebremst. Ich habe sie gespürt! Es war herrlich!]

Klotho streckte Ralph seine Hand zentimeterweise entgegen, und in dem Augenblick, bevor sie sich berührten, schloß er die Augen wie ein Mann, der mit einer schmerzhaften Injektion rechnet. Derweil schüttelte Lachesis Lois die Hand und grinste dabei wie ein Vaudevilletänzer bei der Zugabe.

Klotho schien sich zu wappnen, dann ergriff er Ralphs Hand. Er schüttelte sie einmal fest. Ralph grinste.

[»Nehmen Sie sie sanft, Mr. K.«]

Klotho zog die Hand zurück. Er schien nach der richtigen Antwort zu suchen.

[Danke, Ralph. Ich nehm sie, wie ich sie kriegen kann. Korrekt?]

Ralph prustete vor Lachen. Klotho, der sich zu Lois umdrehte, betrachtete ihn mit einem verwirrten Lächeln, und Ralph schlug ihm auf den Rücken.

[»Da haben Sie recht, Mr. K. – völlig recht.«]

Er legte einen Arm um Lois und warf den kleinen kahlköpfigen Ärzten einen letzten neugierigen Blick zu.

[»Ich werde euch Burschen wiedersehen, nicht wahr?«]

Klotho: *[Ja, Ralph.]*

Ralph: *[»Nun, das macht nichts. In etwa siebzig Jahren wäre mir recht; warum schreibt ihr euch das nicht gleich in euren Kalender?«]*

Sie reagierten mit dem Lächeln von Politikern, was ihn nicht besonders überraschte. Ralph machte eine knappe Verbeugung, dann legte er einen Arm um Lois' Schultern und sah Mr. K. und Mr. L. nach, wie sie langsam den Hügel hinuntergingen. Lachesis machte die Tür des leicht verbogenen Port-O-San mit der Aufschrift MÄNNER auf; Klotho stand in der offenen Tür der Kabine für FRAUEN. Lachesis lächelte und winkte. Klotho hob die Schere mit den langen Schneiden zu einer Art seltsamem Salut.

Ralph und Lois winkten zurück.

Die kahlköpfigen Ärzte gingen hinein und machten die Türen zu.

Lois wischte sich die feuchten Augen ab und drehte sich zu Ralph um.

[»Das war's, richtig? Ist es nicht so?«]

Ralph nickte.

[»Was machen wir jetzt?«]

Er hielt ihr den Arm hin.

[»Darf ich Sie nach Hause bringen, Madam?«]

Sie ergriff lächelnd seinen Unterarm dicht unter dem Ellbogen.

[»Danke, Sir. Sie dürfen.«]

So verließen sie den Strawford Park, und als sie auf die Harris Avenue kamen, kehrten sie auf die Ebene der Kurzfristigen zurück, nahmen ihren normalen Platz im Lauf der Dinge ein, ohne Aufhebens darum zu machen, tatsächlich ohne es zu bemerken, bis es geschehen war.

8

Derry stöhnte vor Panik und schwitzte vor ungesunder Aufregung. Sirenen heulten, Leute unterhielten sich rufend von Balkonen im ersten Stock mit Freunden auf dem Bürgersteig, und an jeder Straßenecke hatten sich Menschentrauben versammelt, die zu dem Feuer auf der anderen Seite des Tals sahen.

Ralph und Lois beachteten den Tumult und das Durcheinander gar nicht. Sie gingen langsam den Up-Mile Hill hinauf und spürten in zunehmendem Maße ihre Erschöpfung; sie schien sich über ihnen aufzutürmen wie behutsam geworfene Sandsäcke. Der weiße Lichtfleck, der den Parkplatz des Red Apple kennzeichnete, schien unerreichbar weit entfernt zu sein, obwohl Ralph wußte, es handelte sich nur um drei Blocks, und kurze obendrein.

Um die Sache noch schlimmer zu machen: Die Temperatur war seit heute morgen um gut zehn Grad gefallen, der Wind wehte heftig, und sie waren beide nicht für dieses Wetter angezogen. Ralph vermutete, daß dies die Vorhut des ersten großen Herbststurms sein könnte und der Altweibersommer in Derry vorbei war.

Faye Chapin, Don Veazie und Stan Eberly kamen den Hügel herunter auf sie zugelaufen; sie wollten offensichtlich zum Strawford Park. Das Fernglas, mit dem der alte Dor manchmal den Flugzeugen auf der Rollbahn beim Starten, Rollen oder Landen zusah, baumelte um Fayes Hals. Mit dem fast kahlen und vierschrötigen Don in der Mitte war ihre Ähnlichkeit mit einem berühmteren Trio unübersehbar. *Die drei Stooges der Apokalypse,* dachte Ralph und grinste.

»Ralph!« rief Faye aus. Er atmete schnell, fast keuchend. Der Wind wehte ihm das Haar in die Augen, und er strich es ungeduldig zurück. »Das gottverdammte Bürgerzentrum ist in die Luft geflogen! Jemand hat es aus einem Kleinflugzeug bombardiert! Wir haben gehört, daß es tausend Tote gegeben hat!«

»Dasselbe habe ich auch gehört«, stimmte Ralph ernst zu. »Lois und ich sind gerade unten im Park gewesen, um nachzusehen. Von dort kann man direkt über das Tal sehen, wißt ihr.«

»Herrgott, *ich* weiß das, ich habe mein ganzes verdammtes Leben hier verbracht, oder etwa nicht? Wo wollt ihr denn hin? Kommt mit uns zurück!«

»Lois und ich wollten gerade zu ihr und sehen, ob sie was im Fernsehen darüber bringen. Vielleicht kommen wir später noch.«

»Okay, wir – ach du dicker Vater, Ralph, was ist denn mit deinem Kopf passiert?«

Einen Augenblick war Ralph ratlos – was *war* denn mit seinem Kopf passiert? –, doch dann sah er als alptraumhafte Erinnerung Eds fauchenden Mund und irre Augen. *O nein, nicht,* hatte Ed geschrien. *Du verdirbst alles.*

»Wir sind gelaufen, damit wir besser sehen können, und Ralph ist gegen einen Baum gerannt«, sagte Lois. »Er kann von Glück sagen, daß er nicht im Krankenhaus liegt.«

Don lachte darüber, aber er war nicht ganz bei der Sache, wie jemand, der sich um wichtigere Dinge kümmern muß. Faye beachtete sie überhaupt nicht. Stan Eberly dagegen schon, und Stan lachte nicht. Er sah sie verwirrt und neugierig an.

»Lois«, sagte er.

»Was?«

»Weißt du, daß du einen Turnschuh ans Handgelenk gebunden hast?«

Sie sah nach unten. Ralph sah ebenfalls nach unten. Dann schaute Lois mit einem strahlenden Lächeln wieder Stan an. »Ja!« sagte sie. »Eine interessante Mode, nicht wahr? Eine Art ... lebensgroßes Glücksarmband!«

»Ja«, sagte Stan. »Klar.« Aber er sah nicht mehr den Turnschuh an, sondern Lois' Gesicht. Ralph fragte sich, wie sie morgen ihr Aussehen erklären sollten, wenn sie sich nicht im Schatten zwischen den Straßenlampen verstecken konnten.

»Kommt schon!« rief Faye ungeduldig. »Gehen wir!«

Sie setzten sich in Bewegung (Stan warf ihnen dabei einen letzten zweifelnden Blick über die Schulter zu). Ralph horchte hinter ihnen her und rechnete fast damit, daß Don Veazie ein gespieltes *Kicher-kicher* von sich geben würde .

»Mann, das hat sich so *dumm* angehört«, sagte Lois, »aber irgendwas mußte ich doch sagen, oder?«

»Hast du prima gemacht.«

»Nun, wenn ich den Mund aufmache, scheint immer irgend*was* herauszufallen«, sagte sie. »Das ist eins meiner großen Talente, das andere ist, daß ich eine ganze Packung Whitman's Sampler während eines zweistündigen Fernsehfilms verputzen kann.« Sie band die Schnürsenkel von Helens Turnschuh auf und sah ihn an. »Sie ist in Sicherheit, richtig?«

»Ja«, stimmte Ralph zu und griff nach dem Turnschuh. Dabei stellte er fest, daß er bereits etwas in der Hand hatte. Er hatte die Finger so lange darum gekrümmt, daß sie sich kaum öffnen wollten. Als es ihm schließlich doch gelang, sah er die Abdrücke der Nägel im Fleisch der Handfläche. Als erstes bemerkte er, daß sein eigener Ehering noch an der gewohnten Stelle steckte, der von Ed aber fehlte. Er hatte zwar allen Anschein nach gepaßt wie angegossen, aber offenbar war er ihm in der letzten halben Stunde doch vom Finger gerutscht.

Vielleicht nicht, flüsterte eine Stimme, und Ralph nahm amüsiert zur Kenntnis, daß es diesmal nicht die von Carolyn war. Diesmal gehörte die Stimme in seinem Kopf Bill McGovern. *Vielleicht ist er einfach verschwunden. Du weißt schon, puff.*

Aber irgendwie glaubte er das nicht. Er hatte den Verdacht, als wäre Eds Ehering mit Kräften ausgestattet gewesen, die nach Eds Tod nicht notwendigerweise verschwunden waren. Der Ring, den Bilbo Beutlin gefunden und widerwillig seinem Enkel Frodo übergeben hatte, hatte die Eigenheit gehabt, hinzugehen, wohin er wollte... und wann. Vielleicht war das bei Eds Ring nicht viel anders.

Bevor er weiter darüber nachdenken konnte, tauschte Lois Helens Turnschuh gegen das Ding in seiner Hand ein: einen kleinen, zusammengeknüllten Zettel. Sie strich ihn glatt und sah ihn an, und dabei verwandelte sich ihre Neugier langsam in Ernst.

»Ich erinnere mich an das Bild«, sagte sie. »Die Vergrößerung stand in einem teuren Goldrahmen auf dem Kaminsims im Wohnzimmer. Es hatte einen Ehrenplatz.«

Ralph nickte. »Das muß dasjenige gewesen sein, das er in der Brieftasche hatte. Es war am Armaturenbrett des Flugzeugs festgeklebt. Bis ich es genommen habe, hat er mich geschlagen und ist dabei nicht einmal ins Schwitzen gekommen. Mir fiel nichts anderes ein, als das Bild zu nehmen. Als ich das getan hatte, interessierte ihn das Bürgerzentrum nicht mehr. Das Letzte, das ich ihn sagen hörte, war: ›Gib sie zurück, sie gehören mir.‹«

»Hat er mit dir gesprochen, als er das gesagt hat?«

Ralph steckte den Turnschuh in die Gesäßtasche und schüttelte den Kopf. »Nee. Das glaube ich nicht.«

»Helen war heute abend im Bürgerzentrum, nicht?«

»Ja.« Ralph dachte daran, wie sie in High Ridge ausgesehen hatte – ihr blasses Gesicht, die tränenden, vom Rauch geröteten Augen. *Wenn sie uns jetzt aufhalten, haben sie gewonnen,* hatte sie gesagt. *Begreifst du das nicht?*

Jetzt begriff er es.

Er nahm Lois das Bild aus der Hand, zerknüllte es wieder und ging zum Papierkorb an der Ecke Harris Avenue und Kossuth Lane. »Wir werden irgendwann ein anderes Bild von ihnen bekommen, das wir auf unseren eigenen Kaminsims stellen können. Eins, das nicht ganz so förmlich ist. Aber das hier … das will ich nicht.«

Er warf die kleine Papierkugel in den Mülleimer, ein einfacher Wurf, höchstens zehn Zentimeter, aber genau in diesem Moment nahm der Wind zu, und das zerknüllte Foto von Helen und Natalie, das über dem Höhenmesser von Eds Flugzeug geklebt hatte, flog auf seinem kalten Atem davon. Die beiden sahen ihm fast hypnotisiert nach, wie es zum Himmel hinaufwirbelte. Lois wandte den Blick als erste ab. Als sie Ralph ansah, umspielte der Hauch eines Lächelns ihre Lippen.

»Habe ich da einen versteckten Heiratsantrag gehört, oder bin ich nur müde?« fragte sie.

Er machte den Mund auf, um zu antworten, als eine zweite Windbö aufkam, diesmal so stark, daß sie beide zusammenzuckten und die Augen schlossen. Als er sie wieder aufmachte, war Lois schon ein Stück bergauf gegangen.

»Alles ist möglich, Lois«, sagte er mit leiser Stimme, nur zu sich selbst. »Das weiß ich jetzt.«

9

Fünf Minuten später klirrte Lois' Schlüssel im Schloß ihrer Eingangstür. Sie ließ Ralph ein, machte fest hinter ihnen zu und sperrte die windige, zänkische Nacht aus. Er folgte ihr ins

Wohnzimmer und wäre dort geblieben, aber Lois zögerte nicht. Sie hielt immer noch seine Hand, zog ihn jedoch nicht (hätte es aber möglicherweise getan, sollte er zaudern), und führte ihn in ihr Schlafzimmer.

Er sah sie an. Lois erwiderte seinen Blick gelassen ... und plötzlich spürte er dieses Blinzeln wieder. Er sah ihre Aura erblühen wie eine graue Rose. Sie war noch geschwächt, kam aber bereits wieder zurück, fügte sich zusammen, heilte sich selbst.

[»Lois, bist du sicher, daß du es willst?«]

[»Selbstverständlich! Glaubst du, nach allem, was wir durchgemacht haben, würde ich dir einen Klaps auf den Kopf geben und dich nach Hause schicken?«]

Plötzlich lächelte sie – ein verschmitztes, schalkhaftes Lächeln.

[»Abgesehen davon, Ralph – ist dir heute nacht wirklich danach zumute? Sei ehrlich! Noch besser, versuch nicht, mir zu schmeicheln.«]

Er dachte darüber nach, dann lachte er und zog sie in die Arme. Ihr Mund war süß und feucht, wie die Haut eines reifen Pfirsichs. Der Kuß schien durch seinen ganzen Körper zu kribbeln, aber das Gefühl konzentrierte sich hauptsächlich auf den Mund, wo es sich fast wie ein elektrischer Schock anfühlte. Als sie die Lippen lösten, fühlt er sich erregter denn je ... aber auch seltsam ausgelaugt.

[»Und wenn ich jetzt ja sage, Lois? Wenn ich jetzt sage, daß mir danach zumute ist?«]

Sie wich zurück und sah ihn kritisch an, als wollte sie entscheiden, ob er es ernst meinte, oder ob es sich nur um die übliche männliche Großspurigkeit handelte. Gleichzeitig griff sie nach den Knöpfen ihres Kleids. Als sie sie öffnete, fiel Ralph etwas Wunderbares auf: Sie sah wieder jünger aus. Keinesfalls wie Vierzig, aber sicher nicht älter als Fünfzig ... eine *junge* Fünfzigjährige. Daran war selbstverständlich der Kuß schuld, und das wahrhaft Amüsante war, sie hatte wahrscheinlich keine Ahnung, daß sie zu ihrer früheren Portion Penner nun noch eine kräftige Portion Ralph bekommen hatte. Und was wäre daran falsch gewesen?

Sie beendete ihre Untersuchung, beugte sich nach vorne und gab ihm einen Kuß auf die Wange.

[»Ich glaube, wir werden später noch eine Menge Zeit dafür haben, Ralph – die heutige Nacht ist zum Schlafen da.«]

Er nahm an, daß sie recht hatte. Vor fünf Minuten war er mehr als bereit gewesen – die körperliche Liebe hatte ihm immer Spaß gemacht, und es war lange her. Aber im Augenblick war der Funke erloschen. Ralph bedauerte es nicht im geringsten. Schließlich wußte er, *wohin* er übergesprungen war.

[»Okay, Lois – die heutige Nacht ist zum Schlafen da.«]

Sie ging ins Bad, und die Dusche wurde aufgedreht. Ein paar Minuten später hörte Ralph, wie sie sich die Zähne putzte. Schön zu wissen, daß sie sie noch hatte. In den zehn Minuten, während sie weg war, gelang es ihm, sich teilweise auszuziehen, aber mit den schmerzenden Rippen ging es langsam. Schließlich schaffte er es, sich aus dem Pullover zu winden und die Schuhe abzustreifen. Danach kam das Hemd, und er machte sich hilflos an seinem Gürtel zu schaffen, als Lois mit zurückgebundenem Haar und leuchtendem Gesicht herauskam. Ralph sah fassungslos ihre Schönheit, und plötzlich kam er sich zu groß und dumm (ganz zu schweigen von alt) vor. Sie trug ein langes rosa Nachthemd aus Seide, und er konnte ihre Handcreme riechen. Es war ein angenehmer Duft.

»Laß mich das machen«, sagte sie und hatte den Gürtel aufgeknöpft, bevor er etwas sagen konnte, so oder so. Daran war nichts Erotisches; sie machte es mit den geschickten Bewegungen einer Frau, die ihrem Mann in seinem letzten Lebensjahr häufig beim An- und Ausziehen geholfen hatte.

»Wir sind wieder unten«, sagte er. »Diesmal habe ich gar nicht gespürt, wie es passiert ist.«

»Aber ich, als ich unter der Dusche war. Eigentlich bin ich froh. Es ist ziemlich verwirrend, wenn man sich das Haar durch eine Aura hindurch waschen will.«

Draußen wehte der Wind, brachte das Haus zum Beben und blies einen langen, zitternden Ton auf einer Regenrinne. Sie sahen zum Fenster, und obwohl sie sich wieder auf der Ebene der Kurzfristigen befanden, war Ralph plötzlich überzeugt, daß Lois dasselbe dachte wie er: Atropos war irgendwo da draußen, zweifellos enttäuscht darüber, welche Wendung die Dinge genommen hatten, aber keineswegs niedergeschmettert, blutig, aber unbeugsam, am Boden, aber noch nicht ausgezählt. *Von jetzt an nennen sie ihn Altes Einohr,* dachte Ralph und erschauderte. Er stellte sich vor, wie Atropos auf einer willkürlichen Bahn durch die Einwohner dieser Stadt stob, wie ein irregeleiteter Asteroid, beobachtete und sich versteckte, Souvenirs stahl und Ballonschnüre durchschnitt ... mit anderen Worten, Trost aus seiner Arbeit bezog. Ralph fand es fast unmöglich zu glauben, daß er vor kurzer Zeit erst auf dieser Kreatur gesessen und ihr mit ihrem eigenen Skalpell zugesetzt hatte. *Wie konnte ich nur den Mut aufbringen?* fragte er sich, aber er glaubte, daß er es wußte. Die Diamantohrringe, die das kleine Monster getragen hatte, waren der Grund dafür gewesen. Wußte Atropos, daß diese Ohrringe sein größter Fehler gewesen waren? Auf seine Art hatte Doc Nr. 3 noch weniger über die Motivation der Kurzfristigen gewußt als Klotho und Lachesis.

Er drehte sich zu Lois um und ergriff ihre Hand. »Ich habe deine Ohrringe wieder verloren. Ich glaube, diesmal sind sie endgültig fort. Es tut mir leid.«

»Du mußt dich nicht entschuldigen. Weißt du nicht mehr, sie waren schon verloren. Und ich mache mir keine Sorgen mehr wegen Howard und Jan, denn jetzt habe ich einen Freund, der mir hilft, wenn die Leute mich nicht richtig behandeln oder wenn ich einfach nur Angst habe. Nicht wahr?«

»Ja. Auf jeden Fall.«

Sie schlang die Arme um ihn, drückte ihn fest an sich und küßte ihn wieder. Lois hatte offenbar nichts vergessen, was sie beim Küssen gelernt hatte, und Ralph schien es, daß sie eine ganze Menge gelernt hatte. »Los, geh unter die Dusche.« Er wollte sagen, daß er wahrscheinlich einschlafen würde, sobald er den Kopf unter warmes Wasser hielte, aber dann fügte sie etwas hinzu, bei dem er es sich rasch anders überlegte: »Sei mir nicht böse, aber du hast einen komischen Geruch an dir, besonders an den Händen. Mein Bruder Vic hat so gerochen, wenn er den ganzen Tag Fische geputzt hatte.«

Zwei Minuten später stand Ralph unter der Dusche und hatte sich bis zu den Ellbogen eingeseift.

10

Als er wieder herauskam, lag Lois unter zwei Steppdecken. Nur ihr Gesicht war zu sehen, und auch das nur von der Nase an. Ralph ging hastig durch das Zimmer; er trug nur Unterhosen und war sich schmerzlich seiner spindeldürren Beine und seines Bauchs bewußt. Er schlug die Decke zurück und legte sich hastig hin, wobei er leise keuchte, als die kalten Laken seine warme Haut berührten.

Lois kam sofort auf seine Seite des Betts gerutscht und legte die Arme um ihn. Er vergrub das Gesicht in ihrem Haar und entspannte sich. Es war sehr gut, mit Lois unter der Decke zu liegen, während der Wind draußen heulte und manchmal so stark wütete, daß die Sturmläden in ihren Rahmen klapperten. Ralph kam sich vor wie im Himmel.

»Gott sei Dank, daß ein Mann in meinem Bett liegt«, sagte Lois müde.

»Gott sei Dank, daß ich es bin«, antwortete Ralph, und sie lachte.

»Wie geht es deinen Rippen? Soll ich dir ein Aspirin holen?«

»Nee. Ich bin sicher, morgen früh tun sie wieder weh, aber im Augenblick hat das warme Wasser alles fortgespült.« Die Frage, was am Morgen passieren könnte, oder auch nicht, rief eine Frage in ihm wach – die wahrscheinlich schon die ganze Zeit da gewesen war. »Lois?«

»Mmmmm?«

Vor seinem geistigen Auge sah Ralph, wie er in der Dunkelheit aufwachte, hundemüde, aber nicht mehr schläfrig (sicherlich eines der grausamsten Paradoxe der Welt), während die Digitaluhr träge von 3:47 auf 3:48 Uhr wechselte. F. Scott Fitzgeralds dunkle Nacht der Seele, wenn jede

Stunde lange genug war, um die große Cheopspyramide zu bauen.

»Glaubst du, wir werden durchschlafen?« fragte er.

»Ja«, sagte sie, ohne zu zögern. »Ich glaube, wir werden ausgezeichnet schlafen.«

Einen Augenblick später tat Lois genau das.

11

Ralph blieb noch etwa fünf Minuten wach, hielt sie in den Armen, genoß die wunderbaren verschiedenen Düfte, die von ihrer Haut aufstiegen, erfreute sich am Gefühl der glatten Seide unter seinen Händen und staunte mehr darüber, wo er sich befand, als über die Ereignisse, die ihn hierher geführt hatten. Er war von einem tiefen und einfachen Gefühl erfüllt, das er kannte, aber nicht gleich identifizieren konnte, wahrscheinlich weil es schon zu lange aus seinem Leben verschwunden war.

Der Wind zerrte und stöhnte draußen und erzeugte wieder das hohle, pfeifende Geräusch über der Regenrinne – wie der größte Nirvana-Junge der Welt, der über den größten Flaschenhals der Welt blies –, und Ralph überlegte sich, daß nichts im Leben besser war, als in einem weichen Bett zu liegen und eine schlafende Frau in den Armen zu halten, während draußen, vor dem sicheren Hafen, der Wind heulte.

Aber eines war *doch* besser, mindestens eines, und das war das Gefühl, wieder einzuschlafen, sanft in die gute Nacht zu dämmern, in die Strömung des Vergessens zu treiben wie ein Kanu, das sich an einem strahlenden Sommertag vom Steg löst und in die Strömung eines breiten, trägen Flusses gerät.

Von allem, was unser kurzfristiges Leben ausmacht, ist Schlaf mit Sicherheit das Beste, dachte Ralph.

Draußen heulte der Wind (dessen Geräusch jetzt aus weiter Ferne zu kommen schien), und als er spürte, wie ihn die Strömung des gewaltigen Flusses ergriff, konnte er endlich das Gefühl identifizieren, das er empfand, seit Lois die Arme um ihn gelegt hatte und so mühelos und vertrauensvoll eingeschlafen war wie ein Kind. Es trug viele verschiedene Namen – Frieden, Gelassenheit, Erfüllung –, aber im Augenblick, während der Wind toste und Lois einen heiseren Laut schläfriger Zufriedenheit weit hinten in der Kehle von sich gab, kam es Ralph so vor, als wäre es eines der seltenen Dinge, die zwar bekannt, aber im Grunde genommen nicht mit einem Namen zu versehen sind: eine Beschaffenheit, eine Aura, möglicherweise eine eigene Ebene des Daseins im Schacht der Existenz. Es war das sanfte Rotbraun der Ruhe; es war die Stille, die nach Erfüllung einer schwierigen, aber notwendigen Aufgabe folgt.

Als der Wind sich wieder aufbäumte und das Geräusch ferner Sirenen mit sich brachte, hörte Ralph es nicht. Er schlief. Einmal träumte er, daß er aufstand und zur Toilette ging, und er vermutete, daß das kein Traum gewesen war. Einmal träumte er, daß er und Lois langsam und sich zärtlich liebten, und das war möglicherweise auch kein Traum gewesen. An andere Träume oder Augenblicke des Wachseins konnte er sich nicht erinnern, und diesmal erwachte er nicht um drei oder vier Uhr morgens. Sie schliefen – manchmal getrennt, aber meistens vereint – bis nach sieben Uhr am Samstagabend; alles in allem rund zweiundzwanzig Stunden.

Lois machte ihnen bei Sonnenuntergang Frühstück – köstliche, lockere Waffeln, Speck, Bratkartoffeln. Während sie kochte, versuchte Ralph, diesen Muskel tief in seinem Geist zu spannen – um das Gefühl des *Blinzelns* zu erzeugen. Es gelang ihm nicht. Auch Lois konnte es nicht, als sie es versuchte, obwohl Ralph hätte schwören können, daß sie einen Augenblick flackerte und er den Herd hinter ihr durch sie hindurch sehen konnte.

»Und wenn schon«, sagte sie und trug die Teller zum Tisch.

»Ich denke auch«, stimmte Ralph zu, aber er fühlte sich trotzdem, wie er sich fühlen würde, wenn er den Ring verloren hätte, den Carolyn ihm an den Finger gesteckt hatte, und nicht den, den er Atropos abgenommen hatte – als wäre ein kleiner, aber bedeutender Gegenstand mit einem Blinzeln und einem Schimmern aus seinem Leben verschwunden.

12

Nach zwei weiteren Nächten tiefen, ununterbrochenen Schlafs verblaßten auch die Auren. In der darauffolgenden Woche waren sie ganz verschwunden, und Ralph fragte sich, ob die ganze Sache nicht vielleicht ein seltsamer Traum gewesen sei. Er wußte, daß es nicht so war, aber es fiel ihm immer schwerer zu glauben, *was* er wußte. Da war natürlich die Narbe zwischen Ellbogen und Handgelenk seines rechten Arms, aber er fragte sich, ob er sich auch die nicht vor langer Zeit zugezogen hatte, in den Jahren seines Lebens, als er kein weißes Haar gehabt und tief in seinem Herzen noch geglaubt hatte, daß das Alter ein Mythos sei, oder ein Traum, oder etwas, das Menschen vorbehalten blieb, die nicht so etwas Besonderes waren wie er.

Epilog

Die Todesuhr wird aufgezogen (II)

Ich schaue über die Schulter und erblicke seine Gestalt
und gehe vorwärts, wie jemand, der im Wald bei Nacht
das Geräusch von Schritten hört, die näherkommen,
und stehenbleibt und lauscht; und statt Stille hört er
ein Geschöpf, das still zu sein versucht.
Was kann er tun als laufen? Blindlings den Weg entlang,
stolpernd, von Zweigen ins Gesicht geschlagen;
der andere immer näher, doch nicht
in Eile oder atemlos; er spielt mit seiner Beute.

Stephen Dobyns
Pursuit

If I had some wings, I'd fly you all around;
If I had some money, I'd buy you the goddam town;
If I had the strength, then maybe I coulda pulled you through;
If I had a lantern, I'd light the way for you,
If I had a lantern, I'd light the way for you.

Michael McDermott
Lantern

I

Am 2. Januar 1994 wurde Lois Chasse zu Lois Roberts. Howard, ihr Sohn, war Brautführer. Howards Frau nahm nicht an der Feier teil; sie blieb mit einem nach Ralphs Ansicht höchst fragwürdigen Fall von Bronchitis in Bangor. Aber er behielt seinen Verdacht für sich und war alles andere als enttäuscht darüber, daß Jan Chasse verhindert war. Der Trauzeuge des Ehemanns war Detective John Leydecker, der immer noch einen Gips am rechten Arm trug, sonst aber keine Spuren des Einsatzes mehr zeigte, der ihn beinahe das Leben gekostet hatte. Er hatte vier Tage im Koma gelegen, aber Leydecker wußte, daß er großes Glück gehabt hatte; außer dem Bundespolizisten, der zum Zeitpunkt der Explosion neben ihm gestanden hatte, waren sechs weiter Polizisten gestorben, darunter zwei Mitglieder von Leydeckers handverlesenem Team.

Brautjungfer war Lois' Freundin Simone Castonguay, und beim Empfang wurde der erste Trinkspruch von einem Mann ausgebracht, der behauptete, daß er früher Joe Wyze gewesen sei, heute aber älter und Wyzer wäre. Im Anschluß daran hielt Trigger Vachon eine abgehackte, aber von Herzen kommende Rede und endete mit dem Wunsch, daß »diese beiden Menschen 'unnertundfünfzisch werden und kein' Tag nischt Rheuma oder Verschtopfung 'am!«

Als Ralph und Lois den Ball verließen, das Haar noch voller Reis, den hauptsächlich Faye Chapin und der Rest der Harris Avenue Altvorderen geworfen hatten, kam ein Mann mit einem Buch in der Hand und einem feinen weißen Haarschopf, der ihm um den Kopf wehte, zu ihnen gelaufen. Er stellte ein breites Lächeln zur Schau.

»Glückwunsch, Ralph«, sagte er. »Glückwunsch, Lois.«

»Danke, Dor«, sagte Ralph.

»Wir haben dich vermißt«, sagte Lois zu ihm. »Hast du keine Einladung bekommen? Faye hat gesagt, er würde sie dir geben.«

»Oh, er hat sie mir gegeben. Ja, oh ja, das hat er, aber ich geh nicht zu so was, wenn es drinnen ist. Zu eng. Beerdigungen sind noch schlimmer. Hier, das ist für euch. Ich habe es nicht eingepackt, weil die Arthritis in meinen Fingern mittlerweile zu schlimm dafür ist.«

Ralph nahm es. Es war ein Gedichtband mit dem Titel *Concurring Beasts*. Der Name des Dichters, Stephen Dobyns, ließ ihm einen kalten Schauer über den Rücken laufen, aber er wußte nicht recht, warum.

»Danke«, sagte er zu Dorrance.

»Nicht so gut wie einige seiner späteren Texte, aber gut genug. Dobyns ist sehr gut.«

»Wir lesen sie uns in den Flitterwochen vor«, sagte Lois.

»Das ist eine gute Zeit, um Gedichte zu lesen«, sagte Dorrance. »Vielleicht die beste Zeit. Ich bin sicher, ihr werdet sehr glücklich miteinander.«

Er wollte gehen, drehte sich aber noch einmal um.

»Ihr habt tolle Arbeit geleistet. Die Langfristigen waren sehr zufrieden.«

Dann ging er seines Weges.

Lois sah Ralph an. »Hast du eine Ahnung, wovon er redet?«

Ralph schüttelte den Kopf. Er wußte es nicht mit Sicherheit, dachte aber, daß er es wissen *sollte.* Die Narbe an seinem Arm hatte zu kribbeln angefangen, wie es manchmal vorkam, ein Gefühl fast wie ein tiefsitzendes Jucken.

»Langfristige«, murmelte sie. »Vielleicht hat er uns gemeint, Ralph – schließlich sind wir inzwischen keine jungen Hühner mehr, oder?«

»Wahrscheinlich hat er *genau* das gemeint«, stimmte Ralph zu, aber er wußte es besser ... und ihre Augen verrieten, daß es ihr tief im Innersten genauso ging.

2

Am selben Tag, als sich Ralph und Lois gerade das Jawort gaben, ging ein gewisser Penner mit einer hellgrünen Aura – der *tatsächlich* einen Onkel in Dexter hatte, allerdings hatte der Onkel seinen Taugenichts von Neffen seit mehr als fünf Jahren nicht mehr gesehen – durch den Strawford Park und kniff die Augen zusammen, weil die Sonne so grell auf dem Schnee funkelte. Er suchte nach Pfandflaschen und -dosen. Wenn er genug für eine Flasche Whiskey zusammenbekäme, wäre das toll, aber eine Flasche Wein Marke Night Train würde auch genügen.

Nicht weit von dem Port-O-San mit der Aufschrift MÄNNER entfernt sah er das helle Funkeln von Metall. Wahrscheinlich spiegelte sich die Sonne nur auf einem Kronkorken, aber so etwas mußte genauer untersucht werden. Möglicherweise war es ein Zehncentstück ... aber der Penner fand, daß es mehr ein goldener Schimmer war. Es –

»Heiliger Judas!« rief er und hob den Ehering auf, der geheimnisvollerweise oben auf dem Schnee lag. Ein breiter Reif, mit ziemlicher Sicherheit Gold. Er hielt ihn schräg und las die Gravierung auf der Innenseite: HD – ED 5. 8. 87.

Eine Flasche? Nein, verdammt. Dieses kleine Baby würde ihm eine große Flasche sichern. *Mehrere* große Flaschen. Möglicherweise eine *Wochenration* Flaschen.

Der Penner hastete über die Kreuzung Witcham und Jackson, wo Ralph Roberts einmal fast ohnmächtig geworden wäre, und sah den Green-Line-Bus nicht, der auf ihn zukam. Der Fahrer sah ihn und trat auf die Bremse, aber der Bus befand sich auf einer vereisten Stelle.

Der Penner erfuhr nie, was ihn gerammt hatte. Eben noch überlegte er, ob er sich für Old Crow oder Old Granddad entscheiden sollte; im nächsten war er in die Dunkelheit gegangen, die uns alle erwartet. Der Ring rollte in den Rinnstein und verschwand in einem Kanalgitter, und da blieb er lange, lange Zeit. Aber nicht für immer. In Derry haben Gegenstände, die in der Kanalisation verschwinden, die – häufig unerfreuliche – Angewohnheit, immer wieder aufzutauchen.

3

Ralph und Lois erlebten nicht ausschließlich glückliche Stunden.

In der Welt der Kurzfristigen gibt es nichts ausschließlich, weder Glück noch sonst etwas, eine Tatsache, die Klotho und Lachesis zweifellos genau kannten. Aber sie lebten *lange Zeit* glücklich. Keiner wollte frei heraus zugeben, daß es die glücklichsten Jahre waren, denn beide erinnerten sich ihrer ersten Ehepartner voll Liebe und Zuneigung, aber in ihren Herzen betrachteten sie beide die gemeinsamen Jahre als die glücklichsten. Ralph war nicht sicher, ob die Liebe im Herbst die schönste Liebe war, kam aber zur festen Überzeugung, daß es die gütigste und erfüllendste war.

Unsere Lois, sagte er oft und lachte. Lois tat so, als wäre sie verärgert darüber, aber sie tat immer nur so; sie sah den Ausdruck in seinen Augen, wenn er es sagte.

An ihrem ersten Weihnachtsmorgen als Mann und Frau (sie waren in Lois' hübsches kleines Haus gezogen und hatten das weiße Monstrum von Ralph zum Verkauf angeboten), schenkte Lois ihm einen Beaglewelpen. »Magst du sie?« fragte sie zaghaft. »Ich hätte sie fast nicht bekommen. Dear Abby sagt, man soll *niemals* Tiere verschenken, aber sie sah so süß im Fenster der Tierhandlung aus ... und so *traurig* ... wenn du sie nicht magst oder nicht den Rest des Winters damit verbringen willst, einen Welpen stubenrein zu machen, sag es einfach. Wir werden schon jemand –«

»Lois«, sagte er und zog seine Braue, wie er hoffte, so ironisch hoch wie Bill, »du stammelst.«

»Wirklich?«

»Wirklich. Das tust du immer, wenn du nervös bist, aber jetzt kannst du aufhören, nervös zu sein. Ich bin vernarrt in diese Dame.« Und das war nicht übertrieben; er hatte sich fast auf der Stelle in die schwarzbraune Beaglehündin verliebt.

»Wie willst du sie nennen?« fragte Lois. »Schon eine Ahnung?«

»Klar«, sagte Ralph. »Rosalie.«

4

Die nächsten fünf Jahre waren im großen und ganzen auch für Helen und Nat Deepneau gute Jahre. Sie lebten eine Weile in ärmlichen Verhältnissen an der East Side und kamen gerade so mit Helens Gehalt als Bibliothekarin über die Runden, aber mehr auch nicht. Das kleine Cape Cod in der Nähe von Ralphs Haus war verkauft worden, aber der Erlös reichte gerade aus, um offene Rechnungen zu bezahlen. Dann, im Juni 1994, empfing Helen einen warmen Regen von der Versicherung ... aber der Regenmacher war in Wirklichkeit John Leydecker.

Die Great Eastern Versicherungsgesellschaft hatte sich zunächst geweigert, Ed Deepneaus Lebensversicherung auszubezahlen, weil er sich selbst das Leben genommen hatte. Nachdem sie eine Zeitlang großes Theater gemacht und die Firmenmuskeln hatten spielen lassen, boten sie schließlich einen anständigen Vergleich an. Dazu wurden sie von einem Pokerkumpel von John Leydecker namens Howard Hayman überredet. Wenn er nicht Lowball, Stud oder Draw-Poker spielte, war Hayman Anwalt, dem es gefiel, Versicherungsgesellschaften zum Frühstück zu verspeisen.

Leydecker hatte Helen im Februar 1994 kennengelernt, war sofort von ihr fasziniert (»Es war nie richtig Liebe«, sagte er später zu Ralph und Lois, »was wahrscheinlich auch gut so war, wenn man bedenkt, wie alles gekommen ist«) und hatte sie Hayman vorgestellt, weil er glaubte, daß die Versicherungsgesellschaft sie übers Ohr hauen wollte. »Er war *verrückt*, kein Selbstmörder«, sagte Leydecker und blieb noch lange dabei, nachdem Helen ihm den Hut gebracht und ihm die Tür gewiesen hatte.

Als sie mit einem Prozeß rechnen mußten, bei dem Howard Hayman die Great Eastern hinstellen wollte wie Snidely Whiplash, der Little Nell an die Eisenbahnschienen fesselt, hatte Helen einen Scheck über siebzigtausend Dollar bekommen. Im Spätherbst des Jahres 1994 kaufte sie mit dem größten Teil dieses Geldes ein Haus in der Harris Avenue, nur drei Häuser von ihrem alten Wohnsitz entfernt und direkt gegenüber von Harriet Bennigan.

»Ich habe mich an der East Side nie richtig wohlgefühlt«, erzählte sie Lois an einem Novembertag dieses Jahres. Sie waren auf dem Rückweg vom Park, und Natalie saß zusammengesunken und schlafend in ihrem Wagen, nicht mehr als eine rosa Nasenspitze und eine Kondenswolke aus Atemluft unter einer großen Skimütze, die Lois selbst gestrickt hatte. »Ich habe von der Harris Avenue geträumt. Ist das nicht verrückt?«

»Ich glaube nicht, daß auch nur ein einziger Traum verrückt ist«, antwortete Lois.

Helen und John Leydecker gingen fast den ganzen Sommer über miteinander aus, aber weder Ralph noch Lois waren besonders überrascht, als die Romanze nach dem Labor Day unvermittelt zu Ende ging oder als Helen eine diskrete, dreieckige rosa Anstecknadel an ihrer gestärkten Bibliothekarinnenbluse mit dem hohen Kragen trug. Vielleicht waren sie nicht überrascht, weil sie so alt waren, daß sie alles mindestens einmal gesehen hatten, oder weil sie auf einer anderen Ebene immer noch die Auren sahen, die alles umgaben und einen hellen Durchgang zu einer heimlichen Stadt versteckter Bedeutungen, verborgener Motive und trügerischer Tagesabläufe bildeten.

5

Ralph und Helen machten ab und zu den Babysitter bei Natalie, als Helen wieder in der Harris Avenue wohnte, und diese Abende bereiteten ihnen außerordentliches Vergnügen. Nat war das Kind, das aus ihrer Ehe hervorgegangen sein könnte, wäre sie dreißig Jahre früher zustande gekommen, und der kälteste und wolkenverhangenste Wintertag wurde warm und hell, wenn Natalie hereingetappst kam, die in ihrem gesteppten rosa Schneeanzug, an dessen Ärmeln die Fäustlinge herunterhingen, wie eine zwergenhafte Version des Michelin-Männchens aussah und fröhlich rief: »Hi, Walf! Hi, Roliss! Ich bin zu Vesuv gekommen!«

Im Juni 1995 kaufte Helen einen gebrauchten Volvo. Auf das Heck klebte sie einen Sticker mit der Aufschrift EINE

FRAU OHNE MANN IST WIE EIN FISCH OHNE FAHRRAD. Auch das überraschte Ralph nicht besonders, aber wenn er den Sticker sah, fühlte er sich immer unglücklich. Manchmal dachte er, Eds schlimmstes Vermächtnis an seine Witwe ließe sich in diesem kurzen, nicht besonders komischen Spruch zusammenfassen, und wenn er ihn sah, mußte Ralph oft daran denken, wie Ed an dem Nachmittag ausgesehen hatte, als er, Ralph, vom Red Apple zu ihm gegangen war, um ihn zur Rede zu stellen. Wie Ed ohne Hemd in dem Sprühregen des Rasensprengers gesessen hatte. An den kleinen Blutstropfen auf einem Brillenglas. Wie er sich nach vorne gebeugt, Ralph mit seinen ernsten, intelligenten Augen angesehen und gesagt hatte, wenn die Dummheit ein gewisses Maß erreicht habe, könne man schwer damit leben.

Und danach hat alles angefangen, dachte Ralph dann manchmal. Aber was genau angefangen hatte, daran konnte er sich nicht mehr erinnern, was allerdings wahrscheinlich auch nicht schlimm war. Aber dieses Aussetzen der Erinnerung (wenn es sich denn darum handelte) änderte nichts an seiner Überzeugung, daß Helen auf eine dunkle Weise betrogen worden war ... daß ein übellauniges Schicksal ihr eine Blechdose an den Schwanz gebunden hatte, und sie wußte es nicht einmal.

6

Einen Monat nachdem Helen ihren Volvo gekauft hatte, erlitt Faye Chapin einen Herzanfall, während er an einer vorläufigen Teilnehmerliste für das Startbahn Drei Classic dieses Herbstes arbeitete. Er wurde ins Derry Home Hospital gebracht, wo er sieben Stunden später starb. Ralph besuchte ihn kurz vor dem Ende, und als er die Nummer an der Tür sah – 215 – überkam ihn ein überwältigendes Gefühl von *déjà vu*. Zuerst glaubte er, es läge daran, daß Carolyns Krankheit auf diesem Flur ihr Ende genommen hatte, aber dann fiel ihm ein, daß auch Jimmy V. in genau diesem Zimmer gestorben war. Er und Lois hatten Jimmy kurz vor dem Ende besucht, und

Ralph glaubte, daß Jimmy sie beide erkannt hatte, war aber nicht mehr sicher; seine Erinnerungen an die Zeit, als ihm Lois zum erstenmal richtig aufgefallen war, waren verschwommen und nebulös. Er vermutete, daß daran teilweise die Liebe schuld war, und teilweise, daß er in die Jahre kam, am meisten aber die Schlaflosigkeit – in den Monaten nach Carolyns Tod hatte er wirklich sehr darunter gelitten, aber mit der Zeit war sie verschwunden, wie das bei solchen Dingen eben manchmal geht. Dennoch schien ihm, als hätte sich etwas

([hallo Frau, hallo Mann, wir haben auf euch gewartet])

mehr als Außergewöhnliches in diesem Zimmer zugetragen, und als er Fayes trockene, kraftlose Hand nahm und in Fayes ängstliche, verwirrte Augen sah, kam ihm ein seltsamer Gedanke: *Sie stehen genau da drüben in der Ecke und beobachten uns.*

Er sah hinüber. Selbstverständlich stand niemand in der Ecke, aber einen Augenblick ... nur einen Augenblick ...

7

Das Leben in den Jahren von 1993 bis 1998 ging seinen Gang, wie es in Städten wie Derry immer der Fall ist: Aus den Knospen des April wurden die trockenen, fallenden Blätter des Oktober; Mitte Dezember wurden Weihnachtsbäume in die Häuser getragen und in der ersten Januarwoche mit Resten von Lametta, die noch traurig an den Zweigen hingen, wieder mit den Müllwagen abtransportiert; Babys kamen zum Eingang herein, und alte Leute gingen durch den Ausgang hinaus. Manchmal gingen auch Menschen im besten Alter durch den Ausgang hinaus.

In Derry waren es fünf Jahre der Haarschnitte und Dauerwellen, der Stürme und Schulabschlußfeiern, des Kaffees und der Zigaretten, der Steakessen in Parker's Cove und der Hot Dogs auf dem Spielfeld der Jugendliga. Mädchen und Jungen verliebten sich, Betrunkene fielen aus ihren Autos, kurze Röcke fielen in Ungnade. Die Leute deckten ihre Dächer neu und besserten die Einfahrten aus. Alte Flaschen wurden aus ihren Ämtern abgewählt und neue Flaschen hineingewählt. Es war das Leben, häufig unbefriedigend, manchmal grausam, normalerweise langweilig, manchmal wunderschön, ab und zu erfreulich. Die grundsätzlichen Dinge blieben erhalten, während die Zeit verging.

Im Frühherbst des Jahres 1996 kam Ralph zu der Überzeugung, daß er Darmkrebs hätte. Er sah mehr als nur Spuren von Blut im Stuhl, und als er schließlich zu Dr. Pickard ging (Dr. Litchfields fröhlichem, schnodderigen Nachfolger), hatte er Visionen von Krankenhausbetten und Chemotherapie und IV-Tropfs, die trostlos in seinem Kopf tanzten. Aber statt um Darmkrebs handelte es sich um eine Hämorrhoide, die, mit Dr. Pickards denkwürdigem Ausdruck, »den Korken rausgedrückt« hatte. Er schrieb Ralph ein Rezept für Zäpfchen, mit dem Ralph zum Rite Aid ging. Joe Wyzer las es und grinste Ralph feixend an. »Beschissen«, sagte er, »aber auf jeden Fall um Klassen besser als Darmkrebs, oder nicht?«

»Ich habe nie an Darmkrebs gedacht«, antwortete Ralph steif.

Eines Tages im Winter 1997 setzte Lois es sich in den Kopf, mit Nats Plastikschlitten, der wie eine fliegende Untertasse aussah, ihren Lieblingshügel im Strawford Park hinunterzufahren. Sie fuhr »schneller als ein Schwein auf einer eingeschmierten Rutsche« (das war der Ausdruck von Don Veazie, der an dem Tag zufällig vorbeikam und alles mit ansah) und knallte gegen das Port-O-San mit der Aufschrift FRAUEN. Sie stieß sich das Knie an und verrenkte sich den Rücken, und obwohl Ralph wußte, daß er es nicht tun sollte – es war zumindest äußerst herzlos –, lachte er fast den ganzen Weg zur Notaufnahme von Herzen. Die Tatsache, daß Lois trotz ihrer Schmerzen ebenfalls vor Lachen brüllte, trug auch nicht gerade dazu bei, daß Ralph sich wieder unter Kontrolle bekam. Er lachte, bis ihm Tränen aus den Augen quollen, und er fürchtete, er könnte einen Schlaganfall erleiden. Sie hatte einfach so gottverdammt wie *unsere Lois* ausgesehen, als sie auf diesem Ding den Hügel hinuntergerast war, immer im Kreis herum, die Beine über Kreuz wie ein Yogi aus dem geheimnisvollen Osten, und sie hätte das Port-O-San fast umgestoßen, als sie dagegen prallte. Als der Frühling kam, hatte sie sich wieder völlig erholt, obwohl ihr das Knie an regnerischen Tagen immer zu schaffen machte und sie es gründlich satt bekam, daß Don Veazie sich jedesmal, wenn er sie sah, danach erkundigte, ob sie in letzter Zeit mal wieder mit einem Scheißhaus zusammengestoßen wäre.

8

Das Leben nahm seinen Lauf wie üblich – was bedeutet, weitgehend zwischen den Zeilen und außerhalb der Ränder. Dem einen oder anderen Weisen zufolge ist es das, was passiert, während wir andere Pläne machen, und wenn das Leben in jenen Jahren besonders gut zu Ralph Roberts war, dann vielleicht deshalb, weil er keine anderen Pläne hatte. Er blieb mit Joe Wyzer und John Leydecker befreundet, aber sein bester Freund in all den Jahren war seine Frau. Sie gingen fast überall gemeinsam hin, hatten keine Geheimnisse voreinander und stritten selten, so gut wie nie, könnte man sagen. Außerdem hatte er den Beagle Rosalie, den Schaukelstuhl, der Mr. Chasse gehört hatte, jetzt aber seiner war, und fast täglich Besuche von Natalie (die sie jetzt Ralph und Lois statt Walf und Roliss nannte, eine Veränderung, die beide nicht als Verbesserung ansahen). Und er war gesund, was möglicherweise das Allerbeste war. Es war einfach das Leben, voll kurzfristiger Belohnungen und Rückschläge, und Ralph genoß es voll Freude und Ausgeglichenheit bis Mitte März 1998, als er eines Morgens aufwachte, auf die Digitaluhr neben dem Bett sah und feststellte, daß es 5:49 Uhr war.

Er lag still neben Lois, weil er sie nicht stören wollte, indem er aufstand, und fragte sich, was ihn geweckt hatte.

Das weißt du doch, Ralph.

Nein.

Doch, du weißt es. Hör gut hin.

Also hörte er gut hin. Er hörte ganz genau hin. Und nach einer Weile konnte er es in den Wänden hören: das leise, sanfte Ticken der Todesuhr.

9

Ralph erwachte am folgenden Morgen um 5:47 und am Morgen darauf um 5:44 Uhr. Sein Schlaf schwand Minute für Minute, während der Winter Derry langsam aus seinem Griff entließ und dem Frühling Platz machte. Im Mai hörte er das Ticken der Todesuhr überall, wußte aber, es kam nur von einem einzigen Punkt und projizierte sich, wie ein guter Bauchredner seine Stimme projizieren kann. Beim erstenmal war es aus Carolyn gekommen. Jetzt kam es aus ihm.

Er verspürte weder die Angst wie bei dem Gedanken, er könnte Krebs haben, noch die Verzweiflung, an die er sich von seiner früheren Phase der Schlaflosigkeit erinnerte. Er wurde schneller müde, und es fiel ihm schwerer, sich zu konzentrieren und sich auch nur an einfache Dinge zu erinnern, aber er fügte sich gelassen in das, was geschah.

»Schläfst du gut, Ralph?« fragte Lois ihn eines Tages. »Du bekommst große dunkle Ringe unter den Augen.«

»Das liegt an den Drogen, die ich nehme«, sagte Ralph.

»Sehr witzig, du alter Narr.«

Er nahm sie in die Arme und drückte sie. »Mach dir um mich keine Sorgen, Liebling – ich bekomme soviel Schlaf, wie ich brauche.«

Eine Woche später erwachte er morgens um 4:02 Uhr und spürte einen pochenden Strang starker Hitze in seinem Arm – sie pochte in perfektem Einklang mit dem Ticken der Todesuhr, die selbstverständlich nichts anderes als sein eigener Herzschlag war. Aber dieses neue Ding war nicht sein Herz, jedenfalls glaubte Ralph das nicht; es war, als wäre ein Stromkabel ins Fleisch seines Unterarms eingepflanzt worden.

Das ist die Narbe, dachte er, und dann: *Nein, es ist das Versprechen. Die Zeit des Versprechens ist fast gekommen.*

Welches Versprechen, Ralph? Welches *Versprechen?*

Er wußte es nicht.

10

Eines Tages Anfang Juni kamen Helen und Nat zu Besuch und erzählten Ralph und Lois von einem Ausflug nach Boston mit »Tante Melanie«, einer Bankangestellten, mit der Helen eng befreundet war. Helen und Tante Melanie waren zu einer feministischen Versammlung gegangen, während Natalie im Tageszentrum mit etwa einer Milliarde neuer Kinder Freundschaft schloß, und dann war Tante Melanie zu weiteren feministischen Aktivitäten nach New York und Washington weitergereist. Helen und Nat waren ein paar Tage in Boston geblieben, um die Sehenswürdigkeiten zu bewundern.

»Wir haben einen Zeichentrickfilm gesehen«, sagte Natalie. »Er handelte von Tieren im Wald. Sie haben gesprochen!« Das letzte Wort sprach sie mit Shakespearscher Grandeur aus – *gespróchen*.

»Filme mit sprechenden Tieren sind toll, was?« fragte Lois.

»Ja! Außerdem habe ich dieses neue Kleid bekommen.«

»Und was für ein hübsches Kleid«, sagte Lois.

Helen sah Ralph an. »Alles in Ordnung, alter Freund? Du siehst blaß aus und hast noch keinen Pieps gesagt.«

»Hab mich nie besser gefühlt«, sagte er. »Ich habe mir nur gerade überlegt, wie süß ihr beiden mit diesen Mützen ausseht. Habt ihr sie im Fenway Park gekauft?«

Helen und Nat trugen beide Mützen der Red Sox von Boston. Bei warmem Wetter waren diese in Neuengland weit verbreitet (»verbreitet wie Katzendreck«, hätte Lois gesagt), aber auf den Köpfen dieser beiden Menschen riefen sie ein tiefes Echo in Ralph wach … und das war mit einem bestimmten Bild verbunden, das er nicht im geringsten verstand: der Fassade des Red Apple.

Inzwischen hatte Helen ihre Mütze abgenommen und betrachtete sie. »Ja«, sagte sie, »wir waren da, sind aber nur drei Runden geblieben. Männer schlagen Bälle und fangen Bälle. Ich glaube, ich habe neuerdings nicht mehr viel Geduld mit Männern und ihren Bällen … aber unsere hübschen Red-Sox-Mützen gefallen uns, oder nicht, Natalie?«

»Ja!« stimmte Nat vergnügt zu, und als Ralph am nächsten

Morgen um 4:01 Uhr erwachte, pochte die dünne Linie an seinem Unterarm heftig und die Todesuhr schien fast eine eigene Stimme bekommen zu haben, die immer wieder einen seltsamen und fremdartigen Namen flüsterte: *Atropos … Atropos … Atropos.*

Ich kenne diesen Namen.

Wirklich, Ralph?

Ja, er war der mit dem rostigen Skalpell und der gemeinen Art, er hat mich Kurzer genannt, er nahm … nahm …

Nahm was, Ralph?

Er gewöhnte sich an diese stummen Unterhaltungen; sie schienen auf einer geistigen Wellenlänge zu ihm zu kommen, einer Piratenfrequenz, die nur in den frühen Morgenstunden auf Sendung war, wenn er neben seiner schlafenden Frau lag und darauf wartete, daß die Sonne aufging.

Nahm was? Erinnerst du dich?

Er *rechnete* nicht damit; die Fragen, die ihm diese Stimme stellte, blieben fast immer unbeantwortet, aber diesmal erhielt er eine Antwort, mit der er nicht gerechnet hatte.

Selbstverständlich Bill McGoverns Hut. Atropos hat Bills Hut genommen, und einmal hab ich ihn so wütend gemacht, daß er wahrhaftig ein Stück aus der Krempe rausgebissen hat.

Wer ist er? Wer ist Atropos?

Da war er nicht so sicher. Er wußte nur, Atropos hatte etwas mit Helen zu tun, die jetzt eine Mütze der Boston Red Sox zu besitzen schien, auf die sie ausgesprochen stolz war, und er besaß ein rostiges Skalpell.

Bald, dachte Ralph Roberts, während er in der Dunkelheit lag und dem leisen, konstanten Ticken der Todesuhr in den Wänden lauschte. *Bald werde ich es wissen.*

II

In der dritten Woche des brütend heißen Juni sah Ralph die Auren wieder.

12

Als der Juni in den Juli überging, brach Ralph häufig in Tränen aus, meistens ohne ersichtlichen Grund. Das war seltsam; er fühlte sich weder deprimiert noch unzufrieden, aber manchmal sah er etwas – möglicherweise nur einen Vogel, der einsam seine Kreise am Himmel zog –, und sein Herz wurde schwer vor Kummer und Verlustgefühlen.

Es ist fast vorbei, sagte seine innere Stimme. Sie gehörte nicht mehr Carolyn oder Bill oder seinem jüngeren Selbst; sie war jetzt völlig eigenständig, die Stimme eines Fremden, allerdings nicht unbedingt eines unfreundlichen. *Darum bist du so traurig, Ralph. Es ist völlig normal, traurig zu sein, wenn die Uhr abläuft.*

Nichts ist fast vorbei! schrie er zurück. *Warum sollte es? Bei meiner letzten Untersuchung hat Dr. Pickard gesagt, ich wäre kerngesund! Mir geht es gut! Ich habe mich nie besser gefühlt!*

Die innere Stimme schwieg. Aber es war ein *wissendes* Schweigen.

13

»Okay«, sagte Ralph eines Nachmittags Ende Juli laut. Er saß auf einer Bank nicht weit von der Stelle entfernt, wo bis 1985 der Wasserturm von Derry gestanden hatte, als der große Sturm ihn umwarf. Am Fuß des Hügels, in der Nähe des Vogelbads, machte sich ein junger Mann (ein gewissenhafter Vogelbeobachter, dem Fernglas, das er um den Hals trug, und dem Stapel Taschenbücher neben sich im Gras nach zu urteilen, gewissenhaft Notizen in eine Art Tagebuch. »Okay, sag mir, warum es fast vorbei ist. Sag mir nur das.«

Es erfolgte keine unmittelbare Antwort, aber das machte nichts; Ralph war bereit zu warten. Der Spaziergang hierher war anstrengend gewesen, der Tag war heiß, und Ralph war müde. Er wachte jetzt jeden Morgen gegen 3:30 Uhr auf. Er machte wieder lange Spaziergänge, aber nicht in der Hoffnung, sie würden ihm helfen, besser oder länger zu schlafen; er glaubte, daß er Pilgerfahrten unternahm, daß er seine ganzen Lieblingsplätze in Derry ein letztes Mal besuchte. Daß er Lebewohl sagte.

Weil die Zeit des Versprechens fast gekommen ist, antwortete die Stimme, und die Narbe pochte wieder mit ihrer starken, konzentrierten Hitze. *Das dir gegeben wurde, und das du als Gegenleistung gegeben hast.*

»Was war das?« fragte er aufgeregt. »Bitte, wenn ich ein Versprechen gegeben habe, *warum kann ich mich daran nicht erinnern?«*

Das hörte der gewissenhafte Vogelbeobachter und sah den Hügel hinauf. Er sah einen Mann auf einer Parkbank sitzen und anscheinend Selbstgespräche führen. Der gewissenhafte Vogelbeobachter zog verächtlich die Mundwinkel nach unten und dachte: *Ich hoffe, ich sterbe, bevor ich so alt werde. Wirklich.* Dann drehte er sich wieder zu dem Vogelbad um und setzte seine Notizen fort.

Plötzlich kam tief im Inneren von Ralphs Kopf dieses verkrampfte Gefühl wieder – das *Blinzeln* –, und obwohl er sich nicht von der Bank fortbewegte, spürte er doch, wie er rapide in die Höhe getragen wurde … schneller und höher als jemals zuvor.

Ganz und gar nicht, sagte die Stimme. *Einmal warst du* viel *höher als jetzt, Ralph – und Lois. Aber du kommst wieder hin. Bald wirst du bereit sein.*

Der Vogelbeobachter, der, ohne es zu wissen, inmitten einer prachtvollen Aura aus gesponnenem Gold lebte, sah sich verstohlen um – möglicherweise wollte er sicherstellen, daß sich der senile alte Mann auf der Bank da oben auf dem Hügel nicht mit einem stumpfen Gegenstand an ihn heranschlich. Aber bei dem Anblick, der sich ihm bot, entspannte sich die verkrampfte, verbissene Linie seines Mundes. Er riß die Augen auf. Ralph erblickte plötzlich kreisende, indigoblaue Speichen in der Aura des gewissenhaften Vogelbeobachters und wußte, daß er einen Mann vor sich sah, der gerade einen Schock erlitten hatte.

Was ist los mit ihm? Was sieht er?

Aber das stimmte nicht. Es ging nicht darum, was der Vogelbeobachter sah, sondern was er *nicht* sah. Er sah *Ralph* nicht, denn Ralph war so weit aufgestiegen, daß er aus dieser Ebene verschwunden war – er war zum visuellen Gegenstück des Tons einer Hundepfeife geworden.

Wenn sie jetzt hier wären, könnte ich sie mühelos sehen.

Wer, Ralph? Wenn wer hier wäre?

Klotho. Lachesis. Und Atropos.

Plötzlich fügten sich die Teile wie im Flug in seinem Geist zusammen, wie die Stücke eines Puzzles, das viel komplizierter aussah, als es in Wirklichkeit war.

Ralph, flüsternd: *[»O mein Gott. O mein Gott. O mein Gott.«]*

14

Sechs Tage später erwachte Ralph um Viertel nach drei Uhr morgens und wußte, daß der Zeitpunkt des Versprechens gekommen war.

15

»Ich glaube, ich gehe zum Red Apple, mir ein Eis holen«, sagte Ralph. Es war fast zehn Uhr. Sein Herz schlug viel zu schnell, und seine Gedanken waren unter dem konstanten weißen Rauschen der Todesangst, die er jetzt verspürte, kaum zu finden. Ihm war in seinem ganzen Leben noch nie weniger nach Eis zumute gewesen, aber es war eine einleuchtende Ausrede für einen Spaziergang zum Red Apple; man schrieb die erste Augustwoche, der Wetterbericht hatte gesagt, daß die Quecksilbersäule am frühen Nachmittag wahrscheinlich über zweiunddreißig steigen und am frühen Abend Gewitter aufziehen würden.

Ralph glaubte, daß er sich wegen des Gewitters keine Sorgen mehr zu machen brauchte.

Neben der Küchentür stand ein Bücherregal auf Zeitungen. Lois hatte es rot gestrichen. Jetzt stand sie auf, stemmte die Hände unten in den Rücken und streckte sich. Ralph konnte das leise Knacken der Wirbelsäule hören. »Ich komme mit dir. Wenn ich nicht eine Weile von der Farbe wegkomme, werde ich heute nacht Kopfschmerzen haben. Ich weiß sowieso nicht, warum ich an so einem schwülen Tag etwas anstreichen wollte.«

Ralph hatte als Allerletztes vor, sich von Lois zum Red Apple begleiten zu lassen. »Das mußt du nicht, Liebling; ich bringe dir ein Kokoseis am Stiel mit, das du so magst. Ich wollte nicht mal Rosalie mitnehmen, weil es so schwül ist. Warum setzt du dich nicht hinten auf die Veranda?«

»Wenn du an so einem Tag ein Eis am Stiel bis hierher trägst, fällt es wahrscheinlich *vom* Stiel, bis du hier bist«, sagte sie. »Komm schon, gehen wir, solange noch Schatten auf dieser Seite der ...«

Sie verstummte langsam. Das verhaltene Lächeln verschwand von ihrem Gesicht. Es wich einem bestürzten Ausdruck, und das Grau ihrer Aura, das in den Jahren, als Ralph es nicht sehen konnte, nur ein bißchen dunkler geworden war, erstrahlte nun mit Scharen rötlich-rosafarbener Fünkchen.

»Ralph, was ist los? Was hast du wirklich vor?«

»Nichts«, sagte er, aber die Narbe in seinem Arm glühte, und das Ticken der Todesuhr war überall, laut und allgegenwärtig. Es sagte ihm, daß er eine Verabredung einhalten mußte. Ein *Versprechen.*

»O doch, und es geht schon seit zwei oder drei Monaten so, vielleicht länger. Ich bin eine dumme Frau – ich hab gewußt, daß etwas in der Luft lag, hab es aber nicht fertiggebracht, mich ihm direkt zu stellen. Weil ich Angst hatte. Und ich hatte recht, Angst zu haben, oder nicht? Ich hatte recht.«

»Lois –«

Plötzlich kam sie durch das Zimmer auf ihn zu, kam schnell, *sprang* fast, die alte Rückenverletzung hinderte sie nicht im geringsten, und bevor er sie aufhalten konnte, hatte sie seinen rechten Arm gepackt, streckte ihn und betrachtete ihn gebannt.

Die Narbe leuchtete in einem heftigen, strahlenden Rot.

Ralph hoffte kurz, daß es nur ein Leuchten der Aura war, das sie nicht sehen konnte. Dann sah sie mit runden Augen voller Angst auf. Angst und noch etwas. Ralph fand, daß dieses Andere Wiedererkennen war.

»O mein Gott«, flüsterte sie. »Die Männer im Park. Die mit den komischen Namen ... Klothes und Lashes oder so ... und einer hat dich geschnitten. O Ralph, o mein Gott, *was sollen wir tun?«*

»Lois, jetzt reg dich nicht auf –«

»Komm mir nicht mit. Reg dich nicht auf!« kreischte sie ihm ins Gesicht. *»Wage es nicht! Wage es JA nicht!«*

Beeil dich, flüsterte die innere Stimme. *Du hast keine Zeit, hier herumzustehen und dich darüber zu unterhalten; irgendwo hat es schon angefangen, und die Todesuhr, die du hörst, tickt möglicherweise nicht nur für dich.*

»Ich muß gehen.« Er drehte sich um und stapfte zur Tür. In seiner Aufregung bemerkte er eine gewisse Sherlock-Holmessche Einzelheit dieser Szene nicht: Ein Hund, der hätte bellen müssen – ein Hund, der immer mißbilligend bellte, wenn in diesem Haus Stimmen erhoben wurden –, bellte nicht. Rosalie lag nicht an ihrem Lieblingsplatz neben der Tür ... und die Tür selbst war angelehnt.

Aber im Augenblick lag Ralph nichts ferner als Rosalie. Er kam sich vor, als stünde er knietief in Melasse und glaubte, es wäre eine reife Leistung, wenn er nur bis zur Veranda käme, geschweige denn die Straße hinauf zum Red Apple. Sein Herz pochte und raste in der Brust; seine Augen brannten.

»Nein!« schrie Lois. *»Nein, Ralph, bitte! Bitte verlaß mich nicht!«*

Sie lief hinter ihm her und hielt ihn am Arm fest. Sie hielt noch den Pinsel in der Hand, und die feinen Farbspritzer auf seinem Hemd sahen wie Blut aus. Jetzt weinte sie, und der Ausdruck völligen, allumfassenden Kummers brach ihm fast das Herz. Er wollte sie nicht so verlassen; war nicht sicher, ob er sie so verlassen konnte.

Er drehte sich um und hielt sie an den Unterarmen. »Lois, ich *muß* gehen.«

»Du hast nicht geschlafen«, stammelte sie. »Ich wußte es, und ich wußte, es bedeutet, daß etwas nicht stimmt, aber das macht nichts, wir gehen fort, wir können gleich aufbrechen, noch in dieser Minute, wir nehmen nur Rosalie und unsere Zahnbürsten und gehen –«

Er drückte ihre Arme, worauf sie verstummte und mit feuchten Augen zu ihm aufsah. Ihre Lippen bebten.

»Lois, hör mir zu. *Ich muß es tun.*«

»Ich habe Paul verloren, ich kann nicht auch noch dich verlieren!« schluchzte sie. *»Ich könnte es nicht ertragen! O Ralph, ich könnte es nicht ertragen!«*

Du wirst es können, dachte er. *Kurzfristige sind viel zäher, als sie aussehen. Das müssen Sie sein.*

Ralph spürte, wie ihm zwei Tränen an den Wangen herabliefen. Er vermutete, daß eher Müdigkeit als Traurigkeit der Grund dafür war. Wenn er ihr begreiflich machen könnte, daß dies alles nichts änderte, nur schwerer machte, was er tun mußte …

Er hielt sie auf Armeslänge von sich. Die Narbe an seinem Arm pochte heftiger denn je, und das Gefühl, daß ihm die Zeit unerbittlich zwischen den Fingern verrann, wurde überwältigend.

»Dann komm zumindest ein Stück mit mir, wenn du willst«, sagte er. »Vielleicht kannst du mir sogar dabei helfen, was ich tun muß. Ich habe mein Leben *gehabt,* Lois, und es war ein schönes Leben. Aber *sie* hat noch gar nichts gehabt, und der Teufel soll mich holen, wenn ich sie *diesem* Dreckskerl überlasse, nur weil er noch eine alte Rechnung mit mir zu begleichen hat.«

»Was für ein Dreckskerl, Ralph? Wovon, um alles in der Welt, redest du?«

»Ich rede von Natalie Deepneau. Sie soll heute morgen sterben, aber das werde ich nicht zulassen.«

»Nat? Ralph, warum sollte jemand Nat etwas antun?«

Sie sah sehr bestürzt aus, ganz *unsere Lois* … aber lag nicht etwas anderes unter dem arglosen Äußeren? Etwas Überlegtes und Berechnendes? Ralph fand, daß die Antwort ja lautete. Ralph überlegte sich, daß Lois möglicherweise nicht halb so bestürzt war, wie sie tat. Sie hatte Bill McGovern jahrelang mit dieser Nummer getäuscht – ihn auch, jedenfalls manchmal –, und dies war nur eine weitere (und ziemlich brillante) Variation des alten Schwindels.

In *Wirklichkeit* versuchte sie, ihn hier festzuhalten. Sie liebte Nat von Herzen, aber für Lois gab es keinen Zweifel, wenn sie sich zwischen ihrem Mann und dem kleinen Mädchen am Ende der Straße entscheiden mußte. Für sie hatten weder das Alter noch Fragen der Fairness einen Einfluß auf die Situation. Ralph war ihr Mann; nur das allein zählte für Lois.

»Das funktioniert nicht«, sagte er nicht unfreundlich. Er löste sich von ihr und ging wieder zur Tür. »Ich habe ein Versprechen gegeben, und meine Zeit wird knapp.«

»Dann brich es!« schrie sie, und die Mischung aus Verzweiflung und Wut in ihrer Stimme setzte ihn in Erstaunen. »Ich kann mich kaum noch an die Zeit erinnern, aber ich weiß, wir wurden in Ereignisse verwickelt, die uns fast das Leben gekostet hätten, und zwar aus Gründen, die wir nicht einmal verstehen konnten. Also brich es, Ralph! Besser dein Versprechen als mein Herz!«

»Und was ist mit dem Kind? Was ist mit *Helen,* wenn wir schon dabei sind? Sie lebt nur für Nat. Verdient Helen nicht etwas Besseres von mir als ein gebrochenes Versprechen?«

»Mir ist *gleich,* was sie verdient! Was sie *alle* verdienen!« schrie sie, doch dann veränderte sich ihr Gesichtsausdruck. »Nein, das stimmt nicht. Aber was ist mit *uns,* Ralph? Zählen wir nicht?« Ihre Augen, die dunklen und länglichen spanischen Augen, flehten ihn an. Wenn er zu lange in sie hineinsah, würde es ihm allzu leichtfallen, die Sache aufzugeben, daher sah er schnell weg.

»Ich werde es tun, Liebling. Nat wird bekommen, was du und ich schon gehabt haben – siebzig Jahre voller Tage und Nächte.«

Sie sah ihn hilflos an, unternahm aber keinen Versuch mehr, ihn aufzuhalten. Statt dessen fing sie an zu weinen. »Dummer alter Mann!« flüsterte sie. »Dummer, störrischer alter Mann!«

»Ja, kann sein«, sagte er und hob ihr Kinn. »Aber ich bin ein dummer, störrischer alter Mann, der zu seinem Wort steht. Komm mit mir. Das würde mir gefallen. Aber … wenn es passiert … mach die Augen zu. Sieh nicht hin.«

»Gut, Ralph.« Sie konnte ihre eigene Stimme kaum hören, und ihre Haut war so kalt wie Eis. Ihre Aura war fast völlig rot geworden. »Was ist es? Was wird ihr zustoßen?«

»Sie wird von einer grünen Ford-Limousine überfahren werden. Wenn ich nicht ihren Platz einnehme, wird sie über die gesamte Harris Avenue verspritzt werden ... und Helen wird sehen, wie es passiert.«

16

Als sie den Hügel hinauf zum Red Apple gingen (anfangs ließ Lois sich zurückfallen und trabte wieder heran, ließ es aber sein, als sie merkte, daß sie ihn mit so einem einfachen Trick nicht aufhalten konnte), erzählte ihr Ralph noch das Wenige, das er wußte. Sie konnte sich noch vage erinnern, wie sie unter dem vom Blitz gefällten Baum draußen an der Extension gewesen waren – eine Erinnerung, die sie, jedenfalls bis heute morgen, als Erinnerung an einen Traum betrachtet hatte –, aber natürlich war sie bei Ralphs letzter Konfrontation mit Atropos nicht dabeigewesen. Jetzt erzählte ihr Ralph davon – von dem zufälligen Tod, den Atropos Natalie erleiden lassen wollte, wenn sich Ralph seinen Plänen weiter in den Weg stellte. Er erzählte ihr, wie er Klotho und Lachesis das Versprechen abgerungen hatte, daß Atropos in diesem Fall überstimmt und Nat gerettet würde.

»Ich habe eine Ahnung, daß ... die Entscheidung ... ziemlich weit oben an der Spitze dieses seltsamen Gebäudes ... des Turms ... getroffen wurde, von dem sie immer reden. Vielleicht ... *ganz* oben.« Er stieß die Worte keuchend hervor, und sein Herz schlug schneller denn je, aber er glaubte, daß sich das größtenteils auf die Anstrengung und den schwülen Tag zurückführen ließ; seine Angst hatte etwas nachgelassen. Das immerhin hatte das Gespräch mit Lois bewirkt.

Jetzt konnte er das Red Apple sehen. Mrs. Perrine stand aufrecht wie ein General, der die Truppe inspiziert, an der Bushaltestelle. Ihr Einkaufsnetz hing über einem Arm. Ein

Unterstand befand sich hinter der Haltestelle, und darin war es schattig, aber Mrs. Perrine ignorierte seine Existenz hartnäckig. Selbst im grellen Sonnenlicht konnte er sehen, daß ihre Aura noch dieselbe graue West-Point-Farbe hatte wie an jenem Oktoberabend des Jahres 1993. Von Helen und Nat war noch nichts zu sehen.

17

»Selbstverständlich *wußte ich, wer er war«*, erzählte Esther Perrine später dem Reporter der *Derry News. »Mache ich einen unfähigen Eindruck auf Sie, junger Mann? Oder einen senilen? Ich kenne Ralph Roberts seit über zwanzig Jahren. Ein guter Mann. Selbstverständlich nicht aus demselben Holz wie seine Frau geschnitzt – Carolyn war eine Satterwaite, von den Bangor-Satterwaites –, aber trotzdem ein sehr anständiger Mann. Ich habe auch den Fahrer des grünen Ford-Automobils sofort erkannt. Pat Sullivan hat mir sechs Jahre meine Zeitung gebracht, und er hat es gut gemacht. Der neue, der Junge der Morrisons, wirft sie immer in mein Blumenbeet oder auf das Dach der Veranda. Soweit ich weiß, fuhr Pat mit seiner Mutter auf provisorischen Führerschein. Ich hoffe, er nimmt sich nicht allzusehr zu Herzen, was geschehen ist, denn er ist ein guter Junge, und es war wirklich nicht seine Schuld. Ich habe alles gesehen und würde jeden Eid darauf schwören.*

Wahrscheinlich denken Sie, daß ich dummes Zeug rede. Streiten Sie das nicht ab; ich kann in Ihrem Gesicht lesen wie Sie in Ihrer eigenen Zeitung. Aber machen Sie sich keine Sorgen – ich habe fast alles gesagt, was ich zu sagen habe. Ich wußte auf der Stelle, daß es Ralph war, aber etwas werden Sie falsch verstehen, auch wenn Sie es in Ihrer Geschichte bringen… was Sie wahrscheinlich nicht tun. Er kam aus dem Nichts, um dieses kleine Mädchen zu retten.«

Esther Perrine fixierte den respektvoll schweigenden jungen Reporter mit einem formidablen Blick – wie ein Insektenforscher einen Schmetterling auf der Nadel, nachdem er ihn chloroformiert hat.

»Ich meine nicht, daß es ausgesehen hat, *als käme er aus dem Nichts, junger Mann, auch wenn ich wette, daß Sie das drucken werden.«*

Sie beugt sich zu dem Reporter, ohne den Blick von seinem Gesicht abzuwenden, und sagt es noch einmal.

»Er kam aus dem Nichts, um das kleine Mädchen zu retten. Können Sie mir folgen, junger Mann? Er kam aus dem Nichts.«

18

Der Unfall war die Schlagzeile der *Derry News* des nächsten Tages. Esther Perrines Bemerkungen waren so farbenprächtig gewesen, daß sie einen eigenen Kasten am Rand bekam, und der Fotograf Tom Matthews machte eine Aufnahme von ihr, auf der sie aussah wie Ma Joad aus *Die Früchte des Zorns*. Die Schlagzeile über dem Kasten lautete: »ES WAR, ALS WÄRE ER AUS DEM NICHTS GEKOMMEN«, BEHAUPTET AUGENZEUGIN.

Als Mrs. Perrine es las, war sie nicht im geringsten überrascht.

19

»Letzten Endes bekam ich, was ich wollte«, sagte Ralph, »aber nur weil Klotho und Lachesis – und derjenige auf der höheren Etage, für den sie arbeiten – Ed um jeden Preis aufhalten wollten.«

»Höheren Etage? Was für einer höheren Etage? In was für einem *Gebäude?*«

»Unwichtig. Du hast es vergessen, aber es würde auch nichts ändern, wenn du dich erinnern würdest. Wichtig ist nur folgendes, Lois: Sie wollten Ed nicht aufhalten, weil tausende Menschen gestorben wären, wenn er direkt ins Bürgerzentrum hineingerast wäre. Sie wollten ihn aufhalten, weil das Leben eines Menschen unter allen Umständen verschont werden mußte ... *ihrer* Meinung nach jedenfalls. Als sie schließlich einsahen, daß ich über mein Kind genauso dachte wie sie über ihres, wurden Vereinbarungen getroffen.«

»Da haben sie dich geschnitten, richtig? Und dann hast du dein Versprechen gegeben. Von dem du im Schlaf gesprochen hast.«

Er warf ihr mit großen Augen einen verblüfften und herzzerreißend jungenhaften Blick zu. Sie erwiderte den Blick nur.

»Ja«, sagte er und wischte sich die Stirn ab. »Das nehme ich an.« Auf der Harris Avenue herrschte heute dichter Verkehr, und die Luft lag wie Metallsplitter in Ralphs Lungen. »Ein Leben für ein Leben, das war die Abmachung – Natalies im Tausch gegen meines. Und –«

[Hey! Hör auf, dich davonschleichen zu wollen! Hör auf, Rover, oder ich trete dir dein Arschloch eckig!]

Ralph verstummte, als er diese schrille, herrische, seltsam vertraute Stimme hörte – eine Stimme, die kein Mensch auf der Harris Avenue hören konnte, außer ihm –, und sah über die Straße.

»Ralph? Was –«

»Pssst!«

Er zog sie zu der sommerlich vertrockneten Hecke vor dem Haus der Applebaums zurück. Inzwischen transpirierte er nicht mehr nur; sein ganzer Körper stank nach einem übelriechenden Schweiß, so dick wie Motoröl, und er konnte spüren, wie jede Drüse in seinem Körper ihre heiße Ladung in seine Blutbahnen pumpte. Seine Unterwäsche wollte ihm in die Arschfalte kriechen und verschwinden. Seine Zunge schmeckte wie eine verbrannte Zündschnur.

Lois folgte seinem Blick. »Rosalie!« rief sie. »Rosalie, du böser Hund! Was machst *du* denn hier?«

Der schwarzbraune Beagle, den sie Ralph an ihrem ersten gemeinsamen Weihnachtsfest geschenkt hatte, befand sich auf der anderen Straßenseite und stand (*kauerte* wäre das bessere Wort gewesen) auf dem Bürgersteig vor dem Haus, wo Helen und Nat gewohnt hatten, bevor Ed übergeschnappt war. Zum erstenmal in den Jahren, seit sie die Hündin hatten, erinnerte sie Lois an Rosalie Nr. 1, den hinkenden Streuner, der an dem Abend, nachdem Ralph eine verzweifelte Lois Chasse auf der Parkbank gefunden hatte, wo sie sich die Seele aus dem Leib weinte, auf der Straße überfahren worden war.

Rosalie Nr. 2 schien ganz allein da drüben zu sein, aber das konnte Lois' plötzliches Entsetzen nicht vertreiben.

Oh, was habe ich getan? dachte sie. *Was habe ich getan?*

»*Rosalie!*« schrie sie. »*Rosalie, komm hier rüber!*«

Die Hündin hörte sie, das konnte Lois sehen, aber sie bewegte sich nicht.

»Ralph? Was ist da drüben los?«

»*Psssst!*« sagte er wieder, und dann sah Lois etwas weiter oben an der Straße etwas, bei dem ihr der Atem stockte. Ihre letzte schwache Hoffnung, daß sich Ralph das alles nur einbildete, daß es eine Art Rückbesinnung auf ihre früheren Erlebnisse sein könnte, verschwand mit einem Mal, denn jetzt hatte ihr Hund Gesellschaft.

Die sechs Jahre alte Nat Deepneau kam mit einem Springseil über dem rechten Arm zum Ende ihrer Einfahrt herunter und sah die Straße hinunter zu dem Haus, in dem sie einmal gewohnt hatte, woran sie sich allerdings nicht erinnerte, zu dem Rasen, wo ihr Vater einmal ohne Hemd zwischen sich überschneidenden Regenbogen gesessen und Jefferson Airplane gehört hatte, während ein einziger Blutstropfen auf seiner John-Lennon-Brille trocknete. Natalie sah die Straße hinunter und lächelte glücklich, als sie Rosalie sah, die hechelte und sie mit kläglichen, ängstlichen Augen beobachtete.

20

Atropos sieht mich nicht, dachte Ralph. *Er konzentriert sich auf Rosie ... und natürlich auf Natalie ... und er sieht mich nicht.*

Alles fügte sich mit einer tückischen Perfektion zusammen. Das Haus war da, Rosalie war da, und Atropos war auch da, er hatte einen Hut auf dem Kopf zurückgeschoben und sah aus wie ein sprücheklopfender Reporter in einem B-Film aus den fünfziger Jahren – möglicherweise einem, bei dem Ida Lupino Regie geführt hatte. Aber diesmal war es kein Panama mit angebissener Krempe; diesmal war es eine Mütze der Boston Red Sox, und die war selbst für Atropos zu klein, weil das justierbare Band an der Rückseite bis ins letzte Loch gezogen worden war. Damit sie dem kleinen Mädchen paßte, dem sie gehörte.

Jetzt brauchen wir nur noch Pat, den Zeitungsjungen, und die Show ist perfekt, dachte Ralph. *Die letzte Szene von* Schlaflos, *oder* Das Leben der Kurzfristigen in der Harris Avenue, eine Tragikomödie in drei Akten. *Alle verbeugen sich und treten nach rechts von der Bühne ab.*

Dieser Hund hatte Angst vor Atropos, genau wie Rosalie Nr. 1, und der Hauptgrund, weshalb der kleine kahlköpfige Doc Ralph und Lois nicht gesehen hatte, war der, daß er versuchte, sie am Weglaufen zu hindern, bevor er bereit war. Und da kam Nat den Bürgersteig entlang zu ihrem liebsten Hund auf der ganzen Welt, Ralphs und Lois' Rosie. Ihr Springseil

(drei-sechs-neun die Gans trank Wein)

hatte sie über den Arm geschlungen. Sie sah unglaublich schön und unglaublich verwundbar aus in ihrer Matrosenbluse und den blauen Shorts. Ihre Zöpfe wippten.

Es passiert zu schnell, dachte Ralph. *Alles passiert viel zu schnell.*

[Ganz und gar nicht, Ralph! Vor fünf Jahren haben Sie es prima gemacht; Sie werden es jetzt auch prima machen. Gott liebt Sie ... und jetzt halten Sie Ihr Versprechen.]

Das hörte sich nach Klotho an, aber er hatte keine Zeit, sich zu vergewissern. Ein grünes Auto fuhr langsam aus der Richtung des Flughafens die Harris Avenue entlang; es fuhr mit der quälenden Vorsicht, die normalerweise darauf schließen ließ, daß entweder ein sehr alter oder ein sehr junger Mensch am Steuer saß. Quälende Vorsicht hin oder her, es war zweifellos *das* Auto; eine schmutzige Membran hing wie ein Leichentuch darüber.

Das Leben ist ein Rad, dachte Ralph, und er überlegte sich, daß ihm dieser Gedanke nicht zum erstenmal kam. *Früher oder später kommt alles, das man hinter sich gelassen zu haben glaubt, wieder zum Vorschein. Ob gut oder schlecht, es kommt wieder zum Vorschein.*

Rosie unternahm einen weiteren vergeblichen Versuch, die Freiheit zu erlangen, und als Atropos sie zurückriß, kniete Nat sich vor sie hin und streichelte sie. »Hast du dich verirrt, Mädchen? Bist du alleine rausgekommen? Das macht nichts, ich bring dich nach Hause.« Sie umarmte Rosie, ihre kleinen

Ärmchen gingen durch die Arme von Atropos, ihr kleines, hübsches Gesicht war nur Zentimeter von seinem häßlichen, grinsenden entfernt. Dann stand sie auf. »Komm mit, Rosie. Komm mit, Hündchen.«

Als Nat losging, blieb Rosalie ihr unmittelbar auf den Fersen, drehte sich noch einmal zu dem grinsenden Mann um und winselte nervös. Auf der anderen Seite der Harris Avenue kam Helen aus dem Red Apple, und damit war die letzte Bedingung der Vision, die Atropos Ralph gezeigt hatte, erfüllt. Helen hielt einen Laib Brot in der Hand. Die Red-Sox-Mütze hatte sie auf dem Kopf.

Ralph zog Lois in seine Arme und küßte sie innig. »Ich liebe dich von ganzem Herzen«, sagte er. »Vergiß das nicht, Lois.«

»Das weiß ich«, sagte sie ruhig. »Und ich liebe *dich.* Darum kann ich nicht zulassen, daß du es tust.«

Sie schlang Arme wie Eisenbänder um seinen Hals, und er spürte ihre Brüste an seinem Körper, als sie so tief Luft holte, wie sie nur konnte.

»Geh weg, du elender kleiner Dreckskerl!« schrie sie. *»Ich kann dich nicht sehen, aber ich weiß, daß du da bist! Geh weg! Geh weg und laß uns in Ruhe!«*

Natalie blieb wie angewurzelt stehen und sah Lois mit großen, überraschten Augen an. Rosalie blieb neben ihr stehen und spitzte die Ohren.

»Geh nicht auf die Straße, Nat!« rief Lois ihr zu. *»Geh nicht –«*

Dann hielten ihre Hände, die sie in Ralphs Nacken verschränkt hatte, plötzlich gar nichts mehr, ihre Arme, die einen unnachgiebigen Klammergriff bildeten, waren leer.

Er hatte sich in Luft aufgelöst.

21

Atropos sah in die Richtung, aus der der Warnschrei gekommen war, und erblickte Ralph und Lois, die auf der anderen Seite der Harris Avenue standen. Wichtiger, er stellte fest, daß Ralph *ihn* sehen konnte. Er riß die Augen auf und fletschte die Lippen zu einem haßerfüllten Fauchen. Eine Hand flog zu seinem *kahlen Schädel*, der unter der Mütze von alten Narben bedeckt war, die er mit seinem eigenen Skalpell zugefügt bekommen hatte – eine instinktive schützende Geste, die fünf Jahre zu spät kam.

[Hol dich der Teufel, Kurzer! Das kleine Biest gehört mir!]

Ralph sah Nat, die Lois unsicher und überrascht anblickte. Er hörte, wie Lois ihr zurief, sie sollte nicht auf die Straße gehen. Dann hörte er Lachesis, der ganz in der Nähe sprach.

[Kommen Sie herauf, Ralph! Soweit Sie können! Schnell!]

Er spürte den Krampf mitten in seinem Kopf, spürte das kurze Schwindelgefühl im Magen, und plötzlich wurde die ganze Welt hell und füllte sich mit Farben. Er spürte halb und sah halb, wie Lois' Arme und verschränkten Hände an der Stelle in sich zusammenfielen, wo sich sein Körper noch vor einem Augenblick befunden hatte, und dann wich er vor ihr zurück – nein, wurde von ihr *weggezogen*. Er spürte den Sog einer gewaltigen Strömung und begriff ein wenig verschwommen: Wenn es so etwas wie den Höheren Plan gab, dann hatte er ihn jetzt erreicht und würde bald mit ihm stromabwärts gerissen werden.

Natalie und Rosalie standen direkt vor dem Haus, das sich Ralph einmal mit Bill McGovern geteilt hatte, bevor er es verkauft hatte und in Lois' Haus gezogen war. Nat sah zweifelnd zu Lois, dann winkte sie. »Alles in Ordnung, Lois – schau, sie ist hier bei mir.« Sie tätschelte Rosalies Kopf. »Ich bring sie sicher rüber, keine Bange.« Als sie auf die Straße trat, rief sie ihrer Mutter zu: »Ich kann meine Baseballmütze nicht finden! Ich glaube, jemand hat sie gestehlt!«

Rosalie stand immer noch auf dem Bürgersteig. Nat drehte sich ungeduldig zu ihr um. »*Komm* schon, Mädchen!«

Das grüne Auto fuhr auf das Kind zu, aber sehr langsam. Zuerst schien keine Gefahr zu bestehen. Ralph erkannte den Fahrer sofort, und er zweifelte nicht an seinen Sinnen oder glaubte an eine Halluzination. In diesem Augenblick schien es völlig richtig zu sein, daß die allmählich näherkommende Limousine von seinem ehemaligen Zeitungsjungen gefahren wurde.

»Natalie!« schrie Lois. *»Natalie, nein!«*

Atropos schoß nach vorne und versetzte Rosalie Nr. 2 einen heftigen Schlag.

[Verschwinde, Köter! Los! Bevor ich's mir anders überlege!]

Atropos hatte einen letzten höhnischen Blick für Ralph übrig, als Rosie kläffte und auf die Straße lief ... und vor den Ford, den der sechzehnjährige Pat Sullivan fuhr.

Natalie sah das Auto nicht; sie sah zu Lois, deren Gesicht rot und erschrocken war. Plötzlich fiel Nat ein, daß Lois vielleicht gar nicht wegen Rosie schrie, sondern wegen etwas ganz anderem.

Pat registrierte den laufenden Beagle; das kleine Mädchen sah er nicht. Er schwenkte, um Rosalie auszuweichen, ein Manöver, das damit endete, daß der Ford direkt auf Natalie zufuhr. Ralph konnte zwei ängstliche Gesichter hinter der Windschutzscheibe sehen, als das Auto herumgerissen wurde, und er glaubte, daß Mrs. Sullivan schrie.

Atropos hüpfte auf und ab und schlug sich auf die Schenkel wie ein Seemann, der einen Hornpipe tanzt.

[Jaaaa, Kurzer! Dummer weißhaariger Trottel! Ich hab dir ja gesagt, ich werd's dir zeigen!]

Helen ließ den Laib Brot, den sie trug, in Zeitlupe fallen. *»Natalie, PASS AUUUUUUF!«* schrie sie.

Ralph lief los. Wieder hatte er den deutlichen Eindruck, als würde er sich allein kraft seiner Gedanken bewegen. Und als er mit ausgestreckten Händen auf Nat zurannte und das Auto sah, das unmittelbar hinter ihr war, während ihm durch das Leichentuch grelle Sonnenstrahlen in die Augen fielen, verkrampfte er seinen Geist wieder und sank zum letztenmal auf die Ebene der Kurzfristigen zurück.

Er fiel in eine Landschaft, in der abgehackte Schreie ertönten: Der von Helen vermischte sich mit dem von Lois, der sich mit denen der Reifen des Ford vermischte. Und wie der wilde Trieb einer Ranke wand sich der Jubel von Atropos durch alle hindurch. Ralph sah ganz kurz Nats aufgerissene blaue Augen, dann stieß er sie so fest er konnte in Brust und Bauch, so daß sie mit rudernden Händen und Füßen nach hinten flog. Sie landete aufrecht sitzend im Rinnstein und stieß sich den Steiß am Bordstein an, brach sich aber nichts. Von einem fernen Ort hörte Ralph Atropos voller Wut und Fassungslosigkeit kreischen.

Dann wurde Ralph von dem zwei Tonnen schweren Ford

getroffen, der immer noch mit zwanzig Meilen pro Stunde fuhr, und die Geräuschkulisse verstummte unvermittelt. Er wurde in einem langsamen, steilen Bogen in die Höhe und nach hinten geschleudert – *ihm* kam es jedenfalls im Inneren langsam vor –, der Kühlerschmuck des Ford prägte sich in seine Wange ein wie eine Tätowierung, und ein gebrochenes Bein hatte er auch. Er konnte noch seinen Schatten sehen, der wie ein X auf dem Asphalt unter ihm dahinglitt; er konnte noch einen Sprühregen roter Tropfen über sich in der Luft sehen und dachte, Lois müßte doch mehr rote Farbe auf ihn gespritzt haben, als er zunächst angenommen hatte. Und er konnte Natalie sehen, die weinend, aber unversehrt am Straßenrand saß ... und Atropos auf dem Bürgersteig hinter ihr spüren, wo er die Fäuste schüttelte und vor Wut tanzte.

Ich glaube, für einen alten Tattergreis hab ich es verdammt gut gemacht, dachte Ralph, *aber jetzt würde mir wirklich ein Nickerchen guttun.*

Dann landete er mit einem schrecklichen, tödlichen Aufprall auf dem Boden – sein Schädel barst, die Wirbelsäule brach, die Lunge wurde von Knochensplittern durchbohrt, als seine Rippen explodierten, die Leber wurde zu Brei und seine Eingeweide lösten sich und rissen.

Und nichts tat weh.

Überhaupt nichts.

22

Lois vergaß nie das schreckliche dumpfe Geräusch, das Ralphs Aufprall auf der Harris Avenue begleitete, ebensowenig die Blutspritzer, die er hinterließ, als er, sich überschlagend, zum Stillstand kam. Sie wollte schreien, wagte es aber nicht; eine tiefe, aufrichtige innere Stimme verriet ihr, wenn sie es täte, würde sie durch die Kombination von Schock, Grauen und Sommerhitze das Bewußtsein verlieren und auf den Bürgersteig sinken, und wenn sie zu sich käme, würde Ralph nicht mehr da sein.

Statt zu schreien, lief sie los, verlor einen Schuh und bekam nur am Rande mit, daß Pat Sullivan aus dem Ford ausstieg, der fast genau an derselben Stelle stand, wo Joe Wyzers Auto – ebenfalls ein Ford – vor vielen Jahren gestanden hatte, nachdem er Rosalie Nr. 1 überfahren hatte. Sie bekam auch nur am Rande mit, daß Pat schrie.

Sie kam zu Ralph, ließ sich neben ihm auf die Knie fallen und sah, daß seine Gestalt irgendwie durch den grünen Ford verändert worden war, daß sich der Körper unter der vertrauten Chinohose und dem farbverspritzten Hemd radikal von dem unterschied, den sie noch vor einer Minute an sich gepreßt hatte. Aber seine Augen waren offen, und sie blickten strahlend und lebhaft.

»Ralph?«

»Ja.« Seine Stimme klang deutlich und kräftig, weder von Verwirrung noch von Schmerzen beeinträchtigt. »Ja, Lois, ich höre dich.«

Sie wollte die Arme um ihn legen, zögerte aber, weil ihr einfiel, daß man Schwerverletzte nicht bewegen sollte, weil man sie noch schlimmer verletzen oder gar töten konnte. Dann sah sie ihn wieder an, sah das Blut, das aus seinen Mundwinkeln lief und den Unterkörper, der sich vom Oberkörper gelöst zu haben schien, und kam zu dem Ergebnis, daß es unmöglich wäre, Ralph noch schwerer zu verletzen, als er es bereits war. Sie umarmte ihn, beugte sich zu ihm und nahm die Gerüche des Desasters in sich auf: Blut und den süßsauren Acetongeruch verbrauchten Adrenalins in seinem Atem.

»Diesmal hast du es geschafft, was?« fragte Lois. Sie küßte seine Wange, seine blutigen Augenbrauen, die blutige Stirn, wo sich ein Hautlappen vom Schädel gelöst hatte. Sie fing an zu weinen. »Sieh dich doch an! Hemd zerrissen, Hose zerrissen … glaubst du, Kleidungsstücke wachsen auf Bäumen?«

»Ist er verletzt?« fragte Helen hinter ihr. Lois drehte sich nicht um, aber sie sah die Schatten auf der Straße: Helen, die ihrer weinenden Tochter einen Arm um die Schultern gelegt hatte, und Rosie, die neben Helens rechtem Bein stand. »Er hat Nat das Leben gerettet, und ich habe nicht einmal gesehen, woher er gekommen ist. Bitte, Lois, sag mir, daß er n –«

Dann verschoben sich die Schatten, als Helen zu einer Stelle ging, von der sie Ralph tatsächlich sehen konnte, und sie zog Nats Gesicht an ihre Bluse und fing an zu weinen.

Lois beugte sich dichter über Ralph, streichelte seine Wangen mit den Händen, wollte ihm sagen, daß sie mit ihm kommen wollte – das hatte sie gewollt, ja, wirklich, aber am Ende war er zu schnell für sie gewesen. Am Ende hatte er sie zurückgelassen.

»Ich liebe dich, Herzblatt«, sagte Ralph. Er streckte den Arm aus und kopierte ihre Geste mit seiner eigenen Hand. Er versuchte, auch die linke Hand zu heben, aber die lag nur auf dem Asphalt und zuckte.

Lois nahm seine Hand und küßte sie. »Ich liebe dich auch, Ralph. Immer. So sehr.«

»Ich mußte es tun. Verstehst du?«

»Ja.« Sie *wußte* nicht, ob sie es verstand ... aber sie wußte, daß er im Sterben lag. »Ja, ich verstehe.«

Er seufzte rauh – der süßliche Acetongeruch stieg wieder zu ihr auf – und lächelte.

»Miz Chasse? Miz Roberts, meine ich?« Es war Pat, der hektisch nach Luft schnappte. »Geht es Mr. Roberts gut? Bitte sagen Sie, daß ich ihn nicht verletzt habe!«

»Bleib weg, Pat«, sagte sie, ohne sich umzudrehen. »Ralph geht es gut. Er hat sich nur das Hemd und die Hose zerrissen ... richtig, Ralph?«

»Ja«, sagte er. »Worauf du dich verlassen kannst. Du mußt mich nur prügeln für meine –«

Er verstummte und sah nach links. Niemand war da, aber Ralph lächelte trotzdem. »Lachesis!« sagte er.

Er streckte die zitternde, blutige rechte Hand aus, die sich vor den Augen von Lois, Helen und Pat Sullivan zweimal in der Luft hob und senkte. Ralph verdrehte wieder die Augen, diesmal nach rechts. Als er diesmal sprach, wurde seine Stimme schwächer. »Hi, Klotho. Vergessen Sie nicht: Es ... tut nicht ... weh. Richtig?«

Ralph schien zu lauschen, dann lächelte er.

»Jawohl«, flüsterte er, »so locker, wie sie nur können.«

Seine Hand hob und senkte sich wieder in der Luft und fiel

auf seine Brust zurück. Er sah Lois mit seinen brechenden blauen Augen an.

»Hör zu«, sagte er unter großer Anstrengung. Aber seine Augen blitzten und ließen nicht von ihren ab. »Jeden Tag, wenn ich neben dir aufgewacht bin, war mir, als würde ich jung aufwachen und alles ... neu sehen.« Er versuchte, die Hand wieder zu ihrer Wange zu heben, konnte es aber nicht. »Jeden Tag, Lois.«

»So war es für mich auch, Ralph – als würde ich jung aufwachen.«

»Lois?«

»Was?«

»Das Ticken«, sagte er. Er schluckte, dann sagte er es noch einmal, wobei er die Worte sehr sorgfältig aussprach. »Das Ticken.«

»Was für ein Ticken?«

»Vergiß es, es hat aufgehört«, sagte er und lächelte strahlend. Dann hörte auch Ralph Roberts auf.

23

Klotho und Lachesis sahen zu, wie Lois über dem Mann weinte, der tot auf der Straße lag. In einer Hand hielt Klotho seine Schere; die andere hatte er in Augenhöhe gehoben und betrachtete sie staunend.

Sie leuchtete und erstrahlte in Ralphs Aura.

Klotho: *[Er ist da ... da drinnen ... wie wunderbar!]*

Lachesis hob ebenfalls die rechte Hand. Sie sah, wie Klothos linke, aus, als hätte jemand einen blauen Handschuh über die sonst grün-goldene Aura gezogen.

Lachesis: *[Ja. Er war ein wunderbarer Mann.]*

Klotho: *[Sollen wir ihn ihr geben?]*

Lachesis: *[Können wir das?]*

Klotho: *[Es gibt nur eine Möglichkeit, das herauszufinden.]*

Sie näherten sich Lois. Jeder preßte die Hand, die Ralph geschüttelt hatte, auf eine Seite von Lois' Gesicht.

24

»Mommy!« rief Natalie Deepneau. In ihrer Aufregung fiel sie in die Sprache ihrer Babyzeit zurück. »Wer sind die tleinen Männer? Warum fassen Sie Roliss an?«

»Psst, Liebling«, sagte Helen und drückte Nats Kopf wieder an die Brust. Es waren keine Männer, weder klein noch sonstwie, in der Nähe von Lois; sie kniete allein auf der Straße neben dem Mann, der ihrer Tochter das Leben gerettet hatte.

25

Lois sah plötzlich mit großen und überraschten Augen auf und vergaß ihren Kummer, als ein wunderbares Gefühl von

(Licht blauem Licht)

Ruhe und Frieden über sie kam. Einen Augenblick war die Harris Avenue verschwunden. Sie befand sich an einem dunklen Ort, wo es süß nach Heu und Kühen roch, an einem dunklen Ort, wo hundert gleißende Lichtblitze zu sehen waren. Sie vergaß nie die gewaltige Freude, die sie in diesem Augenblick erfüllte, rein und heiß wie eine Flamme, noch die sichere Gewißheit, daß sie das Abbild eines Universums sah, das Ralph ihr zeigen wollte, eines Universums, wo blendendes Licht hinter der Dunkelheit herrschte ... konnte sie es nicht durch die Ritzen sehen?

»Können Sie je mir verzeihen?« schluchzte Pat. »O mein Gott, können Sie mir je verzeihen?«

»O ja, ich glaube schon«, sagte Lois ruhig.

Sie strich mit der Hand über Ralphs Gesicht, schloß ihm die Augen, und dann hielt sie seinen Kopf auf dem Schoß, während sie darauf wartete, daß die Polizei kam. Für Lois sah Ralph aus, als wäre er eingeschlafen. Und sie sah, daß die lange weiße Narbe an seinem rechten Unterarm verschwunden war.

– 10. September 1990 – 10. November 1993